疒 295
癶 298
白 299
皮 300
皿 301
目 303
矛 308
矢 309
石 310
示 316
禸 318
禾 319
穴 324
立 326
毋＝毋 234
氺＝水 238
𤴔＝疋 293
罒＝目 303
罓＝网 350
衤＝衣 403

六畫

⺮ 327
335
338
349
350
351
353
355

而 355
耒 356
耳 357
聿 359
肉 359
臣 368
自 369
至 369
臼 370
舌 371
舛 372
舟 372
艮 374
色 374
艸 374
虍 391
虫 392
血 402
行 402
衣 403
襾 408
⺮＝竹 327
⺷＝羊 351
覀＝襾 408

七畫

見 409
角 410
言 411
谷 422
豆 422
豕 423
豸 424
貝 425
赤 431
走 431
足 433
身 438
車 439
辛 442
辰 443
辵 444
邑 452
酉 455
釆 458
里 458

八畫

金 459
長 469
門 470
阜 473
隶 477
隹 477
雨 479
青 482
非 483
飠＝食 491

九畫

面 483
革 484
韋 485
韭 485
音 485
頁 486
風 490
飛 490
食 491
首 494
香 494

十畫

馬 494
骨 498
高 499
髟 499
鬥 500
鬯 500
鬼 500

十一畫

魚 501
鳥 504
鹵 509
鹿 510
麥 511
麻 511

十二畫

黃 512
黍 512
黑 513

十三畫

黽 514
鼎 514
鼓 514
鼠 515

十四畫

鼻 515
齊 515

十五畫

齒 516

十六畫

龍 516

十七畫

龠 517

十八畫

龜 517

商務
學生字典

（修訂版）

姓名：______________________

班別：______________________

商務印書館

商務學生字典（修訂版）

編　者：盛九疇

繪　圖：王秀蘭

出　版：商務印書館（香港）有限公司

香港筲箕灣耀興道 3 號東滙廣場 8 樓

http://www.commercialpress.com.hk

發　行：香港聯合書刊物流有限公司

香港新界大埔汀麗路 36 號中華商務印刷大廈 3 字樓

印　刷：美雅印刷製本有限公司

九龍官塘榮業街 6 號海濱工業大廈 4 樓 A

版　次：2008 年 7 月初版第 3 次印刷

ISBN 978 962 07 0265 5

Printed in Hong Kong

目　錄

部首索引 …… 封面內頁
出版說明 …… ①
使用說明 …… ⑥
總筆畫檢索表 …… ⑨
難檢字表 …… ㊲
漢語拼音檢索表 …… ㊹
字典正文 …… 1-518
古文字插頁 …… 中間內頁
附錄
1. 漢語拼音方案(附國語注音字母) …… 519
2. 廣州話注音：國際音標 …… 522
3. 漢字書寫筆順規則表 …… 524
4. 漢字合體字結構類型表 …… 525
5. 漢字偏旁名稱表 …… 527
6. 部首讀音表 …… 531
7. 常用標點符號表 …… 537
8. 量詞名詞配搭表 …… 540
9. 親屬關係表 …… 550
10. 中外重要節日簡表 …… 552
11. 中國歷史朝代公元對照表 …… 554
12. 簡化字簡化規則表 …… 557
中國全圖 …… 封底內頁

出版説明

這本《商務學生字典》是一本小型語文工具書，主要供小學和初中學生使用。

中、小學生在語文以及其他各科的學習中，字典是不可缺少的工具，是他們成長的良師益友。

本字典修訂版從使用對象的實際需要出發，在以下幾方面進行了認真的研究和探討：

一、收字適量，切合需要

本字典收字的主要根據是：1990年由香港課程發展議會編訂《小學中國語文課程綱要》中所附的〈小學常用字表〉(2600個）和1988年1月由國家語言文字工作委員會和國家教育委員會頒佈的《現代漢語常用字表》(3500個）。在這兩表之外而又在中國內地、香港、台灣現行小學和初中語文教科書中實際出現的用字，一般也予收錄，如“坳”、“膑”等。這樣，本字典修訂後增加393個字，實際收字共計4763個，加上異體字，共計4843個。其中3500個常用字，是中、小學生學習的重點。

根據權威部門利用電腦對大量漢語語料進行的測定，結果是：本字典所收錄的3500個常用字，在日常課堂教學及閱讀書籍中的覆蓋率高達99.48%，餘下的0.52%覆蓋率中的用字，都比較艱深，初中和小學生一般接觸不到。因此，本字典在3500個常用字的基礎上，再增收現行中、小學語文教科書950個實際出現的用字，這4843字的收字量是絕對切合學生的實際需要的。

二、字形標準，書寫規範

本字典的字形標準，主要依據1990年由香港課程發展議會編訂《小學中國語文科課程綱要》中所附的〈小學常用字表〉(2600個) 和香港教育署語文教育學院中文系編寫的《常用字字形表》(4763個)，基本上以〈小學常用字表〉為標準，2600字以外的字形，則參照《常用字字形表》確定。

為了幫助學生正確書寫漢字，本字典在每個字頭下，提供書寫筆順。有的字可能有不同的書寫筆順，本字典選擇最通行的一種。

另外，為幫助讀者認識簡體字及國內通用的標準字形，本字典在繁體字字頭旁用( )加以標示，如"體(体)"。

三、注音準確，粵普並重

為適應香港的情況和多方面的需要，本字典採用普通話和粵語雙音注音。普通話讀音用《漢語拼音方案》和《注音字母》注音，供不同的使用者選用。粵語讀音以廣州話為標準，採用香港通用的國際音標；在國際音標注音後，大多還有漢字直音。直音字選用與被注字聲、韻、調完全相同的常用字。如沒有完全相同的直音字，則選用聲、韻相同的常用字，再標聲調。為易於使用，本字典不採用反切等其他注音方式。

四、釋義簡明，通俗易懂

釋義是字典的核心部分。本字典的釋義以該字在現代漢語中的常用義為主，僻義與古義不收錄。

釋義力求準確簡明，通俗易懂，避免用艱澀、冗長的行文來解釋字義；同時避免輾轉相釋，使讀者終究不得其解的弊病。

至於多義字的義項排列，是先列本義還是先列常用義，則不拘一格，一切以有利於讀者理解字義為主，同時兼顧義項間的內在聯繫。總的原則是：常用義在前，次常用義在後；實字義在前，虛字義在後；通用義在前，專用義在後。

五、語料豐富，形式多樣

釋義引用例證，是編纂現代字典、詞典的重要環節。引用例證，不但使釋義更有根據，而且有利於加深讀者對釋義的理解。有豐富例證的字典或詞典，才是有血有肉的字典或詞典。

如果把釋義所引用的例證叫做“語料”，那麼，本字典在語料的選用上不僅在數量上力求豐富，而且在形式上力求多種多樣。從數量上看，一個釋義通常引用了3-5個不等的語料；從形式上看，有複詞、成語、詞組，也有如“一失足成千古恨”、“世上無難事，只怕有心人”、“滿招損，謙受益”、“國家興亡，匹夫有責”、“路遙知馬力，日久見人心”、“前事不忘，後事之師”、“不經一事，不長一智”等俗語、格言、警句，還有小學、中學教育中涉及的古詩名句。據粗略統計，本字典由釋義引出的複詞、成語、短語等合計在六萬條以上，富有哲理的俗語、格言、警句有千條以上。這些豐富的語料，不僅可以增加學生的詞語積累，而且可以從中學到許多為人處世的道理，受到中華民族傳統文化和價值觀的教育。

六、新增200組焦點易錯字

這些字單獨使用可能問題不大，但與其他字作為詞語使用就容易混淆。例如：字形相近的　墮｜墜（墮落 墜毀)；字音相近的　景｜境（景色 處境)　此項目可教導學生避免錯別字。

七、附錄實用，資料詳備

本字典從中、小學生的實際需要出發，備有12個含豐富漢語知識的附錄，供讀者參考。又加上古文字插頁，使學生了解漢字的來源，增加學習的興趣。

八、檢索容易，查閱方便

本字典按部首筆畫順序排列，並有總筆畫檢索、難檢字及漢語拼音檢索三表。前兩表供學生難以確定部首時查閱；後表則為熟悉漢語拼音的學生提供方便。至於不熟悉漢語拼音的學生，也可藉着此表同音排列的功能了解漢字的普通話讀音。此外，又考慮到一個單字可能涉及不同的部首，如“明”字，雖屬“日”部，但也包含“月”字，學生有時難以分辨，所以本字典在“月”部也為“明”字立字頭，並注明“見日部，198頁”。這不單省去學生因誤認部首而需覆查的不便，亦可教導學生認識漢字的正確部首。

本字典在編緝過程中，承蒙香港中文大學何文匯博士和朱國藩博士協助審閱全書粵語注音，謹此表示謝意。

由於本書貫徹了上述編纂原則，乃是一本基礎性的中文字典，非常適合中小學生學習中文使用，也是中小學教師的必備工具書。希望本字典的出版對中小學師生有實際的幫助。至於疏漏之處，在所難免，亦敬請讀者不吝指正。

商務印書館編輯部

使用說明

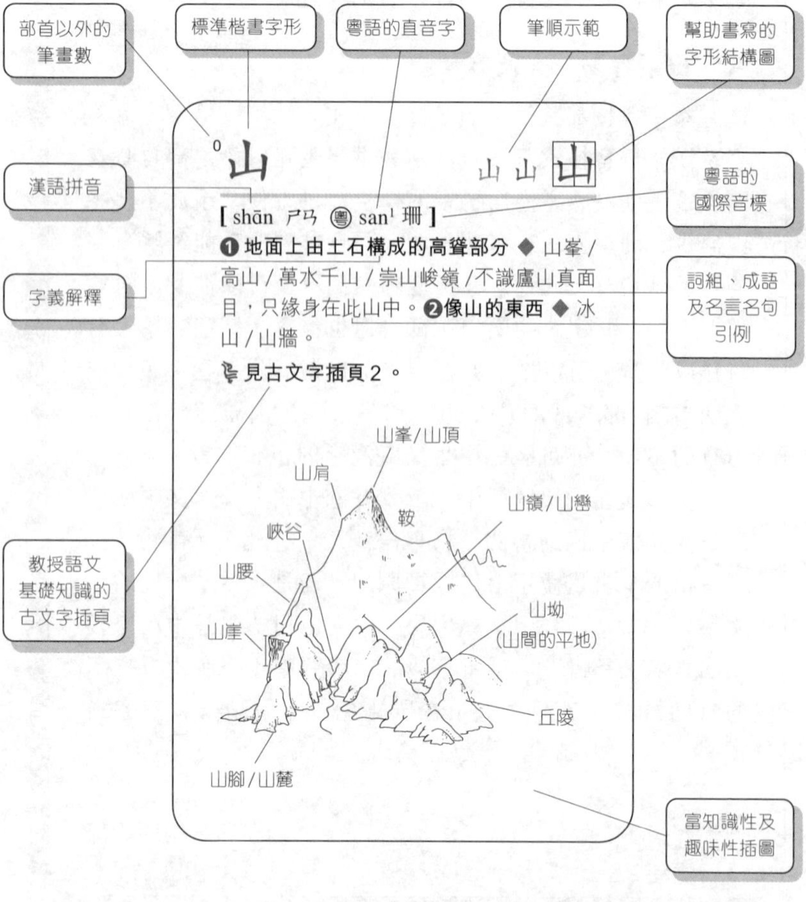
部首以外的筆畫數
標準楷書字形
粵語的直音字
筆順示範
幫助書寫的字形結構圖
漢語拼音
粵語的國際音標
字義解釋
詞組、成語及名言名句引例
教授語文基礎知識的古文字插頁
富知識性及趣味性插圖
0
山
山 山 山
[shān ㄕㄢ 粵 san¹ 珊]
❶地面上由土石構成的高聳部分 ◆ 山峯／高山／萬水千山／崇山峻嶺／不識廬山真面目，只緣身在此山中。❷像山的東西 ◆ 冰山／山牆。
見古文字插頁2。
山峯／山頂
山肩
鞍
山嶺／山巒
峽谷
山腰
山坳
(山間的平地)
山崖
丘陵
山腳／山麓

富教育意義的成語、警語

含哲理、能啟發思考的格言、雋語

幫助寫作的短語造句

有別於書面音的口語讀法

一字的多種讀法

簡體字形對照

提示易錯字

2 **成** 成 成 成 成 成 成

[chéng ㄔㄥˊ ㊔ siŋ⁴ 乘]

❶ **事情做完，已經達到目的；跟"敗"相對** ◆ 大功告成 / 任務完成 / 心想事成 / 有志者事竟成。❷ **變為；成為** ◆ 百煉成鋼 / 鐵杵磨成針 / 玉不琢，不成器 / 聚沙成塔，集腋成裘。❸ **成果** ◆ 坐享其成 / 一事無成。❹ **事物發展到一定的狀態** ◆ 成品 / 成規 / 成人 / 五穀成熟。❺ **建立；成全** ◆ 成家立業 / 成人之美。❻ **整** ◆ 成批 / 成天 / 成千上萬 / 成年累月。❼ **十分之一叫"一成"** ◆ 有七八成新 / 今年糧食可增產三成。❽ **同意；許可** ◆ 贊成 / 成！就這麼辦 / 這樣做恐怕不成。

6 **使** 使 使 使 使 使 使 使

〈一〉[shǐ ㄕˇ ㊔ si² 史 / sɐi² 洗（語）]

❶ **派遣** ◆ 使者 / 指使 / 鬼使神差。❷ **用** ◆ 使用 / 使勁 / 看風使舵 / 這工具不好使。❸ **令；讓** ◆ 使人高興 / 使大家掃興。❹ **假如** ◆ 假使。

〈二〉[shǐ ㄕˇ ㊔ si³ 試]

❺ **長駐外國或接受使命到外國去的外交官** ◆ 大使 / 公使 / 特使。

10 **搔**（掻）搔 搔 搔 搔 搔 搔 搔

[sāo ㄙㄠ ㊔ sou¹ 蘇]

用手指甲來回輕輕地抓撓 ◆ 搔癢 / 搔頭皮 / 隔靴搔癢 / 搔首弄姿。

焦點易錯字 搔 | 騷　搔癢 搔首弄姿　騷亂 滿腹牢騷

總筆畫檢索表

一畫

一 1
乙 7

二畫

(一)
丁 1
七 1
二 9
十 52
(丨)
卜 53
(丿)
乃 5
九 7
人 12
入 32
八 33
几 38
匕 50
(乛)
了 8
刀 39
刁 40
力 46
又 57

三畫

(一)
三 1
下 2
丈 2
于 9
兀 30
土 85
士 95
大 97
寸 117
工 128
干 133
才 165
(丨)
上 1
口 58
山 123
巾 130
(丿)
丸 4
久 6
乞 7
凡 38
勺 48
千 52
夕 96
川 127
(丶)
丫 4
亡 10
(乛)
也 7
刃 40
叉 57
女 100
子 109
孑 109
孓 109
小 119
尸 120
己 129
已 129
巳 129
弓 140

四畫

(一)
丏 2
不 2
井 9
云 9
五 9
互 9
仄 13
元 31
切 40
匹 51
卅 52
厄 55
友 57
天 97
夫 98
太 98
尤 120
屯 123
廿 139
戈 161
扎 165
支 189
木 207
歹 232
比 235
牙 274
犬 277
王 282
(丨)
中 4
內 33
日 197
曰 203
止 231
(丿)
丹 5
仁 12
什 12
仃 13
仆 13
介 13
仇 13
仍 13
今 13
兮 33
公 34
凶 39
分 40
刈 40
勻 49
勿 49
勾 49
化 50
午 52
升 52
反 57
及 58
壬 95
夭 98
手 164
斤 195
月 205
欠 229
毛 235
氏 236
爪 271
父 272
片 274
牛 275
(丶)
之 6
亢 10
六 33
冗 36
卞 53
心 147
户 163
文 193
斗 194
方 196
火 262
(乛)

丑 3
予 8
允 31
孔 109
少 119
尹 121
尺 121
巴 129
幻 134
弔 140
引 140
毋 234
水 238

五畫

(一)
世 3
丙 3
丕 3
刊 40
功 46
卉 52
去 56
古 59
右 59
可 59
叵 59
左 128
巧 128
巨 128
布 130
平 134
戊 161
打 165
扒 165
扔 165
本 207
未 207
末 207
札 207
正 231
玉 282
瓦 287
甘 288
石 310
示 316

(丨)
且 3
以 14
兄 31
冉 35
凸 39
凹 39
北 50
卡 54
占 54
叮 59
只 59
叭 59
史 59
叱 60
叩 60
另 60
叨 60
叼 60
叫 60
四 83
囚 83
央 98
旦 197
田 290
由 290
甲 290
申 290
皿 301
目 303

(丿)
丘 3
乍 6
乏 6
乎 6
仝 13
仕 13
付 13
仗 13
代 14
仙 14
仟 14
令 14
他 14
仞 14
仔 14
冊 35
册 35
冬 36
匆 49
包 49
卯 54
句 60
外 96
失 98
孕 109
斥 195
犯 277
瓜 287
生 289
用 289
甩 290
白 299
矢 309
禾 319

(丶)
主 5
半 52
宄 111
它 111
市 130
必 147
永 238
汁 238
汀 238
氾 238
玄 281
穴 324
立 326

(乛)
出 39
加 46
司 60
召 60
台 60
奶 101
奴 101
尼 121
幼 134
弗 140
弘 140
母 235
民 236
疋 293
皮 300
矛 308

六畫

(一)
丟 3
亙 9
共 34
再 35
刑 40
列 40
划 40
匡 51
匠 51
吉 61
吏 61
圭 86
在 86
圳 86
地 86
夷 98
存 109
寺 117
式 139
戎 161
戌 162
戍 162
成 162
扛 166
扣 166
扦 166
托 166
攷 190
有 205
朽 207
朴 207
死 233
灰 262
百 299
老 355

考 355
而 355
耳 357
臣 368
至 369
西 408

(丨)

光 31
吁 61
吐 61
吋 61
同 61
吊 61
吒 61
吃 62
吆 62
吆 62
因 83
回 84
屹 124
帆 130
早 198
曲 204
曳 204
此 231
肉 359
艾 374

(丿)

乒 5
乓 6
伕 14
休 15
伎 15
伍 15
伏 15
伐 15
企 15
仲 15
件 15
任 15
份 16
仰 16
仿 16
伉 16
伙 16
伊 16
先 31
兇 31
兆 31
全 33
刎 41
匈 49
印 54
危 54
向 62
后 62
合 62
名 62
各 62
多 96
年 134
旨 198
旬 198
旭 198
朱 208
朵 208
朶 208
氖 237
竹 327
缶 349
耒 356
肌 359
肋 359
自 369
臼 370
舌 371
舛 372
舟 372
色 374
血 402
行 402

(丶)

亦 10
交 10
亥 10
充 31
冲 37
冰 37
妄 101
字 109
宇 111
守 111
宅 111
安 112
州 127
忖 148
忙 148
次 230
汗 238
汙 238
污 238
江 239
汕 239
汐 239
汛 239
池 239
汝 239
米 335
羊 351
衣 403

(乛)

丞 3
劣 46
奸 101
如 101
妁 101
好 101
妃 101
她 101
尖 119
弛 140
收 190
牟 275
羽 353
阡 473

七畫

(一)

克 31
劫 46
匣 51
却 55
吾 63
否 63
址 86
坎 87
均 87
坍 87
圾 87
坊 87
坑 87
夾 98
孝 110
尬 120
巫 129
弄 139
形 142
志 147
忑 148
戒 162
扶 166
技 166
扼 166
找 166
批 166
抄 167
扯 167
抓 167
折 167
扳 167
扮 167
投 167
抑 168
抗 168
抖 168
抉 168
扭 168
把 168
抒 168
攻 190
更 204
杆 208
杜 208
杖 208
材 208
村 208
杏 208
束 209
杉 209
杞 209

杈 209
李 209
求 238
汞 239
玖 282
甫 290
豆 422
豕 423
赤 431
走 431
車 439
辰 443
迂 444
邢 452
邪 452
酉 455
（丨）
串 4
別 41
助 46
呆 62
吱 63
吠 63
呀 63
吵 63
吶 63
呈 63
呂 63
吟 64
吩 64
吹 64
吸 64
吻 64
吭 64
呎 65
吧 65
吮 65
吳 65
吼 65
困 84
囤 84
囫 84
岑 124
岌 124
忐 148
旱 198
步 231
男 291
盯 303
肖 360
芋 374
芍 374
芒 375
見 409
貝 425
足 433
邑 452
里 458
（丿）
余 16
佞 16
估 16
何 16
佐 16
佑 16
佈 17
佔 17
似 17
但 17
伸 17
佃 17
作 17
伯 17
伶 17
低 18
佝 18
你 18
佗 18
位 18
住 18
伴 18
伺 18
佣 18
佛 18
免 32
兵 34
刪 41
删 41
利 41
刨 41
卵 54
吞 62
告 63
含 64
囪 84
坐 86
妥 102
孚 110
岔 124
希 130
廷 138
彤 143
役 144
彷 144
我 162
每 235
灸 263
牡 275
牠 275
狂 277
狄 277
甸 291
阜 299
皂 299
秃 319
秀 319
私 319
系 338
肝 359
肛 360
肚 360
肘 360
角 410
谷 422
身 438
迄 444
邦 452
（丶）
亨 11
兌 32
冷 37
冶 37
判 41
初 41
吝 64
完 112
宋 112
宏 112
床 135
庇 135
序 135
弟 140
忘 148
忱 149
快 149
汪 239
沐 239
沛 239
汰 239
沌 239
汩 239
沏 240
沙 240
沖 240
汽 240
沃 240
沂 240
汾 240
沒 240
汲 240
沉 240
汴 240
沈 240
沁 241
決 241
灶 263
灼 263
牢 275
社 316
祀 316
祁 316
究 324
罕 350
肓 360
良 374
言 411
辛 442
（乛）
努 46
即 54

君	64	**八畫**		拔	169	枝	209	具	34	旺	198
壯	95	(一)		拋	169	杯	209	典	34	昆	198
妍	102	事	8	抨	169	枇	210	卓	53	昌	198
妓	102	亞	9	拒	169	東	210	叔	58	明	198
妣	102	來	19	拈	169	杵	210	味	65	易	199
妊	102	兩	33	押	169	枚	210	咕	65	昂	199
妖	102	其	34	抽	169	析	210	呵	65	昇	199
妨	102	刺	42	拐	170	板	210	呸	65	果	210
妒	102	到	42	拙	170	松	210	咀	65	歧	232
妙	102	協	53	拖	170	杭	211	呻	66	罔	350
妞	102	卦	54	拍	170	枕	211	咒	66	肯	360
妝	102	取	58	拆	170	杷	211	咋	66	芙	375
孜	110	坯	87	拎	170	武	232	咐	66	芽	375
屁	121	坪	87	抵	170	歿	233	呱	66	花	375
尾	121	坷	87	拘	170	玩	282	呼	66	芹	375
局	121	坦	87	抱	170	玡	282	咚	67	芥	375
尿	121	坤	87	拄	171	玫	282	咆	67	芬	375
巡	128	垃	88	拉	171	盂	301	咏	67	芳	375
忌	148	坡	88	拌	171	直	303	呢	67	芯	376
忍	148	坳	88	抿	171	矽	310	咄	67	芝	376
改	190	奉	99	拂	171	者	355	咖	67	芭	376
災	263	奈	99	披	171	臥	368	固	84	虎	391
甬	290	奔	99	招	171	表	403	尚	119	(丿)	
矣	309	奇	99	拚	171	軋	439	岸	124	乖	6
迅	444	奄	99	抬	171	邯	453	岩	124	乳	7
那	452	妻	103	拇	171	長	469	岡	124	佳	19
阱	473	幸	134	拗	172	雨	479	岷	124	侍	19
阮	473	或	162	昔	198	青	482	帖	130	佬	19
阪	473	抹	169	枉	209	(丨)		帕	131	供	19
防	473	拓	169	林	209	些	10	忠	148	使	19

侖	19	帛	131	秆	319	劾	46	於	196	炖	263
佰	19	延	139	秉	319	卒	53	氓	237	炒	263
例	19	征	144	竺	328	卷	55	沫	241	炊	263
侄	20	往	144	肺	360	夜	97	法	241	炕	264
侗	20	彼	144	肢	360	妾	103	泄	241	炎	264
侃	20	彿	144	肱	360	宗	112	沽	241	炔	264
侏	20	念	148	肫	360	定	112	河	241	疙	294
佻	20	忿	148	肴	360	宜	112	沾	241	疚	294
侈	20	忽	149	股	360	宙	113	泪	242	盲	303
佩	20	所	164	肪	360	官	113	沮	242	祈	316
依	20	斧	195	肥	361	宛	113	泱	242	祇	316
佯	20	昏	198	臾	371	帘	131	況	242	空	324
併	20	朋	205	舍	371	店	135	油	242	穹	324
兒	32	服	205	近	444	府	135	泅	242	羌	352
兔	32	欣	230	返	444	底	135	泗	242	育	361
制	42	氛	237	迎	444	庖	135	泊	242	肩	361
刮	42	炙	263	邱	453	庚	136	泛	242	衫	404
刹	42	爭	272	邸	453	怔	149	沿	242	衩	404
剎	42	爬	272	采	458	怯	149	泡	243	(乛)	
卑	53	爸	272	金	459	怵	149	注	243	函	39
卸	55	版	274	阜	473	怖	149	泣	243	刷	42
受	58	牦	275	非	483	怦	149	沱	243	叁	57
和	66	牧	275	(丶)		怏	149	泌	243	妹	102
命	66	物	276	並	4	性	149	泳	243	姑	103
周	67	狙	278	京	11	怕	150	泥	243	妬	103
咎	67	狎	278	享	11	怪	150	沸	243	姐	103
委	103	狐	278	冽	37	怡	150	泓	243	妯	103
季	110	狗	278	冼	37	戾	164	波	243	姓	103
岳	124	的	299	刻	42	房	164	沼	244	姗	103
岱	124	知	309	券	42	放	190	治	244	姍	103

妳 103
姊 103
妮 103
始 104
姆 104
孟 110
孤 110
屆 121
居 121
届 121
屈 121
帚 131
弧 140
弦 141
弩 141
戕 162
承 168
牀 273
狀 277
糾 338
門 470
阿 473
阻 473
附 473
陀 473

九畫

（一）
亟 10
剋 43
勃 47
勁 47
南 53
厘 55
厚 55
哉 67
咸 68
型 88
垣 88
垮 88
城 88
垢 88
垛 88
垜 88
垠 89
契 99
奏 99
奎 99
威 104
封 117
巷 130
拭 172
持 172
拮 172
拷 172
拱 172
挎 172
指 172
拽 172
括 172
拴 173
拾 173
挑 173
拼 173
按 173
挖 173
拯 173
政 190
故 191
春 199
某 211
柑 211
枯 211
柯 211
柄 211
柩 211
查 211
柚 212
枳 212
柬 212
枴 212
柵 212
柏 212
柞 212
柳 212
柱 213
柿 213
枷 213
枱 213
歪 232
殃 233
殆 233
毒 235
毖 235
泵 241
玨 283
珐 283
玷 283
玳 283
珊 283
珀 283
珍 283
玲 283
玻 283
甚 288
甭 290
皆 300
相 304
研 310
砒 310
砌 310
砍 311
砂 311
耐 356
耍 356
耷 357
耶 357
胡 361
致 369
要 408
赴 432
赳 432
軌 439
述 444
郁 453
酊 455
面 483
革 484
頁 486

（丨）
冒 35
削 43
則 43
哐 67
哇 67
哄 68
哂 68
咧 68
咦 68
哎 68
品 68
咽 68
咱 68
哈 69
咯 69
哆 69
咬 69
咳 69
咩 69
咪 69
峙 124
峋 124
幽 135
思 149
昧 199
是 199
映 199
星 199
昨 199
昭 200
昵 200
毗 235
炭 264
畏 291
界 291
盅 301
盹 304
盼 304
背 361
胃 361
茉 376
苦 376
苯 376
苛 376
若 376
茂 376
苫 376
苜 377
苗 377
英 377

苑 377
苟 377
苞 377
苧 377
范 377
茄 377
茅 378
茁 378
苔 378
虐 391
虹 392
貞 425
趴 433
迪 445
迥 445
韭 485
(丿)
便 20
俞 20
俠 21
俏 21
保 21
俚 21
促 21
侶 21
俘 21
俄 21
俐 21
侮 21
俎 21
俗 21
係 22
信 22
俊 22
侵 22
侯 22
俑 22
俟 22
剎 43
勉 47
匍 49
卻 55
叟 58
垂 88
帥 131
待 144
徊 145
律 145
很 145
後 145
怎 149
怨 150
急 150
拜 168
段 234
氟 237
泉 242
牲 276
牴 276
狡 278
狠 278
皇 300
盆 301
盈 301
看 304
盾 304
禹 318
秕 319
秒 319
科 319
秋 320
竿 328
竽 328
缸 349
胛 361
胚 361
胝 361
胞 362
胖 362
胎 362
舢 372
衍 403
負 425
迭 445
迤 445
迫 445
重 458
風 490
食 491
香 494
(丶)
並 4
亮 11
亭 11
冠 36
前 43
剃 43
叛 58
哀 69
咨 69
奕 99
姜 104
姿 105
宣 113
宦 113
宥 113
室 113
客 113
帝 131
度 136
弈 139
恃 150
恒 151
恢 151
恆 151
恍 151
恫 151
恬 151
恤 151
恰 151
恪 151
恨 151
扁 164
施 196
柒 213
染 213
洱 244
洪 244
洌 244
洩 244
洞 244
洗 244
活 244
派 244
洽 245
洶 245
洛 245
津 245
洲 245
洋 245
炳 264
炬 264
炯 264
炸 264
炮 264
炫 265
為 265
疥 294
疫 294
疤 294
祐 316
祖 316
神 316
祝 317
祕 317
祠 317
突 324
穿 324
籽 336
美 352
袂 404
計 411
訂 411
訃 412
軍 439
郊 453
郎 453
酋 455
音 485
首 494
(乛)
勇 47
咫 69
娃 104
姥 104
姨 104
姪 104
姻 104
姚 104
姣 104

姸	104	飛	490	挺	174	班	284	哮	70	畔	291
姦	105			挫	175	珮	284	哺	70	盎	301
孩	110	**十畫**		捋	175	真	305	哽	70	眨	305
屍	122	(一)		挽	175	砸	311	哨	70	眩	305
屋	122	匪	51	挪	175	砰	311	員	70	眠	305
屏	122	原	56	捅	175	砧	311	唄	70	荊	378
屎	122	唇	70	挨	175	砷	311	哩	70	茸	378
建	139	哥	70	晉	200	砥	311	哭	71	荏	378
弭	141	哲	70	框	213	砲	311	哦	71	草	378
怒	150	埔	89	桂	213	破	311	唁	71	茵	378
怠	150	埂	89	桔	214	秦	320	哼	71	茱	378
既	197	埋	89	栽	214	素	339	唧	71	茴	378
架	213	埃	89	桓	214	索	339	哪	71	茶	378
柔	213	夏	96	栗	214	翅	353	唉	71	荀	379
癸	298	套	99	桐	214	耿	357	唆	71	茗	379
省	303	恐	150	株	214	耽	357	圃	84	荒	379
眉	304	恥	150	栓	214	袁	404	峽	124	茨	379
矜	309	恭	150	桃	214	貢	425	峭	125	茫	379
紅	338	挈	172	格	214	起	432	峨	125	荔	379
紂	339	振	173	桅	215	軒	439	峪	125	茹	379
約	339	捕	174	校	215	辱	443	峯	125	茲	379
紉	339	捂	174	核	215	迺	445	峰	125	虔	391
紀	339	挾	174	桉	215	郝	453	峻	125	蚜	393
迢	445	捎	174	根	215	酌	455	恩	151	蚌	393
閂	470	捍	174	栩	216	配	455	時	200	蚣	393
陌	474	捏	174	殊	233	馬	494	晃	200	蚊	393
陋	474	捉	174	殉	233	(丨)		晌	200	蚪	393
降	474	捆	174	泰	241	剛	43	晏	200	蚓	393
限	474	捐	174	烈	265	剔	44	柴	214	豈	422
韋	485	捌	174	珠	283	哧	70	桌	214	財	426

迴 445
骨 498
鬥 500

（丿）

乘 6
俸 22
倩 22
倀 22
倖 22
借 22
值 23
倆 23
倚 23
俺 23
倒 23
倉 23
倘 23
俱 23
倡 23
個 23
候 24
修 24
倪 24
俾 24
倫 24
倍 24
倜 24
倣 24
倦 24
倌 24
們 24
倔 25
倨 25
卿 55
奚 100
射 117
島 125
師 131
徒 145
徑 145
徐 145
息 151
拿 173
朕 206
桀 215
殷 234
氣 237
氦 237
氨 237
氧 237
烏 265
爹 273
特 276
狹 278
狽 278
狸 278
狼 278
留 291
皋 300
矩 309
秣 320
秫 320
秤 320
租 320
秧 320
秩 320
秘 320
笑 328
笋 328
笆 328
缺 350
翁 353
耕 356
耘 356
耗 356
耙 356
胯 362
胰 362
脂 362
胭 362
胱 362
脈 362
脆 362
胸 363
胳 363
胼 363
胺 363
臭 369
舀 370
舨 372
般 372
航 372
舫 373
芻 375
豺 424
豹 424
躬 438
追 445
逅 445
逃 445
針 459
釘 459
釗 459
釜 459
隻 477
飢 491
鬼 500

（丶）

兼 34
冢 36
冥 36
冤 36
凌 37
凍 37
准 37
凋 37
剖 44
剜 44
唐 71
家 113
宵 113
宴 114
宮 114
害 114
容 114
宰 114
差 129
席 131
庫 136
庭 136
座 136
恙 151
悖 152
悟 152
悚 152
悄 152
悍 152
悔 152
悅 152
扇 164
拳 173
效 191
料 194
旅 196
旁 196
朔 206
朗 206
案 215
浦 245
浙 245
浹 245
涉 245
消 246
涅 246
涓 246
浩 246
海 246
浜 246
浴 246
浮 246
流 246
涕 247
浪 247
浸 247
涌 247
浚 247
烤 265
烘 265
烟 265
烙 265
畝 291
畜 291
症 294
疳 294
病 294
疽 294
疾 294
疹 295
疼 295
疲 295

益 301
祥 317
窄 325
站 327
粉 336
紊 340
羔 352
脊 362
衰 404
衷 404
袒 404
袖 404
袍 404
被 405
訌 412
討 412
訓 412
託 412
訖 412
訊 412
記 412
迹 445
迸 445
送 446
逆 446
迷 446
酒 455
高 499

(乛)

剝 44
姬 105
娠 105
娌 105
娟 105
娛 105
娥 105
娩 105
娣 105
娘 105
娓 105
娜 106
孫 110
展 122
屑 122
屐 122
弱 141
恕 152
書 204
桑 216
畚 291
祟 317
紜 339
紕 339
純 339
紗 340
納 340
紛 340
紙 340
級 340
紋 340
紡 340
紐 340
脅 363
能 363
蚤 393
退 446
郡 453
閃 470
陡 474
陣 474
陝 474
陛 474
除 474
院 474

十一畫

(一)

乾 7
副 44
勘 47
勒 47
匿 51
區 51
匾 51
厠 56
堵 89
執 89
基 89
域 89
堅 89
堆 90
埠 90
培 90
奢 100
娶 106
婪 106
專 118
帶 132
彬 143
戚 162
捧 175
掛 175
措 175
捺 176
掩 176
捱 176
捷 176
掉 176
排 176
推 176
掀 177
捨 177
掄 177
捻 177
採 177
授 177
掙 177
掏 177
掐 177
掬 178
掠 178
掂 178
掖 178
接 178
捲 178
控 178
探 178
掃 178
捫 179
据 179
掇 179
掘 179
敖 191
教 191
救 191
斬 195
曹 204
梆 216
械 216
梗 216
梧 216
梢 216
桿 216
梅 217
梳 217
梯 217
桶 217
梭 217
焉 265
爽 273
現 284
理 284
球 284
琉 284
琅 284
盔 301
盛 302
硅 311
硒 311
硃 312
票 317
紮 340
聆 357
聊 357
脣 363
舂 370
規 409
豉 422
責 426
赦 431
赧 431
軟 439
連 446
速 446
逗 446
逐 446
逝 447
逕 447
都 453
郴 453

酗	455
雪	480
頂	486
麥	511
（丨）	
冕	35
剮	44
勖	47
匙	50
曼	58
啞	72
啄	72
啪	72
啦	72
啃	72
唬	72
唱	72
啡	72
唯	72
啤	73
唸	73
啥	73
啕	73
唷	73
唳	73
啊	73
啜	74
啣	74
國	84
圇	84
圈	84
堂	90
婁	106
崖	125
崎	125
崗	125
崑	125
崔	125
崙	125
崢	126
崩	126
崇	126
崛	126
帳	131
常	132
帷	132
彪	143
患	152
敗	191
晨	200
晤	200
晦	200
晚	200
畦	291
畢	292
異	292
略	292
眶	305
眾	305
眺	305
眯	305
眼	305
眸	306
累	341
莆	379
莩	379
莽	379
莖	380
莢	380
莫	380
莉	380
莠	380
莓	380
荷	380
荼	380
荻	381
莘	381
莎	381
莞	381
莊	381
處	391
蚶	393
蛆	393
蚯	393
蚱	393
蛉	394
蛀	394
蛇	394
販	426
趾	433
逍	447
逞	447
野	458
鹵	509
（丿）	
做	25
偃	25
偕	25
偵	25
偌	25
偎	25
側	25
偶	25
偷	26
停	26
偽	26
偏	26
健	26
假	26
偉	26
兜	32
凰	38
動	47
匐	50
售	72
够	97
夠	97
彩	143
彫	143
徙	145
得	145
徘	146
從	146
御	146
悉	152
悠	152
您	152
敏	191
敍	191
敘	192
教	192
斜	194
梨	216
梟	217
條	217
欲	230
殺	234
氫	237
犁	276
猜	279
猪	279
猖	279
猙	279
猛	279
甜	289
皎	300
盒	302
祭	317
秸	320
移	321
笨	328
笸	328
笛	328
笙	328
符	329
笠	329
第	329
笤	329
笞	329
鉢	350
翎	354
耜	356
脚	363
脯	363
脖	363
脫	363
舶	373
船	373
舷	373
舵	373
術	403
袋	404
覓	409
貨	426
貪	426
貧	426
躭	438
造	447
透	447
途	447

逛 447
逢 447
釦 460
釬 460
釧 460
釣 460
敍 460
頃 486
魚 501
鳥 504

（丶）

剪 44
商 73
啟 73
婆 106
孰 110
寇 114
寅 114
寄 114
寂 114
宿 114
密 115
庶 136
庵 136
庸 136
康 136
情 153
悵 153
悻 153
惜 153
悽 153
悼 154
惕 154
悸 154
惟 154
惆 154
惘 154
惚 154
惦 154
悴 154
惋 154
扈 164
旌 196
族 197
旋 197
望 206
梁 217
毫 236
涎 247
清 247
渚 247
淅 247
淞 247
淋 247
涯 247
淹 248
淒 248
淺 248
淑 248
淖 248
淌 248
混 248
涸 248
添 248
淮 248
淪 248
淆 248
淫 249
淨 249
淘 249
涼 249
淳 249
液 249
淬 249
淤 249
涪 249
淡 249
淙 250
淀 250
淚 250
深 250
涮 250
涵 250
淄 250
烴 266
焊 266
烯 266
烽 266
烹 266
烷 266
牽 276
率 282
瓷 288
瓶 288
產 289
痔 295
疵 295
痊 295
痕 295
眷 305
窒 325
章 327
竟 327
粗 336
粕 336
粘 336
粒 336
羚 352
羞 352
袱 405
視 410
訝 412
許 412
訛 413
訟 413
設 413
訪 413
訣 413
這 447
部 453
郭 454
鹿 510
麻 511

（乛）

務 47
參 57
問 74
婊 106
娼 106
婢 106
婚 106
婉 106
婦 106
婀 106
將 118
尉 118
屠 122
屜 122
巢 128
張 141
強 141
悤 153
晝 201
組 340
紳 341
細 341
絀 341
終 341
絃 341
絆 341
紹 341
習 354
翌 354
蛋 394
袈 405
貫 426
通 447
閉 470
陸 474
陵 475
陳 475
陰 475
陶 475
陷 475
陪 475
雀 477

十二畫

（一）

博 53
喜 74
喪 74
喆 75
堯 90
報 90
堪 90
堰 90
堤 90
場 91
壹 95

壺	95	期	206	琵	284	雄	478	喧	76	菴	382
彭	143	朝	206	琴	284	雅	478	喀	76	萋	382
惡	153	棒	217	琶	285	雲	480	喔	77	菲	382
惠	153	棱	217	琪	285	雯	480	喲	77	菽	382
惑	153	椏	218	琳	285	項	486	圍	85	萌	382
揍	179	棋	218	琦	285	馭	495	嵌	126	菌	382
揠	179	植	218	琢	285	黃	512	崽	126	萎	382
揀	179	棟	218	琥	285	（丨）		嵐	126	萸	382
揩	179	森	218	甦	289	最	36	嵋	126	菜	382
描	179	椅	218	硬	312	凱	38	幅	132	菊	382
提	179	棲	218	硯	312	喋	74	幀	132	萄	382
揚	179	棧	218	硝	312	喃	74	帽	132	菩	382
揖	180	椒	218	硫	312	喳	74	幃	132	萃	382
揭	180	棵	218	粟	336	喇	74	掌	176	萍	382
揣	180	棍	218	腎	364	喊	75	敝	192	菠	383
捶	180	棗	219	裁	405	喝	75	敞	192	菅	383
插	180	棘	219	裂	405	喱	75	晴	201	菇	383
揪	180	椎	219	覃	409	喂	75	暑	201	虛	392
搜	180	棉	219	貳	426	單	75	晰	201	蛙	394
援	180	棚	219	越	432	喟	75	晶	201	蛔	394
換	180	棕	219	趄	432	喘	75	晾	201	蛛	394
揮	180	棺	219	趁	432	唾	75	景	201	蛤	394
握	180	椁	219	超	432	啾	75	棠	218	蛟	394
摒	180	款	230	軸	440	嗖	76	睏	306	貼	426
揉	181	欺	230	軻	440	喉	76	紫	342	貴	427
敢	192	殖	233	辜	442	喻	76	菁	381	買	427
散	192	殘	233	逵	448	喚	76	華	381	貶	427
斑	194	殼	234	酣	455	嘵	76	著	381	貯	427
斯	195	煮	266	酥	455	喑	76	菱	381	貽	428
替	204	焚	266	雁	478	啼	76	萊	381	跋	433

距 433
跌 433
跑 433
跚 434
跎 434
跛 434
鄂 454
量 459
黑 513
（丿）
傣 26
備 26
傅 27
傈 27
傀 27
傘 27
傑 27
傍 27
傢 27
剩 44
創 44
勝 47
喬 76
堡 91
復 146
徨 146
循 146
悲 154
掣 176
掰 177
斐 194
智 201
棃 219
欽 230
毯 236
氮 237
氯 238
無 266
焦 266
然 267
牌 274
犂 276
猫 279
猹 279
猩 279
猥 279
猬 279
猴 279
猶 280
甥 289
番 292
皓 300
皖 300
短 309
稈 321
程 321
稍 321
稀 321
稅 321
筐 329
等 329
策 329
筋 330
筒 330
筏 330
筌 330
答 330
筍 330
筆 330
脹 363
腌 364
腆 364
脾 364
腋 364
腚 364
腔 364
腕 364
皐 369
舒 371
舜 372
衆 402
街 403
象 423
貂 424
貸 427
貿 427
逶 448
進 448
週 448
逸 448
郵 454
釉 458
鈣 460
鈍 460
鈔 460
鈉 460
鈞 460
鈎 460
鈕 460
集 478
順 486
須 487
飧 491
飩 491
飪 491
飯 491
飲 491
黍 512
（丶）
割 44
勞 48
善 76
奠 100
孳 110
寒 115
富 115
寓 115
寐 115
尊 118
就 120
廂 137
廁 137
廊 137
廄 137
惰 155
愜 155
惻 155
愠 155
惺 155
愕 155
惴 155
愣 155
愎 156
惶 156
愉 156
慨 156
惱 156
扉 164
敦 192
斌 194
普 201
曾 205
棄 219
湊 250
湛 250
港 250
湖 250
湘 251
渤 251
渣 251
減 251
渠 251
測 251
渺 251
湯 251
温 251
渭 251
渴 251
渦 252
湍 252
湃 252
淵 252
渝 252
渙 252
渡 252
游 252
滋 252
渲 252
渾 252
溉 252
湧 253
焰 266
焠 267
焙 267
痣 295
痘 295
痞 295
痙 295
痢 295
痛 296

盜 302
着 306
祺 317
祿 318
窖 325
窗 325
窘 325
童 327
竣 327
粧 336
翔 354
補 405
裡 405
裕 406
裙 406
評 413
詛 413
詐 413
訴 413
診 413
詆 413
註 414
詠 414
詞 414
詔 414
雇 478
馮 495
(一)
媒 106
嫂 106
媛 107
婷 107
媚 107
婿 107
孱 111
尋 118
幾 135
弼 141
强 141
悶 154
犀 276
畫 292
疏 293
疎 293
登 299
發 299
皴 300
粥 336
結 341
絨 342
給 342
絢 342
絡 342
絞 342
統 342
絕 342
絮 343
絲 343
費 427
賀 427
逮 448
鄉 454
閏 470
開 470
閑 471
間 471
閒 471
閔 471
隋 475
階 475
陽 475
隅 476
陲 476
隍 476
隆 476
隊 476
靭 485

十三畫

(一)
剽 45
勢 48
勤 48
匯 51
嗇 77
填 91
塔 91
塌 91
塢 91
塊 91
塘 92
塚 92
幹 134
想 155
感 155
戡 163
搏 181
搭 181
搽 181
搨 181
損 181
携 181
搗 181
搥 181
搬 181
搶 181
搖 181
搞 182
搪 182
搐 182
搓 182
搧 182
搔 182
搡 182
斟 194
楔 220
椿 220
椰 220
楠 220
楂 220
楚 220
極 220
楷 220
楫 221
楊 221
楞 221
楡 221
椶 221
楓 221
榔 221
概 221
楣 221
椽 221
瑟 285
瑚 285
瑁 285
瑛 285
瑞 285
瑜 285
瑕 286
瑙 286
盞 302
碘 312
碑 312
碉 312
硼 312
碎 312
碰 313
碗 313
碌 313
禁 317
聘 357
聖 357
肆 359
蜃 395
蜇 395
裘 405
賈 428
趔 432
載 440
較 440
達 448
逼 448
酮 456
酪 456
酩 456
酬 456
雷 480
電 480
零 480
雹 480
靴 484
靳 484
靶 484
頑 487
頓 487
馱 495
馴 495
馳 495
鼓 514

（丨）
募 48
嗎 77
嗜 77
嗦 77
嗒 77
嗣 77
嗯 77
嗤 77
嗅 77
嗥 78
嗚 78
嗆 78
嗡 78
嗓 78
園 85
圓 85
嵩 126
幌 132
惹 155
愚 155
敬 192
暖 201
暗 201
暉 202
暈 202
暇 202
業 220
歇 230
歲 232
煦 267
照 267
畸 292
當 292
盟 302
睛 306
睦 306
睹 306
睞 306
睫 306
督 306
睬 306
睜 307
署 350
置 351
罪 351
罩 351
葉 383
葫 383
葬 383
萬 383
葛 383
董 383
葩 384
葡 384
葱 384
蒂 384
落 384
葷 384
葦 384
葵 384
虜 392
號 392
虞 392
蜀 395
蜈 395
蛾 395
蜂 395
蜓 395
蛻 395
蛹 395
賊 428
賄 428
賂 428
賅 428
跨 434
跳 434
跺 434
跪 434
路 434
跡 434
跤 434
跟 435
農 444
遇 448
遏 448
過 449
鼎 514
（丿）
亂 8
債 27
傲 27
僅 27
傳 27
傾 28
僂 28
催 28
傷 28
傻 28
傭 28
奧 100
弒 140
微 146
愁 156
愈 156
愛 156
會 205
毀 234
毽 236
煞 268
爺 273
犍 276
猿 280
猾 280
獅 280
矮 310
禽 318
稚 321
稗 321
稠 321
筠 330
筷 330
節 331
粵 336
肄 359
腰 364
腸 364
腥 365
腮 365
腭 365
腫 365
腹 365
腺 365
腳 365
腦 365
舅 370
與 370
艄 373
艇 373
衙 403
裊 406
解 411
詹 415
貉 424
賃 428
躲 439
躱 439
遁 449
逾 449
鄒 454
鉗 461
鈷 461
鉢 461
鉅 461
鉀 461
鈾 461
鉑 461
鈴 461
鉛 461
鉚 461
鉋 461
雉 478
頒 487
頌 487
飾 491
飽 491
飼 492
鳩 504
鳧 504
鼠 515
（丶）
塑 92
塗 92
塞 92
廈 137
廉 137
意 156
慈 156
慎 156
慄 157

慌	157	煌	268	詩	414	嫁	107	墒	93	榷	223
愾	157	煥	268	詼	414	彙	142	壽	96	歌	230
愧	157	煎	268	誠	414	殿	234	奩	100	熙	268
愴	157	痲	296	誇	414	綁	343	奪	100	爾	273
新	195	痴	296	詣	414	經	343	截	163	瑪	286
溝	253	痹	296	誅	414	絹	343	摳	182	瑰	286
滇	253	痿	296	話	415	綉	343	摸	182	瑣	286
滅	253	痱	296	詮	415	綏	343	摟	182	瑤	286
溼	253	痺	296	詢	415	羣	353	撂	183	甄	288
源	253	瘁	296	詭	415	肅	359	摧	183	監	302
滑	253	瘀	296	該	415	裝	406	摘	183	碧	313
準	253	痰	296	詳	415	辟	442	摔	183	碁	313
滄	253	禀	317	詫	415	遐	450	摺	183	碟	313
滔	253	福	318	豢	424	達	450	摻	183	碴	313
溪	253	禍	318	資	428	閘	471	斡	194	碱	313
溜	253	稟	322	遊	449	隔	476	構	221	碩	313
滾	254	窠	325	道	449	隕	476	榛	221	碳	313
滂	254	窟	325	遂	449	隘	476	槓	221	磁	313
溢	254	粳	336	運	449	隙	476	榻	222	緊	343
溯	254	粱	337	遍	449	預	487	榦	222	聚	358
溶	254	義	353	雍	478			榫	222	臧	368
滓	254	羨	353	靖	482	**十四畫**		槐	222	臺	369
溟	254	裟	405	韵	486	(一)		榭	222	誓	416
溺	254	裏	405	(乛)		兢	32	槌	222	赫	431
滁	254	裔	405	剿	45	匱	51	榴	222	趙	432
煤	267	裙	406	嫣	107	厭	56	槍	222	趕	432
煩	267	褚	406	媳	107	嘉	78	槁	222	輒	440
煙	267	裸	406	媲	107	墊	92	榜	222	輔	440
煉	267	裨	406	嫉	107	塹	92	榨	223	輕	440
煜	267	試	414	嫌	107	境	93	榕	223	輓	440

遠 450
鄞 454
酵 456
酷 456
酶 456
酸 456
需 480
駁 495
髦 499
魂 501
鳶 504
（丨）
嘖 78
嘟 78
嘆 78
嗷 78
嘈 78
嗽 78
嘔 78
嘁 78
嘎 79
嗬 79
嘗 79
嘍 79
嘣 79
嘛 79
嘀 79
團 85
圖 85
墓 92
墅 92
夢 97
夥 97
對 118
嶄 126
嶇 126
嶂 126
幕 133
幔 133
幗 133
暢 202
獃 280
瞄 307
睡 307
瞅 307
睽 307
罰 351
蒜 384
蓋 384
蓓 385
蓖 385
蒼 385
蓑 385
蒿 385
蓆 385
蓄 385
蒞 385
蒲 385
蓉 385
蒙 385
蒸 386
蜓 395
蜻 396
蜥 396
蜴 396
蜘 396
蜷 396
蜿 396
蜢 397
裳 406
賑 428
賒 428
踉 435
跼 435
遣 450
鄙 454
雌 478
骯 498
鳴 504
（丿）
僥 28
僳 28
僚 28
僕 28
僑 28
像 29
僧 29
僱 29
孵 111
熏 268
犒 277
獄 280
疑 293
睾 307
稭 322
種 322
稱 322
箍 331
筵 331
箕 331
箋 331
算 331
箏 331
箔 331
管 332
翡 354
膊 365
膈 365
膀 366
腿 366
舔 371
舞 372
蝕 396
裴 406
製 406
貍 425
貌 425
遞 450
遙 450
銬 461
銅 462
銖 462
銑 462
銓 462
銜 462
銘 462
鉻 462
銥 462
銀 462
領 487
颱 490
餌 492
餉 492
餃 492
餅 492
魁 501
鳳 504
鼻 515
（丶）
塾 92
塵 92
寨 115
寡 115
寞 115
寧 116
察 116
寤 116
寥 116
寢 116
實 116
廓 137
廖 137
彰 143
慂 157
慚 157
慳 157
慢 157
慷 158
慘 158
慣 158
敲 192
旗 197
榮 223
歉 230
漬 254
漢 254
滿 254
滯 255
漆 255
漸 255
漣 255
漱 255
漚 255
漂 255
漕 255
漠 255
滷 255
漫 256
滌 256
漪 256

漁 256
滸 256
漓 256
漉 256
漩 256
漳 256
滴 256
滾 256
漾 256
演 257
滬 257
漏 257
漲 257
滲 257
熄 268
熒 268
熔 268
煽 268
瘍 296
瘟 296
瘧 296
瘦 297
瘉 297
瘓 297
瘋 297
窩 325
窪 325
竭 327
端 327
精 337
鄰 337
粹 337
粽 337
肇 359
腐 364
膏 365
蜜 396
裹 406
褐 407
複 407
褓 407
誠 415
誌 415
誣 415
語 415
誤 416
誘 416
誨 416
説 416
認 416
誦 416
豪 424
賓 429
辣 443
韶 486
颯 490
麼 511
齊 515

(乛)

凳 38
劃 45
奬 100
嫣 107
嫗 107
嫘 107
嫖 108
嫩 108
嫦 108
嫡 108
屢 122
態 157
暨 202
熊 268
盡 302
緒 343
綾 343
綺 344
綫 344
綽 344
綱 344
網 344
綿 344
維 344
綸 344
綵 344
綳 344
綢 344
綜 344
綻 345
綴 345
綠 345
翟 354
翠 354
聞 357
遜 450
閏 471
閩 471
閥 471
閤 471
閣 471
閡 472
際 476
障 476
頗 487

十五畫

(一)

厲 56
墳 93
墟 93
墩 93
增 93
慧 157
憂 157
摯 182
撓 183
撕 183
撒 183
撩 183
撅 184
撲 184
撮 184
撣 184
撐 184
撇 184
撫 184
撬 184
播 184
撞 185
撤 185
撈 185
撥 185
撰 185
敷 192
暫 202
椿 223
槽 223
樞 223
標 223
模 224
樝 224
樓 224
樊 224
槨 224
樟 224
樣 224
樑 224
歎 231
歐 231
毆 234
熱 269
熬 269
獒 277
璃 286
璋 286
碼 313
磕 313
磊 314
磋 314
磅 314
確 314
碾 314
穀 322
豎 423
豌 423
豬 424
賣 429
賢 429
趣 433
趟 433
輛 440
輥 441
輪 441
輜 441
輟 441
遨 450
遭 450
遷 450
醋 456
醃 456

醇	456	噗	80	蓮	386	踢	435	獗	280	銷	462
醉	457	噓	80	蔓	386	踝	435	皚	300	鋇	463
震	480	噐	80	蔑	386	踟	435	皺	301	鋤	463
霄	480	嘿	80	蔔	386	踩	435	盤	302	鋁	463
霆	480	嘷	80	蔡	386	踮	435	磐	314	銹	463
霉	481	嘮	80	蓬	386	踞	436	稽	322	銼	463
鞋	484	嘰	80	蔗	386	踪	436	稷	323	鋒	463
鞏	484	墨	93	蓿	387	輝	441	稻	323	鋅	463
鞍	484	嶙	126	蔚	387	鄲	454	稿	323	銻	463
頡	488	幣	133	蔣	387	骷	498	稼	323	銳	463
駛	495	幢	133	蔭	387	鬧	500	箱	332	靠	483
駟	495	幟	133	蝶	397	齒	516	範	332	領	488
駙	495	弊	139	蝴	397	(丿)		箴	332	颳	490
駒	495	彆	142	蝠	397	僵	29	箭	332	餓	492
駐	495	影	143	蝟	397	價	29	篇	332	餘	492
駝	495	慕	157	蝸	397	儂	29	篆	332	餒	492
髮	499	慮	157	蝌	397	儉	29	膝	366	魅	501
鴉	505	摹	182	蝗	397	儈	29	膘	366	魄	501
麩	511	數	193	蝙	398	億	29	膜	366	魷	501
麪	511	暱	202	螂	398	儀	29	膛	366	魯	502
(丨)		暴	202	蝦	398	僻	29	膠	366	黎	512
劇	45	暮	202	賬	429	劍	45	舖	372	(丶)	
嘻	79	瞌	307	賦	429	劊	45	艘	373	凜	38
噴	79	瞇	307	賭	429	劉	45	衝	403	寮	116
噎	79	瞎	307	賤	429	德	147	衛	403	寬	116
噁	79	瞑	307	賜	429	徵	147	質	429	寫	116
嘶	79	罵	351	賞	429	徹	147	躺	439	審	116
嘲	80	罷	351	賠	430	慫	158	輩	440	廚	137
嘹	80	膚	366	踐	435	慾	158	鄱	454	廝	137
嘩	80	蔫	386	踏	435	樂	224	鋪	462	廣	138

廟	138	澄	258	諄	418	緬	345	携	186	翰	354
廠	138	潑	259	談	418	緝	345	擇	186	臻	370
廢	138	熟	269	誼	418	緞	345	撿	186	融	398
慶	158	瑩	286	遮	450	線	345	擒	186	賴	430
憤	158	瘩	297	適	450	緩	345	擔	186	輻	441
憫	158	瘡	297	鄭	454	締	346	擅	186	輯	441
憬	158	瘤	297	鄰	454	編	346	擁	186	輸	441
憚	158	瘠	297	頦	488	緯	346	整	193	遼	451
憔	159	窮	325	養	492	緣	346	曆	203	醞	457
憧	159	窯	326	麾	512	緻	346	橄	224	醒	457
憐	159	糊	337	(乛)		蝨	398	橫	226	霖	481
憎	159	糉	337	劈	45	鄧	454	樹	226	霍	481
摩	183	翩	354	墮	93	閱	472	樺	226	霏	481
敵	193	褒	407	墜	93	駑	496	樸	226	霓	481
毅	234	褥	407	嬉	108	駕	496	橇	226	霎	481
潔	257	褡	407	嬋	108			橋	226	靜	482
澆	257	褲	407	嫵	108	十六畫		橡	226	靛	482
澎	257	褪	407	嬌	108	(一)		樽	226	鞘	484
潸	257	請	416	嫻	108	噩	80	橙	226	頭	488
潮	257	誕	416	履	122	壇	93	橘	226	頤	488
潭	258	諸	416	層	123	奮	100	楕	227	頰	488
潦	258	課	417	彈	142	憨	158	機	227	頸	488
潛	258	誹	417	慰	158	撻	185	歷	232	駱	496
潰	258	諛	417	戮	163	擂	185	熹	269	駭	496
潘	258	誰	417	槳	224	撼	185	燕	269	髻	499
澈	258	論	417	漿	257	據	185	璣	286	鴣	505
澇	258	諍	417	熨	269	擄	186	瓢	287	(丨)	
潤	258	調	417	獎	280	擋	186	甌	288	冀	35
澗	258	諂	417	練	345	撾	186	磚	315	噤	80
潺	258	諒	417	緘	345	操	186	磣	315	噸	80

嘴 80
噹 81
噥 81
器 81
噪 81
噬 81
噢 81
噙 81
噯 81
嘯 81
嶼 127
憋 159
戰 163
曉 203
曇 203
盧 303
瞞 307
瞟 307
瞠 307
縣 346
罹 351
蕙 387
蕈 387
蔽 387
蕪 387
蕎 387
蕉 387
蕃 387
蕩 388
蕊 388
蔬 388
螞 398
螗 398
螃 398
螟 399
踹 436
踵 436
踱 436
蹄 436
踴 436
蹂 436
遺 451
鄴 454
頻 488
餐 492
骼 498
骸 498
闃 500
鴨 505
鴦 505
默 513
黔 513
(丿)
儒 29
儐 30
儘 30
勳 48
墾 93
學 111
憊 159
憩 159
獨 281
盥 303
禦 318
積 323
穎 323
穆 323
穌 323
篤 332
篝 332
築 333
篡 333
篩 333
簑 333
篙 333
翱 354
耪 356
膩 366
膨 366
膳 366
舉 370
興 371
艙 373
衡 403
衛 403
覦 410
貓 425
錶 463
鍺 464
錯 464
錢 464
錫 464
鋼 464
錐 464
錦 464
鍁 464
錚 464
錠 464
鋸 464
錳 465
錄 465
錙 465
雕 478
頹 488
餞 493
餛 493
餡 493
館 493
餚 493
鮎 502
鮑 502
鴛 505
鴕 505
(丶)
冪 36
凝 38
劑 45
壅 94
導 119
憑 159
憲 159
憾 159
懂 159
懊 160
懈 160
憶 160
澠 259
濃 259
澧 259
潞 259
澡 259
澤 259
濁 259
激 259
澳 259
澹 259
濂 259
澱 260
燒 269
燎 270
燃 270
燉 270
熾 270
燙 270
燜 270
燈 270
瘴 297
瘸 297
磨 314
禧 318
禪 318
窺 326
糖 337
糕 337
縈 346
羲 353
螢 399
褸 407
襁 407
褶 407
親 410
謀 418
諜 418
諫 418
諧 418
諾 418
謁 418
謂 418
諷 418
諺 418
諦 419
諮 419
諱 419
辨 443
辦 443
遴 451
遵 451
龍 516
(乛)
壁 94

孃 108
縛 346
縊 346
豫 424
遲 451
選 451
閹 472
闇 472
隨 477
險 477
隧 477

十七畫

(一)
勵 48
壓 94
壑 94
壕 94
尷 120
幫 133
戴 163
擊 185
擡 187
擬 187
擱 187
擠 187
擯 187
擦 187
擰 187
檔 227
檄 228
櫛 228
檢 228
檐 228
檀 228
檁 228
殮 233
環 286
磺 315
礁 315
磷 315
磯 315
罄 350
聱 358
聲 358
聰 358
聯 358
臨 368
艱 374
蟄 399
趨 433
轅 441
轄 441
輾 441
醞 457
醜 457
醚 457
隸 477
霜 481
霞 481
鞠 484
韓 485
騁 496
駿 496
麯 511

(丨)
嚏 81
嚇 81
嚐 82
嚎 82
嚀 82
嚓 82
嬰 108
嶺 127
嶽 127
嶸 127
戲 163
擎 185
曙 203
曖 203
瞰 307
瞭 307
瞥 308
瞧 308
瞬 308
瞳 308
瞪 308
薑 388
蕾 388
薔 388
薯 388
薛 388
薇 388
薊 388
薦 388
薪 388
薄 389
蕭 389
虧 392
蟒 399
蟆 399
螳 399
螺 399
蟈 399
蟑 400
蟋 400
蟀 400
覬 410
購 430
賺 430
蹋 436
蹌 436
蹈 436
蹊 436
蹉 436
邁 451
還 451
雖 479
顆 488
點 513
黜 513
黝 513

(丿)
優 30
償 30
儡 30
儲 30
徽 147
懇 160
斂 193
氈 236
爵 272
獲 281
獰 281
矯 310
穗 323
簌 333
簍 333
篾 333
篷 333
簇 333
繁 347
聳 358
膿 366
臊 367
膾 367
臉 367
膽 367
膻 367
臃 367
臆 367
謄 419
谿 422
輿 441
邀 452
邂 452
鍥 465
鍊 465
錨 465
鍘 465
鍋 465
錘 465
鍾 466
鍬 466
鍛 466
鍍 466
鎂 466
鍵 466
颶 490
餵 493
餿 493
鮭 502
鮮 502
鴿 506
黏 512
黛 513
鼾 515
龠 517

(丶)
應 160

懦 160
氈 236
濤 260
濫 260
濡 260
濛 260
濬 260
濕 260
濠 260
濟 260
濱 260
濘 260
澀 260
濰 261
燦 270
燥 270
燭 271
燬 271
燴 271
營 271
療 297
癌 297
癆 297
盪 303
禮 318
窿 326
糟 338
糞 338
糙 338
縻 338
糠 338
膺 367
襄 407
講 419
謊 419
謝 419
謠 419
謅 419
謗 419
謎 419
謙 419
豁 422
賽 430
鴻 506
齋 515

(乛)

嬪 108
孺 111
彌 142
擘 187
牆 273
績 346
縷 346
繃 347
繇 347
總 347
縱 347
縫 347
縴 347
縮 347
繆 347
翼 354
臀 367
臂 367
避 452
闌 472
闔 472
闊 472
隱 477

十八畫

(一)

攆 187
擾 188
擻 188
擺 188
擴 188
擲 188
檯 228
櫃 228
檻 228
檬 228
檳 228
檸 228
殯 233
瓊 287
礎 315
翹 354
聶 358
職 358
覆 409
贅 430
蹩 437
轉 442
邇 452
醫 457
釐 459
鞦 484
鞭 484
騎 496
鬆 499
鬃 499
鵓 506
鼕 514

(丨)

叢 58
嚕 82
壘 94
斃 193
瞿 308
瞻 308
舊 371
藍 389
藏 389
藉 389
藐 389
薺 389
薩 389
蟬 400
蟲 400
豐 423
蹟 436
蹣 436
蹦 437
蹤 437
題 488
顎 489
鵑 506

(丿)

朦 206
歸 232
獷 281
獵 281
穡 323
穢 324
簧 333
簪 334
簣 334
簞 334
簡 334
罈 350
翱 355
翻 355
臍 367
臏 367
軀 439
鎮 466
鎖 466
鎧 466
鎳 466
鎢 466
鎬 467
鎊 467
鎔 467
雙 479
雞 479
雛 479
颺 490
颼 490
餽 493
餾 493
馥 494
魏 501
鯉 502
鯽 502
鵠 506
鵝 506
龜 517

(丶)

懣 160
瀆 261
濾 261
瀑 261
濺 261
瀏 261
瀋 261
瀉 261
燻 271
燼 271
甕 288

癒	298
癖	298
禱	318
竄	326
竅	326
糧	338
襟	408
襠	408
襖	408
謹	420
謾	420
謬	420
鄺	455
雜	479
顏	489
額	489
黨	502
(乛)	
嚮	82
嬸	108
彝	142
戳	163
斷	195
璧	286
繞	348
繚	348
織	348
繕	348
醬	457
闖	472
闐	472
十九畫	
(一)	
壞	94
攀	187
攏	188
櫝	229
櫟	229
櫓	229
櫚	229
櫥	229
璽	286
礙	315
繫	348
覈	409
贋	430
轎	442
轍	442
難	479
霧	481
顛	489
願	489
騙	496
鬍	499
鵡	506
鵲	506
鵪	507
麓	510
麗	510
麴	511
(丨)	
嚥	82
嚨	82
曝	203
曠	203
獸	281
疇	293
矇	308
繭	348
羅	351
藝	389
藪	389
藕	390
藥	390
藤	390
藩	390
蘊	390
蠍	400
蠅	401
蟻	401
贈	430
蹺	437
蹶	437
躇	437
蹼	437
蹲	437
蹭	437
蹬	437
(丿)	
懲	160
牘	274
犢	277
獺	281
穫	324
穩	324
簸	334
簽	334
簷	334
簾	334
簿	334
簫	334
臘	368
蟹	401
贊	430
辭	443
邊	452
鏈	467
鏢	467
鏗	467
鏤	467
鏟	467
鏡	467
鏘	467
饃	493
饅	493
鯧	502
鯨	502
鵬	507
(丶)	
壟	94
寶	117
寵	117
廬	138
龐	138
懶	160
懵	160
懷	161
瀚	261
瀝	261
瀕	261
瀘	261
爆	271
爍	271
辮	287
癡	298
癟	298
羶	353
羸	353
羹	353
襤	408
譚	420
譁	420
識	420
譜	420
證	420
譏	420
鏖	467
離	479
靡	483
韻	486
類	489
鶉	507
麒	510
(乛)	
疆	293
繩	348
繹	348
繳	348
繪	348
繡	348
關	472
隴	477
韜	485
二十畫	
(一)	
壤	94
攔	188
攙	188
攘	188
瓏	287
礬	315
礪	315
礫	315
礦	316
飄	490
馨	494
騷	497
麵	511

(丨)
勸 48
嚴 82
嚼 82
嚷 83
孽 111
懸 160
曦 203
獻 281
耀 355
蘋 390
蘆 390
蘇 390
藹 390
蘑 390
藻 390
藺 390
蠕 401
蠔 401
警 420
贍 430
躉 437
躁 437
鹹 509
黨 513
齡 516
齣 516
(丿)
朧 206
犧 277
籍 334
籌 335
籃 335
纂 348
臚 368
艦 373
覺 410
觸 411
譽 421
釋 458
鐐 467
鐘 467
饒 493
饋 493
饑 493
騰 496
鰓 503
鰐 503
鰍 503
黴 514
(丶)
寶 117
懺 161
瀟 261
瀾 262
瀰 262
爐 271
癥 298
癢 298
竇 326
競 327
糰 338
糯 338
辮 348
襪 408
譯 421
議 421
贏 430
鶩 507
(乛)
孀 109
繽 349
繼 349
譬 421
闡 472

二十一畫

(一)
攝 188
攜 189
櫻 229
欄 229
殲 233
蠢 401
覽 410
轟 442
醺 457
霸 481
露 481
霹 482
驁 497
驃 497
驅 497
騾 497
齧 516
(丨)
囂 83
巍 127
巋 127
巔 127
曨 308
纍 349
蘖 391
蘚 391
蘭 391
蠣 401
蠟 401
贓 431
躊 438
躍 438
驀 497
髏 498
黯 514
齜 516
齦 516
(丿)
儷 30
獾 281
蠛 402
鐵 468
鐳 468
鐸 468
鐲 468
鐺 468
鐮 468
鏽 468
鰭 503
鰣 503
鷂 507
鷄 507
(丶)
懾 161
懼 161
斕 194
灌 262
爛 271
癩 298
竈 326
襯 408
護 421
譴 421
辯 443
顧 489
魔 501
鶯 507
鶴 507
麝 510
(乛)
屬 123
續 349
纏 349
闢 472
響 486

二十二畫

(一)
囊 83
懿 161
攤 189
攢 189
權 229
聽 358
轡 442
鑒 468
霾 482
霽 482
韁 485
驕 497
鬚 499
鷗 507
(丨)
囉 83
歡 231
疊 293
贖 431
躕 438
齪 516
(丿)
儼 30
籟 335

籠 335
罎 350
臟 368
鑄 468
鑑 468
鰾 503
鰻 503
鰥 503
鼴 515
（、）
孿 111
巒 127
彎 142
灘 262
灑 262
灕 262
瓤 287
癬 298
癮 298
聾 358
襲 408
讀 421
顫 489
鷓 508
龔 517

二十三畫
（一）
攫 189
攥 189
攪 189
驗 497
（丨）
囌 83
巖 127
曬 203
蘸 391
蘿 391
蠱 401
邏 452
顯 489
驚 497
髓 498
髒 498
體 498
鱉 503
（丿）
籤 335
鑠 468
鑣 468
鱖 503
鱗 503
鱔 504
黴 514
（、）
戀 161
攣 189
癰 298
竊 326
變 421
麟 511
（乛）
纓 349
纖 349
纔 349
鷸 508

二十四畫
（一）
壩 94
攬 189
矗 308
蠹 401
蠶 401
釀 457
靂 482
靈 482
靄 482
韆 485
驟 497
鬢 500
鹽 509
鼇 514
（丨）
囑 83
羈 351
艷 374
顰 489
髕 498
鷺 508
鹼 510
齲 516
齷 516
（丿）
罐 350
（、）
癱 298
癲 298
讒 421
讓 421
讕 422
贛 431
鷹 508

二十五畫
（一）
欖 229
鬣 500
（丨）
囔 83
觀 410
贜 431
躡 438
躥 438
顱 489
鬭 500
鼈 514
（丿）
籮 335
籬 335
糴 425
釁 457
鑰 468
鑲 469
饞 494
（、）
廳 138
灣 262
蠻 402

二十六畫
灤 262
矚 308
讚 422
鑷 469
驢 497

二十七畫
纜 349
躪 438
鑼 469
鑽 469
顴 490
鱷 504
鱸 504
鸕 508

二十八畫
豔 423
鑿 469
钁 469
鸚 509

二十九畫
鬱 500
鸛 509

三十畫
鸝 509

三十一畫
籲 335

難檢字表

一畫

乙 7

二畫

(一)

丁 1
七 1
二 9
十 52

(丨)

卜 53

(丿)

乃 5
九 7
八 33
几 38
匕 50

(乛)

了 8
刁 40
又 57

三畫

(一)

下 2
丈 2
于 9
兀 30
寸 117
工 128
干 133
才 165

(丨)

上 1
巾 130

(丿)

丸 4
久 6
乞 7
凡 38
勺 48
千 57
夕 96
川 127

(丶)

丫 4
亡 10

(乛)

也 7
叉 57
子 109
孑 109
孓 109
小 119
尸 120
己 129
已 129
巳 129
弓 140

四畫

(一)

丐 2
不 2
井 9
云 9
五 9
互 9
仄 13
元 31
匹 51
卅 52
友 57
天 97
夫 98
尤 120
屯 123
廿 139
戈 161
支 189
歹 232
比 235
牙 274
犬 277
王 282

(丨)

中 4
内 33
止 231

(丿)

丹 5
介 13
今 13
兮 33
公 34
凶 39
匀 49
勿 49
勾 49
化 50
午 52
升 52
反 57
及 58
壬 95
夭 98
斤 195
欠 229
毛 235
氏 236
爪 271
父 272
片 274
牛 275

(丶)

之 6
亢 10
六 33
冗 36
卞 53
户 163
文 193
斗 194
方 196

(乛)

丑 3
予 8
允 31
孔 109
尹 121
尺 121
巴 129
幻 134
弔 140
引 140
毋 234

五畫

(一)

世 3
丙 3
丕 3
卉 52
去 56
可 59
叵 59
左 128
巧 128
巨 128
布 130
平 134
戊 161
本 207
未 207
末 207
正 231
瓦 287
甘 288
示 316

(丨)

且 3
以 14

兄 31
冉 35
凸 39
凹 39
北 50
卡 54
占 54
只 59
史 59
四 83
央 98
由 290
甲 290
申 290
皿 301
目 303

(丿)

丘 3
乍 6
乏 6
乎 6
仝 13
令 14
冊 35
册 35
冬 36
匆 49
包 49
卯 54
句 60
外 96
失 98
孕 109
斥 195
瓜 287
生 289
用 289
甩 290
白 299
矢 309
禾 319

(丶)

主 5
半 52
市 130
必 147
永 238
玄 281
穴 324
立 326

(乛)

出 39
司 60
幼 134
弗 140
母 235
民 236
疋 293
皮 300
矛 308

六畫

(一)

丟 3
亙 9
共 34
再 35
匡 51
匠 51
吏 61
在 86
夷 98
存 109
寺 117
式 139
戎 161
戌 162
戍 162
成 162
有 205
死 233
灰 262
百 299
老 355
考 355
而 355
耳 357
臣 368
至 369
西 408

(丨)

光 31
同 61
曲 204
曳 204
此 231
肉 359

(丿)

乒 5
乓 6
先 31
兇 31
兆 31
全 33
匈 49
危 54
向 62
多 96
年 134
旬 198
旭 198
朱 208
竹 327
缶 349
耒 356
自 369
臼 370
舌 371
舛 372
舟 372
色 374
血 402
行 402

(丶)

亦 10
交 10
亥 10
字 109
州 127
次 230
米 335
羊 351
衣 403

(乛)

丞 3
牟 275
羽 353

七畫

(一)

克 31
匣 51
却 55
夾 98
孝 110
尬 120
巫 129
弄 139
志 147
忑 148
戒 162
更 204
束 209
求 238
汞 239
甫 290
豆 422
豕 423
赤 431
走 431
車 439
辰 443
酉 455

(丨)

串 4
助 46
吳 65
忐 148
步 231
肖 360
見 409
貝 425
足 433
邑 452
里 458

(丿)

免 32
兵 34
卵 54
吞 62
坐 86
孚 110
希 130
廷 138
形 143

我 162
每 235
灸 263
甸 291
阜 299
皂 299
禿 319
秀 319
系 338
角 410
谷 422
身 438
（丶）
亨 11
兑 32
弟 140
忘 148
罕 350
盲 360
良 374
辛 442
（乛）
壯 95
孜 110
局 121
巡 128
忌 148
忍 148
災 263
甬 290
矣 309

八畫

（一）
事 8
亞 9
來 19
兩 33
其 34
協 53
卦 54
奉 99
奈 99
奔 99
奇 99
奄 99
妻 103
幸 134
或 162
昔 198
東 210
武 232
直 303
者 355
臥 368
表 403
長 469
雨 479
青 482
（丨）
些 10
具 34
典 34
卓 53
尚 119
岸 124
岡 124
忠 148
昂 199
昇 199
果 210
歧 232
罔 350
肯 360
虎 391
（丿）
乖 6
乳 7
兒 32
兔 32
卑 53
受 58
命 66
周 67
咎 67
季 110
岳 124
帛 131
延 139
所 164
斧 195
欣 230
炙 263
爭 272
爬 272
爸 272
的 299
秉 319
肴 360
臾 371
舍 371
采 458
阜 473
非 483
（丶）
並 4
京 11
享 11
券 42
卒 53
卷 55
夜 97
帘 131
庚 136
氓 237
羌 352
育 361
肩 361
（乛）
函 39
叁 57
孟 110
屆 121
居 121
帚 131
弩 141
承 168
牀 273
狀 277
門 470

九畫

（一）
亟 10
剋 43
南 53
哉 67
咸 68
契 99
奏 99
奎 99
威 104
巷 130
春 199
柬 212
歪 232
毒 235
毖 235
甚 288
甭 290
皆 300
耐 356
耍 356
耷 357
胡 361
致 369
面 483
革 484
頁 486
（丨）
冒 35
幽 135
是 199
毗 235
炭 264
畏 291
界 291
背 361
胃 361
貞 425
韭 485
（丿）
俞 20
俎 21
匍 49
叟 58
垂 88
帥 131
怎 149
怨 150
急 150
拜 168
皇 300
看 304
盾 304
禹 318
缸 349

衍 403
負 425
重 458
風 490
食 491
香 494
（、）
並 4
亮 11
亭 11
冠 36
前 43
叛 58
哀 69
奕 99
姜 104
帝 131
弈 139
美 352
酋 455
音 485
首 494
（乛）
勇 47
咫 69
建 139
弭 141
怒 150
怠 150
既 197
癸 298
眉 304
矜 309
韋 485
飛 490

十畫

（一）
哥 70
夏 96
套 99
恐 150
恭 150
晉 200
栽 214
栗 214
泰 241
班 284
秦 320
素 339
索 339
翅 353
袁 404
辱 443
馬 494
（丨）
恩 151
豈 422
骨 498
鬥 500
（丿）
乘 6
卿 55
奚 100
島 125
師 131
息 151
拿 173
烏 265
爹 273
留 291
皋 300
翁 353
臭 369
舀 370
芻 375
隻 477
鬼 500
（、）
兼 34
冢 36
冥 36
冤 36
唐 71
差 129
席 131
恙 151
拳 173
旁 196
畝 291
畜 291
紊 340
羔 352
脊 362
衰 404
衷 404
酒 455
高 499
（乛）
展 122
弱 141
恕 152
畚 291
祟 317
脅 363
能 363
蚤 393

十一畫

（一）
乾 7
匿 51
區 51
匾 51
執 89
基 89
奢 100
專 118
帶 132
彬 143
戚 162
焉 265
爽 273
票 317
紮 340
脣 363
舂 370
規 409
豉 422
責 426
赧 431
麥 511
（丨）
冕 35
匙 50
堂 90
婁 106
常 132
彪 143
患 152
畢 292
眾 305
處 391
販 426
野 458
鹵 509
（丿）
兜 32
凰 38
匐 50
够 97
夠 97
彫 143
悉 152
悠 152
您 152
梟 217
條 217
欲 230
甜 289
祭 317
術 403
袋 404
覓 409
貨 426
貪 426
貧 426
魚 501
鳥 504
（、）
商 73
孰 110
庸 136
康 136
望 206
毫 236
牽 276
率 282
產 289
章 327
竟 327
羚 352
羞 352
視 410
鹿 510
麻 511

(乛)
務 47
参 57
將 118
尉 118
巢 128
悳 153
畫 201
習 354
翌 354
蛋 394
貫 426
雀 477

十二畫

(一)
博 53
喜 74
喪 74
堯 90
報 90
壹 95
壺 95
惡 153
惠 153
惑 153
斑 194
棗 219
棘 219
款 230
欺 230
焚 266
琵 284
琴 284
琶 285
甦 289
粟 336
腎 364
裁 405
裂 405
覃 409
貳 426
辜 442
雁 478
黃 512

(丨)
最 36
凱 38
掌 176
暑 201
景 201
棠 218
紫 342
虛 392
貴 427
買 427
量 459
黑 513

(丿)
傘 27
勝 47
喬 76
掣 176
掰 177
斐 194
欽 230
毯 236
無 266
然 267
番 292
皐 369
舜 372
街 403
象 423
貸 427
貿 427
集 478
飧 491
黍 512

(丶)
善 76
奠 100
尊 118
就 120
曾 205
棄 219
童 327
馮 495

(乛)
孱 111
尋 118
幾 135
弼 141
畫 292
疏 293
疎 293
登 299
發 299
皴 300
粥 336
費 427
賀 427
靭 485

十三畫

(一)
勢 48
嗇 77
幹 134
感 155
楚 220
瑟 285
禁 317
聖 357
肆 359
蜃 395
裘 405
賈 428
載 440
鼓 514

(丨)
募 48
嗣 77
惹 155
愚 155
業 220
歇 230
歲 232
照 267
當 292
虜 392
號 392
虞 392
蜀 395
農 444
鼎 514

(丿)
亂 8
奧 100
弒 140
愁 156
愈 156
愛 156
會 205
毽 236
煞 268
爺 273
禽 318
粵 336
肄 359
舅 370
與 370
衙 403
裊 406
詹 415
賃 428
雉 478
鳩 504
鳧 504
鼠 515

(丶)
塞 92
廉 137
意 156
慈 156
新 195
準 253
煎 268
稟 322
粱 337
義 353
羨 353
裏 405
裔 405
豢 424
資 428
雍 478
靖 482
韵 486

(乛)
彙 142
羣 353
肅 359
裝 406
辟 442

十四畫

(一)

兢 32
匱 51
嘉 78
壽 96
奩 100
奪 100
截 163
斡 194
榦 222
歌 230
熙 268
爾 273
碧 313
聚 358
臧 368
臺 369
誓 416
魂 501
鳶 504

(丨)

嘗 79
夢 97
夥 97
對 118
幕 133
暢 202
獃 280
裳 406

(丿)

孵 111
熏 268
疑 293
睾 307
翡 354
舞 372
裴 406
鳳 504
鼻 515

(丶)

塵 92
彰 143
歉 230
鄰 337
肇 359
腐 364
膏 365
蜜 396
裹 406
豪 424
賓 429
辣 443
韶 486
麼 511
齊 515

(乛)

凳 38
屢 122
態 157
暨 202
熊 268
翟 354
翠 354

十五畫

(一)

慧 157
憂 157
摯 182
樊 224
歎 231
歐 231
熱 269
熬 269
犛 277
穀 322
豎 423
豌 423
豬 424
賣 429
賢 429
鞏 484

(丨)

幣 133
弊 139
彆 142
慕 157
慮 157
摹 182
暴 202
暮 202
膚 366
賞 429
輝 441
齒 516

(丿)

樂 224
皺 301
磐 314
衝 403
衛 403
質 429
輩 440
靠 483
魯 502
黎 512

(丶)

廣 138
慶 158
摩 183
熟 269
瑩 286
褒 407
養 492
麾 512

(乛)

履 122
層 123
慰 158
戮 163
獎 280
蝨 398
駕 496

十六畫

(一)

噩 80
奮 100
整 193
曆 203
歷 232
熹 269
燕 269
甌 288
翰 354
臻 370
融 398
賴 430
靜 482
靛 482

(丨)

冀 35
戰 163
縣 346
罹 351
餐 492
鴦 505

(丿)

學 111
憊 159
憩 159
禦 318
穎 323
舉 370
興 371
衡 403
衞 403
覦 410
鴛 505

(丶)

冪 36
壅 94
導 119
憲 159
磨 314
羲 353
螢 399
親 410
辨 443
辦 443
龍 516

(乛)

豫 424

十七畫

(一)

尷 120
幫 133
戴 163
罄 350
聱 358
聲 358
艱 374
蟄 399
隸 477
韓 485

(丨)
戲 163
擘 185
虧 392
覬 410
(丿)
懇 160
爵 272
聳 358
膾 419
谿 422
輿 441
黛 513
鼾 515
龠 517
(丶)
應 160
營 271
糞 338
縻 338
膺 367
襄 407
豁 422
賽 430
齋 515
(乛)
牆 273
翼 354
臀 367
臂 367

十八畫

(一)
贅 430
醫 457
釐 459
(丨)
叢 58
斃 193
瞿 308
舊 371
豐 423
(丿)
歸 232
雙 479
馥 494
魏 501
龜 517
(丶)
懣 160
鯊 502
(乛)
嚮 82
彝 142
戳 163
斷 195
醬 457

十九畫

(一)
攀 187
璽 286
麓 510
麗 510
(丨)
獸 281
藺 348
(丿)
懲 160
贊 430
辭 443
(丶)
瓣 287
羸 353
羹 353
鏖 467
靡 483
韻 486
麒 510
(乛)
疆 293

二十畫

(一)
礬 315
馨 494
(丨)
嚴 82
孽 111
懸 160
獻 281
耀 355
鹹 509
黨 513
(丿)
纂 348
覺 410
譽 421
騰 496
黹 514
(丶)
競 327
辮 348
贏 430

二十一畫

(一)
覽 410
驁 497
齧 516
(丨)
蘖 391
驀 497
(丶)
辯 443
魔 501
鶯 507
(乛)
屬 123
響 486

二十二畫

(一)
囊 83
懿 161
鑒 468
(丨)
歡 231
疊 293
(丶)
聾 358
襲 408
龔 517

二十三畫

(丨)
蠱 401
驚 497
(丿)
黴 514
(丶)
變 421
麟 511

二十四畫

(一)
矗 308
蠹 401
蠶 401
靈 482
鹽 509
鼇 514
(丨)
豔 374
鹼 510
(丶)
贛 431
鷹 508

二十五畫

(丨)
鼈 514
(丿)
釁 457
(丶)
蠻 402

二十八畫

豔 423
鑿 469

二十九畫

鬱 500

漢語拼音檢索表

a

ā
啊 73
腌 364
阿 473
á
啊 73
ǎ
啊 73
à
啊 73
a
啊 73
āi
哎 68
哀 69
唉 71
嗳 81
埃 89
挨 175
ái
挨 175
捱 176
癌 297
皚 300
ǎi
哎 68
嗳 81
矮 310
藹 390
靄 482
ài
哎 68
唉 71
嗳 81
愛 156
曖 203
礙 315
艾 374
隘 476
ān
安 112
庵 136
桉 215
氨 237
菴 382
鞍 484
鵪 507
ǎn
俺 23
àn
岸 124
按 173
暗 201
案 215
桉 215
胺 363
黯 514
āng
骯 498
áng
昂 199
àng
盎 301
āo
凹 39
熬 269
áo
嗷 78
敖 191
熬 269
翱 354
翺 355
聱 358
遨 450
鏖 467
鼇 514
ǎo
襖 408
ào
傲 27
坳 88
奧 100
懊 160
拗 172
澳 259
驁 497

b

bā
八 33
叭 59
吧 65
巴 129
扒 165
捌 174
疤 294
笆 328
芭 376
bá
拔 169
跋 433
bǎ
把 168
靶 484
bà
壩 94
把 168
爸 272
罷 351
耙 356
霸 481
ba
叭 59
吧 65
巴 129
罷 351
bāi
掰 177
bái
白 299
bǎi
伯 17
佰 19
擺 188
柏 212
百 299
bài
拜 168
敗 191
稗 321
bān
扳 167
搬 181
斑 194
班 284
般 372
頒 487
bǎn
板 210
版 274
舨 372
闆 472
阪 473
bàn
伴 18
半 52
扮 167
拌 171
瓣 287
絆 341
辦 443

bāng
幫 133
梆 216
浜 246
邦 452
bǎng
榜 222
綁 343
膀 366
bàng
傍 27
棒 217
磅 314
蚌 393
謗 419
鎊 467
bāo
剝 44
包 49
炮 264
胞 362
苞 377
褒 407
báo
薄 389
雹 480
bǎo
保 21
堡 91
寶 117
寶 117
褓 407
飽 491
bào
刨 41
報 90
抱 170
暴 202
曝 203
爆 271
豹 424
鉋 461
鮑 502
bēi
卑 53
悲 154
杯 209
碑 312
背 361
běi
北 50
bèi
倍 24
備 26
悖 152
憊 159
焙 267
狽 278
背 361
蓓 385
被 405
貝 425
輩 440
鋇 463
bei
唄 70
臂 367
bēn
奔 99
běn
本 207
畚 291
苯 376
bèn
奔 99
笨 328
bēng
嘣 79
崩 126
綳 344
繃 347
béng
甭 290
běng
綳 344
繃 347
bèng
泵 241
蚌 393
蹦 437
迸 445
bī
逼 448
bí
荸 379
鼻 515
bǐ
俾 24
匕 50
妣 102
彼 144
比 235
秕 319
筆 330
鄙 454
bì
壁 94
婢 106
幣 133
庇 135
弊 139
弼 141
必 147
愎 156
敝 192
斃 193
毖 235
泌 243
璧 286
畢 292
痺 296
痹 296
碧 313
祕 317
秘 320
臂 367
蓖 385
蔽 387
裨 406
辟 442
避 452
閉 470
陛 474
biān
編 346
蝙 398
邊 452
鞭 484
biǎn
匾 51
扁 164
貶 427
biàn
便 20
卞 53
汴 240
辮 348
變 421
辨 443
辯 443
遍 449
biāo
彪 143
標 223
膘 366
鏢 467
鑣 468
驃 497
biǎo
婊 106
表 403
錶 463
biào
鰾 503
biē
憋 159
癟 298
鱉 503
鼈 514
bié
別 41
biě
癟 298
biè
別 41
彆 142
bīn
儐 30
彬 143
斌 194

檳 228
濱 260
瀕 261
繽 349
賓 429

bìn
擯 187
殯 233
臏 367
髕 498
鬢 500

bīng
兵 34
冰 37
檳 228

bǐng
丙 3
屏 122
柄 211
炳 264
禀 317
秉 319
稟 322
餅 492

bìng
並 4
竝 4
併 20
摒 180
病 294

bō
剝 44
播 184
撥 185
波 243
玻 283
缽 350
菠 383
鉢 461

bó
伯 17
勃 47
博 53
帛 131
搏 181
柏 212
泊 242
渤 251
箔 331
脖 363
膊 365
舶 373
薄 389
鉑 461
駁 495
鵓 506

bǒ
簸 334
跛 434

bò
擘 187
簸 334
薄 389

bo
卜 53
蔔 386

bǔ
卜 53
哺 70
堡 91
捕 174
補 405

bù
不 2
佈 17
埔 89
埠 90
布 130
怖 149
步 231
簿 334
部 453

C

cā
嚓 82
擦 187

cāi
猜 279

cái
才 165
材 208
纔 349
裁 405
財 426

cǎi
彩 143
採 177
睬 306
綵 344
踩 435
采 458

cài
菜 382
蔡 386

cān
參 57
餐 492

cán
慚 157
殘 233
蠶 401

cǎn
慘 158

càn
孱 111
燦 270

cāng
倉 23
滄 253
艙 373
蒼 385

cáng
藏 389

cāo
操 186
糙 338

cáo
嘈 78
曹 204
槽 223
漕 255

cǎo
草 378

cè
側 25
冊 35
册 35
厠 56
廁 137
惻 155
測 251
策 329

cēn
參 57

cén
岑 124

céng
層 123
曾 205

cèng
蹭 437

chā
叉 57
喳 74
差 129
插 180
杈 209

chá
察 116
搽 181
查 211
猹 279
碴 313
茬 378
茶 378

chǎ
叉 57
衩 404

chà
剎 43
岔 124
差 129
杈 209
衩 404
詫 415

chāi
差 129
拆 170
釵 460
chái
柴 214
豺 424
chān
摻 183
攙 188
chán
單 75
嬋 108
孱 111
潺 258
禪 318
纏 349
蟬 400
讒 421
饞 494
chǎn
產 289
諂 417
鏟 467
闡 472
chàn
懺 161
顫 489
chāng
倀 22
娼 106
昌 198
猖 279
鯧 502
cháng
償 30
嘗 79
嚐 82
場 91
嫦 108
常 132
腸 364
裳 406
長 469
chǎng
場 91
廠 138
敞 192
chàng
倡 23
唱 72
悵 153
暢 202
chāo
抄 167
超 432
鈔 460
cháo
嘲 80
巢 128
朝 206
潮 257
chǎo
吵 63
炒 263
chē
車 439
chě
扯 167
chè
徹 147
掣 176
撤 185
澈 258
chēn
郴 453
chén
塵 92
忱 149
晨 200
沉 240
沈 240
臣 368
辰 443
陳 475
chěn
磣 315
chèn
稱 322
襯 408
趁 432
chēng
撐 184
瞠 307
稱 322
鐺 468
chéng
丞 3
乘 6
呈 63
城 88
懲 160
成 162
承 168
橙 226
澄 258
盛 302
程 321
誠 414
chěng
逞 447
騁 496
chèng
秤 320
chī
吃 62
哧 70
嗤 77
痴 296
癡 298
笞 329
chí
匙 50
弛 140
持 172
池 239
踟 435
遲 451
馳 495
chǐ
侈 20
呎 65
尺 121
恥 150
豉 422
齒 516
chì
叱 60
斥 195
熾 270
翅 353
赤 431
chōng
充 31
冲 37
憧 159
沖 240
涌 247
舂 370
衝 403
chóng
崇 126
蟲 400
重 458
chǒng
寵 117
chòng
冲 37
衝 403
chōu
抽 169
chóu
仇 13
惆 154
愁 156
疇 293
稠 321
籌 335
綢 344
躊 438
酬 456
chǒu
丑 3
瞅 307
醜 457
chòu
臭 369
chū
出 39
初 41

齣 516

chú

廚 137
櫥 229
滁 254
芻 375
躇 437
蹰 438
鋤 463
除 474
雛 479

chǔ

儲 30
杵 210
楚 220
礎 315
處 391
褚 406

chù

怵 149
搐 182
畜 291
矗 308
絀 341
處 391
觸 411
黜 513

chuāi

揣 180

chuǎi

揣 180

chuài

踹 436

chuān

川 127
穿 324

chuán

傳 27
椽 221
船 373

chuǎn

喘 75
舛 372

chuàn

串 4
釧 460

chuāng

創 44
瘡 297
窗 325

chuáng

床 135
牀 273

chuǎng

闖 472

chuàng

創 44
愴 157

chuī

吹 64
炊 263

chuí

垂 88
捶 180
搥 181
椎 219
槌 222
錘 465
陲 476

chūn

春 199
椿 220

chún

唇 70
淳 249
純 339
脣 363
醇 456
鶉 507

chǔn

蠢 401

chuō

戳 163

chuò

啜 74
綽 344
輟 441
齪 516

cī

差 129
疵 295

cí

慈 156
瓷 288
磁 313
祠 317
茨 379
詞 414
辭 443
雌 478
鶿 507

cǐ

此 231

cì

伺 18
刺 42
次 230
賜 429

cōng

匆 49
囪 84
聰 358
葱 384

cóng

叢 58
從 146
淙 250

còu

湊 250

cū

粗 336

cù

促 21
簇 333
蹙 437
醋 456

cuān

躥 438

cuán

攢 189

cuàn

竄 326
篡 333

cuī

催 28
崔 125
摧 183

cuì

悴 154
淬 249
焠 267
瘁 296
粹 337
翠 354
脆 362
萃 382

cūn

村 208
皴 300

cún

存 109

cǔn

忖 148

cùn

吋 61
寸 117

cuō

搓 182
撮 184
磋 314
蹉 436

cuò

挫 175
措 175
銼 463
錯 464

d

dā

嗒 77
搭 181
答 330
耷 357
褡 407

dá
打 165
瘩 297
答 330
達 448
dǎ
打 165
dà
大 97
da
瘩 297
dāi
呆 62
待 144
獃 280
dǎi
傣 26
歹 232
逮 448
dài
代 14
大 97
岱 124
帶 132
待 144
怠 150
戴 163
殆 233
玳 283
袋 404
貸 427
逮 448
黛 513
dān
丹 5
單 75
擔 186
簞 334
耽 357
躭 438
鄲 454
dǎn
撣 184
膽 367
dàn
但 17
彈 142
憚 158
擔 186
旦 197
氮 237
淡 249
澹 259
石 310
蛋 394
誕 416
dāng
噹 81
當 292
襠 408
鐺 468
dǎng
擋 186
黨 513
dàng
檔 227
當 292
盪 303
蕩 388
dāo
刀 39
叨 60
dǎo
倒 23
導 119
島 125
搗 181
禱 318
蹈 436
dào
倒 23
到 42
悼 154
盜 302
稻 323
道 449
dé
得 145
德 147
de
地 86
得 145
的 299
děi
得 145
dēng
燈 270
登 299
蹬 437
děng
等 329
dèng
凳 38
澄 258
瞪 308
鄧 454
dī
低 18
嘀 79
堤 90
提 179
滴 256
dí
嘀 79
嫡 108
敵 193
滌 256
狄 277
的 299
笛 328
翟 354
荻 381
迪 445
dǐ
底 135
抵 170
牴 276
砥 311
詆 413
邸 453
dì
地 86
娣 105
帝 131
弟 140
的 299
第 329
締 346
蒂 384
諦 419
遞 450
diān
巔 127
掂 178
滇 253
癲 298
顛 489
diǎn
典 34
碘 312
踮 435
點 513
diàn
佃 17
墊 92
奠 100
店 135
惦 154
殿 234
淀 250
澱 260
玷 283
甸 291
電 480
靛 482
diāo
凋 37
刁 40
叼 60
彫 143
碉 312
貂 424
雕 478
diào
吊 61
弔 140
掉 176
調 417
釣 460

diē
爹 273
跌 433
dié
喋 74
疊 293
碟 313
蝶 397
諜 418
迭 445
dīng
丁 1
仃 13
叮 59
盯 303
酊 455
釘 459
dǐng
酊 455
頂 486
鼎 514
dìng
定 112
腚 364
訂 411
釘 459
錠 464
diū
丟 3
dōng
冬 36
咚 67
東 210
鼕 514
dǒng
懂 159
董 383
dòng
侗 20
凍 37
動 47
恫 151
棟 218
洞 244
dōu
兜 32
都 453
dǒu
抖 168
斗 194
蚪 393
陡 474
dòu
斗 194
痘 295
竇 326
讀 421
豆 422
逗 446
鬥 500
鬭 500
dū
嘟 78
督 306
都 453
dú
櫝 229
毒 235
瀆 261
牘 274
犢 277
獨 281
讀 421
dǔ
堵 89
睹 306
篤 332
肚 360
賭 429
dù
妒 102
妬 103
度 136
杜 208
渡 252
肚 360
蠹 401
鍍 466
duān
端 327
duǎn
短 309
duàn
斷 195
段 234
緞 345
鍛 466
duī
堆 90
duì
兌 32
對 118
隊 476
dūn
噸 80
墩 93
敦 192
蹲 437
dǔn
盹 304
躉 437
dùn
囤 84
沌 239
炖 263
燉 270
盾 304
遁 449
鈍 460
頓 487
duō
咄 67
哆 69
多 96
掇 179
duó
奪 100
度 136
踱 436
鐸 468
duǒ
垛 88
垜 88
朵 208
朶 208
躲 439
躱 439
duò
剁 42
刴 42
垛 88
垜 88
墮 93
惰 155
舵 373
跺 434
馱 495

e

ē
婀 106
阿 473
é
俄 21
娥 105
峨 125
蛾 395
訛 413
額 489
鵝 506
ě
噁 79
è
厄 55
噩 80
惡 153
愕 155
扼 166
腭 365
遏 448
鄂 454
顎 489
餓 492
鰐 503
鱷 504
ēn
恩 151

ér
兒 32
而 355
ěr
洱 244
爾 273
耳 357
邇 452
餌 492
èr
二 9
貳 426

f

fā
發 299
fá
乏 6
伐 15
筏 330
罰 351
閥 471
fǎ
法 241
fà
琺 283
髮 499
fān
帆 130
番 292
翻 355
蕃 387
藩 390
fán
凡 38
樊 224
煩 267
礬 315
繁 347
蕃 387
fǎn
反 57
返 444
fàn
氾 238
泛 242
犯 277
範 332
范 377
販 426
飯 491
fāng
坊 87
方 196
芳 375
fáng
坊 87
妨 102
房 164
肪 360
防 473
fǎng
仿 16
倣 24
彷 144
紡 340
舫 373
訪 413
fàng
放 190
fēi
啡 72
妃 101
扉 164
菲 382
霏 481
非 483
飛 490
féi
肥 361
fěi
匪 51
斐 194
翡 354
菲 382
誹 417
fèi
吠 63
廢 138
沸 243
痱 296
肺 360
費 427
fēn
分 40
吩 64
氛 237
紛 340
芬 375
fén
墳 93
汾 240
焚 266
fěn
粉 336
fèn
份 16
分 40
奮 100
忿 148
憤 158
糞 338
fēng
封 117
峯 125
峰 125
楓 221
烽 266
瘋 297
蜂 395
豐 423
鋒 463
風 490
féng
縫 347
逢 447
馮 495
fěng
諷 418
fèng
俸 22
奉 99
縫 347
鳳 504
fó
佛 18
fǒu
否 63
缶 349
fū
伕 14
夫 98
孵 111
敷 192
膚 366
麩 511
fú
伏 15
佛 18
俘 21
匐 50
孚 110
幅 132
弗 140
彿 144
扶 166
拂 171
服 205
氟 237
浮 246
涪 249
福 318
符 329
芙 375
蝠 397
袱 405
輻 441
鳧 504
fǔ
俯 24
府 135
撫 184
斧 195
甫 290
脯 363
腐 364
輔 440
釜 459

fù
付 13
傅 27
副 44
婦 106
富 115
復 146
服 205
父 272
縛 346
腹 365
複 407
覆 409
訃 412
負 425
賦 429
赴 432
阜 473
附 473
馥 494
駙 495

fu
咐 66

g

gā
咖 67
嘎 79

gà
尬 120

gāi
該 415
賅 428

gǎi
改 190

gài
丐 2
概 221
溉 252
芥 375
蓋 384
鈣 460

gān
乾 7
尷 120
干 133
杆 208
柑 211
甘 288
疳 294
竿 328
肝 359

gǎn
感 155
敢 192
杆 208
桿 216
橄 224
秆 319
稈 321
趕 432

gàn
干 133
幹 134
榦 222
贛 431

gāng
剛 43
岡 124
綱 344
缸 349
肛 360
鋼 464

gǎng
崗 125
港 250

gàng
槓 221

gāo
皋 300
睾 307
篙 333
糕 337
羔 352
膏 365
臯 369
高 499

gǎo
搞 182
槁 222
稿 323
鎬 467

gào
告 63
膏 365

gē
割 44
咯 69
哥 70
戈 161
擱 187
格 214
歌 230
疙 294
胳 363
鴿 506

gé
擱 187
格 214
膈 365
葛 383
蛤 394
閣 471
隔 476
革 484
骼 498

gě
個 23
葛 383
蓋 384

gè
個 23
各 62
鉻 462

gěi
給 342

gēn
根 215
跟 435

gèn
亙 9

gēng
庚 136
更 204
羹 353
耕 356

gěng
哽 70
埂 89
梗 216
耿 357

gèng
更 204

gōng
供 19
公 34
功 46
宮 114
工 128
弓 140
恭 150
攻 190
肱 360
蚣 393
躬 438
龔 517

gǒng
拱 172
汞 239
鞏 484

gòng
供 19
共 34
貢 425

gōu
佝 18
勾 49
溝 253
篝 332
鈎 460

gǒu
狗 278
苟 377

gòu
勾 49
垢 88

够 97
夠 97
構 221
購 430

gū
估 16
咕 65
呱 66
姑 103
孤 110
沽 241
箍 331
菇 383
辜 442
骨 498
鴣 505

gǔ
古 59
穀 322
股 360
蠱 401
谷 422
賈 428
鈷 461
骨 498
鵠 506
鼓 514

gù
僱 29
固 84
故 191
雇 478
顧 489

guā
刮 42
呱 66
瓜 287
颳 490

guǎ
剮 44
寡 115

guà
卦 54
掛 175
褂 406

guāi
乖 6

guǎi
拐 170
枴 212

guài
怪 150

guān
倌 24
冠 36
官 113
棺 219
矜 309
綸 344
觀 410
關 472
鰥 503

guǎn
管 332
莞 381
館 493

guàn
冠 36
慣 158
灌 262
盥 303
罐 350
觀 410
貫 426
鸛 509

guāng
光 31
胱 362

guǎng
廣 138
獷 281

guàng
逛 447

guī
圭 86
歸 232
瑰 286
硅 311
規 409
閨 471
鮭 502
龜 517

guǐ
癸 298
詭 415
軌 439
鬼 500

guì
劊 45
桂 213
櫃 228
貴 427
跪 434
鱖 503

gǔn
滾 254
滾 256
輥 441

gùn
棍 218

guō
渦 252
蟈 399
過 449
郭 454
鍋 465

guó
國 84
幗 133

guǒ
果 210
椁 219
槨 224
裹 406

guò
過 449

h

hā
哈 69

há
蛤 394

hǎ
哈 69

hāi
咳 69

hái
孩 110
還 451
骸 498

hǎi
海 246

hài
亥 10
害 114
氦 237
駭 496

hān
憨 158
蚶 393
酣 455
鼾 515

hán
函 39
含 64
寒 115
汗 238
涵 250
邯 453
韓 485

hǎn
喊 75
罕 350

hàn
悍 152
憾 159
捍 174
撼 185
旱 198
汗 238
漢 254
瀚 261
焊 166
翰 354

háng
吭 64
杭 211

航 372
行 402
hāo
蒿 385
háo
嗥 78
嘷 80
嚎 82
壕 94
毫 236
濠 260
號 392
蠔 401
豪 424
hǎo
好 101
郝 453
hào
好 101
浩 246
皓 300
耗 356
號 392
鎬 467
hē
呵 65
喝 75
嗬 79
hé
何 16
劾 46
合 62
和 66
核 215
河 241
涸 248
盒 302
禾 319
荷 380
覈 409
貉 424
閤 471
闔 472
頜 488
hè
和 66
喝 75
嚇 81
壑 94
荷 380
褐 407
賀 427
赫 431
鶴 507
hēi
嘿 80
黑 513
hén
痕 295
hěn
很 145
狠 278
hèn
恨 151
hēng
亨 11
哼 71
héng
恒 151
恆 151
橫 226
衡 403
hèng
橫 226
hōng
哄 68
烘 265
轟 442
hóng
宏 112
弘 140
泓 243
洪 244
紅 338
虹 392
鴻 506
hǒng
哄 68
hòng
哄 68
訌 412
鬨 500
hóu
侯 22
喉 76
猴 279
hǒu
吼 65
hòu
候 24
厚 55
后 62
後 145
逅 445
hū
乎 6
呼 66
忽 149
惚 154
糊 337
hú
囫 84
壺 95
弧 140
核 215
湖 250
狐 278
瑚 285
糊 337
胡 361
葫 383
蝴 397
鬍 499
鵠 506
hǔ
唬 72
滸 256
琥 285
虎 391
hù
互 9
戶 163
扈 164
滬 257
糊 337
護 421
huā
嘩 80
花 375
huá
划 40
劃 45
嘩 80
滑 253
猾 280
華 381
譁 420
huà
划 40
劃 45
化 50
樺 226
畫 292
華 381
話 415
huái
徊 145
懷 161
槐 222
淮 248
踝 435
huài
壞 94
huān
歡 231
獾 281
貛 425
huán
桓 214
環 286
還 451
huǎn
緩 345
huàn
喚 76
宦 113
幻 134
患 152
換 180
渙 252

煥 268
瘓 297
豢 424

huāng

慌 157
肓 360
荒 379

huáng

凰 38
徨 146
惶 156
煌 268
皇 300
磺 315
簧 333
蝗 397
隍 476
黃 512

huǎng

幌 132
恍 151
晃 200
謊 419

huàng

晃 200

huī

徽 147
恢 151
揮 180
暉 202
灰 262
詼 414
輝 441
麾 512

huí

回 84
茴 378
蛔 394
迴 445

huǐ

悔 152
毀 234
燬 271

huì

匯 51
卉 52
彙 142
惠 153
慧 157
晦 200
會 205
燴 271
穢 324
繪 348
蕙 387
誨 416
諱 419
賄 428

hūn

婚 106
昏 198
葷 384

hún

混 248
渾 252
餛 493
魂 501

hùn

混 248

huō

豁 422

huó

和 66
活 244

huǒ

伙 16
夥 97
火 262

huò

和 66
惑 153
或 162
獲 281
禍 318
穫 324
豁 422
貨 426
霍 481

j

jī

几 38
唧 71
嘰 80
圾 87
基 89
奇 99
姬 105
屐 122
幾 135
擊 185
機 227
激 259
璣 286
畸 292
磯 315
稽 322
積 323
箕 331
緝 345
羈 351
肌 359
譏 420
雞 479
飢 491
饑 493
鷄 507

jí

亟 10
即 54
及 58
吉 61
嫉 107
岌 124
急 150
棘 219
極 220
楫 221
汲 240
疾 294
瘠 297
籍 334
級 340
藉 389
輯 441
集 478

jǐ

几 38
己 129
幾 135
擠 187
濟 260
紀 339
給 342
脊 362

jì

伎 15
冀 35
劑 45
妓 102
季 110
寄 114
寂 114
忌 148
悸 154
技 166
既 197
暨 202
濟 260
祭 317
稷 323
紀 339
績 346
繫 348
繼 349
薊 388
覬 410
計 411
記 412
跡 434
蹟 436
迹 445
際 476
霽 482
髻 499
鯽 502

jiā
佳 19
傢 27
加 46
嘉 78
夾 98
家 113
枷 213
浹 245
茄 377
袈 405
jiá
夾 98
莢 380
頰 488
jiǎ
假 26
甲 290
胛 361
賈 428
鉀 461
jià
假 26
價 29
嫁 107
架 213
稼 323
駕 496
jiān
兼 34
堅 89
奸 101
姦 105
尖 119
殲 233
漸 255
煎 268
犍 276
監 302
箋 331
緘 345
肩 361
艱 374
菅 383
間 471
jiǎn
儉 29
剪 44
揀 179
撿 186
柬 212
檢 228
減 251
碱 313
簡 334
繭 348
鹼 510
jiàn
件 15
健 26
劍 45
建 139
檻 228
毽 236
漸 255
澗 258
濺 261
監 302
箭 332
艦 373
薦 388
見 409
諫 418
賤 429
踐 435
鍵 466
鑒 468
鑑 468
間 471
餞 493
jiāng
僵 29
姜 104
將 118
江 239
漿 257
疆 293
薑 388
韁 485
jiǎng
奬 100
槳 224
獎 280
蔣 387
講 419
jiàng
匠 51
將 118
強 141
强 141
漿 257
醬 457
降 474
jiāo
交 10
姣 104
嬌 108
教 191
敎 192
椒 218
澆 257
焦 266
礁 315
膠 366
蕉 387
蛟 394
跤 434
郊 453
驕 497
jiáo
嚼 82
jiǎo
僥 28
剿 45
攪 189
狡 278
皎 300
矯 310
絞 342
繳 348
脚 363
腳 365
角 410
餃 492
jiào
叫 60
嚼 82
教 191
敎 192
校 215
窖 325
覺 410
較 440
轎 442
酵 456
jiē
接 178
揭 180
皆 300
秸 320
稭 322
結 341
街 403
階 475
jié
傑 27
劫 46
孑 109
截 163
拮 172
捷 176
桔 214
桀 215
潔 257
睫 306
竭 327
節 331
結 341
頡 488
jiě
姐 103
解 411
jiè
介 13
借 22
屆 121
届 121
戒 162
界 291

疥 294
芥 375
藉 389
解 411
誡 415

jīn
今 13
巾 130
斤 195
津 245
矜 309
禁 317
筋 330
襟 408
金 459

jǐn
僅 27
儘 30
緊 343
謹 420
錦 464

jìn
勁 47
噤 80
晉 200
浸 247
燼 271
盡 302
禁 317
近 444
進 448
靳 484

jīng
京 11
兢 32
旌 196
晶 201
睛 306
粳 336
精 337
經 343
荊 378
莖 380
菁 381
驚 497
鯨 502

jǐng
井 9
憬 158
景 201
警 420
阱 473
頸 488

jìng
勁 47
境 93
徑 145
敬 192
淨 249
痙 295
竟 327
競 327
逕 447
鏡 467
靖 482
靜 482

jiǒng
炯 264
窘 325
迥 445

jiū
啾 75
揪 180
究 324
糾 338
赳 432
鳩 504

jiǔ
久 6
九 7
灸 263
玖 282
酒 455
韭 485

jiù
咎 67
就 120
廄 137
救 191
柩 211
疚 294
臼 370
舅 370
舊 371

jū
居 121
拘 170
掬 178
据 179
狙 278
疽 294
車 439
鞠 484
駒 495

jú
局 121
橘 226
菊 382
跼 435

jǔ
咀 65
沮 242
矩 309
舉 370

jù
俱 23
倨 25
具 34
劇 45
句 60
巨 128
懼 161
拒 169
据 179
據 185
炬 264
聚 358
距 433
踞 436
鉅 461
鋸 464
颶 490

juān
圈 84
娟 105
捐 174
涓 246
鵑 506

juǎn
卷 55
捲 178

juàn
倦 24
卷 55
圈 84
眷 305
絹 343

juē
撅 184

jué
倔 25
嚼 82
孓 109
崛 126
抉 168
掘 179
攫 189
決 241
爵 272
獗 280
玨 283
絕 342
脚 363
腳 365
角 410
覺 410
訣 413
蹶 437
钁 469

juè
倔 25

jūn
君 64
均 87
菌 382
軍 439
鈞 460

jùn
俊 22

峻 125
浚 247
濬 260
竣 327
菌 382
郡 453
駿 496

k

kā
咖 67
喀 76
kǎ
卡 54
咯 69
kāi
揩 179
開 470
kǎi
凱 38
慨 156
揩 179
楷 220
鎧 466
kài
愾 157
kān
刊 40
勘 47
堪 90
戡 163
看 304
kǎn
侃 20
坎 87
檻 228
砍 311
kàn
看 304
瞰 307
kāng
康 136
慷 158
糠 338
káng
扛 166
kàng
亢 10
伉 16
抗 168
炕 264
kǎo
拷 172
攷 190
烤 265
考 355
kào
犒 277
銬 461
靠 483
kē
坷 87
柯 211
棵 218
瞌 307
磕 313
科 319
窠 325
苛 376
蝌 397
軻 440
頦 488
顆 488
ké
咳 69
殼 234
kě
可 59
坷 87
渴 251
kè
克 31
刻 42
剋 43
可 59
客 113
恪 151
課 417
kěn
啃 72
墾 93
懇 160
肯 360
kēng
吭 64
坑 87
鏗 467
kōng
空 324
kǒng
孔 109
恐 150
kòng
控 178
空 324
kōu
摳 182
kǒu
口 58
kòu
叩 60
寇 114
扣 166
釦 460
kū
哭 71
枯 211
窟 325
骷 498
kǔ
苦 376
kù
庫 136
褲 407
酷 456
kuā
誇 414
kuǎ
垮 88
kuà
挎 172
胯 362
跨 434
kuài
儈 29
塊 91
快 149
會 205
筷 330
膾 367
kuān
寬 116
kuǎn
款 230
kuāng
匡 51
哐 67
筐 329
kuáng
狂 277
kuàng
曠 203
框 213
況 242
眶 305
礦 316
鄺 455
kuī
巋 127
盔 301
窺 326
虧 392
kuí
奎 99
睽 307
葵 384
逵 448
魁 501
kuǐ
傀 27
kuì
匱 51
喟 75
愧 157
潰 258
簣 334
餽 493
饋 493

kūn
坤 87
崑 125
昆 198
kǔn
捆 174
kùn
困 84
睏 306
kuò
廓 137
括 172
擴 188
闊 472

l

lā
啦 72
垃 88
拉 171
lǎ
喇 75
là
瘌 298
臘 368
落 384
蠟 401
辣 443
la
啦 72
lái
來 19
萊 381
lài
癩 298
睞 306
籟 335
賴 430
lán
婪 106
嵐 126
攔 188
斕 194
欄 229
瀾 262
籃 335
藍 389
蘭 391
襤 408
讕 422
闌 472
lǎn
懶 160
攬 189
欖 229
纜 349
覽 410
làn
濫 260
爛 271
láng
廊 137
榔 221
狼 278
琅 284
螂 398
郎 453
lǎng
朗 206
làng
浪 247
lāo
撈 185
láo
勞 48
嘮 80
牢 275
癆 297
lǎo
佬 19
姥 104
老 355
lào
澇 258
烙 265
落 384
酪 456
lè
勒 47
樂 224
le
了 8
lēi
勒 47
léi
嫘 107
擂 185
累 341
纍 349
羸 353
鐳 468
雷 480
lěi
儡 30
壘 94
磊 314
累 341
耒 356
蕾 388
lèi
擂 185
泪 242
淚 250
累 341
肋 359
類 489
léng
棱 217
楞 221
lěng
冷 37
lèng
愣 155
楞 221
lī
哩 70
lí
厘 55
喱 75
梨 216
棃 219
漓 256
灕 262
犁 276
犂 276
狸 278
璃 286
籬 335
罹 351
貍 425
釐 459
離 479
鸝 509
麗 510
黎 512
黧 514
lǐ
俚 21
娌 105
李 209
澧 259
理 284
禮 318
裏 405
裡 405
里 458
鯉 502
lì
例 19
俐 21
傈 27
儷 30
利 41
力 46
勵 48
厲 56
吏 61
唳 73
慄 157
戾 164
曆 203
栗 214
櫟 229
歷 232
瀝 261
痢 295

礪 315
礫 315
立 326
笠 329
粒 336
荔 379
莉 380
蒞 385
蠣 401
隸 477
靂 482
麗 510

li
哩 70

liǎ
倆 23

lián
奩 100
帘 131
廉 137
憐 159
漣 255
濂 259
簾 334
聯 358
蓮 386
連 446
鐮 468

liǎn
斂 193
臉 367

liàn
戀 161
殮 233
煉 267
練 345
鍊 465
鏈 467

liáng
梁 217
樑 224
涼 249
粱 337
糧 338
良 374
踉 435
量 459

liǎng
倆 23
兩 33

liàng
亮 11
喨 76
晾 201
涼 249
諒 417
踉 435
輛 440
量 459

liāo
撩 183

liáo
僚 28
嘹 80
寥 116
寮 116
撩 183
潦 258
燎 270
療 297
繚 348
聊 357
遼 451

liǎo
了 8
燎 270
瞭 307

liào
廖 137
撂 183
料 194
瞭 307
鐐 467

liě
咧 68

liè
冽 37
列 40
劣 46
洌 244
烈 265
獵 281
裂 405
趔 432
鬣 500

līn
拎 170

lín
嶙 126
林 209
淋 247
琳 285
磷 315
粼 337
臨 368
遴 451
鄰 454
霖 481
鱗 503
麟 511

lǐn
凜 38
檁 228

lìn
吝 64
藺 390
賃 428
躪 438

líng
伶 17
凌 37
玲 283
綾 343
羚 352
翎 354
聆 357
菱 381
蛉 394
鈴 461
陵 475
零 480
靈 482
齡 516

lǐng
令 14
嶺 127
領 487

lìng
令 14
另 60

liū
溜 253

liú
劉 45
榴 222
流 246
瀏 261
琉 284
留 291
瘤 297
硫 312
餾 493

liǔ
柳 212

liù
六 33
溜 253
陸 474

lo
咯 69

lóng
嚨 82
朧 206
瓏 287
矓 308
窿 326
籠 335
聾 358
隆 476
龍 516

lǒng
壟 94
攏 188
籠 335
隴 477

lòng
弄 139

lōu
摟 182
lóu
僂 28
嘍 79
婁 106
樓 224
lǒu
摟 182
簍 333
髏 498
lòu
漏 257
鏤 467
陋 474
露 481
lou
嘍 79
lū
嚕 82
lú
廬 138
瀘 261
爐 271
盧 303
臚 368
蘆 390
顱 489
鱸 504
鸕 508

lǔ
擄 186
櫓 229
滷 255
虜 392
魯 502
鹵 509
lù
六 33
戮 163
漉 256
潞 259
碌 313
祿 318
綠 345
賂 428
路 434
錄 465
陸 474
露 481
鷺 508
鹿 510
麓 510
lǘ
櫚 229
驢 497
lǚ
侶 21
呂 63
屢 122
履 122
捋 175
旅 196
縷 346
褸 407
鋁 463
lǜ
律 145
慮 157
氯 238
濾 261
率 282
綠 345
luán
孿 111
巒 127
攣 189
灤 262
luǎn
卵 54
luàn
亂 8
lüè
掠 178
略 292
lūn
掄 177
lún
侖 19
倫 24
圇 84
崙 125
淪 248
綸 344
論 417
輪 441
lùn
論 417
luō
囉 83
捋 175
luó
籮 335
羅 351
蘿 391
螺 399
邏 452
鑼 469
騾 497
luǒ
裸 406
luò
洛 245
烙 265
絡 342
落 384
駱 496

m

mā
媽 107
抹 169
má
痲 296
蟆 399
麻 511
mǎ
嗎 77
瑪 286
碼 313
螞 398
馬 494
mà
罵 351
螞 398
ma
嗎 77
嘛 79
mái
埋 89
霾 482
mǎi
買 427
mài
脈 362
賣 429
邁 451
麥 511
mán
埋 89
瞞 307
蠻 402
謾 420
饅 493
鰻 503
mǎn
滿 254
màn
曼 58
幔 133
慢 157
漫 256
蔓 386
謾 420
máng
忙 148
氓 237
盲 303
芒 375
茫 379
mǎng
莽 379
蟒 399
māo
猫 279
貓 425

máo
毛 235
牦 275
犛 277
矛 308
茅 378
錨 465
髦 499
mǎo
卯 54
鉚 461
mào
冒 35
帽 132
瑁 285
茂 376
貌 425
貿 427
me
麼 511
méi
媒 106
嵋 126
枚 210
梅 217
楣 221
沒 240
煤 267
玫 282
眉 304
莓 380
酶 456
霉 481
黴 514
měi
每 235
美 352
鎂 466
mèi
妹 102
媚 107
寐 115
昧 199
袂 404
魅 501
mēn
悶 154
mén
捫 179
門 470
mèn
悶 154
懣 160
燜 270
men
們 24
mēng
矇 308
蒙 385
méng
朦 206
檬 228
氓 237
濛 260
盟 302
矇 308
萌 382
蒙 385
měng
懵 160
猛 279
蒙 385
蜢 397
錳 465
mèng
夢 97
孟 110
mī
咪 69
眯 305
瞇 307
mí
彌 142
瀰 262
眯 305
瞇 307
糜 338
謎 419
迷 446
醚 457
靡 483
mǐ
弭 141
米 335
靡 483
mì
冪 36
密 115
汨 239
泌 243
祕 317
秘 320
蜜 396
覓 409
mián
棉 219
眠 305
綿 344
miǎn
免 32
冕 35
勉 47
娩 105
澠 259
緬 345
miàn
面 483
麪 511
麵 511
miáo
描 179
瞄 307
苗 377
miǎo
渺 251
秒 319
藐 389
miào
妙 102
廟 138
繆 347
miē
咩 69
miè
滅 253
篾 333
蔑 386
衊 402
mín
岷 124
民 236
mǐn
憫 158
抿 171
敏 191
皿 301
閔 471
閩 471
míng
冥 36
名 62
明 198
溟 254
瞑 307
茗 379
螟 399
銘 462
鳴 504
mǐng
酩 456
mìng
命 66
miù
繆 347
謬 420
mō
摸 182
mó
摹 182
摩 183
模 224
磨 314
膜 366
蘑 390
饃 493
魔 501
mǒ
抹 169

mò
墨 93
寞 115
抹 169
末 207
歿 233
沒 240
沫 241
漠 255
磨 314
秣 320
脈 362
茉 376
莫 380
陌 474
驀 497
默 513
móu
牟 275
眸 306
繆 347
謀 418
mǒu
某 211
mú
模 224
mǔ
姥 104
姆 104
拇 171
母 235
牡 275
畝 291
mù
募 48
墓 92
幕 133
慕 157
暮 202
木 207
沐 239
牧 275
目 303
睦 306
穆 323
苜 377

n

ná
拿 173
nǎ
哪 71
nà
吶 63
娜 106
捺 176
納 340
那 452
鈉 460
na
哪 71
nǎi
乃 5
奶 101
氖 237
迺 445
nài
奈 99
耐 356
nán
南 53
喃 74
楠 220
男 291
難 479
nǎn
赧 431
nàn
難 479
nāng
囔 83
náng
囊 83
náo
撓 183
nǎo
惱 156
瑙 286
腦 365
nào
淖 248
鬧 500
né
哪 71
ne
呢 67
něi
哪 71
餒 492
nèi
內 33
那 452
nèn
嫩 108
néng
能 363
ńg
嗯 77
ňg
嗯 77
ǹg
嗯 77
nī
妮 103
ní
倪 24
呢 67
尼 121
泥 243
霓 481
nǐ
你 18
妳 103
擬 187
nì
匿 51
昵 200
暱 202
泥 243
溺 254
膩 366
逆 446
niān
拈 169
蔫 386
nián
年 134
鮎 502
黏 512
niǎn
捻 177
攆 187
碾 314
niàn
唸 73
廿 139
念 148
niáng
娘 105
niàng
釀 457
niǎo
嬝 108
裊 406
鳥 504
niào
尿 121
溺 254
niē
捏 174
niè
孽 111
涅 246
聶 358
蘖 391
躡 438
鎳 466
鑷 469
齧 516
nín
您 152
níng
凝 38
嚀 82
寧 116
擰 187
檸 228
獰 281

nǐng
擰 187
nìng
佞 16
寧 116
擰 187
濘 260
niū
妞 102
niú
牛 275
niǔ
扭 168
紐 340
鈕 460
niù
拗 172
nóng
儂 29
噥 81
濃 259
膿 366
農 444
nòng
弄 139
nú
奴 101
駑 496
nǔ
努 46
弩 141
nù
怒 150
nǚ
女 100
nuǎn
暖 201
nüè
瘧 296
虐 391
nuó
娜 106
挪 175
nuò
懦 160
糯 338
諾 418

O

ō
喔 77
噢 81
ó
哦 71
ò
哦 71
ōu
歐 231
毆 234
甌 288
鷗 507
ǒu
偶 25
嘔 78
藕 390
òu
漚 255

P

pā
啪 72
葩 384
趴 433
pá
扒 165
杷 211
爬 272
琶 285
耙 356
pà
帕 131
怕 150
pāi
拍 170
pái
徘 146
排 176
牌 274
pǎi
迫 445
pài
派 244
湃 252
pān
攀 187
潘 258
番 292
pán
盤 302
磐 314
胖 362
蹣 436
pàn
判 41
叛 58
拚 171
畔 291
盼 304
pāng
乓 5
滂 254
páng
龐 138
彷 144
旁 196
磅 314
膀 366
螃 398
pǎng
耪 356
pàng
胖 362
pāo
拋 169
泡 243
páo
刨 41
咆 67
庖 135
炮 264
袍 404
pǎo
跑 433
pào
泡 243
炮 264
砲 311
pēi
呸 65
胚 361
péi
培 90
裴 406
賠 430
陪 475
pèi
佩 20
沛 239
珮 284
轡 442
配 455
pēn
噴 79
pén
盆 301
pèn
噴 79
pēng
怦 149
抨 169
烹 266
砰 311
péng
彭 143
朋 205
棚 219
澎 257
硼 312
篷 333
膨 366
蓬 386
鵬 507
pěng
捧 175
pèng
碰 313
pī
丕 3

劈 45
坯 87
批 166
披 171
砒 310
紕 339
霹 482

pí
啤 73
枇 210
毗 235
琵 284
疲 295
皮 300
脾 364
裨 406

pǐ
劈 45
匹 51
否 63
疋 293
痞 295
癖 298

pì
僻 29
媲 107
屁 121
譬 421
辟 442
闢 472

piān
偏 26
扁 164
片 274
篇 332
翩 354

pián
便 20
胼 363

piàn
片 274
騙 496

piāo
剽 45
漂 255
飄 490

piáo
嫖 108
朴 207
瓢 287

piǎo
漂 255
瞟 307

piào
漂 255
票 317
驃 497

piē
撇 184
瞥 308

piě
撇 184

pīn
姘 104
拚 171
拼 173

pín
嬪 108
貧 426
頻 488
顰 489

pǐn
品 68

pìn
聘 357

pīng
乒 6

píng
坪 87
屏 122
平 134
憑 159
瓶 288
萍 382
蘋 390
評 413

pō
坡 88
朴 207
泊 242
潑 259
頗 487

pó
婆 106
鄱 454

pǒ
叵 59
笸 328

pò
朴 207
珀 283
破 311
粕 336
迫 445
魄 501

pōu
剖 44

pū
仆 13
噗 80
撲 184
鋪 462

pú
仆 13
僕 28
匍 49
脯 363
莆 379
菩 382
葡 384
蒲 385

pǔ
圃 84
埔 89
普 201
朴 207
樸 226
浦 245
譜 420
蹼 437

pù
堡 91
暴 202
曝 203
瀑 261
舖 372
鋪 462

q

qī
七 1
嘁 78
妻 103
悽 153
戚 162
期 206
柒 213
棲 218
欺 230
沏 240
淒 248
漆 255
緝 345
萋 382
蹊 436

qí
俟 22
其 34
奇 99
崎 125
旗 197
棋 218
歧 232
琪 285
琦 285
畦 291
祁 316
祈 316
祺 317
臍 367
騎 496
鰭 503
麒 510
齊 515

qǐ
乞 7
企 15
啟 73
杞 209

稽 322
綺 344
豈 422
起 432
qì
亟 10
噐 80
器 81
契 99
憩 159
棄 219
氣 237
汽 240
泣 243
砌 310
訖 412
迄 444
qi
薺 389
qiā
掐 177
qiǎ
卡 54
qià
恰 151
洽 245
qiān
仟 14
千 52
慳 157
扦 166
牽 276
簽 334
籤 335
謙 419
遷 450
釺 460
鉛 461
阡 473
韆 485
qián
乾 7
前 43
潛 258
犍 276
虔 391
鉗 461
錢 464
黔 513
qiǎn
淺 248
譴 421
遣 450
qiàn
倩 22
塹 92
嵌 126
欠 229
歉 230
縴 347
qiāng
嗆 78
戕 162
搶 181
槍 222
羌 352
腔 364
鏘 467
qiáng
強 141
强 141
牆 273
薔 388
qiǎng
強 141
强 141
搶 181
繈 407
qiàng
嗆 78
蹌 436
qiāo
悄 152
敲 192
橇 226
蹺 437
鍬 466
qiáo
僑 28
喬 76
憔 159
橋 226
瞧 308
翹 354
蕎 387
qiǎo
巧 128
悄 152
qiào
俏 21
峭 125
撬 184
殼 234
竅 326
翹 354
鞘 484
qiē
切 40
qié
茄 377
qiě
且 3
qiè
切 40
妾 103
怯 149
愜 155
挈 172
竊 326
趄 432
鍥 465
qīn
侵 22
欽 230
親 410
qín
勤 48
噙 81
擒 186
琴 284
禽 318
秦 320
芹 375
覃 409
qǐn
寢 116
qìn
沁 241
qīng
傾 28
卿 55
氫 237
清 247
蜻 396
輕 440
青 482
qíng
情 153
擎 185
晴 201
qǐng
請 416
頃 486
qìng
慶 158
罄 350
親 410
qióng
瓊 287
穹 324
窮 325
qiū
丘 3
秋 320
蚯 393
邱 453
鞦 484
鰍 503
qiú
仇 13
囚 83
求 238
泅 242
球 284
裘 405
酋 455
qū
區 51
屈 121
嶇 126

曲 204
蛆 393
趨 433
軀 439
驅 497
麯 511
麴 511
qú
渠 251
瞿 308
qǔ
取 58
娶 106
曲 204
齲 516
qù
去 56
趣 433
quān
圈 84
quán
全 33
拳 173
權 229
泉 242
痊 295
筌 330
蜷 396
詮 415
醛 457
銓 462
顴 490
quǎn
犬 277
quàn
券 42
勸 48
quē
炔 264
缺 350
qué
瘸 297
què
却 55
卻 55
榷 223
確 314
雀 477
鵲 506
qún
羣 353
裙 406

r

rán
然 267
燃 270
rǎn
冉 35
染 213
rāng
嚷 83
ráng
瓤 287
rǎng
嚷 83
壤 94
攘 188
ràng
讓 421
ráo
饒 493
rǎo
擾 188
rào
繞 348
rě
惹 155
rè
熱 269
rén
人 12
仁 12
任 15
壬 95
rěn
忍 148
rèn
仞 14
任 15
刃 40
妊 102
紉 339
認 416
韌 485
飪 491
rēng
扔 165
réng
仍 13
rì
日 197
róng
容 114
嶸 127
戎 161
榕 223
榮 223
溶 254
熔 268
絨 342
茸 378
蓉 385
融 398
鎔 467
rǒng
冗 36
宂 111
róu
揉 181
柔 213
蹂 436
ròu
肉 359
rú
儒 29
如 101
孺 111
濡 260
茹 379
蠕 401
rǔ
乳 7
汝 239
辱 443
rù
入 32
褥 407
ruǎn
軟 439
阮 473
ruǐ
蕊 388
ruì
瑞 285
銳 463
rùn
潤 258
閏 470
ruò
偌 25
弱 141
若 376

S

sā
撒 183
sǎ
撒 183
灑 262
sà
卅 52
薩 389
颯 490
sāi
塞 92
腮 365
鰓 503
sài
塞 92
賽 430
sān
三 1
叁 57
sǎn
傘 27
散 192

sàn
散 192
sāng
喪 74
桑 216
sǎng
嗓 78
搡 182
sàng
喪 74
sāo
搔 182
臊 367
騷 497
sǎo
嫂 106
掃 178
sào
掃 178
臊 367
sè
嗇 77
塞 92
澀 260
瑟 285
穡 323
色 374
sēn
森 218
sēng
僧 29
shā
剎 43
杉 209
殺 234
沙 240
煞 268
砂 311
紗 340
莎 381
裟 405
鯊 502
shá
啥 72
shǎ
傻 28
shà
廈 137
煞 268
霎 481
shāi
篩 333
shài
曬 203
shān
刪 41
删 41
姍 103
姗 103
山 123
扇 164
搧 182
杉 209
潸 257
煽 268
珊 283
羶 353
膻 367
舢 372
苫 376
衫 404
跚 434
shǎn
閃 470
陝 474
shàn
單 75
善 76
扇 164
擅 186
汕 239
禪 318
繕 348
膳 366
苫 376
贍 430
鱔 504
shāng
傷 28
商 73
墒 93
shǎng
上 1
晌 200
賞 429
shàng
上 1
尚 119
shang
上 1
裳 406
shāo
捎 174
梢 216
燒 269
稍 321
艄 373
sháo
勺 48
芍 374
韶 486
shǎo
少 119
shào
哨 70
少 119
稍 321
紹 341
shē
奢 100
賒 428
shé
折 167
舌 371
蛇 394
shě
捨 177
舍 371
shè
射 117
懾 161
攝 188
涉 245
社 316
舍 371
設 413
赦 431
麝 510
shéi
誰 417
shēn
伸 17
參 57
呻 66
娠 105
深 250
申 290
砷 311
紳 341
莘 381
身 438
shén
什 12
甚 288
神 316
shěn
哂 68
嬸 108
審 116
沈 240
瀋 261
shèn
慎 156
滲 257
甚 288
腎 364
蜃 395
shēng
升 52
昇 199
牲 276
生 289
甥 289
笙 328
聲 358
shéng
澠 259
繩 348

shěng
省 303
shèng
剩 44
勝 47
盛 302
聖 357
shī
失 98
尸 120
屍 122
師 131
施 196
溼 253
濕 260
獅 280
蝨 398
詩 414
shí
什 12
十 52
實 116
拾 173
時 200
石 310
蝕 396
識 420
食 491
鰣 503
shǐ
使 19
史 59
始 104
屎 122
矢 309
豕 423
駛 495
shì
世 3
事 8
仕 13
似 17
侍 19
勢 48
嗜 77
噬 81
士 95
室 113
市 130
式 139
弒 140
恃 150
拭 172
是 199
柿 213
氏 236
示 316
視 410
試 414
誓 416
識 420
逝 447
適 450
釋 458
飾 491
shi
匙 50
shōu
收 190
shǒu
守 111
手 164
首 494
shòu
受 58
售 72
壽 96
授 177
獸 281
瘦 297
shū
叔 58
抒 168
書 204
梳 217
樞 223
殊 233
淑 248
疎 293
疏 293
舒 371
菽 382
蔬 388
輸 441
shú
塾 92
孰 110
熟 269
秫 320
贖 431
shǔ
屬 123
數 193
暑 201
曙 203
署 350
薯 388
蜀 395
黍 512
鼠 515
shù
墅 92
庶 136
恕 152
戍 162
數 193
束 209
樹 226
漱 255
術 403
豎 423
述 444
shuā
刷 42
shuǎ
耍 356
shuāi
摔 183
衰 404
shuǎi
甩 290
shuài
帥 131
率 282
蟀 400
shuān
拴 173
栓 214
閂 470
shuàn
涮 250
shuāng
孀 109
雙 479
霜 481
shuǎng
爽 273
shuí
誰 417
shuǐ
水 238
shuì
睡 307
稅 321
説 416
shǔn
吮 65
shùn
瞬 308
舜 372
順 486
shuō
説 416
shuò
妁 101
數 193
朔 206
爍 271
碩 313
鑠 468
sī
司 60
嘶 79
廝 137
思 149
撕 183
斯 195
私 319
絲 343

sǐ
死 233
sì
似 17
伺 18
俟 22
嗣 77
四 83
寺 117
巳 129
泗 242
祀 316
耜 356
肆 359
飼 492
駟 495
sōng
嵩 126
松 210
淞 247
鬆 499
sǒng
悚 152
慫 158
聳 358
sòng
宋 112
訟 413
誦 416
送 446
頌 487
sōu
嗖 76
搜 180
艘 373
颼 490
餿 493
sǒu
叟 58
擻 188
藪 389
sòu
嗽 78
sū
囌 83
甦 289
穌 323
蘇 390
酥 455
sú
俗 21
sù
僳 28
塑 92
宿 114
溯 254
簌 333
粟 336
素 339
肅 359
訴 413
速 446
suān
酸 456
suàn
算 331
蒜 384
suī
雖 479
suí
綏 343
遂 449
隋 475
隨 477
髓 498
suì
歲 232
碎 312
祟 317
穗 323
遂 449
隧 477
sūn
孫 110
飧 491
sǔn
損 181
榫 222
筍 328
笋 330
suō
唆 71
梭 217
簑 333
縮 347
蓑 385
suǒ
所 164
瑣 286
索 339
鎖 466
suo
嗦 77

t

tā
他 14
塌 91
她 101
它 111
牠 275
踏 435
tǎ
塔 91
獺 281
tà
拓 169
搨 181
撻 185
榻 222
踏 435
蹋 436
tāi
台 60
胎 362
苔 378
tái
台 60
抬 171
擡 187
枱 213
檯 228
臺 369
苔 378
颱 490
tài
太 98
態 157
汰 239
泰 241
tān
坍 87
攤 189
灘 262
癱 298
貪 426
tán
壇 93
彈 142
曇 203
檀 228
潭 258
痰 296
罈 350
罎 350
覃 409
談 418
譚 420
tǎn
坦 87
忐 148
毯 236
袒 404
tàn
嘆 78
探 178
歎 231
炭 264
碳 313
tāng
湯 251
táng
唐 71
堂 90
塘 92
搪 182
棠 218
糖 337
膛 366

螗 398
螳 399

tǎng
倘 23
淌 248
躺 439

tàng
燙 270
趟 433

tāo
叨 60
掏 177
滔 253
濤 260
縧 347
韜 485

táo
啕 73
桃 214
淘 249
萄 382
逃 445
陶 475

tǎo
討 412

tào
套 99

tè
忑 148
特 276

téng
疼 295
藤 390
謄 419
騰 496

tī
剔 44
梯 217
踢 435
銻 463

tí
啼 76
提 179
蹄 436
題 488

tǐ
體 498

tì
剃 43
嚏 81
屜 122
惕 154
替 204
涕 247

tiān
天 97
添 248

tián
填 91
恬 151
甜 289
田 290
闐 472

tiǎn
腆 364
舔 371

tiāo
挑 173

tiáo
條 217
笤 329
調 417
迢 445

tiǎo
挑 173

tiào
佻 20
眺 305
跳 434

tiē
帖 130
貼 426

tiě
帖 130
鐵 468

tiè
帖 130

tīng
廳 138
汀 238
烴 266
聽 358

tíng
亭 11
停 26
婷 107
庭 136
廷 138
蜓 395
霆 480

tǐng
挺 174
艇 373

tōng
通 447

tóng
仝 13
同 61
彤 143
桐 214
瞳 308
童 327
酮 456
銅 462

tǒng
捅 175
桶 217
筒 330
統 342

tòng
同 61
痛 296

tōu
偷 26

tóu
投 167
頭 488

tòu
透 447

tou
頭 488

tū
凸 39
禿 319
突 324

tú
圖 85
塗 92
屠 122
徒 145
荼 380
途 447

tǔ
吐 61
土 85

tù
兔 32
吐 61

tuān
湍 252

tuán
團 85
糰 338

tuī
推 176

tuí
頹 488

tuǐ
腿 366

tuì
蛻 395
褪 407
退 446

tūn
吞 62

tún
囤 84
屯 123
臀 367
飩 491

tùn
褪 407

tuō
托 166
拖 170
脫 363
託 412

tuó
佗 18
沱 243
跎 434
陀 473
駝 495
馱 495
鴕 505
tuǒ
妥 102
橢 227
tuò
唾 75
拓 169

W

wā
哇 67
挖 173
窪 325
蛙 394
wá
娃 104
wǎ
瓦 287
wà
瓦 287
襪 408
wa
哇 67
wāi
歪 232
wài
外 96
wān
剜 44
彎 142
灣 262
蜿 396
豌 423
wán
丸 4
完 112
烷 266
玩 282
頑 487
wǎn
婉 106
宛 113
惋 154
挽 175
晚 200
皖 300
碗 313
莞 381
輓 440
wàn
腕 364
萬 383
蔓 386
wāng
汪 239
wáng
亡 10
王 282
wǎng
往 144
惘 154
枉 209
網 344
罔 350
wàng
妄 101
往 144
忘 148
旺 198
望 206
王 282
wēi
偎 25
危 54
威 104
巍 127
微 146
薇 388
逶 448
wéi
唯 72
圍 85
帷 132
幃 132
惟 154
桅 215
濰 261
為 265
維 344
違 450
韋 485
wěi
偽 26
偉 26
唯 72
委 103
娓 105
尾 121
猥 279
痿 296
緯 346
萎 382
葦 384
wèi
位 18
味 65
喂 75
尉 118
慰 158
未 207
渭 251
為 265
猬 279
畏 291
胃 361
蔚 387
蝟 397
衛 403
衞 403
謂 418
遺 451
餵 493
魏 501
wēn
溫 251
瘟 296
wén
文 193
紋 340
聞 357
蚊 393
雯 480
wěn
刎 41
吻 64
穩 324
紊 340
wèn
問 74
wēng
嗡 78
翁 353
wèng
甕 288
wō
喔 77
撾 186
渦 252
窩 325
蝸 397
wǒ
我 162
wò
握 180
斡 194
沃 240
臥 368
齷 516
wū
嗚 78
屋 122
巫 129
汙 238
污 238
烏 265
誣 415
鎢 466
wú
吾 63
吳 65
梧 216

毋 234
無 266
蕪 387
蜈 395

wǔ

五 9
伍 15
侮 21
午 52
嫵 108
捂 174
武 232
舞 372
鵡 506

wù

兀 30
務 47
勿 49
塢 91
寤 116
悟 152
惡 153
戊 161
晤 200
物 276
誤 416
霧 481

X

xī

兮 33
吸 64
嘻 79
夕 96
奚 100
嬉 108
希 130
息 151
悉 152
惜 153
昔 198
晰 201
曦 203
析 210
汐 239
淅 247
溪 253
烯 266
熙 268
熄 268
熹 269
犀 276
犧 277
矽 310
硒 311
稀 321
羲 353
膝 366
蜥 396
蟋 400
西 408
谿 422
蹊 436
錫 464

xí

媳 107
席 131
檄 228
習 354
蓆 385
襲 408

xǐ

喜 74
徙 145
洗 244
璽 286
禧 318
銑 462

xì

係 22
戲 163
系 338
細 341
繫 348
隙 476

xiā

瞎 307
蝦 398

xiá

俠 21
匣 51
峽 124
暇 202
狎 278
狹 278
瑕 286
轄 441
遐 450
霞 481

xià

下 2
嚇 81
夏 96
廈 137

xiān

仙 14
先 31
掀 177
纖 349
鍁 464
鮮 502

xián

咸 68
啣 74
嫌 107
嫻 108
弦 141
涎 247
絃 341
舷 373
賢 429
銜 462
閑 471
閒 471
鹹 509

xiǎn

冼 37
洗 244
蘚 391
銑 462
險 477
顯 489
鮮 502

xiàn

憲 159
獻 281
現 284
綫 344
線 345
縣 346
羨 353
腺 365
見 409
限 474
陷 475
餡 493

xiāng

廂 137
湘 251
相 304
箱 332
襄 407
鄉 454
鑲 469
香 494

xiáng

祥 317
翔 354
詳 415
降 474

xiǎng

享 11
想 155
響 486
餉 492

xiàng

像 29
向 62
嚮 82
巷 130
橡 226
相 304
象 423
項 486

xiāo

削 43

囂 83
宵 113
梟 217
消 246
瀟 261
硝 312
簫 334
蕭 389
逍 447
銷 462
霄 480
xiáo
淆 248
xiǎo
小 119
曉 203
xiào
哮 70
嘯 81
孝 110
效 191
校 215
笑 328
肖 360
xiē
些 10
楔 220
歇 230
蠍 400
xié
偕 25
協 53
挾 174
携 181
攜 186
擕 189
斜 194
脅 363
諧 418
邪 452
鞋 484
xiě
寫 116
血 402
xiè
卸 55
寫 116
屑 122
懈 160
械 216
榭 222
泄 241
洩 244
瀉 261
蟹 401
解 411
謝 419
邂 452
xīn
心 147
新 195
欣 230
芯 376
莘 381
薪 388
辛 442
鋅 463
馨 494
xìn
信 22
芯 376
釁 457
xīng
惺 155
星 199
猩 279
腥 365
興 371
xíng
刑 40
型 88
形 142
行 402
邢 452
xǐng
省 303
醒 457
xìng
倖 22
姓 103
幸 134
性 149
悻 153
杏 208
興 371
xiōng
兄 31
兇 31
凶 39
匈 49
洶 245
胸 363
xióng
熊 268
雄 478
xiū
休 15
修 24
羞 352
xiǔ
宿 114
朽 207
xiù
嗅 77
宿 114
秀 319
綉 343
繡 348
臭 369
袖 404
銹 463
鏽 468
xū
吁 61
噓 80
墟 93
戌 162
虛 392
需 480
須 487
鬚 499
xú
徐 145
xǔ
栩 216
滸 256
許 412
xù
婿 107
序 135
恤 151
敍 191
敘 192
旭 198
煦 267
畜 291
絮 343
緒 343
續 349
蓄 385
酗 455
xu
蓿 387
xuān
喧 76
宣 113
軒 439
xuán
懸 160
旋 197
漩 256
玄 281
xuǎn
癬 298
選 451
xuàn
旋 197
渲 252
炫 265
眩 305
絢 342
xuē
削 43
薛 388
靴 484
xué
學 111

穴 324
xuě
雪 480
xuè
血 402
xūn
勛 47
勳 48
熏 268
燻 271
醺 457
xún
尋 118
峋 124
巡 128
循 146
旬 198
荀 379
詢 415
xùn
殉 233
汛 239
蕈 387
訓 412
訊 412
迅 444
遜 450
馴 495

y

yā
丫 4
呀 63
啞 72
壓 94
押 169
椏 218
鴉 505
鴨 505
yá
崖 125
涯 247
牙 274
玡 282
芽 375
蚜 393
衙 403
yǎ
啞 72
雅 478
yà
亞 9
揠 179
訝 412
軋 439
ya
呀 63

yān
咽 68
嫣 107
殷 234
淹 248
烟 265
焉 265
煙 267
燕 269
胭 362
腌 364
醃 456
閹 472
yán
嚴 82
妍 102
岩 124
巖 127
延 139
檐 228
沿 242
炎 264
研 310
筵 331
簷 334
蜒 395
言 411
鉛 461
閻 472
顏 489
鹽 509
yǎn
偃 25
儼 30
奄 99
掩 176
演 257
眼 305
衍 403
鼴 515
yàn
厭 56
咽 68
唁 71
嚥 82
堰 90
宴 114
晏 200
焰 266
燕 269
硯 312
艷 374
諺 418
豔 423
贗 430
雁 478
驗 497
yāng
央 98
殃 233
泱 242
秧 320
鴦 505
yáng
佯 20
揚 179
楊 221
洋 245
瘍 296
羊 351
陽 475
颺 490
yǎng
仰 16
氧 237
癢 298
養 492
yàng
怏 149
恙 151
樣 224
漾 256
yāo
吆 62
吆 62
夭 98
妖 102
腰 364
要 408
邀 452
yáo
堯 90
姚 104
搖 181
瑤 286
窰 326
肴 360
謠 419
遙 450
餚 493
yǎo
咬 69
舀 370
yào
瘧 296
耀 355
藥 390
要 408
鑰 468
鷂 507
yē
噎 79
掖 178
椰 220
耶 357
yé
爺 273
耶 357
yě
也 7

冶 37
野 458
yè
咽 68
夜 97
掖 178
曳 204
業 220
液 249
腋 364
葉 383
謁 418
鄴 454
頁 486
yī
一 1
伊 16
依 20
壹 95
揖 180
漪 256
衣 403
醫 457
銥 462
yí
儀 29
咦 68
夷 98
姨 104
宜 112
彝 142
怡 150
沂 240
疑 293
移 321
胰 362
貽 428
迤 445
遺 451
頤 488
yǐ
乙 7
以 14
倚 23
尾 121
已 129
椅 218
矣 309
蟻 401
yì
亦 10
億 29
刈 40
奕 99
屹 124
弈 139
役 144
意 156
憶 160
懿 161
抑 168
易 199
毅 234
溢 254
異 292
疫 294
益 301
縊 346
繹 348
義 353
翌 354
翼 354
肄 359
臆 367
艾 374
藝 389
蜴 396
裔 405
詣 414
誼 418
譯 421
議 421
逸 448
邑 452
yīn
喑 76
因 83
姻 104
殷 234
茵 378
蔭 387
陰 475
音 485
yín
吟 64
垠 89
寅 114
淫 249
鄞 454
銀 462
齦 516
yǐn
尹 121
引 140
癮 298
蚓 393
隱 477
飲 491
yìn
印 54
飲 491
yīng
嬰 108
應 160
櫻 229
瑛 285
纓 349
膺 367
英 377
鶯 507
鷹 508
鸚 509
yíng
熒 268
營 271
瑩 286
盈 301
縈 346
螢 399
蠅 401
贏 430
迎 444
yǐng
影 143
穎 323
yìng
應 160
映 199
硬 312
yō
唷 73
喲 77
yo
喲 77
yōng
傭 28
壅 94
庸 136
擁 186
癰 298
臃 367
雍 478
yǒng
俑 22
勇 47
咏 67
恿 153
慂 157
永 238
泳 243
湧 253
甬 290
蛹 395
詠 414
踴 436
yòng
佣 18
用 289
yōu
優 30
幽 135
悠 152
憂 157
yóu
尤 120
柚 212
油 242
游 252
猶 280
由 290

遊 449
郵 454
鈾 461
魷 501
yǒu
友 57
有 205
莠 380
酉 455
黝 513
yòu
佑 16
又 57
右 59
宥 113
幼 134
柚 212
祐 316
誘 416
釉 458
yū
淤 249
瘀 296
迂 444
yú
予 8
于 9
余 16
俞 20
娛 105
愚 155
愉 156
於 196
榆 221
渝 252
漁 256
瑜 285
盂 301
竽 328
臾 370
萸 382
虞 392
覦 410
諛 417
輿 441
逾 449
隅 476
餘 492
魚 501
yǔ
予 8
宇 111
嶼 127
禹 318
羽 353
與 370
語 415
雨 479
yù
吁 61
喻 76
域 89
嫗 107
寓 115
尉 118
峪 125
御 146
愈 156
慾 158
欲 230
浴 246
煜 267
熨 269
獄 280
玉 282
瘉 297
癒 298
禦 318
籲 335
育 361
與 370
芋 374
蔚 387
裕 406
譽 421
豫 424
遇 448
郁 453
預 487
馭 495
鬱 500
鷸 508
yuān
冤 36
淵 252
鳶 504
鴛 505
yuán
元 31
原 56
員 70
園 85
圓 85
垣 88
媛 107
援 180
源 253
猿 280
緣 346
袁 404
轅 441
yuǎn
遠 450
yuàn
媛 107
怨 150
苑 377
院 474
願 489
yuē
曰 203
約 339
yuè
岳 124
嶽 127
悅 152
月 205
樂 224
粵 336
越 432
躍 438
閱 472
龠 517
yūn
暈 202
yún
云 9
勻 49
筠 330
紜 339
耘 356
雲 480
yǔn
允 31
隕 476
yùn
員 70
孕 109
慍 155
暈 202
熨 269
蘊 390
運 449
醞 457
韵 486
韻 486

Z

zā
扎 165
紮 340
zá
砸 311
雜 479
zǎ
咋 66
zāi
哉 67
栽 214
災 263
zǎi
仔 14
宰 114
崽 126
載 440
zài
再 35
在 86

載 440

zān

簪 334

zán

咱 68

zǎn

攢 189

zàn

暫 202

讚 422

贊 430

zāng

臧 368

贓 431

臟 431

髒 498

zàng

臟 368

葬 383

藏 389

zāo

糟 338

遭 450

záo

鑿 469

zǎo

早 198

棗 219

澡 259

藻 390

蚤 393

zào

噪 81

灶 263

燥 270

皁 299

皂 299

竈 326

躁 437

造 447

zé

則 43

咋 66

嘖 78

擇 186

澤 259

責 426

zè

仄 13

zéi

賊 428

zěn

怎 149

zēng

增 93

憎 159

曾 205

zèng

贈 430

zhā

吒 61

喳 74

扎 165

查 211

楂 220

樝 224

渣 251

紮 340

zhá

扎 165

札 207

炸 264

軋 439

鍘 465

閘 471

zhǎ

眨 305

zhà

乍 6

柵 212

榨 223

炸 264

蚱 393

詐 413

zhāi

摘 183

齋 515

zhái

宅 111

翟 354

zhǎi

窄 325

zhài

債 27

寨 115

zhān

占 54

氈 236

氊 236

沾 241

瞻 308

粘 336

詹 415

黏 512

zhǎn

展 122

嶄 126

斬 195

盞 302

詹 415

輾 441

zhàn

佔 17

占 54

戰 163

棧 218

湛 250

站 327

綻 345

蘸 391

顫 489

zhāng

張 141

彰 143

樟 224

漳 256

璋 286

章 327

蟑 400

zhǎng

掌 176

漲 257

長 469

zhàng

丈 2

仗 13

嶂 126

帳 131

杖 208

漲 257

瘴 297

脹 363

賬 429

障 476

zhāo

招 171

昭 200

朝 206

着 306

釗 459

zháo

着 306

zhǎo

找 166

沼 244

爪 271

zhào

兆 31

召 60

照 267

罩 351

肇 359

詔 414

趙 432

zhē

折 167

蜇 395

遮 450

zhé

哲 70

喆 75

折 167

摺 183

蜇 395

蟄 399

輒 440

轍 442

zhě

者 355

褶 407
鍺 464

zhè

浙 245
蔗 386
這 447
鷓 508

zhe

着 306
著 381

zhēn

偵 25
幀 132
斟 194
榛 221
珍 283
甄 288
真 305
砧 311
碪 313
箴 332
臻 370
貞 425
針 459

zhěn

枕 211
疹 295
診 413

zhèn

圳 86
振 173
朕 206
賑 428
鎮 466
陣 474
震 480

zhēng

崢 126
征 144
徵 147
怔 149
掙 177
正 231
爭 272
猙 279
症 294
癥 298
睜 307
箏 331
蒸 386
錚 464

zhěng

拯 173
整 193

zhèng

掙 177
政 190
正 231
症 294
諍 417
證 420
鄭 454

zhī

之 6
只 59
吱 63
支 189
枝 209
汁 238
知 309
織 348
肢 360
胝 361
脂 362
芝 376
蜘 396
隻 477

zhí

侄 20
值 23
執 89
姪 104
植 218
殖 233
直 303
職 358

zhǐ

只 59
咫 69
址 86
指 172
旨 198
枳 212
止 231
祇 316
紙 340
趾 433

zhì

制 42
峙 124
幟 133
志 147
摯 182
擲 188
智 201
櫛 228
治 244
滯 255
炙 263
痔 295
痣 295
秩 320
稚 321
窒 325
緻 346
置 351
至 369
致 369
製 406
誌 415
識 420
質 429
雉 478

zhōng

中 4
忠 148
盅 301
終 341
衷 404
鍾 466
鐘 467

zhǒng

冢 36
塚 92
種 322
腫 365
踵 436

zhòng

中 4
仲 15
眾 305
種 322
衆 402
重 458

zhōu

周 67
州 127
洲 245
粥 336
舟 372
謅 419
週 448

zhóu

妯 103
軸 440

zhǒu

帚 131
肘 360

zhòu

咒 66
宙 113
晝 201
皺 301
紂 339
驟 497

zhū

侏 20
朱 208
株 214
猪 279
珠 283
硃 312
茱 378
蛛 394
誅 414
諸 416
豬 424
銖 462

zhú

燭 271

竹 327
竺 328
逐 446

zhǔ
主 5
囑 83
屬 123
拄 171
渚 247
煮 266
矚 308

zhù
住 18
助 46
柱 213
注 243
祝 317
築 333
苧 377
著 381
蛀 394
註 414
貯 427
鑄 468
駐 495

zhuā
抓 167

zhuǎ
爪 271

zhuài
拽 172

zhuān
專 118
磚 315

zhuǎn
轉 442

zhuàn
傳 27
撰 185
篆 332
賺 430
轉 442

zhuāng
妝 102
樁 223
粧 336
莊 381
裝 406

zhuàng
壯 95
幢 133
撞 185
狀 277

zhuī
椎 219
追 445
錐 464

zhuì
墜 93
惴 155
綴 345
贅 430

zhūn
肫 360
諄 418

zhǔn
准 37
準 253

zhuō
拙 170
捉 174
桌 214

zhuó
卓 53
啄 72
濁 259
灼 263
琢 285
着 306
茁 378
著 381
酌 455
鐲 468

zī
吱 63
咨 69
姿 105
孜 110
孳 110
淄 250
滋 252
玆 379
諮 419
資 428
輜 441
錙 465
齜 516

zǐ
仔 14
姊 103
子 109
滓 254
籽 336
紫 342

zì
字 109
漬 254
自 369

zi
子 109

zōng
宗 112
棕 219
椶 221
綜 344
踪 436
蹤 437
鬃 499

zǒng
總 347

zòng
粽 337
糉 337
縱 347
踪 436

zōu
鄒 454

zǒu
走 431

zòu
奏 99
揍 179

zū
租 320

zú
卒 53
族 197
足 433

zǔ
俎 21
祖 316
組 340
詛 413
阻 473

zuān
鑽 469

zuǎn
纂 348

zuàn
攥 189
鑽 469

zuǐ
嘴 80

zuì
最 36
罪 351
醉 457

zūn
尊 118
樽 226
遵 451

zuō
作 17

zuó
昨 199
琢 285

zuǒ
佐 16
左 128
撮 184

zuò
作 17
做 25
坐 86
座 136
柞 212

一 部

0 一

[yī ㄧ 粵 jɐt^{7} 壹]

❶ **最小的整數。大寫作“壹”** ◆ 一支筆/一舉兩得/千鈞一髮/一年之計在於春，一日之計在於晨。❷ **相同；同樣的** ◆ 一模一樣/一視同仁/千篇一律/表裏如一。❸ **全部；整個兒** ◆ 一切/一輩子/一身汗/一冬天沒下雪。❹ **專一** ◆ 一心一意。❺ **每；各** ◆ 一天三餐。❻ **另外；又** ◆ 墨魚一名烏賊。❼ **用在重疊動詞之間，表示稍微或短暫** ◆ 想一想/試一試。❽ **表示動作或情況突然出現** ◆ 大吃一驚/嚇了一跳/煥然一新/曇花一現。❾ **跟“就”、“便”相呼應，組成“一…就”/“便…”格式，表示前後兩個動作或情況緊接着發生** ◆ 一學就會/一問便知/一有空就坐下來看書。

1 丁

[dīng ㄉㄧㄥ 粵 diŋ^{1} 叮]

❶ **天干的第四位；泛指第四** ◆ 甲乙丙丁/丁級。❷ **成年男子；泛指人口** ◆ 壯丁/人丁興旺。❸ **稱從事某種職業的人** ◆ 園丁/家丁。❹ **蔬菜、肉類切成的小塊** ◆ 肉丁/炒雞丁。

✿圖見290頁。

1 七

[qī ㄑㄧ 粵 tsɐt^{7} 漆]

❶ **數目字，五加二的得數。大寫作“柒”** ◆ 七夕/七弦琴/七言詩。❷ **舊時民間習俗，人死後每七天祭奠一次，到七個七為止，共四十九天，叫七七** ◆ 頭七/滿七。

2 三

[sān ㄙㄢ 粵 sam^{1} 衫]

❶ **數目字，二加一的得數。大寫作“叁”** ◆ 三個朋友/一而再，再而三/三天打魚，兩天曬網/三百六十行，行行出狀元。❷ **表示多或多次。“三”不是確指** ◆ 三番五次/三令五申/再三叮囑/三思而行（此例粵音讀 sam^{3} 衫^{3}）/三人行必有我師/烽火連三月，家書抵萬金。

2 上

〈一〉[shàng ㄕㄤˋ 粵 sœŋ^{6} 尚]

❶ **位置在高處；跟“下”相對** ◆ 上層/上臂/上梁不正下梁歪/小荷才露尖尖角，早有蜻蜓立上頭。❷ **等級、質量等高的；次序在前的** ◆ 上將/上級/上等/上午/上學期/上一次。❸ **指地位高的人；特指帝王** ◆ 犯上作亂/目無尊上/皇上。

〈二〉[shàng ㄕㄤˋ 粵 sœŋ^{5} 尚^{5}]

❹ **從低處到高處** ◆ 上山/上車/上天無路，入地無門/欲窮千里目，更上一層樓。❺ **前進** ◆ 蜂擁而上/迎着困難上。❻ **向上呈遞；奉上** ◆ 上書/上茶/上報。❼ **表示到、去等動作** ◆ 上街/上學/上公園玩。❽ **增添；安裝** ◆ 上貨/上刺刀/上螺絲。❾ **塗；抹** ◆ 上色/上藥。❿ **按規定時間進行活動**

◆ 上班／上課。⓫ **表示達到一定程度或數量** ◆ 上了年紀的人／成千上萬。

〈三〉[shǎng ㄕㄤˇ 粵 sœŋ^{5} 尚^{5}]

⓬ **漢語四聲之一，即上聲。古代漢語是第二聲（平、上、去、入），現代漢語是第三聲（陰平、陽平、上聲、去聲）。**

〈四〉[shang ·ㄕㄤ 粵 sœŋ^{6} 尚]

⓭ **用在名詞後，表示處所、時間、範圍等** ◆ 山上／早上／工作上／海上生明月，天涯共此時。⓮ **用在動詞後，表示動作的趨向、結果等** ◆ 爬上山頂／考上大學／遇上機會。

見古文字插頁11。

2 才

見手部，165頁。

2 下

下 下 下

[xià ㄒㄧㄚˋ 粵 ha^{6} 夏]

❶ **位置在低處；跟"上"相對** ◆ 下面／山下／往下看／長城腳下／鋤禾日當午，汗滴禾下土。❷ **等級、質量等低的；次序在後的** ◆ 下級／下等／下策／下學期／下一次。❸ **從高處到低處；降；落** ◆ 下樓／下雨／下車／騎虎難下／飛流直下三千尺，疑是銀河落九天。❹ **表示作出、發出、用等動作** ◆ 下結論／下命令／下苦功夫／對症下藥。❺ **結束；退出** ◆ 下班／下課／一號球員下場。❻ **表示一定的範圍、情況、條件等** ◆ 在他的協助下／在困難的情況下。❼ **表示動作的繼續、完成或趨向** ◆ 請說下去／坐下休息／已經躺下了。❽ **少於；低於** ◆ 觀眾不下三千人。❾ **某些動物生產** ◆ 母豬下仔／母雞下蛋。❿ **量詞，表示動作的次數** ◆ 拍了三下／敲了幾下。

見古文字插頁11。

2 丈

丈 丈 丈

[zhàng ㄓㄤˋ 粵 dzœŋ^{6} 象]

❶ **長度單位，十尺為一丈。折合市制，一丈等於3.3333米** ◆ 一丈布／一落千丈／道高一尺，魔高一丈。❷ **測量土地** ◆ 丈量土地。❸ **對男性長輩的尊稱** ◆ 丈人／岳丈。❹ **女子的配偶** ◆ 丈夫／姑丈。

2 兀

見儿部，30頁。

3 丐

丐 丐 丐 丐

[gài ㄍㄞˋ 粵 gɔi^{3} 改^{3}/kɔi^{3} 概（語）]

乞丐：靠要飯、討錢生活的人。

3 廿

見廾部，139頁。

3 不

不 不 不 不

[bù ㄅㄨˋ 粵 bɐt^{7} 畢]

❶ **表示否定** ◆ 不是／說得不對／愛不釋手／不經一事，不長一智／橫看成嶺側成峯，遠近高低各不同。❷ **放在句子末尾表示疑問** ◆ 你去不？／這東西賣不？❸ **用在相同的動詞或形容詞之間，表示詢問** ◆ 你去不去？／風景美不美？／身體好不好？❹ **跟"就"搭配，組成"不…就…"格式，表示選擇或二者兼有** ◆ 到了晚上，他不是做作業，就是看電視。

3 五

見二部，9頁。

3 丹

見丶部，5頁。

3 **丑**

[chǒu ㄔㄡˇ [粵] tsɐu² 醜]
❶ **地支的第二位** ◆ 子丑寅卯。❷ **丑時：十二時辰之一，即半夜一時至三時。** ❸ **傳統戲劇裏的滑稽角色** ◆ 丑角／生旦淨末丑。❹ **"醜"的簡化字，見457頁。**
✿ 圖見109頁。

3 **尹** 見尸部，121頁。

3 **互** 見二部，9頁。

4 **世**

[shì ㄕˋ [粵] sɐi³ 細]
❶ **一輩子** ◆ 今生今世／永世不忘。❷ **一輩又一輩；一代又一代** ◆ 世交／世襲／世代相傳。❸ **有世交關係的** ◆ 世叔／世兄。❹ **時代** ◆ 今世／近世。❺ **世界；社會** ◆ 舉世聞名／世外桃源／公之於世／世上無難事，只怕有心人。

4 **丕**

[pī ㄆㄧ [粵] pei¹ 披]
大 ◆ 丕績／丕變。

4 **且**

[qiě ㄑㄧㄝˇ [粵] tsɛ² 扯]
❶ **並且；又** ◆ 既聰明且勤奮／鐵塔既高且大。❷ **暫時** ◆ 且慢／且不説／得過且過／暫且休息片刻。❸ **表示兩個動作同時進行** ◆ 且談且走／且戰且退。

4 **冊** 見冂部，35頁。

4 **丙**

[bǐng ㄅㄧㄥˇ [粵] biŋ² 炳]
天干的第三位；泛指第三 ◆ 甲乙丙丁／丙等。
✿ 圖見290頁。

4 **册** 見冂部，35頁。

4 **丘**

[qiū ㄑㄧㄡ [粵] jɐu¹ 休]
❶ **小土山；土堆** ◆ 土丘／荒丘／沙丘／丘陵／一丘之貉。❷ **量詞，水田分隔成大小不同的塊** ◆ 一丘田。
✿ 圖見123頁。

5 **再** 見冂部，35頁。

5 **丢**

[diū ㄉㄧㄡ [粵] diu¹ 刁]
❶ **失去；遺失** ◆ 丢臉／丢失。❷ **扔；拋棄** ◆ 丢手絹／丢盔棄甲／不要亂丢果皮。

5 **丞**

[chéng ㄔㄥˊ [粵] siŋ⁴ 成]
古代輔助帝王或主要官員辦理公務的官吏 ◆ 丞相／縣丞／府丞。

7 **亞** 見二部，9頁。

7 **事** 見亅部，8頁。

7 **両** 見入部，33頁。

焦點易錯字 丑｜醜　丑角　小丑　醜陋　醜態

7 **並** (并)　並 並 並 並 並 並 並

[bìng ㄅㄧㄥˋ [粵] biŋ6 冰6]

❶ **一齊；相挨着** ◆ 並排／肩並肩／並駕齊驅／齊頭並進。❷ **表示進一層；而且** ◆ 一致贊成並決心付諸行動。❸ **用在否定詞"不"、"非"的前面，加強否定語氣，表示實際上不是那樣** ◆ 並不可怕／並非如此／並未解決。

見古文字插頁14。

8 **竝**　"並"的異體字，見本頁。

丨 部

2 **丫**　丫 丫 丫

[yā ㄧㄚ [粵] a1/ŋa1 鴉]

❶ **稱呼女孩子；古時的婢女** ◆ 丫頭／丫鬟。❷ **"椏"的簡化字，見218頁。**

3 **中**　中 中 中 中

〈一〉[zhōng ㄓㄨㄥ [粵] dzuŋ1 宗]

❶ **跟上下左右距離相等的位置；泛指位置、等級處於中間的** ◆ 中心／中央／中等／中途／中流砥柱。❷ **裏面；一定的範圍之內** ◆ 心中／水中／空中／暑假中／不識廬山真面目，只緣身在此山中。❸ **不偏不倚** ◆ 中立／中庸／適中。❹ **適合** ◆ 中用／中聽。❺ **表示動作正在進行** ◆ 在辦理中／案件正在審理中。❻ **中國的簡稱** ◆ 中文／中醫／中外合資。

〈二〉[zhòng ㄓㄨㄥˋ [粵] dzuŋ3 眾]

❼ **正好對上；正合適** ◆ 中意／中獎／猜中了／擊中目標／百發百中。❽ **受到；遭受** ◆ 中毒／中暑／中彈身亡／惡意中傷。

3 **弔**　見弓部，140頁。

3 **引**　見弓部，140頁。

6 **串**　串 串 串 串 串 串 串

[chuàn ㄔㄨㄢˋ [粵] tsyn3 寸]

❶ **把事物連貫起來** ◆ 串講課文／把一片片樹葉串起來。❷ **連貫而成的東西** ◆ 羊肉串。❸ **來往走動** ◆ 串門／串親戚／到處亂串。❹ **指聯繫或暗中勾結** ◆ 串聯／串供／串通。❺ **錯誤地連接** ◆ 電話串線／看串行了。❻ **擔演戲劇中的角色** ◆ 客串／反串／串演。❼ **量詞，用於連貫起來的東西** ◆ 一串珍珠／一串冰糖葫蘆。

丶 部

2 **丸**　丸 丸 丸

[wán ㄨㄢˊ [粵] jyn4 元]

小而圓的東西 ◆ 藥丸／彈丸／紅燒丸子。

2 **丫** 見丨部，4頁。

2 **凡** 見几部，38頁。

2 **刃** 見刀部，40頁。

2 **叉** 見又部，57頁。

3 **卞** 見卜部，53頁。

3 **太** 見大部，98頁。

3 **丹**

[dān ㄉㄢ ㊈ dan¹ 單]

❶ **紅色** ◆ 丹青／丹頂鶴／一片丹心／楓葉如丹。❷ **顆粒狀或粉末狀的中成藥** ◆ 仁丹/靈丹妙藥。❸**古代指朱砂；也指古代道家用朱砂煉成的藥** ◆ 煉丹／金丹。

3 **之** 見丿部，6頁。

4 **主**

[zhǔ ㄓㄨˇ ㊈ dzy² 煮]

❶**主人；跟"賓"、"客"相對** ◆ 賓主／東道主/喧賓奪主。❷**財物的所有者** ◆ 物主/店主／物歸原主。❸ **當事人** ◆ 事主／買主/顧主。❹**最重要的；根本的** ◆ 主流/主角/主力隊員／分清主次／主要任務。❺**負主要責任的** ◆主編／主講／主辦／主持會議。❻ **決定；看法** ◆ 主張／自主／好主意／不由自主／力主改革。

4 **永** 見水部，238頁。

5 **乓**

[pāng ㄆㄤ ㊈ pɔŋ¹ 旁¹]

象聲詞，常跟"乒"字連用或重疊使用 ◆ 乒乓作響／乓乓乓連放三槍。

6 **卯** 見卩部，54頁。

6 **良** 見艮部，374頁。

丿部

1 **九** 見乙部，7頁。

1 **乃**

[nǎi ㄋㄞˇ ㊈ nai⁵ 奶]

❶ **是** ◆ 謙虛乃人之美德／失敗乃成功之母。❷ **你；你的** ◆ 乃父／乃兄／王師北定中原日，家祭無忘告乃翁。

2 **千** 見十部，52頁。

2 **丸** 見丶部，4頁。

2 **久** 久久

[jiǔ ㄐㄧㄡˇ ㊥ gɐu² 九]

❶**時間長** ◆ 長久/久別重逢/歷史悠久/久旱逢甘雨/路遙知馬力，日久見人心。❷**時間的長短** ◆ 他來了多久？/等了足足有十年之久。

3 **午** 見十部，52頁。

3 **升** 見十部，52頁。

3 **之** 之之之

[zhī ㄓ ㊥ dzi¹ 支]

❶ **相當於"的"** ◆ 無價之寶/不毛之地/驚弓之鳥/原因之一/不速之客。❷ **代替人或物** ◆ 來之不易/置之度外/求之不得/取之不盡，用之不竭。❸ **表示語氣，沒有實在的意思** ◆ 久而久之/總而言之。

3 **尹** 見尸部，121頁。

3 **及** 見又部，58頁。

4 **丘** 見一部，3頁。

4 **乍** 乍乍乍乍

[zhà ㄓㄚˋ ㊥ dza⁶ 炸⁶]

❶ **剛剛；起初** ◆ 新來乍到/乍一聽到這消息，簡直不敢相信。❷ **忽然；突然**◆ 乍冷乍熱/山風乍起。

4 **乏** 乏乏乏乏

[fá ㄈㄚˊ ㊥ fɐt⁹ 罰]

❶**缺少** ◆ 缺乏/乏味/貧乏/不乏其人。❷**疲倦** ◆ 疲乏/人困馬乏。

4 **乎** 乎乎乎乎

[hū ㄏㄨ ㊥ fu⁴ 符]

❶**相當於"於"** ◆ 出乎意料/合乎情理。❷**形容詞或副詞的後綴** ◆ 微乎其微/確乎存在。

5 **乒** 乒乒乒乒乒

[pīng ㄆㄧㄥ ㊥ piŋ¹ 平¹]

❶**象聲詞** ◆ 乒的一聲槍響/乒乓作響。❷**指乒乓球** ◆ 乒壇老將/世乒賽。

5 **乓** 見丶部，5頁。

6 **兵** 見八部，34頁。

7 **乖** 乖乖乖乖乖乖

[guāi ㄍㄨㄞ ㊥ gwai¹ 怪¹]

❶**懂事；聽話；不淘氣** ◆ 這孩子真乖！❷**機靈；機警** ◆ 乖巧/得了便宜還賣乖/這一次他可學乖了。❸**性情、言行等反常、不合情理** ◆ 乖僻/乖戾。

8 **垂** 見土部，88頁。

8 **重** 見里部，458頁。

9 **乘** 乘乘乘乘乘乘

[chéng ㄔㄥˊ ㊥ siŋ⁴ 成]

❶ **用交通工具或牲畜代替步行；坐** ◆ 乘馬/乘車/乘坐/乘客/乘飛機。❷**趁着；**

利用 ◆ 乘機/乘虛而入/乘人之危/乘風破浪/乘勝追擊。❸**數學中的一種運算方法，即乘法。**

乙部

0 乙

[yǐ ㄧˇ 粵 jyt8 月8]
天干的第二位；泛指第二 ◆ 甲乙丙丁/乙等/乙班同學。
✿ 圖見 290 頁。

1 九

九

[jiǔ ㄐㄧㄡˇ 粵 gɐu2 久]
❶ **數目字，五加四的得數。大寫作“玖”** ◆ 布九匹/詩九首。❷**泛指數量多或次數多** ◆ 九牛一毛/九曲迴廊/九霄雲外/九死一生。

1 了 見亅部，8頁。

2 乞

乞 乞

[qǐ ㄑㄧˇ 粵 hɐt7 核7]
向人求、討 ◆ 乞求/乞丐/乞討/搖尾乞憐。

2 丸 見丶部，4頁。

2 也

也 也

[yě ㄧㄝˇ 粵 ja5]
❶**表示彼此相同** ◆ 風停了，雨也停了/想不到你也來了。❷**表示轉折或讓步** ◆ 即使你不說，我也知道/寧可犧牲，也不投降/困難再大，也能克服。❸ **用在否定句中，表示加強語氣** ◆ 坐着一動也不動/永遠也忘不了你。❹**表示埋怨、同情等語氣** ◆ 這也太過分了/孩子都還小，也夠她操心的。

3 予 見亅部，8頁。

3 孔 見子部，109頁。

5 丞 見一部，3頁。

7 乳

乳 乳 乳 乳 乳 乳

[rǔ ㄖㄨˇ 粵 jy5 羽]
❶**乳房：人或動物的哺乳器官。**❷**奶汁** ◆ 乳汁/母乳/哺乳期/水乳交融。❸**初生的；幼小的** ◆ 乳燕/乳豬/乳牙。❹ **繁殖；生育** ◆ 孳乳。

10 乾（干）

乾 乾 乾 乾 乾 乾

〈一〉[gān ㄍㄢ 粵 gɔn1 肝]
❶**不含水分或缺少水分；跟“濕”相對** ◆ 乾柴/乾枯/乾旱/乾燥/口乾舌燥。❷ **烘烤或曬乾後的食品** ◆ 餅乾/牛肉乾/葡萄乾。❸**盡；空虛** ◆ 乾杯/外強中乾/眼淚都哭乾了。❹ **白白地；徒然** ◆ 乾着急/乾瞪眼/乾打雷不下雨。❺ **拜認的親屬關係** ◆ 乾爹/乾媽/乾兒子。❻ **不用水的** ◆ 乾洗。
〈二〉[qián ㄑㄧㄢˊ 粵 kin4 虔]
❼ **八卦名，古代以乾象徵天、日、君、夫等。以乾坤象徵天地、世界** ◆ 扭轉乾坤。
（此解不能簡作“干”）

12**亂**(乱)　亂亂亂亂亂亂 亂

[luàn ㄌㄨㄢˋ 粵 lyn⁶ 聯⁶]

❶**不整齊；沒條理** ◆ 雜亂無章/亂七八糟/思維混亂/快刀斬亂麻。❷**搞亂；混淆** ◆ 擾亂秩序/亂了陣腳/以假亂真。❸**任意；隨便；不加限制** ◆ 亂吃/亂花錢/不要亂跑/胡言亂語/病急亂投醫。❹**社會動盪不安** ◆ 動亂/叛亂/騷亂/天下大亂/亂世出英雄。❺**心情不安寧** ◆ 心煩意亂/請鎮靜，不要慌亂。❻**不正當的男女關係** ◆ 淫亂。

亅部

1**丁**　見一部，1頁。

1**了**　了 了

〈一〉[liǎo ㄌㄧㄠˇ 粵 liu⁵ 聊⁵]

❶**結束** ◆ 了結/不了了之/敷衍了事/一了百了/了卻一樁心事。❷**表示可能** ◆ 這麼多菜，三個人吃得了嗎？/我做得了嗎？/他跑不了/真的假不了，假的真不了。❸**明白** ◆ 了然於心/明了。

〈二〉[le ·ㄌㄜ 粵 liu⁵ 聊⁵]

❹**表示動作、變化已經完成** ◆ 看了幾本小說/汽車駛過了大橋。❺**放在句子末尾，表示變化或出現新的情況** ◆ 下雪了/荷花開了/我今年上四年級了。❻**表示命令或勸阻** ◆ 別說了/算了，別跟他計較。❼**表示感歎或氣憤** ◆ 太美了！/太不像話了！

2**于**　見二部，9頁。

3**予**　予予予 予

〈一〉[yǔ ㄩˇ 粵 jy⁵ 羽]

❶**給** ◆ 給予/授予/予以獎勵/請予考慮。

〈二〉[yú ㄩˊ 粵 jy⁴ 余]

❷**相當於“我”** ◆ 予取予求。

4**乎**　見丿部，6頁。

7**事**　事事事事事事 事

[shì ㄕˋ 粵 si⁶ 士]

❶**事情；工作** ◆ 國家大事/敷衍了事/萬事俱備/有志者，事竟成/世上無難事，只怕有心人。❷**意外發生的事情** ◆ 事故/出事/平安無事。❸**做；從事** ◆ 大事宣揚/無所事事。❹**責任；關係** ◆ 放心，沒你的事/這不關你的事。

7**爭**　見爪部，272頁。

焦點易錯字　了｜瞭　了解 了結　瞭望 明瞭

二部

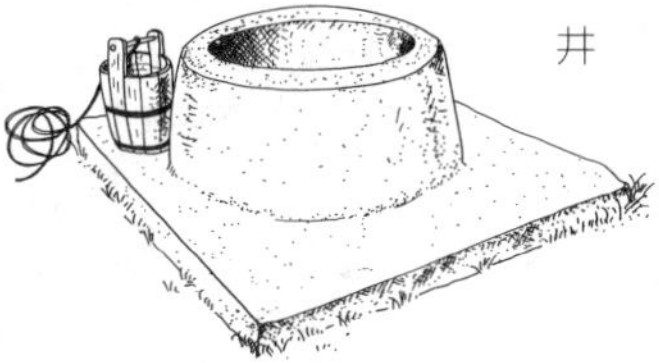

井

二 亠 人 儿 入 八

0 二

[èr ㄦˋ 粵 ji6 異]

❶ **數目字，一加一的得數。大寫作“貳”** ◆ 長二尺 / 三分之二 / 二人同心，其利斷金。❷ **第二** ◆ 二哥 / 二妹 / 二叔 / 二等品 / 停車坐愛楓林晚，霜葉紅於二月花。❸ **兩樣；不同** ◆ 不二價 / 心無二用 / 説一不二 / 三心二意。

1 于

〈一〉[yú ㄩˊ 粵 jy4 余 / jy1 於]

❶ **姓**

〈二〉[yú ㄩˊ 粵 jy4 於]

❷ **“於”的簡化字，見196頁。**

2 井

[jǐng ㄐㄧㄥˇ 粵 dziŋ2 整 / dzɛŋ2 鄭2]

❶ **鑿地而成能取水的深洞** ◆ 水井 / 井底之蛙 / 河水不犯井水 / 飲水不忘掘井人 / 宜未雨而綢繆，勿臨渴而掘井。❷ **形狀像井的東西** ◆ 礦井 / 油井 / 天井 / 沙井。❸ **古制八家為一井，後借指人口聚居的地方或鄉里** ◆ 市井 / 背井離鄉。❹ **整齊；有條理** ◆ 井井有條 / 秩序井然。

見古文字插頁11。

2 云

[yún ㄩㄣˊ 粵 wɐn4 雲]

❶ **相當於“説”** ◆ 人云亦云 / 不知所云。❷ **“雲”的簡化字，見480頁。**

2 五

[wǔ ㄨˇ 粵 ŋ5 午]

數目字，四加一的得數。大寫作“伍” ◆ 五行 / 五臟六腑 / 五湖四海 / 五彩繽紛 / 伸手不見五指 / 中國有五十六個民族。

2 互

[hù ㄏㄨˋ 粵 wu6 户]

彼此 ◆ 互相幫助 / 互助友愛 / 互不干涉 / 互諒互讓。

4 亙 (亘)

[gèn ㄍㄣˋ 粵 gɐŋ2 耿]

空間或時間上延續不斷 ◆ 亙古未有 / 山脈橫亙千里。

6 亞 (亚)

[yà ㄧㄚˋ 粵 a3/ŋa3 阿]

❶ **次一等的** ◆ 亞軍 / 亞熱帶。❷ **較差** ◆ 這裏的風景不亞於杭州的西湖。❸ **亞洲的簡稱** ◆ 亞運會 / 東南亞國家。

焦點易錯字 互 | 亙 互相合作 互惠互利 綿亙千里 亙古亙今

二 亠 人 儿 入 八

6 些 [些]

[xiē ㄒㄧㄝ [粵] sɛ¹ 賒]

❶ **表示不確定的數量** ◆ 一些 / 好些書 / 某些人 / 前些日子。❷ **表示程度的比較；略微** ◆ 輕些放 / 慢些走 / 他的病好些了 / 這樣擺要好看些。

7 亟 [亟]

〈一〉[jí ㄐㄧˊ [粵] gik⁷ 擊]

❶ **急切；緊迫** ◆ 亟待解決 / 亟須糾正 / 亟需資金。

〈二〉[qì ㄑㄧˋ [粵] kei³ 冀]

❷ **屢次** ◆ 亟請允准 / 亟經協商。

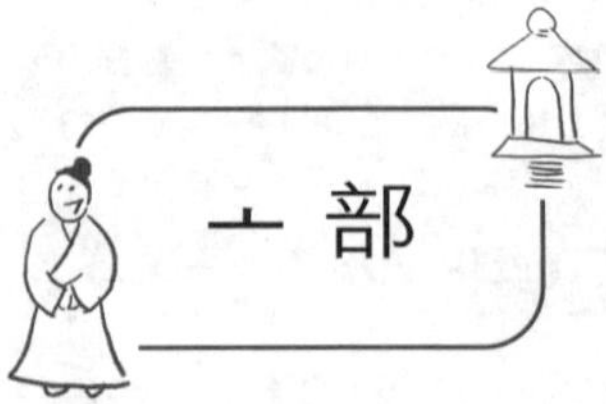
亠 部

1 亡 [亡]

[wáng ㄨㄤˊ [粵] mɔŋ⁴ 忙]

❶**逃跑** ◆ 逃亡/流亡/亡命在外。❷**丟失；失去** ◆ 亡羊補牢/唇亡齒寒/歧途亡羊/名存實亡。❸ **死；死去的** ◆ 陣亡 / 傷亡 / 死亡 / 家破人亡。❹ **滅，跟“興”相對** ◆ 滅亡 / 亡國之恨 / 國家興亡，匹夫有責。

2 亢 [亢]

[kàng ㄎㄤˋ [粵] kɔŋ³ 抗]

❶**高** ◆ 高亢。❷**高傲** ◆ 不卑不亢。❸**過度；極** ◆ 亢奮 / 亢進。

2 六

見八部，33頁。

3 市

見巾部，130頁。

4 亦 [亦]

[yì ㄧˋ [粵] jik⁹ 液]

也；也是；表示相同 ◆ 人云亦云 / 亦步亦趨 / 反之亦然。

4 交 [交]

[jiāo ㄐㄧㄠ [粵] gau¹ 郊]

❶**相穿過；相連接** ◆ 交叉 / 交織 / 交接 / 交界 / 春夏之交。❷ **遇到** ◆ 交好運。❸ **結交；互相往來** ◆ 交往 / 交際 / 交友 / 外交。❹ **交情；友誼** ◆ 深交 / 一面之交 / 與他絕交。❺**互相** ◆交談/交換/交戰。❻**一齊；同時** ◆ 雷電交加/飢寒交迫/悲喜交集。❼ **付給** ◆ 交卷 / 交款 / 轉交 / 移交。❽ **指人發生性行為；動植物進行交配** ◆ 性交/雜交。

見古文字插頁12。

4 衣

見衣部，403頁。

4 亥 [亥]

[hài ㄏㄞˋ [粵] hɔi⁶ 害]

❶**地支的第十二位** ◆ 申酉戌亥。❷**亥時：十二時辰之一，即晚上九時至十一時。**

✿ 圖見 109 頁。

4 充

見儿部，31頁。

4 妄

見女部，101頁。

焦點易錯字 亟 | 極 亟待解決 亟須糾正 極限 登峯造極

5 **言** 見言部，411頁。

5 **亨** 亨亨亨亨亨 亨

[hēng ㄏㄥ ⓔ hɐŋ¹ 鏗]
順利 ◆ 萬事亨通。

5 **辛** 見辛部，442頁。

5 **忘** 見心部，148頁。

6 **京** 京京京京京京 京

[jīng ㄐㄧㄥ ⓔ giŋ¹ 經]
❶**國家的首都** ◆ 京城/京師。❷**特指中國的首都北京** ◆ 京腔/京劇/京九鐵路。

6 **享** 享享享享享享 享

[xiǎng ㄒㄧㄤˇ ⓔ hœŋ² 響]
❶**受用；物質或精神上得到滿足** ◆ 享受/享樂/坐享其成/有福同享。❷**敬辭，稱死去的人活的歲數（多指老人）** ◆ 享年九十歲。

6 **夜** 見夕部，97頁。

6 **卒** 見十部，53頁。

6 **盲** 見目部，303頁。

6 **氓** 見氏部，237頁。

7 **亮** 亮亮亮亮亮亮 亮

[liàng ㄌㄧㄤˋ ⓔ lœŋ⁶ 諒]
❶**光線強；發光** ◆ 明亮/光亮/亮晶晶/天亮了/屋子亮着燈光。❷**聲音響** ◆ 響亮/洪亮/歌聲嘹亮。❸**顯露；心胸或思想上的開朗、清楚** ◆ 亮相/亮底牌/心明眼亮/打開窗子説亮話。

7 **亭** 亭亭亭亭亭亭 亭

[tíng ㄊㄧㄥˊ ⓔ tiŋ⁴ 廷]
❶**有頂無牆，供休息、眺望和觀賞用的小型建築物** ◆ 亭子/涼亭/望江亭/亭台樓閣。❷**形狀像亭的或簡單小型的建築** ◆ 崗亭/書報亭/售貨亭。

亭

7 **哀** 見口部，69頁。

7 **弈** 見廾部，139頁。

7 **奕** 見大部，99頁。

7 **音** 見音部，485頁。

7 **帝** 見巾部，131頁。

8 **衰** 見衣部，404頁。

8 **衷** 見衣部，404頁。

8 **高** 見高部，499頁。

8 **旁** 見方部，196頁。

9 **毫** 見毛部，236頁。

9 **孰** 見子部，110頁。

9 **烹** 見火部，266頁。

9 **商** 見口部，73頁。

9 **率** 見玄部，283頁。

9 **牽** 見牛部，276頁。

10 **就** 見尢部，120頁。

11 **裹** 見衣部，405頁。

11 **稟** 見禾部，322頁。

11 **雍** 見隹部，478頁。

12 **豪** 見豕部，424頁。

12 **齊** 見齊部，515頁。

13 **褒** 見衣部，407頁。

15 **襄** 見衣部，407頁。

15 **齋** 見齊部，515頁。

18 **贏** 見貝部，430頁。

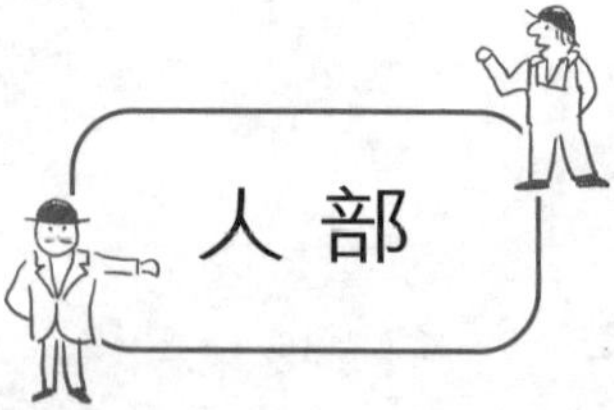
人部

0 人

人 大

[rén ㄖㄣˊ 粵 jɐn4 仁]

❶ **具有智慧和靈性的高等動物** ◆ 人類／人非草木，豈能無情／人生七十古來稀。❷ **個人；一般人** ◆ 人心／膽略過人／人不能貌相。❸ **指某種人** ◆ 恩人／軍人／節目主持人／解鈴還須繫鈴人。❹ **每個人；大家** ◆ 人手一冊／人同此心／人所共知。❺ **別人；他人** ◆ 人云亦云／助人為樂／先人後己／捨己救人。❻ **成年人** ◆ 長大成人。

見古文字插頁1。

2 仁

仁 仁 仁 仁

[rén ㄖㄣˊ 粵 jɐn4 人]

❶ **友愛；有同情心** ◆ 仁愛／仁慈／仁義道德／仁至義盡。❷ **尊稱對方** ◆ 仁兄／仁弟。❸ **果核或其他硬殼中可吃的部分** ◆ 果仁／杏仁／蝦仁／核桃仁。

2 什

什 什 什 什

〈一〉[shí ㄕˊ 粵 sɐp9 拾]

❶ **多種多樣的** ◆ 什物／什錦／傢什。

〈二〉[shén ㄕㄣˊ 粵 sɐm⁶ 甚]
❷ "甚" 的簡化字，見 288 頁。

2 仃 仃仃仃 仃

[dīng ㄉㄧㄥ 粵 diŋ¹ 丁]
伶仃。見"伶"字，17 頁。

2 仄 仄仄仄 仄

[zè ㄗㄜˋ 粵 dzɐk⁷ 則]
❶ 狹窄 ◆ 寬仄 / 逼仄。❷ 內心不安 ◆ 歉仄。❸ 古漢語中上聲、去聲、入聲統稱"仄聲"；跟"平聲"相對 ◆ 律詩講究平仄相間。

2 仆 仆仆仆 仆

〈一〉[pū ㄆㄨ 粵 fu⁶ 付 /puk⁷]
❶ 向前跌倒 ◆ 前仆後繼。
〈二〉[pú ㄆㄨˊ 粵 buk⁹ 瀑]
❷ "僕" 的簡化字，見 28 頁。

2 介 介介介 介

[jiè ㄐㄧㄝˋ 粵 gai³ 界]
❶ 聯繫兩者的人或事物 ◆ 介紹 / 媒介 / 中介機構。❷ 處於兩者之間 ◆ 介音 / 介乎兩者之間。❸ 放在心上 ◆ 介意 / 介懷。❹ 動物身上堅硬的甲殼 ◆ 介蟲 / 鱗介。❺ 正直；有骨氣 ◆ 為人耿介。❻ 量詞，相當於"個"，用於人 ◆ 一介書生 / 一介武夫。

2 仇 仇仇仇 仇

〈一〉[chóu ㄔㄡˊ 粵 tsɐu⁴ 酬 / sɐu⁴ 愁]
❶ 強烈的恨 ◆ 仇恨 / 仇視 / 報仇 / 恩將仇報 / 血海深仇。❷ 敵人 ◆ 仇敵 / 同仇敵愾 / 疾惡如仇。

〈二〉[qiú ㄑㄧㄡˊ 粵 kɐu⁴ 求]
❸ 姓。

2 化 見匕部，50頁。

2 仍 仍仍仍 仍

[réng ㄖㄥˊ 粵 jiŋ⁴ 刑]
❶ 依然；還是 ◆ 仍然 / 仍舊不變 / 仍須努力。❷ 頻繁；接連不斷 ◆ 頻仍。❸ 依照 ◆ 一仍其舊。

2 今 今今今 今

[jīn ㄐㄧㄣ 粵 gɐm¹ 甘]
❶ 現在；當前；跟"古"、"昔"相對 ◆ 今天 / 今年 / 古往今來 / 今非昔比 / 至今下落不明。❷ 此；這 ◆ 今生今世。

3 仝 "同〈一〉"的異體字，見61頁。

3 仕 仕仕仕仕 仕

[shì ㄕˋ 粵 si⁶ 士]
做官 ◆ 出仕 / 仕途 / 仕宦。

3 付 付付付付 付

[fù ㄈㄨˋ 粵 fu⁶ 父]
交給 ◆ 交付/支付/付款/付賬/付諸東流。

3 仗 仗仗仗仗 仗

[zhàng ㄓㄤˋ 粵 dzœŋ⁶ 丈]
❶ 兵器的總稱 ◆ 儀仗 / 明火執仗。❷ 依靠；憑藉 ◆ 依仗/仗勢欺人/狗仗人勢。❸ 兩軍交鋒；戰爭 ◆ 打仗 / 吃敗仗 / 這一仗打得很漂亮。

焦點易錯字 士 | 仕　士氣 博士　仕途 出仕

3 代 代代代代 代

[dài ㄉㄞˋ ㊣ dɔi⁶ 待]

❶ **替；替換** ◆ 代管 / 代理 / 代課 / 取而代之。❷ **歷史上的分期；朝代** ◆ 唐代 / 古代 / 當代 / 末代皇帝 / 江山代有人才出，各領風騷數百年。❸ **家族相傳的輩分** ◆ 下一代 / 後代子孫 / 祖孫三代。

3 以 以以以以 以

[yǐ ㄧˇ ㊣ jy⁵ 已]

❶ **用；拿** ◆ 以身作則 / 以理服人 / 以卵擊石 / 以小人之心，度君子之腹。❷ **按照** ◆ 以次就座 / 以姓氏筆畫為序 / 物以類聚，人以羣分。❸ **因為** ◆ 何以知之 / 不以此而氣餒。❹ **表示目的；為了** ◆ 學以致用 / 不要在馬路上亂跑，以免發生危險。❺ **表示時間、方位、數量的界限** ◆ 以前 / 以東 / 黃河以北 / 十人以上。

3 囚

見口部，83頁。

3 仙 仙仙仙仙 仙

[xiān ㄒㄧㄢ ㊣ sin¹ 先]

古代神話中指長生不老、神通廣大的人 ◆ 仙人/神仙/仙女下凡/八仙過海，各顯神通。

3 仟 仟仟仟仟 仟

[qiān ㄑㄧㄢ ㊣ tsin¹ 千]

數目字“千”的大寫。

3 令 令令令令 令

〈一〉[lìng ㄌㄧㄥˋ ㊣ liŋ⁶ 另]

❶ **上級對下級的指示** ◆ 命令 / 下令 / 三令五申 / 發號施令。❷ **使；使得** ◆ 令人振奮 / 利令智昏。❸ **時節** ◆ 時令 / 冬令 / 夏令營。❹ **古代官名** ◆ 縣令 / 令尹。❺ **尊稱對方的親屬** ◆ 令尊 / 令郎。

〈二〉[lǐng ㄌㄧㄥˇ ㊣ lim¹ 黏]

❻ **量詞，五百張原張的紙為一令** ◆ 五令白報紙。

3 他 他他他他 他

[tā ㄊㄚ ㊣ ta¹ 它]

❶ **第三人稱代詞，一般用來指男性** ◆ 這事不能怪他。❷ **別的；另外的** ◆ 改作他用 / 他鄉遇故知 / 長他人志氣，滅自己威風。

3 仞 仞仞仞仞 仞

[rèn ㄖㄣˋ ㊣ jɐn⁶ 刃]

古代長度單位，八尺或七尺為一仞 ◆ 萬仞高山 / 三萬里河東入海，五千仞嶽上摩天。

3 仔 仔仔仔仔 仔

〈一〉[zǐ ㄗˇ ㊣ dzi² 子]

❶ **幼小的** ◆ 仔雞/仔豬。❷ **細心；小心** ◆ 仔細。

〈二〉[zǎi ㄗㄞˇ ㊣ dzɐi² 濟²]

❸ **幼小的動物。也寫作“崽”** ◆ 豬仔 / 雞仔。❹ **指小孩子** ◆ 輝仔 / 樂仔。❺ **指有某種特徵或從事某種職業性質的人** ◆ 西部牛仔 / 打工仔。

4 伕 伕伕伕伕 伕

[fū ㄈㄨ ㊣ fu¹ 呼]

指服勞役、做苦工的人 ◆ 民伕 / 挑伕 / 拉伕。

4 休 休休休休休 休

[xiū ㄒㄧㄡ 粵 jɐu1 丘]

❶歇息 ◆ 休息 / 休假 / 公休 / 退休 / 午休。❷停止 ◆ 休會 / 罷休 / 喋喋不休 / 善罷甘休 / 爭論不休。❸不要；別 ◆ 休要 / 休想打他主意。❹歡樂；吉慶 ◆ 休戚與共。❺舊時指丈夫離棄妻子 ◆ 休妻 / 休書。

見古文字插頁12。

4 合 見口部，62頁。

4 伎 伎伎伎伎伎 伎

[jì ㄐㄧˋ 粵 gei6 忌]

❶ 伎倆：不正當的手段 ◆ 耍伎倆。❷古代以歌舞表演為業的女子 ◆ 樂伎 / 歌伎。

4 伍 伍伍伍伍伍 伍

[wǔ ㄨˇ 粵 ŋ5 五]

❶軍隊；行列 ◆ 應徵入伍 / 退伍軍人 / 遊行隊伍。❷數目字"五"的大寫。

4 伏 伏伏伏伏伏 伏

[fú ㄈㄨˊ 粵 fuk9 服]

❶身體前傾，臉朝下；趴 ◆ 伏地 / 伏案工作。❷低下去 ◆ 起伏不平 / 此起彼伏。❸認錯認罪；使屈服 ◆ 伏罪 / 伏輸 / 制伏 / 降龍伏虎。❹隱藏 ◆ 埋伏 / 潛伏 / 危機四伏。❺時令名稱，即伏天。分初伏、中伏、末伏，合稱"三伏"，是一年中最炎熱的時期。

4 伐 伐伐伐伐伐 伐

[fá ㄈㄚˊ 粵 fɐt9 罰]

❶砍 ◆ 伐木 / 砍伐 / 採伐。❷攻擊；征討 ◆ 討伐 / 口誅筆伐 / 北伐戰爭。

4 企 企企企企企 企

[qǐ ㄑㄧˇ 粵 kei5 其5]

提起腳後跟；引申為盼望、希望 ◆ 企待 / 企望 / 企求 / 企圖。

見古文字插頁12。

4 仲 仲仲仲仲仲 仲

[zhòng ㄓㄨㄥˋ 粵 dzuŋ6 頌]

❶排行第二的；居中的 ◆ 仲春（春季的第二個月）/ 仲夏（夏季的第二個月）。❷弟兄排行第二的 ◆ 仲兄 / 仲弟。❸仲裁：由第三者從中調停、裁決 ◆ 仲裁委員會。

4 件 件件件件件 件

[jiàn ㄐㄧㄢˋ 粵 gin6 健]

❶量詞 ◆ 一件衣服 / 三件事情。❷可以一一計算的事物 ◆ 零件 / 配件 / 案件 / 事件。❸指文件 ◆ 急件 / 密件 / 附件。

4 任 任任任任任 任

〈一〉[rèn ㄖㄣˋ 粵 jɐm6 賃]

❶委派；使用 ◆ 任命 / 委任 / 任用 / 任人唯賢。❷擔當；承擔 ◆ 任職 / 任課 / 擔任 / 勝任 / 任勞任怨。❸擔當的職務；職責 ◆ 就任 / 擔負重任 / 任重道遠。❹相信 ◆ 信任。❺由着性子；放縱 ◆ 任性 / 任意 / 放任自流。❻隨順；聽憑 ◆ 任其自然 / 任人擺佈 / 聽之任之。

〈二〉[rén ㄖㄣˊ 粵 jɐm4 吟]

❼姓。

焦點易錯字 伎 | 技　伎倆　技巧 技藝

4 **份** 份份份份份份 份

[fèn ㄈㄣˋ 粵 fɐn^{6} 昏^{6}]

❶**由整體分出的各部分** ◆ 年份／月份／分五份。❷**量詞** ◆ 一份報紙／一份禮物。

4 **仰** 仰仰仰仰仰仰 仰

[yǎng ㄧㄤˇ 粵 jœŋ^{5} 養]

❶**抬起頭，臉朝上；跟"俯"相對** ◆ 仰望／仰泳／仰天長歎／人仰馬翻。❷**敬慕** ◆ 仰慕／敬仰／景仰／信仰。❸**依賴；依靠** ◆ 仰賴／仰仗。

4 **仿** 仿仿仿仿仿仿 仿

[fǎng ㄈㄤˇ 粵 fɔŋ^{2} 訪]

❶**照樣子做** ◆ 仿照／仿效／仿造／模仿。❷**相似；類似** ◆ 相仿。❸**仿佛：也寫作"彷彿"，見"彷(ㄧ)"，144頁。**

4 **伉** 伉伉伉伉伉伉 伉

[kàng ㄎㄤˋ 粵 kɔŋ^{3} 抗]

伉儷：夫妻 ◆ 結為伉儷。

4 **伙** 伙伙伙伙伙伙 伙

[huǒ ㄏㄨㄛˇ 粵 fɔ^{2} 火]

❶**合在一起；同伴** ◆ 合伙／伙伴／成羣結伙。❷**舊指店員** ◆ 伙計。❸**集體辦的飯食** ◆ 伙食。❹**量詞，用於人羣** ◆ 一伙人／三個一羣，五個一伙。(❶❷❹**也寫作"夥"**)

4 **伊** 伊伊伊伊伊伊 伊

[yī ㄧ 粵 ji^{1} 衣]

❶**他；她；這；那** ◆ 伊人。❷**助詞，無實在意思** ◆ 新年伊始。

5 **余** 余余余余余余 余

[yú ㄩˊ 粵 jy^{4} 如]

❶**我。❷"餘"的簡化字，見492頁。**

5 **佞** 佞佞佞佞佞佞 佞

[nìng ㄋㄧㄥˋ 粵 niŋ^{6} 濘]

❶**有才智。多帶否定詞"不"，謙稱自己** ◆ 不佞。❷**能言善辯、阿諛奉迎的人** ◆ 佞人／佞臣／奸佞。

5 **估** 估估估估估估估 估

[gū ㄍㄨ 粵 gu^{2} 古]

推算；揣測 ◆ 估計／估價／估算／估量。

5 **巫** **見工部，129頁。**

5 **何** 何何何何何何何 何

[hé ㄏㄜˊ 粵 hɔ^{4} 河]

❶**表示疑問；相當於"甚麼"、"哪裏"等意思** ◆ 有何理由／不知為何／何去何從／不知從何說起。❷**表示反問** ◆ 何苦呢？／何必如此？／何樂而不為？❸**相當於"多麼"** ◆ 何其相似／明月何皎皎。

見古文字插頁13。

5 **佐** 佐佐佐佐佐佐佐 佐

[zuǒ ㄗㄨㄛˇ 粵 dzɔ^{3} 左^{3}]

輔助；幫助 ◆ 輔佐／佐證。

5 **佑** 佑佑佑佑佑佑佑 佑

[yòu ㄧㄡˋ 粵 jɐu^{6} 又]

保護；幫助 ◆ 保佑／庇佑。

焦點易錯字 份｜分　年份　一式兩份　分量　成分　　伙｜夥　包伙　家伙　一夥人

5 佈(布) 佈佈佈佈佈佈 佈

[bù ㄅㄨˋ 粵 bou³ 報]
❶宣告；告訴公眾 ◆ 宣佈/發佈/公佈/佈告/開誠佈公。❷散開；分散、流傳到各處 ◆ 分佈/散佈/傳佈/星羅棋佈/烏雲密佈。❸安排；設置 ◆ 佈置/佈局/佈防/佈景/排兵佈陣。

5 佔(占) 佔佔佔佔佔佔 佔

[zhàn ㄓㄢˋ 粵 dzim³ 尖³]
❶據有；強取 ◆ 佔領/佔據/攻佔/霸佔。❷處於 ◆ 佔優勢/佔上風/佔多數。

5 似 似似似似似似 似

〈一〉[sì ㄙˋ 粵 tsi⁵ 恃]
❶像 ◆ 相似/近似/類似。❷好像 ◆ 似乎/似曾相識/似是而非/歸心似箭/不知細葉誰裁出，二月春風似剪刀。❸用於比較，表示超過的意思 ◆ 一年好似一年/不是江南，勝似江南。
〈二〉[shì ㄕˋ 粵 tsi⁵ 恃]
❹似的：表示比況 ◆ 鵝毛似的大雪/黃金似的珍貴/飛似的跑了過來。

5 但 但但但但但但 但

[dàn ㄉㄢˋ 粵 dan⁶ 憚]
❶可是；不過；表示轉折關係 ◆ 他身體不好，但很用功。❷只是；僅 ◆ 但願如此/不求有功，但求無過。

5 伸 伸伸伸伸伸伸 伸

[shēn ㄕㄣ 粵 sɐn¹ 辛]
❶舒展；拉長 ◆ 伸縮/伸長/延伸/伸懶腰/能屈能伸/伸手不見五指。❷表白；陳述 ◆ 伸冤/伸張正義。

5 夾 見大部，98頁。

5 佃 佃佃佃佃佃佃 佃

[diàn ㄉㄧㄢˋ 粵 din⁶ 電]
農民向地主租種土地 ◆ 佃農/佃户。

5 作 作作作作作作 作

〈一〉[zuò ㄗㄨㄛˋ 粵 dzɔk⁸ 昨⁸]
❶做；進行活動 ◆ 日出而作/作繭自縛/高空作業/多次作弊/自作自受。❷寫作；創作成果 ◆ 作文/作曲/著作/佳作。❸裝出 ◆ 裝腔作勢/惺惺作態。❹當；充當 ◆ 作陪/作媒/作客。❺當成 ◆ 認賊作父/過期作廢。❻興起；發作 ◆ 作怪/作嘔/隱隱作痛/雷聲大作。
〈二〉[zuō ㄗㄨㄛ 粵 dzɔk⁸ 昨⁸]
❼小規模的手工業工場 ◆ 作坊。

5 伯 伯伯伯伯伯伯 伯

〈一〉[bó ㄅㄛˊ 粵 bak⁸ 百]
❶父親的哥哥 ◆ 伯父/大伯/二伯。❷對輩分高、年紀大的男子的尊稱 ◆ 老伯/李大伯/張伯伯。❸兄弟排行第一的 ◆ 伯兄/伯仲叔季。❹古代貴族五等爵位的第三等 ◆ 公、侯、伯、子、男/伯爵。
〈二〉[bǎi ㄅㄞˇ 粵 bak⁸ 百]
❺大伯子：丈夫的哥哥。

5 坐 見土部，86頁。

5 伶 伶伶伶伶伶伶 伶

[líng ㄌㄧㄥˊ 粵 liŋ⁴ 零]

焦點易錯字 申｜伸 申報 申請 伸展 能屈能伸 布｜佈 布匹 宣佈 星羅棋佈

❶戲曲演員 ◆ 名伶／優伶。**❷伶俐：聰明；靈活** ◆ 口齒伶俐。**❸伶仃：孤獨無依靠** ◆ 孤苦伶仃。

5 **低** 低 低 低 低 低 低 低

[dī ㄉㄧ 粵 dɐi1 底1]

❶位置、程度等在下的；跟"高"相對 ◆ 低聲說話／價格低廉／低空飛行／水往低處流／風吹草低見牛羊。**❷向下垂** ◆ 低垂／低聲下氣／舉頭望明月，低頭思故鄉。

5 **佝** 佝 佝 佝 佝 佝 佝

[gōu ㄍㄡ 粵 gɐu1 溝]

佝僂：(1) 背脊向前彎曲 ◆ 挺起胸來，別老佝僂着背。**(2) 佝僂病，俗稱軟骨病，患者多為幼兒。症狀是頭大，雞胸，駝背，兩腿彎曲。**

5 **你** 你 你 你 你 你 你 你

[nǐ ㄋㄧˇ 粵 nei5 您]

第二人稱代詞 ◆ 我來幫助你／我你他，好朋友。

5 **佗** 佗 佗 佗 佗 佗 佗 佗

[tuó ㄊㄨㄛˊ 粵 tɔ4 陀]

華佗：中國古代名醫，是世界上最早發明麻醉劑的人。

5 **位** 位 位 位 位 位 位 位

[wèi ㄨㄟˋ 粵 wɐi6 胃]

❶所在的地方 ◆ 位置／座位／崗位／各就各位。**❷職務；地位** ◆ 職位／學位。**❸處在某種位置** ◆ 中國位於亞洲東部。**❹量詞，用於人，表示尊敬** ◆ 諸位／各位來賓。

5 **住** 住 住 住 住 住 住 住

[zhù ㄓㄨˋ 粵 dzy6 箸6]

❶居住 ◆ 住房／住址／住宿／衣食住行。**❷停止；停下** ◆ 雨住了／請住手。**❸用在動詞後面，表示牢固或勝任** ◆ 記住／抓住／頂得住／禁得住／滿園春色關不住，一枝紅杏出牆來。

5 **伴** 伴 伴 伴 伴 伴 伴 伴

[bàn ㄅㄢˋ 粵 bun6 叛]

❶同在一起的人 ◆ 伴侶／同伴／伙伴／旅伴。**❷配合；陪着** ◆ 伴唱／伴舞／伴奏／伴隨／陪伴。

5 **含** 見口部，64頁。

5 **伺** 伺 伺 伺 伺 伺 伺 伺

〈一〉[sì ㄙˋ 粵 dzi6 自／si6 士]

❶偵察；等候 ◆ 窺伺／伺機行動。

〈二〉[cì ㄘˋ 粵 dzi6 自／si6 士]

❷服侍；照料 ◆ 伺候病人。

5 **佣** 佣 佣 佣 佣 佣 佣 佣

[yòng ㄩㄥˋ 粵 juŋ2 擁]

買賣時付給中間人的報酬 ◆ 佣金／佣錢。

5 **佛** 佛 佛 佛 佛 佛 佛 佛

〈一〉[fó ㄈㄛˊ 粵 fɐt9 乏]

❶佛教徒稱修行圓滿的人 ◆ 立地成佛／急來抱佛腳。**❷佛教的簡稱** ◆ 佛經／佛門弟

焦點易錯字 佣 | 傭　佣金　回佣　傭工　僱傭

子。❸ 佛像 ◆ 玉佛／千佛洞／樂山大佛。
〈二〉[fú ㄈㄨˊ [粵] fɐt^{7} 忽]
❹ 仿佛。同“彷佛”，見“彷〈一〉”字，144頁。

6 舍

見舌部，371頁。

6 佳

[jiā ㄐㄧㄚ [粵] gai^{1} 皆]
好的；美的 ◆ 佳音／絕代佳人／美味佳肴／成績甚佳／身體欠佳。

6 侍

[shì ㄕˋ [粵] si^{6} 士]
陪伴；照料 ◆ 侍從／侍奉／侍候／服侍。

6 佬

[lǎo ㄌㄠˇ [粵] lou^{2} 老^{2}]
稱呼成年男子，常帶有貶義 ◆ 闊佬／鄉巴佬。

6 供

〈一〉[gōng ㄍㄨㄥ [粵] guŋ^{1} 公]
❶ 準備財物或提供某種條件給需要的人使用 ◆ 供給／供應／供不應求／供讀者參考。
〈二〉[gòng ㄍㄨㄥˋ [粵] guŋ^{1} 公]
❷ 受審人陳述案情 ◆ 供詞／口供／招供／供認不諱。
〈三〉[gòng ㄍㄨㄥˋ [粵] guŋ^{3} 貢]
❸ 向神佛或祖先敬獻祭品；祭品 ◆ 供桌／供品／上供。❹ 侍奉；侍候 ◆ 供養。

6 使

〈一〉[shǐ ㄕˇ [粵] si^{2} 史 /sɐi^{2} 洗（語）]
❶ 派遣 ◆ 使者／指使／鬼使神差。❷ 用 ◆ 使用／使勁／看風使舵／這工具不好使。❸ 令；讓 ◆ 使人高興／使大家掃興。❹ 假如 ◆ 假使。
〈二〉[shǐ ㄕˇ [粵] si^{3} 試]
❺ 長駐外國或接受使命到外國去的外交官 ◆ 大使／公使／特使。

6 侖（仑）

[lún ㄌㄨㄣˊ [粵] lœn^{4} 鄰]
❶ 昆侖：山名，也寫作“崑崙”。❷ 加侖：英美的容量單位。

6 命

見口部，66頁。

6 佰

[bǎi ㄅㄞˇ [粵] bak^{8} 百]
數目字“百”的大寫。

6 來（来）

[lái ㄌㄞˊ [粵] lɔi^{4} 萊]
❶ 從別處到這裏；跟“去”、“往”相對 ◆ 來信／來賓／人來人往／來者不善，善者不來。❷ 從過去一直到現在 ◆ 自古以來／向來學習勤奮／從來不說謊話。❸ 以後 ◆ 來年／後來／將來／來日方長。❹ 表示某些行為、動作或變化 ◆ 再來一遍／來一個前滾翻／來一斤黃酒／暴風雨來了。❺ 表示動作的趨向 ◆ 從屋裏走出來／從山上爬下來。❻ 表示約數 ◆ 十來個人／二十來歲。

6 例

[lì ㄌㄧˋ [粵] lɐi^{6} 麗]

❶ 可作依據或示範的事物 ◆ 例句 / 範例 / 舉例 / 先例 / 下不為例。❷ 規定；規則；標準 ◆ 條例 / 體例 / 凡例。❸ 按常規進行的 ◆ 例假 / 例會 / 例行公事。

6 **侄** 同"姪"字，見104頁。

6 **侗** 侗侗侗侗侗侗 侗

[dòng ㄉㄨㄥˋ 粵 duŋ6 洞]

侗族：中國少數民族之一，分佈在貴州、廣西和湖南。

6 **侃** 侃侃侃侃侃 侃

[kǎn ㄎㄢˇ 粵 hɔn2 罕]

❶ 侃侃：形容說話理直氣壯、從容不迫的樣子 ◆ 侃侃而談。❷ 用言語戲弄、嘲笑 ◆ 調侃。

6 **侏** 侏侏侏侏侏侏 侏

[zhū ㄓㄨ 粵 dzy1 朱]

侏儒：身體特別矮小的人。

6 **佻** 佻佻佻佻佻佻 佻

[tiào ㄊㄧㄠˋ 粵 tiu1 挑]

輕薄；不莊重 ◆ 輕佻。

6 **侈** 侈侈侈侈侈侈 侈

[chǐ ㄔˇ 粵 tsi2 此]

❶ 浪費 ◆ 奢侈 / 窮奢極侈。❷ 誇大；過分 ◆ 侈談。

6 **佩** 佩佩佩佩佩佩 佩

[pèi ㄆㄟˋ 粵 pui3 配]

❶ 掛或繫在身上；也指掛或繫在身上的飾物 ◆ 佩劍 / 佩戴校徽 / 玉佩。❷ 感到可敬可服 ◆ 佩服 / 敬佩 / 欽佩。

6 **依** 依依依依依依 依

[yī ㄧ 粵 ji1 衣]

❶ 倚靠 ◆ 依靠 / 偎依 / 相依為命 / 唇齒相依。❷ 按照 ◆ 依照 / 依舊 / 依次入場 / 依法辦事。❸ 順從 ◆ 依從 / 百依百順。

6 **佯** 佯佯佯佯佯佯 佯

[yáng ㄧㄤˊ 粵 jœy4 羊]

假裝 ◆ 佯裝 / 佯攻 / 佯死。

6 **併**（并） 併併併併併併 併

[bìng ㄅㄧㄥˋ 粵 biŋ3 丙3]

合在一起 ◆ 併吞/合併/吞併/兼併/歸併。

6 **念** 見心部，148頁。

7 **便** 便便便便便便 便

〈一〉[biàn ㄅㄧㄢˋ 粵 bin6 辨]

❶ 順利；容易 ◆ 便利 / 便當 / 方便 / 輕便 / 便於攜帶。❷ 適宜的時候或機會 ◆ 順便 / 就便 / 得便。❸ 簡單的；平常的 ◆ 便衣 / 便條 / 家常便飯。❹ 就 ◆ 說走便走 / 一朝權在手，便把令來行。❺ 大小便；排泄大小便 ◆ 糞便 / 便溺 / 便祕。

〈二〉[pián ㄆㄧㄢˊ 粵 pin4 片4]

❻ 便宜：（1）價錢低 ◆ 東西很便宜。（2）好處 ◆ 佔便宜。

7 **俞** 俞俞俞俞俞俞 俞

[yú ㄩˊ 粵 jy4 余]

姓。

7 **俠**(侠) 俠俠俠俠俠俠 俠

[xiá ㄒㄧㄚˊ 粵 hap⁹ 峽 /hɐp⁹ 合]
助弱抑強、見義勇為的人或行為 ◆ 俠客 / 大俠 / 行俠仗義 / 武俠小說。

7 **俏** 俏俏俏俏俏俏 俏

[qiào ㄑㄧㄠˋ 粵 tsiu³ 肖]
❶ 容貌姿態輕盈美好 ◆ 俏麗 / 俊俏 / 長得俏。❷ 貨物銷路好 ◆ 俏貨 / 產品走俏。

7 **保** 保保保保保保 保

[bǎo ㄅㄠˇ 粵 bou² 補]
❶ 護衛；使不受損害 ◆ 保護 / 保健 / 保養 / 自身難保。❷ 負責 ◆ 保證 / 保管 / 保險。❸ 維持；使不喪失 ◆ 保持 / 保存 / 保密 / 保鮮。

7 **俚** 俚俚俚俚俚俚 俚

[lǐ ㄌㄧˇ 粵 lei⁵ 里]
❶ 粗俗，不文雅 ◆ 文詞俚俗。❷ 民間的；通俗的 ◆ 俚語 / 俚歌 / 俚諺。

7 **促** 促促促促促促 促

[cù ㄘㄨˋ 粵 tsuk⁷ 束]
❶ 時間緊迫；匆忙 ◆ 急促 / 短促 / 匆促。❷ 催；推動 ◆ 催促 / 督促 / 促使 / 促成其事。❸ 靠近 ◆ 促膝談心。

7 **侶**(侣) 侶侶侶侶侶侶 侶

[lǚ ㄌㄩˇ 粵 lœy⁵ 呂]
同伴 ◆ 伴侶 / 情侶。

7 **俄** 俄俄俄俄俄俄 俄

[é ㄜˊ 粵 ŋɔ⁴ 鵝]
❶ 短時間；不久 ◆ 俄而。❷ 俄羅斯的簡稱。

7 **俐** 俐俐俐俐俐俐 俐

[lì ㄌㄧˋ 粵 lei⁶ 利]
伶俐。見"伶"字，17 頁。

7 **侮** 侮侮侮侮侮侮 侮

[wǔ ㄨˇ 粵 mou⁵ 母]
欺負；對人不尊重 ◆ 侮辱 / 欺侮。

7 **俎** 俎俎俎俎俎 俎

[zǔ ㄗㄨˇ 粵 dzɔ² 阻]
❶ 古代祭祀時盛放祭品的器具 ◆ 越俎代庖。❷ 古代切肉或切菜時用的砧板 ◆ 刀俎。

7 **俗** 俗俗俗俗俗俗 俗

[sú ㄙㄨˊ 粵 dzuk⁹ 濁]
❶ 社會上長期形成的風氣、習慣 ◆ 風俗 / 習俗 / 移風易俗 / 入鄉隨俗。❷ 大眾的；流行的 ◆ 俗語 / 通俗歌曲 / 雅俗共賞。❸ 低級趣味的；低格調的 ◆ 俗氣 / 庸俗 / 俗不可耐。

7 **俘** 俘俘俘俘俘俘 俘

[fú ㄈㄨˊ 粵 fu¹ 呼]
戰爭中活捉敵人；活捉到的敵人 ◆ 俘獲 / 俘虜 / 被俘 / 交換戰俘。

7 **係**(系) 係係係係係係 係

[xì ㄒㄧˋ 粵 hɐi6 系]

❶ **是** ◆ 確係事實 / 係中國血統。❷ **關聯** ◆關係 / 成敗係於努力。

7 **信** 信信信信信信 信

[xìn ㄒㄧㄣˋ 粵 sœn3 迅]

❶ **誠實；不欺騙** ◆ 信用 / 守信 / 誠信 / 言而有信 / 背信棄義。❷ **不懷疑；認為可靠** ◆相信 / 信賴 / 信任 / 深信不疑 / 他的話我信。❸**信奉** ◆ 信仰/信教/信徒。❹**書信；函件** ◆ 信件 / 信封 / 寫信 / 掛號信。❺ **消息** ◆ 信息 / 報信 / 音信全無。❻ **憑據** ◆信物/信號。❼**隨意** ◆ 信口開河/信手拈來。

7 **俊** 俊俊俊俊俊俊 俊

[jùn ㄐㄩㄣˋ 粵 dzœn3 進]

❶ **容貌秀美** ◆ 俊俏 / 英俊少年 / 這孩子長得真俊。❷ **才智出眾** ◆ 俊傑 / 俊士。

7 **侵** 侵侵侵侵侵侵 侵

[qīn ㄑㄧㄣ 粵 tsɐm1 尋1]

進犯；損害 ◆ 侵略 / 侵犯 / 入侵 / 侵權行為。

7 **侯** 侯侯侯侯侯侯 侯

[hóu ㄏㄡˊ 粵 hɐu4 喉]

❶ **古代貴族五等爵位的第二等** ◆ 公、侯、伯、子、男/侯爵。❷**泛指高官貴族** ◆ 萬户侯 / 侯門似海。

7 **俑** 俑俑俑俑俑俑 俑

[yǒng ㄩㄥˇ 粵 juŋ2 湧]

古代殉葬用的人像或獸形物 ◆ 陶俑 / 兵馬俑。

7 **俟** 俟俟俟俟俟俟 俟

〈一〉[sì ㄙˋ 粵 dzi6 字]

❶ **等待** ◆ 俟機行事。

〈二〉[qí ㄑㄧˊ 粵 kei4 其]

❷ **万俟：複姓。**

8 **拿** 見手部，173頁。

8 **俸** 俸俸俸俸俸俸 俸

[fèng ㄈㄥˋ 粵 fuŋ6 鳳]

俸祿；薪金 ◆ 薪俸。

8 **倩** 倩倩倩倩倩倩 倩

〈一〉[qiàn ㄑㄧㄢˋ 粵 sin3 扇]

❶ **美麗** ◆ 倩影 / 倩裝。

〈二〉[qiàn ㄑㄧㄢˋ 粵 tsiŋ3 秤]

❷ **請人代做** ◆ 倩人代筆。

8 **倀**(伥) 倀倀倀倀倀倀 倀

[chāng ㄔㄤ 粵 tsœŋ1 昌]

傳説中被老虎咬死的人變成鬼後專門幫助老虎傷人 ◆ 為虎作倀。

8 **倖**(幸) 倖倖倖倖倖倖 倖

[xìng ㄒㄧㄥˋ 粵 hɐŋ6 杏]

❶ **寵愛** ◆ 寵倖 / 得倖。❷ **僥倖**。見“僥”字，28頁。

8 **借** 借借借借借借 借

[jiè ㄐㄧㄝˋ 粵 dzɛ3 蔗]

❶ 暫時使用別人的錢物或暫時把錢物給別人使用 ◆ 借錢／借書／暫借／寫借據。❷ 依靠；利用 ◆ 借助／借題發揮／借刀殺人。

8 值

[zhí ㄓˊ (粵) dzik^{9} 夕]

❶ 價格；價值 ◆ 貶值／產值／保值／一文不值／不斷增值。❷ 貨物與價錢相當；值得 ◆ 這套服裝值二百元／不值一提。❸ 遇到；碰到 ◆ 正值中秋佳節。❹ 擔任輪流的工作 ◆ 值日／值班／值勤。

8 倆（俩）

〈一〉[liǎ ㄌㄧㄚˇ (粵) lœŋ^{5} 兩]

❶ 兩個 ◆ 咱倆／兄弟倆。

〈二〉[liǎng ㄌㄧㄤˇ (粵) lœŋ^{5} 兩]

❷ 伎倆。見"伎"字，15頁。

8 倚

[yǐ ㄧˇ (粵) ji^{2} 椅]

❶ 靠着 ◆ 倚門而立。❷ 憑着；仗着 ◆ 倚仗／倚勢欺人／倚老賣老。❸ 偏在一邊 ◆ 不偏不倚。

8 俺

[ǎn ㄢˇ (粵) ɐm^{2}/ŋɐm^{2} 黯]

北方方言。我；我們 ◆ 俺娘／俺老家。

8 倒

〈一〉[dǎo ㄉㄠˇ (粵) dou^{2} 島]

❶ 橫躺下來 ◆ 卧倒／跌倒／倒塌／電線杆被大風颳倒了／樹倒猢猻散。❷ 失敗；垮台 ◆ 倒台／倒霉／工廠倒閉。❸ 調換；轉換 ◆ 倒手／倒買倒賣／中途要倒車。

〈二〉[dào ㄉㄠˋ (粵) dou^{2} 島]

❹ 傾斜容器，使裏面的東西出來 ◆ 倒水／倒茶／倒垃圾。

〈三〉[dào ㄉㄠˋ (粵) dou^{3} 到]

❺ 向後；朝相反方向行動 ◆ 倒車／倒流／倒退／倒行逆施。❻ 上下、前後、主次等位置反了 ◆ 倒影／倒立／倒數第一／本末倒置。❼ 表示轉折；可是 ◆ 年紀不大，知道的事情倒不少／東西雖然舊了點，倒挺實用。

8 倉（仓）

[cāng ㄘㄤ (粵) tsɔŋ^{1} 蒼]

❶ 儲藏糧食和其他物資的建築物 ◆ 糧倉／倉庫。❷ 倉促：匆忙；急促 ◆ 倉促應考／時間倉促。❸ 倉皇：匆忙慌張 ◆ 倉皇出逃。

8 倘

[tǎng ㄊㄤˇ (粵) tɔŋ^{2} 躺]

如果；假使 ◆ 倘若／倘有危險，當與警方聯絡。

8 俱

[jù ㄐㄩˋ (粵) gœy^{1} 居／kœy^{1} 驅（語）]

全；都 ◆ 面面俱到／聲淚俱下／與日俱增／萬事俱備，只欠東風／麻雀雖小，五臟俱全。

8 倡

[chàng ㄔㄤˋ (粵) tsœŋ^{3} 唱]

首先提出；發起 ◆ 倡議／倡導／提倡。

8 個（个）

〈一〉[gè ㄍㄜˋ (粵) gɔ^{3} 哥^{3}]

焦點易錯字　幸｜倖｜悻　幸運　慶幸　僥倖　寵倖　悻然　　侯｜候　侯爵　諸侯　等候　氣候

❶ **量詞** ◆ 一個人 / 三個月 / 做個動作 / 五個朋友。❷ **身材或物體的體積** ◆ 個子高 / 個兒大 / 小個兒運動員。❸ **單獨的** ◆ 個人 / 個別 / 逐個擊破。

〈二〉[gě ㄍㄜˇ 粵 gɔ³ 哥³]

❹ **自個兒：自己。**

二 人 儿 入 八

8 候 候候候候候候 候

[hòu ㄏㄡˋ 粵 hɐu⁶ 后]

❶ **等待** ◆ 等候 / 守候 / 候車室 / 候選人。❷ **時節；時間** ◆ 候鳥 / 時候。❸ **看望；問好** ◆ 問候。❹ **事物變化的情況、程度** ◆ 氣候 / 火候 / 症候。

8 修 修修修修修修 修

[xiū ㄒㄧㄡ 粵 sɐu¹ 收]

❶ **經過修理或裝飾，使破損的東西恢復原有的功能或變得整齊美觀** ◆ 修理 / 修飾 / 維修 / 裝修門面 / 不修邊幅。❷ **建造** ◆ 修路 / 修機場 / 興修水利 / 修建鐵路。❸ **學習** ◆ 自修 / 選修 / 進修。

8 倪 倪倪倪倪倪倪 倪

[ní ㄋㄧˊ 粵 ŋɐi⁴ 危]

姓。

8 俾 俾俾俾俾俾俾 俾

[bǐ ㄅㄧˇ 粵 bei² 比]

❶ **使** ◆ 俾有所獲。❷ **給予。粵語中用法同"畀"** ◆ 俾錢 / 統統俾你。

8 倫 (伦) 倫倫倫倫倫倫 倫

[lún ㄌㄨㄣˊ 粵 lœn⁴ 輪]

❶ **人與人之間的道德關係** ◆ 倫理 / 天倫之樂。❷ **條理；次序** ◆ 語無倫次。❸ **類；同類** ◆ 不倫不類 / 無與倫比 / 荒謬絕倫。

8 倍 倍倍倍倍倍倍 倍

[bèi ㄅㄟˋ 粵 pui⁵ 陪⁵]

❶ **把原來的數目翻番** ◆ 一倍 / 十倍。❷ **加倍；更加** ◆ 信心倍增 / 事半功倍 / 身價百倍 / 獨在異鄉為異客，每逢佳節倍思親。

8 俯 俯俯俯俯俯俯 俯

[fǔ ㄈㄨˇ 粵 fu² 苦]

屈身低頭，臉朝下；跟"仰"相對 ◆ 俯視 / 俯衝 / 俯拾即是 / 俯首貼耳 / 前俯後仰。

8 倣

"仿"的異體字，見16頁。

8 倦 倦倦倦倦倦倦 倦

[juàn ㄐㄩㄢˋ 粵 gyn⁶ 捐⁶]

❶ **疲勞** ◆ 疲倦 / 困倦 / 倦怠 / 毫無倦意。❷ **厭煩** ◆ 厭倦 / 孜孜不倦 / 學而不厭，誨人不倦。

8 倌 倌倌倌倌倌倌 倌

[guān ㄍㄨㄢ 粵 gun¹ 官]

❶ **農村中稱專門飼養家畜的人** ◆ 羊倌 / 牛倌。❷ **舊時稱在飯館、酒家中做雜役的人** ◆ 堂倌。❸ **粵語中稱有名氣的粵劇演員** ◆ 大老倌。

8 們 (们) 們們們們們們 們

[men ·ㄇㄣ 粵 mun⁴ 門]

放在指人的名詞或代詞後面表示複數 ◆ 同

焦點易錯字 侯 | 候　侯爵 諸侯　等候 氣候

學們/老師們/我們/你們/他們。

8倔 倔倔倔倔倔倔 倔

〈一〉[jué ㄐㄩㄝˊ ㊣ gwɐt9 掘]
❶ **剛強不屈服** ◆ 性格倔強。
〈二〉[juè ㄐㄩㄝˋ ㊣ gwɐt9 掘]
❷ **性子急；態度生硬** ◆ 倔頭倔腦/倔脾氣。

8倨 倨倨倨倨倨倨 倨

[jù ㄐㄩˋ ㊣ gœy3 據]
傲慢無禮 ◆ 前倨後恭。

9做 做做做做做做 做

[zuò ㄗㄨㄛˋ ㊣ dzou6 造]
❶ **製作；製造** ◆ 做衣服/做玩具/做標本/做手工。❷ **從事某項工作或活動** ◆ 做工/做功課/做生意/一不做，二不休。❸ **特指寫作** ◆ 做詩/做文章。❹ **充當；擔任** ◆ 做客/做好人/做教師/做嚮導。❺ **結成某種關係** ◆ 做朋友/做鄰居/做夫妻。❻ **裝出某種樣子** ◆ 做作/做鬼臉。

9盒 見皿部，302頁。

9偃 偃偃偃偃偃偃 偃

[yǎn ㄧㄢˇ ㊣ jin2 演]
❶ **仰面倒下** ◆ 偃臥。❷ **使倒下** ◆ 偃旗息鼓。❸ **停止；停息** ◆ 偃武修文。

9偕 偕偕偕偕偕偕 偕

[xié ㄒㄧㄝˊ ㊣ gai1 佳]
一同 ◆ 偕同/白頭偕老。

9偵(侦) 偵偵偵偵偵偵 偵

[zhēn ㄓㄣ ㊣ dziŋ1 晶]
暗中探聽、察看 ◆ 偵察/偵探/偵緝/偵破一宗重大案件。

9偌(偌) 偌偌偌偌偌偌 偌

[ruò ㄖㄨㄛˋ ㊣ jɛ6 夜]
這麼；那麼 ◆ 偌大年紀/偌大一個海港。

9偎 偎偎偎偎偎偎 偎

[wēi ㄨㄟ ㊣ wui1 煨]
緊挨着 ◆ 偎依/偎傍。

9側(侧) 側側側側側側 側

[cè ㄘㄜˋ ㊣ dzɐk7 則]
❶ **旁邊** ◆ 兩側/左側/側面/旁敲側擊。❷ **向旁邊傾斜的** ◆ 側影/側重/側泳/側耳傾聽/橫看成嶺側成峯，遠近高低各不同。

9條 見木部，217頁。

9偶 偶偶偶偶偶偶 偶

[ǒu ㄡˇ ㊣ ŋɐu5 藕]

焦點易錯字 做｜造 做法 做事 創造 造就

❶雙數；成對 ◆ 偶數／對偶／配偶／無獨有偶。❷難得的；不常有的 ◆ 偶然／偶爾／這是偶合。❸用泥、木等製成的人像 ◆ 偶像／木偶／玩偶。

9 偷
偷偷偷偷偷偷 偷

[tōu ㄊㄡ 粵 tɐu^{1} 頭^{1}]

❶暗地裏拿走別人的東西；也指偷東西的人 ◆ 偷竊／偷錢／小偷。❷瞞着人做 ◆ 偷聽／偷襲／偷渡。❸只顧眼前，得過且過 ◆ 偷安／苟且偷生。❹擠出時間 ◆ 偷空／忙裏偷閒。

9 停
停停停停停停 停

[tíng ㄊㄧㄥˊ 粵 tiŋ^{4} 庭]

止住；中斷 ◆ 停止／停頓／停電／馬不停蹄。

9 偽(伪)
偽偽偽偽偽偽 偽

[wěi ㄨㄟˇ 粵 ŋɐi^{6} 魏]

❶假的；跟“真”相對 ◆ 偽造／偽裝／偽證／虛偽／偽君子。❷不合法的 ◆ 偽政府。

9 偏
偏偏偏偏偏偏 偏

[piān ㄆㄧㄢ 粵 pin^{1} 篇]

❶歪；斜 ◆ 偏斜／偏離航向／太陽偏西。❷遠離中心的 ◆ 偏僻／偏遠山區。❸不公正；不全面 ◆ 偏見／偏愛／偏心／偏聽偏信。❹跟願望或常情相反 ◆ 偏偏／偏不下雨／偏要參加／今年夏天氣温偏高／明知山有虎，偏向虎山行。

9 貪
見貝部，426頁。

9 健
健健健健健健 健

[jiàn ㄐㄧㄢˋ 粵 gin^{6} 件]

❶身體好；強壯有力 ◆ 健康／健壯／健步如飛。❷使強壯 ◆ 健美／健身運動／健胃補腎。❸善於；易於 ◆ 健談／健忘。

9 假
假假假假假假 假

〈一〉[jiǎ ㄐㄧㄚˇ 粵 ga^{2} 加^{2}]

❶不真實的；虛偽的；跟“真”相對 ◆ 假裝／假貨／虛情假意／真假難辨／弄假成真。❷借用；利用 ◆ 假借／假公濟私／狐假虎威。❸假如 ◆ 假設／假使。

〈二〉[jià ㄐㄧㄚˋ 粵 ga^{3} 嫁]

❹規定的公休日或個人因事、因病暫停工作或學習的時間 ◆ 假期／假日／暑假／度假／病假。

9 偉(伟)
偉偉偉偉偉偉 偉

[wěi ㄨㄟˇ 粵 wɐi^{5} 葦]

❶高大 ◆ 偉岸／身材魁偉。❷卓越不凡 ◆ 偉大／雄偉／豐功偉績／一代偉人。

10 傣
傣傣傣傣傣傣 傣

[dǎi ㄉㄞˇ 粵 tai^{3} 泰]

傣族：中國少數民族之一，分佈在雲南。

10 備(备)
備備備備備備 備

[bèi ㄅㄟˋ 粵 bei^{6} 鼻]

❶事先籌劃、安排好 ◆ 備課／籌備／準備／預備／有備無患。❷具有 ◆ 具備／德才兼備。❸設施；器材 ◆ 設備／裝備／軍備。❹完全 ◆ 完備／齊備／關懷備至／備受推崇。

10 傅 傅傅傅傅傅傅 [傅]

[fù ㄈㄨˋ [粵] fu⁶ 父]
師傅：傳授技藝的人。

10 傈 傈傈傈傈傈傈 [傈]

[lì ㄌㄧˋ [粵] lœt⁹ 律]
傈傈族：中國少數民族之一，分佈在雲南和四川。

10 傀 傀傀傀傀傀傀 [傀]

[kuǐ ㄎㄨㄟˇ [粵] fai³ 快]
傀儡：(1)木偶。(2)比喻徒有虛名、受人操縱的人或組織 ◆ 他這個經理實際上是個傀儡。

10 傘 (伞) 傘傘傘傘傘傘 [傘]

[sǎn ㄙㄢˇ [粵] san³ 汕]
❶ 擋雨、遮陽的用具 ◆ 雨傘 / 陽傘 / 摺疊傘。**❷ 形狀像傘的東西** ◆ 降落傘。

10 傑 (杰) 傑傑傑傑傑傑 [傑]

[jié ㄐㄧㄝˊ [粵] git⁹ 桀]
❶ 才智超羣的人 ◆ 豪傑 / 俊傑 / 生當為人傑，死亦為鬼雄。**❷ 特別優異的；突出的** ◆ 傑作 / 傑出人才 / 人傑地靈。

10 傍 傍傍傍傍傍傍 [傍]

[bàng ㄅㄤˋ [粵] bɔŋ⁶ 磅]
❶ 臨近 ◆ 傍午 / 傍晚。**❷ 靠近；依靠** ◆ 依山傍水 / 船傍了岸。

10 傢 傢傢傢傢傢傢 [傢]

[jiā ㄐㄧㄚ [粵] ga¹ 家]
❶ 傢具：指桌、椅、牀、櫃等家庭用具 ◆ 買傢具。**❷ 傢伙：(1)指某些工具或武器。(2)指人或牲畜。指人時，含有輕視或開玩笑的意味** ◆ 這傢伙真不像話 / 這傢伙真機靈。

11 債 (债) 債債債債債債 [債]

[zhài ㄓㄞˋ [粵] dzai³ 齋³]
欠人的錢財 ◆ 欠債 / 債務 / 債台高築 / 背了一身債 / 冤有頭，債有主。

11 傲 傲傲傲傲傲傲 [傲]

[ào ㄠˋ [粵] ŋou⁶ 敖⁶]
❶ 自高自大，看不起人 ◆ 傲慢 / 驕傲 / 高傲 / 居功自傲。**❷ 剛強不屈** ◆ 傲然挺立。

11 僅 (仅) 僅僅僅僅僅僅 [僅]

[jǐn ㄐㄧㄣˇ [粵] gɐn² 緊]
只；只不過 ◆ 僅此而已 / 僅供參考 / 不僅如此 / 僅有的幾本書。

11 傳 (传) 傳傳傳傳傳傳 [傳]

〈一〉[chuán ㄔㄨㄢˊ [粵] tsyn⁴ 全]
❶ 把知識、技能、信息等從一方遞送到另一方 ◆ 傳授 / 傳達 / 傳遞 / 祖傳 / 遺傳。**❷ 擴散；推廣** ◆ 傳播 / 傳染 / 宣傳 / 流傳 / 以訛傳訛。**❸ 表達；表露** ◆ 傳神 / 傳情達意 / 只能意會，不能言傳。**❹ 把人叫來** ◆ 傳訊 / 傳喚。

〈二〉[zhuàn ㄓㄨㄢˋ [粵] dzyn⁶ 專⁶]
❺ 記敍人物生平事跡或歷史故事的文字 ◆ 自傳 / 小傳 / 傳記作品 /《水滸傳》。

11 僉 見心部，156頁。

11 **會** 見日部，205頁。

11 **傾**（倾） 傾傾傾傾傾傾 傾

[qīng ㄑㄧㄥ 粵 kiŋ¹ 鯨¹]

❶**歪斜不正；偏在一方** ◆ 傾斜／傾向／一見傾心。❷**倒塌** ◆ 傾覆／大廈將傾。❸**全部倒出、拿出** ◆ 傾訴／傾家蕩產／傾巢出動／傾盆大雨／傾箱倒篋。

11 **僂**（偻） 僂僂僂僂僂僂 僂

[lóu ㄌㄡˊ 粵 lɐu⁴ 留]

佝僂。見"佝"字，18頁。

11 **催** 催催催催催催 催

[cuī ㄘㄨㄟ 粵 tsœy¹ 吹]

促使；使加快 ◆ 催促／催淚彈／催眠曲／催化劑／催人淚下。

11 **傷**（伤） 傷傷傷傷傷傷 傷

[shāng ㄕㄤ 粵 sœŋ¹ 商]

❶**身體或東西受到損害** ◆ 傷亡／受傷／損傷／救死扶傷／二虎相鬥，必有一傷。❷**損害；敗壞** ◆ 傷害／傷身體／傷感情／出口傷人／傷風敗俗。❸**妨害** ◆ 無傷大體。❹**悲哀** ◆ 傷心／哀傷／憂傷／悲傷／少壯不努力，老大徒傷悲。

11 **傻** 傻傻傻傻傻傻 傻

[shǎ ㄕㄚˇ 粵 sɔ⁴ 梳⁴]

❶**頭腦糊塗；愚蠢** ◆ 傻子／傻頭傻腦／裝瘋賣傻／別做傻事／一下子給嚇傻了。❷**老實不知變通** ◆ 傻等／傻幹。

11 **禽** 見禸部，318頁。

11 **傭**（佣） 傭傭傭傭傭傭 傭

[yōng ㄩㄥ 粵 juŋ⁴ 容]

僱用；受人僱用的人 ◆ 僱傭／傭工。

12 **僥**（侥） 僥僥僥僥僥僥 僥

[jiǎo ㄐㄧㄠˇ 粵 giu¹ 嬌／hiu¹ 囂（語）]

僥倖：（1）碰巧獲得成功 ◆ 這次辯論比賽，我們僥倖獲勝。**（2）意外地避免不幸** ◆ 這次意外只有三人僥倖生還。

12 **僳** 僳僳僳僳僳僳 僳

[sù ㄙㄨˋ 粵 suk⁷ 叔]

傈僳。見"傈"字，27頁。

12 **僚** 僚僚僚僚僚僚 僚

[liáo ㄌㄧㄠˊ 粵 liu⁴ 聊]

❶**官吏** ◆ 官僚／幕僚。❷**一起做官的人；同事** ◆ 同僚。

12 **僕**（仆） 僕僕僕僕僕僕 僕

[pú ㄆㄨˊ 粵 buk⁹ 瀑]

❶**被僱做雜事、供使喚的人** ◆ 僕人／奴僕／公僕。❷**僕僕：形容旅途勞累的樣子** ◆ 風塵僕僕。

12 **僑**（侨） 僑僑僑僑僑僑 僑

[qiáo ㄑㄧㄠˊ 粵 kiu⁴ 喬]

寄居國外；寄居國外的人 ◆ 僑居／僑胞／僑民／華僑／歸僑。

焦點易錯字 頃｜傾 頃刻 傾向 傾倒　像｜象 畫像 好像 印象 現象

12 像 像像像像像像 像

[xiàng ㄒㄧㄤˋ 粵 dzœŋ6 象]

❶**照人物原樣製成的形象** ◆ 肖像 / 畫像 / 雕像 / 塑像 / 銅像。❷**相似；相同** ◆ 孩子長得像她媽/像他這樣的老實人真不多見。❸**如同。用作比喻** ◆ 火紅的太陽像個大氣球 / 這彎彎的月亮，像小船，像鐮刀。

12 僧 僧僧僧僧僧僧 僧

[sēng ㄙㄥ 粵 sɐŋ1 生 / dzɐŋ1 增（語）]

出家修行的男性佛教徒；和尚 ◆ 僧人 / 高僧 / 粥少僧多 / 不看僧面看佛面。

12 僱（雇） 僱僱僱僱僱僱 僱

[gù ㄍㄨˋ 粵 gu3 故]

❶**出錢叫人給自己做事** ◆ 僱工 / 僱用 / 解僱。❷**租用交通工具** ◆ 僱車 / 僱船。

13 僵 僵僵僵僵僵僵 僵

[jiāng ㄐㄧㄤ 粵 gœŋ1 姜]

❶**肌體發硬，不能自由活動** ◆ 僵硬 / 凍僵 / 僵屍。❷**雙方相持不下，事情難以處理** ◆ 僵持不下 / 已成僵局 / 事情弄僵了。

13 價（价） 價價價價價價 價

[jià ㄐㄧㄚˋ 粵 ga3 嫁]

貨物所值的錢數 ◆ 價錢/價格/物價/價廉物美 / 無價之寶。

13 儂（侬） 儂儂儂儂儂儂 儂

[nóng ㄋㄨㄥˊ 粵 nuŋ4 農]

❶**吳語中用作第二人稱代詞。你。**❷**我。多見於古代詩文** ◆ 儂今葬花人笑痴，他年葬儂知是誰？

13 儉（俭） 儉儉儉儉儉儉 儉

[jiǎn ㄐㄧㄢˇ 粵 gim6 檢6]

節省；簡樸；不浪費 ◆ 儉樸 / 節儉 / 克勤克儉 / 省吃儉用 / 勤能補拙，儉以養廉。

✿ 圖見 100 頁。

13 儈（侩） 儈儈儈儈儈儈 儈

[kuài ㄎㄨㄞˋ 粵 kui2 繪]

介紹買賣從中取利的人 ◆ 市儈 / 牙儈。

13 億（亿） 億億億億億億 億

[yì ㄧˋ 粵 jik7 益]

數目字，一萬萬 ◆ 投資三億元 / 億萬人民熱愛和平 / 世界人口已超過六十五億。

13 儀（仪） 儀儀儀儀儀儀 儀

[yí ㄧˊ 粵 ji4 兒]

❶**按程序進行的禮節** ◆ 儀式/司儀。❷**容貌；風度；姿態** ◆ 儀表 / 威儀 / 儀態萬千。❸**儀器** ◆ 地球儀 / 測量儀。

13 僻 僻僻僻僻僻僻 僻

[pì ㄆㄧˋ 粵 pik7 闢]

❶**偏遠的** ◆ 偏僻 / 窮鄉僻壤 / 荒僻的沙漠地帶。❷**不常見的** ◆ 冷僻/生僻。❸**性情古怪** ◆ 孤僻 / 怪僻。

14 儒 儒儒儒儒儒儒 儒

[rú ㄖㄨˊ 粵 jy4 如]

❶**過去指讀書人** ◆ 儒生/焚書坑儒。❷孔

焦點易錯字 闢 | 辟 | 僻　開闢 精闢　復辟 辟召　偏僻　　僻 | 癖　怪僻　怪癖 癖好

子創立的學派 ◆ 儒家 / 儒學。

14**儐**（傧） 儐儐儐儐儐儐 儐

[bīn ㄅㄧㄣ ㊣ bɐn³ 賓]

儐相（xiàng）：婚禮中陪伴新郎新娘的人 ◆ 姐姐今天要去當儐相。

14**儘**（尽） 儘儘儘儘儘儘 儘

[jǐn ㄐㄧㄣˇ ㊣ dzœn² 準]

❶**力求達到最大限度** ◆ 儘量 / 儘快 / 儘早 / 儘可能。❷**用在表示方位的詞前面，相當於"最"** ◆ 儘東頭 / 儘裏邊 / 儘底層。❸**優先** ◆ 座位先儘老人和小孩坐 / 好東西不能儘着孩子吃。❹**老是；總是** ◆ 這幾天儘下雨 / 他儘愛説笑話。

15**優**（优） 優優優優優優 優

[yōu ㄧㄡ ㊣ jɐu¹ 休]

❶**好的；跟"劣"相對** ◆ 優良 / 優美 / 優秀 / 優點 / 品學兼優。❷**充足；富裕** ◆ 優厚 / 優裕 / 優渥。❸**厚待；善待** ◆ 優待 / 優惠。❹**過去稱演戲的人** ◆ 名優。

優
劣

15**償**（偿） 償償償償償償 償

[cháng ㄔㄤˊ ㊣ sœŋ⁴ 常]

❶**歸還；抵補** ◆ 償還 / 賠償 / 償命 / 得不償失。❷**實現；滿足** ◆ 如願以償。

15**儡** 儡儡儡儡儡儡 儡

[lěi ㄌㄟˇ ㊣ lœy⁵ 呂]

傀儡。見"傀"字，27頁。

15**儲**（储） 儲儲儲儲儲儲 儲

[chǔ ㄔㄨˇ ㊣ tsy⁴ 廚 /tsy⁵ 柱 (語)]

❶**積蓄；存放** ◆ 儲蓄 / 儲存 / 儲備 / 儲藏。❷**已經確定繼承王位的人** ◆ 儲君 / 皇儲。

19**儷**（俪） 儷儷儷儷儷儷 儷

[lì ㄌㄧˋ ㊣ lɐi⁶ 麗]

伉儷。見"伉"字，16頁。

20**儼**（俨） 儼儼儼儼儼儼 儼

[yǎn ㄧㄢˇ ㊣ jim⁵ 染]

儼然：（1）莊嚴；恭敬。（2）整齊 ◆ 屋舍儼然。**（3）像真的一樣；活像** ◆ 這孩子很老練，説起話來儼然是個大人。

儿部

1**兀** 兀兀 兀

[wù ㄨˋ ㊣ ŋɐt⁹ 屹]

高高地突起 ◆ 突兀。

焦點易錯字 盡 | 儘　盡量 盡善盡美　儘管

2 元
元 元 元 元

[yuán ㄩㄢˊ 粵 jyn4 原]

❶**第一；為首的** ◆ 元旦／元月／元帥／元首。❷**主要的；基本的** ◆ 元素／元氣／元音／固本培元。❸**構成整體的一部分** ◆ 元件／單元。❹**貨幣單位，同"圓"。十角等於一元。** ❺**朝代名** ◆ 元、明、清。

2 允
允 允 允 允

[yǔn ㄩㄣˇ 粵 wen5 尹]

❶**答應；許可** ◆ 允諾／允許／應允。❷**公平得當** ◆ 公允／允當。

3 兄
兄 兄 兄 兄 兄

[xiōng ㄒㄩㄥ 粵 hiŋ1 卿]

❶**哥哥** ◆ 兄長／弟兄／表兄／遙知兄弟登高處，遍插茱萸少一人。❷**男性朋友間的尊稱** ◆ 老兄／仁兄／師兄／稱兄道弟。

4 光
光 光 光 光 光 光

[guāng ㄍㄨㄤ 粵 gwɔŋ1 廣1]

❶**某些物體放射出或反射出的亮光** ◆ 陽光／燈光／光芒四射／火光衝天／牀前明月光，疑是地上霜。❷**明亮** ◆ 光明／光亮／光澤／光輝。❸**榮譽；使榮耀** ◆ 光榮／為國爭光／光宗耀祖。❹**景色** ◆ 春光明媚／湖光山色／風光宜人。❺**平滑** ◆ 光滑／磨光／光溜溜。❻**全部露出；無遮蓋** ◆ 光腳／光膀子／山上光禿禿的。❼**完了；一點不剩** ◆ 錢花光了／人都走光了／一掃而光。❽**只；只是** ◆ 光說不做／光靠他一個人不行。❾**對賓客來臨的敬辭** ◆ 光顧／歡迎光臨。

見古文字插頁 12。

4 先
先 先 先 先 先 先

[xiān ㄒㄧㄢ 粵 sin1 仙]

❶**時間或次序在前的；跟"後"相對** ◆ 先前／領先／捷足先登／先天下之憂而憂，後天下之樂而樂／工欲善其事，必先利其器。❷**對死者的尊稱** ◆ 先父／先輩／先烈。

4 兇(凶)
兇 兇 兇 兇 兇 兇

[xiōng ㄒㄩㄥ 粵 huŋ1 胸]

❶**狠毒；殘暴** ◆ 兇殘／兇惡／兇狠／兇狂／窮兇極惡。❷**殘暴、作惡的人** ◆ 元兇／幫兇。❸**傷人、殺人的行為** ◆ 行兇。❹**厲害；猛烈** ◆ 鬧得太兇了／雙方拚搶得很兇。

4 兆
兆 兆 兆 兆 兆 兆

[zhào ㄓㄠˋ 粵 siu6 紹]

❶**事前顯露的跡象** ◆ 預兆／徵兆／好兆頭／不祥之兆。❷**預示** ◆ 瑞雪兆豐年。

4 充
充 充 充 充 充 充

[chōng ㄔㄨㄥ 粵 tsuŋ1 匆]

❶**滿的；足夠的** ◆ 充滿／充分／充足／充實／充裕。❷**填滿；補充** ◆ 充氣／充電／填充／充耳不聞／畫餅充飢／濫竽充數。❸**擔當** ◆ 充當／充任。❹**假冒** ◆ 冒充／充行家／以次充好。

5 克
克 克 克 克 克 克 克

[kè ㄎㄜˋ 粵 hɐk7 刻]

❶**戰勝；攻下** ◆ 攻克／克服／以柔克剛／戰無不勝，攻無不克。❷**限止；抑制** ◆ 克

焦點易錯字 凶｜兇　吉凶　凶宅　兇猛　兇手

人 儿 入 八

制／克己奉公。❸ **能夠** ◆ 克勤克儉。❹ **重量單位，一千克等於一公斤。❺“剋”的簡化字，見43頁。**

5 **秃** 見禾部，319頁。

5 **免**

[miǎn ㄇㄧㄢˇ ⓐ min5 勉]

❶ **去掉；除去** ◆ 免費／免税／免職／免禮／罷免。❷ **避開** ◆ 避免／免疫／難免／幸免於難。❸ **不要** ◆ 免開尊口／閒人免進。

5 **兑**

[duì ㄉㄨㄟˋ ⓐ dœy6 隊]

換取；特指憑票據換取現金 ◆ 兑現／兑換／匯兑。

6 **虎** 見虍部，391頁。

6 **兒**（儿）

[ér ㄦˊ ⓐ ji4 而]

❶ **男孩子** ◆ 兒子／兒媳／生了一兒三女。❷ **子女** ◆ 兒女／兒孫滿堂。❸ **小孩** ◆ 兒童／兒歌／嬰兒／幼兒／孤兒。❹ **年輕人** ◆ 游泳健兒／好男兒志在四方。❺ **用作詞尾** ◆ 花兒／勁兒／一塊兒／慢慢兒。

見古文字插頁14。

6 **兔**

[tù ㄊㄨˋ ⓐ tou3 吐]

哺乳動物，有家兔和野兔兩種 ◆ 兔毛／小白兔／守株待兔／兔死狐悲／兔死狗烹。

見古文字插頁14。

9 **冕** 見冂部，35頁。

9 **兜**

[dōu ㄉㄡ ⓐ dɐu1 斗1]

❶ **像口袋那樣的東西** ◆ 衣兜／褲兜／網兜。❷ **繞** ◆ 兜圈子。❸ **招攬** ◆ 兜售／兜銷存貨。

10 **堯** 見土部，90頁。

12 **兢**

[jīng ㄐㄧㄥ ⓐ giŋ1 京]

兢兢：小心謹慎 ◆ 兢兢業業／戰戰兢兢，如臨深淵，如履薄冰。

18 **競** 見立部，327頁。

入部

0 **入**

[rù ㄖㄨˋ ⓐ jɐp9 泣9]

❶ **進到裏面；跟“出”相對** ◆ 入場／禁止入內／病從口入／不入虎穴，焉得虎子／白日依山盡，黃河入海流。❷**參加進去** ◆ 入伍／入學／加入。❸ **收進錢財** ◆ 收入／入不敷出。❹**合乎** ◆入時／入情入理。❺**達到某種狀態或程度** ◆ 入迷／入睡／體貼入

焦點易錯字 兢 | 競 戰戰兢兢 兢兢業業 競爭 競選

微。❻ **漢語四聲之一，即入聲。古代漢語是第四聲（平、上、去、入）。**

2**內**（内）　內 內 內 [內]

[nèi ㄋㄟˋ [粵] nɔi⁶ 耐]
❶**裏面；跟“外”相對** ◆ 內部/內衣/國內/室內/內外交困。❷ **稱妻子或妻子的親屬** ◆ 內子/內弟/賢內助。

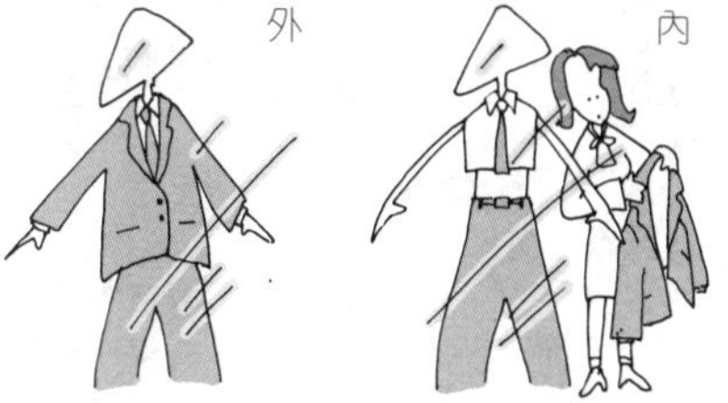
外
內

4**全**（全）　全 全 全 全 全 [全]

[quán ㄑㄩㄢˊ [粵] tsyn⁴ 泉]
❶**完備；齊備** ◆ 齊全/十全十美/百科全書/智勇雙全/殘缺不全。❷**整個兒** ◆ 全國/全體/全部/全家/全神貫注。❸ **保全；使完滿** ◆ 兩全其美/成全其事/寧為玉碎，不為瓦全。❹**都；完全** ◆ 全來了/全新的/踏破鐵鞋無覓處，得來全不費工夫。

6**兩**（两）　兩 兩 兩 兩 兩 兩 [兩]

[liǎng ㄌㄧㄤˇ [粵] lœŋ⁵ 倆]
❶ **數目字，二** ◆ 兩個人/兩隻腳/兩虎相鬥，必有一傷/三天打魚，兩天曬網。❷ **雙方** ◆ 公私兩便/兩相情願/勢不兩立/兩敗俱傷。❸**表示不定數，相當於“幾”** ◆ 我來説兩句/過兩天再説。❹ **重量單位，舊制十六兩為一斤；市制十兩為一斤，一兩即五十克** ◆ 半斤八兩/缺斤少兩。

八部

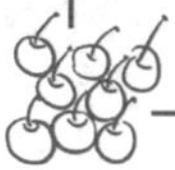

0**八**　八 [八]

[bā ㄅㄚ [粵] bat⁸ 捌]
❶**數目字，五加三的得數。大寫作“捌”** ◆ 八歲/八次/半斤八兩/八仙過海，各顯神通。❷**形容多** ◆ 八寶粥/八面玲瓏/眼觀六路，耳聽八方。

2**兮**　兮 兮 兮 [兮]

[xī ㄒㄧ [粵] hɐi⁴ 奚]
文言助詞，表示感歎語氣，相當於“啊” ◆ 魂兮歸來/悲莫悲兮生別離，樂莫樂兮新相知。

2**六**　六 六 六 [六]

〈一〉[liù ㄌㄧㄡˋ [粵] luk⁹ 綠]
❶**數目字，五加一的得數。大寫作“陸”** ◆ 六畜/六腑/六神無主/六親不認/三十六計，走為上計/畢竟西湖六月中，風光不與四時同。

〈二〉[lù ㄌㄨˋ [粵] luk⁹ 綠]
❷ 六安：**地名，在安徽省。**

2**分**　見刀部，40頁。

2 **公** 公 公 公

[gōng ㄍㄨㄥ (粵) guŋ^{1} 工]

❶**正直無私；跟"私"相對** ◆ 大公無私。❷**不偏不私** ◆ 公正 / 秉公辦事 / 公平交易。❸**國家的；集體的；跟"私"相對** ◆ 公物 / 公款 / 公共設施 / 假公濟私。❹**國際間的** ◆ 公海 / 公曆。❺**共同的；大家承認的** ◆ 公敵 / 公理 / 公約 / 公認。❻**讓大家知道** ◆ 公佈 / 公開 / 公告。❼**對男性祖輩或老年人的稱呼** ◆ 外公 / 諸公 / 老公公。❽**稱丈夫的父親** ◆ 公公。❾**雄性的；跟"母"相對** ◆ 公雞 / 公牛。

3 **只** 見口部，59頁。

4 **共** 共 共 共 共 共 共

[gòng ㄍㄨㄥˋ (粵) guŋ^{6} 公^{6}]

❶ **一起；一齊** ◆ 共同 / 共事 / 共患難 / 同甘共苦 / 同舟共濟。❷ **相同的；都具有的** ◆ 共性 / 共識 / 共通。❸ **總計** ◆ 共計 / 總共 / 一共五人。

見古文字插頁 12。

5 **兵** 兵 兵 兵 兵 兵 兵 兵

[bīng ㄅㄧㄥ (粵) biŋ^{1} 冰]

❶**戰士；軍隊** ◆ 士兵 / 步兵 / 哨兵 / 按兵不動。❷**武器** ◆ 兵器 / 短兵相接。❸**戰事；戰爭** ◆ 兵不厭詐 / 紙上談兵 / 兵貴神速。

5 **岔** 見山部，124頁。

6 **其** 其 其 其 其 其 其 其

[qí ㄑㄧˊ (粵) kei^{4} 奇]

❶**他；他們；他的；他們的** ◆ 出其不意 / 人盡其才 / 各得其所 / 名副其實 / 自圓其說。❷ **這；那** ◆ 其次 / 其中 / 確有其事 / 不厭其煩。

6 **具** 具 具 具 具 具 具 具

[jù ㄐㄩˋ (粵) gœy^{6} 巨]

❶**器物** ◆ 文具 / 工具 / 玩具 / 傢具 / 用具。❷**有** ◆ 具有 / 具備 / 別具一格。

6 **典** 典 典 典 典 典 典 典

[diǎn ㄉㄧㄢˇ (粵) din^{2} 電^{2}]

❶ **標準；法則；可以作為依據或標準的** ◆ 典範 / 典型 / 字典 / 引經據典。❷**隆重的儀式** ◆ 典禮 / 慶典 / 開國大典。❸ **詩文裏引用的古書裏的故事或詞句** ◆ 典故 / 用典。❹ **用東西作抵押** ◆ 典押 / 典當。

6 **忿** 見心部，148頁。

8 **真** 見目部，305頁。

8 **兼** 兼 兼 兼 兼 兼 兼 兼

[jiān ㄐㄧㄢ (粵) gim^{1} 檢^{1}]

❶ **同時做幾件事或具有幾個方面** ◆ 兼顧 / 兼職 / 兼收並蓄 / 軟硬兼施 / 德才兼備。❷ **加倍** ◆ 日夜兼程。

8 **冥** 見冖部，36頁。

8 **翁** 見羽部，353頁。

9 **異** 見田部，292頁。

焦點易錯字 其 | 期　其他　人盡其才　期限　不期而遇

9 **貧** 見貝部，426頁。

10 **黃** 見黃部，512頁。

11 **與** 見臼部，370頁。

14 **冀**

[jì ㄐㄧˋ ㊕ gei³ 既 / kei³ 暨（語）]

❶**希望** ◆ 希冀／冀其成功。❷**河北省的簡稱** ◆ 冀中平原。

14 **興** 見臼部，371頁。

15 **翼** 見羽部，354頁。

冂 部

2 **內** 見入部，33頁。

3 **冉**

[rǎn ㄖㄢˇ ㊕ jim⁵ 染]

冉冉：**慢慢地** ◆ 太陽從東方冉冉升起。

3 **冊**（册）

[cè ㄘㄜˋ ㊕ tsak⁸ 拆]

❶**書本或簿子** ◆ 畫冊／手冊／史冊／賬冊／紀念冊。❷**量詞，用於書籍等** ◆ 一冊書。

見古文字插頁 12。

3 **册** “冊”的異體字，見本頁。

4 **再**

[zài ㄗㄞˋ ㊕ dzɔi³ 載]

❶**又一次；第二次** ◆ 歡迎再來／一而再，再而三／再度取得好成績／花有重開日，人無再少年。❷**更加** ◆ 再快一點／聲音再提高一點。❸ **表示動作的先後次序** ◆ 洗了手再吃飯／做完作業再看電視。

4 **同** 見口部，61頁。

6 **岡** 見山部，124頁。

6 **罔** 見网部，350頁。

7 **冒**

[mào ㄇㄠˋ ㊕ mou⁶ 務]

❶**向上升；向外透出** ◆ 冒煙／冒氣／冒汗。❷**頂着；不顧** ◆ 冒雨／冒險。❸**魯莽；不慎重** ◆ 冒失／冒昧。❹**觸犯；衝撞** ◆ 冒犯／冒天下之大不韙。❺**以假充真** ◆ 假冒／冒充／冒領／冒牌貨／冒名頂替。

9 **冕**

[miǎn ㄇㄧㄢˇ ㊕ min⁵ 免]

古代帝王、諸侯等戴的禮帽，後來專指皇帝戴的禮帽 ◆ 加冕／冠冕堂皇。

冕

10 **最** 最最最最最最最

[zuì ㄗㄨㄟˋ ㊈ dzœy^{3} 醉]

到頂了；第一位的 ◆ 最高峯 / 最好的 / 最認真 / 最長的河流 / 世界之最。

冖 部

2 **冗** 冗冗冗冗

[rǒng ㄖㄨㄥˇ ㊈ juŋ^{5} 勇]

❶ **多餘的** ◆ 冗員 / 冗長。❷ **繁雜；事情多** ◆ 冗雜 / 敬請撥冗光臨。

5 **罕** 見网部，350頁。

7 **軍** 見車部，439頁。

7 **冠** 冠冠冠冠冠冠冠

〈一〉[guān ㄍㄨㄢ ㊈ gun^{1} 官]

❶ **帽子** ◆ 桂冠 / 冠冕堂皇 / 衣冠楚楚 / 怒髮衝冠 / 瓜田不納履，李下不整冠。❷ **生在頂上像冠的東西** ◆ 雞冠 / 花冠。

冠

〈二〉[guàn ㄍㄨㄢˋ ㊈ gun^{3} 貫]

❸ **位居第一的** ◆ 冠軍。❹ **戴帽子。**

8 **冢** 冢冢冢冢冢冢冢

[zhǒng ㄓㄨㄥˇ ㊈ tsuŋ^{2} 寵]

指墳墓 ◆ 古冢 / 衣冠冢。

8 **冥** 冥冥冥冥冥冥冥

[míng ㄇㄧㄥˊ ㊈ miŋ^{4} 明]

❶ **昏暗** ◆ 晦冥。❷ **深沈** ◆ 冥思苦想。❸ **愚昧** ◆ 冥頑不靈。❹ **迷信的人稱陰間** ◆ 冥間 / 冥幣。

8 **冤** 冤冤冤冤冤冤冤

[yuān ㄩㄢ ㊈ jyn^{1} 淵]

❶ **受委屈；被誣陷** ◆ 冤枉 / 冤屈 / 冤案 / 申冤 / 鳴冤叫屈。❷ **仇恨** ◆ 冤仇 / 積冤 / 冤家路窄 / 冤有頭，債有主 / 冤家宜解不宜結。❸ **上當；吃虧** ◆ 買了件假貨，真冤。

14 **冪**（冪）冪冪冪冪冪冪冪

[mì ㄇㄧˋ ㊈ mik^{9} 覓]

❶ **覆蓋；覆蓋東西的巾。**❷ **數學上指一個數目乘若干次的形式，如二次冪就是平方，三次冪就是立方。**

冫 部

3 **冬** 冬冬冬冬冬

[dōng ㄉㄨㄥ ㊈ duŋ^{1} 東]

一年四季中的最後一季，即農曆十月到十二月 ◆ 冬季／冬至／冬天／春夏秋冬／動物怎樣過冬？

4 冲

❶“沖”的異體字，見240頁。❷“衝”的簡化字，見403頁。

4 冰

冰 冰 冰 冰 冰 冰

[bīng ㄅㄧㄥ (粵) biŋ^{1} 兵]

❶ 水在攝氏零度或零度以下凝結成的固體 ◆ 冰山／冰雹／結冰／滴水成冰／冰凍三尺，非一日之寒。❷ 使人感到寒冷 ◆ 冰手／冰冷。❸用冰使東西變涼 ◆ 冰西瓜／冰啤酒／把汽水冰一冰。❹比喻晶瑩純潔 ◆ 冰肌玉骨／一片冰心。

4 次

見欠部，230頁。

5 冷

冷 冷 冷 冷 冷 冷 冷

[lěng ㄌㄥˇ (粵) laŋ^{5}]

❶溫度低；跟“熱”相對 ◆ 冷水／冷飲／寒冷／冰冷／冷藏。❷ 不熱情；不溫和 ◆ 冷淡／冷漠／冷酷無情／冷言冷語。❸ 不熱鬧；寂靜 ◆ 冷落／冷場／冷冷清清。❹ 少見的 ◆ 冷僻。❺暗中的；意外的 ◆ 冷槍／冷箭／冷不防。

5 冶

冶 冶 冶 冶 冶 冶 冶

[yě ㄧㄝˇ (粵) jɛ^{5} 野]

❶熔煉金屬 ◆ 冶金／冶煉。❷過分的打扮 ◆ 妖冶／冶容。

6 冽

冽 冽 冽 冽 冽 冽 冽

[liè ㄌㄧㄝˋ (粵) lit^{9} 列]

凜冽。見“凜”字，38 頁。

6 冼

冼 冼 冼 冼 冼 冼 冼

[xiǎn ㄒㄧㄢˇ (粵) sin^{2} 癬]

姓。

8 凌

凌 凌 凌 凌 凌 凌 凌

[líng ㄌㄧㄥˊ (粵) liŋ^{4} 零]

❶欺壓 ◆ 凌辱／欺凌／盛氣凌人。❷ 接近 ◆ 凌晨。❸ 升高；登上 ◆ 凌空飛架／壯志凌雲／會當凌絕頂，一覽眾山小。

8 凍（冻）

凍 凍 凍 凍 凍 凍 凍

[dòng ㄉㄨㄥˋ (粵) duŋ^{3} 東^{3}]

❶ 水遇寒結冰 ◆ 霜凍／天寒地凍／冰凍三尺，非一日之寒。❷ 受寒或感到冷 ◆ 凍僵／防凍／凍傷／朱門酒肉臭，路有凍死骨。❸ 凝結的湯汁 ◆ 魚凍／肉凍。

8 准

准 准 准 准 准 准 准

[zhǔn ㄓㄨㄣˇ (粵) dzœn^{2} 準]

❶ 允許；同意 ◆ 准許／獲准／批准／不准／准予畢業。❷ 依據；按照 ◆ 准此。❸ “準”的簡化字，見 253 頁。

8 凋

凋 凋 凋 凋 凋 凋 凋

[diāo ㄉㄧㄠ (粵) diu^{1} 刁]

草木枯萎敗謝 ◆ 凋謝／凋零／歲寒然後知松柏之後凋。

焦點易錯字 准｜準　准許 獲准　準備 標準

10 **馮** 見馬部，495頁。

13 **凜**(凛) 凜凜凜凜凜凜 [凜]

[lǐn ㄌㄧㄣˇ [粵] lɐm5 林5]

❶ **凜冽：嚴寒** ◆ 北風凜冽。❷ **威嚴** ◆ 大義凜然／威風凜凜。

14 **凝** 凝凝凝凝凝凝 [凝]

[níng ㄋㄧㄥˊ [粵] jiŋ4 仍]

❶ **氣體變成液體；液體變成固體** ◆ 凝固／凝結／冷凝。❷ **注意力集中** ◆ 凝神／凝思／凝視。

几部

0 **几** 几 [几]

〈一〉[jī ㄐㄧ [粵] gei2 己 /gei1 基(語)]

❶ **小桌子** ◆ 茶几／明窗淨几。

〈二〉[jǐ ㄐㄧˇ [粵] gei2 己]

❷ **"幾"的簡化字，135頁。**

1 **凡** 凡凡 [凡]

[fán ㄈㄢˊ [粵] fan4 煩]

❶ **平常的；普通的** ◆ 平凡／非凡／不同凡響／自命不凡。❷ **所有的；一切** ◆ 凡事都要小心／凡是價廉物美的商品，都會受到顧客的歡迎。❸ **大概** ◆ 凡例。❹ **指人世間** ◆ 凡間／仙女下凡。❺ **總共** ◆ 全書凡二十卷。

2 **亢** 見亠部，10頁。

2 **冗** 見冖部，36頁。

6 **咒** 見口部，66頁。

9 **凰** 凰凰凰凰凰凰 [凰]

[huáng ㄏㄨㄤˊ [粵] wɔŋ4 王]

鳳凰。**見"鳳"字，504頁。**

10 **凱**(凯) 凱凱凱凱凱凱 [凱]

[kǎi ㄎㄞˇ [粵] hɔi2 海]

勝利 ◆ 凱歌／凱旋而歸。

11 **鳧** 見鳥部，504頁。

12 **凳** 凳凳凳凳凳凳 [凳]

[dèng ㄉㄥˋ [粵] dɐŋ3 等3]

沒有靠背的坐具 ◆ 凳子／板凳／長凳。

凵部

2 **凶**

[xiōng ㄒㄩㄥ [粵] huŋ1 兇]
❶ **不幸的；不吉祥的；跟“吉”相對** ◆ 吉凶／凶多吉少／逢凶化吉。❷**農作物收成不好** ◆ 凶年。❸ **狠毒；殘暴** ◆ 凶狠／窮凶極惡。❹**傷人、殺人的行為** ◆ 行凶。❺**厲害** ◆ 鬧得太凶／雨來得極凶。(❸－❺同“兇”字)

3 **出**

[chū ㄔㄨ [粵] tsœt7 齣]
❶ **從裏到外；跟“入”、“進”相對** ◆ 出門／出國／出口處／病從口入，禍從口出。❷**來到** ◆ 出場／出席／出勤／出庭作證。❸ **產生；發生** ◆ 出產／出身／出品／出事。❹ **往外拿；支付** ◆ 出納／出錢／出力／出主意／入不敷出。❺**顯露** ◆ 出現／出名／出頭露面／水落石出／君看一葉舟，出沒風波裏。❻ **超過；越過** ◆ 出眾／出界／出軌／出人頭地／出類拔萃。❼**“齣”的簡化字，見516頁。**

見古文字插頁 12。

3 **凸**

[tū ㄊㄨ [粵] dɐt9 突]
突起；比四周高；跟“凹”相對 ◆ 凸起／凸出／凸面鏡／挺胸凸肚。

3 **凹**

[āo ㄠ [粵] au3／ŋau1 拗／nɐp7 粒]
四周高，中間低；跟“凸”相對 ◆ 凹地／凹面鏡／凹凸不平／地形凹陷。

6 **函**

[hán ㄏㄢˊ [粵] ham4 咸]
信件 ◆ 公函／來函／函購。

刀部

0 **刀**

[dāo ㄉㄠ [粵] dou1 都]
❶**用來切、割、砍、削的工具或兵器** ◆ 菜刀／刀光劍影／一刀兩斷／抽刀斷水水更流，舉杯消愁愁更愁／不知細葉誰裁出，二月春風似剪刀。❷ **量詞，用於計算紙張的單位，一百張紙為一刀。**

見古文字插頁 1。

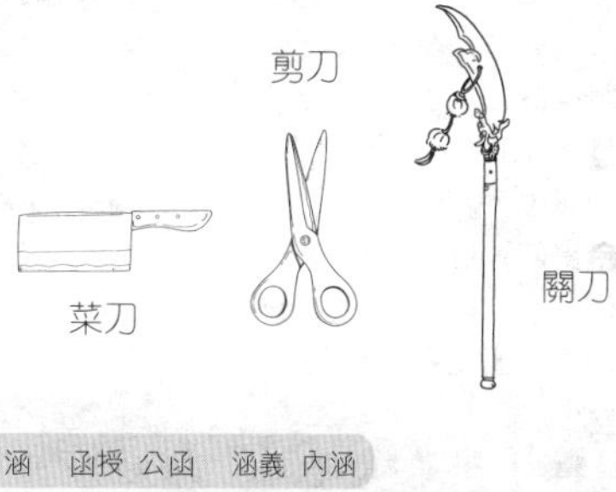
剪刀
菜刀
關刀

焦點易錯字　凶｜兇　吉凶 凶宅　兇猛 兇手　函｜涵　函授 公函　涵義 內涵

0 刁

刁 刁

[diāo ㄉㄧㄠ 粵 diu1 丟]
狡猾；奸詐 ◆ 刁鑽 / 刁悍 / 耍刁。

1 刃

刃 刃 刃

[rèn ㄖㄣˋ 粵 jɐn6 孕]
❶刀口；刀鋒 ◆ 刀刃 / 迎刃而解。❷指刀劍等利器 ◆ 白刃戰 / 手持利刃。

2 切

切 切 切 切

〈一〉[qiē ㄑㄧㄝ 粵 tsit8 徹]
❶用刀割斷 ◆ 切割 / 切斷 / 切削 / 切除。
〈二〉[qiè ㄑㄧㄝˋ 粵 tsit8 徹]
❷符合 ◆ 切題 / 貼切 / 切合 / 不切實際。
❸親近；貼近 ◆ 親切 / 密切 / 切身體會 / 切膚之痛。❹急迫 ◆ 急切 / 迫切 / 求勝心切。❺務必 ◆ 切記 / 切忌 / 切莫虛度年華。
〈三〉[qiè ㄑㄧㄝˋ 粵 tsɐi3 砌]
❻所有的；全部 ◆ 一切。

2 分

分 分 分 分

〈一〉[fēn ㄈㄣ 粵 fɐn1 婚]
❶把完整的東西變成幾部分；使相聯繫的事物脫離；跟"合"相對 ◆ 分裂 / 分散 / 分割 / 瓜分 / 難捨難分。❷散發；派發 ◆ 分發 / 分配 / 分糖果。❸辨別 ◆ 分辨 / 區分 / 分清是非 / 敵我不分 / 不分青紅皂白。❹整體中分出的部分 ◆ 分店 / 分校 / 分公司。❺表示程度 ◆ 十分可靠 / 七分把握。❻時間單位，六十秒為一分，六十分為一小時。❼貨幣單位，十分為一角。
〈二〉[fèn ㄈㄣˋ 粵 fɐn6 份]
❽東西裏的不同物質 ◆ 成分 / 水分 / 鹽分 / 糖分。❾職責和權利的限度 ◆ 本分 / 安分守己 / 要求過分 / 恰如其分。❿指情誼、機緣 ◆ 情分 / 緣分 / 看在老同學的分上，算了吧。⓫同"份"字。整體中的一部分 ◆ 部分。

2 刈

刈 刈 刈 刈

[yì ㄧˋ 粵 ŋai6 艾]
割 ◆ 刈麥 / 刈草。

3 刊

刊 刊 刊 刊 刊

[kān ㄎㄢ 粵 hɔn1 看1]
❶排印；出版 ◆ 刊印 / 創刊 / 停刊 / 復刊。
❷雜誌、報紙的部分版面 ◆ 月刊 / 期刊 / 報刊 / 副刊。❸發表；登載 ◆ 刊登 / 刊載。
❹修改 ◆ 刊誤。

3 召

見口部，60頁。

4 刑

刑 刑 刑 刑 刑 刑

[xíng ㄒㄧㄥˊ 粵 jiŋ4 營]
對犯人施行的各種處罰 ◆ 死刑 / 判刑 / 緩刑 / 有期徒刑。

4 列

列 列 列 列 列 列

[liè ㄌㄧㄝˋ 粵 lit9 烈]
❶按次序排放；擺出 ◆ 列隊 / 排列 / 陳列 / 列舉 / 羅列 / 名列前茅。❷排出的行 ◆ 行列 / 前列。❸安排 ◆ 列入計劃 / 列為重點。
❹各；眾多 ◆ 列國 / 列強 / 列島。❺量詞，用於成行列的事物 ◆ 一列火車。

4 划

划 划 划 划 划 划

〈一〉[huá ㄏㄨㄚˊ 粵 wa4 華]

焦點易錯字 份 | 分　年份　一式兩份　分量　成分

❶撥水前進 ◆ 划船。❷合算 ◆ 划算 / 划得來 / 划不來。

〈二〉[huà ㄏㄨㄚˋ ㊥ wak^{9} 或]
❸“劃”的簡化字，45 頁。

4 刎

[wěn ㄨㄣˇ ㊥ mɐn^{5} 吻]
用刀割脖子 ◆ 自刎 / 刎頸之交。

5 別（别）

〈一〉[bié ㄅㄧㄝˊ ㊥ bit^{9} 必^{9}]
❶分離 ◆ 離別 / 告別 / 久別重逢 / 生離死別 / 送君千里，終須一別。❷區分；分類 ◆ 區別 / 辨別 / 鑒別 / 性別 / 分門別類。❸不同 ◆ 差別 / 特別 / 天壤之別。❹另外的 ◆ 別名 / 別出心裁 / 別具一格 / 別開生面。❺不要 ◆ 別去 / 別出聲 / 別生氣。❻插着；夾住 ◆ 胸前別着一朵大紅花 / 腰間別着一把手槍。
〈二〉[biè ㄅㄧㄝˋ ㊥ bit^{9} 必^{9}]
❼“彆”的簡化字，見 142 頁。

5 免

見儿部，32頁。

5 刪（删）

[shān ㄕㄢ ㊥ san^{1} 山]
去掉書面語中某些字句或內容 ◆ 刪改 / 刪節 / 刪繁就簡 / 把重複多餘的話刪掉。

5 删

“刪”的異體字，見本頁。

5 利

[lì ㄌㄧˋ ㊥ lei^{6} 吏]
❶好處；益處；跟“害”、“弊”相對 ◆ 利益 / 利弊得失 / 有利可圖 / 鷸蚌相爭，漁人得利 / 天時不如地利，地利不如人和。❷使得到好處 ◆ 平等互利 / 利國利民。❸順當；方便 ◆ 順利 / 交通便利。❹尖鋭鋒利；跟“鈍”相對 ◆ 利刃 / 利劍 / 犀利 / 靈牙利齒。❺利潤；利息 ◆ 利率 / 年利 / 盈利 / 薄利多銷 / 一本萬利。

5 刨

〈一〉[páo ㄆㄠˊ ㊥ pau^{4} 咆]
❶挖掘 ◆ 刨坑 / 刨根問底。
〈二〉[bào ㄅㄠˋ ㊥ pau^{4} 庖]
❷“鉋”的簡化字，見 461 頁。

5 判

[pàn ㄆㄢˋ ㊥ pun^{3} 潘^{3}]
❶分辨 ◆ 判別 / 判斷 / 判明真相。❷顯然不同 ◆ 前後判若兩人。❸評定 ◆ 裁判 / 評判 / 判罰點球。❹司法機關對案件作出決定 ◆ 判決 / 審判 / 宣判 / 公判大會 / 判處死刑。

5 初

[chū ㄔㄨ ㊥ tsɔ^{1} 磋]

❶剛開始；第一次 ◆ 初學／初次見面／初出茅廬／如夢初醒／初生之犢／既知今日，何必當初。**❷最低的** ◆ 初級／初等數學。**❸本來的；原來的** ◆ 初衷／和好如初。**❹開始的一段時間** ◆ 開學之初。

6 刺

[cì ㄘˋ ⓨ tsi3 次]

❶像針一樣尖銳的東西 ◆ 魚刺／骨刺／刺刀／芒刺在背。**❷用尖銳的東西扎入** ◆ 刺繡／刺傷／針刺麻醉／寒風刺骨。**❸殺；暗殺** ◆ 行刺／刺客／遇刺身亡。**❹暗中打聽** ◆ 刺探情報。**❺用尖刻的話指責、譏笑別人** ◆ 諷刺。**❻氣味、聲音、光線等引起感覺器官不舒服** ◆ 刺鼻／刺耳／刺眼。

6 到

[dào ㄉㄠˋ ⓨ dou3 妒]

❶到達 ◆ 到期／遲到／春天到／恰到好處／火車到站了。**❷去；往** ◆ 到公園去玩／到北京旅遊／到過加拿大。**❸表示動作有結果** ◆ 拿到了／辦得到／說到做到。**❹周密；完備** ◆ 周到／面面俱到／不到之處，請多原諒。

6 兔

見儿部，32頁。

6 制

[zhì ㄓˋ ⓨ dzɐi3 際]

❶約束；限定 ◆ 制約／管制／控制／限制／強制／先發制人。**❷訂立；規定** ◆ 制訂／制定／因地制宜／編制發展規劃。**❸制度** ◆ 法制／體制／學制／股份制。**❹"製"的簡化字，見406頁。**

6 刮

[guā ㄍㄨㄚ ⓨ gwat8 颳]

❶用鋒利的器具清除物體表面的東西 ◆ 刮臉／刮鬍子／士別三日，刮目相看。**❷榨取** ◆ 搜刮民財。**❸"颳"的簡化字，見490頁。**

6 例

見人部，19頁。

6 剁

[duò ㄉㄨㄛˋ ⓨ dɔ2 躲]

用刀向下砍；斬碎 ◆ 剁肉餡／剁成肉醬。

6 刴

"剁"的異體字，見本頁。

6 刻

[kè ㄎㄜˋ ⓨ hɐk7 克]

❶用刀在器物上雕、挖 ◆ 刻字／雕刻／木刻／刻圖章／刻舟求劍。**❷時間單位，十五分鐘為一刻。❸時候** ◆ 此時此刻／一刻千金／稍等片刻／刻不容緩。**❹形容程度深** ◆ 刻苦／深刻／刻意求新。**❺不厚道** ◆ 刻薄／尖刻／苛刻。

6 券

[quàn ㄑㄩㄢˋ ⓨ hyn3 勸]

用紙片等印成的票證 ◆ 證券／餐券／入場券。

6 刷

[shuā ㄕㄨㄚ ⓨ tsat8 察]

❶除污或塗抹用的工具；刷子 ◆ 牙刷／板

刷 / 鞋刷 / 油刷。❷ **用刷子清除或塗抹** ◆ 刷牙 / 刷洗 / 刷鞋 / 粉刷 / 刷油漆。

6 **冽** 見冫部，37頁。

7 **剋**（克） 剋 剋 剋 剋 剋 剋

[kè ㄎㄜˋ ⓖ hɐk7 黑]

嚴格限定 ◆ 剋日完工 / 剋期送達。

7 **剎** 剎 剎 剎 剎 剎 剎 剎

〈一〉[chà ㄔㄚˋ ⓖ sat8 殺]

❶**佛教的寺廟** ◆ 古剎鐘聲。❷**剎那：形容極短的時間** ◆ 一剎那 / 剎那間飛機掠過了頭頂。

〈二〉[shā ㄕㄚ ⓖ sat8 殺]

❸ **止住** ◆ 剎車。

7 **削** 削 削 削 削 削 削 削

〈一〉[xuē ㄒㄩㄝ ⓖ sœk8 爍]

❶ **用刀斜刮，去掉物體表層** ◆ 削平 / 削髮為僧 / 削鐵如泥。❷ **減少；減弱** ◆ 削減 / 削弱 / 削價。❸ **掠取** ◆ 剝削。

〈二〉[xiāo ㄒㄧㄠ ⓖ sœk8 爍]

❹ **意思同❶，多用於口語** ◆ 削皮 / 切削 / 削鉛筆。

7 **則**（则） 則 則 則 則 則 則 則

[zé ㄗㄜˊ ⓖ dzɐk7 仄]

❶**規章；條文** ◆ 規則 / 法則 / 原則 / 守則 / 細則。❷**榜樣；標準** ◆ 準則 / 以身作則。❸**就；便** ◆ 不平則鳴 / 不進則退 / 物極則反/山不在高，有仙則名；水不在深，有龍則靈。❹ **量詞，相當於“篇”、“條”** ◆ 寓言二則 / 新聞三則。

7 **前** 前 前 前 前 前 前 前

[qián ㄑㄧㄢˊ ⓖ tsin4 錢]

❶ **位置、次序在正面的、較先的；跟“後”相對** ◆ 前三排 / 名列前茅 / 前因後果 / 前倨後恭/牀前明月光，疑是地上霜。❷**往前走** ◆ 前進 / 勇往直前 / 停滯不前。❸ **過去的；早先的** ◆ 從前/前年/前所未有/前功盡廢/前事不忘，後事之師。❹ **未來的** ◆ 前途 / 前景 / 前程遠大。

7 **剃** 剃 剃 剃 剃 剃 剃 剃

[tì ㄊㄧˋ ⓖ tɐi3 替]

用刀刮去毛髮 ◆ 剃頭 / 剃鬚 / 剃鬍子。

8 **荊** 見艸部，378頁。

8 **剛**（刚） 剛 剛 剛 剛 剛 剛 剛

[gāng ㄍㄤ ⓖ gɔŋ1 江]

❶ **堅硬；堅強；跟“柔”相對** ◆ 剛健 / 剛強 / 以柔克剛 / 血氣方剛。❷ **才；方才** ◆ 剛才 / 天剛亮 / 剛剛走開。❸ **正巧；恰好** ◆ 剛巧 / 剛合適。

剛　　柔

焦點易錯字 殺 | 剎 | 煞　宰殺　剎車 剎住　煞氣 煞星　刷 | 擦　刷洗 印刷　擦臉 磨擦

8 剔

[tī ㄊㄧ ㊚ tik^7 惕]

❶**把肉從骨頭上刮下來** ◆ 剔骨頭 / 骨頭上的肉還沒剔乾淨。❷**從縫隙中把東西挑出來** ◆ 剔牙。❸**把不好的、不要的東西挑出** ◆ 剔除 / 挑剔。

8 剖

[pōu ㄆㄡ ㊚ pɐu^2 裒^2/fɐu^2 阜^2 (語)]

❶**破開；切開** ◆ 剖腹 / 解剖 / 剖西瓜。❷**分辨；分析** ◆ 剖析 / 剖白。

8 剜

[wān ㄨㄢˇ ㊚ wun^1 碗]

用刀挖去 ◆ 剜肉補瘡。

8 剝 (剥)

〈一〉[bō ㄅㄛ ㊚ bɔk^7 博^7/mɔk^7 莫^7 (語)]

❶**脱落** ◆ 剝落。❷**掠取；奪去** ◆ 剝削 / 剝奪。❸**去掉皮殼；強行脱人衣服** ◆ 生吞活剝。

〈二〉[bāo ㄅㄠ ㊚ bɔk^7 博^7/mɔk^7 莫^7 (語)]

❹**意思同❸，多用於口語** ◆ 剝皮 / 剝花生 / 剝光衣服。

9 副

[fù ㄈㄨˋ ㊚ fu^3 富]

❶**次要的；附帶的；跟"主"、"正"相對** ◆ 副食 / 副業 / 副品 / 副產品 / 副標題。❷**職務屬輔助性質的人；與"正"相對** ◆ 副職 / 副主席 / 副校長 / 副經理。❸**符合** ◆ 名副其實 / 名不副實。❹**量詞，用於成對或成套的物品；也用於面部表情** ◆ 一副手套 / 一副對聯 / 一副象棋 / 一副笑臉。

9 剮 (剐)

[guǎ ㄍㄨㄚˇ ㊚ gwa^2 寡]

❶**用刀割肉離骨** ◆ 剮骨療毒 / 千刀萬剮。❷**碰上尖鋭的東西而劃破** ◆ 衣服剮破了 / 手上剮了一個口子。

9 剪

[jiǎn ㄐㄧㄢˇ ㊚ dzin^2 展]

❶**剪刀** ◆ 指甲剪。❷**用剪刀斷開** ◆ 剪紙 / 修剪 / 剪指甲 / 裁剪衣服。❸**除掉** ◆ 剪除 / 剪滅。

10 剩

[shèng ㄕㄥˋ ㊚ siŋ^6 盛]

多餘；餘下 ◆ 剩餘 / 過剩 / 殘羹剩飯。

10 創 (创)

〈一〉[chuāng ㄔㄨㄤ ㊚ tsɔŋ^1 倉]

❶**傷口；外傷** ◆ 創傷 / 創口 / 刀創。❷**使受打擊** ◆ 重創敵軍。

〈二〉[chuàng ㄔㄨㄤˋ ㊚ tsɔŋ^3 倉^3]

❸**開始；第一次做** ◆ 創立 / 創辦 / 首創 / 開創 / 創業難，守業更難。

10 惻

見心部，155頁。

10 割

[gē ㄍㄜ ㊚ gɔt^8 葛]

❶**用刀截斷；把物體分開** ◆ 割麥 / 割草 /

分割/宰割/心如刀割。❷**捨棄** ◆ 忍痛割愛/難以割捨。

11 剽

[piāo ㄆㄧㄠ ㊊ piu³ 票]

❶**搶奪；掠奪** ◆ 剽掠/剽竊。❷**敏捷** ◆ 剽悍。

11 剿

[jiǎo ㄐㄧㄠˇ ㊊ dziu² 沼]

用武力消滅 ◆ 剿匪/圍剿。

12 劃 (划)

〈一〉[huà ㄏㄨㄚˋ ㊊ wak⁹ 或]

❶**區分；分開** ◆ 劃分/劃清界限/劃時代的意義。❷**打算；安排** ◆ 計劃/策劃/籌劃/規劃/出謀劃策。❸**轉撥** ◆ 劃賬/劃款。

〈二〉[huá ㄏㄨㄚˊ ㊊ wak⁹ 或]

❹**用尖鋭的東西割開** ◆ 劃玻璃/劃破了手/皮包被劃了一個口子。❺**擦** ◆ 劃火柴。

13 劇 (剧)

[jù ㄐㄩˋ ㊊ kɛk⁹ 屐]

❶**戲劇** ◆ 京劇/歌劇/喜劇/劇本/劇情介紹。❷**猛烈；厲害；形容程度深** ◆ 劇烈/劇痛/形勢劇變/病勢加劇/氣温急劇下降。

13 劍 (剑)

[jiàn ㄐㄧㄢˋ ㊊ gim³ 檢³]

一種兵器，長條形，兩面有刃 ◆ 寶劍/舞劍/刀光劍影/口蜜腹劍/唇槍舌劍。

劍

13 劊 (刽)

[guì ㄍㄨㄟˋ ㊊ kui² 繪]

砍割；斬殺 ◆ 劊子手。

13 劉 (刘)

[liú ㄌㄧㄡˊ ㊊ lɐu⁴ 流]

姓。

13 劈

〈一〉[pī ㄆㄧ ㊊ pik⁷ 闢 /pɛk⁸ (語)]

❶**用刀、斧等破開** ◆ 劈木頭/把竹筒劈開。❷**正對着** ◆ 劈面而來/劈頭蓋臉。❸**特指雷擊** ◆ 天轟雷劈/大樹被雷劈了。

〈二〉[pǐ ㄆㄧˇ ㊊ pik⁷ 闢/pɛk⁸ (語)]

❹**分開** ◆ 劈成兩半。

14 劑 (剂)

[jì ㄐㄧˋ ㊊ dzɐi¹ 擠]

❶**配製成的藥物** ◆ 藥劑/針劑/麻醉劑/殺蟲劑/化學試劑。❷**量詞，用於藥物** ◆ 一劑藥。

23 釁

見酉部，457頁。

焦點易錯字 畫 | 劃　畫龍點睛　畫餅充飢　劃分　劃清界線

力部

力 勹 匕 匚 匸 十

0 力

[lì ㄌㄧˋ ㊣ lik9 曆]

❶ **力量；能力** ◆ 體力 / 說服力 / 力不從心 / 路遙知馬力，日久見人心。❷ **儘量；盡力** ◆ 力求完美 / 力爭取勝 / 據理力爭。

見古文字插頁 1。

3 功

[gōng ㄍㄨㄥ ㊣ guŋ1 工]

❶ **貢獻；成就** ◆ 功勞 / 有功之臣 / 豐功偉績 / 勞苦功高 / 功德無量。❷ **成效；效果** ◆ 大功告成 / 事半功倍 / 功虧一簣 / 徒勞無功。❸ **技巧；本領** ◆ 功力 / 練功 / 唱功 / 基本功 / 他的書法功底很深。

3 另

見口部，60頁。

3 加

[jiā ㄐㄧㄚ ㊣ ga1 家]

❶ **兩個以上的數合在一起；跟"減"相對** ◆ 加法 / 兩數相加 / 三加五得八。❷ **數量增多；程度提高** ◆ 增加 / 加速器 / 加倍努力 / 病情加劇 / 有則改之，無則加勉。❸ **增添** ◆ 加班 / 附加 / 加上註解 / 雪上加霜 / 句末要加標點符號。❹ **施以某種動作** ◆ 嚴加管教 / 不加思索 / 大加讚賞 / 多加小心 / 加以保護。

3 幼

見幺部，134頁。

4 劣

[liè ㄌㄧㄝˋ ㊣ lyt9 捋9]

壞的；不好的；跟"優"相對 ◆ 劣跡 / 低劣 / 劣質產品 / 品行惡劣 / 土豪劣紳 / 處於劣勢。

圖見 30 頁。

5 劫

[jié ㄐㄧㄝˊ ㊣ gip8]

❶ **搶奪；強取** ◆ 搶劫 / 劫富濟貧 / 趁火打劫。❷ **威逼；脅制** ◆ 劫機 / 劫持人質。❸ **災難** ◆ 劫難 / 浩劫 / 遭劫 / 在劫難逃 / 劫後餘生。

5 助

[zhù ㄓㄨˋ ㊣ dzɔ6 座]

相幫；支持 ◆ 幫助 / 援助 / 助人為樂 / 愛莫能助 / 得道多助，失道寡助。

5 努

[nǔ ㄋㄨˇ ㊣ nou5 腦]

❶ **儘量使出（力氣）** ◆ 少壯不努力，老大徒傷悲。❷ **凸起；鼓起** ◆ 努嘴。

6 劾

[hé ㄏㄜˊ ㊣ hɐt9 瞎]

揭發罪狀 ◆ 彈劾。

6 坳

見土部，88頁。

6 協

見十部，53頁。

7 勃

[bó ㄅㄛˊ 粵 but^{9} 渤]

❶**突然興起** ◆ 勃發 / 勃然大怒。❷**旺盛** ◆ 蓬勃向上 / 興致勃勃 / 生機勃勃。

7 勁 (劲)

〈一〉[jìn ㄐㄧㄣˋ 粵 giŋ^{3} 敬]

❶**力氣** ◆ 使勁 / 用勁 / 費勁 / 加把勁 / 有勁使不出。❷**積極奮發的精神或情緒** ◆ 幹勁 / 起勁 / 闖勁十足 / 年輕人的衝勁 / 做自己不想做的事真沒勁。

〈二〉[jìng ㄐㄧㄥˋ 粵 giŋ^{6} 競]

❸**剛強有力** ◆ 勁敵 / 勁旅 / 強勁 / 剛勁有力 / 疾風勁草。

7 勉

[miǎn ㄇㄧㄢˇ 粵 min^{5} 免]

❶**盡力；努力** ◆ 勉力 / 勤勉 / 勉為其難。❷**鼓勵** ◆ 勉勵 / 共勉 / 勸勉 / 有則改之，無則加勉。

7 勇

[yǒng ㄩㄥˇ 粵 juŋ^{5} 俑]

❶**有膽量；不怕艱險** ◆ 勇敢 / 勇氣 / 勇往直前 / 智勇雙全 / 重賞之下，必有勇夫。❷**兵士** ◆ 散兵游勇。

8 脅

見肉部，363頁。

9 勘

[kān ㄎㄢ 粵 hɐm^{3} 瞰]

❶**校訂；核對** ◆ 校勘 / 勘誤表。❷**調查；探測** ◆ 勘察 / 勘測 / 踏勘地形。

9 勒

〈一〉[lè ㄌㄜˋ 粵 lɐk^{9} 肋]

❶**收緊韁繩** ◆ 懸崖勒馬。❷**強制；逼迫** ◆ 勒令解散 / 敲詐勒索。

〈二〉[lēi ㄌㄟ 粵 lɐk^{9} 肋]

❸**用繩子捆住；用繩子套住後用力抽緊** ◆ 勒緊腰帶 / 把人勒死。

9 動 (动)

[dòng ㄉㄨㄥˋ 粵 duŋ^{6} 洞]

❶**改變事物原來的位置或狀態；跟"靜"相對** ◆ 移動 / 搖動 / 流動 / 風吹草動 / 一動不如一靜。❷**行為動作** ◆ 行動 / 舉動 / 一舉一動 / 窺測動靜。❸**使用；運用** ◆ 動手 / 動腦筋 / 大動干戈 / 動用全部人力。❹**使行動起來** ◆ 發動 / 鼓動 / 動員 / 興師動眾。❺**觸發；激起** ◆ 感動 / 激動 / 使人動心 / 楚楚動人 / 無動於衷。❻**開始進行** ◆ 明日動身 / 動工興建。

9 務 (务)

[wù ㄨˋ 粵 mou^{6} 冒]

❶**事情；工作** ◆ 事務 / 任務 / 業務 / 商務 / 清官難斷家務事。❷**做；從事** ◆ 務農 / 不務正業 / 當務之急。❸**追求** ◆ 不務虛名。❹**必須；一定** ◆ 務必 / 除惡務盡 / 務求切實有效。

9 勛

同"勳"字，見48頁。

10 勝 (胜)

〈一〉[shèng ㄕㄥˋ 粵 siŋ^{3} 姓]

❶**贏；佔據優勢；跟"敗"、"負"相對** ◆ 勝利 / 取勝 / 不分勝負 / 大獲全勝 / 勝敗乃兵家常事。❷**超過** ◆ 事實勝於雄辯 / 一代勝過一代 / 與君一席話，勝讀十年書 / 三個臭皮匠，勝過諸葛亮。❸**優美的；有名的；多指景物、地方** ◆ 名勝古跡 / 避暑勝地 / 名山勝跡 / 引人入勝。

〈二〉[shèng ㄕㄥˋ [粵] siŋ¹ 升]

❹**能夠承擔；能承受** ◆ 勝任 / 不勝重負。❺**盡** ◆ 數不勝數 / 不勝枚舉 / 不勝感激 / 美不勝收。

10 **勞**(劳) 勞勞勞勞勞勞 [勞]

[láo ㄌㄠˊ [粵] lou⁴ 盧]

❶**工作；勞動** ◆ 不勞而穫 / 按勞分配。❷**辛苦；疲乏** ◆ 勞累 / 勞苦功高 / 任勞任怨 / 徒勞無功 / 一勞永逸。❸**請人做事的客氣話；煩託** ◆ 勞駕 / 有勞諸位 / 煩勞各位。❹**功績** ◆ 功勞 / 汗馬之勞。❺**慰問** ◆ 勞軍 / 慰勞。

11 **勢**(势) 勢勢勢勢勢勢 [勢]

[shì ㄕˋ [粵] sɐi³ 世]

❶**力量；威力；權力** ◆ 勢力 / 勢均力敵 / 人多勢眾 / 仗勢欺人 / 有錢有勢。❷**狀態或趨向** ◆ 形勢 / 局勢 / 地勢險要 / 大勢所趨 / 勢在必行。❸**姿態** ◆ 手勢 / 姿勢 / 裝腔作勢。

11 **勤** 勤勤勤勤勤勤 [勤]

[qín ㄑㄧㄣˊ [粵] kɐn⁴ 芹]

❶**做事努力；跟"懶"、"惰"相對** ◆ 勤快 / 勤奮 / 勤勞樸實 / 勤學苦練 / 勤能補拙 / 書山有路勤為徑，學海無涯苦作舟。❷**常常；次數多** ◆ 勤洗澡 / 勤換衣 / 夏天雨勤。❸**公共事務或雜務工作** ◆ 執勤 / 內勤 / 勤務員 / 勤雜工 / 外勤工作。❹**在規定的時間內工作、學習** ◆ 出勤 / 考勤 / 缺勤。

11 **募**(募) 募募募募募募 [募]

[mù ㄇㄨˋ [粵] mou⁶ 務]

廣泛徵集 ◆ 募捐 / 募兵 / 募集 / 招募 / 募了一筆錢。

11 **舅** 見臼部，370頁。

14 **勳**(勋) 勳勳勳勳勳勳 [勳]

[xūn ㄒㄩㄣ [粵] fɐn¹ 昏]

❶**功勞** ◆ 功勳 / 勳章。❷**有大功的人** ◆ 元勳。

15 **勵**(励) 勵勵勵勵勵勵 [勵]

[lì ㄌㄧˋ [粵] lɐi⁶ 厲]

勸勉 ◆ 勉勵 / 鼓勵 / 獎勵 / 勵精圖治。

18 **勸**(劝) 勸勸勸勸勸勸 [勸]

[quàn ㄑㄩㄢˋ [粵] hyn³ 券]

❶**說服；用言語開導別人** ◆ 勸告 / 勸阻 / 勸說 / 規勸 / 好言相勸。❷**鼓勵** ◆ 勸勉。

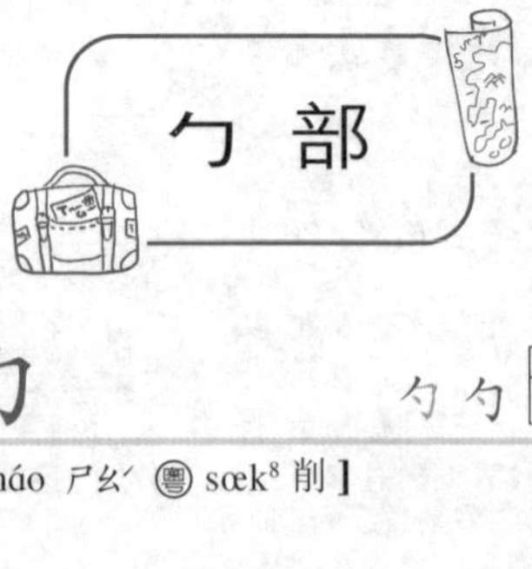
勹 部

1 **勺** 勺勺 [勺]

[sháo ㄕㄠˊ [粵] sœk⁸ 削]

焦點易錯字 厲 | 勵　嚴厲 再接再厲　激勵 勵精圖治

舀東西的用具；也用作量詞 ◆ 勺子/湯勺/舀一勺。

勺
1978年河南出土文物

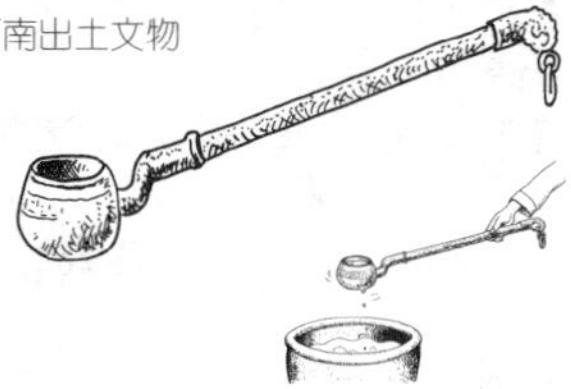

2 匀

[yún ㄩㄣˊ [粵] wen4 云]
❶ **平均** ◆ 勻稱 / 均勻 / 顏色塗得不勻。❷ **分出；讓給；使均勻** ◆ 勻一部分菜給鄰居送去 / 把糖果勻一勻。

2 勿

[wù ㄨˋ [粵] mɐt9 密]
不要 ◆ 請勿入內 / 請勿攀折花木 / 勿亂拋果皮紙屑 / 己所不欲，勿施於人。

2 勾

〈一〉[gōu ㄍㄡ [粵] ŋɐu1 鈎]
❶ **畫出符號表示去掉或特別需要** ◆ 勾掉 / 一筆勾銷 / 勾出重點。❷ **描畫出輪廓** ◆ 勾畫 / 勾勒。❸ **招引；串通** ◆ 勾引 / 勾搭 / 勾結。❹ **引起** ◆ 勾起往事的回憶。
〈二〉[gòu ㄍㄡˋ [粵] ŋɐu1 鈎]
❺ **勾當：事情；現在多指壞事情** ◆ 非法勾當 / 拐賣婦女兒童的罪惡勾當。

3 句

見口部，60頁。

3 匆

[cōng ㄘㄨㄥ [粵] tsuŋ1 充]
急忙 ◆ 匆忙 / 匆促 / 急匆匆。

3 包

[bāo ㄅㄠ [粵] bau1 胞]
❶ **把東西裹紮起來** ◆ 包書 / 包裝 / 包紮 / 紙包不住火。❷ **包好的東西** ◆ 郵包 / 封包 / 包裹。❸ **裝東西的袋子** ◆ 書包 / 皮包 / 公文包 / 手提包。❹ **有餡的食物** ◆ 肉包 / 菜包 / 水晶包 / 小籠湯包。❺ **身上腫起的或地上凸起的東西** ◆ 膿包 / 小土包。❻ **容納；總括** ◆ 包容 / 包含 / 包括 / 包羅萬象 / 無所不包。❼ **承擔；負責** ◆ 包辦 / 包攬 / 承包 / 包退包換。❽ **保證；擔保** ◆ 包在我身上 / 包你滿意。❾ **約定的；專用的** ◆ 包場 / 包車。❿ **一種氈製的帳篷** ◆ 蒙古包。⓫ **量詞，用於包裹起來的東西** ◆ 一包花生 / 一大包茶葉。

4 旬

見日部，198頁。

4 匈

[xiōng ㄒㄩㄥ [粵] huŋ1 兇]
匈奴：中國古代北方民族之一。

5 甸

見田部，291頁。

7 匍

[pú ㄆㄨˊ [粵] pou4 袍]
匍匐：爬行 ◆ 匍匐前進。

8 芻

見艸部，375頁。

9 匐

[fú ㄈㄨˊ [粵] fuk9 服 / bak9 白]

匍匐。見"匍"字，49頁。

9 够

見夕部，97頁。

9 夠

見夕部，97頁。

匕部

0 匕

[bǐ ㄅㄧˇ [粵] bei3 臂]

匕首：短劍或短刀 ◆ 拔出匕首 / 圖窮匕現。

匕首

2 化

[huà ㄏㄨㄚˋ [粵] fa3 花3]

❶ 改變原來的樣子；使改變 ◆ 變化 / 化妝 / 化名 / 化險為夷 / 落紅不是無情物，化作春泥更護花。❷ 融解；消除 ◆ 化凍 / 消化 / 化痰止咳 / 積雪常年不化。❸ 燒掉 ◆ 火化 / 焚化。❹ 化學的簡稱 ◆ 數理化 / 化工產品。❺ 放在名詞或形容詞的後面，構成動詞，表示轉變成某種性質或狀態 ◆ 綠化 / 現代化 / 工業化 / 美化環境。

3 北

[běi ㄅㄟˇ [粵] bɐk7]

❶ 方位名，早晨面對太陽時左手的一方；跟"南"相對 ◆ 北方 / 北風 / 北極 / 城北 / 坐北向南 / 南轅北轍。❷ 打了敗仗；敗逃 ◆ 敗北 / 追奔逐北。

✿ 圖見 210 頁。

4 此

見止部，231頁。

4 旨

見日部，198頁。

6 些

見二部，10頁。

9 頃

見頁部，486頁。

9 匙

〈一〉[chí ㄔˊ [粵] tsi4 池]

❶ 舀取湯汁的小勺 ◆ 湯匙。

〈二〉[shi ·ㄕ [粵] si4 時]

❷ 鑰匙。見"鑰"字，468 頁。

匚部

2 巨

見工部，128頁。

3 **叵** 見口部，59頁。

4 **匡**

[kuāng ㄎㄨㄤ ㊣ hɔŋ¹ 康]
❶ **糾正** ◆ 匡正／匡謬。❷ **幫助** ◆ 匡助／匡濟。❸ **估算** ◆ 匡算／匡計。

4 **匠**

[jiàng ㄐㄧㄤˋ ㊣ dzœŋ⁶ 象]
❶ **有專門手藝的工人** ◆ 工匠／木匠／泥水匠／能工巧匠。❷ **在某一方面造詣很深、有突出成就的人** ◆ 文學巨匠。

5 **匣**

[xiá ㄒㄧㄚˊ ㊣ hap⁹ 峽]
裝東西的有蓋小盒子 ◆ 木匣／鏡匣。

8 **匪**

[fěi ㄈㄟˇ ㊣ fei² 誹]
❶ **強盜；搶劫財物、危害人民的人** ◆ 匪徒／土匪。❷ **同"非"字；不** ◆ 得益匪淺／匪夷所思。

11 **匯**（汇）

[huì ㄏㄨㄟˋ ㊣ wui⁶ 會⁶]
❶ **水流會合在一起** ◆ 匯合／百川匯大海／涓涓細流匯成江河。❷ **寄錢** ◆ 匯款／電匯。❸ **外幣** ◆ 創匯／匯率／外匯儲備。

12 **匱**（匮）

[kuì ㄎㄨㄟˋ ㊣ gwɐi⁶ 跪]
缺乏 ◆ 匱乏／匱竭。

匸部

2 **匹**

[pǐ ㄆㄧˇ ㊣ pɐt⁷]
❶ **相當；相稱；比得上** ◆ 匹配／匹敵。❷ **單獨** ◆ 單槍匹馬／國家興亡，匹夫有責。❸ **量詞** ◆ 一匹馬／一匹布。

9 **匿**

[nì ㄋㄧˋ ㊣ nik⁹ 溺/nik⁷ (語)]
隱藏；不讓人知道 ◆ 匿名／隱匿／匿藏／銷聲匿跡。

9 **區**（区）

[qū ㄑㄩ ㊣ kœy¹ 拘]
❶ **劃分；分出** ◆ 區分／區別開來。❷ **地域；空間範圍** ◆ 區域／地區／風景區／住宅區／禁飛區。❸ **行政區劃單位** ◆ 特區／自治區。

9 **匾**

[biǎn ㄅㄧㄢˇ ㊣ bin² 貶]
❶ **長方形的題字木牌** ◆ 匾額／牌匾／橫匾。

焦點易錯字　匿｜暱　藏匿　銷聲匿跡　親暱　暱稱　彙｜匯　詞彙　彙集　匯聚　匯款

❷一種用薄竹片編成的器具，通常為圓形淺邊平底，用來養蠶或放東西 ◆ 蠶匾。

匾額

十部

⁰十

[shí ㄕˊ ㊣ sɐp⁹ 拾]

❶數目字，五加五的得數。大寫作“拾” ◆ 十指連心 / 十惡不赦 / 以一當十 / 十年樹木，百年樹人。❷完全；達到頂點 ◆ 十分滿意 / 十萬火急 / 信心十足 / 十全十美。

¹千

[qiān ㄑㄧㄢ ㊣ tsin¹ 遷]

❶數目字，十個一百等於一千。大寫作“仟” ◆ 在校學生一千二百餘人。❷形容數量多、時間長、距離遠等 ◆ 千家萬户 / 千方百計 / 千秋萬代 / 一失足成千古恨 / 智者千慮，必有一失；愚者千慮，必有一得。

²午

[wǔ ㄨˇ ㊣ ŋ̍⁵ 五]

❶地支的第七位 ◆ 子丑寅卯辰巳午未。❷午時：十二時辰之一，即上午的十一時至下午一時；泛指中午 ◆ 午飯 / 午睡 / 鋤禾日當午，汗滴禾下土。誰知盤中餐，粒粒皆辛苦。

✿ 圖見 109 頁。

²卅

[sà ㄙㄚˋ ㊣ sɐp⁸ 澀 / sa¹ 沙 (語)]

數目字，三十 ◆ “五卅” 慘案。

²升

[shēng ㄕㄥ ㊣ siŋ¹ 星]

❶提高；向上移動；跟“降”相對 ◆ 升級 / 升旗 / 提升 / 氣溫回升 / 一輪紅日從東方升起。❷舊時的容量單位，十升為一斗 ◆ 一升米。

³古

見口部，59頁。

³卉

[huì ㄏㄨㄟˋ ㊣ wɐi² 毀]

花草的總稱 ◆ 花卉。

³半

[bàn ㄅㄢˋ ㊣ bun³ 本³]

❶二分之一 ◆ 半個月 / 半身照 / 對半分 / 半身不遂 / 事倍功半。❷在中間 ◆ 半山腰 / 半途而廢 / 半路出家 / 白天不做虧心事，半夜不怕鬼叫門。❸不完全的 ◆ 半自動 / 半成品 / 半新不舊 / 半信半疑。❹形容少 ◆ 一知半解 / 一星半點 / 半句話也不説。

⁴早

見日部，198頁。

5**克** 見儿部，31頁。

6**卓**

[zhuó ㄓㄨㄛˊ ㊣粵 tsœk[8] 綽]
高超：不平凡 ◆ 卓越／卓絕／成績卓著／遠見卓識／卓爾不羣。

6**卑**

[bēi ㄅㄟ ㊣粵 bei[1] 悲]
❶ **地位低下** ◆ 卑賤／自卑／卑躬屈膝。❷ **品質低劣** ◆ 卑鄙無恥／卑劣行徑。

6**卒**

[zú ㄗㄨˊ ㊣粵 dzœt[7] 絀]
❶ **士兵** ◆ 一兵一卒／身先士卒／無名小卒。❷ **差役** ◆ 走卒／馬前卒。❸ **死亡** ◆ 病卒／生卒年不詳。❹ **終結；結束** ◆ 卒業。

6**協**（协）

[xié ㄒㄧㄝˊ ㊣粵 hip[8] 脅]
❶ **共同；一起** ◆ 協商／協議／協定／同心協力。❷ **幫助** ◆ 協助／協辦。❸ **配合；和諧** ◆ 協調／團結協作／鋼琴協奏曲。

7**南**

[nán ㄋㄢˊ ㊣粵 nam[4] 男]
方位名，早晨面向太陽時右手的一方；跟"北"相對 ◆ 南方／南風／南極／山南／走南闖北／南腔北調。
✿ 圖見 210 頁。

8**索** 見糸部，339頁。

9**乾** 見乙部，7頁。

9**率** 見玄部，282頁。

10**博**

[bó ㄅㄛˊ ㊣粵 bɔk[8] 搏]
❶ **廣；多；豐富** ◆ 博學／博愛／博覽羣書／知識淵博／地大物博。❷ **取得** ◆ 博得好評／博得滿堂掌聲。❸ **賭錢** ◆ 賭博。

11**準** 見水部，253頁。

12**兢** 見儿部，32頁。

卜部

0**卜**

〈一〉[bǔ ㄅㄨˇ ㊣粵 buk[7] 僕[7]]
❶ **占卜：預測吉凶的活動** ◆ 卜卦／問卜／未卜先知。❷ **估計；預料** ◆ 生死未卜。

〈二〉[bo ·ㄅㄛ ㊣粵 bak[9] 白]
❸ **"蔔"的簡化字，見386頁。**

2**卞**

[biàn ㄅㄧㄢˋ ㊣粵 bin[6] 辨]
姓。

十卜卩厂厶又

3 卡 卡卡卡卡 卡

〈一〉[qiǎ ㄑㄧㄚˇ ㊋ ka^1]
❶夾在中間 ◆ 魚刺卡在喉嚨裏/鋼絲被齒輪卡住了。❷夾東西的器具 ◆ 髮卡。❸在交通要道上設置的檢查站 ◆ 關卡/邊卡/哨卡。

〈二〉[kǎ ㄎㄚˇ ㊋ ka^1]
❹小而硬的紙卡 ◆ 卡片/賀年卡/信用卡/資料卡。❺熱量單位，卡路里的簡稱。

3 占 占占占占 占

〈一〉[zhān ㄓㄢ ㊋ dzim^1 尖]
❶占卜 ◆ 占卦。

〈二〉[zhàn ㄓㄢˋ ㊋ dzim^3 尖^3]
❷"佔"的簡化字，見 17 頁。

3 外

見夕部，96頁。

6 卦 卦卦卦卦卦卦 卦

[guà ㄍㄨㄚˋ ㊋ gwa^3 掛]
古代占卜用的符號 ◆ 八卦。

6 臥

見臣部，368頁。

卩 部

財

2 厄

見厂部，55頁。

3 叩

見口部，60頁。

3 卯 卯卯卯卯 卯

[mǎo ㄇㄠˇ ㊋ mau^5 矛^5]
❶地支的第四位 ◆ 子丑寅卯。❷卯時：十二時辰之一，即上午五時至七時。❸器物上安裝榫頭的孔眼 ◆ 卯眼。

✿ 圖見 109 頁。

4 印 印印印印印 印

[yìn ㄧㄣˋ ㊋ jɐn^3 因^3]
❶圖章 ◆ 印章/蓋印/帥印/印泥。❷把文字或圖畫印在紙上或器物上 ◆ 印刷/油印/印花布。❸痕跡 ◆ 手印/腳印/烙印。❹彼此符合 ◆ 印證/心心相印。

4 危 危危危危危 危

[wēi ㄨㄟ ㊋ ŋɐi^4 霓]
❶不安全；跟"安"相對 ◆ 危險/轉危為安/臨危不懼/乘人之危/居安思危。❷傷害；損害 ◆ 危害/危及生命財產。❸指人快要死了 ◆ 病危/生命垂危。❹高 ◆ 危樓百丈。❺端正 ◆ 正襟危坐。

5 卵 卵卵卵卵卵卵 卵

[luǎn ㄌㄨㄢˇ ㊋ lœn^2 論^2]
雌性生殖細胞；特指動物的蛋 ◆ 卵生/鳥卵/以卵擊石/危如纍卵/覆巢之下無完卵。

5 即 即即即即即即即 即

[jí ㄐㄧˊ ㊋ dzik^7 積]
❶馬上；就 ◆ 立即/當即/招之即來/一

觸即發／即以其人之道，還治其人之身。❷ **就是** ◆ 非此即彼／花城即廣州市。❸ **當；當前；當地** ◆ 即日起／即席發言／即景生情／成功在即。❹ **靠近** ◆ 若即若離／可望而不可即。

5 **却** "卻"的異體字，見本頁。

6 **卷** 卷卷卷卷卷卷 卷

〈一〉[juàn ㄐㄩㄢˋ ㊊ gyn² 捲]

❶ **書籍；字畫** ◆ 開卷有益／手不釋卷／巨幅畫卷／讀書破萬卷，下筆如有神。❷ **全書的一部分** ◆ 上卷／第三卷。❸ **印有試題的紙** ◆ 試卷／交卷／閱卷。❹ **分類存檔的文件** ◆ 卷宗／案卷。

〈二〉[juǎn ㄐㄩㄢˇ ㊊ gyn² 捲]

❺ "捲"的簡化字，見 178 頁。

6 **卸** 卸卸卸卸卸 卸

[xiè ㄒㄧㄝˋ ㊊ sɛ³ 瀉]

❶ **把東西取下來** ◆ 卸貨／卸妝／拆卸。❷ **解除；推脫** ◆ 卸任／推卸責任。

7 **卻**（却） 卻卻卻卻卻卻 卻

[què ㄑㄩㄝˋ ㊊ kœk⁸]

❶ **後退** ◆ 退卻／望而卻步。❷ **推辭；拒絕** ◆ 推卻／卻之不恭／盛情難卻。❸ **放在一個單音節動詞後，相當於"掉"、"了"的意思** ◆ 忘卻／冷卻／了卻一樁心事。❹ **表示語氣的轉折；可是** ◆ 話不多，卻耐人尋味／配角到齊了，主角卻不出席。

8 **卿** 卿卿卿卿卿卿 卿

[qīng ㄑㄧㄥ ㊊ hiŋ¹ 兄]

❶ **古代高級官員的名稱；現在用於某些外國官員名** ◆ 上卿／國務卿。❷ **古代君主對大臣、長輩對晚輩的稱呼** ◆ 愛卿。❸ **古代夫妻、朋友之間表示親密的稱呼** ◆ 卿卿我我。

9 **脚** 見肉部，363頁。

9 **御** 見彳部，146頁。

11 **腳** 見肉部，365頁。

厂部

2 **仄** 見人部，13頁。

2 **厄** 厄厄厄 厄

[è ㄜˋ ㊊ ak⁷/ŋak⁷ 握]

艱難；困苦 ◆ 困厄／厄運。

7 **厘** 厘厘厘厘厘厘 厘

[lí ㄌㄧˊ ㊊ lei⁴ 離]

❶ **公制計量單位，如厘米、厘升、厘克等。** ❷ **同"釐"字，見 459 頁。**

7 **厚** 厚厚厚厚厚厚 厚

[hòu ㄏㄡˋ ㊊ hɐu⁵ 口⁵]

❶ **扁平物體的上下兩面距離較大；跟"薄"**

焦點易錯字 卷｜券　試卷 手不釋卷　獎券 穩操勝券

相對 ◆ 厚鋼板 / 厚棉被 / 這本字典很厚。❷ **厚度** ◆ 五公分厚的木板 / 下了一尺厚的雪。❸ **深；重** ◆ 厚禮 / 深情厚意 / 寄予厚望 / 深厚的友誼。❹ **待人誠懇；不刻薄** ◆ 厚道 / 忠厚老實 / 待人寬厚。❺ **重視** ◆ 厚此薄彼 / 厚古薄今。❻ **濃** ◆ 酒味醇厚。

8 **原** 原 原 原 原 原 原 [原]

[yuán ㄩㄢˊ [粵] jyn^{4} 元]

❶ **最初的；本來的** ◆ 原始 / 原意 / 原籍 / 原封不動 / 原形畢露。❷ **未經加工的** ◆ 原油 / 原煤 / 原材料。❸ **寬容；諒解** ◆ 原諒 / 情有可原。❹ **寬廣平坦的地方** ◆ 原野 / 平原 / 草原 / 高原地帶。

9 **厠** "廁" 的異體字，見137頁。

10 **雁** 見隹部，478頁。

12 **厭** (厌) 厭 厭 厭 厭 厭 厭 [厭]

[yàn ㄧㄢˋ [粵] jim^{3} 掩^{3}]

❶ **不喜歡；憎惡** ◆ 厭惡 / 厭倦 / 討厭 / 不厭其煩。❷ **滿足** ◆ 貪得無厭 / 學而不厭，誨人不倦。

13 **厲** (厉) 厲 厲 厲 厲 厲 厲 [厲]

[lì ㄌㄧˋ [粵] lɐi^{6} 麗]

❶ **嚴格；嚴肅** ◆ 嚴厲 / 厲行節約 / 聲色俱厲。❷ **猛烈** ◆ 雷厲風行 / 變本加厲。

14 **歷** 見止部，232頁。

14 **曆** 見日部，203頁。

15 **壓** 見土部，94頁。

19 **贋** 見貝部，430頁。

厶部

2 **云** 見二部，9頁。

2 **公** 見八部，34頁。

2 **勾** 見勹部，49頁。

2 **允** 見儿部，31頁。

3 **去** 去 去 去 去 [去]

[qù ㄑㄩˋ [粵] hœy^{3} 許^{3}]

❶ **從所在地到別處；離開所在地；跟"來"相對** ◆ 不知去向 / 來去自由 / 一去不返 / 從香港去北京。❷ **距離** ◆ 兩地相去不遠 / 去今已有三十年。❸ **過去的；多指剛過去的一年** ◆ 去年 / 去冬今春。❹ **除掉** ◆ 去掉 / 去殼 / 去皮 / 去除 / 去偽存真。❺ **失掉** ◆ 大勢已去。❻ **離開** ◆ 去世 / 去職。❼ **表示動作的趨向或持續** ◆ 進去 / 上去 / 說下去。❽ **漢語聲調之一。現代漢語有四個聲調，即陰平、陽平、上聲、去聲，簡稱陰陽上去。**

3 **台** 見口部，60頁。

焦點易錯字 厲｜勵 嚴厲 再接再厲 激勵 勵精圖治

4**丟** 見一部，3頁。

4**牟** 見牛部，275頁。

5**矣** 見矢部，309頁。

5**私** 見禾部，319頁。

6**叁** 叁叁叁叁叁叁 叁

[sān ㄙㄢ 粵 sam¹ 衫]
數目字"三"的大寫。

9**參**(参) 參參參參參參 參

〈一〉[cān ㄘㄢ 粵 tsam¹ 慘¹]
❶ **加入** ◆ 參加/參與/參軍/參戰/參賽。❷ **進見；會見** ◆ 參拜/參見總統。❸ **查看；考察** ◆ 參考/參閱/參觀。

〈二〉[shēn ㄕㄣ 粵 sɐm¹ 心]
❹ **人參：一種貴重藥材。**

〈三〉[cēn ㄘㄣ 粵 tsɐm¹ 侵]
❺ **參差：長短、高低、大小等不齊** ◆ 參差不齊。

又部

0**又** 又 又

[yòu ㄧㄡˋ 粵 jɐu⁶ 右]
❶ **表示重複或繼續** ◆ 看了又看/一波未平，一波又起/山重水複疑無路，柳暗花明又一村。❷ **表示幾種情況或性質同時存在** ◆ 又高又大/又多又好/又要馬兒跑，又要馬兒不吃草。❸ **表示加重語氣** ◆ 天氣寒冷，又下着大雪/你又不是三歲的孩子！❹ **表示轉折** ◆ 既怕冷，又不願多穿衣服，自然要感冒了。❺ **表示整數之外再加上分數** ◆ 四又二分之一。

見古文字插頁1。

1**叉** 叉叉 叉

〈一〉[chā ㄔㄚ 粵 tsa¹ 差]
❶ **交錯** ◆ 交叉。❷ **頭上有分杈的器具** ◆ 叉子/魚叉/鋼叉。❸ **用叉子刺或挑起東西** ◆ 叉魚/叉稻草。

〈二〉[chǎ ㄔㄚˇ 粵 tsa¹ 差]
❹ **分開** ◆ 叉起兩腿。

2**友** 友友友 友

[yǒu ㄧㄡˇ 粵 jɐu⁵ 有]
❶ **朋友；有交情的人** ◆ 友情/親朋好友/良師益友/友誼地久天長。❷ **相好；親密** ◆ 友好/友善/友愛。❸ **有友好關係的** ◆ 友人/友邦/友軍。

見古文字插頁11。

2**反** 反反反 反

[fǎn ㄈㄢˇ 粵 fan² 返]
❶ **顛倒了的；相背的；跟"正"相對** ◆ 反常/反面/相反/違反/適得其反。❷ **不同意；對抗** ◆ 反對/反抗/反侵略/反走私。❸ **翻轉；回轉過來** ◆ 反省/易如反掌/反敗為勝/反客為主。❹ **背叛** ◆ 造反/反

叛。❺ **類推** ◆ 舉一反三。❻ **相當於"反而"** ◆ 聰明反被聰明誤。

2 及
及及及 及

[jí ㄐㄧˊ 粵 kɐp9 給9]

❶ **到；達到** ◆ 顧及／涉及／及格／由此及彼／危及生命財產的安全。❷ **趕上；比得上** ◆ 及時雨／望塵莫及／來得及時／桃花潭水深千尺，不及汪倫送我情。❸ **相當於"和"、"與"，用來連接並列的名詞性成分** ◆ 童話及寓言／老師、同學及家長。

見古文字插頁 12。

3 奴
見女部，101頁。

6 取
取取取取取取 取

[qǔ ㄑㄩˇ 粵 tsœy2 娶]

❶ **拿；拿回** ◆ 取款／領取／取行李／取回證件。❷ **得到** ◆ 取勝／取得經驗／取信於民／按勞取酬／自取滅亡。❸ **選擇；採用** ◆ 錄取／取材／取長補短／這辦法不可取／取之不盡，用之不竭。

6 叔
叔叔叔叔叔叔 叔

[shū ㄕㄨ 粵 suk7 縮]

❶ **父親的弟弟；跟父親同輩而年輕的男子** ◆ 叔叔／叔父／表叔／大叔。❷ **稱丈夫的弟弟** ◆ 小叔子。❸ **排行第三的** ◆ 伯仲叔季。

6 受
受受受受受受 受

[shòu ㄕㄡˋ 粵 sɐu6 授]

❶ **接收** ◆ 接受／受教育／行賄受賄／受人之託／受權發表聲明。❷ **得到；遭到** ◆ 受害／受表揚／受苦受難／受寵若驚／滿招損，謙受益。❸ **忍耐** ◆ 忍受／受不了。

7 叟
叟叟叟叟叟叟 叟

[sǒu ㄙㄡˇ 粵 sɐu2 手]

老頭兒 ◆ 童叟無欺。

7 叛
叛叛叛叛叛叛 叛

[pàn ㄆㄢˋ 粵 bun6 伴]

背離、出賣自己的一方，去投靠敵對的一方 ◆ 叛變／叛徒／背叛／叛國投敵／眾叛親離。

8 隻
見隹部，477頁。

9 曼
曼曼曼曼曼曼 曼

[màn ㄇㄢˋ 粵 man6 慢]

柔美 ◆ 輕歌曼舞。

16 雙
見隹部，479頁。

16 叢 (丛)
叢叢叢叢叢叢 叢

[cóng ㄘㄨㄥˊ 粵 tsuŋ4 松]

❶ **聚集** ◆ 叢林／雜草叢生。❷ **聚在一起的草木、事物或人羣** ◆ 草叢／樹叢／叢書／論叢／人叢裏走出一位年輕姑娘。

口部

0 口
口口 口

[kǒu ㄎㄡˇ 粵 hɐu2 侯2]

❶嘴 ◆ 口説無憑／病從口入／開口説話／有口難言／苦口良藥。❷指説話 ◆ 口才／口音／口氣。❸容器通外面的地方 ◆ 瓶口。❹出入通過的地方 ◆ 門口／港口／關口／入口處。❺破裂的地方 ◆ 裂口／創口／傷口／缺口。❻刀刃 ◆ 刀口／菜刀錈口了。❼量詞，多用於計算人口或有口的東西 ◆ 五口之家／一口井／一口鍋。

見古文字插頁 1。

1 中

見丨部，4頁。

2 古

古 古 古 古 古

[gǔ ㄍㄨˇ [粵] gu² 鼓]

❶年代久遠的；跟“今”相對 ◆ 古代／古老／古人／古跡／古往今來。❷指古代的事物 ◆ 考古／訪古／懷古。

2 右

右 右 右 右 右

[yòu ㄧㄡˋ [粵] jɐu⁶ 又]

方位名，如面向南時，則東面為左，西面為右；跟“左”相對 ◆ 右手／右邊／左右逢源／左顧右盼。

2 可

可 可 可 可 可

〈一〉[kě ㄎㄜˇ [粵] hɔ² 何²]

❶允許 ◆ 許可／認可。❷能夠 ◆ 可以／可大可小／由此可見／牢不可破／可望而不可即。❸值得 ◆ 可敬／可疑／可愛／可憐／難能可貴。❹適合 ◆ 可口／可心。❺表示轉折 ◆ 年紀雖小，志向可不小／文章不長，可內容豐富。❻表示疑問 ◆ 身體可好／你可曾去過北京？❼表示加強語氣 ◆ 我可沒有説／這下子可好了／這孩子可不簡單。

〈二〉[kè ㄎㄜˋ [粵] hɐk⁷ 克]

❽可汗：古代鮮卑、突厥、回紇、蒙古等族君主的稱號。

2 叵

叵 叵 叵 叵 叵

[pǒ ㄆㄛˇ [粵] pɔ² 頗]

不可 ◆ 居心叵測。

2 占

見卜部，54頁。

2 叮

叮 叮 叮 叮 叮

[dīng ㄉㄧㄥ [粵] diŋ¹ 丁]

❶蚊子等蟲類用針刺人 ◆ 蚊叮蟲咬。❷叮囑：再三囑咐 ◆ 媽媽叮囑我，過馬路要注意安全。❸叮嚀：再三囑咐 ◆ 千叮嚀，萬囑咐。❹叮噹：象聲詞 ◆ 叮噹作響。

2 只

只 只 只 只 只

〈一〉[zhǐ ㄓˇ [粵] dzi² 止]

❶僅。同“衹”字 ◆ 只有／只此一家／只知其一，不知其二／只見樹木，不見森林／不識廬山真面目，只緣身在此山中。

〈二〉[zhī ㄓ [粵] dzɛk⁸ 炙]

❷“隻”的簡化字，見477頁。

2 叭

叭 叭 叭 叭 叭

〈一〉[bā ㄅㄚ [粵] ba¹ 巴]

❶象聲詞 ◆ 叭的一聲。

〈二〉[ba ·ㄅㄚ [粵] ba¹ 巴]

❷喇叭。見“喇”字，75頁。

2 史

史 史 史 史 史

[shǐ ㄕˇ [粵] si² 屎]

❶記載過去事跡的書籍；歷史 ◆ 史書/史料/近代史/中國通史/名垂青史。❷古代掌管記載歷史的官 ◆ 左史/太史。

2 句
句 句 句 句 句

[jù ㄐㄩˋ ㊕ gœy³ 據]

❶由詞或詞組構成的能表達一個完整意思的話；句子 ◆ 造句/句意/語句通順/句與句之間的關係。❷量詞，用於語言 ◆ 一句話/三句話不離本行。

2 兄
見儿部，31頁。

2 叱
叱 叱 叱 叱 叱

[chì ㄔˋ ㊕ tsik⁷ 斥]

❶大聲責罵 ◆ 叱責/叱罵/呵叱。❷叱咤：發怒呼喊 ◆ 叱咤風雲。

2 司
司 司 司 司 司

[sī ㄙ ㊕ si¹ 斯]

❶掌管 ◆ 司法/司機/司儀/各司其職。❷國家機關內的一級行政部門 ◆ 教育司/政務司。

2 叩
叩 叩 叩 叩 叩

[kòu ㄎㄡˋ ㊕ kɐu³ 扣]

❶敲；打 ◆ 叩門。❷磕頭 ◆ 叩頭/叩拜/叩謝。

2 加
見力部，46頁。

2 另
另 另 另 另 另

[lìng ㄌㄧㄥˋ ㊕ liŋ⁶ 令]

別的；另外 ◆ 另一方面/另有安排/另行處理。

2 叨
叨 叨 叨 叨 叨

〈一〉[tāo ㄊㄠ ㊕ tou¹ 滔]

❶謙辭。受到 ◆ 叨教/叨擾/叨光。

〈二〉[dāo ㄉㄠ ㊕ tou¹ 滔]

❷叨叨：話多，說個沒完沒了 ◆ 別再叨叨了，煩死人了。

2 召
召 召 召 召 召

[zhào ㄓㄠˋ ㊕ dziu⁶ 趙]

呼喚；叫人來 ◆ 召喚/召集/號召/召開大會/召之即來，揮之即去。

2 叼
叼 叼 叼 叼 叼

[diāo ㄉㄧㄠ ㊕ diu¹ 刁]

用嘴銜住 ◆ 嘴裏叼着一支煙/狼叼走了一隻雞。

2 叫
叫 叫 叫 叫 叫

[jiào ㄐㄧㄠˋ ㊕ giu³ 嬌³]

❶動物發出聲音 ◆ 雞叫/喜鵲喳喳叫。❷呼喊 ◆ 叫喊/大聲呼叫/拍手叫好/叫天天不應，叫地地不靈。❸招呼；呼喚 ◆ 把大家叫來/有人叫你/快叫他起牀。❹稱為 ◆ 這叫纜車。❺使；讓；令 ◆ 叫人難以相信/定要叫沙漠變良田。

2 台
台 台 台 台 台

〈一〉[tái ㄊㄞˊ ㊕ tɔi⁴ 抬]

❶尊稱對方的詞 ◆ 台端/台鑒/兄台。❷高而平的建築物 ◆ 瞭望台/烽火台/亭台

焦點易錯字 叱 | 斥　叱罵 叱吒風雲　痛斥 充斥

樓閣／近水樓台先得月。❸**高出地面供講話、表演用的建築物** ◆ 講台／舞台／同台演出。❹**像台的東西** ◆ 陽台/窗台/炮台。❺**量詞** ◆ 一台戲/一台機器。❻**台灣省的簡稱** ◆ 港台。（❶－❻同"臺"字）❼"颱"的簡化字，見490頁。

〈二〉[tāi ㄊㄞ ㊣ tɔi⁴ 抬]
❽ 台州、天台山：地名，在浙江省。

3 吁

〈一〉[xū ㄒㄩ ㊣ hœy¹ 虛]
❶**歎氣** ◆ 長吁短歎。❷**象聲詞** ◆ 氣喘吁吁。

〈二〉[yù ㄩˋ ㊣ jy⁶ 預]
❸"籲"的簡化字，見335頁。

3 吐

〈一〉[tǔ ㄊㄨˇ ㊣ tou³ 兔]
❶**東西從嘴裏出來** ◆ 吐痰／春蠶吐絲。❷**説出** ◆ 吐露真情/吐字清晰/談吐文雅/傾吐衷腸。❸**露出；綻出** ◆ 麥子吐穗／棉桃吐絮／百花吐豔。

〈二〉[tù ㄊㄨˋ ㊣ tou³ 兔]
❹ **內臟裏的東西從嘴裏湧出** ◆ 吐血／嘔吐／上吐下瀉。❺ **被迫退還侵吞的財物** ◆ 吐出贓款。

3 吉

[jí ㄐㄧˊ ㊣ gɐt⁷ 桔]
❶ **表示幸運、順利；跟"凶"相對** ◆ 吉利／吉祥如意/凶多吉少/萬事大吉/逢凶化吉。❷ **表示喜慶、美好** ◆ 吉日良辰。❸ **吉林省的簡稱** ◆ 遼（寧）、吉、黑（龍江）。

3 扣

見手部，166頁。

3 吏

[lì ㄌㄧˋ ㊣ lei⁶ 利]
舊時官員的通稱 ◆ 小吏／貪官污吏。

3 吋

[cùn ㄘㄨㄣˋ ㊣ tsyn³ 寸]
英寸，長度單位，一英寸合2.54厘米。

3 同

〈一〉[tóng ㄊㄨㄥˊ ㊣ tuŋ⁴ 童]
❶ **一樣** ◆ 同樣／相同／同名同姓／不約而同/年年歲歲花相似，歲歲年年人不同。❷ **一起** ◆ 共同／一同／同甘共苦／同舟共濟／有福同享，有難同當。❸**跟"和"、"跟"用法相同** ◆ 同大家商量一下／孩子同他父親長得一般高。

〈二〉[tòng ㄊㄨㄥˋ ㊣ tuŋ⁴ 童]
❹"胡同"中"同"的讀音。

3 吊

[diào ㄉㄧㄠˋ ㊣ diu³ 釣]
❶**懸掛** ◆ 吊燈／吊車／提心吊膽。❷**收回** ◆ 吊銷牌照。❸**同"弔"字，見140頁。**

3 回

見口部，84頁。

3 吒

[zhā ㄓㄚ ㊣ dza¹ 楂]
古代神話中的人名用字 ◆ 哪吒鬧海。

3 **吃** 吃吃吃吃吃 吃

[chī ㄔ ⓨ hɛk8]

❶**把食物放到嘴裏嚼碎嚥下去** ◆ 吃飯/吃飽了/有吃有穿/不吃不喝。❷**承受；感受** ◆ 吃虧/吃重/吃一驚/吃不消/吃苦耐勞。❸**耗費** ◆ 很吃力。❹**消滅，多用於下棋或作戰** ◆ 跳馬吃炮/吃掉敵人一個團。

3 **向** 向向向向向 向

[xiàng ㄒㄧㄤˋ ⓨ hœŋ3 嚮]

❶**方向** ◆ 風向/航向/志向/趨向/暈頭轉向。❷**朝着；對着** ◆ 向東看/向前進/面向大海/努力向上。❸**偏向；偏袒** ◆ 做媽媽的總是向着孩子。❹**從來** ◆ 向來/一向如此。❺**"嚮" 的簡化字，見82頁。**

見古文字插頁13。

3 **后** 后后后后后 后

[hòu ㄏㄡˋ ⓨ hɐu6 後]

❶**帝王的妻子** ◆ 皇后/王后/母后。❷**"後" 的簡化字，見145頁。**

3 **合** 合合合合合 合

[hé ㄏㄜˊ ⓨ hɐp9 盒]

❶**使分開的東西閉上、收攏在一起** ◆ 合上眼/笑得合不攏嘴。❷**聚集；共同** ◆ 集合/合唱/聯合/同心合力/團結合作。❸**全** ◆ 合家歡聚。❹**相符** ◆ 符合/合適/合格/合情合理/正合我心意。❺**折算** ◆ 折合/五百克合一市斤。

3 **名** 名名名名名 名

[míng ㄇㄧㄥˊ ⓨ miŋ4 明]

❶**人、地、事物的稱呼** ◆ 名稱/名字/人名/書名/峯巒隨處改，行客不知名。❷**聲望；名聲** ◆ 出名/名望/聞名於世/名不虛傳。❸**有聲望的；出名的** ◆ 名人/名醫/名著/名山大川/名勝古跡。❹**説出** ◆ 莫名其妙/不可名狀。❺**擁有** ◆ 不名一文。❻**量詞，用於指稱人** ◆ 三名學生/數名代表。

3 **各** 各各各各各 各

[gè ㄍㄜˋ ⓨ gɔk8 角]

❶**每個** ◆ 各個/各地/各族人民/各有所長/各有千秋/各得其所。❷**彼此不相同的** ◆ 各式各樣。

3 **吆** **"吆" 的異體字，見本頁。**

3 **如** **見女部，101頁。**

3 **吆** 吆吆吆吆吆 吆

[yāo ㄧㄠ ⓨ jiu1 腰]

吆喝：大聲喊叫 ◆ 小販的吆喝聲不斷。

4 **吞** 吞吞吞吞吞吞 吞

[tūn ㄊㄨㄣ ⓨ tɐn1]

❶**整個嚥下去** ◆ 狼吞虎嚥/吞雲吐霧/囫圇吞棗/人心不足蛇吞象。❷**兼併；佔為己有** ◆ 侵吞/獨吞/吞併。

4 **杏** **見木部，208頁。**

4 **呆** 呆呆呆呆呆呆 呆

[dāi ㄉㄞ ⓨ ŋɔi4 外4]

❶**死板；不靈活** ◆ 呆板/目瞪口呆。❷

焦點易錯字 名 | 明　名譽 莫名其妙　明智 明察秋毫

傻；愚笨。同"獃"字 ◆ 呆子/痴呆/呆若木雞。❸ 停留。同"待"字 ◆ 呆在家裏/在這裏呆了一個月。

4 吱

吱吱吱吱吱吱 吱

〈一〉[zhī ㄓ 粵 dzi¹ 支]

❶ 象聲詞 ◆ 嘎吱一聲/只聽見吱的一聲。

〈二〉[zī ㄗ 粵 dzi¹ 支]

❷ 象聲詞，多用來形容小動物的叫聲 ◆ 老鼠吱吱地叫。

4 吾

吾吾吾吾吾吾 吾

[wú ㄨˊ 粵 ŋ̍⁴ 吳]

我；我的 ◆ 吾日三省吾身/老吾老以及人之老，幼吾幼以及人之幼。

4 否

否否否否否否 否

〈一〉[fǒu ㄈㄡˇ 粵 fɐu² 阜²]

❶ 不同意；不承認 ◆ 否定/否認/否決。❷ 不 ◆ 是否（等於"是不是"）/能否（等於"能不能"）。

〈二〉[pǐ ㄆㄧˇ 粵 pei⁵ 婢/pei² 鄙（語）]

❸ 壞；惡 ◆ 否極泰來。❹ 貶斥 ◆ 臧否人物。

4 吠

吠吠吠吠吠吠 吠

[fèi ㄈㄟˋ 粵 fɐi⁶ 廢⁶]

狗叫 ◆ 狂吠/柴門聞犬吠，風雪夜歸人。

4 呀

呀呀呀呀呀呀 呀

〈一〉[yā ㄧㄚ 粵 a¹ 鴉]

❶ 歎詞，表示驚異 ◆ 呀，你怎麼也來了！❷ 象聲詞 ◆ 門"呀"的一聲打開了。

〈二〉[ya ·ㄧㄚ 粵 a³ 亞]

❸ 句末語氣詞 ◆ 快來呀！/說得對呀！

4 足

見足部，433頁。

4 吵

吵吵吵吵吵吵 吵

[chǎo ㄔㄠˇ 粵 tsau² 炒]

❶ 發生口角 ◆ 吵嘴/吵架/爭吵。❷ 聲音嘈雜；打擾人 ◆ 吵鬧/吵得人頭痛/把孩子吵醒了。

4 吶（呐）

吶吶吶吶吶吶 吶

[nà ㄋㄚˋ 粵 nap⁹ 納]

吶喊：大聲呼喊 ◆ 搖旗吶喊。

4 告

告告告告告告 告

[gào ㄍㄠˋ 粵 gou³ 誥]

❶ 說出來讓別人知道 ◆ 告訴/報告/奔走相告。❷ 揭發；提起訴訟 ◆ 告發/告狀/控告。❸ 請求 ◆ 告饒/告老還鄉。❹ 宣佈；表示 ◆ 告辭/告終/宣告成立/自告奮勇/大功告成。

4 呈（呈）

呈呈呈呈呈呈 呈

[chéng ㄔㄥˊ 粵 tsiŋ⁴ 情]

❶ 顯出 ◆ 呈現。❷ 恭敬地送上 ◆ 呈報/呈獻/謹呈。❸ 下級給上級的公文 ◆ 呈文/辭呈。

4 呂（吕）

呂呂呂呂呂呂 呂

[lǚ ㄌㄩˇ 粵 lœy⁵ 旅]

姓。

4 吟

[yín ㄧㄣˊ 粵 jɐm4 淫]

用高低快慢的聲調，有節奏有感情地誦讀 ◆ 吟誦／吟詩作畫／反覆吟詠／熟讀唐詩三百首，不會吟詩也會吟。

4 含

[hán ㄏㄢˊ 粵 hɐm4 酣]

❶ **東西放在嘴裏，不吐也不吞下去** ◆ 含一口水／嘴裏含着一顆橄欖。❷ **裏面存在着** ◆ 包含／含意／含量／含有水分／含淚告別。❸ **帶有；懷有** ◆ 含笑／含怒／含羞／含冤受屈／含情脈脈。

4 吩

[fēn ㄈㄣ 粵 fɐn1 分]

吩咐：囑咐；口頭指示、交代 ◆ 母親吩咐我，出門要注意交通安全／不要忘記老師的吩咐。

4 吹

[chuī ㄔㄨㄟ 粵 tsœy1 催]

❶ **撮起嘴唇用力出氣** ◆ 吹喇叭／吹汽球／吹口哨／把燈吹滅／牧童歸去橫牛背，短笛無腔信口吹。❷ **空氣流動** ◆ 北風吹／風吹草動／春風吹拂大地／野火燒不盡，春風吹又生。❸ **說大話** ◆ 吹牛／自吹自擂／自我吹噓。❹ **不成功** ◆ 婚事告吹／這個計劃吹了。

4 吸

[xī ㄒㄧ 粵 kɐp7 級]

❶ **把氣引入鼻腔；跟"呼"相對** ◆ 吸氣／呼吸。❷ **把氣或液體引入口腔** ◆ 吸食／吸吮／吸管／禁止吸煙。❸ **吸收** ◆ 吸水紙／吸塵器／吸取教訓。❹ **引來** ◆ 吸引／吸鐵石。

4 吻

[wěn ㄨㄣˇ 粵 mɐn5 敏]

❶ **嘴唇** ◆ 接吻。❷ **用嘴唇接觸表示親熱、喜愛** ◆ 吻一下。❸ **說話的語氣態度** ◆ 口吻。

4 言

見言部，411頁。

4 吝

[lìn ㄌㄧㄣˋ 粵 lœn6 論]

捨不得；小氣；過分愛惜 ◆ 吝嗇／吝惜／不吝賜教。

4 吭

〈一〉[háng ㄏㄤˊ 粵 hɔŋ4 航]

❶ **喉嚨** ◆ 引吭高歌。

〈二〉[kēng ㄎㄥ 粵 hɐŋ1 亨]

❷ **出聲；說話** ◆ 一聲不吭。

4 局

見尸部，121頁。

4 邑

見邑部，452頁。

4 君

[jūn ㄐㄩㄣ 粵 gwɐn1 軍]

❶ **國王；皇帝** ◆ 國君／君主／君王／暴君。❷ **對別人的尊稱** ◆ 諸君／趙君／與君一席話，勝讀十年書／君看一葉舟，出沒風波

焦點易錯字 吸 | 汲　吸引　吸收知識　汲水

裏。❸君子：指人格高尚的人；跟“小人”相對 ◆ 偽君子 / 君子動口不動手 / 以小人之心度君子之腹。

4呎 呎呎呎呎呎呎 呎

[chǐ ㄔˇ 粵 tsɛk8 尺]
英尺，長度單位，一英尺合 0.3048 米。

4吧 吧吧吧吧吧吧 吧

〈一〉[bā ㄅㄚ 粵 ba1 巴]
❶象聲詞 ◆ 只聽得吧的一聲。
〈二〉[bɑ ·ㄅㄚ 粵 ba6 罷]
❷放在句末，表示商量、推測、命令等語氣 ◆ 你去吧，好嗎？/ 今天該不會下雨吧！/快走吧！❸放在句中，表示停頓，並含有假設的意思 ◆ 告訴他吧，怕他傷心；不告訴他吧，早晚他也會知道。

4吮 吮吮吮吮吮吮 吮

[shǔn ㄕㄨㄣˇ 粵 syn5 船5]
用嘴吸 ◆ 吸吮 / 吮乳。

4吳(呉) 吳吳吳吳吳吳 吳

[wú ㄨˊ 粵 ŋ4 吾]
古代國名。後來也指江蘇、浙江一帶，所以江浙一帶的方言稱吳方言 ◆窗含西嶺千秋雪，門泊東吳萬里船。

4吼 吼吼吼吼吼吼 吼

[hǒu ㄏㄡˇ 粵 hɐu3 口3/hɐu2 口]
猛獸大聲叫；泛指大聲呼叫 ◆ 獅吼/吼叫/狂風怒吼 / 大聲吼斥。

5味 味味味味味味 味

[wèi ㄨㄟˋ 粵 mei6 未]
❶口嘗鼻聞所得的感覺 ◆ 味道 / 甜味 / 香味 / 氣味 / 有滋味。❷有滋味的食品；菜肴 ◆ 野味 / 山珍海味 / 美味佳肴。❸情趣；意味 ◆ 趣味 / 文章枯燥無味 / 看得津津有味。❹體會；揣摩 ◆ 體味 / 品味詩文 / 細細玩味。❺量詞，用於中藥 ◆ 由十幾味藥配置而成。

5咕 咕咕咕咕咕咕 咕

[gū ㄍㄨ 粵 gu1 姑]
象聲詞 ◆ 咕咚一聲 / 咕嘟一口。

5呵 呵呵呵呵呵呵 呵

[hē ㄏㄜ 粵 hɔ1 苛]
❶大聲斥責 ◆ 呵斥。❷哈氣 ◆ 呵氣 / 一氣呵成。❸歎詞，表示驚訝 ◆ 呵，想不到你會彈琴。❹象聲詞 ◆ 笑呵呵 / 樂呵呵。

5呸 呸呸呸呸呸呸 呸

[pēi ㄆㄟ 粵 pei1 披]
唾罵聲，表示斥責或看不起對方 ◆ 呸！真不要臉。

5奇

見大部，99頁。

5尚

見小部，119頁。

5咀 咀咀咀咀咀咀 咀

[jǔ ㄐㄩˇ 粵 dzœy2 嘴]
細細嚼碎 ◆ 咀嚼。

焦點易錯字 咀 | 嘴　咀嚼 咀咒　嘴巴 鬥嘴

口口土士夂夕

5**呻** 呻呻呻呻呻呻 呻

[shēn ㄕㄣ ⓨ sɐn1 申]

呻吟：病痛時發出的聲音 ◆ 無病呻吟。

5**咒** 咒咒咒咒咒咒 咒

[zhòu ㄓㄡˋ ⓨ dzɐu3 奏]

❶ **宗教或巫術中用來驅鬼、消災或降禍的語句** ◆ 符咒/唸咒。❷ **用惡毒的話罵人，希望別人遭難** ◆ 咒罵/詛咒。❸ **發誓的話** ◆ 賭咒。

5**咋** 咋咋咋咋咋咋 咋

〈一〉[zǎ ㄗㄚˇ ⓨ dza2 渣2]

❶ **怎麼** ◆ 咋辦/究竟咋樣。

〈二〉[zé ㄗㄜˊ ⓨ dzak8 責/dzak9 宅]

❷ **咋舌：形容害怕，吃驚，説不出話。**

5**和** 和和和和和和 和

〈一〉[hé ㄏㄜˊ ⓨ wɔ4 禾]

❶ **協調；相處、配合得好** ◆ 和睦/和諧/和衷共濟/家和萬事興。❷ **溫順；不粗暴；不激烈** ◆ 和顏悦色/和藹可親/心平氣和/風和日麗/態度溫和。❸ **平息爭端** ◆ 和解/和談/握手言和。❹ **不分勝負** ◆ 和棋/和局。❺ **連帶着** ◆ 和衣而卧/和盤托出。❻ **幾個數目加起來的總數** ◆ 和數/五加五的和是十。❼ **連詞，表示並列、聯合** ◆ 老師和學生。❽ **介詞，表示相關** ◆ 你和老師説一聲/我和你一起玩。

〈二〉[huó ㄏㄨㄛˊ ⓨ wɔ6 禍]

❾ **在粉狀物中加水攪拌揉弄，使有黏性** ◆ 和麪/和泥。

〈三〉[huò ㄏㄨㄛˋ ⓨ wɔ6 禍]

❿ **混合；攪拌** ◆ 和藥/豆沙裏和點桂花糖更香。

〈四〉[hè ㄏㄜˋ ⓨ wɔ6 禍]

⓫ **跟着唱或説** ◆ 隨聲附和/一唱一和/曲高和寡。⓬ **依照別人詩詞的內容和形式創作詩詞** ◆ 和詩一首。

5**知** 見矢部，309頁。

5**咐** 咐咐咐咐咐咐 咐

[fu ·ㄈㄨ ⓨ fu3 富]

吩咐。見"吩"字，64頁。

5**呱** 呱呱呱呱呱呱 呱

〈一〉[guā ㄍㄨㄚ ⓨ gwa1 瓜]

❶ **象聲詞** ◆ 呱嗒一聲/鴨子呱呱地叫。

〈二〉[gū ㄍㄨ ⓨ gu1 孤/wa1 蛙]

❷ **呱呱：形容嬰兒的哭聲** ◆ 呱呱墮地。

5**命** 命命命命命命 命

[mìng ㄇㄧㄥˋ ⓨ miŋ6 明6]

❶ **生命** ◆ 性命/喪命/長命百歲/相依為命/救人一命，勝造七級浮屠。❷ **人一生中生死、貧富、禍福等遭遇** ◆ 命運/算命/命中注定/聽天由命。❸ **上級對下級的指示、委派** ◆ 命令/奉命/任命/遵命/將在外，君命有所不受。❹ **給予** ◆ 命名/命題作文。

5**呼** 呼呼呼呼呼呼 呼

[hū ㄏㄨ ⓨ fu1 膚]

❶ **向外吐氣；跟"吸"相對** ◆ 一呼一吸/呼着粗氣。❷ **喊；叫喚** ◆ 呼喊/呼救/歡呼

雀躍／大聲疾呼／呼風喚雨。❸ **象聲詞** ◆ 呼哧一聲／北風呼呼地吹。

5 **周**（周） 周 周 周 周 周 周 周

[zhōu ㄓㄡ ㊥ dzɐu¹ 舟]

❶ **物體的外圍** ◆ 周圍／四周／圓周／運動員繞場一周。❷ **全；普遍** ◆ 周身發癢／眾所周知。❸ **完備；細緻** ◆ 周密／周到／考慮不周。❹ **時間的一輪；特指一個星期** ◆ 周年／周歲／周期。❺ **繞一圈；循環** ◆ 周而復始。❻ **接濟** ◆ 周濟。❼ **朝代名** ◆ 夏、商、周／東周／西周。（❹❺同"週"）

5 **咚** 咚 咚 咚 咚 咚 咚 咚

[dōng ㄉㄨㄥ ㊥ duŋ¹ 冬]

象聲詞 ◆ 咕咚一聲／咚咚咚的敲門聲。

5 **咎** 咎 咎 咎 咎 咎 咎 咎

[jiù ㄐㄧㄡˋ ㊥ gɐu³ 究]

❶ **過錯；罪過** ◆ 咎由自取／引咎辭職。❷ **責備；怪罪** ◆ 既往不咎。

5 **咆** 咆 咆 咆 咆 咆 咆 咆

[páo ㄆㄠˊ ㊥ pau⁴ 刨]

咆哮：原指猛獸怒吼，也形容人在發怒時大聲叫喊或水流的奔騰轟鳴 ◆ 咆哮如雷／黃河在咆哮。

5 **咏** **"詠"的異體字，見414頁。**

5 **呢** 呢 呢 呢 呢 呢 呢 呢

〈一〉[ní ㄋㄧˊ ㊥ nei⁴ 尼]

❶ **一種毛織品** ◆ 呢絨／花呢／呢大衣。

〈二〉[ne ·ㄋㄜ ㊥ nɛ¹]

❷ **語氣詞，用在句中表示停頓，放在句末表示疑問、肯定或動作正在進行等語氣** ◆ 怎麼辦呢？／多着呢！／在說話呢！

5 **咄** 咄 咄 咄 咄 咄 咄 咄

[duō ㄉㄨㄛ ㊥ dœt⁷/dzyt⁸ 啜]

咄咄：表示驚訝或感慨 ◆ 咄咄怪事／咄咄逼人。

5 **咖** 咖 咖 咖 咖 咖 咖 咖

〈一〉[kā ㄎㄚ ㊥ ga³ 駕]

❶ **咖啡：一種熱帶植物，種子研碎、焙炒後成咖啡粉，可做飲料** ◆ 非洲盛產咖啡／咖啡味／咖啡館。

〈二〉[gā ㄍㄚ ㊥ ga³ 駕]

❷ **咖喱：一種用胡椒、姜黃、茴香等粉末合成的調味品，味香，略帶辣味** ◆ 咖喱牛肉／咖喱雞塊。

6 **哐** 哐 哐 哐 哐 哐 哐 哐

[kuāng ㄎㄨㄤ ㊥ hɔŋ¹ 康]

象聲詞 ◆ 哐的一聲，茶杯掉在地上了。

6 **哇** 哇 哇 哇 哇 哇 哇 哇

〈一〉[wā ㄨㄚ ㊥ wa¹ 蛙]

❶ **形容孩子的哭聲** ◆ 孩子哇地一聲哭了起來。

〈二〉[wa ·ㄨㄚ ㊥ wa¹ 蛙]

❷ **語氣詞，同"啊"字** ◆ 你好哇。

6 **哉** 哉 哉 哉 哉 哉 哉 哉

[zāi ㄗㄞ ㊥ dzɔi¹ 災]

焦點易錯字 周｜週 周圍 周詳 週刊 週會 ｜ 咎｜疚 咎由自取 既往不咎 內疚 悔疚

語氣語，表示感歎、疑問或反問 ◆ 嗚呼哀哉／何足道哉／豈有他哉。

6 哄

哄 哄 哄 哄 哄 哄 哄

〈一〉[hōng ㄏㄨㄥ 粵 huŋ6 閧]
❶ 許多人同時發出聲音；人聲嘈雜 ◆ 哄笑／亂哄哄／哄堂大笑。
〈二〉[hǒng ㄏㄨㄥˇ 粵 huŋ6 閧]
❷ 用假話騙人 ◆ 哄騙／你別哄我了。❸ 用話語或行動逗引人 ◆ 哄孩子。
〈三〉[hòng ㄏㄨㄥˋ 粵 huŋ6 閧]
❹“閧”的簡化字，見500頁。

6 哂

哂 哂 哂 哂 哂 哂 哂

[shěn ㄕㄣˇ 粵 tsɐn2 診]
微笑 ◆ 敬請哂納／聊博一哂。

6 咸

咸 咸 咸 咸 咸 咸 咸

[xián ㄒㄧㄢˊ 粵 ham4 函]
全；都 ◆ 老少咸宜。

6 咧

咧 咧 咧 咧 咧 咧 咧

[liě ㄌㄧㄝˇ 粵 lit9 列]
嘴向兩旁微斜着張開 ◆ 咧着嘴笑／齜牙咧嘴。

6 咦

咦 咦 咦 咦 咦 咦 咦

[yí ㄧˊ 粵 ji2 倚]
歎詞，表示驚訝 ◆ 咦，你怎麼不參加比賽？

6 哎

哎 哎 哎 哎 哎 哎 哎

〈一〉[āi ㄞ 粵 ai1 唉]
❶ 歎詞，表示驚訝、不滿或提醒等 ◆ 哎，真了不起／哎，你又遲到了／哎，該你上場了。
〈二〉[ǎi ㄞˇ 粵 ɔi2 藹]
❷ 歎詞，表示不滿或不同意 ◆ 哎，這就是你的不對了。
〈三〉[ài ㄞˋ 粵 ɔi2 藹]
❸ 歎詞，表示懊惱或惋惜 ◆ 哎，早知如此，何必當初/哎，真倒霉！❹ 歎詞，表示答應或同意 ◆ 哎，我馬上就去／哎，你去吧。

6 品

品 品 品 品 品 品 品

[pǐn ㄆㄧㄣˇ 粵 bɐn2 稟]
❶ 物品 ◆ 成品/商品/獎品/禮品/工藝品。❷ 等級 ◆ 上品／次品／一等品。❸ 種類 ◆ 品種／品類。❹ 性質；本質 ◆ 品質／人品／品德／品行／品學兼優。❺ 體察、辨別好壞、優劣 ◆ 品評／品嘗／品茶／評頭品足。

6 咽

咽 咽 咽 咽 咽 咽 咽

〈一〉[yān ㄧㄢ 粵 jin1 煙]
❶ 消化和呼吸的共同通道，在鼻腔、口腔和喉嚨的後方，分別稱為鼻咽、口咽和喉咽 ◆ 咽喉炎／鼻咽癌。
〈二〉[yè ㄧㄝˋ 粵 jit8 噎]
❷ 因悲傷而聲音阻塞 ◆ 嗚咽／哽咽。
〈三〉[yàn ㄧㄢˋ 粵 jin3 燕]
❸ 同“嚥”字，見 82 頁。

6 咱

咱 咱 咱 咱 咱 咱 咱

[zán ㄗㄢˊ 粵 dza1 渣]
我；我們 ◆ 咱一個人不敢去／咱村裏有一所小學／咱們都是好朋友。

6 哈

哈哈哈哈哈哈 [哈]

〈一〉[hā ㄏㄚ [粵] ha^1 蝦]

❶ **張嘴呼氣** ◆ 哈氣。❷ **形容笑聲** ◆ 笑哈哈／哈哈大笑。❸ **稍稍彎腰** ◆ 點頭哈腰。

〈二〉[hǎ ㄏㄚˇ [粵] ha^1 蝦]

❹ **哈達：藏族、蒙古族用來表示敬意或祝賀的白色絲巾或紗巾** ◆ 獻哈達。

6 咯

咯咯咯咯咯咯 [咯]

〈一〉[gē ㄍㄜ [粵] gɔk^7 各^7]

❶ **象聲詞** ◆ 咯吱一聲。

〈二〉[kǎ ㄎㄚˇ [粵] hak^8 客]

❷ **吐** ◆ 咯血。

〈三〉[lo ·ㄌㄛ [粵] lɔ^1 囉]

❸ **語氣詞，表示肯定** ◆ 這就對咯！

6 哆

哆哆哆哆哆哆 [哆]

[duō ㄉㄨㄛ [粵] dɔ^1 多]

哆嗦：發抖 ◆ 兩手直哆嗦。

6 咬

咬咬咬咬咬咬 [咬]

[yǎo ㄧㄠˇ [粵] ŋau^5 肴^5]

❶ **用牙齒夾住或切碎東西** ◆ 咬斷／咬碎／咬住不放／狗咬呂洞賓，不識好心人／一朝被蛇咬，十年怕井繩。❷ **比喻話説定了不再改變** ◆ 一口咬定。❸ **讀字音** ◆ 咬字清楚。❹ **指推敲文字** ◆ 咬文嚼字。

6 哀

哀哀哀哀哀哀 [哀]

[āi ㄞ [粵] ɔi^1/ŋɔi^1 埃]

❶ **悲痛** ◆ 悲哀／哀愁／哀號／節哀順變／喜怒哀樂。❷ **悼念** ◆ 哀悼／默哀／奏哀樂。❸ **苦苦地** ◆ 哀求。

6 咨

咨咨咨咨咨咨 [咨]

[zī ㄗ [粵] dzi^1 支]

商量；詢問 ◆ 咨詢。

6 亭

見亠部，11頁。

6 咳

咳咳咳咳咳咳 [咳]

〈一〉[ké ㄎㄜˊ [粵] kɔi^3 概/kɐt^7（語）]

❶ **咳嗽：喉部或氣管受刺激而把吸入的氣急呼出，聲帶振動發聲** ◆ 百日咳／止咳化痰。

〈二〉[hāi ㄏㄞ [粵] hai^1 揩]

❷ **歎詞，表示惋惜、後悔或呼喚等** ◆ 咳！真可惜／咳！快走啊。

6 咩

咩咩咩咩咩咩 [咩]

[miē ㄇㄧㄝ [粵] mɛ^1]

羊叫的聲音。

6 咪

咪咪咪咪咪咪 [咪]

[mī ㄇㄧ [粵] mɐi^1 米^1/mei^1 微^1]

❶ **貓叫聲** ◆ 小貓咪咪叫。❷ **微笑的樣子** ◆ 笑咪咪。

6 客

見宀部，113頁。

6 咫

咫咫咫咫咫咫 [咫]

[zhǐ ㄓˇ [粵] dzi^2 止]

❶ **古代的長度單位，八寸為一咫。** ❷ **咫尺：形容很近的距離** ◆ 咫尺天涯／近在咫尺。

7 唇 唇唇唇唇唇唇 唇

[chún ㄔㄨㄣˊ 粵 sœn4 純]

嘴唇 ◆ 唇膏 / 唇齒相依 / 唇亡齒寒 / 唇槍舌劍。

7 哀 見衣部，404頁。

7 哧 哧哧哧哧哧哧 哧

[chī ㄔ 粵 tsik8 赤]

象聲詞 ◆ 哧哧地笑 / 噗哧一聲。

7 哮 哮哮哮哮哮哮 哮

[xiào ㄒㄧㄠˋ 粵 hau1 敲]

❶ 吼叫 ◆ 咆哮。❷ 氣喘 ◆ 哮喘。

7 哺 哺哺哺哺哺哺 哺

[bǔ ㄅㄨˇ 粵 bou6 步]

餵；餵養 ◆ 哺乳 / 哺育 / 嗷嗷待哺。

7 哽 哽哽哽哽哽哽 哽

[gěng ㄍㄥˇ 粵 gɐŋ2 梗]

❶ 因悲傷而使聲氣阻塞 ◆ 哽咽。❷ 食物堵住喉嚨 ◆ 別吃那麼快，小心哽着。

7 哥 哥哥哥哥哥哥 哥

[gē ㄍㄜ 粵 gɔ1 歌]

❶ 稱同父母或親族中同輩而年齡比自己大的男子 ◆ 哥哥 / 大哥 / 二哥 / 表哥。❷ 對年齡稍長的男子的敬稱 ◆ 張大哥 / 李大哥。

7 哲 哲哲哲哲哲哲 哲

[zhé ㄓㄜˊ 粵 dzit8 節]

❶ 有智慧 ◆ 哲人。❷ 有智慧的人 ◆ 先哲。

7 哨 哨哨哨哨哨哨 哨

[shào ㄕㄠˋ 粵 sau3 梢3]

❶ 巡邏、警戒防守的崗位 ◆ 哨兵 / 站崗放哨 / 前哨陣地 / 邊防哨所。❷ 哨子：一種能吹出響聲的器具，在人員集合或某些體育比賽時使用 ◆ 吹哨子 / 哨子一響，全體集合。❸ 用嘴吹出聲音 ◆ 口哨 / 吹口哨。

7 員 (员) 員員員員員員 員

〈一〉[yuán ㄩㄢˊ 粵 jyn4 元]

❶ 團體裏的人 ◆ 成員 / 會員 / 隊員。❷ 工作或學習的人 ◆ 職員 / 船員 / 演員 / 學員 / 工作人員。❸ 周圍 ◆ 幅員遼闊。❹ 量詞，多用於武將 ◆ 一員猛將。

〈二〉[yùn ㄩㄣˋ 粵 wɐn6 運]

❺ 姓。

7 唄 (呗) 唄唄唄唄唄唄 唄

[bei ·ㄅㄟ 粵 bai6 敗]

表示承認、勉強同意或讓步等語氣 ◆ 疼愛唄 / 去就去唄。

7 哩 哩哩哩哩哩哩 哩

〈一〉[li ·ㄌㄧ 粵 lɛ1]

❶ 用在句末，表示肯定的語氣，相當於"呢" ◆ 多着哩。

〈二〉[lī ㄌㄧ 粵 li1]

❷ 哩哩啦啦：形容零零散散或斷斷續續的樣子 ◆ 濛濛細雨哩哩啦啦下個不停。

焦點易錯字 哲 | 晢 | 晰 哲學 聖哲 白晢 明晰 清晰可見

口囗土士夂夕

7 哭

[kū ㄎㄨ [粵] huk^{7} 酷^{7}]

因痛苦悲傷或激動而流淚發聲；跟“笑”相對 ◆ 哭泣 / 哭哭啼啼 / 痛哭流涕 / 欲哭無淚。

7 哦

〈一〉[ó ㄛˊ [粵] ɔ^{4} 柯^{4}]

❶**語氣詞，表示疑問或驚訝** ◆ 哦，他也出國留學去了？/ 哦，舞跳得真好！

〈二〉[ò ㄛˋ [粵] ɔ^{6} 柯^{6}]

❷**歎詞，表示醒悟** ◆ 哦，原來如此！

7 唁

[yàn ㄧㄢˋ [粵] jin^{6} 現]

對遭遇喪事的人表示慰問 ◆ 弔唁 / 唁電。

7 高

見高部，499頁。

7 哼

[hēng ㄏㄥ [粵] hɐŋ^{7} 亨]

❶ **從鼻孔裏發出的聲音，表示痛苦、憤怒或瞧不起等** ◆ 痛得直哼哼 / 強忍疼痛，一聲不哼 / 哼，別理他 / 哼，這算甚麼本事。

❷**低聲唱** ◆ 哼着小曲。

7 唐

[táng ㄊㄤˊ [粵] tɔŋ^{4} 堂]

朝代名 ◆ 唐朝 / 唐代詩人李白。

7 宮

見宀部，114頁。

7 害

見宀部，114頁。

7 容

見宀部，114頁。

7 唧

[jī ㄐㄧ [粵] dzit^{7} 即]

❶ **抽水或射水** ◆ 用唧筒唧水。❷ **形容説話聲或蟲鳴聲** ◆ 唧咕 / 唧唧喳喳 / 小蟲兒唧唧地叫個不停。

7 哪

〈一〉[nǎ ㄋㄚˇ [粵] na^{5} 那]

❶ **疑問代詞** ◆ 哪個 / 哪位 / 哪些 / 哪裏。

❷**相當於“甚麼”；任何** ◆ 無論哪裏，都有他的朋友。❸**表示反問** ◆ 不下功夫，哪能學好語文？

〈二〉[něi ㄋㄟˇ [粵] na^{5} 那]

❹**“哪”和“一”的合音，但指數量時不限於一** ◆ 哪年 / 哪月 / 哪所學校。

〈三〉[na ˙ㄋㄚ [粵] na^{1} 那^{1}]

❺**用在句末，表示語氣** ◆ 快來看哪 / 要小心哪。

〈四〉[né ㄋㄜˊ [粵] na^{4} 拿/nɔ^{4} 儺]

❻ **哪吒：中國古代神話中的人名** ◆ 哪吒鬧海。

7 唉

〈一〉[āi ㄞ [粵] ai^{1}/ŋai^{1} 挨]

❶**表示答應或歎息的聲音** ◆ 唉，我馬上就來 / 唉聲歎氣。

〈二〉[ài ㄞˋ [粵] ai^{1}/ŋai^{1} 挨]

❷**歎詞，表示失望、同情、惋惜等** ◆ 唉！又上當了 / 唉！太可惜了。

7 唆

[suō ㄙㄨㄛ [粵] sɔ^{1} 梳]

❶ 指使、挑動別人做壞事 ◆ 唆使 / 挑唆 / 教唆犯。❷ 囉唆。見“囉”字，83頁。

8 啞 (啞)

啞 啞 啞 啞 啞 啞 啞

〈一〉[yǎ ㄧㄚˇ (粵) a^{2}/ŋa^{2} 鴉^{2}]

❶ 因生理原因不能説話 ◆ 啞巴 / 聾啞 / 啞巴吃黃連，有苦説不出。❷ 發音困難或不清楚 ◆ 聲音沙啞 / 連嗓子都喊啞了。❸ 不出聲的 ◆ 啞劇。

〈二〉[yā ㄧㄚ (粵) a^{1}/ŋa^{1} 鴉]

❹ 象聲詞 ◆ 啞啞學語 / 咿啞一聲。

8 區

見匚部，51頁。

8 啄

啄 啄 啄 啄 啄 啄 啄

[zhuó ㄓㄨㄛˊ (粵) dœk^{8} 琢]

鳥用嘴取食或叩擊東西 ◆ 雞啄米 / 小雞啄食 / 啄木鳥。

8 啪

啪 啪 啪 啪 啪 啪 啪

[pā ㄆㄚ (粵) pak^{7} 柏^{7}]

象聲詞 ◆ 啪的一聲 / 掌聲啪啪地響。

8 啦

啦 啦 啦 啦 啦 啦 啦

〈一〉[lā ㄌㄚ (粵) la^{1} 喇^{1}]

❶ 象聲詞，多形容水聲、風聲等 ◆ 嘩啦嘩啦 / 呼啦一聲。

〈二〉[la ·ㄌㄚ (粵) la^{1} 喇^{1}]

❷ 語氣詞，又是“了”和“啊”的合音詞，放在句子末尾，表示已經完成或出現新的情況，同時又表示語氣 ◆ 天晴啦 / 他真的來啦。

8 啃

啃 啃 啃 啃 啃 啃 啃

[kěn ㄎㄣˇ (粵) hɐŋ^{2} 肯]

❶ 用牙把堅硬的東西一點一點咬下來 ◆ 啃豬爪 / 螞蟻啃骨頭。❷ 比喻刻苦鑽研、攻讀 ◆ 啃書本。

8 唬

唬 唬 唬 唬 唬 唬 唬

[hǔ ㄏㄨˇ (粵) fu^{2} 虎]

虛張聲勢嚇人或蒙騙人 ◆ 嚇唬 / 別唬人 / 差點兒叫他給唬住了。

8 唱

唱 唱 唱 唱 唱 唱 唱

[chàng ㄔㄤˋ (粵) tsœŋ^{3} 暢]

❶ 唱歌或唱戲 ◆ 演唱 / 獨唱 / 清唱 / 四重唱 / 唱山歌。❷ 高聲唸出 ◆ 唱票。❸ 歌曲；唱詞 ◆ 唱本。

8 啡

啡 啡 啡 啡 啡 啡 啡

[fēi ㄈㄟ (粵) fɛ^{1}]

咖啡。見“咖”字，67頁。

8 唯

唯 唯 唯 唯 唯 唯 唯

〈一〉[wéi ㄨㄟˊ (粵) wɐi^{4} 圍]

❶ 只；只是；單 ◆ 唯有 / 唯獨 / 唯一的 / 唯命是從 / 唯利是圖。

〈二〉[wěi ㄨㄟˇ (粵) wɐi^{5} 偉]

❷ 答應的聲音 ◆ 唯唯諾諾。

8 售

售 售 售 售 售 售 售

[shòu ㄕㄡˋ (粵) sɐu^{6} 受]

❶ 賣 ◆ 售貨 / 出售 / 零售 / 銷售 / 售後服務。

❷ **達到；實現** ◆ 以售其奸 / 其計不售。

8 啤

啤 啤 啤 啤 啤 啤 啤

[pí ㄆㄧˊ (粵) bɛ^{1}]

啤酒：用大麥為主要原料製成的酒。

8 唸（念）

唸 唸 唸 唸 唸 唸 唸

[niàn ㄋㄧㄢˋ (粵) nim^{6} 念]

❶ **出聲誦讀** ◆ 唸書 / 唸兩遍 / 唸口訣 / 和尚唸經。❷ **上學** ◆ 明年要唸中學了。

8 啥

啥 啥 啥 啥 啥 啥 啥

[shá ㄕㄚˊ (粵) sa^{2} 灑]

甚麼 ◆ 要啥 / 有啥說啥 / 要啥沒啥。

8 够

見夕部，97頁。

8 夠

見夕部，97頁。

8 啕

啕 啕 啕 啕 啕 啕 啕

[táo ㄊㄠˊ (粵) tou^{4} 陶]

嚎啕：形容大聲痛哭的樣子 ◆ 嚎啕大哭。

8 商

商 商 商 商 商 商 商

[shāng ㄕㄤ (粵) sœŋ^{1} 雙]

❶ **買賣貨物** ◆ 商店 / 商人 / 商業 / 經商 / 商場如戰場。❷ **買賣貨物的人** ◆ 客商 / 巨商 / 軍火商。❸ **交換意見** ◆ 商量 / 商議 / 商談 / 協商 / 磋商。❹ **除法運算的得數** ◆ 商數。❺ **朝代名** ◆ 夏、商、周。

✿ 圖見 95 頁。

8 唷

唷 唷 唷 唷 唷 唷 唷

[yō ㄧㄛ (粵) jɔ^{1} 喲]

歎詞，表示驚訝或疑問 ◆ 唷！力氣可真不小。

8 唳

唳 唳 唳 唳 唳 唳 唳

[lì ㄌㄧˋ (粵) lœy^{6} 類]

飛鳥高聲鳴叫 ◆ 風聲鶴唳。

8 啟（启）

啟 啟 啟 啟 啟 啟 啟

[qǐ ㄑㄧˇ (粵) kɐi^{2} 溪^{2}]

❶ **開；打開** ◆ 啟封 / 開啟 / 難以啟齒。❷ **開始** ◆ 啟程 / 啟航 / 啟用 / 承上啟下。❸ **開導；教導** ◆ 啟發 / 啟迪 / 啟示 / 啟蒙教育。❹ **陳述** ◆ 啟事 / 某某謹啟。

8 啊

啊 啊 啊 啊 啊 啊 啊

〈一〉[ā ㄚ (粵) a^{1} ㄚ]

❶ **歎詞，表示讚歎** ◆ 啊，美麗的香港！/ 啊，他是多麼堅強！

〈二〉[á ㄚˊ (粵) a^{2} 啞]

❷ **歎詞，表示疑問、反問** ◆ 啊，這可怎麼辦？/ 啊，你說甚麼？

〈三〉[ǎ ㄚˇ (粵) a^{2} 啞]

❸ **歎詞，表示驚訝** ◆ 啊，連你也不知道？

〈四〉[à ㄚˋ (粵) a^{3} 亞]

❹ **助詞，表示答應或終於明白過來** ◆ 啊，我就來 / 啊，原來是這麼回事。

〈五〉[a ·ㄚ (粵) a^{3} 亞]

❺ **語氣詞，放在句子末尾或句中表示語氣或情感。語氣詞"啊"的實際讀音，常受前一個字的收尾音的影響而改變，有時也用別的字來代替，見下表：**

焦點易錯字 念 | 唸　紀念　念念不忘　唸書　唸唸有詞

"啊"前一字的收尾音	"啊"音變後實際讀音	舉　　例	"啊"的代用字
- a,- o,- e	ya	好大啊(dàya) 真多啊(duōya) 快寫啊(xiěya)	呀
- i,- ü	ya	多美麗啊(lìya) 真乖啊(guāiya) 好大的雨啊(yǔya)	呀
- u,- ao	wa	手段真毒啊(dúwa) 好高啊(gāowa) 怎麼得了啊(liǎowa)	哇
- n	na	快看啊(kànna) 真難啊(nánna)	哪
- ng	nga	真長啊(chángnga) 長得真像啊(xiàngnga)	

8 問(问) 問問問問問問 問

[wèn ㄨㄣˋ ㊚ mɐn^{6} 紊]

❶ **向人求教，請人解答；跟"答"相對** ◆ 問路 / 詢問 / 答非所問 / 兒童相見不相識，笑問客從何處來。❷ **為表示關心而詢問** ◆ 問候 / 問好 / 慰問。❸ **審訊；追究** ◆ 審問 / 盤問 / 興師問罪。❹ **管；干預** ◆ 過問 / 不聞不問。

8 啜 啜啜啜啜啜啜 啜

[chuò ㄔㄨㄛˋ ㊚ dzyt^{8} 輟]

❶ **喝** ◆ 啜茗 / 啜粥。❷ **哭泣時抽噎的樣子** ◆ 啜泣。

8 啣

"銜❶－❸"的異體字，見462頁。

9 喜 喜喜喜喜喜喜 喜

[xǐ ㄒㄧˇ ㊚ hei^{2} 起]

❶ **高興；快樂；跟"悲"相對** ◆ 喜悦 / 喜出望外 / 欣喜若狂 / 悲喜交集 / 沾沾自喜。❷ **愛好** ◆ 喜愛 / 喜聞樂見 / 好大喜功。❸ **高興的事；值得慶賀的事** ◆ 喜事 / 喜訊 / 賀喜 / 雙喜臨門。

9 喋 喋喋喋喋喋喋 喋

[dié ㄉㄧㄝˊ ㊚ dip^{9} 蝶]

❶ **喋喋：説話囉唆** ◆ 喋喋不休。❷ **喋血：血流滿地。**

9 喃 喃喃喃喃喃喃 喃

[nán ㄋㄢˊ ㊚ nam^{4} 南]

喃喃：連續不斷地低聲説話的聲音 ◆ 喃喃自語。

9 喪(丧) 喪喪喪喪喪喪 喪

〈一〉[sāng ㄙㄤ ㊚ sɔŋ^{1} 桑]

❶ **有關人死亡的事情** ◆ 喪事 / 喪禮 / 喪葬 / 治喪 / 奔喪。

〈二〉[sàng ㄙㄤˋ ㊚ sɔŋ^{3} 桑^{3}]

❷ **失去** ◆ 喪失 / 喪命 / 聞風喪膽 / 喪心病狂 / 玩物喪志。

9 喳 喳喳喳喳喳喳 喳

〈一〉[zhā ㄓㄚ ㊚ dza^{1} 渣]

❶ **象聲詞，形容鳥叫聲** ◆ 喜鵲叫喳喳。

〈二〉[chā ㄔㄚ ㊚ dza^{1} 渣]

❷ **象聲詞，形容小聲説話** ◆ 嘁嘁喳喳。

焦點易錯字 喋 | 諜　喋血 喋喋不休　諜報 間諜

口 口 士 夂 夕

9 喇

喇喇喇喇喇喇 喇

〈一〉[lǎ ㄌㄚˇ 粵 la3 啦3]

❶ **喇叭：(1)一種用嘴吹的管樂器，也叫嗩吶。(2)形狀像喇叭、有擴音作用的東西** ◆ 汽車喇叭／高音喇叭。

✿ 圖見225頁。

〈二〉[lǎ ㄌㄚˇ 粵 la1 啦]

❷ **喇嘛：藏、蒙佛教對僧侶的尊稱。**

9 喊

喊喊喊喊喊喊 喊

[hǎn ㄏㄢˇ 粵 ham3 咸3]

大聲呼叫 ◆ 喊叫／吶喊／呼喊／喊口號／賊喊捉賊。

9 喝

喝喝喝喝喝喝 喝

〈一〉[hē ㄏㄜ 粵 hɔt8 渴]

❶ **吸食液體或稀的食物** ◆ 喝茶／喝酒／喝湯／喝粥／喝水不忘掘井人。

〈二〉[hè ㄏㄜˋ 粵 hɔt8 渴]

❷ **大聲叫喊** ◆ 喝彩／吆喝／大喝一聲。

9 喱

喱喱喱喱喱喱 喱

[lí ㄌㄧˊ 粵 lei1 里1]

咖喱。見"咖"字，67頁。

9 喂

喂喂喂喂喂喂 喂

[wèi ㄨㄟˋ 粵 wɐi3 畏]

❶ **招呼人的聲音** ◆ 喂！快過來看哪。❷ **把食物或藥物送進別人的嘴裏，同"餵"字** ◆ 喂奶／喂藥。

9 單 (单)

單單單單單單 單

〈一〉[dān ㄉㄢ 粵 dan1 丹]

❶ **獨；一個** ◆ 單獨／單身／孤單／單槍匹馬／形單影隻／單絲不成線，獨木不成林。❷ **稱一、三、五、七、九等奇數；與"雙"相對** ◆ 單號／單數／舞蹈隊每逢單週活動一次。❸ **不複雜** ◆ 單純／單一／單調／簡單。❹ **衣物等只有一層的** ◆ 單衣／被單／牀單。❺ **薄弱的** ◆ 身體單薄／勢單力薄。❻ **只；僅** ◆ 不單是他一個人／單就待人接物的禮貌上説／辦事不能單憑熱情。❼ **記事用的紙片、票據** ◆ 菜單／名單／賬單／傳單／單據。

〈二〉[shàn ㄕㄢˋ 粵 sin6 善]

❽ **姓。**

〈三〉[chán ㄔㄢˊ 粵 sin4 仙4/sim4 蟬(語)]

❾ **單于：匈奴君主的稱號** ◆ 月黑雁飛高，單于夜遁逃。

9 喟

喟喟喟喟喟喟 喟

[kuì ㄎㄨㄟˋ 粵 wɐi2 委]

歎氣 ◆ 喟然長歎。

9 喘

喘喘喘喘喘喘 喘

[chuǎn ㄔㄨㄢˇ 粵 tsyn2 忖]

呼吸急促 ◆ 喘氣／喘息／氣喘吁吁。

9 喆

"哲"的異體字，見70頁。

9 唾

唾唾唾唾唾唾 唾

[tuò ㄊㄨㄛˋ 粵 tɔ3 妥]

❶ **口水** ◆ 唾沫／唾液。❷ **用力吐口水；吐口水，表示鄙視** ◆ 唾手可得／唾罵／唾棄。

9 啾

啾啾啾啾啾啾 啾

[jiū ㄐㄧㄡ 粵 dzɐu1 周]

啾啾：形容蟲、鳥細而雜的叫聲 ◆ 天陰雨

焦點易錯字 湍｜喘 湍急 湍流 喘氣 氣喘如牛 喝｜渴 喝水 吃喝玩樂 口渴 望梅止渴

濕聲啾啾。

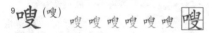

9 **喬** (乔) 喬喬喬喬喬喬 喬

[qiáo ㄑㄧㄠˊ ㊥ kiu⁴ 橋]

❶**高而大** ◆ 喬木。❷**裝扮** ◆ 喬裝打扮。

9 **嗖** (嗖) 嗖嗖嗖嗖嗖嗖 嗖

[sōu ㄙㄡ ㊥ seu¹ 收]

形容東西迅速飛過的聲音 ◆ 忽聽嗖的一聲。

9 **喉** 喉喉喉喉喉喉 喉

[hóu ㄏㄡˊ ㊥ heu⁴ 侯]

喉頭：在頸的前部、跟氣管相連接的部分，是呼吸器官的一部分，又有發音的功能 ◆ 喉嚨／咽喉。

9 **喻** 喻喻喻喻喻喻 喻

[yù ㄩˋ ㊥ jy⁶ 遇]

❶**明白；了解** ◆ 家喻户曉／不言而喻。❷**説明；使人明白** ◆ 喻之以理／喻以利害／不可理喻。❸**比方** ◆ 比喻／暗喻。

9 **喚** (唤) 喚喚喚喚喚喚 喚

[huàn ㄏㄨㄢˋ ㊥ wun⁶ 換]

呼喊；呼叫 ◆ 叫喚／使喚／喚醒／千呼萬喚。

9 **喨** 喨喨喨喨喨喨 喨

[liàng ㄌㄧㄤˋ ㊥ lœŋ⁶ 亮]

嘹喨。見"嘹"字，80頁。

9 **喑** 喑喑喑喑喑喑 喑

[yīn ㄧㄣ ㊥ jɐm¹ 陰]

❶**啞；不能出聲** ◆ 喑啞。❷**沈默；不説話** ◆ 萬馬齊喑。

9 **啼** 啼啼啼啼啼啼 啼

[tí ㄊㄧˊ ㊥ tɐi⁴ 提]

❶**哭出聲；放聲哭** ◆ 啼哭／啼飢號寒／啼笑皆非／哭哭啼啼。❷**某些鳥獸鳴叫** ◆ 公雞喔喔啼／兩岸猿聲啼不住，輕舟已過萬重山。

9 **喧** 喧喧喧喧喧喧 喧

[xuān ㄒㄩㄢ ㊥ hyn¹ 圈]

聲音大而雜亂 ◆ 喧鬧／喧譁／喧賓奪主／鑼鼓喧天／一片喧騰。

9 **喀** 喀喀喀喀喀喀 喀

[kā ㄎㄚ ㊥ ka¹ 卡]

象聲詞 ◆ 喀嚓一聲／只聽得喀的一聲。

9 **善** (善) 善善善善善善 善

[shàn ㄕㄢˋ ㊥ sin⁶ 羨]

❶**品行好；仁慈；跟"惡"相對** ◆ 善良／慈善／改惡從善／善有善報，惡有惡報。❷**良好；好的** ◆ 完善／改善／多多益善。❸**友好；和好** ◆ 友善／和善。❹**擅長；很會** ◆ 善於交際／能歌善舞／循循善誘／英勇善戰。❺**容易** ◆ 善變／多愁善感。❻**做好** ◆ 善始善終／善後工作。❼**熟悉** ◆ 面善。❽**好好地** ◆ 善罷甘休。

焦點易錯字 擅｜善　擅長 不擅辭令　善於 好勇善戰

9**喔**　喔 喔 喔 喔 喔 喔　喔

〈一〉[wō ㄨㄛ ㊣ ɐk^7/ŋɐk^7 握]
❶ **形容公雞叫** ◆ 公雞喔喔啼。
〈二〉[ō ㄛ ㊣ ɔ^1 柯]
❷ **歎詞，表示了解** ◆ 喔！原來是這樣。

9**喲**(哟)　喲 喲 喲 喲 喲 喲　喲

〈一〉[yō ㄧㄛ ㊣ jɔ^1 唷]
❶ **歎詞，表示驚訝或懷疑** ◆ 喲！長得真漂亮 / 喲，他也會開汽車？
〈二〉[yo ·ㄧㄛ ㊣ jɔ^1 唷]
❷ **用在句末，表示希望的語氣** ◆ 快來喲！

10**嗎**(吗)　嗎 嗎 嗎 嗎 嗎 嗎　嗎

〈一〉[ma ·ㄇㄚ ㊣ ma^1 媽/ma^3 嘛]
❶ **用在句末表示疑問的語氣詞** ◆ 身體好嗎？/ 暑假外出旅遊嗎？
〈二〉[mǎ ㄇㄚˇ ㊣ ma^1 媽]
❷ **嗎啡：一種麻醉藥品，有毒，能止痛。**

10**嗜**　嗜 嗜 嗜 嗜 嗜 嗜　嗜

[shì ㄕˋ ㊣ si^3 試]
特別愛好 ◆ 嗜好 / 嗜酒。

10**嗇**(啬)　嗇 嗇 嗇 嗇 嗇 嗇　嗇

[sè ㄙㄜˋ ㊣ sik^7 色]
吝嗇。見"吝"字，64頁。

10**嗦**　嗦 嗦 嗦 嗦 嗦 嗦　嗦

[suo ·ㄙㄨㄛ ㊣ sɔk^8 朔]
❶ **哆嗦**。見"哆"字，69 頁。❷ **囉嗦**。見"囉"字，83頁。

10**嗒**(嗒)　嗒 嗒 嗒 嗒 嗒 嗒　嗒

[dā ㄉㄚ ㊣ dap^8 答]
象聲詞 ◆ 嗒嗒的馬蹄聲 / 機槍嗒嗒地響着。

10**嗣**　嗣 嗣 嗣 嗣 嗣 嗣　嗣

[sì ㄙˋ ㊣ dzi^6 自]
❶ **繼承；接續** ◆ 嗣位。❷ **子孫** ◆ 子嗣 / 後嗣。

10**嗯**　嗯 嗯 嗯 嗯 嗯 嗯　嗯

〈一〉[ǹg ㄫˋ ㊣ ŋ̍^{6} 誤]
❶ **表示答應** ◆ 嗯，我就來。
〈二〉[ńg ㄫˊ ㊣ ŋ̍^{2} 誤^2]
❷ **表示疑問** ◆ 嗯，你説甚麼？
〈三〉[ňg ㄫˇ ㊣ ŋ̍^{2} 誤^2]
❸ **表示出乎意外或不以為然** ◆ 嗯，居然會有這樣的事發生！/ 嗯，你怎麼還不上學去？

10**嗤**　嗤 嗤 嗤 嗤 嗤 嗤　嗤

[chī ㄔ ㊣ tsi^1 雌]
譏笑 ◆ 嗤笑 / 嗤之以鼻。

10**嗅**　嗅 嗅 嗅 嗅 嗅 嗅　嗅

[xiù ㄒㄧㄡˋ ㊣ tsɐu^3 臭/huŋ^3 控]

焦點易錯字　臭 | 嗅　臭氣 臭味相投　嗅覺

用鼻子辨別氣味；聞 ◆ 嗅覺靈敏。

10 嘷 嘷嘷嘷嘷嘷嘷 嘷

[háo ㄏㄠˊ ㊣ hou4 豪]

野獸吼叫 ◆ 獅吼狼嘷。

10 嗚 (呜) 嗚嗚嗚嗚嗚嗚 嗚

[wū ㄨ ㊣ wu1 烏]

象聲詞 ◆ 火車嗚嗚叫 / 孩子嗚嗚地哭個不停。

10 嗆 (呛) 嗆嗆嗆嗆嗆嗆 嗆

〈一〉[qiāng ㄑㄧㄤ ㊣ tsœŋ1 昌]

❶ **水或食物不小心進入氣管而引起咳嗽** ◆ 給水嗆了 / 吃飯吃嗆了。

〈二〉[qiàng ㄑㄧㄤˋ ㊣ tsœŋ3 唱]

❷ **有刺激性的氣體使呼吸器官感到難受** ◆ 油煙嗆人 / 辣椒嗆得叫人流眼淚。

10 嗡 嗡嗡嗡嗡嗡嗡 嗡

[wēng ㄨㄥ ㊣ juŋ1 翁]

嗡嗡：形容蜜蜂、飛機等飛行時的聲音。

10 嗓 嗓嗓嗓嗓嗓嗓 嗓

[sǎng ㄙㄤˇ ㊣ sɔŋ2 爽]

❶ **喉嚨** ◆ 嗓子疼。❷ **聲帶發出的聲音** ◆ 嗓音 / 尖嗓子 / 金嗓子。

11 嘖 (啧) 嘖嘖嘖嘖嘖嘖 嘖

[zé ㄗㄜˊ ㊣ dzak8 責/dzak9 宅]

嘖嘖：形容説話聲 ◆ 嘖嘖稱羨。

11 嘉 嘉嘉嘉嘉嘉嘉 嘉

[jiā ㄐㄧㄚ ㊣ ga1 加]

❶ **美好的** ◆ 嘉賓 / 嘉言。❷ **表揚；讚許** ◆ 嘉獎 / 嘉勉 / 精神可嘉。

11 嘟 嘟嘟嘟嘟嘟嘟 嘟

[dū ㄉㄨ ㊣ dou1 都]

象聲詞 ◆ 遠方傳來"嘟嘟"的汽笛聲 / 喇叭嘟嘟地吹了起來。

11 嘆 **同"歎"字，見231頁。**

11 嗷 嗷嗷嗷嗷嗷嗷 嗷

[áo ㄠˊ ㊣ ŋou4 熬]

嗷嗷：形容哀號的聲音 ◆ 嗷嗷待哺。

11 嘈 嘈嘈嘈嘈嘈嘈 嘈

[cáo ㄘㄠˊ ㊣ tsou4 曹]

聲音雜亂 ◆ 人聲嘈雜。

11 嗽 嗽嗽嗽嗽嗽嗽 嗽

[sòu ㄙㄡˋ ㊣ sɐu3 秀]

咳嗽。見"咳"字，69頁。

11 嘔 (呕) 嘔嘔嘔嘔嘔嘔 嘔

[ǒu ㄡˇ ㊣ ɐu2/ŋɐu2 歐2]

吐 ◆ 嘔吐 / 嘔心瀝血。

11 嘁 嘁嘁嘁嘁嘁嘁 嘁

[qī ㄑㄧ ㊣ tsi1 雌]

形容細碎的説話聲 ◆ 嘁嘁喳喳。

焦點易錯字 嗽 | 漱 咳嗽 漱口

口 囗 土 士 夂 夕

11 **嘎** 嘎 嘎 嘎 嘎 嘎 嘎 嘎

[gā ㄍㄚ ⓟ git⁸ 結]
形容聲音短促而響亮 ◆ 嘎巴一聲 / 嘎吱一響。

11 **嗬**（嗬） 嗬 嗬 嗬 嗬 嗬 嗬 嗬

[hē ㄏㄜ ⓟ hɔ¹ 苛]
歎詞，表示驚歎 ◆ 嗬，真了不起！

11 **嘗**（尝） 嘗 嘗 嘗 嘗 嘗 嘗 嘗

[cháng ㄔㄤˊ ⓟ sœŋ⁴ 常]
❶ **辨別滋味** ◆ 嘗新 / 品嘗 / 嘗嘗味道 / 臥薪嘗膽。❷ **經歷；感受** ◆ 備嘗艱辛。❸ **試** ◆ 嘗試。❹ **曾經** ◆ 未嘗 / 何嘗。

11 **嘍**（喽） 嘍 嘍 嘍 嘍 嘍 嘍 嘍

〈一〉[lou ·ㄌㄡ ⓟ lɐu¹ 留¹]
❶ **表示語氣，相當於"啦"** ◆ 好嘍 / 走嘍。
〈二〉[lóu ㄌㄡˊ ⓟ lɐu⁴ 留]
❷ **嘍囉：強盜的部下；比喻幫兇、爪牙。**

11 **嘣** 嘣 嘣 嘣 嘣 嘣 嘣 嘣

[bēng ㄅㄥ ⓟ bɐŋ¹ 崩]
形容心跳或東西爆裂的聲音 ◆ 心嘣嘣直跳 / 只聽嘣的一聲，琴弦斷了。

11 **嗚** **見鳥部，504頁。**

11 **嘛** 嘛 嘛 嘛 嘛 嘛 嘛 嘛

〈一〉[ma ·ㄇㄚ ⓟ ma³ 媽³]
❶ **助詞，表示道理明顯，應該如此** ◆ 不會就學嘛 / 有意見就提嘛。
〈二〉[ma ·ㄇㄚ ⓟ ma⁴ 麻]
❷ **喇嘛。見"喇"字，75頁。**

11 **嘀** 嘀 嘀 嘀 嘀 嘀 嘀 嘀

〈一〉[dí ㄉㄧˊ ⓟ dik⁹ 敵]
❶ **嘀咕：小聲說話** ◆ 你們在嘀咕些甚麼？
〈二〉[dī ㄉㄧ ⓟ dik⁹ 敵]
❷ **嘀嗒：形容鐘錶或水滴落下的聲音。**

12 **嘻** 嘻 嘻 嘻 嘻 嘻 嘻 嘻

[xī ㄒㄧ ⓟ hei¹ 希]
歡笑的樣子 ◆ 笑嘻嘻 / 嘻皮笑臉。

12 **噴**（喷） 噴 噴 噴 噴 噴 噴 噴

〈一〉[pēn ㄆㄣ ⓟ pɐn³ 貧³]
❶ **受到壓力而散射出** ◆ 噴射 / 噴泉 / 噴霧器 / 火山噴發 / 血口噴人。
〈二〉[pèn ㄆㄣˋ ⓟ pɐn³ 貧³]
❷ **香味濃厚撲鼻** ◆ 噴香撲鼻 / 香噴噴。

12 **噎** 噎 噎 噎 噎 噎 噎 噎

[yē ㄧㄝ ⓟ jit⁸ 熱⁸]
食物堵住喉嚨 ◆ 因噎廢食 / 吃飯防噎。

12 **噁**（恶） 噁 噁 噁 噁 噁 噁 噁

[ě ㄜˇ ⓟ wu³ 胡³]
噁心：（1）難受、要嘔吐的感覺 ◆ 有點噁心。**（2）令人厭惡** ◆ 此人真叫人噁心。

12 **嘶** 嘶 嘶 嘶 嘶 嘶 嘶 嘶

[sī ㄙ ⓟ sɐi¹ 西]
❶ **馬叫** ◆ 人喊馬嘶。❷ **聲音沙啞** ◆ 嘶啞 / 聲嘶力竭。

12 嘲

嘲 嘲 嘲 嘲 嘲 嘲 嘲

[cháo ㄔㄠˊ [粵] dzau¹ 爪¹]
譏笑；諷刺 ◆ 嘲笑 / 嘲弄 / 嘲謔 / 冷嘲熱諷。

12 嘹

嘹 嘹 嘹 嘹 嘹 嘹 嘹

[liáo ㄌㄧㄠˊ [粵] liu⁴ 聊]
嘹喨：聲音響亮。也作"嘹亮" ◆ 歌聲嘹喨。

12 嘩 (哗)

嘩 嘩 嘩 嘩 嘩 嘩 嘩

〈一〉[huā ㄏㄨㄚ [粵] wa¹ 娃]
❶ **象聲詞** ◆ 嘩啦一聲 / 水嘩嘩流。
〈二〉[huá ㄏㄨㄚˊ [粵] wa¹ 娃]
❷ **同"譁"字，見420頁。**

12 噗

噗 噗 噗 噗 噗 噗 噗

[pū ㄆㄨ [粵] pɔk⁸ 撲]
象聲詞 ◆ 噗哧一笑 / 水噗噗地往外冒。

12 嘘 (嘘)

嘘 嘘 嘘 嘘 嘘 嘘 嘘

[xū ㄒㄩ [粵] hœy¹ 虛]
❶ **慢慢地吐氣** ◆ 嘘氣。❷ **歎氣** ◆ 長嘘短歎。

12 噐

"器"的異體字，見81頁。

12 嘿

嘿 嘿 嘿 嘿 嘿 嘿 嘿

[hēi ㄏㄟ [粵] hei¹ 希]
❶ **歎詞，表示讚歎、驚異或招呼等** ◆ 嘿，力氣真不小 / 嘿，還不快跑！❷ **象聲詞，形容笑聲** ◆ 只見他站在一邊嘿嘿地傻笑。

12 噑

"嗥"的異體字，見78頁。

12 嘮 (唠)

嘮 嘮 嘮 嘮 嘮 嘮 嘮

[láo ㄌㄠˊ [粵] lou⁴ 勞]
嘮叨：說起話來嚕嚕囌囌，沒完沒了 ◆ 嘮嘮叨叨 / 在這裏嘮叨了半天。

12 嘰 (叽)

嘰 嘰 嘰 嘰 嘰 嘰 嘰

[jī ㄐㄧ [粵] gei¹ 機]
象聲詞 ◆ 嘰咕 / 鳥兒嘰嘰地叫。

13 噩

噩 噩 噩 噩 噩 噩 噩

[è ㄜˋ [粵] ŋɔk⁹ 岳]
兇惡可怕的；驚恐的 ◆ 噩夢 / 噩耗傳來。

13 噤

噤 噤 噤 噤 噤 噤 噤

[jìn ㄐㄧㄣˋ [粵] gɐm³ 禁]
❶ **閉上嘴，不做聲** ◆ 噤聲 / 噤若寒蟬。❷ **因寒冷而身體哆嗦** ◆ 打了個寒噤。

13 噸 (吨)

噸 噸 噸 噸 噸 噸 噸

[dūn ㄉㄨㄣ [粵] dœn¹ 敦]
重量單位，有公噸、英噸、美噸的分別。一公噸合1000公斤，一英噸合1016公斤，一美噸合907.2公斤。

13 嘴

嘴 嘴 嘴 嘴 嘴 嘴 嘴

[zuǐ ㄗㄨㄟˇ [粵] dzœy² 咀]
❶ **口；人和動物吃東西、說話的器官** ◆ 嘴巴 / 嘴唇 / 閉嘴 / 張嘴。❷ **說話** ◆ 頂嘴 / 插嘴 / 笨嘴笨舌 / 油嘴滑舌。❸ **形狀或作用像嘴的東西** ◆ 煙嘴 / 壺嘴。

焦點易錯字 惡 | 噩　惡劣 兇惡　噩夢 噩耗　咀 | 嘴　咀嚼 咀咒　嘴巴 鬥嘴

13 **嗆** 嗆嗆嗆嗆嗆嗆 嗆

[dāng ㄉㄤ ㊀ dɔŋ¹ 當]
象聲詞，形容金屬器物撞擊的響聲 ◆ 叮叮嗆嗆 / 嗆嗆的鐘聲敲響了。

13 **噥**（哝） 噥噥噥噥噥噥 噥

[nóng ㄋㄨㄥˊ ㊀ nuŋ⁴ 農]
噥噥：小聲説話 ◆ 唧唧噥噥 / 嘟嘟噥噥。

13 **器** 器器器器器器 器

[qì ㄑㄧˋ ㊀ hei³ 氣]
❶**用具** ◆ 器具/瓷器/樂器/武器/玉不琢，不成器 / 工欲善其事，必先利其器。❷ **生物體中具有某種生理機能的部分；器官** ◆ 消化器/呼吸器/生殖器。❸**指人的氣度、才幹** ◆ 器度不凡 / 器宇軒昂 / 大器晚成。❹ **看重；看得起** ◆ 器重。

13 **噪** 噪噪噪噪噪噪 噪

[zào ㄗㄠˋ ㊀ tsou³ 燥]
❶ **蟲、鳥亂叫** ◆ 蟬噪 / 鵲噪 / 羣鴉亂噪。❷ **亂喊亂叫；聲音嘈雜** ◆ 聒噪 / 鼓噪 / 噪聲污染。

13 **噬** 噬噬噬噬噬噬 噬

[shì ㄕˋ ㊀ sɐi⁶ 誓]
咬；吃 ◆ 吞噬 / 反噬。

13 **噢** 噢噢噢噢噢噢 噢

[ō ㄛ ㊀ ɔ¹ 柯]
歎詞，表示答應或明白 ◆ 噢，我來幫你 / 噢，我知道了。

13 **噙** 噙噙噙噙噙噙 噙

[qín ㄑㄧㄣˊ ㊀ kɐm⁴ 禽]
含 ◆ 兩眼噙着淚水。

13 **嗳**（嗳） 嗳嗳嗳嗳嗳嗳 嗳

〈一〉[āi ㄞ ㊀ ai¹ 唉]
❶**同"哎"。歎詞，表示驚訝、不滿或提醒等** ◆ 嗳，他怎麼也來了？/ 嗳，上課時不要隨便講話。

〈二〉[ǎi ㄞˇ ㊀ ɔi² 藹]
❷ **同"哎"。歎詞，表示不滿或不同意** ◆ 嗳，你怎麼可以這樣説呢？/ 嗳，別這樣説。

〈三〉[ài ㄞˋ ㊀ ɔi² 藹]
❸ **同"哎"。歎詞，表示懊惱、惋惜** ◆ 嗳，早做準備就好了/嗳，他的遭遇太悲慘了。❹**同"哎"。歎詞，表示答應或同意** ◆ 嗳，我去打電話請他來/嗳，就讓他去吧。

13 **嘯**（啸） 嘯嘯嘯嘯嘯嘯 嘯

[xiào ㄒㄧㄠˋ ㊀ siu³ 笑]
發出長而高的聲音；拉長聲音高聲尖叫 ◆ 北風呼嘯 / 仰天長嘯 / 虎嘯猿啼。

14 **嚏** 嚏嚏嚏嚏嚏嚏 嚏

[tì ㄊㄧˋ ㊀ dɐi³ 帝/tɐi³ 替（語）]
噴嚏：由於鼻腔受到刺激而猛然噴出氣來，並發出聲音的生理現象。也作"嚏噴" ◆ 打噴嚏。

14 **嚇**（吓） 嚇嚇嚇嚇嚇嚇 嚇

〈一〉[xià ㄒㄧㄚˋ ㊀ hak⁸ 客]

❶害怕；受驚；使害怕 ◆ 嚇唬人 / 嚇了一跳 / 你別嚇人 / 把人嚇死了 / 嚇得混身打顫。

〈二〉[hè ㄏㄜˋ ㊕ hak8 客]

❷威脅 ◆ 恐嚇信。❸歎詞，表示不滿或驚訝 ◆ 嚇，怎麼能這樣呢？/ 嚇，真了不起！

14 **嚐** 同"嘗"字，見79頁。

14 **襄** 見衣部，407頁。

14 **嚎** 嚎 嚎 嚎 嚎 嚎 嚎 嚎

[háo ㄏㄠˊ ㊕ hou4 毫]

大聲哭；大聲叫 ◆ 嚎啕大哭 / 大聲嚎叫 / 啼飢嚎寒 / 鬼哭狼嚎。

14 **嚀**（咛） 嚀 嚀 嚀 嚀 嚀 嚀 嚀

[níng ㄋㄧㄥˊ ㊕ niŋ4 寧]

叮嚀。見"叮"字，59頁。

14 **嚓** 嚓 嚓 嚓 嚓 嚓 嚓 嚓

[cā ㄘㄚ ㊕ tsat8 擦]

象聲詞 ◆ 嚓地一聲，火柴劃着了。

15 **嚕**（噜） 嚕 嚕 嚕 嚕 嚕 嚕 嚕

[lū ㄌㄨ ㊕ lou1 撈1]

嚕囌。也作"囉唆"：(1)語言繁瑣 ◆ 説話太嚕囌 / 嚕嚕囌囌説個沒完。**(2)事情瑣碎、麻煩** ◆ 手續太嚕囌 / 這件事真嚕囌。

15 **嚮**（向） 嚮 嚮 嚮 嚮 嚮 嚮 嚮

[xiàng ㄒㄧㄤˋ ㊕ hœŋ3 向]

❶**同"向"字。朝着；面對着；跟"背"相對** ◆ 嚮陽 / 嚮往 / 相嚮而行。❷**引導** ◆ 嚮導。❸**接近；將近** ◆ 嚮晚 / 嚮曉雨止。

16 **嚥**（咽） 嚥 嚥 嚥 嚥 嚥 嚥 嚥

[yàn ㄧㄢˋ ㊕ jin3 宴]

吞下 ◆ 狼吞虎嚥 / 嚥不下這口氣 / 難以下嚥 / 細嚼慢嚥。

16 **嚨**（咙） 嚨 嚨 嚨 嚨 嚨 嚨 嚨

[lóng ㄌㄨㄥˊ ㊕ luŋ4 龍]

喉嚨。見"喉"字，76頁。

17 **嚴**（严） 嚴 嚴 嚴 嚴 嚴 嚴 嚴

[yán ㄧㄢˊ ㊕ jim4 炎]

❶**緊密沒縫隙** ◆ 嚴密封鎖 / 把瓶口封嚴 / 窗户關得嚴嚴實實。❷**認真；要求高，不放鬆；跟"寬"相對** ◆ 嚴格 / 嚴厲 / 嚴守祕密 / 嚴加管束 / 紀律很嚴。❸**莊重** ◆ 莊嚴 / 嚴肅 / 威嚴 / 嚴正聲明。❹**厲害的；程度深的** ◆ 嚴重 / 嚴酷 / 嚴峻 / 嚴寒 / 嚴刑拷打。❺**對別人稱自己的父親** ◆ 家嚴。

17 **嚼** 嚼 嚼 嚼 嚼 嚼 嚼 嚼

〈一〉[jiáo ㄐㄧㄠˊ ㊕ dzœk9 着 / dziu6 趙]

❶**用牙齒咬碎食物** ◆ 嚼不碎 / 細嚼慢嚥 / 咬文嚼字。

〈二〉[jué ㄐㄩㄝˊ ㊕ dzœk9 着 / dziu6 趙]

❷**意思同❶，多用於書面語詞，如"咀嚼"。**

〈三〉[jiào ㄐㄧㄠˋ ㊕ dzœk9 着 / dziu6 趙]

❸**倒嚼：即牛羊等動物把嚥下去的食物再反回到嘴裏細細咀嚼，然後再嚥下去，也叫"反芻"。**

焦點易錯字 嚮 | 響　響聲 響亮　嚮往 嚮導

17 **嚷** 嚷嚷嚷嚷嚷嚷 嚷

〈一〉[rǎng ㄖㄤˇ 粵 jœŋ⁶ 讓]
❶ **大聲喊叫；吵鬧** ◆ 叫嚷 / 大叫大嚷 / 他們在嚷些甚麼 / 別嚷了，煩死人了。

〈二〉[rāng ㄖㄤ 粵 jœŋ⁶ 讓]
❷ **嚷嚷：吵鬧** ◆ 別嚷嚷了。

18 **囂**（嚣） 囂囂囂囂囂囂 囂

[xiāo ㄒㄧㄠ 粵 hiu¹ 僥]
❶ **大聲喧鬧** ◆ 叫囂 / 喧囂。❷ **放肆；毫無顧忌** ◆ 囂張。

19 **囊** 囊囊囊囊囊囊 囊

[náng ㄋㄤˊ 粵 nɔŋ⁴ 瓤]
❶ **口袋** ◆ 囊中物 / 囊空如洗 / 探囊取物 / 錦囊妙計 / 慷慨解囊。❷ **像口袋的東西** ◆ 膽囊。

19 **囉**（啰） 囉囉囉囉囉囉 囉

[luō ㄌㄨㄛ 粵 lɔ⁴ 羅]
囉唆。也作"囉嗦"、"嚕囌"、"囉嗦"：(1) 語言繁瑣、不簡煉 ◆ 説話囉唆 / 囉囉唆唆説個沒完 / 寫文章要把囉唆的話刪掉。**(2) 事情瑣碎、麻煩** ◆ 這件事很囉唆 / 手續太囉唆。

20 **囌**（苏） 囌囌囌囌囌囌 囌

[sū ㄙㄨ 粵 sou¹ 穌]
囉囌。見"囉"字，本頁。

21 **囑**（嘱） 囑囑囑囑囑囑 囑

[zhǔ ㄓㄨˇ 粵 dzuk⁷ 足]
吩咐；託付 ◆ 叮囑 / 囑託 / 遺囑 / 或遵醫囑 / 千叮嚀萬囑咐。

22 **囔** 囔囔囔囔囔囔 囔

[nāng ㄋㄤ 粵 nɔŋ⁴ 囊]
嘟囔、嘟嘟囔囔：形容自言自語、嘮嘮叨叨的樣子。

口部

2 **四** 四四四四 四

[sì ㄙˋ 粵 sei³ 死³]
數目字，二加二的得數。大寫作"肆" ◆ 四肢 / 一年四季 / 四海之內皆兄弟。

2 **囚** 囚囚囚囚 囚

[qiú ㄑㄧㄡˊ 粵 tsɐu⁴ 酬]
❶ **拘禁；關押** ◆ 囚禁 / 囚車 / 囚籠 / 囚牢。❷ **被拘禁、被關押的人** ◆ 囚犯 / 死囚 / 階下囚。

見古文字插頁 12。

3 **因** 因因因因因 因

[yīn ㄧㄣ 粵 jɐn¹ 恩]
❶ **緣故；原因** ◆ 病因 / 起因 / 因果關係 / 前因後果。❷ **由於；因為** ◆ 因此 / 因小失大 / 因噎廢食 / 因病請假。❸ **依據；根據** ◆ 因

地制宜/因勢利導/因材施教/因人而異。❹沿襲◆因襲/因循守舊/陳陳相因。

3 **回** 回回回回回回 回

[huí ㄏㄨㄟˊ 粵 wui4 徊]

❶返；歸來◆回家/回國探親/妙手回春/起死回生/少小離家老大回，鄉音無改鬢毛衰。❷答覆◆回答/回信/回話/回訪。❸掉轉◆回過頭來/回顧往事/回心轉意/回頭是岸。❹舊小說一個章節叫"一回"◆章回小說/《水滸傳》七十回本/且聽下回分解。❺量詞◆不是一回事/去過三回/此曲只應天上有，人間能得幾回聞。❻中國少數民族回族的簡稱◆回民。❼"迴"的簡化字，見445頁。

4 **困** 困困困困困困 困

[kùn ㄎㄨㄣˋ 粵 kwen3 窘3]

❶窮苦；艱難◆貧困/窮困/困難/陷入困境/內外交困。❷包圍；陷入◆圍困/困獸猶鬥/把敵人困在孤島上。❸疲乏◆困乏/困倦/人困馬乏。❹"睏"的簡化字，見306頁。

4 **囤** 囤囤囤囤囤囤 囤

〈一〉[dùn ㄉㄨㄣˋ 粵 tœn5 盾]

❶儲存糧食的器物◆米囤/糧囤。

〈二〉[tún ㄊㄨㄣˊ 粵 tyn4 團]

❷儲存東西◆囤貨/囤積居奇。

4 **囫** 囫囫囫囫囫囫 囫

[hú ㄏㄨˊ 粵 wɐt9 屈9]

囫圇：整個兒◆囫圇吞棗。

4 **囱** 囱囱囱囱囱囱 囱

[cōng ㄘㄨㄥ 粵 tsuŋ1 充]

煙囱：爐灶出煙的通道。

5 **固** 固固固固固固 固

[gù ㄍㄨˋ 粵 gu3 故]

❶堅實；不容易壞◆堅固/牢固/穩固/根深蒂固。❷堅硬；不流動◆固體/凝固/固定。❸堅持；極力地◆固守陣地/固執己見/頑固不化。❹原來；本來◆固有的民間習俗。

7 **圃** 圃圃圃圃圃圃 圃

[pǔ ㄆㄨˇ 粵 bou2 保/pou2 普(語)]

種植花草、蔬菜、樹苗的園子◆花圃/苗圃。

8 **國** (国) 國國國國國國 國

[guó ㄍㄨㄛˊ 粵 gwɔk8 郭]

❶國家◆國內/祖國/盡忠報國/國泰民安。❷國家的；本國的◆國旗/國寶/國貨/國產電腦/國民教育/捐軀赴國難，視死忽如歸。❸特指傑出的、為國人所推崇的人◆國手/國色天香。

8 **圇** (囵) 圇圇圇圇圇圇 圇

[lún ㄌㄨㄣˊ 粵 lœn4 倫]

囫圇。見"囫"字，本頁。

8 **圈** 圈圈圈圈圈圈 圈

〈一〉[quān ㄑㄩㄢ 粵 hyn1 喧]

❶圓形；圓形的東西◆圓圈/花圈/救生

口 口 土 士 夂 夕

圈/繞圈跑/畫了一個圈。❷**畫圈作記號** ◆ 圈閱/圈點。❸**圍住** ◆ 圈地/圈出一個場地來表演。❹ **一定的地區範圍** ◆ 北極圈/伏擊圈/包圍圈/演藝圈。

〈二〉[juàn ㄐㄩㄢˋ 粵 gyn⁶ 倦]

❺ **關養牲畜的棚欄** ◆ 豬圈/羊圈。

〈三〉[juān ㄐㄩㄢ 粵 hyn¹ 喧]

❻**用棚欄把牲畜、家禽關起來** ◆ 把鴨子圈起來。

9 圍 (围)

圍 圍 圍 圍 圍 圍 圍

[wéi ㄨㄟˊ 粵 wɐi⁴ 惟]

❶**環繞；四面攔起來** ◆ 圍攻/圍困/包圍/圍繞/團團圍住。❷ **四周** ◆ 周圍/外圍/範圍。

10 園 (园)

園 園 園 園 園 園 園

[yuán ㄩㄢˊ 粵 jyn⁴ 元]

❶ **種有花草林木、瓜果蔬菜的地方** ◆ 花園/果園/菜園/校園。❷**供人遊覽休閒的地方** ◆ 公園/動植物園/兒童樂園/蘇州園林。

10 圓 (圆)

圓 圓 圓 圓 圓 圓 圓

[yuán ㄩㄢˊ 粵 jyn⁴ 元]

❶ **從中心到周圍距離相等的圖形** ◆ 圓圈/圓規/圓周率/圓圓的大汽球。❷**完滿；周到；使周全** ◆ 圓滿/大團圓/自圓其説。❸ **貨幣單位，十角為一圓。也寫作"元"。**

11 團 (团)

團 團 團 團 團 團 團

[tuán ㄊㄨㄢˊ 粵 tyn⁴ 屯]

❶ **圓形或球形的東西** ◆ 團扇/甲魚又叫團魚。❷ **會聚在一起** ◆ 團聚/團圓/春節團拜/團結就是力量。❸**因工作或活動而組織起來的集體** ◆ 團體/參觀團/旅行團/智囊團。❹ **軍隊的一級編制單位，在師(或旅)以下，營以上** ◆ 上校團副。❺**量詞，用於成團的東西** ◆ 一團絨線。❻ **"糰"的簡化字，見338頁。**

11 圖 (图)

圖 圖 圖 圖 圖 圖 圖

[tú ㄊㄨˊ 粵 tou⁴ 徒]

❶ **用線條、色彩等畫出來的形象** ◆ 圖畫/圖片/地圖/看圖識字/插圖精美。❷**謀劃；打算** ◆ 圖謀/企圖/意圖/宏圖大志。❸ **謀取；希望得到** ◆ 不圖名利/貪圖安逸/唯利是圖。

土部

0 土

土 土 土

[tǔ ㄊㄨˇ 粵 tou² 討]

❶**地面上泥、沙等的混合物** ◆ 土壤/泥土/黃土高原/塵土飛揚/揮金如土。❷**土地；**

地域 ◆ 國土/領土/寸土必爭/安土重遷。❸**本地的；民間的** ◆ 土生土長/土特產/方言土語/土風舞。❹**不合潮流的** ◆ 土氣/土頭土腦/這身打扮真土。

見古文字插頁 1。

3 **圭** 圭圭圭圭圭 圭

[guī ㄍㄨㄟ 粵 gwei¹ 歸]

❶**古代貴族在舉行典禮時拿的一種長條形玉器。**❷**古代測日影定時間的一種儀器** ◆ 圭表。

3 **寺** 見寸部，117頁。

3 **吐** 見口部，61頁。

3 **在** 在在在在在 在

[zài ㄗㄞˋ 粵 dzɔi⁶ 再⁶]

❶**存在；生存** ◆ 健在/精神永在/留得青山在，不怕沒柴燒/國破山河在，城春草木深。❷**表示動作行為正進行中；正在** ◆ 他們在踢球/老師在給學生講故事。❸**介詞，表示動作的時間、地點或範圍等** ◆ 在早晨跑步/在學校打乒乓球/在全國各地巡迴演出。❹**事情的關鍵、本質、要點；在於；決定於** ◆ 事在人為/醉翁之意不在酒/學習貴在堅持。❺**居於；處於** ◆ 在職/高高在上/不在其位，不謀其政/不識廬山真面目，只緣身在此山中。

3 **圳** 圳圳圳圳圳 圳

[zhèn ㄓㄣˋ 粵 dzɐn³ 振]

地名用字，如深圳，在廣東省。

3 **地** 地地地地地 地

〈一〉[dì ㄉㄧˋ 粵 dei⁶]

❶**人類生活的地球** ◆ 天地/地質/地震/地殼/地平線。❷**田地；土地** ◆ 種地/耕地/地大物博/開墾荒地/地裏莊稼長得好。❸**地點；區域** ◆ 地方/產地/本地/目的地/英雄無用武之地。❹**所處的位置或環境** ◆ 地位/境地/設身處地。❺**心理活動的領域** ◆ 有見地/心地善良。❻**底子** ◆ 白地紅字。❼**質量；品質** ◆ 質地精良。❽**指路程** ◆ 離這裏大約有二十多里地。

〈二〉[de ·ㄉㄜ 粵 dei⁶]

用在動詞、形容詞的修飾語後面，表示修飾關係 ◆ 慢慢地說/高高興興地走了/天氣漸漸地涼了。

3 **至** 見至部，369頁。

4 **址** 址址址址址址 址

[zhǐ ㄓˇ 粵 dzi² 止]

地點 ◆ 住址/通信地址/移至新址辦公。

4 **牡** 見牛部，275頁。

4 **坐** 坐坐坐坐坐坐 坐

[zuò ㄗㄨㄛˋ 粵 dzɔ⁶ 助/tsɔ⁵ 楚⁵]

❶**坐在椅子上的"坐"；跟"立"相對** ◆ 坐下/坐立不安/坐井觀天/坐在草地上。❷**乘；搭** ◆ 坐車/坐船/坐飛機。❸**位置所在** ◆ 坐北朝南/坐落在上海外灘。❹**不勞動；不採取行動** ◆ 坐吃山空/坐享其成/坐以待斃。❺**子彈射出時，槍炮會出現一種向後或向下的壓力** ◆ 後坐力。❻**定罪** ◆ 反

焦點易錯字 坐 | 座　坐位 坐井觀天　滿座 座無虛席

坐入獄/連坐入罪。

4坎 坎坎坎坎坎坎 坎

[kǎn ㄎㄢˇ 粵 hɐm² 砍]
❶ **地面上凹陷的地方** ◆ 溝溝坎坎。❷ **坎坷：道路高低不平；比喻不順利、不得志** ◆ 一生坎坷 / 這條路坎坷不平。

4均 均均均均均均 均

[jūn ㄐㄩㄣ 粵 gwɐn¹ 君]
❶ **相等；沒有輕重、多少、高下之分** ◆ 平均/均匀/機會均等/勢均力敵/分配不均。❷ **都；全** ◆ 均已完成 / 均告失敗。

4坍 坍坍坍坍坍坍 坍

[tān ㄊㄢ 粵 tan¹ 灘]
倒塌 ◆ 坍塌。

4圾 圾圾圾圾圾圾 圾

[jī ㄐㄧ 粵 sap⁸ 霎]
垃圾。見"垃"字，88頁。

4坊 坊坊坊坊坊坊 坊

〈一〉[fāng ㄈㄤ 粵 fɔŋ¹ 方]
❶ **舊時街道、里巷的通稱** ◆ 街坊 / 德信坊。❷ **舊時用作表彰或紀念的一種建築物，形狀像牌樓** ◆ 牌坊 / 貞節坊。
〈二〉[fáng ㄈㄤˊ 粵 fɔŋ¹ 方]
❸ **小手工業的工作場所** ◆ 作坊 / 染坊 / 磨坊。

4坑 坑坑坑坑坑坑 坑

[kēng ㄎㄥ 粵 haŋ¹]
❶ **地面上低陷下去的地方** ◆ 水坑 / 泥坑 / 坑坑窪窪 / 刨坑種樹。❷ **地洞；地道** ◆ 坑道。❸ **設計陷害人** ◆ 坑人 / 坑害 / 給他坑苦了。❹ **活埋** ◆ 焚書坑儒。

4社 見示部，316頁。

5卦 見卜部，54頁。

5坯 坯坯坯坯坯坯 坯

[pī ㄆㄧ 粵 pui¹ 胚]
❶ **沒有燒過的磚瓦、陶器** ◆ 土坯 / 磚坯。❷ **未經加工的半成品** ◆ 毛坯 / 鋼坯。

5坪 坪坪坪坪坪坪 坪

[píng ㄆㄧㄥˊ 粵 piŋ⁴ 平]
平坦的場地 ◆ 草坪 / 停機坪。

5坷 坷坷坷坷坷坷 坷

〈一〉[kě ㄎㄜˇ 粵 hɔ² 可]
❶ **坎坷。見"坎"字，本頁。**
〈二〉[kē ㄎㄜ 粵 hɔ² 可]
❷ **坷垃：土塊** ◆ 土坷垃。

5坦 坦坦坦坦坦坦 坦

[tǎn ㄊㄢˇ 粵 tan² 袒]
❶ **道路或場地平整而寬闊** ◆ 平坦 / 坦途。❷ **心裏平靜、開朗** ◆ 坦然處之 / 為人坦率 / 心裏覺得舒坦 / 君子坦蕩蕩。❸ **不加隱瞞，如實說出** ◆ 坦白。

5坤 坤坤坤坤坤坤 坤

[kūn ㄎㄨㄣ 粵 kwɐn¹ 羣¹]

口囗土士夂夕

❶**八卦之一，代表地；跟"乾"相對** ◆ 扭轉乾坤。❷**表示女性的** ◆ 坤包／坤錶。

5 **垃** 垃垃垃垃垃垃 垃

[lā ㄌㄚ 粵 lap⁹ 臘]
垃圾：髒土、果皮和紙屑等廢棄物的總稱 ◆ 倒垃圾／垃圾處理場。

5 **幸** 見干部，134頁。

5 **坡** 坡坡坡坡坡坡 坡

[pō ㄆㄛ 粵 pɔ¹ 婆¹/bɔ¹波(語)]
❶**地形傾斜的地方** ◆ 山坡／陡坡／上坡／滑坡。❷**傾斜** ◆ 坡度。

5 **坳** 坳坳坳坳坳坳 坳

[ào ㄠˋ 粵 au³/ŋau³ 拗/au¹/ŋau¹ 拗¹]
山間的平地 ◆ 山坳。
✿ 圖見123頁。

6 **封** 見寸部，117頁。

6 **型** 型型型型型型 型

[xíng ㄒㄧㄥˊ 粵 jiŋ⁴ 刑]
❶ **製造器物用的模子** ◆ 模型。❷ **樣式；類別** ◆ 典型／新型／造型美觀／不同類型／微型照相機。

6 **垣** 垣垣垣垣垣垣 垣

[yuán ㄩㄢˊ 粵 wun⁴ 桓]
短牆；牆 ◆ 斷垣殘壁。

6 **垮** 垮垮垮垮垮垮 垮

[kuǎ ㄎㄨㄚˇ 粵 kwa¹ 誇]
❶**倒塌** ◆ 房屋震垮了／水壩沖垮了。❷**失敗；崩潰** ◆ 對方垮台了／敵人被打垮了／身體拖垮了。

6 **城** 城城城城城城 城

[chéng ㄔㄥˊ 粵 siŋ⁴ 成]
❶**城牆** ◆ 打開城門／萬里長城／眾志成城／城門失火，殃及池魚。❷**都市** ◆ 城市／城鄉／重慶是個山城。

6 **垂** 垂垂垂垂垂垂 垂

[chuí ㄔㄨㄟˊ 粵 sœy⁴ 誰]
❶ **一頭從上往下掛着** ◆ 垂釣／垂柳／垂頭喪氣。❷ **向下流或滴** ◆ 垂涎三尺／蠟燭有心還惜別，替人垂淚到天明。❸**流傳** ◆ 名垂千古／永垂不朽。❹ **將近** ◆ 生命垂危／垂死掙扎／垂暮之年。

6 **垢** 垢垢垢垢垢垢 垢

[gòu ㄍㄡˋ 粵 gɐu³ 救]
❶ **骯髒；髒東西** ◆ 污垢／油垢／蓬頭垢面。❷ **恥辱** ◆ 含垢忍辱。

6 **垛** 垛垛垛垛垛垛 垛

〈一〉[duǒ ㄉㄨㄛˇ 粵 dɔ⁶ 墮]
❶ **牆兩側或向上突出的部分** ◆ 城垛。
〈二〉[duò ㄉㄨㄛˋ 粵 dɔ⁶ 墮]
❷**成堆的東西；堆積** ◆ 草垛／麥垛／柴垛／垛麥子。

6 **垜** "垛"的異體字，見本頁。

6 **室** 見宀部，113頁。

焦點易錯字 形｜型 形容 情形 模型 典型

6 **垠** 垠垠垠垠垠垠 垠

[yín ㄧㄣˊ 粵 ŋɐn⁴ 銀]
邊際；界限 ◆ 一望無垠。

7 **埔** 埔埔埔埔埔埔 埔

〈一〉[pǔ ㄆㄨˇ 粵 pou² 普]
❶ **柬埔寨：國名，位於亞洲。**
〈二〉[pǔ ㄆㄨˇ 粵 bou³ 布]
❷ **黃埔：地名，在廣東省珠江口。**
〈三〉[bù ㄅㄨˋ 粵 bou³ 布]
❸ **大埔：縣名，在廣東省東北部。又地區名，在香港新界。**

7 **埂** 埂埂埂埂埂埂 埂

[gěng ㄍㄥˇ 粵 gɐŋ² 梗]
❶ **田間的小路** ◆ 田埂。❷ **用土築成的堤防** ◆ 堤埂。

7 **埋** 埋埋埋埋埋埋 埋

〈一〉[mái ㄇㄞˊ 粵 mai⁴ 買⁴]
❶ **把死者或東西藏在地下，用沙、土等蓋上** ◆ 埋葬 / 埋藏 / 掩埋 / 埋地雷。❷ **隱藏起來，不讓人知道** ◆ 埋伏 / 隱姓埋名。
〈二〉[mán ㄇㄢˊ 粵 mai⁴ 買⁴]
❸ **抱怨；責怪** ◆ 埋怨。

7 **袁** 見衣部，404頁。

7 **埃** 埃埃埃埃埃埃 埃

[āi ㄞ 粵 ɔi¹/ŋɔi¹ 哀]
灰塵 ◆ 塵埃。

8 **堵** 堵堵堵堵堵堵 堵

[dǔ ㄉㄨˇ 粵 dou² 賭]
❶ **阻塞；攔住** ◆ 堵塞 / 堵漏洞 / 一路堵車嚴重 / 把巷口堵住，別讓小偷跑了。❷ **懣悶** ◆ 心裏堵得慌。❸ **量詞，用於牆** ◆ 一堵牆。

8 **執**(执) 執執執執執執 執

[zhí ㄓˊ 粵 dzɐp⁷ 汁]
❶ **拿着；握着** ◆ 執筆 / 明火執仗。❷ **掌管；從事** ◆ 執政 / 執掌公司大權 / 執教三十年。❸ **實施；實行** ◆ 執行 / 執法如山。❹ **堅持** ◆ 固執己見 / 執迷不悟 / 執意不肯參加 / 各執一詞，爭論不休。❺ **憑證；單據** ◆ 執照 / 回執 / 存執。

8 **基** 基基基基基基 基

[jī ㄐㄧ 粵 gei¹ 機]
❶ **建築物的地下部分** ◆ 地基 / 路基 / 牆基 / 奠基儀式。❷ **根本的** ◆ 基本 / 基金 / 基礎 / 基調。❸ **依據** ◆ 基於上述理由。

8 **域** 域域域域域域 域

[yù ㄩˋ 粵 wik⁹]
一定疆界內的地方；泛指一定的範圍 ◆ 區域 / 地域 / 長江流域 / 疆域遼闊 / 經濟領域 / 音域很寬。

8 **堅**(坚) 堅堅堅堅堅堅 堅

[jiān ㄐㄧㄢ 粵 gin¹ 肩]
❶ **硬；結實；牢固** ◆ 堅硬 / 堅固 / 堅冰 / 堅不可摧。❷ **牢固、結實的東西** ◆ 攻堅 /

無堅不摧。❸ **不鬆懈；不動搖** ◆ 堅決／堅定不移／意志堅強／堅守崗位／堅持自己的看法。

8 堂

[táng ㄊㄤˊ 粵 tɔŋ^{4} 唐]

❶ **房子的正屋；廳** ◆ 堂屋／廳堂／升堂入室。❷ **特指審理案件的地方；法庭** ◆ 公堂／過堂。❸ **寬敞的大房間** ◆ 會堂／禮堂／課堂／紀念堂／濟濟一堂。❹ **同祖父的親屬關係** ◆ 堂兄／堂姐妹。❺ **某些店鋪的名號** ◆ 同仁堂／胡慶餘堂。❻ **量詞** ◆ 一堂課。

8 堆

[duī ㄉㄨㄟ 粵 dœy^{1} 對^{1}]

❶ **聚積起來成高大的東西** ◆ 沙堆／土堆／草堆。❷ **聚積；累積** ◆ 堆雪人／堆積如山／堆砌詞藻。❸ **量詞，用於成堆的東西** ◆ 一堆書／事情一大堆。

8 埠

[bù ㄅㄨˋ 粵 bou^{6} 步/fɐu^{6} 阜（語）]

❶ **停船的碼頭** ◆ 埠頭／船埠。❷ **城市；通商口岸** ◆ 商埠／外埠／開埠。

8 培

[péi ㄆㄟˊ 粵 pui^{4} 陪]

❶ **在植物根部或牆堤的基礎部分堆土** ◆ 培土。❷ **栽種植物，使發育成長；引申指對人進行教育、訓練** ◆ 培植／栽培／培育／培養／培訓。

9 堯（尧）

[yáo ㄧㄠˊ 粵 jiu^{4} 姚]

中國遠古時期部落聯盟的首領，相傳為古代的聖明君主。史書上也叫唐堯。

9 報（报）

[bào ㄅㄠˋ 粵 bou^{3} 布]

❶ **通知；告訴** ◆ 報告／報信／報喜／公雞報曉／天氣預報。❷ **傳達消息的文件或信號** ◆ 捷報／情報／喜報／電報／警報。❸ **定期出版的報紙、刊物** ◆ 日報／晚報／書報。❹ **回答；回應** ◆ 報答／報酬／恩將仇報／善有善報，惡有惡報／誰言寸草心，報得三寸暉。

9 堪

[kān ㄎㄢ 粵 hɐm^{1} 含^{1}]

❶ **能夠；可以** ◆ 堪稱一絕／堪負重任／不堪設想。❷ **經得起；承受得了** ◆ 令人難堪／不堪一擊／狼狽不堪／不堪重負。

9 堰

[yàn ㄧㄢˋ 粵 jin^{2} 演^{2}]

較低的擋水堤壩。古代不少水利灌溉工程，常用某某堰來命名，如四川省有都江堰。

9 堤

[dī ㄉㄧ 粵 tɐi^{4} 提]

修築在江、河、湖、海邊上用來擋水的高岸 ◆ 堤防／堤壩／河堤／海堤／螻蟻之穴，潰千丈之堤。

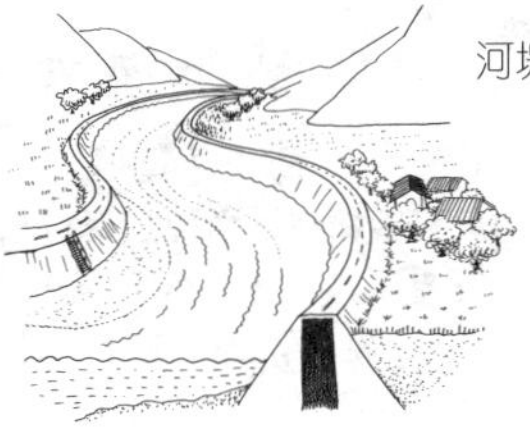

河堤

9 場 (场) 場場場場場場 場

〈一〉[chǎng ㄔㄤˇ 粵 tsœŋ^4 祥]

❶ **可供許多人聚會或活動的地方** ◆ 廣場／會場／商場／操場／足球場。❷ **指特定的地點** ◆ 考場／戰場／牧場／作案現場／當場解決。❸ **特指舞台** ◆ 上場／出場／粉墨登場／開場鑼鼓。❹ **戲劇的分段** ◆ 第三幕第二場戲最精彩。❺ **量詞** ◆ 一場電影／一場排球賽／贏了三場，輸了一場。

〈二〉[cháng ㄔㄤˊ 粵 tsœŋ^4 祥]

❻ **翻曬和收打莊稼的平坦空地** ◆ 場院／曬場／打場。❼ **特指集市** ◆ 趕場。❽ **量詞，用於一件事情的經過** ◆ 下了一場雨／做了一場夢。

9 堡 堡堡堡堡堡堡 堡

〈一〉[bǎo ㄅㄠˇ 粵 bou^2 保]

❶ **軍事上防禦用的堅固建築物** ◆ 碉堡／暗堡／橋頭堡。

〈二〉[bǔ ㄅㄨˇ 粵 bou^2 保]

❷ **村鎮。多用作地名，如楊家堡。**

〈三〉[pù ㄆㄨˋ 粵 pou^3 舖]

❸ **地名用字，如十里堡。**

10 填 填填填填填填 填

[tián ㄊㄧㄢˊ 粵 tin^4 田]

❶ **把凹陷的地墊平；把空缺的地方補上** ◆ 把坑填平／填海造樓／填充題／填補虧空／填飽肚子。❷ **在空格裏按一定的要求及格式書寫** ◆ 填表／填寫。

10 塔 (塔) 塔塔塔塔塔塔 塔

[tǎ ㄊㄚˇ 粵 tap^8 榻]

❶ **一種多層、尖頂的建築物，原為佛教建築** ◆ 寶塔／塔林／大雁塔／六和塔。❷ **像塔形的建築物** ◆ 燈塔／水塔／電視塔。

北京
妙應寺白塔

10 塌 塌塌塌塌塌塌 塌

[tā ㄊㄚ 粵 tap^8 塔]

豎立起來的東西倒下、下陷 ◆ 塌陷／坍塌／房屋倒塌／堤壩塌方。

10 塢 (坞) 塢塢塢塢塢塢 塢

[wù ㄨˋ 粵 wu^2 滸]

❶ **四面高中間低的地方；四面可以擋風的建築物** ◆ 山塢／花塢。❷ **在水邊建築的停船、修船、造船的地方** ◆ 船塢。

10 塊 (块) 塊塊塊塊塊塊 塊

[kuài ㄎㄨㄞˋ 粵 fai^3 快]

❶ **凝結成團的東西** ◆ 土塊／石塊／糖塊／

焦點易錯字 塌 | 蹋　崩塌　死心塌地　糟蹋

口口土士夊夕

煤塊。❷量詞，用於塊狀或片狀的東西 ◆ 一塊香皂 / 一塊玻璃 / 一塊紅燒肉。

10 塘　塘塘塘塘塘塘 塘

[táng ㄊㄤˊ 粵 tɔŋ^{4} 堂]

❶ **堤岸** ◆ 河塘 / 海塘。❷ **水池** ◆ 池塘 / 荷塘 / 魚塘 / 澡塘。

10 塑　塑塑塑塑塑塑 塑

[sù ㄙㄨˋ 粵 sou^{3} 訴]

❶**用泥土、石膏等做成人或物的形象** ◆ 塑像 / 雕塑 / 泥塑木雕。❷ **指塑料** ◆ 塑膠 / 全塑傢具。

10 塗 (涂)　塗塗塗塗塗塗 塗

[tú ㄊㄨˊ 粵 tou^{4} 途]

❶ **抹上** ◆ 塗抹 / 塗脂抹粉 / 塗上彩色 / 塗上油漆。❷ **因修改而抹掉** ◆ 塗改。❸ **爛泥** ◆ 生靈塗炭。

10 塞　塞塞塞塞塞塞 塞

〈一〉[sāi ㄙㄞ 粵 sɐk^{7}]

❶ **堵住了；填滿** ◆ 阻塞 / 堵塞 / 把漏洞塞住 / 路上塞車嚴重。❷ **塞子：用來堵住器物口子的東西** ◆ 瓶塞 / 軟木塞。

〈二〉[sè ㄙㄜˋ 粵 sɐk^{7}]

❸ **意思同 ❶，一般用於書面語，如"閉塞"、"搪塞"、"阻塞"、"閉目塞聽"等。**

〈三〉[sài ㄙㄞˋ 粵 tsɔi^{3} 菜]

❹ **邊界上險要的地方** ◆ 要塞 / 邊塞 / 塞外風光 / 塞翁失馬，焉知非福。

10 塚

"冢"的異體字，見36頁。

11 墊 (垫)　墊墊墊墊墊墊 墊

〈一〉[diàn ㄉㄧㄢˋ 粵 din^{3} 電^{3}]

❶ **用別的東西襯托在下面使加厚或加高；鋪** ◆ 把桌子墊高些 / 墊上褥子再睡。

〈二〉[diàn ㄉㄧㄢˋ 粵 din^{2} 典]

❷ **襯托的東西** ◆ 鞋墊 / 牀墊 / 沙發墊子。

〈三〉[diàn ㄉㄧㄢˋ 粵 din^{6} 電]

❸ **暫時替人付錢** ◆ 墊錢 / 墊款 / 墊付 / 墊支。

11 塹 (堑)　塹塹塹塹塹塹 塹

[qiàn ㄑㄧㄢˋ 粵 tsim^{3} 籤^{3}]

❶ **壕溝** ◆ 長江天塹。❷ **比喻挫折** ◆ 吃一塹，長一智。

11 墓 (墓)　墓墓墓墓墓墓 墓

[mù ㄇㄨˋ 粵 mou^{6} 暮]

埋葬死人的地方 ◆ 墓地/墳墓/公墓/墓碑/掃墓。

11 墅　墅墅墅墅墅墅 墅

[shù ㄕㄨˋ 粵 sœy^{6} 睡]

別墅：正式住宅以外，建在環境優美地方供短期休息遊樂用的園林式房屋 ◆ 郊外別墅。

11 塾　塾塾塾塾塾塾 塾

[shú ㄕㄨˊ 粵 suk^{9} 熟]

舊時私人設立的教學場所 ◆ 私塾。

11 塵 (尘)　塵塵塵塵塵塵 塵

[chén ㄔㄣˊ 粵 tsɐn^{4} 陳]

焦點易錯字　景 | 境　景色 良辰美景　處境 人間仙境

❶**飛散的灰土** ◆ 塵埃/灰塵/塵土飛揚/一塵不染/風塵僕僕。❷**佛教、道教所指的現實社會** ◆ 塵世/看破紅塵。❸**行跡** ◆ 步人後塵。

11 境

[jìng ㄐㄧㄥˋ [粵] giŋ² 景]

❶**疆界** ◆ 國境/邊境/越境/入境證。❷**地方；處所** ◆ 環境/身臨其境/事過境遷/如入無人之境。❸**遭遇到的情況** ◆ 順境/境遇/處境困難/家境貧寒/逆境求變。

11 墒

[shāng ㄕㄤ [粵] sœŋ¹ 商]

土壤的濕度 ◆ 墒情/保墒。

12 墳 (坟)

[fén ㄈㄣˊ [粵] fɐn⁴ 焚]

埋葬死人的地方，地面堆成土堆 ◆ 墳墓/墳地/祖墳。

12 墟 (墟)

[xū ㄒㄩ [粵] hœy¹ 虛]

❶**殘敗、荒廢了的地方** ◆ 一片廢墟。❷**農村集市** ◆ 墟市/趕墟。

12 墨

[mò ㄇㄛˋ [粵] mɐk⁹ 脈]

❶**寫字、繪畫用的黑色塊狀物；泛指寫字、繪畫、印刷用的顏料** ◆ 文房四寶：筆墨紙硯/墨水/油墨/粉墨登場/近朱者赤，近墨者黑。❷**黑色** ◆ 墨鏡/墨菊。❸**指字畫** ◆ 墨跡/墨寶。❹**比喻學問** ◆ 胸無點墨。

12 墩

[dūn ㄉㄨㄣ [粵] dɐn¹ 敦]

❶**土堆** ◆ 土墩。❷**粗大厚實的整塊的石頭或木頭；用大塊的石頭砌成的或用鋼筋水泥澆注成的基礎部分** ◆ 石墩/橋墩。

12 增

[zēng ㄗㄥ [粵] dzɐŋ¹ 僧]

加多；添 ◆ 增加/增進友誼/增長知識/有增無減/與日俱增/人口激增。

12 墮 (堕)

[duò ㄉㄨㄛˋ [粵] dɔ⁶ 惰]

❶**落下；掉下** ◆ 墮地/如墮五里霧中。❷**使掉下** ◆ 墮胎。

12 墜 (坠)

[zhuì ㄓㄨㄟˋ [粵] dzœy⁶ 序]

❶**從高處落下；掉下來** ◆ 墜樓/墜落/飛機墜毀/搖搖欲墜/呱呱墜地。❷**(沈重的東西)往下沈；往下垂** ◆ 船身漸漸下墜/稻穗下墜。❸**吊在下面的裝飾品** ◆ 耳墜/扇墜。

13 墾 (垦)

[kěn ㄎㄣˇ [粵] hɐn² 很]

翻土；開荒 ◆ 墾荒/墾殖/開墾荒地/屯墾戍邊。

13 壇 (坛)

[tán ㄊㄢˊ [粵] tan⁴ 檀]

❶**古代用來祭祀、舉行儀式的土築的高台**

焦點易錯字 墨 | 默 墨汁 墨守成規 沈默 默不作聲 墮 | 墜 墮落 墮入圈套 墜毀 搖搖欲墜

◆ 天壇/為壇而盟。❷用土堆成的高地 ◆ 花壇。❸指職業、工作相同的社會成員的總體 ◆ 文壇/球壇/歌壇新秀/影壇巨星。

13 **壅** 壅 壅 壅 壅 壅 壅 [壅]

[yōng ㄩㄥ [粵] juŋ¹ 雍]

❶堵塞 ◆ 河道壅塞。❷把土或肥料堆在植物的根部 ◆ 壅土。

13 **壁** 壁 壁 壁 壁 壁 壁 [壁]

[bì ㄅㄧˋ [粵] bik⁷ 碧]

❶牆 ◆ 牆壁/壁畫/壁報/銅牆鐵壁/飛簷走壁。❷像牆那樣陡峭的山崖 ◆ 峭壁/懸崖絕壁。❸營壘 ◆ 壁壘森嚴/堅壁清野。

14 **壓**(压) 壓 壓 壓 壓 壓 壓 [壓]

[yā ㄧㄚ [粵] at⁸/ŋat⁸ 押]

❶從上向下加力 ◆ 壓碎/壓平/壓路機/泰山壓頂/房屋倒塌，壓死了人。❷用強力制服或制止 ◆ 壓迫/鎮壓/壓制言論/欺壓百姓/高壓手段。❸竭力抑制 ◆ 強壓怒火。❹迫近 ◆ 大軍壓境。❺擱置起來 ◆ 積壓。❻指壓力 ◆ 電壓/血壓/變壓器。

14 **壑** 壑 壑 壑 壑 壑 壑 [壑]

[hè ㄏㄜˋ [粵] kɔk⁸ 確]

❶山谷 ◆ 丘壑/千山萬壑。❷深溝；大坑 ◆ 溝壑/以鄰為壑/慾壑難填。

14 **壕** 壕 壕 壕 壕 壕 壕 [壕]

[háo ㄏㄠˊ [粵] hou⁴ 豪]

深溝 ◆ 壕溝/戰壕/防空壕。

15 **壘**(垒) 壘 壘 壘 壘 壘 壘 [壘]

[lěi ㄌㄟˇ [粵] lœy⁵ 呂]

❶用磚、石等堆砌 ◆ 壘牆/壘花壇。❷軍事上防守用的牆壁 ◆ 營壘/壁壘/兩軍對壘。

16 **壟**(垄) 壟 壟 壟 壟 壟 壟 [壟]

[lǒng ㄌㄨㄥˇ [粵] luŋ⁵ 隴]

❶農作物的行或行間的空地 ◆ 壟溝/麥壟。❷田地分界的小路；田埂 ◆ 界壟。❸像壟的東西 ◆ 瓦壟。

16 **壞**(坏) 壞 壞 壞 壞 壞 壞 [壞]

[huài ㄏㄨㄞˋ [粵] wai⁶ 懷⁶]

❶不好；惡劣；跟"好"相對 ◆ 壞人/壞毛病/天氣很壞/好事不出門，壞事傳千里。❷東西受到損傷；破損 ◆ 毀壞/損壞/電視機壞了。❸放在動詞、形容詞的後面，表示程度深 ◆ 氣壞了/忙壞了/累壞了。

17 **壤** 壤 壤 壤 壤 壤 壤 [壤]

[rǎng ㄖㄤˇ [粵] jœŋ⁶ 讓]

❶鬆軟的泥土 ◆ 土壤。❷大地 ◆ 天壤之別。❸地區 ◆ 接壤/窮鄉僻壤。

21 **壩**(坝) 壩 壩 壩 壩 壩 壩 [壩]

[bà ㄅㄚˋ [粵] ba³ 霸]

截流攔水的建築物；堤 ◆ 堤壩/水壩/攔河壩/防洪大壩。

焦點易錯字 遏 | 壓　遏止 怒不可遏　壓迫 壓抑　　璧 | 壁　白璧無瑕 完璧歸趙　壁壘森嚴 飛簷走壁

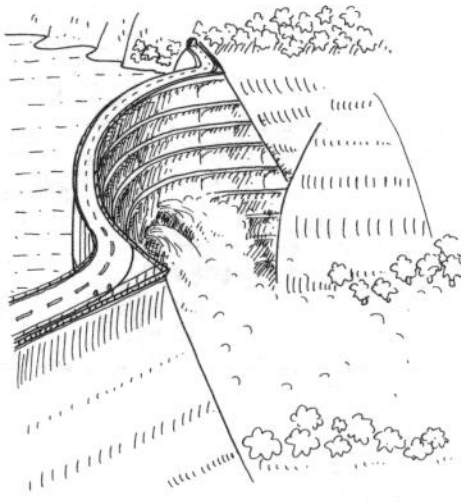

壩

士部

0 **士** 士士士

[shì ㄕˋ ㊅ si⁶ 事]

❶ **過去稱讀書人、研究學問的人；現在指知識分子** ◆ 學士／士農工商／一介寒士／士為知己者死。❷ **對人的敬稱** ◆ 女士／壯士／烈士／勇士／志士仁人。❸ **指從事某種職業的技術人員** ◆ 護士／助產士。❹ **軍人** ◆ 士兵／身先士卒／三軍將士。❺ **軍銜之一，在尉以下** ◆ 上士／中士／下士。

士　農　工　商

1 **壬** 壬壬壬壬

[rén ㄖㄣˊ ㊅ jɐm⁴ 吟]

天干的第九位 ◆ 甲乙丙丁戊己庚辛壬癸。

❀ 圖見290頁。

3 **吉** 見口部，61頁。

4 **志** 見心部，147頁。

4 **壯**(壮) 壯壯壯壯壯壯壯

[zhuàng ㄓㄨㄤˋ ㊅ dzɔŋ³ 葬]

❶ **強健有力** ◆ 強壯／健壯／年輕力壯／少壯不努力，老大徒傷悲。❷ **雄偉；有氣魄** ◆ 雄壯／壯舉／山河壯麗／十分壯觀／理直氣壯／壯志凌雲。❸ **增強；加強** ◆ 壯膽／壯大隊伍／以壯聲勢。❹**壯族，我國少數民族之一，分佈在廣西和雲南、廣東。**

9 **壹** 壹壹壹壹壹壹壹

[yī ㄧ ㊅ jɐt⁷ 一]

數目字"一"的大寫。

9 **壺**(壶) 壺壺壺壺壺壺壺

[hú ㄏㄨˊ ㊅ wu⁴ 胡]

一種有把、有嘴、腹大口小，用來盛茶、酒等液體的器具 ◆ 茶壺／酒壺／水壺／壺蓋。

9 **喜** 見口部，74頁。

9 **喆** 見口部，75頁。

11 **嘉** 見口部，78頁。

11 **臺** 見至部，369頁。

焦點易錯字 士｜仕　士氣 博士　仕途 出仕

11 **壽**（寿）

[shòu ㄕㄡˋ ㊉ sɐu⁶ 受]

❶ **歲數大；活得長久** ◆ 壽星／有福有壽／人壽年豐。❷ **年歲；壽命** ◆ 健康長壽／延年益壽／老先生今年高壽？／福如東海，壽比南山。❸ **生日** ◆ 壽辰／祝壽。❹ **生前準備為死後用的衣物** ◆ 壽衣／壽材。

12 **賣** 見貝部，429頁。

19 **懿** 見心部，161頁。

夊部

2 **冬** 見冫部，36頁。

7 **夏**

[xià ㄒㄧㄚˋ ㊉ ha⁶ 下]

❶ **一年四季中的第二季，即農曆的四、五、六月** ◆ 夏天／夏季／夏至／盛夏酷暑／夏日炎炎。❷ **指中國** ◆ 華夏。❸ **古朝代名，相傳由禹建立** ◆ 夏、商、周。

10 **愛** 見心部，156頁。

12 **憂** 見心部，157頁。

夕部

0 **夕**

[xī ㄒㄧ ㊉ dzik⁹ 直]

❶ **日落的時候；傍晚；跟"朝"相對** ◆ 夕照／夕陽無限好，只是近黃昏。❷ **泛指晚上** ◆ 除夕／前夕／朝夕相處／朝令夕改／天有不測風雲，人有旦夕禍福。

見古文字插頁1。

2 **外**

[wài ㄨㄞˋ ㊉ ŋɔi⁶ 礙]

❶ **在某一範圍的外邊；跟"內"相對** ◆ 門外／國外／世外桃源／置之度外／逍遙法外。❷ **表面的** ◆ 外表／外貌／外觀／外強中乾。❸ **自己所在地以外的；跟"本"相對** ◆ 外國／外省／外語／古今中外／對外貿易。❹ **關係疏遠的** ◆ 外人／見外。❺ **別方面的** ◆ 另外／例外／外帶。❻ **稱母親、姐妹或女兒方面的親戚** ◆ 外公／外婆／外甥／外孫。❼ **非正式的** ◆ 外號／外史／外傳。

圖見33頁。

3 **名** 見口部，62頁。

3 **多**

[duō ㄉㄨㄛ ㊉ dɔ¹ 躲¹]

❶ **數量大；跟"少"相對** ◆ 人很多／多多益

善/多讀多寫/多行不義必自斃。❷**超出；有餘** ◆ 多餘/二十多歲/多了一張票。❸**表示相差的程度大** ◆ 大得多/她比我聰明多了。❹**不必要的** ◆ 多慮/多嘴/多此一舉。❺**表示驚訝、讚歎或疑問** ◆ 多美啊！/多不容易啊！/他今年多大？

3 **舛** 見舛部，372頁。

5 **夜** 夜夜夜夜夜夜 夜

[yè ㄧㄝˋ ⓐ jɛ⁶ 野⁶]

從天黑到天亮的一段時間；跟"晝"相對 ◆ 夜景/夜以繼日/夜長夢多/夜幕降臨/白天不做虧心事，半夜不怕鬼敲門。

8 **够** **"夠"的異體字，見本頁。**

8 **夠**(够) 夠夠夠夠夠夠 夠

[gòu ㄍㄡˋ ⓐ gɐu³ 救]

❶**滿足；達到某種要求** ◆ 足夠/夠資格/夠條件/這點錢夠用了。❷**過多，令人厭煩** ◆ 這些話早聽夠了 。

9 **飧** 見食部，491頁。

11 **夢**(梦) 夢夢夢夢夢夢 夢

[mèng ㄇㄥˋ ⓐ muŋ⁶ 蒙⁶]

❶**睡眠中出現的一種幻象** ◆ 夢境/做了一個夢/如夢初醒/同牀異夢/夜長夢多。❷**做夢** ◆ 夢見/夢寐以求。❸**比喻幻想** ◆ 夢想/夢幻。

11 **夥**(伙) 夥夥夥夥夥夥 夥

[huǒ ㄏㄨㄛˇ ⓐ fɔ² 火]

❶**同伴** ◆ 夥伴/成羣結夥。❷**僱用的人** ◆ 夥計。❸**共同；聯合起來。也作"伙"** ◆ 夥同/合夥經營。

11 **舞** 見舛部，372頁。

大部

0 **大** 大大 大

〈一〉[dà ㄉㄚˋ ⓐ dai⁶ 帶⁶]

❶**大樹、大海的"大"；跟"小"相對** ◆ 大風大浪/大街小巷/聲音太大/大難不死，必有後福。❷**年長的；排行第一的** ◆ 老大/大哥/大姐/一家大小。❸**表示程度深** ◆ 大放光明/大紅大綠/大驚小怪/大快人心/大錯特錯。❹**表示主要的、重要的** ◆ 教學大綱/國家大事/段落大意。❺**時間更前或更後的** ◆ 大前年/大後天。❻**估計；約莫** ◆ 大約/大概/大略/大致。❼**尊敬別人的說法** ◆ 大作/大師/尊姓大名。

〈二〉[dài ㄉㄞˋ ⓐ dai⁶ 帶⁶].

❽**大夫：指醫生** ◆ 李大夫。

見古文字插頁 1 。

1 **天** 天天天 天

[tiān ㄊㄧㄢ ⓐ tin¹ 田¹]

❶**高空；跟"地" 相對** ◆ 天空/頂天立地/天長地久/天有不測風雲/飛流直下三千尺，疑是銀河落九天。❷**位置在頂部或高**

焦點易錯字 伙 | 夥 包伙 家伙 一夥人

口 土 士 夂 夕 大

處的 ◆ 天窗/天線/天橋。❸ 一晝夜叫“一天”；或單指白天 ◆ 今天/每天/三天三夜。❹ 季節；氣候；時令 ◆ 春天/秋天/冷天/晴天/陰天。❺ 自然的；不是人工做成的 ◆ 天然/天生/天災人禍/長江天險/巧奪天工。❻ 古人或宗教指神靈的住地 ◆ 天國/天堂/歸天。

1 夫

夫夫夫 夫

[fū ㄈㄨ 粵 fu^{1} 呼]

❶ 女子的配偶；跟“妻”相對 ◆ 丈夫/夫妻/姐夫/夫唱婦隨。❷ 成年男子 ◆ 懦夫/天下興亡，匹夫有責/大丈夫能屈能伸。❸ 特指成年的體力勞動者 ◆ 農夫/車夫/漁夫。❹ 同“伕”字，見14頁。

見古文字插頁11。

1 太

太太太 太

[tài ㄊㄞˋ 粵 tai^{3} 泰]

❶ 高；大 ◆ 太空/太湖。❷ 極；過於 ◆ 太多/太熱/太自信。❸ 稱呼高一輩的人 ◆ 太師母/太祖母。

1 夭

夭夭夭 夭

[yāo ㄧㄠ 粵 jiu^{2} 妖^{2}]

未成年而死 ◆ 夭折/夭亡。

2 矢

見矢部，309頁。

2 央

央央央央 央

[yāng ㄧㄤ 粵 jœŋ^{1} 秧]

❶ 中心；當中 ◆ 中央。❷ 懇求；請求 ◆ 央求/央告/央託。

2 失

失失失失 失

[shī ㄕ 粵 sɐt^{7} 室]

❶ 丟掉；不存在了；跟“得”相對 ◆ 丟失/遺失/失而復得/機不可失/得道多助，失道寡助。❷ 找不着 ◆ 失蹤/失羣之雁/迷失方向。❸ 沒有把握住；不小心 ◆ 失策/失手/一時失言/一失足成千古恨。❹ 錯誤；過錯 ◆ 過失/失誤。❺ 違背；不合 ◆ 失禮/失約/失實/失職。❻ 沒有達到目的 ◆ 失望/失意/失敗乃成功之母。❼ 改變常態 ◆ 失神/失聲痛哭/飛機失事/驚慌失色。

3 尖

見小部，119頁。

3 夷

夷夷夷夷夷 夷

[yí ㄧˊ 粵 ji^{4} 而]

❶ 平坦；平安 ◆ 履險如夷/化險為夷。❷ 殺滅；削平 ◆ 夷滅/夷族/夷為平地。❸ 古代對東方少數民族的通稱，也泛指各少數民族 ◆ 東夷/四夷。

4 夾 (夹)

夾夾夾夾夾夾 夾

〈一〉[jiā ㄐㄧㄚ 粵 gap^{8} 甲]

❶ 從兩邊鉗住或限制住 ◆ 夾菜/夾道歡迎/夾着一本書/用老虎鉗夾住。❷ 兩面一起來 ◆ 夾擊/兩面夾攻。❸ 處在兩者之間 ◆ 夾縫/兩樓之間有一條夾道。❹ 混雜；攙雜 ◆ 夾雜/夾在人羣裏/雨夾雪。❺ 夾東西的用具 ◆ 票夾/髮夾/皮夾子/資料夾。

〈二〉[jiá ㄐㄧㄚˊ 粵 gap^{8} 甲]

❻ 雙層的 ◆ 夾衣/夾被/夾襖。

見古文字插頁13。

5 **奉** 奉奉奉奉奉奉 奉

[fèng ㄈㄥˋ 粵 fuŋ6 鳳]

❶**恭敬地送給或接受** ◆ 奉送/奉獻/奉命/奉旨/陽奉陰違。❷**敬詞，表示尊重** ◆ 奉勸/奉陪到底/無可奉告。❸**信仰；推崇** ◆ 信奉/奉行/奉公守法。❹**供養；侍候** ◆ 奉養/侍奉/供奉。

5 **奈** 奈奈奈奈奈奈 奈

[nài ㄋㄞˋ 粵 nɔi6 耐]

怎麼；如何 ◆ 無奈/無可奈何花落去，似曾相識燕歸來。

5 **奇** 奇奇奇奇奇奇 奇

〈一〉[qí ㄑㄧˊ 粵 kei4 其]

❶**少見的；特殊的** ◆ 奇特/奇跡/奇妙/奇觀/天下奇聞。❷**出人意料的** ◆ 奇襲/出奇制勝。❸**驚異** ◆ 奇怪/不足為奇/大為驚奇。❹**非常；極其** ◆ 奇醜無比/奇癢難忍。

〈二〉[jī ㄐㄧ 粵 gei1 基]

❺**單數；跟"偶"相對** ◆ 奇數。

5 **奔** 奔奔奔奔奔奔 奔

〈一〉[bēn ㄅㄣ 粵 bɐn1 賓]

❶**跑；急走** ◆ 奔跑/狂奔/飛奔/奔走相告/騎馬奔馳在草原上。❷**古代指女子未行婚禮而私自與男子成婚，離家出走** ◆ 私奔。❸**忙着處理事務** ◆ 奔喪/疲於奔命。

〈二〉[bèn ㄅㄣˋ 粵 bɐn1 賓]

❹**直往；投向** ◆ 投奔/各奔前程。

見古文字插頁 14。

5 **奄** 奄奄奄奄奄奄 奄

[yǎn ㄧㄢˇ 粵 jim2 掩]

❶**覆蓋；擁有** ◆ 奄有四方。❷**忽然；突然** ◆ 奄忽/奄然。❸**奄奄：氣息微弱，快要斷氣的樣子** ◆ 奄奄一息。

6 **契** 契契契契契契 契

[qì ㄑㄧˋ 粵 kɐi3 溪3]

❶**文書證券；合約** ◆ 契約/地契/房契/賣身契。❷**意氣相合** ◆ 契友/契合/默契。

6 **奏** 奏奏奏奏奏奏 奏

[zòu ㄗㄡˋ 粵 dzɐu3 咒]

❶**按曲調吹彈樂器** ◆ 奏樂/演奏/獨奏/彈奏/奏國歌。❷**發生；取得** ◆ 奏效。❸**古代臣子向君王陳述意見** ◆ 上奏/奏章/奏本/先斬後奏。

6 **奎** 奎奎奎奎奎奎 奎

[kuí ㄎㄨㄟˊ 粵 kwɐi1 規 /fui1 灰]

星名。常作人名用字。

6 **耷** 見耳部，357頁。

6 **奕** 奕奕奕奕奕奕 奕

[yì ㄧˋ 粵 jik9 亦]

奕奕：精神飽滿的樣子 ◆ 神采奕奕。

6 **美** 見羊部，352頁。

7 **套** 套套套套套套 套

[tào ㄊㄠˋ 粵 tou3 吐]

焦點易錯字 耐 | 奈 耐性 耐人尋味 怎奈 無可奈何

❶罩在外面；罩在外面的東西 ◆ 套上一層布/書套/手套/封套。❷相連接的或重疊上去的 ◆ 套間/套印/套色/一環套一環。❸同類事物組合成的一個整體 ◆ 成套設備/套裝。❹用繩子等結成的環狀物 ◆ 牲口套/雙套結。❺設法騙取或引出 ◆ 套購/套口氣/設法套出他的話。❻模仿；照樣子做 ◆ 生搬硬套/套用那篇文章的寫法。❼固定的、陳舊的 ◆ 俗套/客套/老一套。❽量詞，用於成組的東西 ◆ 一套茶具/一套傢具/一套醉拳。

7 **奚**

[xī ㄒㄧ ⓨ hɐi4 係4]
姓。

8 **奢**

[shē ㄕㄜ ⓨ tsɛ1 斜1]
❶大量用錢，過分追求享受 ◆ 奢侈/奢華/窮奢極侈。❷過分；過多 ◆ 奢望/奢想。

奢　　儉

9 **奠**

[diàn ㄉㄧㄢˋ ⓨ din6 電]
❶為死者舉行儀式表示悼念 ◆ 祭奠/奠儀。❷建立；安置；使穩固 ◆ 奠基/奠定。

10 **奧** (奥)

[ào ㄠˋ ⓨ ou3/ŋou3 澳]
含義深；不容易理解 ◆ 奧妙/深奧/宇宙的奧祕。

11 **奩** (奁)

[lián ㄌㄧㄢˊ ⓨ lim4 廉]
女子梳妝用的鏡匣 ◆ 妝奩/鏡奩。

11 **奪** (夺)

[duó ㄉㄨㄛˊ ⓨ dyt9]
❶搶；強取 ◆ 搶奪/掠奪/爭權奪利/奪人所好/巧取豪奪。❷爭取；奮力得到 ◆ 奪標/爭分奪秒/爭奪冠軍。❸使失去 ◆ 剝奪/褫奪。❹衝出 ◆ 奪門而去/眼淚奪眶而出。❺勝過；壓倒 ◆ 巧奪天工/先聲奪人。❻作出處理決定 ◆ 定奪/裁奪。

11 **獎** "奬"的異體字，見280頁。

12 **樊** 見木部，224頁。

13 **奮** (奋)

[fèn ㄈㄣˋ ⓨ fɐn3 訓/fɐn5 憤 (語)]
❶振作精神，鼓起幹勁 ◆ 努力奮鬥/浴血奮戰/奮勇向前/奮發圖強/興奮不已。❷用力舉起；揮動 ◆ 奮臂高呼/奮筆疾書。

女部

0 **女**

[nǚ ㄋㄩˇ ⓨ nœy5 餒]

❶女性；女人；跟"男"相對 ◆ 女生/婦女/女主人/男女平等/女中豪傑。**❷女兒** ◆ 長女/幼女/男大當婚，女大當嫁。

見古文字插頁1。

2 奶

奶 奶 奶 奶 奶

[nǎi ㄋㄞˇ (粵) nai^{5} 乃]

❶乳汁；乳製品 ◆ 牛奶/酸奶/奶粉/奶油/鮮奶蛋糕。**❷餵奶** ◆ 奶媽/奶孩子。**❸乳房** ◆ 奶頭。

2 奴

奴 奴 奴 奴 奴

[nú ㄋㄨˊ (粵) nou^{4} 駑]

受人役使而沒有人身自由的人 ◆ 奴僕/奴隸/奴婢/農奴/奴顏婢膝。

3 奸

奸 奸 奸 奸 奸 奸

[jiān ㄐㄧㄢ (粵) gan^{1} 艱]

❶虛偽；狡詐 ◆ 奸詐/奸險/奸臣/奸笑/老奸巨猾。**❷私通敵方的人** ◆ 內奸/奸細/漢奸。**❸"姦"的簡化字，見105頁。**

3 如

如 如 如 如 如 如

[rú ㄖㄨˊ (粵) jy^{4} 餘]

❶像；好像 ◆ 如花似錦/如飢似渴/如虎添翼/一見如故。**❷依照；符合** ◆ 如願以償/如數歸還/如期完成/如實招來。**❸比得上** ◆ 自愧不如/天時不如地利，地利不如人和。**❹假使；表示假設** ◆ 如果/假如。**❺表示舉例** ◆ 例如/比如/條件如下。

3 妁

妁 妁 妁 妁 妁 妁

[shuò ㄕㄨㄛˋ (粵) dzœk^{8} 雀]

媒人 ◆ 父母之命，媒妁之言。

3 安

見宀部，112頁。

3 妄

妄 妄 妄 妄 妄 妄

[wàng ㄨㄤˋ (粵) mɔŋ^{6} 望^{6}/mɔŋ^{5} 網(語)]

任意亂來；不合實際 ◆ 狂妄自大/輕舉妄動/膽大妄為/痴心妄想。

3 好

好 好 好 好 好 好

〈一〉[hǎo ㄏㄠˇ (粵) hou^{2} 號^{2}]

❶美的、善的；叫人喜愛的；跟"壞"相對 ◆ 好人/美好/好脾氣/牡丹雖好，也要綠葉扶持/好事不出門，壞事傳千里。**❷友愛；和睦** ◆ 友好/相好/和好如初/言歸於好。**❸完成；結束** ◆ 功課做好了/一切都準備好了。**❹容易；跟"難"相對** ◆ 這道題好做/這件事好辦。**❺能夠；可以** ◆ 只好如此/我好走了/我好進來嗎？**❻表示贊成、答應等語氣** ◆ 好，就這麼辦/好，我就來。**❼很** ◆ 天氣好熱/等了好久好久/這大樓好高啊！

〈二〉[hào ㄏㄠˋ (粵) hou^{3} 耗]

❽喜歡；愛 ◆ 好勝/愛好/投其所好/游手好閒/好逸惡勞。

3 妃

妃 妃 妃 妃 妃 妃

[fēi ㄈㄟ (粵) fei^{1} 飛]

皇帝的妾；太子、王侯的妻 ◆ 妃子/王妃/貴妃。

3 她

她 她 她 她 她 她

[tā ㄊㄚ (粵) ta^{1} 他]

焦點易錯字 奸 | 姦　奸臣　老奸巨猾　姦情　姦淫邪盜

女性的第三人稱代詞 ◆ 女同學在跳土風舞，你看，她們跳得多好。

4妍

[yán ㄧㄢˊ [粵] jin^{4} 言]

美麗；美好 ◆ 春光明媚，百花爭妍。

4妓

[jì ㄐㄧˋ [粵] gei^{6} 忌]

❶**賣淫的女子** ◆ 妓女 / 娼妓。❷**古代稱從事歌舞表演的女子** ◆ 歌妓。

4妣

[bǐ ㄅㄧˇ [粵] bei^{2} 比]

已經去世的母親 ◆ 先妣 / 如喪考妣。

4妊

[rèn ㄖㄣˋ [粵] jɐm^{4} 吟 / jɐm^{6} 賃]

懷孕 ◆ 妊婦 / 妊娠。

4妖

[yāo ㄧㄠ [粵] jiu^{1} 腰 / jiu^{2} 夭 (語)]

❶**神話傳說中奇怪可怕而能害人的東西** ◆ 妖怪 / 妖魔 / 妖精 / 照妖鏡 / 除妖降魔。❷**邪惡的；不正派的** ◆ 妖術 / 妖言惑眾。❸**打扮過分豔麗而不夠莊重** ◆ 妖冶 / 妖豔 / 妖裏妖氣。

4妥

[tuǒ ㄊㄨㄛˇ [粵] tɔ^{5} 橢]

❶**合適；穩當** ◆ 妥當 / 妥善 / 穩妥 / 這樣做不妥。❷**停當；完備** ◆ 事已辦妥 / 雙方談妥了。

4妨

[fáng ㄈㄤˊ [粵] fɔŋ^{4} 房]

阻礙；損害 ◆ 妨害 / 妨礙交通 / 但說無妨。

4妒

[dù ㄉㄨˋ [粵] dou^{3} 到]

忌恨比自己強的人 ◆ 妒忌 / 嫉妒 / 妒賢嫉能。

4妙

[miào ㄇㄧㄠˋ [粵] miu^{6} 廟]

❶**美好；精美** ◆ 美妙 / 妙語驚人 / 妙齡少女 / 妙手回春 / 妙不可言。❷**奇巧；神祕** ◆ 奇妙 / 神機妙算 / 錦囊妙計 / 其中奧妙 / 莫名其妙。

4妞

[niū ㄋㄧㄡ [粵] nɐu^{2} 紐]

女孩子 ◆ 大妞 / 妞子 / 這幾個妞長得挺漂亮。

4妝 (妆)

[zhuāng ㄓㄨㄤ [粵] dzɔŋ^{1} 莊]

❶**打扮；修飾** ◆ 妝扮 / 化妝 / 梳妝枱 / 女扮男妝 / 濃妝淡抹總相宜。❷**身上的服飾** ◆ 卸妝。❸**嫁妝：女子出嫁時隨帶的物品。**

5妹

[mèi ㄇㄟˋ [粵] mui^{6} 昧]

焦點易錯字 妝 | 裝 梳妝 化妝 裝飾 裝模作樣

稱同輩女性中年齡比自己小的 ◆ 姐妹／兄妹／表妹／師妹。

5 **姑** 姑姑姑姑姑姑 姑

[gū ㄍㄨ ㊣ gu¹ 孤]

❶ **稱父親的姐妹或丈夫的姐妹** ◆ 姑媽／姑嫂。❷ **未嫁女子的通稱** ◆ 姑娘／尼姑。❸ **暫且** ◆ 姑且／姑妄言之，姑妄聽之。

5 **姡** **"妒"的異體字，見102頁。**

5 **妻** 妻妻妻妻妻妻 妻

[qī ㄑㄧ ㊣ tsɐi¹ 棲]

男子的配偶；跟"夫"相對 ◆ 妻子／愛妻／娶妻／妻離子散／賢妻良母。

5 **姐** 姐姐姐姐姐姐 姐

[jiě ㄐㄧㄝˇ ㊣ dzɛ² 者]

❶ **稱同輩女性中年齡比自己大的** ◆ 姐姐／姐妹／表姐／姐弟倆。❷ **稱呼年輕女子** ◆ 劉大姐／李小姐。

5 **妯** 妯妯妯妯妯妯 妯

[zhóu ㄓㄡˊ ㊣ dzuk⁹ 逐]

妯娌：兄和弟的妻子之間的關係 ◆ 她們三個是妯娌／妯娌倆一起去吧！

5 **姓** 姓姓姓姓姓姓 姓

[xìng ㄒㄧㄥˋ ㊣ siŋ³ 性]

表明家族系統的稱號 ◆ 姓氏／姓名／尊姓大名／坐不改姓，行不改名／歐陽是複姓，司徒也是複姓。

5 **委** 委委委委委委 委

[wěi ㄨㄟˇ ㊣ wɐi² 毀]

❶ **任命；把事情交給他人去辦** ◆ 委任／委託／委派／委以重任。❷ **拋棄** ◆ 委棄。❸ **推託；推卸** ◆ 推委／委罪於人。❹ **委員或委員會的簡稱** ◆ 常委／市委。❺ **事情的末尾** ◆ 事情的原委。❻ **確實** ◆ 委實。❼ **精神不振作；疲乏** ◆ 委靡不振／委頓。

5 **姍** 姍姍姍姍姍姍 姍

[shān ㄕㄢ ㊣ san¹ 山]

姍姍：走路緩慢，從容不迫的樣子 ◆ 姍姍來遲。

5 **姗** **"姍"的異體字，見本頁。**

5 **妳** 妳妳妳妳妳妳 妳

[nǐ ㄋㄧˇ ㊣ nei⁵ 你]

專指女性的第二人稱代詞 ◆ 玉玲妳好！

5 **姊** 姊姊姊姊姊姊 姊

[zǐ ㄗˇ ㊣ dzi² 紙]

姐姐 ◆ 姊妹。

5 **妾** 妾妾妾妾妾妾 妾

[qiè ㄑㄧㄝˋ ㊣ tsip⁸]

❶ **舊時男子在正妻之外另娶的女子** ◆ 納妾／三妻四妾。❷ **古代女子自稱** ◆ 君在天一涯，妾身長別離。

5 **妮** 妮妮妮妮妮妮 妮

[nī ㄋㄧ ㊣ nei⁴ 尼]

❶ **女孩子** ◆ 妮子。❷ **常用作女性的名字。**

5弩 見弓部，141頁。

5始 始 始 始 始 始 始 始

[shǐ ㄕˇ 粵 tsi² 齒]

❶ **事情的開頭；最初；跟“終”相對** ◆ 開始／原始／始作俑者／週而復始／由始至終／千里之行，始於足下。❷**才** ◆ 千呼萬喚始出來／不斷學習始能進步。

5姆 姆 姆 姆 姆 姆 姆 姆

[mǔ ㄇㄨˇ 粵 mou⁵ 母]

保姆：受僱幫人家照管孩子或料理家務的婦女 ◆ 年輕保姆。

6娃 娃 娃 娃 娃 娃 娃 娃

[wá ㄨㄚˊ 粵 wa¹ 蛙]

小孩 ◆ 娃娃／女娃。

6姥 姥 姥 姥 姥 姥 姥 姥

〈一〉[lǎo ㄌㄠˇ 粵 lou⁵ 老]

❶ **姥姥：外祖母** ◆ 去姥姥家玩。

〈二〉[mǔ ㄇㄨˇ 粵 mou⁵ 母]

❷ **年老的婦女。**

6威 威 威 威 威 威 威 威

[wēi ㄨㄟ 粵 wɐi¹ 委¹]

❶ **強大的聲勢，使人敬畏、害怕** ◆ 威力／威嚴／威信／威望／長他人志氣，滅自己威風。❷ **施加壓力** ◆ 威逼／威脅／威嚇。

6姨 姨 姨 姨 姨 姨 姨 姨

[yí ㄧˊ 粵 ji⁴ 疑]

❶ **稱母親的姐姐** ◆ 姨媽。❷ **稱母親的妹妹、妻子的姐妹**◆ 姨夫／小姨子。❸ **小孩對成年婦女的一般稱呼** ◆ 秦姨／阿姨。

6姪(侄) 姪 姪 姪 姪 姪 姪 姪

[zhí ㄓˊ 粵 dzɐt⁹ 疾]

兄弟或同輩男性親戚的兒子 ◆ 姪子／姪兒／內姪／叔姪之間。

6要 見襾部，408頁。

6耍 見而部，356頁。

6姻 姻 姻 姻 姻 姻 姻 姻

[yīn ㄧㄣ 粵 jɐn¹ 因]

婚姻 ◆ 聯姻／千里姻緣一線牽。

6姚 姚 姚 姚 姚 姚 姚 姚

[yáo ㄧㄠˊ 粵 jiu⁴ 搖]

姓。

6姣 姣 姣 姣 姣 姣 姣 姣

[jiāo ㄐㄧㄠ 粵 gau² 狡]

容貌美 ◆ 姣好。

6姜 姜 姜 姜 姜 姜 姜 姜

[jiāng ㄐㄧㄤ 粵 gœŋ¹ 疆]

❶ **姓。**❷ **“薑”的簡化字，見388頁。**

6姘 姘 姘 姘 姘 姘 姘 姘

[pīn ㄆㄧㄣ 粵 piŋ¹ 乒]

非正式夫妻而同居的不正當男女關係 ◆ 姘

居／姘頭。

6 姿 姿 姿 姿 姿 姿 姿 姿

[zī ㄗ 粵 dzi¹ 支]
❶ 容貌 ◆ 姿容／姿色。❷ 體態；樣子 ◆ 姿態／姿勢／舞姿／英姿颯爽。

6 姦 (奸) 姦 姦 姦 姦 姦 姦 姦

[jiān ㄐㄧㄢ 粵 gan¹ 奸]
私通；犯淫 ◆ 通姦／強姦／姦污／姦淫擄掠。

7 姬 姬 姬 姬 姬 姬 姬 姬

[jī ㄐㄧ 粵 gei¹ 機]
❶ 古代對婦女的美稱；也指美女。❷ 過去稱以歌舞為業的女子 ◆ 歌姬。

7 娠 娠 娠 娠 娠 娠 娠 娠

[shēn ㄕㄣ 粵 sɐn¹ 身/dzɐn³ 振]
懷孕 ◆ 妊娠。

7 娌 娌 娌 娌 娌 娌 娌 娌

[lǐ ㄌㄧˇ 粵 lei⁵ 理]
妯娌。見"妯"字，103 頁。

7 娟 娟 娟 娟 娟 娟 娟 娟

[juān ㄐㄩㄢ 粵 gyn¹ 捐]
❶ 姿態美好 ◆ 娟秀。❷ 女性人名用字。

7 娛 (娯) 娛 娛 娛 娛 娛 娛 娛

[yú ㄩˊ 粵 jy⁴ 魚]
快樂；歡樂；使快樂 ◆ 娛樂／歡娛／文娛活動／聊以自娛／耳目之娛。

7 娥 娥 娥 娥 娥 娥 娥 娥

[é ㄜˊ 粵 ŋɔ⁴ 鵝]
❶ 女子姿容美好。❷ 美女 ◆ 宮娥／嬌娥／娥眉。❸ 嫦娥。見"嫦"字，108頁。

7 娩 娩 娩 娩 娩 娩 娩 娩

[miǎn ㄇㄧㄢˇ 粵 min⁵ 免]
生孩子 ◆ 分娩。

7 娣 娣 娣 娣 娣 娣 娣 娣

[dì ㄉㄧˋ 粵 dɐi⁶ 弟]
古代姐姐稱弟妹或兄妻稱弟媳。多作女性人名用字。

7 宴 見宀部，114頁。

7 娘 娘 娘 娘 娘 娘 娘 娘

[niáng ㄋㄧㄤˊ 粵 nœŋ⁴]
❶ 母親 ◆ 爹娘。❷ 對長輩婦女的稱呼 ◆ 大娘／嬸娘／老大娘。❸ 對年輕婦女的稱呼 ◆ 姑娘／新娘。

7 娓 娓 娓 娓 娓 娓 娓 娓

[wěi ㄨㄟˇ 粵 mei⁵ 美]
娓娓：形容談論不倦或說話動聽 ◆ 娓娓而談／娓娓動聽。

大 女 子 宀 寸 小

焦點易錯字 奸 | 姦　奸臣　老奸巨猾　姦情　姦淫邪盜　姿 | 恣　姿態　多采多姿　放恣　恣意妄為

7 娜 娜娜娜娜娜娜 娜

〈一〉[nuó ㄋㄨㄛˊ ㊕ nɔ⁵ 挪⁵]
❶ 婀娜。見"婀"字，本頁。
〈二〉[nà ㄋㄚˋ ㊕ nɔ⁴ 挪/na⁴ 拿]
❷ 多作女性人名用字。

8 婊 婊婊婊婊婊婊 婊

[biǎo ㄅㄧㄠˇ ㊕ biu² 表]
婊子：指妓女。多作罵人的話。

8 娶 娶娶娶娶娶娶 娶

[qǔ ㄑㄩˇ ㊕ tsœy² 取]
男子結婚；討老婆 ◆ 娶親／娶妻／婚喪嫁娶／娶了個外籍妻子。

8 婪 婪婪婪婪婪婪 婪

[lán ㄌㄢˊ ㊕ lam⁴ 藍]
貪；不知滿足 ◆ 貪婪。

8 娼 娼娼娼娼娼娼 娼

[chāng ㄔㄤ ㊕ tsœŋ¹ 昌]
妓女 ◆ 娼妓／逼良為娼／男盜女娼。

8 婁 (娄) 婁婁婁婁婁婁 婁

[lóu ㄌㄡˊ ㊕ lɐu⁴ 留]
姓。

8 婢 婢婢婢婢婢婢 婢

[bì ㄅㄧˋ ㊕ pei⁵ 披⁵]
舊時供有錢人家使喚的年輕女子 ◆ 婢女／奴婢／奴顏婢膝。

8 婚 婚婚婚婚婚婚 婚

[hūn ㄏㄨㄣ ㊕ fɐn¹ 昏]
成年男女結為夫妻 ◆ 結婚／婚姻／婚禮／男大當婚，女大當嫁。

8 婆 婆婆婆婆婆婆 婆

[pó ㄆㄛˊ ㊕ pɔ⁴ 破⁴]
❶ 對祖輩或老年婦女的稱呼 ◆ 外婆／老婆婆。❷ 特指丈夫的母親 ◆ 婆媳／公婆。❸ 指從事某些職業的婦女 ◆ 媒婆／收生婆。

8 婉 婉婉婉婉婉婉 婉

[wǎn ㄨㄢˇ ㊕ jyn² 苑]
態度温和；和順 ◆ 婉轉／委婉／婉言。

8 婦 (妇) 婦婦婦婦婦婦 婦

[fù ㄈㄨˋ ㊕ fu⁵ 夫⁵]
❶ 結了婚的女子 ◆ 婦人／媳婦／少婦。❷ 指妻子 ◆ 夫婦／夫唱婦隨。❸ 女性的通稱 ◆ 婦科／婦孺皆知／世界婦女大會。
見古文字插頁 15。

8 婀 婀婀婀婀婀婀 婀

[ē ㄜ ㊕ ɔ²/ŋɔ² 柯²]
婀娜：姿態柔軟而美好 ◆ 婀娜多姿。

9 媒 媒媒媒媒媒媒 媒

[méi ㄇㄟˊ ㊕ mui⁴ 煤]
❶ 介紹婚姻的人 ◆ 做媒／媒人／媒婆。❷ 起聯繫作用的 ◆ 媒介／媒體／新聞傳媒。

9 嫂 嫂嫂嫂嫂嫂嫂 嫂

[sǎo ㄙㄠˇ ㊕ sou² 數²]

❶哥哥的妻子 ◆ 嫂子。❷尊稱年紀跟自己差不多的已婚婦女 ◆ 李大嫂／這位大嫂。

9 媛 媛媛媛媛媛媛 媛

〈一〉[yuán ㄩㄢˊ 粵 jyn4 員]
❶嬋媛。同"嬋娟"。見"嬋"字，108頁。
〈二〉[yuàn ㄩㄢˋ 粵 jyn6 願]
❷美女 ◆ 名媛／淑媛。

9 婷 婷婷婷婷婷婷 婷

[tíng ㄊㄧㄥˊ 粵 tiŋ4 停]
姿態美好。多作女性人名用字。

9 媚 媚媚媚媚媚媚 媚

[mèi ㄇㄟˋ 粵 mei6 味]
❶討好巴結 ◆ 獻媚／諂媚。❷美好；可愛 ◆ 嫵媚／春光明媚。

9 婿 婿婿婿婿婿婿 婿

[xù ㄒㄩˋ 粵 sɐi3 世]
女婿：女兒的丈夫。

10 媽(妈) 媽媽媽媽媽媽 媽

[mā ㄇㄚ 粵 ma1 嗎]
❶母親 ◆ 親爹媽／我愛媽，媽也愛我。❷對女性長輩或年長婦女的稱呼 ◆ 姑媽／舅媽／大媽。❸稱呼中年或老年的女僕 ◆ 黃媽／張媽。

10 媳 媳媳媳媳媳媳 媳

[xí ㄒㄧˊ 粵 sik7 息]
兒子、弟弟或其他晚輩的妻子 ◆ 兒媳／弟媳／孫媳／婆媳。

10 媲 媲媲媲媲媲媲 媲

[pì ㄆㄧˋ 粵 pei3 屁]
匹敵；比得上 ◆ 媲美。

10 嫉 嫉嫉嫉嫉嫉嫉 嫉

[jí ㄐㄧˊ 粵 dzɐt9 疾]
❶忌恨比自己強的人 ◆ 嫉才／嫉恨／妒嫉／妒賢嫉能。❷痛恨 ◆ 憤世嫉俗／嫉惡如仇。

10 嫌 嫌嫌嫌嫌嫌嫌 嫌

[xián ㄒㄧㄢˊ 粵 jim4 鹽]
❶懷疑；被懷疑 ◆ 嫌疑／避嫌／涉嫌。❷厭惡 ◆ 嫌棄／討嫌。❸不滿意 ◆ 嫌少／嫌他懶。❹怨恨 ◆ 捐棄前嫌。

10 嫁 嫁嫁嫁嫁嫁嫁 嫁

[jià ㄐㄧㄚˋ 粵 ga3 駕]
❶女子結婚，從娘家遷到婆家 ◆ 出嫁／嫁妝／男大當婚，女大當嫁。❷轉移 ◆ 轉嫁／嫁禍於人。

11 嫣 嫣嫣嫣嫣嫣嫣 嫣

[yān ㄧㄢ 粵 jin1 煙]
❶美好的樣子 ◆ 嫣然一笑。❷顏色鮮豔 ◆ 姹紫嫣紅。

11 嫗(妪) 嫗嫗嫗嫗嫗嫗 嫗

[yù ㄩˋ 粵 jy3 瘀]
年老的婦女 ◆ 老嫗。

11 嫘 嫘嫘嫘嫘嫘嫘 嫘

[léi ㄌㄟˊ 粵 lœy4 雷]

嫘祖：傳説是黃帝的妻子，最早發明養蠶的人。

11**嫖** 嫖 嫖 嫖 嫖 嫖 嫖 嫖

[piáo ㄆㄧㄠˊ ㊣ piu⁴ 瓢]
男子用金錢玩弄妓女 ◆ 嫖娼 / 嫖客 / 吃喝嫖賭。

11**嫩** 嫩 嫩 嫩 嫩 嫩 嫩 嫩

[nèn ㄋㄣˋ ㊣ nyn⁶ 暖⁶]
❶ **剛長出來不久，還很柔弱的；跟"老"相對** ◆ 嫩芽 / 嫩葉 / 嬌嫩。❷ **食物燒製的時間短，鬆軟好嚼；跟"老"相對** ◆ 牛肉炒得很嫩 / 雞蛋煎嫩一些。❸ **顏色淺** ◆ 嫩黃 / 嫩綠。

11**嫦** 嫦 嫦 嫦 嫦 嫦 嫦 嫦

[cháng ㄔㄤˊ ㊣ sœŋ⁷ 常]
嫦娥：神話傳説中月宮裏的仙女 ◆ 嫦娥奔月。

11**嫡** 嫡 嫡 嫡 嫡 嫡 嫡 嫡

[dí ㄉㄧˊ ㊣ dik⁷ 的]
❶ **家族中血統最近的** ◆ 嫡親兄弟。❷ **關係最親近的；正宗的** ◆ 嫡系 / 嫡傳。

12**嬉** 嬉 嬉 嬉 嬉 嬉 嬉 嬉

[xī ㄒㄧ ㊣ hei¹ 希]
玩耍；遊戲 ◆ 嬉戲 / 嬉笑。

12**嬋** 嬋 嬋 嬋 嬋 嬋 嬋 嬋

[chán ㄔㄢˊ ㊣ sim⁴ 蟬]
嬋娟：(1)姿態美好；借指美女。(2)指月亮 ◆ 但願人長久，千里共嬋娟。**也作"嬋媛"。**

12**嫵**(妩) 嫵 嫵 嫵 嫵 嫵 嫵 嫵

[wǔ ㄨˇ ㊣ mou⁵ 武]
嫵媚：形容女子、花木等姿態美好可愛 ◆ 嫵媚動人。

12**嬌**(娇) 嬌 嬌 嬌 嬌 嬌 嬌 嬌

[jiāo ㄐㄧㄠ ㊣ giu¹ 驕]
❶ **美好；可愛** ◆ 嬌美 / 嬌豔 / 江山如此多嬌。❷ **借指美女** ◆ 金屋藏嬌。❸ **柔嫩脆弱** ◆ 嬌嫩 / 嬌貴 / 嬌氣。❹ **過分的愛護；寵愛** ◆ 嬌縱 / 嬌生慣養。

12**嫺**(娴) 嫺 嫺 嫺 嫺 嫺 嫺 嫺

[xián ㄒㄧㄢˊ ㊣ han⁴ 閒]
❶**熟練** ◆ 技術嫺熟。❷**文雅** ◆ 舉止嫺雅 / 嫺靜。

13**嬝** 同"裊"字，見406頁。

14**嬪**(嫔) 嬪 嬪 嬪 嬪 嬪 嬪 嬪

[pín ㄆㄧㄣˊ ㊣ pɐn⁴ 貧]
皇帝的妾；皇宮中的女官 ◆ 妃嬪。

14**嬰**(婴) 嬰 嬰 嬰 嬰 嬰 嬰 嬰

[yīng ㄧㄥ ㊣ jiŋ¹ 英]
出生不久的孩子 ◆ 嬰兒 / 男嬰 / 棄嬰。

15**嬸**(婶) 嬸 嬸 嬸 嬸 嬸 嬸 嬸

[shěn ㄕㄣˇ ㊣ sɐm² 審]
❶ **叔叔的妻子** ◆ 嬸嬸 / 嬸娘 / 嬸子。❷ **尊稱與父母同輩而年齡較小的婦女** ◆ 大嬸。

17 孀

[shuāng ㄕㄨㄤ (粵) sœŋ1 商]
死了丈夫的女人；寡婦 ◆ 遺孀 / 孀婦。

子部

0 子

〈一〉[zǐ ㄗˇ (粵) dzi2 止]
❶兒子 ◆ 父子 / 子女 / 獨生子。❷人的通稱 ◆ 男子 / 女子 / 莘莘學子。❸古代稱有學問、道德及地位的人；對男子的尊稱；古代指“你” ◆ 君子 / 諸子百家 / 孔子 / 夫子 / 以子之矛，攻子之盾。❹植物的種子；動物的卵 ◆ 瓜子 / 雞子 / 魚子醬。❺小而硬的成塊或成顆粒狀的東西 ◆ 子彈 / 石子 / 棋子 / 算盤子。❻幼小的；稚嫩的 ◆ 子雞 / 子豬 / 子薑。❼派生的；從屬的 ◆ 子公司 / 子母鉋。❽封建時代五等爵位的第四等 ◆ 公、侯、伯、子、男 / 子爵。❾地支的第一位 ◆ 子丑寅卯。❿子時：即晚上十一時至凌晨一時。

午
未
申
酉
戌
亥
子
丑
寅
卯
辰
巳
11
1
3
5
7
9

〈二〉[zi ·ㄗ (粵) dzi2 止]
⓫名詞的後綴 ◆ 椅子 / 墊子 / 胖子 / 出亂子。
見古文字插頁 1。

0 孑

[jié ㄐㄧㄝˊ (粵) kit8 揭]
❶單獨；孤單 ◆ 孑立 / 孑然一身。❷孑孓：蚊子的幼蟲。

0 孓

[jué ㄐㄩㄝˊ (粵) kyt8 決]
孑孓：蚊子的幼蟲。

1 孔

[kǒng ㄎㄨㄥˇ (粵) huŋ2 恐]
洞；窟窿 ◆ 鼻孔 / 彈孔 / 無孔不入 / 千瘡百孔 / 十七孔橋。

2 孕

[yùn ㄩㄣˋ (粵) jɐn6 刃]
❶懷胎 ◆ 孕婦 / 孕育 / 避孕。❷胎兒 ◆ 懷孕 / 身孕。

3 存

[cún ㄘㄨㄣˊ (粵) tsyn4 全]
❶還在；還活着；跟“亡”相對 ◆ 存在 / 生存 / 生死存亡 / 盪然無存 / 名存實亡。❷保留 ◆ 存根 / 存疑 / 求同存異 / 保存下來。❸積儲 ◆ 存款 / 存貨 / 儲存。❹寄放 ◆ 存放 / 存車 / 寄存。❺心裏懷有 ◆ 存心搗亂 / 不存幻想 / 心存僥倖。

3 字

[zì ㄗˋ (粵) dzi6 自]

❶ **文字；記錄語言的符號** ◆ 漢字／字典／常用字／字裏行間。❷ **指字音** ◆ 字正腔圓／吐字清楚。❸ **名字；人本名以外的別號** ◆ 簽字／岳飛，字鵬舉／諸葛亮，字孔明。❹ **用文字寫成的憑據、契約** ◆ 字據／立字為據。

3 **好** 見女部，101頁。

4 **孝** 孝孝孝孝孝孝 [孝]

[xiào ㄒㄧㄠˋ [粵] hau^{3} 效^{3}]

❶ **敬重並盡心供養父母** ◆ 孝順／盡孝道／孝敬父母／不孝子孫／孝子賢孫。❷ **居喪；喪服** ◆ 守孝／戴孝。

4 **李** 見木部，209頁。

4 **孜** 孜孜孜孜孜孜 [孜]

[zī ㄗ [粵] dzi^{1} 支]

孜孜：努力不懈 ◆ 孜孜以求／孜孜不倦。

4 **孚** 孚孚孚孚孚孚 [孚]

[fú ㄈㄨˊ [粵] fu^{1} 呼]

令人信服 ◆ 深孚眾望。

5 **孟** 孟孟孟孟孟孟 [孟]

[mèng ㄇㄥˋ [粵] maŋ^{6} 猛^{6}]

農曆每季的第一個月 ◆ 孟春（正月）／孟秋（七月）。

5 **季** 季季季季季季 [季]

[jì ㄐㄧˋ [粵] gwɐi^{3} 貴]

❶ **三個月為一季，一年分春夏秋冬四季** ◆ 春季／冬季／換季。❷ **具有某種特點的一段時間** ◆ 雨季／旱季／旺季／淡季。❸ **兄弟排行第四或最小的** ◆ 季弟／伯仲叔季。❹ **競賽中得第三** ◆ 季軍。

5 **孤** 孤孤孤孤孤孤 [孤]

[gū ㄍㄨ [粵] gu^{1} 姑]

❶ **幼年失去父親或父母雙亡的** ◆ 孤兒／遺孤／孤兒寡婦。❷ **單獨** ◆ 孤雁／孤身一人／孤立無援／孤軍作戰／孤掌難鳴。❸ **古代王侯的自稱** ◆ 稱孤道寡。

5 **乳** 見乙部，7頁。

5 **享** 見亠部，11頁。

6 **孩** 孩孩孩孩孩孩 [孩]

[hái ㄏㄞˊ [粵] hɔi^{4} 開^{4}/hai^{4} 鞋]

❶ **兒童** ◆ 小孩／男孩／女孩。❷ **子女** ◆ 我們有三個孩子。

7 **孫**（孙） 孫孫孫孫孫孫 [孫]

[sūn ㄙㄨㄣ [粵] syn^{1} 宣]

❶ **兒女的子女** ◆ 孫子／孫女／外孫。❷ **孫子以後各代** ◆ 曾孫／玄孫。

見古文字插頁15。

8 **孰** 孰孰孰孰孰孰 [孰]

[shú ㄕㄨˊ [粵] suk^{9} 淑]

誰；甚麼 ◆ 人非聖賢，孰能無過？／是可忍，孰不可忍？

9 **孳** 孳孳孳孳孳孳 [孳]

[zī ㄗ [粵] dzi^{1} 之]

焦點易錯字 熟｜孰　熟悉　熟能生巧　孰知　孰不可忍

大 女 子 宀 寸 小

繁殖 ◆ 孳乳 / 清除污水，防止蚊蠅孳生。

9 **孱**　孱 孱 孱 孱 孱 孱 孱

〈一〉[chán　ㄔㄢˊ　[粵] san^{4} 潺]

❶ **瘦弱；軟弱** ◆ 孱羸 / 孱弱。

〈二〉[càn　ㄘㄢˋ　[粵] tsan^{3} 燦]

❷ **孱頭：指軟弱無能的人。**

11 **孵**　孵 孵 孵 孵 孵 孵 孵

[fū　ㄈㄨ　[粵] fu^{1} 呼]

鳥類伏在蛋上，用體温使蛋受熱而成幼鳥(也可用人工方法) ◆ 人工孵化 / 母雞孵小雞。

13 **學** (学)　學 學 學 學 學 學 學

[xué　ㄒㄩㄝˊ　[粵] hɔk^{9} 鶴]

❶ **學習** ◆ 學畫畫 / 學以致用 / 學無止境 / 學而不厭。❷ **模仿** ◆ 鸚鵡學舌 / 他學猴子學得很神似。❸ **學習的地方；學校** ◆ 小學 / 大學 / 上學。❹ **學問；學科** ◆ 學術 / 博學 / 學説 / 數學 / 醫學。

14 **孺**　孺 孺 孺 孺 孺 孺 孺

[rú　ㄖㄨˊ　[粵] jy^{6} 遇 / jy^{4} 余]

小孩子 ◆ 孺子可教 / 婦孺皆知。

17 **孽** (孽)　孽 孽 孽 孽 孽 孽 孽

[niè　ㄋㄧㄝˋ　[粵] jit^{9} 熱]

❶ **妖怪；禍害** ◆ 妖孽 / 餘孽。❷ **罪惡** ◆ 造孽 / 罪孽深重。

19 **孿** (孪)　孿 孿 孿 孿 孿 孿 孿

[luán　ㄌㄨㄢˊ　[粵] lyn^{4} 聯 / syn^{3} 算]

雙生 ◆ 孿生子 / 孿生兄弟。

宀 部

2 **宂**　**"冗"的異體字，見36頁。**

2 **穴**　**見穴部，324頁。**

2 **它**　它 它 它 它 它

[tā　ㄊㄚ　[粵] ta^{1} 他]

事物的第三身代詞 ◆ 桌上有一杯牛奶，你把它喝了吧 / 它山之石，可以攻玉。

3 **宇**　宇 宇 宇 宇 宇 宇

[yǔ　ㄩˇ　[粵] jy^{5} 羽]

❶ **屋簷；泛指房屋** ◆ 屋宇 / 廟宇。❷ **所有的空間；世界** ◆ 宇宙 / 寰宇 / 宇航員。❸ **儀容；風度** ◆ 器宇軒昂。

3 **守**　守 守 守 守 守 守

[shǒu　ㄕㄡˇ　[粵] sɐu^{2} 手]

❶ **防禦；保衞** ◆ 守衞 / 防守 / 守邊疆 / 守門員 / 駐守部隊。❷ **照管；看管** ◆ 守護 / 看守 / 守口如瓶。❸ **遵照；奉行** ◆ 遵守 / 守紀律 / 奉公守法 / 信守諾言。❹ **保持** ◆ 因循守舊 / 墨守成規 / 保守祕密。❺ **等候** ◆ 守候 / 守株待兔。

3 **宅**　宅 宅 宅 宅 宅 宅

[zhái　ㄓㄞˊ　[粵] dzak^{9} 擇]

居住的地方 ◆ 宅第／住宅／深宅大院。

3字
見子部，109頁。

3安
安安安安安安 安

[ān ㄢ ㊣ ɔn¹/ŋɔn¹ 鞍]

❶太平無事，沒有危險；跟"危"相對 ◆ 安全／平安／安定／轉危為安／安然無恙。❷平靜；穩定 ◆ 安穩／安靜／心神不安。❸使人安定 ◆ 安慰／安神補腦／除暴安良／保境安民。❹舒適；快樂 ◆ 安樂／安逸／安居樂業。❺對環境或事物感到滿足；習慣於 ◆ 安於現狀。❻裝備；放置 ◆ 安裝／安上門鈴。❼放在適當的位置上 ◆ 安排／安置／安頓。❽存着；懷着 ◆ 無處安身／他到底安的甚麼心？❾怎麼；哪裏 ◆ 燕雀安知鴻鵠之志？

見古文字插頁 13。

4完
完完完完完完 完

[wán ㄨㄢˊ ㊣ jyn⁴ 元]

❶齊全；沒有損壞，沒有欠缺 ◆ 完好無損／完美無缺／體無完膚／設備完善／事情已完滿解決。❷做成了 ◆ 完成／完工／完婚。❸結束 ◆ 完結／完了。❹盡；沒有了 ◆ 用完／吃完／貨物賣完了。❺交納 ◆ 完稅／完糧。

4宋
宋宋宋宋宋宋 宋

[sòng ㄙㄨㄥˋ ㊣ suŋ³ 送]

朝代名 ◆ 唐、宋、元、明、清。

4宏
宏宏宏宏宏宏 宏

[hóng ㄏㄨㄥˊ ㊣ wɐŋ⁴ 弘]

大；廣 ◆ 規模宏大／建築宏偉／宏圖大志／寬宏大量。

4牢
見牛部，275頁。

5宗
宗宗宗宗宗宗 宗

[zōng ㄗㄨㄥ ㊣ dzuŋ¹ 鐘]

❶祖先 ◆ 祖宗／列祖列宗／光宗耀祖。❷家族；同一家族的 ◆ 宗族／同宗同祖。❸派別 ◆ 宗派／正宗。❹主旨 ◆ 宗旨／開宗明義／萬變不離其宗。❺量詞 ◆ 大宗貨物／一宗案件。

見古文字插頁 14。

5定
定定定定定定 定

[dìng ㄉㄧㄥˋ ㊣ diŋ⁶ 訂]

❶平靜；安穩 ◆ 安定／穩定／心神不定。❷使安定 ◆ 定心丸／安邦定國／定神一看。❸確立下來，不再變動 ◆ 決定／定論／舉棋不定／一言為定。❹不易變更的 ◆ 定律／定理。❺規定的 ◆ 定額／定量。❻預先約好 ◆ 定貨／定做／預定。❼表示肯定或必然 ◆ 定能取勝／定有緣故。

5宜
宜宜宜宜宜宜 宜

[yí ㄧˊ ㊣ ji⁴ 疑]

❶合適；適當 ◆ 適宜／相宜／因地制宜／不合時宜／風光宜人。❷應該 ◆ 事不宜遲／不宜急於求成／冤家宜解不宜結／宜未雨而綢繆，毋臨渴而掘井。

5帘
見巾部，131頁。

焦點易錯字 訂｜定 修訂 緣訂三生 定案 確定

大 女 子 宀 寸 小

5 宙

[zhòu ㄓㄡˋ 粵 dzɐu⁶ 就]

宇宙。見"宇"字，111頁。

5 官

[guān ㄍㄨㄢ 粵 gun¹ 觀¹]

❶ **在國家機關或軍隊中擔任一定職務的人員** ◆ 官員 / 軍官 / 官官相護 / 清官難斷家務事 / 只許州官放火，不許百姓點燈。❷ **屬於國家或政府的** ◆ 官商/官辦。❸ **器官** ◆ 感官 / 五官端正。

5 宛

[wǎn ㄨㄢˇ 粵 jyn² 婉]

❶ **好像** ◆ 宛如 / 宛若 / 宛然在目。❷ **曲折** ◆ 宛轉。

6 宣

[xuān ㄒㄩㄢ 粵 syn¹ 孫]

公開說出；發表 ◆ 宣告/宣佈/宣傳/宣誓/心照不宣。

6 宦

[huàn ㄏㄨㄢˋ 粵 wan⁶ 幻]

❶ **古代官吏的統稱；做官** ◆ 官宦人家/仕宦/宦海沈浮/為宦數十載。❷ **宦官：即太監。**

6 宥

[yòu ㄧㄡˋ 粵 jɐu⁶ 又]

寬恕；原諒 ◆ 寬宥 / 原宥 / 敬希見宥。

6 室

[shì ㄕˋ 粵 sɐt⁷ 失]

❶ **房屋；房間** ◆ 卧室 / 教室 / 室外温度 / 十室九空 / 引狼入室。❷ **機關、團體、學校等單位內部的工作部門** ◆ 辦公室 / 經理室 / 編輯室 / 資料室。

6 客

[kè ㄎㄜˋ 粵 hak⁸ 嚇]

❶ **來賓；客人；跟"主"相對** ◆ 賓客 / 會客 / 請客 / 不速之客 / 反客為主。❷ **某些行業對主顧的稱呼** ◆ 顧客 / 乘客 / 客滿。❸ **出門在外的；寄居他鄉的** ◆ 旅客 / 客居在外 / 客死異鄉 / 獨在異鄉為異客，每逢佳節倍思親。❹ **指從事某種活動的人** ◆ 政客 / 説客 / 刺客 / 俠客。

7 家

[jiā ㄐㄧㄚ 粵 ga¹ 加]

❶ **家庭** ◆ 放學回家 / 家喻户曉 / 家破人亡 / 少小離家老大回，鄉音無改鬢毛衰。❷ **指住處** ◆ 搬家 / 四海為家 / 無家可歸。❸ **屬於家庭的** ◆ 家產 / 家當 / 家務。❹ **謙稱自己的長輩或同輩中年長的** ◆ 家父 / 家母 / 家兄。❺ **尊稱有專門知識或技能的人** ◆ 專家 / 科學家 / 藝術家 / 政治家。❻ **學術上的派別** ◆ 儒家 / 百家爭鳴。❼ **特指某種人** ◆ 野心家 / 陰謀家 / 冤家路窄。❽ **人工飼養的；跟"野"相對** ◆ 家畜 / 家禽 / 家兔。❾ **量詞** ◆ 一家工廠 / 兩家旅館。

7 宵

[xiāo ㄒㄧㄠ 粵 siu¹ 消]

夜 ◆ 元宵／宵禁／良宵／通宵達旦。

7 宴

[yàn ㄧㄢˋ ㊥ jin³ 燕]
酒席；用酒肉款待賓客 ◆ 宴席／設宴／赴宴／宴請賓客／告別宴會。

7 宮 (宫)

[gōng ㄍㄨㄥ ㊥ guŋ¹ 公]
❶ **帝王的住所** ◆ 皇宮／宮殿／宮廷。❷ **神話中神仙的住所** ◆ 天宮／龍宮／月宮。❸ **某些廟宇的名稱** ◆ 北京雍和宮／拉薩布達拉宮。❹ **羣眾娛樂場所** ◆ 文化宮／少年宮。❺ **指子宮** ◆ 宮頸／宮外孕。

7 害

[hài ㄏㄞˋ ㊥ hɔi⁶ 亥]
❶ **損傷；毀壞** ◆ 損害／危害／迫害／害羣之馬／傷天害理。❷ **殘殺** ◆ 殺害／遇害／謀財害命／殘害百姓。❸ **有壞處的；跟"益"相對** ◆ 害蟲／有害氣體／有害無益。❹ **災禍** ◆ 災害／禍害／貽害無窮／為民除害。❺ **患病** ◆ 害病。❻ **怕** ◆ 害怕／害羞。

7 容

[róng ㄖㄨㄥˊ ㊥ juŋ⁴ 溶]
❶ **包含；接納** ◆ 容納／收容／無地自容／兼容並包。❷ **寬恕；原諒** ◆ 寬容／容忍／決不容情／殺人可恕，情理難容。❸ **允許；讓** ◆ 容許／不容分説／刻不容緩／容人把話説完。❹ **相貌；神情** ◆ 容貌／面容／笑容滿面／容光煥發。❺ **事物的景象；外觀** ◆ 市容／陣容強大。

7 宰

[zǎi ㄗㄞˇ ㊥ dzɔi² 載²]
❶ **殺** ◆ 宰豬／屠宰／宰割／宰殺。❷ **主管；主持；支配** ◆ 主宰。

7 案

見木部，215頁。

8 寇

[kòu ㄎㄡˋ ㊥ kɐu³ 扣]
❶ **盜匪；侵略者** ◆ 匪寇／流寇／敵寇／視如寇仇／成則為王敗則為寇。❷ **敵人入侵** ◆ 寇邊／入寇。

8 寅

[yín ㄧㄣˊ ㊥ jɐn⁴ 仁]
❶ **地支的第三位** ◆ 子丑寅卯。❷ **寅時：十二時辰之一，即凌晨三時至五時。**
✿ 圖見 109 頁。

8 寄

[jì ㄐㄧˋ ㊥ gei³ 記]
❶ **由郵局或託人傳送** ◆ 寄信／郵寄／寄語／寄往外地。❷ **託付；委託** ◆ 寄放／寄存／寄託。❸ **依附** ◆ 寄生／寄居／寄人籬下。

8 寂

[jì ㄐㄧˋ ㊥ dzik⁹ 直]
❶ **靜悄悄；沒有聲音** ◆ 寂靜／沈寂／萬籟俱寂。❷ **孤單冷清** ◆ 寂寞／孤寂。

8 宿

〈一〉[sù ㄙㄨˋ ㊥ suk⁷ 叔]

❶住；過夜 ◆ 住宿／宿舍／宿營／露宿街頭。❷一向就有的 ◆ 宿願／宿怨／宿疾。❸年老的、有學問、有經驗的 ◆ 耆宿／宿儒／宿將。

〈二〉[xiǔ ㄒㄧㄡˇ 粵 suk[7] 叔]

❹一個晚上叫"一宿" ◆ 住了三宿。

〈三〉[xiù ㄒㄧㄡˋ 粵 sɐu[3] 秀]

❺中國古代天文學家把天上某些星的集合體叫"宿" ◆ 星宿／二十八宿。

8 密

密 密 密 密 密 密 密

[mì ㄇㄧˋ 粵 mɐt[9] 勿]

❶距離近；空隙小；跟"稀"、"疏"相對 ◆ 密集／人口稠密／陰雲密佈／茂密的樹林。❷關係親近 ◆ 親密／關係密切。❸不公開的；不能公開的事物 ◆ 祕密／保密／機密／密碼。❹精細；細緻 ◆ 細密／精密儀器。

✿ 圖見 322 頁。

9 寒

寒 寒 寒 寒 寒 寒 寒

[hán ㄏㄢˊ 粵 hɔn[4] 韓]

❶冷；跟"暑"相對 ◆ 寒氣襲人／寒風凜冽／寒冬臘月／天寒地凍／不是一番寒徹骨，怎得梅花撲鼻香。❷灰心失望；害怕 ◆ 寒心／膽寒。❸貧窮 ◆ 家境貧寒／出身寒門。

9 富

富 富 富 富 富 富 富

[fù ㄈㄨˋ 粵 fu[3] 副]

❶錢財多；跟"貧"、"窮"相對 ◆ 富裕／富有／貧富不均／國富民強／農村漸漸富起來。❷使富裕 ◆ 富國強兵／富民政策。❸豐裕；充足 ◆ 豐富／富饒／富於想像力。❹財產；資源 ◆ 財富。

9 寓

寓 寓 寓 寓 寓 寓 寓

[yù ㄩˋ 粵 jy[6] 遇]

❶寄住 ◆ 寓居／寄寓。❷住的地方 ◆ 寓所／公寓。❸寄託；隱含在內 ◆ 寓意／寓言／寓教於樂。

9 寐

寐 寐 寐 寐 寐 寐 寐

[mèi ㄇㄟˋ 粵 mei[6] 味]

睡覺；入睡 ◆ 夜不能寐／夢寐以求。

10 塞

見土部，92頁。

11 寨

寨 寨 寨 寨 寨 寨 寨

[zhài ㄓㄞˋ 粵 dzai[6] 債[6]]

❶防衛用的柵欄 ◆ 木寨。❷舊時的軍營 ◆ 營寨／安營紮寨。❸有圍欄的村子 ◆ 寨子／本村本寨。❹強盜聚居的地方 ◆ 山寨／寨主。

11 賓

見貝部，429頁。

11 寡

寡 寡 寡 寡 寡 寡 寡

[guǎ ㄍㄨㄚˇ 粵 gwa[2] 瓜[2]]

❶少；跟"眾"、"多"相對 ◆ 寡言少語／寡不敵眾／寡廉鮮恥／沈默寡言。❷死了丈夫的婦女 ◆ 寡婦／守寡。❸古代君主的自稱 ◆ 寡人／稱孤道寡。

✿ 圖見 305 頁。

11 寞 (寞)

寞 寞 寞 寞 寞 寞 寞

[mò ㄇㄛˋ 粵 mɔk[9] 莫]

寂靜；冷落 ◆ 寂寞／落寞。

焦點易錯字 莫｜寞　變幻莫測　莫名其妙　落寞　寂寞難耐　　蜜｜密　蜂蜜　甜言蜜語　親密　陰雲密佈

11 寧 (宁)

〈一〉[níng ㄋㄧㄥˊ 粵 niŋ^4 檸]

❶ **安定；平靜** ◆ 寧靜 / 安寧 / 雞犬不寧。❷ **使安定** ◆ 息事寧人。❸ **寧夏回族自治區的簡稱** ◆ 陝甘寧。❹ **江蘇省南京市的簡稱** ◆ 滬寧高速公路。

〈二〉[nìng ㄋㄧㄥˋ 粵 niŋ^4 檸]

❺ **情願** ◆ 寧可 / 寧願 / 寧死不屈 / 寧為玉碎，不為瓦全。

11 察

[chá ㄔㄚˊ 粵 tsat^8 刷]

仔細看；調查考核 ◆ 察看 / 觀察 / 考察 / 察言觀色 / 偵察破案。

11 寤

[wù ㄨˋ 粵 ŋ^6 誤]

睡醒。跟"寐"相對 ◆ 寤寐不忘。

11 寥

[liáo ㄌㄧㄠˊ 粵 liu^4 聊]

❶ **稀少** ◆ 掌聲寥落 / 寥寥無幾 / 寥若晨星。❷ **空闊；寂靜** ◆ 寥闊 / 寂寥。

11 寢 (寝)

[qǐn ㄑㄧㄣˇ 粵 tsɐm^2 侵^2]

❶ **睡覺** ◆ 寢具 / 寢食不安 / 廢寢忘食。❷ **睡覺的地方** ◆ 就寢 / 入寢。

11 實 (实)

[shí ㄕˊ 粵 sɐt^9 失^9]

❶ **草木的果子或種子** ◆ 果實 / 結實纍纍 / 開花結實。❷ **充滿；填滿** ◆ 實心 / 充實 / 荷槍實彈。❸ **真誠的；不虛假** ◆ 實情 / 忠實 / 誠實 / 真情實意。❹ **真的去做** ◆ 實行 / 實踐 / 實施 / 實習。❺ **客觀存在的** ◆ 事實 / 實際 / 如實招來 / 名存實亡 / 名副其實。

12 寮

[liáo ㄌㄧㄠˊ 粵 liu^4 遼]

小屋 ◆ 茅寮 / 茶寮。

12 寬 (宽)

[kuān ㄎㄨㄢ 粵 fun^1 歡]

❶ **橫向的距離大；闊；跟"窄"相對** ◆ 寬廣 / 寬敞 / 寬銀幕 / 寬闊的馬路。❷ **放鬆；舒緩** ◆ 寬心 / 寬慰 / 寬限 / 放寬。❸ **不嚴厲；原諒；跟"嚴"相對** ◆ 寬恕 / 寬容 / 從寬處理 / 寬宏大量 / 寬以待人。

12 寫 (写)

〈一〉[xiě ㄒㄧㄝˇ 粵 sɛ^2 捨]

❶ **拿筆寫字、作畫** ◆ 書寫 / 抄寫 / 默寫課文 / 野外寫生。❷ **寫文章；創作文藝作品** ◆ 寫作 / 編寫 / 寫小說 / 人物描寫。

〈二〉[xiè ㄒㄧㄝˋ 粵 sɛ^2 捨]

❸ **寫意：舒適。**

12 審 (审)

[shěn ㄕㄣˇ 粵 sɐm^2 沈]

❶ **訊問；調查案件** ◆ 審訊 / 審問 / 審判 / 開庭審理 / 公審大會。❷ **檢查；核對；評定** ◆ 審查 / 審核 / 審稿 / 評審。❸ **詳細；周密** ◆ 審慎 / 精審。

13 **憲** 見心部，159頁。

14 **賽** 見貝部，430頁。

16 **寳** “寶”的異體字，見本頁。

16 **寵**（宠） 寵 寵 寵 寵 寵 寵 寵

[chǒng ㄔㄨㄥˇ ㊥ tsuŋ2 充2]

❶ **偏愛；溺愛** ◆ 寵愛 / 譁眾取寵 / 受寵若驚 / 別把孩子寵壞了。❷ **尊榮** ◆ 寵辱皆忘。

17 **寶**（宝） 寶 寶 寶 寶 寶 寶 寶

[bǎo ㄅㄠˇ ㊥ bou2 保]

❶ **珍貴的東西** ◆ 獻寶 / 國寶 / 無價之寶 / 金銀財寶 / 如獲至寶。❷ **珍貴的；貴重的** ◆ 寶石 / 寶刀 / 寶物 / 寶貝。

寸部

0 **寸** 寸 寸 寸

[cùn ㄘㄨㄣˋ ㊥ tsyn3 串]

❶ **長度單位，十分等於一寸，十寸等於一尺** ◆ 三尺五寸 / 他長高了三寸。❷ **形容極其短小** ◆ 寸土必爭 / 寸步難移 / 手無寸鐵 / 一寸光陰一寸金，寸金難買寸光陰。

見古文字插頁 2。

3 **寺** 寺 寺 寺 寺 寺 寺

[sì ㄙˋ ㊥ dzi6 自]

佛教的廟宇或伊斯蘭教做禮拜的地方 ◆ 寺院 / 寺廟 / 少林寺 / 清真寺 / 姑蘇城外寒山寺，夜半鐘聲到客船。

3 **守** 見宀部，111頁。

4 **肘** 見肉部，360頁。

6 **恃** 見心部，150頁。

6 **封** 封 封 封 封 封 封 封

[fēng ㄈㄥ ㊥ fuŋ1 峯]

❶ **密閉；隔絕** ◆ 封閉 / 查封 / 封鎖 / 封山育林 / 信件還沒封口。❷ **用來封閉或包裝的紙袋、外衣** ◆ 信封 / 封面。❸ **限制在一定的範圍** ◆ 固步自封。❹ **帝王把官爵或土地賜給臣子** ◆ 封官 / 封侯 / 封土。❺ **量詞，用於裝封套的東西** ◆ 一封信 / 一封銀子。

6 **耐** 見而部，356頁。

7 **辱** 見辰部，443頁。

7 **射** 射 射 射 射 射 射 射

[shè ㄕㄜˋ ㊥ sɛ6 捨6]

❶ **利用壓力、彈力、推力或機械作用把東西送出** ◆ 射箭 / 射擊 / 噴射 / 注射 / 發射火箭 / 射入一球。❷ **放出光、熱等** ◆ 反射 / 光芒四射。❸ **用語言文字暗示；言外另有**

所指 ◆ 影射／含沙射影。

見古文字插頁 15。

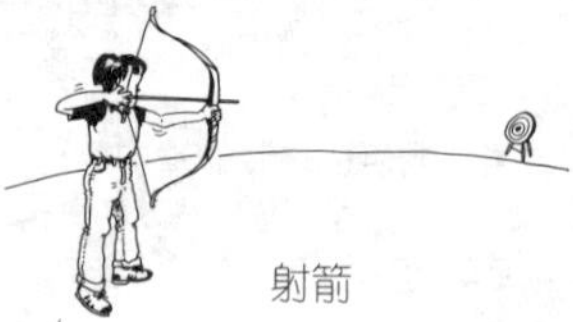

射箭

射擊

射門

8 **專**（专） 專專專專專專 專

[zhuān ㄓㄨㄢ (粵) dzyn1 磚]

❶**集中在一件事情上** ◆ 專一／專題／專心致志。❷**單獨的；特定的** ◆ 專車／教育專款／專用電話／專人負責。❸**獨自掌握或享有** ◆ 專權／專利／專賣。❹**對某種學術、技能有特長** ◆ 專家／專長／專業。

8 **將**（将） 將將將將將將 將

〈一〉[jiāng ㄐㄧㄤ (粵) dzœŋ1 張]

❶**快要；就要** ◆ 將要／即將開始／老之將至／暴風雨將來臨。❷**把；拿；用** ◆ 將功補過／將計就計／將錯就錯／將門鎖上／將他請來。❸**又；且** ◆ 將信將疑。❹**下象棋時攻擊對方的"將"、"帥"** ◆ 將軍／跳馬將。

〈二〉[jiàng ㄐㄧㄤˋ (粵) dzœŋ3 障]

❺**軍銜名，校官以上、元帥以下的一級** ◆ 少將／上將／大將。❻**泛指高級軍官** ◆ 將領／將帥／破關斬將／損兵折將／強將手下無弱兵。

8 **尉** 尉尉尉尉尉尉 尉

〈一〉[wèi ㄨㄟˋ (粵) wɐi3 畏]

❶**軍銜名，士以上、校以下的一級** ◆ 上尉／中尉。

〈二〉[yù ㄩˋ (粵) wɐt7 屈]

❷**尉遲：複姓。**

9 **尊** 尊尊尊尊尊尊 尊

[zūn ㄗㄨㄣ (粵) dzyn1 專]

❶**地位或輩分高；跟"卑"相對** ◆ 尊長／尊貴／尊卑／唯我獨尊。❷**敬重** ◆ 尊敬／尊重／尊崇／尊師愛生／自尊自重。❸**敬詞** ◆ 請問尊姓大名。❹**量詞，用於神佛塑像或大炮** ◆ 一尊佛／一尊大炮。

見古文字插頁 16。

9 **尋**（寻） 尋尋尋尋尋尋 尋

[xún ㄒㄩㄣˊ (粵) tsɐm4 侵4]

❶**找** ◆ 尋找／尋求／搜尋／尋根究底。❷**尋常：普通；平常** ◆ 舊時王謝堂前燕，飛入尋常百姓家。

11 **奪** 見大部，100頁。

11 **對**（对） 對對對對對對 對

[duì ㄉㄨㄟˋ (粵) dœy3 隊3]

❶**正確；跟"錯"相對** ◆ 他說得對／這樣做就對了／答案對不對？對。❷**回答** ◆ 對答

如流／無言以對。❸ **向着；朝着** ◆ 面對／對牛彈琴／對人發誓。❹ **彼此相向的** ◆ 對門／對岸／有緣千里來相會，無緣對面不相逢。❺ **競爭的雙方；相抗衡** ◆ 對立／對抗／作對／針鋒相對／棋逢對手，將遇良才。❻ **互相** ◆ 對比／對調。❼ **照着樣子檢查** ◆ 核對／校對／對筆跡。❽ **成雙的** ◆ 對聯／配對／成雙成對／天生一對。❾ **平均分成兩半** ◆ 對開／對半分。❿ **適合；附合** ◆ 對胃口／文不對題／門當户對。⓫ **對待；對付** ◆ 對策／對事不對人／對症下藥。⓬ **對於** ◆ 對兒童文學有興趣／他要對這件事負責。⓭ **量詞，用於成雙的** ◆ 一對夫妻／一對花瓶。

13 導（导）

導 導 導 導 導 導 導

[dǎo ㄉㄠˇ 粵 dou⁶ 杜]

❶ **帶領；指引** ◆ 導遊／引導／領導／導航。❷ **傳送** ◆ 導電／導熱／半導體。❸ **教育** ◆ 教導／指導／輔導。❹ **指導演** ◆ 編導／執導／自編自導。

14 謝 見言部，419頁。

小部

0 小

小 小 小

[xiǎo ㄒㄧㄠˇ 粵 siu² 笑²]

❶ **大小的"小"；跟"大"相對** ◆ 小樹／小狗／一條小河／小題大做／會當凌絕頂，一覽眾山小。❷ **年幼的；排行最末的** ◆ 小兒子／小弟弟。❸ **細小的；不重要的** ◆ 不拘小節／小事一樁。❹ **時間短** ◆ 小住／小坐。❺ **輕視；看不起** ◆ 別小看人。❻ **細微** ◆ 小有名氣。❼ **小學的簡稱** ◆ 高小畢業／今年讀小四／大、中、小各級學校。

見古文字插頁2。

1 少

少 少 少 少

〈一〉[shǎo ㄕㄠˇ 粵 siu² 小]

❶ **數量小；跟"多"相對** ◆ 少數／少量／以少勝多／少説空話／積少成多。❷ **短缺；丟失** ◆ 缺少／缺衣少食／必不可少／屋裏少了東西沒有？❸ **稍微；暫時** ◆ 少候／少安勿躁。❹ **不常見的** ◆ 少見多怪／世上少有。

〈二〉[shào ㄕㄠˋ 粵 siu³ 笑]

❺ **年紀輕；年輕人** ◆ 少男／少女／男女老少／少不更事／少壯不努力，老大徒傷悲／花無重開日，人無再少年。❻ **過去稱富貴人家的孩子** ◆ 少爺／闊少。

3 尖

尖 尖 尖 尖 尖 尖

[jiān ㄐㄧㄢ 粵 dzim¹ 沾]

❶ **物體細小鋭利的一頭** ◆ 筆尖／刀尖／塔尖／小荷才露尖尖角，早有蜻蜓立上頭。❷ **鋭利** ◆ 尖鋭／尖刀／尖刻／把鉛筆削尖。❸ **感覺靈敏** ◆ 眼睛尖／耳朵尖。❹ **聲音又高又細** ◆ 尖嗓子／尖聲尖氣。❺ **出眾的人或物品** ◆ 冒尖／拔尖。

3 劣 見力部，46頁。

5 尚

尚 尚 尚 尚 尚 尚 尚

[shàng ㄕㄤˋ 粵 sœŋ⁶ 上⁶]

❶尊崇；注重 ◆ 崇尚／禮尚往來。❷社會上一時流行的風氣或東西 ◆ 風尚／時尚。❸還 ◆ 尚未完成／一息尚存／精神尚好／成績尚可。

5京

見亠部，11頁。

6省

見目部，303頁。

8雀

見隹部，477頁。

9景

見日部，201頁。

尢部

1尤

[yóu ㄧㄡˊ 粵 jɐu^{4} 由]

❶特別的；突出的 ◆ 擇尤／無恥之尤。❷更加；格外 ◆ 尤其／尤為聰明。❸怨恨；責怪 ◆ 怨天尤人。❹過失 ◆ 以儆效尤。

4尬

[gà ㄍㄚˋ 粵 gai^{3} 介]

尷尬。見"尷"字，本頁。

9就

[jiù ㄐㄧㄡˋ 粵 dzɐu^{6} 袖]

❶立刻；馬上 ◆ 説完就走／他一來，我就走。❷單單；只有 ◆ 這件事就你知道／他就愛看武俠小説／大家都贊成，就他反對。❸表示加強語氣 ◆ 我就不信／這就對了。❹靠近；接近 ◆ 就近入學／各就各位／就地取材／就着燈光看書。❺從事；前往 ◆ 就業／就職／就學。❻成功 ◆ 一揮而就／功成名就／取得成就。❼依據；按照；對 ◆ 就事論事／就這篇文章發表意見。❽即使 ◆ 你就不説，我也猜得出來。❾已經 ◆ 雨早就停了／作業早就做完了。

14尷 (尲)

[gān ㄍㄢ 粵 gam^{1} 緘/gam^{3} 鑒(語)]

尷尬：(1)處境困難，不好處理 ◆ 事情弄得很尷尬。(2)態度不自然；不好意思的樣子 ◆ 她是第一次向人借錢，神情有點尷尬。

尸部

0尸

[shī ㄕ 粵 si^{1} 詩]

❶空佔職位而不做事 ◆ 尸位素餐。❷同

“屍”字，見122頁。

1 尹

[yǐn ㄧㄣˇ 粵 wɐn5 允]
姓。

1 尺

[chǐ ㄔˇ 粵 tsɛk8 赤]
❶ **長度單位，十寸等於一尺，一尺等於三分之一米** ◆ 三尺四寸 / 這門有十尺高 / 百尺竿頭，更進一步。❷ **量長度或畫圖用的工具** ◆ 皮尺 / 捲尺 / 丁字尺 / 放大尺。❸ **某些形狀像尺的東西** ◆ 鎮尺 / 計算尺。

2 尼

[ní ㄋㄧˊ 粵 nei4 妮]
尼姑：信奉佛教而出家的女子 ◆ 僧尼 / 尼庵。

4 屁

[pì ㄆㄧˋ 粵 pei3 譬]
從肛門排出的臭氣 ◆ 放屁。

4 尾

〈一〉[wěi ㄨㄟˇ 粵 mei5 美]
❶ **尾巴：鳥獸蟲魚脊椎末端突出的部分** ◆ 豬尾 / 蛇尾 / 搖尾乞憐。❷ **事物的最後部分** ◆ 有頭有尾 / 首尾相接 / 文章的結尾 / 音樂會將近尾聲。❸ **緊跟在後** ◆ 尾隨 / 尾追。❹ **量詞，用於魚** ◆ 一尾魚。

〈二〉[yǐ ㄧˇ 粵 mei5 美]
❺ **義同❶，用於“尾巴”等口語詞** ◆ 馬尾兒（馬尾的毛）。

4 局

[jú ㄐㄩˊ 粵 guk9 焗]
❶ **整體中的一部分** ◆ 局部。❷ **機關、單位的名稱** ◆ 書局 / 教育局 / 警察局 / 郵政局。❸ **形勢；事態** ◆ 時局 / 局勢 / 結局 / 顧全大局。❹ **限制；拘束** ◆ 局限 / 局促。❺ **棋盤；下一次棋或一場其他的比賽** ◆ 棋局 / 平局 / 先勝一局。❻ **圈套** ◆ 騙局。

4 尿

[niào ㄋㄧㄠˋ 粵 niu6 鳥6]
小便 ◆ 撒尿 / 尿布。

5 屆 (屇)

[jiè ㄐㄧㄝˋ 粵 gai3 介]
❶ **到** ◆ 屆時。❷ **量詞。次數；期** ◆ 本屆運動會 / 第三屆畢業生。

5 居

[jū ㄐㄩ 粵 gœy1 舉1]
❶ **住；住處** ◆ 居住 / 定居 / 分居 / 舊居 / 故居。❷ **處在** ◆ 居中 / 後來居上 / 居於首位 / 居安思危。❸ **當；任** ◆ 居功自傲 / 以學者自居。❹ **積存** ◆ 居積致富 / 奇貨可居。❺ **佔** ◆ 贊成者居多 / 二者必居其一。

5 屇

“屆”的異體字，見本頁。

5 屈

[qū ㄑㄩ 粵 wɐt7 鬱]
❶ **彎曲；跟“伸”相對** ◆ 屈指可數 / 卑恭屈膝 / 大丈夫能屈能伸。❷ **低頭服輸；妥協**

九 尸 中 山 巛 工

讓步 ◆ 屈服／寧死不屈／不屈不撓／富貴不能淫，威武不能屈。❸ **理虧** ◆ 理屈詞窮。❹ **委屈；冤枉** ◆ 冤屈／鳴冤叫屈／屈打成招。

6 屍 (尸)

屍 屍 屍 屍 屍 屍 屍

[shī ㄕ (粵) si^{1} 詩]

死人的軀體 ◆ 屍體／死屍／行屍走肉。

6 屋

屋 屋 屋 屋 屋 屋 屋

[wū ㄨ (粵) uk^{7}/ŋuk^{7}]

房子；房間 ◆ 房屋／茅屋／屋前屋後／疊牀架屋／屋漏更遭連夜雨，行船又遇頂頭風。

6 屏

屏 屏 屏 屏 屏 屏 屏

〈一〉[píng ㄆㄧㄥˊ (粵) piŋ^{4} 平]

❶ **遮擋；用來擋風或擋住視線用的傢具** ◆ 屏蔽／屏障／屏風／畫屏。❷ **字畫的條幅** ◆ 屏條。❸ **電視機或某些科學儀器能顯示圖像的部分，用玻璃製成** ◆ 屏幕／熒光屏。

〈二〉[bǐng ㄅㄧㄥˇ (粵) biŋ^{2} 丙]

❹ **除去** ◆ 屏棄。❺ **止住呼吸** ◆ 屏息／屏氣／屏住呼吸。

6 屎

屎 屎 屎 屎 屎 屎 屎

[shǐ ㄕˇ (粵) si^{2} 史]

❶ **糞；大便** ◆ 拉屎。❷ **眼、耳等器官的分泌物** ◆ 眼屎／耳屎。

7 展

展 展 展 展 展 展 展

[zhǎn ㄓㄢˇ (粵) dzin^{2} 剪]

❶ **張開；舒緩** ◆ 舒展／伸展／展翅飛翔／愁眉不展。❷ **擴大** ◆ 擴展／拓展。❸ **陳列出來** ◆ 展覽／展銷／展品／畫展。❹ **推遲；放寬** ◆ 展期舉行／展緩處理。❺ **發揮** ◆ 施展才能／一籌莫展。

7 屑

屑 屑 屑 屑 屑 屑 屑

[xiè ㄒㄧㄝˋ (粵) sit^{8} 薛]

❶ **碎末；細碎** ◆ 木屑／紙屑／瑣屑。❷ **值得** ◆ 不屑一顧。

7 屐

屐 屐 屐 屐 屐 屐 屐

[jī ㄐㄧ (粵) kɛk^{9} 劇]

木頭鞋 ◆ 木屐。

8 屠

屠 屠 屠 屠 屠 屠 屠

[tú ㄊㄨˊ (粵) tou^{4} 徒]

❶ **宰殺牲畜** ◆ 屠宰／屠夫。❷ **殘殺** ◆ 屠殺／放下屠刀，立地成佛。

8 屜 (屉)

屜 屜 屜 屜 屜 屜 屜

[tì ㄊㄧˋ (粵) tɐi^{3} 替]

分層疊放的器物；器物中可以隨意抽出的部分 ◆ 籠屜／抽屜。

9 犀

見牛部，276頁。

9 孱

見子部，111頁。

11 屢 (屡)

屢 屢 屢 屢 屢 屢 屢

[lǚ ㄌㄩˇ (粵) lœy^{5} 呂]

多次；一次又一次 ◆ 屢次／屢戰屢勝／屢創佳績／屢教不改／屢見不鮮。

12 履

履 履 履 履 履 履 履

[lǚ ㄌㄩˇ (粵) lei^{5} 里/lœy^{5} 呂]

❶鞋 ◆ 西裝革履/削足適履/瓜田不納履，李下不整冠。❷踩；走過 ◆ 履險如夷/如履薄冰。❸實行；執行 ◆ 履行諾言/履行公務。❹經歷 ◆ 履歷。❺腳步 ◆ 步履艱難。

12 層 (层)

[céng ㄘㄥˊ [粵] tsɐŋ⁴ 曾]

❶重疊；重複 ◆ 層層疊疊/層巒疊嶂/層出不窮。❷重疊起來的東西；重疊事物的一部分 ◆ 雲層/表層。❸量詞 ◆ 想深一層/千層餅/欲窮千里目，更上一層樓。

18 屬 (属)

〈一〉[shǔ ㄕㄨˇ [粵] suk⁹ 蜀]

❶類別 ◆ 金屬。❷同一家族或有親戚關係的 ◆ 家屬/親屬/有情人終成眷屬。❸有管轄關係的 ◆ 直屬/部屬/附屬。❹有統領關係的 ◆ 歸屬/勝利屬於我們。❺是；符合 ◆ 情況屬實。❻用十二生肖記出生年 ◆ 我屬豬，他屬牛。

〈二〉[zhǔ ㄓㄨˇ [粵] dzuk⁷ 足]

❼專注；注意力集中到一點上 ◆ 屬目/屬望。❽連接 ◆ 前後相屬。

屮部

1 屯

[tún ㄊㄨㄣˊ [粵] tyn⁴ 團]

❶儲存；積聚 ◆ 屯糧。❷軍隊駐紮 ◆ 屯兵戍邊。❸村莊 ◆ 屯子/屯落。

2 出

見凵部，39頁。

山部

0 山

[shān ㄕㄢ [粵] san¹ 珊]

❶地面上由土石構成的高聳部分 ◆ 山峯/高山/萬水千山/崇山峻嶺/不識廬山真面目，只緣身在此山中。❷像山的東西 ◆ 冰山/山牆。

見古文字插頁2。

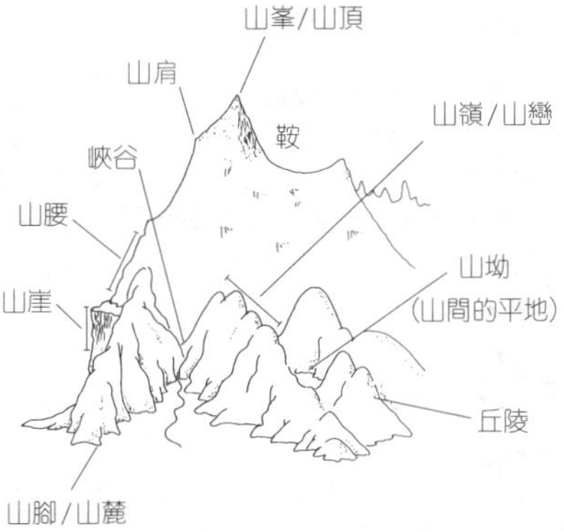
山峯/山頂
山肩
鞍
山嶺/山巒
峽谷
山腰
山坳
(山間的平地)
山崖
丘陵
山腳/山麓

3 屹 屹屹屹屹屹 屹

[yì ㄧˋ 粵 ŋɐt9 迄]
形容山勢高聳的樣子 ◆ 屹立 / 屹然不動。

4 岑 岑岑岑岑岑 岑

[cén ㄘㄣˊ 粵 sɐm4 忱]
小而高的山。

4 岌 岌岌岌岌岌岌 岌

[jí ㄐㄧˊ 粵 kɐp7 級]
岌岌：形容山高；也形容十分危險 ◆ 岌岌可危。

4 岔 岔岔岔岔岔岔 岔

[chà ㄔㄚˋ 粵 tsa3 詫]
❶ **由主幹分出來的** ◆ 岔道 / 三岔路口。❷ **轉移方向或話題** ◆ 你別打岔 / 把話岔開。❸ **互相讓開；錯開** ◆ 把時間岔開。❹ **岔子、岔兒：指事故、錯誤** ◆ 千萬別出岔子 / 請放心，不會出岔兒。

5 岸 岸岸岸岸岸岸 岸

[àn ㄢˋ 粵 ŋɔn6]
❶ **江、河、湖、海等邊緣的陸地** ◆ 上岸 / 海岸線 / 長江沿岸 / 兩岸猿聲啼不住，輕舟已過萬重山。 ❷ **高大** ◆ 偉岸。❸ **高傲；莊嚴** ◆ 傲岸 / 道貌岸然。

5 岩 **"巖"的異體字，見127頁。**

5 岡（冈） 岡岡岡岡岡岡 岡

[gāng ㄍㄤ 粵 gɔŋ1 江]
山脊；不高的山嶺 ◆ 岡巒 / 岡坡 / 在山岡上。

5 岳 岳岳岳岳岳岳 岳

[yuè ㄩㄝˋ 粵 ŋɔk9 鄂]
❶ **妻子的父母** ◆ 岳父 / 岳母。❷ **同"嶽"字，見127頁。**

5 岱 岱岱岱岱岱岱 岱

[dài ㄉㄞˋ 粵 dɔi6 代]
泰山的別稱。也叫"岱宗"、"岱嶽"。

5 岷 岷岷岷岷岷岷 岷

[mín ㄇㄧㄣˊ 粵 mɐn4 民]
岷山：山名，在四川省。岷水：水名，在四川省。

6 峙 峙峙峙峙峙峙 峙

[zhì ㄓˋ 粵 dzi6 治 / tsi5 似]
聳立 ◆ 兩山對峙。

6 峋 峋峋峋峋峋峋 峋

[xún ㄒㄩㄣˊ 粵 sœn1 荀]
嶙峋。見"嶙"字，126頁。

6 幽 **見幺部，135頁。**

7 豈 **見豆部，422頁。**

7 峽（峡） 峽峽峽峽峽峽 峽

[xiá ㄒㄧㄚˊ 粵 hap9 狹]
兩山之間的狹長凹陷地帶；兩山之間或兩個

大陸之間的水道 ◆ 大峽谷／海峽兩岸／長江三峽。

✿ 圖見 123 頁。

7 峭

[qiào ㄑㄧㄠˋ (粵) tsiu^3 俏]

❶ **山勢又高又陡** ◆ 峭拔／陡峭／峻峭／懸崖峭壁。❷ **比喻嚴厲、尖厲** ◆ 峭寒／性格峭直。

7 峨

[é ㄜˊ (粵) ŋɔ^4 俄]

❶ **高** ◆ 巍峨／峨冠。❷ **峨眉：山名，在四川省。也寫作"峨嵋"。**

7 島（岛）

[dǎo ㄉㄠˇ (粵) dou^2 賭]

江、河、湖、海中四面環水的陸地 ◆ 島嶼／孤島／羣島／列島／海南島。

7 峪

[yù ㄩˋ (粵) juk^9 浴]

山谷，多用作地名 ◆ 嘉峪關／馬蘭峪。

7 峯（峰）

[fēng ㄈㄥ (粵) fuŋ^1 風]

❶ **山的尖頂；比喻最高處** ◆ 山峯／頂峯／峯巒疊嶂／峯迴路轉／登峯造極／橫看成嶺側成峯，遠近高低各不同。❷ **形狀像山峯的東西** ◆ 駝峯／洪峯。

✿ 圖見 123 頁。

7 峰

"峯"的異體字，見本頁。

7 峻

[jùn ㄐㄩㄣˋ (粵) dzœn^3 俊]

❶ **山勢又高又陡** ◆ 峻峭／險峻／崇山峻嶺。❷ **比喻嚴厲** ◆ 形勢嚴峻／嚴刑峻法。

8 崖

[yá ㄧㄚˊ (粵) ŋai^4 捱]

高山陡壁的邊 ◆ 山崖／懸崖勒馬。

8 崎

[qí ㄑㄧˊ (粵) kei^1 畸]

崎嶇：山路高低不平；比喻困難、曲折 ◆ 山路崎嶇／生平多崎嶇。

8 崗（岗）

[gǎng ㄍㄤˇ (粵) gɔŋ^1 江]

❶ **隆起的土石坡** ◆ 高崗／黃土崗。❷ **值勤、守衞、工作的場所** ◆ 崗位／崗哨／崗亭／站崗放哨。

8 崑（昆）

[kūn ㄎㄨㄣ (粵) gwɐn^1 軍/kwɐn^1 坤]

崑崙：山名，中國最大的山脈，在新疆、西藏和青海。也寫作"昆侖"。

8 崔

[cuī ㄘㄨㄟ (粵) tsœy^1 吹]

姓。

8 崙（仑）

[lún ㄌㄨㄣˊ (粵) lœn^4 輪]

崑崙。見"崑"字，本頁。

焦點易錯字　峻｜竣　險峻　峻峭　告竣　竣工

8崢(峥) 崢崢崢崢崢崢 崢

[zhēng ㄓㄥ [粵] dzɐŋ¹ 增]
崢嶸：(1)形容高峻挺拔 ◆ 山勢崢嶸/殿宇崢嶸。(2)比喻超乎尋常、不平凡 ◆ 崢嶸歲月。

8崩 崩崩崩崩崩崩 崩

[bēng ㄅㄥ [粵] bɐŋ¹]
❶倒塌；坍塌 ◆ 雪崩/崩裂/山崩地裂/土崩瓦解。❷破裂 ◆ 他們談崩了/把氣球吹崩了。❸封建時代稱皇帝死 ◆ 駕崩。

8崇 崇崇崇崇崇崇 崇

[chóng ㄔㄨㄥˊ [粵] suŋ⁴ 宋⁴]
❶高 ◆ 崇高/崇山峻嶺。❷尊重◆ 崇拜/崇敬/推崇/尊崇。

8密 見宀部，115頁。

8崛 崛崛崛崛崛崛 崛

[jué ㄐㄩㄝˊ [粵] gwɐt⁹ 掘]
突起；興起 ◆ 崛起。

9嵌 嵌嵌嵌嵌嵌嵌 嵌

[qiàn ㄑㄧㄢˋ [粵] hɐm² 坎]
把一種物體卡進另一較大物體的空隙裏 ◆ 鑲嵌/嵌花。

9崽 崽崽崽崽崽崽 崽

[zǎi ㄗㄞˇ [粵] dzɔi² 宰]
❶小孩；孩子。❷幼小的動物 ◆ 豬崽/雞崽。也寫作"仔"。

9嵐 嵐嵐嵐嵐嵐嵐 嵐

[lán ㄌㄢˊ [粵] lam⁴ 藍]
山林中的霧氣 ◆ 山嵐/曉嵐。

9嵋 嵋嵋嵋嵋嵋嵋 嵋

[méi ㄇㄟˊ [粵] mei⁴ 眉]
峨嵋。見"峨"字，125頁。

10嵩 嵩嵩嵩嵩嵩嵩 嵩

[sōng ㄙㄨㄥ [粵] suŋ¹ 鬆]
嵩山，山名，五嶽之一(東嶽泰山，南嶽衡山，西嶽華山，北嶽恆山，中嶽嵩山)，在河南省登封縣北。

11嶄(崭) 嶄嶄嶄嶄嶄嶄 嶄

[zhǎn ㄓㄢˇ [粵] tsam⁵ 慚⁵]
❶高出；突出 ◆ 嶄露頭角。❷相當於"很"、"特別" ◆ 嶄新的西裝。

11嶇(岖) 嶇嶇嶇嶇嶇嶇 嶇

[qū ㄑㄩ [粵] kœy¹ 拘]
崎嶇。見"崎"字，125頁。

11嶂 嶂嶂嶂嶂嶂嶂 嶂

[zhàng ㄓㄤˋ [粵] dzœŋ³ 漲]
直立如屏障的山峯 ◆ 層巒疊嶂。

12嶙 嶙嶙嶙嶙嶙嶙 嶙

[lín ㄌㄧㄣˊ [粵] lœn⁴ 倫]
嶙峋：(1)形容山石重疊不平 ◆ 怪石嶙峋。(2)形容身體消瘦 ◆ 瘦骨嶙峋。(3)形容人剛正有骨氣 ◆ 傲骨嶙峋。

焦點易錯字 祟|祟 尊崇 崇尚 作祟 鬼鬼祟祟

13 **嶼** (屿) 嶼 嶼 嶼 嶼 嶼 嶼 嶼

[yǔ ㄩˇ ㊣ dzœy⁶ 敘]

小島 ◆ 島嶼。

14 **嶺** (岭) 嶺 嶺 嶺 嶺 嶺 嶺 嶺

[lǐng ㄌㄧㄥˇ ㊣ liŋ⁵ 領/lɛŋ⁵ (語)]

山峯；山脈 ◆ 山嶺/崇山峻嶺/翻山越嶺/大興安嶺/嶺南習俗。

✿ 圖見 123 頁。

14 **嶽** (岳) 嶽 嶽 嶽 嶽 嶽 嶽 嶽

[yuè ㄩㄝˋ ㊣ ŋɔk⁹ 愕]

高大的山 ◆ 五嶽（東嶽泰山，南嶽衡山，西嶽華山，北嶽恒山，中嶽嵩山）。

14 **嶸** (嵘) 嶸 嶸 嶸 嶸 嶸 嶸 嶸

[róng ㄖㄨㄥˊ ㊣ wiŋ⁴ 榮]

崢嶸。見"崢"字，126 頁。

18 **巍** 巍 巍 巍 巍 巍 巍 巍

[wēi ㄨㄟ ㊣ ŋɐi⁴ 危]

高大 ◆ 巍峨/巍然屹立。

18 **巋** (岿) 巋 巋 巋 巋 巋 巋 巋

[kuī ㄎㄨㄟ ㊣ kwɐi¹ 虧]

高峻屹立 ◆ 巋然不動/山峯巋巍。

18 **巔** (巅) 巔 巔 巔 巔 巔 巔 巔

[diān ㄉㄧㄢ ㊣ din¹ 顛]

山頂 ◆ 巔峯/站在高山之巔。

19 **巒** (峦) 巒 巒 巒 巒 巒 巒 巒

[luán ㄌㄨㄢˊ ㊣ lyn⁴ 聯]

小而尖的山；連綿的山 ◆ 岡巒/山巒起伏/重巒疊嶂。

✿ 圖見 123 頁。

20 **巖** (岩) 巖 巖 巖 巖 巖 巖 巖

[yán ㄧㄢˊ ㊣ ŋam⁴ 癌]

❶ **高峻的石山** ◆ 七星巖。❷ **巖石** ◆ 巖層/花崗巖/石灰巖/水成巖。

巛部

0 **川** 川 川 川

[chuān ㄔㄨㄢ ㊣ tsyn¹ 穿]

❶ **河流** ◆ 名山大川/百川歸海/日照香爐生紫煙，遙看瀑布掛前川。❷ **平原；平地** ◆ 一馬平川/八百里秦川。❸ **四川省的簡稱** ◆ 川菜/川劇。

見古文字插頁 11。

3 **州** 州 州 州 州 州 州

[zhōu ㄓㄡ ㊣ dzɐu¹ 周]

❶ **從前的一種行政區劃名稱，現仍保留在一些地名裏** ◆ 州府/蘇州/揚州。❷ **指少數民族自治行政區域** ◆ 自治州。

見古文字插頁 13。

焦點易錯字 州 | 洲 州郡 神州大地 綠洲 南美洲

4 災 見火部，263頁。

4 巡

巡巡巡巡巡巡 巡

[xún ㄒㄩㄣˊ 粵 tsœn^{4} 秦]

❶ **往來查看或活動** ◆ 巡視／巡查／巡邏／出巡／巡迴演出。❷ **量詞，相當於"遍"** ◆ 酒過三巡。

8 巢

巢巢巢巢巢巢 巢

[cháo ㄔㄠˊ 粵 tsau^{4} 抄^{4}]

❶ **鳥或蜂、蟻等昆蟲的窩** ◆ 鳥巢／蜂巢／蟻巢／築巢。❷ **比喻盜匪藏身的地方** ◆ 巢穴／傾巢出動。

工部

0 工

工工 工

[gōng ㄍㄨㄥ 粵 guŋ^{1} 公]

❶ **從事勞動生產的人；工人** ◆ 礦工／修理技工／紡織女工。❷ **勞動；工作** ◆ 工地／做工／罷工／工欲善其事，必先利其器。❸ **工業** ◆ 化工／工商界。❹ **建設項目；工程** ◆ 施工／開工／竣工。❺ **一天的工作量** ◆ 記工／五個工。❻ **技巧** ◆ 唱工／做工／鬼斧神工。❼ **精細** ◆ 工筆畫／字寫得工整。❽ **擅長；善於** ◆ 工書法／工西洋油畫。

✿ 圖見95頁。

2 左

左左左左 左

[zuǒ ㄗㄨㄛˇ 粵 dzɔ^{2} 阻]

❶ **方位名，面向南時靠東的一邊；跟"右"相對** ◆ 左手／左邊／左顧右盼／左右逢源。❷ **邪的；不正派的** ◆ 旁門左道。❸ **相反；不合** ◆ 意見相左。❹ **地理位置上指東面** ◆ 江左（長江東面）／山左（太行山以東）。

2 巧

巧巧巧巧 巧

[qiǎo ㄑㄧㄠˇ 粵 hau^{2} 考]

❶ **靈敏精細；技藝高超** ◆ 靈巧／心靈手巧／巧奪天工／巧婦難為無米之炊。❷ **恰好；正好** ◆ 恰巧／不是巧合／事有湊巧／來得正巧。❸ **虛浮不實** ◆ 巧立名目／花言巧語／投機取巧。

2 巨

巨巨巨巨 巨

[jù ㄐㄩˋ 粵 gœy^{6} 具]

大 ◆ 巨大／巨變／巨額／一艘巨輪／為數甚巨。

2 仝 見人部，13頁。

2 功 見力部，46頁。

3 式 見弋部，139頁。

4 汞 見水部，239頁。

4 攻 見攴部，190頁。

4 **巫** 巫 巫 巫 巫 巫 巫 巫

[wū ㄨ ㊚ mou⁴ 無]

以裝神弄鬼替人求神降福為職業的人 ◆ 巫師 / 巫婆 / 小巫見大巫。

5 **空** 見穴部，324頁。

6 **缸** 見缶部，349頁。

7 **貢** 見貝部，425頁。

7 **差** 差 差 差 差 差 差 差

〈一〉[chā ㄔㄚ ㊚ tsa¹ 叉]

❶ **不同；比較而產生的區別** ◆ 差別 / 差距 / 差異 / 批發與零售的差價。❷ **錯誤；失誤** ◆ 差錯 / 陰差陽錯 / 一念之差 / 差之毫釐，失之千里。❸ **兩數相減的餘數** ◆ 差數。

〈二〉[chà ㄔㄚˋ ㊚ tsa¹ 叉]

❹ **不好** ◆ 成績差 / 質量太差。❺ **不相當；不相稱** ◆ 差一點 / 差遠了。❻ **欠缺；短少** ◆ 差一元 / 還差三個人 / 還差一道手續。❼ **錯** ◆ 記差了 / 先生之言差矣。

〈三〉[chāi ㄔㄞ ㊚ tsai¹ 猜]

❽ **派遣** ◆ 差遣 / 差使 / 鬼使神差。❾ **公務；職務** ◆ 出差 / 公差。❿ **被派遣的人** ◆ 差役 / 聽差。

〈四〉[cī ㄘ ㊚ tsi¹ 雌]

⓫ **參差。**見"參"字，57頁。

9 **項** 見頁部，486頁。

己部

0 **己** 己 己 己

[jǐ ㄐㄧˇ ㊚ gei² 紀]

❶ **自身** ◆ 自己 / 固執己見 / 知己知彼 / 捨己為人 / 若要人不知，除非己莫為。❷ **天干的第六位** ◆ 己巳之變。

圖見 290 頁。

0 **已** 已 已 已

[yǐ ㄧˇ ㊚ ji⁵ 以]

❶ **停止** ◆ 讚歎不已 / 鞠躬盡瘁，死而後已。❷ **已經** ◆ 事已如此 / 時間已過 / 大勢已去 / 勝負已定。

0 **巳** 巳 巳 巳

[sì ㄙˋ ㊚ dzi⁶ 自]

❶ **地支的第六位** ◆ 辛巳年。❷ **巳時：即上午九時至十一時。**

圖見 109 頁。

1 **巴** 巴 巴 巴 巴

〈一〉[bā ㄅㄚ ㊚ ba¹ 爸]

❶ **盼望** ◆ 巴望 / 巴不得。❷ **靠近；挨着** ◆ 巴着窗户看 / 前不巴村，後不巴店。❸ **乾燥黏結着的東西** ◆ 泥巴 / 鍋巴。❹ **指四川省東部地區** ◆ 巴山蜀水。

〈二〉[ba ·ㄅㄚ ㊚ ba¹ 爸]

焦點易錯字 己 | 已 | 巳 自己 各執己見 已經 為時已晚 巳時

❺ 詞尾 ◆ 嘴巴／尾巴。

4 **改** 見攴部，190頁

4 **忌** 見心部，148頁。

6 **巷** 巷巷巷巷巷巷 巷

〈一〉[xiàng ㄒㄧㄤˋ ㊕ hɔŋ[6] 項]
狹窄的街道 ◆ 巷戰／街談巷議／大街小巷／萬人空巷／酒香不怕巷子深。

〈二〉[hàng ㄏㄤˋ ㊕ 同〈一〉]
採礦或探礦時挖的坑道。

巾部

0 **巾** 巾巾 巾

[jīn ㄐㄧㄣ ㊕ gɐn[1] 斤]
用來擦拭、包裹、覆蓋的紡織品 ◆ 毛巾／餐巾／頭巾／圍巾／巾幗英雄／昨日入城市，歸來淚滿巾。

見古文字插頁2。

2 **布** 布布布布 布

[bù ㄅㄨˋ ㊕ bou[3] 報]
❶ **棉、麻等紡織品** ◆ 棉布／麻布／布匹／布鞋。❷ **宣告；發表** ◆ 布告／宣布／發布。❸ **分散到各處** ◆ 分布／陰雲密布／星羅棋布／遍布全國／散布謠言。❹ **安排；設置** ◆ 布防／布置／布局。❺ **姓。**（❷-❹ 又寫作“佈”）

2 **市** 市市市市 市

[shì ㄕˋ ㊕ si[5] 時[5]]
❶ **集中做買賣的場所** ◆ 市場／集市／夜市／上市／門庭若市。❷ **買賣；交易** ◆ 開市／日中為市。❸ **城市** ◆ 市民／市容／市區／都市。❹ **行政區劃單位** ◆ 北京市／上海市／直轄市。❺ **屬於市制的單位** ◆ 市斤／市尺。

3 **吊** 見口部，61頁。

3 **帆** 帆帆帆帆帆 帆

[fān ㄈㄢ ㊕ fan[4] 凡]
❶ **掛在桅杆上，借風力使船前進的布篷** ◆ 帆船／揚帆起航／一帆風順。❷ **借指船** ◆ 千帆競發／孤帆遠影碧空盡，唯見長江天際流。

4 **希** 希希希希希希 希

[xī ㄒㄧ ㊕ hei[1] 嬉]
❶ **少** ◆ 希有／希奇／希罕／希世珍寶／人生七十古來希。（同“稀”）❷ **期望** ◆ 希望／希準時出席。

5 **帖** 帖帖帖帖帖帖 帖

〈一〉[tiē ㄊㄧㄝ ㊕ tip[8] 貼]
❶ **妥當；合適** ◆ 妥帖。❷ **順從；服從** ◆ 服帖／俯首帖耳。

〈二〉[tiě ㄊㄧㄝˇ ㊕ tip[8] 貼]
❸ **邀請或通知的紙條** ◆ 請帖／帖子。

焦點易錯字 布｜佈 布匹 宣佈 星羅棋佈

〈三〉[tiè ㄊㄧㄝˋ [粵] tip⁸ 貼]
❹供臨寫模仿用的字本或畫本 ◆ 字帖／畫帖／碑帖／法帖。

5 帕

帕 帕 帕 帕 帕 帕 [帕]

[pà ㄆㄚˋ [粵] pa³ 怕/pak⁸ 拍(語)]
用來擦手擦臉的方形小巾 ◆ 手帕。

5 帛

帛 帛 帛 帛 帛 帛 [帛]

[bó ㄅㄛˊ [粵] bak⁹ 白]
絲織品的總稱 ◆ 布帛／帛書／帛畫／化干戈為玉帛。

5 帚

帚 帚 帚 帚 帚 帚 [帚]

[zhǒu ㄓㄡˇ [粵] dzɐu² 酒]
掃除垃圾的用具 ◆ 掃帚／炊帚／敝帚自珍。

帚

5 帘

帘 帘 帘 帘 帘 帘 [帘]

[lián ㄌㄧㄢˊ [粵] lim⁴ 簾]
❶掛在商店門口用來招攬生意的旗幟 ◆ 酒帘。❷“簾”的簡化字，見334頁。

6 帥 (帅)

帥 帥 帥 帥 帥 帥 [帥]

[shuài ㄕㄨㄞˋ [粵] sœy³ 歲]
❶軍隊中的最高指揮官 ◆ 元帥／統帥／掛帥。❷英俊；瀟灑；漂亮 ◆ 長得帥／他的書法真帥。

6 帝

帝 帝 帝 帝 帝 帝 [帝]

[dì ㄉㄧˋ [粵] dɐi³ 諦]
❶君主 ◆ 帝王／皇帝／帝制。❷宗教或神話中稱最高的天神 ◆ 上帝／玉皇大帝。

7 師 (师)

師 師 師 師 師 師 [師]

[shī ㄕ [粵] si¹ 詩]
❶稱傳授知識或技藝的人 ◆ 老師／師傅／師徒關係／尊師重道／三人行必有我師。❷稱擅長一種專門技藝的人 ◆ 醫師／工程師／藥劑師／理髮師。❸榜樣 ◆ 為人師表／前事不忘，後事之師。❹軍隊的編制單位，軍以下、團以上 ◆ 師長。❺軍隊 ◆ 師出有名／揮師東進／百萬雄師／王師北定中原日，家祭無忘告乃翁。

7 席

席 席 席 席 席 席 [席]

[xí ㄒㄧˊ [粵] dzik⁹ 直]
❶同“蓆”。席子；用蘆葦、竹篾等編成的鋪墊用具 ◆ 竹席／涼席／草席／席捲天下。❷座位；席位 ◆ 出席／軟席卧鋪／首席代表／座無虛席。❸酒筵 ◆ 酒席／天下無不散的筵席。❹量詞 ◆ 與君一席話，勝讀十年書。

8 帳 (帐)

帳 帳 帳 帳 帳 帳 [帳]

[zhàng ㄓㄤˋ [粵] dzœŋ³ 漲]
❶張掛起來用作遮擋的用具 ◆ 蚊帳／帳篷。❷錢財進出的記錄 ◆ 記帳／帳目／帳簿／查帳。❸所欠的錢財；債務 ◆ 欠帳／還帳。（❷❸同“賬”字）

8 帶(带)

帶帶帶帶帶帶 帶

[dài ㄉㄞˋ ㊥ dai³ 戴]

❶ **帶子：束衣或捆紮用的長條形的東西** ◆ 皮帶／鞋帶／領帶／綳帶／書包帶。❷ **像帶子的長條** ◆ 帶魚／錄音帶／傳送帶。❸ **佩掛；隨身拿着** ◆ 佩帶／攜帶／出國要帶護照。❹ **率領；引導** ◆ 帶隊／帶路／帶徒弟／帶他來見我。❺ **順便做；連着** ◆ 附帶／帶個口信／拖泥帶水／連人帶車掉進河裏。❻ **地區** ◆ 熱帶／沿海一帶／危險地帶。

己 巾 干 幺 广 廴

8 常

常常常常常常 常

[cháng ㄔㄤˊ ㊥ sœŋ⁴ 嘗]

❶ **長久的；不變的** ◆ 常綠樹／四季常青／常年積雪／常任理事。❷ **時時；一次又一次地** ◆ 常常／經常／時常／常來常往／勝敗乃兵家常事。❸ **普通的；一般的** ◆ 常識／人之常情／常規檢查／習以為常／一反常態。

8 帷

帷帷帷帷帷帷 帷

[wéi ㄨㄟˊ ㊥ wɐi⁴ 圍]

圍起來作遮擋用的布幕 ◆ 帷幕／牀帷／帷幔。

9 幅

幅幅幅幅幅幅 幅

[fú ㄈㄨˊ ㊥ fuk⁷ 福]

❶ **布匹的寬度** ◆ 單幅／雙幅／寬幅的布。❷ **泛指書畫面或地域的廣狹** ◆ 篇幅／幅員遼闊。❸ **量詞，多用於圖畫、布帛等** ◆ 一幅畫／兩幅布。

9 幀(帧)

幀幀幀幀幀幀 幀

[zhēn ㄓㄣ ㊥ dziŋ³ 正]

❶ **畫幅** ◆ 裝幀。❷ **量詞，相當於"幅"** ◆ 一幀照片／一幀山水畫。

9 帽

帽帽帽帽帽帽 帽

[mào ㄇㄠˋ ㊥ mou⁶ 冒]

❶ **帽子** ◆ 草帽／脱帽致敬。❷ **形狀或作用像帽子的東西** ◆ 筆帽／螺絲帽。**(粵口語讀mou² 冒²)**

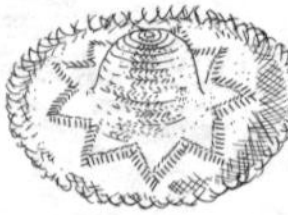

草帽

禮帽

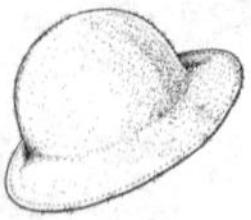

呢帽

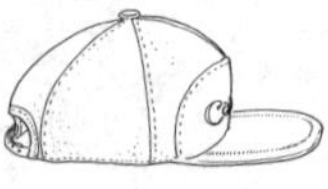

鴨舌帽

9 幃(帏)

幃幃幃幃幃幃 幃

[wéi ㄨㄟˊ ㊥ wɐi⁴ 圍]

帳幔。同"帷"字，見本頁 ◆ 幃幔。

10 幌

幌幌幌幌幌幌 幌

[huǎng ㄏㄨㄤˇ ㊥ fɔŋ² 訪]

幌子：商店門外掛的表明所賣貨物的招牌或標誌；比喻用來蒙騙人的話或行為 ◆ 他只是以生病作為缺席會議的幌子。

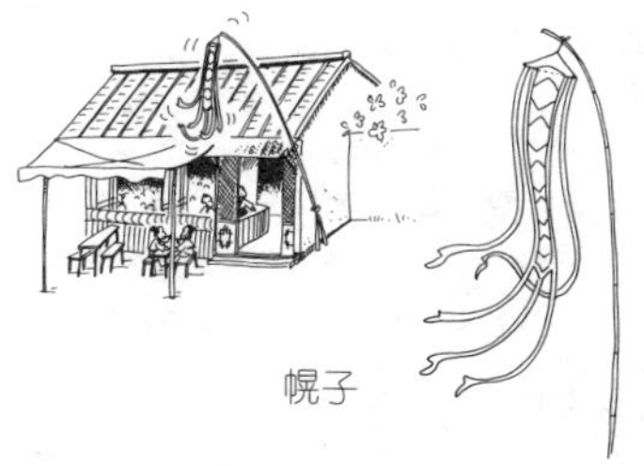
幌子

11 **幕**（幕）　幕幕幕幕幕幕 幕

[mù ㄇㄨˋ ㊎ mɔk⁹ 莫]

❶張掛起來或覆蓋在東西上的大塊織物 ◆ 幕布 / 銀幕 / 開幕 / 揭幕。**❷戲劇中的一個段落** ◆ 序幕 / 第二幕 / 五幕話劇。**❸內部的或隱祕的事情** ◆ 內幕 / 黑幕。

11 **幔**　幔幔幔幔幔幔 幔

[màn ㄇㄢˋ ㊎ man⁶ 慢]

掛在屋裏用作遮擋的布 ◆ 布幔 / 窗幔 / 帷幔。

11 **幗**（帼）　幗幗幗幗幗幗 幗

[guó ㄍㄨㄛˊ ㊎ gwɔk⁸ 國]

巾幗：古代婦女的頭巾和髮飾，借指婦女 ◆ 巾幗英雄 / 巾幗不讓鬚眉。

12 **幣**（币）　幣幣幣幣幣幣 幣

[bì ㄅㄧˋ ㊎ bɐi⁶ 弊]

錢；貨幣 ◆ 港幣 / 錢幣 / 金幣 / 人民幣。

12 **幢**　幢幢幢幢幢幢 幢

[zhuàng ㄓㄨㄤˋ ㊎ dzɔŋ⁶ 狀]

量詞 ◆ 一幢樓房。

12 **幟**（帜）　幟幟幟幟幟幟 幟

[zhì ㄓˋ ㊎ tsi³ 次]

旗子 ◆ 旗幟 / 獨樹一幟。

14 **幫**（帮）　幫幫幫幫幫幫 幫

[bāng ㄅㄤ ㊎ bɔŋ¹ 邦]

❶相助；替人家出力 ◆ 幫助 / 幫忙 / 好幫手 / 幫媽媽洗衣服。**❷成羣結夥的** ◆ 幫派 / 馬幫 / 匪幫。**❸物體的周圍部分** ◆ 船幫 / 鞋幫。**❹量詞** ◆ 一幫朋友 / 一幫強盜。

干部

0 **干**　干干 干

〈一〉[gān ㄍㄢ ㊎ gɔn¹ 肝]

❶觸犯；冒犯 ◆ 干犯 / 干擾。**❷關係；牽連；過問** ◆ 干涉 / 干連 / 干預 / 不相干。**❸相當於"個"，若干，用來約計數目** ◆ 若干人。**❹干支：古人用來記年月日的十干十二支，即甲乙丙丁戊己庚辛壬癸十干，也叫天干；子丑寅卯辰巳午未申酉戌亥十二支，也叫地支。** **❺盾牌** ◆ 大動干戈 / 化干戈為玉帛。**❻"乾〈一〉"的簡化字，見 7 頁。**

✿圖見290頁。

焦點易錯字　憧 | 幢 | 懂　憧憬 鬼影幢幢　一幢房子　懂事

〈二〉[gàn ㄍㄢˋ 粵 gɔn³ 肝³]
❼ **“幹”的簡化字，見本頁。**

2 刊

見刀部，40頁。

2 平

[píng ㄆㄧㄥˊ 粵 piŋ⁴ 瓶]
❶ **表面沒有高低凹凸，也不傾斜** ◆ 平地／平坦／波平如鏡／馬路很平。❷ **均等；公正；不相上下** ◆ 平均／平分秋色／平等互利／平起平坐／公平合理。❸ **安定** ◆ 平安／太平／和平／風平浪靜／一波未平，一波又起。❹ **用武力征服；消除動亂** ◆ 平定騷亂／平息叛亂。❺ **經常的；普通的** ◆ 平時／平常／平淡無奇／平民百姓／平凡的工作。❻ **漢語聲調四聲之一** ◆ 陰平／陽平。

3 年

[nián ㄋㄧㄢˊ 粵 nin⁴]
❶ **地球繞太陽一周的時間叫“一年”** ◆ 年曆／一年半載／年復一年／一年之計在於春／十年樹木，百年樹人。❷ **歲數；按歲數劃分的階段** ◆ 年紀／年齡／年輕力壯／中年婦女／花有重開日，人無再少年。❸ **時期；時代** ◆ 年代／近年／永樂年間／清朝末年。❹ **農作物的收成** ◆ 年成／豐年／人壽年豐。❺ **年節；與年節有關的** ◆ 過年／拜年／新年／年貨／年畫。

3 奸

見女部，101頁。

4 旱

見日部，198頁。

4 罕

見网部，350頁。

5 幸

[xìng ㄒㄧㄥˋ 粵 hɐŋ⁶ 杏]
❶ **生活愉快美滿；境遇稱心如意** ◆ 幸福／幸運／慶幸／榮幸／三生有幸。❷ **希望** ◆ 幸勿推辭。❸ **“倖”的簡化字，見22頁。**

10 幹(干)

[gàn ㄍㄢˋ 粵 gɔn³ 肝³]
❶ **主體部分；主要部分** ◆ 樹幹／幹線／幹渠／主幹／骨幹。❷ **做事；辦事** ◆ 幹活／說幹就幹／埋頭苦幹／幹甚麼事情。❸ **辦事的能力** ◆ 才幹／精明能幹。

幺部

1 幻

[huàn ㄏㄨㄢˋ 粵 wan⁶ 患]
❶ **不真實的；空虛的；不實在的** ◆ 幻覺／夢幻／虛幻／幻想破滅。❷ **奇異地變化** ◆ 幻術／變幻莫測。

2 幼

[yòu ㄧㄡˋ 粵 jɐu³ 丘³]
❶ **年紀小；還沒長成的** ◆ 幼兒／幼稚／年幼／幼苗／幼蟲。❷ **小孩** ◆ 扶老攜幼／幼教工作。

焦點易錯字 幸｜倖｜悻 幸運 慶幸 僥倖 寵倖 悻然 悻悻而去 幹｜榦 才幹 幹勁 斡旋

6 **幽**　幽幽幽幽幽幽 [幽]

[yōu ㄧㄡ [粵] jɐu^{1} 休]
❶**深；深遠** ◆ 幽深/幽谷/發千古之幽情。❷**昏暗** ◆ 幽暗。❸**隱蔽的** ◆ 幽會/幽居。❹**沈靜；僻靜** ◆ 幽思/幽靜/幽雅。❺**囚禁** ◆ 幽禁/幽囚。❻**陰間** ◆ 幽靈/幽冥。

9 **幾**（几）　幾幾幾幾幾幾 [幾]

〈一〉[jǐ ㄐㄧˇ [粵] gei^{2} 己]
❶**詢問數量；多少** ◆ 幾歲/現在幾點/有幾個人報名？❷**表示數目不定** ◆ 十幾本書/幾百人/相差無幾/幾十里路。
〈二〉[jī ㄐㄧ [粵] gei^{1} 基]
❸**接近；差一點** ◆ 幾遭暗算/幾乎都來了。

11 **麼** 見麻部，511頁。

12 **樂** 見木部，224頁。

广部

4 **庥** “庥”的異體字，見273頁。

4 **庇**　庇庇庇庇庇庇 [庇]

[bì ㄅㄧˋ [粵] bei^{3} 祕]
遮蔽；保護 ◆ 庇護/包庇/庇廕。

4 **序**　序序序序序序 [序]

[xù ㄒㄩˋ [粵] dzœy^{6} 聚]
❶**排列的先後** ◆ 次序/順序/程序/工序/秩序/循序漸進。❷**開頭的；正式內容之前的** ◆ 序幕/序曲/序言/序文。

5 **店**　店店店店店店 [店]

[diàn ㄉㄧㄢˋ [粵] dim^{3} 惦]
❶**買賣東西的場所；商店** ◆ 店鋪/書店/服裝店。❷**旅館** ◆ 客店/旅店。

5 **府**　府府府府府府 [府]

[fǔ ㄈㄨˇ [粵] fu^{2} 苦]
❶**官署；政權機關** ◆ 官府/政府。❷**高級官員辦公或居住的地方** ◆ 王府/總統府。❸**尊稱別人的籍貫、家屬或住宅** ◆ 貴府/府上。❹**舊時的行政區劃，在縣與省之間** ◆ 開封府/知府大人。

5 **底**　底底底底底底 [底]

[dǐ ㄉㄧˇ [粵] dɐi^{2} 抵]
❶**物體最下面的部分** ◆ 鍋底/鞋底/井底之蛙/沈入海底。❷**一段時間的末尾；結束** ◆ 年底/月底/進行到底。❸**留作根據的原稿或草樣** ◆ 底稿/底本/留底。❹**事情的內情或根源** ◆ 摸底/底細/刨根問底/打破砂鍋問到底。❺**襯托花紋圖案的一面** ◆ 白底紅花。

5 **庖**　庖庖庖庖庖庖 [庖]

[páo ㄆㄠˊ [粵] pau^{4} 刨]
❶**廚房** ◆ 庖廚。❷**廚師** ◆ 大庖/庖丁解牛/越俎代庖。

5 **庚** 庚庚庚庚庚庚 庚

[gēng ㄍㄥ ㊥ gɐŋ[1] 羹]
❶ **天干的第七位** ◆ 庚申。❷ **年齡** ◆ 同庚 / 貴庚。

✿ 圖見 290 頁。

6 **度** 度度度度度度 度

〈一〉[dù ㄉㄨˋ ㊥ dou[6] 道]
❶ **計量物體長短的標準；量長短的器具** ◆ 度量衡。❷ **按計量標準規定的計量單位** ◆ 温度 / 長度 / 經度 / 角度。❸ **事物所達到的水平、境地** ◆ 程度 / 高度 / 濃度 / 深淺適度 / 極度困難。❹ **法則；標準** ◆ 法度 / 制度。❺ **人的氣量、胸懷** ◆ 度量 / 氣度不凡 / 豁達大度。❻ **人的外貌、儀表** ◆ 風度 / 態度。❼ **過；經過** ◆ 度假 / 歡度春節 / 度日如年 / 虛度年華。❽ **越過；跨過** ◆ 春風不度玉門關。❾ **量詞。回；次** ◆ 再度奪冠 / 一年一度 / 幾度風雨。

〈二〉[duó ㄉㄨㄛˊ ㊥ dɔk[9] 鐸]
❿ **估計；推測** ◆ 揣度 / 以己度人 / 以小人之心，度君子之腹。

7 **席** 見巾部，131頁。

7 **庫** (库) 庫庫庫庫庫庫 庫

[kù ㄎㄨˋ ㊥ fu[3] 富]
儲存大量東西的房屋或建築物 ◆ 庫房 / 倉庫 / 糧庫 / 書庫 / 水庫 / 彈藥庫。

7 **庭** 庭庭庭庭庭庭 庭

[tíng ㄊㄧㄥˊ ㊥ tiŋ[4] 停]
❶ **廳堂** ◆ 大庭廣眾。❷ **正房前的院子** ◆ 庭院 / 前庭後院 / 門庭若市。❸ **法院審理案件的場所** ◆ 法庭 / 開庭審理 / 出庭作證。

7 **座** 座座座座座座 座

[zuò ㄗㄨㄛˋ ㊥ dzɔ[6] 助]
❶ **坐位** ◆ 座次 / 讓座 / 高朋滿座 / 對號入座 / 座無虛席。❷ **器物下面的托子** ◆ 鐘座 / 花瓶座。❸ **量詞** ◆ 一座山 / 兩座橋 / 一座寶塔。

7 **唐** 見口部，71頁。

8 **庶** 庶庶庶庶庶庶 庶

[shù ㄕㄨˋ ㊥ sy[3] 恕]
❶ **眾多** ◆ 庶務 / 富庶。❷ **平民；百姓** ◆ 庶民。

8 **麻** 見麻部，511頁。

8 **庵** 庵庵庵庵庵庵 庵

[ān ㄢ ㊥ ɐm[1]/ŋɐm[1] 暗[1]]
尼姑住的寺廟 ◆ 庵堂 / 尼姑庵。

8 **庸** 庸庸庸庸庸庸 庸

[yōng ㄩㄥ ㊥ juŋ[4] 容]
❶ **平常的；普通的；不高明** ◆ 平庸 / 庸才 / 庸醫 / 庸庸碌碌 / 天下本無事，庸人自擾之。❷ **用；需要** ◆ 毋庸諱言 / 無庸細述。

8 **康** 康康康康康康 康

[kāng ㄎㄤ ㊥ hɔŋ[1] 腔]
平平安安；身體好 ◆ 安康 / 健康 / 康復。

焦點易錯字 坐 | 座 坐位 坐井觀天 滿座 座無虛席 度 | 渡 程度 度日如年 渡海 引渡 渡過難關

己巾干幺广廴

8 **鹿** 見鹿部，510頁。

9 **廂**（厢）

[xiāng ㄒㄧㄤ ㊚ sœŋ¹ 商]

❶**正屋前邊兩旁的房屋** ◆ 廂房 / 東廂房 / 西廂房。❷**像屋子一樣隔間的地方** ◆ 車廂 / 包廂。❸**靠近城市的地段** ◆ 城廂。

9 **廁**（厕）

[cè ㄘㄜˋ ㊚ tsi³ 次]

廁所：大小便的地方 ◆ 公廁 / 男廁 / 女廁。

9 **廊**

[láng ㄌㄤˊ ㊚ lɔŋ⁴ 郎]

屋簷下的過道或連接建築物有頂無牆的狹長過道 ◆ 走廊 / 長廊 / 畫廊 / 九曲迴廊。

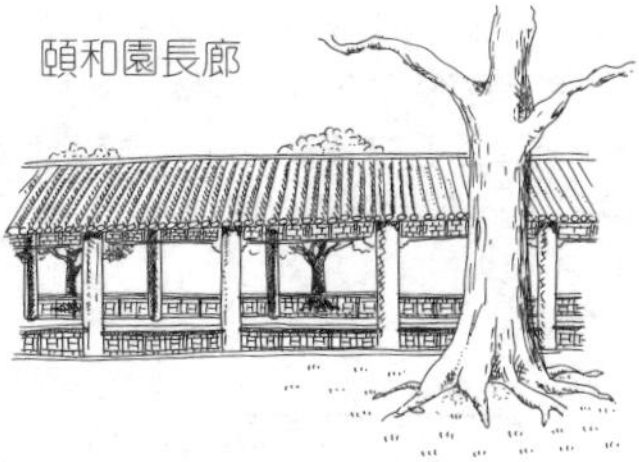
頤和園長廊

9 **廄**（厩）

[jiù ㄐㄧㄡˋ ㊚ gɐu³ 究]

馬棚；泛指牲口棚 ◆ 馬廄 / 廄肥。

10 **廈**（厦）

〈一〉[shà ㄕㄚˋ ㊚ ha⁶ 夏]

❶**高大的房子** ◆ 廣廈 / 高樓大廈。

〈二〉[xià ㄒㄧㄚˋ ㊚ ha⁶ 夏]

❷**廈門：地名，在福建省。**

10 **廉**

[lián ㄌㄧㄢˊ ㊚ lim⁴ 簾]

❶**不貪財；不損公肥私** ◆ 廉潔奉公 / 為政清廉 / 不知廉恥 / 勤能補拙，儉以養廉。❷**價錢便宜** ◆ 廉價 / 價廉物美 / 價格低廉。

11 **麼** 見麻部，511頁。

11 **腐** 見肉部，364頁。

11 **廓**

[kuò ㄎㄨㄛˋ ㊚ kwɔk⁸ 擴]

❶**空闊；寬廣** ◆ 寥廓。❷**物體外形的邊線** ◆ 輪廓 / 耳廓。

11 **塵** 見土部，92頁。

11 **廖**

[liào ㄌㄧㄠˋ ㊚ liu⁶ 料]

姓。

12 **廚**（厨）

[chú ㄔㄨˊ ㊚ tsy⁴ 躇/tsœy⁴ 除]

❶**做飯菜的屋子** ◆ 廚房 / 下廚。❷**專做飯菜的人** ◆ 廚師 / 名廚。

12 **廝**（厮）

[sī ㄙ ㊚ si¹ 司]

❶**互相** ◆ 廝打 / 廝殺。❷**過去稱呼男僕** ◆ 小廝 / 廝役。

12 **廣** (广) 廣廣廣廣廣廣 廣

[guǎng ㄍㄨㄤˇ (粵) gwɔŋ^2 光^2]
❶**寬闊；跟"狹"相對** ◆ 廣闊/廣場/寬廣/地廣人稀/廣泛搜集。❷**多** ◆ 大庭廣眾。❸**擴大；擴充** ◆ 推廣/廣播/廣為宣傳/以廣見聞。❹**廣東省的簡稱；廣東、廣西稱"兩廣"**。

12 **廟** (庙) 廟廟廟廟廟廟 廟

[miào ㄇㄧㄠˋ (粵) miu^6 妙]
供奉神佛、祖宗或歷史名人的處所 ◆ 廟宇/孔廟/宗廟/山頂上有一座廟。

12 **摩** 見手部，183頁。

12 **廠** (厂) 廠廠廠廠廠廠 廠

[chǎng ㄔㄤˇ (粵) tsɔŋ^2 敞]
製造或修理器物的地方；工廠 ◆ 造船廠/紡織廠/製藥廠/汽車修理廠。

12 **慶** 見心部，158頁。

12 **廢** (废) 廢廢廢廢廢廢 廢

[fèi ㄈㄟˋ (粵) fɐi^3 肺]
❶**放棄不用；停止** ◆ 廢除/廢棄/作廢/荒廢/廢寢忘食/半途而廢。❷**失去效用的；沒用的** ◆ 廢品/廢料/廢話/廢紙/廢物利用。❸**肢體傷殘** ◆ 殘廢。❹**沮喪** ◆ 頹廢。

13 **磨** 見石部，314頁。

14 **膺** 見肉部，367頁。

14 **應** 見心部，160頁。

16 **廬** (庐) 廬廬廬廬廬廬 廬

[lú ㄌㄨˊ (粵) lou^4 勞]
簡陋的房屋 ◆ 茅廬/廬舍/三顧草廬。

16 **龐** (庞) 龐龐龐龐龐龐 龐

[páng ㄆㄤˊ (粵) pɔŋ^4 旁]
❶**大** ◆ 龐大/龐然大物。❷**又多又雜** ◆ 龐雜。❸**臉盤** ◆ 面龐。

18 **魔** 見鬼部，501頁。

21 **鷹** 見鳥部，508頁。

22 **廳** (厅) 廳廳廳廳廳廳 廳

[tīng ㄊㄧㄥ (粵) tiŋ^1 庭^1/tɛŋ^1 艇^1(語)]
❶**聚會、會客等用的大房間** ◆ 客廳/門廳/會議廳。❷**機關單位或辦事部門** ◆ 市政廳/辦公廳。❸**營業處所** ◆ 歌舞廳/理髮廳。

廴部

4 **廷** 廷廷廷廷廷廷 廷

[tíng ㄊㄧㄥˊ (粵) tiŋ^4 停]
古代帝王接見官吏和辦理政務的地方 ◆ 朝

廷/廷試。

5 **延**

[yán ㄧㄢˊ [粵] jin^{4} 言]

❶ **伸長** ◆ 延長/延伸/蔓延/延年益壽。❷ **時間向後推** ◆ 延期/延誤/拖延/時間順延。❸ **聘請** ◆ 延醫/延攬人才。

6 **建**

[jiàn ㄐㄧㄢˋ [粵] gin^{3} 見]

❶ **修築** ◆ 建房/建橋/修建/興建/建築鐵路。❷ **創設；成立** ◆ 建立/建國/建校三十週年。❸ **提出** ◆ 建議。

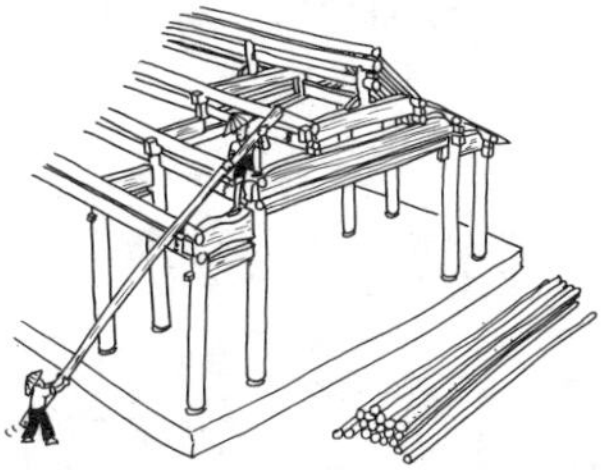

廾部

1 **廿**

[niàn ㄋㄧㄢˋ [粵] jɐp^{9} 入/ja^{6} 也^{6}/jɛ^{6} 夜 (語)]

數目字，二十 ◆ 廿年不見。

2 **卉** 見十部，52頁。

4 **弄**

〈一〉[nòng ㄋㄨㄥˋ [粵] luŋ^{6} 龍^{6}]

❶ **玩；耍** ◆ 玩弄/戲弄/舞文弄墨/弄假成真。❷ **做；搞** ◆ 弄飯吃/弄清楚/弄錯了。

〈二〉[lòng ㄌㄨㄥˋ [粵] luŋ^{6} 龍^{6}]

❸ **小巷** ◆ 弄堂/里弄。

6 **弈**

[yì ㄧˋ [粵] jik^{9} 亦]

圍棋；下棋 ◆ 對弈/博弈。

11 **算** 見竹部，331頁。

12 **弊**

[bì ㄅㄧˋ [粵] bɐi^{6} 幣]

❶ **害處；毛病；跟"利"相對** ◆ 弊病/弊端/流弊/興利除弊/有利有弊。❷ **欺騙；弄虛作假** ◆ 作弊/營私舞弊。

弋部

1 **戈** 見戈部，161頁。

3 **式**

[shì ㄕˋ [粵] sik^{7} 色]

❶ **樣子** ◆ 式樣/新式/款式/西式糕點/中

焦點易錯字 色|式 顏色 角色 形式 程式

國式的園林建築。❷規格；標準 ◆ 格式/程式/模式。❸典禮 ◆ 開幕式/閱兵式。❹自然科學中表明某種規律的一組符號 ◆ 公式/方程式/分子式。

5 **武** 見止部，232頁。

9 **貳** 見貝部，426頁。

10 **弒**（弑）

[shì ㄕˋ ㊕ si³ 試]
古代指臣下殺死君主或子女殺死父母 ◆ 弒君/弒父。

11 **鳶** 見鳥部，504頁。

弓部

0 **弓**

[gōng ㄍㄨㄥ ㊕ guŋ¹ 公]
❶**射箭或發射彈丸的器具** ◆ 弓箭/彈弓/彎弓/張弓射鳥/左右開弓。❷**形狀像弓的東西** ◆ 琴弓/車弓。❸**彎曲** ◆ 弓背/弓着腰。

見古文字插頁2。

1 **弔**（吊）

[diào ㄉㄧㄠˋ ㊕ diu³ 釣]
❶**拜祭死者或慰問死者家人** ◆ 弔喪/弔唁。❷**追懷古人或往事** ◆ 憑弔/弔文。

1 **引**

[yǐn ㄧㄣˇ ㊕ jen⁵ 蚓]
❶**拉開弓** ◆ 引而不發。❷**延伸；伸長** ◆ 引申/引領而望/引吭高歌。❸**帶領** ◆ 引導/引見/引狼入室/指引方向。❹**招來；惹** ◆ 吸引/引人注目/拋磚引玉/引人發笑/引來一場大禍。❺**用來作根據** ◆ 引文/引證/引經據典。❻**離開** ◆ 引退。

2 **弗**

[fú ㄈㄨˊ ㊕ fɐt⁷ 忽]
不 ◆ 弗用/自愧弗如。

2 **弘**

[hóng ㄏㄨㄥˊ ㊕ wɐŋ⁴ 宏]
大；使廣大 ◆ 弘圖大志/氣勢恢弘/弘揚中華文化。

3 **弛**

[chí ㄔˊ ㊕ tsi² 始]
放鬆 ◆ 鬆弛/一張一弛。

圖見141頁。

4 **弟**

[dì ㄉㄧˋ ㊕ dɐi⁶ 第]
稱同胞或同輩中年齡比自己小的男子 ◆ 弟弟/堂弟/表弟/親兄弟。

5 **弧**

[hú ㄏㄨˊ ㊕ wu⁴ 胡]

焦點易錯字 弛 | 馳　鬆弛 弛緩　馳騁 馳名

圓周的任何一段 ◆ 弧形 / 弧線。

5弦 弦弦弦弦弦弦 弦

[xián ㄒㄧㄢˊ (粵) jin[4] 言]

❶ 弓上發箭的繩線 ◆ 弓弦 / 箭在弦上。❷ 樂器上發聲的細絲 ◆ 琴弦 / 弦樂 / 弦外之音。❸ 月亮半圓的時候，形狀像弓，所以稱半邊月為弦月。 每月上旬月缺上半叫“上弦”， 下旬月缺下半叫“下弦”。

5弩 弩弩弩弩弩弩 弩

[nǔ ㄋㄨˇ (粵) nou[5] 腦]

一種裝有機關、靠機械力量來射箭的弓 ◆ 強弩 / 弩箭 / 劍拔弩張。

6弭 弭弭弭弭弭弭 弭

[mǐ ㄇㄧˇ (粵) mɐi[5] 米]

停止；消除 ◆ 弭兵 / 弭亂 / 弭患 / 弭除成見。

7躬 見身部，438頁。

7弱 弱弱弱弱弱弱 弱

[ruò ㄖㄨㄛˋ (粵) jœk[9] 藥]

❶ 不健壯，力量小；能力差；跟“強”相對 ◆ 弱小 / 衰弱 / 體弱多病 / 不甘示弱 / 強將手下無弱兵。❷ 年幼的 ◆ 老弱病殘。❸ 表示略少一點 ◆ 三分之一弱。

8張(张) 張張張張張張 張

[zhāng ㄓㄤ (粵) dzœŋ[1] 章]

❶ 放開；伸展；擴大 ◆ 擴張 / 誇張 / 張開嘴巴 / 張牙舞爪 / 張揚出去。❷ 陳設；鋪排 ◆ 張燈結綵 / 鋪張浪費。❸ 看；望 ◆ 張望 / 東張西望。❹ 新開業 ◆ 開張。❺ 量詞 ◆ 一張紙 / 一張寫字枱。

張
弛

8強(强) 強強強強強強 強

〈一〉[qiáng ㄑㄧㄤˊ (粵) kœŋ[4]]

❶ 健壯；力量大；跟“弱”相對 ◆ 強壯 / 強健 / 強大 / 繁榮富強 / 強中更有強中手。❷ 使健壯；使鞏固 ◆ 強身健體 / 強化紀律。❸ 程度高 ◆ 強烈 / 堅強 / 責任心強 / 理解力強。❹ 粗暴；用力硬拚；兇狠 ◆ 強攻 / 強行 / 強暴 / 強制。❺ 優越；勝過 ◆ 他比你強 / 一年強過一年 / 一年更比一年強。❻ 表示略多一點 ◆ 三分之一強。

〈二〉[qiǎng ㄑㄧㄤˇ (粵) kœŋ[5]]

❼ 勉強；硬要 ◆ 強辯 / 強詞奪理 / 強迫命令 / 強人所難 / 強顏歡笑。

〈三〉[jiàng ㄐㄧㄤˋ (粵) kœŋ[5]]

❽ 固執；任性 ◆ 倔強 / 脾氣強。

9弼 弼弼弼弼弼弼 弼

[bì ㄅㄧˋ (粵) bɐt[9] 拔]

輔助 ◆ 輔弼。

9强 “強”的異體字，見本頁。

9 **粥** 見米部，336頁。

12 **彆**（别）

[biè ㄅㄧㄝˋ ㊥ bit8 鱉]
彆扭：(1)不順心；不正常；難對付 ◆ 這天氣真彆扭，忽冷忽熱。(2)意見不合；矛盾 ◆ 鬧彆扭 / 兩人最近有些彆扭。(3)説話、作文不通順；不流暢 ◆ 這段文字讀起來很彆扭。

12 **彈**（弹）

〈一〉[dàn ㄉㄢˋ ㊥ dan6 但]
❶ 堅硬的小圓球 ◆ 彈子 / 鐵彈 / 彈丸。❷ 能爆炸、有殺傷力的武器 ◆ 投彈 / 炮彈 / 炸彈 / 手榴彈 / 原子彈。
〈二〉[tán ㄊㄢˊ ㊥ tan4 壇]
❸ 用手指彈擊 ◆ 把帽子上的土彈掉。❹ 用手指撥弄或敲打樂器 ◆ 彈奏 / 彈琵琶 / 彈鋼琴。
〈三〉[tán ㄊㄢˊ ㊥ dan6 但]
❺ 有彈性的 ◆ 彈力 / 彈簧。

14 **彌**（弥）

[mí ㄇㄧˊ ㊥ mei4 微]
❶ 滿；到處都是。同"瀰" ◆ 煙霧彌漫 / 彌天大謊。❷ 填補 ◆ 彌補 / 彌縫。❸ 更加 ◆ 欲蓋彌彰 / 彌足珍貴。

19 **彎**（弯）

[wān ㄨㄢ ㊥ wan1 灣]
❶ 曲；不直 ◆ 彎曲 / 彎道 / 彎彎的月亮。❷ 使彎曲 ◆ 彎腰 / 彎着身子。❸ 彎曲的部分 ◆ 拐個彎 / 轉彎抹角。

彐 部

1 **尹** 見尸部，121頁。

5 **事** 見亅部，8頁。

9 **尋** 見寸部，118頁。

10 **彙**（汇）

[huì ㄏㄨㄟˋ ㊥ wei6 位]
聚集在一起 ◆ 詞彙 / 彙報 / 資料彙編。

15 **彝**

[yí ㄧˊ ㊥ ji4 而]
❶ 古代用青銅製成的祭器 ◆ 彝器 / 鼎彝。❷ 常規；法則 ◆ 彝訓 / 彝準。❸ 我國少數民族之一，分佈在四川、貴州、雲南等地。

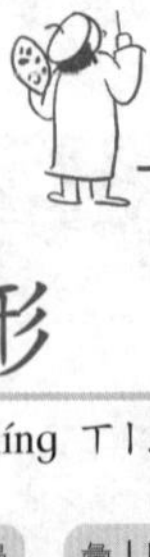

彡 部

4 **形**

[xíng ㄒㄧㄥˊ ㊥ jiŋ4 仍]

廾 弋 弓 彐 彡 彳

焦點易錯字 彌 | 瀰 彌留 彌天大罪 瀰山遍野 煙霧瀰漫 彙 | 匯 詞彙 彙集 匯聚 匯款

❶**樣子；形象** ◆ 形狀／形體／三角形／形影不離。❷**顯露；表現** ◆ 喜形於色。❸**對比** ◆ 相形見絀。

4**彤**

[tóng ㄊㄨㄥˊ ㊐ tuŋ4 同]
紅色 ◆ 彤雲／紅彤彤。

7**修** 見人部，24頁。

8**彬**

[bīn ㄅㄧㄣ ㊐ bɐn1 奔]
彬彬：形容文雅的樣子 ◆ 彬彬有禮／文質彬彬。

8**彪**

[biāo ㄅㄧㄠ ㊐ biu1 標]
❶**小老虎。**❷**比喻身材強壯高大** ◆ 彪形大漢。❸**虎身上的斑紋，借指文采** ◆ 彪炳青史。

8**彩**

[cǎi ㄘㄞˇ ㊐ tsɔi2 採]
❶**各種顏色** ◆ 彩色／彩雲／彩虹／彩旗飄揚／五彩繽紛。❷**鮮明；出色** ◆ 光彩奪目／豐富多彩／精彩的表演。❸**負傷流血** ◆ 掛彩。❹**憑運氣得來的財物** ◆ 得彩／彩票／中頭彩。❺**稱讚；叫好聲** ◆ 喝彩。❻**"綵"的簡化字，見344頁。**

8**彫** ❶**"雕"的異體字，見478頁。**❷**"凋"的異體字，見37頁。**

8**参** 見厶部，57頁。

9**彭**

[péng ㄆㄥˊ ㊐ paŋ4 鵬]
姓。

9**須** 見頁部，487頁。

11**彰**

[zhāng ㄓㄤ ㊐ dzœŋ1 章]
❶**明顯；顯著** ◆ 臭名昭彰／相得益彰／欲蓋彌彰。❷**表揚** ◆ 表彰。

12**影**

[yǐng ㄧㄥˇ ㊐ jiŋ2 映]
❶**影子：物體擋住光線造成的形象** ◆ 人影／樹影／倒影／形影不離／無影無蹤。❷**照片；圖像** ◆ 攝影／合影／剪影。❸**電影的簡稱** ◆ 影壇／影院／影星。❹**描摹** ◆ 仿影／影印。

26**鬱** 見鬯部，500頁。

焦點易錯字 采｜彩｜綵 姿采 神采 彩霞 色彩 綵排 剪綵 影｜映 樹影 影響 映襯 反映

彳部

3 行 見行部，402頁。

4 役 役

[yì ㄧˋ 粵 jik⁹ 亦]

❶**需要出勞力的事** ◆ 勞役 / 苦役。❷**在軍隊中服務；服兵役** ◆ 服役 / 退役 / 現役軍人。❸**戰事** ◆ 戰役 / 必其攻於一役。❹**使喚；差遣** ◆ 役使 / 奴役。❺**供使喚的人** ◆ 僕役。

4 彷 彷

〈一〉[fǎng ㄈㄤˇ 粵 fɔŋ² 訪]

❶ **彷佛：似乎；好像。也寫作"仿佛"** ◆ 這個人我彷彿在哪裏見過。

〈二〉[páng ㄆㄤˊ 粵 pɔŋ⁴ 旁]

❷**彷徨：拿不定主意，不知道往哪裏去** ◆ 彷徨失措 / 歧途彷徨。

5 征 征

[zhēng ㄓㄥ 粵 dziŋ¹ 晶]

❶**遠行；走遠路** ◆ 遠征 / 征途 / 長征。❷**用武力討伐** ◆ 出征 / 征服 / 征討 / 南征北戰。❸**"徵"的簡化字，見 147 頁。**

5 往 往

[wǎng ㄨㄤˇ 粵 wɔŋ⁵ 王⁵]

❶**到……去；跟"來"相對** ◆ 前往 / 人來人往 / 有來有往 / 飛機飛往上海。❷**過去的；跟"今"相對** ◆ 往日 / 往常 / 回憶往事 / 繼往開來 / 一如以往。❸**朝；向** ◆ 往前走 / 人往高處走，水往低處流。

5 彼 彼

[bǐ ㄅㄧˇ 粵 bei² 比]

❶**那；那個；跟"此"相對** ◆ 此起彼伏 / 顧此失彼 / 太平洋彼岸 / 此一時彼一時。❷**他；對方** ◆ 不分彼此 / 知己知彼。

5 彿 彿

[fú ㄈㄨˊ 粵 fɐt⁷ 忽]

彷彿。見"彷〈一〉"，本頁。

6 待 待

〈一〉[dài ㄉㄞˋ 粵 dɔi⁶ 代]

焦點易錯字 征 | 徵　征服 征途　徵兵 特徵

❶等候 ◆ 等待 / 待命 / 期待 / 嚴陣以待 / 守株待兔 / 及時當勉勵，歲月不待人。 ❷ 對人或事的態度 ◆ 對待 / 優待 / 款待 / 待人接物 / 以禮相待。

〈二〉[dāi ㄉㄞ ㊣ dɔi6 代]

❸ 停留 ◆ 待一會再走 / 在家待了三個月。

6衎 見行部，403頁。

6徊 徊徊徊徊徊徊 徊

[huái ㄏㄨㄞˊ ㊣ wui4 回]

徘徊。見"徘"字，146頁。

6律 律律律律律律 律

[lǜ ㄌㄩˋ ㊣ lɵt9 慄]

❶法則；規章 ◆ 法律/紀律/規律/定律。❷約束 ◆ 自律/嚴於律己。❸古代詩歌的一種體裁 ◆ 律詩 / 七律。

6很 很很很很很很 很

[hěn ㄏㄣˇ ㊣ hɐn2 狠]

非常；表示程度高 ◆ 很好 / 很能幹 / 很會説話 / 開心得很。

6後(后) 後後後後後後 後

[hòu ㄏㄡˋ ㊣ hɐu6 候]

❶ 時間較晚的；位置、次序不在前面的；跟"前"、"先"相對 ◆ 以後 / 後門 / 先來後到 / 前排後排 / 落在後邊 / 長江後浪推前浪 / 先天下之憂而憂，後天下之樂而樂。❷ 指下代子孫；晚輩 ◆ 後代 / 後裔 / 後輩。

7徒 徒徒徒徒徒徒 徒

[tú ㄊㄨˊ ㊣ tou4 途]

❶步行 ◆ 徒步。❷跟師傅學習的人 ◆ 徒弟 / 學徒 / 嚴師出高徒。❸同一類的人 ◆ 教徒/信徒/基督徒。❹特指壞人 ◆ 匪徒/叛徒 / 賭徒 / 酒色之徒 / 不法之徒。❺剝奪犯人自由的一種刑罰 ◆ 有期徒刑 / 無期徒刑。❻空；白白地 ◆ 徒手 / 徒勞無功 / 少壯不努力，老大徒傷悲。❼只；僅僅 ◆ 徒有虛名 / 家徒四壁。

7徑(径) 徑徑徑徑徑徑 徑

[jìng ㄐㄧㄥˋ ㊣ giŋ3 敬]

❶ 小路 ◆ 山徑 / 曲徑通幽 / 羊腸小徑 / 千山鳥飛絕，萬徑人蹤滅。❷比喻達到目的的方法或門路 ◆ 途徑/捷徑。❸直接；直截了當 ◆ 徑直/徑行辦理。❹數學名詞，指圓周內通過圓心的直線 ◆ 直徑 / 半徑 / 大炮口徑。

7徐 徐徐徐徐徐徐 徐

[xú ㄒㄩˊ ㊣ tsɵy4 除]

緩慢 ◆ 腳步徐緩 / 清風徐來 / 國旗徐徐升起。

8徙 徙徙徙徙徙徙 徙

[xǐ ㄒㄧˇ ㊣ sai2 璽]

遷移 ◆ 遷徙。

8得 得得得得得得 得

〈一〉[dé ㄉㄜˊ ㊣ dɐk7 德]

❶從無到有；獲取；跟"失"相對 ◆ 取得/

焦點易錯字 徒 | 徙 學徒 徒勞無功 遷徙 徙居

得獎/一舉兩得/失而復得/近水樓台先得月/不入虎穴，焉得虎子。❷ **高興；滿意** ◆ 得意/洋洋自得/春風得意馬蹄疾。❸ **合適** ◆ 得當/得法/得體。❹ **許可；能** ◆ 不得有誤/讓潛能得以發揮/求生不能，求死不得。❺ **完成了** ◆ 衣服做得了/放心，明天就得。

〈二〉[děi ㄉㄟˇ ⓔ dɐk⁷ 德]

❻ **必須；需要；應該** ◆ 總得有個交代/你得認真想一想/要取到好成績，就得努力。

〈三〉[de ·ㄉㄜ ⓔ dɐk⁷ 德]

❼ **用在動詞、形容詞後面，表示可能、結果、程度** ◆ 看得見/好得很/玩得很開心/安排得很周到。

見古文字插頁 15。

8 徘 徘徘徘徘徘徘 徘

[pái ㄆㄞˊ ⓔ pui⁴ 培]

徘徊：(1) **來回地走** ◆ 在海邊徘徊。(2) **比喻猶豫不決** ◆ 徘徊歧路/徘徊不定。

8 從(从) 從從從從從從從 從

〈一〉[cóng ㄘㄨㄥˊ ⓔ tsuŋ⁴ 松]

❶ **自；由** ◆ 從東到西/從古到今/從無到有/從現在起/病從口入，禍從口出。❷ **跟隨；跟隨的人** ◆ 隨從/從師學藝/輕裝簡從。❸ **依順** ◆ 服從/順從/擇善而從/力不從心/唯命是從。❹ **參加** ◆ 從軍/從事/從政。❺ **採取某種原則或方法** ◆ 從嚴處理/從長計議/一切從簡/從輕發落。❻ **次要的** ◆ 從屬/有主有從。

〈二〉[cóng ㄘㄨㄥˊ ⓔ suŋ¹ 鬆/tsuŋ¹ 匆]

❼ **從容：不慌不忙的樣子** ◆ 舉止從容/從容不迫。

見古文字插頁 15。

8 御 御御御御御御 御

[yù ㄩˋ ⓔ jy⁶ 預]

❶ **駕駛車馬** ◆ 駕御/御者。❷ **跟皇帝有關的** ◆ 御醫/御筆/御花園/告御狀。❸ **"禦"的簡化字，見 318 頁。**

9 街 見行部，403頁。

9 復(复) 復復復復復復 復

〈一〉[fù ㄈㄨˋ ⓔ fuk⁹ 服]

❶ **再；又** ◆ 死灰復燃/舊病復發/年復一年/一去不復返。❷ **還原；回到原來的樣子** ◆ 恢復/復原/康復/收復失地。❸ **反擊；報復** ◆ 復仇。❹ **返回** ◆ 循環往復。

〈二〉[fù ㄈㄨˋ ⓔ fuk⁷ 福]

❺ **同"覆"字。回答** ◆ 答復/復信。❻ **同"覆"字。轉過去或轉回來** ◆ 反復無常/翻來復去。

9 徨 徨徨徨徨徨徨 徨

[huáng ㄏㄨㄤˊ ⓔ wɔŋ⁴ 皇]

彷徨。見"彷〈二〉"，144頁。

9 循 循循循循循循 循

[xún ㄒㄩㄣˊ ⓔ tsœn⁴ 巡]

依照；遵守 ◆ 遵循/循序漸進/循規蹈矩/因循守舊。

10 微 微微微微微微 微

[wēi ㄨㄟ ⓔ mei⁴ 眉]

❶ **細小；輕微** ◆ 微小/微型/微不足道/無微不至/微風吹來。❷ **少；稍稍** ◆ 微笑/

焦點易錯字 御 | 禦　駕御 御駕親征　禦寒 防禦

稍微 / 略微。❸**衰落** ◆ 衰微。❹**地位低** ◆ 卑微 / 人微言輕。❺**精妙；奧妙** ◆ 微妙 / 精微 / 微言大義。

11 **銜** 見金部，462頁。

12 **德** 德 德 德 德 德 德 德

[dé ㄉㄜˊ 粵 dɐk^{7} 得]

❶**品行；為人處世的修養** ◆ 道德 / 品德 / 社會公德 / 德高望重。❷**恩惠** ◆ 感恩戴德 / 功德無量 / 大恩大德 / 以怨報德。❸**心意；信念** ◆ 同心同德 / 離心離德。❹**德國的簡稱** ◆ 德語。

12 **徵**（征） 徵 徵 徵 徵 徵 徵 徵

[zhēng ㄓㄥ 粵 dziŋ^{1} 晶]

❶**由國家召集或收用** ◆ 徵召 / 徵稅 / 徵收 / 徵用 / 應徵入伍。❷**尋求** ◆ 徵求 / 徵集 / 徵文。❸**跡象；現象** ◆ 徵兆 / 徵候 / 特徵 / 象徵。

12 **衝** 見行部，403頁。

12 **徹**（彻） 徹 徹 徹 徹 徹 徹 徹

[chè ㄔㄜˋ 粵 tsit^{8} 設]

通；透 ◆ 貫徹 / 透徹 / 徹夜不眠 / 響徹雲霄 / 嚴寒徹骨。

12 **衛** 見行部，403頁。

13 **衡** 見行部，403頁。

13 **衞** 見行部，403頁。

14 **徽** 徽 徽 徽 徽 徽 徽 徽

[huī ㄏㄨㄟ 粵 fɐi^{1} 揮]

標誌；符號 ◆ 國徽 / 校徽 / 帽徽 / 徽章。

20 **黴** 見黑部，514頁。

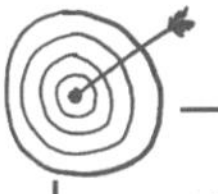

心部

0 **心** 心 心 心 心

[xīn ㄒㄧㄣ 粵 sɐm^{1} 深]

❶**心臟：血液循環器官** ◆ 心電圖 / 心絞痛 / 心力衰竭。❷**指思想、感情、意志、計謀等** ◆ 心思 / 談心 / 一心一意 / 枉費心機 / 有心栽花花不發，無心插柳柳成蔭 / 人生自古誰無死，留取丹心照汗青。❸**平面的中央；物體的內部** ◆ 中心 / 圓心 / 空心 / 拋入江心。

見古文字插頁 2。

圖見 368 頁。

1 **必** 必 必 必 必 必

[bì ㄅㄧˋ 粵 bit^{7} 別^{7}]

一定；一定要 ◆ 必定 / 必須 / 必然 / 驕兵必敗 / 工欲善其事，必先利其器。

3 **志** 志 志 志 志 志 志 志

[zhì ㄓˋ 粵 dzi^{3} 至]

焦點易錯字 澈 | 徹 清澈 徹底 寒風徹骨 征 | 徵 征服 征途 徵兵 特徵

弋 彐 彑 彡 彳 心

❶理想；想有所作為的決定、決心 ◆ 志向 / 志願 / 志同道合 / 有志者事竟成 / 立志當個科學家 / 好男兒志在四方。❷記載。同"誌"字 ◆ 縣志 / 三國志。

3 忑

[tè ㄊㄜˋ ㊚ tik[7] 剔]

忐忑。見"忐"字，本頁。

3 忖

[cǔn ㄘㄨㄣˇ ㊚ tsyn[2] 喘]

推測；思量 ◆ 忖度 / 忖量 / 自忖。

3 忐

[tǎn ㄊㄢˇ ㊚ tan[2] 坦]

忐忑：心神不定 ◆ 忐忑不安。

3 忙

[máng ㄇㄤˊ ㊚ mɔŋ[4] 亡]

❶事情多，不得空；跟"閒"相對 ◆ 繁忙 / 忙忙碌碌 / 忙裏偷閒 / 採得百花成蜜後，為誰辛苦為誰忙。❷急迫 ◆ 慌忙 / 匆忙 / 不慌不忙 / 急急忙忙。

3 忘

[wàng ㄨㄤˋ ㊚ mɔŋ[4] 亡]

不記得；想不起來 ◆ 忘記 / 忘恩負義 / 終生難忘 / 難以忘懷 / 留戀忘返。

3 沁 見水部，241頁。

3 忌

[jì ㄐㄧˋ ㊚ gei[6] 技]

❶嫉妒 ◆ 猜忌 / 妒忌 / 忌恨。❷怕；顧慮 ◆ 顧忌 / 無所畏忌 / 肆無忌憚。❸禁戒；有意迴避 ◆ 禁忌 / 忌口 / 忌諱 / 忌煙酒。

3 忍

[rěn ㄖㄣˇ ㊚ jɐn[5] 引 / jɐn[2] 隱 (語)]

❶耐住性子；控制住感情不讓表現 ◆ 忍耐 / 容忍 / 忍無可忍 / 不能容忍 / 忍氣吞聲。❷狠心 ◆ 忍心 / 殘忍 / 於心不忍。

4 忠

[zhōng ㄓㄨㄥ ㊚ dzuŋ[1] 宗]

真誠無私，盡心竭力 ◆ 忠誠 / 忠貞 / 效忠 / 忠心耿耿 / 盡忠報國 / 忠言逆耳 / 忠實的朋友。

4 念

[niàn ㄋㄧㄢˋ ㊚ nim[6] 唸[6]]

❶常常想起 ◆ 思念 / 懷念 / 念念不忘 / 日夜惦念。❷想法；心思 ◆ 念頭 / 信念 / 雜念 / 一念之差。❸讀；上學。同"唸"字 ◆ 念書 / 念小學 / 念口訣。

4 忿

[fèn ㄈㄣˋ ㊚ fɐn[2] 粉]

生氣；怨恨 ◆ 忿怒 / 氣忿 / 忿忿不平。

心 戈 户 手 支 攴

焦點易錯字 念 | 唸　紀念 念念不忘　唸書 唸唸有詞　肘 | 忖　臂肘 捉襟見肘　忖度 自忖

4 忽 忽忽忽忽忽忽 忽

[hū ㄏㄨ ㊣ fɐt7 拂]

❶ **不注意；粗心** ◆ 忽視 / 忽略 / 疏忽大意。❷ **突然** ◆ 忽然 / 忽聽得 / 忽冷忽熱。

4 忱 忱忱忱忱忱忱 忱

[chén ㄔㄣˊ ㊣ sɐm4 岑]

真誠的情意 ◆ 熱忱 / 謹表謝忱。

4 快 快快快快快快 快

[kuài ㄎㄨㄞˋ ㊣ fai3 塊]

❶ **稱心；高興** ◆ 快樂 / 愉快 / 大快人心 / 拍手稱快。❷ **舒服** ◆ 身體不快。❸ **迅速；跟"慢"相對** ◆ 快速 / 快車 / 快馬加鞭 / 火車跑得快。❹ **趕緊** ◆ 快跑 / 趕快 / 快來幫忙。❺ **將近；將要** ◆ 天快亮了 / 快放假了 / 事情快做完了。❻ **鋒利；跟"鈍"相對** ◆ 刀磨得很快 / 快刀斬亂麻。❼ **直爽** ◆ 爽快 / 快人快語 / 心直口快。

5 怔 怔怔怔怔怔怔 怔

[zhēng ㄓㄥ ㊣ dziŋ1 晶]

發呆；發愣 ◆ 心裏一怔。

5 怯 怯怯怯怯怯怯 怯

[qiè ㄑㄧㄝˋ ㊣ hip8 脅]

膽小害怕 ◆ 膽怯 / 怯懦 / 怯場 / 怯弱 / 怯生生。

5 怵 怵怵怵怵怵 怵

[chù ㄔㄨˋ ㊣ dzœt7 卒]

恐懼；害怕 ◆ 怵目驚心 / 心裏發怵。

5 怖 怖怖怖怖怖怖 怖

[bù ㄅㄨˋ ㊣ bou3 布]

恐懼；害怕 ◆ 陰森可怖 / 恐怖活動。

5 怦 怦怦怦怦怦怦 怦

[pēng ㄆㄥ ㊣ paŋ1 烹]

形容心跳 ◆ 怦然心動 / 心怦怦直跳。

5 思 思思思思思思 思

[sī ㄙ ㊣ si1 司]

❶ **想；動腦筋** ◆ 思考 / 深思熟慮 / 不假思索 / 見異思遷 / 前思後想。❷ **懷念；想念** ◆ 思念 / 思鄉 / 相思 / 獨在異鄉為異客，每逢佳節倍思親。❸ **情懷；心緒** ◆ 思緒 / 情思 / 哀思。❹ **指寫文章的思路** ◆ 文思 / 構思 / 思潮起伏。

5 怏 怏怏怏怏怏怏 怏

[yàng ㄧㄤˋ ㊣ jœŋ2 央2]

心中不快；不滿意 ◆ 怏然不悅 / 怏怏而去。

5 怎 怎怎怎怎怎怎 怎

[zěn ㄗㄣˇ ㊣ dzɐm2 枕]

如何；表示疑問 ◆ 怎樣 / 怎麼辦 / 怎能不着急。

5 性 性性性性性性 性

[xìng ㄒㄧㄥˋ ㊣ siŋ3 姓]

❶ **人或事物所具有的本質、特徵** ◆ 本性 / 性質 / 彈性 / 毒性 / 可塑性。❷ **特指男女或雌雄的區別** ◆ 男性 / 女性 / 雄性 / 性別 / 異性。❸ **人的脾氣** ◆ 性格 / 性情 / 耐性 / 任性。❹ **生命** ◆ 性命。

心戈户手支攴

焦點易錯字 抨 | 怦　抨擊 抨劾　怦然心動 心怦怦地跳

5 怕 怕怕怕怕怕怕 怕

[pà ㄆㄚˋ ⓟ pa³ 爬³]
❶ **害怕** ◆ 膽小怕事 / 貪生怕死 / 初生之犢不怕虎 / 白天不做虧心事，半夜不怕鬼叫門。❷ **也許；表示擔心或估計** ◆ 恐怕 / 這事怕不好辦 / 月底怕完不成任務 / 這樣下去怕要出事。

5 怨 怨怨怨怨怨怨 怨

[yuàn ㄩㄢˋ ⓟ jyn³ 冤³]
❶ **仇恨** ◆ 怨仇 / 怨恨 / 結怨。❷ **責怪；不滿** ◆ 埋怨 / 毫無怨言 / 任勞任怨 / 怨聲載道 / 怨天尤人 / 這事怨不得他。

5 急 急急急急急急 急

[jí ㄐㄧˊ ⓟ gɐp⁷]
❶ **快速；猛烈** ◆ 急速 / 急轉直下 / 急忙趕來 / 急風暴雨 / 病情急劇惡化。❷ **緊要；迫切** ◆ 急迫 / 急救 / 緊急 / 急中生智 / 病急亂投醫。❸ **緊急的事** ◆ 救急 / 當務之急。❹ **焦躁** ◆ 性急 / 着急 / 急躁 / 操之過急 / 急壞了他。

5 怪 怪怪怪怪怪怪 怪

[guài ㄍㄨㄞˋ ⓟ gwai³ 乖³]
❶ **奇異的；不常見的** ◆ 奇怪 / 怪事 / 奇形怪狀 / 怪模怪樣。❷ **驚奇** ◆ 少見多怪 / 大驚小怪 / 不以為怪。❸ **埋怨；責備** ◆ 怪罪 / 責怪 / 這件事不能怪他。❹ **神話傳説中的妖魔** ◆ 妖怪 / 妖魔鬼怪 / 興妖作怪。❺ **很** ◆ 怪不錯的 / 怪可憐的。

5 怡 怡怡怡怡怡怡 怡

[yí ㄧˊ ⓟ ji⁴ 宜]
愉快；和悦；安適 ◆ 怡然自得 / 心曠神怡 / 怡養天年。

5 怒 怒怒怒怒怒怒 怒

[nù ㄋㄨˋ ⓟ nou⁶ 奴⁶]
❶ **生氣；氣憤** ◆ 發怒 / 憤怒 / 請息怒 / 怒氣沖沖 / 怒髮衝冠。❷ **形容氣勢強盛** ◆ 怒濤 / 怒吼 / 心花怒放 / 狂風怒號。

5 怠 怠怠怠怠怠怠 怠

[dài ㄉㄞˋ ⓟ dɔi⁶ 代 / tɔi⁵ 殆]
懶惰；不經心 ◆ 怠工 / 怠慢 / 怠惰 / 懈怠。

6 恃 恃恃恃恃恃恃 恃

[shì ㄕˋ ⓟ tsi⁵ 似]
依靠；依仗 ◆ 有恃無恐 / 恃才傲物。

6 恐 (恐) 恐恐恐恐恐恐 恐

[kǒng ㄎㄨㄥˇ ⓟ huŋ² 孔]
❶ **害怕** ◆ 恐懼 / 恐怖 / 恐慌 / 驚恐萬分 / 惶恐不安。❷ **嚇唬人** ◆ 恐嚇。❸ **表示擔心或推測** ◆ 恐有不測 / 恐難從命。

6 恥 (耻) 恥恥恥恥恥恥 恥

[chǐ ㄔˇ ⓟ tsi² 齒]
❶ **羞愧** ◆ 羞恥 / 可恥 / 恬不知恥 / 不顧廉恥。❷ **可恥的事** ◆ 恥辱 / 國恥 / 引以為恥 / 報仇雪恥 / 奇恥大辱。

6 恭 恭恭恭恭恭恭 恭

[gōng ㄍㄨㄥ ⓟ guŋ¹ 工]
有禮貌；表示敬意 ◆ 恭敬 / 恭候 / 洗耳恭聽 / 謙恭有禮 / 恭賀新禧。

焦點易錯字 怒 | 恕　憤怒 怒髮衝冠　寬恕 罪不可恕

6 **恒** "恆"的異體字，見本頁。

6 **恢** 恢恢恢恢恢恢 恢

[huī ㄏㄨㄟ 粵 fui[1] 灰]
大；寬廣 ◆ 氣勢恢宏/恢廓的胸襟/天網恢恢，疏而不漏。

6 **恆**(恒) 恆恆恆恆恆恆 恆

[héng ㄏㄥˊ 粵 hɐŋ[4] 衡]
長久；固定不變 ◆ 永恆/恆久不變/持之以恆/做事要有恆心。

6 **恍** 恍恍恍恍恍恍 恍

[huǎng ㄏㄨㄤˇ 粵 fɔŋ[2] 訪]
❶ **忽然** ◆ 恍然大悟。❷ **好像；彷彿** ◆ 恍如隔世/恍如夢境。❸ **恍惚：(1) 隱隱約約；模糊不清** ◆ 恍惚記得。**(2) 神志不清** ◆ 精神恍惚。

6 **恫** 恫恫恫恫恫恫 恫

[dòng ㄉㄨㄥˋ 粵 duŋ[6] 動]
恐嚇 ◆ 恫嚇。

6 **恩** 恩恩恩恩恩恩 恩

[ēn ㄣ 粵 jɐn[1] 因]
好處；情義；跟"仇"相對 ◆ 恩惠/恩情/恩將仇報/忘恩負義/感恩戴德。

6 **恬** 恬恬恬恬恬恬 恬

[tián ㄊㄧㄢˊ 粵 tim[4] 甜]
❶ **安靜** ◆ 恬靜/恬適。❷ **滿不在乎** ◆ 恬不知恥/恬不為怪。

6 **息** 息息息息息息 息

[xī ㄒㄧ 粵 sik[7] 色]
❶ **呼進呼出的氣** ◆ 氣息/喘息/窒息/一息尚存。❷ **音信** ◆ 消息/信息。❸ **停止；休息** ◆ 歇息/息怒/作息時間/自強不息/息事寧人。❹ **滋生；繁衍** ◆ 休養生息。❺ **利錢** ◆ 利息/年息/還本付息。

6 **恤** 恤恤恤恤恤恤 恤

[xù ㄒㄩˋ 粵 sœt[7] 戌]
❶ **同情；憐憫** ◆ 體恤。❷ **救濟** ◆ 撫恤。

6 **恰** 恰恰恰恰恰恰 恰

[qià ㄑㄧㄚˋ 粵 hɐp[7] 洽]
❶ **正；正好** ◆ 恰巧/恰好/恰到好處/恰恰相反/恰如其分。❷ **合適；適當** ◆ 恰當/恰切。

6 **恪** 恪恪恪恪恪恪 恪

[kè ㄎㄜˋ 粵 kɔk[8] 確]
恭敬而謹慎 ◆ 恪盡職守/恪守諾言。

6 **恨** 恨恨恨恨恨恨 恨

[hèn ㄏㄣˋ 粵 hɐn[6] 很[6]]
❶ **仇和怨；跟"愛"相對** ◆ 仇恨/怨恨/憎恨/恨之入骨/報仇雪恨。❷ **懊悔；遺憾** ◆ 悔恨/相見恨晚/書到用時方恨少/一失足成千古恨。

6 **恙** 恙恙恙恙恙恙 恙

[yàng ㄧㄤˋ 粵 jœŋ[6] 讓]
病；災 ◆ 抱恙/別來無恙。

焦點易錯字 息 | 熄 平息 消息 熄滅 熄燈

6恕 恕恕恕恕恕恕 [恕]

[shù ㄕㄨˋ [粵] sy^{3} 戍]

❶ **原諒；寬容** ◆ 恕罪 / 饒恕 / 寬恕。❷ **請人原諒** ◆ 恕不奉陪 / 恕不招待 / 恕難從命。

7悖 悖悖悖悖悖悖 [悖]

[bèi ㄅㄟˋ [粵] bui^{3} 背/bui^{6} 焙]

❶ **違背情理；錯誤** ◆ 悖逆 / 悖理 / 悖謬。❷ **抵觸；矛盾** ◆ 並行不悖。

7悟 悟悟悟悟悟悟 [悟]

[wù ㄨˋ [粵] ŋ̍^{6} 誤]

明白；領會；覺醒 ◆ 領悟 / 覺悟 / 恍然大悟 / 執迷不悟。

7悚 悚悚悚悚悚悚 [悚]

[sǒng ㄙㄨㄥˇ [粵] suŋ^{2} 聳]

恐懼；害怕 ◆ 毛骨悚然。

7悄 悄悄悄悄悄悄 [悄]

〈一〉[qiāo ㄑㄧㄠ [粵] tsiu^{2} 超^{2}]

❶ **悄悄：沒有聲音或聲音很低** ◆ 靜悄悄 / 說悄悄話 / 悄悄地走了過來。

〈二〉[qiǎo ㄑㄧㄠˇ [粵] tsiu^{2} 超^{2}]

❷ **義同❶** ◆ 低聲悄語 / 悄然無語。❸ **憂愁** ◆ 悄然落淚。

7悍 悍悍悍悍悍悍 [悍]

[hàn ㄏㄢˋ [粵] hɔn^{6} 汗]

❶ **勇猛** ◆ 強悍 / 短小精悍 / 一員悍將 / 悍勇好鬥。❷ **兇暴；蠻橫** ◆ 兇悍 / 悍然不顧。

7患 患患患患患患 [患]

[huàn ㄏㄨㄢˋ [粵] wan^{6} 幻]

❶ **禍害；災難** ◆ 禍患 / 後患無窮 / 患難之交 / 有備無患 / 防患未然。❷ **憂慮** ◆ 患得患失 / 生於憂患 / 欲加之罪，何患無辭。❸ **害病** ◆ 患病 / 肝炎患者。

7悉 悉悉悉悉悉悉 [悉]

[xī ㄒㄧ [粵] sik^{7} 色]

❶ **知道** ◆ 獲悉 / 得悉 / 熟悉 / 知悉。❷ **全部；盡** ◆ 悉數捐獻 / 悉心照料。

7悔 悔悔悔悔悔悔 [悔]

[huǐ ㄏㄨㄟˇ [粵] fui^{3} 晦]

對以前做過的事或說過的話產生懊惱、自恨心理 ◆ 懊悔 / 後悔 / 懺悔 / 悔過自新 / 悔不當初 / 無怨無悔。

7悠 悠悠悠悠悠悠 [悠]

[yōu ㄧㄡ [粵] jɐu^{4} 由]

❶ **久遠；長久** ◆ 悠遠 / 悠長 / 歷史悠久 / 悠悠歲月。❷ **安閒** ◆ 悠閒 / 悠然自得。❸ **懸空擺動** ◆ 她坐在鞦韆上來回悠盪。

7您 您您您您您您 [您]

[nín ㄋㄧㄣˊ [粵] nei^{5} 你]

"你"的敬稱 ◆ 您好 / 謝謝您。

7悅 悅悅悅悅悅悅 [悅]

[yuè ㄩㄝˋ [粵] jyt^{9} 月]

❶ **愉快；高興** ◆ 喜悅 / 心悅誠服。❷ **使人愉快** ◆ 悅耳動聽 / 賞心悅目。❸ **和善** ◆

焦點易錯字 怒 | 恕　憤怒　怒髮衝冠　寬恕　罪不可恕

心 戈 户 手 支 攴

和顏悅色。

7 恿

恿恿恿恿恿恿 恿

[yǒng ㄩㄥˇ ㊉ juŋ² 湧]
慫恿。見“慫”字，158頁。

8 情

情情情情情情 情

[qíng ㄑㄧㄥˊ ㊉ tsiŋ⁴ 呈]
❶**感情** ◆ 友情／熱情／溫情／人非草木，豈能無情／桃花潭水深千尺，不及汪倫送我情。❷ **情面** ◆ 講情／求情／人情／手下留情。❸ **愛情** ◆ 情書／情歌／談情說愛。❹ **事物的狀況** ◆ 情況／情形／情報／實情／災情。❺ **心理；事理** ◆ 人之常情／合情合理／不情之請。

8 悵 (怅)

悵悵悵悵悵悵 悵

[chàng ㄔㄤˋ ㊉ tsœŋ³ 唱]
失意；傷感 ◆ 悵惘／惆悵／悵然若失。

8 悻

悻悻悻悻悻悻 悻

[xìng ㄒㄧㄥˋ ㊉ hɐŋ⁶ 杏]
怨恨；惱怒 ◆ 悻然／悻悻而去。

8 惡 (恶)

惡惡惡惡惡惡 惡

〈一〉[è ㄜˋ ㊉ ɔk⁸/ŋɔk⁸]
❶ **罪過；犯罪的事；跟“善”相對** ◆ 罪惡／罪大惡極／惡貫滿盈／善有善報，惡有惡報。❷ **壞的；不好的** ◆ 惡習／惡劣／惡意／自食惡果／惡人先告狀。❸ **兇狠** ◆ 惡毒／兇惡／惡戰／窮兇極惡。
〈二〉[wù ㄨˋ ㊉ wu³ 烏³]
❹ **討厭；憎恨** ◆ 可惡／厭惡／深惡痛絕／好逸惡勞。

8 惜

惜惜惜惜惜惜 惜

[xī ㄒㄧ ㊉ sik⁷ 色]
❶ **感到遺憾** ◆ 可惜／惋惜／痛惜。❷ **覺得珍貴而重視** ◆ 愛惜／珍惜。❸ **捨不得** ◆ 吝惜／依依惜別／不惜工本。

8 惠

惠惠惠惠惠惠 惠

[huì ㄏㄨㄟˋ ㊉ wɐi⁶ 胃]
❶ **給予或受到別人的好處** ◆ 恩惠／受惠／優惠／互惠／小恩小惠。❷ **在別人的行為上加“惠”字，表示尊敬** ◆ 惠存／惠臨／歡迎惠顧。

8 惑

惑惑惑惑惑惑 惑

[huò ㄏㄨㄛˋ ㊉ wak⁹ 或]
❶ **有疑慮而分辨不清；不明白** ◆ 疑惑／困惑／大惑不解／三十而立，四十而不惑。❷ **使迷亂；讓人分辨不清** ◆ 迷惑對方／妖言惑眾／蠱惑人心／惑亂軍心。

8 悽 (凄)

悽悽悽悽悽悽 悽

[qī ㄑㄧ ㊉ tsɐi¹ 妻]
悲傷難過 ◆ 悽慘／悽楚／悽涼／寒蟬悽切。

心 戈 户 手 支 攴

焦點易錯字 幸｜倖｜悻 幸運 慶幸 僥倖 寵倖 悻然 悻悻而去 惡｜噩 惡劣 兇惡 噩夢 噩耗

8 悼 悼悼悼悼悼悼 悼

[dào ㄉㄠˋ ㊕ dou^{6} 道]
追念死者，表示哀傷 ◆ 悼念 / 悼詞 / 哀悼 / 追悼。

8 悶（闷） 悶悶悶悶悶悶 悶

〈一〉[mèn ㄇㄣˋ ㊕ mun^{6} 門^{6}]
❶ **心情不舒暢** ◆ 煩悶 / 愁悶 / 苦悶 / 悶悶不樂。❷ **密閉的；不透氣** ◆ 窒悶 / 悶罐車。

〈二〉[mēn ㄇㄣ ㊕ mun^{6} 門^{6}]
❸ **因氣壓低或空氣不流通，使人感到不舒暢** ◆ 悶熱 / 屋裏太悶，快打開窗户。❹ **密封使不透氣** ◆ 剛沏的茶，悶一會兒再喝。❺ **聲音不響亮；不聲不響** ◆ 悶聲悶氣 / 悶聲不響。

8 惕 惕惕惕惕惕惕 惕

[tì ㄊㄧˋ ㊕ tik^{7} 剔]
謹慎；小心提防 ◆ 警惕 / 日夜惕勵。

8 悲 悲悲悲悲悲悲 悲

[bēi ㄅㄟ ㊕ bei^{1} 卑]
❶ **傷心；哀痛；跟“喜”相對** ◆ 悲哀 / 悲傷 / 悲痛 / 樂極生悲 / 少壯不努力，老大徒傷悲。❷ **憐憫** ◆ 悲天憫人 / 慈悲為懷 / 大慈大悲。

8 悸 悸悸悸悸悸悸 悸

[jì ㄐㄧˋ ㊕ gwɐi^{6} 跪]
因害怕而心跳得厲害 ◆ 驚悸 / 心悸 / 心有餘悸。

8 惟 惟惟惟惟惟惟 惟

[wéi ㄨㄟˊ ㊕ wɐi^{4} 圍]
❶ **考慮** ◆ 思惟。❷ **單單** ◆ 惟獨 / 惟有 / 惟一 / 惟我獨尊。❸ **只是** ◆ 貨品雖好，惟價錢太貴 / 惟恐天下不亂。

8 惆 惆惆惆惆惆惆 惆

[chóu ㄔㄡˊ ㊕ tsɐu^{4} 囚]
惆悵：失意；傷感 ◆ 惆悵的心情 / 離別讓她感到一陣惆悵。

8 惘 惘惘惘惘惘惘 惘

[wǎng ㄨㄤˇ ㊕ mɔŋ^{5} 妄]
不得意；不順心 ◆ 悵惘 / 惘然若失。

8 惚 惚惚惚惚惚惚 惚

[hū ㄏㄨ ㊕ fɐt^{7} 忽]
恍惚。見“恍”字，151頁。

8 惦 惦惦惦惦惦惦 惦

[diàn ㄉㄧㄢˋ ㊕ dim^{3} 店]
掛念 ◆ 惦記 / 惦念。

8 悴 悴悴悴悴悴悴 悴

[cuì ㄘㄨㄟˋ ㊕ sœy^{6} 瑞]
憔悴。見“憔”字，159頁。

8 惋 惋惋惋惋惋惋 惋

[wǎn ㄨㄢˇ ㊕ wun^{2} 碗 / jyn^{2} 苑]
痛惜和同情 ◆ 惋惜 / 歎惜。

9 **愜**(㥦) 愜愜愜愜愜愜 愜

[qiè ㄑㄧㄝˋ 粵 hip8 協]
心裏滿足；感到暢快 ◆ 愜心 / 愜意。

9 **想** 想想想想想想 想

[xiǎng ㄒㄧㄤˇ 粵 sœŋ2 賞]
❶**動腦筋；思索** ◆ 想辦法 / 想方設法 / 冥思苦想。❷**希望；打算** ◆ 理想 / 幻想 / 妄想 / 夢想 / 想去旅遊。❸**懷念；思念** ◆ 想家 / 朝思暮想 / 我們都很想你。❹**估計；認為** ◆ 猜想 / 料想不到 / 我想他不會來了。

9 **惰** 惰惰惰惰惰惰 惰

[duò ㄉㄨㄛˋ 粵 dɔ6 墮]
懶；不勤快；跟"勤"相對 ◆ 懶惰 / 怠惰 / 惰性。

9 **感** 感感感感感感 感

[gǎn ㄍㄢˇ 粵 gɐm2 錦]
❶**覺得** ◆ 感覺 / 感到 / 深感榮幸。❷**受外界事物的刺激而引起的思想情緒上的某種反應** ◆ 感想 / 感慨 / 感動 / 百感交集 / 感觸良多。❸**某種思想情緒的體驗** ◆ 情感 / 美感 / 好感 / 親切感 / 自豪感。❹**表示或懷着謝意** ◆ 感謝 / 感激 / 感恩。❺**受到傳染** ◆ 感染疾病 / 劇情感染了每一個人。

9 **惹** 惹惹惹惹惹惹 惹

[rě ㄖㄜˇ 粵 jɛ5 野]
❶**招引** ◆ 惹禍 / 招惹 / 惹麻煩 / 惹是生非。❷**觸犯** ◆ 惹不起 / 別把他惹火了。

9 **惻**(恻) 惻惻惻惻惻惻 惻

[cè ㄘㄜˋ 粵 tsɐk7 測]
悲傷 ◆ 悽惻 / 惻隱之心。

9 **慍** 慍慍慍慍慍慍 慍

[yùn ㄩㄣˋ 粵 wɐn3 蘊]
惱怒 ◆ 面有慍色 / 人不知而不慍，不亦君子乎？

9 **愚** 愚愚愚愚愚愚 愚

[yú ㄩˊ 粵 jy4 如]
❶**笨；傻；跟"智"相對** ◆ 愚人 / 愚笨 / 愚蠢 / 愚不可及 / 大智若愚。❷**欺騙；耍弄** ◆ 愚弄 / 為人所愚。

9 **惺** 惺惺惺惺惺惺 惺

[xīng ㄒㄧㄥ 粵 siŋ1 星/siŋ2 醒]
惺忪：剛睡醒時眼睛迷糊的樣子 ◆ 睡眼惺忪。

9 **愕** 愕愕愕愕愕愕 愕

[è ㄜˋ 粵 ŋɔk9 岳]
驚訝；發愣 ◆ 驚愕 / 愕然。

9 **惴** 惴惴惴惴惴惴 惴

[zhuì ㄓㄨㄟˋ 粵 dzœy3 最]
又擔憂又恐懼的樣子 ◆ 惴慄 / 惴惴不安。

9 **愣** 愣愣愣愣愣愣 愣

[lèng ㄌㄥˋ 粵 liŋ6 另]
❶**失神；發呆** ◆ 發愣 / 愣住了。❷**魯莽；冒失** ◆ 愣小子 / 愣頭愣腦。

心 戈 户 手 支 攴

焦點易錯字 惺 | 腥　惺忪 惺惺作態　腥味 腥風血雨

9 愁 [愁]

[chóu ㄔㄡˊ [粵] sɐu^4 仇]

❶**憂慮；苦悶** ◆ 愁悶/發愁/無憂無愁/抽刀斷水水更流，舉杯消愁愁更愁。❷**憂慮苦悶的情緒** ◆ 鄉愁/離愁別緒。

9 愎 [愎]

[bì ㄅㄧˋ [粵] bik^7 碧]

固執 ◆ 剛愎自用。

9 惶 [惶]

[huáng ㄏㄨㄤˊ [粵] wɔŋ^4 王]

恐懼；驚慌不安 ◆ 惶恐/驚惶/人心惶惶/誠惶誠恐。

9 愉 [愉]

[yú ㄩˊ [粵] jy^4 如]

高興；快樂 ◆ 愉快/愉悦/歡愉。

9 愈 [愈]

[yù ㄩˋ [粵] jy^6 預]

❶**更加；越** ◆ 愈加/愈走愈快/愈來愈懂事了/成績愈好，愈要謙虛。❷**"瘉"的簡化字，見297頁。**

9 愛 (爱) [愛]

[ài ㄞˋ [粵] ɔi^3/ŋɔi^3 嫒]

❶**對人或事物有親密、真摯的感情；跟"恨"相對** ◆ 母愛/愛心/愛父母/愛國。❷**喜歡** ◆ 愛好/喜愛/愛不釋手/愛看小説/停車坐愛楓林晚，霜葉紅於二月花。❸**珍惜；重視** ◆ 愛惜/愛護/自尊自愛。❹**容易發生** ◆ 愛哭/愛開玩笑/鐵愛生銹。

9 意 [意]

[yì ㄧˋ [粵] ji^3 衣^3]

❶**意思** ◆ 含意/來意/詞不達意/言外之意/醉翁之意不在酒。❷**願望；心願** ◆ 合意/稱心如意/真心誠意/非常滿意。❸**主張；見解** ◆ 意見/不知意下如何。❹**料想** ◆ 意外/出乎意料/出其不意/意想不到。❺**事物顯露的情態** ◆ 春意盎然/幾分醉意。

9 慈 [慈]

[cí ㄘˊ [粵] tsi^4 詞]

❶**仁愛和善；疼愛晚輩** ◆ 慈愛/慈善/仁慈/慈祥的面容/慈母手中線，遊子身上衣。❷**指母親** ◆ 家慈。

9 慨 [慨]

[kǎi ㄎㄞˇ [粵] gɔi^3 丐/kɔi^3 丐 (語)]

❶**感歎** ◆ 感慨/慨歎。❷**情緒激動** ◆ 憤慨。❸**大方；不吝惜** ◆ 慷慨解囊/慨然允諾。

9 惱 (恼) [惱]

[nǎo ㄋㄠˇ [粵] nou^5 腦]

❶**生氣；發怒** ◆ 惱怒/惱火/惱羞成怒。❷**煩悶；心裏不痛快** ◆ 煩惱/苦惱/懊惱。

10 慎 [慎]

[shèn ㄕㄣˋ [粵] sɐn^6 腎]

做事小心 ◆ 謹慎/慎重/稍有不慎。

10 **慄**(栗)

[lì ㄌㄧˋ [粵] lœt^{9} 律]
因寒冷或害怕而發抖 ◆ 戰慄 / 不寒而慄。

10 **慂**
“恿”的異體字，見153頁。

10 **慌**

[huāng ㄏㄨㄤ [粵] fɔŋ^{1} 方]
❶ **心神不安；動作忙亂** ◆ 慌張 / 恐慌 / 心慌意亂 / 驚慌失措 / 慌手慌腳。❷ **表示程度深，相當於“很”、“非常”** ◆ 餓得慌 / 悶得慌。

10 **愾**(忾)

[kài ㄎㄞˋ [粵] kɔi^{3} 慨]
憤恨 ◆ 同仇敵愾。

10 **愧**(愧)

[kuì ㄎㄨㄟˋ [粵] kwɐi^{5} 葵^{5}]
羞慚；感到不安或對不起別人 ◆ 慚愧 / 羞愧 / 問心無愧 / 愧不敢當。

10 **愴**(怆)

[chuàng ㄔㄨㄤˋ [粵] tsɔŋ^{3} 創]
悲傷 ◆ 悲愴 / 悽愴 / 愴然淚下。

10 **態**(态)

[tài ㄊㄞˋ [粵] tai^{3} 太]
❶ **形狀；模樣** ◆ 形態 / 狀態 / 姿態 / 病態 / 一反常態。❷ **情形；情況** ◆ 動態 / 事態的發展。

11 **慧**(慧)

[huì ㄏㄨㄟˋ [粵] wɐi^{6} 惠]
聰明 ◆ 智慧 / 聰慧 / 慧心 / 獨具慧眼。

11 **慚**(惭)

[cán ㄘㄢˊ [粵] tsam^{4} 蠶]
羞愧；感到內疚 ◆ 慚愧 / 羞慚 / 大言不慚 / 自慚形穢。

11 **慳**(悭)

[qiān ㄑㄧㄢ [粵] han^{1} 閒^{1}]
吝嗇；小氣 ◆ 慳吝。

11 **憂**(忧)

[yōu ㄧㄡ [粵] jɐu^{1} 幽]
❶ **發愁；擔心** ◆ 憂慮 / 憂愁 / 憂傷 / 憂心忡忡 / 杞人憂天。❷ **使人發愁的事** ◆ 高枕無憂 / 後顧之憂 / 人無遠慮，必有近憂 / 先天下之憂而憂，後天下之樂而樂。

11 **慕**

[mù ㄇㄨˋ [粵] mou^{6} 務]
敬仰；嚮往 ◆ 羨慕 / 仰慕 / 愛慕 / 慕名而來。

11 **慮**(虑)

[lǜ ㄌㄩˋ [粵] lœy^{6} 類]
❶ **思考；謀劃** ◆ 考慮 / 深思熟慮 / 千慮一得。❷ **發愁；擔心** ◆ 顧慮 / 疑慮 / 憂慮 / 無憂無慮。

11 **慢**

[màn ㄇㄢˋ [粵] man^{6} 萬]

❶速度低；跟"快"相對 ◆ 慢車 / 緩慢 / 走得慢 / 慢條斯理 / 慢工出細貨。❷態度冷淡，缺少禮貌 ◆ 傲慢 / 怠慢 / 慢待。

11 慫 (怂) 慫慫慫慫慫慫 慫

[sǒng ㄙㄨㄥˇ ㊇ suŋ² 聳]

慫恿：從旁鼓動別人去做某種事情。也寫作"慫慂"。

11 慾 (欲) 慾慾慾慾慾慾 慾

[yù ㄩˋ ㊇ juk⁹ 玉]

想得到某種東西的願望 ◆ 慾望 / 食慾 / 求知慾 / 慾壑難填。

11 慷 慷慷慷慷慷慷 慷

[kāng ㄎㄤ ㊇ hɔŋ¹ 康¹ / hɔŋ² 康²]

慷慨：(1) 情緒激動；充滿正氣 ◆ 慷慨陳詞 / 慷慨激昂。(2) 大方；不吝嗇 ◆ 慷慨解囊 / 為人慷慨。

11 慶 (庆) 慶慶慶慶慶慶 慶

[qìng ㄑㄧㄥˋ ㊇ hiŋ³ 興³]

❶祝賀 ◆ 慶賀 / 慶功會 / 歡慶勝利 / 普天同慶。❷值得祝賀的事 ◆ 國慶 / 校慶。

11 慰 慰慰慰慰慰慰 慰

[wèi ㄨㄟˋ ㊇ wɐi³ 畏]

❶使人心情安適 ◆ 慰問/慰勞/聊以自慰。❷心安 ◆ 欣慰。

11 慘 (惨) 慘慘慘慘慘慘 慘

[cǎn ㄘㄢˇ ㊇ tsam² 蠶²]

❶處境或遭遇極其不幸，使人悲傷 ◆ 悲慘 / 淒慘 / 慘劇 / 慘不忍睹 / 慘痛的教訓。❷狠毒；殘酷 ◆ 慘無人道/慘殺無辜。❸形容程度嚴重 ◆ 損失慘重 / 屢遭慘敗。

11 慣 (惯) 慣慣慣慣慣慣 慣

[guàn ㄍㄨㄢˋ ㊇ gwan³ 關³]

❶習以為常的；積久成性的 ◆ 習慣 / 慣例/慣用的手法。❷縱容；放任 ◆ 嬌生慣養 / 別把孩子慣壞了。

12 憤 (愤) 憤憤憤憤憤憤 憤

[fèn ㄈㄣˋ ㊇ fɐn⁵ 奮⁵]

生氣；不滿 ◆ 憤怒 / 憤恨 / 氣憤 / 憤憤不平 / 義憤填膺。

12 憨 (憨) 憨憨憨憨憨憨 憨

[hān ㄏㄢ ㊇ hɐm¹ 堪]

❶痴呆；傻氣 ◆ 憨痴/憨笑。❷天真；忠厚 ◆ 憨厚 / 憨直。

12 憫 (悯) 憫憫憫憫憫憫 憫

[mǐn ㄇㄧㄣˇ ㊇ mɐn⁵ 敏]

對遭遇不幸的人表示同情 ◆ 憐憫 / 悲天憫人 / 其情可憫。

✿ 圖見 159 頁。

12 憬 憬憬憬憬憬憬 憬

[jǐng ㄐㄧㄥˇ ㊇ giŋ² 竟]

憧憬。見"憧"字，159 頁。

12 憚 (惮) 憚憚憚憚憚憚 憚

[dàn ㄉㄢˋ ㊇ dan⁶ 但]

焦點易錯字 欲 | 慾　暢所欲言　搖搖欲墜　利慾薰心　七情六慾

怕；畏懼 ◆ 肆無忌憚。

12 憊(惫)

[bèi ㄅㄟˋ (粵) bai⁶ 敗]
非常疲倦 ◆ 疲憊不堪。

12 憩

[qì ㄑㄧˋ (粵) hei³ 器]
休息 ◆ 小憩 / 休憩。

12 憔

[qiáo ㄑㄧㄠˊ (粵) tsiu⁴ 潮]
憔悴：形容人身體瘦弱、臉色不好的樣子 ◆ 他大病過後，顯得憔悴多了。

12 憧

[chōng ㄔㄨㄥ (粵) tsuŋ¹ 沖]
憧憬：嚮往 ◆ 憧憬未來。

12 憑(凭)

[píng ㄆㄧㄥˊ (粵) pɐŋ⁴ 朋]
❶ **身子靠着；依靠；依仗** ◆ 憑欄遠眺 / 憑藉實力 / 憑本事立足社會。❷ **根據；證據** ◆ 憑票入場 / 憑空捏造 / 口說無憑 / 真憑實據 / 畢業文憑。❸ **隨便；聽任** ◆ 任憑 / 聽憑 / 海闊憑魚躍，天高任鳥飛。

12 憐(怜)

[lián ㄌㄧㄢˊ (粵) lin⁴ 連]
❶ **對別人的不幸表示同情** ◆ 憐憫 / 憐惜 / 可憐 / 同病相憐。❷ **愛** ◆ 憐愛 / 愛憐。

12 憋

[biē ㄅㄧㄝ (粵) bit⁸ 鱉]
❶ **悶；心裏不舒暢** ◆ 憋悶 / 心裏憋得難受。❷ **忍住** ◆ 憋着一肚子氣 / 實在憋不住，還是把話說了出來。

12 憎

[zēng ㄗㄥ (粵) dzɐŋ¹ 增]
厭惡；恨；跟"愛"相對 ◆ 憎惡 / 憎恨 / 面目可憎 / 愛憎分明。

12 憲(宪)

[xiàn ㄒㄧㄢˋ (粵) hin³ 獻]
❶ **法令** ◆ 憲令。❷ **憲法；國家的根本法** ◆ 立憲 / 違憲 / 憲章。

13 憾

[hàn ㄏㄢˋ (粵) hɐm⁶ 撼]
失望；感到不滿足 ◆ 遺憾 / 憾事 / 缺憾 / 死而無憾。

13 懂

[dǒng ㄉㄨㄥˇ (粵) duŋ² 董]
了解；明白 ◆ 聽懂了 / 懂英語 / 似懂非懂 / 懂事的孩子 / 懂得做人的道理。

焦點易錯字 憧 | 幢 | 懂　憧憬 鬼影憧憧　一幢房子　懂事

13 懇 (恳) 懇懇懇懇懇懇 懇

[kěn ㄎㄣˇ ㊥ hɐn² 很]
❶ **真誠** ◆ 懇切 / 誠懇 / 懇求 / 懇請 / 懇談。❷ **請求** ◆ 敬懇。

13 懊 (懊) 懊懊懊懊懊懊 懊

[ào ㄠˋ ㊥ ou³/ŋou³ 澳]
煩惱；後悔 ◆ 懊惱 / 懊悔 / 懊喪。

13 應 (应) 應應應應應應 應

〈一〉[yīng ㄧㄥ ㊥ jiŋ¹ 英]
❶ **該；應當** ◆ 應該 / 應有盡有 / 理應如此 / 罪有應得。❷ **允許；答應** ◆ 應允 / 應許 / 應承。❸ **姓**。

〈二〉[yìng ㄧㄥˋ ㊥ jiŋ³ 英³]
❹ **回答；隨聲附和** ◆ 答應 / 呼應 / 響應 / 應聲倒地 / 應對自如。❺ **對付；對待** ◆ 應戰 / 隨機應變 / 應付一下 / 應接不暇。❻ **接受** ◆ 應邀 / 應聘 / 應徵入伍 / 有求必應。❼ **配合** ◆ 裏應外合。❽ **適合** ◆ 應時 / 應景 / 應用 / 適應 / 得心應手。

13 懈 懈懈懈懈懈懈 懈

[xiè ㄒㄧㄝˋ ㊥ hai⁶ 械]
意志鬆散，做事不努力 ◆ 鬆懈 / 堅持不懈 / 毫不懈怠 / 不懈的努力。

13 憶 (忆) 憶憶憶憶憶憶 憶

[yì ㄧˋ ㊥ jik⁷ 益]
❶ **回想；思念** ◆ 回憶 / 追憶 / 憶往事 / 長相憶。❷ **記住；記得** ◆ 記憶力 / 記憶猶新。

14 懣 (懑) 懣懣懣懣懣懣 懣

[mèn ㄇㄣˋ ㊥ mun⁶ 悶]
憤懣：氣憤；生氣 ◆ 憤懣異常。

14 懦 懦懦懦懦懦懦 懦

[nuò ㄋㄨㄛˋ ㊥ nɔ⁶ 糯]
軟弱；膽小 ◆ 懦弱 / 怯懦 / 懦夫。

15 懲 (惩) 懲懲懲懲懲懲 懲

[chéng ㄔㄥˊ ㊥ tsiŋ⁴ 情]
❶ **處罰；跟"獎"相對** ◆ 懲罰 / 依法懲治 / 懲惡揚善 / 嚴懲不貸。❷ **警戒** ◆ 懲戒 / 懲前毖後。

16 懶 (懒) 懶懶懶懶懶懶 懶

[lǎn ㄌㄢˇ ㊥ lan⁵ 蘭⁵]
❶ **不努力；不勤快；跟"勤"相對** ◆ 懶惰 / 偷懶 / 好吃懶做 / 獎勤罰懶。❷ **疲倦；精神不振作** ◆ 懶散 / 懶洋洋。❸ **不想；不願意** ◆ 懶得跟他說話。

16 懵 懵懵懵懵懵懵 懵

[měng ㄇㄥˇ ㊥ muŋ⁵/muŋ²]
懵懂：糊塗；不明事理 ◆ 懵懵懂懂 / 聰明一世，懵懂一時。

16 懸 (悬) 懸懸懸懸懸懸 懸

[xuán ㄒㄩㄢˊ ㊥ jyn⁴ 元]
❶ **掛；吊掛** ◆ 懸掛 / 懸空 / 懸燈結綵 / 懸梁刺股。❷ **事情沒有結果** ◆ 懸案 / 懸而未決 / 他的問題還懸着。❸ **牽掛；掛念** ◆ 懸望 / 以釋懸念。❹ **距離遠；差別大** ◆ 懸

殊 / 懸隔千里。

16**懷** (怀)

[huái ㄏㄨㄞˊ (粵) wai^4 淮]

❶**想念；思念** ◆ 懷念 / 懷舊 / 懷古。❷**胸部；胸前** ◆ 敞胸露懷 / 抱在懷裏。❸**心意；心胸** ◆ 情懷 / 胸懷寬廣 / 正中下懷 / 襟懷坦白。❹**心裏存着；藏着** ◆ 懷恨在心 / 身懷絕技 / 不懷好意 / 懷才不遇。❺**腹中有胎** ◆ 懷孕 / 懷了孩子。

17**懺** (忏)

[chàn ㄔㄢˋ (粵) tsam^3 杉]

為所犯的過錯而悔恨 ◆ 懺悔。

18**懾** (慑)

[shè ㄕㄜˋ (粵) sip^8 攝 / dzip^8 接]

威脅；受威逼而害怕 ◆ 威懾 / 懾服。

18**懿**

[yì ㄧˋ (粵) ji^3 意]

美好，多指道德、行為 ◆ 懿德 / 懿範 / 嘉言懿行。

18**懼** (惧)

[jù ㄐㄩˋ (粵) gœy^6 巨]

害怕 ◆ 畏懼 / 恐懼 / 臨危不懼。

19**戀** (恋)

[liàn ㄌㄧㄢˋ (粵) lyn^2 聯^2]

❶**思念不忘；不忍分離** ◆ 依戀 / 留戀忘返 / 戀戀不捨 / 眷戀故土 / 戀上了音樂。❷**特指男女相愛** ◆ 戀人 / 戀愛 / 初戀 / 失戀。

戈部

0**戈**

[gē ㄍㄜ (粵) gwɔ^1 過^1]

古代的一種兵器 ◆ 枕戈待旦 / 化干戈為玉帛。

見古文字插頁 2。

戈

1**戊**

[wù ㄨˋ (粵) mou^6 務]

天干的第五位 ◆ 甲乙丙丁戊己庚辛。

圖見 290 頁。

2**戎**

[róng ㄖㄨㄥˊ (粵) juŋ^4 容]

❶**軍隊；戰事** ◆ 戎士 / 戎裝 / 投筆從戎 / 戎馬生涯 / 迅赴戎機。❷**古代對西部民族的通稱** ◆ 西戎。

焦點易錯字　戊 | 戍 | 戌　甲乙丙丁戊　戍邊 戍衛　戌時　戎 | 戒　戎馬 兵戎　戒除 戒備

2 **戌** 戌戌戌戌戌 [戌]

[xū ㄒㄩ [粵] sœt[7] 恤]

❶ **地支的第十一位** ◆ 申酉戌亥。❷ **戌時：即下午七點到九點。**

✿ 圖見 109 頁。

2 **划** 見刀部，40頁。

2 **戍** 戍戍戍戍戍 [戍]

[shù ㄕㄨˋ [粵] sy[3] 恕]

軍隊駐防 ◆ 戍邊 / 衞戍 / 戍守。

見古文字插頁 13。

2 **成** 成成成成成 [成]

[chéng ㄔㄥˊ [粵] siŋ[4] 乘]

❶ **事情做完，已經達到目的；跟"敗"相對** ◆ 大功告成 / 任務完成 / 心想事成 / 有志者事竟成。❷ **變為；成為** ◆ 百煉成鋼 / 鐵杵磨成針 / 玉不琢，不成器 / 聚沙成塔，集腋成裘。❸ **成果** ◆ 坐享其成 / 一事無成。❹ **事物發展到一定的狀態** ◆ 成品 / 成規 / 成人 / 五穀成熟。❺ **建立；成全** ◆ 成家立業 / 成人之美。❻ **整** ◆ 成批 / 成天 / 成千上萬 / 成年累月。❼ **十分之一叫"一成"** ◆ 有七八成新 / 今年糧食可增產三成。❽ **同意；許可** ◆ 贊成 / 成！就這麼辦 / 這樣做恐怕不成。

3 **戒** 戒戒戒戒戒戒 [戒]

[jiè ㄐㄧㄝˋ [粵] gai[3] 介]

❶ **防備；警惕** ◆ 警戒 / 戒備森嚴 / 存有戒心 / 實行戒嚴 / 戒驕戒躁。❷ **除掉某種嗜好** ◆ 戒煙 / 戒酒。❸ **禁止做某些事情的規定** ◆ 戒條 / 清規戒律。❹ **教訓** ◆ 引以為戒。❺ **戒指的簡稱** ◆ 金戒 / 鑽戒。

見古文字插頁 13。

3 **我** 我我我我我我 [我]

[wǒ ㄨㄛˇ [粵] ŋɔ[5] 臥[5]]

自稱；自己 ◆ 我們 / 我校 / 我知道 / 忘我境界 / 我行我素。

4 **或** 或或或或或或 [或]

[huò ㄏㄨㄛˋ [粵] wak[9] 劃]

❶ **也許；表示不一定、有可能** ◆ 或許能有辦法。❷ **表示選擇** ◆ 或者我去，或者你去。

4 **戕** 戕戕戕戕戕戕 [戕]

[qiāng ㄑㄧㄤ [粵] tsœŋ[4] 祥]

殺害；傷害 ◆ 戕害 / 自戕。

5 **哉** 見口部，67頁。

5 **咸** 見口部，68頁。

5 **威** 見女部，104頁。

6 **栽** 見木部，214頁。

7 **戚** 戚戚戚戚戚戚 [戚]

[qī ㄑㄧ [粵] tsik[7] 斥]

❶ **親屬** ◆ 親戚。❷ **憂愁** ◆ 哀戚 / 休戚相關。

8 **裁** 見衣部，405頁。

焦點易錯字 戊 | 戌 | 戍　甲乙丙丁戊　戍邊 戍衞　戌時　　戎 | 戒　戎馬 兵戎　戒除 戒備

心 **戈** 户 手 支 攴

8 **幾** 見幺部，135頁。

9 **戡**

[kān ㄎㄢ 粵 hɐm[1] 堪]
用武力平定叛亂 ◆ 戡亂。

9 **戔** 見皿部，302頁。

10 **臧** 見臣部，368頁。

10 **截**

[jié ㄐㄧㄝˊ 粵 dzit[9] 捷]
❶**切斷；割斷** ◆ 截斷 / 截肢 / 斬釘截鐵 / 把木條截成兩段。❷**阻擋；攔住** ◆ 截擊 / 截流 / 攔截。❸**到一定期限為止** ◆ 截止報名日期。❹**量詞，相當於“段”** ◆ 鋸成兩截 / 一截木頭 / 話説了半截。

11 **戮**

[lù ㄌㄨˋ 粵 luk[9] 錄]
殺 ◆ 殺戮 / 屠戮。

12 **戰**（战）

[zhàn ㄓㄢˋ 粵 dzin[3] 箭]
❶**打仗；軍事鬥爭** ◆ 戰爭 / 作戰 / 戰役 / 身經百戰 / 戰無不勝。❷**泛指爭勝負、比高低的競賽** ◆ 舌戰 / 論戰 / 挑戰。❸**發抖；哆嗦。也寫作“顫”** ◆ 寒戰 / 戰慄 / 心驚膽戰 / 冷得打戰。

13 **戴**

[dài ㄉㄞˋ 粵 dai[3] 帶]
❶**把東西加在頭上或身體的其他部位上** ◆ 戴帽子 / 戴眼鏡 / 戴項鏈 / 佩戴校徽 / 張冠李戴。❷**尊敬；擁護** ◆ 愛戴 / 擁戴。

13 **戲**（戏）

[xì ㄒㄧˋ 粵 hei[3] 氣]
❶**玩耍** ◆ 遊戲 / 嬉戲 / 兒戲。❷**開玩笑；嘲弄** ◆ 戲弄 / 戲言。❸**戲劇、雜技等** ◆ 戲曲 / 看戲 / 京戲 / 馬戲。

14 **戳**

[chuō ㄔㄨㄛ 粵 tsœk[8] 綽]
❶**用尖的東西刺** ◆ 戳破 / 戳了一個洞 / 鞋底給戳穿了。❷**圖章** ◆ 戳記 / 郵戳 / 蓋戳。

17 **殲** 見歹部，233頁。

户 部

0 **户**

[hù ㄏㄨˋ 粵 wu[6] 互]
❶**門** ◆ 門户 / 足不出户 / 夜不閉户。❷**人家；門第** ◆ 住户 / 户籍 / 一家一户 / 家喻户曉 / 門當户對。❸**有財務關係的個人或單位** ◆ 賬户 / 存户 / 銀行户口。
見古文字插頁2。

3 **妒** 見女部，102頁。

心 戈 户 手 支 攴

4 **戾** 戾戾戾戾戾戾 戾

[lì ㄌㄧˋ ㊀ lœy⁶ 淚]

❶ **違背；蠻橫兇暴** ◆ 乖戾/暴戾。❷ **罪過** ◆ 罪戾。

4 **所** 所所所所所所 所

[suǒ ㄙㄨㄛˇ ㊀ sɔ² 鎖]

❶ **地方** ◆ 住所/場所/廁所/各得其所。❷ **機關集團或其他辦事地方** ◆ 研究所/律師事務所/證券交易所。❸ **放在動詞前，表示動作的對象** ◆ 所見所聞/各盡所能/所知不多。❹ **放在動詞前，跟"為"或"被"相呼應，表示被動** ◆ 為人所笑/被歌聲所吸引。❺ **量詞** ◆ 一所醫院/三所學校。

4 **肩** 見肉部，361頁。

4 **房** 房房房房房房 房

[fáng ㄈㄤˊ ㊀ fɔŋ⁴ 防]

❶ **供人居住或其他用途的建築物** ◆ 房屋/房間/樓房/廠房/庫房。❷ **像房子的東西** ◆ 蜂房/心房。❸ **家族的分支** ◆ 長房/遠房親戚。

5 **扁** 扁扁扁扁扁扁 扁

〈一〉[biǎn ㄅㄧㄢˇ ㊀ bin² 貶]

❶ **寬而薄的形狀** ◆ 扁盒子/壓扁了。

〈二〉[piān ㄆㄧㄢ ㊀ pin¹ 偏]

❷ **小** ◆ 一葉扁舟。

6 **扇** 扇扇扇扇扇扇 扇

〈一〉[shàn ㄕㄢˋ ㊀ sin³ 線]

❶ **搖動或轉動生風的用具** ◆ 扇子/摺扇/電扇。❷ **量詞，用來計算門窗** ◆ 一扇門/兩扇窗。

〈二〉[shān ㄕㄢ ㊀ sin³ 線]

❸ **搖動扇子生風。也寫作"搧"** ◆ 扇風/扇一扇就涼快了。

7 **扈** 扈扈扈扈扈扈 扈

[hù ㄏㄨˋ ㊀ wu⁶ 户]

隨從；侍衛 ◆ 扈從。

8 **扉** 扉扉扉扉扉扉 扉

[fēi ㄈㄟ ㊀ fei¹ 非]

門 ◆ 柴扉/心扉。

8 **雇** 見隹部，478頁。

手部

0 **手** 手手手 手

[shǒu ㄕㄡˇ ㊀ sɐu² 首]

❶ **人體的上肢；通常指用來拿東西、做事情的那一部分** ◆ 右手/手指/手掌/手舞足蹈/手心手背。❷ **拿着；擁有** ◆ 人手一冊。❸ **小巧的；便於攜帶和使用的** ◆ 手冊/手槍/手機。❹ **親自做的** ◆ 手書/手稿。❺ **技能；本領** ◆ 露一手/真有一手/眼高手低。❻ **從事某種工作或有某種技能**

的人 ◆ 水手 / 鼓手 / 神槍手 / 捕魚能手。
見古文字插頁 2。

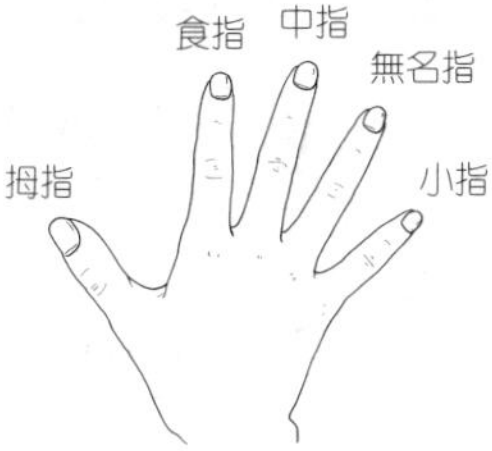
食指
中指
無名指
拇指
小指

⁰才

[cái ㄘㄞˊ [粵] tsɔi⁴ 財]
❶ **能力** ◆ 才能 / 才幹 / 多才多藝 / 才智出眾 / 德才兼備。❷ **以才能稱人** ◆ 天才 / 英才 / 奇才 / 蠢才 / 奴才。❸ **只有；僅僅** ◆ 他才三歲，就能背唐詩了。❹ **剛剛** ◆ 剛才 / 會議才結束，就不見他人影了。❺ **表示強調** ◆ 我才不信呢。❻表示在某種條件下就會出現某種情況 ◆ 站得高才看得遠 / 努力才會成功。

¹扎

〈一〉[zhā ㄓㄚ [粵] dzat⁸ 札]
❶ **刺** ◆扎針。❷ **鑽** ◆ 扎進水裏 / 扎到人羣裏。
〈二〉[zhá ㄓㄚˊ [粵] dzat⁸ 札]
❸ **掙扎。見"掙"字，177 頁。**
〈三〉[zā ㄗㄚ [粵] dzat⁸ 札]
❹ **"紮"的簡化字，見 340 頁。**

²打

〈一〉[dǎ ㄉㄚˇ [粵] da²]
❶ **撞擊；敲** ◆ 打鐘 / 打鼓 / 打門。❷ **撞碎** ◆ 碗打破了 / 打碎了一塊玻璃。❸ **吵架；鬥毆；戰鬥** ◆ 打架 / 打人 / 打仗 / 毆打。❹ **放射；發出** ◆ 打雷 / 打炮 / 打火機 / 打信號 / 打電話。❺ **捕捉** ◆ 打獵 / 打魚。❻ **修築；製造** ◆ 打井 / 打壩 / 打傢具。❼ **編織；捆** ◆ 打毛衣 / 打包裹。❽ **舉；提** ◆ 打傘 / 打旗 / 打燈籠。❾ **除掉** ◆ 打蛔蟲 / 把樹皮打掉。❿ **買；舀取** ◆ 打酒 / 打水 / 打醬油。⓫ **指農作物的收穫** ◆ 一畝地打了兩千斤糧食。⓬ **計算；定出** ◆ 打主意 / 精打細算 / 打在成本裏 / 利潤打一萬。⓭ **寫；畫** ◆ 打收條 / 打報告 / 打格子。⓮ **從事；做** ◆ 打工 / 打雜 / 打夜班 / 打籃球。⓯ **人際往來或交涉** ◆ 打交道 / 打官司。⓰ **採用某種方式** ◆ 打比方 / 打官腔。⓱ **表示某些動作或狀態** ◆ 打嗝 / 打哈欠 / 打手勢。⓲ **玩；遊戲** ◆ 打牌 / 打撲克 / 打鞦韆。⓳ **從** ◆ 打上海來 / 打明天起。
〈二〉[dá ㄉㄚˊ [粵] da¹]
⓴ **十二個叫"一打"** ◆ 一打鉛筆 / 兩打毛巾。

²扒

〈一〉[bā ㄅㄚ [粵] pa⁴ 爬]
❶ **抓住；把着** ◆ 扒牆 / 扒着欄杆 / 扒着窗户往外看。❷ **刨；挖** ◆ 扒開了一個口子 / 扒了一個土坑。❸ **剝；強脱別人衣服** ◆ 扒皮 / 扒衣服。
〈二〉[pá ㄆㄚˊ [粵] pa⁴ 爬]
❹ **伸手偷別人身上的錢物** ◆ 扒竊 / 扒手。

²扔

[rēng ㄖㄥ [粵] jiŋ⁴ 仍]
❶ **拋棄；丟掉** ◆ 扔掉 / 不要亂扔果皮紙

焦點易錯字 才 | 材 才能 博學多才 材料 就地取材

屑。❷ **投擲** ◆ 扔鉛球 / 扔手榴彈 / 把球扔過來。

3 扛

扛 扛 扛 扛 扛 扛

[káng ㄎㄤˊ (粵) gɔŋ1 江]

用肩膀擔起 ◆ 扛槍打仗 / 扛着行李。

3 扣

扣 扣 扣 扣 扣 扣

[kòu ㄎㄡˋ (粵) kɐu3 叩]

❶ **套住或搭上，使不鬆開** ◆ 把門扣上 / 把衣服扣好 / 一環扣一環。❷ **衣鈕。同"鈕"字** ◆ 鈕扣 / 暗扣。❸ **繩結** ◆ 活扣 / 死扣。❹ **強留下來** ◆ 扣押 / 扣留。❺ **從中減去** ◆ 扣除 / 折扣 / 七折八扣 / 不折不扣。❻ **蓋上；罩上** ◆ 用盤子把碗扣上。

3 扦

扦 扦 扦 扦 扦 扦

[qiān ㄑㄧㄢ (粵) tsin1 千]

❶ **一種長而尖的器具** ◆ 竹扦 / 蠟扦。❷ **插** ◆ 扦插 / 扦花。

3 托

托 托 托 托 托 托

[tuō ㄊㄨㄛ (粵) tɔk8 託]

❶ **用手掌承受着** ◆ 托着茶盤 / 托着下巴 / 用手托住。❷ **墊器物的座子；托子** ◆ 茶托 / 花托 / 槍托。❸ **陪襯** ◆ 襯托 / 烘托 / 烘雲托月。❹ **"託"的簡化字，見412頁。**

4 扶

扶 扶 扶 扶 扶 扶 扶

[fú ㄈㄨˊ (粵) fu4 符]

❶ **用手支持，使不倒下** ◆ 攙扶 / 扶老攜幼 / 扶着欄杆。❷ **用手使倒下的人或東西立起來** ◆ 扶起跌倒在地的弟弟 / 把小樹苗扶起來。❸ **幫助** ◆ 扶植 / 扶貧 / 救死扶傷。

4 技

技 技 技 技 技 技 技

[jì ㄐㄧˋ (粵) gei6 忌]

手藝；專門的本領 ◆ 技術 / 技能 / 雜技 / 一技之長 / 身懷絕技。

4 扼

扼 扼 扼 扼 扼 扼 扼

[è ㄜˋ (粵) ɐk7/ŋɐk7 厄]

❶ **用力掐住、抓住** ◆ 扼殺 / 扼要 / 扼腕歎息 / 扼住喉嚨。❷ **把守；控制** ◆ 扼守 / 扼制。

4 找

找 找 找 找 找 找 找

[zhǎo ㄓㄠˇ (粵) dzau2 爪]

❶ **尋求** ◆ 尋找 / 找東西 / 找工作 / 找朋友 / 找不到。❷ **把多餘的部分退回；補不足** ◆ 找錢 / 找齊。

4 批

批 批 批 批 批 批 批

[pī ㄆㄧ (粵) pɐi1]

❶ **在公文或學生作業上寫上意見** ◆ 審批 / 批准 / 批示 / 批改 / 批閱。❷ **分析；評論** ◆

焦點易錯字 託 | 托 委託 託管 烘托 承托 伎 | 技 伎倆 技巧 技藝

心 戈 户 手 支 攴

批駁／批評／批得體無完膚。❸ **大量的** ◆ 批發／批量生產。❹ **量詞，用於數量較多的人或事物** ◆ 一批貨物／一批學生／一批旅客。

4抄 抄抄抄抄抄抄 抄

[chāo ㄔㄠ 粵 tsau1 鈔]

❶ **照原文寫** ◆ 抄書／抄寫／抄錄／抄襲／照抄不誤。❷ **搜查並沒收** ◆ 抄家／查抄／抄出一批走私商品。❸ **走近路** ◆ 抄近道／抄小路。❹ **從側面走過去** ◆ 兩面包抄。

4扯 扯扯扯扯扯扯 扯

[chě ㄔㄜˇ 粵 tsɛ2 且]

❶ **拉** ◆ 拉扯／牽扯／扯住不放。❷ **撕** ◆ 扯了一米布／把信紙扯破了／把牆上的招貼扯下來。❸ **隨便閒談** ◆ 閒扯／扯談／東拉西扯。

4抓 抓抓抓抓抓抓 抓

[zhuā ㄓㄨㄚ 粵 dzau2 找]

❶ **用手或爪拿取東西** ◆ 抓一把米餵雞／抓住樹枝往上爬。❷ **用手或爪撓；搔** ◆ 抓癢／抓耳撓腮。❸ **捕捉；捉拿** ◆ 抓小偷／老鷹抓小雞。❹ **把握住** ◆ 抓緊時間／抓住重點。❺ **吸引** ◆ 這影星一出場就抓住了觀眾。

4折 折折折折折折 折

〈一〉[zhé ㄓㄜˊ 粵 dzit8 節]

❶ **斷；弄斷** ◆ 折斷／骨折／攀折花木。❷ **彎曲；轉變方向** ◆ 曲折／轉折／折腰／一波三折／走到半路又折了回來。❸ **損失；受阻礙；受打擊** ◆ 損兵折將／百折不撓／歷經挫折／受盡折磨／賠了夫人又折兵。❹ **死去** ◆ 夭折。❺ **佩服；信服** ◆ 折服／心折。❻ **價錢按幾成減少** ◆ 折扣／七折八扣／一律八折出售。❼ **相抵；抵作** ◆ 折換／折合／把房子折價抵押。

〈二〉[zhē ㄓㄜ 粵 dzit8 節]

❽ **翻轉；反過來倒過去** ◆ 折騰／用兩個碗把水折一折就涼了。

〈三〉[shé ㄕㄜˊ 粵 dzit8 節]

❾ **斷** ◆ 傘柄折了／鉛筆芯折了。❿ **虧損；賠錢** ◆ 折本／折耗／這筆買賣連本錢都折光了。

〈四〉[zhé ㄓㄜˊ 粵 dzip8 接]

⓫ **"摺"的簡化字，見 183 頁。**

見古文字插頁 13。

4扳 扳扳扳扳扳扳 扳

[bān ㄅㄢ 粵 pan1 攀]

❶ **拉；撥動** ◆ 扳閘門／扳槍機／扳着手指算。❷ **扭轉** ◆ 扳回一局，打成平手。

4扮 扮扮扮扮扮扮 扮

[bàn ㄅㄢˋ 粵 ban6 辦]

化裝 ◆ 裝扮／扮演／喬裝打扮／女扮男裝／在戲裏扮警察。

4投 投投投投投投 投

[tóu ㄊㄡˊ 粵 tɐu4 頭]

❶ **扔；擲** ◆ 投籃／投擲／空投／投手榴彈／投石問路。❷ **跳進去** ◆ 投河自殺／自投羅網／投井下石。❸ **放進去** ◆ 投放／投資／投票。❹ **參加進去；找上去** ◆ 投考／投宿／投身抗戰／投親靠友／棄暗投明。❺ **寄；送** ◆ 投稿／投遞／投信／投送。❻ **光**

焦點易錯字 折 | 拆　折服 挫折　拆除 清拆

心 戈 户 手 支 攴

線射到 ◆ 投射／投影。❼ 相合；迎合 ◆ 投機／意氣相投／情投意合／投其所好。

4抑 抑抑抑抑抑抑 抑

[yì 丨ˋ ㊐ jik7 益]
壓下去；遏止 ◆ 抑制／壓抑。

4抗 抗抗抗抗抗抗 抗

[kàng ㄎㄤˋ ㊐ kɔŋ3 亢]
❶ 抵禦；抵擋 ◆ 抵抗／抗戰／反抗／抗災／抗洪。❷ 拒絕；不接受 ◆ 抗命／抗拒／違抗。❸ 對等；不相上下 ◆ 抗衡／分庭抗禮。

4抖 抖抖抖抖抖抖 抖

[dǒu ㄉㄡˇ ㊐ dɐu2 斗]
❶ 顫動；打哆嗦 ◆ 發抖／兩手顫抖／渾身直抖。❷ 甩動；甩開 ◆ 抖開被窩／抖掉身上的塵土。❸ 振作 ◆ 抖起精神。❹ 諷刺別人因突然有錢有勢而得意起來 ◆ 他最近又抖起來了。

4抉 抉抉抉抉抉抉 抉

[jué ㄐㄩㄝˊ ㊐ kyt8 決]
挑選 ◆ 抉擇。

4扭 扭扭扭扭扭扭 扭

[niǔ ㄋ丨ㄡˇ ㊐ nɐu2 紐]
❶ 掉轉 ◆ 扭過臉來／扭頭便跑／扭過身子來。❷ 用力擰；擰傷 ◆ 扭鋼絲／把繩子扭斷／扭傷了胳膊／小心別扭了腰。❸ 身體搖擺轉動 ◆ 扭了兩步／走路一扭一扭的。❹ 揪住不放 ◆ 他們扭在一起／雙方扭打起來／把壞人扭送到警局。

4把 把把把把把把 把

〈一〉[bǎ ㄅㄚˇ ㊐ ba2 靶]
❶ 用手握着；抓住 ◆ 把舵／把住方向盤。❷ 看守；守衛 ◆ 把門／把關／分兵把守。❸ 控制 ◆ 把持。❹ 車子的柄 ◆ 車把。❺ 捆成長條形的東西 ◆ 草把／火把。❻ 將 ◆ 把書包放好／把窗户關上／把衣服整理一下。❼ 量詞 ◆ 一把花生／一把鋤頭／一把椅子／拉了我一把／再加一把勁。❽ 表示約數 ◆ 個把月／大約有百把人。
〈二〉[bà ㄅㄚˋ ㊐ ba2 靶]
❾ 器具上用手拿的部分；柄 ◆ 刀把／鋤把／印把子。

4抒 抒抒抒抒抒抒 抒

[shū ㄕㄨ ㊐ sy1 書]
盡情表達；傾吐 ◆ 抒發／抒情／抒懷／各抒己見。

4承 承承承承承承 承

[chéng ㄔㄥˊ ㊐ siŋ4 成]
❶ 在下面托着或支撐着 ◆ 承載／承重牆。❷ 接受；擔當 ◆ 承受／承擔／承辦／一人承當。❸ 受到。客氣話 ◆ 承蒙厚愛／承您指教。❹ 繼續；接聯 ◆ 繼承／承上啓下／承前啓後／一脈相承。

5拜 拜拜拜拜拜拜 拜

[bài ㄅㄞˋ ㊐ bai3 擺3]
❶ 跪下叩頭或低頭拱手作揖的一種禮節 ◆ 跪拜／拜堂／求神拜佛／夫妻交拜。❷ 敬佩 ◆ 崇拜／拜服。❸ 對人表示恭敬的客氣話 ◆ 拜讀／拜訪／拜謝／拜託／拜會。

心戈户手支攴

焦點易錯字 抒｜舒　抒發 各抒己見　舒服 舒筋活血

5 **抹** 抹抹抹抹抹抹 抹

〈一〉[mǒ ㄇㄛˇ 粵 mut⁹ 末/mut⁸ 沬⁸(語)]
❶**塗上；搽** ◆ 抹上藥膏 / 塗脂抹粉 / 濃妝淡抹總相宜。❷**擦掉；擦** ◆ 抹眼淚。❸**去掉；勾銷** ◆ 一筆抹煞 / 往日的恩恩怨怨難以從心頭抹去。

〈二〉[mò ㄇㄛˋ 粵 mut⁹ 末/mut⁸ 沬⁸(語)]
❹**塗上泥灰並弄平** ◆ 抹牆 / 抹上一層白灰。❺**緊靠着繞過去** ◆ 轉彎抹角。

〈三〉[mā ㄇㄚ 粵 mut⁹ 末/mut⁸ 沬⁸(語)]
❻**擦** ◆ 抹布 / 抹桌子。❼**用手按着向下移動** ◆ 把帽子抹下來。

5 **拓** 拓拓拓拓拓拓 拓

〈一〉[tuò ㄊㄨㄛˋ 粵 tɔk⁸ 托]
❶**開闢；擴充** ◆ 拓荒 / 開拓 / 拓寬知識領域。

〈二〉[tà ㄊㄚˋ 粵 tap⁸ 塔]
❷**"搨"的異體字，見 181 頁。**

5 **拔** 拔拔拔拔拔拔 拔

[bá ㄅㄚˊ 粵 bɐt⁹ 跋]
❶**拉出；抽出來** ◆ 拔草 / 拔牙 / 拔苗助長 / 不能自拔 / 路見不平，拔刀相助。❷**吸出** ◆ 拔毒 / 拔火。❸**挑選；提升** ◆ 選拔 / 提拔。❹**攻克** ◆ 連拔數城 / 拔掉敵人的據點。❺**超出；突出** ◆ 拔尖人物 / 出類拔萃 / 峯巒挺拔 / 高樓大廈拔地而起。

5 **拋** 拋拋拋拋拋拋 拋

[pāo ㄆㄠ 粵 pau¹ 泡]
❶**扔；投擲** ◆ 拋錨 / 拋繡球 / 拋物線 / 拋向空中 / 拋磚引玉。❷**丟掉；捨棄** ◆ 拋棄 / 拋屍荒野 / 拋離對手 / 拋卻煩憂。❸**暴露** ◆ 拋頭露面。

5 **抨** 抨抨抨抨抨抨 抨

[pēng ㄆㄥ 粵 paŋ¹ 烹]
攻擊；指責 ◆ 抨擊。

5 **拒** 拒拒拒拒拒拒 拒

[jù ㄐㄩˋ 粵 kœy⁵ 距]
❶**抵抗；抵擋** ◆ 拒捕 / 抗拒 / 拒敵 / 拒之門外。❷**不接受** ◆ 拒絕 / 拒聘 / 來者不拒 / 拒不執行。

5 **拈** 拈拈拈拈拈拈 拈

[niān ㄋㄧㄢ 粵 nim⁴ 黏/nim¹ 黏¹(語)]
用手指頭夾取 ◆ 信手拈來 / 從盒子裏拈出一塊糖。

5 **押** 押押押押押押 押

[yā ㄧㄚ 粵 ap⁸/ŋap⁸ 鴨/at⁸/ŋat⁸ 遏(語)]
❶**拘留** ◆ 扣押 / 關押 / 看押。❷**跟隨；看管** ◆ 押送 / 押運 / 押車。❸**在文書契約上簽字或畫符號，作為憑信** ◆ 畫押 / 簽押。❹**用財物作擔保** ◆ 抵押 / 押金 / 用房產作押。❺**詩歌用韻叫押韻。**

5 **抽** 抽抽抽抽抽抽 抽

[chōu ㄔㄡ 粵 tsɐu¹ 秋]
❶**拔出；拉出** ◆ 釜底抽薪 / 抽籤問卜 / 抽刀斷水水更流。❷**提取** ◆ 抽樣檢查 / 抽肥補瘦。❸**騰出** ◆ 抽空 / 忙中抽閒。❹**吸** ◆ 抽水 / 抽煙。❺**長出** ◆ 抽芽 / 抽穗。❻**用細長的東西打** ◆ 抽打一頓 / 用鞭子抽。

焦點易錯字 抨 | 怦　抨擊 抨劾　怦然心動 心怦怦地跳

心戈戶手支攴

5 拐(拐)

拐拐拐拐拐拐 拐

[guǎi ㄍㄨㄞˇ ㊣ gwai^{2} 枴]

❶腿腳患病，走路不穩 ◆ 一瘸一拐/他走路一拐一拐的。❷轉變方向 ◆ 拐彎/拐角/向左拐/拐進小巷。❸用欺詐手段把人或財物騙走 ◆ 誘拐/拐騙/拐帶/拐賣人口。❹走路拄的棍子，同“枴” ◆ 拐杖/拐棍。

5 拙

拙拙拙拙拙拙 拙

[zhuō ㄓㄨㄛ ㊣ dzyt^{8} 茁]

❶笨；不靈巧；跟“巧”相對 ◆ 笨拙/拙嘴笨舌/拙於言辭/弄巧成拙/勤能補拙。❷謙詞，多用於稱自己的文章或見解 ◆ 拙著/拙文/拙作/拙見。

5 拖

拖拖拖拖拖拖 拖

[tuō ㄊㄨㄛ ㊣ tɔ^{1} 妥^{1}]

❶拉；牽引；帶着 ◆ 拖拉機/拖人下水/拖泥帶水/拖兒帶女/把箱子拖過來。❷拉長時間；延遲 ◆ 拖延/拖時間/工程進度一拖再拖/案件拖了一年還沒有了結。❸垂掛在後面 ◆ 拖一條小辮子/長裙拖在身後。

5 拍

拍拍拍拍拍拍 拍

[pāi ㄆㄞ ㊣ pak^{8} 魄]

❶用手掌或扁平的器具打 ◆ 拍球/拍手叫好/拍案叫絕/拍拍他的肩膀。❷拍打的用具 ◆ 球拍/蒼蠅拍子。❸音樂的節奏 ◆ 節拍/打拍子/四分之三拍。❹攝影 ◆ 拍攝/拍照/拍電影。❺發出 ◆ 拍電報。❻諂媚奉承 ◆ 拍馬屁/逢迎拍馬。

5 拆

拆拆拆拆拆拆 拆

[chāi ㄔㄞ ㊣ tsak^{8} 冊]

把合在一起的東西分開、弄散 ◆ 拆開/拆散/拆信/拆夥/拆機器/把舊房子拆了。

5 拎

拎拎拎拎拎拎 拎

[līn ㄌㄧㄣ ㊣ liŋ^{4} 零/liŋ^{1} 令^{1}(語)]

用手提 ◆ 拎包/拎了一桶水/太重，拎不動/拎着飯盒上課/把東西拎過來。

5 抵

抵抵抵抵抵抵 抵

[dǐ ㄉㄧˇ ㊣ dɐi^{2} 底]

❶彼此相當；能替代 ◆ 一個抵兩個/烽火連三月，家書抵萬金。❷擋住；抗拒 ◆ 抵擋/抵制/抵抗/抵禦。❸對立；排斥 ◆ 抵觸/抵牾。❹抵消 ◆ 收支相抵。❺支撐；頂住 ◆ 抵着下巴/用棍子把門抵住。❻賠償；補償 ◆ 抵賬/抵債/抵押/殺人抵命。❼到達 ◆ 抵達/今日抵港。

5 拘

拘拘拘拘拘拘 拘

[jū ㄐㄩ ㊣ kœy^{1} 驅]

❶逮捕；扣押 ◆ 拘捕/拘留/拘押/拘禁。❷約束；限制 ◆ 拘束/拘謹/無拘無束/不拘多少/形式不拘。❸死板；不能變通 ◆ 拘泥/熟不拘禮。

5 抱

抱抱抱抱抱抱 抱

[bào ㄅㄠˋ ㊣ pou^{5} 普^{5}]

❶用手臂圍住 ◆ 擁抱/抱孩子/抱頭大哭/抱薪救火/臨時抱佛腳。❷環繞 ◆ 環抱/山環水抱。❸心裏懷着或身上存在着 ◆ 抱

焦點易錯字　折 | 拆　折服 挫折　拆除 清拆　　拐 | 枴　拐彎 拐騙　枴杖 枴棍

歉/抱怨/抱不平/抱定宗旨/抱撼終生/抱病工作。

5 拄

拄拄拄拄拄拄 拄

[zhǔ ㄓㄨˇ ㊊ dzy² 主]

用手杖、枴棍等支撐身體 ◆ 拄杖/拄着枴棍。

5 拉

拉拉拉拉拉拉 拉

[lā ㄌㄚ ㊊ lap⁹ 臘/lai¹ 賴¹(語)]

❶**牽；扯；拖動** ◆ 拉車/拉鋸/拉網捕魚/把車拉過來。❷**用車載運** ◆ 拉貨/拉煤。❸**拖長；使延長** ◆ 拉開距離/拉長聲音/拉下臉來。❹**聯絡；籠絡** ◆ 拉攏/拉生意/拉關係/拉幫結派。❺**演奏樂器的一種方法** ◆ 拉二胡/吹拉彈唱/拉手風琴。❻**排泄** ◆ 拉屎/拉肚子。

5 拌

拌拌拌拌拌拌 拌

[bàn ㄅㄢˋ ㊊ bun⁶ 伴]

攪和 ◆ 攪拌/拌和飼料/把涼麪拌一拌/把水泥和沙子拌勻。

5 抿

抿抿抿抿抿抿 抿

[mǐn ㄇㄧㄣˇ ㊊ mɐn⁴ 民]

❶**合攏；閉上** ◆ 抿着嘴笑。❷**嘴唇輕輕沾一下；略微喝一點** ◆ 抿了一口酒。

5 拂

拂拂拂拂拂拂 拂

[fú ㄈㄨˊ ㊊ fɐt⁷ 忽]

❶**撣去塵垢** ◆ 拂拭/拂去衣上的塵土。❷**輕輕擦過** ◆ 春風拂面。❸**甩動；抖動** ◆ 拂袖而去。❹**接近** ◆ 拂曉。

5 披

披披披披披披 披

[pī ㄆㄧ ㊊ pei¹ 丕]

❶**覆蓋或搭在肩背上** ◆ 披着斗篷/披衣而坐/披紅戴綠/披麻戴孝/披掛上陣。❷**披在肩上沒有袖子的外衣** ◆ 披肩/雨披。❸**散開** ◆ 披頭散髮。❹**打開；分開；揭開** ◆ 披肝瀝膽/披荊斬棘/披露內幕。

5 招

招招招招招招 招

[zhāo ㄓㄠ ㊊ dziu¹ 蕉]

❶**打手勢叫人或示意** ◆ 招手/招呼。❷**用廣告或通知的方式使人來** ◆ 招生/招募/招聘/招標/招兵買馬。❸**惹出；引起** ◆ 招引/招惹/招禍/招人喜歡。❹**承認罪行；供認** ◆ 招供/招認/從實招來/不打自招。❺**辦法；手段** ◆ 絕招/耍花招/有兩招/這一招真厲害。

5 拚(拼)

拚拚拚拚拚拚 拚

〈一〉[pàn ㄆㄢˋ ㊊ pun¹ 潘]

❶**捨棄；不顧一切** ◆ 拚命/拚棄。

〈二〉[pīn ㄆㄧㄣ ㊊ piŋ¹ 乒/piŋ³ 聘]

❷同"拼"字，見173頁。

5 抬

抬抬抬抬抬抬 抬

[tái ㄊㄞˊ ㊊ tɔi⁴ 台]

❶**共同用手或肩搬運東西** ◆ 抬桌子/抬擔架/抬轎子。❷**向上舉；提高** ◆ 抬起頭來/高抬貴手/哄抬物價/不識抬舉。

5 拇

拇拇拇拇拇拇 拇

[mǔ ㄇㄨˇ ㊊ mou⁵ 母]

拇指：手、腳的第一個指頭。

焦點易錯字 拌 | 絆　拌和 攪拌　絆腳石 絆手絆腳　拙 | 絀　笨拙 勤能補拙　左支右絀 相形見絀

✿ 圖見 165 頁。

5 拗

拗 拗 拗 拗 拗 拗 拗

〈一〉[ào ㄠˋ ㊣ au³/ŋau³ 坳]
❶ **不順口** ◆ 拗口。❷ **不順從** ◆ 違拗。
〈二〉[niù ㄋㄧㄡˋ ㊣ au³/ŋau³ 坳]
❸ **固執** ◆ 執拗/脾氣很拗/實在拗不過他。

6 挈

挈 挈 挈 挈 挈 挈 挈

[qiè ㄑㄧㄝˋ ㊣ kit⁸ 揭]
❶ **提起；舉起** ◆ 提綱挈領。❷ **帶領** ◆ 挈眷 / 扶老挈幼。

6 拭

拭 拭 拭 拭 拭 拭 拭

[shì ㄕˋ ㊣ sik⁷ 式]
擦；揩 ◆ 拭淚 / 拂拭 / 拭目以待。

6 持

持 持 持 持 持 持 持

[chí ㄔˊ ㊣ tsi⁴ 池]
❶ **拿；握着** ◆ 持槍 / 持刀殺人 / 持有護照 / 手持鮮花。❷ **堅守不變** ◆ 持久 / 保持 / 堅持 / 維持現狀 / 持之以恆。❸ **對抗** ◆ 僵持局面 / 相持不下。❹ **主管；治理** ◆ 主持 / 操持家務 / 勤儉持家。❺ **扶助** ◆ 支持 / 牡丹雖好，還要綠葉扶持。❻ **控制；挾制** ◆ 劫持 / 挾持。

6 拮

拮 拮 拮 拮 拮 拮 拮

[jié ㄐㄧㄝˊ ㊣ git⁸ 結]
拮据：經濟困難；缺錢 ◆ 手頭拮据，入不敷出。

6 拷

拷 拷 拷 拷 拷 拷 拷

[kǎo ㄎㄠˇ ㊣ hau² 考]
打 ◆ 拷問 / 嚴刑拷打。

6 拱

拱 拱 拱 拱 拱 拱 拱

[gǒng ㄍㄨㄥˇ ㊣ guŋ² 鞏]
❶ **兩手合拳，表示敬意** ◆ 拱手 / 打拱作揖。❷ **兩手合圍；環繞着** ◆ 拱衛 / 拱抱 / 眾星拱月。❸ **建築物成弧形的** ◆ 拱門 / 石拱橋。❹ **頂起；聳起** ◆ 彎腰拱背 / 嫩芽拱土而出。

6 挎

挎 挎 挎 挎 挎 挎 挎

[kuà ㄎㄨㄚˋ ㊣ fu¹ 呼]
東西掛在肩上或胳膊上 ◆ 挎着書包 / 挎着籃子。

6 指

指 指 指 指 指 指 指

[zhǐ ㄓˇ ㊣ dzi² 子]
❶ **手指** ◆ 指紋 / 大拇指 / 屈指可數 / 首屈一指 / 伸手不見五指。❷ **指點；引導** ◆ 指教 / 指引 / 指導 / 指揮 / 借問酒家何處有，牧童遙指杏花村。❸ **對着；向着** ◆ 指南針 / 指桑罵槐 / 時針指着十二點。❹ **依靠** ◆ 指望 / 指靠。❺ **斥責** ◆ 指責 / 指摘。❻ **豎起來** ◆ 令人髮指。

6 拽

拽 拽 拽 拽 拽 拽 拽

[zhuài ㄓㄨㄞˋ ㊣ jit⁹ 熱]
用力拉、拖 ◆ 拽不動 / 連拖帶拽 / 生拉硬拽。

6 括

括 括 括 括 括 括 括

[kuò ㄎㄨㄛˋ ㊣ kut⁸ 豁]
包含 ◆ 包括 / 總括 / 概括。

心 戈 户 手 支 攴

6 拴(拴)

[shuān ㄕㄨㄢ ㊣ san¹ 山]

用繩子繫住 ◆ 把馬拴在樹下。

6 拾

[shí ㄕˊ ㊣ sɐp⁹ 十]

❶ **從地上撿起來** ◆ 拾麥穗 / 拾金不昧 / 道不拾遺。❷ **數目字"十"的大寫。**

6 拿

[ná ㄋㄚˊ ㊣ na⁴ 那⁴]

❶ **用手取或用手握住；取得** ◆ 把書拿出來 / 拿着警棍 / 東西太重，拿不動 / 他在比賽中拿了冠軍。❷ **掌握；把握** ◆ 拿主意 / 十拿九穩/總經理的責任太大，他不一定拿得起來。❸ **捕捉** ◆ 拿獲/捉拿歸案。❹ **用** ◆ 拿鎖鎖上/拿筷子吃飯/拿事實證明。❺ **把** ◆ 拿他當自家人 / 總拿她當孩子看待。

6 挑

〈一〉[tiāo ㄊㄧㄠ ㊣ tiu¹ 佻]

❶ **用肩膀擔東西** ◆ 挑擔/挑水/肩挑手提/千斤重擔一肩挑。❷ **擔子** ◆ 菜挑子。❸ **選擇；找** ◆ 挑選 / 挑食 / 愛挑毛病 / 雞蛋裏挑骨頭。

〈二〉[tiǎo ㄊㄧㄠˇ ㊣ tiu¹ 佻]

❹ **用竿子等把東西支起** ◆ 挑燈夜戰 / 把簾子挑起來。❺ **用尖的東西撥** ◆ 挑刺 / 挑火。❻ **搬弄是非；鼓動** ◆ 挑釁 / 挑戰 / 挑撥離間。

6 拼

[pīn ㄆㄧㄣ ㊣ piŋ¹ 乒]

❶ **組合在一起** ◆ 拼音 / 拼湊 / 拼盤 / 東拼西湊。❷ **同"拚"字。不顧一切地去做** ◆ 拼命 / 拼搏 / 拼死拼活 / 硬拼一場。

6 拳

[quán ㄑㄩㄢˊ ㊣ kyn⁴ 權]

❶ **手指收攏成球形，即拳頭** ◆ 握拳/抱拳/磨拳擦掌 / 赤手空拳 / 拳打腳踢。❷ **"拳術"的簡稱** ◆ 打拳 / 醉拳 / 太極拳。❸ **彎曲** ◆ 拳曲 / 拳着身子 / 拳着腿而坐。

6 按

[àn ㄢˋ ㊣ ɔn³/ŋɔn³ 案]

❶ **用手或指頭往下壓** ◆ 按電鈴 / 把他按倒在地。❷ **抑制；壓住** ◆ 按兵不動 / 按捺不住心頭的怒火。❸ **依照** ◆ 按時上學 / 按規矩辦 / 按部就班 / 按勞付酬。❹ **給書籍、文章所作的說明或評論** ◆ 按語 / 編者按。

6 挖

[wā ㄨㄚ ㊣ wat⁸]

掘；掏 ◆ 挖泥 / 挖洞 / 挖掘 / 挖耳朵。

6 拯

[zhěng ㄓㄥˇ ㊣ tsiŋ² 請]

援救；救助 ◆ 拯救。

7 振

[zhèn ㄓㄣˋ ㊣ dzɐn³ 鎮]

❶ **搖動；揮動** ◆ 振動 / 振鈴 / 振翅高飛 / 振臂高呼 / 振筆疾書。❷ **奮起；興起** ◆ 振奮精神 / 振興中華 / 振作起來 / 士氣大振 / 委靡不振。

心 戈 户 手 支 攴

焦點易錯字 振 | 震　振作 振翅高飛　震驚 震耳欲聾

7 **捕** 捕捕捕捕捕捕 捕

[bǔ ㄅㄨˇ 粵 bou6 步]
捉；逮 ◆ 捕魚 / 捕捉 / 捕獲 / 逮捕 / 追捕。

7 **捂** 捂捂捂捂捂捂 捂

[wǔ ㄨˇ 粵 ŋ̍6 誤]
用手或其他東西遮蓋起來 ◆ 捂着耳朵 / 捂着嘴笑 / 用被子捂住 / 這件事一直捂着不讓人知道。

7 **挾**(挟) 挾挾挾挾挾挾 挾

[xié ㄒㄧㄝˊ 粵 hip8 協]
❶ **用胳膊夾住** ◆ 挾着講義走進教室。❷ **仗勢威脅或逼迫** ◆ 挾制 / 要挾 / 挾持 / 挾天子以令諸侯。❸ **心裏懷着** ◆ 挾怨 / 挾嫌 / 挾仇陷害。

7 **捎** 捎捎捎捎捎捎 捎

[shāo ㄕㄠ 粵 sau1 梢]
順便帶上 ◆ 捎帶 / 捎信 / 捎個口信 / 捎回幾件衣服。

7 **捍** 捍捍捍捍捍捍 捍

[hàn ㄏㄢˋ 粵 hɔn6 瀚]
保衛；防禦 ◆ 捍禦邊疆 / 捍衛新聞自由。

7 **捏** 捏捏捏捏捏捏 捏

[niē ㄋㄧㄝ 粵 nip9 聶]
❶ **用拇指和其他手指夾住** ◆ 捏住筆 / 捏着鼻子 / 把菜蟲捏出來。❷ **用手指把軟的東西做成一定形狀** ◆ 捏麪人 / 捏餃子 / 用橡皮泥捏了一座寶塔。❸ **假造；虛構** ◆ 捏造罪名 / 憑空捏造。

7 **捉** 捉捉捉捉捉捉 捉

[zhuō ㄓㄨㄛ 粵 dzuk7 足]
❶ **捕；抓；逮** ◆ 捕捉 / 貓捉老鼠 / 捕魚捉蟹 / 賊喊捉賊 / 捉拿歸案。❷ **握** ◆ 捉筆。

7 **捆** 捆捆捆捆捆捆 捆

[kǔn ㄎㄨㄣˇ 粵 kwɐn2 菌]
❶ **用繩子等把東西綁緊** ◆ 捆綁 / 捆紮 / 捆書本 / 把麥子捆起來。❷ **量詞，用於捆紮起來的東西** ◆ 一捆書 / 一捆柴。

7 **捐** 捐捐捐捐捐捐 捐

[juān ㄐㄩㄢ 粵 gyn1 娟]
❶ **用錢物幫助** ◆ 募捐活動 / 踴躍捐獻 / 捐錢捐物，幫助受災民眾。❷ **捨棄；獻出** ◆ 捐生 / 捐棄前嫌 / 為國捐軀。❸ **稅收的名目** ◆ 捐稅 / 苛捐雜稅。

7 **捌**(捌) 捌捌捌捌捌捌 捌

[bā ㄅㄚ 粵 bat8 八]
數目字"八"的大寫。

7 **挺** 挺挺挺挺挺挺 挺

[tǐng ㄊㄧㄥˇ 粵 tiŋ5 鋌]
❶ **筆直** ◆ 挺拔 / 挺立 / 筆挺。❷ **伸直；向前凸出（多指身體或身體的一部分）** ◆ 挺起腰桿 / 挺身而出 / 昂首挺胸 / 直挺挺地躺着。❸ **勉強支撐着** ◆ 有病還是硬挺着去上班。❹ **很** ◆ 挺好 / 挺高興 / 挺不容易 / 寫得挺不錯。❺ **量詞** ◆ 一挺機槍。

7 挫 挫挫挫挫挫挫 挫

[cuò ㄘㄨㄛˋ 粵 tsɔ³ 錯]

❶ **不順利；遭失敗** ◆ 挫折 / 一再受挫。❷ **壓下去；降低** ◆ 挫傷 / 抑揚頓挫 / 挫了敵人鋭氣。

7 捋 捋捋捋捋捋捋 捋

〈一〉[lǚ ㄌㄩˇ 粵 lyt⁸ 劣]

❶ **用手指順着抹，使整齊** ◆ 捋鬍子 / 捋麻繩 / 把紙捋平整。

〈二〉[luō ㄌㄨㄛ 粵 lyt⁸ 劣]

❷ **握着東西順勢移動** ◆ 捋奶 / 捋樹葉 / 捋起袖子。

7 挽 挽挽挽挽挽挽 挽

[wǎn ㄨㄢˇ 粵 wan⁵ 輓]

❶ **拉** ◆ 挽弓 / 牽挽 / 手挽手。❷ **設法使情況好轉或恢復原狀** ◆ 挽救 / 挽回損失 / 力挽狂瀾。❸ **向上捲起** ◆ 挽褲腿 / 挽起袖子。❹ **哀悼死者。同"輓"字** ◆ 挽聯 / 挽歌。

7 挪 挪挪挪挪挪挪 挪

[nuó ㄋㄨㄛˊ 粵 nɔ⁴ 糯⁴]

移動 ◆ 挪動 / 挪用公款 / 把椅子挪開 / 向前挪移了幾步。

7 捅 捅捅捅捅捅捅 捅

[tǒng ㄊㄨㄥˇ 粵 tuŋ² 桶]

❶ **戳；扎** ◆ 捅了一刀 / 捅了個洞 / 把門捅破了。❷ **碰；觸** ◆ 用肘捅了他幾下。❸ **比喻戳穿；揭露** ◆ 把事情捅出去。

7 挨 挨挨挨挨挨挨 挨

〈一〉[āi ㄞ 粵 ai¹/ŋai¹ 唉]

❶ **順着次序** ◆ 挨家挨户 / 挨次入場 / 挨個兒查問。❷ **靠近；緊靠着** ◆ 挨着我坐 / 兩家緊挨着 / 大樓一幢挨着一幢。

〈二〉[ái ㄞˊ 粵 ŋai⁴ 涯]

❸ **同"捱"字，見176頁。**

8 捧 捧捧捧捧捧捧 捧

[pěng ㄆㄥˇ 粵 puŋ² 碰²]

❶ **雙手張開手掌托着** ◆ 捧着花瓶 / 捧起獎杯 / 捧出一對玉雕獅子。❷ **奉承；代人吹噓，藉此抬高一個人的地位** ◆ 吹捧 / 捧場。❸ **量詞，用於可捧的東西** ◆ 一捧花生米。

8 掛(挂) 掛掛掛掛掛掛 掛

[guà ㄍㄨㄚˋ 粵 gwa³ 卦]

❶ **把東西吊起** ◆ 懸掛 / 掛彩燈 / 掛起一號風球 / 衣服掛在衣架上 / 牆上掛着一幅名畫。❷ **惦記** ◆ 掛念 / 掛在心上 / 心無掛礙 / 身無牽掛。❸ **帶上；提及** ◆ 掛名總裁 / 不足掛齒 / 掛一漏萬。❹ **登記** ◆ 掛號 / 支票掛失。❺ **量詞，用於成串的東西** ◆ 一掛鞭炮。

8 措 措措措措措措 措

[cuò ㄘㄨㄛˋ 粵 tsou³ 醋]

❶ **安放；處置** ◆ 措置 / 手足無措 / 不知所措 / 驚慌失措 / 措手不及。❷ **計劃辦理；處理事情的方法** ◆ 籌措資金 / 新的舉措 / 措施得當。

8 捺 捺捺捺捺捺捺 捺

[nà ㄋㄚˋ 粵 nat9]

❶ **壓下；抑制** ◆ 捺指模 / 捺着性子 / 按捺不住心頭的怒火。❷ **漢字的一種筆畫名稱，如"大"字的第三筆。**

8 掩 掩掩掩掩掩掩 掩

[yǎn ㄧㄢˇ 粵 jim2 奄]

❶ **遮蓋；遮蔽** ◆ 掩蔽 / 掩護 / 掩飾 / 掩口而笑 / 掩人耳目。❷ **關上；合上** ◆ 門虛掩着 / 把門掩上。

8 捱 (挨) 捱捱捱捱捱捱 捱

[ái ㄞˊ 粵 ŋai4 涯]

❶ **遭受到** ◆ 捱打 / 捱罵 / 捱餓。❷ **困難地度過** ◆ 捱日子 / 捱時間。

8 捷 捷捷捷捷捷捷 捷

[jié ㄐㄧㄝˊ 粵 dzit9 截]

❶ **勝利** ◆ 捷報 / 首戰告捷 / 我軍大捷。❷ **快；迅速** ◆ 思路敏捷 / 捷足先登。

8 掉 掉掉掉掉掉掉 掉

[diào ㄉㄧㄠˋ 粵 diu6 調]

❶ **落下；落在後面** ◆ 掉眼淚 / 掉在河裏 / 從樹上掉下來 / 不要掉隊。❷ **丟失；遺漏** ◆ 錢包掉了 / 掉了幾行字。❸ **回轉** ◆ 掉過身來 / 掉頭就跑 / 掉轉槍口。❹ **對換** ◆ 掉換座位 / 掉包計。❺ **減少；降低** ◆ 掉色 / 掉價。❻ **放在動詞後表示動作完成** ◆ 忘掉 / 賣掉 / 丟掉 / 徹底改掉。

8 掌 掌掌掌掌掌掌 掌

[zhǎng ㄓㄤˇ 粵 dzœŋ2 獎]

❶ **手心** ◆ 手掌 / 鼓掌 / 掌上明珠 / 磨拳擦掌 / 一個巴掌拍不響。❷ **某些動物的腳掌** ◆ 鴨掌 / 熊掌 / 白毛浮綠水，紅掌撥清波。❸ **釘在鞋底上的皮或馬蹄子底下的鐵** ◆ 鞋掌 / 前掌 / 釘馬掌。❹ **用手掌打** ◆ 掌嘴。❺ **把握；主管** ◆ 掌舵 / 掌權 / 掌管 / 掌握。

8 排 排排排排排排 排

[pái ㄆㄞˊ 粵 pai4 牌]

❶ **依次擺放或編成序列** ◆ 排隊 / 排座位 / 排名次 / 按二十六個字母排列。❷ **排成的行列** ◆ 前排 / 後排 / 第五排。❸ **軍隊的編制單位，連以下，班以上的一級** ◆ 排長。❹ **除去** ◆ 排除 / 排擠 / 排斥 / 排難解憂 / 把水排出去。❺ **推開** ◆ 排山倒海 / 排門而去。❻ **演練** ◆ 排演 / 排練 / 彩排。❼ **用竹子或木頭編紮成的筏子** ◆ 竹排 / 木排。❽ **指排球或排球隊** ◆ 男排 / 女排精英賽。❾ **一種食品，用大片的肉煎炸做成** ◆ 牛排 / 炸豬排。❿ **量詞，用於成行列的東西** ◆ 一排椅子 / 一排樹木 / 一排排新建的樓房。

8 掣 掣掣掣掣掣掣 掣

[chè ㄔㄜˋ 粵 dzɐi3 制 / tsit8 設]

❶ **拖；拉** ◆ 掣肘 / 風馳電掣。❷ **抽；拔** ◆ 掣籤 / 掣劍 / 掣回手去。

8 推 推推推推推推 推

[tuī ㄊㄨㄟ 粵 tœy1 退1]

❶ **用力使東西向前移動** ◆ 推車 / 推倒 / 推開門 / 長江後浪推前浪。❷ **使事情展開** ◆

焦點易錯字 制 | 製 | 掣 制度 限制 炮製 掣肘 風馳電掣

推動／推行／推廣／推銷。❸ **根據已知的情況作判斷** ◆ 推測／推理／推算／類推／推己及人。❹ **辭讓；拒絕** ◆ 推辭／推讓／推託／推卸／推三阻四。❺ **拖延** ◆ 推延／推遲／往後推幾天。❻ **看重** ◆ 推許／推崇。❼ **舉薦** ◆ 推選／推薦／推舉／推他當代表。

8 掀

[xiān ㄒㄧㄢ [粵] hin^{1} 牽]

❶ **揭開；打開** ◆ 掀開鍋蓋／掀起門簾。❷ **興起；翻騰** ◆ 掀起高潮／大海掀起了洶湧的波濤。

8 捨（舍）

[shě ㄕㄜˇ [粵] sɛ^{2} 寫]

❶ **放棄；丟棄** ◆ 捨棄／捨不得／捨本逐末／捨己為人／捨生取義。❷ **把財物給人** ◆ 施捨／捨藥救人。

8 掄（抡）

[lūn ㄌㄨㄣ [粵] lœn^{4} 淪]

舉起手臂用力揮動 ◆ 掄拳／掄大刀／掄鐵錘。

8 捻

[niǎn ㄋㄧㄢˇ [粵] nin^{5} 年^{5}]

❶ **用手指搓** ◆ 捻線／捻鬍子。❷ **用紙條、布條等搓成的長條的東西** ◆ 紙捻／藥捻／燈捻。

8 掰

[bāi ㄅㄞ [粵] bai^{2} 擺]

用手把東西分開或折斷 ◆ 掰開／掰成兩半／掰得粉碎。

8 採（采）

[cǎi ㄘㄞˇ [粵] tsɔi^{2} 彩]

❶ **摘取** ◆ 採茶／採蓮／上山採藥。❷ **選取；搜集** ◆ 採用／採集標本／採納意見／採訪名人／採得百花成蜜後，為誰辛苦為誰忙。❸ **挖掘；開發** ◆ 採礦／採煤／開採石油。

☞ 見古文字插頁 15。

8 授

[shòu ㄕㄡˋ [粵] sɐu^{6} 受]

❶ **給；交予** ◆ 授權／授旗／授獎／授意。❷ **把知識、技藝教給人** ◆ 傳授／教授／函授／講授。

8 掙（挣）

〈一〉[zhēng ㄓㄥ [粵] dzɐŋ^{1} 爭]

❶ **掙扎：竭力支撐；力圖擺脱** ◆ 垂死掙扎／他掙扎着從病牀上爬起來。

〈二〉[zhèng ㄓㄥˋ [粵] dzɐŋ^{1} 爭]

❷ **用力擺脱束縛** ◆ 掙脱枷鎖／掙斷繩子。❸ **用勞動換取報酬** ◆ 掙錢／掙口飯吃。

8 掏

[tāo ㄊㄠ [粵] tou^{4} 逃]

❶ **手伸進去摸出來** ◆ 掏錢／掏口袋／掏腰包／掏鳥窩。❷ **挖** ◆ 掏了一個洞。

8 掐

[qiā ㄑㄧㄚ [粵] hap^{8} 呷]

❶ **用手指甲按或切斷** ◆ 掐算／掐一朵花／

焦點易錯字 舍｜捨　宿舍　舍下　捨棄　捨己為人

掐出幾個血印。❷ **用手掌的虎口處緊緊卡住或按住** ◆ 掐脖子 / 掐住喉嚨 / 把貓兒活活掐死。

8 掬

掬 掬 掬 掬 掬 掬 掬

[jū ㄐㄩ ㉄ guk7 菊]

用兩手捧起 ◆ 掬水 / 笑容可掬。

8 掠

掠 掠 掠 掠 掠 掠 掠

[lüè ㄌㄩㄝˋ ㉄ lœk9 略]

❶ **搶奪** ◆ 掠奪 / 搶掠 / 擄掠。❷ **輕輕擦過或拂過** ◆ 涼風掠面 / 浮光掠影 / 海鷗掠過水面。

8 掂

掂 掂 掂 掂 掂 掂 掂

[diān ㄉㄧㄢ ㉄ dim1 店1]

用手托着東西上下晃動來估量輕重 ◆ 掂量 / 掂一掂這本書的重量。

8 掖

掖 掖 掖 掖 掖 掖 掖

〈一〉[yè ㄧㄝˋ ㉄ jik9 亦]

❶ **扶持；提拔** ◆ 扶掖 / 提掖 / 獎掖後生。

〈二〉[yē ㄧㄝ ㉄ jik9 亦]

❷ **塞；夾藏** ◆ 藏掖 / 腰裏掖着一把手槍 / 把書掖在懷裏。

8 接

接 接 接 接 接 接 接

[jiē ㄐㄧㄝ ㉄ dzip8 摺]

❶ **收；受** ◆ 接收 / 接受 / 接納 / 接電話 / 接到來信。❷ **相迎。跟"送"相對** ◆ 接見 / 接待 / 迎接 / 接父親出院。❸ **連續；繼續** ◆ 接二連三 / 上下集接着演。❹ **連在一起** ◆ 連接 / 接骨 / 銜接 / 移花接木 / 電線接通了。❺ **輪替；繼承** ◆ 接班 / 四百米接力 / 傳宗接代。❻ **挨着；靠近** ◆ 接近 / 接壤 / 接觸 / 交頭接耳。

8 捲(卷)

捲 捲 捲 捲 捲 捲 捲

[juǎn ㄐㄩㄢˇ ㉄ gyn2 卷]

❶ **把東西收攏成圓筒形** ◆ 捲席子 / 捲簾子 / 捲起袖子 / 把地毯捲起來。❷ **裹成圓筒形的東西** ◆ 蛋捲 / 膠捲 / 魷魚捲。❸ **一種大的力量把東西裹住帶走** ◆ 捲入漩渦 / 捲土重來 / 風捲殘雲 / 狂風捲起巨浪。❹ **量詞，用於成捲的東西** ◆ 一捲紙。

8 控

控 控 控 控 控 控 控

[kòng ㄎㄨㄥˋ ㉄ huŋ3 空3]

❶ **告發** ◆ 控告 / 控訴 / 指控。❷ **掌握；操縱** ◆ 控制 / 遙控 / 控股公司。

8 探

探 探 探 探 探 探 探

[tàn ㄊㄢˋ ㉄ tam3 貪3/tam1 貪]

❶ **找；尋求** ◆ 探路 / 探礦 / 探求 / 試探 / 鑽探石油。❷ **打聽；偵察** ◆ 探聽 / 窺探 / 偵探 / 探消息。❸ **做偵察工作的人** ◆ 暗探 / 密探 / 探子。❹ **看望** ◆ 探望 / 探病 / 探親訪友。❺ **伸出** ◆ 探身 / 探頭探腦。❻ **把手伸進去摸取** ◆ 探囊取物。

8 掃(扫)

掃 掃 掃 掃 掃 掃 掃

〈一〉[sǎo ㄙㄠˇ ㉄ sou3 素]

❶ **用笤帚清除塵土、垃圾等** ◆ 掃地 / 清掃 / 打掃房間。❷ **消除；清除** ◆ 掃雷 / 掃黃 / 掃興 / 掃除文盲。❸ **很快地左右移動** ◆ 掃射 / 掃描 / 掃視。

〈二〉[sào ㄙㄠˋ ㊂ sou³ 素]
❹ 掃帚：掃地的用具。
✿ 圖見131頁。

8捫(扪) 捫捫捫捫捫捫 捫

[mén ㄇㄣˊ ㊂ mun⁴ 門]
摸；按 ◆ 捫心自問。

8据 据据据据据据 据

〈一〉[jū ㄐㄩ ㊂ gœy¹ 居]
❶ 拮据。見“拮”字，172頁。
〈二〉[jù ㄐㄩˋ ㊂ gœy³ 句]
❷“據”的簡化字。見185頁。

8掇 掇掇掇掇掇掇 掇

[duō ㄉㄨㄛ ㊂ dzyt⁸ 啜]
拾掇：收拾；整理；修理 ◆ 拾掇舊聞／把卧室拾掇一下。（“拾掇”中的“掇”讀輕聲。）

8掘 掘掘掘掘掘掘 掘

[jué ㄐㄩㄝˊ ㊂ gwɐt⁹ 倔]
挖；刨 ◆ 挖掘／發掘／掘土／宜未雨而綢繆，毋臨渴而掘井。

9揍 揍揍揍揍揍揍 揍

[zòu ㄗㄡˋ ㊂ tsɐu³ 臭]
打 ◆ 捱揍／揍了一頓。

9揠 揠揠揠揠揠揠 揠

[yà ㄧㄚˋ ㊂ at⁸/ŋat⁸ 壓]
拔 ◆ 揠苗助長。

9揀(拣) 揀揀揀揀揀揀 揀

[jiǎn ㄐㄧㄢˇ ㊂ gan² 簡]
❶ 挑選 ◆ 揀選／揀擇／挑三揀四。❷ 拾取。同“撿”字 ◆ 揀麥穗／在路上揀到一塊手錶。

9揩 揩揩揩揩揩揩 揩

[kāi ㄎㄞ ㊂ hai¹ 鞋¹]
擦；抹 ◆ 揩汗／揩桌子／揩黑板／揩眼淚。

9描(描) 描描描描描描 描

[miáo ㄇㄧㄠˊ ㊂ miu⁴ 苗]
照樣子寫或畫 ◆ 描摹／描繪／描寫／素描。

9提 提提提提提提 提

〈一〉[tí ㄊㄧˊ ㊂ tɐi⁴ 題]
❶ 垂手拿着；用手拎東西 ◆ 提水／手提包／提着皮箱。❷ 由下往上、由低到高或由後往前 ◆ 提高／提升／提前／提拔。❸ 取出 ◆ 提款／提貨／提取／提煉。❹ 舉出；說起 ◆ 提名／提議／提意見／舊事重提／這事別再提了。
〈二〉[dī ㄉㄧ ㊂ tɐi⁴ 題]
❺ 提防：小心防備 ◆ 提防小偷。

9揚(扬) 揚揚揚揚揚揚 揚

[yáng ㄧㄤˊ ㊂ jœŋ⁴ 羊]
❶ 舉起；升起 ◆ 揚手／揚鞭策馬／揚帆起航／揚眉吐氣。❷ 飄動 ◆ 紅旗飄揚／塵土飛揚／海水揚波。❸ 傳播；顯示 ◆ 揚言／揚名／宣揚／張揚／耀武揚威。❹ 稱讚 ◆ 讚揚／表揚／頌揚。❺ 江蘇省揚州市的簡稱。

焦點易錯字 題｜提 題材 題名 提議 提倡

9 揖

揖 揖 揖 揖 揖 揖 [揖]

[yī ㄧ [粵] jɐp⁷ 泣]
拱手行禮 ◆ 作揖 / 揖讓。

9 揭

揭 揭 揭 揭 揭 揭 [揭]

[jiē ㄐㄧㄝ [粵] kit⁸ 竭]
❶ **掀開** ◆ 揭幕 / 揭鍋蓋 / 在房頂揭了幾片瓦。❷ **使顯露出來** ◆ 揭發 / 揭露 / 揭示 / 揭曉 / 揭穿祕密。❸ **高舉** ◆ 揭竿而起。

9 揣

揣 揣 揣 揣 揣 揣 [揣]

〈一〉[chuāi ㄔㄨㄞ [粵] tsœy² 取]
❶ **藏在衣服裏** ◆ 揣在懷裏 / 懷揣錢包。
〈二〉[chuǎi ㄔㄨㄞˇ [粵] tsœy² 取]
❷ **估量；猜測** ◆ 揣測 / 揣度 / 揣摩。

9 捶

捶 捶 捶 捶 捶 捶 [捶]

[chuí ㄔㄨㄟˊ [粵] tsœy⁴ 除]
用拳、棍敲打 ◆ 捶背 / 捶鼓 / 捶胸頓足 / 猛地捶了一拳。

9 插

插 插 插 插 插 插 [插]

[chā ㄔㄚ [粵] tsap⁸]
❶ **刺入；放進去** ◆ 插入 / 插秧 / 插上門栓 / 插翅難飛 / 把花插在花瓶裏。❷ **中間加進去；加進中間去** ◆ 插手 / 插隊 / 插曲 / 插圖 / 插話 / 插班生。

9 揪

揪 揪 揪 揪 揪 揪 [揪]

[jiū ㄐㄧㄡ [粵] dzɐu¹ 周]
緊緊抓住；扭住 ◆ 揪住繩子 / 把他揪過來 / 揪住他的耳朵。

9 搜 (搜)

搜 搜 搜 搜 搜 搜 [搜]

[sōu ㄙㄡ [粵] sɐu¹ 收 / sɐu² 手 (語)]
尋求；查找 ◆ 搜尋 / 搜查 / 搜集 / 搜捕。

9 援

援 援 援 援 援 援 [援]

[yuán ㄩㄢˊ [粵] wun⁴ 垣 / jyn⁴ 元]
❶ **幫助；救助** ◆ 援助 / 援軍 / 支援 / 救援 / 孤立無援。❷ **用手牽引** ◆ 攀援而上。❸ **引用** ◆ 援引 / 援例 / 援用。

9 換 (换)

換 換 換 換 換 換 [換]

[huàn ㄏㄨㄢˋ [粵] wun⁶ 喚]
❶ **對調** ◆ 調換 / 交換 / 換座位 / 以舊換新 / 浪子回頭金不換。❷ **變更；以一種代替另一種** ◆ 換牙 / 換車 / 換班 / 變換手法 / 脫胎換骨。

9 揮 (挥)

揮 揮 揮 揮 揮 揮 [揮]

[huī ㄏㄨㄟ [粵] fɐi¹ 輝]
❶ **搖動；舞動** ◆ 揮手 / 揮動 / 大筆一揮 / 揮舞着鮮花。❷ **發號令，做指示；調遣** ◆ 指揮 / 揮師北上。❸ **散發；甩出** ◆ 發揮 / 揮金如土 / 揮汗如雨 / 揮淚告別。

9 握

握 握 握 握 握 握 [握]

[wò ㄨㄛˋ [粵] ɐk⁷ / ŋɐk⁷ 扼]
手指彎攏來拿住 ◆ 握手 / 握筆 / 握緊拳頭 / 手握兵器。

9 摒

摒 摒 摒 摒 摒 摒 [摒]

[bìng ㄅㄧㄥˋ [粵] biŋ³ 併]
排除；除去 ◆ 摒除 / 摒棄 / 摒之於外 / 摒絕妄念。

心 戈 户 手 支 攴

焦點易錯字 揖 | 緝 | 輯　揖讓 打躬作揖　緝捕 通緝　輯錄 編輯

9揉 揉揉揉揉揉揉 揉

[róu ㄖㄡˊ 粵 jɐu⁴ 由/jɐu⁶ 又]

用手來回搓或撫摩 ◆ 揉麪/揉臉/揉眼睛/揉揉腿。

10搏 搏搏搏搏搏搏 搏

[bó ㄅㄛˊ 粵 bɔk⁸ 博]

❶ **激烈地對打** ◆ 搏鬥/搏擊/肉搏/頑強拚搏。❷ **跳動** ◆ 搏動/脈搏。

10搭(搭) 搭搭搭搭搭搭 搭

[dā ㄉㄚ 粵 dap⁸ 答]

❶ **支起；架設** ◆ 搭帳篷/鳥搭窩/鋪路搭橋。❷ **掛；披** ◆ 衣服搭在繩子上/肩上搭了條浴巾。❸ **湊在一起** ◆ 搭配/搭夥/搭檔/搭伴而行。❹ **連接** ◆ 前言不搭後語/兩根電線搭在一起了。❺ **乘坐** ◆ 搭車/搭船。❻ **一起抬** ◆ 把這些傢具搭上車。

10搽(搽) 搽搽搽搽搽搽 搽

[chá ㄔㄚˊ 粵 tsa⁴ 茶]

均勻地抹上 ◆ 搽粉/搽藥/頭髮上搽點油。

10搨(拓) 搨搨搨搨搨搨 搨

[tà ㄊㄚˋ 粵 tap⁸ 塔]

把石碑或其他器物上的文字、圖畫印在紙上。也寫作"拓" ◆ 搨本/搨片/把碑文搨下來。

10損(損) 損損損損損損 損

[sǔn ㄙㄨㄣˇ 粵 syn² 選]

❶ **減少；喪失** ◆ 損失/損耗/虧損/減損/損兵折將。❷ **破壞；遭受傷害** ◆ 破損/損壞/損傷/損人利己/滿招損，謙受益。

10攜 **"攜"的異體字，見189頁。**

10搗(捣) 搗搗搗搗搗搗 搗

[dǎo ㄉㄠˇ 粵 dou² 島]

❶ **用棍棒的一頭舂、捶** ◆ 搗米/搗衣/搗藥/搗碎。❷ **衝擊；攻擊** ◆ 搗毀/直搗匪巢/直搗黃龍。❸ **攪亂；破壞** ◆ 搗亂/搗蛋。

10搥 **"捶"的異體字，見180頁。**

10搬 搬搬搬搬搬搬 搬

[bān ㄅㄢ 粵 bun¹ 般]

❶ **移動；遷移** ◆ 搬運/搬磚/搬家/搬遷/把桌子搬走。❷ **移用** ◆ 生搬硬套。

10搶(抢) 搶搶搶搶搶搶 搶

〈一〉[qiǎng ㄑㄧㄤˇ 粵 tsœŋ² 昌²]

❶ **奪取；強拿** ◆ 搶奪/搶劫/搶佔/他把書本搶走了。❷ **爭先；趕緊做** ◆ 搶先/搶修/搶救傷者/抗洪搶險/搶運救災物資。

〈二〉[qiāng ㄑㄧㄤ 粵 tsœŋ² 昌²]

❸ **碰；撞** ◆ 呼天搶地。

10搖(摇) 搖搖搖搖搖搖 搖

[yáo ㄧㄠˊ 粵 jiu⁴ 姚]

心 戈 户 **手** 支 攴

焦點易錯字 膊 | 搏　臂膊 赤膊　搏擊 脈搏　柔 | 揉 | 糅　柔和 柔軟　揉搓 矯揉造作　糅合 雜糅

來回擺動 ◆ 搖擺／搖晃／搖鈴／搖頭擺尾／搖尾乞憐／搖旗吶喊。

10 **搞** 搞搞搞搞搞搞 搞

[gǎo ㄍㄠˇ 粵 gau² 狡]

弄；做；從事 ◆ 搞生產／搞清楚／搞破壞／搞好工作／搞運輸工作。

10 **搪** 搪搪搪搪搪搪 搪

[táng ㄊㄤˊ 粵 tɔŋ⁴ 塘]

❶敷衍；應付 ◆ 搪塞／搪帳。❷塗抹使平整 ◆ 搪爐子。❸搪瓷：在金屬器物表面塗上釉後燒製成用具 ◆ 搪瓷碗／搪瓷茶杯。

10 **搐** 搐搐搐搐搐搐 搐

[chù ㄔㄨˋ 粵 tsuk⁷ 促]

牽動 ◆ 肌肉抽搐。

10 **搓** 搓搓搓搓搓搓 搓

[cuō ㄘㄨㄛ 粵 tsɔ¹ 初]

用手來回揉、擦◆搓洗/搓背/搓繩/搓搓手。

10 **搧** 搧搧搧搧搧搧 搧

[shān ㄕㄢ 粵 sin³ 扇]

❶搖動扇子生風 ◆ 搧扇子／搧煤爐。❷用手掌批、打 ◆ 搧一個耳光。

10 **搔**(搔) 搔搔搔搔搔搔 搔

[sāo ㄙㄠ 粵 sou¹ 蘇]

用手指甲來回輕輕地抓撓 ◆ 搔癢／搔頭皮／隔靴搔癢／搔首弄姿。

10 **搡** 搡搡搡搡搡搡 搡

[sǎng ㄙㄤˇ 粵 sɔŋ² 爽]

用力推 ◆ 推推搡搡。

11 **摯**(挚) 摯摯摯摯摯摯 摯

[zhì ㄓˋ 粵 dzi³ 至]

真誠懇切 ◆ 真摯／誠摯／摯愛／摯友。

11 **摳**(抠) 摳摳摳摳摳摳 摳

[kōu ㄎㄡ 粵 kɐu¹ 溝]

❶用手指或尖細的東西往深處挖 ◆ 摳鼻子／摳了個洞。❷鑽研；在某一方面深究 ◆ 摳字眼／死摳書本。❸吝嗇 ◆ 這人太摳／真摳門兒。

11 **摸**(摸) 摸摸摸摸摸摸 摸

[mō ㄇㄛ 粵 mɔk⁹ 莫／mɔ² 摩²(語)]

❶用手接觸或撫摩 ◆ 撫摸／瞎子摸象／媽媽摸着懷中的小貓。❷用手探取 ◆ 摸魚／摸出幾張鈔票／摸到一盒火柴。❸試着了解 ◆ 摸索／摸底／摸出一套方法來。❹黑暗中行路 ◆ 摸黑回家。

11 **摹**(摹) 摹摹摹摹摹摹 摹

[mó ㄇㄛˊ 粵 mou⁴ 無]

照樣子寫或畫；模仿 ◆ 摹寫／臨摹／描摹／摹本。

11 **摟**(搂) 摟摟摟摟摟摟 摟

〈一〉[lǒu ㄌㄡˇ 粵 lɐu⁵ 柳]

焦點易錯字 搔｜騷 搔癢 搔首弄姿 騷亂 滿腹牢騷

❶ 抱住 ◆ 摟在懷裏 / 摟住脖子。

〈二〉[lōu ㄌㄡ ㊣ lɐu5 柳]

❷ 把東西聚攏起來 ◆ 摟柴草。❸ 用不正當的手段謀取財物；搜刮 ◆ 摟錢。

11 **擺** 擺擺擺擺擺擺 擺

[liào ㄌㄧㄠˋ ㊣ liu1 了1]

放下；擱置一旁 ◆ 把箱子擺在沙發邊 / 擺手不管。

11 **摧** 摧摧摧摧摧摧 摧

[cuī ㄘㄨㄟ ㊣ tsœy1 吹]

折斷；毀壞 ◆ 摧毀 / 摧折 / 摧殘 / 無堅不摧。

11 **摩** 摩摩摩摩摩摩 摩

[mó ㄇㄛˊ ㊣ mɔ4 磨/mɔ1 魔 (語)]

❶ 擦；撫摸 ◆ 摩擦 / 按摩 / 摩拳擦掌。❷ 接觸 ◆ / 摩天大樓 / 摩肩接踵。❸ 研究；探索 ◆ 觀摩 / 揣摩。

11 **摘** 摘摘摘摘摘摘 摘

[zhāi ㄓㄞ ㊣ dzak9 擇]

❶ 用手採或取下 ◆ 採摘 / 摘蘋果 / 摘棉花 / 摘帽致意 / 把燈泡摘下來。❷ 選取 ◆ 摘要 / 摘錄 / 摘記 / 文摘。

11 **摔** 摔摔摔摔摔摔 摔

[shuāi ㄕㄨㄞ ㊣ sœt7 恤]

❶ 用力扔、拋 ◆ 摔掉 / 把球拍摔在地上 / 把玩具摔出窗外。❷ 從高處掉下來；東西落下而碰破、打碎 ◆ 從樹上摔了下來 / 茶杯摔碎了。❸ 跌倒 ◆ 摔了一跤 / 摔倒在路旁。

11 **摺** (折) 摺摺摺摺摺摺 摺

[zhé ㄓㄜˊ ㊣ dzip8 接]

❶ 疊 ◆ 摺紙 / 摺疊 / 摺了一隻船。❷ 摺疊式的 ◆ 摺扇 / 摺尺。❸ 摺子 ◆ 存摺 / 奏摺。

11 **摻** (掺) 摻摻摻摻摻摻 摻

[chān ㄔㄢ ㊣ tsam1 參]

混合。也寫作"攙" ◆ 摻兑 / 摻雜 / 摻假。

12 **撓** (挠) 撓撓撓撓撓撓 撓

[náo ㄋㄠˊ ㊣ nau6 鬧]

❶ 打擾；阻止 ◆ 阻撓。❷ 彎曲；屈服 ◆ 百折不撓 / 不屈不撓。❸ 用手指輕輕地抓 ◆ 撓癢 / 抓耳撓腮。

12 **撕** 撕撕撕撕撕撕 撕

[sī ㄙ ㊣ si1 斯]

扯破；扯裂 ◆ 撕破 / 撕爛 / 撕碎 / 把牆上的標語撕下來 / 一把好好的紙扇給撕掉了。

12 **撒** 撒撒撒撒撒撒 撒

〈一〉[sā ㄙㄚ ㊣ sat8 殺]

❶ 放開 ◆ 撒手不管 / 撒腿就跑 / 撒網捕魚。❷ 發出；放出 ◆ 撒尿 / 撒傳單 / 輪胎撒了氣。❸ 盡量施展；故意表現 ◆ 撒謊 / 撒野 / 撒嬌。

〈二〉[sǎ ㄙㄚˇ ㊣ sat8 殺]

❹ 散開；散落；散佈 ◆ 撒種 / 一碗湯撒了半碗 / 地上撒了一層石灰。

12 **撩** 撩撩撩撩撩撩 撩

〈一〉[liāo ㄌㄧㄠ ㊣ liu4 聊]

❶ **把下垂的東西掀起來或提上來** ◆ 撩起窗簾/撩起長裙/把頭髮撩上去。❷ **用手灑水** ◆ 撩水掃地/往菜上撩點水。

〈二〉[liáo ㄌㄧㄠˊ [粵] liu^{4} 聊]

❸ **挑逗；招惹** ◆ 撩逗/撩撥/撩弄/撩動心弦/春色撩人。

12 撅

撅 撅 撅 撅 撅 撅 [撅]

[juē ㄐㄩㄝ [粵] kyt^{8} 決]

翹起 ◆ 撅着嘴巴/撅起尾巴。

12 撲(扑)

撲 撲 撲 撲 撲 撲 [撲]

[pū ㄆㄨ [粵] pɔk^{8} 樸]

❶ **猛衝或猛壓過去** ◆ 敵人瘋狂反撲/一頭撲在媽媽懷裏/飛蛾撲火，自取滅亡/那老虎向武松猛撲過來。❷ **直衝** ◆ 春風撲面/花香撲鼻/不是一番寒徹骨，怎得梅花撲鼻香。❸ **拍；拍打** ◆ 撲粉/採茶撲蝶/撲掉身上的塵土。❹ **全身心投入** ◆ 一心撲在工作上。

12 撮

撮 撮 撮 撮 撮 撮 [撮]

〈一〉[cuō ㄘㄨㄛ [粵] tsyt^{8} 猝]

❶ **聚攏起來** ◆ 撮合/撮土/撮成一堆。❷ **用手指捏取** ◆ 撮藥/撮一點鹽。❸ **從資料中摘取** ◆ 撮要。❹ **量詞** ◆ 一小撮人。

〈二〉[zuǒ ㄗㄨㄛˇ [粵] tsyt^{8} 猝]

❺ **量詞，用於成叢的毛髮** ◆ 一撮毛/一撮鬍子。

12 撣(撢)

撣 撣 撣 撣 撣 撣 [撣]

[dǎn ㄉㄢˇ [粵] dan^{6} 但]

拂去塵土；拂去塵土的用具 ◆ 撣灰塵/把沙發撣一撣/雞毛撣。

12 撐

撐 撐 撐 撐 撐 撐 [撐]

[chēng ㄔㄥ [粵] tsaŋ^{1} 瞠]

❶ **用竹篙使船前進** ◆ 撐船/把船撐過來。❷ **支持；抵住** ◆ 支撐/給你撐腰/撐竿跳高/兩手撐着下巴。❸ **張開** ◆ 撐傘。❹ **吃得太飽；裝得太滿** ◆ 少吃點，別撐着/書包撐破了。

12 撇

撇 撇 撇 撇 撇 撇 [撇]

〈一〉[piē ㄆㄧㄝ [粵] pit^{8} 瞥]

❶ **丢開；捨棄不顧** ◆ 撇棄/撇開/撇在一邊/撇下孩子不管。❷ **舀去浮在液體表面的東西** ◆ 撇油/撇泡。

〈二〉[piě ㄆㄧㄝˇ [粵] pit^{8} 瞥]

❸ **漢字筆畫名稱之一，如"八"字的第一筆，"力"字的第二筆。**

12 撫(抚)

撫 撫 撫 撫 撫 撫 [撫]

[fǔ ㄈㄨˇ [粵] fu^{2} 苦]

❶ **輕輕地按、摸** ◆ 撫摸/撫摩/撫琴。❷ **安慰；慰問** ◆ 安撫/撫慰/撫恤。❸ **養育；保護** ◆ 撫育/撫養成人。

12 撬

撬 撬 撬 撬 撬 撬 [撬]

[qiào ㄑㄧㄠˋ [粵] giu^{6} 翹]

用棍棒或刀錐等工具抬起或弄開 ◆ 撬石頭/撬鎖/撬門/撬保險箱行竊。

12 播

播 播 播 播 播 播 [播]

[bō ㄅㄛ [粵] bɔ^{3} 波^{3}]

❶ **撒種；下種** ◆ 播種/春播/飛機撒播。❷ **傳揚；放送** ◆ 播音/播放/廣播/傳播/播送音樂。

心 戈 户 **手** 支 攴

焦點易錯字 撲｜樸　撲滅 撲朔迷離　簡樸 樸實不華

12 撞 撞撞撞撞撞撞撞

[zhuàng ㄓㄨㄤˋ (粵) dzɔŋ6 狀]

❶ **碰擊；敲打** ◆ 撞擊 / 撞車 / 撞鐘。❷ **碰面；相遇** ◆ 撞見 / 撞上一位舊同學。❸ **闖；行動魯莽** ◆ 莽撞 / 橫衝直撞。

12 撤 撤撤撤撤撤撤撤

[chè ㄔㄜˋ (粵) tsit8 設]

❶ **免去；除去** ◆ 撤職 / 撤銷 / 撤換 / 把他的職務撤了。❷ **退離；收回** ◆ 撤退 / 撤離 / 撤兵 / 後撤 / 撤回上訴。

12 撈 (捞) 撈撈撈撈撈撈撈

[lāo ㄌㄠ (粵) lou4 勞 / lau4 (語)]

❶ **從水裏取出東西** ◆ 撈魚 / 捕撈 / 打撈 / 海底撈月 / 大海撈針。❷ **用不正當的手段取得** ◆ 撈取暴利 / 趁機撈一把 / 撈個一官半職。

12 撥 (拨) 撥撥撥撥撥撥撥

[bō ㄅㄛ (粵) but8 鉢 / but9 勃 (語)]

❶ **用手指或棍子等使東西移動或分開** ◆ 撥門 / 撥開雲霧 / 把鐘撥到八點整。❷ **調配；分給** ◆ 撥款 / 調撥救災物資 / 撥幾個人去幫忙。❸ **量詞，用於人的分組** ◆ 一撥人 / 大家輪撥休息。

12 撰 撰撰撰撰撰撰撰

[zhuàn ㄓㄨㄢˋ (粵) dzan6 賺 / dzyn6 傳6]

寫作 ◆ 撰寫 / 撰稿 / 編撰。

13 撻 (挞) 撻撻撻撻撻撻撻

[tà ㄊㄚˋ (粵) tat8]

用鞭子或棍棒打 ◆ 鞭撻。

13 擂 擂擂擂擂擂擂擂

〈一〉[léi ㄌㄟˊ (粵) lœy4 雷]

❶ **敲打** ◆ 擂鼓 / 自吹自擂。

〈二〉[lèi ㄌㄟˋ (粵) lœy4 雷]

❷ **擂台：比武的台子；競技比賽** ◆ 打擂台 / 擂台賽。

13 擊 (击) 擊擊擊擊擊擊擊

[jī ㄐㄧ (粵) gik7 激]

❶ **敲；打** ◆ 擊鼓 / 擊掌 / 旁敲側擊。❷ **攻打** ◆ 攻擊 / 襲擊 / 拳擊 / 聲東擊西 / 擊毀敵機數架。❸ **碰撞；相碰** ◆ 撞擊 / 目擊 / 海水沖擊着堤岸。

13 撼 撼撼撼撼撼撼撼

[hàn ㄏㄢˋ (粵) hɐm6 憾]

搖動 ◆ 搖撼 / 震天撼地 / 不為權勢所撼 / 雷電聲撼動山峯。

13 擎 擎擎擎擎擎擎擎

[qíng ㄑㄧㄥˊ (粵) kiŋ4 瓊]

舉起；往上托起 ◆ 擎起 / 擎天柱 / 眾擎易舉。

13 據 (据) 據據據據據據據

[jù ㄐㄩˋ (粵) gœy3 句]

❶ **按照** ◆ 據理力爭 / 據實招來 / 依據你的意見辦 / 根據實情作出處理。❷ **依靠；憑藉** ◆ 據點 / 據險固守。❸ **佔有** ◆ 佔據 / 盤據 / 割據 / 據為己有。❹ **憑證** ◆ 證據 / 憑據 / 收據 / 字據 / 真憑實據。

心戈户手支攴

13 **擄**(掳) 擄擄擄擄擄擄 擄

[lǔ ㄌㄨˇ ㊥ lou[5] 老]
搶奪；掠奪 ◆ 擄掠/擄人勒索。

13 **擋**(挡) 擋擋擋擋擋擋 擋

[dǎng ㄉㄤˇ ㊥ dɔŋ[2] 黨]
❶**阻攔** ◆ 阻擋/擋住去路/勢不可擋/擋不住的誘惑。❷**遮住** ◆ 擋風/擋雨/擋住了視線。❸**用來遮擋的東西** ◆ 爐擋。

13 **撾**(挝) 撾撾撾撾撾撾 撾

[wō ㄨㄛ ㊥ gwɔ[1] 戈]
老撾：國名，在東南亞。

13 **操** 操操操操操操 操

〈一〉[cāo ㄘㄠ ㊥ tsou[1] 粗]
❶**拿；掌握** ◆ 操刀/同室操戈/操縱/穩操勝券/操起一把斧子。❷**從事；做** ◆ 操作/操持家務/操之過急/重操舊業/一手操辦。❸**勞心費力** ◆ 操勞一生/為孩子操碎了心。❹**用某種語言或方言説話** ◆ 操英語/操廣東話。❺**演練** ◆ 操練。❻**體操** ◆ 健美操。

〈二〉[cāo ㄘㄠ ㊥ tsou[3] 躁]
❼**品行；行為** ◆ 操行/情操/節操/操守清廉。

13 **擕** **"攜"的異體字，見189頁。**

13 **擇**(择) 擇擇擇擇擇擇 擇

[zé ㄗㄜˊ ㊥ dzak[9] 澤]
挑選 ◆ 選擇/抉擇/不擇手段/擇善而從/飢不擇食/兩者任擇其一。

13 **撿**(捡) 撿撿撿撿撿撿 撿

[jiǎn ㄐㄧㄢˇ ㊥ gim[2] 檢]
拾取 ◆ 撿樹葉/撿貝殼/把筆撿起來/撿到一個錢包。

13 **擒** 擒擒擒擒擒擒 擒

[qín ㄑㄧㄣˊ ㊥ kɐm[4] 禽]
捉拿 ◆ 擒拿/擒獲/生擒/束手就擒/射人先射馬，擒賊先擒王。

13 **擔**(担) 擔擔擔擔擔擔 擔

〈一〉[dān ㄉㄢ ㊥ dam[1] 眈]
❶**用肩挑** ◆ 擔水/擔柴。❷**承當；負責** ◆ 擔任/承擔/分擔/擔保/擔負重任。❸**承受；牽掛** ◆ 擔憂/擔心/擔驚受怕。

〈二〉[dàn ㄉㄢˋ ㊥ dam[3] 眈[3]]
❹**挑子；擔子** ◆ 貨郎擔/千斤重擔。❺**量詞** ◆ 一擔水/一擔青菜/一擔茶葉。❻**重量單位，一百斤為一擔。**

13 **擅** 擅擅擅擅擅擅 擅

[shàn ㄕㄢˋ ㊥ sin[6] 善]
❶**自作主張** ◆ 擅自決定/擅離職守/請勿擅入。❷**善於；專長** ◆ 擅長/不擅辭令。

13 **擁**(拥) 擁擁擁擁擁擁 擁

[yōng ㄩㄥ ㊥ juŋ[2] 翁[2]]
❶**抱** ◆ 擁抱。❷**圍着；擠在一起** ◆ 擁擠/蜂擁而上/前呼後擁。❸**領有；具有** ◆ 擁有/擁兵百萬。❹**贊成、支持** ◆ 擁護/擁戴。

焦點易錯字 湧|擁 湧現 淚如泉湧 擁擠 蜂擁而上 擅|善 擅長 不擅辭令 善於 好勇善戰

心戈户手支攴

13 **擘** 擘擘擘擘擘擘 擘

[bò ㄅㄛˋ 粵 mak⁸]

大拇指 ◆ 巨擘。

14 **擡** 同"抬"字，見171頁。

14 **擬** (拟) 擬擬擬擬擬擬 擬

[nǐ ㄋㄧˇ 粵 ji⁵ 耳]

❶ 起草；設計 ◆ 擬稿 / 擬訂計劃 / 草擬文件。**❷ 打算；想要** ◆ 擬同意 / 擬採用 / 擬飛往廣州 / 不擬列入議題 / 球賽擬於明日下午舉行。**❸ 模仿** ◆ 擬人 / 擬態 / 模擬。

14 **擱** (搁) 擱擱擱擱擱擱 擱

〈一〉[gē ㄍㄜ 粵 gɔk⁸ 各]

❶ 放；擺 ◆ 把書擱在桌上 / 橡皮擱在文具盒裏 / 窗台上擱了一盆花 / 牛奶裏擱一點糖。**❷ 停止進行** ◆ 擱置起來 / 躭擱了一個月 / 這件事先擱一擱。

〈二〉[gé ㄍㄜˊ 粵 gɔk⁸ 各]

❸ 承受；禁受 ◆ 小木船擱不住這麼重 / 即使是百萬富翁，也擱不住你這樣揮霍。

14 **擠** (挤) 擠擠擠擠擠擠 擠

[jǐ ㄐㄧˇ 粵 dzɐi¹ 劑]

❶ 緊緊靠攏在一起 ◆ 擁擠 / 擠作一團 / 屋裏擠滿了人。**❷ 用力壓、榨使排出** ◆ 擠牙膏 / 擠牛奶 / 受排擠 / 擠出時間來温習。

14 **擯** (摈) 擯擯擯擯擯擯 擯

[bìn ㄅㄧㄣˋ 粵 bɐn³ 殯]

拋棄；排除 ◆ 擯棄 / 擯除 / 擯諸門外 / 擯而不用。

14 **擦** 擦擦擦擦擦擦 擦

[cā ㄘㄚ 粵 tsat⁸ 察]

❶ 兩物相摩 ◆ 摩擦 / 擦火柴 / 摩拳擦掌。**❷ 揩；抹** ◆ 擦臉 / 擦桌子 / 擦皮鞋。**❸ 塗；敷** ◆ 擦油 / 擦粉。**❹ 貼近** ◆ 擦肩而過 / 擦着水面飛。**❺ 擦東西的器具** ◆ 黑板擦。

14 **擰** (拧) 擰擰擰擰擰擰 擰

〈一〉[nǐng ㄋㄧㄥˇ 粵 niŋ⁶ 寧⁶]

❶ 用力扭轉 ◆ 擰螺絲 / 擰不開 / 把水龍頭擰緊。**❷ 相反；弄錯** ◆ 話說擰了 / 把事情搞擰了。

〈二〉[níng ㄋㄧㄥˊ 粵 niŋ⁶ 寧⁶]

❸ 絞 ◆ 擰毛巾 / 把麻擰成繩子。

〈三〉[nìng ㄋㄧㄥˋ 粵 niŋ⁶ 寧⁶]

❹ 倔強 ◆ 擰脾氣 / 脾氣太擰。

15 **攆** (撵) 攆攆攆攆攆攆 攆

[niǎn ㄋㄧㄢˇ 粵 lin⁵ 連⁵]

❶ 驅逐；趕走 ◆ 把他攆出去。**❷ 追趕** ◆ 攆不上。

15 **攀** 攀攀攀攀攀攀 攀

[pān ㄆㄢ 粵 pan¹ 扳]

❶ 抓住東西往上爬 ◆ 攀登 / 攀援 / 攀折樹

焦點易錯字 刷 | 擦 刷洗 印刷 擦臉 磨擦

木／攀山越嶺。❷ **結交；牽扯** ◆ 攀親／高攀／攀談／攀龍附鳳／不要攀扯別人。

15 **擾**（扰）

[rǎo ㄖㄠˇ ㊊ jiu⁵ 繞]

❶ **攪亂；打攪** ◆ 擾亂／騷擾／干擾／天下本無事，庸人自擾之。❷ **受人招待或麻煩別人時說的客氣話** ◆ 叨擾／打擾。

15 **擻**（擞）

[sǒu ㄙㄡˇ ㊊ sɐu² 手]

抖擻。見"抖"字，168頁。

15 **擺**（摆）

[bǎi ㄅㄞˇ ㊊ bai² 捭]

❶ **安放；陳列** ◆ 擺放／擺設／擺整齊／擺了一桌子菜。❷ **來回搖動或搖動的東西** ◆ 擺動／擺擺手／搖頭擺尾／鐘擺。❸ **故意顯示；炫耀** ◆ 擺架子／擺威風／擺闊氣／擺老資格。

15 **擴**（扩）

[kuò ㄎㄨㄛˋ ㊊ kwɔk⁸ 廓／gwɔk⁸ 國]

向外伸展；放大 ◆ 擴展／擴大／擴充／擴散／擴建工程。

15 **擲**（掷）

[zhì ㄓˋ ㊊ dzak⁹ 擇]

拋；投；扔出去 ◆ 投擲／擲鐵餅／擲手榴彈／孤注一擲。

16 **攏**（拢）

[lǒng ㄌㄨㄥˇ ㊊ luŋ⁵ 壟]

❶ **合在一起；匯總起來** ◆ 合攏／併攏／圍攏／攏共／歸攏。❷ **靠近** ◆ 靠攏／拉攏／船已攏岸。❸ **梳理** ◆ 攏一攏頭髮。

17 **攔**（拦）

[lán ㄌㄢˊ ㊊ lan⁴ 蘭]

阻止；擋 ◆ 阻攔／遮攔／攔截／攔路搶劫／攔住去路。

17 **攙**（搀）

[chān ㄔㄢ ㊊ tsam¹ 參]

❶ **扶着** ◆ 攙扶／攙老人上車／把跌倒在地的孩子攙起來。❷ **混合** ◆ 攙雜／攙假／酒裏攙了水。

17 **攘**

[rǎng ㄖㄤˇ ㊊ jœŋ⁶ 讓]

❶ **排斥** ◆ 攘除／攘外。❷ **侵奪；搶** ◆ 攘奪。❸ **捋起袖子** ◆ 攘臂高呼。❹ **紛亂** ◆ 擾攘／熙熙攘攘。

18 **攝**（摄）

[shè ㄕㄜˋ ㊊ sip⁸ 涉]

❶ **照相** ◆ 攝影／攝製／拍攝／攝像機。❷ **吸取；吸收** ◆ 攝取營養／攝入熱量。❸ **代理** ◆ 攝政。

18 **攜**(携)　攜攜攜攜攜攜攜

[xié ㄒㄧㄝˊ [粵] kwɐi⁴ 葵]

❶ **帶着** ◆ 攜刀 / 攜眷 / 攜款潛逃 / 攜帶行李。❷ **拉；攙** ◆ 攜手 / 扶老攜幼。

19 **攤**(摊)　攤攤攤攤攤攤攤

[tān ㄊㄢ [粵] tan¹ 灘]

❶ **擺開；鋪開** ◆ 攤牌 / 把報紙攤開 / 攤了一桌子的書。❷ **分派；分擔** ◆ 攤派 / 分攤 / 均攤。❸ **路旁的簡易售貨處** ◆ 攤販 / 水果攤 / 擺地攤。❹ **量詞，用於凝聚成一片的東西** ◆ 一攤泥 / 一攤血。

19 **攢**(攒)　攢攢攢攢攢攢攢

〈一〉[zǎn ㄗㄢˇ [粵] dzan² 盞]

❶ **積聚；積蓄** ◆ 攢錢 / 積攢 / 攢了一大筆錢。

〈二〉[cuán ㄘㄨㄢˊ [粵] dzan² 盞]

❷ **聚集；湊集** ◆ 攢在一處 / 人頭攢動。

19 **攣**(挛)　攣攣攣攣攣攣攣

[luán ㄌㄨㄢˊ [粵] lyn⁴ 聯]

蜷曲不能伸直 ◆ 痙攣 / 拘攣 / 攣縮。

20 **攫**　攫攫攫攫攫攫攫

[jué ㄐㄩㄝˊ [粵] gwɔk⁸ 國]

用爪抓取；奪取 ◆ 攫取 / 攫為己有。

20 **攥**　攥攥攥攥攥攥攥

[zuàn ㄗㄨㄢˋ [粵] dzyt⁸ 茁]

握；握緊 ◆ 攥拳 / 攥緊拳頭 / 手裏攥着一把斧頭。

20 **攪**(搅)　攪攪攪攪攪攪攪

[jiǎo ㄐㄧㄠˇ [粵] gau² 狡]

❶ **拌和** ◆ 攪拌 / 攪勻 / 把粥攪一攪。❷ **擾亂** ◆ 攪亂人心 / 胡攪蠻纏。

21 **攬**(揽)　攬攬攬攬攬攬攬

[lǎn ㄌㄢˇ [粵] lam⁵ 覽]

❶ **把持；包辦** ◆ 攬權 / 總攬一切 / 大權獨攬。❷ **拉過來；招來** ◆ 攬生意 / 招攬顧客 / 延攬人才 / 包攬工程項目。❸ **摟抱** ◆ 把小孩攬在懷中。

支部

0 **支**　支支支支

[zhī ㄓ [粵] dzi¹ 之]

❶ **撐起** ◆ 支撐 / 支架 / 支起帳篷 / 大廈將傾，非一木能支。❷ **維持；受得住** ◆ 體力不支 / 樂不可支。❸ **援助；贊助** ◆ 支援 / 互相支持。❹ **調度；指使** ◆ 支使 / 支派 / 支配時間 / 把他支開。❺ **付款或領款** ◆ 支付 / 支取 / 支出 / 預支 / 收支平衡。❻ **從總體中分出來的** ◆ 支流 / 支行 / 支線 / 支派 / 分支。❼ **量詞，用於桿狀的東西或分支事物** ◆ 一支鉛筆 / 一支軍隊 / 兩支樂曲。

3 **吱** 見口部，63頁。

3 **妓** 見女部，102頁。

4 **歧** 見止部，232頁。

6 **翅** 見羽部，353頁。

9 **鼓** 見鼓部，514頁。

攴部

2 **攷** “考”的異體字，見355頁。

2 **收** 收收收收收 收

[shōu ㄕㄡ 粵 sɐu¹ 修]

❶ **獲得** ◆ 收穫／收益／豐收／收支相抵。❷ **接到；接受；接納** ◆ 收信／收容／接收／收音機／收徒弟／招收新生。❸ **取回** ◆ 收稅／收賬／收復失地／收歸國有。❹ **聚集；合攏** ◆ 收集／收藏／收羅人才／盡收眼底。❺ **結束** ◆ 收工／收尾／收場／收攤。❻ **拘捕；監禁** ◆ 收押／收監／收審。

3 **攻** 攻攻攻攻攻攻 攻

[gōng ㄍㄨㄥ 粵 guŋ¹ 工]

❶ **攻打；攻擊；跟“守”相對** ◆ 攻城／攻佔／反攻／出其不意，攻其不備／以子之矛，攻子之盾。❷ **指責** ◆ 羣起而攻之。❸ **治療** ◆ 以毒攻毒。❹ **學習；研習** ◆ 刻苦攻讀／專攻醫學。

3 **改** 改改改改改改 改

[gǎi ㄍㄞˇ 粵 gɔi² 該²]

❶ **變動；更換** ◆ 改變／改期／更改／改頭換面／江山易改，本性難移。❷ **修正** ◆ 改寫／修改／塗改。❸ **糾正** ◆ 改正錯誤／改過自新／知錯能改／有則改之，無則加勉。

3 **孜** 見子部，110頁。

4 **牧** 見牛部，275頁。

4 **放** 放放放放放放 放

[fàng ㄈㄤˋ 粵 fɔŋ³ 況]

❶ **解除約束；結束** ◆ 解放／釋放／放學／放虎歸山。❷ **不加管束，聽其自然** ◆ 放縱／放肆／放任自流／放蕩不羈／放聲高歌。❸ **把家畜、家禽趕到野外去找食物** ◆ 放牛／放羊／放鴨／放牧。❹ **把人驅逐到遠方** ◆ 放逐／流放。❺ **拋棄** ◆ 放棄。❻ **發出；射出** ◆ 放槍／放冷箭／放射出萬丈光芒／白蘭花放出陣陣的清香。❼ **開出** ◆ 百花齊放／心花怒放。❽ **點燃** ◆ 放火／放鞭炮。❾ **擴展** ◆ 放大／放寬。❿ **把錢借給別人，收取利息** ◆ 放債／放高利貸。⓫ **擱置；安放** ◆ 存放／這事先放一放／放下屠刀，立地成佛／咖啡裏放點牛奶更好喝。⓬ **控制自己的行為、態度，使適度** ◆ 放慢速度／放穩重些。

5 **政** 政政政政政政 政

[zhèng ㄓㄥˋ 粵 dziŋ³ 正]

❶政治 ◆ 政策/政黨/政權/參政議政/軍事政變。❷ 國家某一部門主管的業務 ◆ 財政/民政/郵政。❸指家庭或團體的事務 ◆ 家政/校政。

5 **故** 故 故 故 故 故 故 [故]

[gù ㄍㄨˋ [粵] gu3 固]

❶意外的事情 ◆ 事故/變故/故障。❷原因 ◆ 緣故/不知何故/無故缺席。❸有意；存心 ◆ 故意/故作鎮靜/明知故犯。❹從前的；原來的 ◆ 故居/故事/温故知新/依然如故。❺老朋友 ◆ 一見如故/久旱逢甘雨，他鄉遇故知/故人西辭黃鶴樓，煙花三月下揚州。❻死亡；死去的 ◆ 病故/已故/故友/染病身故。❼所以；因此 ◆ 實力雄厚，故能取勝。

6 **修** 見人部，24頁。

6 **效** 效 效 效 效 效 效 [效]

[xiào ㄒㄧㄠˋ [粵] hau6 校]

❶模仿 ◆ 效法/仿效/上行下效/東施效顰/以儆效尤。❷獻出 ◆ 效力/效勞/效忠。❸事物的功用；行為的結果 ◆ 效果/功效/有效/已見成效。

7 **赦** 見赤部，431頁。

7 **敖** 敖 敖 敖 敖 敖 敖 [敖]

[áo ㄠˊ [粵] ŋou4 熬]

姓。

7 **救** 救 救 救 救 救 救 [救]

[jiù ㄐㄧㄡˋ [粵] gɐu3 夠]

幫助脱離危險、災難、困境等 ◆ 救火/救濟/搶救/救死扶傷/救人一命，勝造七級浮屠。

7 **教** 教 教 教 教 教 教 [教]

〈一〉[jiào ㄐㄧㄠˋ [粵] gau3 較]

❶指導和培養 ◆ 教育/教導/管教/因材施教/請多指教。❷宗教 ◆ 教堂/信教/佛教/基督教/教會學校。❸使；讓 ◆ 教他進來/教人失望/誰教你不聽我的話。

〈二〉[jiāo ㄐㄧㄠ [粵] gau3 較]

❹傳授知識或技能 ◆ 教書/教學相長/師傅教徒弟/老師教我們唱歌。

7 **敗**(败) 敗 敗 敗 敗 敗 敗 [敗]

[bài ㄅㄞˋ [粵] bai6 拜6]

❶輸了；失利；跟"勝"相對 ◆ 打了敗仗/一敗塗地/反敗為勝/兩敗俱傷/驕兵必敗/勝敗乃兵家常事。❷不成功；跟"成"相對 ◆ 失敗/功敗垂成/坐觀成敗/成事不足，敗事有餘。❸打敗；使遭失敗 ◆ 擊敗對手/大敗敵軍。❹毀壞；損害 ◆ 敗壞/身敗名裂/傷風敗俗/乘興而去，敗興而回。❺解除；消除 ◆ 敗火/敗毒。❻破舊；腐爛；凋謝 ◆ 殘敗不堪/枯枝敗葉/金玉其外，敗絮其中。

7 **敏** 敏 敏 敏 敏 敏 敏 [敏]

[mǐn ㄇㄧㄣˇ [粵] mɐn5 吻]

靈活；迅速；反應快 ◆ 敏感/敏捷/靈敏/神經過敏。

7 **敘**(叙) 敘 敘 敘 敘 敘 敘 [敘]

[xù ㄒㄩˋ [粵] dzœy6 序]

焦點易錯字 敘 | 聚 敘述 小敘 聚會 歡聚

心戈户手支**攴**

❶談；說 ◆ 敍談/敍舊/面敍/閒言少敍。❷記述 ◆ 敍事/敍述/倒敍/記敍文/平鋪直敍。

7 **敘** “敍”的異體字，見191頁。

7 **教** 同“教”字，見191頁。

7 **啟** 見口部，73頁。

8 **敢**(敢) 敢 敢 敢 敢 敢 敢 敢

[gǎn ㄍㄢˇ ㊥ gɐm² 感]
有勇氣；有膽量 ◆ 勇敢/果敢/敢作敢為/敢為天下先/敢怒而不敢言/不敢跟他較量。

8 **散** 散 散 散 散 散 散 散

〈一〉[sàn ㄙㄢˋ ㊥ san³ 傘]
❶分開；跟“聚”相對 ◆ 散會/散場/分散/解散/煙消雲散/天下無不散之筵席。❷傳開去；分發 ◆ 散播/散佈/擴散/散發傳單。❸排除 ◆ 散熱/散悶/散心。
〈二〉[sǎn ㄙㄢˇ ㊥ san² 傘²]
❹鬆開；沒有約束 ◆ 散漫/懶散/鬆散/散文。❺零碎的；不集中的 ◆ 散裝/散居/零散/散兵游勇。❻中藥藥末 ◆ 健胃散/丸散膏丹。

8 **敦** 敦 敦 敦 敦 敦 敦 敦

[dūn ㄉㄨㄣ ㊥ dœn¹ 噸]
❶忠厚老實 ◆ 敦厚。❷誠懇；誠心誠意 ◆ 敦請/敦促。

8 **敝** 敝 敝 敝 敝 敝 敝 敝

[bì ㄅㄧˋ ㊥ bɐi⁶ 幣]
❶破舊；壞的 ◆ 敝衣/敝帚自珍。❷用於稱與自己有關的客氣話 ◆ 敝人/敝校/敝公司。

8 **敞** 敞 敞 敞 敞 敞 敞 敞

[chǎng ㄔㄤˇ ㊥ tsɔŋ² 廠]
❶寬闊；沒有遮攔 ◆ 寬敞/敞亮/敞篷車。❷張開；打開 ◆ 敞開/敞着門/敞胸露懷。

9 **敬**(敬) 敬 敬 敬 敬 敬 敬 敬

[jìng ㄐㄧㄥˋ ㊥ giŋ³ 徑]
❶對人尊重，有禮貌 ◆ 敬重/敬佩/尊敬/致敬/敬而遠之/肅然起敬/恭敬不如從命。❷有禮貌地送上 ◆ 敬茶/敬奉/敬獻花圈/敬你一杯。

9 **徵** 見彳部，146頁。

10 **敲** 敲 敲 敲 敲 敲 敲 敲

[qiāo ㄑㄧㄠ ㊥ hau¹ 哮]
打；擊 ◆ 敲門/敲鐘/敲敲打打/敲鑼打鼓/旁敲側擊。

10 **嫩** 見女部，108頁。

11 **敷** 敷 敷 敷 敷 敷 敷 敷

[fū ㄈㄨ ㊥ fu¹ 呼]
❶搽；塗 ◆ 敷粉/敷藥。❷佈置；鋪開 ◆ 敷陳/敷設管道。❸足夠 ◆ 入不敷出。

11 徵
見彳部，147頁。

11 徹
見彳部，147頁。

11 敵 (敌)

[dí ㄉㄧˊ ⓐ dik^9 滴]

❶ **仇人；敵人** ◆ 仇敵／化敵為友／消滅敵軍／克敵制勝／叛國投敵。❷ **抵擋；對抗** ◆ 寡不敵眾／所向無敵。❸ **地位、實力相當** ◆ 匹敵／勢均力敵／棋逢敵手。

11 數 (数)

〈一〉[shù ㄕㄨˋ ⓐ sou^3 訴]

❶ **數目** ◆ 人數／次數／不計其數／數額驚人。❷ **幾；幾個** ◆ 一家數口／數小時之後／數次登門拜訪。

〈二〉[shǔ ㄕㄨˇ ⓐ sou^2 嫂]

❸ **點數計算** ◆ 屈指可數／不可勝數／數也數不清／從一數到一百。❹ **指責；列舉過錯** ◆ 數了一頓／數落。❺ **比較起來最突出的** ◆ 數一數二／全班數他成績最好。

〈三〉[shuò ㄕㄨㄛˋ ⓐ sɔk^8 朔]

❻ **屢次** ◆ 數見不鮮。

12 整

[zhěng ㄓㄥˇ ⓐ dziŋ^2 征^2]

❶ **全部的；沒有殘缺** ◆ 整體／整天／化整為零／完整無缺／整套設備。❷ **有秩序；不凌亂** ◆ 整齊／整潔／衣冠不整／寫字工整。❸ **治理；使有秩序** ◆ 整理／整頓／調整。❹ **修理；修飾** ◆ 整修／整容／整舊如新。

13 徽
見彳部，147頁。

13 斂 (敛)

[liǎn ㄌㄧㄢˇ ⓐ lim^5 殮]

❶ **收起；約束** ◆ 收斂／斂足／斂容。❷ **收集；徵收** ◆ 斂財／聚斂／橫徵暴斂。

14 斃 (毙)

[bì ㄅㄧˋ ⓐ bɐi^6 幣]

死亡；滅亡 ◆ 斃命／倒斃／擊斃／槍斃／坐以待斃／多行不義必自斃。

19 變
見言部，421頁。

文部

0 文

[wén ㄨㄣˊ ⓐ mɐn^4 聞]

❶ **字；文字** ◆ 甲骨文／漢文／英文／文盲。❷ **用文字寫成的作品；文章** ◆ 作文／詩文／記敘文／說明文／文不對題。❸ **特指古代的書面語言** ◆ 文言／文白夾雜／半文不白。❹ **指古代的禮節儀式** ◆ 虛文／繁文縟節。❺ **非軍事的；跟"武"相對** ◆ 文人／文官／文武雙全。❻ **溫柔的；不猛烈** ◆ 文靜／文雅／文火煮食。❼ **指社會科學；文化** ◆ 文科／文教／重理輕文。❽ **自然界的某些現象** ◆ 天文／水文。❾ **掩飾** ◆ 文過飾非。❿ **量詞，用於舊時的銅錢** ◆ 一文錢／不取分文。

見古文字插頁2。

3 **吝** 見口部，64頁。

6 **虔** 見虍部，391頁。

6 **紊** 見糸部，340頁。

8 **斑**

[bān ㄅㄢ ⓨ ban1 班]
雜色；雜色的點子或條紋 ◆ 斑點 / 斑痕 / 雀斑 / 斑馬 / 斑竹。

8 **斐**

[fěi ㄈㄟˇ ⓨ fei2 匪]
斐然：(1) 形容有文采 ◆ 斐然成章。**(2) 形容成績顯著** ◆ 成績斐然 / 斐然可觀。

8 **斌**

[bīn ㄅㄧㄣ ⓨ bɐn1 奔]
同"彬"字。形容有文采。常作人名用字。

17 **斕** (斓)

[lán ㄌㄢˊ ⓨ lan4 蘭]
斑斕：燦爛多彩 ◆ 五色斑斕。

斗部

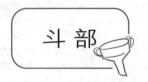

0 **斗**

〈一〉[dǒu ㄉㄡˇ ⓨ dɐu2 陡]
❶ **量糧食的器具** ◆ 人不可貌相，海水不可斗量。❷ **形狀像斗的東西** ◆ 熨斗 / 漏斗 / 煙斗。❸ **形容大** ◆ 斗膽。❹ **形容小** ◆ 斗室。❺ **量詞，容量單位，十升為一斗** ◆ 不為五斗米折腰。

〈二〉[dòu ㄉㄡˋ ⓨ dɐu3 鬥]
❻ **"鬥"的簡化字，見500頁。**

見古文字插頁2。

5 **科** 見禾部，319頁。

6 **料**

[liào ㄌㄧㄠˋ ⓨ liu6 廖]
❶ **可供加工製造或使用的物資** ◆ 原料 / 材料 / 衣料 / 肥料 / 燃料 / 偷工減料。❷ **可供調味或飲用的食品** ◆ 調料 / 飲料 / 料酒。❸ **餵牲口、家禽的糧草** ◆ 飼料 / 草料 / 給牲口加點料。❹ **估計；猜想** ◆ 料想 / 預料 / 料事如神 / 不出所料 / 出乎意料之外。❺ **整理；照顧** ◆ 料理 / 照料。

7 **斜**

[xié ㄒㄧㄝˊ ⓨ tsɛ4 邪]
不正；不直；歪 ◆ 斜線 / 傾斜 / 歪斜 / 斜着眼睛看 / 遠上寒山石徑斜，白雲深處有人家。

9 **斟**

[zhēn ㄓㄣ ⓨ dzɐm1 針]
往杯裏或碗裏倒 ◆ 斟酒 / 斟茶 / 自斟自飲。

10 **斡**

[wò ㄨㄛˋ ⓨ wat8 挖]

文 斗 斤 方 无 日

斡旋：調解 ◆ 幾經斡旋，終於打破僵局。

10**魁** **見鬼部，501頁。**

斤部

0**斤**

[jīn ㄐㄧㄣ ㊊ gɐn1 巾]

重量單位，五百克為一斤，舊制十六兩為一斤 ◆ 半斤八兩／掂斤播兩。

見古文字插頁3。

1**斥**

[chì ㄔˋ ㊊ tsik7 戚]

❶**責備** ◆ 斥責／痛斥／指斥／駁斥。❷**排除；使離開** ◆ 排斥／斥退。❸**充滿** ◆ 充斥。

2**匠** **見匚部，51頁。**

4**所** **見户部，164頁。**

4**欣** **見欠部，230頁。**

4**斧**

[fǔ ㄈㄨˇ ㊊ fu2 府]

斧子：砍木頭的工具。

4**祈** **見示部，316頁。**

7**斬**(斩)

[zhǎn ㄓㄢˇ ㊊ dzam2 站2]

砍斷；砍殺 ◆ 斬斷／斬草除根／披荊斬棘／斬首示眾／快刀斬亂麻。

8**斯**

[sī ㄙ ㊊ si1 思]

這個；這裏 ◆ 斯人／斯時／生於斯，長於斯。

9**新**

[xīn ㄒㄧㄣ ㊊ sɐn1 申]

❶**剛出現的；跟"舊"、"老"相對** ◆ 新品種／新辦法／新型產品／新式傢具。❷**沒有用過的或用過不久的** ◆ 新筆／新書包／新衣服。❸**最近；剛才** ◆ 新聞／新買的書／新來的同學。❹**剛開始的** ◆ 新年／新學期。❺**改掉舊的，變成新的** ◆ 改過自新／一新耳目／煥然一新。❻**稱結婚時的人或物** ◆ 新娘／新郎/新房。

14**斷**(断)

[duàn ㄉㄨㄢˋ ㊊ dyn6 段/tyn5 團5]

❶**從中間截開，不再相連** ◆ 割斷／折斷／一刀兩斷/斷線風箏。❷**隔絕；中止** ◆ 斷絕往來／斷了音信／孩子斷奶／聯繫中斷。❸**判定；決定** ◆ 判斷／診斷／獨斷專行／當機立斷/優柔寡斷。❹**絕對；一定** ◆ 斷無此事／斷不可信。

焦點易錯字 叱｜斥　叱罵 叱吒風雲　痛斥 充斥

方部

0方
方方方方

[fāng ㄈㄤ 粵 fɔŋ1 芳]

❶ **四個角都是九十度的四邊形，或六個面都是方形的六面體** ◆ 方桌／正方形／長方形。❷ **地位的一邊或一面** ◆ 東方／對方／雙方／四面八方／男兒志在四方。❸ **指某個地區** ◆ 地方／方言／飛向遠方／一方水土養一方人。❹ **辦法** ◆ 方略／千方百計／教導有方／掌握方法。❺ **配藥的單子** ◆ 藥方／處方／祖傳祕方。❻ **相當於"正在"、"正當"** ◆ 方興未艾／來日方長。❼ **相當於"才"** ◆ 年方十八／如夢方醒／書到用時方恨少。❽ **數學上指一個數的自乘** ◆ 平方／立方。

3坊
見土部，87頁。

4放
見攴部，190頁。

4於(于)
於於於於於於於

[yú ㄩˊ 粵 jy1 于1]

❶ **在** ◆ 首都位於北京／她出生於1966年。❷ **向** ◆ 求教於人。❸ **給** ◆ 嫁禍於人／己所不欲，勿施於人。❹ **對；對於** ◆ 忠於職守／良藥苦口利於病，忠言逆耳利於行。❺ **從** ◆ 青出於藍／千里之行，始於足下／取之於民，用之於民。❻ **表示比較** ◆ 大於／等於／高於／苛政猛於虎／停車坐愛楓林晚，霜葉紅於二月花。❼ **表示被動** ◆ 受制於人／見笑於大方之家。

4房
見户部，164頁。

5施
施施施施施施施

[shī ㄕ 粵 si1 詩]

❶ **實行** ◆ 施行／施工／實施／無計可施／倒行逆施。❷ **加上；用上** ◆ 施肥／施加壓力。❸ **發佈；發出** ◆ 發號施令／施放煙幕。❹ **把財物等好處給人** ◆ 施捨／布施／樂善好施／施不望報／己所不欲，勿施於人。

6旅
旅旅旅旅旅旅旅

[lǚ ㄌㄩˇ 粵 lœy5 呂]

❶ **在外作客；旅行** ◆ 旅居／旅客／行旅／旅途／旅遊／旅館。❷ **軍隊的編制單位，在師以下、團以上** ◆ 旅長。❸ **指軍隊** ◆ 軍旅生涯／一支勁旅。

6旁
旁旁旁旁旁旁旁

[páng ㄆㄤˊ 粵 pɔŋ4 龐]

❶ **左右兩側；旁邊** ◆ 路旁／身旁／兩旁／旁若無人／當局者迷，旁觀者清。❷ **其他的；另外的** ◆ 旁證／旁人一概不知。❸ **邪的；偏的** ◆ 旁門左道。❹ **漢字的偏旁** ◆ 木字旁／日字旁／言字旁。❺ **廣泛** ◆ 旁徵博引。

7旌
旌旌旌旌旌旌旌

[jīng ㄐㄧㄥ 粵 dziŋ1 晶]

古代用羽毛裝飾的旗子；泛指旗子 ◆ 旌節／旌旗。

7族　族族族族族族 族

[zú ㄗㄨˊ 粵 dzuk9 俗]

❶**同姓的親屬** ◆ 家族 / 宗族 / 同宗同族。
❷**民族；種族** ◆ 漢族 / 回族 / 藏族 / 異族。
❸**有共同屬性的一大類** ◆ 貴族 / 水族。

7旋　旋旋旋旋旋旋 旋

〈一〉[xuán ㄒㄩㄢˊ 粵 syn4 船]

❶**轉動** ◆ 旋繞 / 迴旋 / 盤旋 / 天旋地轉。
❷**返回** ◆ 凱旋。❸**圓圈** ◆ 旋渦。

〈二〉[xuàn ㄒㄩㄢˋ 粵 syn4 船]

❹**打轉的** ◆ 旋風。

10旗　旗旗旗旗旗旗 旗

[qí ㄑㄧˊ 粵 kei4 期]

❶**旗幟** ◆ 國旗 / 校旗 / 軍旗 / 升旗。❷**稱滿族人或物** ◆ 旗人 / 旗袍。❸**內蒙古自治區的行政區劃，相當於"縣"。**

无部

5既　既既既既既既 既

[jì ㄐㄧˋ 粵 gei3 寄]

❶**已經** ◆ 既成事實/既往不咎/一言既出，駟馬難追。❷**跟"又"、"且"連用，表示並列** ◆ 既快又好 / 既高且大。❸**既然** ◆ 既來之，則安之/既已如此，就不必再說了。

20蠶　見虫部，401頁。

日部

0日　日日日 日

[rì ㄖˋ 粵 jɐt9 逸]

❶**太陽** ◆ 日出 / 日光浴 / 日落西山 / 光陰似箭，日月如梭 / 鋤禾日當午，汗滴禾下土。❷**白天；跟"夜"相對** ◆ 日場 / 白日做夢 / 夜以繼日 / 日夜操勞 / 日日夜夜。❸**一天；一晝夜** ◆ 今日 / 明日 / 一日之計在於晨 / 一日不見，如隔三秋。❹**特定的一天** ◆ 生日 / 忌日 / 假日 / 王師北定中原日，家祭無忘告乃翁。❺**每天；一天一天地** ◆ 日記 / 日新月異 / 日理萬機 / 日積月累 / 日趨成熟。❻**泛指一段時間** ◆ 往日 / 來日無多 / 路遙知馬力，日久見人心 / 常將有日思無日，莫待無時思有時。❼**日本的簡稱** ◆日語 / 中日邦交。

見古文字插頁 3。

1旦　旦旦旦旦 旦

[dàn ㄉㄢˋ 粵 dan3 誕]

❶**天亮；早晨** ◆ 通宵達旦 / 枕戈待旦 / 天有不測風雲，人有旦夕禍福。❷**某一天** ◆ 元旦/一旦。❸**傳統戲曲中扮演婦女的角色** ◆ 花旦 / 刀馬旦 / 生旦淨末丑。

見古文字插頁 12。

2 早 早早早早早早 早

[zǎo ㄗㄠˇ ㊥ dzou² 祖]

❶**清晨；跟“晚”相對** ◆ 早晨/早餐/早操/早出晚歸/起早貪黑。❷**時間在前的** ◆ 早期/早年/早就知道/早做準備/莫道君行早，更有早行人。❸**比一定時間靠前** ◆ 早熟/早婚/來早了/提早下班。❹**早晨的問候話** ◆ 你早！

2 旨 旨旨旨旨旨 旨

[zhǐ ㄓˇ ㊥ dzi² 止]

❶**意思；目的** ◆ 要旨/宗旨/旨意/旨趣。❷**特指舊時皇帝的命令** ◆ 聖旨/下旨/接旨。

2 旬 旬旬旬旬旬 旬

[xún ㄒㄩㄣˊ ㊥ tsœn⁴ 巡]

❶**十天為一旬，一個月分上旬、中旬和下旬。** ❷**十歲為一旬** ◆ 八旬老翁/年過七旬。

2 旭 旭旭旭旭旭 旭

[xù ㄒㄩˋ ㊥ juk⁷ 沃]

初升的太陽 ◆ 旭日東升。

3 旱 旱旱旱旱旱旱 旱

[hàn ㄏㄢˋ ㊥ hɔn⁵ 寒⁵]

❶**缺少雨水；跟“澇”相對** ◆ 旱災/抗旱/旱情嚴重/久旱逢甘雨。❷**陸地上的；沒有水的** ◆ 旱船/旱橋/旱田。

4 旺 旺旺旺旺旺旺 旺

[wàng ㄨㄤˋ ㊥ wɔŋ⁶ 王⁶]

火勢大；興盛 ◆ 火很旺/爐火正旺/生意興旺/銷售旺季/精力旺盛。

4 昔 昔昔昔昔昔昔 昔

[xī ㄒㄧ ㊥ sik⁷ 色]

從前；跟“今”相對 ◆ 昔日/往昔/今不如昔/今昔對比。

4 昆 昆昆昆昆昆昆 昆

[kūn ㄎㄨㄣ ㊥ gwɐn¹ 軍/kwɐn¹ 坤 (語)]

❶ **哥哥** ◆ 昆仲/昆弟。❷ **昆侖：同“崑崙”，見 125 頁。**

4 昌 昌昌昌昌昌昌 昌

[chāng ㄔㄤ ㊥ tsœŋ¹ 槍]

興旺；發達 ◆ 繁榮昌盛/科學昌明。

4 明 明明明明明明 明

[míng ㄇㄧㄥˊ ㊥ miŋ⁴ 名]

❶ **光亮；跟“暗”相對** ◆ 明亮/天色未明/燈火通明/舉頭望明月，低頭思故鄉。❷ **公開的；不隱蔽** ◆ 明顯/明説/明碼標價/明爭暗鬥/明槍易躲，暗箭難防。❸ **懂得；清楚** ◆ 明白/説明/明確/黑白分明/深明大義/明知山有虎，偏向虎山行。❹ **聰慧；悟性高** ◆ 精明/聰明反被聰明誤。❺ **視力好；視覺** ◆ 眼明手快/耳聰目明/雙目失明。❻ **第二年或第二天** ◆ 明年/明天。❼ **朝代名** ◆ 元、明、清。

見古文字插頁 14。

4 昏 昏昏昏昏昏昏 昏

[hūn ㄏㄨㄣ ㊥ fɐn¹ 芬]

❶**天將黑的時候** ◆ 黃昏。❷**光線暗** ◆ 昏暗／天昏地暗。❸**神志不清；頭腦糊塗** ◆ 昏庸／昏君／昏頭昏腦／利令智昏。❹**失去知覺** ◆ 昏迷不醒／昏倒在地。

4 易 易易易易易易 易

〈一〉[yì ㄧˋ 粵 ji^6 義]

❶**不難；容易；跟"難"相對** ◆ 易懂／易如反掌／輕而易舉／得來不易。❷**和氣** ◆ 平易近人。

〈二〉[yì ㄧˋ 粵 jik^9 亦]

❸**改變；更改** ◆ 易名／易容術／移風易俗／改弦易轍。❹**交換** ◆ 交易／貿易／以貨易貨。

4 昂 昂昂昂昂昂昂 昂

[áng ㄤˊ 粵 ŋɔŋ^4]

❶**仰着；抬起** ◆ 昂首闊步／昂首挺胸。❷**價格高** ◆ 價錢昂貴。❸**情緒高漲** ◆ 鬥志昂揚／慷慨激昂。

4 昇 **"升"的異體字，見52頁。**

5 春 春春春春春春 春

[chūn ㄔㄨㄣ 粵 tsœn^1 蠢^1]

❶**一年四季的第一季** ◆ 春天／春暖花開／春光明媚／雨後春筍／一年之計在於春。❷**比喻生機；生氣勃勃** ◆ 妙手回春／沈舟側畔千帆過，病樹前頭萬木春。❸**指男女情慾** ◆ 春心／懷春。

5 昧 昧昧昧昧昧昧 昧

[mèi ㄇㄟˋ 粵 mui^6 妹]

❶**糊塗；不明事理** ◆ 愚昧／蒙昧／昏昧。❷**隱藏** ◆ 拾金不昧。❸**曖昧。見"曖"字，203頁。**

5 是 是是是是是是 是

[shì ㄕˋ 粵 si^6 事]

❶**表示肯定判斷** ◆ 我是中國人／我們都是好朋友／失敗是成功之母。❷**表示存在** ◆ 桌上都是書／馬路對面是一個大商場。❸**表示適合** ◆ 來得是時候／東西放得不是地方。❹**表示所有** ◆ 凡是／是武俠小說他都看。❺**對；正確；跟"非"相對** ◆ 自以為是／一無是處／是非分明／實事求是。❻**表示答應、同意** ◆ 是，我馬上就去／是，三天內一定完成。❼**相當於"這"、"此"** ◆ 是可忍，孰不可忍。

5 映 映映映映映映 映

[yìng ㄧㄥˋ 粵 jiŋ^2 影／jœŋ^2 央^2]

因光線照射而顯出物體的影像 ◆ 反映／放映／映照／相映成趣／交相輝映。

5 星 星星星星星星 星

[xīng ㄒㄧㄥ 粵 siŋ^1 升]

❶**宇宙間發光或反射光的天體，有恆星、行星、衛星、流星等** ◆ 望星空／日月星辰／星光燦爛／披星戴月／星羅棋佈。❷**形容細小** ◆ 零星／一星半點／星星之火，可以燎原。❸**比喻知名的藝術表演家或技能突出的人** ◆ 歌星／影星／球星／影視明星。

5 昨 昨昨昨昨昨昨 昨

[zuó ㄗㄨㄛˊ 粵 dzɔk^9 鑿]

❶**今天的前一天** ◆ 昨天／昨晚／昨日入城

焦點易錯字 影｜映　樹影 影響　映襯 反映

市，歸來淚滿巾。❷**過去** ◆ 今是昨非。

5 **音** 見音部，485頁。

5 **昭**

[zhāo ㄓㄠ 粵 dziu^1 招/tsiu^1 超(語)]
明顯；顯著 ◆ 昭然若揭 / 臭名昭著 / 罪惡昭彰。

5 **昵** “暱”的異體字，見202頁。

6 **時**(时)

[shí ㄕˊ 粵 si^4 匙]
❶**比較長的一段時間** ◆ 時代/時期/古時/平時/盛極一時。❷**規定的時間** ◆ 屆時/按時出發/準時參加。❸**季節** ◆ 時令/應時食品/清明時節雨紛紛，路上行人欲斷魂。❹**計算時間的單位** ◆ 時辰/一小時/半夜子時/上午九時。❺**現代的；當前的** ◆ 時事/時裝/時髦/時興/時新/甩動；宜。❻**機會；時機** ◆ 及時/時來運轉/待時而動/機不可失，時不再來。❼**常常** ◆ 時常/時時/時有出現。❽**有時候** ◆ 時而/時隱時現。

6 **晉**(晋)

[jìn ㄐㄧㄣˋ 粵 dzœn^3 進]
❶**進；升** ◆ 晉見/晉升/晉級/加官晉爵。❷**山西省的別稱**。

6 **晃**

〈一〉[huǎng ㄏㄨㄤˇ 粵 fɔŋ^2 訪]
❶**明亮；閃耀** ◆ 晃眼/明晃晃。❷**很快地閃過** ◆ 一晃而過 / 虛晃一刀。
〈二〉[huàng ㄏㄨㄤˋ 粵 fɔŋ^2 訪]
❸**搖動；擺動** ◆ 搖晃 / 晃動 / 搖頭晃腦 / 風颳得樹枝直晃。

6 **晌**

[shǎng ㄕㄤˇ 粵 hœŋ^2 享]
❶**正午** ◆ 晌午。❷**一天裏的一段時間；一會兒** ◆ 前半晌 / 工作了一晌。

6 **晏**

[yàn ㄧㄢˋ 粵 an^3/ŋan^3]
晚；遲 ◆ 把持。睡。

7 **晨**

[chén ㄔㄣˊ 粵 sɐn^4 神]
清早；太陽剛出來的時候 ◆ 早晨 / 晨曦 / 清晨 / 一日之計在於晨 / 盛年不重來，一日難再晨。

7 **奢** 見大部，100頁。

7 **晤**

[wù ㄨˋ 粵 ŋ̍^{6} 悟]
見面 ◆ 會晤 / 晤談 / 晤面。

7 **晦**

[huì ㄏㄨㄟˋ 粵 fui^3 悔]
❶**昏暗；不明顯** ◆ 晦暗 / 晦澀難懂 / 隱晦曲折。❷**倒霉** ◆ 晦氣。

7 **晚**

[wǎn ㄨㄢˇ 粵 man^5 萬^5]

焦點易錯字 晉|進 晉升 晉見 進步 前進 辰|晨 時辰 良辰吉日 晨光 晨曦

❶**日落以後的時間；夜間** ◆ 晚上／夜晚／晚會／一天到晚／一片晚霞。❷**時間靠後的；末期** ◆ 晚年／晚期／歲晚／保持晚節。❸**遲** ◆ 來晚了／大器晚成／悔之晚矣／亡羊補牢，猶未為晚。❹**後來的；後輩** ◆ 晚輩／晚生／晚娘。

7 晝（昼） 晝晝晝晝晝晝 晝

[zhòu ㄓㄡˋ [粵] dzɐu^3 咒]
白天；跟"夜"相對 ◆ 白晝／晝夜不停。

8 晴 晴晴晴晴晴晴 晴

[qíng ㄑㄧㄥˊ [粵] tsiŋ^4 情]
天空明朗無雲或雲很少 ◆ 晴天／晴朗／晴空萬里／雨過天晴／晴天霹靂。

8 暑 暑暑暑暑暑暑 暑

[shǔ ㄕㄨˇ [粵] sy^2 鼠]
天氣炎熱；盛夏；跟"寒"相對 ◆ 中暑／暑假／小暑／大暑／寒來暑往／暑熱難耐。

8 晰 晰晰晰晰晰晰 晰

[xī ㄒㄧ [粵] sik^7 析]
清楚；明白 ◆ 清晰／明晰。

8 晶 晶晶晶晶晶晶 晶

[jīng ㄐㄧㄥ [粵] dziŋ^1 貞]
❶**光亮、透明** ◆ 亮晶晶／晶瑩剔透。❷**水晶：一種堅硬、透明的礦物。**❸**晶體狀的物質** ◆ 結晶。

8 智 智智智智智智 智

[zhì ㄓˋ [粵] dzi^3 志]
❶**聰明；有見識；跟"愚"相對** ◆ 智力／機智勇敢／明智之舉／智者千慮，必有一失／只能智取，不能強攻。❷**才略；見識** ◆ 智慧／智謀／智勇雙全／足智多謀。

8 晾 晾晾晾晾晾晾 晾

[liàng ㄌㄧㄤˋ [粵] lɔŋ^6 浪]
把衣物等放在太陽底下或通風處曬乾或吹乾 ◆ 晾衣服／衣服晾乾了／把被單晾到陽台上去。

8 景 景景景景景景 景

[jǐng ㄐㄧㄥˇ [粵] giŋ^2 警]
❶**風光；自然風貌或人文名勝** ◆ 景物／景色／雪景／風景宜人／香港一景。❷**指舞台上或影視中的佈景** ◆ 場景／外景／近景／遠景。❸**情況；情形** ◆ 背景／景況／情景／光景。❹**尊敬；敬佩** ◆ 景仰／景慕。

8 普 普普普普普普 普

[pǔ ㄆㄨˇ [粵] pou^2 譜]
全面；廣泛 ◆ 普遍／普及／普通／普天同慶／陽光普照。

8 間

見門部，471頁。

9 暖 暖暖暖暖暖暖 暖

[nuǎn ㄋㄨㄢˇ [粵] nyn^5 嫩^5]
❶**天氣溫和；不冷不熱** ◆ 暖和／溫暖／春暖花開／風和日暖／冬暖夏涼。❷**使溫暖** ◆ 暖手／暖酒／暖暖身子。

9 暗 暗暗暗暗暗暗 暗

[àn ㄢˋ [粵] ɐm^3/ŋɐm^3 庵^3]

焦點易錯字 景｜境 景色 良辰美景 處境 人間仙境 知｜智 知識 告知 智慧 見仁見智

❶沒有亮光；昏黑；跟"明"相對 ◆ 暗室/黑暗/暗中摸索/天昏地暗/燈光忽明忽暗。❷隱蔽的；不露出來的 ◆ 暗示/暗礁/暗箭傷人/暗暗地傷心。❸不明白；糊塗 ◆ 兼聽則明，偏信則暗。

9 暉 (晖)

[huī ㄏㄨㄟ ㊣ fɐi¹ 揮]

陽光 ◆ 朝暉/斜暉/誰言寸草心，報得三春暉。

9 暈 (晕)

〈一〉[yùn ㄩㄣˋ ㊣ wɐn⁶ 運]

❶太陽、月亮周圍的光圈 ◆ 日暈/月暈/月暈而風，礎潤而雨。❷頭昏 ◆ 暈車/眼暈/他一坐船就暈。

〈二〉[yūn ㄩㄣ ㊣ wɐn⁴ 雲]

❸頭昏；感覺旋轉 ◆ 暈頭暈腦/暈頭轉向。❹昏迷；昏倒 ◆ 暈倒/暈厥/他又暈過去了。

9 暇

[xiá ㄒㄧㄚˊ ㊣ ha⁶ 夏]

空閒；空餘時間 ◆ 暇日/閒暇/目不暇接/應接不暇/無暇兼顧。

10 暢 (畅)

[chàng ㄔㄤˋ ㊣ tsœŋ³ 唱]

❶沒有阻礙 ◆ 暢銷/暢通無阻/説話流暢。❷盡情；痛快 ◆ 暢談/暢遊/歡暢/心情舒暢/暢所欲言。

10 嘗

見口部，79頁。

10 暨

[jì ㄐㄧˋ ㊣ kei³ 冀]

❶連詞。相當於"及"、"和"，帶有莊重色彩 ◆ 百年慶典暨學術討論會。❷到；至 ◆ 暨今。

11 暱 (昵)

[nì ㄋㄧˋ ㊣ nik⁹ 溺/nik⁷ 匿(語)]

親近；親熱 ◆ 親暱。

11 暫 (暂)

[zàn ㄗㄢˋ ㊣ dzam⁶ 站]

短時間的 ◆ 暫時/暫停/短暫/暫緩執行。

11 暴

〈一〉[bào ㄅㄠˋ ㊣ bou⁶ 步]

❶兇狠；殘酷 ◆ 暴行/暴虐/暴徒/施暴/殘暴。❷突然而又猛烈 ◆ 暴病/暴怒/暴發户/狂風暴雨/山洪暴發/暴風驟雨。❸急躁 ◆ 粗暴/脾氣暴躁/暴跳如雷。❹露出；凸現 ◆ 暴露行蹤/青筋暴現。❺不愛惜；損害；糟蹋 ◆ 暴殄天物/自暴自棄。

〈二〉[pù ㄆㄨˋ ㊣ buk⁹ 僕]

❻同"曝"字，見203頁。

11 暮

[mù ㄇㄨˋ ㊣ mou⁶ 務]

❶日落的時候；傍晚 ◆ 暮色/日暮途窮/朝三暮四/暮鼓晨鐘/朝思暮想。❷晚；時間快終了的時候 ◆ 暮春/暮年/天寒歲暮。

焦點易錯字 匿 | 暱　藏匿　銷聲匿跡　親暱　暱稱　　暇 | 瑕　閒暇　目不暇給　疵瑕　完美無瑕

11 **魯** 見魚部，502頁。

12 **曉**（晓） 曉 曉 曉 曉 曉 曉 曉

[xiǎo ㄒㄧㄠˇ ⓨ hiu² 囂²]
❶ **天剛亮** ◆ 破曉／拂曉／公雞報曉／曉行夜宿／春眠不覺曉，處處聞啼鳥。❷ **知道** ◆ 知曉／曉得／家喻戶曉。❸ **告知；使人知道** ◆ 揭曉／曉以大義／曉示眾人。

12 **曆**（历） 曆 曆 曆 曆 曆 曆 曆

[lì ㄌㄧˋ ⓨ lik⁹ 力]
❶ **推算年、月、日和節氣的方法** ◆ 曆法／陰曆／陽曆。❷ **記錄年、月、日和節氣的書或印刷品** ◆ 日曆／年曆／枱曆／掛曆。

12 **曇**（昙） 曇 曇 曇 曇 曇 曇 曇

[tán ㄊㄢˊ ⓨ tam⁴ 談]
曇花：常綠灌木，花淡黃色，常在夜間開放，開花的時間很短 ◆ 曇花一現。

13 **曙** 曙 曙 曙 曙 曙 曙 曙

[shǔ ㄕㄨˇ ⓨ sy⁶ 樹]
天剛亮 ◆ 曙光初照。

13 **曖**（暧） 曖 曖 曖 曖 曖 曖 曖

[ài ㄞˋ ⓨ ɔi³/ŋɔi³ 愛]
曖昧：（1）態度、用意等含糊、不明朗 ◆ 態度曖昧／他的話很曖昧，讓人難以捉摸。**（2）行為不光明；不可告人** ◆ 關係曖昧。

15 **曝** 曝 曝 曝 曝 曝 曝 曝

〈一〉[pù ㄆㄨˋ ⓨ buk⁹ 僕]
❶ **曬** ◆ 一曝十寒。
〈二〉[bào ㄅㄠˋ ⓨ bou⁶ 步]
❷ **同“暴”字。曝光：(1) 使照相膠片或印相紙感光。(2) 把隱祕的或不光彩的事揭露出來** ◆ 緋聞被媒體曝光後，他的聲譽一落千丈。

15 **曠**（旷） 曠 曠 曠 曠 曠 曠 曠

[kuàng ㄎㄨㄤˋ ⓨ kwɔŋ³ 礦]
❶ **地方寬闊** ◆ 曠達／曠野／空曠／地曠人稀。❷ **心胸開闊** ◆ 曠達／心曠神怡。❸ **無故缺勤；荒廢** ◆ 曠課／曠工／曠日持久。

16 **曦** 曦 曦 曦 曦 曦 曦 曦

[xī ㄒㄧ ⓨ hei¹ 希]
早晨的陽光 ◆ 晨曦。

19 **曬**（晒） 曬 曬 曬 曬 曬 曬 曬

[shài ㄕㄞˋ ⓨ sai³ 徙³]
受陽光照射 ◆ 曬太陽／曬衣服／日曬雨淋／三天打魚，兩天曬網。

曰部

0 **曰** 曰 曰 曰 曰

[yuē ㄩㄝ ⓨ jyt⁹ 月/jœk⁹ 若（語）]
❶ **説** ◆ 孔子曰。❷ **叫做** ◆ 名曰科技大學。

1 **由** 見田部，290頁。

1 **甲** 見田部，290頁。

1 **申** 見田部，290頁。

2 **曲**

〈一〉[qū ㄑㄩ ㊥ kuk^{7}]
❶**彎；跟"直"相對** ◆ 曲線／彎曲／這小説的情節曲折離奇，引人入勝。❷**使彎曲** ◆ 彎腰曲背／曲突徙薪。❸ **不正確；不公正；不合理** ◆ 曲解／歪曲事實／是非曲直。❹**姓。**❺**"麯"的簡化字，見511頁。**

〈二〉[qǔ ㄑㄩˇ ㊥ kuk^{7}]
❻**歌；歌譜** ◆ 作曲／流行曲／高歌一曲／曲調優美／曲高和寡。❼ **一種古代文學形式** ◆ 元曲／戲曲。

2 **曳**

[yè ㄧㄝˋ ㊥ jɐi^{6} 拽]
拖；拉 ◆ 曳光彈／棄甲曳兵。

3 **更**

〈一〉[gēng ㄍㄥ ㊥ gɐŋ^{1} 庚]
❶**改變；改換** ◆ 更改／更換／更正／變更／更衣室／除舊更新。❷ **舊時夜間計時的方法，一夜分五更，每更約兩小時** ◆ 打更／五更天／三更半夜。

〈二〉[gèng ㄍㄥˋ ㊥ gɐŋ^{3} 庚^{3}]
❸ **愈加；更加；表示程度加深或數量進一步增加、減少** ◆ 更好看／規模更大／更吸引人／人數更多／抽刀斷水水更流，舉杯消愁愁更愁。❹**再；又** ◆ 強中更有強中手／百尺竿頭，更進一步／欲窮千里目，更上一層樓。

5 **冒** 見冂部，35頁。

6 **書**（书）

[shū ㄕㄨ ㊥ sy^{1} 舒]
❶ **書本；書籍** ◆ 圖書／書店／教科書／讀萬卷書，走萬里路／讀書破萬卷，下筆如有神／除舊更新。❷**文件** ◆ 聘書／説明書／判決書／畢業證書。❸**信件** ◆ 書信／書札／烽火連三月，家書抵萬金。❹**寫字；用文字記錄** ◆ 書寫／書法／振筆疾書／罄竹難書。❺ **字體** ◆ 楷書／行書／草書。

7 **曹**

[cáo ㄘㄠˊ ㊥ tsou^{4} 嘈]
等；輩 ◆ 吾曹／爾曹身與名俱裂，不廢江河萬古流。

7 **曼** 見又部，58頁。

7 **冕** 見冂部，35頁。

8 **替**

[tì ㄊㄧˋ ㊥ tɐi^{3} 剃]
❶**代；代換；代理** ◆ 替代／替換／替身／接替／替天行道。❷**為** ◆ 替你高興。❸**衰敗** ◆ 衰替／興替。

8 **最** 見冂部，36頁。

8 **量** 見里部，459頁。

8 曾

〈一〉[zēng ㄗㄥ [粵] dzɐŋ^1 增]

❶ **中間隔兩代的親屬** ◆ 曾孫 / 曾祖父。❷ **姓。**

〈二〉[céng ㄘㄥˊ [粵] tsɐŋ^4 層]

❸ **從前經歷過** ◆ 曾經 / 似曾相識 / 未曾去過。

9 會 (会)

〈一〉[huì ㄏㄨㄟˋ [粵] wui^6 匯]

❶ **集合在一起** ◆ 會合 / 會師 / 會診 / 聚會。❷ **見面** ◆ 會面 / 會晤 / 會客 / 有緣千里能相會。❸ **集會；會議** ◆ 報告會 / 討論會 / 座談會。❹ **某種社會團體或組織** ◆ 工會 / 學生會 / 同鄉會。❺ **理解；懂得** ◆ 領會 / 體會 / 誤會 / 心領神會 / 只能意會，不能言傳。❻ **時機** ◆ 機會 / 適逢其會。❼ **付錢** ◆ 會鈔。❽ **大城市** ◆ 都會 / 省會。

〈二〉[huì ㄏㄨㄟˋ [粵] wui^5 匯^5]

❾ **能夠；擅長** ◆ 會游泳 / 不會忘記 / 能說會道 / 熟讀唐詩三百首，不會吟詩也會吟。

〈三〉[kuài ㄎㄨㄞˋ [粵] kui^2 繪 / wui^6 匯]

❿ **會計：管理財務工作或從事財務管理工作的人員。**

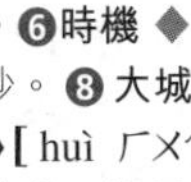

月 部

0 月

[yuè ㄩㄝˋ [粵] jyt^9 粵]

❶ **月亮** ◆ 月光 / 花好月圓 / 月是故鄉明。❷ **計時單位，一年分十二個月** ◆ 月份。❸ **每月的；按月的** ◆ 月息 / 月刊。❹ **形容形狀、顏色等像月亮的** ◆ 月琴 / 月餅。

見古文字插頁3。

2 有

[yǒu ㄧㄡˇ [粵] jɐu^5 友]

❶ **表示具有、擁有、存在、發生、出現等；跟"無"相對** ◆ 有學問 / 有許多書 / 大有希望 / 情況有變化 / 他有病了 / 有志者事竟成。❷ **表示估計或比較** ◆ 水有一米多深 / 弟弟有哥哥那麼高了。❸ **表示部分；跟"某"、"某些"相近** ◆ 有一天 / 有人遲到了 / 有些事我不明白。❹ **放在某些動詞前，表示客氣** ◆ 有請 / 有勞。

4 明

見日部，198頁。

4 朋

[péng ㄆㄥˊ [粵] pɐŋ^4 憑]

❶ **朋友** ◆ 親朋好友 / 高朋滿座 / 有朋自遠方來，不亦樂乎。❷ **結黨** ◆ 朋比為奸。

4 服

〈一〉[fú ㄈㄨˊ [粵] fuk^9 伏]

❶ **衣裳** ◆ 衣服 / 禮服 / 服裝 / 服飾。❷ **相信；順從** ◆ 服從 / 服氣 / 信服 / 佩服 / 心悅誠服。❸ **使信服；使順從** ◆ 說服 / 征服 / 以理服人。❹ **擔任；承擔** ◆ 服務 / 服刑 / 服兵役。❺ **適應；習慣** ◆ 水土不服。❻ **吃** ◆ 按時服藥 / 服毒自殺。

〈二〉[fù ㄈㄨˋ [粵] fuk^9 伏]

❼ **量詞，中藥一劑叫"一服"** ◆ 一服藥。

6 **朕** 朕朕朕朕朕朕 朕

[zhèn ㄓㄣˋ ㊣ dzɐm⁶ 浸⁶]

❶ **相當於“我”、“我的”；從秦始皇起用作皇帝的自稱。** ❷ **預兆** ◆ 朕兆。

6 **朔** 朔朔朔朔朔朔 朔

[shuò ㄕㄨㄛˋ ㊣ sɔk⁸ 索]

❶ **陰曆每月的初一。** ❷ **北方** ◆ 朔方／朔風凜冽。

6 **朗** 朗朗朗朗朗朗 朗

[lǎng ㄌㄤˇ ㊣ lɔŋ⁵ 狼⁵]

❶ **明亮；光線充足** ◆ 明朗／天氣晴朗／豁然開朗。 ❷ **聲音響亮** ◆ 朗讀／朗誦。

7 **望** 望望望望望望 望

[wàng ㄨㄤˋ ㊣ mɔŋ⁶ 亡⁶]

❶ **向遠處、高處看** ◆ 瞭望／遙望／一望無際／登高望遠。 ❷ **拜訪** ◆ 看望／探望／拜望。 ❸ **希望；期待** ◆ 盼望／天子／喜出望外／望子成龍／大失所望。 ❹ **名譽；名聲** ◆ 名望／聲望／威望／德高望重。 ❺ **向着；朝着** ◆ 望前走／望山上看。 ❻ **陰曆每月十五日** ◆ 朔望（初一和十五）。

見古文字插頁 16。

8 **期** 期期期期期期 期

[qī ㄑㄧ ㊣ kei⁴ 其]

❶ **規定的時間** ◆ 按期／限期／延期／到期／如期完成／過期作廢。 ❷ **約定時間** ◆ 不期而遇。 ❸ **希望；盼望** ◆ 期待／期盼／期泥／達到了預期的目的。 ❹ **量詞，用於分期的事物** ◆ 本刊已出版了三百期／第二期游泳訓練班。

8 **朝** 朝朝朝朝朝朝 朝

〈一〉[zhāo ㄓㄠ ㊣ dziu¹ 招]

❶ **早晨；跟“夕”、“暮”相對** ◆ 朝陽／朝霞萬丈／朝思暮想／朝令夕改／朝夕相處。 ❷ **日；天** ◆ 今朝／有朝一日。

〈二〉[cháo ㄔㄠˊ ㊣ tsiu⁴ 潮]

❸ **向着；對着** ◆ 朝前走／朝遠處看／坐北朝南。 ❹ **朝廷；朝代** ◆ 上朝／唐朝／改朝換代／一朝天子一朝臣。 ❺ **臣子進見皇帝或教徒參拜神佛** ◆ 朝見／朝拜／朝聖／朝覲。

8 **勝** **見力部，47頁。**

8 **閒** **見門部，471稅收**

13 **謄** **見言部，419頁。**

14 **朦** 朦朦朦朦朦朦 朦

[méng ㄇㄥˊ ㊣ muŋ⁴ 蒙]

朦朧：形容月光不明；泛指模糊不清 ◆ 月色朦朧／暮色朦朧。

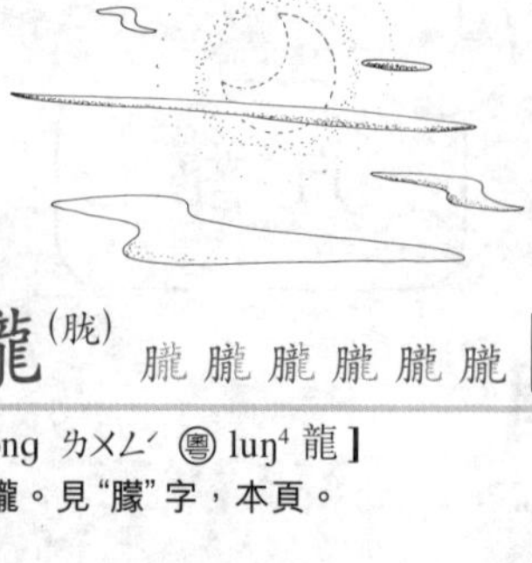

16 **朧**（胧） 朧朧朧朧朧朧 朧

[lóng ㄌㄨㄥˊ ㊣ luŋ⁴ 龍]

朦朧。見“朦”字，本頁。

焦點易錯字 其｜期 其他 人盡其才 期限 不期而遇

16 **騰** 見馬部，496頁。

木部

0 **木**

[mù ㄇㄨˋ ㊥ muk⁹ 目]

❶**樹** ◆ 樹木 / 灌木 / 十年樹木，百年樹人 / 人非草木，豈能無情 / 近水樓台先得月，向陽花木易為春。❷**木頭；木製品** 挽紅木 / 檀香木 / 木器 / 木箱 / 木屋。❸**手腳等發麻、失去知覺** ◆ 麻木 / 兩腿發木。❹**呆笨；不靈活** ◆ 木頭木腦。❺**棺材** ◆ 棺木 / 行將就木。

見古文字插頁 3。

1 **本**

[běn ㄅㄣˇ ㊥ bun² 般²]

❶**草木的根或莖幹** ◆ 草本 / 木本 / 無本之木。❷**事物的根源或根基** ◆ 本源 / 忘本 / 正本清源 / 做人的根本。❸**主要的；中心的** ◆ 本部 / 本科 / 本末倒置。❹**原來的；原有的** ◆ 本意 / 本來面目 / 變本加厲 / 江山易改，本性難移 / 天下本無事，庸人自擾之。❺**自己方面的** ◆ 本國 / 本地 / 本人 / 本職。❻**現今的；目前的** ◆ 本月 / 本年度 / 本週內。❼**投入的資金** ◆ 本錢 / 成本 / 虧本 / 本利合計 / 一本萬利。❽**根據；按照** ◆ 本着公平合理的原則。❾**書冊；簿冊** ◆ 書本 / 賬本 / 筆記本。❿**量詞，用於書冊** 量一本書 / 一本練習簿。

見古文字插頁 12。

1 **未**

[wèi ㄨㄟˋ ㊥ mei⁶ 味]

❶**沒有；不曾** ◆ 未能完成 / 聞所未聞 / 前所未有 / 未卜先知 / 未老先衰 / 未雨綢繆。❷**不** ◆ 未知數 / 未知可否。❸**地支的第八位。古人用以紀年、月、日、時** ◆ 子丑寅卯辰巳午未。❹**未時：即下午一時至三時。**

圖見 109 頁。

1 **末**

[mò ㄇㄛˋ ㊥ mut⁹ 沒]

❶**樹梢；東西的尖端、盡頭** ◆ 末梢 / 秋毫之末。❷**比喻不是根本的；不重要的** ◆ 捨本逐末 / 本末倒置 / 細枝末節。❸**事情的最後；終了** ◆ 週末 / 末尾 / 末日 / 末代皇帝 / 窮途末路。❹**碎屑** ◆ 粉末 / 茶葉末。

見古文字插頁 12。

1 **札**

[zhá ㄓㄚˊ ㊥ dzat⁸ 扎]

書信 ◆ 信札 / 手札。

2 **朽**

[xiǔ ㄒㄧㄡˇ ㊥ nɐu² 紐]

❶**腐爛** ◆ 朽木 / 腐朽 / 摧枯拉朽。❷**衰老** ◆ 老朽。❸**磨滅** ◆ 永垂不朽。

2 **朴**

〈一〉[pò ㄆㄛˋ ㊥ pɔk⁸ 撲]

❶ 朴樹，落葉喬木，葉子卵形或長橢圓形，花淡黃色，果實黑色。木材可製器具。

〈二〉[pō ㄆㄛ ㊣ pɔk^{8} 撲]

❷ 朴刀：古代一種窄長有短把的刀。

〈三〉[piáo ㄆㄧㄠˊ ㊣ fɐu^{4} 浮]

❸ 姓。

〈四〉[pǔ ㄆㄨˇ ㊣ pɔk^{8} 樸]

❹ "樸" 的簡化字，見 226 頁。

2 朱

朱 朱 朱 朱 朱 朱

[zhū ㄓㄨ ㊣ dzy^{1} 豬]

大紅色 ◆ 朱紅 / 近朱者赤，近墨者黑 / 朱門酒肉臭，路有凍死骨。

2 朵

朵 朵 朵 朵 朵 朵

[duǒ ㄉㄨㄛˇ ㊣ dɔ^{2} 躲]

❶ **植物的花或苞** ◆ 花朵。❷ **量詞，用於花或像花的東西** ◆ 一朵大紅花 / 紅霞萬朵 / 白雲朵朵。

2 朶

"朵" 的異體字，見本頁。

3 杆

杆 杆 杆 杆 杆 杆 杆

〈一〉[gān ㄍㄢ ㊣ gɔn^{1} 肝]

❶ **長的木棍或像長木棍的東西** ◆ 旗杆 / 桅杆 / 電線杆。

〈二〉[gǎn ㄍㄢˇ ㊣ gɔn^{1} 肝]

❷ 同 "桿" 字，見216頁。

3 杜

杜 杜 杜 杜 杜 杜 杜

[dù ㄉㄨˋ ㊣ dou^{6} 渡]

堵塞；防止 ◆ 杜絕 / 杜門謝客 / 以杜流弊。

3 杖

杖 杖 杖 杖 杖 杖 杖

[zhàng ㄓㄤˋ ㊣ dzœŋ^{6} 丈]

扶着走路的棍子；泛指棍棒 ◆ 枴杖 / 手杖 / 擀麪杖 / 明火執杖。

3 材

材 材 材 材 材 材 材

[cái ㄘㄞˊ ㊣ tsɔi^{4} 才]

❶ **原料；物資** ◆ 材料 / 木材 / 藥材 / 教材 / 就地取材。❷ **能力；有能力的人** ◆ 人材 / 材幹 / 因材施教 / 棟梁之材。❸ **指人的身體外形** ◆ 身材魁梧。

3 村

村 村 村 村 村 村 村

[cūn ㄘㄨㄣ ㊣ tsyn^{1} 穿]

❶ **鄉間多户人家聚居的地方；城市中某些居民較集中的地區** ◆ 村莊 / 鄉村 / 農村 / 借問酒家何處有，牧童遙指杏花村。❷ **粗俗** ◆ 村野。

3 杏

杏 杏 杏 杏 杏 杏 杏

[xìng ㄒㄧㄥˋ ㊣ hɐŋ^{6} 幸]

果樹，果子也叫杏，可以吃 ◆ 杏仁 / 杏黃色。

杏

3 呆

見口部，62頁。

古文字(一) 部首

古文字	說　明	古文字	說　明
 人	古字像側立的人形。"人"部字多跟人和人的品行有關。 (見12頁)	 土	古字像土堆形。"土"部字多跟土地有關。 (見85頁)
 刀	古字像刀形。"刀"部字多跟刀有關。 (見39頁)	 夕	古字像半月形。"夕"部字多跟夜間有關。 (見96頁)
 力	古字像農具耒形。執耒耕作需用力氣，所以"力"部字多跟用力、力量有關。 (見46頁)	 大	古字像正面站立的人。"大"部字多表示大的意思。 (見97頁)
 又	古字像右手。"又"部字多跟手的動作有關。 (見57頁)	 女	古字像兩手交叉、屈膝而跪的人形。"女"部字多跟婦女有關。 (見100頁)
 口	古字像嘴。"口"部字多跟口和口的動作有關。 (見58頁)	 子	古字像孩子形。"子"部字多跟孩子有關。 (見109頁)

古文字	說　明
 寸	古字在手下加一横，表示“寸口”的位置。(見117頁)
 小	古字像細碎之物。“小”部字多表示細小的意思。(見119頁)
 尸	古字像人蹲坐形。“尸”部字多跟人體、房屋有關。(見120頁)
 山	古字像山峯層疊形。“山”部字多跟山有關。(見123頁)
 巾	古字像佩巾形。“巾”部字多跟有布帛有關。(見130頁)
 弓	古字像弓形。“弓”部字多跟弓有關。(見140頁)
 心	古字像心臟形。“心”部字多跟思想、感情有關。(見147頁)
 戈	古字像長柄鈎殺兵器。“戈”部字多跟兵器打仗有關。(見161頁)
 户	古字像單扇門形。“户”部字多跟門户有關。(見163頁)
 手	古字像伸出五指的手形。“手”部字多跟手的動作有關。(見164頁)
 文	古字像人身上刺有花紋形。“文”部字多跟文彩、修飾有關。(見193頁)
 斗	古字像有把的杓子。“斗”部字多跟舀酒有關。(見194頁)

古文字	說　明
 斤	古字像斧子一類工具形。“斤”部字多跟斧子有關。（見195頁）
 日	古字像太陽形。“日”部字多跟太陽有關。（見197頁）
 月	古字像月亮形。“月”部字多跟月亮有關。（見205頁）
 木	古字像樹木形。“木”部字多跟樹木、木材有關。（見207頁）
 欠	古字像張口打哈欠。“欠”部字多跟嘴出氣有關。（見229頁）
 止	古字像腳形。“止”部字多跟腳有關。（見231頁）

古文字	說　明
 毛	古字像毛髮形。“毛”部字多跟人髮、獸毛有關。（見235頁）
 气	古字像雲氣。“气”部字多跟氣體有關。（見237頁）
 水	古字像流水形。“水”部字多跟水有關。（見238頁）
 火	古字像火焰形。“火”部字多跟火有關。（見262頁）
 爪	古字像手爪形。“爪”部字多跟指爪有關。（見271頁）
 片	古字像劈開的木。“片”部字多跟木片、木板有關。（見274頁）

古文字	說　明	古文字	說　明
 牙	古字像牙齒交錯形。（見274頁）	 甘	古字像口裏有美味的食物。“甘”部字多表示甘甜。（見288頁）
 牛	古字像牛頭形。“牛”部字多跟牛有關。（見275頁）	 生	古字像草木從土裏生長出來。“生”部字多跟生長、產出有關。（見289頁）
 犬	古字像犬形。“犬”部字多表示獸類。（見277頁）	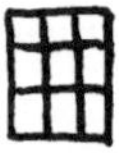 田	古字像阡陌縱橫的田地。“田”部字多跟田地有關。（見290頁）
 玉	古字像一串玉。“玉”部字多跟玉石有關。（見282頁）	 皮	古字像用手剝獸皮。“皮”部字多跟皮一類東西有關。（見300頁）
 瓜	古字像瓜蔓上結瓜。“瓜”部字多跟瓜果有關。（見287頁）	 皿	古字像器皿形。“皿”部字多跟器皿有關。（見301頁）
 瓦	古字像瓦片互相覆蓋形。“瓦”部字跟陶器有關。（見287頁）	 目	古字像眼睛形。“目”部字多跟眼睛有關。（見303頁）

古文字	說明	古文字	說明
 矛	古字像長矛形。(見309頁)	 竹	古字像竹子形。"竹"部多跟竹子、竹製品有關。(見327頁)
 矢	古字像箭形。"矢"部字多跟箭有關。(見309頁)	 米	古字像米粒。"米"部字多跟米或糧有關。(見335頁)
 石	古字像山崖下有石塊形。"石"部字多跟石有關。(見310頁)	 糸	古字像一束絲。"糸"部字多跟線繩、絲織品或顏色有關。(見338頁)
 示	古字像神主形。"示"部字多跟鬼神、祭祀有關。(見316頁)	 缶	古字像杵在瓦器中搗物。"缶"部字多跟瓦器有關。(見349頁)
 禾	古字像結了穗的莊稼。"禾"部字多跟穀物、植物有關。(見319頁)	 网	古字像網形。"网"部字多跟網有關。(見350頁)
 立	古字像人站立地上。(見326頁)	 羊	古字像羊頭形。"羊"部字多跟羊有關。(見351頁)

古文字	説　明	古文字	説　明
 羽	古字像羽毛形。“羽”部字多跟羽翼有關。(見353頁)	 至	古字像箭落到地上形。“至”部字多表示達到的意思。(見369頁)
 老	古字像拄杖的老人。“老”部字多跟年老有關。(見355頁)	 臼	古字像舂米器具形。(見370頁)
 耳	古字像耳朵形。“耳”部字多跟耳朵有關。(見357頁)	 舌	古字像嘴裏伸出舌頭形。“舌”部字多跟舌有關。(見371頁)
 肉	古字像割下來的一塊肉。“肉”部字多跟肉和人體有關。(見359頁)	 舟	古字像船形。“舟”部字多跟船有關。(見372頁)
 臣	古字像用目俯首側視形。“臣”部字多跟目有關。(見368頁)	 艸	古字像草形。“艸”部字多跟草木植物有關。(見374頁)
 自	古字像鼻子形。“自”部字多跟鼻有關。(見369頁)	 虫	古字像蟲形。“虫”部字多跟爬蟲、昆蟲有關。(見392頁)

古文字	說明
 血	古字像器皿中有血。“血”部字多跟血有關。(見402頁)
 行	古字像四通八達的道路。“行”部字多跟道路有關。(見402頁)
 衣	古字像上衣。“衣”部字多跟衣服有關。(見403頁)
 見	古字像張目注視形。“見”部字多跟見有關。(見409頁)
 角	古字像獸角形。“角”部字多跟角或角製品有關。(見410頁)
 言	古字在舌上加上一横,像用舌發出聲音。“言”部字多跟說話有關。(見411頁)
 谷	古字像水從峽谷流出。(見422頁)
 豆	古字像高脚器皿形。(見422頁)
 豕	古字像豬形。“豕”部字多跟豬有關。(見423頁)
 豸	古字像一種獸形。“豸”部字多表示獸類。(見424頁)
 貝	古字像貝形。“貝”部字多跟錢財有關。(見425頁)
 赤	古字從大從火,用大火的顏色表示赤紅色。“赤”部字多跟紅色有關。(見431頁)

古文字	說　明
 走	古字用兩臂擺動和腳形，表示急行。"走"部字多跟行走有關。　(見431頁)
 足	古字像膝蓋至腳趾形。"足"部字多跟腳有關。(見433頁)
 身	古字像人身形。"身"部字多跟身體有關。(見438頁)
 車	古字像車形。"車"部字多跟車輛有關。　(見439頁)
 辵	古字像在路上行走。"辵"部字多跟行走有關。(見444頁)
 邑	古字上面表示區域範圍，下面是跪坐的人，表示人聚居的地方。"邑"部字多跟地域有關。　(見452頁)

古文字	說　明
 酉	古字像酒樽形。"酉"部字多跟酒有關。　(見455頁)
 金	古字像熔化金屬後的鑄器。"金"部字多跟金屬有關。　(見459頁)
 長	古字像拄杖老人長着頭髮。　(見469頁)
 門	古字像兩扇門形。"門"部字多跟門有關。(見470頁)
 阜	古字山坡層疊形。"阜"部字多跟山有關。(見473頁)
 隹	古字像鳥形。"隹"部字多跟鳥有關。　(見477頁)

古文字	說明
 雨	古字像下雨形。“雨”部字多跟雲雨有關。(見479頁)
 面	古字像面形。“面”部字多跟面孔有關。(見483頁)
 革	古字像用手整理獸皮。“革”部字多跟皮革有關。(見484頁)
 頁	古字像人形，突出人頭。“頁”部字多跟頭面有關。(見486頁)
 飛	古字像鳥振翅飛翔形。(見490頁)
 食	古字像有蓋器皿中有可吃的食物。“食”部字多跟吃喝、食物有關。(見491頁)
 首	古字像頭形。(見494頁)
 馬	古字像馬形。“馬”部字多跟馬有關。(見494頁)
 骨	古字像肉中的骨頭。“骨”部字多跟骨骼有關。(見498頁)
 高	古字像高的建築物，表示高的意思。(見499頁)
 鬥	古字像兩人徒手搏鬥形。(見500頁)
 鬼	古字像頭大貌醜的畸形人。“鬼”部字多跟鬼魂神怪有關。(見500頁)

古文字	說　明
 魚	古字像魚形。"魚"部字多跟魚有關。　(見501頁)
 鳥	古字像鳥形。"鳥"部字多跟鳥有關。　(見504頁)
 鹿	古字像鹿形。"鹿"部字多跟鹿有關。　(見510頁)
 麥	古字像小麥形。"麥"部字多跟麥有關。　(見511頁)
 黑	古字像煙火熏成黑色。"黑"部字多跟黑色有關。　(見513頁)
 黽	古字像蛙形。"黽"部字多與腹大有腳的爬行動物有關。　(見514頁)
 鼎	古字像鼎器形。"鼎"部字多跟鼎有關。　(見514頁)
 鼓	古字像用棍擊鼓形。"鼓"部字多跟鼓有關。　(見514頁)
 鼠	古字像鼠形。"鼠"部字多表示鼠類。　(見515頁)
 齊	古字像長得整齊的穀穗。　(見515頁)
 齒	古字像口中牙齒形。"齒"部字多跟牙齒有關。　(見516頁)
 龍	古字像龍形。傳說中的一種神異動物。　(見516頁)

古文字	說　明
 龠	古字像編管形，一種吹奏樂器。“龠”部字多跟竹製樂器有關。 (見517頁)

古文字	說　明
 龜	古字像烏龜形。(見517頁)

古文字(二) 其他字

古文字	說　明
 下	古字用長橫表示基線，基線之下加一橫，表示下。 (見2頁)
 上	古字用長橫表示基線，基線之上加一橫，表示上。 (見1頁)
 川	古字像兩岸之間有水流經過。 (見127頁)

古文字	說　明
 井	古字像水井形，有井欄。 (見9頁)
 夫	古字像男人頭上有髮簪，表示成年男子。(見98頁)
 友	古字像兩手相牽，表示朋友。 (見57頁)

古文字	說明	古文字	說明
 及	古字像一隻手觸到前面一個人，表示趕上。(見58頁)	 末	古字在木上加一橫，指明樹梢。(見207頁)
 冊	古字像編起來的竹簡。(見35頁)	 企	古字像人踮起腳跟形。(見15頁)
 出	古字像腳從穴居處走出來。(見39頁)	 交	古字像兩腿交叉形。(見10頁)
 囚	古字像人囚禁牢中。(見83頁)	 休	古字像人靠在樹旁休息。(見15頁)
 旦	古字像太陽升出地平線。(見197頁)	 光	古字像人頭上有火光照耀。(見31頁)
 本	古字在木下加一橫，指明樹根。(見207頁)	 共	古字像兩手同時舉一樣東西。(見34頁)

古文字	說　明	古文字	說　明
 向	古字像牆上的窗户。（見62頁）	 夾	古字像大人腋下夾着兩個小人。（見98頁）
 安	古字像女子在屋內，表示安全。（見112頁）	 戒	古字兩手持戈，表示警戒。（見162頁）
 州	古字像水中有小塊陸地。（見127頁）	 折	古字像用斧斤斷草。（見167頁）
 戍	古字像人持戈守衛。（見162頁）	 束	古字像捆紮樹枝形。（見209頁）
 何	古字像人荷戈形，是"荷"的本字。（見16頁）	 步	古字像兩腳一前一後走路。（見231頁）
 男	古字像用力耕種，表示男性。（見291頁）	 牢	古字像牛在欄裏，表示關養牲口的圈。（見275頁）

古文字	說明	古文字	說明
 並	古字像兩人並立形。(見4頁)	 果	古字像樹上結了果實。(見210頁)
 兔	古字像兔形，耳朵大。(見32頁)	 炙	古字像用火烤肉。(見263頁)
 兒	古字像孩兒尚未發展成熟的腦部。(見32頁)	 牧	古字像手持棍趕牛，表示放牧。(見275頁)
 奔	古字像兩臂擺動，下面三隻腳，表示快跑。(見99頁)	 舍	古字像簡單房舍，有蓋、柱及地基。(見371頁)
 宗	古字像放有祖宗牌位的房子，表示宗廟。(見112頁)	 虎	古字像虎形。(見391頁)
 明	古字像日月照耀，表示明亮。(見198頁)	 泉	古字像泉水形。(見242頁)

古文字	說　明	古文字	說　明
 苗	古字像田裏種下秧苗。(見377頁)	 涉	古字像兩足淌水過河。(見245頁)
 眉	古字像眼眉形。(見304頁)	 益	古字像水溢出器皿，是"溢"的本字。(見301頁)
 看	古字像用手遮陽而看。(見304頁)	 得	古字像手持貝殼(古代錢幣)，表示有所得。(見145頁)
 降	古字像兩腳從山坡走下來。(見474頁)	 從	古字像兩人前後相隨。(見146頁)
 孫	古字在子旁加一束絲，表示子子孫孫持續不斷，代代相傳。(見110頁)	 婦	古字像手持掃帚，從事家務的婦女。(見106頁)
 射	古字像拉弓射箭。(見117頁)	 採	古字像用手在樹上採摘果子或葉子形。(見177頁)

古文字	説　明
 望	古字像人站在地上縱目遠望。(見206頁)
 莫	古字像太陽落在草叢中，是"暮"的本字。(見380頁)
 逐	古字像趕豬形，表示追逐野獸。(見446頁)
 雀	古字從小從隹，表示小鳥。(見477頁)
 尊	古字像雙手捧着酒器。(見118頁)
 象	古字像象形，鼻子長。(見423頁)

古文字	説　明
 雲	古字像雲彩形。(見480頁)
 飲	古字像人張嘴伸舌就着酒罎飲酒。(見491頁)
 舞	古字像手持樹枝舞蹈形。(見372頁)
 燕	古字像燕子形。(見269頁)
 盥	古字像在器皿中洗手。(見303頁)
 臨	古字像人低頭看物。(見368頁)

3 **困** 見口部，84頁。

3 **束** 束束束束束束 [束]

[shù ㄕㄨˋ [粵] tsuk7 畜]

❶**捆；繫** ◆ 束腰帶 / 束手就擒 / 束手無策 / 束之高閣。❷**比喻受到限制** ◆ 束縛 / 拘束 / 約束 / 無拘無束。❸**聚集成一條的東西** ◆ 光束 / 電子束。❹**量詞，用於成紮成捆的東西** ◆ 一束鮮花。

見古文字插頁 13。

3 **杉** 杉杉杉杉杉杉 [杉]

〈一〉[shān ㄕㄢ [粵] sam1 三 / tsam3 懺 (語)]

❶**杉樹：常綠喬木，木材用途廣泛。**

杉

〈二〉[shā ㄕㄚ [粵] sam1 三 / tsam3 懺]

❷**義同❶，用於"杉木"、"杉篙"等。**

3 **床** 見广部，135頁。

3 **宋** 見宀部，112頁。

3 **杞** 杞杞杞杞杞杞 [杞]

[qǐ ㄑㄧˇ [粵] gei2 己]

周朝國名，在今河南省杞縣 ◆ 杞人憂天。

3 **杈** 杈杈杈杈杈杈 [杈]

〈一〉[chā ㄔㄚ [粵] tsa1 叉]

❶**叉取柴草的農具。**

〈二〉[chà ㄔㄚˋ [粵] tsa3 詫]

❷**分岔的樹枝** ◆ 樹杈。

3 **李** 李李李李李李 [李]

[lǐ ㄌㄧˇ [粵] lei5 里]

果樹，果子叫李子，可以吃 ◆ 瓜田李下 / 桃李滿門。

4 **枉** 枉枉枉枉枉枉 [枉]

[wǎng ㄨㄤˇ [粵] wɔŋ2 汪2]

❶**彎曲；不正直；使歪曲** ◆ 矯枉過正 / 貪贓枉法。❷**冤屈** ◆ 冤枉 / 枉死。❸**徒然；白白地** ◆ 枉然 / 枉費心機。

4 **林** 林林林林林林 [林]

[lín ㄌㄧㄣˊ [粵] lɐm4 臨]

❶**成片的樹木或竹子** ◆ 樹林 / 森林 / 竹林 / 單絲不成線，獨木不成林。❷**比喻人或事物聚集在一起；密集、眾多** ◆ 藝林 / 碑林 / 武林中人 / 槍林彈雨 / 高樓林立 / 林林總總。

4 **枝** 枝枝枝枝枝枝 [枝]

[zhī ㄓ [粵] dzi1 支]

❶**植物主幹分出的莖條** ◆ 樹枝 / 枝葉繁茂 / 橫生枝節。❷**量詞** ◆ 一枝花 / 兩枝筆 / 三枝蠟燭。

4 **杯** 杯杯杯杯杯杯 [杯]

[bēi ㄅㄟ [粵] bui1 貝1]

❶**盛飲料的器皿** ◆ 茶杯／酒杯／杯弓蛇影／杯盤狼藉／抽刀斷水水更流，舉杯消愁愁更愁。❷**杯狀的獎品** ◆ 獎杯／金杯／世界杯足球賽。

4 枇

枇 枇 枇 枇 枇 枇 枇

[pí ㄆㄧˊ 粵 pei^{4} 皮]

枇杷，一種常綠喬木，葉子長橢圓形，開白色小花，果實也叫枇杷，圓球形，橙黃色，味甜。葉子可做藥。

4 東 (东)

東 東 東 東 東 東 東

[dōng ㄉㄨㄥ 粵 duŋ^{1} 冬]

❶**方向名，早晨太陽出來的那一邊；跟"西"相對** ◆ 東方／城東／旭日東升／東邊日出西邊雨。❷**向東** ◆ 大江東去。❸**主人** ◆ 房東／作東／股東。

北
N
西
W
E
東
S
南

4 果

果 果 果 果 果 果 果

[guǒ ㄍㄨㄛˇ 粵 gwɔ^{2} 裹]

❶ **植物的果實** ◆ 水果／乾果／人參果／開花結果／枝頭碩果纍纍。❷**事情的結局** ◆ 成果／結果／效果／前因後果／後果不堪設想。❸**堅決** ◆ 果敢／果斷。❹**的確；確實** ◆ 果然／果真如此／果如所料。

見古文字插頁 14。

4 杵

杵 杵 杵 杵 杵 杵 杵

[chǔ ㄔㄨˇ 粵 tsy^{2} 褚]

❶**舂米或捶衣用的木棒** ◆ 杵臼／只要功夫深，鐵杵磨成針。❷ **用細長的東西戳或捅** ◆ 門上給杵了幾個洞。

4 枚

枚 枚 枚 枚 枚 枚 枚

[méi ㄇㄟˊ 粵 mui^{4} 梅]

量詞，多用於小物件，相當於"個" ◆ 一枚獎章／一枚金幣／不勝枚舉。

4 析

析 析 析 析 析 析 析

[xī ㄒㄧ 粵 sik^{7} 息]

❶**分開；散開** ◆ 條分縷析／分崩離析。❷**解釋；辨別** ◆ 分析／辨析／剖析／析疑／奇文共欣賞，疑義相與析。

4 板

板 板 板 板 板 板 板

[bǎn ㄅㄢˇ 粵 ban^{2} 版]

❶ **成片狀的較硬的物體** ◆ 木板／鋼板／黑板／墊板。❷ **不靈活；少變化** ◆ 死板／呆板／古板／板着臉／表情太板。❸ **音樂的節拍** ◆ 快板／慢板／有板有眼／一板一眼。❹ **"闆"的簡化字。**

4 來

見人部，19頁。

4 采

見采部，458頁。

4 松

松 松 松 松 松 松 松

〈一〉[sōng ㄙㄨㄥ 粵 tsuŋ^{4} 從]

❶ **松樹：常綠喬木，種類很多。種子叫松子，可以吃，也可以榨油。木材用途廣泛**

◆ 青松不老／松柏常青／歲寒然後知松柏之後凋。

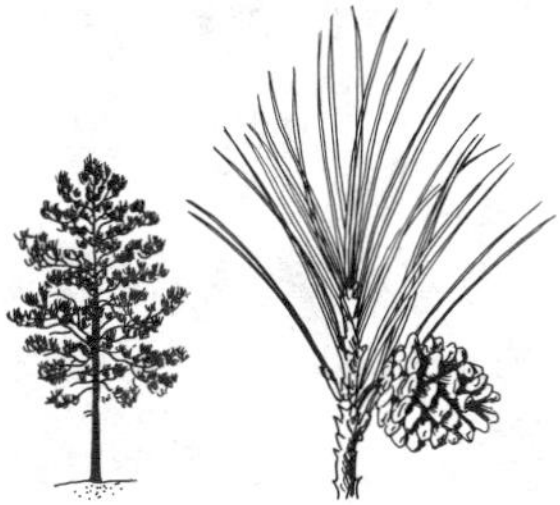

松

〈二〉[sōng ㄙㄨㄥ 粵 suŋ1 嵩]
❷ "鬆" 的簡化字，見499頁。

4 杭　杭 杭 杭 杭 杭 杭 杭

[háng ㄏㄤˊ 粵 hɔŋ4 航]
浙江省杭州市的簡稱 ◆ 上有天堂，下有蘇杭。

4 枕　枕 枕 枕 枕 枕 枕 枕

〈一〉[zhěn ㄓㄣˇ 粵 dzɐm2 怎]
❶ **枕頭：睡覺時墊頭的用具** ◆ 高枕無憂。
〈二〉[zhěn ㄓㄣˇ 粵 dzɐm3 浸]
❷ **把頭放在枕頭或別的東西上** ◆ 枕戈待旦。

4 杷　杷 杷 杷 杷 杷 杷 杷

[pá ㄆㄚˊ 粵 pa4 爬]
枇杷。見 "枇" 字，210頁。

4 牀 見爿部，273頁。

5 某　某 某 某 某 某 某 某

[mǒu ㄇㄡˇ 粵 mɐu5 畝]
代替不明確指出的人、時、地或事物等 ◆ 某人／某地／某年某月／某種事物。

5 柑　柑 柑 柑 柑 柑 柑 柑

[gān ㄍㄢ 粵 gɐm1 甘]
果樹，種類很多。果實像橘，汁多味甜 ◆ 廣柑／蜜柑／蘆柑。

5 枯　枯 枯 枯 枯 枯 枯 枯

[kū ㄎㄨ 粵 fu1 呼]
❶ **草木因失去水分變得焦黃，沒有生氣** ◆ 乾枯／枯萎／枯黃／枯木逢春猶再發，人無兩度再少年／赤日炎炎似火燒，野田禾稻半枯焦。 ❷ **乾了；沒有水了** ◆ 枯井／枯竭／海枯石爛。 ❸ **單調；乏味** ◆ 枯燥無味。

5 柯　柯 柯 柯 柯 柯 柯 柯

[kē ㄎㄜ 粵 ɔ1/ŋɔ1 痾]
❶ **樹枝** ◆ 枝柯／交柯錯葉。❷ **斧子的柄** ◆ 斧柯。

5 柄　柄 柄 柄 柄 柄 柄 柄

[bǐng ㄅㄧㄥˇ 粵 biŋ3 併／bɛŋ3 餅3 (語)]
❶ **器物的把兒** ◆ 斧柄／刀柄／傘柄。❷ **植物花葉和枝莖相連的部分** ◆ 花柄／葉柄。❸ **比喻在言行上被人用來作談笑或要挾的材料** ◆ 把柄／笑柄／話柄。❹ **權力** ◆ 權柄。

5 柩　柩 柩 柩 柩 柩 柩 柩

[jiù ㄐㄧㄡˋ 粵 gɐu3 救]
裝着屍體的棺材 ◆ 靈柩／棺柩。

5 查　查 查 查 查 查 查 查

〈一〉[chá ㄔㄚˊ 粵 tsa4 茶]

❶考察；檢驗；尋檢 ◆ 查看／查對／調查／查字典／查詢下落。

〈二〉[zhā ㄓㄚ 粵 dza^1 渣]

❷姓。

5 相

見目部，304頁。

5 柚

柚 柚 柚 柚 柚 柚

〈一〉[yóu ㄧㄡˊ 粵 jɐu^4 由]

❶一種落葉喬木，樹幹高大，花白色，有香味。木材堅硬耐久，紋理美觀，是高級的建築裝潢材料 ◆ 柚木地板。

〈二〉[yòu ㄧㄡˋ 粵 jɐu^2 有^2]

❷一種常綠喬木，葉子大而厚，花白色。果實碩大，叫柚子，果皮淡黃色或橙色，可以吃。種類很多，著名的有廣西的沙田柚。

5 枳

枳 枳 枳 枳 枳 枳 枳

[zhǐ ㄓˇ 粵 dzi^2 指]

植物名，果實可做藥材。也叫枸橘。

5 柬

柬 柬 柬 柬 柬 柬 柬

[jiǎn ㄐㄧㄢˇ 粵 gan^2 簡]

信件、帖子的總稱 ◆ 請柬／書柬／信柬。

5 柺（枴）

柺 柺 柺 柺 柺 柺 柺

同"拐❹"，見170頁。

5 柵（栅）

柵 柵 柵 柵 柵 柵 柵

[zhà ㄓㄚˋ 粵 tsak^8 拆]

柵欄：用竹、木、鐵條等編成的圍欄。

5 柏

柏 柏 柏 柏 柏 柏 柏

〈一〉[bǎi ㄅㄞˇ 粵 pak^8 拍]

❶柏樹：種類較多，四季常綠。木質堅硬，用途廣泛 ◆ 柏樹／松柏常青／古柏參天／歲寒然後知松柏之後凋。

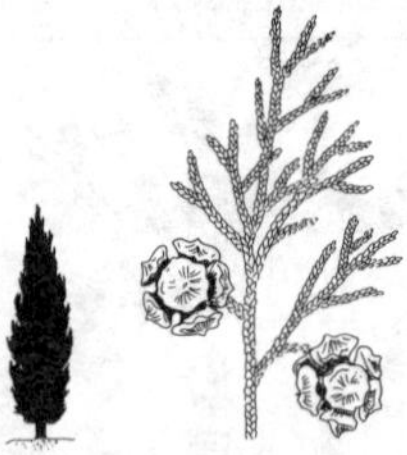

柏

〈二〉[bó ㄅㄛˊ 粵 pak^8 拍]

❷柏林：德國的首都。

5 柞

柞 柞 柞 柞 柞 柞 柞

[zuò ㄗㄨㄛˋ 粵 dzɔk^8 作／dzɔk^9 鑿]

柞樹：木材堅硬，可做枕木、傢具等。葉子可餵柞蠶。

5 柳

柳 柳 柳 柳 柳 柳 柳

[liǔ ㄌㄧㄡˇ 粵 lɐu^5 留^5]

柳樹：落葉喬木，種類很多，常見的如垂柳。枝條可用來編織器具 ◆ 柳絮／桃紅柳綠／有意栽花花不發，無心插柳柳成蔭。

柳

焦點易錯字 拐｜柺　拐彎 拐騙　柺杖 柺棍

5 柱

[zhù ㄓㄨˋ 粵 tsy^5 佇]

❶ **建築物中用來支撐屋頂的長條形構件** ◆ 柱子 / 柱石 / 支柱 / 頂梁柱 / 偷梁換柱。❷ **像柱子的東西** ◆ 水柱 / 冰柱 / 水銀柱 / 中流砥柱。

5 柿

[shì ㄕˋ 粵 tsi^5 似]

柿子樹：落葉喬木，品種很多。葉子橢圓形或倒卵形，花黃白色，果實叫柿子，可以吃。

5 柒

[qī ㄑㄧ 粵 tsɐt^7 七]

數目字"七"的大寫。

5 染

[rǎn ㄖㄢˇ 粵 jim^5 冉]

❶ **用顏料使東西着色** ◆ 染色 / 印染 / 染布。❷ **沾上；感受到** ◆ 沾染 / 傳染 / 污染 / 感染 / 染病 / 一塵不染。

5 架

[jià ㄐㄧㄚˋ 粵 ga^3 嫁]

❶ **安放東西的器物** ◆ 書架 / 貨架 / 衣架 / 筆架。❷ **支撐東西的架子** ◆ 屋架 / 骨架 / 腳手架 / 葡萄架。❸ **支起；搭起** ◆ 架橋 / 架設電線 / 把帳篷架起來。❹ **抵擋；承受** ◆ 招架不住。❺ **攙扶** ◆ 架着病人去醫院。❻ **把人劫走** ◆ 綁架。❼ **毆打；爭吵** ◆ 打架 / 吵架 / 勸架。❽ **量詞** ◆ 一架飛機 / 一架鋼琴。

5 枷

[jiā ㄐㄧㄚ 粵 ga^1 加]

舊時套在犯人頸上的刑具 ◆ 枷鎖。

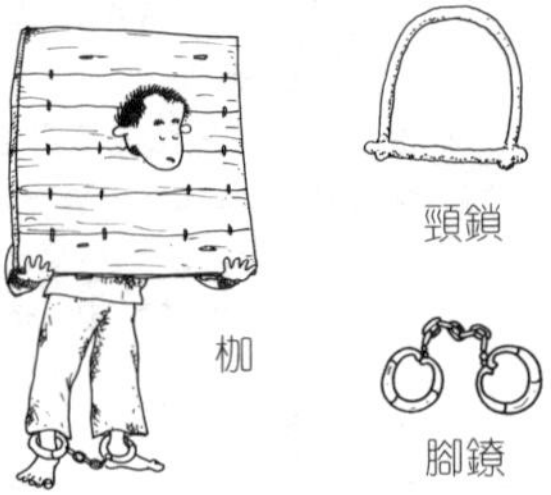
頸鎖
枷
腳鐐

5 枱 (台)

[tái ㄊㄞˊ 粵 tɔi^4 台]

本作"檯"。桌子 ◆ 寫字枱 / 梳妝枱。

5 柔

[róu ㄖㄡˊ 粵 jɐu^4 由]

❶ **軟；嫩弱** ◆ 柔軟 / 柔嫩 / 柔枝細葉 / 柔腸寸斷。❷ **温和，不強烈；跟"剛"相對** ◆ 柔和 / 温柔 / 柔順 / 以柔克剛。

✿ 圖見 43 頁。

6 框

[kuàng ㄎㄨㄤˋ 粵 kwaŋ^1/hɔŋ^1 康]

❶ **門窗的架子** ◆ 門框 / 窗框。❷ **鑲在器物周圍的邊框** ◆ 鏡框 / 眼鏡框。❸ **限制；約束** ◆ 框得太死。

6 桂

[guì ㄍㄨㄟˋ 粵 gwɐi^3 貴]

焦點易錯字 柔 | 揉 | 糅　柔和 柔軟　揉搓 矯揉造作　糅合 雜糅

日 月 木 欠 止 歹

❶ 桂樹：常綠灌木或喬木，秋季開花，花很香，可以做香料 ◆ 桂花飄香。❷ 廣西壯族自治區的別稱。

6 桔

[jié ㄐㄧㄝˊ [粵] git⁸ 結/gɐt⁷ 吉(語)]
桔梗：草本植物，開暗藍色或紫白色的花。可供觀賞，根可做藥材。

6 栽

[zāi ㄗㄞ [粵] dzɔi¹ 災]
❶ 種植 ◆ 栽樹 / 栽種 / 移栽 / 有意栽花花不發，無心插柳柳成蔭。❷ 硬給安上 ◆ 栽贓。❸ 跌倒 ◆ 栽倒 / 栽了個跟斗。

6 桓

[huán ㄏㄨㄢˊ [粵] wun⁴ 援]
姓。

6 栗

[lì ㄌㄧˋ [粵] lœt⁹ 律]
栗子樹：果實叫栗子，也叫板栗，可以吃。木質堅硬，可做器具，也用作建築材料。

6 柴

[chái ㄔㄞˊ [粵] tsai⁴ 豺]
燒火用的草木 ◆ 柴火 / 木柴 / 乾柴烈火 / 眾人拾柴火焰高 / 留得青山在，不怕沒柴燒。

6 桌

[zhuō ㄓㄨㄛ [粵] dzœk⁸ 雀/tsœk⁸ 綽(語)]
❶ 桌子：日用傢具，上面可以放東西 ◆ 飯桌 / 書桌 / 課桌 / 辦公桌。❷ 量詞 ◆ 一桌菜 / 一桌酒席。

6 桐

[tóng ㄊㄨㄥˊ [粵] tuŋ⁴ 同]
樹名。有梧桐、油桐、泡桐等。

6 株

[zhū ㄓㄨ [粵] dzy¹ 朱]
❶ 露出地面的樹根 ◆ 守株待兔。❷ 量詞，用於計算樹木的數量，相當於"棵" ◆ 種桃樹二百株。

6 栓 (拴)

[shuān ㄕㄨㄢ [粵] san¹ 山]
❶ 機械或器物上可以開關的部分 ◆ 槍栓 / 消火栓。❷ 瓶塞；像瓶塞的東西 ◆ 瓶栓 / 栓劑 / 血栓。

6 桃

[táo ㄊㄠˊ [粵] tou⁴ 逃]
❶ 桃樹：落葉喬木，花可觀賞，果實叫桃子，可以吃 ◆ 水蜜桃 / 桃紅柳綠。❷ 像桃子的東西 ◆ 壽桃 / 棉桃。❸ 核桃 ◆ 桃仁 / 桃酥。

6 格

〈一〉[gé ㄍㄜˊ [粵] gak⁸ 隔]
❶ 方形的空框或線條 ◆ 格子 / 方格 / 空格 / 把字寫在格裏。❷ 一定的標準或式樣 ◆ 規格 / 合格 / 格律 / 格式 / 破格錄用 / 別具一格。❸ 品質；風度 ◆ 人格 / 品格 / 性格 / 格調 / 風格。❹ 阻隔；阻礙 ◆ 阻格 / 格格

日 月 木 欠 止 歹

不入。❺打鬥 ◆ 格鬥／格殺。

〈二〉[gē ㄍㄜ [粵] gak^8 隔]

❻格格：象聲詞。形容笑聲、咬牙聲等 ◆ 格格地笑/牙齒咬得格格響。❼形容禽鳥的叫聲 ◆ 母雞格格地叫。

6桅

桅桅桅桅桅桅 [桅]

[wéi ㄨㄟˊ [粵] ŋei^4 危]

桅杆：(1)船上掛帆用的杆子。(2)輪船上懸掛旗幟、航行燈的長杆。

桅

6桀

桀桀桀桀桀桀 [桀]

[jié ㄐㄧㄝˊ [粵] git^9 傑]

❶兇暴；倔強 ◆ 桀驁不馴。❷夏朝末代的君主，相傳是個暴君。

6校

校校校校校校 [校]

〈一〉[xiào ㄒㄧㄠˋ [粵] hau^6 效]

❶學校 ◆ 校長／校舍／校友／校慶。

〈二〉[xiào ㄒㄧㄠˋ [粵] gau^3 教]

❷軍官等級之一，將以下，尉以上 ◆ 上校。

〈三〉[jiào ㄐㄧㄠˋ [粵] gau^3 教]

❸訂正 ◆ 校對／校勘。

6核

核核核核核核 [核]

〈一〉[hé ㄏㄜˊ [粵] hɐt^9 瞎]

❶果實中心包含種子的堅硬部分 ◆ 棗核／桃核。❷泛指事物的中心部分 ◆ 核心。❸像果核那樣結成硬塊的東西 ◆ 細胞核／肺結核。❹特指原子核 ◆ 核能／核武器／核裝置。❺仔細對照、考察 ◆ 核對／核實／考核／審核。

〈二〉[hú ㄏㄨˊ [粵] wɐt^9 屈^9]

❻義同❶，用於某些口語詞語，如杏核、梨核。

6案

案案案案案案 [案]

[àn ㄢˋ [粵] ɔn^3/ŋɔn^3 按]

❶狹長的桌子 ◆ 書案／伏案疾書／拍案而起。❷涉及法律的事件或政治上的重大事件 ◆ 案件／案情／案底／破案／懸案／慘案。❸提出建議、計劃、辦法的文件 ◆ 提案／議案／方案／草案。❹機關、團體內處理公務的記錄、文件 ◆ 檔案／備案／案卷／有案可查。❺事例；實例 ◆ 個案。

6桉

桉桉桉桉桉桉 [桉]

[ān ㄢ [粵] ɔn^1/ŋɔn^1 安]

桉樹：常綠喬木，樹葉可提取桉油。

6根

根根根根根根 [根]

[gēn ㄍㄣ [粵] gɐn^1 斤]

❶植物莖幹的地下部分，有吸收水分和養料的作用 ◆ 樹根／根深葉茂／根深蒂固／盤根結蒂／斬草除根／葉落歸根。❷物體的基礎部分 ◆ 根基／牆根／牙根。❸事情的本源 ◆ 根本／根源／病根／禍根／追根究底。

❹ **依據** ◆ 根據 / 有根有據。❺ **徹底的** ◆ 根治 / 根除。❻ **量詞，用於細長的東西** ◆ 一根竹竿 / 三根火柴 / 一根頭髮。

6 栩　栩栩栩栩栩栩　栩

[xǔ ㄒㄩˇ ㊕ hœy^{2} 許]

栩栩：形容生動活潑的樣子 ◆ 栩栩如生。

6 桑　桑桑桑桑桑桑　桑

[sāng ㄙㄤ ㊕ sɔŋ^{1} 喪^{1}]

桑樹：落葉喬木，葉子可餵蠶，果實可以吃，也可做藥。

7 梆　梆梆梆梆梆梆　梆

[bāng ㄅㄤ ㊕ bɔŋ^{1} 邦]

舊時打更用的響器，用竹筒或挖空的木頭做成 ◆ 梆子。

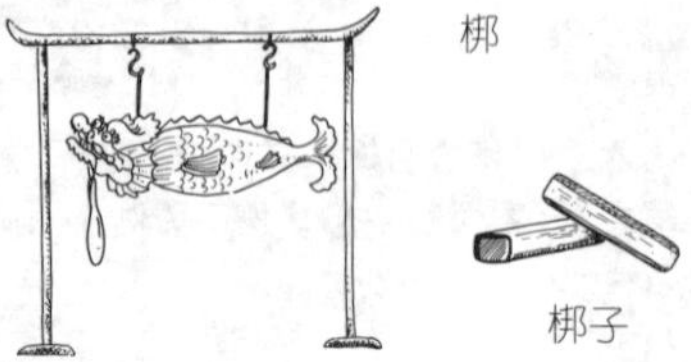

梆

梆子

7 械　械械械械械械　械

[xiè ㄒㄧㄝˋ ㊕ hai^{6} 懈]

❶**器物；具專門用途的器具** ◆ 器械/機械/械鬥。❷**指武器** ◆ 軍械/槍械/繳械投降。

7 梗　梗梗梗梗梗梗　梗

[gěng ㄍㄥˇ ㊕ gɐŋ^{2} 耿]

❶ **植物的莖或枝** ◆ 花梗 / 芋梗 / 芹菜梗。❷ **直着；挺着** ◆ 梗着脖子。❸ **正直；直爽** ◆ 梗直。❹**阻塞；阻礙** ◆ 梗阻/梗塞/從中作梗。❺ **大略** ◆ 故事梗概。

7 梧　梧梧梧梧梧梧　梧

[wú ㄨˊ ㊕ ŋ̍^{4} 吳]

梧桐：植物名，落葉喬木，木質堅韌，可做樂器和器具。

7 彬　見彡部，143頁。

見彡部，143頁。

7 婪　見女部，106頁。

7 梢　梢梢梢梢梢梢　梢

[shāo ㄕㄠ ㊕ sau^{1} 筲]

樹枝或長條形東西的末端 ◆ 樹梢 / 辮梢 / 喜上眉梢 / 月上柳梢頭，人約黃昏後。

7 桿(杆)　桿桿桿桿桿桿　桿

[gǎn ㄍㄢˇ ㊕ gɔn^{1} 干]

❶ **某些用具上像棍子的細長部分** ◆ 秤桿 / 筆桿 / 槍桿。❷ **量詞，用於竿狀物** ◆ 一桿秤 / 一桿槍。

7 梨　梨梨梨梨梨梨　梨

[lí ㄌㄧˊ ㊕ lei^{4} 離]

梨樹：落葉喬木，種類很多。開白花，果實也叫梨，味香甜，可以吃。

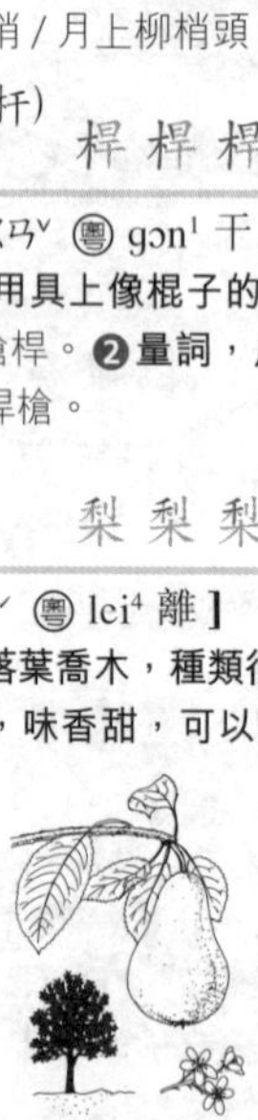

梨樹

7 梅 梅梅梅梅梅梅 梅

[méi ㄇㄟˊ 粵 mui4 媒]

❶ **樹名，落葉喬木，花可供觀賞，果實叫梅子，味酸甜，可以吃** ◆ 望梅止渴。❷ **節候名。初夏中國南方氣候濕潤多雨，正是黃梅成熟時，因此叫"梅雨"** ◆ 入梅 / 出梅 / 黃梅天。

7 梟（枭） 梟梟梟梟梟梟 梟

[xiāo ㄒㄧㄠ 粵 hiu1 囂]

❶ **一種兇猛的鳥，羽毛棕褐色，有橫紋，爪呈鈎狀，很鋭利，晝伏夜出，捕食小動物。** ❷ **強悍；勇健；不馴服** ◆ 梟雄 / 一員梟將。❸ **指非法集團的頭領** ◆ 毒梟。❹ **舊時酷刑，懸掛砍下的人頭** ◆ 梟首示眾。

7 條（条） 條條條條條條 條

[tiáo ㄊㄧㄠˊ 粵 tiu4 調]

❶ **細長的軟樹枝** ◆ 枝條 / 柳條 / 藤條。❷ **細長的東西** ◆ 麪條 / 布條 / 木條 / 紙條。❸ **簡單的文書、字據** ◆ 便條 / 借條 / 收條 / 留言條。❹ **次序；層次** ◆ 條理 / 有條不紊 / 井井有條。❺ **分條説明的文字項目** ◆ 條目 / 條款 / 條例 / 條文。❻ **量詞，用於長條形的東西** ◆ 一條蛇 / 一條繩子 / 一條帶魚。

7 梳 梳梳梳梳梳梳 梳

[shū ㄕㄨ 粵 sɔ1 蔬]

❶ **整理頭髮的用具** ◆ 梳子 / 木梳。❷ **用梳子整理頭髮** ◆ 梳頭 / 梳洗 / 梳妝打扮。

7 梁 梁梁梁梁梁梁 梁

[liáng ㄌㄧㄤˊ 粵 lœŋ4 良]

❶ **架在牆上或柱子上支撐屋頂的大橫木** ◆ 房梁 / 正梁 / 無梁殿 / 上梁不正下梁歪。❷ **橋** ◆ 橋梁 / 津梁。❸ **物體中間隆起的部分** ◆ 鼻梁 / 山梁 / 脊梁。

7 梯 梯梯梯梯梯梯 梯

[tī ㄊㄧ 粵 tɐi1 替1]

❶ **供上下用的器具或設備** ◆ 梯子 / 電梯 / 樓梯 / 雲梯 / 上樹拔梯，過河拆橋。❷ **形狀像梯子那樣一層一層的東西** ◆ 梯田。

7 桶 桶桶桶桶桶桶 桶

[tǒng ㄊㄨㄥˇ 粵 tuŋ2 統]

❶ **圓柱形的盛東西的器具** ◆ 水桶 / 木桶 / 汽油桶。❷ **量詞** ◆ 一桶水。

7 梭 梭梭梭梭梭梭 梭

[suō ㄙㄨㄛ 粵 sɔ1 梳]

梭子：織布機上用來牽引緯線的工具，形狀兩頭尖，中間寬 ◆ 光陰似箭，日月如梭。

8 棒 棒棒棒棒棒棒 棒

[bàng ㄅㄤˋ 粵 paŋ5 彭5]

❶ **棍子** ◆ 木棒 / 棍棒 / 棒槌 / 指揮棒 / 當頭棒喝。❷ **北方方言。凡身體強壯、能力強、水平高、東西好都可用"棒"來形容** ◆ 他身體棒極了 / 球踢得真棒 / 他的字寫得很棒。

8 棱 棱棱棱棱棱棱 棱

[léng ㄌㄥˊ 粵 liŋ4 零]

❶ **物體的邊角或尖角** ◆ 棱角 / 三棱鏡 / 模棱兩可。❷ **物體表面凸起的長條形部分** ◆ 瓦棱。

焦點易錯字 條 | 倏　條例 條件　倏然 倏忽

日 月 木 欠 止 歹

8 **椏**（丫） 椏椏椏椏椏椏 椏

[yā ㄧㄚ ㊣ a^{1}/ŋa^{1} 鴉]
樹杈 ◆ 椏杈／枝椏。

8 **棋** 棋棋棋棋棋棋 棋

[qí ㄑㄧˊ ㊣ kei^{4} 其]
文娛用具，種類很多 ◆ 象棋／圍棋／星羅棋佈／棋逢敵手／棋錯一着，滿盤皆輸。

8 **植** 植植植植植植 植

[zhí ㄓˊ ㊣ dzik^{9} 直]
❶**栽種** ◆ 植樹／種植／移植。❷**穀物、草木的總稱** ◆ 植物。❸**把有機體連接上或補好** ◆ 植皮／斷指再植。❹**培養；樹立** ◆ 扶植／培植／植黨營私。

8 **棟**（栋） 棟棟棟棟棟棟 棟

[dòng ㄉㄨㄥˋ ㊣ duŋ^{6} 洞]
❶**房屋的正梁** ◆ 棟梁／畫棟雕梁。❷**量詞，房屋的計量單位** ◆ 一棟房子。

8 **森** 森森森森森森 森

[sēn ㄙㄣ ㊣ sɐm^{1} 心]
❶**樹木多而密** ◆ 只見樹木，不見森林。❷**形容陰暗可怕** ◆ 陰森／陰森森。

8 **焚** 見火部，266頁。

8 **椅** 椅椅椅椅椅椅 椅

[yǐ ㄧˇ ㊣ ji^{2} 倚]
有靠背的坐具 ◆ 椅子／籐椅／輪椅。

8 **棲**（栖） 棲棲棲棲棲棲 棲

[qī ㄑㄧ ㊣ tsɐi^{1} 妻]
❶**鳥類在樹枝上或巢裏歇息** ◆ 棲息／兩棲動物。❷**泛指居住、停留** ◆ 棲身之所。

8 **棧**（栈） 棧棧棧棧棧棧 棧

[zhàn ㄓㄢˋ ㊣ dzan^{6} 撰]
❶**存放貨物或旅客留宿的地方** ◆ 棧房／貨棧／糧棧／客棧。❷**養牲口的竹木棚或柵欄** ◆ 馬棧／羊棧。

8 **椒** 椒椒椒椒椒椒 椒

[jiāo ㄐㄧㄠ ㊣ dziu^{1} 焦]
植物名，果實或種子有刺激性味道，有辣椒、花椒、胡椒等。

8 **棠** 棠棠棠棠棠棠 棠

[táng ㄊㄤˊ ㊣ tɔŋ^{4} 唐]
植物名：（1）棠梨：落葉喬木，有紅、白兩種，紅的木質堅韌，果實味澀，不能吃；白的果實味酸，可以吃。（2）海棠：落葉小喬木，果實味酸甜，可以吃。

8 **棵** 棵棵棵棵棵棵 棵

[kē ㄎㄜ ㊣ fɔ^{2} 火]
量詞，植物一株叫"一棵" ◆ 一棵草／三棵樹。

8 **棍** 棍棍棍棍棍棍 棍

[gùn ㄍㄨㄣˋ ㊣ gwɐn^{3} 君^{3}]
❶**棒** ◆ 棍棒／木棍／鐵棍／警棍。❷**壞人；無賴** ◆ 惡棍／賭棍／訟棍。

焦點易錯字 棵｜顆 一棵樹 一顆心

8 **棗**（枣）　棗棗棗棗棗棗 棗

[zǎo ㄗㄠˇ ㊈ dzou² 早]

棗樹：落葉喬木，果實味甜，可以吃 ◆ 紅棗 / 棗紅色。

8 **棘**　棘棘棘棘棘棘 棘

[jí ㄐㄧˊ ㊈ gik⁷ 激]

❶ **酸棗樹，枝上有刺。** ❷ **有刺草木的統稱** ◆ 荊棘 / 披荊斬棘。❸ **刺；扎** ◆ 棘手的問題。

8 **棃** “梨”的異體字，見216頁。

8 **椎**　椎椎椎椎椎椎 椎

〈一〉[zhuī ㄓㄨㄟ ㊈ dzœy¹ 追]

❶ **椎骨：也叫脊椎骨，構成脊柱的短骨** ◆ 頸椎 / 腰椎 / 脊椎。

〈二〉[chuí ㄔㄨㄟˊ ㊈ tsœy⁴ 徐]

❷ **同“槌”。敲打東西的器具** ◆ 鐵椎 / 鼓椎。❸ **同“捶”。敲打** ◆ 椎背 / 椎胸頓足。

8 **集** 見隹部，478頁。

8 **棉**　棉棉棉棉棉棉 棉

[mián ㄇㄧㄢˊ ㊈ min⁴ 眠]

植物名。草棉，俗稱棉花。果實叫棉桃，成熟後裂開，綻出白色纖維，就是棉花，可以用來紡紗；種子可以榨油。木棉，是落葉喬木，果實內的纖維不能紡紗，但可用來做枕芯等。

8 **棚**　棚棚棚棚棚棚 棚

[péng ㄆㄥˊ ㊈ paŋ⁴ 彭]

用竹木等搭成的篷架或簡陋的建築，用來遮陽擋雨 ◆ 瓜棚 / 草棚 / 涼棚 / 牲口棚。

8 **椁** 同“槨”字，見224頁。

8 **棄**（弃）　棄棄棄棄棄棄 棄

[qì ㄑㄧˋ ㊈ hei³ 氣]

扔掉；捨去 ◆ 拋棄/放棄/棄權/前功盡棄/食之無味，棄之可惜。

8 **渠** 見水部，251頁。

8 **棕**　棕棕棕棕棕棕 棕

[zōng ㄗㄨㄥ ㊈ dzuŋ¹ 宗]

棕櫚：也叫棕櫚樹，常綠喬木。樹幹外有棕毛，可做繩子、掃帚、刷子等。葉子可做扇子。

棕櫚

8 **棺**　棺棺棺棺棺棺 棺

[guān ㄍㄨㄢ ㊈ gun¹ 官]

棺材：裝殮死人的器具 ◆ 蓋棺論定 / 不見棺材不落淚。

8 **閑** 見門部，471頁。

焦點易錯字　綿 | 棉　絲綿 綿延不斷　棉花 棉布

9 楔

楔楔楔楔楔楔 楔

[xiē ㄒㄧㄝ 粵 sit^{8} 屑]

楔子：(1)插進榫縫使榫頭固定的上厚下薄的小木片。(2)某些舊小說、戲曲正文前的引子或開場白。

9 椿

椿椿椿椿椿椿 椿

[chūn ㄔㄨㄣ 粵 tsœn^{1} 春]

植物名，一種叫香椿，嫩葉有香味，可作菜吃。一種叫臭椿，葉子有臭味。

9 椰

椰椰椰椰椰椰 椰

[yē ㄧㄝ 粵 jɛ^{4} 爺]

椰樹：常綠喬木，生長在熱帶和亞熱帶。果實叫椰子，果汁可做飲料，果肉可以吃，也可以榨油。

椰子

9 楠

楠楠楠楠楠楠 楠

[nán ㄋㄢˊ 粵 nam^{4} 南]

楠木，常綠喬木，木質堅固細密，有香味，是建築和製作器具的優質木材。

9 禁

見示部，317頁。

9 楂

楂楂楂楂楂楂 楂

[zhā ㄓㄚ 粵 dza^{1} 渣]

山楂：植物名。果實也叫山楂，味酸甜，可以吃，也可入藥。

9 楚

楚楚楚楚楚楚 楚

[chǔ ㄔㄨˇ 粵 tsɔ^{2} 礎]

❶痛苦 ◆ 痛楚／苦楚／悽楚。❷清晰；鮮明；整齊 ◆ 清楚／一清二楚／衣冠楚楚。❸姿態嬌柔；纖弱；秀美 ◆ 楚楚可憐。❹古國名。戰國七雄之一，國土主要在今湖南、湖北一帶 ◆ 四面楚歌。❺指湖北和湖南；特指湖北 ◆ 楚劇。

9 極 (极)

極極極極極極 極

[jí ㄐㄧˊ 粵 gik^{9} 擊^{9}]

❶事物達到了最高的境地；到了盡頭 ◆ 南極／北極／登峯造極／泰山極頂。❷最；非常；達到最高程度 ◆ 極好／妙極了／成績極佳／極其重要／樂極生悲。❸用盡；竭盡 ◆ 極力／極目遠望／無所不用其極。

9 楷

楷楷楷楷楷楷 楷

[kǎi ㄎㄞˇ 粵 kai^{2}]

❶典範；榜樣 ◆ 楷模。❷漢字的一種字體，也就是現在通行的正體字 ◆ 楷書／楷體／大楷／小楷。

9 業 (业)

業業業業業業 業

[yè ㄧㄝˋ 粵 jip^{9} 葉]

❶社會上的各種行業 ◆ 農業／工業／商業／各行各業。❷從事的工作；職務 ◆ 職業／就業／轉業／業務／安居樂業。❸學習的內

焦點易錯字 亟｜極 亟待解決 亟須糾正 極限 登峯造極

容或過程 ◆ 學業／畢業／業精於勤，荒於嬉。❹ 財產 ◆ 產業／家業／祖業／業主。❺ 已經 ◆ 業已長大成人。

9楫 楫 楫 楫 楫 楫 楫 楫

[jí ㄐㄧˊ 粵 dzip8 接]
划船用的槳 ◆ 舟楫之利。

9楊(杨) 楊 楊 楊 楊 楊 楊 楊

[yáng ㄧㄤˊ 粵 jœŋ4 羊]
楊樹：落葉喬木，種類很多，有白楊、黃楊、大葉楊、小葉楊、山楊等。木材可做器具 ◆ 楊柳／百步穿楊。

9楞 楞 楞 楞 楞 楞 楞 楞

〈一〉[léng ㄌㄥˊ 粵 liŋ4 零]
❶ 同"棱"字，見217頁。
〈二〉[lèng ㄌㄥˋ 粵 liŋ6 另]
❷同"愣"字，見155頁。

9榆 榆 榆 榆 榆 榆 榆 榆

[yú ㄩˊ 粵 jy4 如]
榆樹：落葉喬木，果實叫榆莢或榆錢，可以吃。木質堅固，可做器具。

9椶 "棕"的異體字，見219頁。

9楓(枫) 楓 楓 楓 楓 楓 楓 楓

[fēng ㄈㄥ 粵 fuŋ1 風]
楓樹：落葉喬木，葉子像手掌，秋天變紅。

9榔 榔 榔 榔 榔 榔 榔 榔

[láng ㄌㄤˊ 粵 lɔŋ4 郎]
❶ 榔頭：體積較大的錘子。 ❷ 檳榔。見"檳"字，228頁。

9概 概 概 概 概 概 概 概

[gài ㄍㄞˋ 粵 gɔi3 丐／kɔi3 蓋(語)]
❶ 大致；總括 ◆ 概況／概要／概貌／概述／大概。❷ 氣度 ◆ 氣概。❸ 一律；表示全部，沒有例外 ◆ 一概／概不負責／概不退換。

9楣 楣 楣 楣 楣 楣 楣 楣

[méi ㄇㄟˊ 粵 mei4 眉]
門框上的橫木 ◆ 門楣。

9椽 椽 椽 椽 椽 椽 椽 椽

[chuán ㄔㄨㄢˊ 粵 tsyn4 全]
椽子：安放在梁上用來架住屋面和屋瓦的木條。

10構(构) 構 構 構 構 構 構 構

[gòu ㄍㄡˋ 粵 gɐu3 救／kɐu3 扣(語)]
❶ 建造；建築 ◆ 構築工事。❷ 組合；設計 ◆ 構思／構圖／構成／構造／虛構。❸ 構成的事物；作品 ◆ 佳構。

10榛 榛 榛 榛 榛 榛 榛 榛

[zhēn ㄓㄣ 粵 dzœn1 津]
榛樹：落葉喬木，果實叫榛子，果仁可以吃，也可榨油。

10槓(杠) 槓 槓 槓 槓 槓 槓 槓

[gàng ㄍㄤˋ 粵 gɔŋ3 鋼]
❶ 抬重物的較粗的棍子 ◆ 竹槓／鐵槓／轎

榿/撬槓。❷體育運動器械 ◆ 單槓/雙槓/高低槓。❸在讀書或批改文字時畫的粗線記號 ◆ 打上紅槓。

10 **榻** 榻 榻 榻 榻 榻 榻 榻

[tà ㄊㄚˋ ㊀粵 tap^{8} 塔]
狹長而較矮的牀；也泛指牀 ◆ 竹榻 / 臥榻 / 病榻 / 下榻。

10 **榦** 同"幹"〈一〉，見134頁。

10 **榫** 榫 榫 榫 榫 榫 榫 榫

[sǔn ㄙㄨㄣˇ 粵 sœn^{2} 筍]
器物接合處的凸凹部分。凸的部分叫榫頭或榫子；凹進的叫榫眼或卯眼。

10 **槐**(槐) 槐 槐 槐 槐 槐 槐 槐

[huái ㄏㄨㄞˊ 粵 wai^{4} 懷]
槐樹：落葉喬木，木材可做器具，花、果、根皮可入藥。

10 **榭** 榭 榭 榭 榭 榭 榭 榭

[xiè ㄒㄧㄝˋ 粵 dzɛ^{6} 謝]
建在高台上的房屋 ◆ 水榭 / 歌台舞榭。

10 **槌** 槌 槌 槌 槌 槌 槌 槌

[chuí ㄔㄨㄟˊ 粵 tsœy^{4} 徐]
敲打用具 ◆ 棒槌 / 鼓槌。

10 **榴** 榴 榴 榴 榴 榴 榴 榴

[liú ㄌㄧㄡˊ 粵 lɐu^{4} 留]
石榴樹：落葉灌木或小喬木，果實球形，叫石榴，裏面有許多種子，種子的外皮汁甜，可以吃。根皮、果皮可入藥。

10 **槍**(枪) 槍 槍 槍 槍 槍 槍 槍

[qiāng ㄑㄧㄤ 粵 tsœŋ^{1} 昌]
❶能用尖頭刺擊或能發射子彈的兵器 ◆ 手槍/紅纓槍/機關槍/槍林彈雨/明槍易躲，暗箭難防。❷像槍的器具 ◆ 水槍/焊槍。

10 **槁** 槁 槁 槁 槁 槁 槁 槁

[gǎo ㄍㄠˇ 粵 gou^{2} 稿]
草木乾枯；面容憔悴 ◆ 槁木死灰 / 臉容枯槁。

10 **榜** 榜 榜 榜 榜 榜 榜 榜

[bǎng ㄅㄤˇ 粵 bɔŋ^{2} 綁]
❶張貼出來的文告或名單 ◆ 發榜 / 放榜 /

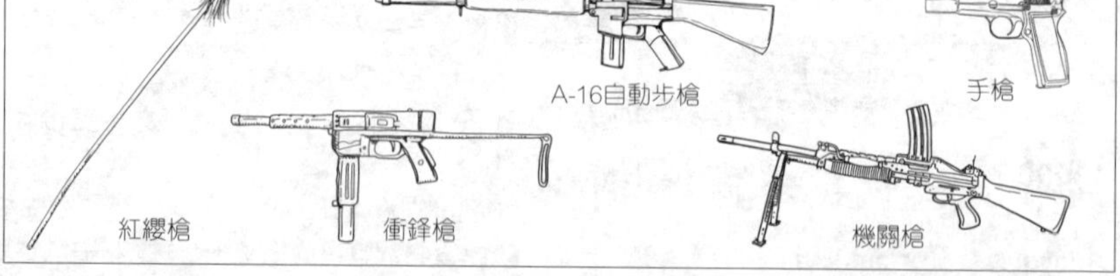

A-16自動步槍
手槍
紅纓槍
衝鋒槍
機關槍

排行榜 / 榜上有名。❷ **榜樣：模範。**

10 榮(荣) 榮榮榮榮榮榮 榮

[róng ㄖㄨㄥˊ ㊊ wiŋ^4 永^4]

❶ **草木茂盛；跟"枯"相對** ◆ 本固枝榮 / 欣欣向榮 / 離離原上草，一歲一枯榮。野火燒不盡，春風吹又生。 ❷ **事業興盛** ◆ 繁榮昌盛。❸ **光榮；跟"辱"相對** ◆ 榮耀 / 榮譽 / 榮登榜首 / 榮獲冠軍 / 榮辱與共。

10 榨 榨榨榨榨榨榨 榨

[zhà ㄓㄚˋ ㊊ dza^3 炸]

❶ **把物體裏的液汁擠壓出來** ◆ 榨取 / 榨油 / 榨甘蔗 / 榨橙汁。 ❷ **擠壓物體液汁的器具** ◆ 油榨 / 酒榨。

10 寨

見宀部，115頁。

10 榕 榕榕榕榕榕榕 榕

[róng ㄖㄨㄥˊ ㊊ juŋ^4 容]

❶ **榕樹：常綠喬木，生長在熱帶和亞熱帶，樹幹分枝多，有氣根，葉子互生，木材可做器具。** ❷ **福建省福州市，別稱"榕城"。**

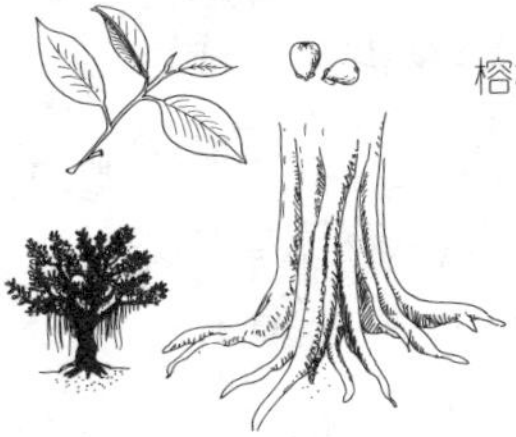

榕樹

10 榷 榷榷榷榷榷榷 榷

[què ㄑㄩㄝˋ ㊊ kɔk^8 確]

商量；討論 ◆ 商榷。

11 樁(桩) 樁樁樁樁樁樁 樁

[zhuāng ㄓㄨㄤ ㊊ dzɔŋ^1 裝]

❶ **打入地裏的柱子** ◆ 打樁 / 橋樁 / 木樁。 ❷ **量詞，用於事情** ◆ 小事一樁 / 一樁要事 / 一樁心事。

11 槽 槽槽槽槽槽槽 槽

[cáo ㄘㄠˊ ㊊ tsou^4 曹]

❶ **長條形的盛器，用來放飼料、貯水或釀酒** ◆ 馬槽 / 豬槽 / 水槽 / 酒槽。 ❷ **兩邊高起、中間凹下像槽的東西** ◆ 牙槽 / 河槽 / 在地上挖了個槽。

11 樞(枢) 樞樞樞樞樞樞 樞

[shū ㄕㄨ ㊊ sy^1 書]

❶ **門上的轉軸** ◆ 户樞不蠹。 ❷ **指事物的中心或重要部分** ◆ 樞紐 / 樞要 / 中樞。

門樞

11 標(标) 標標標標標標 標

[biāo ㄅㄧㄠ ㊊ biu^1 彪]

❶ **記號；識別符號** ◆ 標誌 / 標記 / 標點 / 商標 / 路標。 ❷ **表明；寫明** ◆ 標價 / 標題 / 標榜 / 標新立異。 ❸ **表面的；不是根本的；跟"本"相對** ◆ 治標不治本 / 標本兼治。 ❹

一定的準則、規格 ◆ 標準／標尺／目標／指標。❺ 特指用比價方式發包建設工程或進行大宗商品交易中的一種招商形式，即先由一方提出標準、條件等，承包商或承買人進行競爭 ◆ 招標／投標／評標／中標。❻ 發給競賽優勝者的獎品 ◆ 錦標／奪標。

11 **模**（模）

〈一〉[mó ㄇㄛˊ 粵 mou⁴ 無]

❶ 榜樣；規範 ◆ 模範／模式／楷模／模型。❷ 仿效；仿照 ◆ 模仿／模擬。

〈二〉[mú ㄇㄨˊ 粵 mou⁴ 無]

❸ 製造器物的模型 ◆ 模子／字模／鋼模。

11 **樝** "楂" 的異體字，見220頁。

11 **樓**（楼）

[lóu ㄌㄡˊ 粵 lɐu⁴ 留]

❶ 兩層以上的房屋 ◆ 樓房／高樓大廈／摩天大樓／欲窮千里目，更上一層樓。❷ 樓房的一層 ◆ 二樓／五樓。❸ 建築物的上層部分或有上層結構的建築物 ◆ 城樓／炮樓／鐘樓。

11 **樊**

[fán ㄈㄢˊ 粵 fan⁴ 凡]

❶ 籬笆 ◆ 樊籬。❷ 關鳥獸的籠子 ◆ 樊籠。

11 **樂**（乐）

〈一〉[lè ㄌㄜˋ 粵 lɔk⁹ 落]

❶ 高興；喜悅；跟 "悲" 相對 ◆ 快樂／歡樂／樂趣／助人為樂／樂極生悲。❷ 喜愛；願意 ◆ 樂意幫助／樂於助人／樂此不疲。❸ 笑 ◆ 把他逗樂了／樂得合不攏嘴。

〈二〉[yuè ㄩㄝˋ 粵 ŋɔk⁹ 岳]

❹ 音樂 ◆ 樂器／奏樂／樂譜／第一樂章。❺ 姓。

✿ 圖見225頁。

11 **槨**

[guǒ ㄍㄨㄛˇ 粵 gwɔk⁸ 國]

套在棺材外面的大棺材 ◆ 棺槨。

11 **樟**

[zhāng ㄓㄤ 粵 dzœŋ¹ 章]

樟樹：一種常綠喬木，木材有香味，可提取樟腦和樟油，用來做傢具可以防蛀 ◆ 樟木箱。

11 **樣**（样）

[yàng ㄧㄤˋ 粵 jœŋ⁶ 讓]

❶ 形狀 ◆ 樣子／模樣／同樣／一模一樣／裝模作樣。❷ 用來做標準的 ◆ 樣品／樣本／榜樣／樣板。❸ 種類 ◆ 各式各樣／樣樣齊全／幾樣點心。

11 **樑** "梁" 的異體字，見217頁。

11 **槳**（桨）

[jiǎng ㄐㄧㄤˇ 粵 dzœŋ² 蔣]

划船的用具 ◆ 蕩起雙槳。

12 **橄**（橄）

[gǎn ㄍㄢˇ 粵 gam³ 鑒]

橄欖樹：常綠喬木，果實長圓形，綠色，叫

樂器

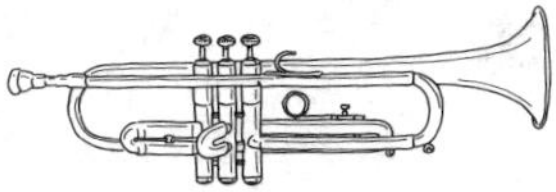
喇叭

嗩吶

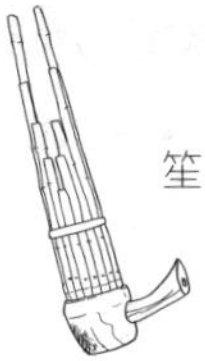
笙

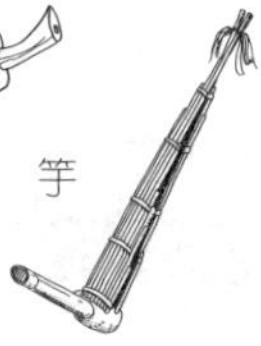
竽

簫

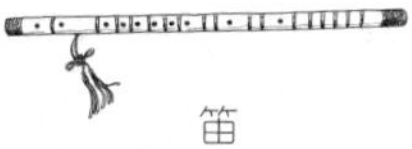
笛

小提琴

手風琴

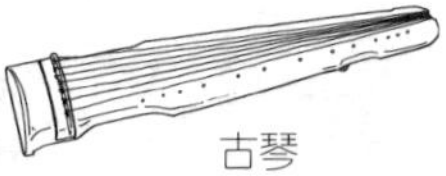
古琴

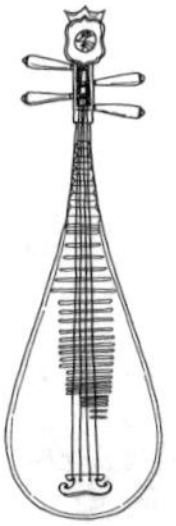
琵琶

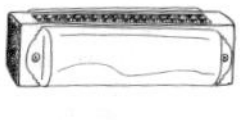
口琴

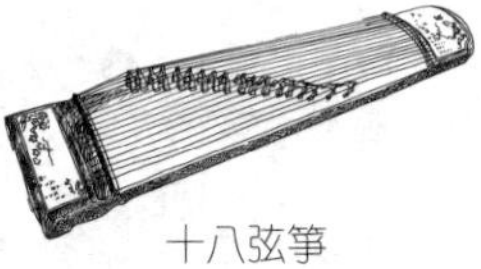
十八弦箏

電子琴

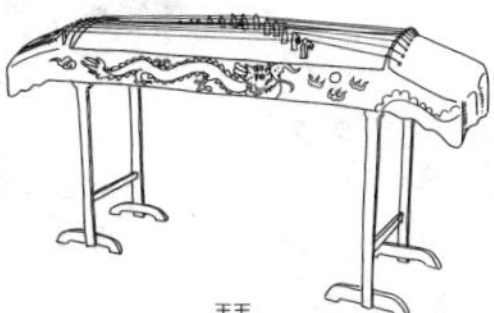
瑟

鋼琴

橄欖，也叫青果，可以吃，也可入藥。種子叫欖仁，可以榨油。

12 **橫**(横) 橫 橫 橫 橫 橫 橫 橫

〈一〉[héng ㄏㄥˊ 粵 waŋ4]
❶ **跟地面平行的；左右向的；東西向的；跟"豎"、"直"、"縱"相對** ◆ 橫寫/橫梁/橫線/縱橫交錯/橫看成嶺側成峯，遠近高低各不同。❷**交錯雜亂** ◆ 橫七豎八/蔓草橫生/血肉橫飛。❸ **粗暴不講理** ◆ 橫行霸道/橫衝直撞/橫加阻撓。

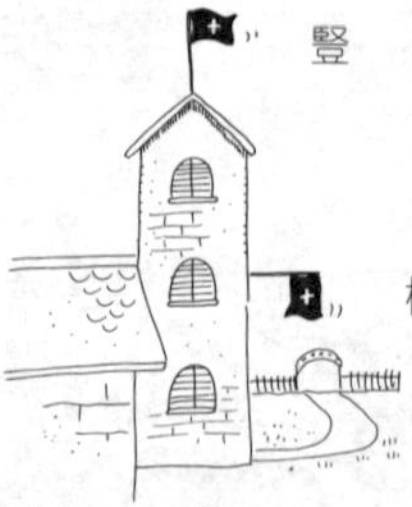
豎
橫

〈二〉[hèng ㄏㄥˋ 粵 waŋ4]
❹ **粗暴；兇狠** ◆ 蠻橫無理/態度強橫。❺ **意外的** ◆ 飛來橫禍/大發橫財。

12 **樹**(树) 樹 樹 樹 樹 樹 樹 樹

[shù ㄕㄨˋ 粵 sy6 豎]
❶ **木本植物的總稱** ◆ 樹林/植樹造林/大樹底下好乘涼/只見樹木，不見森林。❷ **種植；培養** ◆ 十年樹木，百年樹人。❸ **建立** ◆ 建樹/獨樹一幟/樹立新風氣。

12 **樺**(桦) 樺 樺 樺 樺 樺 樺 樺

[huà ㄏㄨㄚˋ 粵 wa6 話 / wa4 華]
白樺樹：落葉喬木，樹皮白色。木材可做器具。

12 **樸**(朴) 樸 樸 樸 樸 樸 樸 樸

[pǔ ㄆㄨˇ 粵 pɔk8 撲]
不加修飾的；實實在在的 ◆ 樸實/樸素/質樸/純樸/古樸典雅。

12 **橇** 橇 橇 橇 橇 橇 橇 橇

[qiāo ㄑㄧㄠ 粵 hiu1 僥/tsœy3 趣]
在冰雪上滑行的工具 ◆ 雪橇。

12 **橋**(桥) 橋 橋 橋 橋 橋 橋 橋

[qiáo ㄑㄧㄠˊ 粵 kiu4 喬]
橫跨水面或架設在空中以便通行的建築物 ◆ 橋梁/天橋/鐵橋/石拱橋/青馬大橋。

12 **橡** 橡 橡 橡 橡 橡 橡 橡

[xiàng ㄒㄧㄤˋ 粵 dzœŋ6 象]
❶ **橡樹：落葉喬木，果實叫橡子。木材可做枕木、傢具等。** ❷ **橡膠樹：常綠喬木，樹幹有乳狀膠汁，可製橡膠。**

12 **樽** 樽 樽 樽 樽 樽 樽 樽

[zūn ㄗㄨㄣ 粵 dzœn1 津]
❶ **古代盛酒的器具。** ❷ **粵語指瓶子** ◆ 花樽。

12 **橙** 橙 橙 橙 橙 橙 橙 橙

[chéng ㄔㄥˊ 粵 tsaŋ4 撐4/tsaŋ2 撐2(語)]
❶ **橙樹：常綠喬木，果實叫橙子，可以吃，果皮可入藥。** ❷ **紅和黃合成的顏色** ◆ 紅橙黃綠青藍紫。

12 **橘** 橘 橘 橘 橘 橘 橘 橘

[jú ㄐㄩˊ 粵 gwɐt7 骨]

焦點易錯字 撲｜樸 撲滅 撲朔迷離 簡樸 樸實不華

橘樹：常綠喬木，品種很多。果實叫橘子，可以吃，果皮可入藥。

12 橢（椭） 橢橢橢橢橢橢 橢

[tuǒ ㄊㄨㄛˇ 粵 tɔ^5 妥]

長圓形 ◆ 橢圓。

12 機（机） 機機機機機機 機

[jī ㄐㄧ 粵 gei^1 基]

❶**由多種零件組合成的器具；機器** ◆ 打字機／發電機／洗衣機／拖拉機／縫紉機。❷**飛機的簡稱** ◆ 機場／專機／戰鬥機／偵察機。❸**事物的關鍵或重要方面** ◆ 機要／機密。❹**適宜的時候；機會** ◆ 機遇／時機／趁機／隨機應變／坐失良機／機不可失。❺**靈巧；靈活** ◆ 機靈／機智／機警／機敏／機動靈活。

13 檔（档） 檔檔檔檔檔檔 檔

[dàng ㄉㄤˋ 粵 dɔŋ^3 當^3]

❶**架子上的橫木或框格** ◆ 橫檔／牀檔／框檔／窗檔。❷**存放公文案卷的櫥架** ◆ 存檔／歸檔。❸**分類保存的公文案卷** ◆ 檔案。❹**貨物的等級** ◆ 檔次／低檔貨／高檔消費品。

F-16 戰鬥機

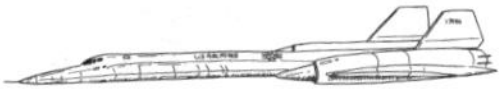
SR-71 高空偵察機

（波音747）民航機

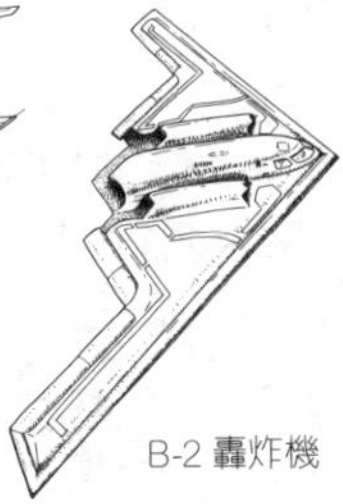
B-2 轟炸機

滑翔機

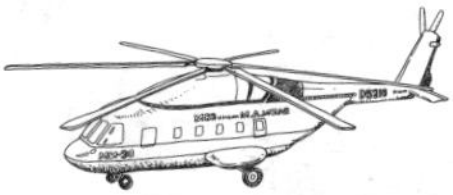
直升機

打字機

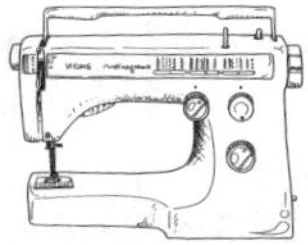
縫紉機

吸塵機

拖拉機

13 檄

[xí ㄒㄧˊ 粵 hɐt⁹ 瞎]

檄文：古代的一種文書，用來徵召、聲討或告示民眾，大多指聲討敵人的文書。

13 櫛（栉）

[zhì ㄓˋ 粵 dzit⁸ 折]

❶梳子、篦子的總稱 ◆ 鱗次櫛比。❷梳頭 ◆ 櫛髮／櫛風沐雨。

13 檢（检）

[jiǎn ㄐㄧㄢˇ 粵 gim² 撿]

❶查看；查驗 ◆ 檢驗／體檢／檢閱／檢疫。❷約束；限制 ◆ 有失檢點／行為不檢。

13 檐

“簷”的異體字，見334頁。

13 檀

[tán ㄊㄢˊ 粵 tan⁴ 壇]

檀樹：落葉喬木，木質堅硬，可製作器物。另一種叫檀香木，常綠喬木，木材有香味，可提取香料，做摺扇等。

13 檁（檩）

[lǐn ㄌㄧㄣˇ 粵 lɐm⁵ 凜]

屋架上的橫木，用來支撐椽子或屋面板 ◆ 檁條。

14 檯

同“枱”字，見213頁。

14 櫃（柜）

[guì ㄍㄨㄟˋ 粵 gwɐi⁶ 跪]

❶收藏東西的器具 ◆ 櫃子／衣櫃／櫥櫃／貨櫃／保險櫃。❷商店裏用來存放商品或進行交易的形狀像櫃的枱子 ◆ 櫃枱。

14 檻（槛）

〈一〉[kǎn ㄎㄢˇ 粵 lam⁶ 艦]

❶門下面的橫木 ◆ 門檻。

〈二〉[jiàn ㄐㄧㄢˋ 粵 ham⁵ 咸⁵]

❷關野獸的柵欄；囚禁、押送犯人的籠車 ◆ 獸檻／檻車。

14 檬（檬）

[méng ㄇㄥˊ 粵 muŋ⁴ 蒙]

檸檬。見“檸”字，本頁。

14 檳（槟）

〈一〉[bīn ㄅㄧㄣ 粵 bɐn¹ 賓]

❶檳子：果樹，果實比蘋果小，味酸甜。

〈二〉[bīng ㄅㄧㄥ 粵 bɐn¹ 賓]

❷檳榔：常綠喬木，生長在熱帶、亞熱帶。果實可以吃，也可以做藥材 ◆ 採檳榔。

檳榔

14 檸（柠）

[níng ㄋㄧㄥˊ 粵 niŋ⁴ 寧]

檸檬樹：常綠喬木，生長在熱帶或亞熱帶。果實叫檸檬，味酸，可以做飲料，果皮可以提取檸檬油。

15 **櫝**（椟） 櫝 櫝 櫝 櫝 櫝 櫝 櫝

[dú ㄉㄨˊ ㊕ duk⁹ 讀]
櫃子；木匣 ◆ 買櫝還珠。

15 **麓** 見鹿部，510頁。

15 **櫟**（栎） 櫟 櫟 櫟 櫟 櫟 櫟 櫟

[lì ㄌㄧˋ ㊕ lik⁷ 礫]
櫟樹：也叫柞樹，落葉喬木，葉子可餵柞蠶，木材可做器具。

15 **櫓**（橹） 櫓 櫓 櫓 櫓 櫓 櫓 櫓

[lǔ ㄌㄨˇ ㊕ lou⁵ 魯]
裝在船尾用來搖船的工具，比槳長而大 ◆ 搖櫓。

15 **櫚**（榈） 櫚 櫚 櫚 櫚 櫚 櫚 櫚

[lǘ ㄌㄩˊ ㊕ lœy⁴ 雷]
棕櫚。見"棕"字，219頁。

15 **櫥**（橱） 櫥 櫥 櫥 櫥 櫥 櫥 櫥

[chú ㄔㄨˊ ㊕ tsy⁴/tsœy⁴ 除]
放置衣物的傢具 ◆ 衣櫥／書櫥／碗櫥。

17 **櫻**（樱） 櫻 櫻 櫻 櫻 櫻 櫻 櫻

[yīng ㄧㄥ ㊕ jiŋ¹ 英]
❶ 櫻桃樹：落葉喬木，果實叫櫻桃，球形，味酸甜，可以吃。❷ 櫻花：落葉喬木，春天開淡紅花或白花，供觀賞。

17 **欄**（栏） 欄 欄 欄 欄 欄 欄 欄

[lán ㄌㄢˊ ㊕ lan⁴ 蘭]
❶ 欄杆；橋的兩邊或亭台等建築的四邊起攔擋作用的東西 ◆ 石欄／木欄／迴欄／憑欄遠眺。❷ 關養牲畜的圈 ◆ 牛欄／豬欄。❸ 報刊上用線條等分隔開的版面；表格中的項目 ◆ 專欄／廣告欄／文藝欄／學歷欄。

18 **權**（权） 權 權 權 權 權 權 權

[quán ㄑㄩㄢˊ ㊕ kyn⁴ 拳]
❶ 具有支配事物的力量；權力 ◆ 政權／職權／掌權／主權。❷ 應有的權力和享受的利益；權利 ◆ 人權／選舉權／發言權／合法權益。❸ 暫時的；變通的 ◆ 權變／權宜之計／通權達變。❹ 衡量 ◆ 權衡利弊得失。

21 **欖**（榄） 欖 欖 欖 欖 欖 欖 欖

[lǎn ㄌㄢˇ ㊕ lam⁵ 覽]
橄欖。見"橄"字，224頁。

25 **鬱** 見鬯部，500頁。

欠部

0 **欠** 欠 欠 欠 欠

[qiàn ㄑㄧㄢˋ ㊕ him³ 謙³]
❶ 借人錢物沒有還、買東西暫時不付錢或應該給的沒有給 ◆ 欠債／欠賬／欠款／拖

欠。❷不夠；缺少 ◆ 欠缺/成績欠佳/考慮欠妥/萬事俱備，只欠東風。❸身體稍微向上或向前移動 ◆ 欠身。❹困倦時張口出氣 ◆ 打阿欠。

見古文字插頁 3。

2次 次次次次次 次

[cì ㄘˋ 粵 tsi³ 刺]

❶順序；先後 ◆ 次序/名次/依次排隊/層次分明/語無倫次。❷排在第二的 ◆ 次日/次子/次要/其次。❸質量差的 ◆ 次貨/以次充好/東西太次。❹量詞，用於反覆出現的事情，略等於"回" ◆ 屢次/初次見面/三番五次。

3吹 見口部，64頁。

4欣 欣欣欣欣欣欣 欣

[xīn ㄒㄧㄣ 粵 jɐn¹ 因]

高興；喜悦 ◆ 欣喜/欣慰/欣然接受/歡欣/欣逢佳節/十分欣幸。

7軟 見車部，439頁。

7欲 欲欲欲欲欲欲 欲

[yù ㄩˋ 粵 juk⁹ 玉]

❶想要；希望 ◆ 欲速不達/欲罷不能/欲蓋彌彰/隨心所欲/工欲善其事，必先利其器。❷將要；快要 ◆ 搖搖欲墜/山雨欲來風滿樓。❸同"慾"字 ◆ 食欲/求知欲。

8款 款款款款款款 款

[kuǎn ㄎㄨㄢˇ 粵 fun² 寬²]

❶錢財；經費 ◆ 現款/存款/公款/撥款/專款專用。❷法令、規章、條約等分條列出的項目 ◆ 條款/第三條第五款。❸字畫上的題名 ◆ 落款/上款/下款。❹樣式；規格 ◆ 款式/新款服飾。❺誠懇 ◆ 款留。❻招待 ◆ 款待/款客。

8欺 欺欺欺欺欺欺 欺

[qī ㄑㄧ 粵 hei¹ 希]

❶騙；隱瞞事實真相 ◆ 欺騙/欺詐/欺上瞞下/自欺欺人/童叟無欺。❷壓迫；凌辱 ◆ 欺侮/欺負/仗勢欺人/欺人太甚/欺軟怕硬。

8欽 (钦) 欽欽欽欽欽欽 欽

[qīn ㄑㄧㄣ 粵 jɐm¹ 音]

❶恭敬；敬重 ◆ 欽佩/欽羨/欽仰。❷古代稱皇帝親自做的 ◆ 欽定/欽賜/欽差大臣。

9歇 歇歇歇歇歇歇 歇

[xiē ㄒㄧㄝ 粵 hit⁸ 蠍]

❶休息 ◆ 歇息/歇一會再説。❷停止 ◆ 歇業。

10歌 歌歌歌歌歌歌 歌

[gē ㄍㄜ 粵 gɔ¹ 哥]

❶詩；樂曲 ◆ 詩歌/民歌/歌曲/歌謠/兒歌/四面楚歌。❷唱 ◆ 歌唱/歌手/歌舞晚會/載歌載舞/引吭高歌。❸讚揚；頌揚 ◆ 歌頌/歌功頌德/可歌可泣。

10歉 歉歉歉歉歉歉 歉

[qiàn ㄑㄧㄢˋ 粵 hip⁸ 怯]

焦點易錯字 欲 | 慾 暢所欲言 搖搖欲墜 利慾薰心 七情六慾

❶莊稼收成不好；跟"豐"相對 ◆ 歉收／歉年／以豐補歉。❷感到對不起人；向人說對不起 ◆ 抱歉／道歉／深表歉意。

11 **歎**（叹） 歎 歎 歎 歎 歎 歎 歎

[tàn ㄊㄢˋ 粵 tan^3 炭]

❶**心裏苦悶時發出的呼氣聲** ◆ 歎息／歎氣／長吁短歎／唉聲歎氣／長歎一聲。❷**讚美；讚美之聲** ◆ 歎服／讚歎不已／歎為觀止。❸**吟詠** ◆ 詠歎／一唱三歎。

11 **歐**（欧） 歐 歐 歐 歐 歐 歐 歐

[ōu ㄡ 粵 ɐu^1/ŋɐu^1 鷗]

歐洲的簡稱 ◆ 西歐／北歐／地跨歐亞兩洲。

18 **歡**（欢） 歡 歡 歡 歡 歡 歡 歡

[huān ㄏㄨㄢ 粵 fun^1 寬]

❶**快樂；高興** ◆ 歡樂／歡笑／歡迎／歡天喜地／不歡而散。❷**起勁；活躍** ◆ 幹得歡／唱得歡／玩得歡。❸**戀人** ◆ 新歡。

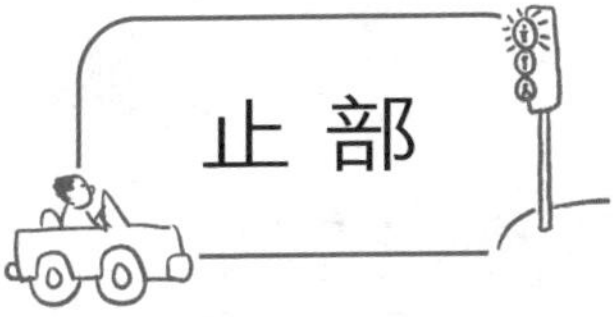
止 部

0 **止** 止 止 止 止

[zhǐ ㄓˇ 粵 dzi^2 只]

❶**停住；停下來** ◆ 停止／靜止／遊客止步／終止計劃／適可而止。❷**阻擋；使停止** ◆ 阻止／禁止／制止／止咳／止血。❸**只；僅** ◆ 不止一次／止此一家，別無分店。

見古文字插頁3。

1 **正** 正 正 正 正 正

〈一〉[zhèng ㄓㄥˋ 粵 dziŋ^3 政]

❶**不偏不斜；正中；跟"歪"、"斜"相對** ◆ 立正／正前方／正方形／身正不怕影子斜／上梁不正下梁歪。❷**正面的；跟"反"相對** ◆ 正反兩面／一正一反。❸**合法的；正規的；合乎常理的** ◆ 正當／正派／公正／正常／正大光明。❹**作為主體的；為主的；跟"副"相對** ◆ 正文／正本／正業／正部長。❺**純淨不雜** ◆ 純正／味道不正／顏色不正。❻**修改差錯，使正確** ◆ 改正／糾正／訂正／修正／正音。❼**嚴肅；鄭重** ◆ 正告／正視。❽**恰好** ◆ 正好／正中下懷。❾**表示動作在進行中** ◆ 正在洗澡／正說着話。

〈二〉[zhēng ㄓㄥ 粵 dziŋ^1 征]

❿**農曆一年的第一個月** ◆ 正月。

2 **此** 此 此 此 此 此 此

[cǐ ㄘˇ 粵 tsi^2 始]

❶**這；這個；跟"彼"相對** ◆ 此人／顧此失彼／豈有此理／此地無銀三百兩／此時無聲勝有聲。❷**這裏；這時** ◆ 到此一遊／從此以後。❸**這樣** ◆ 如此這般／照此辦理／長此以往／人同此心，心同此理。

3 **址** 見土部，86頁。

3 **步** 步 步 步 步 步 步 步

[bù ㄅㄨˋ 粵 bou^6 部]

❶**行走** ◆ 步行／徒步／步入教室／步履艱難。❷**走路時兩腳之間的距離** ◆ 腳步／步

焦點易錯字 歐｜毆　歐洲　毆打　鬥毆

伐／邁大步／寸步難行。❸ **跟隨** ◆ 步人後塵。❹ **事情進行的階段、程序** ◆ 步驟／初步／逐步。❺ **境地** ◆ 不幸落到這一步／事情到了這個地步，已經很難挽回了。

見古文字插頁 13。

4 武 武武武武武武 武

[wǔ ㄨˇ ㊣ mou^{5} 舞]

❶ **與軍事有關的；跟“文”相對** ◆ 武力／武器／武裝／文武雙全／耀武揚威。❷ **跟技擊有關的** ◆ 武術／武功／武藝高強。❸ **勇猛** ◆ 英武／富貴不能淫，威武不能屈。

4 歧 歧歧歧歧歧歧 歧

[qí ㄑㄧˊ ㊣ kei^{4} 其]

❶ **岔路；從大路分出來的小路** ◆ 歧路／歧路亡羊／誤入歧途。❷ **不相同；不一致** ◆ 歧義／分歧／歧視。

4 肯

見肉部，360頁。

5 歪 歪歪歪歪歪歪 歪

[wāi ㄨㄞ ㊣ wai^{1} 懷^{1}]

❶ **不正；偏斜；跟“正”相對** ◆ 歪斜／東倒西歪／畫掛歪了／上梁不正下梁歪。❷ **不正當；不正派** ◆ 歪理／邪門歪道／歪風邪氣。

9 歲 (岁) 歲歲歲歲歲歲 歲

[suì ㄙㄨㄟˋ ㊣ sœy^{3} 碎]

❶ **年** ◆ 歲末年初／歲歲平安／歲寒然後知松柏之後凋／辭舊歲，迎新年。❷ **量詞，表示年齡** ◆ 歲數／我十歲，弟弟七歲。

10 雌

見隹部，478頁。

11 齒

見齒部，516頁。

12 整

見攴部，193頁。

12 歷 (历) 歷歷歷歷歷歷 歷

[lì ㄌㄧˋ ㊣ lik^{9} 力]

❶ **經過** ◆ 經歷／歷時三年／艱難的歷程／歷盡千辛萬苦。❷ **過去的每一個、每一次** ◆ 歷史／歷屆／歷代／歷年／歷次。❸ **遍；一個一個的** ◆ 歷訪歐洲各國／往事歷歷在目。

14 歸 (归) 歸歸歸歸歸歸 歸

[guī ㄍㄨㄟ ㊣ gwɐi^{1} 龜]

❶ **返回；回到原處** ◆ 歸心似箭／一夜未歸／滿載而歸／葉落歸根／柴門聞犬吠，風雪夜歸人。❷ **還給；返還** ◆ 歸還／物歸原主／完璧歸趙。❸ **合併；聚攏** ◆ 歸併／歸攏。❹ **屬於** ◆ 歸屬／歸公／這事歸你管。❺ **依附；趨向** ◆ 萬眾歸心／眾望所歸／殊途同歸／百川歸海。

歹部

0 歹 歹歹歹 歹

[dǎi ㄉㄞˇ ㊣ dai^{2} 帶^{2}]

壞；惡；跟"好"相對 ◆ 歹徒 / 並無歹意 / 為非作歹 / 不知好歹。

2 列

見刀部，40頁。

2 死

死 死 死 死 死 死

[sǐ ㄙˇ ㊉ si² 史 / sei² 四²]

❶ **喪失生命；跟"生"相對** ◆ 死亡 / 死不瞑目 / 視死如歸 / 大難不死，必有後福 / 人生自古誰無死，留取丹心照汗青。❷ **不顧生命；拚命** ◆ 決一死戰 / 死守陣地 / 殊死搏鬥。❸ **不活動；不靈活** ◆ 死水 / 死板 / 死腦筋 / 死心眼。❹ **不能通過** ◆ 死胡同 / 死路一條。❺ **形容達到極點** ◆ 死頑固 / 笑死了 / 氣死人了。

4 歿

歿 歿 歿 歿 歿 歿

[mò ㄇㄛˋ ㊉ mut⁹ 末]

死 ◆ 病歿 / 秦王既歿。

5 殃

殃 殃 殃 殃 殃 殃 殃

[yāng ㄧㄤ ㊉ jœŋ¹ 央]

❶ **災禍** ◆ 遭殃 / 災殃。❷ **使受災禍；危害** ◆ 禍國殃民 / 殃及池魚。

5 殆

殆 殆 殆 殆 殆 殆 殆

[dài ㄉㄞˋ ㊉ tɔi⁵ 怠]

❶ **危險；失敗** ◆ 知己知彼，百戰不殆。❷ **幾乎；差不多** ◆ 喪失殆盡。

6 殊

殊 殊 殊 殊 殊 殊 殊

[shū ㄕㄨ ㊉ sy⁴ 薯]

❶ **不同；差別** ◆ 殊途同歸 / 正本與副本無殊。❷ **特別的** ◆ 特殊 / 殊勳 / 獲此殊榮。❸ **很；非常** ◆ 殊念 / 殊有同感。

6 殉

殉 殉 殉 殉 殉 殉 殉

[xùn ㄒㄩㄣˋ ㊉ sœn⁶ 順 / sœn¹ 荀 (語)]

❶ **為了一定目的而犧牲生命** ◆ 殉情 / 殉國 / 以身殉職 / 以殉國難。❷ **陪葬** ◆ 殉葬。

8 殖

殖 殖 殖 殖 殖 殖 殖

[zhí ㄓˊ ㊉ dzik⁹ 直]

生育；生長 ◆ 生殖 / 繁殖。

8 殘 (残)

殘 殘 殘 殘 殘 殘 殘

[cán ㄘㄢˊ ㊉ tsan⁴ 燦⁴]

❶ **有缺損；不完整** ◆ 殘疾人 / 殘破不堪 / 殘缺不全 / 身殘志堅。❷ **剩下的** ◆ 殘存 / 殘羹剩飯 / 風燭殘年 / 殘兵敗將 / 殘冬臘月。❸ **毀壞；傷害** ◆ 殘害 / 殘殺 / 摧殘。❹ **兇暴** ◆ 殘酷 / 殘忍 / 殘暴。

13 殮 (殓)

殮 殮 殮 殮 殮 殮 殮

[liàn ㄌㄧㄢˋ ㊉ lim⁵ 斂]

把死人裝入棺材 ◆ 入殮 / 裝殮 / 殮葬。

14 殯 (殡)

殯 殯 殯 殯 殯 殯 殯

[bìn ㄅㄧㄣˋ ㊉ bɐn³ 鬢]

停棺；送葬 ◆ 殯葬 / 出殯 / 殯儀館。

17 殲 (歼)

殲 殲 殲 殲 殲 殲 殲

[jiān ㄐㄧㄢ ㊉ tsim¹ 簽]

消滅 ◆ 殲滅 / 圍殲 / 聚而殲之 / 殲敵千人。

殳部

5段

[duàn ㄉㄨㄢˋ ㊆ dyn6 斷]

事物或時間的一節或一部分 ◆ 分三個階段 / 文章共五段 / 講了一段話 / 還有一段時間 / 把木頭鋸成三段。

6殷

〈一〉[yīn ㄧㄣ ㊆ jɐn1 因]

❶ **富足** ◆ 殷實 / 殷富 / 殷商。❷ **懇切；深厚** ◆ 殷切 / 殷勤 / 情意甚殷。❸ **姓**。

〈二〉[yān ㄧㄢ ㊆ jin1 煙]

❹ **赤黑色** ◆ 殷紅。

7殺 (杀)

[shā ㄕㄚ ㊆ sat8 煞]

❶ **使人或動物喪失生命；弄死** ◆ 殺人 / 殺蟲劑 / 消毒殺菌 / 殺雞焉用牛刀。❷ **戰鬥** ◆ 殺出重圍。❸ **削減；減除** ◆ 殺價 / 殺威風。❹ **形容程度深** ◆ 氣殺 / 真是笑殺人。

8殼 (壳)

〈一〉[ké ㄎㄜˊ ㊆ hɔk8 學8]

❶ **堅硬的外皮** ◆ 貝殼 / 外殼 / 蛋殼 / 子彈殼。

〈二〉[qiào ㄑㄧㄠˋ ㊆ hɔk8 學8]

❷ **義同❶** ◆ 地殼 / 軀殼 / 金蟬脫殼。

9毀 (毁)

[huǐ ㄏㄨㄟˇ ㊆ wɐi2 委]

❶ **破壞** ◆ 毀壞 / 毀容 / 摧毀 / 搗毀。❷ **說別人的壞話** ◆ 毀謗 / 詆毀 / 毀譽參半。❸ **"燬"的簡化字**。

9殿

[diàn ㄉㄧㄢˋ ㊆ din6 電]

❶ **古代稱高大的房屋，後專指帝皇居住的地方或供奉神佛的地方** ◆ 宮殿 / 佛殿 / 太和殿 / 大雄寶殿。❷ **行軍時走在最後的；比賽中名列第四** ◆ 殿後 / 殿軍。

11穀

見禾部，322頁。

11毆 (殴)

[ōu ㄡ ㊆ ɐu2/ŋɐu2 嘔]

打 ◆ 毆打 / 打架鬥毆。

11毅

[yì ㄧˋ ㊆ ŋɐi6 藝]

堅決；果斷 ◆ 毅力 / 剛毅 / 堅毅。

毋部

0毋

[wú ㄨˊ ㊆ mou4 無]

不要；不可以 ◆ 毋妄言 / 寧缺毋濫 / 宜未

焦點易錯字 殺 | 剎 | 煞 宰殺 殺人 剎車 剎住 煞氣 煞星 母 | 毋 母親 母校 毋庸置議 寧缺毋濫

雨而綢繆，毋臨渴而掘井。

1 母

[mǔ ㄇㄨˇ 粵 mou^{5} 武]

❶ **母親；媽媽** ◆ 母愛 / 母子情深 / 可憐天下父母心 / 慈母手中線，遊子身上衣。❷ **對長輩婦女的尊稱** ◆ 祖母 / 岳母 / 伯母 / 姑母 / 師母。❸ **雌性的動物** ◆ 母雞 / 母牛 / 母豬。❹ **有製造、產生其他事物的能力或作用的；從那裏出來的** ◆ 母本 / 母校 / 航空母艦 / 失敗乃成功之母。

3 每

[měi ㄇㄟˇ 粵 mui^{5} 梅^{5}]

❶ **各個** ◆ 每人 / 每月一次 / 每隊派一名代表。❷ **各次** ◆ 每次 / 每逢佳節倍思親。

5 毒

[dú ㄉㄨˊ 粵 duk^{9} 獨]

❶ **有害的** ◆ 毒品 / 毒藥 / 毒蛇 / 毒氣。❷ **有害的東西** ◆ 吸毒 / 消毒 / 中毒 / 以毒攻毒。❸ **用毒物殺死** ◆ 毒害 / 毒老鼠。❹ **兇狠；殘暴** ◆ 毒辣 / 毒計 / 狠毒 / 下毒手 / 毒打一頓。

比部

0 比

〈一〉[bǐ ㄅㄧˇ 粵 bei^{2} 彼]

❶ **比較；比賽** ◆ 比武 / 比高矮 / 比大小 / 比誰跑得快。❷ **表示兩個數值的關係** ◆ 比值 / 三比一勝出。❸ **譬喻；打比方** ◆ 比喻 / 把月亮比作彎彎的小船。❹ **模仿** ◆ 比着葫蘆畫瓢。❺ **打手勢** ◆ 比劃 / 連説帶比。

〈二〉[bǐ ㄅㄧˇ 粵 bei^{6} 備 / bei^{2} 彼]

❻ **靠近；挨着** ◆ 鱗次櫛比 / 比翼齊飛 / 海內存知己，天涯若比鄰。❼ **依附；勾結** ◆ 朋比為奸。

4 昆

見日部，198頁。

5 毗

[pí ㄆㄧˊ 粵 pei^{4} 皮]

連接 ◆ 毗連 / 毗鄰。

5 皆

見白部，300頁。

5 毖

[bì ㄅㄧˋ 粵 bei^{3} 祕]

謹慎 ◆ 懲前毖後。

毛部

0 毛

[máo ㄇㄠˊ 粵 mou^{4} 無]

❶ **動植物表皮上所生的絲狀物；鳥類身上的羽** ◆ 羊毛 / 雞毛 / 羽毛 / 眉毛 / 毛髮。❷ **粗糙的；沒有加工的** ◆ 毛樣 / 毛坯。❸ 粗

焦點易錯字　母 | 毋　母親 母校　毋庸置議 寧缺毋濫

略估計的；不是純淨的 ◆ 毛估 / 毛重 / 毛利。❹ 做事粗心，不沉着 ◆ 毛手毛腳 / 毛毛躁躁。❺ 形容細、小 ◆ 毛孩子 / 毛毛雨。❻ 一元的十分之一；角 ◆ 一毛。

☞ 見古文字插頁 3。

3 **尾** 見尸部，121頁。

6 **耗** 見耒部，356頁。

7 **毫** 毫毫毫毫毫毫 [毫]

[háo ㄏㄠˊ [粵] hou⁴ 豪]

❶ 細毛 ◆ 毫毛 / 明察秋毫。❷ 指毛筆 ◆ 羊毫 / 狼毫 / 揮毫疾書 / 即席揮毫。❸ 形容極少；一點兒 ◆ 一絲一毫 / 毫無誠意 / 毫無影響 / 毫不在乎 / 毫無道理。

8 **毯** 毯毯毯毯毯毯 [毯]

[tǎn ㄊㄢˇ [粵] tam² 貪²/tan² 坦 (語)]

鋪、墊、蓋用的較厚的毛、棉織品 ◆ 毛毯 / 地毯 / 毯子。

9 **毽** 毽毽毽毽毽毽 [毽]

[jiàn ㄐㄧㄢˋ [粵] gin³ 見]

毽子：一種用腳踢的玩具 ◆ 踢毽子。

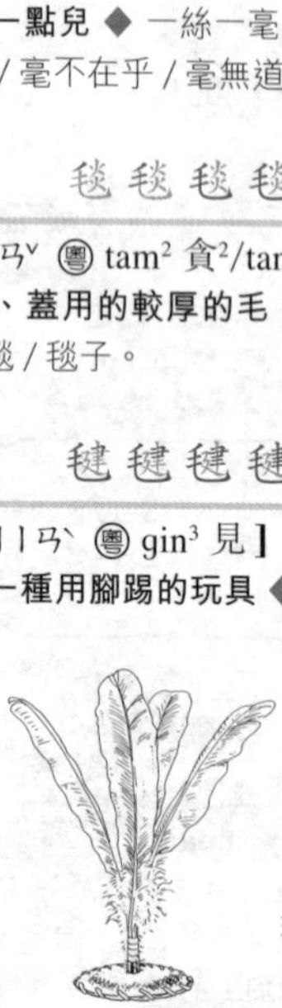

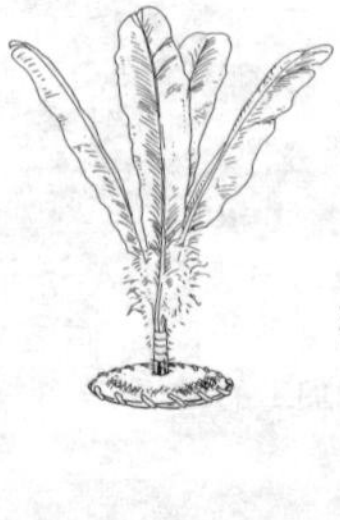

毽子

11 **麾** 見麻部，512頁。

13 **氈** (毡) 氈氈氈氈氈氈 [氈]

[zhān ㄓㄢ [粵] dzin¹ 煎]

用羊毛等壓製成的片狀材料，可做墊子、褥子等 ◆ 氈子 / 氈帽 / 氈靴。

13 **氊** "氈" 的異體字，見本頁。

氏部

0 **氏** 氏氏氏 [氏]

[shì ㄕˋ [粵] si⁶ 示]

❶ 姓 ◆ 姓氏 / 周氏兄弟 / 李氏姐妹。❷ 過去稱已婚婦女，加在父姓之後或夫姓父姓雙姓之後 ◆ 張氏 / 張王氏。

1 **民** 民民民民 [民]

[mín ㄇㄧㄣˊ [粵] mɐn⁴ 文]

❶ 人民；百姓 ◆ 民眾 / 民心 / 公民 / 國泰民安 / 為民除害。❷ 從事某種職業或從屬某個民族的人 ◆ 牧民 / 漁民 / 農民 / 僑民。❸ 民間的 ◆ 民歌 / 民謠 / 民俗民風。❹ 非軍事的；跟 "軍" 相對 ◆ 民航公司 / 民用物資。

4 **昏** 見日部，198頁。

4 氓　氓 氓 氓 氓 氓 氓 氓

〈一〉[máng ㄇㄤˊ 粵 mɐŋ4 盟/mɐn4 民(語)]

❶ 流氓：不務正業、為非作歹的人。

〈二〉[méng ㄇㄥˊ 粵 mɐŋ4 盟]

❷ 古代稱百姓為氓。

气部

2 氖　氖 氖 氖 氖 氖 氖

[nǎi ㄋㄞˇ 粵 nai5 奶]

一種氣體元素，無色，無臭，可用來製造霓虹燈。

4 氛　氛 氛 氛 氛 氛 氛 氛

[fēn ㄈㄣ 粵 fɐn1 分]

情景；氣象 ◆ 氛圍 / 氣氛熱烈。

5 氟　氟 氟 氟 氟 氟 氟 氟

[fú ㄈㄨˊ 粵 fɐt7 忽]

一種氣體元素，有毒，有很強的腐蝕性。

6 氣（气）　氣 氣 氣 氣 氣 氣 氣

[qì ㄑㄧˋ 粵 hei3 器]

❶ 氣體，物體三態（固體、液體、氣體）之一 ◆ 氧氣 / 煤氣 / 蒸氣 / 毒氣。❷ 特指空氣 ◆ 氣溫 / 氣壓 / 開窗透氣。❸ 自然界冷熱、陰晴等現象 ◆ 天氣 / 氣候 / 氣象 / 節氣 / 秋高氣爽。❹ 指人的呼吸 ◆ 氣喘吁吁 / 氣息奄奄 / 歎了一口氣 / 上氣不接下氣。❺ 鼻子聞到的味道 ◆ 氣味 / 香氣撲鼻 / 臭氣熏天。❻ 人所表現出來的精神狀態 ◆ 勇氣 / 志氣 / 有骨氣 / 朝氣蓬勃 / 一團和氣。❼ 事物的狀態 ◆ 新氣象 / 氣勢宏偉 / 社會風氣 / 熱烈的氣氛。❽ 生氣；發怒；使生氣 ◆ 真氣人 / 氣得半死 / 請別動氣 / 故意氣我。

6 氦　氦 氦 氦 氦 氦 氦 氦

[hài ㄏㄞˋ 粵 hɔi6 亥]

一種氣體元素，無色，無臭，可用來填充氣球和電燈泡。液體氦可作冷凍劑。

6 氨　氨 氨 氨 氨 氨 氨 氨

[ān ㄢ 粵 ɔn1/ŋɔn1 安]

一種無色氣體，是氮和氫的化合物，有強烈的刺激性臭味。可用來做冷凍劑和化肥。

6 氧　氧 氧 氧 氧 氧 氧 氧

[yǎng ㄧㄤˇ 粵 jœŋ5 養]

一種氣體元素，無色，無臭，能助燃。氧是人和植物呼吸必需的氣體，在工業上也有廣泛用途。

7 氫（氢）　氫 氫 氫 氫 氫 氫 氫

[qīng ㄑㄧㄥ 粵 hiŋ1 輕]

一種氣體元素，無色，無臭，是最輕的一種元素，在工業上用途廣泛。液態氫是火箭的高能燃料 ◆ 氫彈。

8 氮　氮 氮 氮 氮 氮 氮 氮

[dàn ㄉㄢˋ 粵 dam6 淡]

焦點易錯字　汽 | 氣　汽車 汽水　氣體 空氣

殳 毋 比 毛 氏 气

一種氣體元素，無色，無臭，是空氣的重要成分之一。可用來製造氮肥，氮肥是植物的重要營養素。

8 **氯**（氯） 氯氯氯氯氯氯 氯

［lǜ ㄌㄩˋ 粵 luk⁹ 綠］

一種氣體元素，有毒，有刺激性臭味。可用來製造漂白劑、消毒劑和農藥等。

水部

0 **水** 水水水 水

［shuǐ ㄕㄨㄟˇ 粵 sœy² 雖²］

❶ **一種無色無臭無味的透明液體** ◆ 礦泉水／自來水／蒸餾水／飲水思源／喝水不忘掘井人。❷ **江、河、湖、海的通稱；跟"陸"相對** ◆ 水產／水路／水陸交通／跋山涉水。❸ **指河流** ◆ 漢水／湘水。❹ **汁液** ◆ 藥水／墨水／汽水／湯水／橘子水。

見古文字插頁 3。

1 **永** 永永永永 永

［yǒng ㄩㄥˇ 粵 wiŋ⁵ 榮⁵］

長久；久遠 ◆ 永久／永遠／永恆／永垂不朽／一勞永逸。

2 **汁** 汁汁汁汁 汁

［zhī ㄓ 粵 dzɐp⁷ 執］

含有某種物質的液體 ◆ 汁液／果汁／墨汁／西瓜汁／牛肉汁。

2 **汀** 汀汀汀汀 汀

［tīng ㄊㄧㄥ 粵 tiŋ¹ 庭¹］

水中或水邊的小塊平地。多用作地名 ◆ 綠汀／蓼花汀。

2 **求**（求） 求求求求求求 求

［qiú ㄑㄧㄡˊ 粵 kɐu⁴ 球］

❶**尋找；設法得到** ◆ 尋求／索求／求學／實事求是／刻舟求劍／精益求精／夢寐以求。❷**請求** ◆ 求救／求援／求教／懇求／哀求。❸**需要** ◆ 供不應求／供過於求。

2 **冰** 見冫部，37頁。

2 **氾** "泛"的異體字，見242頁。

3 **汗** 汗汗汗汗汗 汗

〈一〉［hàn ㄏㄢˋ 粵 hɔn⁶ 翰］

❶ **從皮膚的毛孔排泄出來的液體** ◆ 汗珠／汗水／出汗／汗流浹背／鋤禾日當午，汗滴禾下土。

〈二〉［hán ㄏㄢˊ 粵 hɔn⁴ 寒］

❷ **可汗：中國古代突厥、鮮卑等少數民族的最高首領的稱號。**

3 **汙** "污"的異體字，見本頁。

3 **污** 污污污污污 污

［wū ㄨ 粵 wu¹ 烏］

❶ **髒；不清潔** ◆ 污濁／污穢／污垢／出污

泥而不染。❷ **弄髒** ◆ 污染／玷污。❸ **使受辱** ◆ 姦污。❹ **不廉潔；貪贓** ◆ 貪官污吏／貪污公款。

3 **汞** 汞汞汞汞汞汞 汞

[gǒng ㄍㄨㄥˇ ㊕ huŋ³ 哄]
一種金屬元素，俗稱水銀。

3 **江** 江江江江江 江

[jiāng ㄐㄧㄤ ㊕ gɔŋ¹ 剛]
❶ **大河流的通稱** ◆ 珠江／錢塘江／江河湖泊。❷ **特指長江** ◆ 江南／江淮平原／江東父老/孤帆遠影碧空盡，唯見長江天際流。

3 **汕** 汕汕汕汕汕 汕

[shàn ㄕㄢˋ ㊕ san³ 傘]
汕頭：地名，在廣東省。

3 **汐** 汐汐汐汐汐 汐

[xī ㄒㄧ ㊕ dzik⁹ 夕]
海水漲潮，早潮叫潮，晚潮叫汐。

3 **汛** 汛汛汛汛汛 汛

[xùn ㄒㄩㄣˋ ㊕ sœn³ 信]
江河季節性的漲水 ◆ 汛期／防汛／秋汛。

3 **屎** 見尸部，121頁。

3 **池** 池池池池池 池

[chí ㄔˊ ㊕ tsi⁴ 持]
❶ **水塘** ◆ 池塘／水池／荷花池／養魚池／游泳池。❷ **像池子樣的** ◆ 花池/樂池/舞池。❸ **古代指護城河** ◆ 城門失火，殃及池魚。

3 **汝** 汝汝汝汝汝 汝

[rǔ ㄖㄨˇ ㊕ jy⁵ 雨]
你 ◆ 汝曹（你們）／汝輩。

4 **汪** 汪汪汪汪汪汪 汪

[wāng ㄨㄤ ㊕ wɔŋ¹ 王¹]
❶ **水深而廣** ◆ 一片汪洋/汪洋大海。❷ **液體積聚在一起** ◆ 淚汪汪/地上汪着水。❸ **形容狗的叫聲。**

4 **沐** 沐沐沐沐沐沐 沐

[mù ㄇㄨˋ ㊕ muk⁹ 木]
洗頭；泛指洗澡 ◆ 沐浴／櫛風沐雨。

4 **沛** 沛沛沛沛沛沛 沛

[pèi ㄆㄟˋ ㊕ pui³ 佩]
旺盛 ◆ 沛然／精力充沛。

4 **汰** 汰汰汰汰汰汰 汰

[tài ㄊㄞˋ ㊕ tai³ 太]
去掉差的 ◆ 淘汰／汰弱留強。

4 **沌** 沌沌沌沌沌沌 沌

[dùn ㄉㄨㄣˋ ㊕ dœn⁶ 鈍]
混沌：（1）古代傳説中指天地未分開之前模糊一團的景象 ◆ 天地混沌／混沌初開。**(2) 模糊，不清楚** ◆ 迷霧茫茫，遠山景色一片混沌。

4 **汨** 汨汨汨汨汨汨 汨

[mì ㄇㄧˋ ㊕ mik⁹ 覓]
汨羅江：水名，在湖南省。

水 火 爪 父 爻 爿

4 沏

[qī ㄑㄧ ㊥ tsit⁸ 徹]

用開水沖泡東西 ◆ 沏茶。

4 沙

[shā ㄕㄚ ㊥ sa¹ 紗]

❶細小的石粒 ◆ 沙子/沙灘/沙漠/風沙/飛沙走石/聚沙成塔，集腋成裘。❷像沙粒的東西 ◆ 豆沙/沙糖。❸聲音嘶啞 ◆ 沙啞。

4 沖

[chōng ㄔㄨㄥ ㊥ tsuŋ¹ 充]

❶用水、酒等澆 ◆ 沖茶/沖服。❷水力撞擊 ◆ 沖洗/沖刷/海浪沖擊堤岸。

4 汽

[qì ㄑㄧˋ ㊥ hei³ 氣]

液體或固體受熱變成的氣體；特指水蒸氣 ◆ 汽油/汽車/汽艇/汽水/蒸汽機。

4 沃

[wò ㄨㄛˋ ㊥ juk⁷ 郁]

❶灌溉；澆 ◆ 沃田。❷土地肥 ◆ 肥沃/沃土/沃野千里/肥田沃地。

4 沂

[yí ㄧˊ ㊥ ji⁴ 兒]

沂河：水名，發源於山東省，流入江蘇省。

4 汾

[fén ㄈㄣˊ ㊥ fɐn⁴ 焚]

汾河：水名，在山西省。

4 沒 (没)

〈一〉[mò ㄇㄛˋ ㊥ mut⁹ 末]

❶沈在水裏 ◆ 沈沒/沒入水中。❷水蓋過、漫過 ◆ 沒頂之災/水深沒膝/大水淹沒了莊稼。❸隱藏；消失 ◆ 隱沒/埋沒/出沒無常/神出鬼沒。❹扣下財物 ◆ 沒收/抄沒。❺盡頭；終了 ◆ 沒世/沒齒不忘。

〈二〉[méi ㄇㄟˊ ㊥ mut⁹ 末]

❻沒有；無；跟“有”相對 ◆ 沒事/沒道理/沒工作。❼不曾 ◆ 沒去過/沒看見/沒聽說。❽不如；不夠 ◆ 你沒他高/來了沒三天就走了。

4 汲

[jí ㄐㄧˊ ㊥ kɐp⁷ 級]

❶從下面把水打上來 ◆ 汲水。❷吸收；吸取 ◆ 汲取。

4 沉

同“沈”〈二〉，見本頁。

4 汴

[biàn ㄅㄧㄢˋ ㊥ bin⁶ 辨]

河南省開封市的別稱。

4 沈 (沉)

〈一〉[shěn ㄕㄣˇ ㊥ sɐm² 審]

❶姓。❷“瀋”的簡化字，見261頁。

〈二〉[chén ㄔㄣˊ ㊥ tsɐm⁴ 尋]

❸沒入水裏；跟“浮”相對 ◆ 沈沒/石沈大海/破釜沈舟/沈舟側畔千帆過，病樹前頭萬木春。❹往下落；陷下去 ◆ 太陽西沈/

焦點易錯字 沖|衝 沖洗 一飛沖天 衝突 首當其衝 汽|氣 汽車 汽水 氣體 空氣

地基下沈。❺ **分量重** ◆ 沈重／沈甸甸的／這箱子很沈。❻ **表示程度深** ◆ 沈思／沈醉／沈痛／沈睡。❼ **穩重；鎮定** ◆ 沈着／沈穩／沈住氣。❽ **陷入某種境地** ◆ 沈淪／沈溺。❾ **情緒等低落** ◆ 消沈／低沈。

4 沁

[qìn ㄑㄧㄣˋ [粵] sɐm^{3} 滲]

滲；透 ◆ 沁人心脾／額上沁出了汗洙。

4 決（决）

[jué ㄐㄩㄝˊ [粵] kyt^{8} 缺]

❶ **水沖破堤壩** ◆ 決堤／決口／潰決。❷ **拿定主意，不再改變** ◆ 決定／決意／下定決心／遲疑不決。❸ **確定；判定** ◆ 決賽／表決／判決／決勝局。❹ **一定；絕對** ◆ 決無此事／決不反悔／決不屈服。❺ **執行死刑** ◆ 處決／槍決。

5 泰

[tài ㄊㄞˋ [粵] tai^{3} 太]

❶ **安定；太平** ◆ 國泰民安。❷ **鎮定** ◆ 泰然自若／處之泰然。

5 沫

[mò ㄇㄛˋ [粵] mut^{9} 沒]

❶ **液體表面的水泡** ◆ 泡沫／肥皂沫。❷ **口水** ◆ 唾沫。

5 法

[fǎ ㄈㄚˇ [粵] fat^{8} 髮]

❶ **由國家制定的、必須人人遵守的行為規則** ◆ 法律／法令／憲法／逍遙法外／貪贓枉法。❷ **合法的；守法的** ◆ 非法行為／不法分子。❸ **有一定規則可以遵循的** ◆ 語法／文章作法。❹ **可作為標準的、規範的** ◆ 法帖／取法／不足為法。❺ **仿效** ◆ 效法。❻ **處理事務的手段** ◆ 方法／辦法／手法／想方設法／別無他法。❼ **法術** ◆ 作法／鬥法。❽ **法國的簡稱** ◆ 中法兩國。

5 泄

[xiè ㄒㄧㄝˋ [粵] sit^{8} 屑]

❶ **排出** ◆ 泄洪／排泄／水泄不通。❷ **發散** ◆ 泄恨／泄憤／發泄怨恨。❸ **走漏；透露祕密** ◆ 泄密／泄露機密。

5 沽

[gū ㄍㄨ [粵] gu^{1} 姑]

❶ **買** ◆ 沽酒／沽名釣譽。❷ **賣** ◆ 待價而沽。

5 河

[hé ㄏㄜˊ [粵] hɔ^{4} 何]

❶ **水道的通稱** ◆ 河流／運河／淮河／內河／護城河／錦繡河山。❷ **特指黃河** ◆ 河東／河套／河西走廊。

5 泵

[bèng ㄅㄥˋ [粵] bɐm^{1}]

用來抽出、壓入液體或氣體的機械裝置 ◆ 水泵／油泵／氣泵。

5 沾

[zhān ㄓㄢ [粵] dzim^{1} 尖]

❶ **浸濕** ◆ 沾水／淚流沾襟。❷ **因接觸而附**

焦點易錯字 吸｜汲 吸引 吸收知識 汲水

着 ◆ 沾染上／沾了一身油泥。❸ **有關係** ◆ 不沾邊／沾親帶故。❹ **因有關係而得到** ◆ 沾光／沾便宜／利益均沾。

5 **洎** 同“淚”字，見250頁。

5 **沮** 沮沮沮沮沮沮 沮

[jǔ ㄐㄩˇ 粵 dzɔ² 左／dzɔ³ 佐]
❶ **阻止** ◆ 沮遏。❷ **敗壞** ◆ 沮喪。

5 **泱** 泱泱泱泱泱泱 泱

[yāng ㄧㄤ 粵 jœŋ¹ 央]
泱泱：（1）形容水面廣闊 ◆ 江水泱泱。**（2）形容氣勢宏大** ◆ 泱泱大國。

5 **況**（况） 況況況況況況 況

[kuàng ㄎㄨㄤˋ 粵 fɔŋ³ 放]
❶ **情形；情景** ◆ 情況／近況／境況／狀況／概況。❷ **比方** ◆ 比況。❸ **表示更進一層** ◆ 況且／何況。

5 **油** 油油油油油油 油

[yóu ㄧㄡˊ 粵 jɐu⁴ 由]
❶ **動物的脂肪或從動物、植物、礦物中提煉出來的脂質物** ◆ 豬油／菜油／石油／花生油／火上加油。❷ **烹飪用的某些液體調味品** ◆ 醬油。❸ **用油塗抹** ◆ 油門窗／木盆剛油好。❹ **不誠懇；圓滑** ◆ 油腔滑調／油嘴滑舌／這個人太油了。

5 **泅** 泅泅泅泅泅泅 泅

[qiú ㄑㄧㄡˊ 粵 tsɐu⁴ 囚]
游泳；浮水 ◆ 泅渡／泅水。

5 **泗** 泗泗泗泗泗泗 泗

[sì ㄙˋ 粵 si³ 試]
❶ **鼻涕** ◆ 涕泗滂沱。❷ **泗水：水名，也叫泗河，淮河的支流，在山東省。**

5 **泊** 泊泊泊泊泊泊 泊

〈一〉[bó ㄅㄛˊ 粵 bɔk⁹ 薄]
❶ **停船靠岸** ◆ 停泊／夜泊秦淮河／窗含西嶺千秋雪，門泊東吳萬里船。
〈二〉[pō ㄆㄛ 粵 bɔk⁹ 薄]
❷ **湖** ◆ 湖泊／水泊／羅布泊。

5 **泉** 泉泉泉泉泉泉 泉

[quán ㄑㄩㄢˊ 粵 tsyn⁴ 全]
地下冒出來的水 ◆ 泉水/噴泉/淚如泉湧。
見古文字插頁 14。

5 **泛** 泛泛泛泛泛泛 泛

[fàn ㄈㄢˋ 粵 fan³ 販]
❶ **漂浮水面** ◆ 泛舟。❷ **露出；透出** ◆ 白裏泛紅／泛出香味。❸ **一般地；普遍地** ◆ 泛指／廣泛。❹ **不切實；不深入** ◆ 浮泛／空泛／泛泛而論／泛泛之交。❺ **泛濫：江河湖泊裏的水猛漲橫流** ◆ 泛濫成災。

5 **沿**（沿） 沿沿沿沿沿沿 沿

[yán ㄧㄢˊ 粵 jyn⁴ 元]
❶ **順着** ◆ 沿途／沿路／沿街叫賣／沿着河邊走。❷ **靠近** ◆ 沿岸／沿海城市。❸ **邊** ◆ 井沿/前沿陣地。❹ **照原樣傳下去** ◆ 沿襲／沿習／沿用／相沿成習。

5 泡 泡泡泡泡泡泡 泡

〈一〉[pào ㄆㄠˋ 粵 pau^1 抛]

❶ **液體內包有空氣的球狀物** ◆ 泡沫 / 氣泡 / 水泡 / 肥皂泡。❷ **像泡一樣的東西** ◆ 電燈泡 / 手上起了泡。

〈二〉[pào ㄆㄠˋ 粵 pau^3 炮]

❸ **用水浸** ◆ 泡茶 / 衣服泡在水裏。❹ **故意消磨時間** ◆ 軟磨硬泡 / 在咖啡廳泡了大半天。

〈三〉[pāo ㄆㄠ 粵 pau^1 抛]

❺ **質地鬆軟** ◆ 饅頭很泡。

5 注 注注注注注注 注

[zhù ㄓㄨˋ 粵 dzy^3 駐]

❶ **灌入** ◆ 注入 / 灌注 / 傾注 / 注射 / 大雨如注。❷ **精力集中在一點** ◆ 注目 / 注意 / 注視 / 注重 / 全神貫注。❸ **同"註"字。用文字給書中的字句作解釋** ◆ 注解 / 注釋 / 詳注 / 附注。❹ **同"註"字。登記；記載** ◆ 注冊 / 注銷。❺ **賭博時下的本錢** ◆ 賭注 / 下注 / 孤注一擲。

5 泣 泣泣泣泣泣泣 泣

[qì ㄑㄧˋ 粵 jɐp^7 邑]

❶ **無聲或小聲地哭** ◆ 哭泣 / 抽泣 / 泣不成聲 / 可歌可泣。❷ **眼淚** ◆ 飲泣 / 泣下沾襟 / 涕泣如雨。

5 沱 沱沱沱沱沱沱 沱

[tuó ㄊㄨㄛˊ 粵 tɔ^4 駝]

沱江：水名，長江的支流，在四川省。

5 泌 泌泌泌泌泌泌 泌

〈一〉[mì ㄇㄧˋ 粵 bei^3 祕]

❶ **液體從細孔排出** ◆ 分泌 / 泌尿。

〈二〉[bì ㄅㄧˋ 粵 bei^3 祕]

❷ **泌陽：地名，在河南省。**

5 泳 泳泳泳泳泳泳 泳

[yǒng ㄩㄥˇ 粵 wiŋ^6 詠]

在水裏游動 ◆ 游泳 / 仰泳 / 蛙泳 / 自由泳。

5 泥 泥泥泥泥泥泥 泥

〈一〉[ní ㄋㄧˊ 粵 nɐi^4]

❶ **和了水的土；濕土** ◆ 泥土 / 泥沙 / 泥濘 / 污泥濁水 / 落花不是無情物，化作春泥更護花。❷ **像泥一般的東西** ◆ 棗泥 / 蒜泥 / 印泥。

〈二〉[nì ㄋㄧˋ 粵 nɐi^6]

❸ **用泥、灰等塗抹** ◆ 泥牆。❹ **固執；死板** ◆ 拘泥 / 泥古不化。

5 沸 沸沸沸沸沸沸 沸

[fèi ㄈㄟˋ 粵 fɐi^3 肺]

水、油等燒開後上下翻滾 ◆ 沸水 / 沸騰 / 揚湯止沸。

5 泓 泓泓泓泓泓泓 泓

[hóng ㄏㄨㄥˊ 粵 wɐŋ^4 宏]

❶ **水深。** ❷ **量詞，用於一道水或一片水** ◆ 一泓清泉 / 一泓秋水。

5 波 波波波波波波 波

[bō ㄅㄛ 粵 bɔ^1 玻]

❶ **水面上一起一伏的現象** ◆ 波浪 / 波濤 / 碧波蕩漾 / 隨波逐流 / 白毛浮綠水，紅掌撥清波。❷ **比喻事情的意外變化、曲折** ◆

焦點易錯字 陀 | 沱　陀螺　陀陂　滂沱大雨　涕泗滂沱　　注 | 註　灌注　專注　註解　註冊

風波／一波未平，一波又起。❸ **形容流轉的目光** ◆ 暗送秋波。❹ **物理學上稱振動傳播的形式** ◆ 聲波／光波／電波。

5沼 沼沼沼沼沼沼 沼

[zhǎo ㄓㄠˇ 粵 dziu² 剿]
天然的水池 ◆ 池沼／泥沼／沼澤地。

5治 治治治治治治 治

[zhì ㄓˋ 粵 dzi⁶ 自]
❶ **管理** ◆ 治理／治國／治家／自治／統治。❷ **社會安定、太平；跟"亂"相對** ◆ 治世／長治久安／天下大治。❸ **辦理；處理** ◆ 治裝／治喪委員會。❹ **懲處** ◆ 治罪／懲治／處治。❺ **醫療** ◆ 治病／治療／醫治／不治之症。❻ **修整水道** ◆ 治水。❼ **研究** ◆ 治學。

6洱 洱洱洱洱洱洱 洱

[ěr ㄦˇ 粵 ji⁵ 耳]
洱海：湖名，在雲南省。

6洪 洪洪洪洪洪洪 洪

[hóng ㄏㄨㄥˊ 粵 huŋ⁴ 紅]
❶ **大** ◆ 洪水／滾滾洪流／洪福齊天／聲如洪鐘。❷ **指大水** ◆ 防洪／泄洪區／山洪暴發／在洪峯來到之前。

6洌 洌洌洌洌洌洌 洌

[liè ㄌㄧㄝˋ 粵 lit⁹ 列]
清澈潔淨 ◆ 清洌／泉香而酒洌。

6洩 同"泄"字，見241頁。

6洞 洞洞洞洞洞洞 洞

[dòng ㄉㄨㄥˋ 粵 duŋ⁶ 動]
❶ **物體中間空的部分** ◆ 洞穴／山洞／漏洞／防空洞／引蛇出洞。❷ **透徹；清楚** ◆ 洞察／洞悉／洞若觀火。

6洗 洗洗洗洗洗洗 洗

〈一〉[xǐ ㄒㄧˇ 粵 sɐi² 駛]
❶ **用水除去污垢** ◆ 洗臉／洗衣／洗滌／飯前要洗手。❷ **清除掉（冤屈、恥辱等）** ◆ 洗冤／洗雪／洗脱罪名。❸ **形容像用水沖過一樣；搶光、殺盡** ◆ 洗劫一空／血洗省城。❹ **空空的；一無所有** ◆ 一貧如洗／囊空如洗。❺ **基督教的一種儀式** ◆ 洗禮／受洗。❻ **照相中的顯影定影** ◆ 洗膠捲／洗相片。

〈二〉[xiǎn ㄒㄧㄢˇ 粵 sin² 冼]
❼ **姓。**

6活 活活活活活活 活

[huó ㄏㄨㄛˊ 粵 wut⁹]
❶ **生存；跟"死"相對** ◆ 活路／活在世上／不管他人死活。❷ **有生命的；跟"死"相對** ◆ 活人／活魚／抓活的／樹苗又活過來了。❸ **生動的；不呆板** ◆ 活潑／靈活／活用／活生生。❹ **逼真的** ◆ 活像／活靈活現。❺ **不固定的** ◆ 活頁／活水／活期存款。❻ **使活動** ◆ 舒筋活血。❼ **指工作或產品** ◆ 幹活／粗活／重活／找活幹／這活兒做得很精細。

6派 派派派派派派 派

[pài ㄆㄞˋ 粵 pai³ 排³]
❶ **水的支流；分支** ◆ 派生／支派。❷ **人、事或學術的流別** ◆ 派別／流派／學派／黨

派／宗派。❸ **思想；作風；風度** ◆ 正派／氣派／派頭。❹ **分配；差遣；任用** ◆ 分派／派遣／攤派／調派／委派／派人去。❺ **量詞，用於景象等。數詞限於"一"** ◆ 一派胡言／一派新氣象。

6 洽 洽洽洽洽洽洽 [洽]

[qià ㄑㄧㄚˋ [粵] hap^{9} 峽／hɐp^{1} 恰]
❶ **和睦；協調** ◆ 融洽。❷ **商量；協商** ◆ 洽談／洽商／接洽／面洽。

6 洶(汹) 洶洶洶洶洶洶 [洶]

[xiōng ㄒㄩㄥ [粵] huŋ^{1} 空]
洶湧：形容水勢奔騰上湧 ◆ 波濤洶湧。

6 洛 洛洛洛洛洛洛 [洛]

[luò ㄌㄨㄛˋ [粵] lɔk^{9} 落]
洛陽市：地名，在河南省。

6 津 津津津津津津 [津]

[jīn ㄐㄧㄣ [粵] dzœn^{1} 樽]
❶ **唾液** ◆ 津液／生津止渴。❷ **渡口** ◆ 津渡／要津／無人問津。❸ **天津市的簡稱** ◆ (北)京、(天)津、滬(上海)。

6 洲 洲洲洲洲洲洲 [洲]

[zhōu ㄓㄡ [粵] dzɐu^{1} 周]
❶ **江河中的小塊陸地** ◆ 沙洲／長洲。❷ **大陸。全球分為七大洲即亞洲、歐洲、非洲、南美洲、北美洲、大洋洲和南極洲。**
✿ 圖見本頁。

6 洋 洋洋洋洋洋洋 [洋]

[yáng ㄧㄤˊ [粵] jœŋ^{4} 羊]
❶ **地球上最大的水域** ◆ 太平洋／大西洋／飄洋過海／大洋彼岸。❷ **泛指外國；外國的** ◆ 西洋／東洋／洋人／洋貨／崇洋。❸ **盛大；眾多** ◆ 洋溢／洋洋大觀。❹ **舊稱銀幣為洋錢，簡稱"洋"** ◆ 大洋／一百塊現洋。

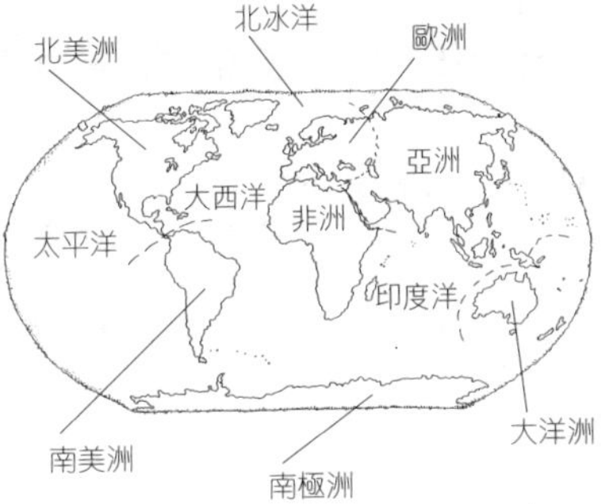
北冰洋
北美洲
歐洲
亞洲
大西洋
非洲
太平洋
印度洋
大洋洲
南美洲
南極洲

7 浦 浦浦浦浦浦浦 [浦]

[pǔ ㄆㄨˇ [粵] pou^{2} 普]
水邊；河流入海的地方。多用作地名 ◆ 浦口／乍浦。

7 酒

見酉部，455頁。

7 浙 浙浙浙浙浙浙 [浙]

[zhè ㄓㄜˋ [粵] dzit^{8} 折]
浙江省的簡稱 ◆ 江(蘇)浙(江)一帶。

7 浹(浃) 浹浹浹浹浹浹 [浹]

[jiā ㄐㄧㄚ [粵] dzip^{8} 接]
濕透 ◆ 汗流浹背。

7 涉 涉涉涉涉涉涉 [涉]

[shè ㄕㄜˋ [粵] sip^{8} 攝]

焦點易錯字 州｜洲 州郡 神州大地 綠洲 南美洲 浙｜淅 淅瀝 浙江

❶徒步從水裏走過；渡水 ◆ 涉水／涉江／遠涉重洋／跋山涉水／長途跋涉。❷經歷 ◆ 涉險／涉世未深。❸牽連；相關 ◆ 牽涉／干涉／涉及／涉嫌。

見古文字插頁15。

7 **消** 消 消 消 消 消 消 消

[xiāo ㄒㄧㄠ 粵 siu¹ 燒]

❶散失；化解 ◆ 消失／消散／消化不良／煙消雲散／冰雪消融。❷除去；滅掉 ◆ 消除／消毒／取消／消滅／抽刀斷水水更流，舉杯消愁愁更愁。❸耗費；花費 ◆ 消耗／消費。❹消遣；度過 ◆ 消夜／消夏／消磨時光。❺承受 ◆ 吃不消／無福消受。❻需要 ◆ 不消說／只消一天。

7 **涅** 涅 涅 涅 涅 涅 涅 涅

[niè ㄋㄧㄝˋ 粵 nip⁹ 聶]

❶礦物，可做黑色染料。❷染黑。

7 **涓** 涓 涓 涓 涓 涓 涓 涓

[juān ㄐㄩㄢ 粵 gyn¹ 娟]

細小的水流 ◆ 涓涓細流，匯成大海。

7 **浩**(浩) 浩 浩 浩 浩 浩 浩 浩

[hào ㄏㄠˋ 粵 hou⁶ 號]

❶大 ◆ 浩大／浩劫／浩瀚／浩蕩／煙波浩渺。❷多 ◆ 浩繁／浩如煙海。

7 **海** 海 海 海 海 海 海 海

[hǎi ㄏㄞˇ 粵 hɔi² 凱]

❶大洋靠近陸地的水域 ◆ 公海／東海／漂洋過海／台灣海峽／四海之內皆兄弟。❷大的湖泊 ◆ 青海／洱海。❸比喻大或多 ◆ 火海／海量／雲海／林海／誇下海口／人海茫茫。

7 **浜** 浜 浜 浜 浜 浜 浜 浜

[bāng ㄅㄤ 粵 bɐŋ¹ 崩]

小河溝。多用作地名 ◆ 河浜／沙家浜。

7 **浴** 浴 浴 浴 浴 浴 浴 浴

[yù ㄩˋ 粵 juk⁹ 玉]

洗澡 ◆ 沐浴／浴池／浴室／淋浴。

7 **浮** 浮 浮 浮 浮 浮 浮 浮

[fú ㄈㄨˊ 粵 fɐu⁴ 否⁴]

❶漂在液體表面或飄在空中；跟"沈"相對 ◆ 浮標／浮萍／漂浮／浮雲／白毛浮綠水，紅掌撥清波。❷在表面上的 ◆ 浮土／浮雕。❸空虛；不實在 ◆ 浮誇／浮華／浮名。❹不踏實；不沈着 ◆ 浮躁／輕浮。❺多餘；超出 ◆ 人浮於事。

7 **流** 流 流 流 流 流 流 流

[liú ㄌㄧㄡˊ 粵 lɐu⁴ 留]

❶流淌 ◆ 流水／川流不息／汗流浹背／淚流滿面／白日依山盡，黃河入海流。❷指水道；流水 ◆ 河流／支流／小溪流／涓涓細流。❸像水一樣流動的東西 ◆ 人流／電流／氣流／寒流／新潮流。❹像流水一樣通暢 ◆ 口齒流利／對答如流／說話流暢。❺移動不定 ◆ 流通／流星／流民／流浪／流落他鄉。❻傳下去；傳播開 ◆ 流傳／流言蜚語／流毒／流芳百世。❼等級；品類 ◆ 一流產品／二流演員／一流水平。❽派別 ◆ 流派／三教九流。❾古代的一種刑罰，把

焦點易錯字 消｜銷 消除 意志消沈 銷毀 一筆勾銷

水 火 爪 父 爻 爿

犯人押送到邊遠地區去 ◆ 流放。

7涕 涕涕涕涕涕涕 涕

[tì ㄊㄧˋ 粵 tɐi³ 替]
❶眼淚 ◆ 痛哭流涕／感激涕零。❷哭泣 ◆ 破涕為笑。❸鼻涕 ◆ 涕淚交流。

7浪 浪浪浪浪浪浪 浪

[làng ㄌㄤˋ 粵 lɔŋ⁶ 晾]
❶大的水波 ◆ 波浪／浪花飛濺／風平浪靜／驚濤駭浪／無風三尺浪。❷像波浪那樣起伏 ◆ 麥浪／氣浪／熱浪／聲浪。❸放縱；沒有節制 ◆ 浪費／放浪。

7浸 浸浸浸浸浸浸 浸

[jìn ㄐㄧㄣˋ 粵 dzɐm³ 針³]
把東西泡在液體裏；液體滲入 ◆ 浸泡／浸濕／浸透。

7涌 涌涌涌涌涌涌 涌

[chōng ㄔㄨㄥ 粵 tsuŋ¹ 充]
❶小河。方言字，多用於地名 ◆ 東涌／葵涌。❷同"湧"字，見253頁。

7浚 同"濬"字，見260頁。

8涎 涎涎涎涎涎涎 涎

[xián ㄒㄧㄢˊ 粵 jin⁴ 言]
口水 ◆ 垂涎三尺／口角流涎。

8清 清清清清清清 清

[qīng ㄑㄧㄥ 粵 tsiŋ¹ 青]
❶潔淨；不含雜質；跟"濁"相對 ◆ 清潔／湖水清澈／水清見底／天朗氣清／空氣清新。❷明白；不混亂 ◆ 清楚／清晰／頭腦清醒／分清是非／當局者迷，旁觀者清。❸寂靜 ◆ 清靜／冷清／淒清。❹涼爽 ◆ 清涼／清爽。❺徹底；一點不留 ◆ 清除／肅清／還清債務／堅壁清野。❻單純；不混雜東西 ◆ 清唱／清湯／清一色／清炒蝦仁。❼公正廉潔 ◆ 清廉／清官難斷家務事。❽朝代名 ◆ 清朝／清代。

8渚 渚渚渚渚渚渚 渚

[zhǔ ㄓㄨˇ 粵 dzy² 主]
水中的小塊陸地 ◆ 江渚。

8淅 淅淅淅淅淅淅 淅

[xī ㄒㄧ 粵 sik⁷ 色]
淅瀝：象聲詞，形容輕微的雨聲、風聲、落葉聲等 ◆ 小雨淅淅瀝瀝下個不停。

8淞 淞淞淞淞淞淞 淞

[sōng ㄙㄨㄥ 粵 suŋ¹ 鬆]
淞江，也稱吳淞江，水名，發源於江蘇太湖，至上海與黃浦江匯合流入長江。

8淋 淋淋淋淋淋淋 淋

[lín ㄌㄧㄣˊ 粵 lɐm⁴ 林]
❶澆 ◆ 淋水／淋浴／日曬雨淋。❷淋漓：
(1) 形容濕淋淋地往下滴 ◆ 大汗淋漓。
(2) 形容暢快 ◆ 痛快淋漓／淋漓盡致。

8涯 涯涯涯涯涯涯 涯

[yá ㄧㄚˊ 粵 ŋai⁴ 崖]

焦點易錯字 淅｜浙 淅瀝 浙江

❶水邊◆涯岸。❷邊際；邊緣◆天涯海角／一望無涯／海內存知己，天涯若比鄰／書山有路勤為徑，學海無涯苦作舟。

8淹 淹淹淹淹淹淹 [淹]

[yān ㄧㄢ [粵] jim¹ 醃]
❶沒在水中；被水浸泡◆淹沒／淹死／房子被水淹了。❷久留；滯留◆淹留。

8淒(凄) 淒淒淒淒淒淒 [淒]

[qī ㄑㄧ [粵] tsɐi¹ 妻]
寒冷◆淒涼／淒清／淒風苦雨／風雨淒淒。

8淺(浅) 淺淺淺淺淺淺 [淺]

[qiǎn ㄑㄧㄢˇ [粵] tsin² 錢²]
❶從上到下、從外到裏的距離小；跟"深"相對◆淺水／淺灘／院子淺／湖水很淺。❷歷時短◆年代淺／相處的日子還淺。❸顏色淡；跟"濃"相對◆淺色／淺藍／淺綠。❹表示程度不深◆淺薄／膚淺／功夫淺／得益匪淺。❺容易懂◆淺顯／淺近。

8淑 淑淑淑淑淑淑 [淑]

[shū ㄕㄨ [粵] suk⁹ 熟]
善良；美好◆淑女／賢淑。

8淖 淖淖淖淖淖淖 [淖]

[nào ㄋㄠˋ [粵] nau⁶ 鬧]
爛泥；泥沼◆泥淖。

8淌 淌淌淌淌淌淌 [淌]

[tǎng ㄊㄤˇ [粵] tɔŋ² 倘]
往下流◆流淌／淌眼淚／淌了一地水。

8混 混混混混混混 [混]

〈一〉[hún ㄏㄨㄣˊ [粵] wɐn⁴ 雲]
❶水不清◆混濁／混水摸魚／把水攪混。
〈二〉[hùn ㄏㄨㄣˋ [粵] wɐn⁶ 運]
❷攙和在一起◆混雜／混合／混淆／混凝土／混為一談。❸苟且過日子◆混日子／混飯吃／混了一輩子。❹冒充◆魚目混珠。

8涸 涸涸涸涸涸涸 [涸]

[hé ㄏㄜˊ [粵] kɔk⁸ 確]
水乾竭◆乾涸／枯涸／涸轍。

8添 添添添添添添 [添]

[tiān ㄊㄧㄢ [粵] tim¹ 甜¹]
增加◆添置／增添／添枝加葉／錦上添花／畫蛇添足。

8淮 淮淮淮淮淮淮 [淮]

[huái ㄏㄨㄞˊ [粵] wai⁴ 懷]
淮河：水名，發源於河南省，經安徽省流入江蘇省的洪澤湖，簡稱"淮"◆江淮平原／淮北／淮南地區。

8淪(沦) 淪淪淪淪淪淪 [淪]

[lún ㄌㄨㄣˊ [粵] lœn⁴ 倫]
❶沈沒◆沈淪。❷陷落；滅亡◆淪陷／淪亡／道德淪喪。❸沒落；流落◆淪落街頭／淪為乞丐。

8淆 淆淆淆淆淆淆 [淆]

[xiáo ㄒㄧㄠˊ [粵] ŋau⁴ 肴]

焦點易錯字 混｜渾 混雜 混為一談 渾身解數 渾渾噩噩

混雜；攪亂 ◆ 混淆／淆亂。

8**淫** 淫淫淫淫淫淫 [淫]

[yín ㄧㄣˊ [粵] jɐm⁴ 吟]
❶**過多；過度** ◆ 淫雨／淫威。❷**放縱；放蕩** ◆ 荒淫無恥／驕奢淫逸。❸**迷惑** ◆ 富貴不能淫，威武不能屈。❹**不正當的性行為** ◆ 淫亂／姦淫／賣淫。

8**淨**(净) 淨淨淨淨淨淨 [淨]

[jìng ㄐㄧㄥˋ [粵] dziŋ⁶ 靜/dzɛŋ⁶ 鄭(語)]
❶**清潔** ◆ 淨水／乾淨／潔淨／窗明几淨／一片淨土。❷**使清潔** ◆ 淨手／淨化。❸**沒有剩餘** ◆ 淨盡／一乾二淨／力氣已使淨。❹**純粹的** ◆ 淨重／淨利。❺**全部；只是** ◆ 淨挑好的吃／淨説些漂亮話／遊樂場淨是孩子們。

8**淘** 淘淘淘淘淘淘 [淘]

[táo ㄊㄠˊ [粵] tou⁴ 逃]
❶**用水洗掉雜質** ◆ 淘米／淘金／千淘萬漉雖辛苦，吹盡狂沙始得金。❷**挖濬；清除泥沙等雜物** ◆ 淘井／水溝要淘一淘了。❸**去掉壞的，留下好的** ◆ 淘汰。❹**頑皮** ◆ 淘氣／這孩子真淘。

8**涼**(凉) 涼涼涼涼涼涼 [涼]

〈一〉[liáng ㄌㄧㄤˊ [粵] lœŋ⁴ 良]
❶**溫度較低；不熱** ◆ 涼水／涼爽／涼風／天氣涼／冬暖夏涼。❷**避熱取涼用的東西** ◆ 涼蓆／涼棚／涼鞋。❸**比喻灰心失望** ◆ 心早就涼了。❹**寂寞；冷清** ◆ 悲涼／淒涼／荒涼。

〈二〉[liàng ㄌㄧㄤˋ [粵] lœŋ⁴ 良]
❺**使溫度降低** ◆ 把水涼一涼再喝。

8**淳** 淳淳淳淳淳淳 [淳]

[chún ㄔㄨㄣˊ [粵] sœn⁴ 純]
樸實厚道 ◆ 淳樸／淳厚。

8**液** 液液液液液液 [液]

[yè ㄧㄝˋ [粵] jik⁹ 亦]
液體：物體三態（固體、液體、氣體）之一 ◆ 血液／唾液／溶液。

8**淬** 淬淬淬淬淬淬 [淬]

[cuì ㄘㄨㄟˋ [粵] tsœy³ 翠]
淬火：把金屬器件燒紅後，放到水裏使急速冷卻，來提高它的硬度。

8**淤** 淤淤淤淤淤淤 [淤]

[yū ㄩ [粵] jy¹ 於/jy³ 嫗]
❶**江河中沈積的泥沙** ◆ 淤泥／河淤。❷**由於泥沙沈積而阻塞不通** ◆ 淤塞／淤滯。

8**涪** 涪涪涪涪涪涪 [涪]

[fú ㄈㄨˊ [粵] fɐu⁴ 浮]
涪水：水名，在四川省。

8**淡** 淡淡淡淡淡淡 [淡]

[dàn ㄉㄢˋ [粵] dam⁶ 氮]
❶**味道、顏色不濃；跟“濃”、“深”相對** ◆ 淡酒／淡紅／淡而無味／輕描淡寫／鹹淡適中／濃妝淡抹總相宜。❷**稀薄** ◆ 天高雲淡。❸**不熱心；感情、關係等不深** ◆ 冷淡／淡漠／淡淡一笑。❹**不興旺** ◆ 淡季／生意清淡。

水 火 爪 父 爻 爿

焦點易錯字 淳｜醇　淳樸 淳厚　醇酒 醇香

8 淙 淙淙淙淙淙淙 [淙]

[cóng ㄘㄨㄥˊ [粵] tsuŋ4 松]
淙淙：流水聲 ◆ 泉水淙淙。

8 淀 淀淀淀淀淀淀 [淀]

[diàn ㄉㄧㄢˋ [粵] din6 電]
❶**淺的湖泊** ◆ 白洋淀/荷花淀。❷**"澱"的簡化字，見260頁。**

8 淚(泪) 淚淚淚淚淚淚 [淚]

[lèi ㄌㄟˋ [粵] lœy6 類]
❶**眼淚** ◆ 淚水/淚流滿面/熱淚盈眶/男兒有淚不輕彈。❷**像眼淚一樣的東西** ◆ 燭淚。

8 深 深深深深深深 [深]

[shēn ㄕㄣ [粵] sɐm1 心]
❶**從上到下、從外到裏的距離大；跟"淺"相對** ◆ 深水/深山老林/深宅大院/樹大根深/桃花潭水深千尺，不及汪倫送我情。❷**歷時久** ◆ 深秋/深夜/年深日久。❸**顏色濃；跟"淺"相對** ◆ 深紅/深色/顏色太深。❹**表示程度高** ◆ 深思熟慮/深仇大恨/深信不疑/情深意切/只要功夫深，鐵杵磨成針。

8 涮 涮涮涮涮涮涮 [涮]

[shuàn ㄕㄨㄢˋ [粵] syn3 算]
❶**搖動着水清洗或在水裏擺動洗滌** ◆ 涮碗/涮瓶子/涮衣服/洗洗涮涮。❷**把生肉片放在開水裏燙一下就吃** ◆ 涮羊肉。

8 涵 涵涵涵涵涵涵 [涵]

[hán ㄏㄢˊ [粵] ham4 咸]
包含；包容 ◆ 涵蓋/涵義/包涵/海涵/內涵。

8 淄 淄淄淄淄淄淄 [淄]

[zī ㄗ [粵] dzi1 支]
❶**淄河：水名，在山東省。**❷**淄博市：地名，在山東省。**

9 湊(凑) 湊湊湊湊湊湊 [湊]

[còu ㄘㄡˋ [粵] tsɐu3 臭]
❶**聚集** ◆ 湊錢/湊數/拼拼湊湊/湊在一起/湊成整數。❷**接近；靠攏** ◆ 湊近/湊上去/往前湊。❸**碰上；趕上** ◆ 湊巧/湊熱鬧。

9 湛 湛湛湛湛湛湛 [湛]

[zhàn ㄓㄢˋ [粵] dzam3 斬3]
❶**深** ◆ 深湛/技藝精湛。❷**清澈** ◆ 湛清/湛藍的天空。

9 港 港港港港港港 [港]

[gǎng ㄍㄤˇ [粵] gɔŋ2 講]
❶**江河的支流** ◆ 港汊。❷**可以停泊船隻的江、海口岸** ◆ 港口/港灣/海港/軍港/避風港。❸**香港的簡稱** ◆ 港幣/港人/港澳碼頭。

9 湖 湖湖湖湖湖湖 [湖]

[hú ㄏㄨˊ [粵] wu4 胡]
陸地上面積較大的水域 ◆ 湖泊/西湖/洞

水 火 爪 父 爻 爿

焦點易錯字 函 | 涵　函授 公函　涵義 內涵

庭湖/鄱陽湖/湖光山色。

9湘 湘湘湘湘湘湘 湘

[xiāng ㄒㄧㄤ 粵 sœŋ¹ 商]

❶ **湘江：水名，發源於廣西，流入湖南的洞庭湖。** ❷ **湖南省的別稱。**

9渤 渤渤渤渤渤渤 渤

[bó ㄅㄛˊ 粵 but⁹ 勃]

渤海：中國的一個內海，在遼東半島和山東半島之間。

9渣 渣渣渣渣渣渣 渣

[zhā ㄓㄚ 粵 dza¹ 楂]

❶ **物品提去精華或汁液後剩下的部分** ◆ 煤渣/油渣/豆腐渣/甘蔗渣。❷ **碎屑** ◆ 麪包渣。

9減(减) 減減減減減減 減

[jiǎn ㄐㄧㄢˇ 粵 gam² 監²]

❶ **從原有數量中去掉一部分；跟"加"相對** ◆ 減價/減少/裁減/減刑/偷工減料/五減三等於二。❷ **降低；衰退** ◆ 減速/減色/減弱/威風不減當年/視力逐漸減退。

9渠 渠渠渠渠渠渠 渠

[qú ㄑㄩˊ 粵 kœy⁴ 拒⁴]

人工開鑿的水道 ◆ 溝渠/水到渠成/灌溉渠道/問渠那得清如許，為有源頭活水來。

9測(测) 測測測測測測 測

[cè ㄘㄜˋ 粵 tsɐk⁷ 惻]

❶ **度量；考查** ◆ 目測/測試/測驗/測雨量。❷ **猜想；估計；預料** ◆ 猜測/預測/推測/變幻莫測/天有不測風雲。

9渺 渺渺渺渺渺渺 渺

[miǎo ㄇㄧㄠˇ 粵 miu⁵ 秒]

❶ **微小** ◆ 渺小/渺不足道。❷ **水勢遼闊** ◆ 煙波浩渺。❸ **遙遠而模糊不清** ◆ 音信渺茫/渺無人迹。

9湯(汤) 湯湯湯湯湯湯 湯

[tāng ㄊㄤ 粵 tɔŋ¹ 躺¹]

❶ **熱水或開水** ◆ 赴湯蹈火/固若金湯。❷ **菜少水多的食物；食物的汁液** ◆ 魚湯/雞湯/豆腐湯。❸ **特指中藥的湯劑** ◆ 湯藥。

9温 温温温温温温 温

[wēn ㄨㄣ 粵 wɐn¹ 瘟]

❶ **不冷不熱** ◆ 温水/温暖/温帶/温泉。❷ **冷熱的程度** ◆ 温度/氣温/體温/高温/降温。❸ **把東西適當加熱** ◆ 温酒。❹ **複習** ◆ 温習功課/温故知新。❺ **性情柔和** ◆ 温柔/温順/温和/温情脈脈/温文爾雅。

9渭 渭渭渭渭渭渭 渭

[wèi ㄨㄟˋ 粵 wɐi⁶ 胃]

渭河：水名，發源於甘肅省，經陝西省流入黃河 ◆ 涇渭分明。

9渴 渴渴渴渴渴渴 渴

[kě ㄎㄜˇ 粵 hɔt⁸ 喝]

❶ **口乾想喝水** ◆ 口渴/飢渴/望梅止渴/又渴又餓/宜未雨而綢繆，毋臨渴而掘井。❷ **形容急切** ◆ 渴望/渴求。

水 火 爪 父 爻 爿

焦點易錯字 喝｜渴　喝水 吃喝玩樂　口渴 望梅止渴

9渦(涡) 渦渦渦渦渦渦 渦

〈一〉[wō ㄨㄛ ㊕ wɔ1 窩]
❶旋轉的水流◆漩渦。❷樣子像漩渦的◆渦輪/酒渦。

〈二〉[guō ㄍㄨㄛ ㊕ gwɔ1 戈]
❸渦河：水名，發源於河南省，經安徽省流入淮河。

9湍 湍湍湍湍湍湍 湍

[tuān ㄊㄨㄢ ㊕ tyn1 團1]
水流很急◆湍急/湍流。

9湃 湃湃湃湃湃湃 湃

[pài ㄆㄞˋ ㊕ pai3 派]
澎湃。見"澎"字，257頁。

9淵(渊) 淵淵淵淵淵淵 淵

[yuān ㄩㄢ ㊕ jyn1 冤]
❶深水；深潭◆天淵之別/魚躍於淵/萬丈深淵/戰戰兢兢，如臨深淵。❷深◆淵泉/學識淵博/家學淵源。

9渝 渝渝渝渝渝渝 渝

[yú ㄩˊ ㊕ jy4 如]
❶改變◆始終不渝。❷重慶市的別稱◆成(都)渝鐵路。

9渙(涣) 渙渙渙渙渙渙 渙

[huàn ㄏㄨㄢˋ ㊕ wun6 換]
消散；不集中◆渙然冰釋/精神渙散。

9渡 渡渡渡渡渡渡 渡

[dù ㄉㄨˋ ㊕ dou6 道]
❶過河；通過水面到彼岸◆渡江/擺渡/橫渡長江/遠渡重洋。❷過河的地方◆渡口/渡頭/津渡。❸通過；經過；由此到彼◆過渡/渡過難關。

9游 游游游游游游 游

[yóu ㄧㄡˊ ㊕ jɐu4 由]
❶在水裏移動◆游水/游泳/游到對岸。❷不固定的；經常流動的。同"遊"字◆游牧/游資/無業游民/散兵游勇。❸河流的一段◆上游/下游。

9滋 滋滋滋滋滋滋 滋

[zī ㄗ ㊕ dzi1 支]
❶生長；生出◆滋生/滋長/滋事/滋蔓。❷增加營養；補養身體◆滋補/滋養。❸味道◆好滋味。❹不乾枯◆滋潤。❺噴出◆水管直往外滋水。

9渲 渲渲渲渲渲渲 渲

[xuàn ㄒㄩㄢˋ ㊕ syn3 算]
渲染：中國畫的一種畫法，用水墨或淡的色彩塗抹畫面，加強藝術效果；比喻誇大的形容◆大肆渲染。

9渾(浑) 渾渾渾渾渾渾 渾

[hún ㄏㄨㄣˊ ㊕ wɐn4 雲]
❶水不清◆渾濁/渾水摸魚。❷糊塗；胡亂◆渾話/渾不講理/渾頭渾腦。❸全；滿◆渾身是泥/渾身是勁。❹質樸；天然的◆渾厚/渾樸/渾金璞玉。

9溉 溉溉溉溉溉溉 溉

[gài ㄍㄞˋ ㊕ kɔi3 概]

焦點易錯字 湍|喘 湍急 湍流 喘氣 氣喘如牛 混|渾 混雜 混為一談 渾身解數 渾渾噩噩

水 火 爪 父 爻 爿

澆灌 ◆ 灌溉。

9 **湧** (涌) 湧湧湧湧湧湧 湧

[yǒng ㄩㄥˇ [粵] juŋ² 擁]
❶ **水向上冒** ◆ 噴湧 / 淚如泉湧 / 波濤洶湧 / 洶湧澎湃。❷ **像水湧出來一樣** ◆ 風起雲湧 / 湧上心頭 / 人材湧現。

10 **溝** (沟) 溝溝溝溝溝溝 溝

[gōu ㄍㄡ [粵] gɐu¹ 鳩]
❶ **水道（一般指人工挖掘的）** ◆ 水溝 / 河溝 / 陰溝 / 溝渠 / 排水溝。❷ **像溝一樣的東西** ◆ 壕溝 / 瓦溝 / 車溝 / 山溝。

10 **滇** 滇滇滇滇滇滇 滇

[diān ㄉㄧㄢ [粵] din¹ 顛]
雲南省的別稱。

10 **滅** (灭) 滅滅滅滅滅滅 滅

[miè ㄇㄧㄝˋ [粵] mit⁹ 蔑]
❶ **火熄了；使火熄掉** ◆ 熄滅 / 滅火 / 火滅了 / 撲滅大火。❷ **除掉；使不存在** ◆ 消滅 / 毀滅 / 滅亡 / 滅鼠 / 殺人滅口 / 長他人志氣，滅自己威風。❸ **淹沒** ◆ 滅頂之災。

10 **溼** "濕"的異體字，見260頁。

10 **源** 源源源源源源 源

[yuán ㄩㄢˊ [粵] jyn⁴ 元]
❶ **水流的起點** ◆ 發源 / 水源 / 源遠流長 / 長江的源頭。❷ **事物的來源和根由** ◆ 來源 / 根源 / 資源 / 貨源 / 源泉。

10 **滑** (滑) 滑滑滑滑滑滑 滑

[huá ㄏㄨㄚˊ [粵] wat⁹ 挖⁹]
❶ **光滑** ◆ 滑溜 / 滑梯 / 雨後路滑。❷ **滑動** ◆ 滑冰 / 滑雪 / 滑行。❸ **狡詐；不誠實** ◆ 狡滑 / 油滑 / 圓滑 / 油腔滑調 / 滑頭滑腦 / 老奸巨滑。

10 **準** (准) 準準準準準準 準

[zhǔn ㄓㄨㄣˇ [粵] dzœn² 准]
❶ **正確；精確** ◆ 準確 / 準時 / 瞄準 / 這錶走時很準。❷ **可作依據的尺度、法則** ◆ 標準 / 準則 / 以此為準 / 以法律為準繩。❸ **一定** ◆ 他準來 / 準能完成任務。

10 **塗** 見土部，92頁。

10 **滄** (沧) 滄滄滄滄滄滄 滄

[cāng ㄘㄤ [粵] tsɔŋ¹ 倉]
水深呈暗綠色 ◆ 滄海 / 滄海桑田。

10 **滔** 滔滔滔滔滔滔 滔

[tāo ㄊㄠ [粵] tou¹ 韜]
大水漫流 ◆ 白浪滔天 / 江水滔滔。

10 **溪** 溪溪溪溪溪溪 溪

[xī ㄒㄧ [粵] kɐi¹ 稽]
小河溝 ◆ 溪流 / 溪水 / 小溪。

10 **溜** 溜溜溜溜溜溜 溜

〈一〉[liū ㄌㄧㄡ [粵] lɐu⁶ 漏]
❶ **偷偷地走開** ◆ 溜走 / 溜之大吉 / 悄悄地溜了。❷ **滑行** ◆ 溜冰。❸ **光滑** ◆ 滑溜 /

焦點易錯字 准 | 準　准許 獲准　準備 標準　湧 | 擁　湧現 淚如泉湧　擁擠 蜂擁而上

水 火 爪 父 爻 爿

光溜溜。

〈二〉[liù ㄌㄧㄡˋ [粵] lɐu⁶ 漏]

❹ 急流的水 ◆ 急溜。❺ 量詞。排；行 ◆ 一溜新房子 / 一溜煙跑了。

10 **滾** "滚"的異體字，見256頁。

10 **滂** 滂 滂 滂 滂 滂 滂 滂

[pāng ㄆㄤ [粵] pɔŋ¹ 乓]

滂沱：形容雨下得很大或淚下如雨 ◆ 大雨滂沱 / 涕泗滂沱。

10 **溢** 溢 溢 溢 溢 溢 溢 溢

[yì ㄧˋ [粵] jɐt⁹ 日]

❶ 水滿而外流；水漫出來 ◆ 水溢出來 / 江水橫溢。❷ 超出；過分 ◆ 溢出範圍 / 溢美之辭。❸ 充滿 ◆ 熱情洋溢。

10 **溯** 溯 溯 溯 溯 溯 溯 溯

[sù ㄙㄨˋ [粵] sou³ 訴]

❶ 逆流而上 ◆ 溯流而上。❷ 尋求根源；回想過去 ◆ 追溯 / 推本溯源 / 回溯往事。

10 **溶** 溶 溶 溶 溶 溶 溶 溶

[róng ㄖㄨㄥˊ [粵] juŋ⁴ 容]

物質在液體裏化開 ◆ 溶化 / 溶解 / 溶液 / 水裏的糖塊全溶了。

10 **滓** 滓 滓 滓 滓 滓 滓 滓

[zǐ ㄗˇ [粵] dzi² 子]

液體裏沈澱下來的雜質 ◆ 渣滓。

10 **溟** 溟 溟 溟 溟 溟 溟 溟

[míng ㄇㄧㄥˊ [粵] miŋ⁴ 明]

❶ 模糊不清 ◆ 溟濛。❷ 古代指海 ◆ 北溟。

10 **溺** 溺 溺 溺 溺 溺 溺 溺

〈一〉[nì ㄋㄧˋ [粵] nik⁹ 匿]

❶ 淹沒在水裏 ◆ 溺死 / 溺水。❷ 過分；沈迷不悟 ◆ 溺愛 / 沈溺酒色。

〈二〉[niào ㄋㄧㄠˋ [粵] niu⁶ 尿]

❸ 同"尿"字。小便。

10 **滁** 滁 滁 滁 滁 滁 滁 滁

[chú ㄔㄨˊ [粵] tsœy⁴ 徐]

滁縣：地名，在安徽省。

11 **漬**（渍） 漬 漬 漬 漬 漬 漬 漬

[zì ㄗˋ [粵] dzi⁶ 自]

❶ 浸泡 ◆ 浸漬。❷ 污跡 ◆ 油漬 / 污漬。

11 **漢**（汉） 漢 漢 漢 漢 漢 漢 漢

[hàn ㄏㄢˋ [粵] hɔn³ 看]

❶ 漢族：中國人數最多的民族 ◆ 漢語 / 漢字。❷ 漢語的簡稱 ◆ 英漢詞典。❸ 成年男子 ◆ 漢子 / 老漢 / 英雄好漢 / 彪形大漢。❹ 朝代名 ◆ 漢朝 / 漢代 / 漢武帝。❺ 指銀河 ◆ 銀漢 / 霄漢。

11 **慂** 見心部，157頁。

11 **滿**（满） 滿 滿 滿 滿 滿 滿 滿

[mǎn ㄇㄢˇ [粵] mun⁵ 門⁵]

❶ 全部充實，不留空隙 ◆ 滿座 / 客滿 / 充

焦點易錯字 溶｜熔　溶液 溶合　熔點 熔煉

滿/滿腔熱血/天空佈滿烏雲。❷符合心意 ◆ 滿意/滿足/不滿/心滿意足。❸自我滿足；不虛心 ◆ 自滿/滿招損，謙受益。❹完全 ◆ 滿不在乎/滿身是泥。❺達到一定期限 ◆ 期滿/假期已滿/不滿一年。❻滿族：中國少數民族之一。

11 **滯**（滞） 滯 滯 滯 滯 滯 滯 滯

[zhì ㄓˋ 粵 dzɐi⁶ 濟⁶]
積留；不流通 ◆ 滯銷/滯留/停滯不前。

11 **漆** 漆 漆 漆 漆 漆 漆 漆

[qī ㄑㄧ 粵 tsɐt⁷ 七]
❶**各種黏液狀塗料的統稱** ◆ 油漆/青漆。❷**用漆塗刷** ◆ 漆門窗/漆成乳白色。

11 **漸**（渐） 漸 漸 漸 漸 漸 漸 漸

〈一〉[jiàn ㄐㄧㄢˋ 粵 dzim⁶ 尖⁶]
❶**慢慢地；一點一點地** ◆ 漸漸/漸變/逐漸/循序漸進/天氣漸冷/歌聲漸遠。❷**苗頭** ◆ 防微杜漸。

〈二〉[jiān ㄐㄧㄢ 粵 dzim¹ 尖]
❸**流入** ◆ 西學東漸。

11 **漣**（涟） 漣 漣 漣 漣 漣 漣 漣

[lián ㄌㄧㄢˊ 粵 lin⁴ 連]
水面細小的波紋 ◆ 清漣/漣漪。

11 **漱** 漱 漱 漱 漱 漱 漱 漱

[shù ㄕㄨˋ 粵 sɐu³ 秀]
含水清洗口腔 ◆ 漱口/洗漱。

焦點易錯字 嗽 | 漱 咳嗽 漱口

11 **漚**（沤） 漚 漚 漚 漚 漚 漚 漚

[òu ㄡˋ 粵 ɐu³ 歐³]
把東西長時間地浸泡在水裏 ◆ 漚肥/衣服老浸在水裏會漚壞的。

11 **漂** 漂 漂 漂 漂 漂 漂 漂

〈一〉[piāo ㄆㄧㄠ 粵 piu¹ 飄]
❶**浮在水面；浮在水面上移動** ◆ 漂浮/漂流/漂萍。

〈二〉[piǎo ㄆㄧㄠˇ 粵 piu³ 票]
❷**用藥物浸洗，使織物褪色或變白** ◆ 漂白。❸**用水洗去雜質** ◆ 放水裏漂一漂。

〈三〉[piào ㄆㄧㄠˋ 粵 piu³ 票]
❹**漂亮：(1)美；好看** ◆ 打扮得很漂亮。**(2)出色** ◆ 幹得漂亮/他的英語説得很漂亮。

11 **漕** 漕 漕 漕 漕 漕 漕 漕

[cáo ㄘㄠˊ 粵 tsou⁴ 曹]
舊時指向京城運送糧食的水道 ◆ 漕河/漕運。

11 **漠**（漠） 漠 漠 漠 漠 漠 漠 漠

[mò ㄇㄛˋ 粵 mɔk⁹ 莫]
❶**沙漠** ◆ 荒漠/漠北/大漠孤煙直，長河落日圓。❷**冷淡；不關心** ◆ 漠視/冷漠/漠不關心/處之漠然。

11 **滷**（卤） 滷 滷 滷 滷 滷 滷 滷

[lǔ ㄌㄨˇ 粵 lou⁵ 老]
❶**濃汁** ◆ 肉滷/陳年老滷。❷**用濃汁煮製食物** ◆ 滷肉/滷雞/滷蛋。

水 火 爪 父 爻 爿

11 漫 漫漫漫漫漫漫 [漫]

[màn ㄇㄢˋ [粵] man⁶ 慢 / man⁴ 蠻]

❶水滿了往外流 ◆ 河水漫出來了。❷滿；遍佈 ◆ 漫山遍野 / 大霧彌漫。❸隨意；不受拘束 ◆ 漫談 / 漫遊 / 漫步 / 散漫 / 漫不經心 / 漫無目的。❹長；遠；廣闊 ◆ 漫長 / 路漫漫。

11 滌(涤) 滌滌滌滌滌滌 [滌]

[dí ㄉㄧˊ [粵] dik⁹ 敵]

洗；洗去污垢 ◆ 洗滌 / 滌蕩。

11 漪 漪漪漪漪漪漪 [漪]

[yī ㄧ [粵] ji¹ 衣]

水面的波紋 ◆ 漣漪。

11 漁(渔) 漁漁漁漁漁漁 [漁]

[yú ㄩˊ [粵] jy⁴ 如]

❶捕魚 ◆ 漁民 / 漁船 / 漁具 / 鷸蚌相爭，漁翁得利。❷謀取不應得的東西 ◆ 從中漁利。

11 滸(浒) 滸滸滸滸滸滸 [滸]

〈一〉[hǔ ㄏㄨˇ [粵] wu² 烏²]

❶水邊。

〈二〉[xǔ ㄒㄩˇ [粵] hœy² 許]

❷滸墅關：地名，在江蘇省。

11 漓 漓漓漓漓漓漓 [漓]

[lí ㄌㄧˊ [粵] lei⁴ 離]

❶淋漓。見"淋"字，247頁。❷"灕"的簡化字，見262頁。

11 漉 漉漉漉漉漉漉 [漉]

[lù ㄌㄨˋ [粵] luk⁹ 鹿]

❶水往下滲；濕潤 ◆ 濕漉漉。❷過濾 ◆ 漉酒 / 漉網。

11 漩 漩漩漩漩漩漩 [漩]

[xuán ㄒㄩㄢˊ [粵] syn⁴ 船]

迴旋的水流 ◆ 漩渦。

11 漳 漳漳漳漳漳漳 [漳]

[zhāng ㄓㄤ [粵] dzœŋ¹ 章]

❶漳河：水名，發源於山西省，經河南省、河北省流入衞河。❷漳州：地名，在福建省。

11 滴 滴滴滴滴滴滴 [滴]

[dī ㄉㄧ [粵] dik⁹ 敵]

❶水點 ◆ 水滴 / 汗滴 / 雨滴。❷液體一點一點落下來 ◆ 滴水成冰 / 滴眼藥水 / 水滴石穿 / 垂涎欲滴 / 鋤禾日當午，汗滴禾下土。❸量詞 ◆ 一滴血 / 幾滴眼淚 / 滴水不漏。

11 滾(滚) 滾滾滾滾滾滾 [滾]

[gǔn ㄍㄨㄣˇ [粵] gwɐn² 均²]

❶旋轉着移動 ◆ 滾雪球 / 滾鐵環 / 在地上滾來滾去。❷液體沸騰 ◆ 滾水 / 滾湯 / 水滾了。❸形容水流翻騰 ◆ 波濤滾滾 / 白浪翻滾。❹責令人馬上走開 ◆ 滾出去 / 給我滾開。

11 漾 漾漾漾漾漾漾 [漾]

[yàng ㄧㄤˋ [粵] jœŋ⁶ 樣]

焦點易錯字 魚 | 漁　魚類 魚池　漁民 漁港

水面輕微波動 ◆ 河水漾漾／碧波蕩漾。

11 演 演演演演演演 演

[yǎn ㄧㄢˇ ㊣ jin5 兗/jin2 偃(語)]

❶ **當眾表現技藝；表演** ◆ 演戲／演奏／演技／公演／義演。❷ **當眾發表見解；根據事理推斷、發揮** ◆ 演説／演講／演義／演繹。❸ **按一定的程式練習** ◆ 演習/演算/演練。❹ **不斷發展、變化** ◆ 演變／演進／演化。

11 滬(沪) 滬滬滬滬滬滬 滬

[hù ㄏㄨˋ ㊣ wu6 户]

上海市的別稱 ◆ 京津滬/滬劇。

11 漏 漏漏漏漏漏漏 漏

[lòu ㄌㄡˋ ㊣ lɐu6 陋]

❶ **東西從洞眼、縫隙裏流出或透過** ◆ 漏水／漏氣／漏風／漏光／屋漏更遭連夜雨。❷ **泄露** ◆ 泄漏機密/走漏消息。❸ **遺落** ◆ 遺漏／疏漏／掛一漏萬／漏了一行字。❹ **逃脱** ◆ 漏網之魚／走私漏税／天網恢恢，疏而不漏。

11 漲(涨) 漲漲漲漲漲漲 漲

〈一〉[zhǎng ㄓㄤˇ ㊣ dzœŋ3 帳]

❶ **水位升高** ◆ 漲水/漲潮/水漲船高。❷ **價格提高** ◆ 漲價/行情看漲/價格不斷上漲。

〈二〉[zhàng ㄓㄤˋ ㊣ dzœŋ3 帳]

❸ **體積增大** ◆ 熱漲冷縮。❹ **充滿** ◆ 頭昏腦漲／煙塵漲天。

11 漿(浆) 漿漿漿漿漿漿 漿

〈一〉[jiāng ㄐㄧㄤ ㊣ dzœŋ1 章]

❶ **比較濃的液體** ◆ 豆漿／糖漿／血漿／泥漿。❷ **用米湯、粉漿等浸濕衣服、紗、布等，使乾後變硬變挺** ◆ 漿紗／漿衣服。

〈二〉[jiàng ㄐㄧㄤˋ ㊣ dzœŋ1 章]

❸ **漿糊：用來黏貼東西的糊狀物。**

11 滲(渗) 滲滲滲滲滲滲 滲

[shèn ㄕㄣˋ ㊣ sɐm3 沁]

液體從細孔裏慢慢透過或漏出 ◆ 滲水／滲出／滲入／雨水滲透進泥土。

12 潔(洁) 潔潔潔潔潔潔 潔

[jié ㄐㄧㄝˊ ㊣ git8 結]

❶ **乾淨** ◆ 潔淨／清潔／整潔／潔白無瑕。❷ **為人清白、正派** ◆ 純潔／廉潔奉公／潔身自好。

12 澆(浇) 澆澆澆澆澆澆 澆

[jiāo ㄐㄧㄠ ㊣ giu1 嬌]

❶ **用水淋；灌溉** ◆ 澆水／澆花／澆地／澆灌良田。❷ **把金屬熔液或混凝土倒入模型** ◆ 澆鑄／澆製。

12 澎 澎澎澎澎澎澎 澎

[péng ㄆㄥˊ ㊣ paŋ1 烹]

澎湃：波浪相撞擊 ◆ 波濤洶湧澎湃。

12 潸 潸潸潸潸潸潸 潸

[shān ㄕㄢ ㊣ san1 山]

形容流淚 ◆ 潸然淚下。

12 潮 潮潮潮潮潮潮 潮

[cháo ㄔㄠˊ ㊣ tsiu4 樵]

焦點易錯字 脹|漲 膨脹 腫脹 漲潮 水漲船高

❶**海水定時漲落的現象** ◆ 觀潮 / 海潮 / 退潮 / 潮漲潮落。❷**像潮水起伏那樣的情況** ◆ 寒潮 / 思潮 / 風潮 / 高潮 / 社會潮流。❸**含水分較多，有點濕** ◆ 潮濕/受潮/返潮。

12 潭 潭潭潭潭潭潭 潭

[tán ㄊㄢˊ ㊣ tam⁴ 談]
深水坑；水深的地方 ◆ 深潭 / 泥潭 / 水潭 / 龍潭虎穴/桃花潭水深千尺，不及汪倫送我情。

12 潦 潦潦潦潦潦潦 潦

[liáo ㄌㄧㄠˊ ㊣ lou⁵ 老]
❶**潦草：寫字不工整；做事馬虎** ◆ 字跡潦草 / 做事要認真，不能馬虎潦草。❷**潦倒：頹喪、不得意的樣子** ◆ 窮愁潦倒 / 一生潦倒。

12 潛 (潜) 潛潛潛潛潛潛 潛

[qián ㄑㄧㄢˊ ㊣ tsim⁴ 簽⁴]
❶**鑽到水裏** ◆ 潛水 / 潛泳 / 潛艇。❷**隱藏的** ◆ 潛藏 / 潛伏 / 潛力 / 潛在能力。❸**祕密地** ◆ 潛逃 / 潛入。

12 潰 (溃) 潰潰潰潰潰潰 潰

[kuì ㄎㄨㄟˋ ㊣ kui² 繪]
❶**堤壩被大水沖破** ◆ 潰堤 / 潰決。❷**散亂；垮台** ◆ 潰逃 / 潰敗 / 潰不成軍 / 徹底崩潰。❸**肌肉組織腐爛** ◆ 潰爛 / 胃潰瘍。

12 潘 潘潘潘潘潘潘 潘

[pān ㄆㄢ ㊣ pun¹ 判¹]
姓。

12 澈 澈澈澈澈澈澈 澈

[chè ㄔㄜˋ ㊣ tsit⁸ 設]
水很清 ◆ 清澈 / 澄澈。

12 澇 (涝) 澇澇澇澇澇澇 澇

[lào ㄌㄠˋ ㊣ lou⁶ 路]
雨水過多，造成災害；跟"旱"相對 ◆ 澇災 / 排澇 / 防澇抗旱。

12 潤 (润) 潤潤潤潤潤潤 潤

[rùn ㄖㄨㄣˋ ㊣ jœn⁶ 閏]
❶**不乾燥** ◆ 濕潤 / 架潤。❷**使不乾燥** ◆ 潤膚 / 潤滑 / 潤喉 / 潤澤 / 潤潤嗓子。❸**細膩；光滑** ◆ 光潤 / 滑潤 / 珠圓玉潤。❹**修飾；使有文采** ◆ 潤色 / 潤飾。❺**利益** ◆ 利潤 / 分潤。

12 澗 (涧) 澗澗澗澗澗澗 澗

[jiàn ㄐㄧㄢˋ ㊣ gan³ 諫]
兩山間的水流 ◆ 山澗 / 溪澗。

12 潺 潺潺潺潺潺潺 潺

[chán ㄔㄢˊ ㊣ san⁴ 散⁴]
潺潺：流水聲 ◆ 潺潺流水。

12 澄 澄澄澄澄澄澄 澄

〈一〉[chéng ㄔㄥˊ ㊣ tsiŋ⁴ 情]
❶**水很清** ◆ 湖水澄澈 / 江水碧綠澄清。❷**把事情弄清楚** ◆ 澄清謠言。
〈二〉[dèng ㄉㄥˋ ㊣ dɐŋ⁶ 鄧]
❸**使雜質沈澱下去，液體變清** ◆ 把水澄清後再喝。

水 火 爪 父 爻 爿

焦點易錯字 澈 | 徹 清澈 徹底 寒風徹骨

12 潑(泼) 潑潑潑潑潑潑 潑

[pō ㄆㄛ 粵 put⁸]

❶ **灑或用力倒水，使散開** ◆ 潑水 / 潑灑。❷ **蠻橫不講理** ◆ 撒潑 / 潑婦。

13 澠(渑) 澠澠澠澠澠澠 澠

〈一〉[miǎn ㄇㄧㄢˇ 粵 mɐn⁵ 敏/min⁵ 免]

❶ **澠池：地名，在河南省。**

〈二〉[shéng ㄕㄥˊ 粵 siŋ⁴ 成]

❷ **澠水：古水名，在今山東省。**

13 濃(浓) 濃濃濃濃濃濃 濃

[nóng ㄋㄨㄥˊ 粵 nuŋ⁴ 農]

❶ **稠；密；顏色深；跟"淡"相對** ◆ 濃度 / 濃茶 / 濃煙滾滾 / 濃妝豔抹 / 濃眉大眼。❷ **程度深** ◆ 濃厚 / 興趣很濃 / 睡意正濃。

13 澧 澧澧澧澧澧澧 澧

[lǐ ㄌㄧˇ 粵 lɐi⁵ 禮]

澧水：水名，在湖南省，流入洞庭湖。

13 潞 潞潞潞潞潞潞 潞

[lù ㄌㄨˋ 粵 lou⁶ 路]

❶ **潞城：縣名，在山西省。**❷ **潞西：縣名，在雲南省。**

13 澡 澡澡澡澡澡澡 澡

[zǎo ㄗㄠˇ 粵 dzou² 早]

洗身 ◆ 洗澡 / 澡堂。

13 澤(泽) 澤澤澤澤澤澤 澤

[zé ㄗㄜˊ 粵 dzak⁹ 擇]

❶ **水積聚的地方** ◆ 沼澤 / 湖澤 / 大澤 / 水鄉澤國。❷ **金屬、珠玉等發出的光亮** ◆ 色澤 / 光澤。❸ **濕潤** ◆ 潤澤。❹ **恩惠** ◆ 恩澤。

13 濁(浊) 濁濁濁濁濁濁 濁

[zhuó ㄓㄨㄛˊ 粵 dzuk⁹ 俗]

❶ **水渾，不潔淨；跟"清"相對** ◆ 渾濁 / 濁流 / 污泥濁水 / 河水污濁。❷ **聲音低沈粗重** ◆ 濁音 / 濁聲濁氣。❸ **混亂** ◆ 濁世。

13 激 激激激激激激 激

[jī ㄐㄧ 粵 gik⁷ 擊]

❶ **水流受到阻礙或震蕩而向上湧或飛濺起來** ◆ 激起浪花 / 海水激蕩 / 一石激起千層浪。❷ **使感情衝動** ◆ 激動 / 激發 / 激怒 / 刺激 / 激將法。❸ **急劇的；強烈的** ◆ 激情 / 激烈 / 偏激 / 激戰 / 激流勇退 / 慷慨激昂。

13 澳(澳) 澳澳澳澳澳澳 澳

[ào ㄠˋ 粵 ou³/ŋou³ 奧]

❶ **海邊彎曲可以停船的地方。多用作地名** ◆ 三都澳。❷ **澳門的簡稱** ◆ 港澳同胞。❸ **澳大利亞的簡稱** ◆ 中澳兩國。

13 澹 澹澹澹澹澹澹 澹

[dàn ㄉㄢˋ 粵 dam⁶ 淡]

❶**安靜；寧靜** ◆ 恬澹。❷**不熱心；不經意** ◆ 澹於名利 / 澹泊寡慾。

13 濂 濂濂濂濂濂濂 濂

[lián ㄌㄧㄢˊ 粵 lim⁴ 廉]

多作地名、人名用字。如濂江，水名，在江西省。

13 **澱**（淀）

[diàn ㄉㄧㄢˋ ⊜ din⁶ 電]

沈積；沈積的東西 ◆ 沈澱 / 澱粉。

14 **濤**（涛）

[tāo ㄊㄠ ⊜ tou⁴ 陶]

❶ **大浪** ◆ 浪濤 / 狂濤 / 波濤洶湧 / 驚濤駭浪。❷ **像波濤的聲音** ◆ 松濤。

14 **鴻** 見鳥部，506頁。

14 **濫**（滥）

[làn ㄌㄢˋ ⊜ lam⁶ 纜]

❶ **水漫出來** ◆ 泛濫成災。❷ **過度；沒有節制** ◆ 濫用職權 / 寧缺毋濫 / 濫殺無辜。

14 **濡**

[rú ㄖㄨˊ ⊜ jy⁴ 如]

沾上；沾染 ◆ 濡濕 / 濡染 / 相濡以沫 / 耳濡目染。

14 **濛**（蒙）

[méng ㄇㄥˊ ⊜ muŋ⁴ 蒙]

形容雨點細小、密集 ◆ 雨濛濛 / 細雨濛濛。

14 **濬**（浚）

[jùn ㄐㄩㄣˋ ⊜ dzœn³ 俊]

挖深；疏通河道 ◆ 疏濬 / 濬渠 / 濬河。

14 **濕**（湿）

[shī ㄕ ⊜ sɐp⁷ 拾⁷]

東西沾上了水或含水分太多；跟"乾"相對 ◆ 濕度 / 潮濕 / 濕潤 / 衣服濕透了 / 全身被雨澆得濕淋淋的。

14 **濠**

[háo ㄏㄠˊ ⊜ hou⁴ 豪]

❶ **護城河** ◆ 城濠。❷ **濠水：水名，在安徽省。**

14 **濟**（济）

〈一〉[jì ㄐㄧˋ ⊜ dzɐi³ 祭]

❶ **救助** ◆ 救濟 / 接濟 / 扶危濟貧。❷ **渡；過河** ◆ 同舟共濟。❸ **補益；有益處** ◆ 無濟於事 / 假公濟私。

〈二〉[jǐ ㄐㄧˇ ⊜ dzɐi² 仔]

❹ **濟南市：地名，在山東省。** ❺ **濟濟：形容人多** ◆ 濟濟一堂 / 人才濟濟。

14 **濱**（滨）

[bīn ㄅㄧㄣ ⊜ bɐn¹ 賓]

❶ **水邊** ◆ 海濱 / 江濱 / 湖濱 / 東海之濱。❷ **靠近水邊** ◆ 濱海城市 / 濱江大道。

14 **濘**（泞）

[nìng ㄋㄧㄥˋ ⊜ niŋ⁶ 寧⁶]

爛泥；泥漿 ◆ 泥濘 / 路濘難行。

14 **澀**（涩）

[sè ㄙㄜˋ ⊜ sɐp⁸ 霎]

❶ **不潤滑；磨擦力大** ◆ 滯澀。❷ **吃起來**

使舌頭發麻的味道 ◆ 苦澀 / 生柿子澀嘴。❸文章不流暢，意思難懂 ◆ 艱澀 / 晦澀。

14 **濰**（潍） 濰 濰 濰 濰 濰 濰 濰

[wéi ㄨㄟˊ [粵] wei4 維]

❶濰河：水名，在山東省。❷濰坊市：地名，在山東省。

15 **瀆**（渎） 瀆 瀆 瀆 瀆 瀆 瀆 瀆

[dú ㄉㄨˊ [粵] duk9 毒]

❶水溝；水道 ◆ 溝瀆。❷輕慢；對人不敬或對事不盡職 ◆ 褻瀆 / 瀆職。

15 **濾**（滤） 濾 濾 濾 濾 濾 濾 濾

[lǜ ㄌㄩˋ [粵] lœy6 慮]

液體通過紗布、沙層等去掉雜質 ◆ 過濾。

15 **瀑** 瀑 瀑 瀑 瀑 瀑 瀑 瀑

[pù ㄆㄨˋ [粵] buk9 僕]

瀑布：從高山、懸崖瀉落下來的水，遠看像垂掛的白布。

15 **濺**（溅） 濺 濺 濺 濺 濺 濺 濺

[jiàn ㄐㄧㄢˋ [粵] dzin3 箭]

迸射；液體受衝擊而向四外飛射 ◆ 濺了一身水 / 浪花飛濺。

15 **瀏**（浏） 瀏 瀏 瀏 瀏 瀏 瀏 瀏

[liú ㄌㄧㄡˊ [粵] lɐu4 劉]

❶瀏陽河：水名，在湖南省。❷瀏覽：大略地翻閱一下 ◆ 抽空瀏覽一遍。

15 **瀋**（沈） 瀋 瀋 瀋 瀋 瀋 瀋 瀋

[shěn ㄕㄣˇ [粵] sɐm2 審]

瀋陽市：地名，在遼寧省。

15 **瀉**（泻） 瀉 瀉 瀉 瀉 瀉 瀉 瀉

[xiè ㄒㄧㄝˋ [粵] sɛ3 舍]

❶水向下急流 ◆ 傾瀉 / 一瀉千里。❷腹瀉 ◆ 瀉藥 / 上吐下瀉。

16 **瀚** 瀚 瀚 瀚 瀚 瀚 瀚 瀚

[hàn ㄏㄢˋ [粵] hɔn6 汗]

廣大 ◆ 浩瀚。

16 **瀝**（沥） 瀝 瀝 瀝 瀝 瀝 瀝 瀝

[lì ㄌㄧˋ [粵] lik9 力]

液體一滴一滴地落下 ◆ 嘔心瀝血 / 雨淅淅瀝瀝下個不停。

16 **瀕**（濒） 瀕 瀕 瀕 瀕 瀕 瀕 瀕

[bīn ㄅㄧㄣ [粵] bɐn1 賓/pɐn4 頻]

臨近；靠近 ◆ 瀕危 / 瀕臨滅絕 / 瀕海小鎮。

16 **瀘**（泸） 瀘 瀘 瀘 瀘 瀘 瀘 瀘

[lú ㄌㄨˊ [粵] lou4 勞]

瀘州：地名，在四川省。

17 **瀟**（潇） 瀟 瀟 瀟 瀟 瀟 瀟 瀟

[xiāo ㄒㄧㄠ [粵] siu1 消]

❶ 水深而清。❷ 瀟灑：言談舉止自然大方；無拘無束 ◆ 風度瀟灑。

17**瀾**（澜） 瀾 瀾 瀾 瀾 瀾 瀾 瀾

[lán ㄌㄢˊ [粵] lan⁴ 蘭]

大波浪 ◆ 巨瀾／力挽狂瀾／推波助瀾／波瀾壯闊。

17**瀰**（弥） 瀰 瀰 瀰 瀰 瀰 瀰 瀰

[mí ㄇㄧˊ [粵] mei⁴ 眉／mei⁵ 美]

瀰漫：充滿煙塵、水、霧等 ◆ 煙霧瀰漫。

18**灌**（灌） 灌 灌 灌 灌 灌 灌 灌

[guàn ㄍㄨㄢˋ [粵] gun³ 貫]

❶**澆水** ◆ 灌溉／灌水／澆灌。❷**注入** ◆ 灌腸／灌注／灌輸／灌了滿滿一壺水。

19**灘**（滩） 灘 灘 灘 灘 灘 灘 灘

[tān ㄊㄢ [粵] tan¹ 攤]

❶**水邊泥沙淤積成的平地或水中的沙洲** ◆ 沙灘／海灘／河灘／灘地。❷**江河中水淺石多、水流很急的地方** ◆ 急流險灘。

19**灑**（洒） 灑 灑 灑 灑 灑 灑 灑

[sǎ ㄙㄚˇ [粵] sa² 耍]

❶ **把水散佈開** ◆ 灑水掃地／灑掃庭院。❷ **東西散落** ◆ 麪粉灑了一地／當心，別把口袋裏的米灑了。❸ **舉止自然大方** ◆ 灑脱／瀟灑。

19**灕**（漓） 灕 灕 灕 灕 灕 灕 灕

[lí ㄌㄧˊ [粵] lei⁴ 離]

灕江：水名，在廣西壯族自治區北部。

22**灣**（湾） 灣 灣 灣 灣 灣 灣 灣

[wān ㄨㄢ [粵] wan¹ 彎]

❶**江河等彎曲的地方** ◆ 河灣／水灣。❷**海岸向陸地凹進可停泊船隻的地方** ◆ 海灣／港灣／淺水灣／渤海灣。

23**灤**（滦） 灤 灤 灤 灤 灤 灤 灤

[luán ㄌㄨㄢˊ [粵] lyn⁴ 聯]

灤河：水名，在河北省。

火部

0**火** 火 火 火 火

[huǒ ㄏㄨㄛˇ [粵] fɔ² 夥]

❶ **物體燃燒時發出的光和熱** ◆ 火光／烈火／點火／真金不怕火煉／野火燒不盡，春風吹又生。❷ **發怒；怒氣** ◆ 惱火／別發火／氣得他火冒三丈。❸ **指槍炮彈藥** ◆ 軍火／火力偵察／前方已開火。❹ **比喻緊急** ◆ 火速／十萬火急。❺ **中醫指引起發炎、紅腫等症狀的病因** ◆ 清火／上火／虛火上升。

見古文字插頁3。

2**灰** 灰 灰 灰 灰 灰 灰

[huī ㄏㄨㄟ [粵] fui¹ 魁]

❶ **物體燃燒後剩下的粉末** ◆ 煤灰／煙灰／骨灰／灰燼／春蠶到死絲方盡，蠟炬成灰淚

焦點易錯字 彌｜瀰 彌留 彌天大罪 瀰山遍野 煙霧瀰漫

始乾。❷**塵土** ◆ 灰塵/不費吹灰之力。❸**特指石灰** ◆ 灰牆/白灰/抹灰。❹**介於黑白之間的顏色** ◆ 灰白/銀灰色/灰濛濛的天空。❺**失望；意志消沈** ◆ 灰心/灰溜溜/心灰意冷/灰心喪氣。

3灶 灶灶灶灶灶灶 灶

[zào ㄗㄠˋ [粵] dzou3 早3]

用來燒水、做飯菜的設備 ◆ 灶台/煤氣灶/電磁灶/另起爐灶。

灶

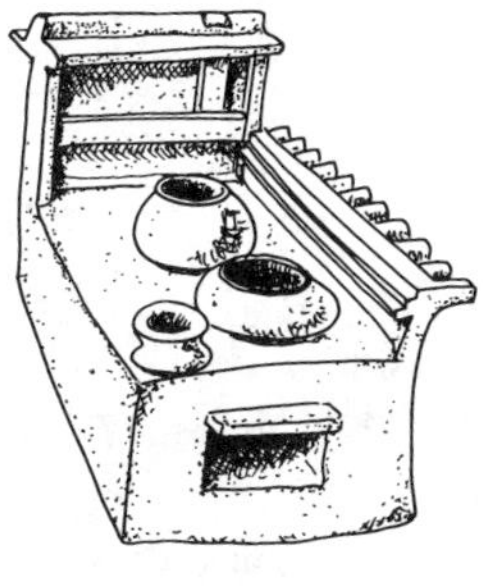

3狄 見犬部，277頁。

3灼 灼灼灼灼灼灼 灼

[zhuó ㄓㄨㄛˊ [粵] dzœk8 雀]

❶**燒；燙** ◆ 灼熱/灼傷。❷**明白透徹** ◆ 真知灼見。

3灸 灸灸灸灸灸灸 灸

[jiǔ ㄐㄧㄡˇ [粵] gɐu3 救]

中醫的一種治療方法，用艾絨熏烤身體的某些穴位 ◆ 針灸。

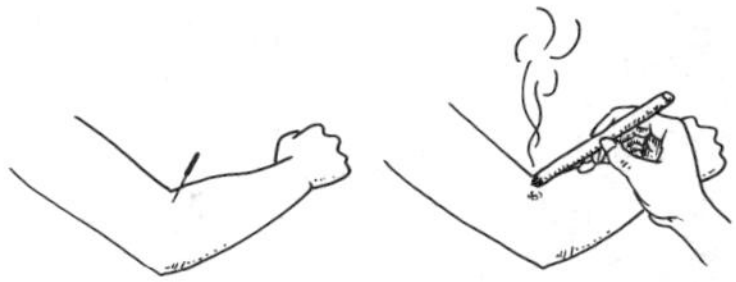

針　　灸

3災 (灾) 災災災災災災 災

[zāi ㄗㄞ [粵] dzɔi1 栽]

一切自然的(如水、火、蟲等)和人為的(如戰爭、傷害等)禍害 ◆ 天災/水災/救災/災難/幸災樂禍。

4炖 同"燉"，見270頁。

4炒 炒炒炒炒炒炒 炒

[chǎo ㄔㄠˇ [粵] tsau2 吵]

❶**把食物放在鍋裏加熱並不斷翻動使變熟** ◆ 炒菜/炒花生/炒肉絲。❷**從事倒手買賣來謀利** ◆ 炒地皮/炒股票。❸**為了提高知名度或賣點而大事宣傳** ◆ 炒作。

4炊 炊炊炊炊炊炊 炊

[chuī ㄔㄨㄟ [粵] tsœy1 吹]

燒火做飯菜 ◆ 炊事/炊具/炊煙/野炊/巧婦難為無米之炊。

4炙 炙炙炙炙炙炙 炙

[zhì ㄓˋ [粵] dzɛk8 隻]

❶**烤** ◆ 炙肉/烈日炙人。❷**烤熟的肉** ◆ 膾炙人口。

見古文字插頁 14。

焦點易錯字 炙|灸 炙手可熱 針灸

4炕 炕炕炕炕炕炕 炕

[kàng ㄎㄤˋ ㊚ kɔŋ3 抗]
北方農村用磚或土坯砌成、可以燒火取暖的牀 ◆ 土炕 / 上炕睡覺。

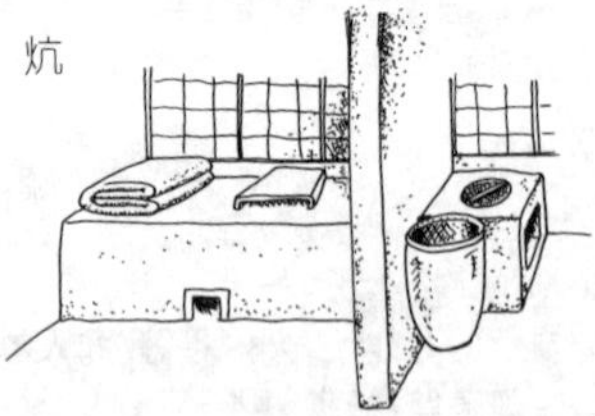
炕

4炎 炎炎炎炎炎炎 炎

[yán ㄧㄢˊ ㊚ jim4 嚴]
❶ **天氣極熱** ◆ 炎熱 / 炎夏 / 赤日炎炎似火燒，野田禾稻半枯焦。❷ **比喻權勢如日中天或對有權有勢者的趨附** ◆ 趨炎附勢 / 世態炎涼。❸ **身體某一部位發生紅腫、痛癢等症狀** ◆ 發炎 / 消炎 / 肺炎。❹ **指炎帝。與黃帝合稱炎黃，代表中華民族的祖先** ◆ 炎黃子孫。

4炔 炔炔炔炔炔炔炔 炔

[quē ㄑㄩㄝ ㊚ kyt8 決]
有機化合物。如乙炔，是一種可燃氣體。

5炳 炳炳炳炳炳炳 炳

[bǐng ㄅㄧㄥˇ ㊚ biŋ2 丙]
明亮；光耀顯著 ◆ 彪炳史冊。

5炬 炬炬炬炬炬炬 炬

[jù ㄐㄩˋ ㊚ gœy6 巨]
❶ **火把** ◆ 火炬 / 目光如炬。❷ **用火燒** ◆ 付之一炬。❸ **蠟燭** ◆ 春蠶到死絲方盡，蠟炬成灰淚始乾。

5炭 炭炭炭炭炭炭 炭

[tàn ㄊㄢˋ ㊚ tan3 歎]
❶ **木炭：用木材燒製成的一種燃料** ◆ 炭盆 / 雪中送炭 / 生靈塗炭。❷ **煤** ◆ 煤炭 / 焦炭。

5炯 炯炯炯炯炯炯 炯

[jiǒng ㄐㄩㄥˇ ㊚ gwiŋ2 迥]
明亮 ◆ 目光炯炯 / 炯炯有神。

5炸 炸炸炸炸炸炸 炸

〈一〉[zhà ㄓㄚˋ ㊚ dza3 詐]
❶ **物體突然破裂** ◆ 爆炸 / 瓶子炸了。❷ **用炸藥、炸彈等爆破** ◆ 轟炸 / 炸毀 / 炸碉堡 / 狂轟濫炸。

〈二〉[zhá ㄓㄚˊ ㊚ dza3 詐]
❸ **把食物放到滾油裏煎熟** ◆ 炸魚 / 炸雞 / 炸油條。

5秋 見禾部，320頁。

5炮 炮炮炮炮炮炮 炮

〈一〉[pào ㄆㄠˋ ㊚ pau3 豹]
❶ **射程較遠的重型武器，種類很多** ◆ 大炮 / 高射炮 / 迫擊炮 / 榴彈炮。❷ **爆竹** ◆ 炮仗 / 鞭炮 / 花炮。

〈二〉[páo ㄆㄠˊ ㊚ pau4 刨]
❸ **炮製：用烘、炒等方法加工製造中藥** ◆ 如法炮製。

〈三〉[bāo ㄅㄠ 粵 bau³ 爆]
❹**一種烹調方法，就是在旺火上急炒** ◆ 炮羊肉。

5 炫 炫炫炫炫炫炫 炫

[xuàn ㄒㄩㄢˋ 粵 jyn⁶ 願]
❶**照耀** ◆ 光彩炫目。❷**誇耀** ◆ 炫耀自己/自炫其能。

5 為(为) 為為為為為為 為

〈一〉[wéi ㄨㄟˊ 粵 wɐi⁴ 圍]
❶**做；作為** ◆ 敢作敢為/大有可為/為非作歹/為所欲為/若要人不知，除非己莫為。❷**充當；當作** ◆ 選他為代表/以你為榜樣/四海為家/指鹿為馬。❸**成；變成** ◆ 成為/變為/一分為二/化為烏有/反敗為勝。❹**是** ◆ 比數為三比一/失敗為成功之母。❺**被** ◆ 為人稱頌。
〈二〉[wèi ㄨㄟˋ 粵 wɐi⁶ 胃]
❻**替；給** ◆ 為國爭光/為民服務/為人作嫁。❼**表示目的；為了** ◆ 為正義而戰/為事業成功而不辭辛勞/為取得優異成績而勤奮學習。❽**表示原因** ◆ 因為/為甚麼/為此而付出代價。

6 烤 烤烤烤烤烤烤 烤

[kǎo ㄎㄠˇ 粵 hau¹ 敲]
用火或其他熱源烘乾或烘熟或取暖 ◆ 烤衣服/烤鴨/烤火/燒烤/烤麪包。

6 烘 烘烘烘烘烘烘 烘

[hōng ㄏㄨㄥ 粵 huŋ³ 控]
❶**用火烤乾、烤熟或取暖** ◆ 烘乾/烘山芋/烘手。❷**渲染；襯托** ◆ 烘托/烘雲托月。

6 耿

見耳部，357頁。

6 烏(乌) 烏烏烏烏烏烏 烏

[wū ㄨ 粵 wu¹ 污]
❶**烏鴉** ◆ 愛屋及烏/月落烏啼霜滿天，江楓漁火對愁眠。❷**黑色** ◆ 烏木/烏骨雞/烏雲密佈。

6 烈 烈烈烈烈烈烈 烈

[liè ㄌㄧㄝˋ 粵 lit⁹ 列]
❶**很猛；很強** ◆ 烈日/猛烈/強烈/激烈/興高采烈。❷**正直；剛強** ◆ 剛烈/烈性漢子。❸**為正義而死的** ◆ 烈士/先烈。

6 烟

"煙"的異體字，見267頁。

6 烙 烙烙烙烙烙烙 烙

〈一〉[lào ㄌㄠˋ 粵 lɔk⁸ 絡]
❶**食物放在熱鍋上烤熟** ◆ 烙餅。❷**用燒熱的金屬器物燙、熨** ◆ 烙花/烙印/烙衣服。
〈二〉[luò ㄌㄨㄛˋ 粵 lɔk⁸ 絡]
❸ **炮烙：古代的一種酷刑，用炭燒熱銅柱，叫人爬上去，最後掉入火中燒死。**

6 羔

見羊部，352頁。

7 焉 焉焉焉焉焉焉 焉

〈一〉[yān ㄧㄢ 粵 jin⁴ 言]
❶**相當於"於此"** ◆ 心不在焉/樂莫大焉。
〈二〉[yān ㄧㄢ 粵 jin¹ 煙]
❷**怎麼；哪裏** ◆ 焉能置之不理/皮之不

焦點易錯字 烈 | 裂　激烈 轟轟烈烈　裂開 四分五裂

水 **火** 爪 父 爻 爿

存，毛將焉附。

7 烴(烃)

烴 烴 烴 烴 烴 烴 烴

[tīng ㄊㄧㄥ 粵 tiŋ^1 聽^1]

有機化學中碳氫化合物的總稱。

7 焊

焊 焊 焊 焊 焊 焊 焊

[hàn ㄏㄢˋ 粵 hɔn^2 罕/hɔn^6 汗]

用熔化的金屬連接或修補金屬器物 ◆ 焊接／電焊／焊條。

7 烯

烯 烯 烯 烯 烯 烯 烯

[xī ㄒㄧ 粵 hei^1 希]

有機化合物，如乙烯。

7 烽

烽 烽 烽 烽 烽 烽 烽

[fēng ㄈㄥ 粵 fuŋ^1 風]

烽火：古代邊境為報警而在高台上燃燒的煙火；也指戰爭 ◆ 烽火台／烽火連三月，家書抵萬金。

7 烹

烹 烹 烹 烹 烹 烹 烹

[pēng ㄆㄥ 粵 paŋ^1 棚^1]

燒煮食物 ◆ 烹飪／烹調。

7 烷

烷 烷 烷 烷 烷 烷 烷

[wán ㄨㄢˊ 粵 jyn^4 完]

有機化合物，是構成石油的主要成分。

8 煮

煮 煮 煮 煮 煮 煮 煮

[zhǔ ㄓㄨˇ 粵 dzy^2 主]

把食物或器具放在水裏燒開，使變熟或消毒 ◆ 煮飯／飯還未煮好／把碗、筷先煮一煮才用。

8 焚

焚 焚 焚 焚 焚 焚 焚

[fén ㄈㄣˊ 粵 fɐn^4 墳]

燒 ◆ 焚燒／焚燬／玩火自焚／憂心如焚／玉石俱焚。

8 無(无)

無 無 無 無 無 無 無

[wú ㄨˊ 粵 mou^4 毛]

❶ **沒有；跟“有”相對** ◆ 從無到有／巧婦難為無米之炊／天下無難事，只怕有心人／花有重開日，人無再少年。❷ **不** ◆ 無妨／無須。❸ **不論** ◆ 事無大小，都要親自處理。

8 焦

焦 焦 焦 焦 焦 焦 焦

[jiāo ㄐㄧㄠ 粵 dziu^1 招]

❶ **東西被燒或被烤後變成炭狀或變得枯黃** ◆ 飯焦了／樹燒焦了／一片焦土／赤日炎炎似火燒，野田禾稻半枯焦。❷ **“焦炭”的簡稱** ◆ 煉焦。❸ **形容心裏着急** ◆ 焦急／心焦／焦躁不安／十分焦慮。

8 焰

焰 焰 焰 焰 焰 焰 焰

[yàn ㄧㄢˋ 粵 jim^6 驗]

焦點易錯字 煩｜繁 煩惱 心煩意亂 繁複 繁文縟節

❶**火苗** ◆ 烈焰／光焰／眾人拾柴火焰高。❷**比喻氣勢盛** ◆ 氣焰囂張／兇焰畢露。

8 然

然 然 然 然 然 然 然

[rán ㄖㄢˊ ㊁ jin4 言]

❶**是；對** ◆ 不以為然／大謬不然。❷**這樣；如此** ◆ 不盡然／理所當然／知其然，不知其所以然。❸**表示轉折，相當於"但是"、"可是"** ◆ 然而/年已古稀，然身體強健。❹**放在某些詞後面，表示狀態** ◆ 突然／忽然／偶然／飄飄然／煥然一新。

8 焠

"淬"的異體字，見249頁。

8 焙

焙 焙 焙 焙 焙 焙 焙

[bèi ㄅㄟˋ ㊁ bui6 貝6]

把東西(如藥材、茶葉等)放在器皿裏，放在小火上烘烤 ◆ 焙乾／焙茶葉。

8 勞

見力部，48頁。

9 煤

煤 煤 煤 煤 煤 煤 煤

[méi ㄇㄟˊ ㊁ mui4 梅]

黑色礦物，由長期埋在地下的古代植物變成，是重要的燃料和化工原料 ◆ 煤炭／煤礦／採煤／無煙煤。

9 煩 (烦)

煩 煩 煩 煩 煩 煩 煩

[fán ㄈㄢˊ ㊁ fan4 凡]

❶**心裏苦悶、焦躁** ◆ 煩悶／煩躁／煩惱／心煩意亂。❷**討厭** ◆ 厭煩／膩煩。❸**多而雜** ◆ 煩雜／煩瑣／要言不煩／不厭其煩。❹**有勞別人的客氣話** ◆ 煩交／煩勞／有事相煩。

9 煙 (烟)

煙 煙 煙 煙 煙 煙 煙

[yān ㄧㄢ ㊁ jin1 胭]

❶**物質燃燒時產生的氣體** ◆ 冒煙／濃煙滾滾／炊煙裊裊／煙霧騰騰。❷**煙氣凝結的黑灰** ◆ 松煙。❸**像煙一樣的東西** ◆ 雲煙／煙波浩渺。❹**指煙草和煙草製品** ◆ 煙葉／香煙／戒煙／公共場所不能吸煙。❺**特指鴉片** ◆ 煙土／林則徐虎門銷煙。

9 煉 (炼)

煉 煉 煉 煉 煉 煉 煉

[liàn ㄌㄧㄢˋ ㊁ lin6 練]

❶**用加熱等方法使物質純淨或變得堅韌** ◆ 煉鋼／煉油／提煉／百煉成鋼／真金不怕火煉。❷**用心琢磨，下功夫，使字句更精妙** ◆ 煉字／煉句。

9 煜

煜 煜 煜 煜 煜 煜 煜

[yù ㄩˋ ㊁ juk7 郁]

照耀。多作人名用字。

9 煦

煦 煦 煦 煦 煦 煦 煦

[xù ㄒㄩˋ ㊁ hœy2 許]

溫暖 ◆ 拂煦／春風和煦。

9 照

照 照 照 照 照 照 照

[zhào ㄓㄠˋ ㊁ dziu3 招3]

❶**光線射在物體上** ◆ 照射／紅日高照／陽光普照大地/日照香爐生紫煙，遙看瀑布掛前川。❷**對着鏡子或其他有反光作用的東西反映影像** ◆ 照鏡子／清澈的湖水照出了自己的身影。❸**拍攝；拍攝的相片** ◆ 照相／近照／畢業照。❹**依據；按着** ◆ 依照/

水 火 爪 父 爻 爿

焦點易錯字 照｜煦 照耀 心照不宣 煦煦 春風和煦 練｜煉 熟練 練習 提煉 煉油

按照/照例/照樣/照章辦事。❺對着；朝着 ◆ 照這個方向走。❻對比；查對 ◆ 對照/查照。❼憑證 ◆ 牌照/護照/駕駛執照。❽關心；看護 ◆ 照顧/照看/照料/照應。❾太陽光 ◆ 夕照/晚照。❿通知；告知 ◆ 照會/知照。⓫明白 ◆ 心照不宣。

9 煌

[huáng ㄏㄨㄤˊ ㊥ wɔŋ⁴ 皇]

明亮 ◆ 輝煌。

9 煥 (焕)

[huàn ㄏㄨㄢˋ ㊥ wun⁶ 換]

鮮明；光亮 ◆ 煥然一新/容光煥發。

9 煞

〈一〉[shà ㄕㄚˋ ㊥ sat⁸ 殺]

❶很；極；表示程度深 ◆ 氣煞人/煞費苦心/煞是好看。❷兇神 ◆ 兇神惡煞。

〈二〉[shā ㄕㄚ ㊥ sat⁸ 殺]

❸結束；收尾 ◆ 煞尾。❹削減；消除 ◆ 煞價/煞威風/煞暑氣。❺止住 ◆ 煞車。

9 煎

[jiān ㄐㄧㄢ ㊥ dzin¹ 箋]

❶一種烹調方法，就是把食物放在少量的油裏燒熟 ◆ 煎餅/煎魚/煎雞蛋。❷用水煮熬 ◆ 煎藥/煎茶。

10 熙

[xī ㄒㄧ ㊥ hei¹ 希]

❶光明；興盛。❷歡樂 ◆ 熙和/眾人熙熙。

10 熏

[xūn ㄒㄩㄣ ㊥ fɐn¹ 分]

❶同"燻"字：（1）用火煙烤製食物 ◆ 熏魚/熏肉/熏雞。（2）煙氣或其他氣味接觸物體 ◆ 熏蚊子/牆熏黑了/臭氣熏人。❷因長期接觸而受到影響 ◆ 熏陶。

10 熄

[xī ㄒㄧ ㊥ sik⁷ 式]

火滅了；滅掉燈火 ◆ 熄滅/熄火/爐火已熄/熄燈就寢。

10 熒 (荧)

[yíng ㄧㄥˊ ㊥ jiŋ⁴ 營]

❶光亮微弱的樣子 ◆ 星光熒熒/一燈熒然。❷眼光迷亂；疑惑 ◆ 熒惑。

10 熔

[róng ㄖㄨㄥˊ ㊥ juŋ⁴ 容]

固體受熱到一定溫度變成液體 ◆ 熔化/熔解/熔煉/熔液。

10 煽

[shān ㄕㄢ ㊥ sin³ 扇]

❶用扇子搧火，使旺盛 ◆ 把爐火煽旺。❷鼓動別人做不好的事情 ◆ 煽動/煽風點火。

10 熊

[xióng ㄒㄩㄥˊ ㊥ huŋ⁴ 紅]

哺乳動物，體大，四肢粗短，能爬樹。種類很多，有黑熊、白熊、棕熊等 ◆ 熊掌/狗

水 火 爪 父 爻 爿

焦點易錯字 營|瑩|熒 營養 經營 晶瑩 澄瑩 熒幕 熒光 息|熄 平息 消息 熄滅 熄燈

熊／北極熊。

熊

11 熱(热) 熱 熱 熱 熱 熱 熱 熱

[rè ㄖㄜˋ (粵) jit^9]

❶ **溫度高；跟“冷”相對** ◆ 熱天／熱水／炎熱／酷熱的夏天／熱鍋上的螞蟻。❷ **體温過高** ◆ 退熱／全身發熱。❸ **加熱** ◆ 把飯菜熱一熱再吃。❹ **情意深厚** ◆ 熱心／熱愛／熱情／親熱／熱烈。❺ **非常羨慕或急切想得到** ◆ 熱中／熱切。❻ **吸引人的；受人關注的** ◆ 熱門／足球熱。❼ **繁華** ◆ 熱鬧。

11 熬 熬 熬 熬 熬 熬 熬 熬

〈一〉[áo ㄠˊ (粵) ŋou^4 遨]

❶ **小火慢煮，使水份減少，濃度增加** ◆ 熬藥／熬粥。❷ **比喻勉強忍受、支撐** ◆ 熬夜／苦熬／熬過難關。

〈二〉[āo ㄠ (粵) ŋou^4 遨]

❸ **把菜放在水裏煮** ◆ 熬白菜／熬豆腐。

11 熟 熟 熟 熟 熟 熟 熟 熟

[shú ㄕㄨˊ (粵) suk^9 淑]

❶ **食物經過加熱烹煮到可以吃的程度；跟“生”相對** ◆ 煮熟／熟食／飯熟了／生米煮成熟飯。❷ **莊稼、瓜果等長成了，到了可以收穫的程度** ◆ 麥子熟了／瓜熟蒂落／西瓜熟透了／莊稼成熟了。❸ **經過加工煉製的** ◆ 熟鐵／熟牛皮。❹ **經歷過的，留有印象的** ◆ 面熟／耳熟。❺ **因常見、常做而認識、瞭解** ◆ 熟人／熟路／熟悉／熟讀唐詩三百首，不會吟詩也會吟。❻ **因反覆練習而精通、有經驗** ◆ 熟練／熟手／純熟／熟能生巧。❼ **表示程度深** ◆ 熟睡／深思熟慮。

11 瑩 見玉部，286頁。

11 熨 熨 熨 熨 熨 熨 熨 熨

〈一〉[yùn ㄩㄣˋ (粵) wɐt^7 屈/tɔŋ^3 燙(語)]

❶ **用燒熱的烙鐵或熨斗把衣物燙平整** ◆ 熨衣服。

〈二〉[yù ㄩˋ (粵) wɐt^7 屈]

❷ **熨帖：妥帖；妥善。**

12 燒(烧) 燒 燒 燒 燒 燒 燒 燒

[shāo ㄕㄠ (粵) siu^1 消]

❶ **把東西點着；起火** ◆ 燃燒／火燒戰船／房屋燒燬了／留得青山在，不怕沒柴燒／野火燒不盡，春風吹又生。❷ **加熱煮熟食物或使物體起變化** ◆ 燒飯／燒菜／燒磚／燒炭。❸ **體温過高** ◆ 退燒／發高燒。

12 熹 熹 熹 熹 熹 熹 熹 熹

[xī ㄒㄧ (粵) hei^1 希]

天亮；明亮 ◆ 星熹／晨光熹微。

12 燕 燕 燕 燕 燕 燕 燕 燕

〈一〉[yàn ㄧㄢˋ (粵) jin^3 宴]

❶ **燕子：候鳥，背黑，腹白，翅膀尖而長，尾巴像張開的剪刀。捕食害蟲，是益**

鳥 ◆ 鶯歌燕舞／燕雀安知鴻鵠之志／無可奈何花落去，似曾相識燕歸來。

燕子

〈二〉[yān ㄧㄢ 粵 jin¹ 煙]
❷古代國名，後用來指河北省北部 ◆ 燕趙多悲歌／北京舊稱燕京。

見古文字插頁 16。

12 燎 燎燎燎燎燎燎 燎

〈一〉[liáo ㄌㄧㄠˊ 粵 liu⁵ 了/liu⁶ 料]
❶延燒 ◆ 星星之火，可以燎原。
〈二〉[liǎo ㄌㄧㄠˇ 粵 liu⁵ 了/liu⁶ 料]
❷挨近了火而燒焦，多用於毛髮 ◆ 火燎眉毛。

12 燃 燃燃燃燃燃燃 燃

[rán ㄖㄢˊ 粵 jin⁴ 言]
❶燒 ◆ 燃燒／燃料／自燃／燃眉之急／死灰復燃。❷點火 ◆ 燃燈／燃香／點燃／燃放煙花爆竹。

12 燉 燉燉燉燉燉燉 燉

[dùn ㄉㄨㄣˋ 粵 dɐn⁶]
❶一種烹調方法，即用小火把食物煮得熟爛 ◆ 燉雞湯／清燉排骨。❷把盛有酒、藥等的容器放在熱水裏，使變熱 ◆ 燉酒／燉藥。

12 熾（炽） 熾熾熾熾熾熾 熾

[chì ㄔˋ 粵 tsi³ 次]
火旺；勢盛 ◆ 熾熱／熾烈。

12 燙（烫） 燙燙燙燙燙燙 燙

[tàng ㄊㄤˋ 粵 tɔŋ³ 趟]
❶溫度高 ◆ 水很燙／滾燙的水。❷接觸高溫物體感覺疼痛或受傷 ◆ 燙手／燙傷。❸用熱的東西使別的物體發生變化 ◆ 燙髮／燙酒／燙衣服。

12 螢 見虫部，399頁。

12 燜（焖） 燜燜燜燜燜燜 燜

[mèn ㄇㄣˋ 粵 mun⁶ 悶]
一種烹調方法，即蓋緊鍋蓋，用小火慢慢地把食物煮熟煮爛 ◆ 燜米飯／油燜筍。

12 燈（灯） 燈燈燈燈燈燈 燈

[dēng ㄉㄥ 粵 dɐŋ¹ 登]
發光照明的用具 ◆ 油燈／電燈／燈籠／燈火通明／萬家燈火。

13 燦（灿） 燦燦燦燦燦燦 燦

[càn ㄘㄢˋ 粵 tsan³ 粲]
光彩鮮明耀眼 ◆ 燦爛／金光燦燦。

13 燥 燥燥燥燥燥燥 燥

[zào ㄗㄠˋ 粵 tsou³ 醋]
乾；沒有水分或水分很少 ◆ 乾燥／燥熱／山高地燥。

焦點易錯字 燥｜躁 燥熱 乾燥 暴躁 急躁 　燦｜璨 燦爛 絢爛 璀璨

13 燭（烛）
燭 燭 燭 燭 燭 燭 燭

[zhú ㄓㄨˊ ㊣ dzuk^{7} 竹]

用蠟和油脂製成的照明用具 ◆ 蠟燭 / 燭光 / 洞房花燭 / 風燭殘年。

13 燬（毁）
燬 燬 燬 燬 燬 燬 燬

[huǐ ㄏㄨㄟˇ ㊣ wɐi^{2} 委]

燒掉；燒壞 ◆ 焚燬 / 燒燬。

13 燴（烩）
燴 燴 燴 燴 燴 燴 燴

[huì ㄏㄨㄟˋ ㊣ wui^{6} 匯]

一種烹調方法，把幾種食品用濃汁燒在一起 ◆ 燴豆腐 / 燒雜燴。

13 營（营）
營 營 營 營 營 營 營

[yíng ㄧㄥˊ ㊣ jiŋ^{4} 形]

❶ **謀求；設法** ◆ 營救 / 營利 / 營私舞弊。❷ **建造；管理** ◆ 營建 / 營造 / 經營 / 營業。❸ **軍隊駐紮的地方** ◆ 營房 / 營地 / 軍營 / 野營 / 安營紮寨。❹ **軍隊的編制單位之一，在團以下，連以上** ◆ 營長。

14 燻（熏）
燻 燻 燻 燻 燻 燻 燻

[xūn ㄒㄩㄣ ㊣ fɐn^{1} 分]

❶ **用火煙烤製食物** ◆ 燻魚 / 燻肉 / 燻雞。❷ **煙氣或其他氣味接觸物體** ◆ 燻蚊子 / 牆燻黑了。

14 燼（烬）
燼 燼 燼 燼 燼 燼 燼

[jìn ㄐㄧㄣˋ ㊣ dzœn^{6} 盡]

物質燃燒後剩下的殘餘物 ◆ 餘燼 / 化為灰燼。

15 爆
爆 爆 爆 爆 爆 爆 爆

[bào ㄅㄠˋ ㊣ bau^{3} 包^{3}]

❶ **猛然炸裂** ◆ 爆炸 / 爆破 / 爆裂。❷ **突然發生** ◆ 火山爆發 / 爆出冷門。

15 爍（烁）
爍 爍 爍 爍 爍 爍 爍

[shuò ㄕㄨㄛˋ ㊣ sœk^{8} 削]

光亮的樣子 ◆ 閃爍。

16 爐（炉）
爐 爐 爐 爐 爐 爐 爐

[lú ㄌㄨˊ ㊣ lou^{4} 勞]

做飯菜、取暖、冶煉等用的器具或設備 ◆ 爐子 / 電爐 / 鍋爐 / 圍爐取暖 / 爐火純青。

17 爛（烂）
爛 爛 爛 爛 爛 爛 爛

[làn ㄌㄢˋ ㊣ lan^{6} 蘭^{6}]

❶ **食物煮得過熟變得稀軟；稀軟的東西** ◆ 爛飯 / 爛泥。❷ **腐壞** ◆ 腐爛 / 潰爛 / 破爛 / 一筐爛梨。❸ **破碎；殘破** ◆ 破爛 / 破銅爛鐵 / 鞋襪都穿爛了。❹ **表示程度極深** ◆ 喝得爛醉 / 書背得滾瓜爛熟。❺ **頭緒紛亂** ◆ 爛攤子 / 一盤爛賬。❻ **光亮；有光彩** ◆ 星光燦爛 / 山花爛漫。

爪部

0 爪
爪 爪 爪 爪

〈一〉[zhǎo ㄓㄠˇ ㊣ dzau^{2} 找]

焦點易錯字 爍 | 鑠 | 礫　閃爍　爍石流金　矍鑠　震古鑠今　砂礫　瓦礫

❶ **鳥獸的腳或動物的趾甲** ◆ 爪牙／虎爪／鷹爪／張牙舞爪／一鱗半爪。

〈二〉[zhuǎ ㄓㄨㄚˇ [粵] dzau² 找]

❷ **義同❶，多用於"爪子"、"爪兒"等詞** ◆ 雞爪子／貓爪子。

見古文字插頁3。

3 **孚** 見子部，110頁。

3 **妥** 見女部，102頁。

4 **采** 見釆部，458頁。

4 **受** 見又部，58頁。

4 **爭**（争） 爭

[zhēng ㄓㄥ [粵] dzɐŋ¹ 增]

❶ **努力取得或奪得** ◆ 爭取／爭奪／競爭／爭先恐後／為國爭光／力爭上游。❷ **辯論** ◆ 爭論／爭執不下／激烈爭辯／爭吵不休。

4 **爬** 爬

[pá ㄆㄚˊ [粵] pa⁴ 扒]

❶ **手腳一起着地向前移動** ◆ 爬行／烏龜爬上岸來／在地上爬來爬去。❷ **攀登；抓住東西從下往上走** ◆ 爬山／爬樹／爬樓梯／猴子爬竿。

4 **乳** 見乙部，7頁。

6 **舀** 見臼部，370頁。

6 **奚** 見大部，100頁。

7 **覓** 見見部，409頁。

8 **舜** 見舛部，372頁。

9 **愛** 見心部，156頁。

9 **亂** 見乙部，8頁。

13 **爵** 爵

[jué ㄐㄩㄝˊ [粵] dzœk⁸ 雀]

❶ **古代的飲酒器具。** ❷ **爵位：君主國家貴族封號的等級，一般分為公、侯、伯、子、男五等** ◆ 封爵／公爵／伯爵。

父部

0 **父** 父

[fù ㄈㄨˋ [粵] fu⁶ 付]

❶ **爸爸** ◆ 父親／父子／認賊作父。❷ **對男性長輩的通稱** ◆ 祖父／伯父／叔父／父老鄉親。

4 **斧** 見斤部，195頁。

4 **爸** 爸

[bà ㄅㄚˋ [粵] ba¹ 巴]

爸爸：也就是父親。

6 **釜** 見金部，459頁。

6 **爹**

[diē ㄉㄧㄝ 粵 dɛ1]

❶**父親** ◆ 爹媽/爹娘。❷**對老年男子的尊稱** ◆ 老爹。

9 **爺**(爷)

[yé ㄧㄝˊ 粵 jɛ4 耶]

❶ **父親** ◆ 爺娘。❷ **爺爺：祖父。** ❸ **對年長男子的尊稱** ◆ 老大爺。❹ **過去對官僚或主人的稱呼** ◆ 王爺/相爺/老爺/少爺。❺**迷信的人對神的尊稱** ◆ 土地爺/財神爺/閻王爺。

爻部

7 **爽**

[shuǎng ㄕㄨㄤˇ 粵 sɔŋ2 嗓]

❶**明朗；清亮** ◆ 秋高氣爽/神清目爽。❷ **直率；痛快** ◆ 爽快/直爽/性格豪爽。❸ **舒服；暢快** ◆ 涼爽/身體不爽/人逢喜事精神爽 。❹ **失誤；差錯** ◆ 爽約/絲毫不爽/屢試不爽。

10 **爾**(尔)

[ěr ㄦˇ 粵 ji5 耳]

❶ **你；你的** ◆ 爾等/爾輩/爾父/爾虞我詐/出爾反爾。❷ **如此；這樣** ◆ 偶爾/不過爾爾。❸ **這；那** ◆ 爾後/爾日/爾時。

爿部

3 **壯** 見士部，95頁。

3 **妝** 見女部，102頁。

4 **牀**(床)

[chuáng ㄔㄨㄤˊ 粵 tsɔŋ4 藏]

❶ **睡覺用的傢具** ◆ 牀鋪/牀位/單人牀/牀上用品/同牀異夢。❷**像牀的東西** ◆ 車牀/機牀/河牀/冰牀。❸**量詞，用於被褥等** ◆ 一牀棉被。

4 **狀** 見犬部，277頁。

4 **戕** 見戈部，162頁。

7 **將** 見寸部，118頁。

11 **奬** 見犬部，280頁。

13 **牆**(墙)

[qiáng ㄑㄧㄤˊ 粵 tsœŋ4 祥]

用磚、石、土等砌成，用來分隔房屋或某些

場所內外的建築物 ◆ 牆壁／城牆／隔牆有耳／牆上一棵草，風吹兩邊倒。

片部

0 **片** 片片片 [片]

〈一〉[piàn ㄆㄧㄢˋ [粵] pin^{3} 騙]

❶ **平而薄的東西** ◆ 刀片／名片／照片／鐵片／明信片。❷ **零星的；不全的** ◆ 片段／片刻／片紙隻字／片面理解。❸ **量詞** ◆ 兩片藥／一片草地／一片深情／一片汪洋。

〈二〉[piān ㄆㄧㄢ [粵] pin^{3} 騙]

❹ **義同❶，用於口語中的一部分詞，如"片子"、"唱片"。**

見古文字插頁 3。

4 **版** 版版版版版版 [版]

[bǎn ㄅㄢˇ [粵] ban^{2} 板]

❶ **上面有文字或圖畫供印刷用的底子** ◆ 排版／製版／拼版／鉛版／照相版。❷ **印刷品排印的次數** ◆ 初版／再版／第五版。❸ **報紙的分頁** ◆ 頭版／文藝版／廣告版／版面設計。

8 **牌** 牌牌牌牌牌牌 [牌]

[pái ㄆㄞˊ [粵] pai^{4} 排]

❶ **用作標誌的板，上面有文字或圖記** ◆ 牌子／招牌／門牌／路牌／廣告牌。❷ **商品的專用名稱；牌子** ◆ 品牌／名牌／老牌／中華牌鉛筆。❸ **古代護身用的武器** ◆ 盾牌／擋箭牌。❹ **娛樂或賭博用品** ◆ 紙牌／骨牌／撲克牌／麻將牌。❺ **詞、曲的調子** ◆ 詞牌／曲牌。

15 **牘**（牍） 牘牘牘牘牘牘 [牘]

[dú ㄉㄨˊ [粵] duk^{9} 讀]

古代寫字用的木片，後來指公文、書信 ◆ 尺牘／文牘／案牘。

牙部

0 **牙** 牙牙牙 [牙]

[yá ㄧㄚˊ [粵] ŋa^{4} 衙]

❶ **牙齒：咀嚼食物的器官** ◆ 門牙／換牙／拔牙／牙醫。❷ **與牙齒有關的** ◆ 牙膏／牙周病。❸ **特指象牙** ◆ 牙雕／牙筷／牙章。

見古文字插頁 4。

3 **呀** 見口部，63頁。

3 **邪** 見邑部，452頁。

5 **穿** 見穴部，324頁。

8 **雅** 見隹部，478頁。

11 **鴉** 見鳥部，505頁。

牛部

0 牛

[niú ㄋㄧㄡˊ 粵 ŋɐu^{4} 偶^{4}]

❶ 反芻類家畜，能耕地、拉車、馱運東西，肉和奶營養價值高。常見的有水牛、黃牛等 ◆ 耕牛／奶牛／牛奶／殺雞焉用牛刀／天蒼蒼，野茫茫，風吹草低見牛羊。**❷比喻有力或固執倔強** ◆ 牛勁／牛脾氣／牛性子。

見古文字插頁4。

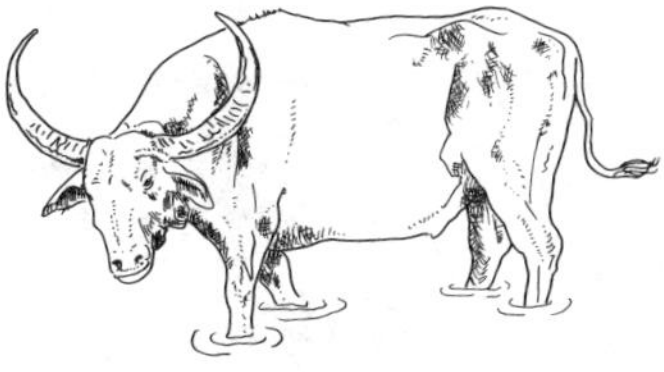

亞洲水牛

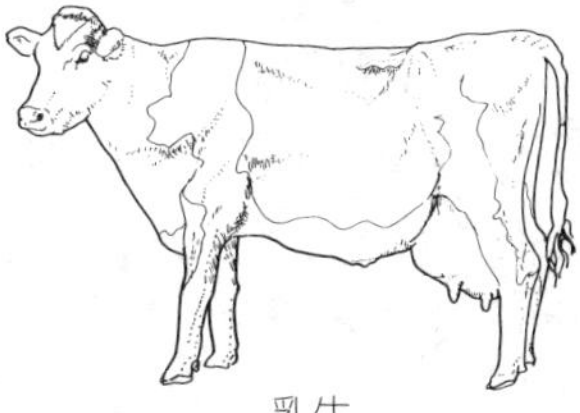

乳牛

2 牟

[móu ㄇㄡˊ 粵 mɐu^{5} 某]

❶ 牛叫聲。❷ 用不正當的手段取得 ◆ 牟取暴利。

3 牡

[mǔ ㄇㄨˇ 粵 mɐu^{5} 某]

雄性的鳥獸 ◆ 牡雞／牡牛。

3 牢

[láo ㄌㄠˊ 粵 lou^{4} 勞]

❶ 關押犯人的地方；監獄 ◆ 牢房／監牢／坐牢／打入大牢。**❷ 堅固；結實；經久不壞** ◆ 牢固／牢不可破／牢記在心。**❸ 關養牲畜的圈** ◆ 牢籠／亡羊補牢。**❹ 靠得住；穩妥** ◆ 辦事牢靠。

見古文字插頁13。

3 牠(它)

[tā ㄊㄚ 粵 ta^{1} 他]

指稱動物的代詞。

4 牦

[máo ㄇㄠˊ 粵 mou^{4} 毛]

牦牛：牛的一種，產於中國西藏、青海等地。四肢粗短，毛長體健。耐高寒。用來拉犁、馱運，有"高原之舟"的美稱。

4 牧

[mù ㄇㄨˋ 粵 muk^{9} 木]

放養牲畜 ◆ 牧馬／牧場／遊牧／畜牧／借問酒家何處有，牧童遙指杏花村。

見古文字插頁14。

4 物

物 物 物 物 物 物 物

[wù ㄨˋ 粵 mɐt9 勿]

❶一切有形體的東西 ◆ 動物 / 食物 / 貨物 / 地大物博 / 龐然大物。❷具體內容；實質 ◆ 言之有物 / 空洞無物。❸自己以外的人或環境 ◆ 待人接物。❹尋找 ◆ 物色。

5 牲

牲 牲 牲 牲 牲 牲 牲

[shēng ㄕㄥ 粵 sɐŋ1 生]

家畜 ◆ 牲口 / 牲畜。

5 牴 (抵)

牴 牴 牴 牴 牴 牴 牴

[dǐ ㄉㄧˇ 粵 dɐi2 底]

牴觸：互相對立，發生衝突 ◆ 相互牴觸。也作"抵觸"。

6 特

特 特 特 特 特 特 特

[tè ㄊㄜˋ 粵 dɐk9 得9]

❶不同於一般的；不尋常的 ◆ 特別 / 特權 / 特效 / 特色 / 奇特 / 能力特強。❷專門的 ◆ 特地 / 特意 / 特派記者 / 特來拜訪 / 特此聲明。❸指特務 ◆ 特工 / 匪特 / 防特。

7 犁

"犂"的異體字，見本頁。

7 牽 (牵)

牽 牽 牽 牽 牽 牽 牽

[qiān ㄑㄧㄢ 粵 hin1 掀]

❶拉 ◆ 牽引 / 牽牛 / 順手牽羊 / 千里姻緣一線牽。❷連帶；關連 ◆ 牽涉 / 牽制 / 受牽連 / 牽腸掛肚。

8 犂 (犁)

犂 犂 犂 犂 犂 犂 犂

[lí ㄌㄧˊ 粵 lɐi4 黎]

❶翻土用的農具 ◆ 扶犂。❷用犂耕地 ◆ 犂田。

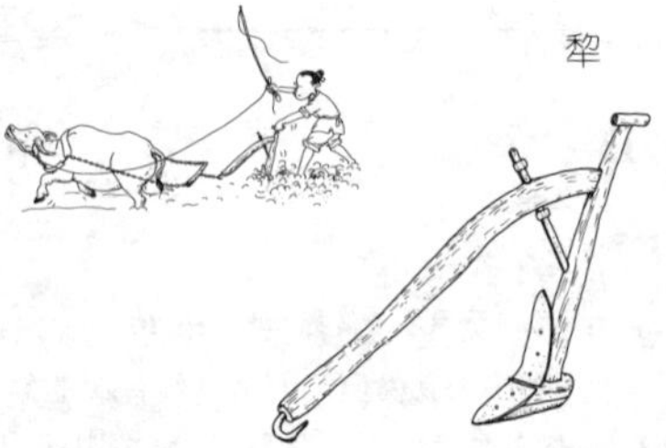

犂

8 犀

犀 犀 犀 犀 犀 犀 犀

[xī ㄒㄧ 粵 sɐi1 西]

犀牛：哺乳動物，形狀像牛，生長在熱帶森林裏。鼻子上有角，是名貴的藥材 ◆ 犀牛角。

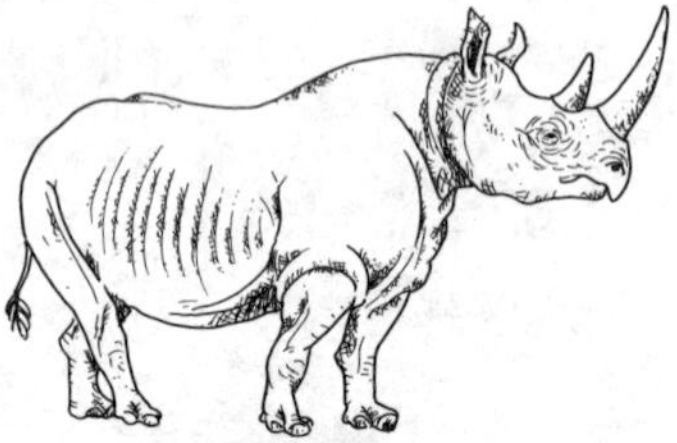

犀牛

9 犍

犍 犍 犍 犍 犍 犍 犍

〈一〉[jiān ㄐㄧㄢ 粵 gin1 堅]

❶閹割過的公牛 ◆ 犍牛。

〈二〉[qián ㄑㄧㄢˊ 粵 kin4 虔]

❷犍為：地名，在四川省。

焦點易錯字　突｜特　突變　突如其來　奇特　特立獨行

10 犒

[kào ㄎㄠˋ ㊣ hou³ 耗]

用酒食或物品慰勞 ◆ 犒勞將士 / 犒賞三軍。

11 犛

同“牦”字，見275頁。

15 犢 (犊)

[dú ㄉㄨˊ ㊣ duk⁹ 讀]

小牛 ◆ 初生牛犢不怕虎。

16 犧 (牺)

[xī ㄒㄧ ㊣ hei¹ 希]

❶ **古代祭祀用的毛色純一的牲畜。** ❷ **犧牲：原指祭祀時宰殺的牲畜；現在指捨棄生命或放棄利益** ◆ 不怕流血犧牲 / 犧牲個人利益。

犬部

0 犬

[quǎn ㄑㄩㄢˇ ㊣ hyn² 勸²]

狗 ◆ 警犬 / 獵犬 / 雞犬不寧 / 犬馬之勞 / 畫虎不成反類犬 / 柴門聞犬吠，風雪夜歸人。

見古文字插頁4。

2 犯

[fàn ㄈㄢˋ ㊣ fan⁶ 飯]

❶ **違反；抵觸** ◆ 犯法 / 犯規 / 犯忌諱 / 明知故犯 / 眾怒難犯 / 觸犯法律。❷ **犯罪的人** ◆ 囚犯 / 罪犯 / 走私犯 / 在逃犯 / 盜竊犯。❸ **侵害** ◆ 進犯 / 犯境 / 侵犯領空 / 井水不犯河水。❹ **發作；發生錯誤的或不好的事情** ◆ 犯病 / 犯疑 / 犯錯誤 / 老毛病又犯了。❺ **值得** ◆ 犯得着 / 犯不着。

3 吠

見口部，63頁。

4 狂

[kuáng ㄎㄨㄤˊ ㊣ kwɔŋ⁴ 礦⁴]

❶ **精神失常；瘋癲** ◆ 狂人 / 瘋狂 / 狂犬病 / 發狂 / 喪心病狂。❷ **盡情地；無拘束地** ◆ 狂歡 / 狂熱 / 狂笑 / 狂放不拘。❸ **驕傲自大** ◆ 狂妄 / 口出狂言。❹ **猛烈** ◆ 狂浪 / 兇狂 / 狂風暴雨 / 野馬狂奔。

4 狄

[dí ㄉㄧˊ ㊣ dik⁹ 滴]

中國古代對北方少數民族的通稱。

4 狀 (状)

[zhuàng ㄓㄨㄤˋ ㊣ dzɔŋ⁶ 撞]

❶ **樣子；形態** ◆ 狀態 / 形狀 / 奇形怪狀。❷ **情況** ◆ 狀況 / 症狀 / 罪狀 / 維持現狀。❸ **陳述；描摹** ◆ 寫景狀物 / 不可名狀。❹ **陳述事實的文字** ◆ 狀紙 / 訴狀 / 供狀。❺ **褒獎、委任等憑證** ◆ 獎狀 / 委任狀 / 軍令狀。

5 狙

[jū ㄐㄩ ㊥ dzœy¹ 追]
狙擊：暗中埋伏，伺機攻擊敵人 ◆ 狙擊戰。

5 狎

[xiá ㄒㄧㄚˊ ㊥ hap⁹ 峽]
親近；玩弄。多指輕浮、不莊重的行為 ◆ 狎暱 / 狎侮。

5 狐

[hú ㄏㄨˊ ㊥ wu⁴ 胡]
哺乳動物，也叫狐狸。尾部能排出臭氣，皮毛很珍貴 ◆ 狐疑/狐假虎威/狐朋狗友/兔死狐悲。

狐狸

5 突

見穴部，324頁。

5 狗

[gǒu ㄍㄡˇ ㊥ gɐu² 久]
❶ 哺乳動物，也叫犬。嗅覺、聽覺都很靈敏 ◆ 獵狗 / 牧羊狗 / 狗急跳牆 / 狗仗人勢 / 狗嘴裏吐不出象牙。❷ 比喻受人利用、替人作惡的人 ◆ 走狗 / 狗腿子。

6 哭

見口部，71頁。

6 臭

見自部，369頁。

6 狡

[jiǎo ㄐㄧㄠˇ ㊥ gau² 絞]
狡猾；詭詐 ◆ 狡詐 / 狡辯 / 狡賴。

6 狠

[hěn ㄏㄣˇ ㊥ hɐn² 很]
❶ 兇惡；殘忍 ◆ 狠心 / 狠毒 / 兇狠 / 心狠手辣。❷ 嚴厲 ◆ 狠狠打擊犯罪分子。❸ 堅決；竭盡全力 ◆ 狠抓業務。

7 狹 (狭)

[xiá ㄒㄧㄚˊ ㊥ hap⁹ 峽]
窄；不寬闊；跟“寬”、“廣”相對 ◆ 狹長 / 狹窄 / 狹隘 / 狹小 / 狹路相逢。

7 狽 (狈)

[bèi ㄅㄟˋ ㊥ bui³ 貝]
傳說中的一種獸，像狼，前腿短，要趴在狼身上才能行走 ◆ 狼狽為奸 / 狼狽不堪。

7 狸

[lí ㄌㄧˊ ㊥ lei⁴ 離]
狐狸。見“狐”字，本頁。

7 狼

[láng ㄌㄤˊ ㊥ lɔŋ⁴ 郎]
哺乳動物，樣子像狗，性情兇殘而貪婪，吃兔、鹿等，也會傷害人畜。皮毛可製衣物

◆ 狼狽不堪 / 狼狽為奸 / 狼心狗肺 / 狼子野心 / 狼吞虎嚥。

狼

8 猜　猜 猜 猜 猜 猜 猜 猜

[cāi ㄘㄞ 粵 tsai1 釵]

❶ 疑心 ◆ 猜疑 / 猜忌 / 青梅竹馬，兩小無猜。**❷ 推想；推測** ◆ 猜想 / 猜測 / 猜謎 / 我猜他不會來了。

8 猪　**“豬”的異體字，見424頁。**

8 猖　猖 猖 猖 猖 猖 猖 猖

[chāng ㄔㄤ 粵 tsœŋ1 昌]

兇猛放肆；恣意妄為 ◆ 猖狂 / 猖獗。

8 猙(狰)　猙 猙 猙 猙 猙 猙 猙

[zhēng ㄓㄥ 粵 dzɐŋ1 增]

猙獰：形容面目兇惡 ◆ 猙獰面目 / 猙獰可畏。

8 猛　猛 猛 猛 猛 猛 猛 猛

[měng ㄇㄥˇ 粵 maŋ5 蜢]

❶ 氣勢壯；力量大 ◆ 勇猛 / 兇猛 / 猛烈 / 洪水猛獸 / 突飛猛進。**❷ 突然** ◆ 猛然 / 猛醒 / 猛回頭 / 猛不防。**❸ 嚴厲** ◆ 寬猛相濟。

9 猫　**“貓”的異體字，見425頁。**

9 猹　猹 猹 猹 猹 猹 猹 猹

[chá ㄔㄚˊ 粵 dza1 渣]

樣子像貛的動物。

9 猩　猩 猩 猩 猩 猩 猩 猩

[xīng ㄒㄧㄥ 粵 siŋ1 升]

猩猩：猿類哺乳動物，樣子有點像人，前肢長，能在地上直立行走 ◆ 黑猩猩。

黑猩猩

9 猥　猥 猥 猥 猥 猥 猥 猥

[wěi ㄨㄟˇ 粵 wɐi2 委]

❶ 多而煩雜 ◆ 猥雜 / 煩猥。**❷ 鄙賤；下流** ◆ 猥瑣 / 猥褻。

9 猬　**同“蝟”字，見397頁。**

9 猴　猴 猴 猴 猴 猴 猴 猴

[hóu ㄏㄡˊ 粵 hɐu4 喉]

哺乳動物，俗稱猴子，形狀有點像人，全身有毛，有尾巴。種類很多，成羣地生活在山

林裏 ◆ 猴山 / 耍猴戲 / 金絲猴。

猴子

9猶(犹)

猶猶猶猶猶猶 猶

[yóu ㄧㄡˊ 粵 jɐu4 由]

❶ **像；如同** ◆ 猶如 / 過猶不及 / 雖死猶生。❷ **還；仍然** ◆ 言猶在耳 / 記憶猶新 / 困獸猶鬥。❸ **猶豫：遲疑不決；拿不定主意** ◆ 猶豫不決 / 毫不猶豫。

10猿

猿猿猿猿猿猿 猿

[yuán ㄩㄢˊ 粵 jyn4 元]

哺乳動物，樣子像猴，沒有尾巴，有類人猿、長臂猿、猩猩等 ◆ 猿猴 / 兩岸猿聲啼不住，輕舟已過萬重山。

長臂猿

10猾(猾)

猾猾猾猾猾猾 猾

[huá ㄏㄨㄚˊ 粵 wat9 滑]

奸詐 ◆ 狡猾 / 老奸巨猾。

10獅(狮)

獅獅獅獅獅獅 獅

[shī ㄕ 粵 si1 詩]

哺乳動物，猛獸，俗稱獅子。頭圓而大，尾巴細長，雄獅頸部有長鬣，全身毛棕黃色。獅子有"獸王"之稱。主要產在非洲和亞洲的西部 ◆ 獅吼 / 舞獅。

10獃(呆)

獃獃獃獃獃獃 獃

[dāi ㄉㄞ 粵 ŋɔi4 呆]

傻；笨；痴 ◆ 獃子 / 痴獃 / 獃頭獃腦。

11獄(狱)

獄獄獄獄獄獄 獄

[yù ㄩˋ 粵 juk9 育]

❶ **監禁犯人的地方** ◆ 監獄 / 牢獄 / 入獄 / 越獄逃跑。❷ **官司；訴訟案件** ◆ 冤獄 / 文字獄。

11獎(奖)

獎獎獎獎獎獎 獎

[jiǎng ㄐㄧㄤˇ 粵 dzœŋ2 掌]

❶ **鼓勵；表揚；稱讚；跟"懲"、"罰"相對** ◆ 獎勵 / 嘉獎 / 誇獎 / 獎勤罰懶。❷ **為鼓勵或表揚而發的證書或財物** ◆ 獎狀 / 獎品 / 發獎儀式。

12獗

獗獗獗獗獗獗 獗

[jué ㄐㄩㄝˊ 粵 kyt8 決]

猖獗：兇猛放肆。

12默

見黑部，513頁。

焦點易錯字 獗 | 蹶　猖獗　一蹶不振

13 獨 (独)

[dú ㄉㄨˊ 粵 duk⁹ 讀]
❶ **孤單；只有一個** ◆ 單獨 / 獨唱 / 獨一無二 / 獨來獨往 / 單絲不成線，獨木不成林 / 獨在異鄉為異客，每逢佳節倍思親。❷ **年老沒有兒子的人** ◆ 鰥寡孤獨。❸ 特別 ◆ 獨特 / 獨到之處。❹ **只是；唯有** ◆ 唯獨 / 不獨。

14 獲 (获)

[huò ㄏㄨㄛˋ 粵 wɔk⁹ 鑊]
❶ **捉住** ◆ 破獲 / 俘獲 / 捕獲 / 擒獲。❷ **得到** ◆ 獲得 / 獲勝 / 獲救 / 獲獎 / 不勞而獲。

14 獰 (狞)

[níng ㄋㄧㄥˊ 粵 niŋ⁴ 寧]
兇惡可怕 ◆ 猙獰 / 獰笑。

15 獸 (兽)

[shòu ㄕㄡˋ 粵 sɐu³ 瘦]
❶ **野生的、有四條腿、全身長毛的哺乳動物的通稱** ◆ 野獸 / 獸醫 / 飛禽走獸 / 困獸猶鬥 / 珍禽異獸。❷ **比喻野蠻兇暴** ◆ 獸行 / 獸性大發 / 人面獸心。

15 獷 (犷)

[guǎng ㄍㄨㄤˇ 粵 gwɔŋ² 廣]
粗野；豪放 ◆ 粗獷 / 獷悍。

15 獵 (猎)

[liè ㄌㄧㄝˋ 粵 lip⁹]
捕捉禽獸 ◆ 打獵/獵手/獵人/獵狗/獵槍。

焦點易錯字 獲 | 穫　捕獲　不勞而獲　收穫

16 獻 (献)

[xiàn ㄒㄧㄢˋ 粵 hin³ 憲]
❶ **恭敬地送上** ◆ 獻禮 / 獻花 / 貢獻 / 獻計 / 借花獻佛。❷ **表現給人看** ◆ 獻技 / 獻藝 / 獻醜 / 獻媚 / 獻殷勤。

16 獺 (獭)

[tǎ ㄊㄚˇ 粵 tsat⁸ 察/tat⁸ 撻]
哺乳動物，有水獺、旱獺和海獺三種。獺的皮毛很珍貴。

水獺

18 玃

"玃"的異體字，見425頁。

玄部

0 玄

[xuán ㄒㄩㄢˊ 粵 jyn⁴ 元]
❶ **黑色** ◆ 玄色 / 玄狐。❷ **深奧；微妙；不易理解的** ◆ 玄妙 / 故弄玄虛。❸ **不可靠；靠不住** ◆ 玄想 / 這話真玄。

5 **畜** 見田部，291頁。

6 **率** 率率率率率率 率

〈一〉[shuài ㄕㄨㄞˋ 粵 sœt7 恤]

❶**帶領** ◆ 率領／統率／率隊出征。❷**直爽** ◆ 直率／坦率。❸**不仔細；不慎重** ◆ 草率／輕率。❹**榜樣** ◆ 表率。

〈二〉[lǜ ㄌㄩˋ 粵 lœt9 律]

❺**一定的標準和比值** ◆ 效率／頻率／利率／出勤率／合格率。

玉部

0 **玉** 玉玉玉玉 玉

[yù ㄩˋ 粵 juk9 欲]

❶**一種質地堅硬、略透明、有光澤的礦物，可以做裝飾品或雕刻的原料** ◆ 玉器／玉鐲／拋磚引玉／玉不琢，不成器／寧為玉碎，不為瓦全。❷**比喻潔白或美麗** ◆ 玉人／玉容／冰肌玉骨／玉潔冰清／亭亭玉立。❸**敬詞；客氣話** ◆ 玉體／玉照／玉音。

見古文字插頁4。

0 **王** 王王王 王

〈一〉[wáng ㄨㄤˊ 粵 wɔŋ4 黃]

❶**君主；國君** ◆ 國王／女王／帝王將相／繼承王位／王師北定中原日，家祭無忘告乃翁。❷**首領；頭目** ◆ 佔山為王／射人先射馬，擒賊先擒王。❸**一族或一類中最強的、居首位的** ◆ 歌王／棋王／蜂王／花王／擒賊先擒王。

〈二〉[wàng ㄨㄤˋ 粵 wɔŋ6 旺]

❹**稱王；成為國君統治天下** ◆ 王天下。

1 **主** 見丶部，5頁。

2 **全** 見入部，33頁。

3 **玖** 玖玖玖玖玖玖 玖

[jiǔ ㄐㄧㄡˇ 粵 gɐu2 久]

❶**像玉的淺黑色美石。**❷**數目字“九”的大寫。**

4 **旺** 見日部，198頁。

4 **玩** 玩玩玩玩玩玩 玩

[wán ㄨㄢˊ 粵 wun6 換]

❶**遊戲** ◆ 玩耍／玩具／玩水槍／到公園去玩。❷**耍弄** ◆ 玩花招／玩手段／玩弄權術／玩甚麼把戲。❸**觀賞** ◆ 玩賞／遊玩／遊山玩水。❹**輕視；用不嚴肅的態度來對待** ◆ 玩忽職守／玩世不恭。❺**體會** ◆ 細細玩味。❻**可供觀賞的東西** ◆ 古玩。

4 **玡** 玡玡玡玡玡玡 玡

[yá ㄧㄚˊ 粵 jɛ4 爺]

琅玡。見“琅”字，284頁。

4 **玫** 玫玫玫玫玫玫 玫

[méi ㄇㄟˊ 粵 mui4 梅]

玫瑰：落葉灌木，枝有刺，花有紅、黃、白

焦點易錯字 王｜皇 帝王 君王 皇帝 皇后

玄 玉 瓜 瓦 甘 生

等色，香味很濃，可供觀賞，也可做香料 ◆ 紅玫瑰 / 一朵玫瑰花。

玫瑰花

5 珏 [珏]

[jué ㄐㄩㄝˊ [粵] gɔk⁸ 角]
合在一起的兩塊玉。多作人名用字。

5 珐 [珐]

[fà ㄈㄚˋ [粵] fat⁸ 法]
珐琅：一種塗料，塗在金屬製品上，有防鏽和裝飾的作用。

5 玷 [玷]

[diàn ㄉㄧㄢˋ [粵] dim³ 店]
❶ 白玉上面的污點；比喻人的缺點、過失 ◆ 白圭之玷。❷弄髒；使有污點 ◆ 玷污/玷辱。

5 玳 [玳]

[dài ㄉㄞˋ [粵] dɔi⁶ 代]
玳瑁：一種海洋爬行動物，形狀像龜。甲殼堅硬光滑，黃褐色中夾雜黑色斑點，可製作眼鏡框或裝飾品，也可做藥材。

5 皇

見白部，300頁。

5 珊（珊） [珊]

[shān ㄕㄢ [粵] san¹ 山]
珊瑚：由珊瑚蟲分泌的石灰質骨骼聚集而成，形狀像樹枝，有紅、白等色，可做裝飾品，供玩賞 ◆ 紅珊瑚。

5 珀 [珀]

[pò ㄆㄛˋ [粵] pak⁸ 拍]
琥珀。見“琥”字，285 頁。

5 珍 [珍]

[zhēn ㄓㄣ [粵] dzɐn¹ 真]
❶寶貴；寶貴的東西 ◆ 珍品/珍貴/珍禽異獸 / 奇珍異寶 / 山珍海味 / 如數家珍。❷看重；重視 ◆ 珍藏/珍惜/珍視/珍愛/珍重。

5 玲 [玲]

[líng ㄌㄧㄥˊ [粵] liŋ⁴ 零]
玲瓏：(1)形容東西精緻靈巧 ◆ 小巧玲瓏/玲瓏剔透。(2)形容人嬌小可愛或靈活敏捷 ◆ 嬌小玲瓏 / 八面玲瓏。

5 玻 [玻]

[bō ㄅㄛ [粵] bɔ¹ 波]
玻璃：(1)質地硬而脆的透明物體，種類很多，可做門窗、日用器皿等，是重要的建築材料 ◆ 玻璃窗 。(2)像玻璃那樣透明的東西 ◆ 玻璃絲襪 / 有機玻璃。

6 珠 [珠]

[zhū ㄓㄨ [粵] dzy¹ 朱]

❶珍珠：蚌殼內由分泌物形成的圓粒，有光澤，是貴重的裝飾品，也可入藥 ◆ 珍珠粉／珠寶行／夜明珠／珠聯璧合。❷像珠子一樣的球形東西 ◆ 水珠／露珠／有眼無珠。

6 班 班班班班班班 班

[bān ㄅㄢ [粵] ban¹ 斑]

❶按一定要求編排的組別 ◆ 班級／班組／甲班／游泳班。❷指一天之內的一段工作時間 ◆ 上班／下班／值班／早班／晚班。❸定時開行的交通工具 ◆ 班車／班機／航班。❹軍隊編制的最小單位，在"排"以下 ◆ 一班戰士。❺軍隊的調回或調動 ◆ 班師。❻量詞，用於人或交通工具 ◆ 一班人馬／一天有三班飛機飛往上海。

6 珮 珮珮珮珮珮珮 珮

[pèi ㄆㄟˋ [粵] pui³ 佩]

古人繫在衣帶上的玉飾 ◆ 玉珮。

7 現 (现) 現現現現現現 現

[xiàn ㄒㄧㄢˋ [粵] jin⁶ 彥]

❶顯露 ◆ 出現／顯現／表現／現出原形／曇花一現／圖窮匕現。❷目前；眼前的 ◆ 現在／現狀／現代／現行／現任。❸當場；臨時 ◆ 現做現賣／現編現演。❹當時實有的；現成的 ◆ 現錢／現金／現款／現貨。❺指現金；現款 ◆ 兑現／貼現。

7 理 理理理理理理 理

[lǐ ㄌㄧˇ [粵] lei⁵ 里]

❶治理；辦理 ◆ 理財／理事／處理／管理／日理萬機。❷整理；使整齊 ◆ 理髮／清理／修理／梳理。❸道理；事理 ◆ 理由／合理／理直氣壯／詞窮理屈。❹對別人的言行作出反應 ◆ 理睬／理會／答理／置之不理。❺物質組織的紋路 ◆ 紋理／肌理。❻指物理學；泛指自然科學 ◆ 理科／數理化。

7 球 球球球球球球 球

[qiú ㄑㄧㄡˊ [粵] kɐu⁴ 求]

❶圓形的東西 ◆ 眼球／月球／繡球／氣球。❷特指球形的體育用品 ◆ 球賽／籃球／排球／乒乓球。❸特指地球 ◆ 南半球／北半球／環球旅行／全球氣温變暖。

7 琉 琉琉琉琉琉琉 琉

[liú ㄌㄧㄡˊ [粵] lɐu⁴ 留]

琉璃：塗在磚、瓦等上面的金黃色或綠色的釉料 ◆ 琉璃瓦／琉璃磚。

7 琅 琅琅琅琅琅琅 琅

[láng ㄌㄤˊ [粵] lɔŋ⁴ 狼]

❶琅玡：山名，在山東省。❷琅琅：象聲，形容金石相碰的聲音或響亮的讀書聲 ◆ 書聲琅琅／琅琅上口。

8 琵 琵琵琵琵琵琵 琵

[pí ㄆㄧˊ [粵] pei⁴ 皮]

琵琶：彈撥樂器，長柄，下面像瓜子形，四根弦 ◆ 彈琵琶／猶抱琵琶半遮面。

✿ 圖見225頁。

8 琴 琴琴琴琴琴琴 琴

[qín ㄑㄧㄣˊ [粵] kɐm⁴ 禽]

❶指古琴，是一種五弦、七弦的彈撥樂器

◆ 琴棋書畫。❷ 某些樂器的統稱，如胡琴、月琴、鋼琴、口琴、手風琴、小提琴、電子琴等。

✿ 圖見 225 頁。

8 琶

[pá ㄆㄚˊ [粵] pa^{4} 爬]

琵琶。見“琵”字，284 頁。

8 琪

[qí ㄑㄧˊ [粵] kei^{4} 其]

美玉。多作人名用字。

8 琳

[lín ㄌㄧㄣˊ [粵] lɐm^{4} 林]

美玉 ◆ 琳琅滿目。

8 琦

[qí ㄑㄧˊ [粵] kei^{4} 其]

美玉。多作人名用字。

8 琢

〈一〉[zhuó ㄓㄨㄛˊ [粵] dœk^{8} 啄]

❶ 加工玉石 ◆ 雕琢 / 精雕細琢 / 玉不琢，不成器。

〈二〉[zuó ㄗㄨㄛˊ [粵] dœk^{8} 啄]

❷ 琢磨：反復研究、思索 ◆ 他的話我琢磨了很久。

8 琥

[hǔ ㄏㄨˇ [粵] fu^{2} 苦]

琥珀：古代樹脂的化石，一般為黃褐色的透明體，可做香料、藥材，也可做裝飾品。

8 斑

見文部，194 頁。

9 瑟

[sè ㄙㄜˋ [粵] sɐt^{7} 失]

一種古弦樂器，二十五根弦。古時常與琴一起演奏 ◆ 琴瑟。

✿ 圖見 225 頁。

9 瑚

[hú ㄏㄨˊ [粵] wu^{4} 胡]

珊瑚。見“珊”字，283 頁。

9 瑁

[mào ㄇㄠˋ [粵] mou^{6} 冒]

玳瑁。見“玳”字，283 頁。

9 瑛

[yīng ㄧㄥ [粵] jiŋ^{1} 英]

美玉；玉石的光彩。多作女性人名用字。

9 瑞

[ruì ㄖㄨㄟˋ [粵] sœy^{6} 睡]

吉祥；好兆頭 ◆ 祥瑞 / 瑞獸 / 瑞雪兆豐年。

9 瑜

[yú ㄩˊ [粵] jy^{4} 如]

❶美玉。❷玉的光彩；比喻優點 ◆ 瑕瑜互見 / 瑕不掩瑜。

9 **瑕** 瑕瑕瑕瑕瑕瑕 瑕

[xiá ㄒㄧㄚˊ 粵 ha4 霞]

玉上的斑點；比喻缺點 ◆ 瑕疵/白璧無瑕/瑕瑜互見/純潔無瑕。

9 **瑙** 瑙瑙瑙瑙瑙瑙 瑙

[nǎo ㄋㄠˇ 粵 nou5 腦]

瑪瑙。見"瑪"字，本頁。

10 **瑪**(玛) 瑪瑪瑪瑪瑪瑪 瑪

[mǎ ㄇㄚˇ 粵 ma5 馬]

瑪瑙：石英類礦物，質地堅硬，色澤美麗，可做器皿，也可做裝飾品 ◆ 珍珠瑪瑙。

10 **瑰**(瑰) 瑰瑰瑰瑰瑰瑰 瑰

〈一〉[guī ㄍㄨㄟ 粵 gwɐi1 歸]

❶像玉的石頭。❷珍奇；美好 ◆ 瑰寶/瑰麗。

〈二〉[guī ㄍㄨㄟ 粵 gwɐi1 歸/gwɐi3 貴 (語)]

❸玫瑰。見"玫"字，282頁。

10 **瑣**(琐) 瑣瑣瑣瑣瑣瑣 瑣

[suǒ ㄙㄨㄛˇ 粵 sɔ2 所]

細小；零碎 ◆ 瑣事/瑣碎/瑣細/煩瑣。

10 **瑤**(瑶) 瑤瑤瑤瑤瑤瑤 瑤

[yáo ㄧㄠˊ 粵 jiu4 搖]

美玉；比喻美好 ◆ 瓊瑤/瑤琴。

10 **瑩**(莹) 瑩瑩瑩瑩瑩瑩 瑩

[yíng ㄧㄥˊ 粵 jiŋ4 仍]

❶光潔似玉的美石。❷光潔透明 ◆ 晶瑩透亮。

11 **璃** 璃璃璃璃璃璃 璃

[lí ㄌㄧˊ 粵 lei4 離]

玻璃。見"玻"字，283頁。

11 **璋** 璋璋璋璋璋璋 璋

[zhāng ㄓㄤ 粵 dzœŋ1 章]

一種長條形的板狀玉器。多作人名用字。

12 **璣**(玑) 璣璣璣璣璣璣 璣

[jī ㄐㄧ 粵 gei1 機]

❶不圓的或小的珍珠 ◆ 字字珠璣。**❷古代用來觀測天象的一種儀器。**

13 **環**(环) 環環環環環環 環

[huán ㄏㄨㄢˊ 粵 wan4 還]

❶圓形中空的東西 ◆ 耳環/鐵環/門環/吊環。**❷圍繞** ◆ 環繞/環城公路/環視四周/環球旅行/青山綠水環抱。**❸一串連環中的一節；比喻相關事物中的一個組成部分** ◆ 環節/連環套/重要的一環。

13 **璧** 璧璧璧璧璧璧 璧

[bì ㄅㄧˋ 粵 bik7 碧]

古代的一種玉器，扁平，圓形，中間有孔。也作為玉的通稱 ◆ 白璧無瑕/完璧歸趙/珠聯璧合。

14 **璽**(玺) 璽璽璽璽璽璽 璽

[xǐ ㄒㄧˇ 粵 sai2 徙]

皇帝的印章 ◆ 玉璽。

焦點易錯字 暇|瑕 閒暇 目不暇給 疵瑕 完美無瑕

玄 玉 瓜 瓦 甘 生

14 **瓊** (琼)　瓊 瓊 瓊 瓊 瓊 瓊 瓊

[qióng ㄑㄩㄥˊ ㊢ kiŋ⁴ 鯨]
❶ 美玉。❷ 美好的 ◆ 瓊漿玉液 / 瓊樓玉宇。

16 **瓏** (珑)　瓏 瓏 瓏 瓏 瓏 瓏 瓏

[lóng ㄌㄨㄥˊ ㊢ luŋ⁴ 龍]
玲瓏。見"玲"字，283頁。

瓜部

0 **瓜**　瓜 瓜 瓜 瓜 瓜

[guā ㄍㄨㄚ ㊢ gwa¹ 掛¹]
蔓生植物和它所結的果實，種類很多，如西瓜、冬瓜、南瓜、黃瓜、絲瓜、哈密瓜等 ◆ 瓜熟蒂落 / 種瓜得瓜，種豆得豆 / 瓜田不納履，李下不整冠。

見古文字插頁4。

3 **弧** 見弓部，140頁。

3 **孤** 見子部，110頁。

11 **瓢**　瓢 瓢 瓢 瓢 瓢 瓢 瓢

[piáo ㄆㄧㄠˊ ㊢ piu⁴ 飄⁴]
舀東西的用具，用剖開的葫蘆或木料、金屬做成 ◆ 水瓢 / 飯瓢 / 瓢潑大雨。

14 **瓣**　瓣 瓣 瓣 瓣 瓣 瓣 瓣

[bàn ㄅㄢˋ ㊢ ban⁶ 辦]
❶ 組成花朵的花片 ◆ 花瓣。❷ 植物的種子、果實或球莖可以分開的片狀小塊 ◆ 豆瓣 / 蒜瓣 / 橘子瓣。

17 **瓤**　瓤 瓤 瓤 瓤 瓤 瓤 瓤

[ráng ㄖㄤˊ ㊢ nɔŋ⁴ 囊]
瓜果皮裏的肉 ◆ 西瓜瓤。

瓦部

0 **瓦**　瓦 瓦 瓦 瓦 瓦

〈一〉[wǎ ㄨㄚˇ ㊢ ŋa⁵ 雅]
❶ 蓋屋頂用的建築材料 ◆ 瓦片 / 瓦房 / 磚瓦 / 上無片瓦，下無立錐之地。❷ 用陶土

冬瓜
南瓜
西瓜
哈密瓜

玄 玉 瓜 瓦 甘 生

燒成的器物 ◆ 瓦盆／瓦罐／土崩瓦解／寧為玉碎，不為瓦全。❸電功率單位“瓦特”的簡稱 ◆ 一隻四十瓦燈泡。

✿ 圖見315頁。

〈二〉[wà ㄨㄚˋ [粵] ŋa⁶ 訝]

❹鋪瓦 ◆ 瓦瓦。

☞ 見古文字插頁4。

6 **瓷** 瓷瓷瓷瓷瓷瓷 瓷

[cí ㄘˊ [粵] tsi⁴ 池]

用純淨色白的黏土燒製成的器物 ◆ 瓷器／瓷瓶／細瓷／青瓷。

6 **瓶** 瓶瓶瓶瓶瓶瓶 瓶

[píng ㄆㄧㄥˊ [粵] piŋ⁴ 平]

口小腹大，用來盛液體的容器，大都用玻璃或瓷製成 ◆ 酒瓶／花瓶／瓶蓋／守口如瓶。

9 **甄** 甄甄甄甄甄甄 甄

[zhēn ㄓㄣ [粵] dzɐn¹ 真／jɐn¹ 因]

鑒別；審查 ◆ 甄別／甄拔／甄選。

11 **甌**（瓯） 甌甌甌甌甌甌 甌

[ōu ㄡ [粵] ɐu¹ 歐]

❶**小盆、小杯一類的陶瓷器皿** ◆ 茶甌／酒甌。❷**甌江：水名，在浙江省。**❸**浙江省温州市的別稱。**

13 **甕**（瓮） 甕甕甕甕甕甕 甕

[wèng ㄨㄥˋ [粵] uŋ³／ŋuŋ³]

口小腹大的陶製容器 ◆ 水甕／酒甕／菜甕／甕中捉鱉。

甕

甘部

0 **甘** 甘甘甘甘甘 甘

[gān ㄍㄢ [粵] gɐm¹ 金]

❶**甜；味美；跟“苦”相對** ◆ 甘甜／甘美／甘泉／同甘共苦／苦盡甘來。❷**情願；願意** ◆ 心甘情願／甘願受罰／不甘落後／甘拜下風／善罷甘休。❸**甘肅省的簡稱。**

☞ 見古文字插頁4。

3 **邯** 見邑部，453頁。

4 **某** 見木部，211頁。

4 **甚** 甚甚甚甚甚甚 甚

〈一〉[shèn ㄕㄣˋ [粵] sɐm⁶ 心⁶]

❶**很；極** ◆ 成績甚佳／進步甚快／質量甚好。❷**過分；超過** ◆ 欺人太甚／日甚一日／關心他人甚於關心自己。

〈二〉[shén ㄕㄣˊ [粵] sɐm⁶ 心⁶]

❸**甚麼** ◆ 甚事？／有甚説甚／姓甚名誰。

玄 玉 瓜 瓦 甘 生

6 **甜** 甜甜甜甜甜甜 甜

[tián ㄊㄧㄢˊ 粵 tim4 恬]

❶ **像糖和蜜的味道；跟"苦"相對** ◆ 甜點心/甜麪包/這西瓜真甜。❷**比喻美好、舒適、令人愉快** ◆ 甜言蜜語/甜美的生活/睡得很甜/日子過得甜甜蜜蜜。

生部

0 **生** 生生生生 生

[shēng ㄕㄥ 粵 sɐŋ1 牲]

❶**長出** ◆ 萬物生長/生根發芽/節外生枝/草木叢生/野火燒不盡，春風吹又生。❷**產出；生育** ◆ 誕生/生孩子/母雞生蛋/出生在香港/初生牛犢不怕虎。❸**發生** ◆ 生病/生效/惹事生非/造謠生事。❹**活着；跟"死"相對** ◆ 生存下來/貪生怕死/起死回生/無一生還/生死未卜。❺**維持生活的辦法** ◆ 生計/謀生/營生。❻**性命** ◆ 生命/喪生/捨生取義。❼**有生命的東西** ◆ 生物/生靈。❽**生存期間；生活階段** ◆ 前半生/今生今世/畢生精力/一生平安。❾**沒成熟或沒煮熟的；跟"熟"相對** ◆ 生瓜/生柿子/生米煮成熟飯/生食與熟食要分開。❿**不熟悉的；不熟練** ◆ 陌生/生疏/生字/生手/眼生。⓫**勉強** ◆ 生硬/生搬硬套/生拉硬扯。⓬**學生；讀書人** ◆ 招生/師生/儒生/書生/研究生。⓭**戲曲裏扮演男性的角色** ◆ 老生/小生/武生。⓮**從事某種工作的人** ◆ 醫生。

見古文字插頁4。

4 **星** 見日部，199頁。

6 **產**(产) 產產產產產產 產

[chǎn ㄔㄢˇ 粵 tsan2 剷]

❶**婦女生育；動物生仔或下蛋** ◆ 產婦/產科/產仔/產卵/助產師。❷**生長出；製造出** ◆ 出產/生產/產品/產地/盛產珍珠。❸**指生長或製造出來的東西** ◆ 水產/礦產/特產/物產豐富。❹**指財物** ◆ 財產/家產/遺產/產業/傾家蕩產。

7 **甦** 同"蘇❶"，見390頁。

7 **甥** 甥甥甥甥甥甥 甥

[shēng ㄕㄥ 粵 sɐŋ1 生]

姐妹的兒女 ◆ 外甥。

用部

0 **用** 用用用用 用

[yòng ㄩㄥˋ 粵 juŋ6 容6]

❶**使用；應用；任用** ◆ 古為今用/學以致用/大材小用/用水洗手/用腦想一想/用毛筆寫字。❷**用處；效果** ◆ 用途/效用/功用/作用/人盡其才，物盡其用。❸**花費** ◆ 零用/家用/費用。❹**吃、喝的客氣說**

法 ◆ 請用茶 / 請用飯。❺ **需要** ◆ 不用再說 / 不用去了 / 不用害怕。

0 甩

[shuǎi ㄕㄨㄞˇ [粵] lɐt7]

❶ **擺動；揮動** ◆ 甩胳膊 / 甩尾巴 / 甩長袖 / 小辮子一甩。❷ **扔出** ◆ 甩手榴彈。❸ **拋開** ◆ 把朋友甩了 / 把他一個人遠遠地甩在後面。

2 甫

[fǔ ㄈㄨˇ [粵] fu2 府/pou2 普]

剛剛；才 ◆ 年甫二十 / 驚魂甫定。

2 甬

[yǒng ㄩㄥˇ [粵] juŋ2 擁]

❶ **甬江：水名，在浙江省東北部，流經寧波市。** ❷ **寧波市的別稱。**

4 甭

[béng ㄅㄥˊ [粵] buŋ2]

"不用"的合音字 ◆ 甭說 / 甭去 / 甭管。

田部

0 田

[tián ㄊㄧㄢˊ [粵] tin4 填]

❶ **種植農作物的土地** ◆ 稻田 / 秧田 / 農田 / 良田萬頃 / 田野一片葱綠。❷ **跟農村、土地有關的** ◆ 田園風光 / 解甲歸田。❸ **指可供開採的蘊藏礦物的地帶** ◆ 油田 / 煤田。

見古文字插頁 4。

0 由

[yóu ㄧㄡˊ [粵] jɐu4 游]

❶ **原因** ◆ 原由 / 理由 / 事由。❷ **經過；經歷** ◆ 必由之路。❸ **因；由於** ◆ 咎由自取 / 由感冒所引起。❹ **歸** ◆ 這事由我負責。❺ **聽從；順從** ◆ 由他去 / 身不由己 / 由不得你 / 信不信由你。❻ **自；從** ◆ 由淺入深 / 由此及彼 / 由此可見 / 由衷感謝 / 由香港到北京。

0 甲

[jiǎ ㄐㄧㄚˇ [粵] gap8 夾]

❶ **天干的第一位** ◆ 甲乙丙丁。❷ **第一位；位居第一的** ◆ 甲等 / 桂林山水甲天下。❸ **動物身上的硬殼** ◆ 龜甲 / 甲殼蟲 / 手指甲。❹ **穿在身上或包在物體外面起防護作用的裝備** ◆ 盔甲 / 裝甲車 / 解甲歸田。

甲
乙
丙
丁
戊
己
庚
辛
壬
癸

0 申

[shēn ㄕㄣ [粵] sɐn1 身]

❶ **陳述；說明** ◆ 申明 / 申辯 / 申請 / 申訴 / 申述理由。❷ **地支的第九位** ◆ 申酉戌亥。

焦點易錯字 申｜伸 申報 申請 伸展 能屈能伸

❸ **申時：即下午三時至五時。** ❹ **上海市的別稱。**

圖見 109 頁。

2 甸 甸甸甸甸甸甸 甸

[diàn ㄉㄧㄢˋ 粵 din^{6} 電]

❶ **放牧的草地** ◆ 草甸子。❷ **古代稱都城郊外的地方。**

2 男 男男男男男男 男

[nán ㄋㄢˊ 粵 nam^{4} 南]

❶ **男性；跟"女"相對** ◆ 男人/男生/男子/男女平等/男兒志在四方。❷ **兒子** ◆ 長男/生男育女/她有兩男一女。

見古文字插頁 13 。

4 毗 見比部，235頁。

4 畏 畏畏畏畏畏畏 畏

[wèi ㄨㄟˋ 粵 wei^{3} 慰]

❶ **害怕** ◆ 畏懼/不畏強權/望而生畏/畏首畏尾。❷ **佩服；敬佩** ◆ 敬畏/後生可畏。

4 界 界界界界界界 界

[jiè ㄐㄧㄝˋ 粵 gai^{3} 介]

❶ **地區和地區相連接的邊線** ◆ 邊界/國界/交界/界線/越界。❷ **一定的範圍** ◆ 界限/眼界/婦女界/教育界/工商界。

4 胃 見肉部，361頁。

5 留 留留留留留留 留

[liú ㄌㄧㄡˊ 粵 leu^{4} 流]

❶ **停在一個地方不離開** ◆ 停留/留校/留學/逗留/這裏不可久留。❷ **使留下；不讓離開** ◆ 留客/挽留/扣留/拘留。❸ **保存；使繼續存在** ◆ 保留/留長髮/寸草不留/留得青山在，不怕沒柴燒。❹ **收下** ◆ 收留。❺ **把注意力放在某個方面；注意** ◆ 留心/留神/留意。❻ **遺下** ◆ 遺留/殘留/留言。

5 畝（亩） 畝畝畝畝畝畝 畝

[mǔ ㄇㄨˇ 粵 meu^{5} 某]

計算土地面積的單位，一畝等於六十平方丈，666.67 平方米 ◆ 五畝地/畝產超千斤。

5 畜 畜畜畜畜畜畜 畜

〈一〉[xù ㄒㄩˋ 粵 tsuk^{7} 促]

❶ **飼養禽獸** ◆ 畜牧/畜養/畜產。

〈二〉[chù ㄔㄨˋ 粵 tsuk^{7} 促]

❷ **飼養的禽獸；也泛指禽獸** ◆ 家畜/牲畜/畜生/六畜興旺。

5 畔 畔畔畔畔畔畔 畔

[pàn ㄆㄢˋ 粵 bun^{6} 叛]

旁邊 ◆ 河畔/湖畔/橋畔/枕畔/歌聲在耳畔迴響。

5 畚 畚畚畚畚畚畚 畚

[běn ㄅㄣˇ 粵 bun^{2} 本]

❶ **畚箕：裝土的用具。** ❷ **用畚箕撮** ◆ 畚土/畚垃圾。

6 畦 畦畦畦畦畦畦 畦

[qí ㄑㄧˊ 粵 kwei^{4} 葵]

田裏分成的一塊塊小區 ◆ 田畦／菜畦／這一畦種油菜。

6 **畢**（毕） 畢畢畢畢畢畢 畢

[bì ㄅㄧˋ ⑧ bɐt⁷ 筆]

❶ **結束；完成** ◆ 畢業／完畢／禮畢／畢其功於一役。❷**全部** ◆ 畢生精力／原形畢露／鋒芒畢露／羣賢畢至。

6 **異**（异） 異異異異異異 異

[yì ㄧˋ ⑧ ji⁶ 二]

❶**不同；跟"同"相對** ◆ 異常／大同小異／日新月異／異曲同工／異口同聲。❷**奇怪；奇特** ◆ 奇異／怪異／驚異／異想天開／奇裝異服。❸**特別的** ◆ 優異／大放異彩。❹**另外的；別的** ◆ 異國他鄉／異軍突起／獨在異鄉為異客，每逢佳節倍思親。❺**分開** ◆ 父母離異。

6 **略** 略略略略略略 略

[lüè ㄌㄩㄝˋ ⑧ lœk⁹ 掠]

❶**簡單；簡要的；跟"詳"相對** ◆ 大略／粗略／簡略／詳略得當。❷ **稍微** ◆ 略微／略知一二／略勝一籌／略有所聞。❸**簡要的敍述** ◆ 要略／傳略／事略／史略。❹**省去；簡化** ◆ 省略／略去／原文從略。❺**計謀** ◆ 策略／謀略／戰略／雄材大略／膽略過人。❻**奪取** ◆ 侵略／攻城略地。

6 **累** 見糸部，341頁。

7 **番** 番番番番番番 番

〈一〉[fān ㄈㄢ ⑧ fan¹ 翻]

❶**指外國或外族的** ◆ 番邦／番茄／番薯。❷**量詞 ：(1) 表示次數、遍數** ◆ 三番五次／考慮一番／幾番周折／不是一番寒徹骨，怎得梅花撲鼻香。(2) **表示一種** ◆ 另有一番天地。❸ **輪換** ◆ 輪番。

〈二〉[pān ㄆㄢ ⑧ pun¹ 潘]

❹**番禺：地名，在廣東省。**

7 **畫**（画） 畫畫畫畫畫畫 畫

〈一〉[huà ㄏㄨㄚˋ ⑧ wak⁹ 或]

❶**描繪；繪圖** ◆ 畫龍點睛／畫蛇添足／畫一幅山水／依樣畫葫蘆／畫人畫虎難畫骨，知人知面不知心。❷**簽押；署名** ◆ 簽字畫押。❸ **漢字的一筆叫"一畫"** ◆ 凸字是五畫。

〈二〉[huà ㄏㄨㄚˋ ⑧ wa⁶ 話]

❹**畫出的圖像** ◆ 國畫／漫畫／山水畫。

8 **雷** 見雨部，480頁。

8 **畸** 畸畸畸畸畸畸 畸

[jī ㄐㄧ ⑧ gei¹ 機／kei¹ 崎（語）]

❶**不正常的；不均衡的** ◆ 畸形／畸變。❷**偏** ◆ 畸輕／畸重。

8 **當**（当） 當當當當當當 當

〈一〉[dāng ㄉㄤ ⑧ dɔŋ¹ 噹]

❶**擔任** ◆ 當經理／當班長／當學生代表。❷**承擔；承受** ◆ 不敢當／擔當不起／當之無愧／敢作敢當／一人做事一人當。❸**主持；掌管** ◆ 當權／當家作主／獨當一面。❹**阻擋；把守** ◆ 鋭不可當／一夫當關／萬夫不當之勇。❺**相稱；相配** ◆ 實力相當／旗鼓相當／門當户對。❻**應該** ◆ 應當／該

焦點易錯字 畫｜劃　畫龍點睛　畫餅充飢　劃分　劃清界線

用田疋疒癶白

當何罪／理當如此。❼對着；向着 ◆ 當面説清／當眾宣佈／當機立斷／首當其衝／當局者迷，旁觀者清。❽那時；那地 ◆ 當今／當時／當地／當場試驗／悔不當初。

〈二〉[dàng ㄉㄤˋ ㊥ dɔŋ³ 檔]
❾合適 ◆ 適當／恰當／妥當／得當／用詞不當。❿抵得上；等於 ◆ 以一當十。⓫作為；認為 ◆ 安步當車／當作見面禮／把忠告當耳邊風／我當他今天不會來了呢。⓬圈套 ◆ 受騙上當。⓭用實物作抵押 ◆ 典當／當鋪／贖當。

〈三〉[dàng ㄉㄤˋ ㊥ dɔŋ¹ 噹]
⓮指事情發生的同一時間 ◆ 當天／當年。

11 **奮** 見大部，100頁。

13 **壘** 見土部，94頁。

14 **疇**（畴） 疇 疇 疇 疇 疇 疇 疇

[chóu ㄔㄡˊ ㊥ tsɐu⁴ 酬]
❶田地 ◆ 田疇／平疇千里。❷類；種類 ◆ 範疇／物各有疇。

14 **疆** 疆 疆 疆 疆 疆 疆 疆

[jiāng ㄐㄧㄤ ㊥ gœŋ¹ 姜]
邊界 ◆ 疆界／邊疆／疆土／疆域遼闊／萬里海疆。

16 **纍** 見糸部，349頁。

17 **疊**（叠） 疊 疊 疊 疊 疊 疊 疊

[dié ㄉㄧㄝˊ ㊥ dip⁹ 蝶]
❶一層一層地堆積；重複 ◆ 重疊／疊羅漢／疊牀架屋／雙聲疊韻／層巒疊嶂。❷用手摺 ◆ 摺疊／疊衣服／鋪牀疊被。

疋部

0 **疋** “匹”的異體字，見51頁。

7 **疏** 疏 疏 疏 疏 疏 疏 疏

〈一〉[shū ㄕㄨ ㊥ sɔ¹ 梳]
❶清除阻塞；使通暢 ◆ 疏通／疏導／疏濬河道。❷分散 ◆ 疏散／仗義疏財。❸稀少；不密；跟“密”相對 ◆ 疏落／稀疏／疏密不勻／天網恢恢，疏而不漏。❹關係遠；不親近；不熟悉 ◆ 疏遠／人地生疏／不分親疏，量才錄用。❺不仔細；粗心 ◆ 疏略／粗疏／疏忽大意／疏於防範／疏漏之處，在所不免。❻淺薄；空虛 ◆ 空疏／才疏學淺。

〈二〉[shū ㄕㄨ ㊥ sɔ³ 梳³]
❼指對古書舊注的注釋 ◆ 注疏。❽古代臣子向君主分條陳述事情的文字 ◆ 上疏／奏疏。

7 **踈** “疏”的異體字，見本頁。

8 **楚** 見木部，220頁。

9 **疑** 疑 疑 疑 疑 疑 疑 疑

[yí ㄧˊ ㊥ ji⁴ 移]

❶ 不相信 ◆ 懷疑／半信半疑／疑惑不解／滿腹狐疑／形跡可疑。❷ 不明白；不能確定的；不能解決的 ◆ 疑問／嫌疑／疑案／奇文共欣賞，疑義相與析。

疒 部

3 疙

疙疙疙疙疙疙 疙

[gē ㄍㄜ 粵 ŋɐt^9 兀]

疙瘩：(1) 皮膚上長的小硬塊 ◆ 渾身雞皮疙瘩。**(2) 塊狀的東西** ◆ 土疙瘩／冰疙瘩／麵疙瘩。**(3) 心裏想不通或不易解決的問題** ◆ 心裏有疙瘩／解開他們之間的疙瘩。**(4) 彆扭；不順** ◆ 這個人很疙瘩／文章疙裏疙瘩的，讀不通。

3 疚

疚疚疚疚疚疚 疚

[jiù ㄐㄧㄡˋ 粵 gɐu^3 救]

內心的痛苦 ◆ 內疚／負疚／深感歉疚。

4 疥

疥疥疥疥疥疥 疥

[jiè ㄐㄧㄝˋ 粵 gai^3 介]

疥瘡：傳染性的皮膚病，病原體是疥蟲，多發生在手腕、手指、腹部等部位，起小水疱，發癢。

4 疫

疫疫疫疫疫疫 疫

[yì ㄧˋ 粵 jik^9 役]

流行性急性傳染病的總稱 ◆ 瘟疫／鼠疫／檢疫／防疫／免疫。

4 疤

疤疤疤疤疤疤 疤

[bā ㄅㄚ 粵 ba^1 巴]

傷口或瘡口長好後留下的痕跡 ◆ 瘡疤／疤痕／傷疤／樹幹上有一個疤。

5 症

症症症症症症 症

〈一〉[zhèng ㄓㄥˋ 粵 dziŋ^3 政]

❶ **生病的現象、狀況；疾病** ◆ 症候／急症室／對症下藥／不治之症。

〈二〉[zhēng ㄓㄥ 粵 dziŋ^1 貞]

❷ **"癥" 的簡化字，見 298 頁。**

5 疳

疳疳疳疳疳疳 疳

[gān ㄍㄢ 粵 gɐm^1 金]

疳積：中醫指嬰幼兒的一種常見腸胃病，病狀是食慾不振，肚子脹大，面黃肌瘦，大多由飲食失調或腸內有寄生蟲引起。

5 病

病病病病病病 病

[bìng ㄅㄧㄥˋ 粵 biŋ^6 並／bɛŋ^6 餅^6]

❶ **身體發生不舒適的現象；失去健康的狀態** ◆ 生病／疾病／病人／心臟病／病從口入。❷ **缺點；壞處** ◆ 通病／語病／弊病／毛病。

5 疽

疽疽疽疽疽疽 疽

[jū ㄐㄩ 粵 dzœy^1 追]

一種毒瘡 ◆ 疽癰。

5 疾

疾疾疾疾疾疾 疾

[jí ㄐㄧˊ 粵 dzɐt^9 姪]

❶ 病 ◆ 疾病/眼疾/積勞成疾/諱疾忌醫。❷ 痛苦 ◆ 民間疾苦/痛心疾首。❸ 痛恨 ◆ 疾惡如仇。❹ 快速；猛烈 ◆ 疾駛而過/大聲疾呼/眼疾手快/疾風知勁草。

5 疹 疹疹疹疹疹疹 [疹]

[zhěn ㄓㄣˇ [粵] tsɐn² 診]

一種皮膚上起紅色小顆粒的病，有傳染性 ◆ 濕疹/痲疹/風疹。

5 疼 疼疼疼疼疼疼 [疼]

[téng ㄊㄥˊ [粵] tuŋ⁴ 同]

❶ 痛；由疾病、創傷等引起的難受的感覺 ◆ 牙疼/腰疼/肚子疼/疼痛難耐。❷ 關愛；憐惜 ◆ 疼愛/心疼/媽媽疼女兒。

5 疲 疲疲疲疲疲疲 [疲]

[pí ㄆㄧˊ [粵] pei⁴ 皮]

勞累；困倦 ◆ 疲勞/疲倦/筋疲力竭/疲於奔命/疲憊不堪/樂此不疲。

6 痔 痔痔痔痔痔痔 [痔]

[zhì ㄓˋ [粵] dzi⁶ 自]

痔瘡：一種常見的肛門疾病。

6 疵 疵疵疵疵疵疵 [疵]

[cī ㄘ [粵] tsi¹ 雌]

毛病；缺點 ◆ 瑕疵/吹毛求疵。

6 痊(痊) 痊痊痊痊痊痊 [痊]

[quán ㄑㄩㄢˊ [粵] tsyn⁴ 全]

病好了 ◆ 痊癒。

6 痕 痕痕痕痕痕痕 [痕]

[hén ㄏㄣˊ [粵] hɐn⁴ 很⁴]

傷疤；事物留下的印跡 ◆ 疤痕/痕跡/傷痕累累/淚痕滿面/一條裂痕。

7 痣 痣痣痣痣痣痣 [痣]

[zhì ㄓˋ [粵] dzi³ 志]

皮膚上長的斑點，一般是黑色的，也有紅色的、褐色的 ◆ 黑痣/朱砂痣。

7 痘 痘痘痘痘痘痘 [痘]

[dòu ㄉㄡˋ [粵] dɐu⁶ 豆]

❶ 一種全身出豆子大小的水疱或膿疱的傳染病 ◆ 水痘/痘瘡（即天花）。❷ 痘苗：也叫牛痘苗，接種在人身上，可以預防天花 ◆ 種痘。

7 痞 痞痞痞痞痞痞 [痞]

[pǐ ㄆㄧˇ [粵] pei² 鄙 /pei⁵ 婢 /fɐu² 否]

❶ 痞塊：中醫指腹內可以摸到的硬塊。也叫痞積。❷ 指壞人、惡棍 ◆ 痞子/文痞/地痞流氓。

7 痙(痉) 痙痙痙痙痙痙 [痙]

[jìng ㄐㄧㄥˋ [粵] giŋ⁶ 競]

痙攣：筋肉緊張，不自然地收縮或手腳抽搐的現象，是一種神經性病症。

7 痢 痢痢痢痢痢痢 [痢]

[lì ㄌㄧˋ [粵] lei⁶ 利]

痢疾：一種腸道傳染病。

7 **痛** 痛 痛 痛 痛 痛 痛 痛

[tòng ㄊㄨㄥˋ 粵 tuŋ3 通3]

❶ **因疾病、創傷等引起的難受的感覺** ◆ 頭痛 / 肚子痛 / 不痛也不癢 / 傷口隱隱作痛。❷ **悲傷** ◆ 悲痛 / 沈痛 / 痛不欲生 / 痛定思痛。❸ **極度地；徹底地；盡情地** ◆ 痛恨 / 痛罵 / 痛哭流涕 / 痛改前非 / 開懷痛飲。

8 **痲** 痲 痲 痲 痲 痲 痲 痲

[má ㄇㄚˊ 粵 ma4 麻]

❶ **痲疹：一種皮膚上起紅色小粒的急性傳染病。** ❷ **痲瘋：一種慢性傳染病。**

8 **痴** 痴 痴 痴 痴 痴 痴 痴

[chī ㄔ 粵 tsi1 雌]

❶ **傻；笨；無知** ◆ 痴笑 / 痴呆 / 痴人說夢。❷ **形容對某人或某種事物極度迷戀** ◆ 痴情 / 情痴 / 書痴 / 痴心妄想 / 如痴如醉。

8 **痹** 痹 痹 痹 痹 痹 痹 痹

[bì ㄅㄧˋ 粵 bei3 臂]

中醫指由風、寒、濕等引起的肢體疼痛或麻木的病狀 ◆ 手腳麻痹。

8 **痿** 痿 痿 痿 痿 痿 痿 痿

[wěi ㄨㄟˇ 粵 wɐi2 委]

指身體某部分萎縮或喪失機能 ◆ 下痿（下肢癱瘓）/ 陽痿。

8 **痱** 痱 痱 痱 痱 痱 痱 痱

[fèi ㄈㄟˋ 粵 fɐi2 廢2]

痱子：夏天皮膚表面生出的紅色小疹，很癢，是由於出汗過多、汗腺發炎引起的 ◆ 痱子粉。

8 **痺** **"痹"的異體字，見本頁。**

8 **瘁** 瘁 瘁 瘁 瘁 瘁 瘁 瘁

[cuì ㄘㄨㄟˋ 粵 sœy6 睡]

過度勞累 ◆ 心力交瘁 / 鞠躬盡瘁。

8 **瘀** 瘀 瘀 瘀 瘀 瘀 瘀 瘀

[yū ㄩ 粵 jy1 於 / jy3 嫗]

積血；血不流通 ◆ 瘀血。

8 **痰** 痰 痰 痰 痰 痰 痰 痰

[tán ㄊㄢˊ 粵 tam4 談]

氣管或支氣管分泌的黏液 ◆ 不要隨地吐痰。

9 **瘍**（疡） 瘍 瘍 瘍 瘍 瘍 瘍 瘍

[yáng ㄧㄤˊ 粵 jœŋ4 羊]

瘡；潰爛 ◆ 潰瘍。

9 **瘟** 瘟 瘟 瘟 瘟 瘟 瘟 瘟

[wēn ㄨㄣ 粵 wɐn1 温]

人和動物的流行性急性傳染病 ◆ 瘟疫 / 雞瘟 / 豬瘟。

9 **瘧**（疟） 瘧 瘧 瘧 瘧 瘧 瘧 瘧

〈一〉[nüè ㄋㄩㄝˋ 粵 jœk9 若]

❶ **瘧疾：一種急性傳染病，由瘧蚊把瘧原蟲傳入人體血液中而引起。症狀是發冷發熱，大量出汗、頭痛、口渴、全身無力。**

〈二〉[yào ㄧㄠˋ 粵 jœk9 若]

焦點易錯字 粹 | 萃 | 瘁　國粹 粹而不雜　薈萃 出類拔萃　心力交瘁 鞠躬盡瘁

❷瘧子：即瘧疾，有些地方的口頭語 ◆ 發瘧子。

9 瘦（瘦）
瘦 瘦 瘦 瘦 瘦 瘦 瘦

[shòu ㄕㄡˋ (粵) sɐu^{3} 獸]

❶ 脂肪少，肌肉不豐滿；跟"肥"、"胖"相對 ◆ 瘦弱 / 瘦小 / 消瘦 / 骨瘦如柴 / 面黃肌瘦。❷ 衣服鞋襪等窄小；跟"肥"、"大"相對 ◆ 袖子太肥，褲腿太瘦。❸土地不肥沃 ◆ 瘦田 / 田地太瘦。

9 瘉（愈）
瘉 瘉 瘉 瘉 瘉 瘉 瘉

[yù ㄩˋ (粵) jy^{6} 預]

病好了 ◆ 痊瘉。

9 瘓（痪）
瘓 瘓 瘓 瘓 瘓 瘓 瘓

[huàn ㄏㄨㄢˋ (粵) wun^{6} 換]

癱瘓。見"癱"字，298 頁。

9 瘋（疯）
瘋 瘋 瘋 瘋 瘋 瘋 瘋

[fēng ㄈㄥ (粵) fuŋ^{1} 風]

神經錯亂；精神失常 ◆ 瘋子 / 發瘋 / 瘋瘋癲癲 / 裝瘋賣傻。

10 瘩
瘩 瘩 瘩 瘩 瘩 瘩 瘩

〈一〉[dá ㄉㄚˊ (粵) dap^{8} 搭]

❶ 瘩背：中醫稱長在後背上的毒瘡。

〈二〉[da ·ㄉㄚ (粵) dap^{8} 搭]

❷ 疙瘩。見 "疙" 字，294 頁。

10 瘡（疮）
瘡 瘡 瘡 瘡 瘡 瘡 瘡

[chuāng ㄔㄨㄤ (粵) tsɔŋ^{1} 倉]

❶ 皮肉腫爛的病 ◆ 瘡口 / 瘡疤 / 凍瘡 / 毒瘡 / 頭上生瘡。❷ 外傷 ◆ 刀瘡 / 棒瘡。

10 瘤
瘤 瘤 瘤 瘤 瘤 瘤 瘤

[liú ㄌㄧㄡˊ (粵) lɐu^{4} 留]

人或動物身體長出的腫塊 ◆ 瘤子 / 肉瘤 / 腫瘤。

10 瘠
瘠 瘠 瘠 瘠 瘠 瘠 瘠

[jí ㄐㄧˊ (粵) dzik^{8} 即^{8}/ dzɛk^{8} 隻（語）]

❶身體瘦弱；跟"肥"、"胖"相對。❷土地不肥沃；跟"肥"相對 ◆ 瘠土/瘠田/貧瘠。

11 瘴
瘴 瘴 瘴 瘴 瘴 瘴 瘴

[zhàng ㄓㄤˋ (粵) dzœŋ^{3} 帳]

瘴氣：熱帶山林中蒸發出來的濕熱空氣，能使人生病。

11 瘸
瘸 瘸 瘸 瘸 瘸 瘸 瘸

[qué ㄑㄩㄝˊ (粵) kœ^{4}]

腿腳有毛病，走路時身體不平衡 ◆ 瘸子 / 瘸腿 / 一瘸一拐。

12 療（疗）
療 療 療 療 療 療 療

[liáo ㄌㄧㄠˊ (粵) liu^{4} 聊]

治病 ◆ 醫療 / 治療 / 療效顯著 / 一個療程。

12 癌
癌 癌 癌 癌 癌 癌 癌

[ái ㄞˊ (粵) ŋam^{4} 岩]

惡性腫瘤 ◆ 肺癌 / 食道癌 /致癌物質。

12 癆（痨）
癆 癆 癆 癆 癆 癆 癆

[láo ㄌㄠˊ (粵) lou^{4} 勞]

癆病：即肺結核病。肺結核也叫肺癆。

用 田 疋 疒 癶 白

焦點易錯字 虐 | 瘧　虐待　助紂為虐　瘧疾　瘧蚊

13 **瘉** 同"瘉"字，見297頁。

13 **癖** 癖 癖 癖 癖 癖 癖 癖

[pǐ ㄆㄧˇ 粵 pik⁷ 僻]
長期形成對某種事物的特別愛好 ◆ 癖好 / 潔癖 / 嗜酒成癖。

14 **癡** 同"痴"字，見296頁。

14 **癟** (瘪) 癟 癟 癟 癟 癟 癟 癟

〈一〉[biě ㄅㄧㄝˇ 粵 bit⁹ 別]
❶ 物體表面凹陷下去；不飽滿 ◆ 乾癟 / 皮球癟了。

〈二〉[biē ㄅㄧㄝ 粵 bit⁹ 別]
❷ 癟三：上海人稱城市中靠要飯或偷竊為生的無業游民。

15 **癥** (症) 癥 癥 癥 癥 癥 癥 癥

[zhēng ㄓㄥ 粵 dziŋ¹ 貞]
肚子裏結塊的病 ◆ 癥結。

15 **癢** (痒) 癢 癢 癢 癢 癢 癢 癢

[yǎng ㄧㄤˇ 粵 jœŋ⁵ 仰]
皮膚受到刺激，引起要抓撓的一種感覺 ◆ 搔癢 / 背上癢 / 隔靴搔癢。

16 **癩** (癞) 癩 癩 癩 癩 癩 癩 癩

〈一〉[lài ㄌㄞˋ 粵 lai⁶ 賴]
❶ 中醫指痲瘋病，是一種慢性傳染病。❷ 因生癬疥等皮膚病而毛髮脱落 ◆ 癩皮狗。

〈二〉[là ㄌㄚˋ 粵 lat⁹ 辣]
❸ 癩痢：頭上生瘡使毛髮脱落的皮膚病。

17 **癬** (癣) 癬 癬 癬 癬 癬 癬 癬

[xuǎn ㄒㄩㄢˇ 粵 sin² 冼]
由真菌引起的某些皮膚病的統稱，患處發癢 ◆ 頭癬 / 腳癬 / 牛皮癬。

17 **癮** (瘾) 癮 癮 癮 癮 癮 癮 癮

[yǐn ㄧㄣˇ 粵 jɐn⁵ 引]
一種積久成了習慣，不易改掉的嗜好或特別濃厚的興趣 ◆ 煙癮/酒癮/看小説上了癮。

18 **癰** (痈) 癰 癰 癰 癰 癰 癰 癰

[yōng ㄩㄥ 粵 juŋ¹ 翁]
一種毒瘡 ◆ 疽癰。

19 **癱** (瘫) 癱 癱 癱 癱 癱 癱 癱

[tān ㄊㄢ 粵 tan¹ 灘 / tan² 坦（語）]
癱瘓：指神經機能發生障礙，肢體麻痺不能活動；比喻機構失去效能，不能正常進行工作 ◆ 癱子 / 下肢癱瘓 / 系統癱瘓。

19 **癲** (癫) 癲 癲 癲 癲 癲 癲 癲

[diān ㄉㄧㄢ 粵 din¹ 顛]
精神錯亂、失常 ◆ 癲狂/瘋癲/瘋瘋癲癲。

癶部

4 **癸** 癸 癸 癸 癸 癸 癸 癸

[guǐ ㄍㄨㄟˇ 粵 gwɐi³ 貴]

焦點易錯字 僻 | 癖 怪僻 怪癖 癖好

天干的第十位 ◆ 甲乙丙丁戊巳庚辛壬癸。
✿ 圖見 290 頁。

7 **登** 登登登登登登 登

[dēng ㄉㄥ ㊥ dɐŋ[1] 燈]
❶ **從低處向高處走** ◆ 登山 / 登高望遠 / 登峯造極 / 攀登珠穆朗瑪峯。❷ **記載；刊出** ◆ 登記 / 登賬 / 登載 / 登報 / 刊登。❸ **穀物成熟** ◆ 五穀豐登。

7 **發**(发) 發發發發發發 發

[fā ㄈㄚ ㊥ fat[8] 法]
❶ **生長出來；產生** ◆ 發芽 / 發育 / 發電 / 枯木逢春猶再發，人無兩度再少年。❷ **放射出** ◆ 發炮 / 閃閃發光 / 百發百中。❸ **散開** ◆ 揮發 / 蒸發。❹ **送出；派出；跟"收"相對** ◆ 發信 / 發貨 / 發兵。❺ **表達；宣佈** ◆ 發表 / 發言 / 發誓 / 發佈 / 發號施令。❻ **起始；起程** ◆ 發起 / 發動 / 發源 / 出發 / 整裝待發 / 朝發夕至。❼ **擴展；興旺** ◆ 發展 / 發揚 / 發達 / 暴發户 / 發家致富。❽ **揭開** ◆ 揭發 / 發掘 / 告發 / 東窗事發。❾ **顯現出** ◆ 發燒 / 發病 / 發麻 / 樹葉發黃。❿ **啟示** ◆ 啟發 / 發人深省。⓫ **量詞，用於槍彈** ◆ 一發子彈。

9 **凳** 見几部，38頁。

白部

0 **白** 白白白白 白

[bái ㄅㄞˊ ㊥ bak[9] 帛]
❶ **像霜、雪一樣的顏色；跟"黑"相對** ◆ 雪白 / 潔白 / 黑白分明 / 天上飄着白雲 / 兩個黃鸝鳴翠柳，一行白鷺上青天。❷ **明亮** ◆ 如同白晝 / 月白風清 / 東方發白。❸ **清楚** ◆ 明白 / 不白之冤 / 真相大白。❹ **陳述；説明** ◆ 表白 / 自白 / 告白 / 辯白。❺ **淺顯的；地方話；口語** ◆ 淺白 / 京白 / 白話文 / 半文半白。❻ **空的；甚麼都沒有** ◆ 空白 / 白開水 / 交白卷 / 白手起家 / 平白無故。❼ **沒有代價、沒有效果的；徒然的** ◆ 白吃 / 白給 / 白住 / 白費力氣 / 白跑一趟。❽ **把字寫錯或讀錯** ◆ 寫白字 / 唸白了。

1 **百** 百百百百百 百

[bǎi ㄅㄞˇ ㊥ bak[8] 伯]
❶ **數目字，十的十倍是一百。大寫作"佰"** ◆ 五百五十。❷ **表示很多** ◆ 百貨 / 百花盛開 / 百科全書 / 百戰百勝 / 百聞不如一見。

2 **皁** "皂"的異體字，見本頁。

2 **皂** 皂皂皂皂皂皂 皂

[zào ㄗㄠˋ ㊥ dzou[6] 造]
❶ **黑色** ◆ 皂鞋 / 不分清紅皂白。❷ **"肥皂"的簡稱** ◆ 香皂 / 藥皂 / 透明皂。

3 **帛** 見巾部，131頁。

3 **的** 的的的的的的 的

〈一〉[dì ㄉㄧˋ ㊥ dik[7] 嫡]
❶ **箭靶的中心** ◆ 有的放矢 / 眾矢之的。
〈二〉[dí ㄉㄧˊ ㊥ dik[7] 嫡]
❷ **實在；確實** ◆ 的確 / 的是高手。
〈三〉[de ·ㄉㄜ ㊥ dik[7] 嫡]

❸ **表示修飾或領屬關係** ◆ 我的衣服/慈祥的面容/國家的財產。❹ **代替所指的人或事物** ◆ 男的/吃的/用的/年輕的。❺ **用在句子末尾，常跟"是"呼應，表示肯定的語氣** ◆ 天氣是晴朗的/他學習是很用功的。

4 **泉** 見水部，242頁。

4 **皆** 皆皆皆皆皆皆 皆

[jiē ㄐㄧㄝ 粵 gai1 佳]
都；全 ◆ 皆大歡喜/有口皆碑/啼笑皆非/盡人皆知/四海之內皆兄弟。

4 **皇** 皇皇皇皇皇皇 皇

[huáng ㄏㄨㄤˊ 粵 wɔŋ4 王]
❶ **帝王；君主** ◆ 皇帝/皇后/皇宮/秦始皇。❷ **盛大** ◆ 富麗堂皇。

5 **臯** 臯臯臯臯臯臯 臯

[gāo ㄍㄠ 粵 gou1 高]
水邊的高地。

6 **兜** 見儿部，32頁。

6 **皎** 皎皎皎皎皎皎 皎

[jiǎo ㄐㄧㄠˇ 粵 gau2 絞]
潔白明亮 ◆ 皎潔的月亮/一輪皎月。

6 **習** 見羽部，354頁。

7 **皓** 皓皓皓皓皓皓 皓

[hào ㄏㄠˋ 粵 hou6 浩]
潔白；明亮 ◆ 皓齒/皓月當空。

7 **皖** 皖皖皖皖皖皖 皖

[wǎn ㄨㄢˇ 粵 wun5 浣]
安徽省的別稱 ◆ 皖南/皖北。

10 **皚**（皑） 皚皚皚皚皚皚 皚

[ái ㄞˊ 粵 ŋɔi4 呆]
潔白 ◆ 白雪皚皚。

10 **魄** 見鬼部，501頁。

皮部

0 **皮** 皮皮皮皮 皮

[pí ㄆㄧˊ 粵 pei4 脾]
❶ **人和動植物表面的一層** ◆ 皮膚/表皮/樹皮/雞毛蒜皮。❷ **加工過的獸皮** ◆ 皮革/皮鞋/皮箱/皮包/皮衣。❸ **事物表面的或包在外面的東西** ◆ 地皮/書皮/封皮。❹ **某些薄片狀的東西** ◆ 鐵皮/粉皮/豆腐皮。❺ **淘氣** ◆ 頑皮/調皮/這孩子真夠皮的。❻ **鬆脆的東西受潮或放久後變軟** ◆ 花生米放皮了。❼ **指橡膠** ◆ 橡皮/皮筋/皮球。
見古文字插頁4。

7 **皴** 皴皴皴皴皴皴 皴

[cūn ㄘㄨㄣ 粵 sɵn1 詢]
❶ **皮膚因受凍或風吹而乾裂起皺** ◆ 手皴了。❷ **皮膚上積存的泥垢或老皮** ◆ 你看這孩子，一脖子皴，真髒。

10 **皺**（皱） 皺 皺 皺 皺 皺 皺 皺

[zhòu ㄓㄡˋ (粵) dzɐu^{3} 晝]

❶**臉上的紋路；物品的摺紋** ◆ 臉上起了皺紋 / 衣服皺了，要燙一下。❷**收攏而起皺紋** ◆ 皺眉頭 / 眉頭緊皺。

21

皿部

0 **皿** 皿 皿 皿 皿 皿

[mǐn ㄇㄧㄣˇ (粵) miŋ^{5} 茗]

杯、碟、盤等日用器具的統稱 ◆ 器皿。

見古文字插頁 4。

3 **盂** 盂 盂 盂 盂 盂 盂 盂

[yú ㄩˊ (粵) jy^{4} 余]

敞口的盛液體的器皿 ◆ 痰盂。

3 **孟** 見子部，110頁。

4 **盅** 盅 盅 盅 盅 盅 盅 盅

[zhōng ㄓㄨㄥ (粵) dzuŋ^{1} 中]

小杯子 ◆ 酒盅 / 茶盅 / 一盅酒。

4 **盆** 盆 盆 盆 盆 盆 盆 盆

[pén ㄆㄣˊ (粵) pun^{4} 盤]

❶**敞口的用來盛東西或洗東西的器具** ◆ 花盆 / 木盆 / 洗臉盆。❷**量詞，用於盆裝的東西** ◆ 一盆蘭花 / 一盆清水。

4 **盈** 盈 盈 盈 盈 盈 盈 盈

[yíng ㄧㄥˊ (粵) jiŋ^{4} 仍]

❶ **充滿** ◆ 盈月 / 熱淚盈眶 / 賓客盈門 / 惡貫滿盈。❷**多出；有餘；跟"虧"相對** ◆ 盈餘 / 盈利 / 自負盈虧。

盈 虧

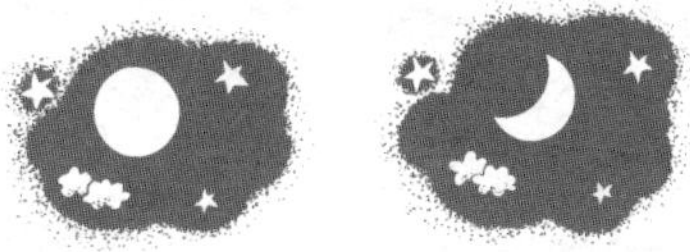

5 **盎** 盎 盎 盎 盎 盎 盎 盎

[àng ㄤˋ (粵) ɔŋ^{3}/ŋɔŋ^{3} 骯^{3}]

盎然：形容洋溢或濃厚的樣子 ◆ 春意盎然 / 趣味盎然。

5 **益** 益 益 益 益 益 益 益

[yì ㄧˋ (粵) jik^{7} 億]

❶**增加** ◆ 增益 / 延年益壽。❷**好處；有好處的；跟"害"相對** ◆ 益蟲 / 利益 / 對健康有益 / 良師益友 / 受益不淺。❸**更加** ◆ 日益 / 精益求精 / 多多益善 / 老當益壯 / 相得益彰。

見古文字插頁 15。

6 **盔** 盔 盔 盔 盔 盔 盔 盔

[kuī ㄎㄨㄟ (粵) kwɐi^{1} 虧]

保護頭部、預防受傷所戴的帽子 ◆ 鋼盔／頭盔／盔甲／丟盔棄甲。

6 **盛** 盛盛盛盛盛盛 盛

〈一〉[shèng ㄕㄥˋ 粵 siŋ⁶ 剩]
❶興旺；繁茂；跟"衰"相對 ◆ 繁榮昌盛／太平盛世／生意興盛／枝葉茂盛／百花盛開。**❷有規模；隆重熱烈** ◆ 盛會／盛典／盛況空前。**❸華美的；豐富的** ◆ 節日的盛裝／豐盛的晚宴。**❹深厚的；表示程度深** ◆ 盛讚／盛怒之下／盛情難卻／一片盛意／久負盛名。**❺廣泛；普遍** ◆ 盛傳／盛行一時。
〈二〉[chéng ㄔㄥˊ 粵 siŋ⁴ 成]
❻把東西裝進容器 ◆ 盛飯。

6 **盒** 盒盒盒盒盒盒 盒

[hé ㄏㄜˊ 粵 hɐp⁹ 合]
有底有蓋可以裝東西的器具 ◆ 紙盒／木盒／鞋盒／飯盒／文具盒。

7 **盜** 盜盜盜盜盜盜 盜

[dào ㄉㄠˋ 粵 dou⁶ 道]
❶偷竊；搶劫 ◆ 盜竊／偷盜／監守自盜／掩耳盜鈴／欺世盜名。**❷偷搶別人財物的人** ◆ 強盜／海盜／盜賊／大盜。

8 **盞**（盏）盞盞盞盞盞盞 盞

[zhǎn ㄓㄢˇ 粵 dzan² 棧]
❶小杯子 ◆ 酒盞／把盞相慶。**❷量詞，用於燈** ◆ 一盞燈。

8 **盟** 盟盟盟盟盟盟 盟

[méng ㄇㄥˊ 粵 mɐŋ⁴ 萌]
❶集團或國家之間的聯合 ◆ 聯盟／結盟／同盟／盟約。**❷發誓** ◆ 盟誓。**❸結拜的（兄弟）** ◆ 盟兄／盟弟。**❹內蒙古自治區的行政區域，包括旗、縣、市，相當於地區** ◆ 哲里木盟／伊克昭盟。

9 **監**（监）監監監監監監 監

〈一〉[jiān ㄐㄧㄢ 粵 gam¹ 鑒¹]
❶從旁察看 ◆ 監視／監督／監考／監察／監護／監守自盜。**❷牢獄** ◆ 監獄／監牢／收監。
〈二〉[jiàn ㄐㄧㄢˋ 粵 gam³ 鑒]
❸古代的官名或官府名 ◆ 太監／國子監。

9 **盡**（尽）盡盡盡盡盡盡 盡

[jìn ㄐㄧㄣˋ 粵 dzœn⁶ 進⁶]
❶完 ◆ 無窮無盡／取之不盡，用之不竭／野火燒不盡，春風吹又生。**❷全部用出來** ◆ 盡心盡力／盡心盡職／盡其所有／人盡其才，物盡其用／鞠躬盡瘁，死而後已。**❸達到極點** ◆ 盡頭／盡情／盡善盡美／仁至義盡／淋漓盡致。**❹全部；所有** ◆ 應有盡有／前功盡棄／盡人皆知／盡如人意。**❺死** ◆ 自盡／同歸於盡。

10 **盤**（盘）盤盤盤盤盤盤 盤

[pán ㄆㄢˊ 粵 pun⁴ 盆]
❶淺而扁的盛器 ◆ 盤子／茶盤／托盤／杯盤狼藉／誰知盤中餐，粒粒皆辛苦。**❷形狀或功用像盤的東西** ◆ 算盤／磨盤／羅盤／棋盤／字盤。**❸旋轉；迴環曲繞** ◆ 盤旋／盤繞／盤根錯節／盤山公路／盤膝而坐。**❹仔細查究；清點** ◆ 盤查／盤問／盤貨／盤根究底。**❺市場行情** ◆ 開盤／收盤。**❻全

焦點易錯字 盡｜儘 盡量 盡善盡美 儘管 盤｜盆 盤問 和盤托出 花盆 盆栽

面；全部 ◆ 和盤托出／通盤考慮。❼量詞 ◆ 一盤棋／一着不慎，滿盤皆輸。

11 **盧**（卢）

[lú ㄌㄨˊ 粵 lou⁴ 勞]

姓。

11 **盥**

[guàn ㄍㄨㄢˋ 粵 gun³ 貫]

洗手洗臉 ◆ 盥洗室。

見古文字插頁 16。

12 **盪**（荡）

[dàng ㄉㄤˋ 粵 dɔŋ⁶ 蕩]

❶ **搖動；擺動** ◆ 搖盪／動盪／盪鞦韆／隨風飄盪／盪舟西湖。❷ **洗滌** ◆ 盪滌。❸ **清除；弄光** ◆ 掃盪／傾家盪產。

18 **蠱** 見虫部，401頁。

19 **鹽** 見鹵部，509頁。

目部

0 **目**

[mù ㄇㄨˋ 粵 muk⁹ 木]

❶ **眼睛** ◆ 目不轉睛／目中無人／有目共睹／雙目失明／耳聞不如目見。❷ **看** ◆ 一目瞭然／一目十行／目為天人。❸ **大項中分出的小項** ◆ 細目／項目／賬目／條目／綱舉目張。❹ **標題** ◆ 目錄／書目／篇目／題目／劇目。

見古文字插頁 4。

2 **盯**

[dīng ㄉㄧㄥ 粵 dɛŋ¹]

❶ **視線集中在一點上；注視** ◆ 兩眼緊盯住他／眼睛盯着前面的大海。❷ **跟蹤；緊跟着不放** ◆ 盯梢／盯住他，別讓他跑了。

3 **直**

[zhí ㄓˊ 粵 dzik⁹ 夕]

❶ **不彎曲的；跟"曲"相對** ◆ 直線／筆直／這棵樹長得很直。❷ **使彎曲的變直** ◆ 直起腰來／把手伸直。❸ **豎的；跟"橫"相對** ◆ 垂直／直升機／直立行走／直行書寫。❹ **中間沒有周折、阻礙的；中間不停的** ◆ 直接／直通／直達／一直／勇往直前。❺ **爽快；坦率** ◆ 直爽／直率／心直口快／直言不諱。❻ **公正；正義；正確** ◆ 正直／理直氣壯／是非曲直。

圖見 226 頁。

3 **盲**

[máng ㄇㄤˊ 粵 maŋ⁴ 猛⁴]

❶ **眼瞎；看不見東西** ◆ 盲人／夜盲症／盲人騎瞎馬，夜半臨深池。❷ **對某種事物不認識或分辨不清** ◆ 文盲／色盲／盲動／盲從。

4 **省**

〈一〉[shěng ㄕㄥˇ 粵 saŋ² 生²]

❶ **節約；不浪費** ◆ 節省／儉省／省吃儉

焦點易錯字 盲｜肓　盲目　盲人摸象　病入膏肓　蕩｜盪　蕩氣迴腸　蕩然無存　動盪不安　傾家盪產

用。❷**免掉；減少** ◆ 省略／省心／省了一道工序／這句話不能省。❸ **地方行政區劃名稱** ◆ 省會／省城／廣東省／河北省。

〈二〉[xǐng ㄒㄧㄥˇ [粵] siŋ^{2} 醒]

❹**檢查** ◆ 反省／內省／自省。❺**醒悟；知覺** ◆ 省悟／發人深省／不省人事。❻**探望父母等長輩** ◆ 省親。

4 相

〈一〉[xiāng ㄒㄧㄤ [粵] sœŋ^{1} 雙]

❶**表示雙方都有的行為動作** ◆ 互相幫助／相親相愛／相敬如賓／相依為命／二虎相鬥，必有一傷／有緣千里來相會。❷**表示一方對另一方的行為動作** ◆ 相信／好言相勸／另眼相看／實不相瞞／本是同根生，相煎何太急。❸**表示比較** ◆ 相等／相比／相同／相似／不相上下。❹**親自看** ◆ 相親／相女婿。

〈二〉[xiàng ㄒㄧㄤˋ [粵] sœŋ^{3} 雙^{3}]

❺**容貌；模樣** ◆ 相貌／長相／變相／兇相畢露／真相大白。❻**仔細察看** ◆ 伯樂相馬／相機行事。❼**輔助** ◆ 吉人自有天相。❽**官名** ◆ 丞相／宰相／首相／帝王將相。

4 盹

[dǔn ㄉㄨㄣˇ [粵] dzœn^{3} 俊]

瞌睡；小睡 ◆ 打盹。

4 冒

見冂部，35頁。

4 看

〈一〉[kàn ㄎㄢˋ [粵] hɔn^{3} 漢]

❶**用眼睛觀察** ◆ 看書／看報／看風景／向前看／橫看成嶺側成峯，遠近高低各不同。❷**訪問；探望** ◆ 看望／看朋友／看病人。❸**照料** ◆ 照看。❹**對待** ◆ 另眼相看／像朋友一樣看待。❺**診治** ◆ 看病／是張醫生把我的病看好的。❻**認為** ◆ 我看你沒有錯／你看這辦法好不好。❼**表示姑且試一試** ◆ 你猜猜看／等一等看／先做幾天看。

〈二〉[kān ㄎㄢ [粵] hɔn^{1} 刊]

❽**守護** ◆ 看護／看門／看家狗。❾**監視** ◆ 看管／看押／看守所。

☞ **見古文字插頁15。**

4 盾

[dùn ㄉㄨㄣˋ [粵] tœn^{5}/sœn^{5}]

❶**古代打仗時用來護身的武器** ◆ 盾牌／以子之矛，攻子之盾。❷**形狀像盾的東西** ◆ 金盾／銀盾。❸**荷蘭、越南、印度尼西亞等國的本位貨幣。**

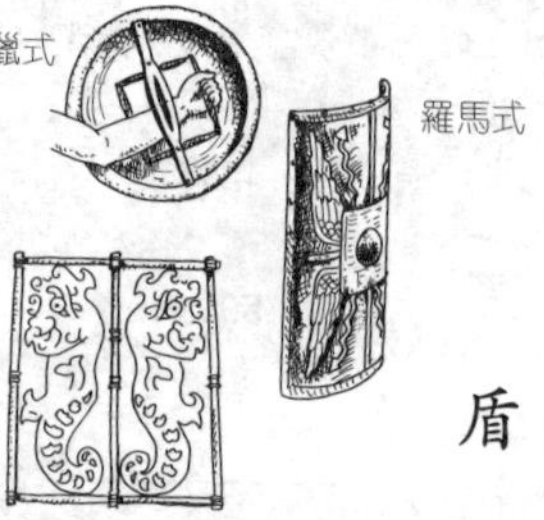
希臘式
羅馬式
中國式

盾

4 盼

[pàn ㄆㄢˋ [粵] pan^{3} 攀^{3}]

❶**想望；期望** ◆ 盼望／企盼／盼星星，盼月亮，總算把你們盼回來了。❷**看** ◆ 左顧右盼。

4 眉

[méi ㄇㄟˊ [粵] mei^{4} 微]

❶ **眼眶上面的毛；眉毛** ◆ 眉開眼笑／眉清目秀／愁眉深鎖／揚眉吐氣／喜上眉梢。❷ **指書頁上方的空白處** ◆ 書眉／眉批。

見古文字插頁 15。

5 真　真真真真真真 真

［zhēn ㄓㄣ 粵 dzɐn¹ 珍］

❶ **真實；不虛假；跟"假"相對** ◆ 真人真事／真憑實據／貨真價實／一片真心／真金不怕火煉。❷ **清楚** ◆ 真切／看得真／聲音太小，聽不真。❸ **的確；實在** ◆ 他真好／這夜景真美／火車跑得真快。❹ **事物的本來面貌** ◆ 逼真／失真／傳真／天真／返璞歸真。

5 眨　眨眨眨眨眨眨 眨

［zhǎ ㄓㄚˇ 粵 dzap⁸ 匝／dzam² 斬（語）］

眼皮很快地一張一閉 ◆ 眨眼／一眨眼工夫／眼皮眨了一下。

5 眩　眩眩眩眩眩眩 眩

［xuàn ㄒㄩㄢˋ 粵 jyn⁴ 元／jyn⁶ 願］

眼花 ◆ 頭昏目眩。

5 眠　眠眠眠眠眠眠 眠

［mián ㄇㄧㄢˊ 粵 min⁴ 棉］

❶ **睡覺** ◆ 失眠／不眠之夜／徹夜不眠／春眠不覺曉，處處聞啼鳥。❷ **某些動物的一種生理現象，在一個特定的時間之內不吃不動** ◆ 冬眠／蠶眠。

6 眶　眶眶眶眶眶眶 眶

［kuàng ㄎㄨㄤˋ 粵 hɔŋ⁴ 康／kwaŋ¹ 框］

眼窩的周圍 ◆ 眼眶／熱淚盈眶。

6 眾（众）　眾眾眾眾眾眾 眾

［zhòng ㄓㄨㄥˋ 粵 dzuŋ³ 綜］

❶ **多；跟"寡"相對** ◆ 眾多／眾望所歸／眾志成城／寡不敵眾／眾擎易舉。❷ **許多人** ◆ 羣眾／大眾／觀眾／聽眾／眾所周知。

眾
寡

6 眺　眺眺眺眺眺眺 眺

［tiào ㄊㄧㄠˋ 粵 tiu³ 跳］

向遠處看 ◆ 眺望／遠眺／登高眺遠。

6 眷　眷眷眷眷眷眷 眷

［juàn ㄐㄩㄢˋ 粵 gyn³ 絹］

❶ **親屬** ◆ 親眷／家眷／有情人終成眷屬。
❷ **關懷；想念** ◆ 眷念／眷戀。

6 眯　眯眯眯眯眯眯 眯

〈一〉［mí ㄇㄧˊ 粵 mɐi⁵ 米］

❶ **灰、沙等進入眼睛，使一時睜不開或看不清** ◆ 灰塵眯了眼睛。

〈二〉［mī ㄇㄧ 粵 mei¹ 微¹］

❷ **眼皮微微合攏，成一條線** ◆ 眯縫着眼／眯着眼笑。❸ **合上眼睛小睡** ◆ 眯了一會兒。

6 眼　眼眼眼眼眼眼 眼

［yǎn ㄧㄢˇ 粵 ŋan⁵ 顏⁵］

❶ **眼睛** ◆ 眼明手快／眉開眼笑／有眼不識泰山／耳聽是虛，眼見為實／眼觀六路，耳聽八方。❷ **小孔；窟窿** ◆ 針眼／炮眼／泉

眼。❸ **要點；關鍵所在** ◆ 節骨眼。❹ **音樂的節拍** ◆ 板眼／有板有眼／一板三眼。

6眸 眸眸眸眸眸眸 眸

[móu ㄇㄡˊ 粵 mɐu4 謀]

瞳人；代指眼睛 ◆ 凝眸遠望／明眸皓齒。

7睏(困) 睏睏睏睏睏睏 睏

[kùn ㄎㄨㄣˋ 粵 kwɐn3 困]

疲倦想睡覺 ◆ 孩子睏了，快抱他上牀去。

7着(着) 着着着着着着 着

〈一〉[zhuó ㄓㄨㄛˊ 粵 dzœk9 嚼]

❶ **接觸；附上** ◆ 着陸／着色／附着／不着邊際。❷ **穿衣** ◆ 衣着整齊／穿着講究／吃着不盡／身着和服。❸ **下落；結果** ◆ 無着落／尋找無着。❹ **指派** ◆ 着人來取。❺ **做；用** ◆ 着手／着筆／着力／着想／大處着眼。

〈二〉[zháo ㄓㄠˊ 粵 dzœk9 嚼]

❻ **接觸；挨到** ◆ 夠不着／挨不着邊／上不着天，下不着地。❼ **進入某種狀態；感受到** ◆ 着迷／着魔／着急／着涼／着慌。❽ **燃燒** ◆ 着火／柴太濕，燒不着。❾ **表示動作的結果** ◆ 猜着了／買着了／睡着了。

〈三〉[zhāo ㄓㄠ 粵 dzœk9 嚼]

❿ **下棋時走一步或下一子叫"一着"** ◆ 着數／一着不慎，全盤皆輸。⓫ **計策；手段** ◆ 有甚麼高着／這一着很厲害。

〈四〉[zhe ·ㄓㄜ 粵 dzœk9 嚼]

⓬ **助詞，表示動作、狀態在持續** ◆ 走着走着／我聽着呢／大門開着／正説着話呢／茶几上放着一瓶花。⓭ **表示程度深。常跟"呢"連用** ◆ 多着呢／還遠着呢。⓮ **用來表示加強命令或囑咐的語氣** ◆ 你聽着／過馬路要多看着啊。

8睛 睛睛睛睛睛睛 睛

[jīng ㄐㄧㄥ 粵 dziŋ1 晶]

眼珠 ◆ 目不轉睛／畫龍點睛／定睛一看。

8睦 睦睦睦睦睦睦 睦

[mù ㄇㄨˋ 粵 muk9 木]

和善；相親 ◆ 和睦相處／睦鄰友好／婆媳不睦。

8睹 睹睹睹睹睹睹 睹

[dǔ ㄉㄨˇ 粵 dou2 島]

看見 ◆ 親眼目睹／耳聞目睹／有目共睹／先睹為快／熟視無睹／睹物思人。

8睞(睐) 睞睞睞睞睞睞 睞

[lài ㄌㄞˋ 粵 lɔi6 耒]

看；向旁邊看 ◆ 青睞／明眸善睞。

8睫 睫睫睫睫睫睫 睫

[jié ㄐㄧㄝˊ 粵 dzit9 捷]

上下眼皮邊上細長的毛 ◆ 眼睫毛／目不交睫／迫在眉睫。

8督 督督督督督督 督

[dū ㄉㄨ 粵 duk7 篤]

監管；察看 ◆ 督促／督察／監督／督學／督辦。

8睬 睬睬睬睬睬睬 睬

[cǎi ㄘㄞˇ 粵 tsɔi2 彩]

理會；答理 ◆ 理睬／不理不睬。

8 睜（睁）

[zhēng ㄓㄥ [粵] dzɐŋ1 增]

張開眼睛 ◆ 睜不開眼 / 睜大眼睛 / 怒目圓睜。

9 瞄（瞄）

[miáo ㄇㄧㄠˊ [粵] miu4 苗]

眼睛盯着目標看 ◆ 瞄準目標。

9 睡

[shuì ㄕㄨㄟˋ [粵] sœy6 瑞]

睡覺 ◆ 睡眠 / 午睡 / 早睡早起 / 睡眼矇矓 / 昏昏欲睡。

9 瞅

[chǒu ㄔㄡˇ [粵] tsɐu2 丑]

看 ◆ 瞅見 / 瞅了一眼。

9 睾

[gāo ㄍㄠ [粵] gou1 高]

睾丸：男人或某些雄性動物生殖器官的一部分，橢圓形，在陰囊內，能產生精子。

9 睽

[kuí ㄎㄨㄟˊ [粵] kwɐi4 葵]

睽睽：形容睜大眼睛注視着 ◆ 眾目睽睽。

10 瞌

[kē ㄎㄜ [粵] hɐp9 合]

瞌睡：由於困倦而昏昏欲睡 ◆ 打瞌睡。

10 瞇

"眯"的異體字，見305頁。

10 瞎

[xiā ㄒㄧㄚ [粵] hɐt9 核]

❶ **眼睛失明，看不到東西** ◆ 瞎子 / 眼睛瞎了 / 耳聾眼瞎 / 瞎子摸象 / 盲人騎瞎馬，夜半臨深池。❷ **胡亂；盲動** ◆ 瞎説 / 瞎猜 / 瞎扯 / 瞎操心 / 瞎胡鬧 / 瞎花錢。

10 瞑

[míng ㄇㄧㄥˊ [粵] miŋ4 明/miŋ6 命]

閉上眼睛 ◆ 死不瞑目。

11 瞞（瞒）

[mán ㄇㄢˊ [粵] mun4 門]

把真實情況隱藏起來，不讓人知道 ◆ 隱瞞 / 欺瞞 / 欺上瞞下 / 瞞天過海 / 實不相瞞。

11 瞟

[piǎo ㄆㄧㄠˇ [粵] piu5 縹]

斜着眼睛看 ◆ 瞟了他一眼。

11 瞠

[chēng ㄔㄥ [粵] tsaŋ1 撐]

直直地瞪着眼睛看 ◆ 瞠目結舌 / 瞠目相視。

12 瞰（瞰）

[kàn ㄎㄢˋ [粵] hɐm3 磡]

從高處往下看；俯視 ◆ 俯瞰 / 鳥瞰。

12 瞭（了）

〈一〉[liǎo ㄌㄧㄠˇ [粵] liu5 了]

❶ **明白** ◆ 明瞭 / 瞭解 / 瞭如指掌 / 一目瞭然。

焦點易錯字 了 | 瞭　了解 了結　瞭望 明瞭

〈二〉[liào ㄌㄧㄠˋ 粵 liu⁴ 聊]
❷從高處向遠處看 ◆ 瞭望。

12 **瞥**

[piē ㄆㄧㄝ 粵 pit⁸ 撇]
匆匆一看；粗略地看一下 ◆ 瞥見 / 一瞥。

12 **瞧**

[qiáo ㄑㄧㄠˊ 粵 tsiu⁴ 潮]
看 ◆ 瞧見 / 瞧病 / 瞧熱鬧 / 瞧一眼 / 瞧不起人。

12 **瞬**

[shùn ㄕㄨㄣˋ 粵 sœn³ 信]
眼珠一動；一眨眼。形容時間很短 ◆ 一瞬間 / 轉瞬之間 / 瞬息萬變 / 稍瞬即逝。

12 **瞳**

[tóng ㄊㄨㄥˊ 粵 tuŋ⁴ 童]
瞳孔：眼球中央的圓孔，可隨着光線的強弱縮小或擴大。也叫瞳人。

12 **瞪**

[dèng ㄉㄥˋ 粵 tsiŋ⁴ 呈/tsaŋ⁴ 橙]
❶睜大眼睛看 ◆ 目瞪口呆 / 眼睛瞪得圓圓的。**❷生氣地看；怒目而視** ◆ 瞪了他一眼 / 他總愛瞪着眼看人。

13 **瞿**

[qú ㄑㄩˊ 粵 kœy⁴ 渠]
瞿塘峽，長江三峽之一，在四川省奉節縣東。

13 **瞻**

[zhān ㄓㄢ 粵 dzim¹ 尖]
向上或向前看 ◆ 觀瞻 / 瞻仰 / 瞻前顧後 / 高瞻遠矚 / 瞻望未來。

14 **矇**(蒙)

〈一〉[mēng ㄇㄥ 粵 muŋ⁴ 濛]
❶欺騙 ◆ 矇騙 / 欺上矇下。**❷胡亂猜測** ◆ 瞎矇 / 這道題給他矇上了。（❶❷同"蒙"字）

〈二〉[méng ㄇㄥˊ 粵 muŋ⁴ 蒙]
❸矇矓：兩眼半開半合，看東西模糊不清的樣子 ◆ 睡眼矇矓 / 醉眼矇矓。

16 **矓**(胧)

[lóng ㄌㄨㄥˊ 粵 luŋ⁴ 龍]
矇矓。見"矇"字，本頁。

19 **矗**

[chù ㄔㄨˋ 粵 tsuk⁷ 促]
高高地直立 ◆ 矗立。

21 **矚**(瞩)

[zhǔ ㄓㄨˇ 粵 dzuk⁷ 足]
注視 ◆ 舉世矚目 / 高瞻遠矚。

矛部

0 **矛**

[máo ㄇㄠˊ 粵 mau⁴ 茅]

焦點易錯字 瞻丨贍　瞻仰 高瞻遠矚　贍養 贍學淵聞

古代的兵器，有長柄，一端裝有金屬槍頭，用來刺敵 ◆ 長矛／以子之矛，攻子之盾。

見古文字插頁5。

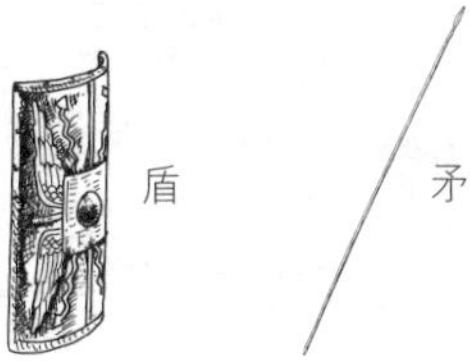
盾
矛

4 **柔** 見木部，213頁。

4 **矜**　矜 矜 矜 矜 矜 矜 矜

〈一〉[jīn ㄐㄧㄣ ⓐ giŋ¹ 京]

❶ **憐憫；同情** ◆ 矜恤／矜惜。❷ **自高自大；自以為了不起** ◆ 自矜／不矜不伐／毫無驕矜之氣。❸ **拘謹；慎重** ◆ 初次登台，不免矜持。

〈二〉[guān ㄍㄨㄢ ⓐ gwan¹ 關]

❹ 同"鰥"字。沒有妻子或死去了妻子的男人。

6 **務** 見力部，47頁。

矢部

0 **矢**　矢 矢 矢 矢 矢

[shǐ ㄕˇ ⓐ tsi² 始]

❶ **箭** ◆ 弓矢／有的放矢。❷ **發誓** ◆ 矢志不移／矢口否認。

見古文字插頁5。

2 **矣**　矣 矣 矣 矣 矣 矣 矣

[yǐ ㄧˇ ⓐ ji⁵ 以]

文言語氣詞，表示動作或變化已經或將會完成，相當於"了"、"啦" ◆ 可矣／由來久矣／悔之晚矣。

3 **知**　知 知 知 知 知 知 知

[zhī ㄓ ⓐ dzi¹ 支]

❶ **曉得；了解；認識** ◆ 知道／知情／溫故知新／知錯必改／人所共知／知己知彼，百戰百勝。❷ 啥密瓜 ◆ 通知／知會／來信告知。❸ **知識** ◆ 無知／求知／實踐出真知。❹ **彼此了解而感情深厚的人** ◆ 知己／新知／知友。

5 **矩**　矩 矩 矩 矩 矩 矩 矩

[jǔ ㄐㄩˇ ⓐ gœy² 舉]

❶ **畫方形的用具；曲尺** ◆ 矩尺／不以規矩，不成方圓。❷ **法度；規則** ◆ 規矩／循規蹈矩。

5 **候** 見人部，24頁。

7 **短**　短 短 短 短 短 短 短

[duǎn ㄉㄨㄢˇ ⓐ dyn² 端²]

❶ **兩端之間距離小；跟"長"相對** ◆ 短跑／短途／短袖／短期／十個指頭有長短。❷ **缺少；欠** ◆ 短缺／短斤缺兩／這套書怎麼短了一本。❸ **缺點** ◆ 護短／取長補短／各有

焦點易錯字　知｜智　知識 告知　智慧 見仁見智

各的長處，各有各的短處。❹淺；淺陋 ◆ 見識短 / 目光短淺。

7 **智** 見日部，201頁。

8 **矮**

[ǎi ㄞˇ ㊣ ɐi²/ŋɐi²]
由底至頂的距離短；跟"高"相對 ◆ 矮牆 / 矮板凳 / 個子矮 / 身材矮小。

8 **雉** 見隹部，478頁。

12 **矯**(矫)

[jiǎo ㄐㄧㄠˇ ㊣ giu² 繳]
❶ **糾正** ◆ 矯正 / 矯枉過正 / 矯形手術。❷ **強壯；英勇** ◆ 身手矯健 / 矯若游龍。❸ **假託；故意做作** ◆ 矯命 / 矯飾 / 矯揉造作。

石部

0 **石**

〈一〉[shí ㄕˊ ㊣ sɛk⁹ 碩]
❶ **石頭** ◆ 石器 / 巖石 / 水滴石穿 / 石沈大海 / 鐵石心腸。❷ **姓**。
〈二〉[dàn ㄉㄢˋ ㊣ sɛk⁹ 碩]
❸ **容量單位，十斗為一石** ◆ 一石大米。
見古文字插頁5。

3 **岩** 見山部，124頁。

3 **矽**

[xī ㄒㄧ ㊣ dzik⁹ 夕]
"硅"的舊稱，見311頁。

3 **妬** 見女部，103頁。

4 **研**

[yán ㄧㄢˊ ㊣ jin⁴ 言]
❶ **細磨** ◆ 研墨 / 研藥 / 研成細末。❷ **深入探討** ◆ 研究 / 研討 / 鑽研。

4 **砒**

[pī ㄆㄧ ㊣ pei¹ 丕]
"砷"的舊稱。砒霜：砒的化合物，有劇毒，可作藥用。

4 **砌**

[qì ㄑㄧˋ ㊣ tsɐi³ 妻³]
❶ **用灰泥黏合，把磚、石等一層層疊起來** ◆ 堆砌 / 砌牆 / 砌堤壩 / 灶台砌好了。❷ **台階** ◆ 雕欄玉砌。

4砍 砍砍砍砍砍砍 砍

[kǎn ㄎㄢˇ 粵 hɐm² 坎]
❶ **用刀、斧等猛劈** ◆ 砍柴 / 砍伐 / 砍頭。❷ **削減；取消** ◆ 砍價 / 從計劃中砍去一些項目。

4砂 砂砂砂砂砂砂 砂

[shā ㄕㄚ 粵 sa¹ 紗]
❶ **細小的石粒** ◆ 礦砂 / 生米 / 紫砂壺 / 飛砂走石。❷ **像砂粒的東西** ◆ 砂糖 / 砂紙 / 鐵砂。

4泵 見水部，241頁。

5砸 砸砸砸砸砸砸 砸

[zá ㄗㄚˊ 粵 dzap⁸ 眨]
❶ **敲擊；搗** ◆ 砸核桃 / 把蒜砸爛。❷ **打碎；打破** ◆ 茶杯砸了 / 司馬光砸缸救人。❸ **比喻事情做壞或失敗了** ◆ 這件事辦砸了 / 戲演砸了。

5砰 砰砰砰砰砰砰 砰

[pēng ㄆㄥ 粵 paŋ¹ 烹]
形容物體撞擊、重物落地的聲音或槍聲 ◆ 砰的一聲，大樹倒下了。

5砧 砧砧砧砧砧砧 砧

[zhēn ㄓㄣ 粵 dzɐm¹ 箴]
切、剁東西或錘打東西時墊在底下的器具。同"碪"、"椹"字 ◆ 砧板 / 鐵砧。

5砷 砷砷砷砷砷砷 砷

[shēn ㄕㄣ 粵 sɐn¹ 申]
舊稱"砒"。一種非金屬化學元素，有毒，可做殺蟲劑和除草劑。

5砥 砥砥砥砥砥砥 砥

[dǐ ㄉㄧˇ 粵 dɐi² 底/dzi¹ 枝/dzi² 止]
❶ **磨刀石。** ❷ **指砥柱山名，在黃河中流** ◆ 中流砥柱。

5砲 同"炮〈一〉"，見264頁。

5破 破破破破破破 破

[pò ㄆㄛˋ 粵 pɔ³ 婆³]
❶ **東西受到損壞變得不完整** ◆ 破裂 / 支離破碎 / 破鏡重圓 / 家破人亡 / 踏破鐵鞋無覓處，得來全不費工夫。❷ **使損壞** ◆ 破壞 / 破釜沈舟 / 牢不可破。❸ **劈開** ◆ 勢如破竹 / 乘風破浪 / 把竹筒一破兩半。❹ **衝開；打敗** ◆ 攻破敵陣 / 大破敵軍。❺ **超出常規；越過** ◆ 破例 / 破格提升 / 破紀錄 / 新的突破。❻ **揭穿；使真相露出** ◆ 破案 / 一語道破 / 識破敵人的詭計。❼ **耗費；花費** ◆ 破工夫 / 讓你破費了。❽ **清除** ◆ 破除迷信。

6硅 硅硅硅硅硅硅 硅

[guī ㄍㄨㄟ 粵 gwɐi¹ 歸]
舊稱"矽"。一種非金屬化學元素，很堅硬，有光澤，是用來製造玻璃及半導體的重要材料。

6硒 硒硒硒硒硒硒 硒

[xī ㄒㄧ 粵 sɐi¹ 西]
一種非金屬元素，可用來製造光電管、半導體晶體管等。

6 硃

[zhū ㄓㄨ [粵] dzy^{1} 朱]

硃砂：一種礦物，顏色鮮紅，是提煉汞的主要原料，也可做顏料或藥材。

7 硬

[yìng ㄧㄥˋ [粵] ŋaŋ^{6}]

❶質地非常堅固、結實；跟“軟”相對 ◆ 剛硬／硬木／硬幣。❷剛強；堅強不屈 ◆ 硬漢子／欺軟怕硬／軟硬兼施。❸堅決；固執 ◆ 嘴硬／態度強硬／硬是不承認。❹勉強；不自然 ◆ 生硬／生搬硬套／身體不好，還在硬撐着。❺能力強；質量好 ◆ 硬功夫／貨色硬。

7 硯 (砚)

[yàn ㄧㄢˋ [粵] jin^{6} 現]

硯台：磨墨的用具 ◆ 筆墨紙硯。

硯

7 硝

[xiāo ㄒㄧㄠ [粵] siu^{1} 消]

❶某些礦物鹽的泛稱 ◆ 硝石／芒硝／火硝。❷用芒硝處理皮革，使變得柔軟 ◆ 硝皮。

7 硫

[liú ㄌㄧㄡ [粵] lɐu^{4} 流]

硫磺：一種非金屬元素，淺黃色結晶體，用途廣泛，可用來製造硫酸、火藥、火柴、藥品等。

8 碘

[diǎn ㄉㄧㄢˇ [粵] din^{2} 典]

一種非金屬元素，用途廣泛，可用來製造藥品、染料、照相材料等。碘溶於酒精成碘酒，是外用藥品。人體缺少碘會引起甲狀腺腫大。

8 碑

[bēi ㄅㄟ [粵] bei^{1} 卑]

刻有文字，豎立起來作為紀念或標誌的石塊 ◆ 碑文／墓碑／紀念碑／里程碑／樹碑立傳。

8 碉 (碉)

[diāo ㄉㄧㄠ [粵] diu^{1} 刁]

碉堡：軍事上主要用於防守的建築物，用磚石、鋼筋水泥等材料建成 ◆ 炸碉堡。

8 硼

[péng ㄆㄥˊ [粵] pɐŋ^{4} 朋]

一種非金屬元素，硼的化合物，如硼酸、硼砂，可用於醫藥、農業、玻璃工業等。

8 碎

[suì ㄙㄨㄟˋ [粵] sœy^{3} 歲]

❶完整的東西破裂成零片零塊 ◆ 破碎／粉碎／碎片／杯子打碎了。❷使破碎 ◆ 碎石機／碎屍萬段／粉身碎骨。❸零星的；不完整的 ◆ 碎布／零碎／瑣碎／零敲碎打／支

離破碎。❹形容説話嘮叨 ◆ 嘴碎／閒言碎語。

8 碰

碰 碰 碰 碰 碰 碰 [碰]

[pèng ㄆㄥˋ [粵] puŋ³ 篷³]

❶兩物相撞擊 ◆ 碰杯／小心碰頭／碰得頭破血流／不小心把一對花瓶碰碎了。❷遇見；遇到 ◆ 在商店碰到了幾位老同學／放上了好運氣。❸試探 ◆ 郊外的／碰機會。

8 碗

碗 碗 碗 碗 碗 碗 [碗]

[wǎn ㄨㄢˇ [粵] wun² 腕]

敞口的飲食器具 ◆ 飯碗／菜碗／瓷碗／一碗湯。

8 碌 (碌)

碌 碌 碌 碌 碌 碌 [碌]

[lù ㄌㄨˋ [粵] luk⁹ 陸/luk⁷ (語)]

❶事務繁忙 ◆ 忙碌／勞碌一生／忙忙碌碌。
❷平凡；沒有作為 ◆ 庸庸碌碌/碌碌無為。

9 碧

碧 碧 碧 碧 碧 碧 [碧]

[bì ㄅㄧˋ [粵] bik⁷ 壁]

❶青綠色的玉石 ◆ 碧玉／金碧輝煌。❷青綠色 ◆ 碧綠／碧草／澄碧／碧空萬里／碧波蕩漾／碧油油的麥苗。

9 碁

"碁" 的異體字，見311頁。

9 碟

碟 碟 碟 碟 碟 碟 [碟]

[dié ㄉㄧㄝˊ [粵] dip⁹ 蝶]

一種飲食器具，底平而淺，比盤子小 ◆ 碟子／一碟青菜。

9 碴

碴 碴 碴 碴 碴 碴 [碴]

[chá ㄔㄚˊ [粵] tsa⁴ 查]

❶小碎塊 ◆ 冰碴／玻璃碴／玉米碴。❷器物上的破口 ◆ 碗上有個破碴。❸碴兒：引起爭執的事由或藉口 ◆ 別找碴兒。

9 碱

"鹼" 的異體字，見510頁。

9 碩 (硕)

碩 碩 碩 碩 碩 碩 [碩]

[shuò ㄕㄨㄛˋ [粵] sɛk⁹ 石]

大 ◆ 碩果／豐碩／碩大無朋。

9 碳

碳 碳 碳 碳 碳 碳 [碳]

[tàn ㄊㄢˋ [粵] tan³ 炭]

一種非金屬元素，是構成有機物的主要成分，在工農業和醫藥上用途很廣。

9 磁

磁 磁 磁 磁 磁 磁 [磁]

[cí ㄘˊ [粵] tsi⁴ 池]

磁性；具有吸引鐵、鈷、鎳等金屬的性質 ◆ 磁鐵／磁石。

10 碼 (码)

碼 碼 碼 碼 碼 碼 [碼]

[mǎ ㄇㄚˇ [粵] ma⁵ 馬]

❶表示數目的符號或用具 ◆ 號碼／數碼／價碼／籌碼／明碼標價。❷指一件事或一類事 ◆ 這是兩碼事。❸堆疊 ◆ 把磚碼齊。❹英美制長度單位，一碼折合0.9144米。

10 磕

磕 磕 磕 磕 磕 磕 [磕]

[kē ㄎㄜ [粵] kɔi³ 慨]

敲擊；碰撞◆ 磕煙斗／跌了一跤，只磕破了一點皮。

10 **磊**　磊 磊 磊 磊 磊 磊 [磊]

[lěi ㄌㄟˇ [粵] lœy⁵ 呂]

石頭多 ◆ 怪石磊磊。

10 **磐**　磐 磐 磐 磐 磐 磐 [磐]

[pán ㄆㄢˊ [粵] pun⁴ 盤]

大石頭 ◆ 堅如磐石。

10 **磋** (磋)　磋 磋 磋 磋 磋 磋 [磋]

[cuō ㄘㄨㄛ [粵] tsɔ¹ 初]

❶**把骨、角等磨製成器物** ◆ 如切如磋，如琢如磨。❷**商量；研究** ◆ 磋商／切磋技藝。

10 **磅**　磅 磅 磅 磅 磅 磅 [磅]

〈一〉[bàng ㄅㄤˋ [粵] bɔŋ⁶ 鎊]

❶**英美制重量單位，一磅折合0.454公斤。**
❷**磅秤或用磅秤稱** ◆ 過磅／磅一下體重。

〈二〉[páng ㄆㄤˊ [粵] pɔŋ⁴ 旁]

❸**磅礴：廣大無邊** ◆ 氣勢磅礴。

10 **確** (确)　確 確 確 確 確 確 [確]

[què ㄑㄩㄝˋ [粵] kɔk⁸ 涸]

❶**真實；符合事實的** ◆ 正確／確實／的確／千真萬確／證據確鑿／確有其事。❷**堅定；堅固** ◆ 確信／確定／確立地位／確保安全。

10 **碾**　碾 碾 碾 碾 碾 碾 [碾]

[niǎn ㄋㄧㄢˇ [粵] nin⁵ 年⁵]

❶ **把東西軋碎、磨碎的工具** ◆ 碾子／石碾／藥碾。❷**用碾子滾軋、轉磨** ◆ 碾米／碾藥／碾碎。

石碾

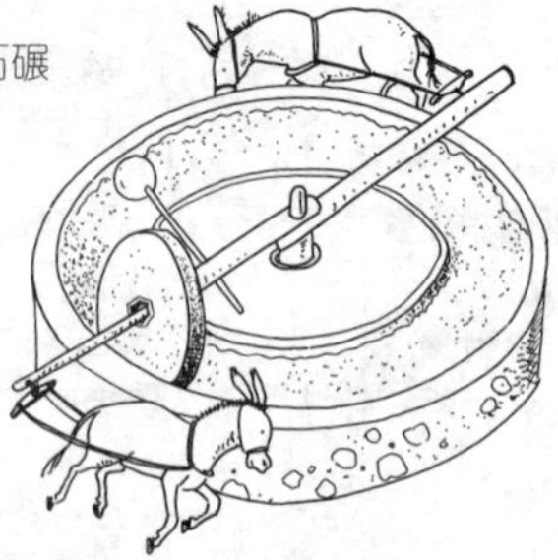

11 **磨**　磨 磨 磨 磨 磨 磨 [磨]

〈一〉[mó ㄇㄛˊ [粵] mɔ⁴ 摩⁴]

❶ **物體相摩擦** ◆ 磨刀／磨墨／磨玻璃／鐵杵磨成針。❷**遭受痛苦；糾纏** ◆ 磨難／折磨/好事多磨。❸**消滅；消失** ◆ 永不磨滅/百世不磨。❹ **拖延、消耗時間** ◆ 磨洋工／消磨時間。

〈二〉[mò ㄇㄛˋ [粵] mɔ⁴ 摩⁴ ／mɔ⁶ 摩⁶]

❺ **把糧食磨成粉的工具** ◆ 石磨／電磨／推磨／磨坊。❻ **用磨碾碎東西** ◆ 磨麵粉／磨豆腐。

石磨

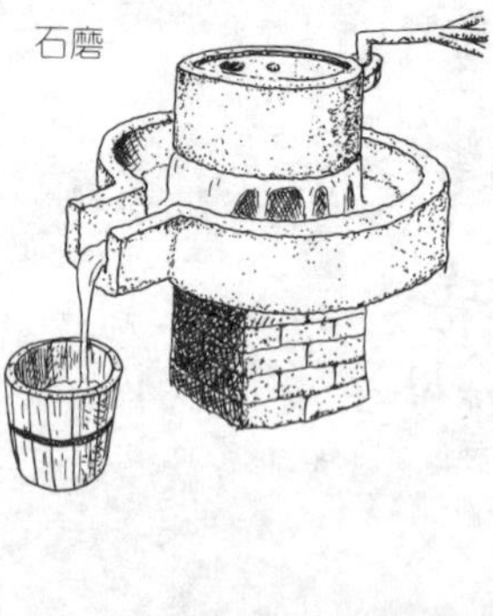

11 **磚**(砖)

[zhuān ㄓㄨㄢ [粵] dzyn¹ 專]

❶ **用黏土等燒製成的建築材料** ◆ 磚頭 / 磚瓦 / 耐火磚。❷ **形狀像磚的東西** ◆ 茶磚 / 冰磚 / 煤磚。

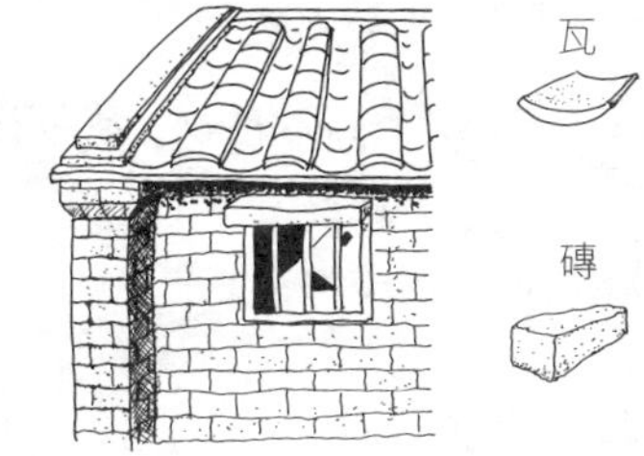
瓦
磚

11 **磣**(碜)

[chěn ㄔㄣˇ [粵] tsɐm² 寢]

食物中夾雜有沙子 ◆ 牙磣。

12 **磺**(磺)

[huáng ㄏㄨㄤˊ [粵] wɔŋ⁴ 王]

硫磺。見“硫”字，312 跟 “

12 **礁**

[jiāo ㄐㄧㄠ [粵] dziu¹ 焦]

河流、海洋中距水面較近、或隱或現的巖石 ◆ 礁石 / 暗礁 / 觸礁。

12 **磷**

[lín ㄌㄧㄣˊ [粵] lœn⁴ 倫]

一種非金屬元素，有黃磷、紅磷等，可用來製造火柴等。磷也是植物營養的重要成分之一 ◆ 磷肥。

12 **磯**(矶)

[jī ㄐㄧ [粵] gei¹ 基]

露出水面的巖石；水邊凸出的小石山或石灘。多用作地名，如江蘇省有燕子磯，湖南省有城陵磯。

13 **礎**(础)

[chǔ ㄔㄨˇ [粵] tsɔ² 楚]

墊在房屋柱子底下的石頭 ◆ 礎石 / 基礎 / 月暈而風，礎潤而雨。

14 **礙**(碍)

[ài ㄞˋ [粵] ŋɔi⁶ 外]

❶ **阻擋；阻止；使人不方便** ◆ 阻礙 / 障礙 / 礙手礙腳。❷ **妨害** ◆ 妨礙 / 有礙觀瞻。

15 **礬**(矾)

[fán ㄈㄢˊ [粵] fan⁴ 凡]

某些金屬硫酸鹽的結晶，常見的如明礬、膽礬、綠礬。

15 **礪**(砺)

[lì ㄌㄧˋ [粵] lɐi⁶ 麗]

❶ **質地較粗的磨刀石** ◆ 礪石。❷ **在磨刀石上磨；比喻磨煉** ◆ 砥礪 / 磨礪。

15 **礫**(砾)

[lì ㄌㄧˋ [粵] lik⁹ 力]

碎石；小石塊 ◆ 瓦礫 / 砂礫 / 礫石 / 礫巖。

焦點易錯字　爍 | 鑠 | 礫　閃爍　爍石流金　矍鑠　震古鑠今　砂礫　瓦礫

皮 皿 目 矛 矢 石

15 **礦**(矿)

[kuàng ㄎㄨㄤˋ ㊣ kwɔŋ³ 鄺]

❶ **埋藏在地層中有開採價值的自然物質** ◆ 礦物 / 礦石 / 礦產。❷ **開採礦物的場所** ◆ 礦山 / 礦井 / 礦坑 / 金礦 / 煤礦。

示部

0 **示**

[shì ㄕˋ ㊣ si⁶ 士]

表明；把事情告訴人或把東西給人看 ◆ 示意 / 示威 / 示範 / 出示 / 告示 / 顯示 / 表示 / 不甘示弱。

見古文字插頁 5。

3 **社**

[shè ㄕㄜˋ ㊣ sɛ⁵ 舍⁵]

指某些團體或機構 ◆ 詩社 / 結社 / 報社 / 出版社 / 通訊社 / 集會結社。

3 **奈** **見大部，99頁。**

3 **祀**

[sì ㄙˋ ㊣ dzi⁶ 字]

祭祀 ◆ 祀祖 / 祀天。

3 **祁**

[qí ㄑㄧˊ ㊣ kei⁴ 其]

地名用字，如祁縣(在山西省)；祁連山(在甘肅省)。

4 **祈**

[qí ㄑㄧˊ ㊣ kei⁴ 其]

❶ **向神求福** ◆ 祈禱 / 祈福。❷ **向人請求；希望** ◆ 祈求 / 祈望 / 祈請 / 敬祈光臨。

4 **祇**(只)

[zhǐ ㄓˇ ㊣ dzi² 紙]

僅僅；不過；同“只”字 ◆ 祇有一人 / 祇知其一，不知其二 / 祇此一家，別無分店。

5 **祐**

[yòu ㄧㄡˋ ㊣ jɐu⁶ 右]

神靈的幫助 ◆ 上帝保祐。

5 **祖**

[zǔ ㄗㄨˇ ㊣ dzou² 早]

❶ **父母親的上一輩** ◆ 祖父 / 祖母 / 外祖父 / 曾祖母 / 祖孫三代。❷ **先代長輩的通稱** ◆ 祖先 / 祖宗 / 祖祖輩輩 / 祖傳祕方 / 同宗同祖。❸ **指受人尊敬的事業、學派等的創始人** ◆ 鼻祖 / 佛祖 / 祖師爺。

5 **神**

[shén ㄕㄣˊ ㊣ sɐn⁴ 臣]

❶ **宗教指天地萬物的創造者和主宰者；神話傳說中指能力非凡的人；也指被崇拜的人物死後的精靈** ◆ 天神 / 神仙 / 神靈 / 財神 / 疑神疑鬼 / 讀書破萬卷，下筆如有神。❷ **不平凡的；特別高超的** ◆ 神醫 / 神童 / 神品。❸ **奇妙的；令人驚異的** ◆ 神力 / 神

奇／神效／神速／神機妙算。❹心思；精力 ◆ 凝神／冰疙／費神／留神／全神貫注／心領神會／聚精會神／炯炯有神。❺氣色；表情 ◆ 神色／神情／神態自若／神采奕奕。

5 祝

[zhù ㄓㄨˋ 粵 dzuk7 足]

表示對人或對事的某種良好的願望 ◆ 祝福／祝壽／祝賀／慶祝／祝你進步。

5 祟

[suì ㄙㄨㄟˋ 粵 sœy6 睡]

迷信說法指鬼怪害人；現多指暗中破壞或行為不光明正大 ◆ 作祟／鬼鬼祟祟。

5 祕（秘）

〈一〉[mì ㄇㄧˋ 粵 bei3 臂]

❶ **不公開的；不讓人知道的；使人摸不透的** ◆ 祕密／祕方／保祕／祕而不宣／神祕莫測。

〈二〉[bì ㄅㄧˋ 粵 bei3 臂]

❷ **祕魯：國名，在南美洲。**

5 祠

[cí ㄘˊ 粵 tsi4 池]

供奉祖先、鬼神或名人的地方 ◆ 祠堂／宗祠／武侯祠（為祭祀諸葛亮而建，在四川省成都市）。

6 票

[piào ㄆㄧㄠˋ 粵 piu3 漂3]

❶**作為憑證的紙片** ◆ 車票／郵票／發票／支票／投票／電影票。❷**指紙幣** ◆ 鈔票／零票。❸**被歹徒綁架勒索金錢的人** ◆ 綁票。❹ **非職業的戲曲演出** ◆ 票友／玩票性質。

6 祭

[jì ㄐㄧˋ 粵 dzɐi3 制]

❶**供奉天地神佛或祖先的活動** ◆ 祭祀／祭天／祭祖／祭壇／祭文。❷**對死者表示追悼、紀念的儀式** ◆ 祭奠／公祭。

6 祥

[xiáng ㄒㄧㄤˊ 粵 tsœŋ4 詳]

吉利；好兆頭 ◆ 祥瑞／吉祥如意／祥和／不祥之兆／龍鳳呈祥。

7 視

見見部，410頁。

8 祺

[qí ㄑㄧˊ 粵 kei4 其]

吉祥。多用作書信中的祝頌語 ◆ 敬祺撰安／即頌時祺。

8 禁

〈一〉[jìn ㄐㄧㄣˋ 粵 gɐm3 金3]

❶**不准；不許；制止** ◆ 禁止／禁賭／禁煙／嚴禁入內。❷ **法律或習俗上不允許的事情** ◆ 犯禁／違禁品／令行禁止／入境問禁。❸ **拘押** ◆ 拘禁／監禁／軟禁／囚禁／禁閉。❹ **舊稱皇帝住的地方** ◆ 禁中／宮禁／紫禁城。

〈二〉[jīn ㄐㄧㄣ 粵 gɐm1 金]

❺ **承受得起；忍得住** ◆ 禁得起／禁不住／弱不禁風／情不自禁／不禁失聲痛哭。

8 稟

"稟"的異體字，見322頁。

焦點易錯字 祟｜崇　尊崇 崇尚　作祟 鬼鬼祟祟　祥｜詳　祥和 吉祥　詳細 安詳

8 祿 (禄)

[lù ㄌㄨˋ ㊇ luk⁹ 六]

❶ **古代官吏領取的錢糧** ◆ 俸祿／高官厚祿。❷ **報酬；好處** ◆ 無功不受祿。

9 福

[fú ㄈㄨˊ ㊇ fuk⁷ 幅]

幸福；幸運；跟"禍"相對 ◆ 福氣／享福／有福同享，有難同當／大難不死，必有後福／天有不測風雲，人有旦夕禍福。

9 禍 (祸)

[huò ㄏㄨㄛˋ ㊇ wɔ⁶ 和⁶]

❶ **災難；不幸；跟"福"相對** ◆ 災禍／車禍／因禍得福／禍不單行／天有不測風雲，人有旦夕禍福。❷ **損害；為害** ◆ 禍國殃民。

11 禦 (御)

[yù ㄩˋ ㊇ jy⁶ 預]

抵擋；抵抗 ◆ 抵禦／防禦／禦敵／禦寒。

12 禧

[xǐ ㄒㄧˇ ㊇ hei¹ 希]

幸福；吉祥 ◆ 年禧／恭賀新禧。

12 禪 (禅)

〈一〉[chán ㄔㄢˊ ㊇ sim⁴ 蟬]

❶ **佛教用語，指排除雜念，靜思修行** ◆ 坐禪／參禪。❷ **泛指有關佛教的事物** ◆ 禪院／禪房／禪寺／禪杖／禪林。

〈二〉[shàn ㄕㄢˋ ㊇ sin⁶ 善]

❸ **古代帝王把王位讓給別人** ◆ 禪讓／禪位／受禪。

13 禮 (礼)

[lǐ ㄌㄧˇ ㊇ lɐi⁵ 黎⁵]

❶ **隆重的儀式** ◆ 禮儀／典禮／婚禮／葬禮。❷ **表示尊敬的言語、動作或態度** ◆ 禮貌／禮節／敬禮／以禮相待／彬彬有禮。❸ **表示敬意或慶賀而送的東西** ◆ 禮物／禮品／送禮／獻禮／千里送鵝毛，禮輕情意重。

14 禱 (祷)

[dǎo ㄉㄠˇ ㊇ tou² 討]

向神求保祐 ◆ 禱告／祈禱。

内部

4 禹

[yǔ ㄩˇ ㊇ jy⁵ 雨]

傳說中夏朝的第一個君主，曾治理洪水 ◆ 夏禹治水，三過家門而不入。

8 禽

[qín ㄑㄧㄣˊ ㊇ kɐm⁴ 琴]

鳥類的總稱 ◆ 飛禽／家禽／禽獸。

禾部

0 **禾**

[hé ㄏㄜˊ 粵 wɔ4 和]

❶**穀類植物的總稱** ◆ 禾苗 / 鋤禾日當午，汗滴禾下土。❷**特指稻子。**

見古文字插頁 5。

2 **利** **見刀部，41頁。**

2 **秃**

[tū ㄊㄨ 粵 tuk7]

❶**沒有毛髮** ◆ 秃頂 / 秃頭 / 秃尾巴。❷**山上沒有樹木；樹木沒有葉子** ◆ 秃樹 / 光秃秃的山頭。

2 **秀**

[xiù ㄒㄧㄡˋ 粵 sɐu3 瘦]

❶**穀物抽穗開花** ◆ 麥秀 / 稻子秀穗了。❷**美麗的** ◆ 秀麗/清秀/眉清目秀/山明水秀/秀外慧中。❸**特別優異的；出眾的** ◆ 優秀 / 後起之秀 / 歌壇新秀。

2 **私**

[sī ㄙ 粵 si1 思]

❶**屬於個人的；跟"公"相對** ◆ 私事 / 私生活。❷**利己的；為了個人的；跟"公"相對** ◆ 自私自利 / 大公無私 / 公報私仇 / 假公濟私。❸**非公家的** ◆ 私立學校 / 私營機構。❹**祕密的；暗地裏；不合法的** ◆ 私下 / 走私 / 竊竊私語 / 私藏武器 / 私通敵寇。

3 **秆** **"稈"的異體字，見321頁。**

3 **和** **見口部，66頁。**

3 **秉**

[bǐng ㄅㄧㄥˇ 粵 biŋ2 丙]

❶**拿着；握着** ◆ 秉燭夜遊 / 秉筆直書。❷**主持；按照** ◆ 秉持 / 秉公處理。

3 **委** **見女部，103頁。**

3 **季** **見子部，110頁。**

4 **香** **見香部，494頁。**

4 **秕**

[bǐ ㄅㄧˇ 粵 bei2 比]

不飽滿的穀粒 ◆ 秕穀 / 秕粒。

4 **秒**

[miǎo ㄇㄧㄠˇ 粵 miu5 渺]

❶**計算時間的單位，六十秒為一分，六十分為一小時** ◆ 秒錶 / 分秒必爭 / 爭分奪秒。❷**計算圓周角度的單位，六十秒為一分，六十分為一度。**

4 **科**

[kē ㄎㄜ 粵 fɔ1 火1]

❶學術或業務的類別 ◆ 科目/專科/文科/理科/內科/外科。❷動植物的分類 ◆ 貓科/豆科/薔薇科。❸機關裏按工作性質分見"癱"單位 ◆ 人事科/財務科/總務科。❹法律條文 ◆ 金科玉律/作奸犯科。

4秋 秋秋秋秋秋秋 秋

[qiū ㄑㄧㄡ ㊥ tsɐu¹ 抽]

❶一年四季中的第三季，陰曆的七月至九月 ◆ 秋季/秋風/秋高氣爽/深秋時節/春種一粒粟，秋收萬顆子。❷指一年的時間 ◆ 千秋萬代/一日不見，如隔三秋/窗含西嶺千秋雪，門泊東吳萬里船。❸指某一個時期 ◆ 多事之秋/危急存亡之秋。❹莊稼成熟的時節 ◆ 麥秋。❺"鞦"的簡化字，見484頁。

5秦 秦秦秦秦秦秦 秦

[qín ㄑㄧㄣˊ ㊥ tsœn⁴ 巡]

朝代名：(1)戰國七雄之一。(2)秦始皇滅六國後，統一中國，國號為秦。

5秣 秣秣秣秣秣秣 秣

[mò ㄇㄛˋ ㊥ mut⁸ 抹]

❶餵牲畜的飼料 ◆ 糧秣。❷餵牲畜 ◆ 秣馬厲兵。

5秫 秫秫秫秫秫秫 秫

[shú ㄕㄨˊ ㊥ sœt⁹ 述]

指有黏性的高粱 ◆ 秫米/秫秸。

5秤 秤秤秤秤秤秤 秤

[chèng ㄔㄥˋ ㊥ tsiŋ³ 青³]

稱重量的器具 ◆ 磅秤/地秤/枱秤/彈簧秤/一桿秤。

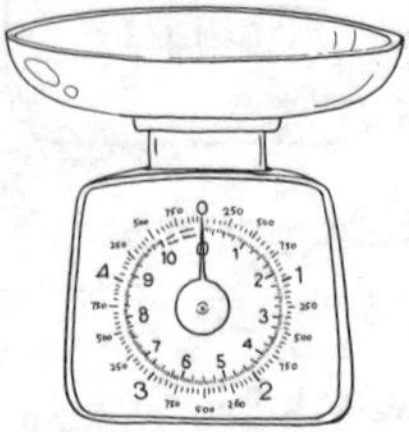

秤

5乘 見丿部，6頁。

5租 租租租租租租 租

[zū ㄗㄨ ㊥ dzou¹ 遭]

❶出錢借用他人的東西 ◆ 租房/租車/租用/租賃。❷收取費用，把東西借給他人使用；把東西借給別人使用時所收取的錢或實物 ◆ 租金/房租。

5秧 秧秧秧秧秧秧 秧

[yāng ㄧㄤ ㊥ jœŋ¹ 央]

❶植物的幼苗；特指稻苗 ◆ 秧苗/育秧/插秧/稻秧/菜秧。❷某些植物的莖 ◆ 豆秧/瓜秧。❸某些幼小的動物 ◆ 魚秧。

5秩 秩秩秩秩秩秩 秩

[zhì ㄓˋ ㊥ dit⁹ 迭]

次序 ◆ 牛皮癬

5秘 同"祕"字，見317頁。

6秸 同"稭"字，見322頁。

6**移** 移移移移移移 移

[yí ㄧˊ 粵 jy⁴ 宜]

❶ **挪動；變動所在的位置** ◆ 移動 / 轉移 / 遷移 / 寸步難移 / 物換星移。❷ **改變** ◆ 移風易俗 / 潛移默化 / 堅定不移 / 貧賤不能移。

7**酥** 見酉部，455頁。

7**稈**(秆) 稈稈稈稈稈稈 稈

[gǎn ㄍㄢˇ 粵 gɔn² 趕]

某些植物的莖 ◆ 麥稈 / 高粱稈 / 矮稈稻。

7**程** 程程程程程程 程

[chéng ㄔㄥˊ 粵 tsiŋ⁴ 情]

❶ **規矩；規章；法則** ◆ 程式 / 章程 / 操作規程。❷ **事情進行的步驟、順序** ◆ 程序 / 日程 / 議程 / 進程 / 課程 / 療程。❸ **路途；道路的一段** ◆ 路程 / 行程 / 起程 / 前程似錦 / 鵬程萬里 / 送你一程。

7**稍** 稍稍稍稍稍稍 稍

〈一〉[shāo ㄕㄠ 粵 sau² 梢²]

❶ **略微；表示程度淺、數量少或時間短** ◆ 稍微 / 稍有不同 / 請稍等 / 稍有出入 / 稍安毋躁。

〈二〉[shào ㄕㄠˋ 粵 sau² 梢²]

❷ **稍息：軍事或體操的一種口令，使從立正姿態變為休息姿態。**

7**稀** 稀稀稀稀稀稀 稀

[xī ㄒㄧ 粵 hei¹ 希]

❶ **疏；不密；空隙大；跟"密"相對** ◆ 稀疏 / 地廣人稀 / 月明星稀。❷ **少有；難得** ◆ 稀少 / 稀有金屬 / 稀罕之物 / 物以稀為貴 / 人生七十古來稀。❸ **薄；不稠；水分多或濃度小；跟"稠"相對** ◆ 稀飯 / 空氣稀薄。❹ **使濃度降低** ◆ 稀釋。

7**黍** 見黍部，512頁。

7**税** 税税税税税税 税

[shuì ㄕㄨㄟˋ 粵 sœy³ 歲]

國家根據規定向單位或個人徵收的錢或實物 ◆ 税收 / 繳税 / 關税 / 營業税 / 所得税。

8**稚** 稚稚稚稚稚稚 稚

[zhì ㄓˋ 粵 dzi⁶ 自]

幼小；引申指不成熟 ◆ 稚氣 / 稚嫩 / 幼稚 / 幼稚園。

8**稗** 稗稗稗稗稗稗 稗

[bài ㄅㄞˋ 粵 bai⁶ 敗]

稗子、稗草，稻田裏的雜草。

8**稠**(稠) 稠稠稠稠稠稠 稠

[chóu ㄔㄡˊ 粵 tsɐu⁴ 酬]

❶多而密；跟"稀"相對 ◆ 稠密／稠人廣眾。❷濃；厚；水分少、濃度大；跟"稀"相對 ◆ 粥很稠／稠雲濃霧。

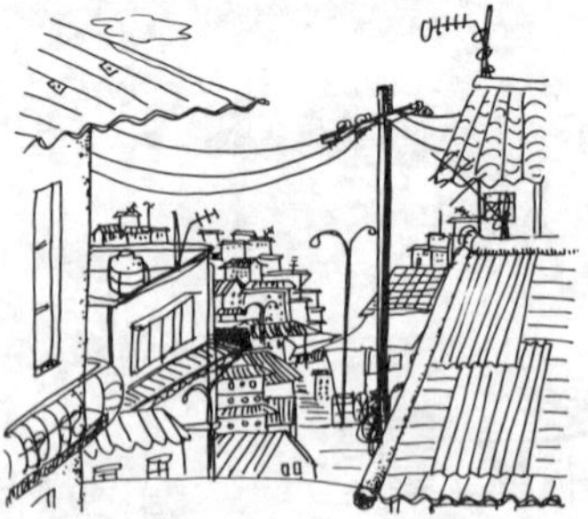

8 稟(禀)

[bǐng ㄅㄧㄥˇ 粵 bɐn^2 品]

❶領受 ◆ 稟承／稟命。**❷對上級或長輩報告** ◆ 稟報／稟告／回稟。**❸本質；賦與** ◆ 江山易改，稟性難移／稟賦聰明。

9 稭(秸)

[jiē ㄐㄧㄝ 粵 gai^1 皆]

農作物脫粒後剩下的莖稈 ◆ 麥稭／豆稭／秫稭。

9 種(种)

〈一〉[zhǒng ㄓㄨㄥˇ 粵 dzuŋ^2 腫]

❶植物的種子 ◆ 稻種／麥種／花種／選種／播種。**❷藉以繁殖的動物** ◆ 種馬／配種。**❸人或其他生物的族類** ◆ 種族／人種／物種／黃種人／白種人。**❹事物的類別** ◆ 種類／品種／工種／劇種／兵種。**❺量詞，表示類別** ◆ 一種觀點／兩種唱法／各種情況。

〈二〉[zhòng ㄓㄨㄥˋ 粵 dzuŋ^3 眾]

❻把植物的種子或秧苗埋在土裏，使發育生長 ◆ 種植／栽種／種瓜得瓜，種豆得豆／春種一粒粟，秋收萬顆籽。**❼把痘苗接種在人體上** ◆ 種牛痘。

9 稱(称)

〈一〉[chēng ㄔㄥ 粵 tsiŋ^1 青]

❶叫；叫做 ◆ 稱呼／自稱／稱兄道弟／人稱他智慧老人。**❷名字；名號** ◆ 名稱／稱號／簡稱／別稱／禾是穀類植物的通稱。**❸成為；以…自居** ◆ 稱雄／稱王稱霸。**❹說** ◆ 人人稱便／拍手稱快／據目睹者稱。**❺讚揚** ◆ 稱讚／稱頌／稱道／稱許。

〈二〉[chèn ㄔㄣˋ 粵 tsiŋ^3 秤]

❻適合；相當 ◆ 相稱／稱職／對稱／勻稱／稱心如意。

〈三〉[chēng ㄔㄥ 粵 tsiŋ^3 秤]

❼用秤測量東西的輕重 ◆ 稱體重／稱一稱。

10 稽

〈一〉[jī ㄐㄧ 粵 kɐi^1 溪]

❶查考；核查 ◆ 稽查／有案可稽／無稽之談。**❷爭論；計較** ◆ 反唇相稽。**❸停留；拖延** ◆ 稽留／稽延。

〈二〉[qǐ ㄑㄧˇ 粵 kɐi^2 啟]

❹稽首：拱手和叩頭至地。

10 穀(谷)

[gǔ ㄍㄨˇ 粵 guk^7 菊]

❶糧食作物的總稱 ◆ 百穀／穀物／五穀豐登／穀賤傷農。**❷指稻子的果實** ◆ 稻穀。

10 稷

[jì ㄐㄧˋ ㊣ dzik⁷ 跡]

古代稱一種穀物叫稷，大概是黍。古人把稷看作百穀之長，所以把它當穀神來奉祀 ◆ 社稷。

10 稻

[dào ㄉㄠˋ ㊣ dou⁶ 道]

糧食作物的一種，去殼以後即大米。有水稻、旱稻兩種 ◆ 稻穀 / 稻種 / 稻米 / 稻草人。

水稻

10 稿

[gǎo ㄍㄠˇ ㊣ gou² 高²]

❶ 文章、圖畫的草底或沒有發表的作品 ◆ 稿本 / 草稿 / 底稿 / 原稿 / 修改稿。❷ 穀類植物的莖稈。

10 稼

[jià ㄐㄧㄚˋ ㊣ ga³ 嫁]

❶ 農作物 ◆ 莊稼。❷ 播種農作物 ◆ 稼穡。

11 積（积）

[jī ㄐㄧ ㊣ dzik⁷ 即]

❶ 聚集起來 ◆ 積聚 / 積累 / 堆積如山 / 積少成多。❷ 長時間累積起來 ◆ 積習 / 積弊 / 積重難返 / 積勞成疾。❸ 乘法的得數 ◆ 乘積。

11 穎（颖）

[yǐng ㄧㄥˇ ㊣ wiŋ⁶ 泳]

❶ 細長物體的尖端 ◆ 脫穎而出。❷ 聰明 ◆ 聰穎。

11 穆

[mù ㄇㄨˋ ㊣ muk⁹ 目]

恭敬；莊嚴 ◆ 肅穆 / 靜穆。

11 穌（稣）

[sū ㄙㄨ ㊣ sou¹ 蘇]

昏迷後醒過來；死而復生。同"蘇"字 ◆ 穌醒 / 復穌。

11 頹

見頁部，488頁。

12 穗

[suì ㄙㄨㄟˋ ㊣ sœy⁶ 睡]

❶ 稻、麥等穀類植物聚生在莖端的花和果實 ◆ 稻穗 / 麥穗 / 吐穗揚花。❷ 用絲線等結紮成的像穗一樣的裝飾品，也叫"流蘇" ◆ 燈穗 / 旗穗。❸ 廣州市的別稱。

13 穡（穑）

[sè ㄙㄜˋ ㊣ sik⁷ 色]

收穫莊稼 ◆ 小孩子怎會知道稼穡的艱難？

13**穢**(秽)　穢穢穢穢穢穢　穢

[huì ㄏㄨㄟˋ 粵 wɐi^{3} 畏]

❶**骯髒的**◆污穢。❷**醜惡的**◆穢行/穢跡/自慚形穢。

14**穫**(获)　穫穫穫穫穫穫　穫

[huò ㄏㄨㄛˋ 粵 wɔk^{9} 獲]

收割莊稼◆收穫。

14**穩**(稳)　穩穩穩穩穩穩　穩

[wěn ㄨㄣˇ 粵 wɐn^{2} 温^{2}]

❶**安定；不動搖**◆穩定/穩固/平穩/穩如泰山/站得很穩/時局不穩。❷**妥當；可靠；有把握**◆穩妥/穩當/十拿九穩。❸**沈着；不浮躁**◆穩健/穩重/穩紮穩打。

穴部

0**穴**　穴穴穴穴　穴

[xué ㄒㄩㄝˊ 粵 jyt^{9} 月]

❶**洞；動物的窩**◆洞穴/巢穴/蟻穴/不入虎穴，焉得虎子。❷**人體經絡的要害，可以進行針灸的部位**◆穴位/穴道。

2**究**　究究究究究究　究

[jiū ㄐㄧㄡ 粵 gɐu^{3} 救]

❶**細心探求；徹底追查**◆研究/探究/追究/查究/尋根究底。❷**到底**◆終究/究竟。

3**空**　空空空空空空　空

〈一〉[kōng ㄎㄨㄥ 粵 huŋ^{1} 凶]

❶**裏面甚麼東西也沒有**◆空虛/空瓶/空腹/目空一切/課室內空無一人。❷**天空；空間**◆領空/望星空/晴空萬里/跨越時空/空中樓閣/孤帆遠影碧空盡，惟見長江天際流。❸**浮泛；不切實際的**◆空想/空話連篇。❹**白白地；沒有結果的**◆空跑一趟/完全落空/空歡喜一場。

〈二〉[kòng ㄎㄨㄥˋ 粵 huŋ^{1} 凶]

❺**沒有被佔用的；閒置着的**◆填空/空隙/空房/空地/抽空。❻**騰出、留出空來**◆空出一個房間/文章每段開頭要空兩格寫。❼**缺；虧欠**◆空缺/空額/虧空。

3**帘**　見巾部，131頁。

3**穹**　穹穹穹穹穹穹　穹

[qióng ㄑㄩㄥˊ 粵 huŋ^{1} 空/guŋ^{1} 公(語)]

天空◆穹蒼。

4**突**　突突突突突突　突

[tū ㄊㄨ 粵 dɐt^{9} 凸]

❶**忽然**◆突然/突變/突如其來。❷**特出；凸起**◆突出/突起。❸**衝撞；衝破**◆衝突/突圍/突出重圍/突破紀錄。❹**煙囱**◆灶突/曲突徙薪。

4**穿**　穿穿穿穿穿穿　穿

[chuān ㄔㄨㄢ 粵 tsyn^{1} 川]

❶鑿孔；鑽通 ◆ 穿洞 / 穿耳 / 穿壁引光 / 水滴石穿。❷ 通過 ◆ 穿針引線 / 穿山越嶺 / 不要亂穿馬路/穿過大街小巷。❸把衣服、鞋襪等着在身上 ◆ 穿衣 / 穿鞋 / 穿襪。❹ 透；破 ◆ 看穿 / 説穿 / 揭穿 / 水滴石穿 / 鞋底磨穿了。

5 窄 窄 窄 窄 窄 窄 窄 窄

[zhǎi ㄓㄞˇ ㊕ dzak^{8} 責]
狹小；跟"寬"相對 ◆ 狹窄 / 馬路窄 / 心胸窄 / 冤家路窄。

6 窒 窒 窒 窒 窒 窒 窒 窒

[zhì ㄓˋ ㊕ dzɐt^{9} 姪]
阻塞不通 ◆ 窒礙 / 窒塞 / 窒息。

7 窖 窖 窖 窖 窖 窖 窖 窖

[jiào ㄐㄧㄠˋ ㊕ gau^{3} 教]
儲藏東西的地洞；把東西儲藏在地洞裏 ◆ 地窖 / 菜窖 / 冰窖 / 窖甘薯。

7 窗 窗 窗 窗 窗 窗 窗 窗

[chuāng ㄔㄨㄤ ㊕ tsœŋ^{1} 昌]
房屋、車、船、飛機等用來通風採光的設施 ◆ 窗户 / 窗口 / 玻璃窗 / 窗明几淨 / 打開天窗説亮話。

7 窘 窘 窘 窘 窘 窘 窘 窘

[jiǒng ㄐㄩㄥˇ ㊕ kwɐn^{5} 菌^{5}]
❶ **窮困** ◆ 窘困 / 窘迫 / 生活很窘。❷ **為難；難堪** ◆ 窘態 / 陷入窘境。

8 窠 窠 窠 窠 窠 窠 窠 窠

[kē ㄎㄜ ㊕ wɔ^{1} 窩]
鳥獸、昆蟲的巢穴 ◆ 蜂窠 / 雞犬同窠 / 不落窠臼 / 鳥在樹上做窠。

8 窟 窟 窟 窟 窟 窟 窟 窟

[kū ㄎㄨ ㊕ fɐt^{7} 忽]
❶**洞穴** ◆ 石窟 / 狡兔三窟。❷**某些人聚居或聚集的地方。現多指壞人聚集的地方** ◆ 貧民窟 / 盜窟 / 賭窟。❸ **窟窿：孔；洞** ◆ 門上有個窟窿 / 鞋底磨了個窟窿。

9 窩 (窝) 窩 窩 窩 窩 窩 窩 窩

[wō ㄨㄛ ㊕ wɔ^{1} 渦]
❶ **鳥獸、昆蟲棲息的巢穴** ◆ 鳥窩 / 狗窩 / 雞窩 / 蜂窩 / 螞蟻窩。❷ **人棲身的地方** ◆ 賊窩 / 土匪窩 / 安樂窩。❸ **隱藏壞人或贓物、違禁物品** ◆ 窩藏 / 窩贓 / 窩主。❹ **凹陷進去的地方** ◆ 心窩 / 酒窩 / 眼窩 / 胳肢窩。❺ **量詞，用於一胎所生的或一次孵出的動物，如狗、豬、雞等** ◆ 一窩下了五隻小貓 / 孵了幾窩小雞。

9 窪 (洼) 窪 窪 窪 窪 窪 窪 窪

[wā ㄨㄚ ㊕ wa^{1} 蛙]
❶**低凹；深陷** ◆ 窪地。❷**低凹、深陷的地方** ◆ 水窪。

10 窮 (穷) 窮 窮 窮 窮 窮 窮 窮

[qióng ㄑㄩㄥˊ ㊕ kuŋ^{4}]
❶**貧困；缺少錢財；跟"富"相對** ◆ 窮人 / 窮困 / 貧窮 / 窮鄉僻壤 / 人窮志不短。❷**完；盡** ◆ 無窮無盡 / 回味無窮 / 理屈詞窮 / 日暮途窮 / 層出不窮。❸**極；徹底** ◆ 窮奢極侈 / 窮兇極惡 / 窮追猛打 / 窮根究底。

焦點易錯字 巢 | 窠　鳥巢 傾巢而出　窠巢 不落窠臼

10 **窯**（窑）

[yáo ㄧㄠˊ ⓐ jiu4 搖]

❶**燒製磚瓦、陶瓷等的建築物** ◆ 磚窯／石灰窯。❷**土法採煤時開鑿的洞** ◆ 煤窯。❸**在山坡上開挖修建的用做房屋的洞** ◆ 窯洞。

11 **窺**（窥）

[kuī ㄎㄨㄟ ⓐ kwei1 規]

偷偷察看 ◆ 窺探／窺測／窺伺／窺視。

12 **窿**

[lóng ㄌㄨㄥˊ ⓐ luŋ4 龍]

窟窿。見"窟"字，325頁。

13 **竄**（窜）

[cuàn ㄘㄨㄢˋ ⓐ tsyn3 寸]

❶**逃走；亂跑** ◆ 逃竄／流竄／抱頭鼠竄／東奔西竄。❷**修改文字** ◆ 竄改／點竄。

13 **竅**（窍）

[qiào ㄑㄧㄠˋ ⓐ hiu3 曉3]

❶**孔；洞** ◆ 七竅（耳、目、口、鼻）流血。❷**比喻事情的關鍵或解決問題的好辦法** ◆ 竅門／訣竅／一竅不通。

15 **竇**（窦）

[dòu ㄉㄡˋ ⓐ dɐu6 豆]

孔穴；洞 ◆ 鼻竇／狗竇／頓生疑竇。

16 **竈** 同"灶"字，見263頁。

18 **竊**（窃）

[qiè ㄑㄧㄝˋ ⓐ sit8 屑]

❶**偷** ◆ 偷竊／盜竊／行竊／竊案／竊賊。❷**暗暗地** ◆ 竊聽／竊笑。

立部

0 **立**

[lì ㄌㄧˋ ⓐ lap9 臘／lɐp9 笠]

❶**直着身子站着** ◆ 立正／站立起來／坐立不安／小荷才露尖尖角，早有蜻蜓立上頭。❷**豎起** ◆ 矗立／屹立／樹立／立竿見影。❸**建立；設置** ◆ 立功／立志／創立／設立／建功立業。❹**生存；存在** ◆ 自立／獨立／勢不兩立／安身立命。❺**馬上；即刻** ◆ 立即／立刻／當機立斷／立奏其效／立候回音／放下屠刀，立地成佛。

見古文字插頁5。

3 **妾** 見女部，103頁。

4 **音** 見音部，485頁。

5 站　站站站站站站 [站]

[zhàn ㄓㄢˋ [粵] dzam6 暫]

❶直立；跟“坐”相對 ◆ 站立/站崗/站着説/站在海邊看日出。❷車、船等交通工具臨時停靠供人貨上下的地方 ◆ 站台/中轉站/汽車站/火車站/北京站/轉運站。❸為某種業務而設立的機構 ◆ 氣象站/觀測站/防疫站/供應站。

6 章　章章章章章章 [章]

[zhāng ㄓㄤ [粵] dzœŋ1 張]

❶成篇的文字或詩文、歌曲的段落 ◆ 文章/篇章/章節/第二樂章/全書共十二章。❷法規；條文 ◆ 章程/法令規章/招生簡章。❸條理 ◆ 雜亂無章。❹印記；標誌 ◆ 印章/圖章/徽章/紀念章/簽名蓋章。

6 竟　竟竟竟竟竟竟 [竟]

[jìng ㄐㄧㄥˋ [粵] giŋ2 景]

❶終於；到底 ◆ 究竟/畢竟/有志者事竟成。❷意料不到 ◆ 竟然/竟敢/竟會做出這樣的事來。❸完成 ◆ 未竟之業。

6 翌　見羽部，354頁。

7 童　童童童童童童 [童]

[tóng ㄊㄨㄥˊ [粵] tuŋ4 同]

小孩；未成年的人 ◆ 兒童/牧童/童話/童年/童叟無欺。

7 竣　竣竣竣竣竣竣 [竣]

[jùn ㄐㄩㄣˋ [粵] tsœn1 春]

完畢 ◆ 竣工/告竣。

8 靖　見青部，482頁。

8 意　見心部，156頁。

9 竭　竭竭竭竭竭竭 [竭]

[jié ㄐㄧㄝˊ [粵] kit8 揭]

盡；用完 ◆ 竭力/竭盡全力/聲嘶力竭/取之不盡，用之不竭。

9 端　端端端端端端 [端]

[duān ㄉㄨㄢ [粵] dyn1 短1]

❶正；正派 ◆ 端正/端莊/行為不端。❷事物的一頭；起頭 ◆ 筆端/尖端/兩端/開端。❸原因 ◆ 無端生事。❹方面 ◆ 變化多端/作惡多端/各執一端。❺用手捧着東西 ◆ 端飯/端菜/端碗/端來一盆水。

9 颯　見風部，490頁。

15 競(竞)　競競競競競競 [競]

[jìng ㄐㄧㄥˋ [粵] giŋ6 勁6]

比賽；爭勝 ◆ 競技/競賽/競爭/龍舟競渡。

竹部

0 竹　竹竹竹竹竹 [竹]

[zhú ㄓㄨˊ [粵] dzuk7 足]

焦點易錯字　兢|競　戰戰兢兢　兢兢業業　競爭　競選　峻|竣　險峻　峻峭　告竣　竣工

❶ 竹子：多年生常綠植物，莖直中空，有節。用途廣泛，可製作器具，也是造紙、建築材料 ◆ 竹林 / 竹園 / 修竹千竿。❷ 簫、笛一類樂器的代稱 ◆ 江南絲竹。

見古文字插頁 5。

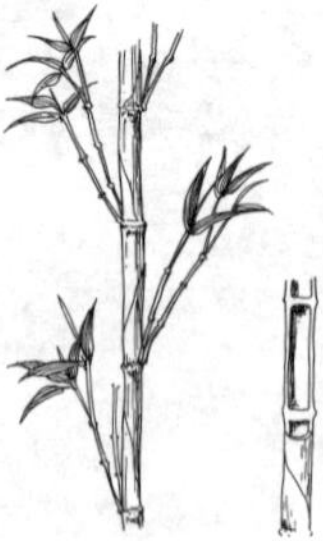
竹

2 竺
竺 竺 竺 竺 竺 竺

[zhú ㄓㄨˊ 粵 dzuk^{7} 足]

姓。

3 竿
竿 竿 竿 竿 竿 竿 竿

[gān ㄍㄢ 粵 gɔn^{1} 干]

竹的主幹 ◆ 竹竿 / 釣竿 / 爬竿 / 立竿見影。

3 竽
竽 竽 竽 竽 竽 竽 竽

[yú ㄩˊ 粵 jy^{4} 如]

古代像笙的一種管樂器 ◆ 濫竽充數。

圖見 225 頁。

4 笑
笑 笑 笑 笑 笑 笑 笑

[xiào ㄒㄧㄠˋ 粵 siu^{3} 嘯]

❶ 面部露出喜悅的表情，發出歡樂的聲音；跟"哭"相對 ◆ 微笑 / 笑容滿面 / 哈哈大笑 / 笑逐顏開 / 眉開眼笑。❷ 譏笑 ◆ 嘲笑 / 恥笑 / 見笑 / 蚍蜉撼大樹，可笑不自量。

4 笋
"筍"的異體字，見330頁。

4 笆
笆 笆 笆 笆 笆 笆 笆

[bā ㄅㄚ 粵 ba^{1} 巴]

❶ 用竹子、柳條等編成的器物 ◆ 笆斗。❷ 籬笆。見"籬"字，見335頁。

5 笨
笨 笨 笨 笨 笨 笨 笨

[bèn ㄅㄣˋ 粵 bɐn^{6} 奔^{6}]

❶ 不聰明 ◆ 愚笨 / 笨拙 / 笨鳥先飛。❷ 不靈巧 ◆ 笨嘴笨舌 / 笨手笨腳。

5 笸
笸 笸 笸 笸 笸 笸 笸

[pǒ ㄆㄛˇ 粵 pɔ^{2} 頗]

笸籮：用薄竹片、柳條等編織成的器具，可以盛東西。

5 笛
笛 笛 笛 笛 笛 笛 笛

[dí ㄉㄧˊ 粵 dɛk^{9}]

❶ 管樂器，大都用竹製成，橫吹 ◆ 笛子 / 竹笛 / 笛聲悠揚 / 牧童歸去橫牛背，短笛無腔信口吹。❷ 響聲尖厲的發音器 ◆ 汽笛 / 警笛。

圖見 225 頁。

5 笙
笙 笙 笙 笙 笙 笙 笙

[shēng ㄕㄥ 粵 sɐŋ^{1} 生]

管樂器，用長短不同的竹管做成，用嘴吹奏 ◆ 蘆笙 / 笙獨奏。

圖見 225 頁。

焦點易錯字 芋 | 竽　芋頭　濫竽充數

竹 米 糸 缶 网 羊

5 符 符符符符符符 符

[fú ㄈㄨˊ ㊉ fu4 扶]

❶ **記號；標記** ◆ 符號 / 音符 / 休止符 / 標點符號。❷ **相合；相一致** ◆ 符合 / 與事實相符 / 與事實不符。❸ **道士用來驅鬼防病的圖形** ◆ 符咒 / 護身符。

5 笠 笠笠笠笠笠笠 笠

[lì ㄌㄧˋ ㊉ lɐp9 粒9/lɐp7 粒 (語)]

斗笠：用薄竹片和竹葉編成的帽子，可以遮陽擋雨 ◆ 孤舟蓑笠翁，獨釣寒江雪。

斗笠

5 第 第第第第第第 第

[dì ㄉㄧˋ ㊉ dɐi6 弟]

❶ **表示次序** ◆ 次第 / 等第 / 第一名 / 第一流。❷ **達官貴人的住宅** ◆ 府第 / 宅第 / 門第。❸ **古時科舉應試及格的等次** ◆ 及第 / 落第 / 不第。

5 笤 笤笤笤笤笤笤 笤

[tiáo ㄊㄧㄠˊ ㊉ tiu4 條]

笤帚：掃地的工具。

5 笞 笞笞笞笞笞笞 笞

[chī ㄔ ㊉ tsi1 雌]

用鞭子、棍棒或竹板等抽打 ◆ 鞭笞。

6 筐 筐筐筐筐筐筐 筐

[kuāng ㄎㄨㄤ ㊉ kwaŋ1 框 /hɔŋ1 康]

用薄竹片、荊條等編的盛東西的器具 ◆ 竹筐 / 籮筐 / 土筐 / 一筐土。

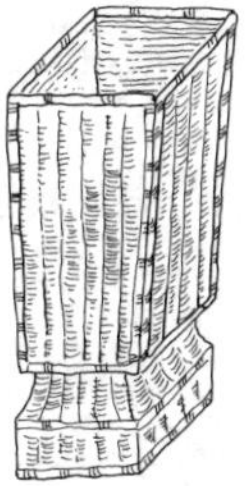

筐

6 等 等等等等等等 等

[děng ㄉㄥˇ ㊉ dɐŋ2 登2]

❶ **品級；級別** ◆ 等第 / 等級 / 初等 / 優等 / 高人一等。❷ **相同；一樣** ◆ 相等 / 同等 / 平等 / 等量齊觀 / 利益均等 / 大小不等。❸ **等待** ◆ 等候 / 稍等 / 再等一會兒 / 一直等到現在。❹ **表示列舉沒完** ◆ 蘋果、香蕉、梨等水果 / 紐約、倫敦、東京等國際大城市。❺ **表示列舉完了，用"等"收尾** ◆ 北京、天津、上海等三個直轄市 / 語文、數學、英語等三門功課成績優秀。

6 策 策策策策策策 策

[cè ㄘㄜˋ ㊉ tsak8 冊]

❶ **計謀；謀略；辦法** ◆ 策略 / 政策 / 對策 / 決策 / 束手無策。❷ **用馬鞭打馬；比喻督促** ◆ 鞭策 / 揚鞭策馬。❸ **古代寫字用的竹片、木片** ◆ 簡策。

6筋 筋筋筋筋筋筋 [筋]

[jīn ㄐㄧㄣ [粵] gɐn¹ 斤]

❶**肌腱或附在骨頭上的韌帶** ◆ 牛蹄筋／筋扭了／傷筋動骨／剝皮抽筋。❷**可以看見的皮下靜脈血管** ◆ 青筋暴起。❸**形狀像筋的東西** ◆ 鋼筋／橡皮筋。

6筒 筒筒筒筒筒筒 [筒]

[tǒng ㄊㄨㄥˇ [粵] tuŋ⁴ 同]

❶**粗的竹管** ◆ 竹筒。❷**比較粗的像管子那樣的東西** ◆ 筆筒/郵筒/炮筒/袖筒/襪筒。

6筏 筏筏筏筏筏筏 [筏]

[fá ㄈㄚˊ [粵] fɐt⁹ 伐]

簡易的水上交通工具，有用竹、木編成的，也有用整張的牛皮、羊皮充氣而成的 ◆ 竹筏／木筏／皮筏。

筏

6筌 筌筌筌筌筌筌 [筌]

[quán ㄑㄩㄢˊ [粵] tsyn⁴ 全]

捕魚用的竹器，圓筒形，魚能進不能出 ◆ 得魚忘筌。

6答 答答答答答答 [答]

〈一〉[dá ㄉㄚˊ [粵] dap⁸ 搭]

❶**回話；回答；跟"問"相對** ◆ 答覆/一問一答／對答如流／有問必答／答非所問。❷**受了別人的恩惠，還報別人** ◆ 答謝／報答。

〈二〉[dā ㄉㄚ [粵] dap⁸ 搭]

❸**義同❶，用於"答應"、"答理"等詞。**

6筍 (笋) 筍筍筍筍筍筍 [筍]

[sǔn ㄙㄨㄣˇ [粵] sœn² 詢²]

竹子剛出土的嫩芽，可當菜吃，味道鮮美 ◆ 竹筍／筍乾／筍衣／冬筍／雨後春筍。

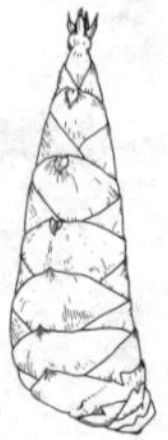

筍

6筆 (笔) 筆筆筆筆筆筆 [筆]

[bǐ ㄅㄧˇ [粵] bɐt⁷ 畢]

❶**寫字、畫圖的工具** ◆ 鉛筆/鋼筆/毛筆/畫筆/筆墨紙硯是文房四寶。❷**寫** ◆ 代筆/親筆。❸**筆畫** ◆ 筆順/起筆/凸字是五筆。❹**量詞** ◆ 一筆生意／一筆財產／一筆糊塗賬。

7筠 筠筠筠筠筠筠 [筠]

[yún ㄩㄣˊ [粵] wɐn⁴ 雲]

竹子的青皮；借指竹子。

7筷 筷筷筷筷筷筷 [筷]

[kuài ㄎㄨㄞˋ [粵] fai³ 快]

筷子，夾菜的用具 ◆ 碗筷 / 一根筷子 / 竹筷 / 象牙筷子。

7 節（节） 節節節節節節 節

[jié ㄐㄧㄝˊ ㊚ dzit[8] 折]

❶ **竹子或其他植物的莖幹分枝長葉的地方** ◆ 竹節 / 節外生枝。❷ **動物骨骼相連接的地方** ◆ 關節 / 骨節。❸ **段落** ◆ 音節 / 節拍 / 季節 / 章節 / 第一章第三節。❹ **時令；節日** ◆ 節氣 / 節令 / 春節 / 端午節。❺ **事情的情形** ◆ 細節 / 情節。❻ **禮儀** ◆ 禮節 / 不拘小節。❼ **人的操守** ◆ 氣節 / 節操 / 貞節 / 高風亮節 / 保持晚節。❽ **刪略** ◆ 節選 / 節錄 / 刪節。❾ **省減，不浪費；限制，不放縱** ◆ 節省 / 節約 / 節儉 / 節制 / 節育 / 節衣縮食 / 開源節流。❿ **量詞，用於分段的事物** ◆ 四節課 / 二十節車廂。

8 箍 箍箍箍箍箍箍 箍

[gū ㄍㄨ ㊚ ku[1]]

用薄竹片或金屬條從外面緊緊把器物捆紮起來，使不鬆散；從外面把器物緊緊捆紮起來的圈 ◆ 用鐵環箍木桶 / 他頭上箍着一條毛巾 / 木桶上的鐵箍斷了。

8 筵 筵筵筵筵筵筵 筵

[yán ㄧㄢˊ ㊚ jin[4] 言]

酒席 ◆ 筵席 / 喜筵 / 壽筵。

8 箕 箕箕箕箕箕箕 箕

[jī ㄐㄧ ㊚ gei[1] 基]

用條狀的薄竹片或柳條、鐵皮等製成的揚穀或清除垃圾的器具 ◆ 簸箕 / 畚箕。

箕

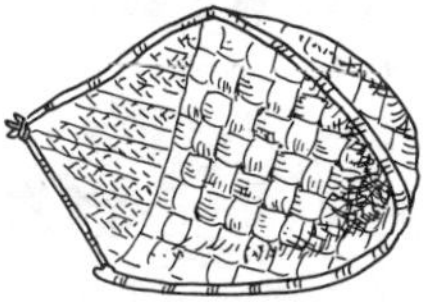

8 箋（笺） 箋箋箋箋箋箋 箋

[jiān ㄐㄧㄢ ㊚ dzin[1] 煎]

❶ **供寫信、寫便條等用的小張的紙** ◆ 信箋 / 便箋。❷ **古書的註釋** ◆ 箋註。

8 算 算算算算算算 算

[suàn ㄙㄨㄢˋ ㊚ syn[3] 蒜]

❶ **計數** ◆ 算術 / 算賬 / 心算 / 核算 / 能寫會算。❷ **計劃；謀劃** ◆ 打算 / 盤算 / 失算 / 精打細算 / 神機妙算。❸ **當作；認為** ◆ 就算我沒有説 / 這種講法不能算是正確的。❹ **作罷；不再計較** ◆ 他不想去就算了 / 算了罷，事情都過去了。❺ **承認有效** ◆ 説話是算數的 / 他説的不算。

8 箏（筝） 箏箏箏箏箏箏 箏

[zhēng ㄓㄥ ㊚ dzɐŋ[1] 僧]

❶ **中國民族弦樂器之一，用手彈撥發聲** ◆ 古箏 / 箏獨奏。❷ **風箏**。

✿ 圖見 225 頁。

8 箔 箔箔箔箔箔箔 箔

[bó ㄅㄛˊ ㊚ bɔk[9] 薄]

❶ **用蘆葦、秫稭等編成的簾子、蓆子** ◆ 葦箔 / 蓆箔。❷ **養蠶用的器具，用竹篾編成的**

薦子或篩子 ◆ 蠶箔。❸金屬打壓成的薄片 ◆ 金箔 / 銀箔。❹ 塗上金屬粉末或貼上金屬薄片的紙 ◆ 錫箔。

8 管

管 管 管 管 管 管 管

[guǎn ㄍㄨㄢˇ ㊄ gun^2 館]

❶ 較長的圓筒形的東西 ◆ 竹管 / 鋼管 / 血管 / 自來水管。❷ 管狀的吹奏樂器 ◆ 管樂 / 單簧管 / 雙簧管。❸主持；負責辦理 ◆ 主管 / 管理 / 管轄 / 管賬 / 接管。❹ 負責供應 ◆ 管吃 / 管住。❺ 過問；關係 ◆ 管閒事 / 這不管你的事。❻約束 ◆ 管束 / 管教 / 看管。❼保證 ◆ 管保你滿意 / 包管你馬到成功。❽ 相當於"把" ◆ 同學們管他叫"小博士" / 北京人管甘薯叫"白薯"。

9 箱

箱 箱 箱 箱 箱 箱 箱

[xiāng ㄒㄧㄤ ㊄ sœŋ^1 商]

❶ 收藏衣物的方形用具 ◆ 箱子 / 皮箱 / 書箱 / 翻箱倒櫃。❷ 像箱子的東西 ◆ 冰箱 / 信箱 / 藥箱。

9 範 (范)

範 範 範 範 範 範 範

[fàn ㄈㄢˋ ㊄ fan^6 飯]

❶榜樣；標準 ◆ 典範 / 模範 / 示範 / 規範。❷ 界限 ◆ 範圍 / 迫其就範。❸ 限制 ◆ 防範。❹ 模子 ◆ 範鑄。

9 箴

箴 箴 箴 箴 箴 箴 箴

[zhēn ㄓㄣ ㊄ dzɐm^1 針]

❶ 規勸；告誡 ◆ 箴言。❷ 古代的一種文體，內容以規勸、告誡為主。

9 箭

箭 箭 箭 箭 箭 箭 箭

[jiàn ㄐㄧㄢˋ ㊄ dzin^3 戰]

古代兵器，可以搭在弓上發射；射箭現在也作為一種體育運動項目 ◆ 弓箭 / 一箭雙雕 / 明槍暗箭 / 光陰似箭，日月如梭。

9 篇

篇 篇 篇 篇 篇 篇 篇

[piān ㄆㄧㄢ ㊄ pin^1 偏]

❶ 首尾完整的文章 ◆ 篇章 / 篇幅 / 長篇小說。❷量詞，用於文章、紙張等 ◆ 一篇散文 / 兩篇紙。

9 篆

篆 篆 篆 篆 篆 篆 篆

[zhuàn ㄓㄨㄢˋ ㊄ syn^6 船^6]

漢字的一種字體，分大篆、小篆 ◆ 篆文。

天地玄黃
宇宙洪荒
日月盈昃
辰宿列張
《千字文》

10 篤 (笃)

篤 篤 篤 篤 篤 篤 篤

[dǔ ㄉㄨˇ ㊄ duk^7 督]

❶ 忠厚誠實；一心一意 ◆ 篤實 / 篤志 / 誠篤 / 篤學 / 情愛甚篤。❷ 病重 ◆ 病篤。

10 篝

篝 篝 篝 篝 篝 篝 篝

[gōu ㄍㄡ ㊄ gɐu^1 溝]

❶ 竹籠。❷ 篝火：原指用籠子罩着的火，

竹 米 糸 缶 网 羊

焦點易錯字 菅 | 管 草菅人命 管理 管教 篾 | 蔑 篾片 竹篾 蔑視 輕蔑

現借指在野外燃起的火堆 ◆ 篝火晚會。

10 **築**（筑）

[zhù ㄓㄨˋ ㊚ dzuk7 竹]
建造；修建 ◆ 築路 / 築堤 / 建築 / 修築 / 構築防禦工事。
✿ 圖見 139 頁。

10 **篡**

[cuàn ㄘㄨㄢˋ ㊚ san3 散]
奪取；用不正當的手段奪取權力或地位 ◆ 篡奪 / 篡位 / 篡權。

10 **篩**（筛）

[shāi ㄕㄞ ㊚ sɐi1 西]
❶ **篩子：用竹篾、鐵絲等做成的有孔眼的器具，可以漏下細的，留下較粗的。** ❷ **用篩子過東西** ◆ 篩米 / 篩沙子 / 篩選。❸ **斟酒** ◆ 篩酒。

10 **簑** 同"蓑"字，見385頁。

10 **篙**

[gāo ㄍㄠ ㊚ gou1 高]
撐船用的竹竿或木竿 ◆ 竹篙。

篙

11 **簌**

[sù ㄙㄨˋ ㊚ suk7 叔]
簌簌：(1) 象聲詞，形容風吹樹葉等發出的聲音 ◆ 樹葉簌簌作響。**(2) 形容眼淚紛紛落下的樣子** ◆ 淚珠簌簌地掉了下來。**(3) 形容肢體發抖的樣子** ◆ 手指簌簌地抖。

11 **簍**（篓）

[lǒu ㄌㄡˇ ㊚ lɐu5 柳]
用竹片、荊條或鐵絲等編成的盛東西的器具 ◆ 竹簍 / 背簍 / 油簍 / 字紙簍。

11 **篾**

[miè ㄇㄧㄝˋ ㊚ mit9 滅]
劈成條狀的薄竹片；葦稈、高粱稈劈成的條狀薄片，也叫篾 ◆ 竹篾 / 葦篾 / 篾蓆。

11 **篷**

[péng ㄆㄥˊ ㊚ puŋ4 蓬]
❶ **用竹片、葦蓆、帆布等製成的用來遮陽、擋風雨的設備** ◆ 帳篷 / 車篷 / 布篷。❷ **指船帆** ◆ 扯起篷來。

11 **簇**

[cù ㄘㄨˋ ㊚ tsuk7 促]
❶ **聚集；聚成一團** ◆ 簇擁 / 花團錦簇。❷ **量詞** ◆ 一簇鮮花。

12 **簧**（簧）

[huáng ㄏㄨㄤˊ ㊚ wɔŋ4 黃]
❶ **樂器裏振動發聲的薄片** ◆ 巧舌如簧。❷ **器物上有彈力的機件** ◆ 彈簧 / 鎖簧。

竹 米 糸 缶 网 羊

焦點易錯字 纂 | 篡　編纂 纂修　篡位 篡奪　蓬 | 篷　蓬勃 蓬頭垢面　帳篷 見風轉篷

12 **簪** 簪 簪 簪 簪 簪 簪 [簪]

[zān ㄗㄢ [粵] dzam¹ 站¹]
❶**簪子：別住髮結的首飾** ◆ 玉簪。❷**插戴** ◆ 簪花。

簪

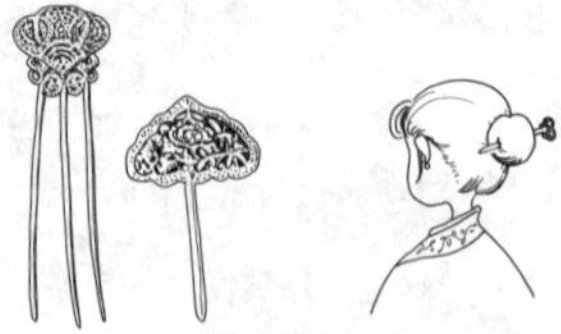

12 **簣**（篑） 簣 簣 簣 簣 簣 簣 [簣]

[kuì ㄎㄨㄟˋ [粵] gwɐi⁶ 跪]
盛土的竹筐 ◆ 功虧一簣。

12 **簞**（箪） 簞 簞 簞 簞 簞 簞 [簞]

[dān ㄉㄢ [粵] dan¹ 丹]
古代盛飯用的圓形竹器 ◆ 簞食壺漿。

12 **簡**（简） 簡 簡 簡 簡 簡 簡 [簡]

[jiǎn ㄐㄧㄢˇ [粵] gan² 柬]
❶**不複雜；不煩瑣** ◆ 簡單／簡便／簡潔／簡化字／言簡意賅／刪繁就簡。❷**書信；信件** ◆ 書簡。❸**古代用來寫字的竹片、木片** ◆ 竹簡。

13 **簸** 簸 簸 簸 簸 簸 簸 [簸]

〈一〉[bò ㄅㄛˋ [粵] bɔ³ 播]
❶**簸箕：用竹條、柳條、鐵皮等製成的揚穀或清除垃圾的器具。**
〈二〉[bǒ ㄅㄛˇ [粵] bɔ²]
❷**用簸箕上下顛動，揚去糠秕、塵土等雜物** ◆ 簸穀。❸**搖動；搖盪** ◆ 顛簸。

13 **簽**（签） 簽 簽 簽 簽 簽 簽 [簽]

[qiān ㄑㄧㄢ [粵] tsim¹ 潛¹]
❶**寫上代表姓名的符號** ◆ 簽名／簽署／簽約／簽到。❷**簡要地寫出意見** ◆ 簽註。

13 **簷**（檐） 簷 簷 簷 簷 簷 簷 [簷]

[yán ㄧㄢˊ [粵] jim⁴ 嚴]
❶**屋頂邊沿伸出的部分** ◆ 屋簷／廊簷。❷**某些器物上像屋簷的部分** ◆ 帽簷。

13 **簾**（帘） 簾 簾 簾 簾 簾 簾 [簾]

[lián ㄌㄧㄢˊ [粵] lim⁴ 廉]
用布、竹片等做成用來遮擋門窗的用具 ◆ 門簾／窗簾／竹簾。

13 **簿** 簿 簿 簿 簿 簿 簿 [簿]

[bù ㄅㄨˋ [粵] bou⁶ 步]
本子；冊子 ◆ 簿冊／賬簿／練習簿／筆記簿／作文簿。

13 **簫**（箫） 簫 簫 簫 簫 簫 簫 [簫]

[xiāo ㄒㄧㄠ [粵] siu¹ 消]
管樂器，用一根竹管製成，直着吹，叫"洞簫"；用數根竹管排在一起的，叫"排簫"。
✿ 圖見225頁。

14 **籍** 籍 籍 籍 籍 籍 籍 [籍]

[jí ㄐㄧˊ [粵] dzik⁹ 直]
❶**書** ◆ 書籍／古籍。❷**登記的名冊** ◆ 户

焦點易錯字 籍｜藉 籍貫 書籍 藉口 憑藉

竹 米 糸 缶 网 羊

籍 / 名籍。❸ **出生地或長久居住的地方** ◆ 籍貫 / 祖籍 / 原籍。❹ **個人對國家或組織的隸屬關係** ◆ 國籍 / 學籍。

14 籌（筹）

[chóu ㄔㄡˊ ㊣ tsɐu^{4} 酬]

❶ **計數的工具** ◆ 籌碼。❷ **謀劃** ◆ 籌劃 / 籌備 / 籌辦 / 籌集 / 統籌。❸ **計策；辦法** ◆ 一籌莫展 / 運籌帷幄。

14 籃（篮）

[lán ㄌㄢˊ ㊣ lam^{4} 藍]

❶ **用竹條、藤條等編成的盛器，上面有提梁** ◆ 花籃 / 竹籃 / 菜籃子。❷ **指籃球** ◆ 籃壇 / 男籃。❸ **籃球架上供投球用的帶網鐵圈** ◆ 籃框 / 投籃。

14 纂

見糸部，348頁。

16 籟（籁）

[lài ㄌㄞˋ ㊣ lai^{6} 賴]

從孔穴裏發出的聲音；泛指自然界的聲音 ◆ 萬籟俱寂。

16 籠（笼）

〈一〉[lóng ㄌㄨㄥˊ ㊣ luŋ^{4} 龍]

❶ **用竹條、木條、金屬條等編成的器具，用來關養動物或盛放東西** ◆ 鳥籠 / 鐵籠 / 蒸籠。❷ **舊時囚禁犯人的刑具** ◆ 囚籠。

〈二〉[lǒng ㄌㄨㄥˇ ㊣ luŋ^{4} 龍]

❸ **遮蓋；罩住** ◆ 籠罩。

〈三〉[lǒng ㄌㄨㄥˇ ㊣ luŋ^{5} 壟]

❹ **比較大的箱子** ◆ 箱籠。

17 籤（签）

[qiān ㄑㄧㄢ ㊣ tsim^{1} 簽]

❶ **某些作標誌用的東西** ◆ 標籤 / 書籤。❷ **某些兩頭尖的細短棍或扁狀的東西** ◆ 牙籤 / 竹籤 / 抽籤 / 求籤問卜。

19 籮（箩）

[luó ㄌㄨㄛˊ ㊣ lɔ^{4} 羅]

用竹子編的盛器，方底圓口 ◆ 籮筐。

19 籬（篱）

[lí ㄌㄧˊ ㊣ lei^{4} 離]

籬笆：用竹子、樹枝等編成的遮攔物 ◆ 籬笆 / 樊籬 / 竹籬茅舍。

26 籲（吁）

[yù ㄩˋ ㊣ jy^{6} 預]

為某種要求而呼喊 ◆ 呼籲 / 籲請 / 籲求。

米部

0 米

[mǐ ㄇㄧˇ ㊣ mɐi^{5} 迷^{5}]

❶ **穀物去殼後的種子** ◆ 小米 / 高粱米 / 花生米。❷ **特指稻穀去殼後的子粒** ◆ 大米 / 糯米 / 巧婦難為無米之炊。❸ **長度單位，一米為一百厘米，等於 3.28 英尺。**

見古文字插頁 5。

焦點易錯字 藍 | 籃 蔚藍 藍本 籃球 搖籃

3 籽

籽 籽 籽 籽 籽 籽 籽

[zǐ ㄗˇ (粵) dzi2 子]

植物的種子 ◆ 棉籽 / 花籽 / 油菜籽 / 春種一粒粟，秋收萬顆籽。

4 粉

粉 粉 粉 粉 粉 粉 粉

[fěn ㄈㄣˇ (粵) fɐn2 忿]

❶ **細末** ◆ 粉末 / 麪粉 / 花粉 / 藥粉 / 洗衣粉。❷ **粉狀化妝品** ◆ 脂粉 / 擦粉 / 塗脂抹粉 / 粉墨登場。❸ **某些澱粉製成的食品** ◆ 粉絲 / 涼粉。❹ **用石灰等塗料刷牆壁** ◆ 粉刷一新。❺ **淺色；帶白色的** ◆ 粉紅。❻ **使破碎** ◆ 粉身碎骨。

5 粗

粗 粗 粗 粗 粗 粗 粗

[cū ㄘㄨ (粵) tsou1 操]

❶ **顆粒較大的；直徑較大的；跟“細”相對** ◆ 粗沙 / 粗鹽 / 粗鐵絲 / 粗眉大眼 / 釣竿太粗。❷ **東西不精緻；毛糙** ◆ 粗糙 / 粗布 / 粗瓷 / 粗茶淡飯。❸ **不周密；馬虎** ◆ 粗心 / 粗疏 / 粗枝大葉 / 粗製濫造。❹ **大致；略微** ◆ 粗具規模 / 粗略估計 / 粗通文墨。❺ **魯莽；不文雅的** ◆ 粗魯 / 粗暴 / 粗野 / 粗話。❻ **聲音大而低沉** ◆ 粗嗓子 / 粗聲粗氣。

5 粕

粕 粕 粕 粕 粕 粕 粕

[pò ㄆㄛˋ (粵) pɔk8 撲]

糟粕。見“糟”字，338頁。

5 粘

同“黏”字，見512頁。

5 粒

粒 粒 粒 粒 粒 粒 粒

[lì ㄌㄧˋ (粵) nɐp7 凹 / lɐp7 笠]

❶ **細小、圓珠形的東西** ◆ 米粒 / 鹽粒 / 沙粒 / 碎粒。❷ **量詞，用於顆粒狀的東西** ◆ 一粒豆 / 一粒珠子 / 一粒子彈 / 誰知盤中餐，粒粒皆辛苦。

6 粟

粟 粟 粟 粟 粟 粟 粟

[sù ㄙㄨˋ (粵) suk7 叔]

❶ **一種穀物，俗稱穀子，去殼後叫小米；古代泛指糧食** ◆ 滄海一粟 / 春種一粒粟，秋收萬顆籽。

粟

6 粧

“妝”的異體字，見102頁。

6 粥

粥 粥 粥 粥 粥 粥 粥

[zhōu ㄓㄡ (粵) dzuk7 祝]

稀飯 ◆ 喝粥 / 大米粥 / 雞粥 / 熬粥 / 八寶粥 / 僧多粥少 / 一粥一飯，當思來之不易。

7 粳

粳 粳 粳 粳 粳 粳 粳

[jīng ㄐㄧㄥ (粵) gɐŋ1 庚]

粳稻：水稻的一種，稻米叫粳米，有黏性。

7 粵 (粤)

粵 粵 粵 粵 粵 粵 粵

[yuè ㄩㄝˋ (粵) jyt9 月]

廣東省的別稱 ◆ 粵語。

焦點易錯字 粹 | 萃 | 瘁　國粹　粹而不雜　薈萃　出類拔萃　心力交瘁　鞠躬盡瘁

7 **粱** 粱粱粱粱粱粱 [粱]

[liáng ㄌㄧㄤˊ [粵] lœŋ4 良]

高粱：糧食作物，子實可以食用，也可以釀酒。

高粱

8 **精** 精精精精精精 [精]

[jīng ㄐㄧㄥ [粵] dziŋ1 晶/dzɛŋ1 (語)]

❶ **經過加工提煉，品質純淨的東西** ◆ 精鹽／精米／酒精／香精。❷ **生物的雄性生殖物質** ◆ 精子／精液／受精。❸ **完美的；最好的** ◆ 精美／精良／精華／精彩／精益求精。❹ **細密的；不粗糙** ◆ 精細／精巧／精密／精緻／精確。❺ **聰明、機靈、能幹** ◆ 精明／精靈／精幹／精明強幹／這個人很精。❻ **熟練掌握** ◆ 精通／精於此道／博而不精。❼ **精神；精力** ◆ 聚精會神／精疲力竭／無精打采／養精蓄鋭。❽ **很；非常；完全** ◆ 錢輸個精光／衣服淋得精濕。

8 **粼** 粼粼粼粼粼粼 [粼]

[lín ㄌㄧㄣˊ [粵] lœn4 倫]

粼粼：形容水清澈而泛光的樣子 ◆ 湖水粼粼／波光粼粼。

8 **粹** 粹粹粹粹粹粹 [粹]

[cuì ㄘㄨㄟˋ [粵] sœy3 歲]

❶ **純淨不雜** ◆ 純粹。❷ **精華** ◆ 精粹／國粹。

8 **粽** 粽粽粽粽粽粽 [粽]

[zòng ㄗㄨㄥˋ [粵] dzuŋ3 眾]

粽子：用竹葉或葦葉等包裹糯米而煮成的食品 ◆ 粽子／肉粽／豆沙粽。

9 **糊** 糊糊糊糊糊糊 [糊]

〈一〉[hú ㄏㄨˊ [粵] wu4 胡]

❶ **粥類食品** ◆ 玉米糊糊。❷ **黏合；貼** ◆ 裱糊／糊窗户。❸ **食物燒焦。也寫作"煳"** ◆ 飯糊了。

〈二〉[hū ㄏㄨ [粵] wu4 胡]

❹ **用泥、石灰等黏的東西，把縫、洞堵上** ◆ 糊牆縫／用泥把洞糊上。

〈三〉[hù ㄏㄨˋ [粵] wu4 胡]

❺ **像粥一樣稀黏的食品或用品** ◆ 漿糊／芝麻糊(此例粵口語讀wu2 胡2)。

9 **糉** **"粽"的異體字，見本頁。**

10 **糖** 糖糖糖糖糖糖 [糖]

[táng ㄊㄤˊ [粵] tɔŋ4 唐]

❶ **從甘蔗、甜菜、大麥等提煉出來的有甜味的食品** ◆ 白糖／紅糖／冰糖／麥芽糖。❷ **指糖果** ◆ 奶糖／水果糖／薄荷糖／花生糖。

10 **糕** 糕糕糕糕糕糕 [糕]

[gāo ㄍㄠ [粵] gou1 高]

用麪粉或米粉為主要原料做成的食品 ◆ 年糕／蛋糕／糕點／糕餅。

焦點易錯字 鄰｜粼　鄰近　毗鄰　波光粼粼　白石粼粼

11 **糟** 糟糟糟糟糟糟 糟

[zāo ㄗㄠ (粵) dzou¹ 遭]
❶**釀酒剩下的渣子** ◆ 酒糟。❷**比喻沒有價值的東西** ◆ 糟粕。❸**用酒或酒糟醃製食品** ◆ 糟肉 / 糟魚。❹**腐爛** ◆ 桌子腿糟了 / 木頭椽子糟了。❺**指事情辦壞、情況不好** ◆ 真糟糕 / 成績糟透了 / 這件事給弄糟了。

11 **糞**（粪） 糞糞糞糞糞糞 糞

[fèn ㄈㄣˋ (粵) fɐn³ 訓]
排泄物，俗稱“屎”、“大便” ◆ 糞便。

11 **糙** 糙糙糙糙糙糙 糙

[cāo ㄘㄠ (粵) tsou³ 燥]
不細緻；不光滑 ◆ 粗糙 / 毛糙 / 糙米。

11 **糜** 糜糜糜糜糜糜 糜

[mí ㄇㄧˊ (粵) mei⁴ 眉]
❶**粥**。❷**爛** ◆ 糜爛。❸**浪費** ◆ 糜費 / 生活奢糜。

11 **糠** 糠糠糠糠糠糠 糠

[kāng ㄎㄤ (粵) hɔŋ¹ 康]
從稻米、麥子等子實上脱下來的皮或殼 ◆ 米糠 / 糠秕 / 吃糠嚥菜。

12 **糧**（粮） 糧糧糧糧糧糧 糧

[liáng ㄌㄧㄤˊ (粵) lœŋ⁴ 良]
穀類、豆類、薯類等食物的總稱 ◆ 糧食 / 食糧 / 乾糧 / 五穀雜糧。

14 **糰**（团） 糰糰糰糰糰糰 糰

[tuán ㄊㄨㄢˊ (粵) tyn⁴ 團]
用米粉做成的圓球形的食品 ◆ 湯糰 / 糕糰。

14 **糯** 糯糯糯糯糯糯 糯

[nuò ㄋㄨㄛˋ (粵) nɔ⁶ 懦]
有黏性的稻米或其他農作物 ◆ 糯稻 / 糯米。

糸部

1 **糸** 糸糸糸糸糸糸 糸

[xì ㄒㄧˋ (粵) hɐi⁶ 係]
❶ **有聯屬關係的** ◆ 系統 / 系列 / 世系 / 派系 / 直系親屬。❷ **高等學校按專業設置的教學行政單位** ◆ 中文系 / 物理系 / 外語系。❸ **“係”的簡化字，見22頁**。❹ **“繫”的簡化字，見348頁**。

2 **糾**（纠） 糾糾糾糾糾糾 糾

[jiū ㄐㄧㄡ (粵) gɐu² 九]
❶**纏繞** ◆ 糾纏/糾紛。❷**改正；使改正** ◆ 糾正 / 有錯必糾。❸ **聚集；集合** ◆ 糾集 / 糾合。❹ **督察** ◆ 糾察隊。

3 **紅**（红） 紅紅紅紅紅紅 紅

[hóng ㄏㄨㄥˊ (粵) huŋ⁴ 洪]
❶ **像鮮血一樣的顏色** ◆ 紅花 / 桃紅柳綠 / 萬紫千紅 / 人無千日好，花無百日紅 / 停車

焦點易錯字 系 | 係 | 繫 系統 學系 關係 維繫 聯繫 | 靡 | 糜 風靡一時 委靡不振 糜費 生活糜爛

坐愛楓林晚，霜葉紅於二月花。❷ **象徵喜慶、光榮或成功** ◆ 紅榜 / 開門紅 / 紅白喜事。❸ **受到寵愛、重視** ◆ 紅歌星 / 大紅人 / 他越來越走紅。❹ **盈利** ◆ 紅利 / 分紅。

3紂 紂紂紂紂紂紂 紂

[zhòu ㄓㄡˋ (粵) dzɐu6 就]

人名，商代最後的君主，相傳是暴君 ◆ 助紂為虐。

3約(约) 約約約約約約 約

[yuē ㄩㄝ (粵) jœk8 若8]

❶ **管束；限制** ◆ 約束 / 制約 / 約法三章。❷ **事先說定** ◆ 約會 / 預約 / 約定俗成 / 不約而同。❸ **事先說定的事；共同議定的應遵守的條文** ◆ 條約 / 簽約 / 違約 / 公約 / 有約在先。❹ **邀請** ◆ 約請 / 特約。❺ **節省** ◆ 節約 / 儉約。❻ **大概** ◆ 約略 / 約計 / 大約 / 約有二十人。❼ **模糊；不很清楚** ◆ 隱約。

3紉(纫) 紉紉紉紉紉紉 紉

[rèn ㄖㄣˋ (粵) jɐn4 人]

❶ **縫補衣服；做針線活** ◆ 縫紉。❷ **穿針引線** ◆ 紉針。

3紀(纪) 紀紀紀紀紀紀 紀

〈一〉[jì ㄐㄧˋ (粵) gei2 己]

❶ **記載** ◆ 紀要 / 紀事 / 紀實。❷ **規則；法度** ◆ 紀律 / 校紀 / 軍紀 / 違法亂紀。❸ **紀年的單位。古代以十二年為一紀，現在以一百年為一世紀。** ❹ **年歲** ◆ 年紀。

〈二〉[jǐ ㄐㄧˇ (粵) gei2 己]

❺ **姓。**

焦點易錯字 紀 | 記　紀律 世紀　記載 記憶

4素 素素素素素素 素

[sù ㄙㄨˋ (粵) sou3 訴]

❶ **白色的** ◆ 素服。❷ **顏色單純；不華麗；不加修飾的** ◆ 素淨 / 素描 / 素雅 / 樸素。❸ **本來的；原有的** ◆ 素材 / 素質。❹ **構成事物的基本成分** ◆ 元素 / 因素 / 色素 / 毒素。❺ **平時；向來** ◆ 素來 / 平素 / 素不相識 / 素昧平生。❻ **指蔬菜、瓜果等食品；跟"葷"相對** ◆ 吃素 / 素菜 / 素餐館 / 兩葷一素。

4紜(纭) 紜紜紜紜紜紜 紜

[yún ㄩㄣˊ (粵) wɐn4 雲]

紛紜。見"紛"字，340 頁。

4索 索索索索索索 索

〈一〉[suǒ ㄙㄨㄛˇ (粵) sɔk8 朔]

❶ **粗的繩子或鏈條** ◆ 繩索 / 鐵索 / 船索 / 絞索。❷ **單獨** ◆ 離羣索居。❸ **盡；毫無** ◆ 索然無味。

〈二〉[suǒ ㄙㄨㄛˇ (粵) sak8]

❹ **尋找；探求** ◆ 思索 / 搜索 / 摸索 / 探索 / 按圖索驥。❺ **討取；要** ◆ 索取 / 索價 / 簡章備索 / 敲詐勒索。

4紕 紕紕紕紕紕紕 紕

[pī ㄆㄧ (粵) pei1 披]

錯誤 ◆ 紕漏 / 紕繆。

4純(纯) 純純純純純純 純

[chún ㄔㄨㄣˊ (粵) sœn4 脣]

❶ **單一；不混雜** ◆ 純白 / 純淨 / 純金 / 純粹 / 純潔 / 純樸。❷ **高度的；完全** ◆ 純熟 /

純屬虛構。

4 **紗**（纱） 紗紗紗紗紗紗 紗

[shā ㄕㄚ 粵 sa¹ 沙]

❶ **用棉、麻等紡成的細絲，可以用來紡線、織布** ◆ 棉紗／紗廠／紡紗織布。❷ **用紗織成的較稀疏的紡織品** ◆ 窗紗／紗布。

4 **納**（纳） 納納納納納納 納

[nà ㄋㄚˋ 粵 nap⁹ 鈉]

❶ **收進；歸入** ◆ 出納／歸納／納入計劃。❷ **接受** ◆ 採納／容納／接納／笑納／吐故納新。❸ **交付** ◆ 納税／繳納。❹ **享受** ◆ 納涼／納福。❺ **用針線密密地縫** ◆ 納鞋底。

4 **紛**（纷） 紛紛紛紛紛紛 紛

[fēn ㄈㄣ 粵 fɐn¹ 分]

❶ **形容多** ◆ 大雪紛飛／議論紛紛／紛至沓來／清明時節雨紛紛，路上行人欲斷魂。❷ **形容多而雜亂** ◆ 紛亂／頭緒紛繁。❸ **爭執** ◆ 紛爭／糾紛／排難解紛。❹ **紛紜：形容多而雜亂的樣子** ◆ 眾説紛紜。

4 **紙**（纸） 紙紙紙紙紙紙 紙

[zhǐ ㄓˇ 粵 dzi² 指]

❶ **用來書寫、繪畫、印製、包裝等的紙張，大多用植物纖維製成** ◆ 宣紙／報紙／信紙／牛皮紙／紙上談兵。❷ **量詞，多用於書信、文件** ◆ 一紙公文。

4 **級**（级） 級級級級級級 級

[jí ㄐㄧˊ 粵 kɐp⁷ 吸]

❶ **台階；層** ◆ 石級／拾級而上／救人一命，勝造七級浮屠。❷ **等次** ◆ 級別／等級／高級／甲級。❸ **學校裏按修學年限所分的級別** ◆ 年級／三年級／升留級／同級同學。

4 **紊** 紊紊紊紊紊紊 紊

[wěn ㄨㄣˇ 粵 mɐn⁶ 問]

亂 ◆ 紊亂／有條不紊。

4 **紋**（纹） 紋紋紋紋紋紋 紋

[wén ㄨㄣˊ 粵 mɐn⁴ 文]

❶ **圖案；花樣** ◆ 花紋／指紋。❷ **線條；皺痕** ◆ 紋路／紋理／皺紋／魚尾紋。

4 **紡**（纺） 紡紡紡紡紡紡 紡

[fǎng ㄈㄤˇ 粵 fɔŋ² 訪]

❶ **把棉、麻、絲等纖維加工成紗、線** ◆ 紡紗／紡線／紡織／毛紡廠。❷ **紡綢：一種柔軟、細密的絲織品。**

4 **紐**（纽） 紐紐紐紐紐紐 紐

[niǔ ㄋㄧㄡˇ 粵 nɐu² 扭]

❶ **紐釦** ◆ 衣紐。❷ **有連結作用的** ◆ 紐帶／樞紐。❸ **器物上手提的部分** ◆ 秤紐／印紐。

5 **紮**（扎） 紮紮紮紮紮紮 紮

〈一〉[zā ㄗㄚ 粵 dzat⁸ 札]

❶ **捆；束** ◆ 捆紮／包紮／結紮／紮辮子。

〈二〉[zhā ㄓㄚ 粵 dzat⁸ 札]

❷ **暫住；停留** ◆ 駐紮／紮營。

5 **組**（组） 組組組組組組 組

[zǔ ㄗㄨˇ 粵 dzou² 祖]

❶結合；構成 ◆ 組成／組合／組詞／改組／組裝。**❷由不多的人結合成的單位** ◆ 小組／班組／祕書組／分組討論。**❸有系統的或成套的東西** ◆ 組曲／組歌／組詩。

5 紳（绅）　紳紳紳紳紳紳 紳

[shēn ㄕㄣ 粵 sɐn^1 申]

指地方上有權勢、有地位的人 ◆ 紳士／鄉紳／土豪劣紳。

5 累　累累累累累累 累

〈一〉[lěi ㄌㄟˇ 粵 lœy^5 呂]

❶堆積；積聚 ◆ 累積／累計／危如累卵／日積月累／成年累月。**❷連續；屢次** ◆ 累建功勳／連篇累牘／累教不改。**❸牽連** ◆ 牽累／連累。

〈二〉[lèi ㄌㄟˋ 粵 lœy^6 類]

❹疲勞；辛勞 ◆ 勞累／很累／受累／不怕苦，不怕累。

〈三〉[léi ㄌㄟˊ 粵 lœy^6 類]

❺"纍"的簡化字，見349頁。

5 細（细）　細細細細細細 細

[xì ㄒㄧˋ 粵 sɐi^3 世]

❶長而不粗；跟"粗"相對 ◆ 粗細／細鐵絲／細毛線／細竹竿。**❷顆粒微小；跟"粗"、"大"相對** ◆ 細沙／細小／斜風細雨。**❸聲音小** ◆ 嗓音細／細聲細氣。**❹精緻** ◆ 細瓷／細巧／細緻／工藝精細。**❺周密；詳盡** ◆ 細心／仔細／詳細／精打細算／細說端詳／深耕細作。**❻瑣碎的；不重要的** ◆ 細節／事無巨細。

5 絀（绌）　絀絀絀絀絀絀 絀

[chù ㄔㄨˋ 粵 dzœt^7 卒]

不足；不夠 ◆ 相形見絀。

5 終（终）　終終終終終終 終

[zhōng ㄓㄨㄥ 粵 dzuŋ^1 中]

❶末了；結束；跟"始"相對 ◆ 終點／年終／終止／有始有終／有情人終成眷屬。**❷指人死** ◆ 臨終／送終／壽終正寢／終年八十五歲。**❸從開始到末了的整段時間** ◆ 終生難忘／終身大事／終年積雪／飽食終日。**❹到底；畢竟** ◆ 終歸／終於成功／終見成效／終究會真相大白。

5 絃

"弦"的異體字，見141頁。

5 絆（绊）　絆絆絆絆絆絆 絆

[bàn ㄅㄢˋ 粵 bun^3 半]

走路時腳被東西擋住或纏住，使跌倒或行走不便 ◆ 絆馬索／絆腳石／絆了一跤／不小心被石頭絆倒。

5 紹（绍）　紹紹紹紹紹紹 紹

[shào ㄕㄠˋ 粵 siu^6 邵]

❶替人引進、牽合 ◆ 介紹。**❷浙江省紹興市的簡稱** ◆ 紹酒。

6 結（结）　結結結結結結 結

〈一〉[jié ㄐㄧㄝˊ 粵 git^8 潔]

❶用繩、線、布條等打扣或編織；也指結成的東西 ◆ 活結／死結／蝴蝶結／結網／張燈結綵。**❷聯合；組織** ◆ 結合／結盟／結婚／成羣結隊／團結就是力量。**❸構成** ◆ 結仇／結怨／冤家宜解不宜結。**❹凝聚；凝固** ◆ 凝結／凍結／結冰／結晶。**❺結束；完了** ◆ 結賬／結案／結業／了結／結局。

焦點易錯字 拌｜絆　拌和　攪拌　絆腳石　絆手絆腳　拙｜絀　笨拙　勤能補拙　左支右絀　相形見絀

〈二〉[jiē ㄐㄧㄝ ⓨ git^8 潔]
❻ **植物長出果實或種子** ◆ 開花結果 / 樹上結了很多荔枝。

6絨(绒)

絨絨絨絨絨絨 絨

[róng ㄖㄨㄥˊ ⓨ juŋ^4 容]
❶ **細小柔軟的短毛** ◆ 絨毛 / 鴨絨 / 駝絨。❷ **表面有絨毛的紡織品** ◆ 絲絨 / 絨線 / 呢絨 / 羊絨衫 / 燈心絨。

6紫

紫紫紫紫紫紫 紫

[zǐ ㄗˇ ⓨ dzi^2 子]
藍和紅合成的顏色 ◆ 紫色 / 紫荊花 / 紫外線 / 萬紫千紅。

6給(给)

給給給給給給 給

〈一〉[gěi ㄍㄟˇ ⓨ kɐp^7 級]
❶ **使對方得到；把東西交付對方** ◆ 給他一本字典 / 把卷子交給老師 / 教給他讀書的方法。❷ **替；為** ◆ 給學生補課 / 給旅行團當翻譯。❸ **被** ◆ 衣服給淋濕了 / 小羊給狼叼走了。❹ **讓；使** ◆ 應該給他們試試 / 這件事應該給大家知道。❺ **向** ◆ 給老師拜年 / 給他陪個不是。

〈二〉[jǐ ㄐㄧˇ ⓨ kɐp^7 級]
❻ **供應** ◆ 供給 / 給養 / 自給自足。❼ **富足** ◆ 家給人足。

6絢(绚)

絢絢絢絢絢絢 絢

[xuàn ㄒㄩㄢˋ ⓨ hyn^3 勸]
色彩華麗 ◆ 絢麗 / 絢爛。

6絡(络)

絡絡絡絡絡絡 絡

[luò ㄌㄨㄛˋ ⓨ lɔk^8 烙]
❶ **像網一樣的東西** ◆ 網絡 / 脈絡 / 絲瓜絡。❷ **用網兜住；聯繫上** ◆ 頭上絡着一個髮網 / 聯絡 / 籠絡人心。

6絞(绞)

絞絞絞絞絞絞 絞

[jiǎo ㄐㄧㄠˇ ⓨ gau^2 狡]
❶ **擰；擰緊** ◆ 絞緊 / 絞毛巾 / 把衣服絞乾 / 幾根繩子絞在一起。❷ **用繩子把人勒死的一種刑罰** ◆ 絞刑 / 絞刑架。

6統(统)

統統統統統統 統

[tǒng ㄊㄨㄥˇ ⓨ tuŋ^2 桶]
❶ **事物間的連續關係** ◆ 傳統 / 血統 / 系統。❷ **總起來管理** ◆ 統率 / 統領 / 統治 / 統兵 / 統籌安排。❸ **合一** ◆ 統一 / 統計 / 統稱 / 大一統。❹ **共計；全部** ◆ 統共 / 統統。❺ **衣服、鞋襪的筒狀部分** ◆ 長統鞋 / 短統襪。

6絕(绝)

絕絕絕絕絕絕 絕

[jué ㄐㄩㄝˊ ⓨ dzyt^9 拙^9]
❶ **斷了** ◆ 絕交 / 絕望 / 斷絕往來 / 與世隔絕 / 絡繹不絕。❷ **盡；完了** ◆ 氣絕身亡 / 彈盡糧絕 / 趕盡殺絕。❸ **沒有希望的；沒有出路的** ◆ 走上絕路 / 陷入絕境 / 絕處逢生。❹ **出色的；獨一無二的** ◆ 絕招 / 絕技 / 中國一絕 / 精彩絕倫。❺ **極；最** ◆ 絕妙 / 絕大多數 / 絕密文件 / 風景絕佳 / 絕無僅有 / 會當凌絕頂，一覽眾山小。❻ **一定；無論如何；表示很堅決、很肯定** ◆ 絕對 / 絕不後退 / 絕無此意 / 跟他絕不相干。❼ **一種古代詩體，也叫"絕句"。絕句一首共四句，每句五個字的叫"五言絕句"，七個字的叫"七言絕句"，簡稱"五絕"、"七絕"。**

6 絮 絮絮絮絮絮絮 [絮]

[xù ㄒㄩˋ [粵] sœy³ 歲/sœy⁵ 緒（語）]
❶ **彈鬆的棉花** ◆ 棉絮 / 金玉其外，敗絮其中。❷ **像棉絮一樣的東西** ◆ 柳絮 / 蘆絮。❸ **把棉花均勻地鋪在衣、被裏** ◆ 絮棉襖 / 絮被窩。❹ **話多；語言囉嗦** ◆ 絮語 / 絮絮叨叨。

6 絲（丝） 絲絲絲絲絲絲 [絲]

[sī ㄙ [粵] si¹ 私]
❶ **蠶絲** ◆ 絲綢 / 絲線 / 單絲不成線，獨木不成林 / 春蠶到死絲方盡，蠟炬成灰淚始乾。❷ **像絲一樣細長的東西** ◆ 鐵絲 / 銅絲 / 粉絲 / 雨絲 / 蛛絲馬跡。❸ **形容極細微** ◆ 紋絲不動 / 一絲不苟 / 絲毫不差 / 臉上沒有一絲微笑。

7 綁（绑） 綁綁綁綁綁綁 [綁]

[bǎng ㄅㄤˇ [粵] bɔŋ² 榜]
用繩子捆紮起來 ◆ 捆綁 / 鬆綁 / 綁紮行李 / 綁緊一點 / 綁在一起 / 把手腳綁住。

7 經（经） 經經經經經經 [經]

[jīng ㄐㄧㄥ [粵] giŋ¹ 京]
❶ **紡織機上的直線** ◆ 經線 / 經紗。❷ **地圖上或地球儀上貫穿南北兩極的直線，分東西兩度線；跟"緯"相對** ◆ 經緯度 / 東經 180 度。❸ **中醫指人體內的脈絡** ◆ 經絡 / 經脈。❹ **具有權威性、典範性的著作或宗教典籍** ◆ 經典 / 佛經 /《聖經》/ 四書五經。❺ **管理；治理** ◆ 經理 / 經營 / 經管 / 經商。❻ **正常的；不變的** ◆ 經常 / 天經地義 / 荒誕不經。❼ **經過；親自體驗過的** ◆ 經歷 / 經手 / 經驗 / 身經百戰 / 不經一事，不長一智。❽ **指婦女的月經** ◆ 經痛 / 行經。

7 絹（绢） 絹絹絹絹絹絹 [絹]

[juàn ㄐㄩㄢˋ [粵] gyn³ 眷]
❶ **薄的絲織品** ◆ 絹紡 / 絹花。❷ **手絹：即手帕。**

7 綉

"繡"的異體字，見348頁。

7 綏（绥） 綏綏綏綏綏綏 [綏]

[suí ㄙㄨㄟˊ [粵] sœy¹ 須]
❶ **安撫；使安定** ◆ 綏靖。❷ **平安。書信用語** ◆ 順頌近綏 / 敬頌台綏。

8 緒（绪） 緒緒緒緒緒緒 [緒]

[xù ㄒㄩˋ [粵] sœy⁵ 髓]
❶ **絲的頭；引申為事情的開端** ◆ 頭緒 / 端緒 / 緒論 / 緒言 / 千頭萬緒 / 準備就緒。❷ **指心情、思想** ◆ 心緒 / 情緒 / 思緒萬千 / 離愁別緒。

8 綾（绫） 綾綾綾綾綾綾 [綾]

[líng ㄌㄧㄥˊ [粵] liŋ⁴ 零]
像緞子而比緞子還薄的絲織品 ◆ 紅綾 / 綾羅綢緞。

8 緊（紧） 緊緊緊緊緊緊 [緊]

[jǐn ㄐㄧㄣˇ [粵] gɐn² 謹]
❶ **嚴實；密合；跟"鬆"相對** ◆ 勒緊 / 拉緊繩子 / 握緊拳頭 / 把鞋帶繫緊。❷ **收束** ◆ 緊縮 / 緊一緊皮帶。❸ **靠得很近；空間極小** ◆ 緊密 / 緊湊 / 緊隔壁 / 兩家是緊鄰 / 一

個緊接着一個。❹**情況急迫** ◆ 緊急/緊張/緊迫/緊要關頭/前方吃緊。❺**經濟不寬裕** ◆ 手頭太緊/預算打得緊/日子過得很緊。

8 綺 (绮)

綺 綺 綺 綺 綺 綺 綺

[qǐ ㄑㄧˇ 粵 ji² 倚]

❶**有花紋的絲織品** ◆ 遍身羅綺者，不是養蠶人。❷**美麗** ◆ 綺麗的風光。

8 綫

"線"的異體字，見345頁。

8 綽 (绰)

綽 綽 綽 綽 綽 綽 綽

[chuò ㄔㄨㄛˋ 粵 tsœk⁸ 卓]

❶**寬裕；富餘** ◆ 寬綽/闊綽/綽綽有餘。❷**體態輕盈柔美** ◆ 風姿綽約。

8 綱 (纲)

綱 綱 綱 綱 綱 綱 綱

[gāng ㄍㄤ 粵 gɔŋ¹ 江]

提網的總繩。比喻事物最主要的部分 ◆ 大綱/綱目/總綱/綱要/綱舉目張/提綱挈領。

8 網 (网)

網 網 網 網 網 網 網

[wǎng ㄨㄤˇ 粵 mɔŋ⁵ 罔]

❶**用繩線編結成的捕魚、捕鳥獸的用具** ◆ 魚網/撒網/結網/漏網之魚/三天打魚，兩天曬網。❷**像網一樣的東西** ◆ 電網/蜘蛛網/鐵絲網。❸**縱橫交錯而成的組織或系統** ◆ 通訊網/發行網/交通網/信息網絡。❹**比喻法律** ◆ 法網/天網恢恢，疏而不漏。❺**用網捕捉；引申指搜求** ◆ 網魚/網羅人才。

8 綿 (绵)

綿 綿 綿 綿 綿 綿 綿

[mián ㄇㄧㄢˊ 粵 min⁴ 眠]

❶**絲綿：用蠶繭加工成的像棉花那樣鬆軟的東西**。❷**柔軟；單薄** ◆ 綿軟/綿薄。❸**連續不斷** ◆ 綿延萬里/連綿不斷/春雨綿綿。

8 維 (维)

維 維 維 維 維 維 維

[wéi ㄨㄟˊ 粵 wɐi⁴ 惟]

❶**連結** ◆ 維繫。❷**保持；保全** ◆ 維持/維護/維修。❸**思考；想** ◆ 思維。❹**助詞，表示加強語氣** ◆ 維妙維肖/步履維艱/進退維谷。

8 綸 (纶)

綸 綸 綸 綸 綸 綸 綸

〈一〉[lún ㄌㄨㄣˊ 粵 lœn⁴ 輪]

❶**某些合成纖維的名稱** ◆ 錦綸/滌綸/丙綸。❷**釣魚用的線** ◆ 垂綸。

〈二〉[guān ㄍㄨㄢ 粵 gwan¹ 關]

❸**綸巾：古代一種配有青絲帶的頭巾** ◆ 羽扇綸巾。

8 綵 (彩)

綵 綵 綵 綵 綵 綵 綵

[cǎi ㄘㄞˇ 粵 tsɔi² 採]

彩色的絲綢 ◆ 剪綵/張燈結綵。

8 綳

"繃"的異體字，見347頁。

8 綢 (绸)

綢 綢 綢 綢 綢 綢 綢

[chóu ㄔㄡˊ 粵 tsɐu⁴ 酬]

薄而柔軟的絲織品 ◆ 綢緞/紡綢/絲綢。

8 綜 (综)

綜 綜 綜 綜 綜 綜 綜

[zōng ㄗㄨㄥ 粵 dzuŋ¹ 中/dzuŋ³ 眾]

❶**總合在一起** ◆ 綜合/綜述/綜觀全局。

焦點易錯字 綺 | 旖　綺麗 綺靡　旖旎　　縱 | 綜　合縱 縱橫　綜合 錯綜複雜

竹 米 糸 缶 网 羊

❷交錯在一起 ◆ 錯綜複雜。

8**綻**（绽） 綻 綻 綻 綻 綻 綻 綻

[zhàn ㄓㄢˋ [粵] dzan⁶ 賺]
裂開 ◆ 綻開 / 露出破綻 / 皮開肉綻。

8**綴**（缀） 綴 綴 綴 綴 綴 綴 綴

[zhuì ㄓㄨㄟˋ [粵] dzœy⁶ 罪]
❶**用針線縫合** ◆ 補綴 / 綴上幾針。❷**連結；拼合；連結的部分** ◆ 連綴 / 拼綴 / 詞綴 / 前綴。❸**裝飾** ◆ 點綴。

8**綠**（绿） 綠 綠 綠 綠 綠 綠 綠

〈一〉[lǜ ㄌㄩˋ [粵] luk⁹ 陸]
❶**像青草那樣的顏色** ◆ 嫩綠 / 綠油油 / 青山綠水 / 桃紅柳綠 / 牡丹雖好，也要綠葉扶持。
〈二〉[lù ㄌㄨˋ [粵] luk⁹ 陸]
❷**義同❶，用於"鴨綠江"、"綠林好漢"等詞語。**

9**練**（练） 練 練 練 練 練 練 練

[liàn ㄌㄧㄢˋ [粵] lin⁶ 鍊]
❶**反復學習和實踐** ◆ 練習 / 訓練 / 磨練 / 練兵 / 操練 / 練毛筆字 / 勤學苦練。❷**經驗多；純熟** ◆ 熟練 / 老練 / 幹練。❸**白色的絹** ◆ 江水如練。

9**緘**（缄） 緘 緘 緘 緘 緘 緘 緘

[jiān ㄐㄧㄢ [粵] gam¹ 監]
❶**閉口不言** ◆ 緘口 / 緘默。❷**書信** ◆ 緘札。

9**緬**（缅） 緬 緬 緬 緬 緬 緬 緬

[miǎn ㄇㄧㄢˇ [粵] min⁵ 免]
❶**遙遠** ◆ 緬懷。❷**緬甸的簡稱。**

9**緝**（缉） 緝 緝 緝 緝 緝 緝 緝

〈一〉[jī ㄐㄧ [粵] tsɐp⁷ 輯]
❶**搜捕；捉拿** ◆ 緝私 / 通緝 / 緝捕歸案。
〈二〉[qī ㄑㄧ [粵] tsɐp⁷ 輯]
❷**一種針腳細密的縫紉法** ◆ 緝鞋口。

9**緞**（缎） 緞 緞 緞 緞 緞 緞 緞

[duàn ㄉㄨㄢˋ [粵] dyn⁶ 段]
質地厚實、一面有光澤的絲織品 ◆ 綢緞 / 錦緞。

9**線**（线） 線 線 線 線 線 線 線

[xiàn ㄒㄧㄢˋ [粵] sin³ 扇]
❶**用絲、麻、毛、棉等紡成的細長物** ◆ 棉線 / 毛線 / 針線 / 斷線風箏。❷**像線的東西** ◆ 電線 / 光線 / 曲線。❸**交通路線** ◆ 航線 / 鐵路沿線。❹**交界的地方；邊沿** ◆ 防線 / 火線 / 界線 / 海岸線。❺**探求問題的途徑或探聽消息的人** ◆ 線索 / 內線 / 眼線。❻**比喻細微** ◆ 一線希望 / 一線生機。

9**緩**（缓） 緩 緩 緩 緩 緩 緩 緩

[huǎn ㄏㄨㄢˇ [粵] wun⁶ 換]
❶**慢；跟"急"相對** ◆ 緩慢 / 輕重緩急 / 緩緩而行 / 行動遲緩。❷**推遲；延遲** ◆ 緩期 / 緩刑 / 延緩 / 刻不容緩 / 緩兵之計。❸**使緊張狀態平和下來** ◆ 緩和 / 緩衝 / 緩解。❹**恢復** ◆ 緩過氣來 / 昏過去後又緩過來了。

竹 米 糸 缶 网 羊

焦點易錯字 練｜煉　熟練 練習　提煉 煉油　揖｜緝｜輯　揖讓 打躬作揖　緝捕 通緝　輯錄 編輯

9 **締**（缔） 締 締 締 締 締 締 締

[dì ㄉㄧˋ 粵 dɐi^{6} 弟]

❶ **結合；訂立** ◆ 締結 / 締約 / 締盟。❷ **創立；組織** ◆ 締造。❸ **取消；禁止** ◆ 取締。

9 **編**（编） 編 編 編 編 編 編 編

[biān ㄅㄧㄢ 粵 pin^{1} 偏]

❶ **編織** ◆ 編竹籃 / 編草蓆 / 編籮筐。❷ **按條理或順序組織、排列** ◆ 編隊 / 編組 / 編號 / 編碼。❸ **創作或對文字作加工整理** ◆ 編劇 / 編寫 / 編書 / 編輯 / 編纂。❹ **成本的書或書裏的部分** ◆ 簡編 / 上編 / 下編 / 續編。❺ **組織機構的設置、人員定額和職務分配等** ◆ 編制 / 定編 / 超編 / 編外人員。❻ **捏造；胡說** ◆ 編造謊言 / 瞎編 / 胡編亂造。

9 **緯**（纬） 緯 緯 緯 緯 緯 緯 緯

[wěi ㄨㄟˇ 粵 wɐi^{6} 惠 / wɐi^{5} 偉 (語)]

❶ **紡織機上的橫線** ◆ 緯線 / 緯紗。❷ **地圖上或地球儀上跟赤道平行的橫線，分南北兩度線；跟“經”相對** ◆ 緯度 / 北緯 50 度。

9 **緣**（缘） 緣 緣 緣 緣 緣 緣 緣

[yuán ㄩㄢˊ 粵 jyn^{4} 元]

❶ **原因** ◆ 緣故 / 緣由 / 無緣無故。❷ **因為；為了** ◆ 緣何 / 不識廬山真面目，只緣身在此山中。❸ **抓住東西向上爬；沿着** ◆ 攀緣而上 / 緣木求魚 / 緣溪而行。❹ **邊沿** ◆ 邊緣。❺ **人與人之間相遇相親的情分** ◆ 緣分 / 人緣 / 機緣 / 有緣千里來相會，無緣對面不相逢。

9 **緻**（致） 緻 緻 緻 緻 緻 緻 緻

[zhì ㄓˋ 粵 dzi^{3} 至]

精密；精細 ◆ 精緻 / 細緻。

10 **縛**（缚） 縛 縛 縛 縛 縛 縛 縛

[fù ㄈㄨˋ 粵 fɔk^{8} 霍]

捆綁；引申為受到限制 ◆ 束縛 / 手無縛雞之力 / 作繭自縛。

10 **縣**（县） 縣 縣 縣 縣 縣 縣 縣

[xiàn ㄒㄧㄢˋ 粵 jyn^{6} 願]

中國省以下的行政區劃單位，如江蘇省有吳縣、武進縣、淮安縣等。

10 **縊**（缢） 縊 縊 縊 縊 縊 縊 縊

[yì ㄧˋ 粵 ɐi^{3} 矮^{3}]

用繩子勒死；吊死 ◆ 自縊身亡。

10 **縈**（萦） 縈 縈 縈 縈 縈 縈 縈

[yíng ㄧㄥˊ 粵 jiŋ^{4} 營]

纏繞；盤繞 ◆ 縈懷 / 瑣事縈身。

11 **績**（绩） 績 績 績 績 績 績 績

[jì ㄐㄧˋ 粵 dzik^{7} 即]

成就；功勞 ◆ 成績 / 功績 / 業績 / 戰績 / 豐功偉績。

11 **縷**（缕） 縷 縷 縷 縷 縷 縷 縷

[lǚ ㄌㄩˇ 粵 lœy^{5} 呂]

❶ **線** ◆ 一絲一縷 / 千絲萬縷 / 不絕如縷 / 金縷玉衣。❷ **一條一條地；詳細地** ◆ 縷述 / 條分縷析。❸ **量詞** ◆ 一縷輕煙 / 幾縷青絲。

竹 米 糸 缶 网 羊

焦點易錯字 至 | 致 | 緻　至親 至於　致力 導致　細緻 精緻　諦 | 締　真諦 諦聽　締造 取締

11 **繃**（绷）

〈一〉[bēng ㄅㄥ ㊣ bɐŋ1 崩]

❶ **拉緊；不鬆弛** ◆ 繃直 / 繃緊。❷ **用繩子或布帛繃緊的竹木框** ◆ 棕繃 / 籐繃。

〈二〉[běng ㄅㄥˇ ㊣ maŋ1 盲1]

❸ **板着** ◆ 繃着臉不聲不響。

11 **繁**

[fán ㄈㄢˊ ㊣ fan4 凡]

❶ **多；跟"簡"相對** ◆ 繁忙 / 頻繁 / 繁花似錦 / 繁星滿天 / 刪繁就簡。❷ **多而複雜** ◆ 繁複 / 繁瑣 / 繁雜。❸ **興旺；興盛** ◆ 繁華 / 繁榮昌盛 / 枝繁葉茂 / 繁花似錦。❹ **生殖** ◆ 繁殖 / 繁育 / 繁衍。

11 **縧**（绦）

[tāo ㄊㄠ ㊣ tou1 滔]

用絲編成的繩子、帶子 ◆ 絲縧 / 縧帶。

11 **總**（总）

[zǒng ㄗㄨㄥˇ ㊣ dzuŋ2 腫]

❶ **合起來** ◆ 總共 / 總數 / 總和 / 總匯 / 總而言之。❷ **全部的；全面的** ◆ 總評 / 總動員 / 總結 / 總管 / 總則 / 總綱。❸ **一直；一向** ◆ 半個月來，總不見晴天 / 晚飯後總是要出去散步。❹ **畢竟；到底；無論如何** ◆ 萬紫千紅總是春 / 總算熬出頭了 / 個人的力量總是有限的。

11 **縱**（纵）

〈一〉[zòng ㄗㄨㄥˋ ㊣ dzuŋ1 忠]

❶ **直的；豎的；跟"橫"相對** ◆ 縱隊 / 縱橫交錯 / 縱貫南北 / 向縱深發展。

〈二〉[zòng ㄗㄨㄥˋ ㊣ dzuŋ3 眾]

❷ **放；釋放** ◆ 縱火犯 / 縱虎歸山 / 欲擒故縱。❸ **放任；不加約束** ◆ 縱容 / 放縱 / 縱慾 / 縱情歌唱 / 稍縱即逝。❹ **身子猛然跳起** ◆ 縱身一跳。❺ **即使** ◆ 縱然。

11 **縫**（缝）

〈一〉[féng ㄈㄥˊ ㊣ fuŋ4 逢]

❶ **用針線連結** ◆ 縫紉 / 裁縫 / 縫衣服 / 縫縫補補 / 縫合傷口。

〈二〉[fèng ㄈㄥˋ ㊣ fuŋ6 鳳]

❷ **接合處的痕跡** ◆ 衣縫 / 天衣無縫。❸ **窄長的空隙** ◆ 縫隙 / 裂縫 / 門縫裏看人。

11 **縴**（纤）

[qiàn ㄑㄧㄢˋ ㊣ hin1 牽]

拉船前進的粗繩 ◆ 縴繩 / 拉縴 / 縴夫。

11 **縮**（缩）

[suō ㄙㄨㄛ ㊣ suk7 叔]

❶ **由大變小；由長變短；由多變少** ◆ 縮小 / 縮短 / 收縮 / 熱脹冷縮 / 緊縮開支。❷ **不伸出；向後退** ◆ 縮手縮腳 / 把頭一縮 / 退縮 / 畏縮不前。

11 **繆**（缪）

〈一〉[móu ㄇㄡˊ ㊣ mɐu4 謀]

❶ **綢繆：(1) 修繕** ◆ 宜未雨而綢繆，毋臨渴而掘井。**(2) 纏綿** ◆ 情意綢繆。

〈二〉[miào ㄇㄧㄠˋ ㊣ miu6 妙]

❷ **姓。**

〈三〉[miù ㄇㄧㄡˋ ㊣ mɐu6 茂]

❸ **紕繆：錯誤** ◆ 文中紕繆不少。

焦點易錯字　煩 | 繁　煩惱　心煩意亂　繁複　繁文縟節　　縱 | 綜　合縱　縱橫　綜合　錯綜複雜

12 **繞**（绕） 繞繞繞繞繞繞 繞

[rào ㄖㄠˋ ㊣ jiu^5 擾]
❶ **纏** ◆ 纏繞／繞毛線／繞線圈。❷ **圍着轉；環圍着** ◆ 圍繞／繞場一周／青山綠水環繞。❸ **走彎路** ◆ 繞遠了／繞道行駛／從小路繞過去。

12 **繚**（缭） 繚繚繚繚繚繚 繚

[liáo ㄌㄧㄠˊ ㊣ liu^4 聊]
纏繞；圍繞 ◆ 雲霧繚繞／眼花繚亂。

12 **織**（织） 織織織織織織 織

[zhī ㄓ ㊣ dzik^7 即]
用棉、麻、絲、毛等製成布匹和衣物等用品 ◆ 紡織／編織／織布／織毛衣／織魚網。

12 **繕**（缮） 繕繕繕繕繕繕 繕

[shàn ㄕㄢˋ ㊣ sin^6 善]
❶ **修理** ◆ 修繕。❷ **抄寫** ◆ 繕寫。

13 **繫**（系） 繫繫繫繫繫繫 繫

〈一〉[xì ㄒㄧˋ ㊣ hɐi^6 係]
❶ **聯絡；關聯** ◆ 聯繫／心繫中華。❷ **牽掛** ◆ 繫念。❸ **拴；拘囚** ◆ 繫馬／繫囚。
〈二〉[jì ㄐㄧˋ ㊣ hɐi^6 係]
❹ **打結；扣上** ◆ 繫鞋帶。

13 **繭**（茧） 繭繭繭繭繭繭 繭

[jiǎn ㄐㄧㄢˇ ㊣ gan^2 簡]
❶ **蠶和某些昆蟲成蛹前吐絲做成的殼，一般成橢圓形** ◆ 蠶繭／作繭自縛。❷ **同“趼”字。手腳上因磨擦而生的硬皮** ◆ 老繭。

13 **繩**（绳） 繩繩繩繩繩繩 繩

[shéng ㄕㄥˊ ㊣ siŋ^4 成]
❶ **繩子** ◆ 繩索／韁繩／麻繩／繩鋸木斷，水滴石穿。❷ **糾正；制裁** ◆ 繩之以法。❸ **標準；法度** ◆ 準繩。

13 **繹**（绎） 繹繹繹繹繹繹 繹

[yì ㄧˋ ㊣ jik^9 亦]
理出事物的頭緒來 ◆ 演繹。

13 **繳**（缴） 繳繳繳繳繳繳 繳

[jiǎo ㄐㄧㄠˇ ㊣ giu^2 矯]
❶ **交納；交付** ◆ 繳納／繳稅／上繳／繳學費／繳還失主。❷ **迫使交出** ◆ 繳械／繳獲。

13 **繪**（绘） 繪繪繪繪繪繪 繪

[huì ㄏㄨㄟˋ ㊣ kui^2 潰]
畫圖；描述 ◆ 繪畫／繪圖／繪製／描繪／繪聲繪色。

13 **繡**（绣） 繡繡繡繡繡繡 繡

[xiù ㄒㄧㄡˋ ㊣ sɐu^3 秀]
用彩色的絲線在綢緞、布帛上刺成花紋、圖案等；也指繡成的物品 ◆ 繡花／刺繡／錦繡／湘繡／蘇繡。

14 **纂** 纂纂纂纂纂纂 纂

[zuǎn ㄗㄨㄢˇ ㊣ dzyn^2 轉^2]
搜集材料編書 ◆ 編纂／纂輯／纂修。

14 **辮**（辫） 辮辮辮辮辮辮 辮

[biàn ㄅㄧㄢˋ ㊣ bin^1 鞭]

焦點易錯字 篡｜纂 編纂 纂修 篡位 篡奪　系｜係｜繫 系統 學系 關係 維繫 聯繫

❶ 分成幾股編起來的頭髮 ◆ 辮子 / 髮辮 / 梳了兩條小辮子。❷ 像辮子一樣的東西 ◆ 蒜辮 / 草帽辮。

14 **繽**（缤） 繽 繽 繽 繽 繽 繽 繽

[bīn ㄅㄧㄣ 粵 bɐn¹ 賓]
繽紛：繁多而淩亂的樣子 ◆ 五彩繽紛 / 落英繽紛。

14 **繼**（继） 繼 繼 繼 繼 繼 繼 繼

[jì ㄐㄧˋ 粵 gɐi³ 計]
❶ **連續；接替** ◆ 繼續 / 繼承 / 繼任 / 夜以繼日 / 繼往開來 / 前仆後繼。❷ **隨後；跟着** ◆ 初則口角，繼而動武。

15 **續**（续） 續 續 續 續 續 續 續

[xù ㄒㄩˋ 粵 dzuk⁹ 俗]
❶ **接連不斷；連接下去** ◆ 連續 / 陸續 / 延續 / 繼續。❷ **接在原有的後頭** ◆ 續集 / 續編 / 狗尾續貂。❸ **添；加** ◆ 壺裏再續點水進去 / 燒烤爐裏要續炭了。

15 **纍**（累） 纍 纍 纍 纍 纍 纍 纍

[léi ㄌㄟˊ 粵 lœy⁴ 雷]
纍纍：連結成串的樣子 ◆ 果實纍纍。

15 **纏**（缠） 纏 纏 纏 纏 纏 纏 纏

[chán ㄔㄢˊ 粵 tsin⁴ 前]
❶ **繞** ◆ 纏繞 / 傷口纏着繃帶。❷ **攪擾；難擺脱、難應付** ◆ 糾纏不清 / 病魔纏身 / 胡攪蠻纏。

17 **纓**（缨） 纓 纓 纓 纓 纓 纓 纓

[yīng ㄧㄥ 粵 jiŋ¹ 英]
❶ **帶子；繩子** ◆ 長纓。❷ **用絲線等做的像穗子的裝飾物** ◆ 紅纓槍。
❀ 圖見 222 頁。

17 **纖**（纤） 纖 纖 纖 纖 纖 纖 纖

[xiān ㄒㄧㄢ 粵 tsim¹ 簽]
細小；細微 ◆ 纖細 / 纖弱 / 纖巧。

17 **纔** "剛才"、"方才"中"才"的異體字，見165頁。

21 **纜**（缆） 纜 纜 纜 纜 纜 纜 纜

[lǎn ㄌㄢˇ 粵 lam⁶ 濫]
❶ **繫船的粗繩子或鐵索；泛指粗繩** ◆ 纜繩 / 纜車 / 解纜揚帆。❷ **像纜的東西** ◆ 光纜 / 電纜。❸ **用繩索拴** ◆ 纜船。

缶部

0 **缶** 缶 缶 缶 缶 缶 缶

[fǒu ㄈㄡˇ 粵 fɐu² 否]
❶ **口小腹大的瓦器，可用來盛水。** ❷ **古代的打擊樂器，瓦製，形狀像缶** ◆ 擊缶。
見古文字插頁 5。

3 **缸** 缸 缸 缸 缸 缸 缸 缸

[gāng ㄍㄤ 粵 gɔŋ¹ 江]
❶ **盛東西的器具，底小、口寬、腹大，比盆要深，用陶、瓷、玻璃等製成** ◆ 米缸 /

竹 米 糸 缶 网 羊

焦點易錯字 繹 | 釋 | 譯　演繹 絡繹不絕　解釋 冰釋前嫌　翻譯 譯者

水缸/金魚缸。❷像缸的器物 ◆ 汽缸。

缸

4缺

缺 缺 缺 缺 缺 缺 缺

[quē ㄑㄩㄝ 粵 kyt⁸ 決]

❶殘破；不完整；不完美 ◆ 缺口/缺陷/殘缺不全/完美無缺。❷短少；不夠 ◆ 缺少/缺乏/缺水/短缺/欠缺/缺了一頁。❸應到而未到 ◆ 缺課/缺席/缺勤。❹職位上的空額 ◆ 出缺/補缺/空缺。

5缽

"缽"的異體字，見461頁。

11罄

罄 罄 罄 罄 罄 罄 罄

[qìng ㄑㄧㄥˋ 粵 hiŋ³ 慶]

器皿已空；物資等已用完 ◆ 告罄/罄其所有/書已售罄/罄竹難書。

12罈 (壇)

罈 罈 罈 罈 罈 罈 罈

[tán ㄊㄢˊ 粵 tam⁴ 潭]

口小肚大用來盛東西的陶器，俗稱"罈子" ◆ 酒罈子/泡菜罈子。

罈

16罎

"罈"的異體字，見本頁。

18罐

罐 罐 罐 罐 罐 罐 罐

[guàn ㄍㄨㄢˋ 粵 gun³ 灌]

盛東西的器具，多為圓筒形 ◆ 瓦罐/鹽罐/藥罐/茶葉罐/空罐子。

网 部

3罕

罕 罕 罕 罕 罕 罕 罕

[hǎn ㄏㄢˇ 粵 hɔn² 看²]

稀少；難得 ◆ 罕見/罕有/稀罕之物/人跡罕至。

3罔

罔 罔 罔 罔 罔 罔 罔

[wǎng ㄨㄤˇ 粵 mɔŋ⁵ 妄]

❶蒙蔽；欺騙 ◆ 欺罔/欺君罔上。❷無；沒有 ◆ 置若罔聞。

7買

見貝部，427頁。

8署

署 署 署 署 署 署 署

[shǔ ㄕㄨˇ 粵 sy⁶ 樹/tsy⁵ 柱 (語)]

❶某些辦理公務的機關 ◆ 教育署/行政公署/專員公署。❷安排；佈置 ◆ 部署。❸暫時代理官職 ◆ 署理。❹簽名；題字 ◆ 簽署/署名。

8 置

[zhì ㄓˋ ㊣粵 dzi^3 至]

❶ **安放；擱** ◆ 放置 / 安置 / 擱置 / 置身事外 / 置之不理 / 本末倒置。❷ **設立；配備** ◆ 佈置 / 設置 / 配置 / 裝置。❸ **購買** ◆ 置辦 / 購置 / 添置。

8 罪

[zuì ㄗㄨㄟˋ ㊣粵 dzœy^6 聚]

❶ **犯法的行為** ◆ 罪行 / 犯罪 / 罪大惡極 / 罪魁禍首 / 將功贖罪。❷ **刑罰；懲處** ◆ 判罪 / 免罪 / 死罪。❸ **過失** ◆ 罪過 / 歸罪於人。❹ **苦難；痛苦** ◆ 受罪 / 遭罪。

8 罩

[zhào ㄓㄠˋ ㊣粵 dzau^3 爪^3]

❶ **遮蓋的器具** ◆ 燈罩 / 口罩 / 牀罩。❷ **遮蓋** ◆ 籠罩 / 用紗罩把菜罩好。❸ **捕魚或養雞用的竹器。**

9 罰 (罚)

[fá ㄈㄚˊ ㊣粵 fɐt^9 乏]

處分；懲處；跟"賞"相對 ◆ 罰款 / 處罰 / 懲罰 / 賞罰分明 / 判罰點球。

10 罵 (骂)

[mà ㄇㄚˋ ㊣粵 ma^6 麻^6]

用惡毒難聽的話侮辱人或斥責人 ◆ 辱罵 / 謾罵 / 責罵 / 破口大罵。

10 罷 (罢)

〈一〉[bà ㄅㄚˋ ㊣粵 ba^6 吧]

❶ **停止** ◆ 罷工 / 罷休 / 作罷 / 欲罷不能 / 善罷甘休。❷ **免去；解除** ◆ 罷免 / 罷官。❸ **完畢** ◆ 吃罷飯就走了。

〈二〉[ba ·ㄅㄚ ㊣粵 ba^6 吧]

❹ **語氣助詞，同"吧"字** ◆ 好罷 / 快走罷。

11 罹

[lí ㄌㄧˊ ㊣粵 lei^4 離]

遭受；遭遇災禍或疾病 ◆ 罹禍 / 罹病 / 罹難。

14 羅 (罗)

[luó ㄌㄨㄛˊ ㊣粵 lɔ^4 蘿]

❶ **捕鳥獸的網；張網捕捉** ◆ 羅網 / 門可羅雀。❷ **搜尋；招來** ◆ 搜羅 / 網羅 / 羅致人才。❸ **陳列；排列** ◆ 羅列 / 星羅棋佈。❹ **一種質地輕軟稀疏的紡織品** ◆ 綾羅綢緞 / 遍身羅綺者，不是養蠶人。

19 羈 (羁)

[jī ㄐㄧ ㊣粵 gei^1 機]

❶ **馬籠頭** ◆ 無羈之馬。❷ **束縛；拘束** ◆ 羈絆 / 放蕩不羈。❸ **停留；使停留** ◆ 羈留 / 羈旅。

羊部

0 羊

[yáng ㄧㄤˊ ㊣粵 jœŋ^4 陽]

哺乳動物，有山羊、綿羊、羚羊等 ◆ 羊腸小道/亡羊補牢/羊毛出在羊身上。

見古文字插頁 5。

2 **羌** 羌羌羌羌羌羌 羌

[qiāng ㄑㄧㄤ 粵 gœŋ1 疆]

中國少數民族之一 ◆ 羌族。

3 **美** 美美美美美美 美

[měi ㄇㄟˇ 粵 mei5 尾]

❶**漂亮；好看；跟"醜"相對** ◆ 美麗/美觀/美景/年輕貌美。❷**使美麗** ◆ 美容/美髮/美化環境。❸**好的；善的** ◆ 美德/美意/價廉物美/美中不足/君子成人之美。❹**稱讚** ◆ 讚美。❺**滿意；得意** ◆ 美滋滋/和和美美/幸福美滿。❻**美洲、美國的簡稱** ◆歐美各國/中美兩國/美籍華人。

3 **姜** 見女部，104頁。

4 **氧** 見气部，237頁。

4 **差** 見工部，129頁。

4 **恙** 見心部，151頁。

4 **羔** 羔羔羔羔羔羔 羔

[gāo ㄍㄠ 粵 gou1 高]

小羊；也指幼小的動物 ◆ 羊羔/鹿羔。

5 **羚** 羚羚羚羚羚羚 羚

[líng ㄌㄧㄥˊ 粵 liŋ4 零]

羚羊：形狀像山羊，四肢細長，有角。角可做藥材。

圖見本頁。

5 **羞**（羞） 羞羞羞羞羞羞 羞

[xiū ㄒㄧㄡ 粵 sɐu1 修]

❶**感到恥辱** ◆ 羞恥/羞辱/羞愧/惱羞成怒/羞與為伍。❷**難為情** ◆ 害羞/怕羞/羞羞答答的。❸**使難為情** ◆ 別羞他。

6 **着** 見目部，306頁。

6 **善** 見口部，76頁。

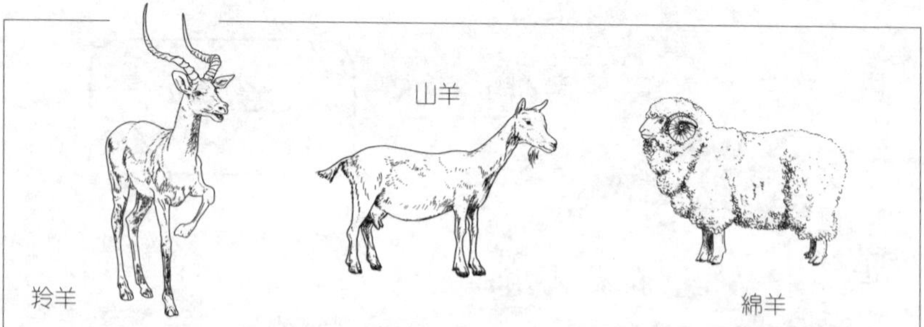

山羊
羚羊
綿羊

6 **翔** 見羽部，354頁。

7 **義**（义）

[yì ㄧˋ ⓔ ji^6 二]

❶**公正合理的道理或舉動** ◆ 正義／義不容辭／見義勇為／大義滅親／從容就義。❷**合乎正義的；有益公眾的** ◆ 義軍／義舉／義演／義賣。❸**情誼** ◆ 情義／有情有義／忘恩負義。❹**意思；內容** ◆ 意義／含義／詞義／望文生義／斷章取義。❺**不是親屬而認作親屬的** ◆ 義父／義女／義子。

7 **羨**（羡）

[xiàn ㄒㄧㄢˋ ⓔ sin^6 善]

因喜愛而希望得到 ◆ 羨慕/欣羨/稱羨。

7 **羣**（群）

[qún ㄑㄩㄣˊ ⓔ $kwɐn^4$ 裙]

❶**聚集在一起的人或物** ◆ 人羣／羊羣／建築羣/成羣結隊。❷**成羣的；眾多的** ◆ 羣島／羣山／羣居／羣策羣力。❸**量詞，用於成羣的人或物** ◆ 一羣孩子／一羣羊。

10 **羲**

[xī ㄒㄧ ⓔ hei^1 希]

姓。

13 **羶**

[shān ㄕㄢ ⓔ $dzin^1$ 煎]

像羊肉那樣的腥味 ◆ 羶味／腥羶／黃羊肉很羶。

13 **羸**

[léi ㄌㄟˊ ⓔ $lœy^4$ 雷]

❶**瘦弱** ◆ 羸弱。❷**疲勞** ◆ 羸憊。

13 **羹**

[gēng ㄍㄥ ⓔ $gɐŋ^1$ 庚]

濃湯或糊狀食物 ◆ 魚羹／蛇羹／雞蛋羹／豆腐羹。

羽部

0 **羽**

[yǔ ㄩˇ ⓔ jy^5 雨]

鳥類的毛 ◆ 羽毛／羽扇／羽絨。

見古文字插頁6。

4 **翅**

[chì ㄔˋ ⓔ tsi^3 次]

❶**鳥類、昆蟲等動物的翅膀** ◆ 展翅飛翔／插翅難飛／大鵬展翅。❷ **魚翅：鯊魚的鰭，是珍貴的食品。**

4 **翁**

[wēng ㄨㄥ ⓔ $juŋ^1$ 雍]

❶**稱年老的男子** ◆ 老翁/鷸蚌相爭，漁翁得利/孤舟蓑笠翁，獨釣寒江雪。❷**指父親** ◆ 家翁/王師北定中原日，家祭無忘告乃翁。❸**指丈夫或妻子的父親** ◆ 翁姑/翁婿。❹**對人的尊稱** ◆ 富翁/醉翁之意不在酒。

焦點易錯字　羸｜贏　輸贏　贏餘　羸弱　羸兵

米 糸 缶 网 羊 羽

4 **扇** 見户部，164頁。

5 **習**（习）

[xí ㄒㄧˊ ㊣ dzap⁹ 雜]

❶反復地學，反復地練 ◆ 複習 / 温習 / 練習 / 實習。❷學習 ◆ 習武 / 習藝。❸長時期逐漸形成的行為 ◆ 習慣 / 習俗 / 惡習 / 積習難改 / 相沿成習。❹常常；熟悉的 ◆ 習見 / 習聞 / 習以為常。

5 **翎**

[líng ㄌㄧㄥˊ ㊣ liŋ⁴ 零]

鳥類翅膀或尾部的長羽毛 ◆ 翎毛 / 雁翎 / 野雞翎。

5 **翌**

[yì ㄧˋ ㊣ jik⁹ 亦]

下一個；第二 ◆ 翌日 / 翌年。

6 **翔**

[xiáng ㄒㄧㄤˊ ㊣ tsœŋ⁴ 祥]

轉着圈兒飛 ◆ 飛翔 / 翱翔 / 滑翔。

8 **翡**

[fěi ㄈㄟˇ ㊣ fei² 匪]

翡翠：（1）半透明、有光澤的翠綠色硬玉，可做裝飾品 ◆ 翡翠戒指。（2）一種鳥，有藍色和綠色的羽毛，生活在水邊，吃魚蝦。羽毛可做裝飾品。

8 **翟**

〈一〉[zhái ㄓㄞˊ ㊣ dzak⁹ 摘]

❶姓。

〈二〉[dí ㄉㄧˊ ㊣ dik⁹ 敵]

❷長尾巴的野雞。

8 **翠**

[cuì ㄘㄨㄟˋ ㊣ tsœy³ 脆]

青綠色 ◆ 翠綠 / 翠竹 / 青松翠柏 / 滿目青翠 / 兩個黃鸝鳴翠柳，一行白鷺上青天。

9 **翩**

[piān ㄆㄧㄢ ㊣ pin¹ 篇]

翩翩：（1）形容動作輕快 ◆ 翩翩起舞。（2）形容舉止優雅 ◆ 風度翩翩。

10 **翰**

[hàn ㄏㄢˋ ㊣ hɔn⁶ 汗]

長而硬的羽毛。古代用來做筆，後來借指毛筆、文章、書信等 ◆ 揮翰疾書 / 翰墨 / 書翰。

10 **翱**

[áo ㄠˊ ㊣ ŋou⁴ 遨]

翱翔：在空中迴旋地飛 ◆ 自由翱翔。

11 **翼**

[yì ㄧˋ ㊣ jik⁹ 亦]

❶翅膀 ◆ 鳥翼 / 薄如蟬翼 / 不翼而飛。❷像翅膀的東西 ◆ 機翼 / 飛翼船。❸作戰時陣地的兩側；政治上的派別 ◆ 左翼 / 右翼。

12 **翹**（翘）

〈一〉[qiáo ㄑㄧㄠˊ ㊣ kiu⁴ 喬]

羽老而耒耳聿

❶抬起（頭）◆ 翹首遠望。❷平直的板狀物受潮後變得彎曲不平直 ◆ 幾塊地板已經翹了。

〈二〉[qiào ㄑㄧㄠˋ [粵] kiu^3 喬^3]

❸物體的一端向上揚起 ◆ 翹起雙腿 / 尾巴翹起。

12 翺

"翱" 的異體字，見354頁。

12 翻

[fān ㄈㄢ [粵] fan^1 番]

❶反轉過來 ◆ 翻車 / 人仰馬翻 / 翻身作主 / 陰溝裏翻船。❷改變 ◆ 翻案/翻臉不認人。❸把一種語文譯成另一種語文 ◆ 翻譯。❹越過 ◆ 翻山越嶺 / 翻過一山又一山。❺數量成倍地增加 ◆ 五年內翻了一番。

14 耀

[yào ㄧㄠˋ [粵] jiu^6 腰^6]

❶光線強烈地照射 ◆ 照耀 / 閃耀 / 耀眼。❷顯示 ◆ 顯耀 / 誇耀 / 炫耀 / 耀武揚威。❸光榮 ◆ 榮耀。

老部

0 老

[lǎo ㄌㄠˇ [粵] lou^5 魯]

❶年紀大；年紀大的人；跟 "少"、"幼" 相對 ◆ 老人 / 老當益壯 / 扶老攜幼 / 少壯不努力，老大徒傷悲。❷歷時長久的；跟 "新" 相對 ◆ 老主顧 / 老牌子 / 老朋友。❸陳舊的；原來的 ◆ 老式 / 老家 / 老地方。❹閱歷深；經驗豐富 ◆ 老手 / 老練 / 老馬識途 / 老於世故。❺硬的；跟 "嫩" 相對 ◆ 老豆腐 / 菜炒得太老了。❻總是；常常 ◆ 老愛開玩笑 / 老是記不住。❼很；極 ◆ 老早就起牀了 / 老遠就看到了。❽詞頭，用於稱人、排行或某些動物名 ◆ 老張/老三/老虎/老鼠。

見古文字插頁6。

2 考

[kǎo ㄎㄠˇ [粵] hau^2 巧]

❶測試；測驗 ◆ 考試 / 考卷 / 招考 / 考了第一名。❷檢查 ◆ 考查 / 考察 / 考核 / 考勤 / 考績。❸思索；研究 ◆ 思考 / 考慮 / 考古。❹指已經去世的父親 ◆ 先考 / 如喪考妣。

3 孝

見子部，110頁。

4 者

[zhě ㄓㄜˇ [粵] dzɛ^2 姐]

表示某種人或事物 ◆ 讀者 / 記者 / 作者 / 弱者 / 兩者缺一不可。

而部

0 而

[ér ㄦˊ [粵] ji^4 兒]

❶ 又；並且 ◆ 少而精 / 樸素而大方 / 年輕而貌美。❷ 但是；可是 ◆ 好看而不實用 / 可求而不可得/心有餘而力不足。❸ 表示承接；才；然後 ◆ 取而代之 / 先天下之憂而憂，後天下之樂而樂。❹ 到；及 ◆ 由淺而深 / 自下而上 / 一而再，再而三。

3 耐

[nài ㄋㄞˋ ㊚ nɔi6 奈]
受得住；禁得起 ◆ 耐寒 / 不耐煩 / 吃苦耐勞 / 經久耐用。

3 耍

[shuǎ ㄕㄨㄚˇ ㊚ sa2 灑]
❶ 遊戲；玩 ◆ 玩耍。❷ 玩弄；使出 ◆ 耍弄/耍花招/耍威風/耍手腕。❸ 舞動 ◆ 耍大刀。

8 需

見雨部，480頁。

耒部

0 耒

[lěi ㄌㄟˇ ㊚ lɔi6 來6]
古代翻土農具耜 (像犁) 上端的木把 ◆ 耒耜。

4 耕

[gēng ㄍㄥ ㊚ gaŋ1]
翻鬆土地 ◆ 耕地 / 耕種 / 春耕 / 深耕細作 / 一分耕耘，一分收穫。

4 耘

[yún ㄩㄣˊ ㊚ wen4 云]
除草 ◆ 耘田 / 耕耘。

4 耗

[hào ㄏㄠˋ ㊚ hou3 好3]
❶ 花費；損失 ◆ 消耗/損耗/內耗/耗費/耗油。❷ 拖延 ◆ 耗時間。❸ 壞消息 ◆ 噩耗。

4 耙

〈一〉[bà ㄅㄚˋ ㊚ pa4 爬]
❶ 一種農具，用來弄碎土塊、平整土地。
❷ 用耙碎土、平地 ◆ 耙地。
〈二〉[pá ㄆㄚˊ ㊚ pa4 爬]
❸ 一種農具，用來翻動穀物、聚攏柴草或平整土地 ◆ 釘耙 / 竹耙。

耙

5 耜

[sì ㄙˋ ㊚ dzi6 自]
古代翻土農具下端像犁頭的部分。

10 耪

[pǎng ㄆㄤˇ ㊚ pɔŋ5 蚌]
用鋤鬆土 ◆ 耪地 / 耪穀子。

焦點易錯字　耐 | 奈　耐性 耐人尋味　怎奈 無可奈何

耳部

0 耳

[ěr ㄦˇ ㊣ ji5 以]

❶**耳朵：聽覺器官** ◆ 耳聰目明／耳濡目染／忠言逆耳利於行。❷**形狀像耳朵的東西** ◆ 木耳／銀耳。

見古文字插頁6。

2 取 見又部，58頁。

3 奄

[dā ㄉㄚ ㊣ dap8 答]

奄拉：下垂的樣子 ◆ 奄拉着腦袋。

3 耶

〈一〉[yé ㄧㄝˊ ㊣ jɛ4 爺]

❶**表示疑問，相當於"嗎"、"呢"** ◆ 是耶？非耶？

〈二〉[yē ㄧㄝ ㊣ jɛ4 爺]

❷**耶穌：基督教徒所信奉的救世主。**

4 恥 見心部，150頁。

4 耿

[gěng ㄍㄥˇ ㊣ gɐŋ2 梗]

❶**正直** ◆ 耿直／耿介。❷**耿耿：（1）形容忠誠** ◆ 忠心耿耿。**（2）形容有心事** ◆ 耿耿於懷。

4 耽

[dān ㄉㄢ ㊣ dam1 擔1]

過度喜好；入迷 ◆ 耽玩／耽於女色。

5 聆

[líng ㄌㄧㄥˊ ㊣ liŋ4 玲]

聽 ◆ 聆聽／聆教。

5 聊

[liáo ㄌㄧㄠˊ ㊣ liu4 僚]

❶**姑且；暫且** ◆ 聊以自慰／聊備一格。❷**略微；稍微** ◆ 聊勝於無／聊表寸心。❸**依賴；寄託** ◆ 民不聊生／百無聊賴。❹**閒談** ◆ 聊天／閒聊。

7 聘

[pìn ㄆㄧㄣˋ ㊣ piŋ3 娉]

❶**請人擔任職務** ◆ 聘請／聘任／聘用／聘書／應聘。❷**定親；訂婚** ◆ 聘禮／出聘。

7 聖（圣）

[shèng ㄕㄥˋ ㊣ siŋ3 姓]

❶**品格高尚的** ◆ 聖人／人非聖賢，孰能無過。❷**學問、技能成就極高的** ◆ 國醫聖手／詩聖杜甫。❸**最崇高、莊嚴的** ◆ 神聖／聖地。❹**封建時代對帝王的尊稱** ◆ 聖上／聖旨。❺**宗教徒尊稱崇拜的事物** ◆ 聖母／聖誕／朝聖。

8 聞（闻）

[wén ㄨㄣˊ ㊣ mɐn4 文]

❶聽見 ◆ 耳聞目睹 / 聽而不聞 / 所見所聞 / 聞所未聞 / 耳聞不如目見。❷聽到的事情；消息 ◆ 新聞 / 見聞 / 奇聞 / 醜聞。❸名聲；有名氣 ◆ 默默無聞 / 舉世聞名。❹用鼻子嗅 ◆ 聞氣味 / 聞到了香味。

8 聚 (聚)

[jù ㄐㄩˋ [粵] dzœy6 序]

會合；集合；跟"散"相對 ◆ 聚集 / 聚餐 / 合家團聚 / 聚精會神 / 聚沙成塔。

11 聱

[áo ㄠˊ [粵] ŋou4 敖]

聱牙：文句讀起來不順口 ◆ 佶屈聱牙。

11 聲 (声)

[shēng ㄕㄥ [粵] siŋ1 升 / sɛŋ1 腥 (語)]

❶**聲音；物體振動發出的音響** ◆ 響聲 / 風聲 / 歌聲 / 書聲琅琅 / 姑蘇城外寒山寺，夜半鐘聲到客船。❷**說出來讓人知道** ◆ 聲明 / 聲言 / 聲稱 / 聲辯 / 聲張 / 聲東擊西。❸**名譽；名氣** ◆ 聲望 / 聲譽 / 名聲 / 聲名卓著。❹**量詞，表示發出聲音的次數** ◆ 喊了幾聲 / 大喝一聲。

11 聰 (聪)

[cōng ㄘㄨㄥ [粵] tsuŋ1 匆]

❶**聽覺靈敏** ◆ 耳聰目明。❷**智力強** ◆ 聰明 / 聰慧 / 聰穎 / 聰明反被聰明誤。

11 聳 (耸)

[sǒng ㄙㄨㄥˇ [粵] suŋ2 慫]

❶**高高地直立** ◆ 聳立 / 高聳入雲。❷**使人吃驚** ◆ 聳人聽聞 / 危言聳聽 / 聳動視聽。

11 聯 (联)

[lián ㄌㄧㄢˊ [粵] lyn4 鑾]

❶**連接；結合** ◆ 聯絡 / 聯合 / 聯繫 / 聯盟 / 聯名上書 / 珠聯璧合。❷**對聯** ◆ 春聯 / 輓聯 / 上聯 / 下聯。

12 聶 (聂)

[niè ㄋㄧㄝˋ [粵] nip9 捏]

姓。

12 職 (职)

[zhí ㄓˊ [粵] dzik7 即]

❶**工作崗位** ◆ 職位 / 任職 / 就職 / 辭職 / 兼職。❷**所從事的工作** ◆ 職業 / 本職。❸**分內應做的事** ◆ 職務 / 職責 / 職權 / 盡職 / 失職。

16 聽 (听)

[tīng ㄊㄧㄥ [粵] tiŋ1 汀 / tiŋ3 亭3 / tɛŋ1 廳 (語)]

❶**用耳朵接收聲音** ◆ 聽音樂 / 聽廣播 / 聽故事。❷**服從；接受** ◆ 聽話 / 聽從指揮 / 言聽計從 / 聽不進忠告。❸**治理；判斷** ◆ 聽訟 / 垂簾聽政。❹**順着；由着；隨便** ◆ 聽任 / 聽便 / 聽之任之 / 聽其自然。

16 聾 (聋)

[lóng ㄌㄨㄥˊ [粵] luŋ4 龍]

耳朵聽不見或聽不清聲音 ◆ 聾子 / 聾啞人 / 耳聾眼瞎。

羽老而耒耳聿

焦點易錯字 敘 | 聚 敘述 小敘 聚會 歡聚

聿部

4**書** 見日部，204頁。

5**晝** 見日部，201頁。

6**畫** 見田部，292頁。

7**肆**　肆 肆 肆 肆 肆 肆 肆

〈一〉[sì ㄙˋ ⑲ si3 試]

❶ **任意妄為；不顧一切** ◆ 肆虐 / 放肆 / 肆意妄為 / 肆無忌憚 / 大肆破壞。❷ **小店鋪** ◆ 酒肆 / 店肆。

〈二〉[sì ㄙˋ ⑲ sei3 四]

❸ **數目字"四"的大寫。**

7**肄**　肄 肄 肄 肄 肄 肄 肄

[yì ㄧˋ ⑲ ji6 義]

學習 ◆ 肄業。

7**肅**（肃）　肅 肅 肅 肅 肅 肅 肅

[sù ㄙㄨˋ ⑲ suk7 宿]

❶ **恭敬** ◆ 肅立 / 肅然起敬。❷ **莊重；認真** ◆ 嚴肅 / 肅靜 / 莊嚴肅穆。❸ **徹底清除** ◆ 肅貪 / 肅清盜匪。

8**肇**　肇 肇 肇 肇 肇 肇 肇

[zhào ㄓㄠˋ ⑲ siu6 兆]

❶ **開始** ◆ 肇始 / 肇端。❷ **發生；引起** ◆ 肇禍 / 肇事者。

肉部

0**肉**　肉 肉 肉 肉 肉 肉

[ròu ㄖㄡˋ ⑲ juk9 玉]

❶ **人或動物體內皮包着的軟組織** ◆ 肌肉 / 牛肉 / 雞肉 / 皮開肉綻。❷ **某些瓜果裏可以吃的部分** ◆ 果肉 / 桂圓肉。

見古文字插頁 6。

2**肌**　肌 肌 肌 肌 肌 肌

[jī ㄐㄧ ⑲ gei1 基]

肌肉：皮肉的統稱 ◆ 肌膚 / 面黃肌瘦 / 心肌梗塞。

2**肋**　肋 肋 肋 肋 肋 肋

[lèi ㄌㄟˋ ⑲ lɐk9 勒]

胸部兩側的部位 ◆ 肋骨 / 兩肋插刀。

3**肝**　肝 肝 肝 肝 肝 肝 肝

[gān ㄍㄢ ⑲ gɔn1 干]

人和高等動物的內臟之一，有分泌膽汁、儲藏養料和解毒等功能 ◆ 肝臟 / 肝炎 / 豬肝 / 肝膽相照 / 肝腸寸斷。

圖見 368 頁。

焦點易錯字　肆 | 肄　肆虐 肆無忌憚　肄業

3**肛** 肛肛肛肛肛肛 肛

[gāng ㄍㄤ 粵 gɔŋ1 江]
肛門：人和動物的直腸末端，糞便的出口處。

3**肚** 肚肚肚肚肚肚 肚

〈一〉[dù ㄉㄨˋ 粵 tou5 逃5]
❶人和動物的腹部 ◆ 肚子 / 挺胸凸肚 / 牽腸掛肚。**❷某些像肚子的東西** ◆ 腿肚子。
〈二〉[dǔ ㄉㄨˇ 粵 tou5 逃5]
❸動物的胃 ◆ 豬肚 / 牛肚 / 羊肚。

3**肘** 肘肘肘肘肘肘 肘

[zhǒu ㄓㄡˇ 粵 dzɐu2 走/dzau2 爪 (語)]
人的上臂和前臂之間向外凸起、能彎曲的部分 ◆ 胳膊肘 / 捉襟見肘。

3**肖** 肖肖肖肖肖肖 肖

[xiào ㄒㄧㄠˋ 粵 tsiu3 俏]
像；相似 ◆ 肖像 / 酷肖 / 惟妙惟肖 / 神情畢肖。

3**肓** 肓肓肓肓肓肓 肓

[huāng ㄏㄨㄤ 粵 fɔŋ1 方]
人體心臟與橫膈膜之間的部位 ◆ 病入膏肓。

4**肺** 肺肺肺肺肺肺 肺

[fèi ㄈㄟˋ 粵 fɐi3 廢]
❶呼吸器官 ◆ 肺病/肺癌。**❷比喻內心** ◆ 肺腑之言 / 狼心狗肺。

✿ 圖見 368 頁。

4**肢** 肢肢肢肢肢肢 肢

[zhī ㄓ 粵 dzi1 之]
人體的兩臂、兩腿，鳥獸的翅膀和腳 ◆ 四肢 / 上肢 / 下肢 / 前肢 / 後肢。

4**肱** 肱肱肱肱肱肱 肱

[gōng ㄍㄨㄥ 粵 gwɐŋ1 轟]
人的上臂；胳膊 ◆ 股肱 / 曲肱而枕。

4**肫** 肫肫肫肫肫肫 肫

[zhūn ㄓㄨㄣ 粵 dzœn1 津]
鳥類的胃 ◆ 雞肫 / 鴨肫。

4**肯** 肯肯肯肯肯肯 肯

[kěn ㄎㄣˇ 粵 hɐŋ2 亨2]
❶願意；同意 ◆ 肯幫忙 / 不肯說。**❷骨節上的肉；比喻關鍵、要害** ◆ 中肯。

4**肴** 肴肴肴肴肴肴 肴

[yáo ㄧㄠˊ 粵 ŋau4 餚]
煮熟的魚肉等 ◆ 菜肴 / 美味佳肴。

4**股** 股股股股股股 股

[gǔ ㄍㄨˇ 粵 gu2 古]
❶大腿 ◆ 懸梁刺股。**❷某些機關、團體裏辦事部門** ◆ 宣傳股 / 財務股。**❸工商企業資金的份額** ◆ 股份/股票/入股。**❹量詞，用於成條的東西、力氣等，成批的人或氣體** ◆ 一股線 / 一股勁 / 一股泉水 / 一股敵人 / 一股香味。

4**肪** 肪肪肪肪肪肪 肪

[fáng ㄈㄤˊ 粵 fɔŋ1 方]

焦點易錯字 肓 | 肓 盲目 盲人摸象 病入膏肓　肘 | 忖 臂肘 捉襟見肘 忖度 自忖

肉 臣 自 至 臼 舌

脂肪：動物體內凝結的油質。

4育 育育育育育育 育

[yù ㄩˋ ㊊ juk9 玉]

❶ **生孩子** ◆ 生育 / 生兒育女。❷ **撫養** ◆ 育嬰 / 撫育 / 哺育。❸ **培植** ◆ 育秧 / 封山育林。❹**培養；教育** ◆ 育才/德育/體育。

4肩 肩肩肩肩肩肩 肩

[jiān ㄐㄧㄢ ㊊ gin1 堅]

❶ **肩膀** ◆ 兩肩 / 肩並肩 / 肩挑背扛 / 摩肩接踵。❷ **擔負；承擔** ◆ 肩負使命 / 身肩重任。

4肥 肥肥肥肥肥肥 肥

[féi ㄈㄟˊ ㊊ fei4 飛4]

❶ **含脂肪多；胖；跟"瘦"相對** ◆ 肥肉 / 肥胖 / 肥壯。❷ **土質好，養料充足** ◆ 肥沃 / 肥水不流外人田。❸ **使土地肥沃的養料** ◆ 肥料 / 化肥 / 施肥 / 積肥。❹ **增加養分，使土地肥沃** ◆ 肥田。❺**由不正當的收入而富裕** ◆ 損公肥私。

5胛 胛胛胛胛胛胛 胛

[jiǎ ㄐㄧㄚˇ ㊊ gap8 甲]

肩胛：肩膀；後背上部與胳膊連接的部分 ◆ 肩胛骨。

5胡 胡胡胡胡胡胡 胡

[hú ㄏㄨˊ ㊊ wu4 狐]

❶ **隨意亂來** ◆ 胡說 / 胡鬧 / 胡言亂語 / 胡作非為。❷ **中國古代對北方和西方各少數民族的通稱** ◆ 胡人/胡地。❸**姓**。❹ **"鬍"的簡化字**，見 499 頁。

5胚 胚胚胚胚胚胚 胚

[pēi ㄆㄟ ㊊ pui1 醅]

處在發育初期的生物體 ◆ 胚胎。

5背 背背背背背背 背

〈一〉[bèi ㄅㄟˋ ㊊ bui3 貝]

❶ **胸部的後面，肩以下腰以上部分** ◆ 背脊 / 背影 / 駝背 / 汗流浹背。❷ **物體的反面或後面** ◆ 背後 / 刀背 / 舞台背景 / 墨透紙背。❸ **背對着** ◆ 背光 / 背過臉去 / 背山面水 / 背水一戰。❹ **離開；向相反方向** ◆ 背離 / 背井離鄉。❺ **違反；反叛** ◆ 背叛 / 違背 / 背信棄義。

〈二〉[bèi ㄅㄟˋ ㊊ bui6 貝6]

❻ **不看書本，憑記憶唸出來** ◆ 背書 / 背誦。❼**不走運；不順利** ◆ 背時。❽**僻靜；偏僻** ◆ 背靜 / 背街小巷。❾ **聽力差** ◆ 耳背。

〈三〉[bēi ㄅㄟ ㊊ bui3 貝]

❿ **用肩背馱東西** ◆ 背孩子 / 背着書包上學校。⓫ **負擔** ◆ 背了一身債。

5胃 胃胃胃胃胃胃 胃

[wèi ㄨㄟˋ ㊊ wɐi6 位]

人體內的消化器官，形狀像口袋 ◆ 胃痛 / 胃潰瘍。

✿ 圖見 368 頁。

5胝 胝胝胝胝胝胝 胝

[zhī ㄓ ㊊ dzi1 支]

胼胝。見"胼"字，363頁。

焦點易錯字 胃 | 冑　腸胃 胃口　冑裔 貴冑

肉 臣 自 至 臼 舌

^{5}胞 胞胞胞胞胞胞 胞

[bāo ㄅㄠ 粵 bau^1 包]

❶胞衣：包着胎兒的膜。❷同胞：(1)同父母所生的 ◆ 同胞兄弟/胞兄/胞妹。**(2)同一國家和民族的人** ◆ 全國同胞/海外僑胞。

^{5}胖 胖胖胖胖胖胖 胖

〈一〉[pàng ㄆㄤˋ 粵 bun^6 叛]

❶人體長得很豐滿，肉多；跟"瘦"相對 ◆ 胖子/肥胖/矮胖/胖娃娃。

〈二〉[pán ㄆㄢˊ 粵 pun^4 盤]

❷舒坦 ◆ 心廣體胖。

^{5}胎 胎胎胎胎胎胎 胎

[tāi ㄊㄞ 粵 tɔi^1 台^1]

❶人或哺乳動物母體內的幼體 ◆ 胎兒/十月懷胎。**❷器物的坯子** ◆ 泥胎。**❸襯在衣服、被褥裏的東西** ◆ 棉花胎。**❹車輪的內帶** ◆ 輪胎。**❺表示懷胎或生育的次數** ◆ 頭胎/母豬一胎生了十幾隻小豬。

^{6}胯 胯胯胯胯胯胯 胯

[kuà ㄎㄨㄚˋ 粵 kwa^1 誇/kwa^3 跨/fu^3 富]

腰的兩側和大腿之間的部分 ◆ 胯骨/胯下之辱。

^{6}胰 胰胰胰胰胰胰 胰

[yí ㄧˊ 粵 ji^4 兒]

人或高等動物體內的一種內分泌腺，能分泌消化液和胰島素 ◆ 胰臟/胰腺炎。

^{6}脂 脂脂脂脂脂脂 脂

[zhī ㄓ 粵 dzi^1 支]

❶動植物體內所含的油質 ◆ 脂肪/油脂。**❷"胭脂"的簡稱** ◆ 脂粉/塗脂抹粉。

^{6}胭 胭胭胭胭胭胭 胭

[yān ㄧㄢ 粵 jin^1 煙]

胭脂：一種紅色的化妝品，塗在臉頰上，使臉色紅潤 ◆ 胭粉/胭紅。

^{6}胱 胱胱胱胱胱胱 胱

[guāng ㄍㄨㄤ 粵 gwɔŋ^1 光]

膀胱。見"膀"字，366頁。

^{6}脈(脉) 脈脈脈脈脈脈 脈

〈一〉[mài ㄇㄞˋ 粵 mɐk^9 默]

❶血管 ◆ 動脈/靜脈/脈絡。**❷動脈跳動** ◆ 脈搏/切脈。**❸像血管那樣分佈的東西** ◆ 山脈/葉脈/一脈相承/來龍去脈。

〈二〉[mò ㄇㄛˋ 粵 mɐk^9 默]

❹脈脈：默默地用眼神表達情意 ◆ 含情脈脈。

^{6}脊 脊脊脊脊脊脊 脊

[jǐ ㄐㄧˇ 粵 dzik^8 即^8/dzɛk^8 炙(語)]

❶人和動物背部中間的骨柱 ◆ 脊梁/脊髓/脊椎骨/背脊骨。**❷物體中間高起的部分** ◆ 屋脊/山脊/書脊。

^{6}脆 脆脆脆脆脆脆 脆

[cuì ㄘㄨㄟˋ 粵 tsœy^3 翠]

❶東西容易斷，容易碎的 ◆ 這種玻璃太脆。**❷食物酥鬆爽口** ◆ 鬆脆/餅乾很脆/又甜又脆。**❸軟弱；不堅強** ◆ 感情脆弱。**❹聲音清亮** ◆ 清脆/嗓音脆。**❺説話做事**

肉臣自至臼舌

爽快 ◆ 乾脆利落。

6胸　胸胸胸胸胸胸 胸

[xiōng ㄒㄩㄥ 粵 huŋ^{1} 凶]

❶身體的前面，在頸和腹之間的部分 ◆ 胸膛/前胸後背/挺胸凸肚/胸前掛着大紅花。❷ 指人的內心、抱負、氣量等 ◆ 胸有成竹/胸懷坦蕩/胸襟寬廣/心胸狹窄。

6胳　胳胳胳胳胳胳 胳

[gē ㄍㄜ 粵 gɔk^{8} 各]

胳膊：肩膀以下手腕以上的部分。

6胼　胼胼胼胼胼胼 胼

[pián ㄆㄧㄢˊ 粵 pin^{4} 騙^{4}]

胼胝：俗稱"老繭"，手腳上因長期磨擦而長出的硬皮。

6朕　見月部，206頁。

6胺　胺胺胺胺胺胺 胺

[àn ㄢˋ 粵 ɔn^{1}/ŋɔn^{1} 安]

一種有機化合物，如苯胺。

6脅(胁)　脅脅脅脅脅脅 脅

[xié ㄒㄧㄝˊ 粵 hip^{8} 怯]

❶從腋下到肋骨盡頭的部位 ◆ 兩脅。❷逼迫 ◆ 脅從/威脅利誘。

6能　能能能能能能 能

[néng ㄋㄥˊ 粵 nɐŋ^{4}]

❶才幹；本領 ◆ 能力/才能/技能/無能。❷ 有才幹的 ◆ 能人/能者為師/能工巧匠。❸ 能夠；會 ◆ 能説會道/能歌善舞/勤能補拙/能屈能伸/欲罷不能。❹ 能量的簡稱 ◆ 熱能/電能/太陽能/原子能。

7脣　同"唇"字，見70頁。

7腳　"腳"的異體字，見365頁。

7脯　脯脯脯脯脯脯 脯

〈一〉[fǔ ㄈㄨˇ 粵 fu^{2} 苦/pou^{2} 普(語)]

❶乾肉 ◆ 豬肉脯/牛肉脯。❷ 蜜汁乾果；蜜餞 ◆ 果脯/桃脯/杏脯。

〈二〉[pú ㄆㄨˊ 粵 pou^{4} 葡]

❸ 胸脯 ◆ 雞脯肉。

7脖　脖脖脖脖脖脖 脖

[bó ㄅㄛˊ 粵 but^{9} 勃]

脖子：頸項。

7脱　脱脱脱脱脱脱 脱

[tuō ㄊㄨㄛ 粵 tyt^{8}]

❶ 附着的東西掉落下來 ◆ 脱落/脱皮/脱毛。❷除去身上穿戴的衣物 ◆ 脱衣/脱鞋/脱帽致敬。❸ 離開；躲開 ◆ 脱離/脱險/擺脱困境/臨陣脱逃。❹ 遺漏 ◆ 脱漏。

8脹(胀)　脹脹脹脹脹脹 脹

[zhàng ㄓㄤˋ 粵 dzœŋ^{3} 帳]

❶ 體積變大；跟"縮"相對 ◆ 膨脹/熱脹冷縮。❷ 皮肉浮腫 ◆ 腫脹。❸ 吃得過飽腸胃感到不舒服；體內受到某種壓力感到不舒服 ◆ 肚子脹/頭昏腦脹。

焦點易錯字 胳 | 骼　胳臂 胳膊　骨骼

脹 | 漲　膨脹 腫脹　漲潮 水漲船高

8腎(肾) 腎腎腎腎腎腎 腎

[shèn ㄕㄣˋ ⑧ sɐn6 慎]
腎臟：分泌尿液的器官 ◆ 腎虛／腎功能。

8腌 腌腌腌腌腌腌 腌

〈一〉[ā ㄚ ⑧ jim1 淹]
❶ **腌臢：骯髒；不潔淨** ◆ 這地方太腌臢了！

〈二〉[yān ㄧㄢ ⑧ jim1 淹]
❷ **"醃"的簡化字，見456頁。**

8腆 腆腆腆腆腆腆 腆

[tiǎn ㄊㄧㄢˇ ⑧ tin2 天2]
❶ **豐厚；美好。** ❷ **挺起、凸出胸部或腹部** ◆ 腆着肚子／腆胸收腹。

8脾 脾脾脾脾脾脾 脾

[pí ㄆㄧˊ ⑧ pei4 皮]
動物體內製造白血球的器官 ◆ 健脾補腎。

8腋 腋腋腋腋腋腋 腋

[yè ㄧㄝˋ ⑧ jik9 亦]
胳肢窩 ◆ 腋下。

8腐 腐腐腐腐腐腐 腐

[fǔ ㄈㄨˇ ⑧ fu6 父]
❶ **東西朽爛變質** ◆ 腐爛／腐朽／防腐劑／流水不腐。❷ **思想、言行等陳舊** ◆ 陳腐／迂腐。❸ **豆製品** ◆ 腐乳／腐竹／豆腐。

8勝 見力部，47頁。

8腚 腚腚腚腚腚腚 腚

[dìng ㄉㄧㄥˋ ⑧ diŋ6 定]
屁股 ◆ 光腚。

8腔 腔腔腔腔腔腔 腔

[qiāng ㄑㄧㄤ ⑧ hɔŋ1 康]
❶ **人或動物體內空的部分** ◆ 胸腔／腹腔／口腔／滿腔熱血。❸ **歌曲的調子** ◆ 唱腔／秦腔／字正腔圓／花腔女高音／牧童歸去橫牛背，短笛無腔信口吹。❸ **說話；說話的聲音、語氣等** ◆ 搭腔／開腔／官腔／南腔北調／油腔滑調。

8腕 腕腕腕腕腕腕 腕

[wàn ㄨㄢˋ ⑧ wun2 碗]
胳膊和手、小腿和腳相連的地方 ◆ 手腕／腳腕／腕力。

9腰 腰腰腰腰腰腰 腰

[yāo ㄧㄠ ⑧ jiu1 邀]
❶ **肋骨以下胯骨以上的部位** ◆ 彎腰／腰圍／兩手叉腰。❷ **褲、裙等圍在腰間的部分** ◆ 腰身／褲腰。❸ **事物的中間部分** ◆ 山腰／攔腰截斷。❹ **腰子：腎的俗稱。**

9腸(肠) 腸腸腸腸腸腸 腸

[cháng ㄔㄤˊ ⑧ tsœŋ4 祥]
❶ **人和動物的內臟之一，形狀像管子，分大腸、小腸，有消化食物、吸收營養的功能** ◆ 腸胃／盲腸／雞腸／羊腸小道。❷ **用腸衣裹着的食品** ◆ 香腸／臘腸。❸ **比喻思緒、情感** ◆ 愁腸百結／鐵石心腸。

✿ 圖見368頁。

焦點易錯字 膊｜搏 臂膊 赤膊 搏擊 脈搏

9 腥

腥腥腥腥腥腥 [腥]

[xīng ㄒㄧㄥ [粵] siŋ¹ 星/sɛŋ¹ 聲(語)]
❶魚、肉一類的食物 ◆ 葷腥。❷魚、蝦等難聞的氣味 ◆ 腥氣/腥風血雨/多放薑酒去腥味。

9 腮

腮腮腮腮腮腮 [腮]

[sāi ㄙㄞ [粵] sɔi¹ 鰓]
臉頰；臉兩邊的下半部分 ◆ 絡腮鬍子/抓耳撓腮/雙手托腮。

9 腭

腭腭腭腭腭腭 [腭]

[è ㄜˋ [粵] ŋɔk⁹ 岳]
口腔的上壁，靠近牙齒比較硬的部分叫"前腭"，靠近鼻腔比較軟的部分叫"軟腭"。

9 腫(肿)

腫腫腫腫腫腫 [腫]

[zhǒng ㄓㄨㄥˇ [粵] dzuŋ² 總]
肌膚浮脹 ◆ 腫脹/紅腫/浮腫/腫瘤。

9 腹

腹腹腹腹腹腹 [腹]

[fù ㄈㄨˋ [粵] fuk⁷ 福]
❶肚子 ◆ 腹腔/腹瀉/捧腹大笑。❷指內心 ◆ 腹案/推心置腹/口蜜腹劍/以小人之心，度君子之腹。❸比喻中心部位 ◆ 深入腹地。❹指前面；跟"背"相對 ◆ 腹背受敵。

9 腺

腺腺腺腺腺腺 [腺]

[xiàn ㄒㄧㄢˋ [粵] sin³ 線]
生物體內有分泌功能的組織 ◆ 乳腺/胰腺/汗腺/唾液腺/內分泌腺。

9 腳(脚)

腳腳腳腳腳腳 [腳]

〈一〉[jiǎo ㄐㄧㄠˇ [粵] gœk⁸]
❶人和動物腿的下端，着地行走的部分 ◆ 腳面/腳掌/腳後跟/腳踏兩隻船。❷東西的最下部 ◆ 牆腳/山腳。❸指跟體力搬運有關的 ◆ 腳夫/腳力。

〈二〉[jué ㄐㄩㄝˊ [粵] gœk⁸]
❹演員；演員在戲曲、電影裏扮演的人物。也寫作"角" ◆ 腳色/旦腳/主腳。

9 腦(脑)

腦腦腦腦腦腦 [腦]

[nǎo ㄋㄠˇ [粵] nou⁵ 努]
❶人或高等動物神經系統的主要部分 ◆ 腦子/大腦/腦充血。❷指頭 ◆ 腦袋/探頭探腦。❸功能或形狀像腦子的東西 ◆ 電腦/豆腐腦。

10 膊

膊膊膊膊膊膊 [膊]

[bó ㄅㄛˊ [粵] bɔk⁸ 博]
上臂 ◆ 胳膊。

10 膈

膈膈膈膈膈膈 [膈]

[gé ㄍㄜˊ [粵] gak⁸ 隔]
人或哺乳動物體內分隔胸腔和腹腔的薄膜狀肌肉。俗稱橫膈膜。

10 膏

膏膏膏膏膏膏 [膏]

〈一〉[gāo ㄍㄠ [粵] gou¹ 高]
❶脂肪；油脂 ◆ 脂膏/民脂民膏/春雨如膏。❷很稠的糊狀物 ◆ 牙膏/藥膏/秋梨膏/雪花膏。❸肥沃 ◆ 膏腴之地。

〈二〉[gào ㄍㄠˋ [粵] gou³ 告]

焦點易錯字 惺 | 腥　惺忪 惺惺作態　腥味 腥風血雨　隔 | 膈　隔絕 隔牆有耳　橫膈膜

❹ 加上潤滑油，使機械轉動靈活自如 ◆ 膏油 / 膏車。

10 膀 膀膀膀膀膀膀 膀

〈一〉[bǎng ㄅㄤˇ ㊥ bɔŋ² 綁]
❶ 胳膊上部靠肩的部分 ◆ 膀子 / 肩膀 / 膀闊腰圓。❷ 鳥類和某些昆蟲的翅膀。
〈二〉[páng ㄆㄤˊ ㊥ pɔŋ⁴ 旁]
❸ 膀胱：人或高等動物儲尿的器官。

10 腿 腿腿腿腿腿腿 腿

[tuǐ ㄊㄨㄟˇ ㊥ tœy² 推²]
❶ 人的下肢；動物的四肢 ◆ 左腿 / 右腿 / 前腿 / 後腿 / 腿腳不便。❷ 器物上像腿的東西 ◆ 桌子腿 / 椅子腿。❸ 醃製的豬腿 ◆ 金華火腿。

11 膝 膝膝膝膝膝膝 膝

[xī ㄒㄧ ㊥ sɐt⁷ 失]
膝蓋；大腿和小腿相連接的關節的前部 ◆ 屈膝 / 護膝 / 雙膝跪下。

11 膘 膘膘膘膘膘膘 膘

[biāo ㄅㄧㄠ ㊥ biu¹ 標]
牲畜小腹兩邊的肉 ◆ 長膘 / 掉膘 / 膘肥體壯。

11 膜 (膜) 膜膜膜膜膜膜 膜

[mó ㄇㄛˊ ㊥ mɔk⁹ 漠]
❶ 生物體內像薄皮的組織 ◆ 耳膜 / 腦膜 / 葦膜 / 橫膈膜。❷ 像膜一樣薄的東西 ◆ 笛膜 / 塑料薄膜。

11 膚 (肤) 膚膚膚膚膚膚 膚

[fū ㄈㄨ ㊥ fu¹ 呼]
❶ 身體的表皮 ◆ 皮膚 / 肌膚 / 膚色 / 體無完膚。❷ 比喻表面的，淺薄的 ◆ 膚淺。

11 膛 膛膛膛膛膛膛 膛

[táng ㄊㄤˊ ㊥ tɔŋ⁴ 堂]
❶ 胸腔 ◆ 胸膛 / 開膛破肚。❷ 器物的中空部分 ◆ 爐膛 / 槍膛 / 子彈上膛。

11 膠 (胶) 膠膠膠膠膠膠 膠

[jiāo ㄐㄧㄠ ㊥ gau¹ 交]
❶ 有黏性，能黏合器物的東西 ◆ 膠水 / 萬能膠 / 如膠似漆。❷ 黏合 ◆ 膠合 / 膠住。❸ 指橡膠 ◆ 膠鞋。

12 膨 膨膨膨膨膨膨 膨

[péng ㄆㄥˊ ㊥ paŋ⁴ 彭]
脹大 ◆ 膨脹。

12 膩 (腻) 膩膩膩膩膩膩 膩

[nì ㄋㄧˋ ㊥ nei⁶ 餌]
❶ 食物油脂過多 ◆ 油膩。❷ 厭煩 ◆ 膩煩 / 聽膩了 / 玩膩了。❸ 細緻 ◆ 細膩。❹ 污垢 ◆ 塵膩。

12 膳 (膳) 膳膳膳膳膳膳 膳

[shàn ㄕㄢˋ ㊥ sin⁶ 善]
飯食 ◆ 膳食 / 用膳 / 早膳 / 膳宿。

13 膿 (脓) 膿膿膿膿膿膿 膿

[nóng ㄋㄨㄥˊ ㊥ nuŋ⁴ 農]

皮肉腐爛變成的黃白色黏液 ◆ 化膿/膿腫/膿包。

13 **臊** 臊臊臊臊臊臊 臊

〈一〉[sāo ㄙㄠ ⓖ sou1 蘇]

❶ **難聞的腥臭氣味** ◆ 臊氣/腥臊/狐臊。

〈二〉[sào ㄙㄠˋ ⓖ sou3 掃]

❷ **害羞；難為情** ◆ 害臊/臊得臉通紅。

13 **膾**(脍) 膾膾膾膾膾膾 膾

[kuài ㄎㄨㄞˋ ⓖ kui2 繪]

切得很細的肉 ◆ 膾炙人口。

13 **臉**(脸) 臉臉臉臉臉臉 臉

[liǎn ㄌㄧㄢˇ ⓖ lim5 殮]

❶ **面部；面部的表情** ◆ 洗臉/臉色紅潤/愁眉苦臉/滿臉笑容/京劇臉譜。❷ **面子；體面** ◆ 丟臉/沒臉見人。

13 **膽**(胆) 膽膽膽膽膽膽 膽

[dǎn ㄉㄢˇ ⓖ dam2 擔2]

❶ **膽囊：人或動物的內臟器官之一，儲存膽汁，能幫助消化** ◆ 苦膽/蛇膽/臥薪嘗膽。❷ **膽量；勇氣** ◆ 膽怯/斗膽/膽大心細/膽小如鼠/一身是膽。❸ **裝在器物內部，供充氣或盛水用的東西** ◆ 瓶膽/球膽。

13 **羶** 同"羶"字，見353頁。

13 **臃** 臃臃臃臃臃臃 臃

[yōng ㄩㄥ ⓖ juŋ2 擁]

腫脹 ◆ 臃腫。

焦點易錯字 膺｜贋　膺選 榮膺　贋品 贋本

13 **臆** 臆臆臆臆臆臆 臆

[yì ㄧˋ ⓖ jik7 益]

❶ **胸** ◆ 胸臆。❷ **主觀的** ◆ 臆測/臆斷。

13 **膺** 膺膺膺膺膺膺 膺

[yīng ㄧㄥ ⓖ jiŋ1 英]

❶ **胸** ◆ 義憤填膺。❷ **承受；當** ◆ 榮膺。

13 **謄** 見言部，419頁。

13 **臀** 臀臀臀臀臀臀 臀

[tún ㄊㄨㄣˊ ⓖ tyn4 團]

屁股 ◆ 臀部。

13 **臂** 臂臂臂臂臂臂 臂

〈一〉[bì ㄅㄧˋ ⓖ bei3 祕]

❶ **從肩膀到手腕部分** ◆ 臂力/兩臂/臂膀/振臂高呼/袒胸露臂。❷ **某些動物的前肢** ◆ 螳臂當車。❸ **像臂一樣能提物的東西** ◆ 吊臂/起重臂。

〈二〉[bei ·ㄅㄟ ⓖ bei3 祕]

❹ "胳臂"中"臂"的讀音。

14 **臍**(脐) 臍臍臍臍臍臍 臍

[qí ㄑㄧˊ ⓖ tsi4 池]

❶ **肚臍** ◆ 臍帶。❷ **螃蟹腹部下能活動的部分，尖形的是雄蟹，圓形的是雌蟹** ◆ 尖臍/團臍。

14 **臏**(膑) 臏臏臏臏臏臏 臏

[bìn ㄅㄧㄣˋ ⓖ pɐn5 牝]

膝蓋骨 ◆ 臏骨。

15 **臘**（腊）

[là ㄌㄚˋ ㊊ lap9 立]

❶**農曆十二月** ◆ 臘八粥／寒冬臘月。❷**冬天醃製後風乾或熏乾的肉類** ◆ 臘肉／臘味／臘鴨。

16 **臚**（胪）

[lú ㄌㄨˊ ㊊ lou4 勞]

陳列；羅列 ◆ 臚列／臚陳實情。

16 **騰** 見馬部，496頁。

18 **臟**（脏）

[zàng ㄗㄤˋ ㊊ dzɔŋ6 撞]

人或動物體內器官的統稱 ◆ 內臟／心臟／腎臟／五臟六腑／麻雀雖小，五臟俱全。

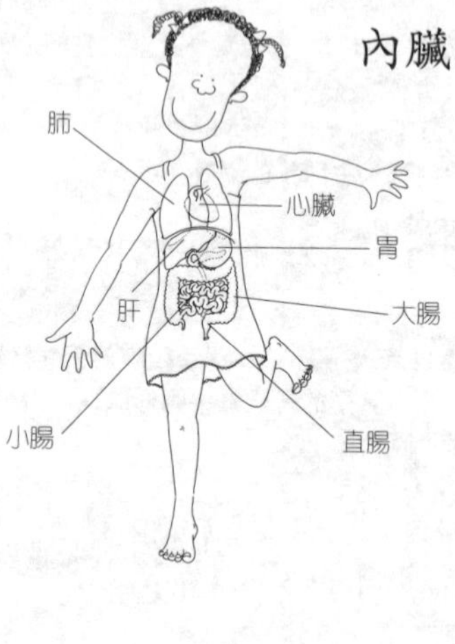
內臟
肺
心臟
胃
肝
大腸
小腸
直腸

臣部

0 **臣**

[chén ㄔㄣˊ ㊊ sɐn4 辰]

君主時代的官吏 ◆ 君臣／忠臣／奸臣／功臣／欽差大臣。

見古文字插頁6。

2 **臥**

[wò ㄨㄛˋ ㊊ ŋɔ6 餓]

❶**躺下** ◆ 臥倒／仰臥／臥牀不起／臥薪嘗膽。❷**供睡覺用的** ◆ 臥室／臥具／臥鋪車廂。

5 **堅** 見土部，89頁。

8 **監** 見皿部，302頁。

8 **緊** 見糸部，343頁。

8 **臧**

[zāng ㄗㄤ ㊊ dzɔŋ1 莊]

❶**好；善**。❷**褒揚；稱讚** ◆ 臧否人物。

11 **臨**（临）

[lín ㄌㄧㄣˊ ㊊ lɐm4 林]

❶**到達；來到** ◆ 來臨／光臨／身臨其境／

雙喜臨門。❷ **靠近；面對** ◆ 臨近 / 臨街 / 面臨 / 臨危不懼 / 背山臨水。❸ **將要；快要** ◆ 臨走時 / 臨別贈言 / 宜未雨而綢繆，毋臨渴而掘井。❹ **從高處往下看** ◆ 居高臨下。❺ **照着字畫摹仿** ◆ 臨帖 / 臨摹。

見古文字插頁 16。

自部

0 **自**　自 自 自 自 自 [自]

[zì ㄗˋ [粵] dzi⁶ 字]

❶ **自己** ◆ 自學 / 自願 / 自強不息 / 自欺欺人 / 自相矛盾 / 自給自足。❷ **當然；必然的** ◆ 自不待言 / 是非自有公論 / 桃李不言，下自成蹊。❸ **從** ◆ 自古以來 / 自始至終 / 來自全國各地。

見古文字插頁 6。

4 **臭**　臭 臭 臭 臭 臭 臭 [臭]

〈一〉[chòu ㄔㄡˋ [粵] tsɐu³ 湊]

❶ **難聞的氣味；跟"香"相對** ◆ 臭氣 / 臭味 / 惡臭 / 腥臭。❷ **使人厭惡的** ◆ 擺臭架子 / 臭名遠揚 / 遺臭萬年。❸ **狠狠地** ◆ 一頓臭罵。

〈二〉[xiù ㄒㄧㄡˋ [粵] tsɐu³ 湊]

❹ **用鼻子聞；同"嗅"字** ◆ 臭出甚麼味道。❺ **氣味** ◆ 無色無臭。

4 **息**　見心部，151頁。

6 **皐**　"皋"的異體字，見300頁。

8 **鼻**　見鼻部，515頁。

至部

0 **至**　至 至 至 至 至 [至]

[zhì ㄓˋ [粵] dzi³ 志]

❶ **到** ◆ 至今 / 自始至終 / 從頭至尾 / 賓至如歸。❷ **達到極點；最好的** ◆ 至親 / 至高無上 / 至理名言 / 如獲至寶 / 仁至義盡。❸ **至於；表示可能達到某種程度** ◆ 甚至 / 竟至 / 不至如此悲慘。

見古文字插頁 6。

2 **到**　見刀部，42頁。

3 **致** (致)　致 致 致 致 致 致 [致]

[zhì ㄓˋ [粵] dzi³ 志]

❶ **給與；向對方表示** ◆ 致函 / 致電 / 致敬 / 致謝 / 致意。❷ **引起；招引** ◆ 致病 / 致命 / 致癌物質 / 招致 / 導致。❸ **達到** ◆ 致富 / 學以致用。❹ **集中精力** ◆ 專心致志 / 致力於慈善事業。❺ **情趣** ◆ 別致 / 景致 / 錯落有致 / 興致勃勃。

8 **臺**　同"台"字，見60頁。

焦點易錯字　至 | 致 | 緻　至親 至於　致力 導致　細緻 精緻　臭 | 嗅　臭氣 臭味相投　嗅覺

肉 臣 自 至 臼 舌

10 臻

[zhēn ㄓㄣ [粵] dzœn^{1} 津]
達到美好的境地 ◆ 臻於完美 / 日臻完善 / 漸臻佳境。

臼部

0 臼

[jiù ㄐㄧㄡˋ [粵] kɐu^{5} 舅]
❶ **舂米的器具，大多用石頭或木頭製成的，中部凹下** ◆ 石臼。❷ **形狀像臼的** ◆ 臼齒。

見古文字插頁6。

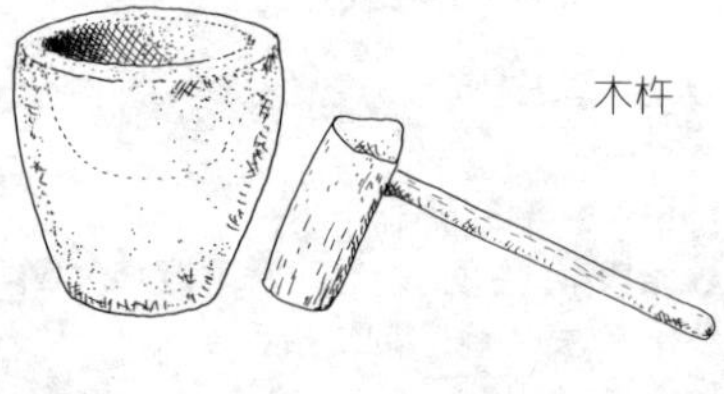
石臼
木杵

2 臾

[yú ㄩˊ [粵] jy^{4} 余]
須臾：片刻；一會兒 ◆ 兩人如影隨形，須臾不離。

2 兒

見儿部，32頁。

4 舀

[yǎo ㄧㄠˇ [粵] jiu^{5} 繞]
用瓢、勺等取東西 ◆ 舀水 / 舀湯 / 舀了一碗雞湯。

5 舂

[chōng ㄔㄨㄥ [粵] dzuŋ^{1} 忠]
用杵臼搗去穀物的皮殼 ◆ 舂米 / 舂藥。

7 與 (与)

〈一〉[yǔ ㄩˇ [粵] jy^{5} 雨]
❶ **和** ◆ 老師與學生 / 城市與鄉村 / 中國與外國。❷ **同；跟** ◆ 與虎謀皮 / 與疾病作鬥爭 / 與君一席話，勝讀十年書。❸ **給予** ◆ 贈與 / 授與 / 與人方便。❹ **幫助** ◆ 與人為善。

〈二〉[yù ㄩˋ [粵] jy^{6} 預]
❺ **參加** ◆ 與會 / 參與。

7 舅

[jiù ㄐㄧㄡˋ [粵] kɐu^{5} 臼]
❶ **母親的兄弟** ◆ 舅舅 / 舅父。❷ **妻子的兄弟** ◆ 妻舅 / 小舅子。

9 舉 (举)

[jǔ ㄐㄩˇ [粵] gœy^{2} 矩]
❶ **向上托；往上伸** ◆ 舉手 / 舉重 / 高舉旗幟/舉頭望明月，低頭思故鄉。❷ **推選；推薦** ◆ 選舉 / 推舉 / 舉薦。❸ **發起；興起** ◆

舉兵/舉辦。❹**提出** ◆ 舉例/列舉/舉一反三。❺**動作；行為** ◆ 舉動/壯舉/一舉兩得/一舉一動/輕舉妄動。❻**全** ◆ 舉國上下/舉世聞名/舉家出遊。

9 **興**（兴）　興興興興興興 興

〈一〉[xīng ㄒㄧㄥ ㊣ hiŋ¹ 兄]

❶**開始；發動** ◆ 興建/興辦/大興土木/百廢俱興/興師動眾。❷**盛行；流行** ◆ 時興/新興/現在不興這種打扮了。❸**旺盛；昌盛；跟"衰"、"亡"相對** ◆ 興盛/復興/興旺發達/興衰存亡/國家興亡，匹夫有責。

〈二〉[xìng ㄒㄧㄥˋ ㊣ hiŋ³ 慶]

❹**對事物愛好的情緒** ◆ 興趣/雅興/興致勃勃/詩興大發/興高采烈/十分掃興。

9 **學**　見子部，111頁。

10 **輿**　見車部，441頁。

12 **舊**（旧）　舊舊舊舊舊舊 舊

[jiù ㄐㄧㄡˋ ㊣ gɐu⁶ 夠⁶]

❶**用過很久的；過時的；跟"新"相對** ◆ 舊車/舊衣服/舊設備/舊傢具/陳舊不堪。❷**從前的；原先的** ◆ 舊居/舊址/舊地重遊/舊貌換新顏。❸**老交情；老朋友** ◆ 舊交/舊友/故舊。

13 **覺**　見見部，410頁。

18 **釁**　見酉部，457頁。

舌部

0 **舌**　舌舌舌舌舌 舌

[shé ㄕㄜˊ ㊣ sit⁹ 泄⁹]

❶**舌頭** ◆ 舌根/舌尖。❷**像舌頭的東西** ◆ 火舌/帽舌。❸**指代說話、辯論等事** ◆ 舌戰/鸚鵡學舌/油嘴滑舌/唇槍舌劍。

見古文字插頁6。

2 **舍**　舍舍舍舍舍舍 舍

〈一〉[shè ㄕㄜˋ ㊣ sɛ³ 赦]

❶**房屋；住所** ◆ 農舍/校舍/宿舍。❷**稱自己的家** ◆ 寒舍/敝舍。❸**養家畜的棚、窩** ◆ 雞舍/牛舍。

〈二〉[shě ㄕㄜˇ ㊣ sɛ² 寫]

❹**同"捨"字，見177頁。**

見古文字插頁14。

5 **甜**　見甘部，289頁。

6 **舒**　舒舒舒舒舒舒 舒

[shū ㄕㄨ ㊣ sy¹ 書]

❶**伸展；寬解** ◆ 舒展/舒暢/舒坦/舒服/舒筋活血/舒了一口氣。❷**緩慢** ◆ 舒緩。

8 **舔**　舔舔舔舔舔舔 舔

[tiǎn ㄊㄧㄢˇ ㊣ tim² 添²]

焦點易錯字　舍 | 捨　宿舍 舍下　捨棄 捨己為人　　抒 | 舒　抒發 各抒己見　舒服 舒筋活血

用舌頭取食或接觸東西 ◆ 舔食／舔嘴唇／舔一舔，嘗嘗味道。

9 鋪

同"鋪〈三〉"，見462頁。

舛部

0 舛

[chuǎn ㄔㄨㄢˇ ㊚ tsyn² 喘]

❶**差錯；錯亂** ◆ 乖舛／舛誤／舛錯／舛訛。❷**不幸；不順利** ◆ 命運多舛。❸**違背** ◆ 本末舛逆。

6 舜

[shùn ㄕㄨㄣˋ ㊚ sœn³ 信]

中國上古時代傳説中的一個帝王，也叫虞舜。

8 舞

[wǔ ㄨˇ ㊚ mou⁵ 武]

❶**舞蹈** ◆ 舞劇／跳舞／土風舞／載歌載舞。❷**揮動** ◆ 舞動／舞劍／揮舞。❸**耍弄** ◆ 舞弊／舞文弄墨。

見古文字插頁 16。

舟部

0 舟

[zhōu ㄓㄡ ㊚ dzɐu¹ 州]

船 ◆ 一葉扁舟／同舟共濟／順水推舟／求學如逆水行舟，不進則退／兩岸猿聲啼不住，輕舟已過萬重山。

見古文字插頁6。

3 舢

[shān ㄕㄢ ㊚ san¹ 山]

舢舨：一種用槳划行的小船，一般只能坐兩三個人。也作"舢板"、"三板"。

4 舨

[bǎn ㄅㄢˇ ㊚ ban² 板]

舢舨。見"舢"字，本頁。

4 般

[bān ㄅㄢ ㊚ bun¹ 搬]

樣；種 ◆ 這般／那般／兩人一般高／雷鳴般的掌聲／天下烏鴉一般黑。

4 航

[háng ㄏㄤˊ ㊚ hɔŋ⁴ 杭]

在水上或天空行駛 ◆ 航行／航海／航空／航線／航運／領航。

4 舫

[fǎng ㄈㄤˇ [粵] fɔŋ^{2} 訪]

船 ◆ 石舫 / 畫舫。

5 舶

[bó ㄅㄛˊ [粵] bak^{9} 白]

航海的大船 ◆ 船舶。

5 船（舩）

[chuán ㄔㄨㄢˊ [粵] syn^{4} 旋]

水上的交通運輸工具 ◆ 輪船 / 帆船 / 漁船 / 姑蘇城外寒山寺，夜半鐘聲到客船。

5 舷

[xián ㄒㄧㄢˊ [粵] jin^{4} 言]

船和飛機的兩側 ◆ 左舷 / 右舷 / 舷梯。

5 舵

[duò ㄉㄨㄛˋ [粵] tɔ^{4} 駝]

船或飛機用來控制航行方向的裝置 ◆ 掌舵 / 把舵 / 船舵 / 方向舵。

7 艄

[shāo ㄕㄠ [粵] sau^{1} 梢]

❶ **船尾** ◆ 船艄。❷ **船舵** ◆ 掌艄。

7 艇

[tǐng ㄊㄧㄥˇ [粵] tiŋ^{5} 挺/tɛŋ^{5} 廳^{5}(語)]

輕便快速的小船或戰船 ◆ 汽艇 / 遊艇 / 救生艇 / 巡邏艇 / 潛水艇。

9 艘（艘）

[sōu ㄙㄡ [粵] sɐu^{1} 收/sɐu^{2} 首(語)]

量詞，用於船隻 ◆ 一艘輪船 / 一艘軍艦。

10 艙（舱）

[cāng ㄘㄤ [粵] tsɔŋ^{1} 倉]

船或飛機的內部 ◆ 船艙 / 貨艙 / 頭等艙。

14 艦（舰）

[jiàn ㄐㄧㄢˋ [粵] lam^{6} 濫]

大型的戰船 ◆ 軍艦 / 巡洋艦 / 航空母艦。

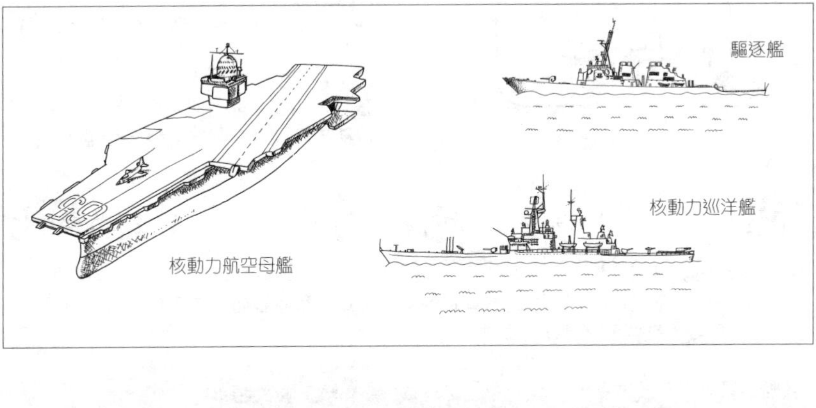
驅逐艦
核動力巡洋艦
核動力航空母艦

艮部

1 **良** 良 良 良 良 良 良 良

[liáng ㄌㄧㄤˊ 粵 lœŋ4 梁]
❶ **好；好的** ◆ 良好 / 優良 / 善良 / 良師益友 / 良藥苦口 / 消化不良。❷ **善良的人** ◆ 除暴安良 / 良莠不齊。❸ **很** ◆ 良久 / 用心良苦 / 獲益良多。

8 **銀** 見金部，462頁。

11 **艱** (艰) 艱 艱 艱 艱 艱 艱 艱

[jiān ㄐㄧㄢ 粵 gan1 奸]
困難 ◆ 艱巨 / 艱難 / 艱苦 / 艱辛 / 艱險 / 步履維艱。

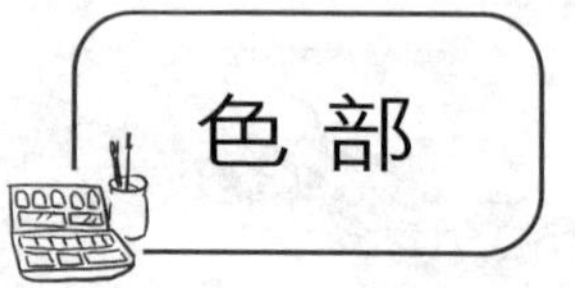

色部

0 **色** 色 色 色 色 色 色

[sè ㄙㄜˋ 粵 sik7 式]
❶ **顏色** ◆ 紅色 / 色彩 / 五顏六色 / 藍色的天空。❷ **臉上的神情** ◆ 臉色 / 喜形於色 / 和顏悅色 / 眉飛色舞。❸ **情景；景象** ◆ 月色 / 夜色 / 景色 / 行色匆匆。❹ **種類** ◆ 貨色齊全 / 花色品種 / 各色各樣。❺ **物品的質量** ◆ 成色。❻ **特指女子的美貌** ◆ 姿色 / 好色之徒。

18 **艷** "豔"的異體字，見423頁。

艸部

2 **艾** (艾) 艾 艾 艾 艾 艾 艾

〈一〉[ài ㄞˋ 粵 ŋai6 刈]
❶ **草本植物，葉可做艾絨，供針灸用；枝葉熏煙可用來驅蚊。** ❷ **停止** ◆ 方興未艾。❸ **姓。**
〈二〉[yì ㄧˋ 粵 ŋai6 刈]
❹ **治理** ◆ 自怨自艾。

3 **芋** (芋) 芋 芋 芋 芋 芋 芋 芋

[yù ㄩˋ 粵 wu6 互]
❶ **草本植物，地下的莖像圓球，可以吃。俗稱芋頭，也叫芋艿。** ❷ **泛指薯類** ◆ 山芋 / 洋芋。

3 **芍** (芍) 芍 芍 芍 芍 芍 芍 芍

[sháo ㄕㄠˊ 粵 dzœk8 雀]
芍藥：草本植物，花可供觀賞，根可做藥材。

焦點易錯字 芋 | 竽 芋頭 濫竽充數 色 | 式 顏色 角色 形式 程式

芍藥

3 芒 (芒) 芒

[máng ㄇㄤˊ ㊎ mɔŋ4 忙]

❶ **稻麥等外殼上的細刺** ◆ 麥芒／芒刺在背／針尖對麥芒。❷ **像芒的東西** ◆ 光芒／鋒芒。❸ **芒果：常綠喬木，果肉黃色，味美多汁，產於亞熱帶地區。**

4 芙 (芙) 芙

[fú ㄈㄨˊ ㊎ fu4 扶]

芙蓉：(1)荷花的別稱 ◆ 出水芙蓉。**(2)一種落葉灌木，也叫木芙蓉，花色美麗，葉子闊卵形。**

4 芽 (芽) 芽

[yá ㄧㄚˊ ㊎ ŋa4 牙]

植物的幼體，可發育成莖、葉或花 ◆ 嫩芽／新芽／綠豆芽／生根、發芽、開花、結果。

4 花 (花) 花

[huā ㄏㄨㄚ ㊎ fa1 化1]

❶ **植物的繁殖器官；也指能開花供觀賞的植物** ◆ 牡丹花／開花結果／花無百日紅／花有重開日，人無再少年／有意栽花花不發，無心插柳柳成蔭。❷ **形狀像花的東西** ◆ 火花／雪花／浪花／窗花。❸ **指棉花** ◆ 軋花／彈花。❹ **條紋；圖案** ◆ 花紋／花邊／印花布。❺ **雜色的** ◆ 小花貓／小花狗／花白頭髮。❻ **表示種類繁多** ◆ 花樣翻新／花色品種／五花八門。❼ **視線模糊不清** ◆ 老眼昏花／頭昏眼花／看花了眼。❽ **虛偽的；迷惑人的** ◆ 花招／花言巧語。❾ **用；耗費** ◆ 花錢／花功夫／花時間／花氣力。

4 芹 (芹) 芹

[qín ㄑㄧㄣˊ ㊎ kɐn4 勤]

常見的蔬菜，分水芹和旱芹 ◆ 芹菜。

4 芥 (芥) 芥

〈一〉[jiè ㄐㄧㄝˋ ㊎ gai3 介]

❶ **芥菜：蔬菜，可以吃。種子有辣味，碾成粉後叫芥末，可以做調味品。**

〈二〉[gài ㄍㄞˋ ㊎ gai3 介]

❷ **芥藍：蔬菜，可以吃。**

4 芬 (芬) 芬

[fēn ㄈㄣ ㊎ fɐn1 分]

花草的香氣 ◆ 芬芳。

4 芻 (刍) 芻

[chú ㄔㄨˊ ㊎ tsɔ1 初]

❶ **餵牲口的草** ◆ 芻秣／反芻。❷ **割草。** ❸ **謙稱自己發表的言論** ◆ 芻議／芻言。

4 芳 (芳) 芳

[fāng ㄈㄤ ㊎ fɔŋ1 方]

❶ **香；香味** ◆ 芳香／芬芳／天涯何處無芳草。❷ **比喻美好的；美好的品德或名聲** ◆

芳名 / 孤芳自賞 / 流芳百世 / 千古流芳。

4 芯 (芯)

〈一〉[xīn ㄒㄧㄣ ㊊ sɐm¹ 心]

❶ 去了皮的燈心草，叫燈心或燈草，用來點油燈。

〈二〉[xìn ㄒㄧㄣˋ ㊊ sɐm¹ 心]

❷物體的中心部分 ◆ 筆芯/鉛芯/蠟燭芯。

4 芝 (芝)

[zhī ㄓ ㊊ dzi¹ 之]

❶ 芝麻：草本植物，種子可以榨油或做食品 ◆ 芝麻開花節節高。❷ 靈芝：菌類植物，可作藥用。

4 芭 (芭)

[bā ㄅㄚ ㊊ ba¹ 巴]

芭蕉：多年生草本植物，葉子很大，果實像香蕉，可以吃。

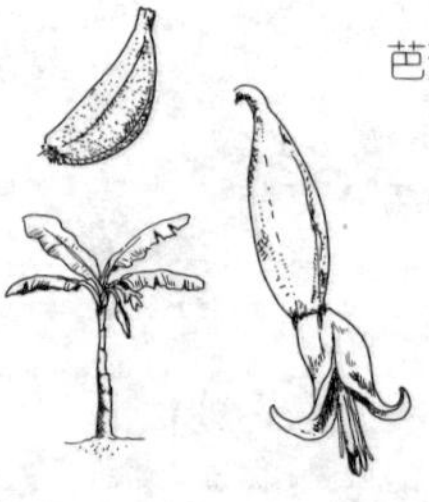

芭蕉

5 茉 (茉)

[mò ㄇㄛˋ ㊊ mut⁹ 末]

茉莉：常綠灌木，開小白花，香味濃厚，可提取芳香油，也可熏製茶葉 ◆ 茉莉花 / 茉莉花茶。

5 苦 (苦)

[kǔ ㄎㄨˇ ㊊ fu² 府]

❶ 像膽汁、黃連的味道；跟"甘"、"甜"相對 ◆ 苦瓜 / 酸甜苦辣 / 良藥苦口。❷ 難受；艱難 ◆ 痛苦 / 艱苦 / 苦難 / 困苦 / 苦海無邊，回頭是岸。❸ 竭力；盡力 ◆ 苦讀 / 刻苦 / 冥思苦想 / 勤學苦練。

5 苯 (苯)

[běn ㄅㄣˇ ㊊ bun² 本]

有機化合物，無色液體，有芳香味，可用來做溶劑、香料等。

5 苛 (苛)

[kē ㄎㄜ ㊊ hɔ¹ 呵]

❶ 過分嚴厲、刻薄 ◆ 苛求 / 苛刻。❷ 繁重；瑣碎 ◆ 苛捐雜稅。

5 若 (若)

[ruò ㄖㄨㄛˋ ㊊ jœk⁹ 弱]

❶ 如果；假如 ◆ 假若 / 若不 / 若要人不知，除非己莫為。❷好像 ◆ 若無其事/旁若無人 / 欣喜若狂 / 門庭若市 / 若隱若現。

5 茂 (茂)

[mào ㄇㄠˋ ㊊ mɐu⁶ 貿]

❶草木長得繁盛 ◆ 茂盛/茂密/枝葉繁茂/根深葉茂。❷ 豐富精美 ◆ 圖文並茂。

5 苫 (苫)

〈一〉[shān ㄕㄢ ㊊ sim¹ 閃¹]

❶草簾子或草墊子。

焦點易錯字 芯 | 蕊　燈芯　花蕊

〈二〉[shàn ㄕㄢˋ ㊥ sim³ 閃³]
❷用苫或其他東西來遮蓋 ◆ 拿油布苫上。

5苜(苜) 苜苜苜苜苜苜 苜

[mù ㄇㄨˋ ㊥ muk⁹ 木]
苜蓿：草本植物，葉子互生，開紫色蝶形花，結莢果，是重要的牧草和綠肥作物。

苜蓿

5苗(苗) 苗苗苗苗苗苗 苗

[miáo ㄇㄧㄠˊ ㊥ miu⁴ 描]
❶初生的、幼小的植物 ◆ 禾苗 / 秧苗 / 麥苗 / 樹苗 / 幼苗。❷某些初生的、幼小的動物 ◆ 魚苗 / 豬苗。❸形狀像幼苗的東西 ◆ 火苗。❹事物初露出來的跡象 ◆ 苗頭 / 根苗。❺苗族：中國少數民族之一。

見古文字插頁 15。

5英(英) 英英英英英英 英

[yīng ㄧㄥ ㊥ jiŋ¹ 嬰]
❶花 ◆ 落英繽紛。❷才能出眾；傑出的人 ◆ 英雄 / 精英 / 羣英會 / 培育英才。❸英國的簡稱 ◆ 英尺 / 英鎊。

5苑(苑) 苑苑苑苑苑苑 苑

[yuàn ㄩㄢˋ ㊥ jyn² 婉]
❶古代養禽獸、種樹木，供帝王貴族打獵遊樂之地；泛指園林、花園 ◆ 御苑 / 上林苑。❷會集的地方；文藝活動集中處 ◆ 文苑 / 藝苑。

5苟(苟) 苟苟苟苟苟苟 苟

[gǒu ㄍㄡˇ ㊥ gɐu² 狗]
❶馬虎；隨便 ◆ 一絲不苟 / 不苟言笑 / 未敢苟同。❷暫且；只顧眼前 ◆ 苟且偷生 / 苟安 / 苟活。

5苞(苞) 苞苞苞苞苞苞 苞

[bāo ㄅㄠ ㊥ bau¹ 包]
花未開時包着花朵的小葉片 ◆ 花苞 / 含苞待放。

5苧(苎) 苧苧苧苧苧苧 苧

[zhù ㄓㄨˋ ㊥ tsy⁵ 柱]
苧麻：一種多年生草本植物，莖皮為纖維質，劈成細絲，可以做繩索，也是紡織工業的重要原料。

5范(范) 范范范范范范 范

[fàn ㄈㄢˋ ㊥ fan⁶ 飯]
❶姓。❷“範”的簡化字，見332頁。

5茄(茄) 茄茄茄茄茄茄 茄

〈一〉[qié ㄑㄧㄝˊ ㊥ kɛ⁴ 騎]
❶茄子：草本植物，果實成球形或長圓形，有紫色、白色或淺綠色，是普通蔬菜。
〈二〉[jiā ㄐㄧㄚ ㊥ ga¹ 加]
❷雪茄：用煙葉捲成的煙，比一般的香煙粗要長。也叫捲煙。

5 茅(茅) 茅茅茅茅茅茅 茅

[máo ㄇㄠˊ 粵 mau4 矛]

茅草：多年生草本植物，可用來造紙，根可以做藥材 ◆ 茅屋。

5 茁(茁) 茁茁茁茁茁茁 茁

[zhuó ㄓㄨㄛˊ 粵 dzyt8 啜]

旺盛地生長 ◆ 茁壯。

5 苔(苔) 苔苔苔苔苔苔 苔

〈一〉[tái ㄊㄞˊ 粵 tɔi4 台]

❶ 青苔：植物名，生長在陰濕的地方。

〈二〉[tāi ㄊㄞ 粵 tɔi4 台]

❷ 舌苔：舌頭表面滑膩的東西，中醫用觀察舌苔來診斷病症。

6 荊(荊) 荊荊荊荊荊荊 荊

[jīng ㄐㄧㄥ 粵 giŋ1 京]

❶ 落葉灌木，枝條可用來編籃、筐等器具。❷古代用荊條做的刑杖 ◆ 負荊請罪。

6 茸(茸) 茸茸茸茸茸茸 茸

[róng ㄖㄨㄥˊ 粵 juŋ4 容]

❶初生的草；柔細濃密的毛 ◆ 綠茸茸／毛茸茸／茸毛。❷ 鹿茸：公鹿剛長出的嫩角，是名貴的藥材。

6 茬(茬) 茬茬茬茬茬茬 茬

[chá ㄔㄚˊ 粵 tsa4 茶]

❶ 莊稼收割後殘留在地裏的莖和根 ◆ 麥茬／豆茬／高粱茬。❷ 莊稼種植和收割的次數 ◆ 頭茬／二茬／一年種三茬。

6 草(草) 草草草草草草 草

[cǎo ㄘㄠˇ 粵 tsou2 粗2]

❶ 草本植物的總稱 ◆ 青草／草原／人非草木，豈能無情/牆頭一棵草，風吹兩邊倒。❷ 指用作燃料、飼料的稻、麥等的莖葉 ◆ 稻草／柴草／草繩／草鞋／兵馬未到，糧草先行。❸ 初步的、未定的文稿 ◆ 草稿/草圖/草案/起草。❹馬虎；不認真 ◆ 草率/潦草/草草了事。❺漢字字體的一種 ◆ 草書／行草。

6 茵(茵) 茵茵茵茵茵茵 茵

[yīn ㄧㄣ 粵 jɐn1 因]

墊子、褥子一類東西的通稱 ◆ 綠草如茵。

6 茱(茱) 茱茱茱茱茱茱 茱

[zhū ㄓㄨ 粵 dzy1 朱]

茱萸：落葉喬木，生長在山谷，有香味。古代風俗，重陽登高時佩茱萸，可以避災避邪 ◆ 獨在異鄉為異客，每逢佳節倍思親。遙知兄弟登高處，遍插茱萸少一人。

6 茴(茴) 茴茴茴茴茴茴 茴

[huí ㄏㄨㄟˊ 粵 wui4 回]

茴香：草本植物，有特別的香味，莖葉可以吃，果實可以做香料。

6 茶(茶) 茶茶茶茶茶茶 茶

[chá ㄔㄚˊ 粵 tsa4 查]

❶ 茶樹：常綠灌木，嫩葉加工後成為茶葉 ◆ 茶林／採茶／烏龍茶／龍井茶。❷用茶葉做成的飲料；某些其他原料做成的飲料 ◆

焦點易錯字 茶｜荼 茶葉 濃茶 荼毒 如火如荼 茸｜葺 修葺 補葺 鹿茸 毛茸茸

喝茶／茶水／清茶／奶茶／杏仁茶。

6 荀（荀）

荀 荀 荀 荀 荀 荀 荀

[xún ㄒㄩㄣˊ (粵) sœn^{1} 詢]

姓。

6 茗（茗）

茗 茗 茗 茗 茗 茗 茗

[míng ㄇㄧㄥˊ (粵) miŋ^{5} 皿]

茶 ◆ 品茗／香茗。

6 荒（荒）

荒 荒 荒 荒 荒 荒 荒

[huāng ㄏㄨㄤ (粵) fɔŋ^{1} 方]

❶ 沒有開墾過或長期廢棄不種的 ◆ 荒地／荒山／荒蕪／墾荒／拋荒。❷ 莊稼沒有收成或收成不好 ◆ 荒年／災荒／逃荒。❸ 偏僻；冷落 ◆ 荒涼／荒無人煙／荒郊野林。❹ 廢棄 ◆ 荒疏／學業荒廢。❺ 嚴重缺乏 ◆ 糧荒／水荒。❻ 言行不合情理、不真實 ◆ 荒謬／荒唐／荒誕。

6 茨（茨）

茨 茨 茨 茨 茨 茨 茨

[cí ㄘˊ (粵) tsi^{4} 池]

❶ 用茅草或蘆葦等蓋房子。❷ 蒺藜，一種草本植物。

6 茫（茫）

茫 茫 茫 茫 茫 茫 茫

[máng ㄇㄤˊ (粵) mɔŋ^{4} 忙]

❶ 寬廣無邊，模糊不清 ◆ 茫茫大海／暮色蒼茫／煙霧渺茫。❷ 一無所知 ◆ 茫然無知／茫然不知所措。

6 荔（荔）

荔 荔 荔 荔 荔 荔 荔

[lì ㄌㄧˋ (粵) lɐi^{6} 例]

荔枝：常綠喬木，果肉汁多、香甜。

6 茹（茹）

茹 茹 茹 茹 茹 茹 茹

[rú ㄖㄨˊ (粵) jy^{4} 如]

❶ 吃 ◆ 茹毛飲血。❷ 引申為忍受 ◆ 含辛茹苦。

6 茲（玆）

茲 茲 茲 茲 茲 茲 茲

[zī ㄗ (粵) dzi^{1} 資]

❶ 這；這個 ◆ 念茲在茲／茲事體大。❷ 現在 ◆ 茲定於國慶節聚會／茲介紹李老師前來洽談。

7 莆（莆）

莆 莆 莆 莆 莆 莆 莆

[pú ㄆㄨˊ (粵) pou^{4} 蒲]

莆田：縣名，在福建省。

7 荸（荸）

荸 荸 荸 荸 荸 荸 荸

[bí ㄅㄧˊ (粵) but^{9} 勃]

荸薺：多年生草本植物，生長在水田裏，地下莖可以吃，也可以做澱粉。又叫馬蹄、地栗。

荸薺（馬蹄）

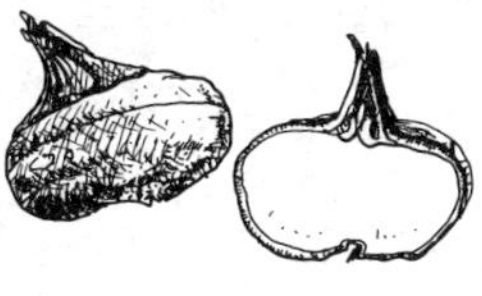

7 莽（莽）

莽 莽 莽 莽 莽 莽 莽

[mǎng ㄇㄤˇ (粵) mɔŋ^{5} 網]

❶ 茂密的草 ◆ 草莽／莽原。❷ 粗魯；冒失 ◆ 魯莽／莽撞。

7 **莖** (茎) 莖莖莖莖莖莖 莖

[jīng ㄐㄧㄥ ㊣ hɐŋ4 恆]
植物的主幹 ◆ 花莖 / 莖葉粗壯。

7 **莢** (荚) 莢莢莢莢莢莢 莢

[jiá ㄐㄧㄚˊ ㊣ gap8 夾]
豆類植物結的長條形果實 ◆ 豆莢 / 皂莢。

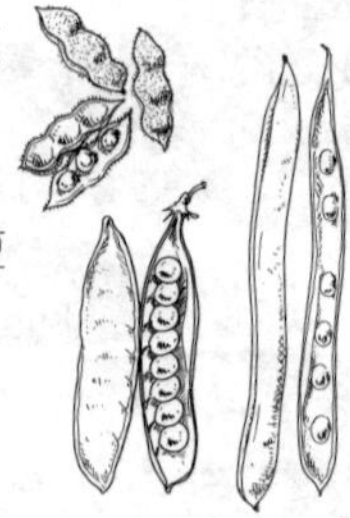
毛豆
四季豆
豌豆
莢

7 **莫** (莫) 莫莫莫莫莫莫 莫

[mò ㄇㄛˋ ㊣ mɔk9 漠]
❶ **不要** ◆ 莫哭 / 閒人莫入 / 莫道君行早，更有早行人 / 若要人不知，除非己莫為。❷ **沒有誰；沒有甚麼東西** ◆ 莫名其妙 / 莫大的光榮 / 莫不拍手稱快 / 知子莫若父。❸ **不；不能** ◆ 變幻莫測 / 愛莫能助 / 望塵莫及 / 鞭長莫及 / 一籌莫展。❹ **表示猜測或疑問** ◆ 莫非他有事不能來？/ 莫不是走漏了風聲？

見古文字插頁 16。

7 **莉** (莉) 莉莉莉莉莉莉 莉

[lì ㄌㄧˋ ㊣ lei6 利]
茉莉。見"茉"字，見 376 頁。

7 **莠** (莠) 莠莠莠莠莠莠 莠

[yǒu ㄧㄡˇ ㊣ jɐu5 友]
❶ **狗尾草，常跟禾苗長在一起。** ❷ **比喻品行不好的人** ◆ 良莠不齊。

7 **莓** (莓) 莓莓莓莓莓莓 莓

[méi ㄇㄟˊ ㊣ mui4 梅]
植物名，果實較小。種類很多，常見的有草莓，味酸甜，可以吃。

7 **荷** (荷) 荷荷荷荷荷荷 荷

〈一〉[hé ㄏㄜˊ ㊣ hɔ4 何]
❶ **水生草本植物，開的花叫荷花，果實叫蓮子，地下莖叫藕。荷花可供觀賞，蓮、藕可以吃** ◆ 荷葉 / 荷塘月色 / 小荷才露尖尖角，早有蜻蜓立上頭。❷ **荷蘭的簡稱。**

荷花

〈二〉[hè ㄏㄜˋ ㊣ hɔ6 賀]
❸ **扛着東西** ◆ 荷鋤 / 荷槍實彈。❹ **負擔** ◆ 負荷。

7 **荼** (荼) 荼荼荼荼荼荼 荼

[tú ㄊㄨˊ ㊣ tou4 途]
❶ **古書上說的一種苦菜。** ❷ **茅草開的白花** ◆ 如火如荼。

焦點易錯字 荼 | 茶 茶葉 濃茶 荼毒 如火如荼 莫 | 寞 變幻莫測 莫名其妙 落寞 寂寞難耐

7 荻 (荻) 荻荻荻荻荻荻 [荻]

[dí ㄉㄧˊ [粵] dik9 敵]

多年生草本植物，生長在水邊，形狀像蘆葦。秋天開紫花。莖稈可用來編蓆，也是造紙原料 ◆ 畫荻教子。

7 莘 (莘) 莘莘莘莘莘莘 [莘]

〈一〉[shēn ㄕㄣ [粵] sɐn1 辛]

❶ 莘莘：形容眾多 ◆ 莘莘學子。❷ 姓。

〈二〉[xīn ㄒㄧㄣ [粵] sɐn1 辛]

❸ 莘莊：地名，在上海市。

7 莎 (莎) 莎莎莎莎莎莎 [莎]

[shā ㄕㄚ [粵] sa1 沙]

多作翻譯用字 ◆ 莎士比亞。

7 莞 (莞) 莞莞莞莞莞莞 [莞]

〈一〉[guǎn ㄍㄨㄢˇ [粵] gun2 管]

❶ 東莞：地名，在廣東省。

〈二〉[wǎn ㄨㄢˇ [粵] wun5 浣]

❷ 莞爾：微笑的樣子 ◆ 莞爾而笑 / 不覺莞爾。

7 莊 (庄) 莊莊莊莊莊莊 [莊]

[zhuāng ㄓㄨㄤ [粵] dzɔŋ1 裝]

❶ 村子 ◆ 村莊 / 農莊。❷ 商店 ◆ 錢莊 / 飯莊 / 布莊 / 茶莊。❸ 嚴肅 ◆ 莊嚴 / 莊重 / 端莊。

8 菁 (菁) 菁菁菁菁菁菁 [菁]

[jīng ㄐㄧㄥ [粵] dziŋ1 晶]

菁華：事物最精美的部分 ◆ 唐詩菁華。

8 華 (华) 華華華華華華 [華]

〈一〉[huá ㄏㄨㄚˊ [粵] wa4 蛙4]

❶ 指中國或中華民族 ◆ 華夏 / 華人 / 華僑 / 華裔 / 錦繡中華。❷ 光彩；漂亮 ◆ 華麗 / 華美 / 華貴 / 繁華 / 豪華。❸ 事物中最好的部分 ◆ 精華 / 英華 / 物華天寶。❹ 時間；光陰 ◆ 年華 / 韶華。❺ 奢侈；鋪張 ◆ 浮華 / 奢華 / 華而不實。

〈二〉[huà ㄏㄨㄚˋ [粵] wa6 話]

❻ 華山：山名，五嶽之一，在陝西省。

8 著 (著) 著著著著著著 [著]

〈一〉[zhù ㄓㄨˋ [粵] dzy3 注]

❶ 顯明 ◆ 著名 / 顯著 / 功勳卓著 / 臭名昭著。❷ 寫作；寫成的作品 ◆ 著書立說 / 編著 / 著作 / 名著 / 巨著。

〈二〉同“着”字，見306頁。

8 菱 (菱) 菱菱菱菱菱菱 [菱]

[líng ㄌㄧㄥˊ [粵] liŋ4 玲]

草本水生植物，果實外殼有角，俗稱菱角。果肉可以吃，也可做澱粉 ◆ 紅菱。

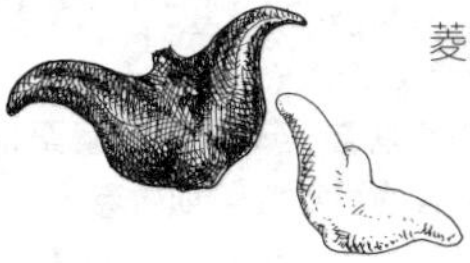
菱角

8 萊 (莱) 萊萊萊萊萊萊 [萊]

[lái ㄌㄞˊ [粵] lɔi4 來]

多作地名用字，如山東省有萊陽、萊蕪、蓬萊。

8 **菴**

“庵”的異體字，見136頁。

8 **萋**（萋）

[qī ㄑㄧ 粵 tsɐi^{1} 妻]

萋萋：形容草長得很茂密 ◆ 芳草萋萋。

8 **菲**（菲）

〈一〉[fēi ㄈㄟ 粵 fei^{1} 非]

❶ 花草茂盛芳香 ◆ 芳菲。

〈二〉[fěi ㄈㄟˇ 粵 fei^{2} 匪]

❷ 微；薄 ◆ 菲薄。

8 **菽**（菽）

[shū ㄕㄨ 粵 suk^{7} 叔]

豆類的總稱 ◆ 不辨菽麥。

8 **萌**（萌）

[méng ㄇㄥˊ 粵 mɐŋ^{4} 盟]

❶ 草木發芽 ◆ 萌芽。❷ 比喻事物的開始、發生 ◆ 萌發 / 萌生 / 故態復萌。

8 **菌**（菌）

〈一〉[jùn ㄐㄩㄣˋ 粵 kwɐn^{5} 窘]

❶ 生長在樹林裏或草地上的菌類植物，有的有毒，有的可以吃，如香菇。

〈二〉[jūn ㄐㄩㄣ 粵 kwɐn^{5} 窘]

❷ 細菌 ◆ 病菌 / 真菌。

8 **萎**（萎）

[wěi ㄨㄟˇ 粵 wɐi^{1} 威]

草木乾枯；衰敗 ◆ 枯萎 / 萎謝 / 萎縮。

8 **萸**（萸）

[yú ㄩˊ 粵 jy^{4} 如]

茱萸。見“茱”字，378頁。

8 **菜**（菜）

[cài ㄘㄞˋ 粵 tsɔi^{3} 蔡]

❶ 蔬菜 ◆ 白菜 / 青菜 / 芹菜 / 種菜。❷ 烹調好的魚、肉、蔬菜等食品 ◆ 菜肴 / 素菜 / 葷菜 / 酒菜 / 炒菜。

8 **菊**（菊）

[jú ㄐㄩˊ 粵 guk^{7} 谷]

菊花：草本植物，種類很多。花可供觀賞，有的可做藥材 ◆ 春蘭秋菊。

8 **萄**（萄）

[táo ㄊㄠˊ 粵 tou^{4} 陶]

葡萄。見“葡”字，384頁。

8 **菩**（菩）

[pú ㄆㄨˊ 粵 pou^{4} 葡]

菩薩：佛教指地位僅次於佛的人；也泛指佛和某些神 ◆ 觀音菩薩 / 菩薩保祐。

8 **萃**（萃）

[cuì ㄘㄨㄟˋ 粵 sœy^{6} 睡]

❶ 聚集；會集 ◆ 羣英薈萃。❷ 聚集在一起的人或物 ◆ 出類拔萃。

8 **萍**（萍）

[píng ㄆㄧㄥˊ 粵 piŋ^{4} 平]

焦點易錯字 粹 | 萃 | 瘁　國粹 粹而不雜　薈萃 出類拔萃　心力交瘁 鞠躬盡瘁

浮萍：草本植物，浮生在水面上，可以做飼料 ◆ 萍水相逢 / 山河破碎風飄絮，身世沈浮雨打萍。

8 **菠**(菠) 菠 菠 菠 菠 菠 菠 菠

[bō ㄅㄛ ⓐ bɔ[1] 波]

菠菜：草本植物，葉子略呈三角形，根略帶紅色，是普通蔬菜。

8 **菅**(菅) 菅 菅 菅 菅 菅 菅 菅

[jiān ㄐㄧㄢ ⓐ gan[1] 奸]

多年生草本植物，葉細長。莖、葉可做造紙原料 ◆ 草菅人命。

8 **菇**(菇) 菇 菇 菇 菇 菇 菇 菇

[gū ㄍㄨ ⓐ gu[1] 姑]

菌類植物 ◆ 蘑菇 / 香菇 / 草菇。

9 **葉**(叶) 葉 葉 葉 葉 葉 葉 葉

[yè ㄧㄝˋ ⓐ jip[9] 頁]

❶ **葉子：植物的營養器官之一** ◆ 樹葉 / 綠葉 / 葉落歸根 / 根深葉茂 / 停車坐愛楓林晚，霜葉紅於二月花。❷ **像葉子的、成片的東西** ◆ 百葉窗 / 君看一葉舟，出沒風波裏。❸ **表示歷史時期的分段** ◆ 二十世紀中葉。

9 **葫**(葫) 葫 葫 葫 葫 葫 葫 葫

[hú ㄏㄨˊ ⓐ wu[4] 胡]

葫蘆：一年生草本植物，有的果實可以吃，有的可以做藥，有的可以做盛具或玩具 ◆ 葫蘆瓢。

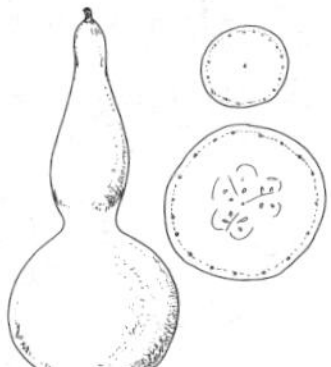
葫蘆

9 **惹** 見心部，155頁。

9 **葬**(葬) 葬 葬 葬 葬 葬 葬 葬

[zàng ㄗㄤˋ ⓐ dzɔŋ[3] 壯]

掩埋或處理屍體 ◆ 埋葬 / 安葬 / 火葬 / 葬禮 / 死無葬身之地。

9 **萬**(万) 萬 萬 萬 萬 萬 萬 萬

[wàn ㄨㄢˋ ⓐ man[6] 慢]

❶ **數目字，十個一千等於一萬。** ❷ **形容很多** ◆ 萬物 / 萬水千山 / 萬事俱備，只欠東風 / 讀書破萬卷，下筆如有神 / 烽火連三月，家書抵萬金。❸ **極；很** ◆ 萬全之計 / 萬不能行 / 萬不得已。

9 **募** 見力部，48頁。

9 **葛**(葛) 葛 葛 葛 葛 葛 葛 葛

〈一〉[gé ㄍㄜˊ ⓐ gɔt[8] 割]

❶ **草本植物，根可製澱粉，也可做藥。莖的纖維叫葛麻，用葛麻織的布叫葛布。**

〈二〉[gě ㄍㄜˇ ⓐ gɔt[8] 割]

❷ **姓。**

9 **董**(董) 董 董 董 董 董 董 董

[dǒng ㄉㄨㄥˇ ⓐ duŋ[2] 懂]

焦點易錯字 菅 | 管　草菅人命　管理 管教

艸 舟 艮 色 艸 虍

❶監督管理 ◆ 董理／董事。❷董事會成員的簡稱 ◆ 股董／校董。

9 **葩**（葩） 葩葩葩葩葩葩 葩

[pā ㄆㄚ 粵 ba¹ 巴]
花 ◆ 奇葩。

9 **葡**（葡） 葡葡葡葡葡葡 葡

[pú ㄆㄨˊ 粵 pou⁴ 蒲]
❶葡萄：藤本植物，果實成串，是常見的水果，也可以用來釀酒 ◆ 紫葡萄／葡萄酒。❷葡萄牙的簡稱。

9 **葱**（葱） 葱葱葱葱葱葱 葱

[cōng ㄘㄨㄥ 粵 tsuŋ¹ 沖]
❶草本植物，葉子圓筒形，中間空，葉、莖有辣味，可做調味品或當菜吃 ◆ 大葱／葱白。❷青綠色 ◆ 葱翠／一片葱綠／鬱鬱葱葱。

9 **蒂**（蒂） 蒂蒂蒂蒂蒂蒂 蒂

[dì ㄉㄧˋ 粵 dɐi³ 帝]
花或瓜果跟枝、莖相連接的部分 ◆ 並蒂蓮／瓜熟蒂落／根深蒂固。

9 **落**（落） 落落落落落落 落

〈一〉[luò ㄌㄨㄛˋ 粵 lɔk⁹ 樂]
❶從高處往下掉；下降 ◆ 墜落／葉落歸根／飛機降落／太陽落山了／水落石出。❷衰敗；飄零 ◆ 衰落／沒落／家道中落／流落他鄉／淪落街頭。❸停留；留下 ◆ 落腳／落户／落款／不落痕跡。❹停留的地方 ◆ 着落/下落不明。❺人聚居的地方 ◆ 村落／部落。❻歸屬 ◆ 任務落到自己頭上。❼掉在後面；跟不上 ◆ 落後／落伍。❽建築物完成 ◆ 落成。

〈二〉[lào ㄌㄠˋ 粵 lɔk⁹ 樂]
❾用於“落枕”、“落價”等一些口語詞。

〈三〉[là ㄌㄚˋ 粵 lɔk⁹ 樂]
❿遺漏 ◆ 丟三落四。

9 **葷**（荤） 葷葷葷葷葷葷 葷

[hūn ㄏㄨㄣ 粵 fɐn¹ 昏]
雞、鴨、魚、肉等食物；跟“素”相對 ◆ 葷菜／不吃葷／一葷兩素。

9 **葦**（苇） 葦葦葦葦葦葦 葦

[wěi ㄨㄟˇ 粵 wɐi⁵ 偉]
蘆葦。見“蘆”字，390 頁。

9 **葵**（葵） 葵葵葵葵葵葵 葵

[kuí ㄎㄨㄟˊ 粵 kwɐi⁴ 攜]
某些開大花的草本植物，品種很多，常見的有向日葵，種子可以吃，也可以榨油。蒲葵葉子可以做扇子，俗稱葵扇或芭蕉扇。

10 **蒜**（蒜） 蒜蒜蒜蒜蒜蒜 蒜

[suàn ㄙㄨㄢˋ 粵 syn³ 算]
大蒜：草本植物，地下莖叫蒜頭。蒜頭、蒜苗、蒜葉都可當菜吃 ◆ 蒜泥／葱蒜。

10 **蓋**（盖） 蓋蓋蓋蓋蓋蓋 蓋

〈一〉[gài ㄍㄞˋ 粵 gɔi³ 該³/kɔi³ 慨（語）]
❶遮在器物敞口上的東西 ◆ 瓶蓋／壺蓋。❷遮上；蒙上 ◆ 掩蓋／覆蓋／蓋被子。❸建造 ◆ 蓋房子。❹印上去 ◆ 蓋章／蓋

印。❺超過；壓倒◆ 蓋世英雄/氣蓋山河。
〈二〉[gě ㄍㄜˇ ㊣ gɐp⁸ 蛤]
❻姓。

10 **墓** 見土部，92頁。

10 **幕** 見巾部，133頁。

10 **夢** 見夕部，97頁。

10 **蓓**(蓓)

[bèi ㄅㄟˋ ㊣ pui⁵ 倍]
蓓蕾：含苞未放的花；花骨朵 ◆ 蓓蕾滿枝。

10 **蓖**(蓖)

[bì ㄅㄧˋ ㊣ bɐi¹ 跛]
蓖麻：草本植物，種子可以榨油。蓖麻油用途廣泛，醫藥上做瀉藥，工業上做潤滑油。

10 **蒼**(苍)

[cāng ㄘㄤ ㊣ tsɔŋ¹ 倉]
❶深藍色；深綠色 ◆ 蒼天/蒼海/蒼翠/蒼松翠柏/天蒼蒼，野茫茫，風吹草低見牛羊。❷灰白色 ◆ 白髮蒼蒼/臉色蒼白。❸指天或天空 ◆ 上蒼/蒼穹。

10 **蓑**(蓑)

[suō ㄙㄨㄛ ㊣ sɔ¹ 蔬]
蓑衣：用草或棕編成的，披在身上擋雨的用具 ◆ 孤舟蓑笠翁，獨釣寒江雪。

10 **蒿**(蒿)

[hāo ㄏㄠ ㊣ hou¹ 好¹]
蒿子：草本植物，有青蒿、白蒿、蓬蒿等，均有特殊氣味。青蒿可做藥材，蓬蒿可當蔬菜。

10 **蓆**(席)

[xí ㄒㄧˊ ㊣ dzik⁹ 夕/dzɛk⁹ 瘠(語)]
用草、蘆葦、竹篾等編成的鋪墊用具 ◆ 草蓆/竹蓆/涼蓆/枕蓆。

10 **蓄**(蓄)

[xù ㄒㄩˋ ㊣ tsuk⁷ 促]
❶儲存 ◆ 儲蓄/積蓄/蓄水池。❷保留 ◆ 蓄髮/蓄鬚/養精蓄鋭/兼收並蓄。❸隱藏不露 ◆ 蓄意/含蓄/蓄謀已久。

10 **蒞**(莅)

[lì ㄌㄧˋ ㊣ lei⁶ 利]
到 ◆ 蒞會/蒞任/蒞臨指導。

10 **蒲**(蒲)

[pú ㄆㄨˊ ㊣ pou⁴ 葡]
水生的草本植物，葉子可編蒲蓆、蒲包和蒲扇，花穗的絨毛可做枕芯。

10 **蓉**(蓉)

[róng ㄖㄨㄥˊ ㊣ juŋ⁴ 容]
芙蓉。見"芙"字，375頁。

10 **蒙**(蒙)

〈一〉[méng ㄇㄥˊ ㊣ muŋ⁴ 濛]

❶遮蓋 ◆ 蒙蔽／蒙住眼睛／蒙面強盜／蒙着頭睡覺／蒙上一層灰。❷遭遇；受到 ◆ 蒙難／蒙受恥辱／承蒙關照。❸愚昧；沒有文化 ◆ 蒙昧／啟蒙。❹姓。

〈二〉[mēng ㄇㄥ 粵 muŋ⁴ 濛]

❺昏迷；神志不清 ◆ 蒙頭轉向／被打蒙了。❻"矇"的簡化字，見308頁。

〈三〉[měng ㄇㄥˇ 粵 muŋ⁴ 濛]

❼蒙古族的簡稱 ◆ 蒙族。❽蒙古國的簡稱 ◆中蒙邊境。

10 **蒸** (蒸) 蒸 蒸 蒸 蒸 蒸 蒸 [蒸]

[zhēng ㄓㄥ 粵 dziŋ¹ 征]

❶液體受熱化成氣體上升 ◆ 蒸發／水蒸氣。❷利用水蒸氣的熱力使食物變熱、變熟 ◆ 蒸飯／蒸菜／清蒸魚。

11 **蔫** (蔫) 蔫 蔫 蔫 蔫 蔫 蔫 [蔫]

[niān ㄋㄧㄢ 粵 jin¹ 煙]

草木、水果等因失去水分而變得枯萎 ◆ 花蔫了／蘋果擱蔫了。

11 **蓮** (莲) 蓮 蓮 蓮 蓮 蓮 蓮 [蓮]

[lián ㄌㄧㄢˊ 粵 lin⁴ 連]

水生草本植物，也叫荷。葉子叫荷葉，開的花叫荷花或蓮花，種子叫蓮子，地下莖叫藕。花供觀賞，蓮子、藕都可以吃 ◆ 蓮藕／採蓮／睡蓮。

11 **慕** 見心部，157頁。

11 **暮** 見日部，202頁。

11 **蔓** (蔓) 蔓 蔓 蔓 蔓 蔓 蔓 [蔓]

〈一〉[màn ㄇㄢˋ 粵 man⁶ 慢]

❶蔓草：有細長的莖，可以纏繞其他植物的野草。❷像蔓草一樣向周圍擴展延伸 ◆ 蔓延／滋蔓。

〈二〉[wàn ㄨㄢˋ 粵 man⁶ 慢]

❸義同❶，多用於口語，如瓜蔓。

11 **蔑** (蔑) 蔑 蔑 蔑 蔑 蔑 蔑 [蔑]

[miè ㄇㄧㄝˋ 粵 mit⁹ 滅]

小；輕 ◆ 蔑視／輕蔑。

11 **蔔** (卜) 蔔 蔔 蔔 蔔 蔔 蔔 [蔔]

[bo ·ㄅㄛ 粵 bak⁹ 白]

蘿蔔。見"蘿"字，391頁。

11 **蔡** (蔡) 蔡 蔡 蔡 蔡 蔡 蔡 [蔡]

[cài ㄘㄞˋ 粵 tsɔi³ 菜]

姓。

11 **蓬** (蓬) 蓬 蓬 蓬 蓬 蓬 蓬 [蓬]

[péng ㄆㄥˊ 粵 puŋ⁴ 篷]

❶飛蓬：多年生草本植物，葉子像柳葉，邊緣有鋸齒。秋後枝葉枯黃，隨風飄飛 ◆ 遊子如飛蓬，佳人曠千里。❷散亂 ◆ 蓬鬆／蓬頭垢面。

11 **蔗** (蔗) 蔗 蔗 蔗 蔗 蔗 蔗 [蔗]

[zhè ㄓㄜˋ 粵 dzɛ³ 借]

甘蔗：草本植物，莖含有大量糖分，可以用來製糖 ◆ 蔗糖。

焦點易錯字 蓬｜篷 蓬勃 蓬頭垢面 帳篷 見風轉篷 篾｜蔑 篾片 竹篾 蔑視 輕蔑

舛 舟 艮 色 艸 虍

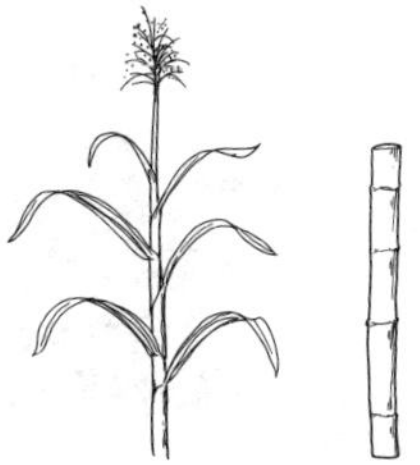
甘蔗

11 **蓿**（蓿）

[xu ·ㄒㄩ ㊇ suk7 宿]
苜蓿。見"苜"字，377頁。

11 **蔚**（蔚）

〈一〉[wèi ㄨㄟˋ ㊇ wɐi3 慰]
❶草木茂盛；盛大 ◆ 蔚然成林/蔚成風氣/蔚為大觀。
〈二〉[yù ㄩˋ ㊇ wɐt7 屈]
❷蔚縣：地名，在河北省。

11 **蔣**（蒋）

[jiǎng ㄐㄧㄤˇ ㊇ dzœŋ2 掌]
姓。

11 **蔭**（荫）

[yīn ㄧㄣ ㊇ jɐm3 廕]
被樹的枝葉遮蓋，不見陽光的 ◆ 樹蔭 / 林蔭道 / 濃蔭蔽日 / 綠樹成蔭 / 有意栽花花不發，無心插柳柳成蔭。

12 **蕙**（蕙）

[huì ㄏㄨㄟˋ ㊇ wɐi6 惠]
多年生草本植物，葉細長，初夏開黃綠色的花，有香味，生在山野。

12 **蕈**（蕈）

[xùn ㄒㄩㄣˋ ㊇ tsɐm5 尋5]
生長在樹林裏或草地上的傘狀菌類植物。種類很多，有的可以吃，如香蕈；有的具毒性，如毒蠅蕈。

12 **蔽**（蔽）

[bì ㄅㄧˋ ㊇ bɐi3 閉]
遮蓋；擋住 ◆ 遮蔽 / 隱蔽 / 衣不蔽體。

12 **蕪**（芜）

[wú ㄨˊ ㊇ mou4 無]
❶田地荒廢，長滿雜草 ◆ 荒蕪。❷比喻雜亂或雜亂的東西 ◆ 蕪雜 / 去蕪存菁。

12 **蕎**（荞）

[qiáo ㄑㄧㄠˊ ㊇ kiu4 橋]
蕎麥：草本植物，子粒磨成粉可以食用 ◆ 蕎麥麪。

12 **蕉**（蕉）

[jiāo ㄐㄧㄠ ㊇ dziu1 招]
大葉子的植物，有香蕉、芭蕉、美人蕉等。香蕉、芭蕉可以吃，美人蕉可供觀賞。

12 **蕃**（蕃）

〈一〉[fān ㄈㄢ ㊇ fan1 翻]
❶同"番❶"，見292頁。
〈二〉[fán ㄈㄢˊ ㊇ fan4 凡]
❷草木茂盛 ◆ 蕃盛 / 蕃茂。❸滋長；繁殖 ◆ 蕃衍 / 蕃孳。

12 蕩 (荡)

蕩 蕩 蕩 蕩 蕩 蕩 蕩

[dàng ㄉㄤˋ (粵) dɔŋ^6 盪]

❶行為放縱，不加約束 ◆ 放蕩 / 浪蕩。❷無事隨意遊逛 ◆ 遊蕩 / 閒蕩。❸搖動 ◆ 蕩漾 / 蕩舟 / 動蕩 / 蕩鞦韆。❹清除；弄光 ◆ 掃蕩 / 蕩然無存 / 傾家蕩產。❺淺水湖泊 ◆ 蘆葦蕩。(❷❸❹也寫作“盪”)

12 蕊 (蕊)

蕊 蕊 蕊 蕊 蕊 蕊 蕊

[ruǐ ㄖㄨㄟˇ (粵) jœy^5 銳^5]

花心 ◆ 花蕊。

12 蔬 (蔬)

蔬 蔬 蔬 蔬 蔬 蔬 蔬

[shū ㄕㄨ (粵) sɔ^1 梳]

蔬菜：可以做菜吃的植物。

13 薑 (姜)

薑 薑 薑 薑 薑 薑 薑

[jiāng ㄐㄧㄤ (粵) gœŋ^1 羌]

多年生草本植物，地下莖成塊狀，有辣味，可以做調味品，也可以做藥。俗稱生薑。

13 蕾 (蕾)

蕾 蕾 蕾 蕾 蕾 蕾 蕾

〈一〉[lěi ㄌㄟˇ (粵) lœy^5 呂]

❶含苞待放的花朵 ◆ 花蕾。

〈二〉[lěi ㄌㄟˇ (粵) lœy^4 雷]

❷譯音字。芭蕾舞：一種常用足尖點地跳舞的舞蹈。

13 薔 (蔷)

薔 薔 薔 薔 薔 薔 薔

[qiáng ㄑㄧㄤˊ (粵) tsœŋ^4 祥]

薔薇：落葉灌木，莖枝多刺，花白色或淡紅色，有香味，可供觀賞。

薔薇

13 薯 (薯)

薯 薯 薯 薯 薯 薯 薯

[shǔ ㄕㄨˇ (粵) sy^4 殊]

甘薯、馬鈴薯等薯類植物的統稱 ◆ 紅薯 / 白薯 / 薯片。

13 薛 (薛)

薛 薛 薛 薛 薛 薛 薛

[xuē ㄒㄩㄝ (粵) sit^8 屑]

姓。

13 薇 (薇)

薇 薇 薇 薇 薇 薇 薇

[wēi ㄨㄟ (粵) mei^4 微]

❶薔薇。見“薔”字，本頁。❷白薇：一種草本植物，根可以做藥。

13 薊 (蓟)

薊 薊 薊 薊 薊 薊 薊

[jì ㄐㄧˋ (粵) gɐi^3 計]

古地名，在今北京市西南，曾為周朝燕國國都。

13 薦 (荐)

薦 薦 薦 薦 薦 薦 薦

[jiàn ㄐㄧㄢˋ (粵) dzin^6 賤/dzin^3 箭 (語)]

推舉；介紹 ◆ 推薦 / 舉薦 / 薦人。

13 薪 (薪)

薪 薪 薪 薪 薪 薪 薪

[xīn ㄒㄧㄣ (粵) sɐn^1 新]

舛舟艮色艸虍

焦點易錯字 蕩 | 盪 蕩氣迴腸 蕩然無存 動盪不安 傾家盪產 芯 | 蕊 燈芯 花蕊

❶ **柴草** ◆ 臥薪嘗膽 / 杯水車薪 / 釜底抽薪。❷ **工資** ◆ 薪水 / 薪金 / 月薪 / 年薪。

13 **薄** (薄)

〈一〉[bó ㄅㄛˊ [粵] bɔk⁹ 泊]

❶ **厚度小；數量小；程度淺** ◆ 淡薄 / 單薄 / 淺薄 / 薄弱 / 薄利傾銷。❷ **不莊重；不厚道** ◆ 輕薄 / 刻薄。❸ **輕視；看不起** ◆ 鄙薄 / 厚此薄彼 / 妄自菲薄。❹ **靠近；接近** ◆ 日薄西山。

〈二〉[báo ㄅㄠˊ [粵] bɔk⁹ 泊]

❺ **不厚** ◆ 薄板 / 薄片 / 薄被。❻ **淡；稀** ◆ 酒味薄。❼ **土地不肥沃** ◆ 土地薄。❽ **感情冷淡** ◆ 待他不薄。

〈三〉[bò ㄅㄛˋ [粵] bɔk⁹ 泊]

❾ **薄荷：草本植物，莖、葉有清涼香味，可以做藥和香料** ◆ 薄荷糖。

13 **蕭** (萧)

[xiāo ㄒㄧㄠ [粵] siu¹ 消]

冷落衰敗，沒有生氣 ◆ 蕭條 / 蕭瑟 / 蕭索。

14 **藍** (蓝)

[lán ㄌㄢˊ [粵] lam⁴ 籃]

像晴空、大海一樣的顏色 ◆ 藍天白雲 / 蔚藍的大海 / 藍寶石 / 藍墨水。

14 **藏** (藏)

〈一〉[cáng ㄘㄤˊ [粵] tsɔŋ⁴ 牀]

❶ **隱蔽起來；躲起來** ◆ 隱藏 / 躲藏 / 暗藏 / 捉迷藏 / 藏龍臥虎 / 藏在山洞裏。❷ **收存** ◆ 收藏 / 儲藏 / 珍藏 / 藏書。

〈二〉[zàng ㄗㄤˋ [粵] dzɔŋ⁶ 狀]

❸ **儲存大量東西的地方** ◆ 寶藏。❹ **藏族：中國少數民族之一** ◆ 藏語。❺ **西藏的簡稱** ◆ 前藏 / 青藏公路。

14 **藉** (藉)

〈一〉[jiè ㄐㄧㄝˋ [粵] dzɛ³ 借 / dzik⁹ 直]

❶ **假託** ◆ 藉口 / 藉故。❷ **依靠** ◆ 憑藉。❸ **安慰** ◆ 慰藉。

〈二〉[jí ㄐㄧˊ [粵] dzik⁹ 直]

❹ **狼藉：雜亂不堪** ◆ 杯盤狼藉。

14 **藐** (藐)

[miǎo ㄇㄧㄠˇ [粵] miu⁵ 秒]

小 ◆ 藐小 / 藐視。

14 **薺** (荠)

[qi ˙ㄑㄧ [粵] tsi⁴ 池]

荸薺。見“荸”字，379 頁。

14 **薩** (萨)

[sà ㄙㄚˋ [粵] sat⁸ 殺]

菩薩。見“菩”字，382 頁。

15 **藝** (艺)

[yì ㄧˋ [粵] ŋɐi⁶ 毅]

❶ **才能；技術** ◆ 技藝 / 手藝 / 工藝 / 球藝 / 多才多藝。❷ **指音樂、舞蹈、戲曲、美術、雕塑、攝影等藝術** ◆ 文藝 / 曲藝 / 藝術作品。

15 **藪** (薮)

[sǒu ㄙㄡˇ [粵] sɐu² 手]

❶ **野草叢生的湖澤。**❷ **比喻人或物聚集的地方** ◆ 淵藪。

焦點易錯字 籍 | 藉　籍貫 書籍　藉口 憑藉　　藍 | 籃　蔚藍 藍本　籃球 搖籃

15 **藕** (藕) 藕 藕 藕 藕 藕 藕 藕

[ǒu ㄡˇ 粵 ŋɐu^5 偶]
蓮的地下莖，可以吃，也可以製成澱粉 ◆ 蓮藕／藕粉。

15 **藥** (药) 藥 藥 藥 藥 藥 藥 藥

[yào ㄧㄠˋ 粵 jœk^9 若]
❶ 治病的物品 ◆ 藥物／中藥／西藥／藥到病除／苦口良藥。❷ 用藥物醫治 ◆ 不可救藥。❸ 有特殊作用的化學物品 ◆ 農藥／炸藥。❹ 用藥物毒殺 ◆ 藥老鼠／藥蟑螂。

15 **藤** (藤) 藤 藤 藤 藤 藤 藤 藤

[téng ㄊㄥˊ 粵 tɐŋ^4 騰]
❶ 蔓生植物的統稱，有紫藤、白藤等。白藤的莖可以製作器具，如藤椅。❷ 指某些植物能纏繞、攀援的莖 ◆ 葡萄藤／絲瓜藤／順藤摸瓜。

15 **藩** (藩) 藩 藩 藩 藩 藩 藩 藩

[fān ㄈㄢ 粵 fan^4 凡]
❶籬笆 ◆ 藩籬。❷封建時代稱屬國或屬地 ◆ 藩國／藩地／藩鎮。

15 **蘊** (蕴) 蘊 蘊 蘊 蘊 蘊 蘊 蘊

[yùn ㄩㄣˋ 粵 wɐn^2 穩]
蓄積；包含 ◆ 蘊藏／蘊含。

16 **蘋** (苹) 蘋 蘋 蘋 蘋 蘋 蘋 蘋

[píng ㄆㄧㄥˊ 粵 pɐn^4 貧／piŋ^4 平（語）]
蘋果：落葉果木，果實圓形，味甜或略酸，品種很多。

16 **蘆** (芦) 蘆 蘆 蘆 蘆 蘆 蘆 蘆

[lú ㄌㄨˊ 粵 lou^4 盧]
蘆葦：草本植物，生長在淺水中。稈可以造紙、編蓆，根可以做藥 ◆ 蘆根／蘆花。

16 **孽** 見子部，111頁。

16 **蘇** (苏) 蘇 蘇 蘇 蘇 蘇 蘇 蘇

[sū ㄙㄨ 粵 sou^1 鬚]
❶ 醒過來 ◆ 蘇醒／死而復蘇。❷ 江蘇省的簡稱 ◆ 蘇、浙、皖。❸ 蘇州市的簡稱 ◆ 蘇繡／上有天堂、下有蘇杭。

16 **藹** (蔼) 藹 藹 藹 藹 藹 藹 藹

[ǎi ㄞˇ 粵 ɔi^2/ŋɔi^2 靄]
和氣；友善 ◆ 和藹可親。

16 **蘑** (蘑) 蘑 蘑 蘑 蘑 蘑 蘑 蘑

[mó ㄇㄛˊ 粵 mɔ^4 磨]
蘑菇：食用菌類的統稱。也寫作"蘑菰" ◆ 鮮蘑／白蘑。

16 **藻** (藻) 藻 藻 藻 藻 藻 藻 藻

[zǎo ㄗㄠˇ 粵 dzou^2 早]
❶ 藻類植物，大都生長在水裏，沒有根、莖、葉的區分，種類很多；也泛指生長在水裏的綠色植物 ◆ 水藻／海藻。❷ 華麗的文辭 ◆ 辭藻。

16 **藺** (蔺) 藺 藺 藺 藺 藺 藺 藺

[lìn ㄌㄧㄣˋ 粵 lœn^6 吝]
姓。

焦點易錯字 藹｜靄 和藹可親 雲靄 霧靄

17 **蘖**（蘗）　蘖

[niè ㄋㄧㄝˋ 粵 jip⁹ 葉]
樹木砍掉後重新長出新芽；稻麥等農作物的主莖根部生出分枝 ◆ 萌蘖 / 分蘖 / 蘖枝。

17 **蘚**（藓）　蘚

[xiǎn ㄒㄧㄢˇ 粵 sin² 冼]
生長在陰暗潮濕地方的一種植物，綠色，無根。種類很多 ◆ 苔蘚。

17 **蘭**（兰）　蘭

[lán ㄌㄢˊ 粵 lan⁴ 欄]
蘭花：草本植物，葉細長，春天開花，花清香，品種很多 ◆ 春蘭秋菊。

蘭花
（石斛蘭科）

17 **驀** 見馬部，497頁。

19 **蘸**（蘸）　蘸

[zhàn ㄓㄢˋ 粵 dzam³ 湛]
在液體、粉末或糊狀的東西裏沾一下 ◆ 蘸墨水 / 蘸糖吃。

19 **蘿**（萝）　蘿

[luó ㄌㄨㄛˊ 粵 lɔ⁴ 羅]
蘿蔔：普通蔬菜，有白蘿蔔、胡蘿蔔、紅蘿蔔等多種。

虍部

2 **虎**　虎

[hǔ ㄏㄨˇ 粵 fu² 苦]
❶ 哺乳動物，毛黃色，有黑色的斑紋，性情兇猛，會傷害人畜。俗稱"老虎" ◆ 武松打虎 / 狐假虎威 / 初生牛犢不怕虎 / 明知山有虎，偏向虎山行/不入虎穴，焉得虎子。
❷ 比喻勇猛威武 ◆ 一員虎將 / 虎虎生威。
見古文字插頁 14。

3 **虐**　虐

[nüè ㄋㄩㄝˋ 粵 jœk⁹ 若]
殘暴兇狠 ◆ 虐待 / 暴虐 / 肆虐。

4 **虔**　虔

[qián ㄑㄧㄢˊ 粵 kin⁴ 乾]
恭敬；有誠意 ◆ 虔誠的信徒。

5 **處**（处）　處

〈一〉[chù ㄔㄨˋ 粵 tsy³ 柱³]
❶ 地方 ◆ 住處 / 到處 / 難處 / 心靈深處 / 人往高處走，水往低處流 / 踏破鐵鞋無覓處。❷ 機關集體內的一個辦事部門 ◆ 辦事處 / 教務處 / 財務處 / 聯絡處。❸ 部分；方面 ◆ 長處 / 短處。

焦點易錯字　虐｜瘧　虐待 助紂為虐　瘧疾 瘧蚊

〈二〉[chǔ ㄔㄨˇ ㊅ tsy² 褚]
❹**居住** ◆ 穴居野處。❺**置身；在** ◆ 處境/設身處地/養尊處優/地處珠江三角洲。❻**交往；共同生活或工作** ◆ 處世/和平共處/相處得很好。❼**辦理** ◆ 處理/處置。❽**懲罰** ◆ 處罰/處分/懲處/處以徒刑。

5 **彪** 見彡部，143頁。

6 **虛**（虚） 虛虛虛虛虛虛 虛

[xū ㄒㄩ ㊅ hœy¹ 墟]
❶**空；跟"實"相對** ◆ 虛幻/虛榮/空虛/虛位以待/乘虛而入/虛無縹緲。❷**自謙；不自滿** ◆ 謙虛/虛心。❸**白白地** ◆ 虛驚一場/虛度年華/不虛此行/彈不虛發。❹**假的；不真實** ◆ 虛構/虛假/虛張聲勢/徒有虛名。❺**膽怯** ◆ 膽虛/作賊心虛。❻**衰弱** ◆ 虛弱/氣虛/身體很虛。

7 **虜**（虏） 虜虜虜虜虜虜 虜

[lǔ ㄌㄨˇ ㊅ lou⁵ 魯]
❶**抓獲** ◆ 虜獲。❷**作戰時抓獲的敵人** ◆ 俘虜。

7 **號**（号） 號號號號號號 號

〈一〉[hào ㄏㄠˋ ㊅ hou⁶ 浩]
❶**名稱** ◆ 稱號/國號/牌號/別號。❷**指商店** ◆ 商號/分號/老字號。❸**標誌** ◆ 記號/符號/信號/句號/擊掌為號。❹**表示次序、等級** ◆ 掛號/編號/號碼/特大號。❺**命令** ◆ 號令/發號施令。❻**喇叭** ◆ 吹號/軍號/小號/號角/號手。❼**日** ◆ 七月一號/本月五號是她的生日。

〈二〉[háo ㄏㄠˊ ㊅ hou⁴ 毫]
❽**拖長聲音大聲呼喊** ◆ 號叫/呼號/怒號。❾**大聲哭** ◆ 哀號/啼飢號寒/號啕大哭。

7 **虞** 虞虞虞虞虞虞 虞

[yú ㄩˊ ㊅ jy⁴ 如]
❶**預料** ◆ 不虞之需。❷**憂慮** ◆ 衣食無虞。❸**欺騙** ◆ 爾虞我詐。

9 **膚** 見肉部，366頁。

9 **慮** 見心部，157頁。

10 **盧** 見皿部，303頁。

11 **虧**（亏） 虧虧虧虧虧虧 虧

[kuī ㄎㄨㄟ ㊅ kwɐi¹ 盔]
❶**損失；損耗** ◆ 虧本/虧損/虧空/自負盈虧。❷**欠缺；短少** ◆ 虧欠/理虧/功虧一簣。❸**對不起** ◆ 虧心/虧待/虧心事。❹**幸虧** ◆ 多虧鄰居照顧。
✿ 圖見301頁。

虫部

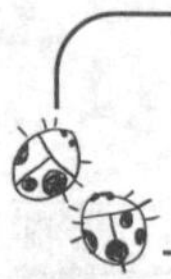

3 **虹** 虹虹虹虹虹虹 虹

[hóng ㄏㄨㄥˊ ㊅ huŋ⁴ 紅]
雨後天晴，天空中出現的彩色圓弧，是太陽光照射水氣而形成的 ◆ 七色彩虹。

4 蚜

蚜 蚜 蚜 蚜 蚜 蚜 蚜

[yá ㄧㄚˊ ㊣ ŋa^{4} 牙]

蚜蟲：害蟲，吸食植物幼苗、嫩葉的汁液，對糧、棉、豆、菜的生長有很大危害。

4 蚌

蚌 蚌 蚌 蚌 蚌 蚌 蚌

〈一〉[bàng ㄅㄤˋ ㊣ pɔŋ^{5} 旁^{5}]

❶ 軟體動物，生活在淡水裏，有兩片長圓形的殼，肉可以吃，有的能產珍珠 ◆ 鷸蚌相爭，漁人得利。

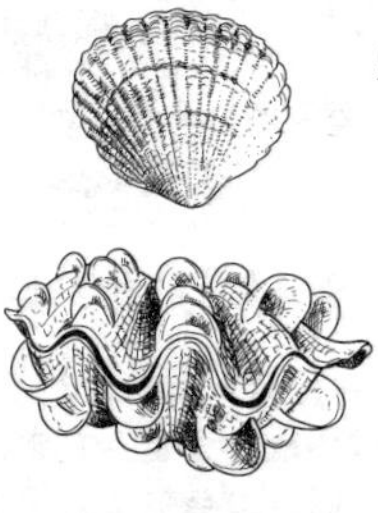

蚌

〈二〉[bèng ㄅㄥˋ ㊣ pɔŋ^{5} 旁^{5}]

❷ 蚌埠：市名，在安徽省。

4 蚣

蚣 蚣 蚣 蚣 蚣 蚣 蚣

[gōng ㄍㄨㄥ ㊣ guŋ^{1} 公]

蜈蚣。見“蜈”字，395頁。

4 蚊

蚊 蚊 蚊 蚊 蚊 蚊 蚊

[wén ㄨㄣˊ ㊣ mɐn^{4} 民/mɐn^{1} 文^{1}(語)]

蚊子：昆蟲，雄蚊吸食花果液汁，雌蚊吸人畜的血液，能傳染疾病。蚊在水裏產卵，幼蟲叫孑孓 ◆ 蚊蟲 / 滅蚊 / 避蚊劑 / 蚊叮蟲咬。

4 蚪

蚪 蚪 蚪 蚪 蚪 蚪 蚪

[dǒu ㄉㄡˇ ㊣ dɐu^{2} 斗]

蝌蚪。見“蝌”字，397頁。

4 蚓

蚓 蚓 蚓 蚓 蚓 蚓 蚓

[yǐn ㄧㄣˇ ㊣ jɐn^{5} 引]

蚯蚓。見“蚯”字，本頁。

4 蚤 (蚤)

蚤 蚤 蚤 蚤 蚤 蚤 蚤

[zǎo ㄗㄠˇ ㊣ dzou^{2} 早]

跳蚤：害蟲，寄生在人畜身上，吸血，能傳染疾病。

5 蚶

蚶 蚶 蚶 蚶 蚶 蚶 蚶

[hān ㄏㄢ ㊣ hɐm^{1} 堪]

軟體貝類動物，生活在海灘淺水中。品種很多，大多可以吃。

5 蛆

蛆 蛆 蛆 蛆 蛆 蛆 蛆

[qū ㄑㄩ ㊣ dzœy^{1} 追/tsœy^{1} 吹]

蒼蠅的幼蟲。

5 蚯

蚯 蚯 蚯 蚯 蚯 蚯 蚯

[qiū ㄑㄧㄡ ㊣ jɐu^{1} 丘]

蚯蚓：生活在土裏的環節動物，身體細長，能鑽地成洞，使土壤疏鬆，對農作物有益。

5 蚱

蚱 蚱 蚱 蚱 蚱 蚱 蚱

[zhà ㄓㄚˋ ㊣ dza^{3} 炸/dzak^{8} 責]

蚱蜢：蝗蟲的一種，頭三角形，是危害稻麥和豆類植物的害蟲。

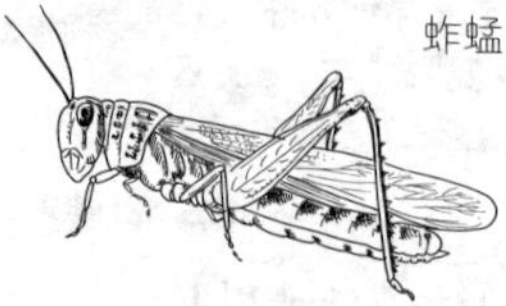
蚱蜢

5 蛉 蛉蛉蛉蛉蛉蛉 [蛉]

[líng ㄌㄧㄥˊ [粵] liŋ⁴ 零]

白蛉：比蚊子小的昆蟲，吸人畜的血，能傳染黑熱病和白蛉熱。

5 蛀 蛀蛀蛀蛀蛀蛀 [蛀]

[zhù ㄓㄨˋ [粵] dzy³ 注]

❶蛀蟲：蛀蝕木器、衣服、書籍等的小蟲。❷ 被蛀蟲咬壞 ◆ 蛀蝕 / 蟲蛀 / 防霉防蛀。

5 蛇 蛇蛇蛇蛇蛇蛇 [蛇]

[shé ㄕㄜˊ [粵] sɛ⁴ 佘]

爬行動物，身體圓而長，有鱗無足。種類很多，有的具毒性 ◆ 蛇蠍心腸 / 畫蛇添足 / 人心不足蛇吞象 / 一朝被蛇咬，十年怕草繩。

5 蛋 蛋蛋蛋蛋蛋蛋 [蛋]

[dàn ㄉㄢˋ [粵] dan⁶ 但]

❶ 禽鳥類和龜、蛇等生的卵 ◆ 雞蛋 / 鴨蛋 / 龜蛋 / 蛇蛋 / 鵪鶉蛋。❷ 形狀像蛋的東西 ◆ 臉蛋。❸ 對某些人的蔑稱 ◆ 壞蛋 / 笨蛋 / 渾蛋。

6 蛙 蛙蛙蛙蛙蛙蛙 [蛙]

[wā ㄨㄚ [粵] wa¹ 娃]

兩棲動物，前肢短小，後肢粗大有力，趾有蹼，善於跳躍和泅水，捕食昆蟲，對農作物有益。種類很多，最常見的是青蛙。青蛙的幼體叫蝌蚪 ◆ 蛙泳 / 井底之蛙 / 一片蛙鳴聲。

6 蛔 蛔蛔蛔蛔蛔蛔 [蛔]

[huí ㄏㄨㄟˊ [粵] wui⁴ 回]

蛔蟲：寄生在人或動物腸內的寄生蟲，形狀像蚯蚓，白色或米黃色，能損害人或動物的健康。

6 蛛 蛛蛛蛛蛛蛛蛛 [蛛]

[zhū ㄓㄨ [粵] dzy¹ 朱]

蜘蛛。見“蜘”字，396 頁。

6 蛤 蛤蛤蛤蛤蛤蛤 [蛤]

〈一〉[gé ㄍㄜˊ [粵] gɐp⁸ 鴿]

❶ 蛤蜊：軟體動物，生活在淺海泥沙中，體外有長圓形或三角形貝殼，肉味鮮美可口。❷ 蛤蚧：爬行動物，形狀像壁虎而稍大，可供藥用。

〈二〉[há ㄏㄚˊ [粵] ha⁴ 霞]

❸ 蛤蟆：青蛙和蟾蜍的統稱。

蛤蟆
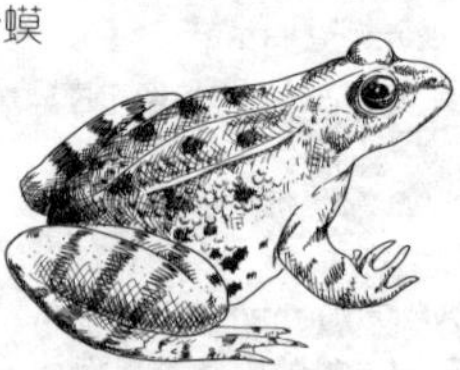

6 蛟 蛟蛟蛟蛟蛟蛟 [蛟]

[jiāo ㄐㄧㄠ [粵] gau¹ 交]

虍 虫 血 行 衣 襾

蛟龍：古代傳説中龍的一種，能發洪水 ◆ 蛟龍得水。

7 蜃

[shèn ㄕㄣˋ (粵) sɐn^{6} 慎]

大蛤蜊 ◆ 海市蜃樓。

7 蜇

〈一〉[zhē ㄓㄜ (粵) dzit^{8} 折]

❶某些昆蟲用毒刺刺人或動物 ◆ 臉上被馬蜂蜇了。

〈二〉[zhé ㄓㄜˊ (粵) dzit^{8} 折]

❷ 海蜇：一種生長在海裏的腔腸動物，形狀像張開的傘。經加工處理，傘狀部分叫海蜇皮，口腕部分叫海蜇頭，都可以吃。

7 蜀

[shǔ ㄕㄨˇ (粵) suk^{9} 熟]

四川省的別稱 ◆ 蜀錦 / 得隴望蜀。

7 蜈

[wú ㄨˊ (粵) ŋ̍^{4} 吳]

蜈蚣：節肢動物，身體扁長，有許多節構成，每節有一對腳，頭部的腳像鈎子，能分泌毒液。吃小昆蟲，可做藥材。

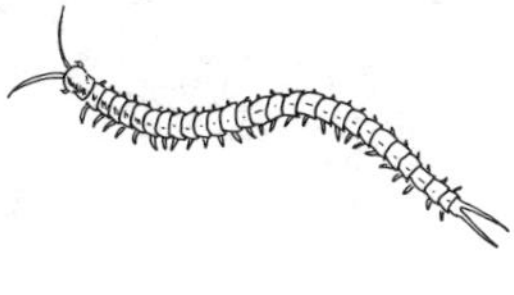

蜈蚣

7 蛾

[é ㄜˊ (粵) ŋɔ^{4} 娥]

樣子像蝴蝶的昆蟲，種類很多，如麥蛾、蠶蛾、螟蛾等。一般在夜間活動，幼蟲大都是害蟲。俗稱“蛾子” ◆ 飛蛾撲火，自取滅亡。

7 蜂

[fēng ㄈㄥ (粵) fuŋ^{1} 風]

❶昆蟲，種類很多，如蜜蜂、馬蜂、黃蜂等，通常成羣地生活。大都有毒刺，能蜇人。❷ 特指蜜蜂 ◆ 蜂蜜 / 蜂王漿。❸ 比喻眾多，像蜂成羣一樣 ◆ 蜂起 / 蜂擁而上。

7 蜓

[tíng ㄊㄧㄥˊ (粵) tiŋ^{4} 廷]

蜻蜓。見“蜻”字，396 頁。

7 蜕

[tuì ㄊㄨㄟˋ (粵) tœy^{3} 退/sœy^{3} 歲]

❶ 蛇、蟬等動物脱皮 ◆ 蜕皮 / 蜕化。❷ 蛇、蟬等動物脱下的皮 ◆ 蟬蜕。❸比喻事物的變化 ◆ 蜕化 / 蜕變。

7 蛹

[yǒng ㄩㄥˇ (粵) juŋ^{2} 勇]

昆蟲從幼蟲變為成蟲過程中的一種狀態。這時身體縮短，外皮變硬、變厚，不吃不動 ◆ 蠶蛹 / 蜂蛹。

8 蜒

[yán ㄧㄢˊ (粵) jin^{4} 言]

蜿蜒。見“蜿”字，396 頁。

虍 虫 血 行 衣 襾

8 蜻

蜻 蜻 蜻 蜻 蜻 蜻 蜻

[qīng ㄑㄧㄥ 粵 tsiŋ[1] 青]

蜻蜓：昆蟲，身體細長，背上有兩對翅膀，捕食蚊子等小飛蟲，是益蟲 ◆ 蜻蜓點水 / 小荷才露尖尖角，早有蜻蜓立上頭。

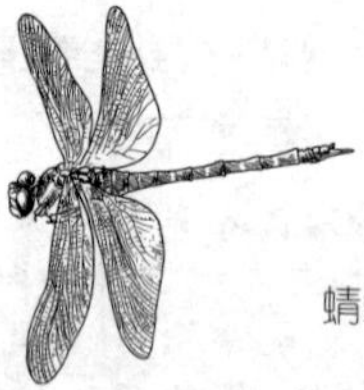

蜻蜓

8 蜥

蜥 蜥 蜥 蜥 蜥 蜥 蜥

[xī ㄒㄧ 粵 sik[7] 色]

蜥蜴：爬行動物，俗稱“四腳蛇”。身上有細鱗，尾巴長，腳上有鈎爪，生活在草叢中，捕食昆蟲和其他小動物。

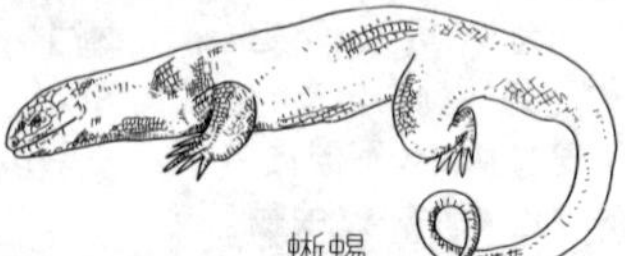

蜥蜴

8 蜴

蜴 蜴 蜴 蜴 蜴 蜴 蜴

[yì ㄧˋ 粵 jik[9] 亦]

蜥蜴。見“蜥”字，本頁。

8 蜘

蜘 蜘 蜘 蜘 蜘 蜘 蜘

[zhī ㄓ 粵 dzi[1] 支]

蜘蛛：節肢動物，有四對腳，能分泌黏液，織網捕食昆蟲 ◆ 蜘蛛網。

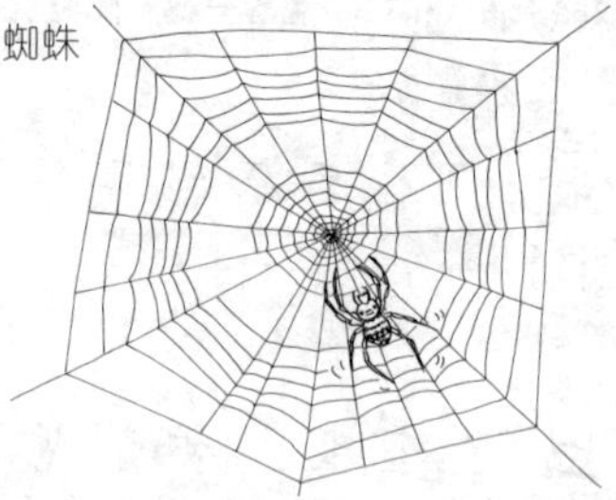

蜘蛛

8 蝕（蚀）

蝕 蝕 蝕 蝕 蝕 蝕 蝕

[shí ㄕˊ 粵 sik[9] 食]

❶ **蟲蛀物，引申為損傷、侵害** ◆ 侵蝕 / 腐蝕。❷ **日、月虧缺的現象** ◆ 日蝕 / 月蝕。❸ **虧損** ◆ 蝕本 / 把錢蝕光了。

8 蜷

蜷 蜷 蜷 蜷 蜷 蜷 蜷

[quán ㄑㄩㄢˊ 粵 kyn[4] 拳]

身體彎曲 ◆ 蜷曲 / 蜷縮 / 蜷成一團 / 蜷伏在地上。

8 蜜

蜜 蜜 蜜 蜜 蜜 蜜 蜜

[mì ㄇㄧˋ 粵 mɐt[9] 勿]

❶ **蜂蜜：蜜蜂採集花蜜釀成的東西，味甜，可供食用或藥用** ◆ 蜜餞 / 釀蜜 / 採得百花成蜜後，為誰辛苦為誰忙。❷ **像蜜一樣甜的東西** ◆ 蜜橘 / 水蜜桃。❸ **比喻甜美的事情** ◆ 甜蜜 / 甜言蜜語 / 口蜜腹劍。

8 蜿

蜿 蜿 蜿 蜿 蜿 蜿 蜿

[wān ㄨㄢ 粵 jyn[1] 淵]

蜿蜒：形容彎彎曲曲的樣子 ◆ 蜿蜒而上 / 山路蜿蜒曲折。

焦點易錯字 蜜 | 密　蜂蜜 甜言蜜語　親密 陰雲密佈

8 蜢

蜢 蜢 蜢 蜢 蜢 蜢 蜢

[měng ㄇㄥˇ (粵) maŋ^{5} 猛]
蚱蜢。見“蚱”字，393 頁。

9 蝶

蝶 蝶 蝶 蝶 蝶 蝶 蝶

[dié ㄉㄧㄝˊ (粵) dip^{9} 碟]
❶ 蝴蝶。見 “蝴” 字，本頁 ◆ 採茶撲蝶 / 兒童急走追黃蝶，飛入菜花無處尋。❷ 樣子或姿勢像蝴蝶的 ◆ 蝶泳。

9 蝴

蝴 蝴 蝴 蝴 蝴 蝴 蝴

[hú ㄏㄨˊ (粵) wu^{4} 胡]
蝴蝶：會飛的昆蟲，有兩對翅膀，喜歡飛到花上採蜜，能幫助傳播花粉。種類很多，有粉蝶、黃蝶等 ◆ 台灣有蝴蝶王國的美稱。

9 蝠

蝠 蝠 蝠 蝠 蝠 蝠 蝠

[fú ㄈㄨˊ (粵) fuk^{7} 福]
蝙蝠。見“蝙”字，398 頁。

9 蝟 (猬)

蝟 蝟 蝟 蝟 蝟 蝟 蝟

[wèi ㄨㄟˋ (粵) wɐi^{6} 胃]
刺蝟：哺乳動物，頭小，四肢短，全身長有硬刺。晝伏夜出，吃昆蟲、鼠、蛇等，遇到危險時身體縮成球形來保護自己。

刺蝟

9 蝸 (蜗)

蝸 蝸 蝸 蝸 蝸 蝸 蝸

[wō ㄨㄛ (粵) gwa^{1} 瓜/wɔ^{1} 窩 (語)]
蝸牛：軟體動物，有扁圓形硬殼，頭部有兩對觸角，爬行時分泌黏液。爬行很慢，吃植物的苗、葉，對農作物有害。

蝸牛

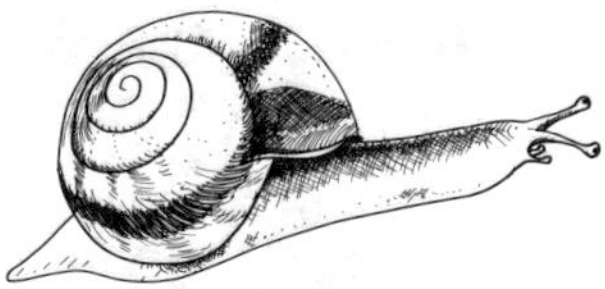

9 蝌

蝌 蝌 蝌 蝌 蝌 蝌 蝌

[kē ㄎㄜ (粵) fɔ^{1} 科]
蝌蚪：青蛙的幼體，頭圓尾細，黑色，生活在水裏。

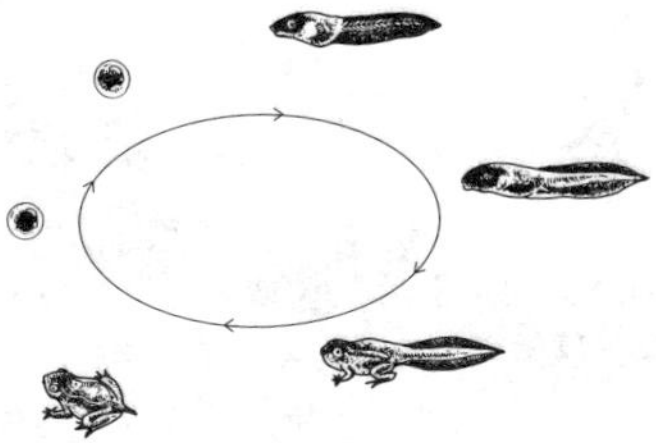

蝌蚪至青蛙的演變圖

9 蝗

蝗 蝗 蝗 蝗 蝗 蝗 蝗

[huáng ㄏㄨㄤˊ (粵) wɔŋ^{4} 王]
蝗蟲：昆蟲，背和翅膀黃褐色，後肢很發達，善於跳躍。常成羣飛行，吃莊稼，造成災害。種類很多，危害最大的是飛蝗 ◆ 蝗災。

9 蝙

蝙 蝙 蝙 蝙 蝙 蝙 蝙

[biān ㄅㄧㄢ [粵] bin^{1} 鞭]

蝙蝠：會飛的哺乳動物，頭部像老鼠，四肢和尾巴之間有皮質薄膜相連。常在夜間活動，捕食蚊、蛾等。視力很弱，靠本身發出的超聲波來引導飛行。

蝙蝠

9 螂

螂 螂 螂 螂 螂 螂 螂

[láng ㄌㄤˊ [粵] lɔŋ^{4} 郎]

❶ 螳螂。見“螳”字，399頁。❷蟑螂。見“蟑”字，400頁。

9 蝦 (虾)

蝦 蝦 蝦 蝦 蝦 蝦 蝦

[xiā ㄒㄧㄚ [粵] ha^{1} 哈/ha^{4} 霞]

節肢動物，生活在水裏。種類很多，有青蝦、龍蝦等。肉味鮮美，是重要的水產品之一 ◆ 蝦仁/蝦米/蝦子醬/蝦兵蟹將。

蝦

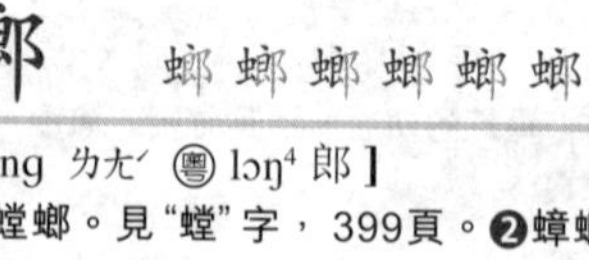

9 蝨 (虱)

蝨 蝨 蝨 蝨 蝨 蝨 蝨

[shī ㄕ [粵] sɐt^{7} 室]

俗稱蝨子，寄生在人、畜身上吸血，能傳染疾病。

10 融

融 融 融 融 融 融 融

[róng ㄖㄨㄥˊ [粵] juŋ^{4} 容]

❶冰、雪等化成水；溶化 ◆ 融化/冰雪消融。❷和協；調和 ◆ 融合/融洽/融會貫通/水乳交融。❸貨幣流通 ◆ 金融/融資。

10 螞 (蚂)

螞 螞 螞 螞 螞 螞 螞

〈一〉[mǎ ㄇㄚˇ [粵] ma^{5} 馬]

❶螞蟻：昆蟲，成羣穴居地下巢內 ◆ 螞蟻向高處搬家，預示天要下雨。❷螞蟥：環節動物，生活在水田或池沼裏，吸人畜的血液。

〈二〉[mà ㄇㄚˋ [粵] ma^{5} 馬]

❸螞蚱：蝗蟲。

10 螗

螗 螗 螗 螗 螗 螗 螗

[táng ㄊㄤˊ [粵] tɔŋ^{4} 唐]

蟬的一種。

10 螃

螃 螃 螃 螃 螃 螃 螃

[páng ㄆㄤˊ [粵] pɔŋ^{4} 旁]

螃蟹：節肢動物，全身有甲殼，橫着爬行。肉可以吃，有五對腳，第一對叫螯。腹部有臍，尖臍是雄蟹，圓臍是雌蟹。種類很多，有河蟹、海蟹等。

虍 虫 血 行 衣 西

螃蟹

10 螢 (萤)

螢 螢 螢 螢 螢 螢 螢

[yíng ㄧㄥˊ ⓨ jiŋ⁴ 仍]
螢火蟲：昆蟲，腹部末端有發光器，發綠色的光，夜間活動，捕食小蟲。

10 螟

螟 螟 螟 螟 螟 螟 螟

[míng ㄇㄧㄥˊ ⓨ miŋ⁴ 明]
螟蟲：螟蛾的幼蟲，吃水稻、玉米等的莖，是農作物的害蟲。

11 蟄 (蛰)

蟄 蟄 蟄 蟄 蟄 蟄 蟄

[zhé ㄓㄜˊ ⓨ dzɐt⁹ 姪]
❶ 動物冬眠時隱伏在土中或穴中不吃不動的狀態 ◆ 蟄伏 / 驚蟄 / 蟄如冬蛇。❷ 比喻不出頭露面；隱居 ◆ 蟄居 / 久蟄鄉間。

11 蟒

蟒 蟒 蟒 蟒 蟒 蟒 蟒

[mǎng ㄇㄤˇ ⓨ mɔŋ⁵ 網]
蟒蛇：無毒的大蛇，體長可達五、六米，捕食小禽獸。

11 蟆

蟆 蟆 蟆 蟆 蟆 蟆 蟆

[má ㄇㄚˊ ⓨ ma⁴ 麻]
蛤蟆。見"蛤"字，394頁。

11 螳

螳 螳 螳 螳 螳 螳 螳

[táng ㄊㄤˊ ⓨ tɔŋ⁴ 堂]
螳螂：昆蟲，頭三角形，前腳發達，形狀像鐮刀，有鋸齒，捕食害蟲，對農業有益 ◆ 螳臂當車 / 螳螂捕蟬，黃雀在後。

螳螂

11 螺

螺 螺 螺 螺 螺 螺 螺

[luó ㄌㄨㄛˊ ⓨ lɔ⁴ 羅]
❶ 軟體動物，體外有螺旋紋的硬殼，種類很多，有田螺、海螺等。有的螺肉可以吃。❷ 螺旋形的指紋，也叫斗。❸ 螺旋形的東西 ◆ 螺絲釘。

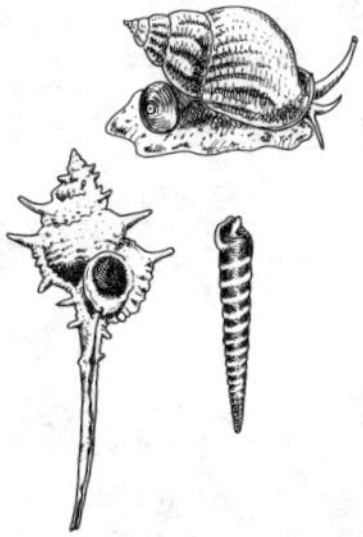
螺

11 蟈 (蝈)

蟈 蟈 蟈 蟈 蟈 蟈 蟈

[guō ㄍㄨㄛ ⓨ gwɔk⁸ 國]

虍 虫 血 行 衣 襾

蟈蟈：樣子像蝗蟲的昆蟲。雄的前翅有發音器，能發出清脆的聲音，對農作物有害。

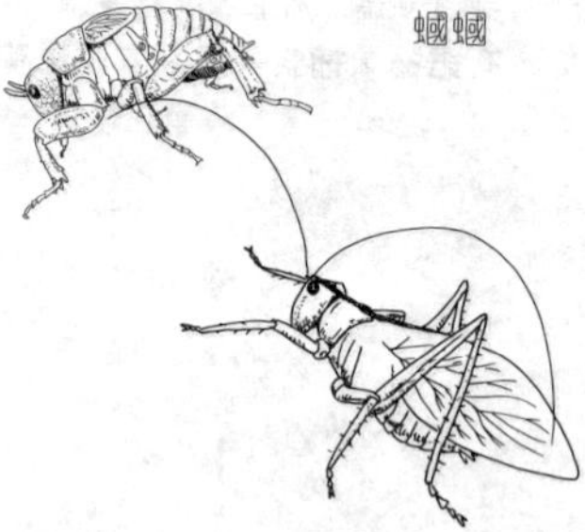

蟈蟈

11蟑 蟑 蟑 蟑 蟑 蟑 蟑 蟑

[zhāng ㄓㄤ ㊣ dzœŋ¹ 章]

蟑螂：有害的昆蟲，身體扁平，黑褐色，能發出臭氣。常在夜間出來偷吃食物，能傳染霍亂等疾病。

11蟋 蟋 蟋 蟋 蟋 蟋 蟋 蟋

[xī ㄒㄧ ㊣ sik⁷ 色]

蟋蟀：昆蟲，身體黑褐色，雄的好鬥，兩翅能摩擦發聲，吃植物的根，是害蟲。也叫蛐蛐或促織 ◆ 鬥蟋蟀。

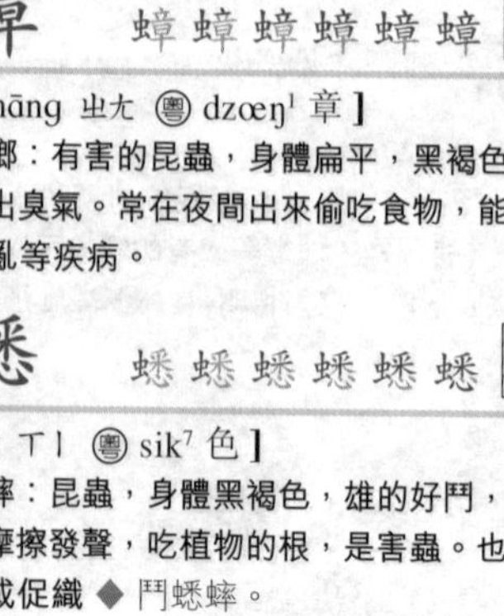

蟋蟀

11蟀 蟀 蟀 蟀 蟀 蟀 蟀 蟀

[shuài ㄕㄨㄞˋ ㊣ sœt⁷ 戌]

蟋蟀。見“蟋”字，本頁。

12蟬 (蝉) 蟬 蟬 蟬 蟬 蟬 蟬 蟬

[chán ㄔㄢˊ ㊣ sim⁴ 禪]

昆蟲，種類很多，身體黑褐色。雄的腹部有發聲器，能不斷發出很大的響聲。也叫知了 ◆ 薄如蟬翼 / 蟬聯冠軍 / 噤若寒蟬 / 螳螂捕蟬，黃雀在後。

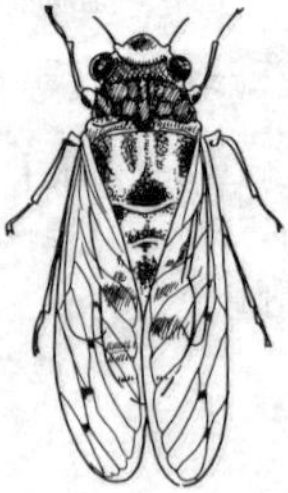

蟬

12蟲 (虫) 蟲 蟲 蟲 蟲 蟲 蟲 蟲

[chóng ㄔㄨㄥˊ ㊣ tsuŋ⁴ 松]

❶ 各種昆蟲的總稱 ◆ 螢火蟲 / 毛毛蟲 / 蚊蟲 / 蛀蟲 / 害蟲。❷ 某些動物的別稱，如蛇又叫長蟲，老虎又叫大蟲。

13蠍 (蝎) 蠍 蠍 蠍 蠍 蠍 蠍 蠍

[xiē ㄒㄧㄝ ㊣ hit⁸ 歇 / kit⁸ 揭 (語)]

蠍子：節肢動物，尾部有毒鈎，能螫人 ◆ 蛇蠍心腸。

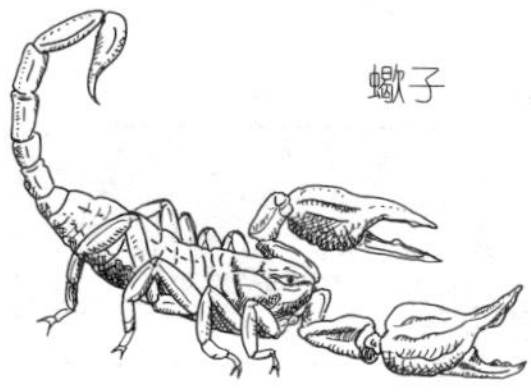

蠍子

13蠅(蝇) 蠅蠅蠅蠅蠅蠅 蠅

[yíng ㄧㄥˊ ⓨ jiŋ4 迎]

飛蟲，能帶菌傳染疾病，是害蟲。也叫蒼蠅 ◆ 消滅蚊蠅 / 蠅頭小利。

13蟹 蟹蟹蟹蟹蟹蟹 蟹

[xiè ㄒㄧㄝˋ ⓨ hai5 駭5]

螃蟹。見"螃"字，398頁 ◆ 捕魚捉蟹。

13蟻(蚁) 蟻蟻蟻蟻蟻蟻 蟻

[yǐ ㄧˇ ⓨ ŋɐi5 危5]

螞蟻。見"螞"字，398頁 ◆ 蟻穴 / 白蟻。

14蠕 蠕蠕蠕蠕蠕蠕 蠕

[rú ㄖㄨˊ ⓨ jy4 如]

像蚯蚓爬行那樣動 ◆ 蠕動。

14蠔(蚝) 蠔蠔蠔蠔蠔蠔 蠔

[háo ㄏㄠˊ ⓨ hou4 豪]

即牡蠣 ◆ 蠔油。

15蠢 蠢蠢蠢蠢蠢蠢 蠢

[chǔn ㄔㄨㄣˇ ⓨ tsœn2 春2]

❶ 愚笨 ◆ 愚蠢 / 蠢材 / 別做蠢事。❷ 蟲子爬動的樣子 ◆ 蠢動 / 蠢蠢欲動。

15蠣(蛎) 蠣蠣蠣蠣蠣蠣 蠣

[lì ㄌㄧˋ ⓨ lɐi6 麗]

牡蠣：一種長卵形軟體動物，兩面有硬殼。生活在淺海泥沙中。肉味鮮美。也叫"蠔"。

15蠟(蜡) 蠟蠟蠟蠟蠟蠟 蠟

[là ㄌㄚˋ ⓨ lap9 臘]

❶ 某些動物、植物分泌的或從礦物中提煉出來的油質，可以製蠟燭等 ◆ 蜂蠟/石蠟/白蠟 / 蠟像 / 蠟筆。❷ 特指蠟燭 ◆ 洋蠟 / 蠟台 / 點上一支蠟。

17蠱(蛊) 蠱蠱蠱蠱蠱蠱 蠱

[gǔ ㄍㄨˇ ⓨ gu2 古]

古代傳說把許多毒蟲放在器皿裏使互相吞食，最後剩下不死的毒蟲叫蠱，用來放在食物裏害人。引申指毒害、迷惑 ◆ 蠱惑人心。

18蠹 蠹蠹蠹蠹蠹蠹 蠹

[dù ㄉㄨˋ ⓨ dou3 到]

❶ 蛀蝕器物的蟲子 ◆ 蠹蟲 / 書蠹 / 木蠹。❷ 蛀蝕；侵害 ◆ 流水不腐，户樞不蠹。

18蠶(蚕) 蠶蠶蠶蠶蠶蠶 蠶

[cán ㄘㄢˊ ⓨ tsam4 慚]

能吐絲做繭的昆蟲。蠶絲是織綢緞的原料 ◆ 養蠶 / 蠶繭 / 蠶食 / 春蠶到死絲方盡，蠟炬成灰淚始乾。

19 **蠻**（蛮）

[mán ㄇㄢˊ [粵] man⁴ 萬⁴]

❶**粗野；不講理** ◆ 野蠻 / 蠻橫無理 / 蠻不講理 / 胡攪蠻纏。❷**魯莽；強悍** ◆ 蠻幹 / 蠻勁。❸**很；挺** ◆ 蠻好的 / 裝得蠻像。❹**還未開化的地方** ◆ 蠻荒。❺**中國古代對南方民族的稱呼** ◆ 南蠻。

血部

0 **血**

〈一〉[xuè ㄒㄩㄝˋ [粵] hyt⁸]

❶**人或高等動物心臟和血管裏流動的紅色液體組織** ◆ 血液 / 流血 / 輸血 / 血肉模糊 / 頭破血流。❷**同一祖先的** ◆ 血統 / 血親 / 血緣關係。❸**比喻剛強、激烈** ◆ 血戰 / 熱血 / 有血性的男子。❹**思慮；精神** ◆ 心血 / 嘔心瀝血。❺**精力** ◆ 血氣方剛。❻**勞力** ◆ 血汗 / 血本。❼**紅色** ◆ 血色 / 血紅。

〈二〉[xiě ㄒㄧㄝˇ [粵] hyt⁸]

❽**義同❶，多用於口語，如吐血、一針見血。**

見古文字插頁 7。

6 **衆** “眾”的異體字，見305頁。

15 **衊**（蔑）

[miè ㄇㄧㄝˋ [粵] mit⁹ 滅]

造謠中傷，陷害別人 ◆ 誣衊 / 污衊。

行部

0 **行**

〈一〉[xíng ㄒㄧㄥˊ [粵] hɐŋ⁴ 恆]

❶**走** ◆ 行走 / 步行 / 緩緩而行 / 日行千里 / 明知山有虎，偏向虎山行。❷**跟出行有關的** ◆ 行李 / 行裝 / 行蹤 / 行程。❸**流通；傳佈** ◆ 發行 / 流行 / 風行一時 / 行銷世界各國。❹**做** ◆ 實行 / 執行 / 試行 / 行禮 / 行之有效 / 見機行事。❺**所作所為** ◆ 行為 / 行動 / 言行一致。❻**可以** ◆ 這樣下去不行 / 行，就這麼辦。❼**能幹** ◆ 這個年輕人真行。❽**將要** ◆ 行將結束。❾**漢字的一種字體，運筆介於草書和楷書之間** ◆ 行書。

〈二〉[xíng ㄒㄧㄥˊ [粵] hɐŋ⁶ 幸]

❿**表現品德的舉止行為** ◆ 品行 / 德行。

〈三〉[háng ㄏㄤˊ [粵] hɔŋ⁴ 杭]

⓫**排成直線的** ◆ 行列 / 第五行 / 一目十行 / 綠樹成行 / 兩個黃鸝鳴翠柳，一行白鷺上青天。⓬**職業** ◆ 改行 / 同行 / 各行各業 / 三句話不離本行 / 三百六十行，行行出狀元。⓭**商店或某些營業機構** ◆ 商行 / 銀行 / 車行。（粵口語讀 hɔŋ² 杭²）

〈四〉[háng ㄏㄤˊ [粵] hɐŋ⁴ 恆]

⓮**兄弟姐妹長幼的次序** ◆ 排行 / 他行二，弟弟行四。

見古文字插頁 7。

虍 虫 血 行 衣 襾

3 衍

[yǎn ㄧㄢˇ ㊠ jin2 演/hin2 俔]

❶**延展** ◆ 推衍/繁衍。❷**多餘的** ◆ 衍文。

5 術(术)

[shù ㄕㄨˋ ㊠ sœt9 述]

❶**技藝；本領** ◆ 技術 / 醫術 / 武術 / 魔術 / 不學無術。❷**方法；手段** ◆ 戰術 / 權術 / 心術不正。

6 街

[jiē ㄐㄧㄝ ㊠ gai1 皆]

市鎮上比較寬闊的道路 ◆ 街道 / 逛街 / 街談巷議 / 大街小巷 / 穿街走巷。

7 衙

[yá ㄧㄚˊ ㊠ ŋa4 牙]

舊時稱官員辦公的機關 ◆ 衙門 / 衙役 / 打道回衙。

9 衝(冲)

〈一〉[chōng ㄔㄨㄥ ㊠ tsuŋ1 充]

❶**交通要道** ◆ 要衝 / 首當其衝。❷**迅猛向前** ◆ 衝向前 / 衝鋒陷陣 / 最後衝刺 / 直衝雲霄 / 橫衝直撞 / 衝出重圍。❸**猛烈地碰撞** ◆ 衝撞 / 衝突 / 衝擊。❹**互相抵消** ◆ 衝賬 / 衝喜。

〈二〉[chòng ㄔㄨㄥˋ ㊠ tsuŋ1 充]

❺**向；對着** ◆ 衝着我笑 / 有話衝我說 / 看情況是衝着我來的。❻**力量大；氣味濃** ◆ 水流得很衝 / 酒味很衝。

9 衛

同"衞"字，見本頁。

10 衡

[héng ㄏㄥˊ ㊠ hɐŋ4 恒]

❶**稱重量的器具，如秤、天平等** ◆ 度量衡 / 衡器。❷**用衡器稱重量** ◆ 衡量 / 衡其輕重。❸**比較；斟酌** ◆ 權衡利弊得失。❹**平** ◆ 平衡 / 均衡。

10 衞(卫)

[wèi ㄨㄟˋ ㊠ wɐi6 胃]

❶**保護；防護；使不受侵犯** ◆ 保衞 / 自衞 / 捍衞 / 護衞 / 衞兵 / 保家衞國。❷**從事保衞工作的人** ◆ 門衞 / 警衞。

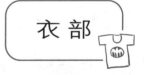

衣部

0 衣

[yī ㄧ ㊠ ji1 醫]

❶**衣服** ◆ 大衣 / 棉衣 / 衣冠楚楚 / 豐衣足食 / 節衣縮食。❷**包在某些物體外面的一層東西** ◆ 糖衣 / 腸衣 / 炮衣。

見古文字插頁 7。

2 初

見刀部，41頁。

3 表

〈一〉[biǎo ㄅㄧㄠˇ ㊠ biu2 標2]

焦點易錯字 冲 | 衝 冲洗 一飛冲天 衝突 首當其衝

❶**露在外面的；跟“裏”相對** ◆ 表面/表情/外表/由表及裏/虛有其表。❷**顯示；說出** ◆ 表示/表現/表白/表表心意/深表同情。❸**榜樣** ◆ 表率/為人師表。❹**分格分類記錄事項的文件** ◆ 表格/統計表/申報表/報名表。❺**跟姑、舅、姨的親屬關係** ◆ 表哥/表弟/表叔。

〈二〉[biǎo ㄅㄧㄠˇ [粵] biu² 標²/biu¹ 標(語)]
❻**同“錶”字。表示度數、用量等的儀器** ◆ 電表/水表/煤氣表。❼**同“錶”字。計時器** ◆ 手表/秒表。

3 衫

衫衫衫衫衫衫 衫

[shān ㄕㄢ [粵] sam¹ 三]
❶**單的上衣** ◆ 襯衫/汗衫/罩衫/羊毛衫。❷**泛指衣服** ◆ 衣衫不整/衣衫襤褸。

3 衩

衩衩衩衩衩衩 衩

〈一〉[chà ㄔㄚˋ [粵] tsa³ 岔]
❶**衣服旁邊開口的地方** ◆ 開衩/衩口。
〈二〉[chǎ ㄔㄚˇ [粵] tsa³ 岔]
❷**褲衩：指短褲。**

4 袁

袁袁袁袁袁袁 袁

[yuán ㄩㄢˊ [粵] jyn⁴ 元]
姓。

4 衰

衰衰衰衰衰衰 衰

[shuāi ㄕㄨㄞ [粵] sœy¹ 須]
人或事物由強變弱；跟“興”、“盛”相對 ◆ 衰老/衰弱/年老力衰/興衰存亡/國家的盛衰。

4 衷

衷衷衷衷衷衷 衷

[zhōng ㄓㄨㄥ [粵] dzuŋ¹ 終/tsuŋ¹ 衝(語)]
內心 ◆ 言不由衷/無動於衷/互訴衷情/衷心的祝賀。

4 袂

袂袂袂袂袂袂 袂

[mèi ㄇㄟˋ [粵] mɐi⁶ 米⁶]
袖子 ◆ 聯袂演出。

5 袒

袒袒袒袒袒袒 袒

[tǎn ㄊㄢˇ [粵] dan⁶ 但]
❶**露出身體的一部分** ◆ 袒露/袒胸露背。
❷**庇護；不公正地偏護或支持一方面** ◆ 袒護/偏袒一方。

5 袖

袖袖袖袖袖袖 袖

[xiù ㄒㄧㄡˋ [粵] dzɐu⁶ 就]
❶**衣袖；上衣從肩到腕的部分** ◆ 袖子/袖章/長袖善舞/兩袖清風。❷**藏在袖子裏** ◆ 袖着手/袖手旁觀。

5 袋

袋袋袋袋袋袋 袋

[dài ㄉㄞˋ [粵] dɔi⁶ 代]
❶**口袋；裝東西的用具** ◆ 米袋/布袋/食品袋/塑料袋/文件袋。❷**量詞，用於成袋的東西** ◆ 一袋大米/兩袋麪粉。

5 袍

袍袍袍袍袍袍 袍

[páo ㄆㄠˊ [粵] pou⁴ 葡]
中式的長衣服 ◆ 棉袍/旗袍/長袍馬褂。

焦點易錯字 袂|訣 袂口 聯袂 祕訣 訣別

5 袈

[jiā ㄐㄧㄚ 粵 ga1 加]

袈裟：和尚披在外面的法衣，用多塊長方形布片拼製而成。

5 被

〈一〉[bèi ㄅㄟˋ 粵 bei6 備]

❶ **表示被動關係** ◆ 小偷被捉住了／他被選為班長／一場大火終於被撲滅／一旦被蛇咬，十年怕草繩／聰明反被聰明誤。

〈二〉[bèi ㄅㄟˋ 粵 pei5 婢]

❷ **被子：睡覺時蓋在身上禦寒的東西** ◆ 棉被／毛巾被／羽絨被。

6 裁

[cái ㄘㄞˊ 粵 tsɔi4 才]

❶ **用刀、剪等把布或紙剪開、割開** ◆ 裁剪／裁紙／裁衣服／量體裁衣。❷ **削減** ◆ 裁減／裁軍／裁員。❸ **判斷；決定** ◆ 裁判／裁決／裁定／仲裁。❹ **控制；抑止** ◆ 獨裁／制裁。❺ **安排；設計** ◆ 別出心裁。❻ **文章的樣式** ◆ 體裁。

6 裂

[liè ㄌㄧㄝˋ 粵 lit9 列]

破開；分開 ◆ 裂開／裂縫／破裂／決裂／四分五裂。

6 袱

[fú ㄈㄨˊ 粵 fuk9 伏]

包衣物用的布 ◆ 包袱。

7 補 (补)

[bǔ ㄅㄨˇ 粵 bou2 寶]

❶ **把破損的東西修理好** ◆ 補衣服／補鞋／補牙／縫補／亡羊補牢／修橋補路。❷ **把缺少的添足** ◆ 補課／補充／補選／候補／彌補／取長補短／填補空缺。❸ **事後改正** ◆ 補救／將功補過。❹ **對身體健康有幫助的** ◆ 補品／滋補／補血益氣。❺ **益處；用處** ◆ 補益／不無小補／無補於事。

7 裘

[qiú ㄑㄧㄡˊ 粵 kɐu4 求]

皮衣 ◆ 狐裘／裘皮大衣／聚沙成塔，集腋成裘。

7 裟

[shā ㄕㄚ 粵 sa1 沙]

袈裟。見“袈”字，本頁。

7 裏 (里)

[lǐ ㄌㄧˇ 粵 lœy5 呂]

❶ **衣服的內層** ◆ 裏子／夾裏／被裏。❷ **裏面的；內部的；跟“外”、“表”相對** ◆ 裏屋／手裏／話裏有話／表裏如一／裏應外合。❸ **一定範圍以內** ◆ 城裏／村裏／夜裏／暑假裏／一年裏。❹ **指地方** ◆ 這裏／那裏。

7 裡

“裏”的異體字，見本頁。

7 裔

[yì ㄧˋ 粵 jœy6 銳]

後代 ◆ 後裔／華裔。

虍 虫 血 行 衣 襾

焦點易錯字 裁｜栽 裁決 剪裁 栽培 盆栽　烈｜裂 激烈 轟轟烈烈 裂開 四分五裂

7 裊 (袅)

裊裊裊裊裊裊 裊

[niǎo ㄋㄧㄠˇ 粵 niu5 鳥]

細長柔弱的樣子 ◆ 裊娜 / 炊煙裊裊 / 垂楊裊裊。

7 裕

裕裕裕裕裕裕 裕

[yù ㄩˋ 粵 jy6 預]

富足；充足 ◆ 富裕 / 寬裕 / 充裕 / 優裕。

7 裙

裙裙裙裙裙裙 裙

[qún ㄑㄩㄣˊ 粵 kwen4 羣]

❶ **裙子：一種圍在下身、沒有褲腿的服裝** ◆ 短裙 / 連衣裙 / 百褶裙。❷ **像裙子的東西** ◆ 圍裙 / 牆裙。

7 裝 (装)

裝裝裝裝裝裝 裝

[zhuāng ㄓㄨㄤ 粵 dzɔŋ1 莊]

❶**衣服** ◆ 服裝/西裝/冬裝/時裝/中山裝。❷ **修飾；打扮** ◆ 裝飾 / 裝扮 / 化裝 / 喬裝打扮 / 男扮女裝。❸ **假意做作** ◆ 假裝 / 裝糊塗 / 裝模作樣 / 裝聾作啞 / 裝出一副可憐相。❹ **安置；安放** ◆ 安裝 / 裝配 / 裝卸 / 裝貨 / 裝電話。❺ **把書刊訂成冊** ◆ 裝訂 / 平裝 / 精裝 / 線裝書。❻ **行李** ◆ 準備行裝 / 整裝待發 / 輕裝簡從。

8 褂

褂褂褂褂褂褂 褂

[guà ㄍㄨㄚˋ 粵 gwa3 卦 /kwa2 誇2]

中式的單上衣 ◆ 褂子 / 短褂 / 大褂 / 長袍馬褂。

8 褚

褚褚褚褚褚褚 褚

[chǔ ㄔㄨˇ 粵 tsy5 柱]

姓。

8 裳

裳裳裳裳裳裳 裳

〈一〉[cháng ㄔㄤˊ 粵 sœŋ4 常]

❶ **古代人下身的衣服叫裳，相當於今天的裙。**

〈二〉[·shang ·ㄕㄤ 粵 sœŋ4 常]

❷ **衣服** ◆ 衣裳。

8 裴

裴裴裴裴裴裴 裴

[péi ㄆㄟˊ 粵 pui4 培]

姓。

8 裹

裹裹裹裹裹裹 裹

[guǒ ㄍㄨㄛˇ 粵 gwɔ2 果]

❶ **包紮；纏** ◆ 包裹 / 裹腿 / 裹足不前。❷ **夾雜在裏頭；捲進去** ◆ 襪子裹到衣服裏去了 / 洪水裹走了大片莊稼。

8 裸

裸裸裸裸裸裸 裸

[luǒ ㄌㄨㄛˇ 粵 lɔ2 羅2]

沒有遮掩；赤身露體 ◆ 裸體 / 裸露 / 赤裸裸。

8 製 (制)

製製製製製製 製

[zhì ㄓˋ 粵 dzɐi3 祭]

造；做 ◆ 製造 / 製作 / 監製 / 如法炮製。

8 裨

裨裨裨裨裨裨 裨

〈一〉[bì ㄅㄧˋ 粵 bei1 悲]

虍虫血行**衣**襾

焦點易錯字 制 | 製 | 掣　制度 限制　製造 炮製　掣肘 風馳電掣　妝 | 裝　梳妝 化妝　裝飾 裝模作樣

❶ 益處 ◆ 裨益 / 無裨於事。
〈二〉[pí ㄆㄧˊ [粵] pei⁴ 皮]
❷ 輔助的；副的 ◆ 裨將。

9 褐 褐 褐 褐 褐 褐 褐 褐

[hè ㄏㄜˋ [粵] hɔt⁸ 渴]
❶ 黃黑色 ◆ 褐色。❷ 古代指粗布或粗布衣服，窮苦人所穿。借指貧賤人。

9 複 (复) 複 複 複 複 複 複 複

[fù ㄈㄨˋ [粵] fuk⁷ 福]
❶ 重複 ◆ 複習 / 複製 / 複印。❷ 繁雜的；不簡單的 ◆ 複雜 / 複數 / 複句 / 繁複。

9 褒 褒 褒 褒 褒 褒 褒 褒

[bāo ㄅㄠ [粵] bou¹ 餔]
讚美；誇獎；跟"貶"相對 ◆ 褒獎 / 褒揚 / 褒貶 / 褒義詞。

褒

貶

9 褓 褓 褓 褓 褓 褓 褓 褓

[bǎo ㄅㄠˇ [粵] bou² 保]
襁褓。見"襁"字，本頁。

10 褥 褥 褥 褥 褥 褥 褥 褥

[rù ㄖㄨˋ [粵] juk⁹ 玉]
牀上鋪墊的卧具 ◆ 褥子 / 褥單 / 被褥。

10 褡 (褡) 褡 褡 褡 褡 褡 褡 褡

[dā ㄉㄚ [粵] dap⁸ 搭]
褡褳：布做的長帶，中間開口，兩端是裝東西的口袋，大的搭在肩上，小的纏在腰間。也叫褡膊。

10 褲 (裤) 褲 褲 褲 褲 褲 褲 褲

[kù ㄎㄨˋ [粵] fu³ 富]
褲子 ◆ 長褲 / 短褲 / 燈籠褲。

10 褪 褪 褪 褪 褪 褪 褪 褪

〈一〉[tùn ㄊㄨㄣˋ [粵] tɐn³ 吞³]
❶ 卸下衣物 ◆ 褪下手鐲 / 褪下一隻袖子。
〈二〉[tuì ㄊㄨㄟˋ [粵] tɐn³ 吞³]
❷ 脱去 ◆ 褪毛 / 褪色。

11 褸 (褛) 褸 褸 褸 褸 褸 褸 褸

[lǚ ㄌㄩˇ [粵] lœy⁵ 呂]
襤褸。見"襤"字，408 頁。

11 襄 襄 襄 襄 襄 襄 襄 襄

[xiāng ㄒㄧㄤ [粵] sœŋ¹ 商]
協助 ◆ 襄理 / 襄辦 / 共襄義舉。

11 襁 襁 襁 襁 襁 襁 襁 襁

[qiǎng ㄑㄧㄤˇ [粵] kœŋ⁵ 強⁵]
襁褓：包嬰兒的被子和帶子 ◆ 那時，弟弟還在襁褓中。也作"繈緥"。

11 褶 褶 褶 褶 褶 褶 褶 褶

[zhě ㄓㄜˇ [粵] dzip⁸ 接]

焦點易錯字 復 | 覆 | 複　恢復 死灰復燃　答覆 重蹈覆轍　重複 錯綜複雜

衣服摺疊或熨燙後留下的痕跡；泛指摺紋或皺紋 ◆ 西服上有幾道褶／百褶裙／眼角有了魚尾褶。

13 襟

襟 襟 襟 襟 襟 襟 襟

[jīn ㄐㄧㄣ (粵) gɐm^{1} 甘 /kɐm^{1} 衾(語)]

❶ 衣服胸前有鈕釦可以開合的部分 ◆ 衣襟／大襟／對襟衫／捉襟見肘。❷ 姐妹的丈夫之間的稱呼 ◆ 連襟／襟兄。❸ 借指胸懷 ◆ 胸襟開闊／襟懷坦蕩。

13 襠 (裆)

襠 襠 襠 襠 襠 襠 襠

[dāng ㄉㄤ (粵) dɔŋ^{1} 鐺]

兩條褲腿相連的地方 ◆ 褲襠／開襠褲。

13 襖 (袄)

襖 襖 襖 襖 襖 襖 襖

[ǎo ㄠˇ (粵) ou^{2}/ŋou^{2} 澳^{2}]

有裏子的上衣 ◆ 夾襖／棉襖／皮襖。

14 襤 (褴)

襤 襤 襤 襤 襤 襤 襤

[lán ㄌㄢˊ (粵) lam^{4} 藍]

襤褸：衣服破爛 ◆ 衣衫襤褸。

15 襪 (袜)

襪 襪 襪 襪 襪 襪 襪

[wà ㄨㄚˋ (粵) mɐt^{9} 物]

襪子：穿在腳上起保暖或保護作用的針織品 ◆ 絲襪／長襪／襪筒／尼龍襪。

16 襯 (衬)

襯 襯 襯 襯 襯 襯 襯

[chèn ㄔㄣˋ (粵) tsɐn^{3} 趁]

❶ 在裏面托上一層 ◆ 襯上一層紗布／襯一張紙再寫。❷ 襯在裏面的 ◆ 襯布／襯衫／襯褲／領襯。❸ 配上別的事物突出主要事物 ◆ 陪襯／襯托／綠葉襯紅花，格外鮮豔。

16 襲 (袭)

襲 襲 襲 襲 襲 襲 襲

[xí ㄒㄧˊ (粵) dzap^{9} 習]

❶ 趁人不備突然攻擊 ◆ 襲擊／偷襲／空襲。❷ 照別人的樣子做；沿用過去的辦法繼續做下去 ◆ 抄襲／沿襲／因襲。❸ 侵；逼 ◆ 寒氣襲人。

襾部

0 西

西 西 西 西 西 西

[xī ㄒㄧ (粵) sɐi^{1} 犀]

❶ 方位名，日落的方向；跟"東"相對 ◆ 西面／往西走／夕陽西下／東邊日出西邊雨／故人西辭黃鶴樓，煙花三月下揚州。❷ 源於西方國家的 ◆ 西醫／西餐／西服／學貫中西。

✿ 圖見210頁。

3 要

要 要 要 要 要 要 要

〈一〉[yào ㄧㄠˋ (粵) jiu^{3} 腰^{3}]

❶ 希望得到；討取 ◆ 我要鉛筆／要飯的／要回那本書。❷ 叫；讓 ◆ 他要我去一次／老師要我們多讀書。❸ 應該；必須 ◆ 要有公德心／要互相幫助／大家要珍惜糧食。❹

將要 ◆ 天要下雨了／要吃飯了，你還到哪裏去？❺ **如果** ◆ 要是他不來呢？／要不快走，就趕不上火車了。❻ **重要的；主要的** ◆ 要事／要聞／要點／摘要／提要。

〈二〉[yāo ㄧㄠ ⓐ jiu[1] 腰]

❼ **求** ◆ 要求。❽ **威脅；強求** ◆ 要脅。

5 **票** 見示部，317頁。

6 **覃** 覃

〈一〉[qín ㄑㄧㄣˊ ⓐ tsɐm[4] 尋]

❶ 姓。

〈二〉[tán ㄊㄢˊ ⓐ tam[4] 談]

❷ 姓。

6 **粟** 見米部，336頁。

7 **賈** 見貝部，428頁。

12 **覆** 覆

〈一〉[fù ㄈㄨˋ ⓐ fɐu[6] 阜]

❶ **遮蓋** ◆ 覆蓋。

〈二〉[fù ㄈㄨˋ ⓐ fuk[7] 腹]

❷ **翻倒；毀滅** ◆ 覆沒／覆滅／重蹈覆轍／水可載舟，亦可覆舟。❸ **轉回；反過來** ◆ 反覆無常／翻來覆去／天翻地覆。❹ **回答** ◆ 答覆／電覆／覆信。

13 **覈**（核） 覈

[hé ㄏㄜˊ ⓐ hɐt[9] 瞎]

仔細查考。也寫作"核" ◆ 覈實／覈對／覈算／覈准／審覈。

見部

0 **見**（见） 見

〈一〉[jiàn ㄐㄧㄢˋ ⓐ gin[3] 建]

❶ **看到** ◆ 看見／見義勇為／所見所聞／耳聞不如目見／一日不見，如隔三秋。❷ **會面；拜會** ◆ 會見／接見／進見／求見。❸ **顯現；顯出** ◆ 見效／病已見好／相形見絀／以國畫見長／日久見人心。❹ **遇到；接觸到** ◆ 怕見光／見水就化／見火就着。❺ **看法** ◆ 主見／意見／成見／真知灼見／固執己見。❻ **表示被動** ◆ 見笑。❼ **表示對我怎麼樣** ◆ 見諒／有何見教。

〈二〉[xiàn ㄒㄧㄢˋ ⓐ jin[6] 現]

❽ **顯露。同"現"字** ◆ 圖窮匕見。

見古文字插頁7。

4 **現** 見玉部，284頁。

4 **規**（规） 規

[guī ㄍㄨㄟ ⓐ kwɐi[1] 虧]

❶ **畫圓形的工具** ◆ 圓規／不以規矩，不成方圓。❷ **法則；章程；標準** ◆ 規則／規章／校規／墨守成規／規格／規範。❸ **勸告** ◆ 規勸。❹ **謀劃；打主意** ◆ 規劃。

4 **覓**（觅） 覓

[mì ㄇㄧˋ ⓐ mik[9] 汨]

尋找 ◆ 尋覓／覓食／四處覓求／踏破鐵鞋無覓處，得來全不費工夫。

4視（视） 視視視視視視 視

[shì ㄕˋ 粵 si6 事]

❶看 ◆ 視力／注視／近視／視而不見／熟視無睹。❷察看 ◆ 視察／巡視／監視。❸看待；看作 ◆ 重視／輕視／藐視／一視同仁／視死如歸。

9親（亲） 親親親親親親 親

〈一〉[qīn ㄑㄧㄣ 粵 tsɐn1 嗔]

❶父母 ◆ 父親／母親／雙親。❷有血統或婚姻關係的 ◆ 親屬／親戚／親兄弟／遠親不如近鄰／獨在異鄉為異客，每逢佳節倍思親。❸婚姻關係 ◆ 成親／定親／談親事。❹關係密切；感情好 ◆ 親密／親近／親熱／相親相愛／不分親疏。❺本人；親自 ◆ 親身經歷／親眼所見／親筆信／親臨現場／親口告訴我的。❻用嘴唇接觸，表示親熱 ◆ 親吻／親一親臉。

〈二〉[qìng ㄑㄧㄥˋ 粵 tsɐn3 趁]

❼親家：夫妻雙方父母間的稱呼。

9覦（觎） 覦覦覦覦覦覦 覦

[yú ㄩˊ 粵 jy4 如]

覬覦。見"覬"字，本頁。

10覬（觊） 覬覬覬覬覬覬 覬

[jì ㄐㄧˋ 粵 gei3 記]

覬覦：企圖得到不該得到的東西 ◆ 敵人覬覦我國大片領土，狼子野心人所共知。

13覺（觉） 覺覺覺覺覺覺 覺

〈一〉[jué ㄐㄩㄝˊ 粵 gɔk8 角]

❶感受到 ◆ 感覺／聽覺／視覺／不知不覺／覺得不舒服。❷明白；醒悟 ◆ 覺醒／覺悟過來／自覺改正。❸發現 ◆ 發覺／察覺。

〈二〉[jiào ㄐㄧㄠˋ 粵 gau3 教]

❹睡眠 ◆ 睡覺／睡午覺／一覺醒來。

14覽（览） 覽覽覽覽覽覽 覽

[lǎn ㄌㄢˇ 粵 lam5 攬]

觀看 ◆ 展覽／閱覽／遊覽／瀏覽／一覽無遺。

18觀（观） 觀觀觀觀觀觀 觀

〈一〉[guān ㄍㄨㄢ 粵 gun1 官]

❶看 ◆ 觀看／觀日出／坐井觀天／袖手旁觀／眼觀六路，耳聽八方。❷景象 ◆ 外觀／景觀／奇觀／壯觀。❸對事物的看法或所持的態度 ◆ 觀念／主觀／客觀／悲觀／樂觀／人生觀／世界觀。

〈二〉[guàn ㄍㄨㄢˋ 粵 gun3 貫]

❹道教的廟宇 ◆ 道觀／白雲觀。

角部

0角 角角角角角角 角

〈一〉[jiǎo ㄐㄧㄠˇ 粵 gɔk8 各]

❶牛、羊、鹿等頭上長的角 ◆ 牛角／羊角／鹿角。❷形狀像角的東西 ◆ 觸角／菱

角/皂角/小荷才露尖尖角，早有蜻蜓立上頭。❸**古代軍中吹的一種樂器** ◆ 號角/鼓角相聞。❹**數學上稱兩條直線相交所形成的形狀** ◆ 直角/鋭角/三角形。❺**物體邊沿相接的地方；角落** ◆ 牆角/轉彎抹角/東南角。❻**貨幣單位，十分等於一角，十角等於一元** ◆ 三元五角。

〈二〉[jué ㄐㄩㄝˊ ㊊ gɔk⁸ 各]

❼**演員；演員在劇中扮演的人物** ◆ 主角/配角/名角/角色。❽**爭鬥；較量；爭吵** ◆ 角逐/角力/發生口角。

見古文字插頁7。

6 解（解）

解 解 解 解 解 解 解

〈一〉[jiě ㄐㄧㄝˇ ㊊ gai² 佳²]

❶**剖開；分開** ◆ 解剖/解體/分解/難分難解。❷**鬆開；打開** ◆ 解開/解鈕子/解鞋帶/解鈴還須繫鈴人。❸**消除；去掉** ◆ 解除/解職/解渴/排難解紛/冤家宜解不宜結。❹**分析；説明** ◆ 解釋/解答/註解/講解/辯解。❺**明白；知道** ◆ 了解/理解/大惑不解/一知半解。❻ **大小便** ◆ 解手/小解。

〈二〉[jiè ㄐㄧㄝˋ ㊊ gai³ 介]

❼**押送** ◆ 押解犯人。

〈三〉[xiè ㄒㄧㄝˋ ㊊ hai⁶ 械]

❽**武術套路；技藝；泛指手段、本事** ◆ 使出渾身解數。❾**姓**。

13 觸（触）

觸 觸 觸 觸 觸 觸 觸

[chù ㄔㄨˋ ㊊ tsuk⁷ 速 /dzuk⁷ 足 (語)]

❶**碰到；遇到** ◆ 觸電/觸礁/接觸/觸景生情/一觸即發。❷**感動；引起** ◆ 感觸/觸動/觸怒。

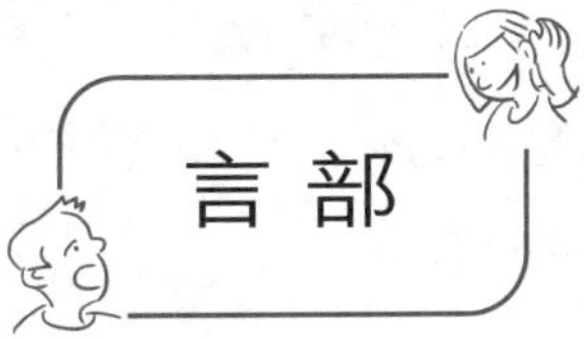

言部

0 言

言 言 言 言 言 言 言

[yán ㄧㄢˊ ㊊ jin⁴ 延]

❶**説的話** ◆ 言語/有言在先/一言不發/言行一致/忠言逆耳。❷**説** ◆ 言之有理/苦不堪言/暢所欲言/知無不言，言無不盡/松下問童子，言師採藥去。❸**一個字或一句話** ◆ 五言詩/七言絕句/一言難盡/三言兩語。

見古文字插頁7。

2 計（计）

計 計 計 計 計 計 計

[jì ㄐㄧˋ ㊊ gɐi³ 繼]

❶**核算** ◆ 計算/計分/統計/不計其數/數以萬計。❷**策略；主意；辦法** ◆ 計策/計謀/苦肉計/緩兵之計/詭計多端/將計就計。❸**謀劃；打算** ◆ 計劃/預計/從長計議/一年之計在於春，一日之計在於晨。❹**測量或計算的儀器** ◆ 温度計/晴雨計。❺**考慮；計較** ◆ 不計個人得失。

2 訂（订）

訂 訂 訂 訂 訂 訂 訂

[dìng ㄉㄧㄥˋ ㊊ diŋ³ 定³]

❶**制定** ◆ 訂計劃/簽訂合同/訂立同盟。❷**約定** ◆ 訂購/訂貨/預訂/私訂終身。❸**修改；改正** ◆ 訂正/修訂/審訂/校訂。❹**用線、鐵絲等把書頁連在一起** ◆ 裝訂/

見 角 言 谷 豆 豕

訂本子／合訂本／訂書機。

2訃(讣) 訃訃訃訃訃訃 訃

[fù ㄈㄨˋ 粵 fu6 付]
報喪 ◆ 訃告／訃聞。

3訌(讧) 訌訌訌訌訌訌 訌

[hòng ㄏㄨㄥˋ 粵 huŋ3 控]
爭吵；混亂 ◆ 內訌。

3討(讨) 討討討討討討 討

[tǎo ㄊㄠˇ 粵 tou2 土]
❶ **索取；要回** ◆ 討債／討回／討賬／討個公道／討還血債。❷ **請求給予** ◆ 討教／討饒／討飯／乞討。❸ **招惹** ◆ 討厭／討人喜歡／自討苦吃。❹ **商議；研究** ◆ 討論／商討／研討／探討。❺ **出兵攻打或發動攻擊有罪的** ◆ 討伐／征討／聲討／南征北討。

3唁

見口部，71頁。

3訓(训) 訓訓訓訓訓訓 訓

[xùn ㄒㄩㄣˋ 粵 fɐn3 糞]
❶ **教導；告誡** ◆ 訓導／訓誡／訓話／教訓／訓了他一頓。❷ **教導或告誡的話** ◆ 家訓／遺訓。❸ **訓練** ◆ 培訓／軍訓／受訓。❹ **準則** ◆ 不足為訓。

3託(托) 託託託託託託 託

[tuō ㄊㄨㄛ 粵 tɔk8 拓]
❶ **請人代辦** ◆ 委託／拜託／託運／託人幫忙。❷ **寄放** ◆ 寄託／託兒所。❸ **借故推辭** ◆ 推託／託辭／託故缺席。❹ **依賴** ◆ 託福／託庇祖蔭。

3訖(讫) 訖訖訖訖訖訖 訖

[qì ㄑㄧˋ 粵 gɐt7 吉]
完畢；終了 ◆ 收訖／驗訖／銀貨兩訖。

3訊(讯) 訊訊訊訊訊訊 訊

[xùn ㄒㄩㄣˋ 粵 sœn3 迅]
❶ **問；審問** ◆ 訊問／審訊／傳訊。❷ **消息；信息** ◆ 通訊／電訊／喜訊／杳無音訊。

3記(记) 記記記記記記 記

[jì ㄐㄧˋ 粵 gei3 寄]
❶ **記住不忘** ◆ 記得／記憶／記在心裏／牢牢記住／記憶猶新。❷ **想念** ◆ 惦記／記掛。❸ **把事情寫下來** ◆ 記錄／記功／記載／登記／記在賬上。❹ **記錄事情的書或文章** ◆ 傳記／日記／週記／遊記／讀書筆記。❺ **標誌；符號** ◆ 記號／印記／圖記／標記。❻ **量詞** ◆ 打了他一記耳光。

4訝(讶) 訝訝訝訝訝訝 訝

[yà ㄧㄚˋ 粵 ŋa6 迓]
感到很奇怪 ◆ 驚訝。

4許(许) 許許許許許許 許

[xǔ ㄒㄩˇ 粵 hœy2 栩]
❶ **同意；答應** ◆ 允許／准許／默許／許可／只許州官放火，不許百姓點燈。❷ **預先答應** ◆ 許願／許諾／把女兒許配給他。❸ **稱讚** ◆ 讚許。❹ **或者；可能** ◆ 或許／也許。❺ **表示大約的數目** ◆ 許多／許久／少許／幾

焦點易錯字 託｜托 委託 託管 烘托 承托　迄｜訖 迄今 迄無音信 查訖 起訖

許。❻ 姓。

4 訛（讹）

[é ㄜˊ 粵 ŋɔ^{4} 俄]

❶ **錯誤** ◆ 訛傳 / 訛誤 / 以訛傳訛。❷ **敲詐；詐騙** ◆ 訛詐。

4 訟（讼）

[sòng ㄙㄨㄥˋ 粵 dzuŋ^{6} 頌]

❶ **打官司** ◆ 訴訟。❷ **爭辯是非曲直** ◆ 爭訟 / 聚訟紛紜。

4 設（设）

[shè ㄕㄜˋ 粵 tsit^{8} 徹]

❶ **佈置；安排** ◆ 陳設 / 設宴。❷ **建立** ◆ 設立/設置/設防/設辦事處/開設門市部。❸ **謀劃** ◆ 設計 / 設法。❹ **假使；如果** ◆ 假設 / 設想 / 設身處地。

4 訪（访）

[fǎng ㄈㄤˇ 粵 fɔŋ^{2} 紡]

❶ **看望；探望** ◆ 訪問 / 拜訪 / 探親訪友。❷ **尋求；調查** ◆ 訪古 / 採訪 / 明查暗訪。

4 訣（诀）

[jué ㄐㄩㄝˊ 粵 kyt^{8} 決]

❶ **竅門；方法** ◆ 訣竅 / 祕訣。❷ **順口易記的語句** ◆ 口訣 / 歌訣。❸ **分離（多指難以再見面的離別）** ◆ 訣別 / 永訣。

5 評（评）

[píng ㄆㄧㄥˊ 粵 piŋ^{4} 平]

❶ **議論是非好壞** ◆ 評論 / 批評 / 評語 / 評頭論足。❷ **判定** ◆ 評判 / 評定 / 評分 / 評比。❸ **議論的話或文章** ◆ 短評 / 影評。

5 詛（诅）

[zǔ ㄗㄨˇ 粵 dzɔ^{2} 左 / dzɔ^{3} 佐]

咒罵 ◆ 詛咒。

5 詐（诈）

[zhà ㄓㄚˋ 粵 dza^{3} 炸]

❶ **欺騙** ◆ 詐騙 / 欺詐 / 詐取 / 兵不厭詐 / 爾虞我詐。❷ **假裝** ◆ 詐降 / 詐死。

5 訴（诉）

[sù ㄙㄨˋ 粵 sou^{3} 素]

❶ **對人說；說給人聽** ◆ 訴說 / 訴苦 / 告訴 / 傾訴。❷ **控告** ◆ 起訴 / 上訴 / 控訴 / 公訴。

5 診（诊）

[zhěn ㄓㄣˇ 粵 tsɐn^{2} 疹]

看病；檢查病情 ◆ 診斷 / 診治 / 會診 / 急診 / 門診。

5 詆（诋）

[dǐ ㄉㄧˇ 粵 dɐi^{2} 底]

不顧事實，說人壞話；責罵 ◆ 詆毀。

焦點易錯字 袂 | 訣　袂口 聯袂　祕訣 訣別　紀 | 記　紀律 世紀　記載 記憶

5 **註**(注) 註註註註註註 註

[zhù ㄓㄨˋ ㊥ dzy³ 注]

❶ **解釋。同"注"字** ◆ 註解 / 註釋。❷ **登記；記載** ◆ 註冊 / 註銷。

5 **詠**(咏) 詠詠詠詠詠詠 詠

[yǒng ㄩㄥˇ ㊥ wiŋ⁶ 泳]

❶ **歌唱；聲調抑揚地誦讀** ◆ 歌詠比賽 / 吟詠唐詩。❷ **用詩詞等來敘述或抒發** ◆ 詠史 / 詠懷。

5 **詞**(词) 詞詞詞詞詞詞 詞

[cí ㄘˊ ㊥ tsi⁴ 池]

❶ **語言裏能獨立運用的最小的單位。詞有單音節的，如"一"、"書"、"學"、"好"等；也有多音節的，如"書本"、"學校"、"好處"等** ◆ 詞典 / 名詞 / 動詞 / 同義詞 / 反義詞。❷ **語句；言辭** ◆ 歌詞 / 唱詞 / 歡迎詞 / 理屈詞窮 / 詞不達意 / 振振有詞。❸ **一種長短句押韻的文體** ◆ 宋詞 / 詩詞歌賦。

5 **詔**(诏) 詔詔詔詔詔詔 詔

[zhào ㄓㄠˋ ㊥ dziu³ 照]

❶ **告知；告誡** ◆ 詔告天下。❷ **皇帝發佈的命令** ◆ 詔書 / 皇帝詔曰。

6 **試**(试) 試試試試試試 試

[shì ㄕˋ ㊥ si³ 嗜]

❶ **指一件事物在正式推廣使用之前先用用看、做做看，檢驗一下效果怎樣** ◆ 試製 / 試用 / 試行 / 試飛 / 試驗 / 測試。❷ **考試；測驗** ◆ 試題 / 試卷 / 口試 / 筆試。

6 **詩**(诗) 詩詩詩詩詩詩 詩

[shī ㄕ ㊥ si¹ 師]

一種文學體裁。詩的語言優美精練，大都分行押韻，節奏鮮明，可以歌詠朗誦 ◆ 詩歌 / 詩篇 / 詩人 / 古詩 / 熟讀唐詩三百首，不會吟詩也會吟。

6 **詼**(诙) 詼詼詼詼詼詼 詼

[huī ㄏㄨㄟ ㊥ fui¹ 灰]

詼諧：説話風趣，引人發笑 ◆ 談吐詼諧。

6 **誠**(诚) 誠誠誠誠誠誠 誠

[chéng ㄔㄥˊ ㊥ siŋ⁴ 成]

❶ **真心實意** ◆ 誠實 / 誠懇 / 真誠 / 忠誠 / 心悅誠服 / 誠心誠意 / 精誠所至，金石為開。❷ **確實；的確是** ◆ 誠然 / 誠惶誠恐。

6 **誇**(夸) 誇誇誇誇誇誇 誇

[kuā ㄎㄨㄚ ㊥ kwa¹ 跨¹]

❶ **説大話；言過其實** ◆ 誇口 / 誇張 / 自誇 / 誇大其詞 / 誇誇其談。❷ **稱讚；炫耀** ◆ 誇獎 / 誇耀。

6 **詣**(诣) 詣詣詣詣詣詣 詣

[yì ㄧˋ ㊥ ŋɐi⁶ 毅]

到；學業或技能所達到的境地 ◆ 造詣 / 苦心孤詣。

6 **誅**(诛) 誅誅誅誅誅誅 誅

[zhū ㄓㄨ ㊥ dzy¹ 朱]

❶ **殺** ◆ 誅殺 / 天誅地滅。❷ **譴責** ◆ 口誅筆伐。

焦點易錯字 注 | 註 灌注 專注 註解 註冊

6**話** (话) 話話話話話話話 話

[huà ㄏㄨㄚˋ 粵 wa⁶ 華⁶]
❶**語言；言語** ◆ 說話／外國話／話中有話。❷**說；談論** ◆ 話題／話別／話舊／話家常。

6**詮** (诠) 詮詮詮詮詮詮 詮

[quán ㄑㄩㄢˊ 粵 tsyn⁴ 全]
❶ **解釋；說明** ◆ 詮釋。❷ **道理；事理** ◆ 真詮。

6**詹** 詹詹詹詹詹詹 詹

[zhān ㄓㄢ 粵 dzim¹ 尖]
姓。

6**詢** (询) 詢詢詢詢詢詢 詢

[xún ㄒㄩㄣˊ 粵 sœn¹ 荀]
問；徵求意見 ◆ 詢問／查詢／咨詢。

6**詭** (诡) 詭詭詭詭詭詭 詭

[guǐ ㄍㄨㄟˇ 粵 gwɐi² 鬼]
❶**欺詐；狡猾** ◆ 詭計／詭詐／詭辯。❷**奇異多變** ◆ 詭異／行動詭祕。

6**該** (该) 該該該該該該 該

[gāi ㄍㄞ 粵 gɔi¹ 賅]
❶**應當** ◆ 應該／該當何罪？／早該如此／不該這樣絕情／很晚了，該睡覺了。❷**那個；這個** ◆ 該校／該學生／該公司。❸**欠** ◆ 該賬／該他五元錢。❹**表示推測的語氣** ◆ 他今天沒有上學，該不會是生病了吧？❺**加強語氣，表示一種願望** ◆ 要能全家團聚，該多好啊！

6**詳** (详) 詳詳詳詳詳詳 詳

[xiáng ㄒㄧㄤˊ 粵 tsœŋ⁴ 祥]
❶ **周密；完備；跟"略"相對** ◆ 詳細／詳備／詳盡／不厭其詳／語焉不詳。❷**細細說明** ◆ 詳談／面詳／內詳／耳熟能詳。❸**清楚** ◆ 地址不詳／生卒年不詳。

6**詫** (诧) 詫詫詫詫詫詫 詫

[chà ㄔㄚˋ 粵 tsa³ 岔]
驚異；驚奇 ◆ 詫異／驚詫。

7**誡** (诫) 誡誡誡誡誡誡 誡

[jiè ㄐㄧㄝˋ 粵 gai³ 戒]
警告；規勸 ◆ 告誡／勸誡／訓誡／規誡。

7**誌** (志) 誌誌誌誌誌誌 誌

[zhì ㄓˋ 粵 dzi³ 至]
❶**記住** ◆ 開張誌喜／永誌不忘。❷**標記；記號** ◆ 標誌。❸**記事的文字或書籍** ◆ 縣誌／雜誌／地方誌／《三國誌》。

7**誣** (诬) 誣誣誣誣誣誣 誣

[wū ㄨ 粵 mou⁴ 巫]
捏造事實來陷害、侮辱人 ◆ 誣告／誣陷／誣衊／誣賴／誣良為盜。

7**語** (语) 語語語語語語 語

[yǔ ㄩˇ 粵 jy⁵ 雨]
❶**說話** ◆ 自言自語／不言不語／輕聲細語／竊竊私語。❷**說的話** ◆ 語重心長／語無倫次／言語動聽。❸**語言** ◆ 國語／外語／英語。❹**代表語言的動作** ◆ 旗語／手語。

焦點易錯字 祥 | 詳 祥和 吉祥 詳細 安詳

見 角 言 谷 豆 豕

7 誓

誓 誓 誓 誓 誓 誓 誓

[shì ㄕˋ 粵 sɐi⁶ 逝]

❶ **表示決心** ◆ 誓言 / 誓不罷休 / 誓師大會。❷ **表示決心的話** ◆ 發誓 / 宣誓 / 起誓 / 立誓 / 海誓山盟。

7 誤 (误)

誤 誤 誤 誤 誤 誤 誤

[wù ㄨˋ 粵 ŋ̍⁶ 悟]

❶ **錯；差錯** ◆ 錯誤 / 失誤 / 筆誤 / 誤解 / 誤會 / 誤入歧途。❷ **因錯誤而使人受害** ◆ 誤人子弟 / 聰明反被聰明誤。❸ **不是故意的** ◆ 誤傷 / 誤觸忌諱。❹ **躭擱** ◆ 誤事 / 躭誤 / 延誤。

7 誘 (诱)

誘 誘 誘 誘 誘 誘 誘

[yòu ㄧㄡˋ 粵 jɐu⁵ 有]

❶ **教導；引導** ◆ 誘導 / 循循善誘。❷ **用言語、行動迷惑人，使人上當受騙** ◆ 誘騙 / 誘惑 / 引誘 / 威脅利誘 / 誘敵深入。❸ **吸引** ◆ 景色誘人。❹ **導致，引發** ◆ 誘發 / 誘因。

7 誨 (诲)

誨 誨 誨 誨 誨 誨 誨

[huì ㄏㄨㄟˋ 粵 fui³ 悔]

教導；勸説 ◆ 教誨 / 誨人不倦。

7 説 (说)

説 説 説 説 説 説 説

〈一〉[shuō ㄕㄨㄛ 粵 syt⁸ 雪]

❶ **用言語來表達意思** ◆ 説話 / 有説有笑 / 説説自己的想法 / 老師説："要注意保護牙齒。" ❷ **解釋** ◆ 説明 / 説清楚 / 解説。❸ **言論；主張** ◆ 學説 / 眾説紛紜 / 自圓其説 / 著書立説。❹ **責備** ◆ 説了他一頓 / 大哥説了他幾句，就沈不住氣了。

〈二〉[shuì ㄕㄨㄟˋ 粵 sœy³ 税]

❺ **用言語勸説、宣傳，使對方聽從、採納自己的意見** ◆ 遊説 / 説客。

7 認 (认)

認 認 認 認 認 認 認

[rèn ㄖㄣˋ 粵 jiŋ⁶ 形⁶]

❶ **分辨；識別** ◆ 認識 / 認字 / 認領 / 辨認 / 認清是非。❷ **同意；承認** ◆ 認可 / 認錯 / 認輸 / 認罪 / 否認 / 公認。

7 誦 (诵)

誦 誦 誦 誦 誦 誦 誦

[sòng ㄙㄨㄥˋ 粵 dzuŋ⁶ 訟]

❶ **大聲地唸；朗讀** ◆ 誦讀 / 朗誦 / 背誦。❷ **讚揚** ◆ 稱誦 / 廣為傳誦。

8 誕 (诞)

誕 誕 誕 誕 誕 誕 誕

[dàn ㄉㄢˋ 粵 dan⁶ 但]

❶ **出生；生日** ◆ 誕生 / 誕辰 / 華誕 / 聖誕。❷ **虛假的；荒唐的** ◆ 荒誕 / 怪誕。

8 請 (请)

請 請 請 請 請 請 請

[qǐng ㄑㄧㄥˇ 粵 tsiŋ² 逞 /tsɛŋ² 青² (語)]

❶ **要求** ◆ 請求 / 請假 / 申請 / 請示 / 請人幫忙。❷ **邀請** ◆ 請柬 / 請帖 / 請客 / 聘請。❸ **敬辭；禮貌用語** ◆ 請進 / 請坐 / 請稍等 / 請問先生貴姓。

8 諸 (诸)

諸 諸 諸 諸 諸 諸 諸

[zhū ㄓㄨ 粵 dzy¹ 朱]

❶ **許多；各** ◆ 諸位 / 諸侯 / 諸子百家 / 諸如此類 / 諸事如意 / 諸多疑問。❷ **相當於"之於"** ◆ 付諸東流。

焦點易錯字 誦 | 頌　誦經 背誦　頌讚 歌頌

見 角 言 谷 豆 豕

8 課 (课)

[kè ㄎㄜˋ 粵 fɔ^{3} 貨]
❶**教學的科目；學業** ◆ 課程／課本／課業／功課／語文課。❷**教學活動** ◆ 上課／下課／課外閱讀。❸**徵收捐税** ◆ 課税／課以重税。❹**量詞，指教科書中的一篇課文** ◆ 第一課／教了三課書。

8 誹 (诽)

[fěi ㄈㄟˇ 粵 fei^{2} 匪]
誹謗：無中生有地説人壞話，破壞別人的名譽 ◆ 誹謗中傷。

8 諛 (谀)

[yú ㄩˊ 粵 jy^{4} 如]
用好聽的話去迎合、討好人 ◆ 諛辭／阿諛逢迎。

8 誰 (谁)

[shéi／shuí ㄕㄟˊ／ㄕㄨㄟˊ 粵 sœy^{4} 垂]
❶**疑問代詞，甚麼人** ◆ 誰説的？／你找誰？／這是誰幹的？／為誰辛苦為誰忙？／誰知盤中餐，粒粒皆辛苦。❷**不定代詞，無論何人；任何人** ◆ 誰都不准進去／誰也不甘心／這麼簡單的事誰都會做。

8 論 (论)

〈一〉[lùn ㄌㄨㄣˋ 粵 lœn^{6} 吝]
❶**分析、説明道理** ◆ 議論／評論／論述／辯論／以事論事／高談闊論。❷**分析、説明道理的言論、文章** ◆ 立論／社論／輿論／奇談怪論／長篇大論。❸**衡量；評定** ◆ 論功行賞／依法論罪。❹**按照** ◆ 論斤計價。

〈二〉[lún ㄌㄨㄣˊ 粵 lœn^{6} 吝]
❺**《論語》：古書名，是由孔子的弟子記錄孔子言行的書。**

8 諍 (诤)

[zhèng ㄓㄥˋ 粵 dzɐŋ^{3} 增^{3}]
直言規勸 ◆ 諫諍／諍言。

8 調 (调)

〈一〉[tiáo ㄊㄧㄠˊ 粵 tiu^{4} 條]
❶**配合得均勻、適當** ◆ 調勻／調色／調味／調節／諧調／風調雨順。❷**使和解、諧調** ◆ 調和／調解／調整／調停／協調。❸**挑逗；戲弄** ◆ 調笑／調戲／調情。❹**保養身體** ◆ 調理／調養。

〈二〉[diào ㄉㄧㄠˋ 粵 diu^{6} 掉]
❺**更換；變動** ◆ 調動／調換／對調／調個位置。❻**分派；安排** ◆ 調遣／調度／調兵遣將。❼**察訪；了解** ◆ 調查／函調。❽**樂曲的調子** ◆ 曲調／C 調／D 大調／民間小調。❾**語音的高低升降變化** ◆ 聲調／語調。❿**喻指言論或意見** ◆ 陳詞濫調／老調重彈。⓫**指風格、特點** ◆ 格調／情調／筆調／色調。

8 諂 (谄)

[chǎn ㄔㄢˇ 粵 tsim^{2} 簽^{2}]
諂媚：用好聽的話恭維人；用卑賤的態度討好人 ◆ 諂媚上司／諂上欺下。

8 諒 (谅)

[liàng ㄌㄧㄤˋ 粵 lœŋ^{6} 亮]
❶**寬容；不計較** ◆ 原諒／諒解／體諒。❷

料想；猜測 ◆ 諒不見怪／諒必收到／諒他不會來了。

8**諄**（谆） 諄諄諄諄諄諄 諄

［zhūn ㄓㄨㄣ 粵 dzœn1 津］
諄諄：誠懇而有耐心 ◆ 諄諄教導／諄諄告誡。

8**談**（谈） 談談談談談談 談

［tán ㄊㄢˊ 粵 tam4 譚］
❶**說；彼此對話** ◆ 談論／談話／漫談／交談／談天說地／談笑風生。❷**所說的話；言論** ◆ 奇談怪論／無稽之談／老生常談／誇誇其談。

8**誼**（谊） 誼誼誼誼誼誼 誼

［yì ㄧˋ 粵 ji4 宜］
交情 ◆ 友誼／情誼／情深誼長／深情厚誼。

9**謀**（谋） 謀謀謀謀謀謀 謀

［móu ㄇㄡˊ 粵 mɐu4 牟］
❶**計策** ◆ 謀略／計謀／有勇無謀／足智多謀／陰謀詭計。❷**計劃；尋求** ◆ 謀生／謀劃／謀出路／深謀遠慮／謀財害命。❸**商議** ◆ 不謀而合。

9**諜**（谍） 諜諜諜諜諜諜 諜

［dié ㄉㄧㄝˊ 粵 dip9 碟］
❶**祕密刺探敵情** ◆ 諜報。❷**祕密刺探敵情的人員** ◆ 間諜。

9**諫**（谏） 諫諫諫諫諫諫 諫

［jiàn ㄐㄧㄢˋ 粵 gan3 澗］
直言規勸，使改正錯誤 ◆ 進諫／納諫／從諫如流。

9**諧**（谐） 諧諧諧諧諧諧 諧

［xié ㄒㄧㄝˊ 粵 hai4 鞋］
❶**配合得好；協調** ◆ 諧調／諧音／和諧。❷**說話風趣，引人發笑** ◆ 詼諧。

9**諾**（诺） 諾諾諾諾諾諾 諾

［nuò ㄋㄨㄛˋ 粵 nɔk9］
答應；允許 ◆ 允諾／許諾／諾言／一諾千金。

9**謁**（谒） 謁謁謁謁謁謁 謁

［yè ㄧㄝˋ 粵 jit8 咽］
拜見；進見。多用於下級、晚輩去見上級、長輩 ◆ 謁見／進謁／拜謁。

9**謂**（谓） 謂謂謂謂謂謂 謂

［wèi ㄨㄟˋ 粵 wɐi6 胃］
❶**說** ◆ 所謂／可謂精妙絕倫。❷**稱為；叫做** ◆ 稱謂"書聖"／何謂超音速？

9**諷**（讽） 諷諷諷諷諷諷 諷

［fěng ㄈㄥˇ 粵 fuŋ3 風3］
用含蓄的話責備、譏笑或勸告 ◆ 諷刺／譏諷／嘲諷／冷嘲熱諷／借古諷今。

9**諺**（谚） 諺諺諺諺諺諺 諺

［yàn ㄧㄢˋ 粵 jin6 現］
諺語：民間流傳的俗話，大多反映深刻的道理或某方面經驗的總結，如"上梁不正下梁歪"、"只要功夫深，鐵杵磨成針"、"三

焦點易錯字 喋｜諜 喋血 喋喋不休 諜報 間諜

個臭皮匠，勝過諸葛亮”、“瓜田不納履，李下不整冠”等。

9 **諦** (谛) 諦 諦 諦 諦 諦 諦 諦

[dì ㄉㄧˋ ㊥ dɐi³ 帝]

❶ **仔細** ◆ 諦視／諦聽。❷ **道理；意義** ◆ 真諦／悟出了其中的妙諦。

9 **諮** 同“咨”字，見69頁。

9 **諱** (讳) 諱 諱 諱 諱 諱 諱 諱

[huì ㄏㄨㄟˋ ㊥ wɐi³ 畏／wɐi⁵ 偉（語）]

❶ **有顧忌而不敢説或不願説** ◆ 忌諱／隱諱／直言不諱／諱疾忌醫／無用諱言。❷ **忌諱的事情** ◆ 避諱／犯諱。

10 **講** (讲) 講 講 講 講 講 講 講

[jiǎng ㄐㄧㄤˇ ㊥ gɔŋ² 港]

❶ **説；談** ◆ 講話／演講／聽我講／講故事／講三天三夜也講不完。❷ **解釋；説明** ◆ 講課／講解／講道理。❸ **注重** ◆ 講求／講究／講衛生／講禮貌／做買賣要講信譽。❹ **商議** ◆ 講和／講價錢／講條件。

10 **謊** (谎) 謊 謊 謊 謊 謊 謊 謊

[huǎng ㄏㄨㄤˇ ㊥ fɔŋ¹ 方]

假話 ◆ 説謊／謊言／謊話／撒謊／謊報軍情。

10 **謝** (谢) 謝 謝 謝 謝 謝 謝 謝

[xiè ㄒㄧㄝˋ ㊥ dzɛ⁶ 借⁶]

❶ **表示感激** ◆ 感謝／道謝／謝意／酬謝／致謝。❷ **道歉；認錯** ◆ 謝罪。❸ **委婉拒絕；推辭** ◆ 謝絕／辭謝／婉謝／閉門謝客。❹ **花或葉子凋落；衰退** ◆ 凋謝／桃花謝了／新陳代謝。

10 **謄** (誊) 謄 謄 謄 謄 謄 謄 謄

[téng ㄊㄥˊ ㊥ tɐŋ⁴ 騰]

照原稿抄寫 ◆ 謄寫／謄錄／謄在本子上。

10 **謠** (谣) 謠 謠 謠 謠 謠 謠 謠

[yáo ㄧㄠˊ ㊥ jiu⁴ 搖]

❶ **口頭傳唱、沒有音樂伴奏的歌** ◆ 歌謠／民謠／童謠。❷ **沒有事實根據的傳言** ◆ 謠言／謠傳／造謠／闢謠。

10 **謅** (诌) 謅 謅 謅 謅 謅 謅 謅

[zhōu ㄓㄡ ㊥ dzɐu¹ 周]

隨口亂説 ◆ 胡謅／瞎謅。

10 **謗** (谤) 謗 謗 謗 謗 謗 謗 謗

[bàng ㄅㄤˋ ㊥ bɔŋ³ 邦³]

惡意地説人壞話；誣陷人 ◆ 誹謗／譭謗。

10 **謎** (谜) 謎 謎 謎 謎 謎 謎 謎

[mí ㄇㄧˊ ㊥ mɐi⁴ 迷]

❶ **謎語：一種暗示事物或文字供人猜測的詞句** ◆ 燈謎／謎面／謎底／猜謎。❷ **指難以理解或還沒弄明白的事情** ◆ 這件事至今還是個謎。

10 **謙** (谦) 謙 謙 謙 謙 謙 謙 謙

[qiān ㄑㄧㄢ ㊥ him¹ 欠¹]

虛心；不自滿 ◆ 謙虛／謙遜／過謙／自謙／謙讓／謙恭有禮。

焦點易錯字 諦｜締　真諦 諦聽　締造 取締

見 角 言 谷 豆 豕

11**謹**（谨） 謹謹謹謹謹謹 謹

[jǐn ㄐㄧㄣˇ ㊐ gen² 緊]

❶**小心慎重** ◆ 謹慎 / 謹言慎行 / 謹守規矩 / 謹防假冒。❷**鄭重；恭敬** ◆ 謹啟 / 謹致謝忱。

11**謾**（谩） 謾謾謾謾謾謾 謾

〈一〉[màn ㄇㄢˋ ㊐ man⁶ 慢]

❶**輕視；無禮** ◆ 謾罵。

〈二〉[mán ㄇㄢˊ ㊐ man⁴ 蠻]

❷**欺騙；蒙蔽** ◆ 欺謾。

11**謬**（谬） 謬謬謬謬謬謬 謬

[miù ㄇㄧㄡˋ ㊐ mɐu⁶ 茂]

錯誤；差錯 ◆ 謬誤 / 謬論 / 荒謬 / 大謬不然 / 失之毫釐，謬以千里。

12**譚**（谭） 譚譚譚譚譚譚 譚

[tán ㄊㄢˊ ㊐ tam⁴ 談]

姓。

12**譁**（哗） 譁譁譁譁譁譁 譁

[huá ㄏㄨㄚˊ ㊐ wa¹ 娃]

人聲雜亂吵鬧 ◆ 喧譁 / 譁然 / 譁眾取寵。

12**識**（识） 識識識識識識 識

〈一〉[shí ㄕˊ ㊐ sik⁷ 式]

❶**認得；知道；能辨別** ◆ 識字 / 認識 / 目不識丁 / 素不相識 / 老馬識途 / 不識廬山真面目 / 狗咬呂洞賓，不識好人心。❷**見解；知識** ◆ 見識 / 常識 / 有膽有識 / 遠見卓識 / 學識淵博 / 見多識廣 / 有識之士。

〈二〉[zhì ㄓˋ ㊐ dzi³ 志]

❸**記住** ◆ 博聞強識。❹**記號。同"誌"字** ◆ 標識 / 款識。

12**譜**（谱） 譜譜譜譜譜譜 譜

[pǔ ㄆㄨˇ ㊐ pou² 普]

❶**按照事物的類別或系統編成的表冊、圖書** ◆ 家譜 / 族譜 / 年譜 / 食譜。❷**作示範的圖形、樣本** ◆ 棋譜 / 臉譜 / 畫譜。❸**指用符號記錄下來的樂曲曲調** ◆ 曲譜 / 樂譜 / 五線譜。❹**為歌詞作曲** ◆ 譜曲。❺**大致的準則；把握** ◆ 這件事做得太離譜了 / 下一步該怎麼做，他心裏還沒譜呢。

12**證**（证） 證證證證證證 證

[zhèng ㄓㄥˋ ㊐ dziŋ³ 政]

❶**用事實或道理來表明、斷定真偽** ◆ 證明 / 證實 / 論證 / 出庭作證。❷**憑據；用來表明、斷定真偽的人或事物** ◆ 證據 / 證件 / 憑證 / 人證 / 身份證 / 以此為證。

12**譏**（讥） 譏譏譏譏譏譏 譏

[jī ㄐㄧ ㊐ gei¹ 基]

諷刺；挖苦 ◆ 譏笑 / 譏諷 / 反唇相譏。

13**警**（警） 警警警警警警 警

[jǐng ㄐㄧㄥˇ ㊐ giŋ² 景]

❶**防備；戒備** ◆ 警戒 / 警衞 / 警備。❷**提醒人注意** ◆ 警告 / 警世 / 警報 / 警鐘長鳴。❸**險情；危急的消息** ◆ 報警 / 火警。❹**感覺敏鋭** ◆ 警覺 / 機警 / 警惕性很高。❺**警察的簡稱** ◆ 警署 / 民警 / 刑警 / 巡警 / 交通警。

13 譯（译） 譯譯譯譯譯譯 譯

[yì ㄧˋ ㊊ jik⁹ 亦]
翻譯；把一種語言文字翻成另一種語言文字 ◆ 譯文 / 口譯 / 中譯英 / 這一句譯錯了。

13 譽（誉） 譽譽譽譽譽譽 譽

[yù ㄩˋ ㊊ jy⁶ 預]
❶ **稱讚** ◆ 稱譽 / 讚譽 / 過譽 / 毀譽參半 / 譽不絕口。❷ **好名聲** ◆ 名譽 / 聲譽 / 榮譽 / 信譽 / 譽滿全球。

13 議（议） 議議議議議議 議

[yì ㄧˋ ㊊ ji⁵ 以]
❶ **商量；談論** ◆ 爭議 / 商議 / 議論紛紛 / 雙方議定 / 一致議決。❷ **意見；言論** ◆ 建議 / 提議 / 倡議 / 決議 / 異議 / 街談巷議。

13 譬 譬譬譬譬譬譬 譬

[pì ㄆㄧˋ ㊊ pei³ 屁]
打比方 ◆ 譬如 / 譬喻 / 譬方。

14 護（护） 護護護護護護 護

[hù ㄏㄨˋ ㊊ wu⁶ 户]
❶ **保衛；保護** ◆ 護衞 / 護航 / 愛護 / 護身符 / 落花不是無情物，化作春泥更護花。❷ **掩蓋；包庇** ◆ 護短 / 袒護 / 庇護 / 官官相護。

14 譴（谴） 譴譴譴譴譴譴 譴

[qiǎn ㄑㄧㄢˇ ㊊ hin² 顯]
申斥；責備 ◆ 譴責。

14 辯 見辛部，443頁。

15 讀（读） 讀讀讀讀讀讀 讀

〈一〉[dú ㄉㄨˊ ㊊ duk⁹ 毒]
❶ **照着文字唸出聲音來** ◆ 讀書 / 讀報 / 朗讀 / 宣讀 / 跟着老師讀。❷ **看書** ◆ 閱讀 / 讀者 / 默讀 / 讀書破萬卷，下筆如有神 / 與君一席話，勝讀十年書。❸ **指上學；學習研究** ◆ 讀大學 / 讀五年級 / 攻讀理科 / 讀博士學位。

〈二〉[dòu ㄉㄡˋ ㊊ dɐu⁶ 逗]
❹ **語句中的停頓** ◆ 句讀。

16 變（变） 變變變變變變 變

[biàn ㄅㄧㄢˋ ㊊ bin³ 邊³]
❶ **事物的性質、形態有了更改，跟原來的不同** ◆ 變化 / 變更 / 變本加厲 / 變幻莫測 / 變得面目全非了。❷ **突然發生的重大事件** ◆ 變故 / 叛變 / 政變 / 兵變 / "七·七" 蘆溝橋事變。

17 讒（谗） 讒讒讒讒讒讒 讒

[chán ㄔㄢˊ ㊊ tsam⁴ 慚]
説陷害人的壞話 ◆ 讒言 / 讒害。

17 讓（让） 讓讓讓讓讓讓 讓

[ràng ㄖㄤˋ ㊊ jœŋ⁶ 樣]
❶ **不跟人爭** ◆ 謙讓 / 讓步 / 退讓 / 寸土不讓 / 孔融讓梨。❷ **把東西轉給他人** ◆ 讓位 / 出讓 / 轉讓。❸ **使；允許** ◆ 讓他去吧 / 讓我來試試 / 讓人把話説完 / 不讓他去他偏要去。❹ **躲閃；避開** ◆ 讓路 / 請讓開吧。

焦點易錯字 繹 | 釋 | 譯　演繹 絡繹不絕　解釋 冰釋前嫌　翻譯 譯者

見 角 言 谷 豆 豕

❺被 ◆ 兔子讓狼叼走了/不要讓困難給嚇倒了。

17 **讕**（谰） [讕]

[lán ㄌㄢˊ [粵] lan⁵ 懶]

讕言：誣陷、抵賴的話 ◆ 無恥讕言。

19 **讚**（赞） [讚]

[zàn ㄗㄢˋ [粵] dzan³ 贊]

稱許；頌揚 ◆ 讚美/讚揚/稱讚/讚歎不已/讚不絕口。

谷部

0 **谷** [谷]

[gǔ ㄍㄨˇ [粵] guk⁷ 菊]

❶**兩山之間凹陷的地帶** ◆ 山谷/峽谷/深山狹谷/虛懷若谷。❷**姓**。❸**"穀"的簡化字，見322頁。**

見古文字插頁7。

2 **卻** **見卩部，55頁。**

4 **欲** **見欠部，230頁。**

10 **谿** [谿]

〈一〉[huō ㄏㄨㄛ [粵] kut⁸ 括]

❶**裂開；殘缺** ◆ 谿嘴/杯子谿了一個口。❷**捨棄** ◆ 谿出性命。

〈二〉[huò ㄏㄨㄛˋ [粵] kut⁸ 括]

❸**敞開；開闊** ◆ 谿亮/顯谿/谿達大度/谿然開朗。❹**免除** ◆ 谿免。

10 **谿** **"溪"的異體字，見253頁。**

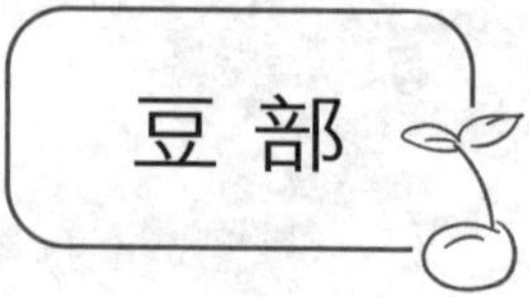

豆部

0 **豆** [豆]

[dòu ㄉㄡˋ [粵] dɐu⁶ 竇]

❶**豆類植物及其種子** ◆ 大豆/蠶豆/綠豆/赤豆。❷**形狀像豆粒的東西** ◆ 花生豆/紅豆生南國，春來發幾枝。

見古文字插頁7。

3 **豈**（岂） [豈]

[qǐ ㄑㄧˇ [粵] hei² 起]

表示反問的語氣，相當於"哪裏"、"難道"、"怎麼" ◆ 豈有此理/豈敢違抗/豈不是巧合嗎？/豈能不聞不問？/人非草木，豈能無情？

4 **豉** [豉]

[chǐ ㄔˇ [粵] si⁶ 士]

豆豉：黃豆煮熟後經發酵而製成的一種食品。

5 **壹** 見士部，95頁。

5 **短** 見矢部，309頁。

5 **登** 見癶部，299頁。

8 **豎**（竖）

[shù ㄕㄨˋ 粵 sy6 樹]

❶ **直立的；垂直的；跟“橫”相對** ◆ 豎排/豎寫/豎琴/豎井。❷ **使直立** ◆ 豎電線杆/把旗杆豎起來。❸ **漢字筆畫名稱之一，指從上到下的直筆，如“中”字的第四筆。**

✿ 圖見 226 頁。

8 **豌**

[wān ㄨㄢ 粵 wun1 碗1]

豌豆：豆類植物，種子、嫩葉可以吃。

豌豆

11 **豐**（丰）

[fēng ㄈㄥ 粵 fuŋ1 風]

❶ **多；富足** ◆ 豐收/豐盛/豐富/豐衣足食/五穀豐登。❷ **大** ◆ 豐功偉績/歷史豐碑。

21 **豔**（艳）

[yàn ㄧㄢˋ 粵 jim6 驗]

❶ **色彩鮮明美麗** ◆ 豔麗/鮮豔/紅豔豔/百花爭豔/爭奇鬥豔。❷ **有關愛情方面的** ◆ 豔史/豔詩/豔事/豔情/香豔。

豕部

0 **豕**

[shǐ ㄕˇ 粵 tsi2 始]

豬 ◆ 狼奔豕突。

5 **象**

[xiàng ㄒㄧㄤˋ 粵 dzœŋ6 像]

❶ **哺乳動物，身軀很大，長鼻子，大耳朵。大多有粗大的門牙，可以製作貴重的工藝品** ◆ 大象/瞎子摸象/人心不足蛇吞象。❷ **事物的形狀、狀態** ◆ 形象/印象/現象/景象/萬象更新。❸ **摹仿** ◆ 象形/象聲。

見古文字插頁16。

象

焦點易錯字　丰 | 豐　丰采 丰姿　豐富 豐收　　像 | 象　畫像 好像　印象 現象

見角言谷豆豕

6 豢

[huàn ㄏㄨㄢˋ ㊥ wan6 患]
飼養牲畜 ◆ 豢養。

7 豪

[háo ㄏㄠˊ ㊥ hou4 毫]
❶ 才智出眾的人 ◆ 豪傑／文豪／英豪。❷ 直爽；有氣魄 ◆ 豪放／豪邁／豪爽／豪言壯語。❸ 感到光榮；值得驕傲 ◆ 自豪／引以為豪。❹ 強橫；強橫的人 ◆ 巧取豪奪／土豪劣紳。❺ 奢侈 ◆ 豪華。❻ 指有錢有勢的 ◆ 豪門／豪族／豪富。

8 豬(猪)

[zhū ㄓㄨ ㊥ dzy1 朱]
家畜，肉可以吃，皮可製革。

9 豫

[yù ㄩˋ ㊥ jy6 預]
❶ 猶豫。見"猶"字，280頁。❷ 河南省的別稱 ◆ 豫劇／魯(山東)豫(河南)皖(安徽)。

豸部

3 豺

[chái ㄔㄞˊ ㊥ tsai4 柴]
哺乳動物，形狀像狼而小，貪食，性情兇殘，會傷害人和牲畜。也叫豺狗 ◆ 豺狼。

3 豹

[bào ㄅㄠˋ ㊥ pau3 炮]
哺乳動物，身上有黑色斑紋，性情兇殘，能上樹，是猛獸，會傷害人和牲畜。

豹

5 貂

[diāo ㄉㄧㄠ ㊥ diu1 刁]
哺乳動物，身體細長，四肢較短。種類很多，有紫貂、水貂等。毛皮很珍貴 ◆ 貂裘／狗尾續貂。

貂

6 貉

[hé ㄏㄜˊ ㊥ hɔk9 學]
哺乳動物，形狀像狸，頭尖鼻尖，毛皮很珍貴 ◆ 一丘之貉。

貉

7 貍(狸)

[lí ㄌㄧˊ ㊚ lei⁴ 離]

貍貓：哺乳動物，性兇猛，吃鳥、鼠等小動物。毛皮可做衣服，俗稱野貓。

7 貌

[mào ㄇㄠˋ ㊚ mau⁶ 矛⁶]

❶ **相貌；面容** ◆ 面貌／容貌／其貌不揚／不可以貌取人／人不可貌相，海水不可斗量。❷ **外表；外觀形象** ◆ 外貌／全貌／貌合神離／貌似強大。

9 貓(猫)

[māo ㄇㄠ ㊚ mau⁴ 矛／miu¹ 苗¹／mau¹ 矛¹ (語)]

哺乳動物，家畜，寵物。頭部略圓，善跳躍，腳有利爪，會捉老鼠 ◆ 貓捉老鼠。

18 貛(獾)

[huān ㄏㄨㄢ ㊚ fun¹ 歡]

哺乳動物，形狀像野豬，脂肪煉油後可治燙傷 ◆ 貛油。

貛

貝部

0 貝(贝)

[bèi ㄅㄟˋ ㊚ bui³ 輩]

有硬殼的軟體動物的總稱 ◆ 貝殼／扇貝。

見古文字插頁 7。

2 貞(贞)

[zhēn ㄓㄣ ㊚ dziŋ¹ 晶]

❶ **堅定不移；有節操** ◆ 忠貞／堅貞不屈。❷ **過去指女子不失身、不改嫁** ◆ 貞節／貞婦。

2 則

見刀部，43頁。

2 負(负)

[fù ㄈㄨˋ ㊚ fu⁶ 付]

❶ **背；承擔** ◆ 負重／負荊請罪／負責／擔負／身負重任。❷ **承擔的任務或責任** ◆ 如釋重負。❸ **依仗** ◆ 負隅頑抗／負險固守。❹ **背棄；違背** ◆ 負約／負心人／忘恩負義／有負重託。❺ **失敗；輸了；跟"勝"相對** ◆ 不分勝負／甲隊負於乙隊。❻ **遭受** ◆ 負傷／負屈含冤。❼ **拖欠** ◆ 負債。❽ **跟"正"相對** ◆ 負數／正負極／負面效應。❾ **享有** ◆ 久負盛名。

3 貢(贡)

[gòng ㄍㄨㄥˋ ㊚ guŋ³ 工³]

古代臣民或屬國向帝王進獻物品 ◆ 進貢/納貢/貢品。

3**財**(财) 財財財財財財 財

[cái ㄘㄞˊ ㊊ tsɔi4 才]
金錢、物資的總稱 ◆ 財產/財物/錢財/理財/發財/生財有道。

3**唄** 見口部，70頁。

3**員** 見口部，70頁。

4**責**(责) 責責責責責責 責

[zé ㄗㄜˊ ㊊ dzak8 窄]
❶**分內應做的事** ◆ 責任/負責/盡責/責無旁貸/國家興亡，匹夫有責。❷**要求** ◆ 責成/求全責備/責人從寬，責己從嚴。❸**質問；批評別人的過錯** ◆ 責問/責怪/責備/責難/指責/譴責/斥責。

4**販**(贩) 販販販販販販 販

[fàn ㄈㄢˋ ㊊ fan3 泛3]
❶**買進貨物來出賣** ◆ 販賣/販運/販毒。❷**小商人** ◆ 小販/攤販/商販。

4**敗** 見攴部，191頁。

4**貨**(货) 貨貨貨貨貨貨 貨

[huò ㄏㄨㄛˋ ㊊ fɔ3 課]
❶**商品** ◆ 貨物/百貨/國貨精品/看樣訂貨/貨真價實。❷**錢** ◆ 貨幣/通貨。❸**罵人的話** ◆ 蠢貨/賤貨。

4**貪**(贪) 貪貪貪貪貪貪 貪

[tān ㄊㄢ ㊊ tam1 探1]
❶**求多；不知足** ◆ 貪多/貪心/貪玩/貪婪/貪得無厭。❷**片面追求；貪圖** ◆ 貪便宜/貪方便/貪生怕死。❸**利用職權非法取得財物** ◆ 貪污/貪官污吏/貪贓枉法。

4**貧**(贫) 貧貧貧貧貧貧 貧

[pín ㄆㄧㄣˊ ㊊ pɐn4 頻]
❶**窮；跟"富"相對** ◆ 貧窮/貧苦/貧困/貧民/貧富不均/富貴不能淫，貧賤不能移。❷**不足；缺少** ◆ 貧血/貧乏/貧油國。

4**貫**(贯) 貫貫貫貫貫貫 貫

[guàn ㄍㄨㄢˋ ㊊ gun3 灌]
❶**連接；穿通** ◆ 聯貫/貫穿/魚貫而入/融會貫通/學貫中西/京九鐵路貫通中國南北。❷ **古錢中間有孔，可用繩子穿成串，每串一千個錢叫"一貫"** ◆ 十五貫/腰纏萬貫/萬貫家財。❸ **原籍；世代居住的地方** ◆ 籍貫。

5**貳**(贰) 貳貳貳貳貳貳 貳

[èr ㄦˋ ㊊ ji6 二]
❶**數目字"二"的大寫。**❷**兩樣** ◆ 不貳價/不貳法門/心無貳用。❸ **有二心；背叛** ◆ 懷有貳心。

5**貼**(贴) 貼貼貼貼貼貼 貼

[tiē ㄊㄧㄝ ㊊ tip8 帖]
❶**黏附** ◆ 剪貼/貼標語/貼郵票/貼窗花/禁止張貼。❷**靠近；緊挨着** ◆ 貼身/貼心/

焦點易錯字 貸|貨　貸款 責無旁貸　貨品 貨真價實

豸 貝 赤 走 足 身

貼近／貼着牆走。❸ **補助** ◆ 貼補／補貼／津貼。

5 **貴**（贵） 貴貴貴貴貴貴 貴

[guì ㄍㄨㄟˋ ㊥ gwɐi³ 桂]

❶ **價格高；跟"賤"相對** ◆ 昂貴／這套衣服太貴。❷ **價值大** ◆ 貴重／寶貴／珍貴。❸ **值得重視** ◆ 可貴／貴在堅持／人貴有自知之明。❹ **地位高；跟"賤"相對** ◆ 貴賓／貴族／權貴／達官貴人／不分貴賤。❺ **敬辭** ◆ 貴姓／貴國／貴公司。❻ **貴州省的簡稱** ◆ 雲貴高原／湘貴鐵路。

BOBBY'S

貴　　賤

5 **買**（买） 買買買買買買 買

[mǎi ㄇㄞˇ ㊥ mai⁵ 埋⁵]

❶ **用錢購進物品；跟"賣"相對** ◆ 買書／買菜／購買／一寸光陰一寸金，寸金難買寸光陰。❷ **用金錢等拉攏** ◆ 買通／收買。

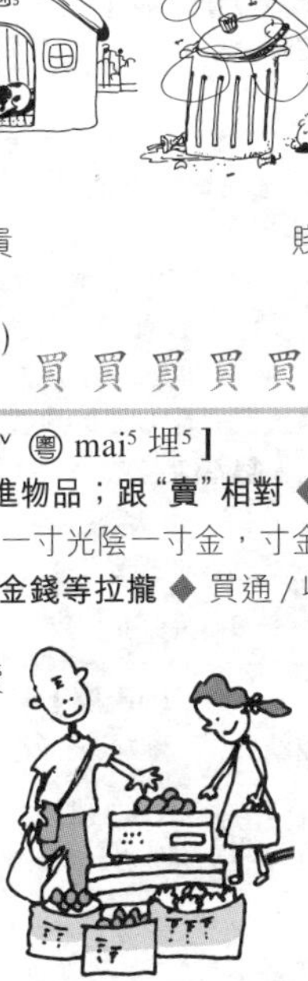
賣
買

5 **貸**（贷） 貸貸貸貸貸貸 貸

[dài ㄉㄞˋ ㊥ tai³ 太]

❶ **借出或借入** ◆ 貸款／信貸／借貸。❷ **推卸** ◆ 責無旁貸。❸ **寬恕** ◆ 嚴懲不貸。

5 **貶**（贬） 貶貶貶貶貶貶 貶

[biǎn ㄅㄧㄢˇ ㊥ bin² 扁]

❶ **降低** ◆ 貶值／貶職／貶官。❷ **給予不好的評價；跟"褒"相對** ◆ 貶低／貶抑／貶斥／貶詞／貶義。

✿ 圖見 407 頁。

5 **貿**（贸） 貿貿貿貿貿貿 貿

[mào ㄇㄠˋ ㊥ mɐu⁶ 茂]

❶ **買賣；交易** ◆ 貿易／商貿。❷ **冒失** ◆ 貿然。

5 **貯**（贮） 貯貯貯貯貯貯 貯

[zhù ㄓㄨˋ ㊥ dzy² 主／tsy⁵ 柱（語）]

儲存；積存 ◆ 貯存／貯藏室／貯滿了水。

5 **費**（费） 費費費費費費 費

〈一〉[fèi ㄈㄟˋ ㊥ fɐi³ 廢]

❶ **消耗；損耗** ◆ 費時／浪費／白費力氣／不費吹灰之力／踏破鐵鞋無覓處，得來全不費工夫。❷ **費用；款項** ◆ 經費／學費／免費。

〈二〉[fèi ㄈㄟˋ ㊥ bei³ 祕]

❸ **姓**。

5 **賀**（贺） 賀賀賀賀賀賀 賀

[hè ㄏㄜˋ ㊥ hɔ⁶ 荷⁶]

慶祝；道喜 ◆ 賀喜／祝賀／慶賀／賀詞／賀

年片／恭賀新禧。

5**貽**（贻） 貽貽貽貽貽貽 貽

［yí ㄧˊ 粵 ji⁴ 兒］

❶**贈送；送給** ◆ 貽贈／餽貽。❷**留下；遺留** ◆ 貽患／貽害無窮／貽笑大方／貽誤農時。

6**賊**（贼） 賊賊賊賊賊賊 賊

［zéi ㄗㄟˊ 粵 tsak⁹ 拆⁹］

❶ **偷東西的人** ◆ 盜賊／賊喊捉賊／做賊心虛。❷**指危害國家、民族的人** ◆ 民賊／工賊／賣國賊。❸**邪惡的；不正派的** ◆ 賊心不死／賊頭賊腦。

6**賈**（贾） 賈賈賈賈賈賈 賈

〈一〉［jiǎ ㄐㄧㄚˇ 粵 ga² 假］

❶**姓**。

〈二〉［gǔ ㄍㄨˇ 粵 gu² 古］

❷**商人** ◆ 商賈／書賈／行商坐賈。❸**做買賣** ◆ 多財善賈。❹**賣** ◆ 餘勇可賈。

6**賄**（贿） 賄賄賄賄賄賄 賄

［huì ㄏㄨㄟˋ 粵 kui² 繪／fui² 灰²］

❶ **為了達到不正當的目的，用財物買通別人** ◆ 賄賂／行賄。❷**用來買通別人的財物** ◆ 受賄。

6**賃**（赁） 賃賃賃賃賃賃 賃

［lìn ㄌㄧㄣˋ 粵 jɐm⁶ 任］

租借 ◆ 租賃／出賃房屋／賃了一輛車。

6**賂**（赂） 賂賂賂賂賂賂 賂

［lù ㄌㄨˋ 粵 lou⁶ 路］

賄賂：為了達到不正當的目的，用財物買通別人；或指用來買通別人的財物 ◆ 收受賄賂。

禁止擺賣

6**賅**（赅） 賅賅賅賅賅賅 賅

［gāi ㄍㄞ 粵 gɔi¹ 該］

兼備；完備 ◆ 以偏賅全／言簡意賅。

6**資**（资） 資資資資資資 資

［zī ㄗ 粵 dzi¹ 支］

❶**財產；本錢** ◆ 資金／資本／資產／投資。❷**費用；錢** ◆ 郵資／工資。❸**經歷；地位；身份** ◆ 資歷／資格／論資排輩／資深外交家。❹**人在智能方面的素質；天賦** ◆ 資質／天資。❺**供給；提供** ◆ 可資借鑒／以資參考。

7**賑**（赈） 賑賑賑賑賑賑 賑

［zhèn ㄓㄣˋ 粵 dzɐn³ 振］

用錢物救濟 ◆ 賑濟／開倉賑災。

7**賒**（赊） 賒賒賒賒賒賒 賒

［shē ㄕㄜ 粵 sɛ¹ 些］

買東西時暫不付錢 ◆ 賒欠／賒賬。

7 **賓**（宾） 賓賓賓賓賓賓 賓

[bīn ㄅㄧㄣ ㊣ bɐn¹ 奔]
客人；跟"主"相對 ◆ 賓客 / 來賓 / 貴賓 / 賓至如歸 / 喧賓奪主。

8 **賬**（账） 賬賬賬賬賬賬 賬

[zhàng ㄓㄤˋ ㊣ dzœŋ³ 障]
❶ **錢物進出的記錄** ◆ 賬簿 / 賬本 / 記賬 / 查賬 / 賬目。❷ **債務** ◆ 欠賬 / 還賬 / 收賬。

8 **賦**（赋） 賦賦賦賦賦賦 賦

[fù ㄈㄨˋ ㊣ fu³ 富]
❶ **舊指向國家繳納的田地稅** ◆ 賦稅 / 田賦。❷ **古代的一種文體** ◆ 漢賦 /《赤壁賦》。❸ **作詩** ◆ 賦詩一首。❹ **給予；授給** ◆ 賦予全權。❺ **天資** ◆ 天賦 / 稟賦。

8 **賣**（卖） 賣賣賣賣賣賣 賣

[mài ㄇㄞˋ ㊣ mai⁶ 邁]
❶ **用物品換錢；出售；跟"買"相對** ◆ 賣主 / 賣水果 / 買賣公平 / 拍賣。❷ **用勞動、技藝等獲取錢財** ◆ 賣苦力 / 賣藝 / 賣唱。❸ **背叛** ◆ 賣國賊 / 賣國求榮 / 出賣朋友。❹ **儘量使出來** ◆ 賣力 / 賣勁。❺ **故意顯示、表現自己** ◆ 賣弄 / 賣乖 / 倚老賣老。

✿ 圖見 427 頁。

8 **賭**（赌） 賭賭賭賭賭賭 賭

[dǔ ㄉㄨˇ ㊣ dou² 睹]
❶ **賭博：用錢物作注爭輸贏** ◆ 賭錢 / 賭徒 / 禁賭 / 聚賭 / 賭場。❷ **以預料爭輸贏** ◆ 打賭。

8 **賢**（贤） 賢賢賢賢賢賢 賢

[xián ㄒㄧㄢˊ ㊣ jin⁴ 言]
❶ **有德有才的** ◆ 賢能 / 賢達 / 賢明 / 賢妻良母。❷ **有德有才的人** ◆ 先賢 / 求賢若渴 / 選賢舉能 / 任人唯賢 / 人非聖賢，孰能無過。❸ **敬辭** ◆ 賢弟 / 賢姪。

8 **賤**（贱） 賤賤賤賤賤賤 賤

[jiàn ㄐㄧㄢˋ ㊣ dzin⁶ 煎⁶]
❶ **價格低；跟"貴"相對** ◆ 賤賣 / 穀賤傷農。❷ **地位低** ◆ 貧賤 / 卑賤 / 出身下賤。❸ **罵人品行不好，自失身份** ◆ 賤貨 / 賤骨頭。

✿ 圖見 427 頁。

8 **賜**（赐） 賜賜賜賜賜賜 賜

[cì ㄘˋ ㊣ tsi³ 次]
❶ **賞給（用於上給下，長輩給晚輩）** ◆ 賜予 / 賞賜 / 恩賜。❷ **敬辭** ◆ 賜教 / 賜覆。

8 **賞**（赏） 賞賞賞賞賞賞 賞

[shǎng ㄕㄤˇ ㊣ sœŋ² 想]
❶ **獎勵；獎勵的錢物；跟"罰"相對** ◆ 獎賞 / 賞罰分明 / 賞賜 / 領賞 / 重賞之下，必有勇夫。❷ **讚揚** ◆ 賞識 / 讚賞。❸ **玩味、領略事物的美** ◆ 欣賞 / 觀賞 / 中秋賞月 / 雅俗共賞 / 賞玩古董。❹ **要對方接受邀請或要求的客氣話** ◆ 賞光 / 賞臉。

8 **質**（质） 質質質質質質 質

〈一〉[zhì ㄓˋ ㊣ dzɐt⁷ 姪⁷]
❶ **事物的根本特性** ◆ 本質 / 性質 / 實質 / 變質 / 金質獎章。❷ **產品或工作的優劣程度**

◆ 質量上等 / 優質產品 / 質次價高 / 品質保證。❸**樸實** ◆ 質樸。❹**責問；詢問** ◆ 質問 / 質疑。

〈二〉[zhì ㄓˋ 粵 dzi³ 至]
❺**抵押；抵押品** ◆ 典質 / 人質。

8 **賠** (赔) 賠 賠 賠 賠 賠 賠 賠

[péi ㄆㄟˊ 粵 pui⁴ 培]
❶**償還損失** ◆ 賠款/賠償/損壞東西要賠。❷**向別人道歉、認錯** ◆ 賠罪 / 賠不是 / 賠禮道歉。❸**虧損；跟"賺"相對** ◆ 賠本買賣/賠了夫人又折兵 / 一筆交易賠了很多錢。

9 **賴** (赖) 賴 賴 賴 賴 賴 賴 賴

[lài ㄌㄞˋ 粵 lai⁶ 籟]
❶**依靠** ◆ 依賴 / 信賴 / 仰賴 / 賴以生存。❷**推脫；不承認** ◆ 賴賬 / 抵賴 / 證據俱在，想賴也賴不了。❸**誣陷；硬說別人做錯了事** ◆ 誣賴好人 / 自己做了錯事，卻要賴到別人頭上。❹**責怪** ◆ 這場球輸了，不能賴運動員，而要賴教練臨場指揮不當。❺**該走不走；不講道理** ◆ 賴着不走 / 耍賴 / 無賴。❻**壞；不好** ◆ 好的賴的都要 / 字寫得不賴。

10 **購** (购) 購 購 購 購 購 購 購

[gòu ㄍㄡˋ 粵 gɐu³ 夠 / kɐu³ 扣 (語)]
買 ◆ 購買 / 購物 / 搶購 / 採購 / 收購 / 認購股票。

10 **嬰** 見女部，108頁。

10 **賺** (赚) 賺 賺 賺 賺 賺 賺 賺

[zhuàn ㄓㄨㄢˋ 粵 dzan⁶ 撰]
獲利；盈利；跟"賠"相對 ◆ 賺錢 / 有賺有賠。

10 **賽** (赛) 賽 賽 賽 賽 賽 賽 賽

[sài ㄙㄞˋ 粵 tsɔi³ 菜]
❶**較量；比高低、強弱、勝負** ◆ 比賽 / 賽跑 / 競賽 / 球賽。❷**勝過；比得上** ◆ 一個賽一個 / 塞北賽江南，一片好風光。

11 **贅** (赘) 贅 贅 贅 贅 贅 贅 贅

[zhuì ㄓㄨㄟˋ 粵 dzœy⁶ 敍]
❶ **多餘的；無用的** ◆ 累贅 / 贅言。❷ **招女婿** ◆ 入贅 / 贅婿 / 招贅。

12 **贋** (赝) 贋 贋 贋 贋 贋 贋 贋

[yàn ㄧㄢˋ 粵 ŋan⁶ 雁]
假的；偽造的 ◆ 贋品 / 贋本。

12 **贊** (赞) 贊 贊 贊 贊 贊 贊 贊

[zàn ㄗㄢˋ 粵 dzan³ 讚]
幫助；支持 ◆ 贊助 / 贊成 / 贊同。

12 **贈** (赠) 贈 贈 贈 贈 贈 贈 贈

[zèng ㄗㄥˋ 粵 dzɐŋ⁶ 曾⁶]
送給 ◆ 贈送/贈閱/捐贈/饋贈/臨別贈言。

13 **贍** (赡) 贍 贍 贍 贍 贍 贍 贍

[shàn ㄕㄢˋ 粵 sim⁶ 閃⁶]
供養；供給生活所需 ◆ 贍養費 / 贍養父母。

13 **贏** (赢) 贏 贏 贏 贏 贏 贏 贏

[yíng ㄧㄥˊ 粵 jiŋ⁴ 仍 / jɛŋ⁴ (語)]

焦點易錯字 贏 | 羸　輸贏 贏餘　羸弱 羸兵　　贍 | 瞻　瞻仰 高瞻遠矚　贍養 贍學淵聞

豸 貝 赤 走 足 身

❶獲勝；跟"輸"相對 ◆ 輸贏／連贏三場／官司打贏了。❷獲利；跟"虧"相對 ◆ 贏利／贏餘／自負贏虧。

13 **寶** 見宀部，117頁。

14 **贜**(赃)

[zāng ㄗㄤ 粵 dzɔŋ^{1} 莊]
偷盜得來的財物或官員貪污受賄得來的財物 ◆ 贜物／贜款／追贜／分贜／貪贜枉法。

15 **贖**(赎)

[shú ㄕㄨˊ 粵 suk^{9} 淑]
❶**用財物換回抵押品** ◆ 贖身／把典當的東西贖回來。❷**抵償；彌補** ◆ 將功贖罪。

17 **贛**(赣)

[gàn ㄍㄢˋ 粵 gɐm^{3} 禁]
江西省的別稱。

18 **贓** "贜"的異體字，見本頁。

赤部

0 **赤**

[chì ㄔˋ 粵 tsik^{8} 斥^{8}/tsɛk^{8} 尺(語)]
❶**紅色** ◆ 赤豆／面紅耳赤／近朱者赤，近墨者黑。❷**真誠；忠誠** ◆ 赤誠／赤膽忠心。❸**光着；裸着** ◆ 赤腳／赤膊／赤身露體。❹**空無所有** ◆ 赤貧／赤手空拳。
見古文字插頁7。

3 **郝** 見邑部，453頁。

4 **赦**

[shè ㄕㄜˋ 粵 sɛ^{3} 舍]
免除或減輕刑罰 ◆ 赦免／大赦／特赦／十惡不赦。

4 **赧**

[nǎn ㄋㄢˇ 粵 nan^{5} 難^{5}]
因羞慚或害羞而臉紅 ◆ 赧顏／赧然汗下。

7 **赫**

[hè ㄏㄜˋ 粵 hak^{7} 客^{7}]
顯著；盛大 ◆ 顯赫／烜赫／赫赫有名。

走部

0 **走**

[zǒu ㄗㄡˇ 粵 dzɐu^{2} 酒]
❶**步行** ◆ 走路／行走／走在田野上／孩子會走了。❷**跑；逃跑** ◆ 逃走／奔走相告／走馬看花／三十六計，走為上計。❸**移動；挪動** ◆ 走棋／鐘不走了。❹**離開** ◆ 他剛走／賴着不走／請你走開。❺**親友之間的往來** ◆ 走親戚／兩家走動很勤。❻**泄漏** ◆ 走漏風聲／走漏消息。❼**改變或失去原**

豸 貝 赤 走 足 身

樣 ◆ 走樣／走味／走調。

見古文字插頁 8。

2 **赴** 赴赴赴赴赴赴 赴

[fù ㄈㄨˋ 粵 fu6 付]

前往；去到 ◆ 赴宴／赴會／赴湯蹈火／捐軀赴國難，視死忽如歸。

2 **赳** 赳赳赳赳赳赳 赳

[jiū ㄐㄧㄡ 粵 gɐu2 久]

赳赳：威武雄壯的樣子 ◆ 赳赳武夫／雄赳赳，氣昂昂。

3 **起** 起起起起起起 起

[qǐ ㄑㄧˇ 粵 hei2 喜]

❶**由躺而坐或由坐卧爬伏而站立** ◆ 起牀／起立／扶起來／拍案而起／早睡早起。❷**離開原來的位置；開始** ◆ 起飛／起程／起步／起初／起點。❸**取出** ◆ 起貨／起釘子。❹**發生；發動** ◆ 起因／起火／起義／起疑心／起作用／發起。❺**長出** ◆ 起了個疱。❻**建造；建立** ◆ 起房子／平地起高樓／白手起家。❼**草擬；擬寫** ◆ 起草／起個稿子。❽**放在"得"或"不"後面，表示力量夠得上或夠不上** ◆ 經得起／經不起／買得起／買不起。❾**放在動詞後面，表示向上** ◆ 抬起頭／舉起手／吊起一個木箱。❿**放在動詞後面，配合"從"、"由"……，表示開始** ◆ 從何説起／由頭學起。⓫**量詞，相當於"件"、"次"** ◆ 一起事故／發生了幾起命案。

5 **越** 越越越越越越 越

[yuè ㄩㄝˋ 粵 jyt9 月]

❶**跨過；經過** ◆ 跨越／越過邊境／越野賽跑／翻山越嶺。❷**超出** ◆ 越軌／越級上訴／超越權限。❸**更加** ◆ 腦子越用越靈活／越辦越興旺／越發懂事了。❹**古國名，後用來指浙江一帶** ◆ 越劇。

5 **趄** 趄趄趄趄趄趄 趄

[qiè ㄑㄧㄝˋ 粵 tsœy1 吹]

趔趄。見"趔"字，本頁。

5 **趁** 趁趁趁趁趁趁 趁

[chèn ㄔㄣˋ 粵 tsɐn3 襯]

❶**利用條件，抓住時機** ◆ 趁機／趁早❷趁風起帆／趁熱打鐵／趁火打劫。❷**搭乘。同"乘"字** ◆ 趁車／趁船。

5 **超** 超超超超超超 超

[chāo ㄔㄠ 粵 tsiu1 昭]

❶**越過；高出** ◆ 超越／超過／超出／超額／超水平／超音速。❷**突出的；不平常的** ◆ 超級聯賽／超等享受。❸**在某個範圍以外的；不受限制的** ◆ 超自然／超現實。

6 **趔** 趔趔趔趔趔趔 趔

[liè ㄌㄧㄝˋ 粵 lɐi6 例]

趔趄：身體歪斜，走路不穩的樣子 ◆ 他趔趄着走進屋來。

7 **趙**(赵) 趙趙趙趙趙趙 趙

[zhào ㄓㄠˋ 粵 dziu6 召]

姓。

7 **趕**(赶) 趕趕趕趕趕趕 趕

[gǎn ㄍㄢˇ 粵 gɔn2 稈]

❶ **從後面追上去** ◆ 追趕／你追我趕／快趕上去，不要掉隊。❷ **加快行動，使不誤時間** ◆ 趕路／趕快去／趕任務／趕去開會。❸ **驅使** ◆ 趕羊／趕鴨子／趕馬車。❹ **驅逐** ◆ 趕蒼蠅／把他們趕走／把敵人趕出去。❺ **恰巧碰上** ◆ 趕巧／趕上好天氣。

8 趣　趣趣趣趣趣趣　趣

[qù ㄑㄩˋ ㊥ tsœy^3 脆]

❶ **讓人感到愉快、有意思** ◆ 有趣／趣味／樂趣／興趣／趣聞。❷ **志向** ◆ 志趣。

8 趟　趟趟趟趟趟趟　趟

[tàng ㄊㄤˋ ㊥ tɔŋ^3 燙]

量詞，表示來回的次數 ◆ 去一趟／去了三趟。

10 趨 (趋)　趨趨趨趨趨趨　趨

[qū ㄑㄩ ㊥ tsœy^1 吹]

❶ **快步走** ◆ 趨前／亦步亦趨。❷ **傾向** ◆ 趨向／趨勢／大勢所趨／日趨繁榮／意見趨於一致。

足部

0 足　足足足足足足　足

[zú ㄗㄨˊ ㊥ dzuk^7 竹]

❶ **腳；腿** ◆ 足跡／足球／手舞足蹈／畫蛇添足／一失足成千古恨。❷ **充分；夠；滿** ◆ 充足／足夠／豐衣足食／心滿意足／信心十足。❸ **值得** ◆ 不足掛齒／微不足道／不足為訓。

見古文字插頁 8。

2 趴　趴趴趴趴趴趴　趴

[pā ㄆㄚ ㊥ pa^1 扒^1]

臉朝下臥倒或身子向前靠在物體上 ◆ 趴倒在地／趴在桌上睡覺。

4 趾　趾趾趾趾趾趾　趾

[zhǐ ㄓˇ ㊥ dzi^2 止]

❶ **腳指頭** ◆ 足趾／趾甲／鴨子趾間有蹼。❷ **腳** ◆ 趾高氣揚。

5 跋　跋跋跋跋跋跋　跋

[bá ㄅㄚˊ ㊥ bɐt^9 拔]

❶ **翻山越嶺** ◆ 跋山涉水。❷ **寫在書籍或文章等後面的短文，一般用來説明寫作經過或對內容加以評論、介紹** ◆ 序跋／題跋／跋語。

5 距　距距距距距距　距

[jù ㄐㄩˋ ㊥ kœy^5 拒]

距離 ◆ 行距／相距二十里／距今六十年。

5 跌　跌跌跌跌跌跌　跌

[diē ㄉㄧㄝ ㊥ dit^8 秩^8]

❶ **摔倒** ◆ 跌倒／跌了一跤。❷ **下降；落下** ◆ 跌價／股價跌入低谷。

5 跑　跑跑跑跑跑跑　跑

[pǎo ㄆㄠˇ ㊥ pau^2 拋^2]

❶ **大步快速向前走** ◆ 跑步／賽跑／奔跑／飛跑過來。❷ **逃走** ◆ 逃跑／嚇跑了。❸ **漏出** ◆ 跑氣／跑電／跑油。❹ **為某事而奔忙** ◆ 跑江湖／跑買賣。

5 跚 (跚)

跚 跚 跚 跚 跚 跚 [跚]

[shān ㄕㄢ [粵] san^1 山]

蹒跚。見“蹣”字，436頁。

5 跎

跎 跎 跎 跎 跎 跎 [跎]

[tuó ㄊㄨㄛˊ [粵] tɔ^4 駝]

蹉跎。見“蹉”字，436頁。

5 跛

跛 跛 跛 跛 跛 跛 [跛]

[bǒ ㄅㄛˇ [粵] bɔ^2 波^2/bɐi^1 閉^1 (語)]

腿腳有毛病，走起路來一瘸一拐的 ◆ 跛腳／跛行。

6 跨

跨 跨 跨 跨 跨 跨 [跨]

[kuà ㄎㄨㄚˋ [粵] kwa^3 誇^3]

❶ **抬起一隻腳大步邁過或邁出；越過** ◆ 跨欄／跨進大門／向前跨一步／跨年度／跨越障礙。❷ **騎；橫架** ◆ 跨在馬上／大橋橫跨浦江兩岸。

6 跳

跳 跳 跳 跳 跳 跳 [跳]

[tiào ㄊㄧㄠˋ [粵] tiu^4 條 /tiu^3 眺 (語)]

❶ **雙腳騰空，向上或向前躍起** ◆ 跳高／跳遠／跳躍／跳繩／連蹦帶跳。❷ **一起一伏地動** ◆ 心跳／脈搏跳動／心驚肉跳。❸ **越過** ◆ 跳級。

6 跺

跺 跺 跺 跺 跺 跺 [跺]

[duò ㄉㄨㄛˋ [粵] dɔ^2 躲]

頓腳；用腳使勁踏地 ◆ 跺腳。

6 跪

跪 跪 跪 跪 跪 跪 [跪]

[guì ㄍㄨㄟˋ [粵] gwɐi^6 櫃]

膝蓋着地的一種姿勢 ◆ 跪拜／下跪／跪在地上求饒。

6 路

路 路 路 路 路 路 [路]

[lù ㄌㄨˋ [粵] lou^6 露]

❶ **道路** ◆ 公路／鐵路／車到山前必有路／路遙知馬力/清明時節雨紛紛，路上行人欲斷魂。❷ **途徑；方法** ◆ 生路／正路／門路／怪路子。❸ **條理** ◆ 理路／思路／紋路。❹ **方面；種類** ◆ 各路人馬／一路貨色。

6 跡 (迹)

跡 跡 跡 跡 跡 跡 [跡]

[jì ㄐㄧˋ [粵] dzik^7 積]

❶ **腳印；印痕** ◆ 足跡／蹤跡／痕跡／筆跡／血跡／蛛絲馬跡。❷ **前人留下的事物** ◆ 遺跡／古跡／事跡／陳跡。

6 跤

跤 跤 跤 跤 跤 跤 [跤]

[jiāo ㄐㄧㄠ [粵] gau^1 交]

跌倒；跟頭 ◆ 摔跤／跌了一跤。

豸 貝 赤 走 足 身

6 跟

跟跟跟跟跟跟 跟

[gēn ㄍㄣ ㊈ gɐn^{1} 根]

❶腳後跟；鞋、襪的後部 ◆ 鞋跟/高跟鞋/提起腳跟。❷緊隨其後 ◆ 跟隨/跟蹤/緊跟/跟上隊伍。❸和；同 ◆ 我跟爸爸一起去/我跟小明是同班同學。❹對；向 ◆ 我跟他說過了/他從來沒有跟我談過這件事。

7 踉

踉踉踉踉踉踉 踉

〈一〉[liáng ㄌㄧㄤˊ ㊈ lœŋ^{4} 良]

❶跳踉：跳躍。

〈二〉[liàng ㄌㄧㄤˋ ㊈ lœŋ^{6} 亮/lɔŋ^{4} 狼]

❷踉蹌：走起路來搖搖晃晃的樣子。

7 跼

跼跼跼跼跼跼 跼

[jú ㄐㄩˊ ㊈ guk^{9} 局]

跼促：(1)空間狹小；時間短促 ◆ 房間跼促/三天時間太跼促了。(2)拘謹，顯得不自然 ◆ 在主考官面前，他有點跼促不安。也作"局促"、"侷促"。

8 踐(践)

踐踐踐踐踐踐 踐

[jiàn ㄐㄧㄢˋ ㊈ tsin^{5} 前^{5}]

❶踩；踏 ◆ 踐踏。❷實行；履行 ◆ 實踐/踐約。

8 踏

踏踏踏踏踏踏 踏

〈一〉[tà ㄊㄚˋ ㊈ dap^{9} 答^{9}]

❶用脚踩 ◆ 踐踏/原地踏步/腳踏實地/踏上征途/踏破鐵鞋無覓處，得來全不費工夫。❷親自到現場去 ◆ 踏看/踏勘。

〈二〉[tā ㄊㄚ ㊈ dap^{9} 答^{9}]

❸踏實：(1)工作或學習切切實實；不虛浮 ◆ 工作踏實/做事情很踏實。(2)情緒安定、安穩；不慌亂 ◆ 心裏很踏實。

8 踢

踢踢踢踢踢踢 踢

[tī ㄊㄧ ㊈ tɛk^{8}]

抬起腿腳用力伸出或猛擊 ◆ 踢球/踢毽子/踢腿運動/一腳踢進球門。

8 踝

踝踝踝踝踝踝 踝

[huái ㄏㄨㄞˊ ㊈ wa^{5} 華^{5}]

踝骨，即腳腕兩側凸起的部分 ◆ 踝骨扭傷。

8 踟

踟踟踟踟踟踟 踟

[chí ㄔˊ ㊈ tsi^{4} 池]

踟躕：形容心裏猶豫不定，要走不走的樣子 ◆ 踟躕不前。也作"踟躇"。

8 踩

踩踩踩踩踩踩 踩

[cǎi ㄘㄞˇ ㊈ tsai^{2} 猜^{2}]

腳踏 ◆ 踩了一腳/踩壞了花草/踩出一條路來/踩水過河。

8 踮

踮踮踮踮踮踮 踮

[diǎn ㄉㄧㄢˇ ㊈ dim^{3} 店]

提起腳跟，用腳尖着地 ◆ 踮起腳跳舞。

豸貝赤走足身

8 **踞** 踞踞踞踞踞踞 踞

[jù ㄐㄩˋ 粵 gœy³ 句]
❶**蹲或坐** ◆ 龍盤虎踞。❷**佔據** ◆ 盤踞。

8 **踪** "蹤"的異體字，見437頁。

9 **踹** 踹踹踹踹踹踹 踹

[chuài ㄔㄨㄞˋ 粵 tsai² 猜²]
踩；腳底用力向外踢 ◆ 踹了他一腳 / 一腳把門踹開。

9 **踵** 踵踵踵踵踵踵 踵

[zhǒng ㄓㄨㄥˇ 粵 dzuŋ² 總]
腳後跟 ◆ 接踵而至 / 摩肩接踵。

9 **踱** 踱踱踱踱踱踱 踱

[duó ㄉㄨㄛˊ 粵 dɔk⁹ 鐸]
慢步行走 ◆ 踱方步 / 在客廳裏踱來踱去。

9 **蹄** 蹄蹄蹄蹄蹄蹄 蹄

[tí ㄊㄧˊ 粵 tɐi⁴ 啼]
牛、馬、羊等動物的腳 ◆ 馬蹄 / 豬蹄 / 馬不停蹄 / 春風得意馬蹄疾。

9 **踴** (踊) 踴踴踴踴踴踴 踴

[yǒng ㄩㄥˇ 粵 juŋ² 勇]
❶ **跳躍** ◆ 踴躍。❷ **(物價) 上漲** ◆ 物價騰踴。

9 **蹂** 蹂蹂蹂蹂蹂蹂 蹂

[róu ㄖㄡˊ 粵 jɐu⁴ 由 /jɐu⁵ 友]
蹂躪：踐踏；比喻用暴力欺壓、凌辱 ◆ 受盡了外來侵略者的蹂躪。

10 **蹋** 蹋蹋蹋蹋蹋蹋 蹋

[tà ㄊㄚˋ 粵 dap⁹ 踏]
❶ **踩。同"踏"字** ◆ 糟蹋。❷ **踢**。

10 **蹌** (跄) 蹌蹌蹌蹌蹌蹌 蹌

[qiàng ㄑㄧㄤˋ 粵 tsœŋ¹ 槍]
踉蹌。見"踉"字，435頁。

10 **蹈** 蹈蹈蹈蹈蹈蹈 蹈

[dǎo ㄉㄠˇ 粵 dou⁶ 道]
❶**踩；踐踏** ◆ 重蹈覆轍 / 赴湯蹈火。❷ **遵循** ◆ 循規蹈矩。❸ **腳有節奏地跳動** ◆ 舞蹈 / 手舞足蹈。

10 **蹊** 蹊蹊蹊蹊蹊蹊 蹊

〈一〉[qī ㄑㄧ 粵 kɐi¹ 溪]
❶ **蹊蹺：奇怪；可疑** ◆ 案情很蹊蹺。
〈二〉[xī ㄒㄧ 粵 hɐi⁴ 奚]
❷ **小路** ◆ 獨闢蹊徑 / 桃李不言，下自成蹊。

10 **蹉** 蹉蹉蹉蹉蹉蹉 蹉

[cuō ㄘㄨㄛ 粵 tsɔ¹ 初]
蹉跎：虛度光陰 ◆ 蹉跎歲月。

11 **蹟** "跡"的異體字，見434頁。

11 **蹣** (蹒) 蹣蹣蹣蹣蹣蹣 蹣

[pán ㄆㄢˊ 粵 pun⁴ 盤]
蹣跚：腿腳不靈便，走路緩慢，一瘸一拐的樣子 ◆ 步履蹣跚。

焦點易錯字 塌 | 蹋　崩塌 死心塌地　糟蹋

豸 貝 赤 走 足 身

11 **蹙** 蹙蹙蹙蹙蹙蹙 [蹙]

[cù ㄘㄨˋ [粵] tsuk⁷ 促]
❶ **收縮；皺起（眉頭）** ◆ 雙眉緊蹙 / 疾首蹙額。❷ **緊迫；急促** ◆ 窮蹙 / 氣蹙。

11 **蹦** 蹦蹦蹦蹦蹦蹦 [蹦]

[bèng ㄅㄥˋ [粵] bɐŋ¹ 崩]
跳 ◆ 蹦蹦跳跳 / 歡蹦亂跳 / 球蹦得很高。

11 **蹤**（踪） 蹤蹤蹤蹤蹤蹤 [蹤]

[zōng ㄗㄨㄥ [粵] dzuŋ¹ 宗]
腳印；痕跡 ◆ 蹤跡 / 行蹤 / 跟蹤 / 無影無蹤 / 千山鳥飛絕，萬徑人蹤滅。

12 **蹺**（跷） 蹺蹺蹺蹺蹺蹺 [蹺]

[qiāo ㄑㄧㄠ [粵] hiu¹ 囂]
❶ **抬起腿腳** ◆ 蹺起一條腿 / 把腿蹺得高高的。❷ **豎起指頭** ◆ 蹺起大拇指。

12 **蹶** 蹶蹶蹶蹶蹶蹶 [蹶]

[jué ㄐㄩㄝˊ [粵] kyt⁸ 決]
跌倒；比喻失敗或挫折 ◆ 一蹶不振。

12 **躇**（躇） 躇躇躇躇躇躇 [躇]

[chú ㄔㄨˊ [粵] tsy⁴ 廚]
躊躇。見“躊”字，438 頁。

12 **蹼** 蹼蹼蹼蹼蹼蹼 [蹼]

[pǔ ㄆㄨˇ [粵] buk⁷ 卜]
鴨、鵝等禽鳥趾間相連的膜，用來划水 ◆ 鴨的趾間有蹼。

12 **蹲** 蹲蹲蹲蹲蹲蹲 [蹲]

[dūn ㄉㄨㄣ [粵] tsyn⁴ 存]
兩腿彎曲，像坐的姿勢而臀部不着地 ◆ 蹲下 / 蹲在屋簷下躲雨。

12 **蹭** 蹭蹭蹭蹭蹭蹭 [蹭]

[cèng ㄘㄥˋ [粵] tsɐŋ³ 層³]
❶ **摩；擦** ◆ 手蹭破了一點皮 / 不小心蹭了一身油漆。❷ **行動緩慢** ◆ 別磨蹭了 / 做事情磨磨蹭蹭的。

12 **蹬** 蹬蹬蹬蹬蹬蹬 [蹬]

[dēng ㄉㄥ [粵] dɐŋ¹ 燈]
腳用力向下踩 ◆ 蹬單車 / 蹬他一腳 / 蹬踏動作。

13 **躉**（趸） 躉躉躉躉躉躉 [躉]

[dǔn ㄉㄨㄣˇ [粵] dɐn² 墩]
❶ **整批；整數** ◆ 躉售 / 躉買躉賣。❷ **整批買進貨物** ◆ 躉貨 / 現躉現賣。

13 **躁** 躁躁躁躁躁躁 [躁]

[zào ㄗㄠˋ [粵] tsou³ 燥]
性急；不冷靜 ◆ 急躁 / 煩躁 / 暴躁 / 浮躁。

焦點易錯字 燥 | 躁　燥熱 乾燥　暴躁 急躁　獗 | 蹶　猖獗　一蹶不振

14 **躊**(踌) 躊躊躊躊躊躊 [躊]

[chóu ㄔㄡˊ [粵] tsɐu⁴ 酬]

躊躇：(1)猶豫不決的樣子 ◆ 躊躇不前。**(2)得意的樣子** ◆ 躊躇滿志。

14 **躍**(跃) 躍躍躍躍躍躍 [躍]

[yuè ㄩㄝˋ [粵] jœk⁹ 若]

跳起 ◆ 跳躍／一躍而過／歡呼雀躍／龍騰虎躍／海闊憑魚躍，天高任鳥飛。

15 **躕**(蹰) 躕躕躕躕躕躕 [躕]

[chú ㄔㄨˊ [粵] tsy⁴ 廚]

踟躕。見“踟”字，435頁。

18 **躡**(蹑) 躡躡躡躡躡躡 [躡]

[niè ㄋㄧㄝˋ [粵] nip⁹ 聶]

❶**踩；踏** ◆ 躡足其間。❷**追隨** ◆ 躡蹤。❸**放輕腳步，使行動不出響聲** ◆ 躡手躡足上樓去。

18 **躥**(蹿) 躥躥躥躥躥躥 [躥]

[cuān ㄘㄨㄢ [粵] tsyn¹ 村]

快速向上或向前跳動 ◆ 火苗躥出了屋頂／獵狗一下子躥進了樹林。

20 **躪**(躏) 躪躪躪躪躪躪 [躪]

[lìn ㄌㄧㄣˋ [粵] lœn⁶ 論]

蹂躪。見“蹂”字，436頁。

身部

0 **身** 身身身身身身身 [身]

[shēn ㄕㄣ [粵] sɐn¹ 申]

❶**身體；人和動物的軀體** ◆ 身高／身材／身強力壯／全身上下／遍身羅綺者，不是養蠶人。❷**物體的中部或主要部分** ◆ 車身／船身／機身／樹身。❸**生命** ◆ 奮不顧身／捨身為國／以身殉職。❹**親自；自己** ◆ 身臨其境／身先士卒／以身作則／身不由己／親身經歷。❺**人的地位、名份** ◆ 身份／出身／身敗名裂。❻**人的品德、行為** ◆ 潔身自好／修身養性／言傳不如身教。

見古文字插頁8。

3 **射** 見寸部，117頁。

3 **躬** 躬躬躬躬躬躬 [躬]

[gōng ㄍㄨㄥ [粵] guŋ¹ 弓]

❶**自身；親自** ◆ 反躬自省／事必躬親／躬行實踐。❷**彎下身子** ◆ 躬身／鞠躬。

4 **躭**(耽) 躭躭躭躭躭躭 [躭]

[dān ㄉㄢ [粵] dam¹ 擔¹]

豸貝赤走足身

拖延 ◆ 躭擱 / 躭誤。

6躲　躲躲躲躲躲躲 [躲]

[duǒ ㄉㄨㄛˇ [粵] dɔ² 朵]
避開；隱藏起來 ◆ 躲藏 / 躲避 / 躲雨 / 躲債 / 躲在樹林裏 / 明槍易躲，暗箭難防。

6**躱** **"躲"的異體字，見本頁。**

8躺　躺躺躺躺躺躺 [躺]

[tǎng ㄊㄤˇ [粵] tɔŋ² 倘]
平卧 ◆ 躺在牀上 / 剛躺下就睡着了。

11軀（躯）　軀軀軀軀軀軀 [軀]

[qū ㄑㄩ [粵] kœy¹ 驅]
身體 ◆ 軀體 / 身軀 / 為國捐軀 / 七尺之軀。

車 部

0車（车）　車車車車車車 [車]

〈一〉[chē ㄔㄜ [粵] tsɛ¹ 奢]
❶ **車子；陸地上有輪子的交通工具** ◆ 汽車 / 火車 / 車到山前必有路 / 停車坐愛楓林晚，霜葉紅於二月花。❷ **用輪軸轉動的工具** ◆ 紡車 / 吊車 / 風車 / 水車。❸ **用轉動的機械製作器物** ◆ 車零件 / 車螺絲。
〈二〉[jū ㄐㄩ [粵] gœy¹ 居]
❹ **象棋棋子之一** ◆ 車、馬、炮。
☞ 見古文字插頁 8。

1軋（轧）　軋軋軋軋軋軋 [軋]

〈一〉[yà ㄧㄚˋ [粵] at⁸/ŋat⁸ 壓]
❶ **碾壓** ◆ 軋路機。❷ **排擠** ◆ 傾軋。
〈二〉[zhá ㄓㄚˊ [粵] dzat⁸ 札]
❸ **把鋼坯壓成一定形狀的鋼材** ◆ 軋鋼。

2軌（轨）　軌軌軌軌軌軌 [軌]

[guǐ ㄍㄨㄟˇ [粵] gwɐi² 鬼]
❶ **為火車、電車行駛而鋪設的條形鋼材** ◆ 鐵軌 / 鋼軌 / 有軌電車 / 火車出軌。❷ **比喻法則、規矩、秩序等** ◆ 常軌 / 越軌 / 軌範 / 步入正軌 / 圖謀不軌。

2軍（军）　軍軍軍軍軍軍 [軍]

[jūn ㄐㄩㄣ [粵] gwɐn¹ 君]
❶ **軍隊；武裝部隊** ◆ 陸軍 / 海軍 / 軍用物資 / 千軍萬馬 / 潰不成軍。❷ **軍隊的編制單位之一，在師以上** ◆ 軍長。

3軒（轩）　軒軒軒軒軒軒 [軒]

[xuān ㄒㄩㄢ [粵] hin¹ 牽]
❶**有窗户的長廊或小屋。**❷**高；大** ◆ 氣宇軒昂 / 軒然大波。

3**庫** **見广部，136頁。**

4軟（软）　軟軟軟軟軟軟 [軟]

[ruǎn ㄖㄨㄢˇ [粵] jyn⁵ 遠]
❶ **柔和；疏鬆；跟"硬"相對** ◆ 柔軟 / 軟糖 / 軟木塞 / 軟綿綿 / 米飯煮軟一點好。❷ **懦弱無能** ◆ 軟弱 / 欺軟怕硬 / 軟硬兼施。❸ **不堅決；容易動搖** ◆ 心軟 / 耳朵軟 / 心慈手軟。❹ **沒有氣力** ◆ 兩腿發軟。

焦點易錯字　軀 | 驅　身軀 軀體　驅使 並駕齊驅

5 軸 (轴)

軸 軸 軸 軸 軸 軸 [軸]

[zhóu ㄓㄡˊ [粵] dzuk⁹ 俗]

❶ **橫穿在車輪或其他轉動機件中間的圓桿** ◆ 車軸／輪軸。❷ **用來捲東西或繞東西的物件** ◆ 畫軸／線軸。

5 軻 (轲)

軻 軻 軻 軻 軻 軻 [軻]

[kē ㄎㄜ [粵] ɔ¹ 柯]

多用於人名 ◆ 孟軻（孟子）／荊軻刺秦王。

6 載 (载)

載 載 載 載 載 載 [載]

〈一〉[zài ㄗㄞˋ [粵] dzɔi³ 再]

❶ **用車、船等交通工具裝運** ◆ 載客／載重／運載／裝載／超載／滿載而歸。❷ **充滿** ◆ 怨聲載道／風雨載途。❸ **又；且** ◆ 載歌載舞。

〈二〉[zǎi ㄗㄞˇ [粵] dzɔi² 宰]

❹ **一年的時間** ◆ 一別三載／三年五載／一年半載／千載難逢。

〈三〉[zǎi ㄗㄞˇ [粵] dzɔi³ 再]

❺ **記錄；刊登** ◆ 記載／登載／刊載／轉載／載入史冊。

6 較 (较)

較 較 較 較 較 較 [較]

[jiào ㄐㄧㄠˋ [粵] gau³ 教]

比較；對比 ◆ 較量／成績較好／甲隊較乙隊強。

7 輒 (辄)

輒 輒 輒 輒 輒 輒 [輒]

[zhé ㄓㄜˊ [粵] dzip⁸ 接]

就；總是 ◆ 淺嘗輒止／動輒得咎。

7 輔 (辅)

輔 輔 輔 輔 輔 輔 [輔]

[fǔ ㄈㄨˇ [粵] fu⁶ 付]

幫助；從旁協助 ◆ 輔助／輔導／輔佐／相輔相成／相輔而行。

7 輕 (轻)

輕 輕 輕 輕 輕 輕 [輕]

[qīng ㄑㄧㄥ [粵] hiŋ¹ 兄／hɛŋ¹（語）]

❶ **重量小；跟"重"相對** ◆ 輕巧／行李很輕／輕於鴻毛／身輕如燕／物輕情意重。❷ **程度淺** ◆ 輕傷／病得不輕。❸ **數量少** ◆ 年紀輕／工作負擔輕。❹ **用力小** ◆ 小心輕放／輕而易舉／輕輕地敲了一下門。❺ **負重少；輕鬆** ◆ 輕裝／輕鬆／輕騎兵／輕音樂／輕車簡從／無債一身輕。❻ **不注意；不重視** ◆ 輕視／輕敵／掉以輕心。❼ **隨便；不慎重、不莊重** ◆ 輕率／輕薄／輕浮／輕舉妄動／男兒有淚不輕彈。

7 輓 (挽)

輓 輓 輓 輓 輓 輓 [輓]

[wǎn ㄨㄢˇ [粵] wan⁵ 挽]

哀悼死者。又作"挽" ◆ 輓聯／輓歌。

8 輛 (辆)

輛 輛 輛 輛 輛 輛 [輛]

[liàng ㄌㄧㄤˋ [粵] lœŋ⁶ 亮]

量詞，用於計算車的數量 ◆ 三輛汽車／禁止車輛通行。

8 輩 (辈)

輩 輩 輩 輩 輩 輩 [輩]

[bèi ㄅㄟˋ [粵] bui³ 貝]

❶ **家族的世代；長幼的身份** ◆ 前輩／同輩／長輩／輩分不同。❷ **同一類人** ◆ 我輩／無能之輩。❸ **人的一生** ◆ 一輩子／後半輩。

8 **輝**（辉）輝 輝 輝 輝 輝 輝 輝

[huī ㄏㄨㄟ ㊂ fɐi¹ 揮]

❶**閃耀的光彩** ◆ 光輝 / 輝煌 / 落日餘輝 / 日月增輝。❷**照耀** ◆ 日月交輝 / 輝映成趣。

8 **輥**（辊）輥 輥 輥 輥 輥 輥 輥

[gǔn ㄍㄨㄣˇ ㊂ gwɐn² 滾 / kwɐn² 捆（語）]

能滾動的圓筒形的機件 ◆ 輥筒 / 輥軸。

8 **輪**（轮）輪 輪 輪 輪 輪 輪 輪

[lún ㄌㄨㄣˊ ㊂ lœn⁴ 倫]

❶**車輪；像車輪的東西** ◆ 輪胎 / 齒輪 / 三輪車 / 前輪陷在溝裏了 / 日輪 / 耳輪 / 樹木的年輪。❷**按次序替換** ◆ 輪流 / 輪換 / 輪班 / 輪值 / 今天輪到你值日。❸**指輪船** ◆ 客輪 / 貨輪 / 渡輪 / 油輪 / 萬噸巨輪。❹**量詞** ◆ 一輪紅日 / 首輪演出 / 進入第三輪比賽。

8 **輜**（辎）輜 輜 輜 輜 輜 輜 輜

[zī ㄗ ㊂ dzi¹ 支]

❶**古代一種有帷蓋的大車。**❷**輜重：行軍時攜帶的軍械、糧草、被服等軍需物資。**

8 **輟**（辍）輟 輟 輟 輟 輟 輟 輟

[chuò ㄔㄨㄛˋ ㊂ dzyt⁸ 啜]

中止；停止 ◆ 輟學 / 輟筆 / 日夜不輟 / 時作時輟。

9 **輻**（辐）輻 輻 輻 輻 輻 輻 輻

[fú ㄈㄨˊ ㊂ fuk⁷ 福]

車輪上連接車軸和輪圈的木條或金屬條 ◆ 輻條 / 輻輳。

9 **輯**（辑）輯 輯 輯 輯 輯 輯 輯

[jí ㄐㄧˊ ㊂ tsɐp⁷ 緝]

❶**搜集材料，加以整理** ◆ 編輯 / 輯錄。❷**整套書的一部分** ◆ 叢書共十輯，第一輯是中國歷史。

9 **輸**（输）輸 輸 輸 輸 輸 輸 輸

[shū ㄕㄨ ㊂ sy¹ 書]

❶**運送** ◆ 運輸 / 輸送 / 輸出 / 輸油管。❷**注入** ◆ 輸血 / 輸液 / 灌輸。❸**敗；跟"贏"相對** ◆ 認輸 / 連輸三局 / 一着不慎，全盤皆輸。

10 **轅**（辕）轅 轅 轅 轅 轅 轅 轅

[yuán ㄩㄢˊ ㊂ jyn⁴ 元]

❶**車前駕牲口用的兩根長木** ◆ 車轅 / 南轅北轍。❷**官署** ◆ 行轅 / 轅門。

10 **輿**（舆）輿 輿 輿 輿 輿 輿 輿

[yú ㄩˊ ㊂ jy⁴ 如]

❶**眾人的；公眾的** ◆ 輿論 / 輿情。❷**車** ◆ 輿馬 / 舟輿。❸**轎子** ◆ 肩輿。❹**地域** ◆ 輿地 / 輿圖。

10 **轄**（辖）轄 轄 轄 轄 轄 轄 轄

[xiá ㄒㄧㄚˊ ㊂ hɐt⁹ 瞎]

管理 ◆ 管轄 / 統轄 / 直轄市。

10 **輾**（辗）輾 輾 輾 輾 輾 輾 輾

[zhǎn ㄓㄢˇ ㊂ dzin² 展]

輾轉：（1）身體翻來覆去 ◆ 輾轉反側 / 輾

焦點易錯字 揖 | 緝 | 輯　揖讓　打躬作揖　緝捕　通緝　輯錄　編輯

轉難眠。（2）**經過許多人的手或許多地方；非直接地** ◆ 輾轉流傳。**也作展轉。**

11 轉（转）
轉轉轉轉轉轉 轉

〈一〉[zhuǎn ㄓㄨㄢˇ [粵] dzyn² 專²]

❶**改變方向、地點、情勢等** ◆ 轉身/轉彎/轉學/轉移/好轉/轉危為安。❷**不是直接傳送的** ◆ 轉告/轉送/轉交/轉播/轉達。

〈二〉[zhuàn ㄓㄨㄢˋ [粵] dzyn³ 鑽]

❸**繞着中心旋轉** ◆ 轉椅/轉圈子/地球繞着太陽轉。❹**量詞，圈** ◆ 一分鐘達三千轉。

12 轎（轿）
轎轎轎轎轎轎 轎

[jiào ㄐㄧㄠˋ [粵] kiu⁴ 喬]

轎子；由人抬着走的舊式交通工具 ◆ 上轎/抬轎/花橋/八人大轎。

12 轍（辙）
轍轍轍轍轍轍 轍

[zhé ㄓㄜˊ [粵] tsit⁸ 撤]

❶**車輪碾過在地上留下的痕跡** ◆ 車轍/重蹈覆轍/如出一轍。❷**歌、曲所押的韻** ◆ 合轍押韻。

14 轟（轰）
轟轟轟轟轟轟 轟

[hōng ㄏㄨㄥ [粵] gwɐŋ¹ 肱]

❶**形容巨大的響聲** ◆ 轟的一聲/馬達轟鳴/轟隆一聲巨響。❷**用大炮、炸彈等攻擊、破壞** ◆ 轟炸/炮轟。❸**驅逐；趕走** ◆ 統統轟走/把他們轟出去。

15 轡（辔）
轡轡轡轡轡轡 轡

[pèi ㄆㄟˋ [粵] bei³ 臂]

駕馭牲口用的嚼子和韁繩 ◆ 轡頭/鞍轡俱全/並轡徐行。

辛部

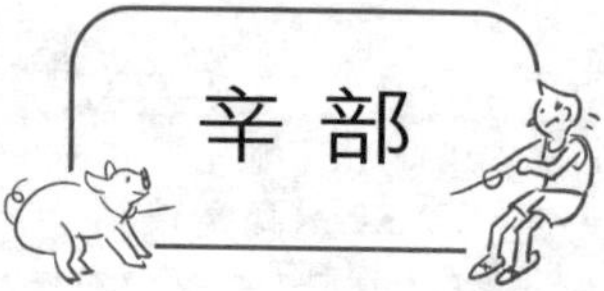

0 辛
辛辛辛辛辛辛 辛

[xīn ㄒㄧㄣ [粵] sɐn¹ 新]

❶**天干的第八位** ◆ 甲乙丙丁戊己庚辛。❷**辣味** ◆ 辛辣。❸**勞苦** ◆ 辛勞/辛苦/辛勤/艱辛/千辛萬苦。❹**悲傷** ◆ 一把辛酸淚。

✿ 圖見290頁。

5 辜
辜辜辜辜辜辜 辜

[gū ㄍㄨ [粵] gu¹ 孤]

❶**罪** ◆ 無辜/死有餘辜。❷**虧負；對不起** ◆ 辜負。

6 辟
辟辟辟辟辟辟 辟

〈一〉[bì ㄅㄧˋ [粵] bik⁷ 碧]

❶**君主；泛指舊制度、舊勢力** ◆ 復辟。❷**避免；排除**◆ 辟邪。

車 辛 辰 辵 邑 酉

焦點易錯字 闢 | 辟 | 僻 開闢 精闢 復辟 辟召 偏僻 僻靜 辰 | 晨 時辰 良辰吉日 晨光 晨曦

〈二〉[pì ㄆㄧˋ 粵 pik7 僻]
❸"闢"的簡化字，見472頁。

7 辣 辣辣辣辣辣辣 辣

[là ㄌㄚˋ 粵 lat9 瘌]
❶**辣椒、生薑等有刺激性的味道** ◆ 辣醬/酸辣湯/麻辣豆腐/喜歡吃辣的。❷**狠毒** ◆ 手段毒辣/心狠手辣/口甜心辣。

9 辨 辨辨辨辨辨辨 辨

[biàn ㄅㄧㄢˋ 粵 bin6 便]
識別；區別 ◆ 辨別/分辨/辨認/明辨是非。

9 辦 (办) 辦辦辦辦辦辦 辦

[bàn ㄅㄢˋ 粵 ban6 扮]
❶**處理事務** ◆ 辦事/辦公/代辦/這事交給他去辦。❷**設立；經營** ◆ 辦廠/興辦/創辦/辦學校。❸**購買；置備** ◆ 採辦/置辦/辦嫁妝。❹**處罰** ◆ 辦罪/法辦/懲辦。

12 辭 (辞) 辭辭辭辭辭辭 辭

[cí ㄘˊ 粵 tsi4 池]
❶**告別** ◆ 辭別/辭行/不辭而別/辭舊歲，迎新春。❷**請求解除或被解除** ◆ 辭職/辭呈/辭退/辭去校長職務。❸**推託；躲避** ◆ 推辭/辭謝/不辭辛勞/義不容辭。❹**言詞；文字** ◆ 修辭/辭藻/振振有辭/外交辭令。❺**古代的一種文體** ◆ 楚辭/辭賦。

12 辮 見瓜部，287頁。

13 辯 見糸部，348頁。

14 辯 (辩) 辯辯辯辯辯辯 辯

[biàn ㄅㄧㄢˋ 粵 bin6 便]
爭論是非真假 ◆ 辯論/辯護/爭辯/能言善辯/不容狡辯。

辰部

0 辰 辰辰辰辰辰辰 辰

[chén ㄔㄣˊ 粵 sɐn4 神]
❶**地支的第五位** ◆ 子丑寅卯辰巳午未。❷**辰時：即上午七時至九時。**❸**泛指時間、日子** ◆ 誕辰/吉日良辰/善有善報，惡有惡報；不是不報，時辰未到。❹**日、月、星的統稱** ◆ 星辰。

✿ 圖見109頁。

3 辱 辱辱辱辱辱辱 辱

[rǔ ㄖㄨˇ 粵 juk9 肉]
❶**羞恥；名譽受損** ◆ 恥辱/屈辱/奇恥大

辱 / 榮辱與共。❷ **受到羞辱** ◆ 辱罵 / 侮辱 / 喪權辱國。

3 **唇** 見口部，70頁。

4 **脣** 見肉部，363頁。

4 **晨** 見日部，200頁。

6 **蜃** 見虫部，395頁。

6 **農**（农）　農 農 農 農 農 農　農

[nóng ㄋㄨㄥˊ 粵 nuŋ^{4} 濃]

❶ **農業** ◆ 務農 / 農產品 / 不誤農時 / 穀賤傷農 / 棄農經商。❷ **從事農業生產的人** ◆ 農民 / 菜農 / 老農。

辵部

3 **迂**　迂 迂 迂 迂 迂 迂　迂

[yū ㄩ 粵 jy^{1} 於 / jy^{4} 余]

❶ **曲折；繞道** ◆ 迂迴。❷ **拘泥保守，不合時宜** ◆ 迂腐 / 迂夫子 / 這個人太迂了。

3 **迄**　迄 迄 迄 迄 迄 迄　迄

[qì ㄑㄧˋ 粵 hɐt^{7} 乞]

❶ **到** ◆ 迄今為止。❷ **始終；一直** ◆ 迄未成功 / 迄無音信。

3 **迅**　迅 迅 迅 迅 迅 迅　迅

[xùn ㄒㄩㄣˋ 粵 sɵn^{3} 信]

速度快 ◆ 迅速 / 迅急 / 迅捷 / 迅雷不及掩耳。

3 **巡** 見巛部，128頁。

4 **近**　近 近 近 近 近 近　近

[jìn ㄐㄧㄣˋ 粵 gɐn^{6} 覲 / kɐn^{5} 勤^{5}]

❶ **距離或時間短；跟"遠"相對** ◆ 附近 / 近日 / 近百年史 / 歌聲由遠而近 / 學校離家很近 / 人無遠慮，必有近憂。❷ **關係密切** ◆ 親近。❸ **相差不多** ◆ 接近 / 近似 / 年齡相近。❹ **靠近；接近** ◆ 平易近人 / 近水樓台先得月 / 近朱者赤，近墨者黑。❺ **淺顯易懂** ◆ 淺近 / 言近旨遠。

4 **返**　返 返 返 返 返 返　返

[fǎn ㄈㄢˇ 粵 fan^{2} 反]

回；回來 ◆ 返回 / 返航 / 往返 / 返老還童 / 一去不復返。

4 **迎**　迎 迎 迎 迎 迎 迎　迎

[yíng ㄧㄥˊ 粵 jiŋ^{4} 仍]

❶ **迎接** ◆ 歡迎 / 迎新送舊 / 迎來送往 / 有失遠迎。❷ **朝着；對着** ◆ 迎面而來 / 迎風招展 / 迎頭趕上 / 迎刃而解。

5 **述**　述 述 述 述 述 述　述

[shù ㄕㄨˋ 粵 sɵt^{9} 術]

陳說；講 ◆ 口述 / 講述 / 陳述 / 敍述 / 描述。

焦點易錯字　迄 | 訖　迄今　迄無音信　查訖　起訖

車 辛 辰 辵 邑 酉

5 迪

[dí ㄉㄧˊ 粵 dik^{9} 敵]
啟發；引導 ◆ 啟迪。

5 迥

[jiǒng ㄐㄩㄥˇ 粵 gwiŋ^{2} 炯]
❶ **形容差別很大** ◆ 迥然不同 / 兩者迥異。
❷ **遠** ◆ 山高路迥。

5 迭

[dié ㄉㄧㄝˊ 粵 dit^{9} 秩]
❶ **更換；輪流** ◆ 更迭。❷ **屢次；接連** ◆ 高潮迭起 / 迭挫羣雄 / 花樣迭出。❸ **及** ◆ 叫苦不迭。

5 迤

[yí ㄧˊ 粵 ji^{4} 而 / ji^{5} 以]
逶迤。見“逶”字，448頁。

5 迫

〈一〉[pò ㄆㄛˋ 粵 bak^{7} 伯^{7}]
❶ **威逼；強壓** ◆ 逼迫 / 迫害 / 強迫 / 壓迫 / 飢寒交迫 / 被迫出走。❷ **急切；緊急** ◆ 迫切 / 緊迫 / 窘迫 / 迫不及待 / 從容不迫。❸ **接近；靠近** ◆ 迫近 / 迫在眉睫。
〈二〉[pǎi ㄆㄞˇ 粵 bik^{7} 碧]
❹ **迫擊炮**：火炮，能攻擊遮蔽物後面的目標。

5 迢

[tiáo ㄊㄧㄠˊ 粵 tiu^{4} 條]
遠 ◆ 千里迢迢 / 路途迢遠。

6 迺

“乃”的異體字，見5頁。

6 迴 (回)

[huí ㄏㄨㄟˊ 粵 wui^{4} 回]
曲折；環繞 ◆ 九曲迴廊 / 迴旋 / 巡迴 / 迂迴 / 峯迴路轉。

6 追

[zhuī ㄓㄨㄟ 粵 dzœy^{1} 錐]
❶ **趕上；緊跟上** ◆ 追趕 / 你追我趕 / 急氣直追 / 窮追猛打 / 一言既出，駟馬難追。❷ **尋求；查究** ◆ 追求 / 追查 / 追究 / 追根究底。❸ **回憶過去** ◆ 追想 / 追憶 / 追悼 / 撫今追昔 / 追悔莫及。❹ **事後補救或補辦** ◆ 追加 / 追認。

6 逅

[hòu ㄏㄡˋ 粵 hɐu^{6} 後]
邂逅。見“邂”字，452頁。

6 逃

[táo ㄊㄠˊ 粵 tou^{4} 桃]
躲避；逃走 ◆ 逃避 / 逃難 / 逃跑 / 潛逃 / 臨陣逃脫。

6 迹

“跡”的異體字，見434頁。

6 迸

[bèng ㄅㄥˋ 粵 biŋ^{3} 並^{3}]
❶ **噴射；飛濺** ◆ 迸發 / 火花迸濺。❷ **突然破裂** ◆ 迸裂 / 迸碎。

車 辛 辰 辵 邑 酉

焦點易錯字 迫 | 逼　迫切 從容不迫　逼真 威逼利誘　迥 | 迴　迥異 迥然不同　迴避 蕩氣迴腸

6 送 送送送送送送 送

[sòng ㄙㄨㄥˋ ㊣ suŋ³ 宋]

❶ **把東西給別人，表示祝賀或友好等** ◆ 贈送 / 送禮 / 奉送 / 千里送鵝毛，禮輕情意重。❷ **送行** ◆ 送客 / 歡送 / 送孩子上學 / 送君千里，終有一別/桃花潭水深千尺，不及汪倫送我情。❸ **把東西運走或拿去給人** ◆ 運送/輸送/送信/送貨上門/雪中送炭。❹ **失掉；失去** ◆ 送命 / 斷送 / 葬送。

6 逆 逆逆逆逆逆逆 逆

[nì ㄋㄧˋ ㊣ jik⁹ 亦]

❶ **方向相反；跟"順"相對** ◆ 逆風 / 逆流 / 逆時針方向 / 求學如逆水行舟，不進則退。❷ **不順** ◆ 逆境 / 忠言逆耳。❸ **背叛** ◆ 叛逆。❹ **預先** ◆ 很難逆料。

✿ 圖見 487 頁。

6 迷 迷迷迷迷迷迷 迷

[mí ㄇㄧˊ ㊣ mɐi⁴ 謎]

❶ **分辨不清；失去判斷能力** ◆ 迷路 / 迷航 / 迷失方向 / 迷途知返 / 當局者迷，旁觀者清。❷ **對某事物特別愛好；沈醉於某事物** ◆ 球迷/戲迷/迷戀/入迷。❸ **使迷惑；使陶醉** ◆ 財迷心竅 / 景色迷人。

6 退 退退退退退退 退

[tuì ㄊㄨㄟˋ ㊣ tœy³ 蛻]

❶ **向後移動；跟"進"相對** ◆ 後退 / 退步 / 倒退 / 進退兩難 / 求學如逆水行舟，不進則退。❷ **離開** ◆ 退職 / 退學 / 退席 / 退休 / 早退/引退。❸ **送還；撤銷** ◆ 退貨/退款/退婚。❹ **消除；減弱** ◆ 退燒/退色/退化/減退 / 衰退。

7 連 (连) 連連連連連連 連

[lián ㄌㄧㄢˊ ㊣ lin⁴ 蓮]

❶ **相接在一起；不間斷** ◆ 連接 / 骨肉相連 / 接二連三 / 連續不斷 / 藕斷絲連 / 烽火連三月，家書抵萬金。❷ **加在一起** ◆ 連帶 / 連本帶利 / 連根拔掉 / 連同他一共五人。❸ **表示強調，含有"甚至於"的意思** ◆ 連我也不知道/連飯也不吃就走了/連這樣容易的題目都做不出。❹ **軍隊的編制單位，在"營"以下，"排"以上** ◆ 連長 / 連隊。

7 速 速速速速速速 速

[sù ㄙㄨˋ ㊣ tsuk⁷ 促]

❶ **快** ◆ 迅速 / 快速 / 火速 / 速戰速決 / 速去速回。❷ **速度** ◆ 時速 / 風速 / 車速 / 加速。❸ **邀請** ◆ 不速之客。

7 逗 逗逗逗逗逗逗 逗

[dòu ㄉㄡˋ ㊣ dɐu⁶ 豆]

❶ **停留** ◆ 逗留。❷ **惹；招引** ◆ 逗人喜歡/逗人發笑。❸ **逗號：標點符號"，"，表示句子裏較小的停頓。**

7 逐 逐逐逐逐逐逐 逐

[zhú ㄓㄨˊ ㊣ dzuk⁹ 俗]

❶ **追趕** ◆ 追逐 / 逐鹿中原 / 隨波逐流。❷ **強迫離開；趕出去** ◆ 驅逐 / 逐客令 / 逐出門外。❸ **按順序；一個一個地** ◆ 逐步/逐年 / 逐個 / 逐一說明。

見古文字插頁 16。

焦點易錯字 退 | 褪　退出 急流勇退　褪色 褪去

7 逝

逝 逝 逝 逝 逝 逝 逝

[shì ㄕˋ 粵 sɐi^{6} 誓]

❶**人去世** ◆ 病逝 / 逝世。❷**過去；消失** ◆ 消逝 / 歲月流逝 / 稍縱即逝。

7 逕

同“徑❷”，見145頁。

7 逍

逍 逍 逍 逍 逍 逍 逍

[xiāo ㄒㄧㄠ 粵 siu^{1} 消]

逍遙：無拘無束，自由自在 ◆ 逍遙自在 / 逍遙法外。

7 逞

逞 逞 逞 逞 逞 逞 逞

[chěng ㄔㄥˇ 粵 tsiŋ^{2} 請]

❶**顯示** ◆ 逞能 / 逞強 / 逞威風。❷**放縱** ◆ 逞性子 / 逞兇狂。❸**實現；達到目的（多指壞事）** ◆ 得逞。

7 造 (造)

造 造 造 造 造 造 造

〈一〉[zào ㄗㄠˋ 粵 dzou^{6} 做]

❶**製作；做** ◆ 製造 / 造船 / 造紙 / 粗製濫造。❷**建築** ◆ 造橋 / 建造 / 救人一命，勝造七級浮屠。❸**憑空瞎編** ◆ 造謠 / 捏造。

〈二〉[zào ㄗㄠˋ 粵 tsou^{3} 燥]

❹**培養；成就** ◆ 造就 / 造詣 / 可造之才 / 出國深造。❺**前往；到** ◆ 造訪 / 登峯造極。

7 透

透 透 透 透 透 透 透

[tòu ㄊㄡˋ 粵 tɐu^{3} 偷^{3}]

❶**通過；穿過** ◆ 透氣 / 透光 / 滲透 / 穿透。❷**泄露；顯露** ◆ 透露 / 透漏風聲 / 白裏透紅。❸**徹底** ◆ 透徹 / 把利害關係説透。❹**極** ◆ 熟透了 / 恨透了 / 倒霉透了。

7 途

途 途 途 途 途 途 途

[tú ㄊㄨˊ 粵 tou^{4} 徒]

道路 ◆ 途中 / 中途 / 半途而廢 / 老馬識途 / 誤入歧途。

7 逛

逛 逛 逛 逛 逛 逛 逛

[guàng ㄍㄨㄤˋ 粵 kwaŋ^{3} 框^{3}/gwaŋ^{6}]

閒遊 ◆ 逛馬路 / 逛商店 / 逛公園。

7 逢

逢 逢 逢 逢 逢 逢 逢

[féng ㄈㄥˊ 粵 fuŋ^{4} 馮]

❶**遇到** ◆ 重逢 / 千載難逢 / 久旱逢甘雨 / 人逢喜事精神爽 / 棋逢敵手 / 每逢佳節倍思親。❷**迎合** ◆ 逢迎。

7 這 (这)

這 這 這 這 這 這 這

[zhè ㄓㄜˋ 粵 dzɛ^{2} 姐]

指示代詞，表示近指；跟“那”相對 ◆ 這裏 / 這個 / 這地方 / 這條街比那條街熱鬧。

7 通

通 通 通 通 通 通 通

[tōng ㄊㄨㄥ 粵 tuŋ^{1} 同^{1}]

❶**沒有阻礙，可以順利穿過** ◆ 暢通 / 通車 / 通行無阻 / 四通八達。❷**清除障礙，使不阻塞** ◆ 通陰溝 / 疏通河道。❸**相互交往** ◆ 溝通 / 通商 / 互通情報。❹**傳達；告知** ◆ 通知 / 通告 / 通報 / 通風報信。❺**明白；懂得** ◆ 通曉 / 精通英語 / 博古通今 / 融會貫通 / 通情達理。❻**通順；有條理** ◆ 句子通順 / 文理不通。❼**普通的；一般的** ◆ 通常 / 通用 / 通病 / 通例 / 普通。❽**全部；整個** ◆ 通

焦點易錯字 做 | 造　做法　做事　創造　造就

夜不眠／通宵達旦／通盤計劃／通讀一遍。❾很；十分 ◆ 燈火通明／滿臉通紅。

8 **逵** 逵逵逵逵逵逵 逵

[kuí ㄎㄨㄟˊ ㊥ kwɐi^{4} 葵]
四通八達的道路。多作人名用字。

8 **逶** 逶逶逶逶逶逶 逶

[wēi ㄨㄟ ㊥ wɐi^{1} 威]
逶迤：形容道路、山脈、河流等彎彎曲曲連綿不斷的樣子 ◆ 羣山逶迤。

8 **進** (进) 進進進進進進 進

[jìn ㄐㄧㄣˋ ㊥ dzœn^{3} 俊]
❶**向前移動；跟"退"相對** ◆ 前進／進步／知難而進／百尺竿頭，更進一步／求學如逆水行舟，不進則退。❷**從外向裏；跟"出"相對** ◆ 進屋／進入／進出口／引進設備／走進學校。❸**收入；買入** ◆ 進賬／進款／進貨。❹**獻上** ◆ 進貢／進言。

8 **週** (周) 週週週週週週 週

[zhōu ㄓㄡ ㊥ dzɐu^{1} 舟]
❶**循環** ◆ 週期／週而復始。❷**一星期稱一週** ◆ 週末／週記／第五週。❸**一整年** ◆ 週年。❹**全；普遍** ◆ 週身／眾所週知。

8 **逸** 逸逸逸逸逸逸 逸

[yì ㄧˋ ㊥ jɐt^{9} 日]
❶**跑；逃跑** ◆ 四處逃逸。❷**散失；失傳** ◆ 逸書／逸文／遺聞逸事。❸**安閒；休息** ◆ 安逸／以逸待勞／一勞永逸／好逸惡勞。❹**超出一般** ◆ 超逸／逸羣。

8 **逮** 逮逮逮逮逮逮 逮

〈一〉[dài ㄉㄞˋ ㊥ dɐi^{6} 弟]
❶**捉拿；拘捕** ◆ 逮捕。

〈二〉[dǎi ㄉㄞˇ ㊥ dɐi^{6} 弟]
❷**捉** ◆ 貓逮老鼠／逮住了小偷。

9 **達** (达) 達達達達達達 達

[dá ㄉㄚˊ ㊥ dat^{9}]
❶**通** ◆ 直達車／四通八達。❷**到** ◆ 到達／抵達。❸**實現** ◆ 達成協議／欲速則不達／不達目的，誓不罷休。❹**告訴；表示** ◆ 表達／傳達／轉達／詞不達意。❺**明白事理；認識透徹** ◆ 明達／通達／通情達理。❻**顯貴；地位高** ◆ 顯達／達官貴人。

9 **逼** 逼逼逼逼逼逼 逼

[bī ㄅㄧ ㊥ bik^{7} 壁]
❶**強迫；威脅** ◆ 逼迫／逼債／別逼他／威逼利誘／形勢逼人。❷**非常接近** ◆ 逼真／逼近。

9 **遇** 遇遇遇遇遇遇 遇

[yù ㄩˋ ㊥ jy^{6} 預]
❶**碰上；相逢** ◆ 遇見／遇險／百年不遇／不期而遇／久旱逢甘雨，他鄉遇故知。❷**對待；接待** ◆ 禮遇／冷遇／待遇。❸**機會** ◆ 機遇／際遇。

9 **遏** 遏遏遏遏遏遏 遏

[è ㄜˋ ㊥ at^{8}/ŋat^{8} 壓]
阻止；抑止 ◆ 遏止／遏制／怒不可遏。

焦點易錯字 迫｜逼　迫切 從容不迫　逼真 威逼利誘　晉｜進　晉升 晉見　進步 前進

9 過(过) 過過過過過過 [過]

〈一〉[guò ㄍㄨㄛˋ [粵] gwɔ^{3} 果^{3}]

❶**經過** ◆ 過河／過橋／過關／沈舟側畔千帆過，病樹前頭萬木春／兩岸猿聲啼不住，輕舟已過萬重山。❷**超出** ◆ 過分／過半數／過度疲勞／過猶不及／過期作廢／三個臭皮匠，勝過諸葛亮。❸**過於；太** ◆ 過獎／過謙／過火行為。❹**轉移** ◆ 過户／過賬。❺**錯誤** ◆ 過錯／記過／悔過自新／文過飾非／人非聖賢，孰能無過。❻**放在動詞後面，表示已經完成或曾經發生過** ◆ 吃過了／他來過／看過這部電影／説過這樣的話。

〈二〉[guō ㄍㄨㄛ [粵] gwɔ^{1} 戈]

❼姓。

9 遁 遁遁遁遁遁遁 [遁]

[dùn ㄉㄨㄣˋ [粵] dœn^{6} 頓]

逃走；隱避 ◆ 逃遁／夜遁／遁入空門／遁世絕俗。

9 逾 逾逾逾逾逾逾 [逾]

[yú ㄩˊ [粵] jy^{4} 如]

越過；超過 ◆ 逾越／逾期／逾牆而入。

9 遊(游) 遊遊遊遊遊遊 [遊]

[yóu ㄧㄡˊ [粵] jɐu^{4} 由]

❶**玩；從容地行走** ◆ 遊玩／遊戲／遊覽／遊樂場／遊山玩水／周遊列國。❷**相互交往** ◆ 交遊很廣。❸**不固定的；經常移動的** ◆ 遊牧／遊資／遊擊隊／無業遊民／浮雲遊子意，落日故人情。

9 道 道道道道道道 [道]

[dào ㄉㄠˋ [粵] dou^{6} 稻]

❶**路** ◆ 道路／鐵道／行人道／道聽途説／羊腸小道。❷**水流的通路** ◆ 河道／黃河故道。❸**方法；途徑** ◆ 門道／治學之道／志同道合／反其道而行之／以其人之道，還治其人之身。❹**正義；事理** ◆ 道義／道理／道德／討個公道／得道多助，失道寡助。❺**道教的簡稱** ◆ 道觀／道士／貧道。❻**説** ◆ 道歉／道別／道謝／常言道／一語道破／莫道君行早，更有早行人。❼**量詞** ◆ 一道題目／一道命令／一道名菜／第一道工序。

9 遂 遂遂遂遂遂遂 [遂]

〈一〉[suì ㄙㄨㄟˋ [粵] sœy^{6} 睡]

❶**順；如意** ◆ 順遂／遂心／遂意／遂願。❷**成功** ◆ 政變未遂。

〈二〉[suí ㄙㄨㄟˊ [粵] sœy^{6} 睡]

❸**義同❶，用於"半身不遂"。**

9 運(运) 運運運運運運 [運]

[yùn ㄩㄣˋ [粵] wɐn^{6} 混]

❶**移動；轉動** ◆ 運行／運轉。❷**搬運；輸送** ◆ 運輸／運貨／客運／空運。❸**利用；使用** ◆ 運用／運筆。❹**運氣** ◆ 幸運／命運／祝你好運。

9 遍 遍遍遍遍遍遍 [遍]

[biàn ㄅㄧㄢˋ [粵] pin^{3} 片]

❶**到處；全面** ◆ 普遍／遍佈／遍地／遍體鱗傷／漫山遍野。❷**量詞，表示次數** ◆ 讀一遍／再説一遍／看了三遍。

焦點易錯字 游｜遊 游泳 上游 遊覽 遊戲 遏｜壓 遏止 怒不可遏 壓迫 壓抑

車 辛 辰 辵 邑 酉

9 **遐** 遐遐遐遐遐遐 遐

[xiá ㄒㄧㄚˊ ㊣ ha4 霞]

遠 ◆ 遐邇聞名/閉目遐想。

9 **違**（违） 違違違違違違 違

[wéi ㄨㄟˊ ㊣ wɐi4 惟]

❶**不遵守；不順從** ◆ 違法/違背/違反/陽奉陰違/事與願違。❷**離別** ◆ 久違。

10 **遠**（远） 遠遠遠遠遠遠 遠

[yuǎn ㄩㄢˇ ㊣ jyn5 軟]

❶**距離長；時間久；跟"近"相對** ◆ 遠方/遙遠/久遠/遠親不如近鄰/人無遠慮，必有近憂/孤帆遠影碧空盡，惟見長江天際流。❷**關係疏；不親密** ◆ 疏遠/遠房親戚。❸**不接近** ◆ 敬而遠之。❹**差別大** ◆ 相差很遠/遠不如從前/遠遠比不上他。❺**含意深刻** ◆ 言近旨遠。

10 **遣** 遣遣遣遣遣遣 遣

[qiǎn ㄑㄧㄢˇ ㊣ hin2 顯]

❶**派；調度** ◆ 派遣/調遣/遣送/遣返/調兵遣將。❷**消磨；排解** ◆ 消遣/排遣。

10 **遞**（递） 遞遞遞遞遞遞 遞

[dì ㄉㄧˋ ㊣ dɐi6 第]

❶**傳送** ◆ 傳遞/郵遞/投遞/遞交。❷**順次** ◆ 遞補/遞增/遞減。

10 **遙**（遥） 遙遙遙遙遙遙 遙

[yáo ㄧㄠˊ ㊣ jiu4 搖]

遠 ◆ 遙遠/遙控/遙望/遙遙相對/千里之遙/路遙知馬力，日久見人心。

10 **遜**（逊） 遜遜遜遜遜遜 遜

[xùn ㄒㄩㄣˋ ㊣ sœn3 信]

❶**謙虛** ◆ 謙遜/出言不遜。❷**差；不如** ◆ 毫不遜色/稍遜一籌。

11 **遨** 遨遨遨遨遨遨 遨

[áo ㄠˊ ㊣ ŋou4 熬]

遊歷；遊逛 ◆ 遨遊太空。

11 **遭** 遭遭遭遭遭遭 遭

[zāo ㄗㄠ ㊣ dzou1 糟]

遇到不幸的事 ◆ 遭災/遭殃/遭難/遭遇不幸。

11 **蓬** 見艸部，386頁。

11 **遮** 遮遮遮遮遮遮 遮

[zhē ㄓㄜ ㊣ dzɛ1 嗟]

擋住；掩蓋 ◆ 遮雨/遮擋/遮蓋/遮醜/一手遮天。

11 **適**（适） 適適適適適適 適

[shì ㄕˋ ㊣ sik7 式]

❶**符合；切合** ◆ 適合/適當/適宜/適用/削足適履。❷**正好** ◆ 大小適中/適得其反/適可而止/適逢其會。❸**舒服** ◆ 舒適/身體不適。❹**剛才** ◆ 適才。❺**去；往** ◆ 無所適從。

11 **遷**（迁） 遷遷遷遷遷遷 遷

[qiān ㄑㄧㄢ ㊣ tsin1 千]

❶**轉移；由一個地方搬到另一個地方** ◆ 遷

焦點易錯字 遣|遺　遣散 差遣　遺忘 遺憾

移／遷徙／遷居／搬遷／喬遷之喜。❷ **改變** ◆ 變遷／事過境遷／見異思遷。

12 遼 (辽)

[liáo ㄌㄧㄠˊ 粵 liu⁴ 聊]

❶ **遠** ◆ 遼遠／遼闊。❷ **遼寧省的簡稱。**

12 遺 (遗)

〈一〉[yí ㄧˊ 粵 wɐi⁴ 惟]

❶ **丟失；漏掉** ◆ 遺失／遺漏。❷ **遺失的東西** ◆ 路不拾遺。❸ **專指死人留下的** ◆ 遺容／遺囑／遺產。❹ **留下** ◆ 遺跡／遺留／遺憾／不遺餘力／遺臭萬年。

〈二〉[wèi ㄨㄟˋ 粵 wɐi⁶ 位]

❺ **贈送** ◆ 遺贈。

12 遴

[lín ㄌㄧㄣˊ 粵 lœn⁴ 鄰]

慎重挑選 ◆ 遴選人才。

12 遵

[zūn ㄗㄨㄣ 粵 dzœn¹ 津]

依照；按照 ◆ 遵守／遵照／遵命／遵循。

12 遲 (迟)

[chí ㄔˊ 粵 tsi⁴ 池]

❶ **緩慢；不迅速** ◆ 遲緩／事不宜遲／反應遲鈍。❷ **晚；跟"早"相對** ◆ 遲到／推遲三天／遲早會知道／別睡得太遲了。

12 選 (选)

[xuǎn ㄒㄩㄢˇ 粵 syn² 損]

❶ **挑揀** ◆ 選拔／選擇／選派／挑選／精選。❷ **指選舉** ◆ 大選／普選／競選。❸ **選出來的** ◆ 人選／文選／選手。

13 邁 (迈)

[mài ㄇㄞˋ 粵 mai⁶ 賣]

❶ **抬起腳向前走；跨越** ◆ 邁步／邁進／邁不過去／邁向新世紀。❷ **年老** ◆ 年邁／老邁。

13 還 (还)

〈一〉[huán ㄏㄨㄢˊ 粵 wan⁴ 環]

❶ **返回原來的地方；回復原來的狀態** ◆ 還鄉／還原／返老還童／春風又綠江南岸，明月何時照我還？❷ **送回借的東西** ◆ 還書／還債／歸還／有借有還。❸ **回報** ◆ 還禮／還擊／以牙還牙／罵不還口，打不還手。

〈二〉[hái ㄏㄞˊ 粵 wan⁴ 環]

❹ **仍舊** ◆ 還在看書／還沒有解決／還住在老地方／解鈴還須繫鈴人。❺ **更加** ◆ 比進口的還貴／今天比昨天還熱。❻ **再；又** ◆ 看了還看／還要去一次。❼ **表示程度上勉強過得去** ◆ 成績還可以。❽ **表示早已如此** ◆ 還在小學時，他們就是好朋友了。❾ **用來加強反問語氣** ◆ 說了幾遍，你還不明白嗎？

焦點易錯字 遣｜遺 遣散 差遣 遺忘 遺憾

13 **邀**

[yāo ㄧㄠ ㊣ jiu1 腰]

❶ **約請** ◆ 邀請 / 特邀 / 應邀。❷ **求得** ◆ 邀功請賞。

13 **邂**

[xiè ㄒㄧㄝˋ ㊣ hai6 駭]

邂逅：事先沒有相約而意外遇見 ◆ 不期邂逅 / 在旅途中邂逅闊別多年的朋友。

13 **避**

[bì ㄅㄧˋ ㊣ bei6 鼻]

❶ **躲開** ◆ 避雨 / 避暑 / 逃避 / 躲避 / 避而不談 / 避重就輕。❷ **防止** ◆ 避免 / 避孕 / 避雷針。

14 **邇**（迩）

[ěr ㄦˇ ㊣ ji5 耳]

近 ◆ 聞名遐邇。

15 **邊**（边）

[biān ㄅㄧㄢ ㊣ bin1 鞭]

❶ **物體的四周、外緣** ◆ 海邊 / 湖邊 / 邊境 / 無邊無際。❷ **表示近旁** ◆ 身邊 / 旁邊。❸ **表示方位或方面** ◆ 左邊 / 右邊 / 後邊 / 雙邊會談 / 牆頭一顆草，風吹兩邊倒。❹ **表示兩個以上的行動同時進行** ◆ 邊説邊笑 / 邊歌邊舞 / 一邊吃，一邊談。

19 **邏**（逻）

[luó ㄌㄨㄛˊ ㊣ lɔ4 羅]

巡察 ◆ 巡邏。

邑部

0 **邑**

[yì ㄧˋ ㊣ jɐp7 泣]

都城；城市 ◆ 都邑 / 通都大邑。

見古文字插頁 8。

4 **邢**

[xíng ㄒㄧㄥˊ ㊣ jiŋ4 形]

姓。

4 **邪**

[xié ㄒㄧㄝˊ ㊣ tsɛ4 斜]

不正當的思想或行為 ◆ 邪念 / 改邪歸正 / 歪風邪氣 / 邪門歪道。

4 **邦**

[bāng ㄅㄤ ㊣ bɔŋ1 幫]

國家 ◆ 邦交 / 友邦 / 鄰邦 / 民為邦本。

4 **祁**

見示部，316 頁。

4 **那**

〈一〉[nà ㄋㄚˋ ㊣ na5 拿5]

❶ **指示代詞，表示遠指；跟“這”相對** ◆ 那人 / 那裏 / 那個 / 那地方 / 這山比那山高。

❷ **承接上文，説明後果；相當於“那麼”** ◆

他能上場，那獲勝的把握就大了/實在沒有辦法，那就算了。

〈二〉[nèi ㄋㄟˋ [粵] na^{5} 拿^{5}]

❸ **義同❶，在口語中常用在量詞或數量詞之前** ◆ 那個人/那三年/那些玩具。

5 邯

[hán ㄏㄢˊ [粵] hɔn^{4} 韓]

邯鄲：地名，在河北省。

5 邱

[qiū ㄑㄧㄡ [粵] jɐu^{1} 休]

姓。

5 邸

[dǐ ㄉㄧˇ [粵] dɐi^{2} 底]

高級官員的住所 ◆ 官邸。

6 耶

見耳部，357頁。

6 郁

〈一〉[yù ㄩˋ [粵] juk^{7} 沃]

❶ **香氣濃烈** ◆ 馥郁/濃郁。❷ **姓。**

〈二〉[yù ㄩˋ [粵] wɐt^{7} 屈]

❸ **"鬱"的簡化字，見500頁。**

6 郊

[jiāo ㄐㄧㄠ [粵] gau^{1} 交]

城市周圍的地區 ◆ 郊區/市郊/郊遊。

6 郎

[láng ㄌㄤˊ [粵] lɔŋ^{4} 狼]

❶ **對青年男子的稱呼** ◆ 令郎/郎才女貌。❷ **女子稱丈夫或情人** ◆ 郎君/情郎。❸ **對某種人的稱呼** ◆ 貨郎/放牛郎/賣油郎。❹ **古代官名** ◆ 侍郎/員外郎。

7 郝

[hǎo ㄏㄠˇ [粵] kɔk^{8} 確]

姓。

7 哪

見口部，71頁。

7 郡

[jùn ㄐㄩㄣˋ [粵] gwɐn^{6} 君^{6}]

古代的行政區劃名稱，比現在的縣要大 ◆ 郡縣。

7 娜

見女部，106頁。

8 都

〈一〉[dū ㄉㄨ [粵] dou^{1} 刀]

❶ **首都：一國中央政府的所在地** ◆ 國都/建都。❷ **大城市** ◆ 都市/都會。

〈二〉[dōu ㄉㄡ [粵] dou^{1} 刀]

❸ **全；統統** ◆ 大家都來了/手心手背都是肉。❹ **加重語氣** ◆ 連小動物都欺負。

8 郴

[chēn ㄔㄣ [粵] tsɐm^{1} 侵]

郴州市、郴縣：地名，在湖南省。

8 部

[bù ㄅㄨˋ [粵] bou^{6} 步]

❶ **部分；部位** ◆ 局部/內部/全部/胸部/

腿部。❷某些機關、單位按業務而設立的部門 ◆ 外交部 / 編輯部 / 門市部。❸指軍隊 ◆ 部隊 / 司令部 / 率部突圍。❹統率 ◆ 所部 / 部下。❺量詞，用於書籍、影片等 ◆ 一部字典 / 兩部電影 / 一部汽車。

8 郭

郭 郭 郭 郭 郭 郭 郭

[guō ㄍㄨㄛ 粵 gwɔk⁸ 國]
外城 ◆ 城郭。

9 鄂

鄂 鄂 鄂 鄂 鄂 鄂 鄂

[è ㄜˋ 粵 ŋɔk⁹ 岳]
湖北省的別稱 ◆ 湘、鄂。

9 郵 (邮)

郵 郵 郵 郵 郵 郵 郵

[yóu ㄧㄡˊ 粵 jɐu⁴ 由]
❶通過郵局寄送 ◆ 郵寄 / 郵匯 / 郵購。❷有關郵務的 ◆ 郵局 / 郵票 / 郵資 / 通郵。

9 鄉 (乡)

鄉 鄉 鄉 鄉 鄉 鄉 鄉

[xiāng ㄒㄧㄤ 粵 hœŋ¹ 香]
❶農村 ◆ 鄉村 / 下鄉 / 窮鄉僻壤。❷家鄉 ◆ 鄉親 / 同鄉 / 背井離鄉 / 舉頭望明月，低頭思故鄉。❸縣或縣以下的區所屬的農村行政區劃 ◆ 鄉長。

10 鄒 (邹)

鄒 鄒 鄒 鄒 鄒 鄒 鄒

[zōu ㄗㄡ 粵 dzɐu¹ 周]
姓。

11 鄞

鄞 鄞 鄞 鄞 鄞 鄞 鄞

[yín ㄧㄣˊ 粵 ŋɐn⁴ 銀]
鄞縣：地名，在浙江省。

11 鄙

鄙 鄙 鄙 鄙 鄙 鄙 鄙

[bǐ ㄅㄧˇ 粵 pei² 披²]
❶粗俗；低劣 ◆ 鄙俗 / 卑鄙。❷輕視；看不起 ◆ 鄙視 / 鄙薄 / 鄙棄。❸表示自謙 ◆ 鄙人 / 鄙意。

12 鄲 (郸)

鄲 鄲 鄲 鄲 鄲 鄲 鄲

[dān ㄉㄢ 粵 dan¹ 丹]
邯鄲。見“邯”字，453頁。

12 鄱

鄱 鄱 鄱 鄱 鄱 鄱 鄱

[pó ㄆㄛˊ 粵 bɔ³ 播]
❶鄱陽湖：湖名，在江西省。❷鄱陽：縣名，在江西省。

12 鄭 (郑)

鄭 鄭 鄭 鄭 鄭 鄭 鄭

[zhèng ㄓㄥˋ 粵 dzɛŋ⁶ 井⁶]
姓。

12 鄰 (邻)

鄰 鄰 鄰 鄰 鄰 鄰 鄰

[lín ㄌㄧㄣˊ 粵 lœn⁴ 倫]
❶貼近住家的人家 ◆ 鄰居 / 四鄰 / 左鄰右舍 / 遠親不如近鄰 / 海內存知己，天涯若比鄰。❷接壤的或接近的 ◆ 鄰國 / 鄰近 / 鄰縣 / 鄰座 / 友好鄰邦。

12 鄧 (邓)

鄧 鄧 鄧 鄧 鄧 鄧 鄧

[dèng ㄉㄥˋ 粵 dɐŋ⁶ 燈⁶]
姓。

13 鄴 (邺)

鄴 鄴 鄴 鄴 鄴 鄴 鄴

[yè ㄧㄝˋ 粵 jip⁹ 業]
姓。

車 辛 辰 辵 邑 酉

焦點易錯字 鄰 | 粼 鄰近 毗鄰 波光粼粼 白石粼粼

15 **鄺**（邝） 鄺 鄺 鄺 鄺 鄺 鄺 鄺

[kuàng ㄎㄨㄤˋ (粵) kwɔŋ3 曠]
姓。

酉部

0 **酉** 酉 酉 酉 酉 酉 酉 酉

[yǒu ㄧㄡˇ (粵) jɐu5 有]
❶地支的第十位 ◆ 申酉戌亥。❷酉時：即下午五時至七時。

見古文字插頁8。

圖見109頁。

2 **酊** 酊 酊 酊 酊 酊 酊 酊

〈一〉[dīng ㄉㄧㄥ (粵) diŋ1 丁]
❶ 用酒精和藥物配製而成的液體藥劑，如碘酊。

〈二〉[dǐng ㄉㄧㄥˇ (粵) diŋ2 頂]
❷ 酩酊。見“酩”字，456頁。

2 **酋** 酋 酋 酋 酋 酋 酋 酋

[qiú ㄑㄧㄡˊ (粵) tsɐu4 酬 / jɐu4 由]
部落的首領；頭目 ◆ 酋長 / 匪酋。

3 **酌** 酌 酌 酌 酌 酌 酌 酌

[zhuó ㄓㄨㄛˊ (粵) dzœk8 雀]
❶斟酒；喝酒 ◆ 對酌 / 自斟自酌。❷指簡單的酒飯 ◆ 小酌 / 便酌 / 菲酌。❸考慮；衡量 ◆ 斟酌 / 酌情處理。

3 **酒** 酒 酒 酒 酒 酒 酒 酒

[jiǔ ㄐㄧㄡˇ (粵) dzɐu2 走]
用糧食或水果經發酵而製成的含有酒精的飲料，種類很多 ◆ 白酒 / 黃酒 / 啤酒 / 葡萄酒 / 酒逢知己千杯少。

3 **配** 配 配 配 配 配 配 配

[pèi ㄆㄟˋ (粵) pui3 佩]
❶按標準或規格加以調和或組合一起 ◆ 配藥 / 配搭 / 配合 / 裝配 / 配顏色。❷有計劃地分派 ◆ 分配 / 配給 / 配備 / 配售。❸把缺少的東西補足 ◆ 配套 / 配零件 / 配鑰匙 / 配玻璃。❹陪襯；襯托 ◆ 配角 / 紅花還要綠葉配。❺夠得上；相稱 ◆ 般配 / 配當優等生 / 不配當警察。❻男女結婚；成婚的一方，多指妻子 ◆ 婚配 / 許配 / 配偶 / 元配。❼使動物交配 ◆ 配種。

4 **酗** 酗 酗 酗 酗 酗 酗 酗

[xù ㄒㄩˋ (粵) hœy3 去]
酗酒：經常無節制地過量喝酒。

5 **酣** 酣 酣 酣 酣 酣 酣 酣

[hān ㄏㄢ (粵) ham4 函]
❶飲酒暢快、盡興 ◆ 酣飲 / 酒酣耳熱。❷泛指舒暢、痛快 ◆ 酣睡 / 酣戰 / 酣暢。

5 **酥** 酥 酥 酥 酥 酥 酥 酥

[sū ㄙㄨ (粵) sou1 蘇]
❶ 酥油：從牛羊奶中提煉出來的脂肪。❷

食物鬆脆 ◆ 酥糖／酥餅／又酥又脆。❸ 鬆脆多油的食物 ◆ 桃酥／杏仁酥。❹ 身體軟弱無力 ◆ 四肢酥軟。

6 酮 酮 酮 酮 酮 酮 酮 酮

[tóng ㄊㄨㄥˊ ㊊ tuŋ4 同]
有機化合物的一類，如丙酮。

6 酪 酪 酪 酪 酪 酪 酪 酪

[lào ㄌㄠˋ ㊊ lɔk9 烙]
❶ 半凝固的乳製食品 ◆ 奶酪。❷ 用果實或果仁為原料做成的糊狀食品 ◆ 杏仁酪。

6 酩 酩 酩 酩 酩 酩 酩 酩

[mǐng ㄇㄧㄥˇ ㊊ miŋ5 皿]
酩酊：飲酒過量，醉得很厲害◆ 酩酊大醉。

6 酬 酬 酬 酬 酬 酬 酬 酬

[chóu ㄔㄡˊ ㊊ tsɐu4 囚]
❶ 用錢或物償付或答謝 ◆ 酬金／酬勞／酬謝／報酬／同工同酬。❷ 交際往來 ◆ 應酬。❸ 實現；達到願望 ◆ 壯志未酬。

7 酵 酵 酵 酵 酵 酵 酵 酵

[jiào ㄐㄧㄠˋ ㊊ hau1 敲]
發酵：由於酶的化學作用使有機物生黴菌，起泡變酸。發麪、釀酒都要經過發酵。

7 酷(酷) 酷 酷 酷 酷 酷 酷 酷

[kù ㄎㄨˋ ㊊ huk9 鵠]
❶ 殘忍狠毒 ◆ 殘酷／酷刑／酷吏／冷酷無情。❷ 極；非常 ◆ 酷熱／酷暑／酷似／酷愛。

7 酶 酶 酶 酶 酶 酶 酶 酶

[méi ㄇㄟˊ ㊊ mui4 梅]
具有催化作用的有機物質，由蛋白質組成。也就是酵素。

7 酸 酸 酸 酸 酸 酸 酸 酸

[suān ㄙㄨㄢ ㊊ syn1 孫]
❶ 像醋的氣味或味道 ◆ 酸菜／酸梅／酸棗／酸奶。❷ 悲痛；傷心 ◆ 辛酸／心酸／悲酸。❸ 微痛而無力的感覺。同"痠"字 ◆ 腰酸背痛／四肢酸軟。❹ 譏諷文人迂腐、貧窮或小氣 ◆ 寒酸／窮酸相／心裏有點酸溜溜的。

8 醋 醋 醋 醋 醋 醋 醋 醋

[cù ㄘㄨˋ ㊊ tsou3 燥]
❶ 有酸味的調味品，大都用糧食發酵做成 ◆ 米醋／甜醋。❷ 比喻嫉妒 ◆ 吃醋／醋意大發。

8 醃(腌) 醃 醃 醃 醃 醃 醃 醃

[yān ㄧㄢ ㊊ jim1 淹]
用鹽、糖等浸製食物 ◆ 醃肉／醃魚／醃蘿蔔。

8 醇 醇 醇 醇 醇 醇 醇 醇

[chún ㄔㄨㄣˊ ㊊ sœn4 純]
❶ 酒味純厚 ◆ 醇酒／香醇可口。❷ 有機化合物的一類，如酒精也叫乙醇。

焦點易錯字 淳｜醇 淳樸 淳厚 醇酒 醇香

8 醉

[zuì ㄗㄨㄟˋ (粵) dzœy^{3} 最]

❶ **飲酒過量，引起嘔吐或神志不清等現象** ◆ 醉漢 / 喝醉了 / 醉得不省人事 / 醉翁之意不在酒。❷ **用酒浸製食物** ◆ 醉蝦 / 醉鴨 / 醉棗。❸ **過分愛好或沈迷於某事** ◆ 陶醉 / 醉心於武俠小說 / 沈醉在娛樂場所。❹ **注射麻藥，使失去知覺** ◆ 麻醉。

9 醞 (酝)

[yùn ㄩㄣˋ (粵) wɐn^{2} 穩]

醞釀：造酒；比喻逐漸達到成熟的準備過程 ◆ 充分醞釀/醞釀候選人。

9 醒

[xǐng ㄒㄧㄥˇ (粵) siŋ^{1} 星/siŋ^{2} 省/sɛŋ^{2} (語)]

❶ **睡覺過後或還沒睡着時的狀態** ◆ 睡醒了 / 一覺醒來 / 如夢初醒 / 還醒着呢。❷ **酒醉、麻醉或昏迷後神志恢復正常** ◆ 酒醒了/蘇醒過來。❸ **覺悟過來** ◆ 提醒/醒悟/猛醒 / 發人深醒。❹ **明顯；突出；引人注意** ◆ 醒目。

10 醛 (醛)

[quán ㄑㄩㄢˊ (粵) tsyn^{4} 全]

有機化合物的一類，如甲醛。

10 醜 (丑)

[chǒu ㄔㄡˇ (粵) tsɐu^{2} 丑]

❶ **相貌難看；跟"美"相對** ◆ 醜陋 / 醜小鴨 / 長得很醜。❷ **令人厭惡的；可恥的** ◆ 醜聞 / 醜惡 / 醜態百出 / 當場出醜 / 家醜不可外揚。

10 醚

[mí ㄇㄧˊ (粵) mɐi^{4} 迷]

有機化合物的一類，如乙醚。

11 醫 (医)

[yī ㄧ (粵) ji^{1} 衣]

❶ **治病** ◆ 醫治 / 醫療 / 醫院 / 醫術。❷ **指醫生** ◆ 軍醫 / 牙醫 / 獸醫 / 久病成醫。❸ **指醫學** ◆ 醫書 / 中醫 / 西醫 / 學醫。

11 醬 (酱)

[jiàng ㄐㄧㄤˋ (粵) dzœŋ^{3} 漲]

❶ **用發酵後的豆、麪等加鹽製成的糊狀調味品** ◆ 豆瓣醬 / 甜麪醬。❷ **用醬或醬油醃製的食品** ◆ 醬菜 / 醬黃瓜。❸ **像醬的糊狀食品** ◆ 蝦醬 / 花生醬 / 果子醬。

14 醺

[xūn ㄒㄩㄣ (粵) fɐn^{1} 分]

酒醉 ◆ 醉醺醺。

17 釀 (酿)

[niàng ㄋㄧㄤˋ (粵) jœŋ^{6} 讓]

❶ **造酒** ◆ 釀造 / 釀酒。❷ **蜜蜂做蜜** ◆ 釀蜜。❸ **指酒** ◆ 佳釀 / 陳釀。❹ **逐漸形成** ◆ 醞釀已久 / 釀成大錯。

18 釁 (衅)

[xìn ㄒㄧㄣˋ (粵) jɐn^{3} 印]

找藉口生事；爭端 ◆ 挑釁 / 尋釁。

采部

1 采

[cǎi ㄘㄞˇ ㊂ tsɔi^2 彩]

❶ **神態** ◆ 神采 / 興高采烈 / 無精打采。❷ **“採”的簡化字，見177頁。**

5 釉

[yòu ㄧㄡˋ ㊂ jɐu^6 又]

塗在陶瓷表面的一種光滑的物質 ◆ 上釉 / 彩釉。

13 釋 (释)

[shì ㄕˋ ㊂ sik^7 式]

❶ **説明；解説** ◆ 解釋 / 註釋 / 釋義。❷ **消除** ◆ 釋疑 / 冰釋前嫌。❸ **放出；放下** ◆ 釋放 / 保釋 / 手不釋卷 / 愛不釋手 / 如釋重負。

里部

0 里

[lǐ ㄌㄧˇ ㊂ lei^5 李]

❶ **居住的地方；家鄉** ◆ 里弄 / 鄰里之間 / 榮歸故里。❷ **長度單位，一里等於五百米，一公里等於一千米。** ❸ **“裏”的簡化字，見405頁。**

2 厘

見厂部，55頁。

2 重

〈一〉[zhòng ㄓㄨㄥˋ ㊂ tsuŋ^5 蟲^5]

❶ **分量大；跟“輕”相對** ◆ 不知輕重 / 舉重若輕 / 如釋重負 / 水比油重。❷ **物體的分量** ◆ 體重 / 重量 / 超重 / 千斤重。❸ **程度深** ◆ 重傷 / 病重 / 重病在身 / 嚴重(粵音又讀 dzuŋ^6 仲) / 千里送鵝毛，禮輕情意重。❹ **數量多** ◆ 重金收買 / 重兵把守 / 重賞之下，必有勇夫。

〈二〉[zhòng ㄓㄨㄥˋ ㊂ dzuŋ^6 仲]

❺ **主要的；要緊的** ◆ 重點 / 重要 / 身負重任 / 軍事重地。❻ **重視；特別關注的** ◆ 尊重 / 敬重 / 器重 / 重男輕女。❼ **嚴肅；不輕率** ◆ 鄭重 / 莊重 / 隆重 / 穩重 / 慎重 / 老成持重。

〈三〉[chóng ㄔㄨㄥˊ ㊂ tsuŋ^4 蟲]

❽ **再** ◆ 重新 / 重寫 / 重見天日 / 久別重逢 / 舊地重遊 / 花有重開日，人無再少年。❾ **重複** ◆ 重疊在一起 / 書買重了。❿ **層** ◆ 重重包圍 / 兩岸猿聲啼不住，輕舟已過萬重山。

3 埋

見土部，89頁。

3 哩

見口部，70頁。

4 野

[yě ㄧㄝˇ ㊂ jɛ^5 冶]

❶ **郊外；原野** ◆ 野外 / 曠野 / 田野 / 漫山遍野 / 野火燒不盡，春風吹又生 / 天蒼蒼，野茫茫，風吹草低見牛羊。❷ **界限；範圍**

辰 辵 邑 酉 采 里

◆ 視野／分野。❸ **不是人工馴養或培植的** ◆ 野獸／野鴨／野兔／野菜。❹ **粗魯；蠻橫無禮** ◆ 粗野／野蠻／撒野。❺ **不當政的** ◆ 下野／在野黨／朝野議論紛紛。

5 **量**

〈一〉[liàng ㄌㄧㄤˋ ㊕ lœŋ⁶ 亮]

❶ **數目的多少** ◆ 數量／重量／產量／降雨量／大量出口。❷ **容納的限度** ◆ 飯量／酒量／氣量／膽量。❸ **估計；衡量** ◆ 量才錄用／量入為出／量力而行。

〈二〉[liáng ㄌㄧㄤˊ ㊕ lœŋ⁴ 良]

❹ **測定物體的長短、大小、多少、輕重等** ◆ 測量／量尺寸／量體重／量體溫／人不可貌相，海水不可斗量。❺ **估計；考慮** ◆ 估量／思量。❻ **商議** ◆ 商量。

11 **釐**(厘)

[lí ㄌㄧˊ ㊕ lei⁴ 離]

❶**長度單位，千分之一尺。**❷**重量單位，千分之一兩。**❸ **地積單位，百分之一畝。**❹ **銀行計算利息的單位，年利率一釐為本金的百分之一。**❺ **整理；改正** ◆ 釐定／釐正。

金部

0 **金**

[jīn ㄐㄧㄣ ㊕ gɐm¹ 今]

❶ **黃金：貴重金屬，色黃** ◆ 金飾／金幣。❷**金屬的通稱** ◆ 五金／冶金／合金。❸**錢** ◆ 現金／獎金／金錢／揮金如土。❹**指金屬製的打擊樂器** ◆ 金鼓齊鳴／鳴金收兵。❺ **像金子一樣黃而亮的顏色** ◆ 金黃／金髮女郎。❻**比喻貴重、高貴** ◆ 金貴／金枝玉葉／金玉良緣。

見古文字插頁 8。

2 **針**(针)

[zhēn ㄓㄣ ㊕ dzɐm¹ 斟]

❶ **縫紉、刺繡、編結用的引線工具** ◆ 針線／繡花針／毛衣針／海底撈針／只要工夫深，鐵杵磨成針。❷ **形狀像針的細長的東西** ◆ 時針／松針／大頭針／指南針。❸ **用針刺入人體穴位治病** ◆ 針灸。❹**泛指注射用的醫療器材或液體藥物** ◆ 針頭／針管／針劑。

2 **釘**(钉)

〈一〉[dīng ㄉㄧㄥ ㊕ diŋ¹ 丁/dɛŋ¹ 盯 (語)]

❶ **釘子：用來起固定作用或掛東西的物件** ◆ 鐵釘／圖釘／螺絲釘。

〈二〉[dìng ㄉㄧㄥˋ ㊕ diŋ¹ 丁]

❷**把釘子打進別的物體裏使固定住** ◆ 釘木盒／釘鞋掌／鐵板上釘釘。❸**用針線把東西縫住** ◆ 釘鈕子／釘帶子。

2 **釗**(钊)

[zhāo ㄓㄠ ㊕ tsiu¹ 超]

勉勵。多作人名用字。

2 **釜**

[fǔ ㄈㄨˇ ㊕ fu² 苦]

古代的一種鍋 ◆ 釜底抽薪／破釜沉舟。

焦點易錯字 繹｜釋｜譯　演繹 絡繹不絕　解釋 冰釋前嫌　翻譯 譯者

3**釦**(扣) 釦 釦 釦 釦 釦 釦 釦

[kòu ㄎㄡˋ ㊚ kɐu³ 扣]
衣紐 ◆ 紐釦 / 暗釦 / 釘釦子。

3**釺**(钎) 釺 釺 釺 釺 釺 釺 釺

[qiān ㄑㄧㄢ ㊚ tsin¹ 千]
打孔眼用的一頭尖的鋼棍 ◆ 鋼釺。

3**釧**(钏) 釧 釧 釧 釧 釧 釧 釧

[chuàn ㄔㄨㄢˋ ㊚ tsyn³ 串]
戴在手腕上的鐲子 ◆ 玉釧 / 金釧。

3**釣** 釣 釣 釣 釣 釣 釣 釣

[diào ㄉㄧㄠˋ ㊚ diu³ 吊]
❶ **用食物引誘魚、蝦等上鈎** ◆ 釣魚 / 垂釣 / 釣到了一條大魚 / 姜太公釣魚，願者上鈎 / 孤舟蓑笠翁，獨釣寒江雪。❷ **比喻用手段謀取** ◆ 沽名釣譽。

3**釵**(钗) 釵 釵 釵 釵 釵 釵 釵

[chāi ㄔㄞ ㊚ tsai¹ 猜]
婦女髮髻上的一種首飾，由兩股簪子合成 ◆ 金釵 / 紫玉釵。

4**鈣**(钙) 鈣 鈣 鈣 鈣 鈣 鈣 鈣

[gài ㄍㄞˋ ㊚ kɔi³ 丐]
金屬元素，銀白色。人體缺鈣會引起軟骨病，影響發育。鈣的化合物，如石灰石、石膏等，在工業和醫藥上用途很廣。

4**鈍**(钝) 鈍 鈍 鈍 鈍 鈍 鈍 鈍

[dùn ㄉㄨㄣˋ ㊚ dœn⁶ 頓]
❶ **不鋒利；跟"銳"、"利"相對** ◆ 菜刀鈍了 / 鈍刀子割肉。❷ **腦子不靈活；做事動作不快** ◆ 遲鈍。

4**鈔**(钞) 鈔 鈔 鈔 鈔 鈔 鈔 鈔

[chāo ㄔㄠ ㊚ tsau¹ 抄]
紙幣 ◆ 鈔票 / 偽鈔 / 現鈔。

4**鈉**(钠) 鈉 鈉 鈉 鈉 鈉 鈉 鈉

[nà ㄋㄚˋ ㊚ nap⁹ 納]
金屬元素，銀白色。鈉和它的化合物，如食鹽、燒鹹等，在工業上用途很廣。

4**欽** 見欠部，230頁。

4**鈞**(钧) 鈞 鈞 鈞 鈞 鈞 鈞 鈞

[jūn ㄐㄩㄣ ㊚ gwɐn¹ 均]
古代的重量單位，三十斤為一鈞 ◆ 千鈞一髮 / 雷霆萬鈞之勢。

4**鈎**(钩) 鈎 鈎 鈎 鈎 鈎 鈎 鈎

[gōu ㄍㄡ ㊚ ŋɐu¹ 勾]
❶ **鈎子：形狀彎曲，用來懸掛或取東西的用具** ◆ 掛鈎 / 釣鈎 / 秤鈎 / 魚鈎。❷ **用鈎子掛或取** ◆ 把東西鈎出來。❸ **一種縫紉或編織的方法** ◆ 鈎邊 / 鈎花。❹ **漢字筆畫名稱之一，是末端彎曲的一種筆畫，如"小"的第一筆、"戈"的第二筆等。**

4**鈕**(钮) 鈕 鈕 鈕 鈕 鈕 鈕 鈕

[niǔ ㄋㄧㄡˇ ㊚ nɐu² 扭]
❶ **同"紐"字** ◆ 鈕釦。❷ **電器開關** ◆ 電鈕 / 按鈕。

5 **鉗** (钳) 鉗 鉗 鉗 鉗 鉗 鉗 鉗

[qián ㄑㄧㄢˊ 粵 kim⁴ 黔]

❶**鉗子：夾東西的工具** ◆ 鉗夾 / 火鉗 / 尖口鉗 / 老虎鉗。❷**把東西夾住；約束** ◆ 鉗制。

5 **鈷** (钴) 鈷 鈷 鈷 鈷 鈷 鈷 鈷

[gǔ ㄍㄨˇ 粵 gu² 鼓]

一種金屬元素，銀白色。工業上用途廣泛。放射性鈷可用來治療癌症。

5 **鉢** (钵) 鉢 鉢 鉢 鉢 鉢 鉢 鉢

[bō ㄅㄛ 粵 but⁸ 勃⁸]

❶ **盆狀陶器，可以盛東西或研藥末** ◆ 鉢頭 / 乳鉢 / 飯鉢。❷ **指和尚盛飯的器具** ◆ 衣鉢。

5 **鉅** (巨) 鉅 鉅 鉅 鉅 鉅 鉅 鉅

[jù ㄐㄩˋ 粵 gœy⁶ 巨]

大。同"巨"字 ◆ 鉅款。

5 **鉀** (钾) 鉀 鉀 鉀 鉀 鉀 鉀 鉀

[jiǎ ㄐㄧㄚˇ 粵 gap⁸ 甲]

金屬元素。鉀的化合物用途很廣，如鉀肥是重要的肥料。

5 **鈾** (铀) 鈾 鈾 鈾 鈾 鈾 鈾 鈾

[yóu ㄧㄡˊ 粵 jɐu⁴ 由]

一種放射性金屬元素，主要用來產生原子能。

5 **鉑** (铂) 鉑 鉑 鉑 鉑 鉑 鉑 鉑

[bó ㄅㄛˊ 粵 bɔk⁹ 薄]

一種金屬元素，銀白色，有光澤。工業上用途廣泛。也可製作裝飾品 ◆ 鉑金鑽戒。

5 **鈴** (铃) 鈴 鈴 鈴 鈴 鈴 鈴 鈴

[líng ㄌㄧㄥˊ 粵 liŋ⁴ 零]

❶**用金屬製成的響器** ◆ 鈴鐺 / 門鈴 / 電鈴 / 上課鈴聲響了 / 解鈴還須繫鈴人。❷**形狀像鈴的東西** ◆ 啞鈴。

5 **鉛** (铅) 鉛 鉛 鉛 鉛 鉛 鉛 鉛

〈一〉[qiān ㄑㄧㄢ 粵 jyn⁴ 元]

❶ **金屬元素，青灰色，質軟，有毒，用途很廣** ◆ 鉛字 / 鉛球。❷ **鉛筆：用石墨研成粉末，加入顏料、黏土製成筆心的筆。**

〈二〉[yán ㄧㄢˊ 粵 jyn⁴ 元]

❸ **鉛山：地名，在江西省。**

5 **鉚** (铆) 鉚 鉚 鉚 鉚 鉚 鉚 鉚

[mǎo ㄇㄠˇ 粵 mau⁵ 卯]

用釘子連接金屬件的方法 ◆ 鉚接 / 鉚釘。

5 **鉋** (刨) 鉋 鉋 鉋 鉋 鉋 鉋 鉋

[bào ㄅㄠˋ 粵 pau⁴ 咆]

❶ **鉋子：一種推刮木材使表面平整光滑的木工工具。** ❷ **鉋牀，一種推刮金屬製品使表面平整光滑的機械設備** ◆ 龍門鉋。❸**用鉋子或鉋牀進行加工，使器物表面平整光滑** ◆ 桌面鉋得很光滑 / 地板沒鉋平。

6 **銬** (铐) 銬 銬 銬 銬 銬 銬 銬

[kào ㄎㄠˋ 粵 kɐu³ 扣]

❶ **手銬：鎖犯人用的刑具。** ❷ **給犯人戴上手銬** ◆ 把犯人銬起來。

6 **銅**（铜） 銅 銅 銅 銅 銅 銅 銅

[tóng ㄊㄨㄥˊ ㊣ tuŋ4 同]

金屬元素，紅棕色，導電性能好。銅和銅的合金材料在工業上用途廣泛 ◆ 銅絲 / 銅鼓。

6 **銖**（铢） 銖 銖 銖 銖 銖 銖 銖

[zhū ㄓㄨ ㊣ dzy1 朱]

古代重量單位，一兩的二十四分之一 ◆ 銖積寸纍 / 錙銖必較。

6 **銑**（铣） 銑 銑 銑 銑 銑 銑 銑

〈一〉[xiǎn ㄒㄧㄢˇ ㊣ sin2 癬]

❶ **最有光澤的金屬。**

〈二〉[xǐ ㄒㄧˇ ㊣ sin2 癬]

❷ **在銑牀上切削金屬** ◆ 銑刀。

6 **銓**（铨） 銓 銓 銓 銓 銓 銓 銓

[quán ㄑㄩㄢˊ ㊣ tsyn4 全]

❶ **衡量** ◆ 銓度。❷ **量才選拔官員** ◆ 銓選。

6 **銜**（衔） 銜 銜 銜 銜 銜 銜 銜

[xián ㄒㄧㄢˊ ㊣ ham4 咸]

❶ **用嘴叼** ◆ 燕子銜泥築巢。❷ **存在心裏** ◆ 銜冤 / 銜恨。❸ **相連接** ◆ 銜接。❹ **職位或級別的稱號** ◆ 頭銜 / 軍銜 / 職銜 / 學銜。❶－❸ **也作"啣"**。

6 **銘**（铭） 銘 銘 銘 銘 銘 銘 銘

[míng ㄇㄧㄥˊ ㊣ miŋ4 明]

❶ **刻在器物上的記述事跡、功德或用來勉勵自己的文字** ◆ 墓誌銘 / 座右銘。❷ **比喻深刻記住** ◆ 銘記 / 刻骨銘心。

6 **鉻**（铬） 鉻 鉻 鉻 鉻 鉻 鉻 鉻

[gè ㄍㄜˋ ㊣ gɔk8 各]

金屬元素，可用來電鍍、製造不鏽鋼等。

6 **銥**（铱） 銥 銥 銥 銥 銥 銥 銥

[yī ㄧ ㊣ ji1 衣]

金屬元素，銀白色。銥的合金可做鋼筆尖等 ◆ 銥金筆。

6 **銀**（银） 銀 銀 銀 銀 銀 銀 銀

[yín ㄧㄣˊ ㊣ ŋɐn4 垠]

❶ **金屬元素，白色，可用來製造貴重的日用器皿和裝飾品，工業上也有廣泛用途** ◆ 銀幣 / 金銀首飾。❷ **像銀子的顏色** ◆ 銀河 / 銀幕 / 銀灰色。❸ **跟錢幣有關的** ◆ 銀行 / 銀根。

7 **鋪**（铺） 鋪 鋪 鋪 鋪 鋪 鋪 鋪

〈一〉[pū ㄆㄨ ㊣ pou1 普1]

❶ **把東西展開、攤平** ◆ 鋪被褥 / 鋪鐵軌 / 鋪地毯 / 用沙石把路鋪平。

〈二〉[pù ㄆㄨˋ ㊣ pou1 普1]

❷ **牀；牀位** ◆ 牀鋪 / 搭鋪 / 臥鋪 / 上下鋪。

〈三〉[pù ㄆㄨˋ ㊣ pou3 普3]

❸ **商店。同"舖"字** ◆ 藥鋪 / 雜貨鋪。

7 **銷**（销） 銷 銷 銷 銷 銷 銷 銷

[xiāo ㄒㄧㄠ ㊣ siu1 消]

❶ **熔化金屬；燒掉** ◆ 銷金 / 銷毀。❷ **除去；解除** ◆ 銷假 / 報銷 / 撤銷 / 註銷 / 一筆

焦點易錯字 消 | 銷　消除 意志消沈　銷毀 一筆勾銷

勾銷。❸**賣出** ◆ 銷售/暢銷/推銷/銷贓。❹**消費** ◆ 開銷/花銷。❺**銷子：像釘子一樣的金屬棒；插上銷子** ◆ 插銷/銷釘/把門銷上。

7 **鋇**(钡) 鋇鋇鋇鋇鋇鋇 鋇

[bèi ㄅㄟˋ 粵 bui³ 貝]

金屬元素，銀白色，可用來做合金材料和化學材料。

7 **鋤**(锄) 鋤鋤鋤鋤鋤鋤 鋤

[chú ㄔㄨˊ 粵 tsɔ⁴ 雛]

❶ **翻土和除草的農具** ◆ 鋤頭。❷ **用鋤翻土、除草** ◆ 鋤地/鋤草/鋤禾日當午，汗滴禾下土。誰知盤中餐，粒粒皆辛苦。❸ **除掉** ◆ 鋤奸/鋤強扶弱。

鋤頭

7 **鋁**(铝) 鋁鋁鋁鋁鋁鋁 鋁

[lǚ ㄌㄩˇ 粵 lœy⁵ 呂]

金屬元素，銀色，容易導電、傳熱，可以製電線及日用器具。鋁的合金是製造飛機、火箭的重要材料。

7 **銹** **"鏽" 的異體字，見468頁。**

7 **銼**(锉) 銼銼銼銼銼銼 銼

[cuò ㄘㄨㄛˋ 粵 tsɔ³ 挫]

❶ **銼刀：用來磨平金屬、竹木等器物使表面光滑的工具** ◆ 鋼銼/木銼/扁銼。❷ **用銼刀打磨東西** ◆ 銼平/銼尖/銼扁。

7 **鋒**(锋) 鋒鋒鋒鋒鋒鋒 鋒

[fēng ㄈㄥ 粵 fuŋ¹ 風]

❶ **刀、劍等物體的鋭利或尖端部分；比喻言語、文章的氣勢** ◆ 刀鋒/鋒利/筆鋒/針鋒相對/鋒芒所向/詞鋒鋭利。❷ **在前面帶頭的** ◆ 先鋒/前鋒。

7 **鋅**(锌) 鋅鋅鋅鋅鋅鋅 鋅

[xīn ㄒㄧㄣ 粵 sɐn¹ 辛]

金屬元素，顏色青白，可製鋅板和合金材料，鍍在鐵器上可避免生鏽。

7 **銻**(锑) 銻銻銻銻銻銻 銻

[tī ㄊㄧ 粵 tɐi¹ 梯]

金屬元素，銀白色。銻的合金可鑄鉛字、軸承等。

7 **鋭**(锐) 鋭鋭鋭鋭鋭鋭 鋭

[ruì ㄖㄨㄟˋ 粵 jœy⁶ 裔]

❶**刀鋒快而尖利；跟 "鈍" 相對** ◆ 鋭利/尖鋭。❷ **快捷** ◆ 敏鋭/鋭減。❸ **強有力的氣勢** ◆ 鋭氣/鋭不可當/養精蓄鋭。

8 **錶**(表) 錶錶錶錶錶錶 錶

[biǎo ㄅㄧㄠˇ 粵 biu² 表 /biu¹ 標(語)]

計時用具，一般比鐘要小，可以隨身帶的 ◆ 手錶/秒錶/石英錶/電子錶。

8鍺（锗） 鍺鍺鍺鍺鍺鍺 鍺

[zhě ㄓㄜˇ ㊕ dzɛ^{2} 者]
金屬元素，是半導體材料，也用於製藥。

8錯（错） 錯錯錯錯錯錯 錯

〈一〉[cuò ㄘㄨㄛˋ ㊕ tsɔ^{3} 挫]
❶不正確；不對；跟"對"相對 ◆ 錯誤/錯字/錯覺/知錯能改/一錯再錯。❷過失 ◆ 出錯/過錯/他沒錯。❸岔開；避開 ◆ 錯車/錯過機會。❹壞；差。多用在否定詞"不"的後面 ◆ 感情不錯/成績不錯。

〈二〉[cuò ㄘㄨㄛˋ ㊕ tsɔk^{8}]
❺交叉 ◆ 縱橫交錯/錯綜複雜/錯落有致/盤根錯節。

8錢（钱） 錢錢錢錢錢錢 錢

[qián ㄑㄧㄢˊ ㊕ tsin^{4} 前]
❶貨幣 ◆ 錢幣/五塊錢。❷錢財；費用 ◆ 有錢有勢/一大筆錢/車錢/房錢。❸重量單位，一兩的十分之一。

8錫（锡） 錫錫錫錫錫錫 錫

[xī ㄒㄧ ㊕ sik^{8} 色^{8}/sɛk^{8} 石^{8} (語)]
金屬元素，顏色青白，質地較軟，可用來焊接金屬，製成合金材料。

8鋼（钢） 鋼鋼鋼鋼鋼鋼 鋼

[gāng ㄍㄤ ㊕ gɔŋ^{3} 降 /gɔŋ^{1} 剛]
經精煉而成的含碳的鐵，質地堅硬而有彈性，是重要的工業材料 ◆ 煉鋼/鋼板/鋼管/鋼筋/錳鋼。

8錐（锥） 錐錐錐錐錐錐 錐

[zhuī ㄓㄨㄟ ㊕ dzœy^{1} 追]
❶錐子：一頭尖的用來鑽孔的工具 ◆ 立錐之地。❷指一頭尖的東西 ◆ 錐體/冰錐。

8錦（锦） 錦錦錦錦錦錦 錦

[jǐn ㄐㄧㄣˇ ㊕ gɐm^{2} 感]
❶有彩色花紋的絲織品 ◆ 錦緞/錦繡/錦上添花/衣錦還鄉。❷形容色彩鮮明美麗 ◆ 錦旗/錦霞。❸比喻美好 ◆ 錦繡山河/錦繡前程/前程似錦。

8鍁（锨） 鍁鍁鍁鍁鍁鍁 鍁

[xiān ㄒㄧㄢ ㊕ hin^{1} 掀]
挖土、鏟東西的工具 ◆ 鐵鍁。

8錚（铮） 錚錚錚錚錚錚 錚

[zhēng ㄓㄥ ㊕ dzɐŋ^{1} 增]
錚錚：（1）象聲詞，形容金屬撞擊時發出的聲音 ◆ 錚錚作響/錚錚悅耳。（2）比喻意志剛強 ◆ 鐵骨錚錚。

8錠（锭） 錠錠錠錠錠錠 錠

[dìng ㄉㄧㄥˋ ㊕ diŋ^{3} 訂]
❶錠子：紡織機上繞紗的機件 ◆ 紡錠。❷塊狀的金屬或藥物等 ◆ 金錠/鋁錠/鋼錠/萬應錠。❸量詞，用於塊狀的東西 ◆ 一錠墨/一錠白銀。

8鋸（锯） 鋸鋸鋸鋸鋸鋸 鋸

[jù ㄐㄩˋ ㊕ gœy^{3} 據]

❶**有齒的切割工具** ◆ 鋸子/鋼鋸/電鋸/相傳鋸是魯班發明的。❷**用鋸割開** ◆ 鋸木/把竹竿鋸成三截/繩鋸木斷，水滴石穿。

8 錳 (锰)

錳 錳 錳 錳 錳 錳 錳

[měng ㄇㄥˇ 粵 maŋ^5 猛]

金屬元素，是製造合金、特種鋼的重要原料 ◆ 錳鋼。

8 錄 (录)

錄 錄 錄 錄 錄 錄 錄

[lù ㄌㄨˋ 粵 luk^9 綠]

❶**記載；抄寫** ◆ 記錄/抄錄/有聞必錄。❷**記載言行、事情的作品** ◆ 語錄/回憶錄/備忘錄/見聞錄/通訊錄。❸**用儀器記下聲音或圖像** ◆ 錄音/錄像。❹**選取；任用** ◆ 收錄/錄取/錄用。

8 錙 (锱)

錙 錙 錙 錙 錙 錙 錙

[zī ㄗ 粵 dzi^1 支]

古代重量單位，一兩的四分之一 ◆ 錙銖必較。

9 鍥 (锲)

鍥 鍥 鍥 鍥 鍥 鍥 鍥

[qiè ㄑㄧㄝˋ 粵 kit^8 揭]

用刀子雕刻 ◆ 鍥而不捨。

9 鍊

同"煉"字，見267頁。

9 錨 (锚)

錨 錨 錨 錨 錨 錨 錨

[máo ㄇㄠˊ 粵 nau^4 撓 /mau^4 矛]

鐵製的停船或穩定船身的爪鈎 ◆ 拋錨/起錨。

錨

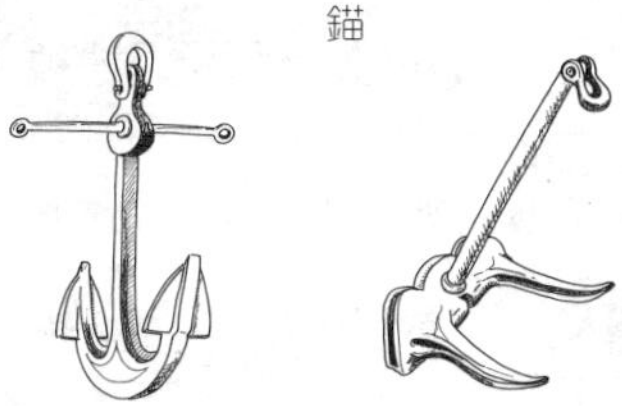

9 鍘 (铡)

鍘 鍘 鍘 鍘 鍘 鍘 鍘

[zhá ㄓㄚˊ 粵 dzat^8 扎 /dzap^8 集^8]

❶**鍘刀：切草、中藥材等用的刀具。**❷**用鍘刀切** ◆ 鍘草。

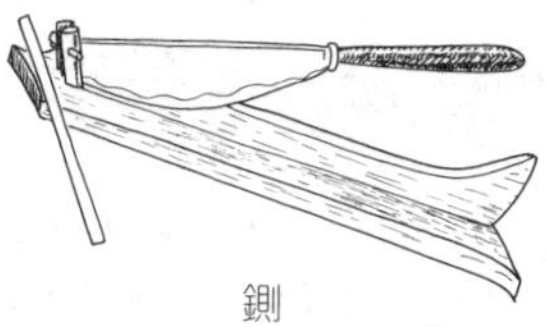

鍘

9 鍋 (锅)

鍋 鍋 鍋 鍋 鍋 鍋 鍋

[guō ㄍㄨㄛ 粵 wɔ^1 窩]

煮飯燒菜用的炊具 ◆ 鐵鍋/飯鍋/沙鍋/熱鍋上的螞蟻/打破沙鍋問到底。

鍋

9 錘 (锤)

錘 錘 錘 錘 錘 錘 錘

[chuí ㄔㄨㄟˊ 粵 tsœy^4 徐]

❶ **錘子，敲打東西用的工具** ◆ 鐵錘。❷ **秤砣** ◆ 秤錘。❸**用錘子敲打** ◆ 千錘百煉。

焦點易錯字 緇 | 錙　緇衣　錙銖必較

9 **鍾** (钟) 鍾鍾鍾鍾鍾鍾 鍾

[zhōng ㄓㄨㄥ ㊔ dzuŋ¹ 宗]
集中；專一 ◆ 鍾愛/一見鍾情/情有獨鍾。

9 **鍬** (锹) 鍬鍬鍬鍬鍬鍬 鍬

[qiāo ㄑㄧㄠ ㊔ tsiu¹ 超]
鐵製的用來挖土或鏟東西的工具 ◆ 鐵鍬。

鍬

9 **鍛** (锻) 鍛鍛鍛鍛鍛鍛 鍛

[duàn ㄉㄨㄢˋ ㊔ dyn³ 煅]
把金屬燒紅後錘打 ◆ 鍛造/鍛件/鍛煉。

9 **鍍** (镀) 鍍鍍鍍鍍鍍鍍 鍍

[dù ㄉㄨˋ ㊔ dou⁶ 渡]
用電解或其他化學方法使一種金屬附着在別的金屬或物體表面上 ◆ 鍍金/鍍銀/電鍍。

9 **鎂** (镁) 鎂鎂鎂鎂鎂鎂 鎂

[měi ㄇㄟˇ ㊔ mei⁵ 美]
金屬元素，銀白色，燃燒時發出極白的亮光，用於照相閃光、照明彈和製造飛機等。

9 **鍵** (键) 鍵鍵鍵鍵鍵鍵 鍵

[jiàn ㄐㄧㄢˋ ㊔ gin⁶ 健]
鋼琴、手風琴、打字機等器物上可以按動的部件 ◆ 鍵盤/琴鍵/擊鍵。

10 **鎮** (镇) 鎮鎮鎮鎮鎮鎮 鎮

[zhèn ㄓㄣˋ ㊔ dzɐn³ 振]
❶ **壓；抑制** ◆ 鎮尺/鎮紙/鎮痛。❷ **用武力壓制** ◆ 鎮壓。❸ **安定** ◆ 鎮靜/鎮定。❹ **防守** ◆ 鎮守/坐鎮。❺ **用冰或冷水使飲料變涼** ◆ 冰鎮汽水。❻ **較大的市集** ◆ 小鎮/集鎮/去鎮上買東西。❼ **行政區劃單位，由縣、市領導** ◆ 鄉鎮。

10 **鎖** (锁) 鎖鎖鎖鎖鎖鎖 鎖

[suǒ ㄙㄨㄛˇ ㊔ sɔ² 所]
❶ **防護用具，加在門上或箱、櫃上，沒有相應的鑰匙便不能隨意打開** ◆ 門鎖/彈子鎖/密碼鎖/一把鑰匙開一把鎖。❷ **用鎖關住** ◆ 鎖門/把門鎖上。❸ **封閉** ◆ 封鎖/閉關鎖國。❹ **鎖鏈** ◆ 枷鎖/披枷帶鎖。❺ **一種縫紉方法，用線順着布邊密密縫緊** ◆ 鎖邊/鎖鈕眼。

10 **鎧** (铠) 鎧鎧鎧鎧鎧鎧 鎧

[kǎi ㄎㄞˇ ㊔ hɔi² 海 /kɔi³ 概]
鎧甲：古代戰士的護身衣。

10 **鎳** (镍) 鎳鎳鎳鎳鎳鎳 鎳

[niè ㄋㄧㄝˋ ㊔ nip⁹ 聶]
金屬元素，銀白色，可用來製造錢幣和合金材料 ◆ 鎳幣/鍍鎳。

10 **鎢** (钨) 鎢鎢鎢鎢鎢鎢 鎢

[wū ㄨ ㊔ wu¹ 烏]
金屬元素，可用來製造燈泡裏的燈絲和合金鋼 ◆ 鎢絲/鎢鋼。

焦點易錯字 鐘 | 鍾　鐘錶 十分鐘　鍾愛 情有獨鍾

10 **鎬**（镐） 鎬 鎬 鎬 鎬 鎬 鎬 鎬

〈一〉[gǎo ㄍㄠˇ 粵 gou² 稿]
❶ **刨土的工具** ◆ 十字鎬 / 鶴嘴鎬。
〈二〉[hào ㄏㄠˋ 粵 hou⁶ 浩]
❷ **古地名，周朝初期的國都，在今陝西省西安市西南。**

10 **鎊**（镑） 鎊 鎊 鎊 鎊 鎊 鎊 鎊

[bàng ㄅㄤˋ 粵 bɔŋ⁶ 磅]
英國等一些國家的貨幣單位 ◆ 英鎊。

10 **鎔** “熔”的異體字，見268頁。

11 **鏈**（链） 鏈 鏈 鏈 鏈 鏈 鏈 鏈

[liàn ㄌㄧㄢˋ 粵 lin⁶ 練]
❶ **用許多金屬環套接起來的長條** ◆ 鐵鏈 / 鏈條 / 鎖鏈 / 項鏈。❷ **像鏈子的東西** ◆ 拉鏈。

11 **鏢**（镖） 鏢 鏢 鏢 鏢 鏢 鏢 鏢

[biāo ㄅㄧㄠ 粵 biu¹ 標]
❶ **一種投擲用的暗器，形狀像匕首** ◆ 飛鏢。❷ **攜帶武器、替人護送財物或保護人身安全的組織或人員** ◆ 鏢局 / 保鏢。

11 **鏗**（铿） 鏗 鏗 鏗 鏗 鏗 鏗 鏗

[kēng ㄎㄥ 粵 hɐŋ¹ 亨]
形容聲音響亮 ◆ 鏗鏘悅耳 / 鏗然有聲。

11 **鏤**（镂） 鏤 鏤 鏤 鏤 鏤 鏤 鏤

[lòu ㄌㄡˋ 粵 lɐu⁶ 漏]
雕刻 ◆ 鏤花 / 鏤刻。

11 **鏟**（铲） 鏟 鏟 鏟 鏟 鏟 鏟 鏟

[chǎn ㄔㄢˇ 粵 tsan² 產]
❶**鏟子** ◆ 鐵鏟 / 鍋鏟。❷**用鏟子鏟東西** ◆ 鏟土 / 把地鏟平。

11 **鏖** 鏖 鏖 鏖 鏖 鏖 鏖 鏖

[áo ㄠˊ 粵 ou¹/ŋou 澳¹]
戰鬥激烈；苦戰 ◆ 鏖戰 / 鏖兵。

11 **鏡**（镜） 鏡 鏡 鏡 鏡 鏡 鏡 鏡

[jìng ㄐㄧㄥˋ 粵 gɛŋ³ 頸³]
❶ **鏡子，用來照見形象的器具** ◆ 穿衣鏡 / 波平如鏡。❷ **泛指利用光學原理製成的器具** ◆ 眼鏡 / 顯微鏡 / 望遠鏡。

11 **鏘**（锵） 鏘 鏘 鏘 鏘 鏘 鏘 鏘

[qiāng ㄑㄧㄤ 粵 tsœŋ¹ 槍]
形容金屬器物的撞擊聲 ◆ 鏗鏘悅耳 / 鑼聲鏘鏘。

12 **鐐**（镣） 鐐 鐐 鐐 鐐 鐐 鐐 鐐

[liào ㄌㄧㄠˋ 粵 liu⁴ 聊]
套在腳上的刑具 ◆ 腳鐐 / 鐐銬。

12 **鐘**（钟） 鐘 鐘 鐘 鐘 鐘 鐘 鐘

[zhōng ㄓㄨㄥ 粵 dzuŋ¹ 中]
❶ **金屬製成的響器** ◆ 敲鐘 / 警鐘 / 鐘鼓齊鳴 / 姑蘇城外寒山寺，夜半鐘聲到客船。
❷ **指計時器** ◆ 鐘錶 / 鬧鐘 / 掛鐘 / 時鐘。
❸ **指鐘點、時間** ◆ 六點鐘 / 五分鐘 / 一秒鐘。

焦點易錯字 鐘 | 鍾 鐘錶 十分鐘 鍾愛 情有獨鍾

13 **鐵**（铁） 鐵 鐵 鐵 鐵 鐵 鐵 鐵

[tiě ㄊㄧㄝˇ 粵 tit8]

❶金屬元素，灰色，質地堅硬，可以煉鋼及製造各種器具 ◆ 鐵礦 / 磁鐵 / 鐵杵磨成針。❷比喻堅強、堅固、剛正無私 ◆ 鐵腕 / 鐵漢子 / 銅牆鐵壁 / 鐵面無私。❸比喻確定不移 ◆ 鐵定 / 鐵了心 / 鐵證如山。❹指武器 ◆ 手無寸鐵。

13 **鐳**（镭） 鐳 鐳 鐳 鐳 鐳 鐳 鐳

[léi ㄌㄟˊ 粵 lœy4 雷]

金屬元素，有放射性，可用來治療癌症。

13 **鐸**（铎） 鐸 鐸 鐸 鐸 鐸 鐸 鐸

[duó ㄉㄨㄛˊ 粵 dɔk9 踱]

古代的一種響器，形狀像大鈴，宣佈政教法令或遇到戰爭時使用◆ 木鐸 / 金鐸 / 振鐸。

13 **鐲**（镯） 鐲 鐲 鐲 鐲 鐲 鐲 鐲

[zhuó ㄓㄨㄛˊ 粵 dzuk9 俗]

鐲子，套在手腕上的環狀裝飾器◆ 玉鐲 / 金手鐲。

13 **鐺**（铛） 鐺 鐺 鐺 鐺 鐺 鐺 鐺

〈一〉[dāng ㄉㄤ 粵 dɔŋ1 當]

❶象聲詞，撞擊金屬器物發出的聲音。

〈二〉[chēng ㄔㄥ 粵 tsaŋ1 撐]

❷平底鐵鍋，用來烙餅或煎食物 ◆ 餅鐺。

13 **鐮**（镰） 鐮 鐮 鐮 鐮 鐮 鐮 鐮

[lián ㄌㄧㄢˊ 粵 lim4 廉]

鐮刀：收割莊稼或割草的農具 ◆ 開鐮收割。

13 **鏽**（锈） 鏽 鏽 鏽 鏽 鏽 鏽 鏽

[xiù ㄒㄧㄡˋ 粵 sɐu3 秀]

❶金屬表面所生的氧化物 ◆ 鐵鏽 / 生鏽 / 防鏽。❷長鏽 ◆ 菜刀鏽了。

14 **鑄**（铸） 鑄 鑄 鑄 鑄 鑄 鑄 鑄

[zhù ㄓㄨˋ 粵 dzy3 注]

把熔化的金屬倒在模子裏製成器物 ◆ 鑄造 / 鑄工 / 澆鑄 / 這口大鐘是青銅鑄的。

14 **鑒**（鉴） 鑒 鑒 鑒 鑒 鑒 鑒 鑒

[jiàn ㄐㄧㄢˋ 粵 gam3 監3]

❶古代銅製的鏡子。❷照 ◆ 水清可鑒 / 光可鑒人。❸可以引為教訓、警戒的事 ◆ 借鑒 / 引以為鑒 / 前車之鑒。❹仔細觀察、識別 ◆ 鑒別 / 鑒定 / 鑒賞。❺書信中常用的客套話，表示請人看信 ◆ 台鑒 / 鈞鑒。

14 **鑑** 同"鑒"，見本頁。

15 **鑠**（铄） 鑠 鑠 鑠 鑠 鑠 鑠 鑠

[shuò ㄕㄨㄛˋ 粵 sœk8 削]

熔化金屬◆ 鑠石流金 / 眾口鑠金。

15 **鑣**（镳） 鑣 鑣 鑣 鑣 鑣 鑣 鑣

[biāo ㄅㄧㄠ 粵 biu1 標]

勒馬口的器具，與銜合用，銜在口內，鑣在口旁◆ 分道揚鑣。

17 **鑰**（钥） 鑰 鑰 鑰 鑰 鑰 鑰 鑰

[yào ㄧㄠˋ 粵 jœk9 若]

鑰匙：開鎖的用具 ◆ 一把鑰匙開一把鎖。

焦點易錯字 爍 | 鑠 | 礫　閃爍 爍石流金　矍鑠 震古鑠今　砂礫 瓦礫

17 **鑲**（镶）

[xiāng ㄒㄧㄤ ⑨ sœŋ1 商]

把東西嵌入別的物體，或加在邊緣上 ◆ 鑲嵌 / 鑲牙 / 鑲邊。

18 **鑷**（镊）

[niè ㄋㄧㄝˋ ⑨ nip9 聶]

鑷子：用來夾小東西的用具。

19 **鑼**（锣）

[luó ㄌㄨㄛˊ ⑨ lɔ4 羅]

圓形的銅製打擊樂器 ◆ 銅鑼/敲鑼打鼓/鳴鑼開道 / 鑼鼓喧天。

19 **鑽**（钻）

〈一〉[zuān ㄗㄨㄢ ⑨ dzyn1 專]

❶ **穿孔；打眼** ◆ 鑽孔 / 鑽井 / 鑽探 / 鑽木取火。❷ **穿過；進入** ◆ 鑽火圈 / 鑽山洞 / 鑽進水裏。❸ **深入研究** ◆ 鑽研 / 鑽法律。

〈二〉[zuàn ㄗㄨㄢˋ ⑨ dzyn3 轉3]

❹ **穿孔、打眼用的工具** ◆ 電鑽 / 風鑽。❺ **鑽石** ◆ 鑽戒。

20 **鑿**（凿）

[záo ㄗㄠˊ ⑨ dzɔk9 昨]

❶ **鑿子：打孔、挖槽用的工具** ◆ 扁鑿 / 圓鑿。❷ **用鑿子打孔、挖槽；鑿出的孔** ◆ 鑿孔 / 鑿井 / 鑿壁偷光。❸ **明確；確實** ◆ 證據確鑿 / 確鑿無疑。

20 **钁**（镢）

[jué ㄐㄩㄝˊ ⑨ gwɔk8 國]

钁頭：刨土的工具。

钁

長部

0 **長**（长）

〈一〉[cháng ㄔㄤˊ ⑨ tsœŋ4 祥]

❶ **空間或時間的距離大；跟"短"相對** ◆ 長途 / 長遠 / 長壽 / 萬里長征 / 長治久安。❷ **長度** ◆ 褲長一米 / 大橋長三千米。❸ **優點；專有技能** ◆ 特長 / 長處 / 專長 / 擅長 / 取長補短 / 一技之長。

〈二〉[zhǎng ㄓㄤˇ ⑨ dzœŋ2 掌]

❹ **發育生長** ◆ 孩子長高了 / 柳枝長出了新葉 / 花園裏長滿了雜草 / 田裏莊稼長得好。❺ **增加** ◆ 增長 / 長見識 / 經一事，長一智 / 長他人的志氣，滅自己的威風。❻ **輩分高、年紀大的；跟"幼"相對** ◆ 長輩 / 年長 / 長子 / 長者。❼ **領導人；主管人** ◆ 長官 / 首長 / 校長 / 廠長 / 院長。

見古文字插頁 8。

3**張** 見弓部，141頁。

門部

0**門** (门)

[mén ㄇㄣˊ [粵] mun⁴ 瞞]

❶**建築物的出入口；開關出入口的裝備** ◆ 校門／鐵門／大門朝東／城門失火，殃及池魚。❷**形狀和作用像門的東西** ◆ 球門／閥門／閘門。❸**途徑；訣竅** ◆ 門路／門徑／竅門／不二法門。❹**家；家族** ◆ 雙喜臨門／一門老小／門當戶對／名門貴族。❺**種類** ◆ 門類／分門別類／五花八門。❻**派別** ◆ 佛門／儒門／門戶之見／左道旁門。❼**量詞** ◆ 一門大炮／三門功課。

見古文字插頁8。

1**閂** (闩)

[shuān ㄕㄨㄢ [粵] san¹ 山]

❶**插在門背後使門推不開的木棍或鐵棍** ◆ 門閂／上閂。❷**插上門閂** ◆ 把門閂上。

2**閃** (闪)

[shǎn ㄕㄢˇ [粵] sim² 陝]

❶**天空裏放電時突然出現的亮光** ◆ 閃電／打閃／電閃雷鳴。❷**突然出現；忽隱忽現** ◆ 閃爍／閃現／閃念／閃閃發光／燈光一閃一閃的。❸**側身躲避** ◆ 閃開／躲躲閃閃。❹**動作過猛而扭傷** ◆ 閃了腰。

3**閉** (闭)

[bì ㄅㄧˋ [粵] bɐi³ 蔽]

❶**關；合上；跟"開"相對** ◆ 閉門／關閉／封閉／夜不閉戶。❷**堵塞；不通** ◆ 閉塞／閉氣。❸**結束；停止** ◆ 閉市／閉會。

3**問** 見口部，74頁。

4**閏** (闰)

[rùn ㄖㄨㄣˋ [粵] jœn⁶ 潤]

地球繞太陽一周的時間是365天5小時48分46秒。陰曆一年是354天或355天，多出的時間積三年成一個月，加在一年裏，這一個月叫閏月。陽曆一年是365天，多出的時間積四年成一天，加在二月末，這一天叫閏日。有閏日或閏月的那一年叫閏年。

4**開** (开)

[kāi ㄎㄞ [粵] hɔi¹ 海¹]

❶**打開；展開；跟"關"、"閉"相對** ◆ 開門／睜開眼睛／開卷有益／眉開眼笑／張開翅膀／花開富貴。❷**起始** ◆ 開始／開學／開工／開市／開端。❸**創辦；建造** ◆ 開辦／開設／開工廠／開醫院／開國元勳。❹**開闢；拓展** ◆ 開礦／開荒／開拓／開發／開源節流。❺**列出；寫出** ◆ 開列／開發票／開藥方／開清單。❻**舉行會議、活動等** ◆ 開會／開展覽／開座談會。❼**發給；支付費用** ◆ 開支／開銷／先開一個月的工資。❽**發動；發射** ◆ 開車／開槍／開炮。❾**解除** ◆ 開除／開脱／開禁／開戒。❿**水煮沸** ◆ 水

開了。⑪ **十分之幾的比例** ◆ 四六開。⑫ **整張紙切割成若干份** ◆ 八開／三十二開。⑬ **黃金裏含純金的計量單位** ◆ 十四開金／二十四開金。⑭ **放在動詞後，表示分開、離開** ◆ 把門打開／他走開了。⑮ **放在動詞後，表示擴大** ◆ 消息傳開了。

4 **閑** 同"閒"字，見本頁。

4 **間**（间） 間 間 間 間 間 間 間

〈一〉［jiān ㄐㄧㄢ 粵 gan¹ 奸］

❶ **當中** ◆ 中間／談話間／相互間／兩者之間。❷ **一定的範圍之內** ◆ 空間／田間／期間／晚間／一剎那間。❸ **屋子** ◆ 房間／洗手間／衣帽間。❹ **量詞，用於計算房間** ◆ 兩間卧室／一間貯藏室。

〈二〉［jiàn ㄐㄧㄢˋ 粵 gan³ 諫］

❺ **空隙** ◆ 間隙／親密無間。❻ **隔開；不連接** ◆ 間斷／間隔。❼ **使隔開；使人不和** ◆ 反間計／挑撥離間。

4 **閒**（闲） 閒 閒 閒 閒 閒 閒 閒

［xián ㄒㄧㄢˊ 粵 han⁴ 閑］

❶ **沒有事情做；有空；跟"忙"相對** ◆ 空閒／清閒／農閒／忙裏偷閒／遊手好閒。❷ **放着不用** ◆ 閒置／閒田。❸ **跟正事無關的** ◆ 閒談／閒話／看閒書／少管閒事。

4 **閔**（闵） 閔 閔 閔 閔 閔 閔 閔

［mǐn ㄇㄧㄣˇ 粵 mɐn⁵ 敏］

姓。

4 **悶** 見心部，154頁。

5 **閘**（闸） 閘 閘 閘 閘 閘 閘 閘

［zhá ㄓㄚˊ 粵 dzap⁹ 雜］

❶ **可以開關的攔水建築** ◆ 閘門／水閘／開閘泄洪。❷ **機械上的制動器** ◆ 車閘。

6 **閨**（闺） 閨 閨 閨 閨 閨 閨 閨

［guī ㄍㄨㄟ 粵 gwɐi¹ 歸］

舊時女子的卧室 ◆ 閨房／深閨／大家閨秀。

6 **聞** 見耳部，357頁。

6 **閩**（闽） 閩 閩 閩 閩 閩 閩 閩

［mǐn ㄇㄧㄣˇ 粵 mɐn⁴ 民］

福建省的別稱。

6 **閥**（阀） 閥 閥 閥 閥 閥 閥 閥

［fá ㄈㄚˊ 粵 fɐt⁹ 伐］

❶ **稱在某方面權勢很大、具支配地位的人或集團** ◆ 軍閥／財閥。❷ **管道上起調節、控制作用的活門** ◆ 閥門／氣閥。

6 **閤**（阖） 閤 閤 閤 閤 閤 閤 閤

［hé ㄏㄜˊ 粵 hɐp⁹ 合］

全 ◆ 閤家安康。**也作"闔"。**

6 **閣**（阁） 閣 閣 閣 閣 閣 閣 閣

［gé ㄍㄜˊ 粵 gɔk⁸ 各］

❶ **類似樓房的建築物** ◆ 亭台樓閣／蓬萊閣（在山東蓬萊縣）。❷ **女子的卧室** ◆ 閨閣／出閣。❸ **中央官署** ◆ 內閣／閣僚／組閣。❹ **放置東西的架子** ◆ 束之高閣。

6 **閡** (阂) 閡閡閡閡閡閡 閡

[hé ㄏㄜˊ ⓐ ŋɔi^6 外]
阻隔不通 ◆ 隔閡。

7 **閱** (阅) 閱閱閱閱閱閱 閱

[yuè ㄩㄝˋ ⓐ jyt^9 月]
❶ **看；察看** ◆ 閱讀／閱覽／閱兵／查閱／檢閱。❷ **經歷** ◆ 閱歷。

8 **閹** (阉) 閹閹閹閹閹閹 閹

[yān ㄧㄢ ⓐ jim^1 淹]
割去動物的生殖腺 ◆ 閹割／閹雞。

8 **閻** (阎) 閻閻閻閻閻閻 閻

[yán ㄧㄢˊ ⓐ jim^4 炎]
姓。

9 **闌** (阑) 闌闌闌闌闌闌 闌

[lán ㄌㄢˊ ⓐ lan^4 蘭]
❶ **晚；將盡** ◆ 夜闌人靜／更深夜闌。❷ **闌干：同"欄杆"。** ❸ **闌珊：衰落；殘敗** ◆ 春意闌珊／意興闌珊。

9 **闆** (板) 闆闆闆闆闆闆 闆

[bǎn ㄅㄢˇ ⓐ ban^2 板]
老闆：工商業的財產擁有者。

9 **闊** (阔) 闊闊闊闊闊闊 闊

[kuò ㄎㄨㄛˋ ⓐ fut^8]
❶ **寬廣；跟"狹"相對** ◆ 寬闊／遼闊／廣闊／海闊天空。❷ **時間久** ◆ 闊別。❸ **富有；奢華** ◆ 闊氣／闊綽。

10 **闖** (闯) 闖闖闖闖闖闖 闖

[chuǎng ㄔㄨㄤˇ ⓐ tsɔŋ^3 創／tsɔŋ^2 廠(語)]
❶ **猛衝；突然進入** ◆ 闖進去／橫衝直闖／闖入辦公室。❷ **招惹** ◆ 闖禍／闖亂子。❸ **四處奔走謀生** ◆ 闖江湖／走南闖北。

10 **闐** (阗) 闐闐闐闐闐闐 闐

[tián ㄊㄧㄢˊ ⓐ tin^4 田]
和闐：縣名，在新疆。今作"和田"。

11 **關** (关) 關關關關關關 關

[guān ㄍㄨㄢ ⓐ gwan^1 慣^1]
❶ **閉；合攏；跟"開"相對** ◆ 關閉／關門／關窗／關閘。❷ **禁閉；不讓出來** ◆ 關押／關在監牢裏／關在鳥籠裏。❸ **古代設在邊界上或出入要道上的關口** ◆ 關隘／邊關／山海關／一夫當關，萬夫莫開／秦時明月漢時關，萬里長征人未還。❹ **檢查出入口貨物並徵税的國家機構** ◆ 海關／關税。❺ **重要的時機、轉折點** ◆ 關鍵／緊急關頭／渡過難關。❻ **牽連；聯繫** ◆ 關聯／關係／有關／無關／息息相關。❼ **念及；重視** ◆ 關心／關注／關照。

12 **闡** (阐) 闡闡闡闡闡闡 闡

[chǎn ㄔㄢˇ ⓐ tsin^2 淺／dzin^2 展(語)]
說明 ◆ 闡明／闡述／闡發。

13 **闢** (辟) 闢闢闢闢闢闢 闢

[pì ㄆㄧˋ ⓐ pik^7 僻]
❶ **開拓；開發** ◆ 開闢／開天闢地／獨闢蹊徑／闢為旅遊區。❷ **透徹** ◆ 精闢／透闢。❸ **排除；駁斥** ◆ 闢謠。

焦點易錯字 闢｜辟｜僻 開闢 精闢 復辟 辟召 偏僻 僻靜

阜部

0 阜

[fù ㄈㄨˋ ㊥ fɐu6 埠]

❶ **土山**。❷ **物資豐富** ◆ 物阜民豐。

見古文字插頁 8。

3 阡

[qiān ㄑㄧㄢ ㊥ tsin1 千]

田間的小路 ◆ 阡陌。

3 埠

見土部，90頁。

4 阱

[jǐng ㄐㄧㄥˇ ㊥ dziŋ6 靜]

陷坑 ◆ 陷阱。

4 阮

[ruǎn ㄖㄨㄢˇ ㊥ jyn5 遠]

姓。

4 阪

[bǎn ㄅㄢˇ ㊥ ban2 板]

❶ **山坡；斜坡** ◆ 嶺阪／阪上走丸。❷ **大阪：地名，在日本**。

4 防

[fáng ㄈㄤˊ ㊥ fɔŋ4 房]

❶ **預先戒備** ◆ 防備／防火／預防／防患於未然／明槍易躲，暗箭難防。❷ **守備；守衛** ◆ 防禦／國防／邊防。

5 阿

〈一〉[ā ㄚ ㊥ a3/ŋa3 亞]

❶ **用在稱謂前面的詞頭** ◆ 阿哥／阿姨／阿強。

〈二〉[ē ㄜ ㊥ ɔ1/ŋɔ1 柯]

❷ **迎合；偏袒** ◆ 阿諛逢迎／剛正不阿。

5 阻

[zǔ ㄗㄨˇ ㊥ dzɔ2 左]

❶ **擋住；攔住** ◆ 阻擋／阻攔／阻止／阻礙／受阻。❷ **險要的地方** ◆ 艱難險阻。

5 附

[fù ㄈㄨˋ ㊥ fu6 父]

❶ **隨帶的；外加的** ◆ 附帶／附件／附加／附錄／附設。❷ **依託；依從；歸屬** ◆ 依附／歸附／附庸／附屬醫院／魂不附體。❸ **靠近** ◆ 附近／附耳交談。

5 陀

[tuó ㄊㄨㄛˊ ㊥ tɔ4 駝]

陀螺：一種兒童玩具。

陀螺

焦點易錯字 陀｜沱　陀螺 陀陂　滂沱大雨 涕泗滂沱

6陌

陌 陌 陌 陌 陌 陌 [陌]

[mò ㄇㄛˋ [粵] mɐk^{9} 脈]

田間小路；泛指道路 ◆ 阡陌 / 陌路人。

6陋

陋 陋 陋 陋 陋 陋 [陋]

[lòu ㄌㄡˋ [粵] lɐu^{6} 漏]

❶ **醜；不好看** ◆ 醜陋。❷ **粗劣；狹小** ◆ 簡陋 / 陋巷 / 陋室 / 因陋就簡。❸ **不文明的；不好的** ◆ 陋習 / 陋規 / 陋俗。❹ **見識少；學識淺薄** ◆ 淺陋 / 孤陋寡聞。

6降

降 降 降 降 降 降 [降]

〈一〉[jiàng ㄐㄧㄤˋ [粵] gɔŋ^{3} 鋼]

❶ **從高處往下落；跟"升"相對** ◆ 降落 / 降級 / 降價 / 降温 / 降落傘。

〈二〉[xiáng ㄒㄧㄤˊ [粵] hɔŋ^{4} 杭]

❷ **投降** ◆ 降服 / 誘降 / 寧死不降。❸ **制服** ◆ 降龍服虎 / 一物降一物。

見古文字插頁 15。

6限

限 限 限 限 限 限 [限]

[xiàn ㄒㄧㄢˋ [粵] han^{6} 閒^{6}]

❶ **規定的範圍，不能超越** ◆ 界限 / 期限 / 權限 / 限度 / 限期歸還 / 限定招生名額。❷ **門檻** ◆ 戶限為穿。

7陡

陡 陡 陡 陡 陡 陡 [陡]

[dǒu ㄉㄡˇ [粵] dɐu^{2} 斗]

❶ **坡度很大，近於垂直** ◆ 陡坡 / 陡峭 / 懸崖陡壁。❷ **突然** ◆ 陡然 / 形勢陡變。

7陣 (阵)

陣 陣 陣 陣 陣 陣 [陣]

[zhèn ㄓㄣˋ [粵] dzɐn^{6} 振^{6}]

❶ **軍隊作戰時佈置的隊列** ◆ 陣勢 / 陣容 / 佈陣 / 嚴陣以待。❷ **指戰場** ◆ 陣地 / 陣亡 / 臨陣脱逃 / 衝鋒陷陣。❸ **量詞** ◆ 陣陣掌聲 / 一陣風吹來 / 下了一陣雨。

7陝 (陕)

陝 陝 陝 陝 陝 陝 [陝]

[shǎn ㄕㄢˇ [粵] sim^{2} 閃]

陝西省的簡稱。

7陛

陛 陛 陛 陛 陛 陛 [陛]

[bì ㄅㄧˋ [粵] bɐi^{6} 幣]

陛下：對君主的尊稱 ◆ 國王陛下。

7除

除 除 除 除 除 除 [除]

[chú ㄔㄨˊ [粵] tsœy^{4} 徐]

❶ **去掉** ◆ 除名 / 開除 / 掃除 / 鏟除 / 為民除害 / 排除障礙。❷ **不計算在內** ◆ 除此之外 / 他們二人除外 / 除了這場比賽，還有三場。❸ **算術中的除法，就是把一個數分成相等的若干份** ◆ 除數和被除數 / 十五除以三等於五。❹ **台階** ◆ 黎明即起，灑掃庭除。

7院

院 院 院 院 院 院 [院]

[yuàn ㄩㄢˋ [粵] jyn^{6} 願 / jyn^{2} 婉 (語)]

❶ **房屋前後用圍牆圍起來的空地** ◆ 院子 / 庭院 / 前院 / 後院 / 四合院。❷ **某些機關或公共場所的名稱** ◆ 法院 / 醫院 / 國務院 / 科學院 / 電影院。❸ **指高等學校** ◆ 教育學院 / 高等院校。

8陸 (陆)

陸 陸 陸 陸 陸 陸 [陸]

〈一〉[lù ㄌㄨˋ [粵] luk^{9} 綠]

❶ **高出水面的土地** ◆ 陸地 / 登陸 / 陸軍。

❷指旱路 ◆ 水陸並進。❸姓。

〈二〉[liù ㄌㄧㄡˋ [粵] luk^{9} 綠]

❹數目字“六”的大寫。

8陵 陵陵陵陵陵陵 [陵]

[líng ㄌㄧㄥˊ [粵] liŋ^{4} 零]

❶大的土山 ◆ 山陵 / 丘陵。❷高大的墳墓 ◆ 陵墓 / 十三陵 / 中山陵 / 烈士陵園。

8陳 (陈) 陳陳陳陳陳陳 [陳]

[chén ㄔㄣˊ [粵] tsɐn^{4} 塵]

❶擺放 ◆ 陳列 / 陳設 / 陳兵百萬。❷敘述 ◆ 陳述 / 陳説 / 陳訴 / 慷慨陳詞。❸時間久的；舊的 ◆ 陳酒 / 陳舊 / 陳跡 / 陳年老賬 / 新陳代謝 / 推陳出新。

8陰 (阴) 陰陰陰陰陰陰 [陰]

[yīn ㄧㄣ [粵] jɐm^{1} 音]

❶不見陽光的；跟“晴”、“陽”相對 ◆ 陰天/陰雨連綿。❷山的北面，水的南岸，因不易照到陽光而稱陰。多用於地名；跟“陽”相對 ◆ 華陰（華山北面）/江陰（長江南岸）。❸凹下去的；不顯露的；跟“陽”相對 ◆ 陰溝 / 陰文。❹背地裏；不光明正大的 ◆ 陰謀 / 陽奉陰違 / 陰險毒辣。❺指人死後的 ◆ 陰間 / 陰魂。❻帶負電的 ◆ 陰極。❼月亮；跟月亮有關的 ◆ 太陰 / 陰曆。❽光陰：時間 ◆ 一寸光陰一寸金，寸金難買寸光陰。❾男女生殖器官的通稱 ◆ 陰部 / 陰道 / 陰莖。

8陶 陶陶陶陶陶陶 [陶]

[táo ㄊㄠˊ [粵] tou^{4} 桃]

❶用黏土燒製成的瓦器 ◆ 陶器 / 彩陶 / 陶瓷。❷比喻教育培養 ◆ 陶冶 / 熏陶。❸快樂 ◆ 陶醉 / 樂陶陶 / 陶然自得。

8陷 陷陷陷陷陷陷 [陷]

[xiàn ㄒㄧㄢˋ [粵] ham^{6} 咸^{6}]

❶掉進去；沈下去 ◆ 陷入 / 陷下去 / 地基下陷 / 越陷越深。❷凹進的地方：坑 ◆ 陷阱 / 凹陷。❸設法害人 ◆ 陷害 / 誣陷。❹被佔領；攻破 ◆ 陷落 / 淪陷 / 失陷 / 衝鋒陷陣。❺缺點 ◆ 缺陷。

8陪 陪陪陪陪陪陪 [陪]

[péi ㄆㄟˊ [粵] pui^{4} 培]

❶伴同 ◆ 陪伴 / 陪同 / 失陪 / 奉陪 / 陪他去一趟。❷從旁協助；襯托 ◆ 陪審 / 陪襯。

9隋 隋隋隋隋隋隋 [隋]

[suí ㄙㄨㄟˊ [粵] tsœy^{4} 徐]

朝代名 ◆ 隋、唐。

9階 (阶) 階階階階階階 [階]

[jiē ㄐㄧㄝ [粵] gai^{1} 佳]

❶台階 ◆ 階梯 / 石階 / 階下囚。❷等級 ◆ 官階 / 軍階。

9陽 (阳) 陽陽陽陽陽陽 [陽]

[yáng ㄧㄤˊ [粵] jœŋ^{4} 羊]

❶太陽；日光 ◆ 陽光 / 朝陽 / 夕陽 / 豔陽天。❷山的南面，水的北岸，因容易照到陽光而稱陽。多用於地名；跟“陰”相對 ◆ 衡陽（衡山南面）/洛陽（洛水北岸）。❸凸出來的；外露的；跟“陰”相對 ◆ 陽文 / 陽

溝。❹ **表面上的** ◆ 陽奉陰違。❺ **指人世間；跟"陰"相對** ◆ 陽間。❻ **帶正電的** ◆ 陽極/陽電。❼ **男性生殖器** ◆ 陽萎。

9 **隅** 隅 隅 隅 隅 隅 隅 [隅]

[yú ㄩˊ [粵] jy4 如]

❶ **角落** ◆ 向隅而泣/負隅頑抗。❷ **最邊沿的地方** ◆ 海隅。

9 **陲** 陲 陲 陲 陲 陲 陲 [陲]

[chuí ㄔㄨㄟˊ [粵] sœy4 垂]

邊疆；邊境 ◆ 黑龍江的漠河，地處中國東北邊陲。

9 **隍** 隍 隍 隍 隍 隍 隍 [隍]

[huáng ㄏㄨㄤˊ [粵] wɔŋ4 黃]

沒有水的護城壕 ◆ 城隍。

9 **隆** 隆 隆 隆 隆 隆 隆 [隆]

[lóng ㄌㄨㄥˊ [粵] luŋ4 龍]

❶ **高起；凸起** ◆ 隆起。❷ **盛大** ◆ 隆重。❸ **興旺** ◆ 生意興隆。❹ **程度深** ◆ 隆冬。❺ **隆隆：象聲詞，形容雷聲、機器轟鳴聲等** ◆ 雷聲隆隆/炮聲隆隆。

9 **隊** (队) 隊 隊 隊 隊 隊 隊 [隊]

[duì ㄉㄨㄟˋ [粵] dœy6 兑]

❶ **行列** ◆ 隊形/排隊/車隊/隊列/成羣結隊。❷ **有組織的集體** ◆ 軍隊/球隊/樂隊。❸ **量詞，用於成行列的東西** ◆ 一隊人馬。

10 **隔** 隔 隔 隔 隔 隔 隔 [隔]

[gé ㄍㄜˊ [粵] gak8 格]

❶ **攔阻使斷絕、分開** ◆ 阻隔/隔開/隔離/隔音/隔岸觀火。❷ **分開的距離** ◆ 間隔/相隔萬里/一步之隔/遠隔重洋/一日不見，如隔三秋。❸ **緊鄰** ◆ 隔壁/隔牆有耳。

10 **隕** (陨) 隕 隕 隕 隕 隕 隕 [隕]

[yǔn ㄩㄣˇ [粵] wɐn5 允]

從高處落下 ◆ 隕落/隕石。

10 **隘** 隘 隘 隘 隘 隘 隘 [隘]

[ài ㄞˋ [粵] ai3/ ŋai3 嗌3]

❶ **狹窄** ◆ 狹隘。❷ **關口；險要的地方** ◆ 關隘/要隘。

10 **隙** 隙 隙 隙 隙 隙 隙 [隙]

[xì ㄒㄧˋ [粵] kwik7]

❶ **裂縫** ◆ 縫隙/空隙/門隙/牆隙。❷ **比喻感情上的裂痕** ◆ 仇隙/嫌隙。❸ **空閒的時間** ◆ 間隙/農隙。❹ **漏洞；機會** ◆ 有隙可乘/可乘之隙。

11 **際** (际) 際 際 際 際 際 際 [際]

[jì ㄐㄧˋ [粵] dzɐi3 祭]

❶ **交界處；邊；涯** ◆ 邊際/一望無際/孤帆遠影碧空盡，惟見長江天際流。❷ **彼此之間** ◆ 國際/校際。❸ **時候** ◆ 開學之際/颱風到來之際。❹ **機遇** ◆ 際遇/風雲際會。

11 **障** 障 障 障 障 障 障 [障]

[zhàng ㄓㄤˋ [粵] dzœŋ3 帳]

❶ **阻隔；遮蔽** ◆ 障礙/障眼法/一葉障目，不見泰山。❷ **用作遮擋、防護的東西** ◆ 屏障/路障/保障。

焦點易錯字 隔 | 膈　隔絕 隔牆有耳　橫膈膜　隕 | 殞　隕石 隕落　殞滅 香消玉殞

13 **隨**（随）

[suí ㄙㄨㄟˊ [粵] tsœy⁴ 徐]

❶**跟着** ◆ 跟隨／追隨／隨行／隨聲附和／隨波逐流。❷**順着** ◆ 個性隨和／隨風轉舵／隨機應變／隨心所欲。❸**聽便；想怎樣就怎樣** ◆ 隨便／隨意／隨你的便／隨時隨地。❹**順便** ◆ 隨手關門／隨口説説。❺**立刻** ◆ 隨即／隨叫隨到。

13 **險**（险）

[xiǎn ㄒㄧㄢˇ [粵] him² 謙²]

❶**不安全，有遭遇不幸或發生災難的可能** ◆ 危險／風險／脱險／險象環生／化險為夷。❷**地勢險惡、不易通過的地方** ◆ 險阻／長江天險／據險固守。❸**用心狠毒** ◆ 陰險／人心險惡。❹**幾乎；差一點兒** ◆ 險遭不測／險些墜入山谷。

13 **隧**

[suì ㄙㄨㄟˋ [粵] sœy⁶ 睡]

隧道：在山嶺或地下鑿成的通道 ◆ 過海隧道。

14 **隱**（隐）

[yǐn ㄧㄣˇ [粵] jɐn² 忍]

❶**藏起來；不暴露** ◆ 隱藏／隱匿／隱蔽／隱士／隱姓埋名／隱居深山老林。❷**不清楚；不明顯；跟"顯"相對** ◆ 隱晦／隱約／隱隱約約。❸**潛在的；隱祕的** ◆ 隱患／隱憂／隱衷／隱私／難言之隱。

16 **隴**（陇）

[lǒng ㄌㄨㄥˇ [粵] luŋ⁵ 壟]

甘肅省的別稱。

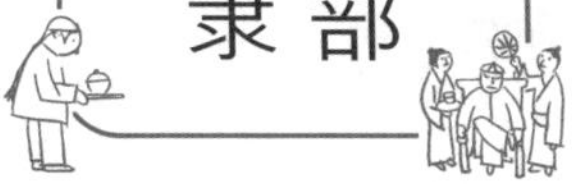

隶部

9 **隸**（隶）

[lì ㄌㄧˋ [粵] dɐi⁶ 第]

❶**附屬；屬於** ◆ 隸屬。❷**奴隸**。❸**漢字的一種字體，也叫隸書。**

隹部

2 **隻**（只）

[zhī ㄓ [粵] dzɛk⁸ 炙]

❶**量詞，稱動物或單件的東西** ◆ 一隻雞／一隻老虎／一隻手／一隻鞋。❷**單獨的；極少的** ◆ 隻身前往／形單影隻／片言隻語／片紙隻字。

3 **唯** 見口部，72頁。

3 **售** 見口部，72頁。

3 **雀**

[què ㄑㄩㄝˋ [粵] dzœk⁸ 爵]

❶麻雀；泛指小鳥 ◆ 鳥雀／歡呼雀躍／鴉雀無聲。❷有的鳥也稱雀 ◆ 孔雀／金絲雀。

見古文字插頁16。

4 集 集集集集集集 [集]

[jí ㄐㄧˊ [粵] dzap⁹ 習]

❶匯聚在一起；跟"散"相對 ◆ 聚集／集中／集會／集合／集思廣益／聚沙成塔，集腋成裘。❷農村裏的定期交易市場 ◆ 集市／趕集。❸單篇作品合編成的書籍 ◆ 文集／詩集／畫集／選集／全集。❹大部頭的書或長篇影視劇中分出的相對完整的部分 ◆ 上集／三十集電視連續劇。

4 雁 雁雁雁雁雁雁 [雁]

[yàn ㄧㄢˋ [粵] ŋan⁶ 顏⁶]

大雁：樣子像鵝，候鳥，秋天往南飛，春天往北飛。飛行時排成"人"字或"一"字行。也叫鴻雁 ◆ 雁南飛／鴻雁傳書。

大雁

4 雄 雄雄雄雄雄雄 [雄]

[xióng ㄒㄩㄥˊ [粵] huŋ⁴ 紅]

❶公的；陽性；跟"雌"相對 ◆ 雄雞／雄狗／雄蕊。❷強有力的；威武的；有氣魄的 ◆ 雄赳赳／重振雄風／雄心勃勃／雄偉壯麗／事實勝於雄辯。❸強有力的人或國家 ◆ 英雄／戰國七雄。

4 雅 雅雅雅雅雅雅 [雅]

[yǎ ㄧㄚˇ [粵] ŋa⁵ 瓦]

❶高尚的；不粗俗的；跟"俗"相對 ◆ 文雅／雅致／高雅／雅座／雅俗共賞。❷敬辭，稱對方的情意、舉動 ◆ 雅意／雅教。

4 焦 見火部，266頁。

4 雇 同"僱"字，見29頁。

5 雉 雉雉雉雉雉雉 [雉]

[zhì ㄓˋ [粵] dzi⁶ 自]

野雞。

5 雍 雍雍雍雍雍雍 [雍]

[yōng ㄩㄥ [粵] juŋ¹ 翁]

❶融洽；和睦 ◆ 雍和。❷文雅大方、從容不迫◆ 雍容華貴／態度雍容。

6 雌 雌雌雌雌雌雌 [雌]

[cí ㄘˊ [粵] tsi¹ 痴]

母的；陰性的；跟"雄"相對 ◆ 雌兔／雌貓／雌蕊。

8 霍 見雨部，481頁。

8 雕(鵰) 雕雕雕雕雕雕 [雕]

[diāo ㄉㄧㄠ [粵] diu¹ 刁]

❶兇猛的大鳥，樣子像鷹 ◆ 射雕。❷刻 ◆ 雕刻／雕花／精雕細刻。❸指雕刻作品 ◆ 玉雕／石雕／浮雕。

9 雖 (虽)

雖 雖 雖 雖 雖 雖 [雖]

[suī ㄙㄨㄟ [粵] sœy^1 須]

縱然；即使 ◆ 雖死猶榮 / 麻雀雖小，五臟俱全 / 商場雖小，貨物卻很齊全 / 牡丹雖好，也要綠葉扶持。

10 雙 (双)

雙 雙 雙 雙 雙 雙 [雙]

[shuāng ㄕㄨㄤ [粵] sœŋ^1 商]

❶ **兩個** ◆ 雙方 / 雙手 / 雙黃蛋 / 智勇雙全 / 舉世無雙。❷ **偶數；跟"單"相對** ◆ 雙數 / 雙號 / 雙日。❸ **加倍的** ◆ 雙料 / 雙倍 / 雙份。❹ **量詞，用於成對的東西** ◆ 一雙鞋 / 一雙襪 / 一雙筷子。

10 雞 (鸡)

雞 雞 雞 雞 雞 雞 [雞]

[jī ㄐ丨 [粵] gɐi^1 計^1]

家禽。雄雞能報曉，母雞能下蛋。雞肉、雞蛋都是家常食品 ◆ 雞鳴狗盜/鶴立雞羣/聞雞起舞。

10 雛 (雏)

雛 雛 雛 雛 雛 雛 [雛]

[chú ㄔㄨˊ [粵] tsɔ^4 鋤]

幼禽；幼小的 ◆ 雛燕 / 雛鶯。

10 雜 (杂)

雜 雜 雜 雜 雜 雜 [雜]

[zá ㄗㄚˊ [粵] dzap^9 習]

❶ **多種多樣的；不單一** ◆ 雜色 / 雜亂 / 雜技 / 複雜 / 雜草叢生。❷ **混合在一起** ◆ 夾雜 / 混雜 / 摻雜。❸ **正式的以外的** ◆ 雜項 / 雜費。

11 難 (难)

難 難 難 難 難 難 [難]

〈一〉[nán ㄋㄢˊ [粵] nan^4]

❶ **不容易；跟"易"相對** ◆ 難題 / 難辦 / 困難 / 本性難移 / 知易行難。❷ **不好** ◆ 難聽 / 難看 / 難吃。❸ **使人感到困難** ◆ 為難 / 強人所難 / 這道題把他難住了。

〈二〉[nàn ㄋㄢˋ [粵] nan^6]

❹ **災禍；不幸的遭遇** ◆ 災難 / 遇難 / 大難臨頭 / 排憂解難 / 捐軀赴國難，視死忽如歸。❺ **遭遇不幸的** ◆ 難民。❻ **責問** ◆ 發難 / 非難 / 責難。

11 離 (离)

離 離 離 離 離 離 [離]

[lí ㄌ丨ˊ [粵] lei^4 梨]

❶ **分開；分別；跟"合"相對** ◆ 離開 / 離別 / 分離 / 悲歡離合 / 形影不離 / 少小離家老大回，鄉音無改鬢毛衰。❷ **背叛；不合** ◆ 離經叛道 / 眾叛親離。❸ **相隔的遠近** ◆ 距離 / 我的家離學校很近。❹ **缺少** ◆成功離不開個人的努力。

雨部

0 雨

雨 雨 雨 雨 雨 雨 [雨]

[yǔ ㄩˇ [粵] jy^5 語]

❶ **從雲層中落下的水滴** ◆ 下雨 / 小雨點 / 傾盆大雨 / 雨過天晴 / 清明時節雨紛紛，路上行人欲斷魂。❷ **形容像雨一樣多而密** ◆ 槍林彈雨。

見古文字插頁 9。

靛 靛 [靛]

丨ㄢˋ [粵] din^6 電]

深藍色的顏料 ◆ 靛青。

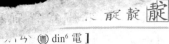

阜 隶 隹 雨 青 非

3 雪

雪 雪 雪 雪 雪 雪 雪

[xuě ㄒㄩㄝˇ (粵) syt^{8} 説]

❶ **從雲層中落下的六角形結晶體** ◆ 下雪 / 雪花飄飄 / 大雪紛飛 / 冰天雪地 / 瑞雪兆豐年/柴門聞犬吠，風雪夜歸人。❷ **顏色或光彩像雪似的** ◆ 雪白 / 雪亮。❸ **除去；洗刷掉** ◆ 報怨雪恥 / 報仇雪恨 / 洗雪國恥。

4 雲 (云)

雲 雲 雲 雲 雲 雲 雲

[yún ㄩㄣˊ (粵) wɐn^{4} 匀]

❶ **天上飄浮的雲彩** ◆ 烏雲 / 彩雲 / 雲開日出/萬里無雲/天有不測風雲。❷ **雲南省的簡稱** ◆ 雲腿 / 雲貴高原。

見古文字插頁 16。

4 雯

雯 雯 雯 雯 雯 雯 雯

[wén ㄨㄣˊ (粵) mɐn^{4} 文]

花紋狀的雲彩。多作女性人名用字。

5 雷

雷 雷 雷 雷 雷 雷 雷

[léi ㄌㄟˊ (粵) lœy^{4} 擂]

❶ **雲層放電時發出的巨大響聲** ◆ 打雷 / 雷聲隆隆/雷電交加/電閃雷鳴。❷ **一種能爆炸的武器** ◆ 地雷 / 水雷 / 魚雷。

5 電 (电)

電 電 電 電 電 電 電

[diàn ㄉㄧㄢˋ (粵) din^{6} 殿]

❶ **一種重要的能源，用於發光、發熱、產生動力等** ◆ 電燈 / 電爐 / 電車 / 電機 / 發電廠。❷ **電報的簡稱** ◆ 急電 / 電信 / 電告。

5 零

零 零 零 零 零 零 零

[líng ㄌㄧㄥˊ (粵) liŋ^{4} 玲]

❶ **花、葉枯萎而落下** ◆ 凋零 / 飄零 / 草木零落。❷ **零碎的；小部分的** ◆ 零星/零件/零售/零用錢/吃零食。❸ **表示沒有數量；數目字，符號是"0"。引申指沒有** ◆ 利潤等於零。❹ **數的空位** ◆ 一百零八人 / 一千零一夜。

5 雹

雹 雹 雹 雹 雹 雹 雹

[báo ㄅㄠˊ (粵) bɔk^{9} 薄]

空氣中的水氣遇冷後結成的冰粒或冰塊，通常隨雷陣雨降下，對農作物造成災害。俗稱雹子 ◆ 冰雹 / 雹災。

6 需

需 需 需 需 需 需 需

[xū ㄒㄩ (粵) sœy^{1} 須]

❶ **必要** ◆ 需要 / 必需 / 急需 / 無需憂慮。❷ **必要的東西** ◆ 軍需 / 不時之需。

7 震

震 震 震 震 震 震 震

[zhèn ㄓㄣˋ (粵) dzɐn^{3} 鎮]

❶ **劇烈顫動** ◆ 震動 / 地震 / 震耳欲聾。❷ **情緒非常激動** ◆ 震怒 / 震驚。

7 霄

霄 霄 霄 霄 霄 霄 霄

[xiāo ㄒㄧㄠ (粵) siu^{1} 消]

雲；天空 ◆ 雲霄 / 九霄雲外 / 霄壤之別。

7 霆

霆 霆 霆 霆 霆 霆 霆

[tíng ㄊㄧㄥˊ (粵) tiŋ^{4} 庭]

霹靂；暴雷 ◆ 雷霆。

焦點易錯字 振 | 震　振作 振翅高飛　震驚 震耳欲聾

9 霜

霜 霜 霜 霜 霜 霜 霜

[shuāng ㄕㄨㄤ (粵) sœŋ^{1} 商]

❶ **接近地面的水氣遇冷在地上或物體上凝**

〈二〉

❺

露

7 霉

[méi ㄇㄟˊ 粵 mui4 梅]

東西因受潮生菌而長出白色毛狀物或變質 ◆ 發霉／霉爛。

8 霖

[lín ㄌㄧㄣˊ 粵 lɐm4 林]

連下幾天的雨 ◆ 久旱逢甘霖。

8 霏

[fēi ㄈㄟ 粵 fei1 非]

雨、雪、煙霧等紛飛、飄揚 ◆ 煙霏雲散／雨雪霏霏。

8 霍

[huò ㄏㄨㄛˋ 粵 fɔk8 縛]

形容快速；突然 ◆ 霍然／霍地站起來。

8 霓

[ní ㄋㄧˊ 粵 ŋɐi4 危]

霓虹燈：燈的一種，在真空管裏充入惰性氣體，通電後能放射出多種色彩的光。大多用作商業廣告 ◆ 街兩旁的霓虹燈光彩奪目。

8 霎

[shà ㄕㄚˋ 粵 sap8 澀]

很短的時間 ◆ 霎時／一霎。

……結成的白色晶體 ◆ 霜降／霜凍／雪上加霜。❷像霜的東西 ◆ 杏仁霜。

9 霞

[xiá ㄒㄧㄚˊ 粵 ha4 瑕]

在日出或日落前後天空中出現的彩色的雲 ◆ 朝霞／晚霞／彩霞／霞光萬道。

11 霧（雺）

[wù ㄨˋ 粵 mou6 務]

接近地面的水蒸氣，遇冷凝結成的小水滴，在空氣中飄浮 ◆ 迷霧／霧氣／大霧彌漫／雲消霧散／雲霧繚繞。

13 霸

[bà ㄅㄚˋ 粵 ba3 壩]

❶依仗權勢，橫行一方，欺壓別人的人 ◆ 惡霸。❷蠻不講理，用強力奪取佔有 ◆ 霸道／霸佔／欺行霸市。❸中國春秋時代五個強大的諸侯 ◆ 春秋五霸。

13 露

〈一〉[lù ㄌㄨˋ 粵 lou6 路]

❶露水：水氣夜間遇冷凝結在地面或物體上的小水珠 ◆ 露珠／露水／朝露。❷在屋外，沒有遮蔽 ◆ 露天／露營／露宿街頭。❸顯現出來 ◆ 顯露／暴露／揭露／拋頭露面／原形畢露。❹用果汁或加藥料製成的飲料或藥劑 ◆ 果子露／杏仁露／枇杷露／玫瑰露。

[lòu ㄌㄡˋ 粵 lou6 路]

…用於口語 ◆ 露面／露馬腳／

13 霹 [霹]

[pī ㄆㄧ [粵] pik^7 僻]

霹靂：急速而來的、響聲很大的雷；比喻突然發生的事件 ◆ 晴天霹靂。

14 霾 [霾]

[mái ㄇㄞˊ [粵] mai^4 埋]

陰霾：天空中由於懸浮着大量煙、塵等微粒物質而形成的混濁現象。

14 霽 (霁) [霽]

[jì ㄐㄧˋ [粵] dzɐi^3 祭]

❶ **雨或雪停了，天色放晴** ◆ 雪初霽 / 嚮晚雨霽。❷ **怒氣消除，表情顯得和悦** ◆ 霽怒 / 色霽。

16 靂 (雳) [靂]

[lì ㄌㄧˋ [粵] lik^7 力^7]

霹靂。見“霹”字，本頁。

16 靈 (灵) [靈]

[líng ㄌㄧㄥˊ [粵] liŋ^4 零 / lɛŋ^4 鯪 (語)]

❶ **聰明；反應快** ◆ 靈敏 / 靈巧 / 靈活 / 機靈 / 心靈手巧。❷ **人的精神；靈魂** ◆ 心靈 / 英靈。❸ **關於神仙的或死人的** ◆ 神靈 / 靈堂 / 靈柩 / 靈車。❹ **效驗；有效** ◆ 靈驗 / 靈丹妙藥 / 這辦法真靈。

16 靄 (霭) [靄]

[ǎi ㄞˇ [粵] ɔi^2 藹]

雲氣 ◆ 雲靄 / 暮靄沈沈。

青部

0 青 [青]

[qīng ㄑㄧㄥ [粵] tsiŋ^1 清 / tsɛŋ^1 請^1 (語)]

❶ **綠色** ◆ 青草 / 青山綠水 / 青出於藍而勝於藍。❷ **藍色** ◆ 青天白雲。❸ **黑色** ◆ 青布 / 青絲。❹ **指青草或沒有成熟的莊稼** ◆ 踏青 / 青黃不接。❺ **比喻年輕** ◆ 青年 / 青春年華。❻ **青海省的簡稱** ◆ 青藏高原。

5 靖 [靖]

[jìng ㄐㄧㄥˋ [粵] dziŋ^6 靜]

❶ **安定；沒有動亂** ◆ 安靖。❷ **平息動亂；使安定** ◆ 靖難 / 綏靖。

8 靜 [靜]

[jìng ㄐㄧㄥˋ [粵] dziŋ^6 淨]

❶ **停止不動；跟“動”相對** ◆ 動靜 / 靜止 / 平靜 / 風平浪靜 / 樹欲靜而風不止。❷ **沒有聲響** ◆ 安靜 / 寂靜 / 寧靜 / 靜悄悄 / 夜深人靜。

8 靛

[diàn ㄉㄧ

點易錯字

非部

0 非

[fēi ㄈㄟ 粵 fei1 飛]

❶ **過失；錯誤；跟“是”相對** ◆ 痛改前非／文過飾非／是非曲直。❷ **不是；不** ◆ 非賣品／非親非故／答非所問／非同一般。❸ **不合於** ◆ 非法／非禮。❹ **反對；責備** ◆ 非難／無可厚非／無可非議。❺ **“非…不…”，表示必須** ◆ 非去不可／非説不可／非你不成。❻ **非州的簡稱** ◆ 亞非拉。

2 匪

見匚部，51頁。

4 扉

見户部，164頁。

4 斐

見文部，194頁。

4 悲

見心部，154頁。

6 翡

見羽部，354頁。

7 輩

見車部，440頁。

7 靠

[kào ㄎㄠˋ 粵 kau3]

❶ **依賴** ◆ 依靠／靠自己努力／全靠搶救及時／在家靠父母，出外靠朋友。❷ **倚着；挨近** ◆ 靠近／靠牆站／背靠背／船靠岸了。❸ **信得過** ◆ 質量可靠／這個人靠得住。

11 靡

〈一〉[mí ㄇㄧˊ 粵 mei4 眉]

❶ **浪費** ◆ 靡費／奢靡。

〈二〉[mǐ ㄇㄧˇ 粵 mei5 美]

❷ **順風倒下** ◆ 所向披靡／風靡一時。

面部

$10,000

0 面

[miàn ㄇㄧㄢˋ 粵 min6 麪]

❶ **臉** ◆ 面孔／面紅耳赤／笑容滿面。❷ **當面；直接** ◆ 面試／面談／面議／面交。❸ **物體的表面** ◆ 地面／湖面／封面／桌面。❹ **部位；方面** ◆ 反面／南面／四面八方。❺ **對着；向着** ◆ 面臨／背山面水。❻ **量詞，用於扁平的東西或會見的次數** ◆ 一面鏡子／一面旗幟／見過幾面。❼ **“麪”的簡化字，見511頁。**

見古文字插頁9。

集點易錯字 靡｜糜　風靡一時　委靡不振　糜費　生活糜爛

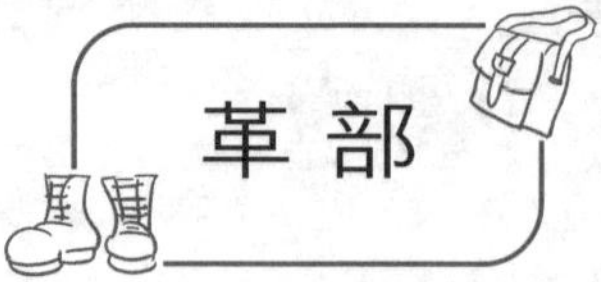

革部

0 革 (革革革革革革 革)

[gé ㄍㄜˊ ㉄ gak[8] 隔]

❶ **去毛後加工過的獸皮** ◆ 皮革 / 製革 / 西裝革履。❷ **改變** ◆ 改革 / 變革 / 革新 / 革命 / 洗心革面。❸ **除去；撤消** ◆ 革除 / 革職。

見古文字插頁 9。

2 勒

見力部，47頁。

4 靴 (靴靴靴靴靴靴 靴)

[xuē ㄒㄩㄝ ㉄ hœ[1]]

高筒的鞋 ◆ 靴子 / 皮靴 / 雨靴 / 隔靴搔癢。

4 靳 (靳靳靳靳靳靳 靳)

[jìn ㄐㄧㄣˋ ㉄ gen[3] 巾[3]]

姓。

4 靶 (靶靶靶靶靶靶 靶)

[bǎ ㄅㄚˇ ㉄ ba[3] 霸]

射擊的目標 ◆ 靶子 / 箭靶 / 擊中靶心。

6 鞋 (鞋鞋鞋鞋鞋鞋 鞋)

[xié ㄒㄧㄝˊ ㉄ hai[4] 孩]

鞋子 ◆ 布鞋 / 皮鞋 / 拖鞋 / 涼鞋。

6 鞏 (巩) (鞏鞏鞏鞏鞏鞏 鞏)

[gǒng ㄍㄨㄥˇ ㉄ guŋ[2] 拱]

牢固；堅固 ◆ 鞏固。

6 鞍 (鞍鞍鞍鞍鞍鞍 鞍)

[ān ㄢ ㉄ ɔn[1]/ŋɔn[1] 安]

馬鞍：放在騾馬背上供騎坐或馱東西的器具 ◆ 鞍前馬後 / 鞍馬勞頓。

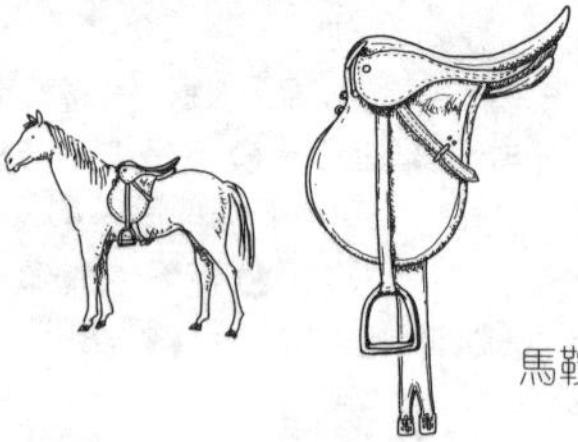

馬鞍

7 鞘 (鞘鞘鞘鞘鞘鞘 鞘)

[qiào ㄑㄧㄠˋ ㉄ tsiu[3] 俏]

裝刀劍的套子 ◆ 劍鞘 / 刀出鞘。

8 鞠 (鞠鞠鞠鞠鞠鞠 鞠)

[jū ㄐㄩ ㉄ guk[7] 谷]

鞠躬：彎身行禮 ◆ 鞠躬道謝。

9 鞦 (秋) (鞦鞦鞦鞦鞦鞦 鞦)

[qiū ㄑㄧㄡ ㉄ tsɐu[1] 秋]

鞦韆：運動和遊戲的用具，在高架上拴兩根長繩，下端拴一塊板子，人在板上用腳蹬，使上下擺動。也寫作"秋千" ◆ 盪鞦韆。

9 鞭 (鞭鞭鞭鞭鞭鞭 鞭)

[biān ㄅㄧㄢ ㉄ bin[1] 邊]

❶鞭子：趕牲口的用具◆皮鞭／馬鞭／揚鞭策馬。❷用鞭子抽打◆鞭打。❸成串的小爆竹◆鞭炮。❹古代兵器◆鋼鞭／竹節鞭。

13 **韁**（缰） 韁 韁 韁 韁 韁 韁 韁

[jiāng ㄐㄧㄤ [粵] gœŋ¹ 姜]

拴馬和其他牲口的繩子◆韁繩／脱韁的野馬。

15 **韆**（千） 韆 韆 韆 韆 韆 韆 韆

[qiān ㄑㄧㄢ [粵] tsin¹ 千]

鞦韆。見“鞦”字，484頁。

韋部

0 **韋**（韦） 韋 韋 韋 韋 韋 韋 韋

[wéi ㄨㄟˊ [粵] wɐi⁴ 圍]

姓。

3 **韌**（韧） 韌 韌 韌 韌 韌 韌 韌

[rèn ㄖㄣˋ [粵] jɐn⁶ 刃]

柔軟而堅固；不容易折斷◆韌性／堅韌。

8 **韓**（韩） 韓 韓 韓 韓 韓 韓 韓

[hán ㄏㄢˊ [粵] hɔn⁴ 寒]

姓。

10 **韜**（韬） 韜 韜 韜 韜 韜 韜 韜

[tāo ㄊㄠ [粵] tou¹ 滔]

❶弓、箭的套子。❷用兵的謀略◆韜略／文韜武略。❸比喻隱藏◆韜光養晦。

韭部

0 **韭** 韭 韭 韭 韭 韭 韭 韭

[jiǔ ㄐㄧㄡˇ [粵] gɐu² 九]

韭菜：一種蔬菜，葉子扁而細長。

音部

0 **音** 音 音 音 音 音 音 音

[yīn ㄧㄣ [粵] jɐm¹ 陰]

❶聲音◆讀音／錄音／播音／音樂／音容笑貌。❷指消息◆音信／回音／佳音／福音。❸指音節◆單音詞／多音詞。

2 **章** 見立部，327頁。

2 **竟** 見立部，327頁。

4 **韵** "韻"的異體字，見本頁。

5 **韶**

[sháo ㄕㄠˊ [粵] siu4 燒4]

美好 ◆ 韶光 / 韶華。

10 **韻**（韵）

[yùn ㄩㄣˋ [粵] wen6 運]

❶ **和諧好聽的聲音** ◆ 琴韻悠揚 / 松聲竹韻。❷ **情趣；風度** ◆ 韻味 / 風韻猶存。❸ **漢字的音節，前段叫聲母，後段叫韻母** ◆ 押韻。

12 **響**（响）

[xiǎng ㄒㄧㄤˇ [粵] hœŋ2 享]

❶ **聲音；發出聲音** ◆ 聲響 / 交響樂 / 一聲不響 / 響起了熱烈的掌聲。❷ **回聲** ◆ 迴響 / 響應 / 影響 / 引起強烈反響。❸ **聲音大** ◆ 響亮。

頁部

0 **頁**（页）

[yè ㄧㄝˋ [粵] jip9 葉]

❶ **書冊的一張** ◆ 插頁 / 活頁。❷ **書冊中一張紙的一面** ◆ 頁碼 / 請翻到第十五頁 / 全書共二百五十頁。

見古文字插頁 9。

2 **頂**（顶）

[dǐng ㄉㄧㄥˇ [粵] diŋ2 鼎 / dɛŋ2 定2（語）]

❶ **人或物體最上面的部分** ◆ 頭頂 / 屋頂 / 山頂 / 頂峯 / 頂端。❷ **用頭支承** ◆ 頂碗 / 頂天立地。❸ **支撐** ◆ 頂梁柱 / 用木槓把門頂住 / 頂不住對方的猛烈進攻。❹ **迎着** ◆ 頂風冒雨。❺ **不順從** ◆ 頂撞 / 頂嘴。❻ **代替** ◆ 冒名頂替。❼ **相當；抵得上** ◆ 一個人頂兩個人。❽ **表示程度最高；最** ◆ 頂好 / 頂多 / 頂聰明。❾ **量詞，用於某些有頂的東西** ◆ 一頂帽子 / 一頂花轎。

2 **頃**（顷）

[qǐng ㄑㄧㄥˇ [粵] kiŋ2 傾2]

❶ **計算土地面積的單位。一百畝為一頃** ◆ 良田萬頃。❷ **短時間** ◆ 少頃 / 頃刻之間 / 俄頃即去。❸ **不久以前；剛才** ◆ 頃聞 / 頃接來信。

3 **項**（项）

[xiàng ㄒㄧㄤˋ [粵] hɔŋ6 巷]

❶ **頸的後部** ◆ 頸項 / 項鏈 / 項背相望。❷ **事物的種類或條目** ◆ 事項 / 項目 / 強項。❸ **指款項、經費** ◆ 進項 / 用項。❹ **量詞，用於分項目的事物** ◆ 三項任務 / 兩項運動。

3 **順**（顺）

[shùn ㄕㄨㄣˋ [粵] sœn6 純6]

❶ **向着同一方向；跟"逆"相對** ◆ 順風 / 順流而下 / 順水推舟 / 順時針方向。❷ **沿着** ◆ 順着這條路往前走 / 順着城牆挖護城河。❸

焦點易錯字 響 | 嚮 響聲 響亮 嚮往 嚮導 頃 | 傾 頃刻 傾向 傾倒

趁便 ◆ 順便/順帶/順口說說/順手牽羊。**❹服從；不違背** ◆ 順從/歸順/百依百順/順我者昌，逆我者亡。**❺整理；使有條理** ◆ 把文章內容再順一順。**❻有條理** ◆ 語句通順/文從字順。**❼次序；按次序** ◆ 順序/筆順/順延。**❽適合；如意** ◆ 順心/順遂/順當/工作順利/風調雨順。

逆
順

3 須 (须)

須 須 須 須 須 須 須

[xū ㄒㄩ ㊚ sœy^{1} 需]

必要；應當 ◆ 必須/務須/須知/解鈴還須繫鈴人。

4 頑 (顽)

頑 頑 頑 頑 頑 頑 頑

[wán ㄨㄢˊ ㊚ wan^{4} 還]

❶愚蠢；無知 ◆ 愚頑/冥頑不靈。**❷固執；不容易改變** ◆ 頑固/頑疾/頑強/負隅頑抗。**❸淘氣；調皮** ◆ 頑皮/頑童。

4 頓 (顿)

頓 頓 頓 頓 頓 頓 頓

[dùn ㄉㄨㄣˋ ㊚ dœn^{6} 鈍]

❶稍停一下 ◆ 停頓/抑揚頓挫。**❷處理；安置** ◆ 整頓/安頓。**❸頭向下叩或腳跺地** ◆ 頓首/捶胸頓足。**❹立刻** ◆ 頓時/頓悟/茅塞頓開/頓生疑竇。**❺疲乏** ◆ 困頓/舟車勞頓。**❻量詞** ◆ 一頓飯/教訓了一頓。

焦點易錯字 誦 | 頌 誦經 背誦 頌讚 歌頌

4 頒 (颁)

頒 頒 頒 頒 頒 頒 頒

[bān ㄅㄢ ㊚ ban^{1} 班]

❶公佈 ◆ 頒佈。**❷發給** ◆ 頒獎。

4 頌 (颂)

頌 頌 頌 頌 頌 頌 頌

[sòng ㄙㄨㄥˋ ㊚ dzuŋ^{6} 仲]

❶讚揚；稱讚 ◆ 頌揚/讚頌/稱頌/歌頌/歌功頌德。**❷以讚揚為內容的詩文** ◆《橘頌》。

4 煩

見火部，267頁。

4 預 (预)

預 預 預 預 預 預 預

[yù ㄩˋ ㊚ jy^{6} 譽]

❶事先 ◆ 預先/預告/預備/預測/預防/預謀。**❷參加；過問** ◆ 參預/干預。

5 碩

見石部，313頁。

5 領 (领)

領 領 領 領 領 領 領

[lǐng ㄌㄧㄥˇ ㊚ liŋ^{5} 嶺 /lɛŋ^{5} 嶺(語)]

❶脖子 ◆ 領帶/引領而望。**❷衣領** ◆ 尖領/翻領/雞心領。**❸要點；綱要** ◆ 要領/綱領/提綱挈領。**❹帶引** ◆ 領導/率領/領隊/領航。**❺佔有；管轄的** ◆ 佔領/領土/領空。**❻接受；取得** ◆ 領取/領獎/領教/領情/失物招領。**❼瞭解；理解** ◆ 領會/領悟/領略/心領神會。

5 頗 (颇)

頗 頗 頗 頗 頗 頗 頗

〈一〉[pō ㄆㄛ ㊚ pɔ^{1} 婆^{1}]

❶偏差；不正 ◆ 偏頗。

〈二〉[pō ㄆㄛ [粵] pɔ² 叵]
❷很；相當地 ◆ 頗好/頗能幹/頗有同感/頗為合理。

6**頡**（颉） 頡 頡 頡 頡 頡 頡 頡

[jié ㄐㄧㄝˊ [粵] kit⁸ 揭]
倉頡：古代人名，傳説漢字是他創造的 ◆ 倉頡造字。

6**領**（领） 領 領 領 領 領 領 領

[hé ㄏㄜˊ [粵] hɐp⁹ 合]
構成口腔上下部的骨頭和肌肉組織，上部叫上頷，下部叫下頷。

6**頦**（颏） 頦 頦 頦 頦 頦 頦 頦

[kē ㄎㄜ [粵] hɔi⁴ 海⁴]
下巴；臉的最下部分。

7**頭**（头） 頭 頭 頭 頭 頭 頭 頭

〈一〉[tóu ㄊㄡˊ [粵] tɐu⁴ 投]
❶腦袋 ◆ 頭痛/頭暈/舉頭望明月，低頭思故鄉。❷指頭髮或髮式 ◆ 剃頭/梳頭/分頭。❸物體的頂端；最前的 ◆ 船頭/山頭/兩頭尖。❹事情的起點和終點 ◆ 開頭/萬事起頭難/沒有盡頭。❺剩下的部分 ◆ 布頭/煙頭/鉛筆頭。❻第一 ◆ 頭班車/頭等艙/頭號人物。❼領頭 ◆ 頭目/頭子。❽量詞，用於動物或某些東西 ◆ 一頭牛/兩頭豬/一頭蒜。

〈二〉[tou ·ㄊㄡ [粵] tɐu⁴ 投]
❾名詞詞尾 ◆ 石頭/木頭/外頭/念頭。

7**頤**（颐） 頤 頤 頤 頤 頤 頤 頤

[yí ㄧˊ [粵] ji⁴ 兒]
❶臉頰；腮幫子 ◆ 頤指氣使。❷保養 ◆ 頤養天年。

7**頰**（颊） 頰 頰 頰 頰 頰 頰 頰

[jiá ㄐㄧㄚˊ [粵] gap⁸ 夾]
臉的兩側 ◆ 面頰/兩頰/臉頰紅潤。

7**頸**（颈） 頸 頸 頸 頸 頸 頸 頸

[jǐng ㄐㄧㄥˇ [粵] gɛŋ² 鏡²]
脖子 ◆ 頸項/頸鏈/長頸鹿。

7**穎** 見禾部，323頁。

7**頻**（频） 頻 頻 頻 頻 頻 頻 頻

[pín ㄆㄧㄣˊ [粵] pɐn⁴ 貧]
連續多次 ◆ 頻仍/頻繁/捷報頻傳/頻頻點頭。

7**頹**（颓） 頹 頹 頹 頹 頹 頹 頹

[tuí ㄊㄨㄟˊ [粵] tœy⁴ 推⁴]
❶倒塌 ◆ 斷壁頹垣。❷衰敗 ◆ 衰頹。❸精神不振；情緒低落 ◆ 頹廢/頹唐/頹喪。

8**顆**（颗） 顆 顆 顆 顆 顆 顆 顆

[kē ㄎㄜ [粵] fɔ² 火]
量詞，用於粒狀的東西 ◆ 一顆心/一顆子彈/一顆花生米。

9**題**（题） 題 題 題 題 題 題 題

[tí ㄊㄧˊ [粵] tɐi⁴ 提]
❶題目 ◆ 試題/標題/離題/第三道題/文不對題。❷寫上；簽署 ◆ 題字/題名/題詞。

焦點易錯字 題 | 提 題材 題名 提議 提倡 棵 | 顆 一棵樹 一顆心

9 **顎** 同“腭”字，見365頁。

9 **顏**（颜） 顏顏顏顏顏顏 顏

[yán ㄧㄢˊ 粵 ŋan⁴ 眼⁴]
❶ **色彩** ◆ 顏色 / 顏料 / 五顏六色。❷ **臉；臉部的表情** ◆ 容顏 / 和顏悅色 / 笑逐顏開。❸ **面子** ◆ 無顏見人 / 厚顏無恥。

9 **額**（额） 額額額額額額 額

[é ㄜˊ 粵 ŋak⁹]
❶ **額頭，頭的前面，頭髮以下、眉毛以上的部分** ◆ 額角。❷ **規定的數目** ◆ 額外 / 名額 / 超額 / 滿額。

10 **顛**（颠） 顛顛顛顛顛顛 顛

[diān ㄉㄧㄢ 粵 din¹ 癲]
❶ **頂部** ◆ 山顛 / 塔顛 / 高山之顛。❷ **跌倒；跌落** ◆ 顛覆 / 顛撲不破。❸ **搖晃震盪** ◆ 顛簸 / 路不平，車子顛得厲害。

10 **願**（愿） 願願願願願願 願

[yuàn ㄩㄢˋ 粵 jyn⁶ 縣]
❶ **樂意；肯** ◆ 願意 / 心甘情願 / 甘願受罰 / 不願幫忙。❷ **希望** ◆ 願望 / 心願 / 祝願 / 但願如此。❸ **許下的酬謝** ◆ 許願 / 還願。

10 **類**（类） 類類類類類類 類

[lèi ㄌㄟˋ 粵 lœy⁶ 淚]
❶ **相似** ◆ 類似 / 類人猿 / 畫虎不成反類犬。❷ **根據事物相似或相同的特徵分出的種別** ◆ 分類 / 種類 / 類別 / 分門別類 / 物以類聚。

12 **囂** 見口部，83頁。

12 **顧**（顾） 顧顧顧顧顧顧 顧

[gù ㄍㄨˋ 粵 gu³ 故]
❶ **回頭看；看** ◆ 回顧 / 瞻前顧後 / 義無反顧 / 環顧四周 / 左顧右盼 / 顧名思義。❷ **照管；關心** ◆ 照顧 / 自顧不暇 / 奮不顧身 / 顧此失彼。❸ **商店稱購物的人或出錢要求服務的人** ◆ 顧客。❹ **拜訪** ◆ 三顧茅廬。

13 **顫**（颤） 顫顫顫顫顫顫 顫

〈一〉[chàn ㄔㄢˋ 粵 dzin³ 戰]
❶ **物體振動** ◆ 顫動 / 顫抖。
〈二〉[zhàn ㄓㄢˋ 粵 dzin³ 戰]
❷ **身體發抖** ◆ 打顫。

14 **顯**（显） 顯顯顯顯顯顯 顯

[xiǎn ㄒㄧㄢˇ 粵 hin² 遣]
❶ **露在外面，容易看出** ◆ 明顯 / 顯著 / 顯然 / 顯而易見。❷ **露出；表現** ◆ 顯露 / 顯示 / 大顯身手 / 各顯神通 / 不登高山，不顯平地。❸ **有地位、有權勢、有名聲的** ◆ 顯貴 / 顯達 / 顯赫一時。

15 **顰**（颦） 顰顰顰顰顰顰 顰

[pín ㄆㄧㄣˊ 粵 pɐn⁴ 頻]
皺眉頭 ◆ 一顰一笑 / 東施效顰。

16 **顱**（颅） 顱顱顱顱顱顱 顱

[lú ㄌㄨˊ 粵 lou⁴ 盧]
頭蓋骨；頭 ◆ 腦顱 / 頭顱。

18 **顴**（颧） 顴 顴 顴 顴 顴 顴 顴

[quán ㄑㄩㄢˊ ㊉ kyn4 權]
顴骨：眼下腮上突出的部分 ◆ 顴骨高高的。

風部

0 **風**（风） 風 風 風 風 風 風 風

[fēng ㄈㄥ ㊉ fuŋ1 封]
❶**空氣流動的現象** ◆ 起風／颱風／龍捲風／風吹草動／夜來風雨聲，花落知多少。❷**像風那樣流行** ◆ 風行／風靡一時。❸**消息；傳聞** ◆ 聞風而動／風言風語／通風報信／不許走漏風聲。❹**習俗** ◆ 風俗／風氣／移風易俗／傷風敗俗／蔚然成風。❺**景象** ◆ 風景／風光迷人。❻**情勢** ◆ 看風使舵／望風披靡。❼**人的舉止、氣度** ◆ 風度／風格／風采／大將風範。❽**指民歌** ◆ 採風。❾**中醫指某些疾病** ◆ 風濕／中風。

5 **颯**（飒） 颯 颯 颯 颯 颯 颯 颯

[sà ㄙㄚˋ ㊉ sap8 霎]
形容風聲 ◆ 秋風颯颯。

5 **颱**（台） 颱 颱 颱 颱 颱 颱 颱

[tái ㄊㄞˊ ㊉ tɔi4 抬]
颱風：極猛烈的風暴，風力常達十級以上，同時有暴雨。颱風給人們的生命財產造成災害。

6 **颳**（刮） 颳 颳 颳 颳 颳 颳 颳

[guā ㄍㄨㄚ ㊉ gwat8 刮]
風吹動 ◆ 颳風下雨／颳起了八級大風／樹被大風颳倒了。

8 **颶**（飓） 颶 颶 颶 颶 颶 颶 颶

[jù ㄐㄩˋ ㊉ gœy6 巨]
颶風：十二級以上的強烈風暴。

9 **颺**（飏） 颺 颺 颺 颺 颺 颺 颺

[yáng ㄧㄤˊ ㊉ jœŋ4 羊]
隨風飄動、飛起。同“揚”字 ◆ 塵土飛颺／軍旗飄颺。

9 **颼**（飕） 颼 颼 颼 颼 颼 颼 颼

[sōu ㄙㄡ ㊉ sɐu1 收]
風雨聲 ◆ 北風颼颼。

11 **飄**（飘） 飄 飄 飄 飄 飄 飄 飄

[piāo ㄆㄧㄠ ㊉ piu1 漂1]
隨風飛揚 ◆ 飄揚／飄動／雪花飄舞／風雨飄搖／柳枝飄拂。

飛部

0 **飛**（飞） 飛 飛 飛 飛 飛 飛 飛

[fēi ㄈㄟ ㊉ fei1 非]

❶ **鳥類、昆蟲等鼓動翅膀在空中往來活動** ◆ 飛翔／大雁南飛／飛來幾隻蝴蝶。❷ **物體在空中像飛一樣活動** ◆ 大雪紛飛／塵土飛揚／飛機飛越太平洋。❸ **形容極快** ◆ 飛快／飛奔／飛速發展／物價飛漲。❹ **意外的；沒有根據的** ◆ 飛來橫禍／流言飛語。

見古文字插頁 9。

食部

0食 食食食食食食 食

[shí ㄕˊ 粵 sik⁹ 蝕]

❶ **吃** ◆ 吞食／蠶食／食肉動物／廢寢忘食。❷ **吃的東西** ◆ 食品／食油／糧食／豐衣足食／飢不擇食。❸ **日、月虧缺的現象。同"蝕"字** ◆ 日食／月食。

見古文字插頁 9。

2飢（饥） 飢飢飢飢飢飢 飢

[jī ㄐㄧ 粵 gei¹ 基]

肚子餓；跟"飽"相對 ◆ 飢餓／飢寒交迫／忍飢捱餓／畫餅充飢／飢不擇食。

3飧 飧飧飧飧飧飧 飧

[sūn ㄙㄨㄣ 粵 syn¹ 孫]

晚飯；泛指飯食 ◆ 誰知盤中餐（一作"飧"），粒粒皆辛苦。

4飩（饨） 飩飩飩飩飩飩 飩

[tún ㄊㄨㄣˊ 粵 tɐn¹ 吞]

餛飩。見"餛"字，493 頁。

4飪（饪） 飪飪飪飪飪飪 飪

[rèn ㄖㄣˋ 粵 jɐm⁶ 任 /jɐm⁵ 任⁵]

做飯做菜 ◆ 烹飪。

4飯（饭） 飯飯飯飯飯飯 飯

[fàn ㄈㄢˋ 粵 fan⁶ 犯]

每天按時吃的食物；指煮熟的穀類食物 ◆ 吃飯／早飯／飯前要洗手／一粥一飯，當思來之不易。

4飲（饮） 飲飲飲飲飲飲 飲

〈一〉[yǐn ㄧㄣˇ 粵 jɐm² 音²]

❶ **喝** ◆ 飲酒／飲茶／痛飲／飲水思源。❷ **喝的東西** ◆ 飲料／冷飲。❸ **含着；懷着** ◆ 飲恨／飲泣。

〈二〉[yìn ㄧㄣˋ 粵 jɐm³ 蔭]

❹ **給水喝** ◆ 飲馬。

見古文字插頁 16。

5飾（饰） 飾飾飾飾飾飾 飾

[shì ㄕˋ 粵 sik⁷ 式]

❶ **裝修、打扮；使美觀** ◆ 裝飾／修飾／粉飾。❷ **裝飾品** ◆ 首飾／服飾。❸ **掩蓋** ◆ 掩飾／文過飾非。❹ **扮演** ◆ 飾演記者。

5飽（饱） 飽飽飽飽飽飽 飽

[bǎo ㄅㄠˇ 粵 bau² 包²]

❶ **吃夠了；跟"餓"、"飢"相對** ◆ 吃飽了／

焦點易錯字 飢｜饑　飢餓 飢不擇食　饑饉 積穀防饑

飽食終日。❷ **充滿；豐富** ◆ 飽和／飽滿／飽經風霜／飽學之士。❸ **感到滿足** ◆ 大飽口福／一飽眼福。

5飼 (饲)

飼飼飼飼飼飼 飼

[sì ㄙˋ [粵] dzi⁶ 自]
餵養（動物） ◆ 飼養／飼料。

6餌 (饵)

餌餌餌餌餌餌 餌

[ěr ㄦˇ [粵] nei⁶ 膩]
❶ **誘魚上鈎用的魚食** ◆ 魚餌／釣餌。❷ **用來引誘的東西** ◆ 誘餌。❸ **糕餅** ◆ 餅餌。

6餉 (饷)

餉餉餉餉餉餉 餉

[xiǎng ㄒㄧㄤˇ [粵] hœŋ² 享]
❶ **軍隊的食糧；軍警的薪金** ◆ 糧餉／餉銀／發餉。❷ **用酒食款待** ◆ 餉客。

6餃 (饺)

餃餃餃餃餃餃 餃

[jiǎo ㄐㄧㄠˇ [粵] gau² 狡]
餃子：有餡的半圓形的麪食 ◆ 水餃／蒸餃。

6養 (养)

養養養養養養 養

[yǎng ㄧㄤˇ [粵] jœŋ⁵ 仰]
❶ **生孩子** ◆ 養兒育女／養了一個男孩／養不教，父之過。❷ **撫育；供給生活費用** ◆ 贍養／撫養成人／養家活口／供養父母／養兒防老／養兵千日，用兵一時。❸ **飼養鳥獸蟲魚；栽培花草樹木** ◆ 養羊／養雞／養蠶／養花／養殖。❹ **使身體得到滋補和休息；有益身體健康的滋補品** ◆ 養病／養傷／調養／休養／營養／養精蓄鋭。❺ **對事物進行維修、保護** ◆ 養路／養護／保養。❻ **人品、學問的學習和磨煉** ◆ 修養／培養／涵養／養成良好習慣／勤能補拙，儉以養廉。❼ **非親生而撫養的** ◆ 養父／養母。

6餅 (饼)

餅餅餅餅餅餅 餅

[bǐng ㄅㄧㄥˇ [粵] bɛŋ² 柄²]
❶ **一種扁圓形的麪食** ◆ 烙餅／月餅／餡餅／畫餅充飢。❷ **形狀像餅的東西** ◆ 鐵餅／柿餅／豆餅。

7餐

餐餐餐餐餐餐 餐

[cān ㄘㄢ [粵] tsan¹ 產¹]
❶ **吃** ◆ 聚餐／野餐／飽餐一頓。❷ **指飯食** ◆ 早餐／晚餐／西餐／自助餐／誰知盤中餐，粒粒皆辛苦。 ❸ **量詞，吃一頓叫一餐** ◆ 一日三餐／餐餐有魚。

7餓 (饿)

餓餓餓餓餓餓 餓

[è ㄜˋ [粵] ŋɔ⁶ 卧]
肚子空了，想吃東西；跟"飽"相對 ◆ 飢餓／忍飢捱餓／餓虎撲食。

7餘 (余)

餘餘餘餘餘餘 餘

[yú ㄩˊ [粵] jy⁴ 余]
❶ **剩下的；多出來的** ◆ 剩餘／多餘／不遺餘力／綽綽有餘／心有餘而力不足。❷ **整數後面的零數** ◆ 五十餘人／一百餘年。❸ **某種情況以外的** ◆ 業餘／課餘／高興之餘。

7餒 (馁)

餒餒餒餒餒餒 餒

[něi ㄋㄟˇ [粵] nœy⁵ 女]
❶ **信心不足；失去勇氣** ◆ 氣餒／勝不驕，敗不餒。❷ **飢餓** ◆ 凍餒。

8 餞 (饯)

餞 餞 餞 餞 餞 餞 餞

[jiàn ㄐㄧㄢˋ 粵 dzin^3 箭]

❶設酒食送行 ◆ 餞行 / 餞別。❷用蜜、糖浸漬加工而成的果品 ◆ 蜜餞。

8 餛 (馄)

餛 餛 餛 餛 餛 餛 餛

[hún ㄏㄨㄣˊ 粵 wɐn^4 雲]

餛飩：一種用薄麪片包上餡製成的食品，通常是煮熟後連湯吃 ◆ 鮮肉餛飩。粵方言中也寫作"雲吞"。

8 餡 (馅)

餡 餡 餡 餡 餡 餡 餡

[xiàn ㄒㄧㄢˋ 粵 ham^2 陷^2]

包在食品裏的肉、菜、糖等東西 ◆ 肉餡 / 豆沙餡 / 餃子餡 / 皮薄餡多。

8 館 (馆)

館 館 館 館 館 館 館

[guǎn ㄍㄨㄢˇ 粵 gun^2 管]

❶接待賓客的房屋 ◆ 賓館 / 旅館。❷某些服務性的商店 ◆ 飯館 / 茶館 / 理髮館。❸某些文化體育、休閒娛樂活動的場所 ◆ 博物館 / 體育館 / 圖書館 / 保齡球館。❹外交使節辦公的地方 ◆ 大使館 / 領事館。

8 餚

"肴"的異體字，見360頁。

9 餵 (喂)

餵 餵 餵 餵 餵 餵 餵

[wèi ㄨㄟˋ 粵 wɐi^3 畏]

❶把食物送到別人嘴裏 ◆ 餵奶 / 餵飯 / 餵藥 / 餵孩子。❷飼養；給動物吃食 ◆ 餵豬 / 餵雞 / 餵牲口。

9 餿 (馊)

餿 餿 餿 餿 餿 餿 餿

[sōu ㄙㄡ 粵 sɐu^1 收]

食物腐敗變質，有酸臭味 ◆ 菜餿了 / 飯餿了。

10 餽

"饋"的異體字，見本頁。

10 餾 (馏)

餾 餾 餾 餾 餾 餾 餾

[liú ㄌㄧㄡˊ 粵 lɐu^6 漏]

蒸餾：液體加熱後變成蒸氣，冷卻後再凝成液體 ◆ 蒸餾水。

11 饃 (馍)

饃 饃 饃 饃 饃 饃 饃

[mó ㄇㄛˊ 粵 mɔ^4 磨]

北方有些地區稱饅頭叫饃，也叫饃饃。

11 饅 (馒)

饅 饅 饅 饅 饅 饅 饅

[mán ㄇㄢˊ 粵 man^4 蠻]

饅頭：用麪粉發酵後蒸成的沒有餡的食品 ◆ 白麪饅頭。

12 饒 (饶)

饒 饒 饒 饒 饒 饒 饒

[ráo ㄖㄠˊ 粵 jiu^4 搖]

❶豐富；多 ◆ 富饒 / 豐饒 / 饒舌 / 饒有興趣。❷寬恕 ◆ 饒恕 / 饒命 / 討饒 / 決不輕饒 / 饒他這一回。

12 饋 (馈)

饋 饋 饋 饋 饋 饋 饋

[kuì ㄎㄨㄟˋ 粵 gwɐi^6 櫃]

贈送 ◆ 饋贈。

12 饑 (饥)

饑 饑 饑 饑 饑 饑 饑

[jī ㄐㄧ 粵 gei^1 基]

荒年；五穀歉收 ◆ 饑荒。

焦點易錯字　飢 | 饑　飢餓　飢不擇食　饑饉　積穀防饑

17 **饞**(馋) 饞饞饞饞饞饞 饞

[chán ㄔㄢˊ ㊚ tsam⁴ 慚]

❶ **貪吃** ◆ 饞嘴 / 嘴饞 / 又饞又懶 / 饞涎欲滴。❷ **貪心；羨慕** ◆ 眼饞。

首部

0 **首** 首首首首首首 首

[shǒu ㄕㄡˇ ㊚ sɐu² 手]

❶ **頭** ◆ 昂首闊步 / 俯首帖耳 / 痛心疾首 / 斬首示眾。❷ **最高領導人；帶頭的** ◆ 首領 / 首腦 / 元首 / 首長 / 罪魁禍首。❸ **開頭的；第一的** ◆ 首先 / 首次 / 首屆 / 首創 / 首席法官。❹**出頭認罪或告發犯罪事實** ◆ 自首 / 出首。❺ **量詞，用於詩詞、歌曲等** ◆ 一首詩 / 一首歌 / 熟讀唐詩三百首，不會吟詩也會吟。

見古文字插頁 9。

香部

0 **香** 香香香香香香 香

[xiāng ㄒㄧㄤ ㊚ hœŋ¹ 鄉]

❶ **芬芳好聞的氣味；跟"臭"相對** ◆ 芳香 / 花香 / 清香 / 香噴噴 / 不是一番寒徹骨，怎得梅花撲鼻香。❷ **帶有香味的東西** ◆ 檀香 / 香料 / 香水 / 香皂。❸ **指用木屑加香料製成的細條** ◆ 蚊香 / 燒香拜佛 / 點上一炷香。❹ **吃得有味道；睡得很熟** ◆ 吃得真香 / 睡得很香。❺ **比喻受歡迎、受重視** ◆ 很吃香。

9 **馥** 馥馥馥馥馥馥 馥

[fù ㄈㄨˋ ㊚ fuk⁷ 福]

香氣 ◆ 馥郁芬芳。

11 **馨** 馨馨馨馨馨馨 馨

[xīn ㄒㄧㄣ ㊚ hiŋ¹ 兄]

香氣；芳香 ◆ 馨香 / 温馨 / 清馨。

馬部

0 **馬**(马) 馬馬馬馬馬馬 馬

[mǎ ㄇㄚˇ ㊚ ma⁵ 碼]

哺乳動物，頸部有鬣，尾部有長毛。四肢強健，善跑，可供拉車、耕地、乘騎，訓練後可充戰馬。皮可製革 ◆ 騎馬 / 快馬加鞭 / 馬不停蹄 / 路遙知馬力，日久見人心。

見古文字插頁 9。

焦點易錯字 罄 | 馨 告罄 罄竹難書 馨香 温馨

2 **馮** (冯)

[féng ㄈㄥˊ ㊎ fuŋ⁴ 逢]
姓。

2 **馭** (驭)

[yù ㄩˋ ㊎ jy⁶ 預]
駕馭車馬 ◆ 駕馭 / 馭手。

3 **馱** (驮)

〈一〉[tuó ㄊㄨㄛˊ ㊎ tɔ⁴ 駝]
❶ **用背背東西** ◆馱運 / 我馱你過河 / 馬馱着兩筐蘋果。

〈二〉[duò ㄉㄨㄛˋ ㊎ dɔ⁶ 惰]
❷ **牲口馱的東西** ◆ 馱子。

3 **嗎** 見口部，77頁。

3 **馴** (驯)

[xùn ㄒㄩㄣˋ ㊎ sœn⁴ 純]
❶ **順從；順服** ◆ 馴服 / 馴良 /温馴。❷ **使順從** ◆ 馴養 / 馴馬 / 馴獅。

3 **馳** (驰)

[chí ㄔˊ ㊎ tsi⁴ 池]
❶ **車馬等快速奔跑** ◆ 奔馳 / 馳騁 / 飛馳 / 風馳電掣 / 背道而馳。❷ **傳揚** ◆ 馳名中外。❸ **心思嚮往** ◆ 心馳神往 / 神馳心往。

4 **駁** (驳)

[bó ㄅㄛˊ ㊎ bɔk⁸ 博]
❶ **爭辯是非；否定別人的意見** ◆ 批駁 / 反駁 / 駁斥 / 駁論 / 無可辯駁。❷ **幾種顏色混雜在一起** ◆ 斑駁。❸ **用小船分載轉運；分載轉運的小船** ◆ 起駁 / 駁運 / 駁船。

5 **駛** (驶)

[shǐ ㄕˇ ㊎ si² 史 /sɐi² 洗 (語)]
❶ **車船馬等快速行走** ◆ 奔駛 / 行駛 / 疾駛 / 飛駛而去 / 輪船駛進港灣。❷ **操縱車船等** ◆ 駕駛。

5 **駟** (驷)

[sì ㄙˋ ㊎ si³ 試]
古代指同駕一輛車的四匹馬；也指套有四匹馬的車 ◆ 一言既出，駟馬難追。

5 **罵** 見网部，351頁。

5 **駙** (驸)

[fù ㄈㄨˋ ㊎ fu⁶ 父]
駙馬：舊時稱帝王的女婿。

5 **駒** (驹)

[jū ㄐㄩ ㊎ kœy¹ 驅]
❶ **小馬、小驢、小騾等** ◆ 馬駒 / 驢駒子。❷ **指少壯的駿馬** ◆ 千里駒。

5 **駐** (驻)

[zhù ㄓㄨˋ ㊎ dzy³ 注]
停留在一個地方 ◆ 駐紮 / 駐防 / 進駐 / 駐守邊疆 / 駐外使節。

5 **駝** (驼)

[tuó ㄊㄨㄛˊ ㊎ tɔ⁴ 佗]

焦點易錯字 弛｜馳　鬆弛 弛緩　馳騁 馳名

❶駱駝 ◆ 駝峯／駝鈴／駝絨。❷脊背彎曲 ◆ 駝背。

5 駑 (驽)

[nú ㄋㄨˊ ⓨ nou^{4} 奴]

❶駑馬，跑不快的劣馬。❷比喻人平庸沒有能力 ◆ 駑鈍／駑才。

5 駕 (驾)

[jià ㄐㄧㄚˋ ⓨ ga^{3} 架]

❶用牲口拉 ◆ 駕輕就熟／駕着牛耕田。❷操縱車、船、飛機等 ◆ 駕車／駕駛／駕馭。❸指車輛 ◆ 並駕齊驅。❹特指帝王乘坐的車，並借指帝王 ◆ 起駕／駕崩。❺敬稱對方的車，並借指對方 ◆ 勞駕／駕臨。

6 篤

見竹部，332頁。

6 駱 (骆)

[luò ㄌㄨㄛˋ ⓨ lɔk^{9} 落]

駱駝：哺乳動物，身體高大，背上有駝峯，性情馴良，能負重在沙漠裏走遠路，所以有“沙漠之舟”的美譽。

駱駝

6 駭 (骇)

[hài ㄏㄞˋ ⓨ hai^{5} 蟹 /hai^{6} 械]

害怕；吃驚 ◆ 驚駭／駭人聽聞／驚濤駭浪。

7 騁 (骋)

[chěng ㄔㄥˇ ⓨ tsiŋ^{2} 請]

馳騁：奔跑 ◆ 馳騁疆場／騎馬在草原上馳騁。

7 駿 (骏)

[jùn ㄐㄩㄣˋ ⓨ dzœn^{3} 俊]

好馬 ◆ 駿馬飛奔。

8 騎 (骑)

〈一〉[qí ㄑㄧˊ ⓨ kei^{4} 其 /kɛ^{4} 茄 (語)]

❶兩腿跨坐 ◆ 騎馬／騎自行車。❷跨在兩邊 ◆ 騎牆／騎縫。

〈二〉[qí ㄑㄧˊ ⓨ gei^{6} 忌 /kei^{3} 冀 (語)]

❸騎的馬 ◆ 坐騎。❹騎兵；也泛指騎馬的人 ◆ 鐵騎／輕騎。

9 騙 (骗)

[piàn ㄆㄧㄢˋ ⓨ pin^{3} 片]

説謊話或耍花招讓人上當 ◆ 欺騙／騙局／誘騙／受騙上當／招搖撞騙。

10 騰 (腾)

[téng ㄊㄥˊ ⓨ tɐŋ^{4} 藤]

❶奔跑；跳躍 ◆ 萬馬奔騰／一片歡騰。❷上升 ◆ 升騰／熱血沸騰／騰雲駕霧。❸空

出來 ◆ 騰出手來 / 騰不出時間來。

10 騷 (骚)

騷 騷 騷 騷 騷 騷 騷

[sāo ㄙㄠ [粵] sou^1 蘇]

❶ **擾亂；不安定** ◆ 騷擾 / 騷亂 / 騷動。❷ **輕浮；不正經** ◆ 賣弄風騷。

11 驁 (骜)

驁 驁 驁 驁 驁 驁 驁

[ào ㄠˋ [粵] ŋou^4 遨]

❶ **駿馬。** ❷ **馬不馴良；比喻傲慢，不溫順** ◆ 桀驁不馴。

11 驃 (骠)

驃 驃 驃 驃 驃 驃 驃

〈一〉[biāo ㄅㄧㄠ [粵] biu^1 標]

❶ **黃驃馬：一種黃毛中夾雜有白斑的馬。**

〈二〉[piào ㄆㄧㄠˋ [粵] piu^3 票]

❷ **勇猛** ◆ 驃勇 / 驃悍。

11 驅 (驱)

驅 驅 驅 驅 驅 驅 驅

[qū ㄑㄩ [粵] kœy^1 軀]

❶ **趕牲口；駕駛車輛** ◆ 驅馬 / 驅車前往。❷ **趕走** ◆ 驅逐 / 驅除 / 驅趕。❸ **快跑；跑在前面** ◆ 長驅直入 / 並駕齊驅 / 先驅 / 前驅。

11 驀 (蓦)

驀 驀 驀 驀 驀 驀 驀

[mò ㄇㄛˋ [粵] mɐk^9 默]

突然；忽然 ◆ 驀然回首。

11 騾 (骡)

騾 騾 騾 騾 騾 騾 騾

[luó ㄌㄨㄛˊ [粵] lɔ^4 羅 / lœy^4 雷 (語)]

哺乳類動物，由母馬和公驢雜交而生的家畜，體格強壯，有耐久力，能拉車、馱運。俗稱騾子。

12 驕 (骄)

驕 驕 驕 驕 驕 驕 驕

[jiāo ㄐㄧㄠ [粵] giu^1 嬌]

❶ **自高自大；傲慢** ◆ 驕傲 / 驕橫 / 驕兵必敗 / 戒驕戒躁 / 勝不驕，敗不餒。❷ **猛烈的** ◆ 驕陽似火。

13 驚 (惊)

驚 驚 驚 驚 驚 驚 驚

[jīng ㄐㄧㄥ [粵] giŋ^1 京 / gɛŋ^1 頸^1 (語)]

❶ **緊張；害怕** ◆ 驚慌 / 驚險 / 驚恐萬狀 / 膽戰心驚 / 驚濤駭浪 / 驚弓之鳥。❷ **騾、馬等因驚嚇而狂奔亂跑，失去控制** ◆ 馬驚了。❸ **使受到震動** ◆ 驚動 / 震驚中外 / 驚天動地 / 打草驚蛇。

13 驗 (验)

驗 驗 驗 驗 驗 驗 驗

[yàn ㄧㄢˋ [粵] jim^6 豔]

❶ **檢查** ◆ 驗血 / 檢驗 / 測驗 / 試驗 / 實驗。❷ **有功效** ◆ 效驗 / 靈驗 / 驗方 / 應驗。

14 驟 (骤)

驟 驟 驟 驟 驟 驟 驟

[zhòu ㄓㄡˋ [粵] dzɐu^6 就 / dzau^6 棹^6 (語)]

突然；急速 ◆ 驟然 / 天氣驟變 / 狂風驟起 / 暴風驟雨。

16 驢 (驴)

驢 驢 驢 驢 驢 驢 驢

[lǘ ㄌㄩˊ [粵] lœy^4 雷 / lou^4 勞 (語)]

家畜，體形像馬而比馬小，性情溫馴，能拉車、馱運，也能供人騎。俗稱毛驢。

焦點易錯字 軀 | 驅　身軀 軀體　驅使 並駕齊驅　　搔 | 騷　搔癢 搔首弄姿　騷亂 滿腹牢騷

骨部

0 **骨**(骨) 骨 骨 骨 骨 骨 骨 [骨]

〈一〉[gǔ ㄍㄨˇ [粵] gwɐt^{7} 橘]

❶**動物體內的支架，是一種堅硬的組織** ◆ 骨骼／骨頭／大腿骨折／傷筋動骨。❷**比喻物體內部起支撐作用的架子** ◆ 扇骨／傘骨／鋼骨水泥。❸**比喻人的品質、氣概** ◆ 骨氣／傲骨／奴顏媚骨。

〈二〉[gū ㄍㄨ [粵] gwɐt^{7} 橘]

❹ **骨朵：花苞；還沒開放的花朵** ◆ 花骨朵。

見古文字插頁 9。

4 **骯**(肮) 骯 骯 骯 骯 骯 骯 [骯]

[āng ㄤ [粵] ɔŋ^{1}/ŋɔŋ^{1} 盎^{1}]

骯髒：不清潔。

5 **骷**(骷) 骷 骷 骷 骷 骷 骷 [骷]

[kū ㄎㄨ [粵] fu^{1} 枯]

骷髏：沒有毛髮、皮肉的死人的頭骨或全身骨架 ◆ 一具骷髏／劇毒物品包裝上有骷髏標籤。

6 **骼**(骼) 骼 骼 骼 骼 骼 骼 [骼]

[gé ㄍㄜˊ [粵] gak^{8} 格]

骨骼：動物體內的支架 ◆ 骨骼強壯。

6 **骸**(骸) 骸 骸 骸 骸 骸 骸 [骸]

[hái ㄏㄞˊ [粵] hai^{4} 孩]

❶ **骨；屍骨** ◆ 骸骨／屍骸。❷ **指身體** ◆ 遺骸／放浪形骸。

11 **髏**(髅) 髏 髏 髏 髏 髏 髏 [髏]

[lǒu ㄌㄡˇ [粵] lɐu^{4} 留]

骷髏。見"骷"字，本頁。

13 **髓**(髓) 髓 髓 髓 髓 髓 髓 [髓]

[suí ㄙㄨㄟˊ [粵] sœy^{5} 緒]

❶ **骨髓：骨頭裏像脂肪一樣的東西** ◆ 敲骨吸髓。❷ **動物體內像骨髓的東西** ◆ 腦髓／脊髓。❸**比喻事物的精華部分** ◆ 中華文化的精髓。

13 **髒**(脏) 髒 髒 髒 髒 髒 髒 [髒]

[zāng ㄗㄤ [粵] dzɔŋ^{1} 莊]

不清潔 ◆ 骯髒/衣服髒了/別把手弄髒了。

13 **體**(体) 體 體 體 體 體 體 [體]

[tǐ ㄊㄧˇ [粵] tɐi^{2} 替^{2}]

❶ **身體；人和動物的全身** ◆ 體型／體重／體無完膚／量體裁衣／軟體動物。❷**指身體的一部分** ◆ 肢體／四體不勤／五體投地。❸ **物態** ◆ 固體／液體／氣體。❹**事物的本身或全部** ◆ 個體／整體／集體／通體晶瑩透亮。❺**形式；制度** ◆ 文體／字體／體例／體制／體系。❻**親身經歷的** ◆ 體驗／體會／身體力行。❼**為人着想** ◆ 體諒/體貼/體恤。

14 **髕** **"臏"的異體字，見367頁。**

焦點易錯字 胳｜骼　胳臂 胳膊　骨骼 舒筋活骼

高部

0 **高**

[gāo ㄍㄠ 粵 gou^{1} 膏]

❶由下至上的距離大；跟“低”相對 ◆ 高山/高樓大廈/高空飛行/橫看成嶺側成峯，遠近高低各不同。**❷由下至上的長度** ◆ 高度/身高二米/兩人一樣高。**❸指高處** ◆ 登高/居高臨下。**❹等級在上的** ◆ 高級/高等學校/高官厚祿。**❺超出一般標準的；程度較深的** ◆ 高血壓/高速公路/高價收購/理論高深。**❻品德非凡** ◆ 高尚/德高望重。**❼歲數大** ◆ 高齡/高壽。**❽聲音大** ◆ 高聲朗讀/振臂高呼/引吭高歌。**❾敬辭，稱別人的事物** ◆ 高見/高論。

見古文字插頁9。

髟部

4 **髦**

[máo ㄇㄠˊ 粵 mou^{4} 毛]

古代指孩童額前的短髮。

5 **髮**（发）

[fà ㄈㄚˋ 粵 fat^{8} 法]

頭髮 ◆ 理髮/髮型/長髮/一髮千鈞。

6 **髻**

[jì ㄐㄧˋ 粵 gɐi^{3} 繼]

盤在頭頂或腦後的髮結 ◆ 髮髻。

8 **鬆**（松）

[sōng ㄙㄨㄥ 粵 suŋ^{1} 嵩]

❶不緊密；跟“緊”相對 ◆ 鬆散/鬆脆/鬆動/鞋帶鬆了/頭髮蓬鬆。**❷放開；解開** ◆ 鬆手/鬆綁/放鬆。**❸不緊張；不嚴格** ◆ 輕鬆/鬆懈/紀律鬆弛/管教太鬆。**❹用瘦肉、魚等加工成的絨毛狀的食品** ◆ 肉鬆/魚鬆。

8 **鬃**

[zōng ㄗㄨㄥ 粵 dzuŋ^{1} 宗 /tsuŋ^{4} 蟲]

馬、豬等動物頸上的長毛，可製刷、帚等 ◆ 馬鬃/豬鬃。

9 **鬍**（胡）

[hú ㄏㄨˊ 粵 wu^{4} 胡]

鬍子；鬍鬚 ◆ 落腮鬍。

12 **鬚**（须）

[xū ㄒㄩ 粵 sou^{1} 蘇]

❶鬍子；長在嘴旁、下巴和面頰旁的毛 ◆ 蓄鬚/鬚髮皆白/巾幗不讓鬚眉。**❷像鬍鬚的東西** ◆ 鬚根/觸鬚/花鬚。

焦點易錯字 髯 | 髭 | 鬍 | 鬚　鬚髯　髭鬍　鬍鬚　鬚眉

14 **鬢** (鬓)

[bìn ㄅㄧㄣˋ [粵] bɐn^3 殯]
長在耳朵前面、面頰兩旁的頭髮 ◆ 鬢角 / 鬢髮 / 兩鬢斑白 / 少小離家老大回，鄉音無改鬢毛衰。

15 **鬣**

[liè ㄌㄧㄝˋ [粵] lip^9 獵]
某些獸類頸上的長毛。

鬥部

0 **鬥** (斗)

[dòu ㄉㄡˋ [粵] dɐu^3 豆^3]
❶**對打** ◆ 搏鬥 / 格鬥 / 戰鬥 / 械鬥。❷**競賽；比勝負** ◆ 鬥智鬥勇。❸**使爭鬥** ◆ 鬥牛 / 鬥雞。

見古文字插頁 9。

5 **鬧** (闹)

[nào ㄋㄠˋ [粵] nau^6 撓^6]
❶**人多，聲音雜** ◆ 熱鬧 / 喧鬧 / 鬧市 / 鬧哄哄。❷**吵嚷；擾亂** ◆ 吵鬧 / 又哭又鬧 / 無理取鬧 / 大鬧一場。❸**發生；發作** ◆ 鬧病 / 鬧事 / 鬧情緒 / 鬧脾氣。❹**弄；搞** ◆ 鬧不清楚。

6 **鬨** (哄)

[hòng ㄏㄨㄥˋ [粵] huŋ^6 汞]
吵鬧；搗亂 ◆ 起鬨 / 一鬨而散。

15 **鬭** “鬥”的異體字，見本頁。

鬯部

19 **鬱** (郁)

[yù ㄩˋ [粵] wɐt^7 屈]
❶**樹木茂盛的樣子** ◆ 葱鬱 / 蒼鬱 / 鬱鬱葱葱。❷**心情煩悶、不舒暢** ◆ 鬱悶 / 憂鬱 / 抑鬱 / 鬱鬱寡歡。

鬼部

0 **鬼** (鬼)

[guǐ ㄍㄨㄟˇ [粵] gwɐi^2 軌]
❶**迷信說法，人死後的靈魂變成鬼** ◆ 鬼魂 / 妖魔鬼怪 / 驚天地，泣鬼神 / 平生不做虧心事，半夜不怕鬼敲門。❷**陰險；不光明正大** ◆ 搗鬼 / 鬼頭鬼腦 / 鬼鬼祟祟 / 心懷鬼胎。❸**看不起別人的稱呼** ◆ 酒鬼 / 賭

骨高髟鬥鬯鬼

鬼/小氣鬼。❹説人聰明、機靈 ◆ 這孩子真鬼。

見古文字插頁9。

3 **塊** 見土部，91頁。

4 **魂**（魂） 魂 魂 魂 魂 魂 魂 魂

[hún ㄏㄨㄣˊ ㊣ wɐn⁴ 雲]

❶古人指離開肉體而獨立存在的精神 ◆ 魂魄/靈魂/魂不附體/魂飛魄散。❷指人的精神、情緒 ◆ 神魂顛倒/夢魂縈繞/清明時節雨紛紛，路上行人欲斷魂。❸泛指一切事物的精神 ◆ 國魂/民族魂。

4 **魁**（魁） 魁 魁 魁 魁 魁 魁 魁

[kuí ㄎㄨㄟˊ ㊣ fui¹ 灰]

❶第一名；為首的 ◆ 奪魁/罪魁禍首。❷指身體高大而強壯 ◆ 魁梧/魁偉。

5 **魅**（魅） 魅 魅 魅 魅 魅 魅 魅

[mèi ㄇㄟˋ ㊣ mei⁶ 味]

❶鬼怪 ◆ 鬼魅。❷指一種特別吸引人的力量 ◆ 魅力。

5 **魄**（魄） 魄 魄 魄 魄 魄 魄 魄

[pò ㄆㄛˋ ㊣ pak⁸ 拍]

❶古人指依附於人體而存在的精神，跟“魂”的意思相近 ◆ 魂魄/失魂落魄。❷指人的氣質、精力 ◆ 氣魄/體魄/魄力。

8 **魏**（魏） 魏 魏 魏 魏 魏 魏 魏

[wèi ㄨㄟˋ ㊣ ŋɐi⁶ 偽]

❶戰國時國名。❷朝代名。

11 **魔**（魔） 魔 魔 魔 魔 魔 魔 魔

[mó ㄇㄛˊ ㊣ mɔ⁴ 磨 /mɔ¹ 摩¹]

❶宗教或神話傳説中害人的鬼怪；比喻害人的東西或惡勢力 ◆ 魔鬼/妖魔/魔王/魔掌/病魔。❷神祕的；奇特的 ◆ 魔力/魔術。

魚部

0 **魚**（鱼） 魚 魚 魚 魚 魚 魚 魚

[yú ㄩˊ ㊣ jy⁴ 如]

生活在水中的脊椎動物，大都有鱗和鰭，用腮呼吸。種類很多，大部分可以吃，有的可供觀賞 ◆ 鯉魚/金魚/捕魚。

見古文字插頁10。

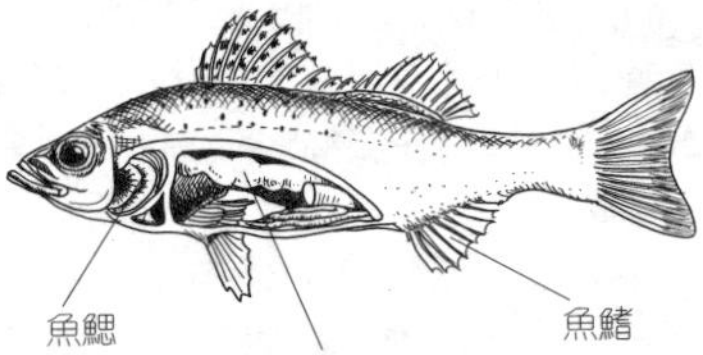
鱸魚
魚鰓
魚鰾
魚鰭

3 **漁** 見水部，256頁。

4 **魷**（鱿） 魷 魷 魷 魷 魷 魷 魷

[yóu ㄧㄡˊ ㊣ jɐu⁴ 由]

魷魚：生活在海洋裏的軟體動物，體白色，身體扁長，形狀像烏賊，可以吃。

焦點易錯字 魚 | 漁　魚類 魚池　漁民 漁港

高 彡 鬥 鬯 鬼 魚

[4] **魯** (鲁)

[lŭ ㄌㄨˇ ㊥ lou5 老]

❶笨；遲鈍 ◆ 魯鈍 / 愚魯。❷粗野；莽撞 ◆ 粗魯 / 魯莽。❸山東省的別稱。

[5] **鮎** (鲇)

[nián ㄋㄧㄢˊ ㊥ nim5 黏5]

鮎魚：淡水魚，身體扁長，頭扁口闊，灰黑色，身上有黏液。

[5] **穌**

見禾部，323頁。

[5] **鮑** (鲍)

[bào ㄅㄠˋ ㊥ bau6 包6]

鮑魚：貝類動物，肉味鮮美。

[6] **鮭** (鲑)

[guī ㄍㄨㄟ ㊥ gwei1 歸]

魚類中的一科，身體較大，紡錘形，鱗細而圓，肉味鮮美。中國常見的大馬哈魚是鮭魚的一種。

[6] **鮮** (鲜)

〈一〉[xiān ㄒㄧㄢ ㊥ sin1 仙]

❶新鮮的；不枯乾的 ◆ 鮮魚 / 鮮花 / 鮮果。❷味道好 ◆ 鮮美 / 湯很鮮。❸色彩明亮 ◆ 鮮明 / 鮮豔 / 鮮紅。❹鮮美的食物 ◆ 時鮮 / 海鮮 / 嘗鮮。

〈二〉[xiăn ㄒㄧㄢˇ ㊥ sin2 冼]

❺少 ◆ 鮮見 / 鮮有 / 鮮為人知 / 寡廉鮮恥。

[7] **鯉** (鲤)

[lĭ ㄌㄧˇ ㊥ lei5 里]

鯉魚：淡水魚，身體寬扁，嘴角有兩對觸鬚，肉可以吃 ◆ 鯉魚跳龍門。

[7] **鯊** (鲨)

[shā ㄕㄚ ㊥ sa1 沙]

鯊魚：生活在海洋裏，性兇猛，種類很多。肝可製魚肝油，鰭可加工成魚翅，是名貴食品。也寫作"沙魚"。

鯊魚

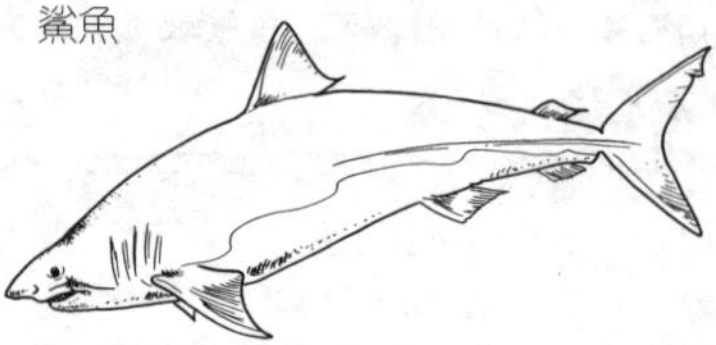

[7] **鯽** (鲫)

[jì ㄐㄧˋ ㊥ dzik7 績]

鯽魚：淡水魚，身體側扁，背部青褐色，是常見的食用魚。

[8] **鯧** (鲳)

[chāng ㄔㄤ ㊥ tsœŋ1 昌]

鯧魚：體扁圓形，背部銀灰色，生活在海洋中。肉細嫩鮮美，是優質食用魚。

[8] **鯨** (鲸)

[jīng ㄐㄧㄥ ㊥ kiŋ4 瓊]

生活在海洋中的哺乳動物，樣子像魚，用

肺呼吸。種類很多，大的體長達三十多米，重數噸。肉可以吃，脂肪可以製油。

抹香鯨

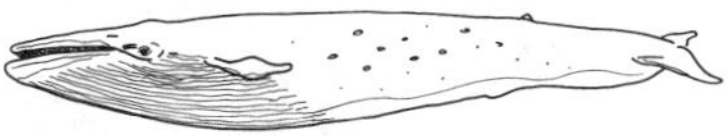

藍鯨

9 **鰓**（鳃）

[sāi ㄙㄞ 粵 sɔi1 腮]

魚類的呼吸器官，在頭部的兩邊 ◆ 魚鰓。

✿ 圖見 501 頁。

9 **鰐** "鱷"的異體字，見504頁。

9 **鰍**（鳅）

[qiū ㄑㄧㄡ 粵 tsɐu1 秋]

泥鰍：身體圓而細長，青褐色，常鑽在泥裏，肉可以吃。

10 **鰭**（鳍）

[qí ㄑㄧˊ 粵 kei4 其]

魚類身上用來划水的運動器官，有脊鰭、腹鰭、尾鰭等。

✿ 圖見 501 頁。

10 **鰣**（鲥）

[shí ㄕˊ 粵 si4 時]

鰣魚：身體扁長，白色圓鱗。生活在海中，春季時會到中國珠江、長江產卵。皮下脂肪多，肉細嫩而鮮美，是名貴食用魚。

11 **鰾**（鳔）

[biào ㄅㄧㄠˋ 粵 piu5 飄5]

魚鰾：魚肚裏的白色氣囊，可以漲縮，使魚在水中上浮或下沉。

✿ 圖見 501 頁。

11 **鰻**（鳗）

[mán ㄇㄢˊ 粵 man6 慢 / man4 蠻]

鰻魚：體長，背脊灰黑色，腹部白色，肉味鮮美，可以吃。

11 **鰥**（鳏）

[guān ㄍㄨㄢ 粵 gwan1 關]

沒有妻子或死去了妻子的男人 ◆ 鰥夫 / 鰥寡孤獨。

12 **鱖**（鳜）

[guì ㄍㄨㄟˋ 粵 gwɐi3 桂]

鱖魚：一種淡水魚，身體黃綠色，有黑色斑點。肉味鮮美。

12 **鱉** "鼈"的異體字，見514頁。

12 **鱗**（鳞）

[lín ㄌㄧㄣˊ 粵 lœn4 鄰]

❶ 魚類、爬蟲類身體表面長的透明小薄片 ◆ 魚鱗 / 鱗甲。❷ 像魚鱗樣的 ◆ 鱗莖 / 遍體鱗傷。

魚 鳥 鹵 鹿 麥 麻

12 **鱔**（鳝）　鱔 鱔 鱔 鱔 鱔 鱔 鱔

[shàn ㄕㄢˋ ㊡ sin5 善5]
鱔魚：也叫黃鱔，形狀像蛇，黃褐色，有暗黑色斑點，無鱗。肉味鮮美 ◆ 炒鱔絲。

16 **鱷**（鳄）　鱷 鱷 鱷 鱷 鱷 鱷 鱷

[è ㄜˋ ㊡ ŋɔk9 岳]
鱷魚：兇猛的爬行動物，大多生活在熱帶的河裏。鱗甲堅硬，嘴大牙尖，有四隻腳。皮可以製革。

鱷魚

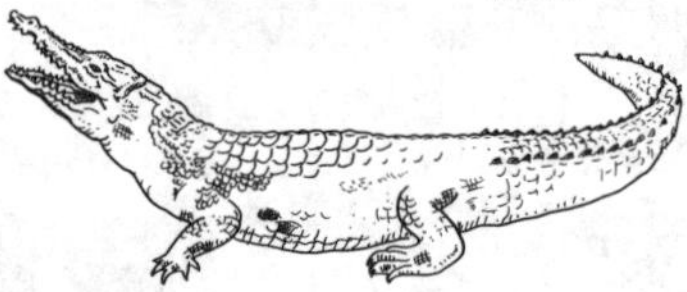

16 **鱸**（鲈）　鱸 鱸 鱸 鱸 鱸 鱸 鱸

[lú ㄌㄨˊ ㊡ lou4 盧]
鱸魚：生活在沿海。嘴大鱗細，銀灰色，背部有小黑點，肉味鮮美。

鳥部

0 **鳥**（鸟）　鳥 鳥 鳥 鳥 鳥 鳥 鳥

[niǎo ㄋㄧㄠˇ ㊡ niu5 嫋]
飛禽的統稱。鳥全身有羽毛，大多會飛 ◆ 鳥籠／益鳥／候鳥／驚弓之鳥／鳥語花香。
見古文字插頁 10。

2 **鳩**（鸠）　鳩 鳩 鳩 鳩 鳩 鳩 鳩

[jiū ㄐㄧㄡ ㊡ kɐu1 溝]
樣子像鴿子的鳥，種類很多，常見的有斑鳩、山鳩等 ◆ 鵲巢鳩佔。

鳩

2 **鳧**（凫）　鳧 鳧 鳧 鳧 鳧 鳧 鳧

[fú ㄈㄨˊ ㊡ fu4 符]
❶ 野鴨。❷ 在水裏游 ◆ 鳧水。

3 **鳶**（鸢）　鳶 鳶 鳶 鳶 鳶 鳶 鳶

[yuān ㄩㄢ ㊡ jyn4 元]
老鷹。

3 **鳴**（鸣）　鳴 鳴 鳴 鳴 鳴 鳴 鳴

[míng ㄇㄧㄥˊ ㊡ miŋ4 明]
❶ 鳥獸或昆蟲叫 ◆ 雞鳴／鳥鳴／蟬鳴／鹿鳴／兩個黃鸝鳴翠柳，一行白鷺上青天。❷ 泛指其他東西發出聲響 ◆ 鳴笛／機鳴聲／鑼鼓齊鳴／汽笛長鳴／電閃雷鳴。❸ 表達感情或意見 ◆ 鳴謝／鳴冤叫屈／自鳴得意／百家爭鳴。

3 **鳳**（凤）　鳳 鳳 鳳 鳳 鳳 鳳 鳳

[fèng ㄈㄥˋ ㊡ fuŋ6 奉]

鳳凰：傳說中的百鳥之王，常用來象徵吉祥 ◆ 龍鳳呈祥 / 鳳毛麟角 / 龍飛鳳舞。

鳳凰

4 **梟** 見木部，217頁。

4 **鴉**（鸦） 鴉 鴉 鴉 鴉 鴉 鴉 鴉

[yā ㄧㄚ 粵 a¹/ŋa¹ 丫]

烏鴉：鳥名，全身羽毛黑色 ◆ 鴉雀無聲 / 天下烏鴉一般黑。

烏鴉

5 **鴣**（鸪） 鴣 鴣 鴣 鴣 鴣 鴣 鴣

[gū ㄍㄨ 粵 gu¹ 姑]

鷓鴣；**鵓鴣**。見“鷓”字，506頁；“鵓”字，508頁。

5 **鴨**（鸭） 鴨 鴨 鴨 鴨 鴨 鴨 鴨

[yā ㄧㄚ 粵 ap⁸/ŋap⁸ 押]

鴨子：嘴扁腳短，趾間有蹼，會游水，肉和蛋都可以吃 ◆ 烤鴨 / 春江水暖鴨先知。

英國卡其鴨

北京鴨

5 **鴦**（鸯） 鴦 鴦 鴦 鴦 鴦 鴦 鴦

[yāng ㄧㄤ 粵 jœŋ¹ 央]

鴛鴦。見“鴛”字，本頁。

5 **鴛**（鸳） 鴛 鴛 鴛 鴛 鴛 鴛 鴛

[yuān ㄩㄢ 粵 jyn¹ 淵]

鴛鴦：鳥名，樣子像野鴨，雄的羽毛美麗，雌雄常成對生活在水裏。常用來比喻夫妻 ◆ 鴛鴦戲水。

鴛鴦

5 **鴕**（鸵） 鴕 鴕 鴕 鴕 鴕 鴕 鴕

[tuó ㄊㄨㄛˊ 粵 tɔ⁴ 駝]

鴕鳥：現代鳥類中最大的鳥，頭小頸長，腿長有力，善奔跑，翅小不能飛。生活在沙漠地帶。

鴕鳥

6鴿(鸽) 鴿 鴿 鴿 鴿 鴿 鴿 鴿

[gē ㄍㄜ 粵 gɐp8 急8]

鴿子：鳥名，善於飛行，有家鴿和野鴿兩種。家鴿經訓練可以成傳遞書信的信鴿 ◆ 和平鴿。

6鴻(鸿) 鴻 鴻 鴻 鴻 鴻 鴻 鴻

[hóng ㄏㄨㄥˊ 粵 huŋ4 洪]

❶ **大雁** ◆ 鴻雁 / 死有重於泰山，或輕於鴻毛。❷ **大** ◆ 大展鴻圖 / 鴻圖大志。

7鵓(鹁) 鵓 鵓 鵓 鵓 鵓 鵓 鵓

[bó ㄅㄛˊ 粵 but9 勃]

鵓鴣：鳥名，全身羽毛黑褐色，常在下雨前鳴叫。俗稱“水鵓鴣”。

7鵑(鹃) 鵑 鵑 鵑 鵑 鵑 鵑 鵑

[juān ㄐㄩㄢ 粵 gyn1 娟]

杜鵑：（1）鳥名，羽毛灰褐色，初夏時常晝夜鳴叫，捕食小蟲，是益鳥。俗稱布穀鳥。（2）常綠或落葉灌木，春天開紅花。也叫映山紅。

7鵠(鹄) 鵠 鵠 鵠 鵠 鵠 鵠 鵠

〈一〉[hú ㄏㄨˊ 粵 huk9 酷]

❶ **即天鵝，鳥名，比雁大，羽毛純白，頸長，能高飛** ◆ 鴻鵠之志。

〈二〉[gǔ ㄍㄨˇ 粵 gu2 鼓]

❷ **箭靶；射箭的目標** ◆ 鵠的 / 中鵠。

鵠（天鵝）

7鵝(鹅) 鵝 鵝 鵝 鵝 鵝 鵝 鵝

[é ㄜˊ 粵 ŋɔ4 俄]

家禽，比鴨大，頸長，頭部有肉瘤，腳趾間有蹼。能游水，不能飛行，肉和蛋可以吃 ◆ 燒鵝 / 鵝毛扇 / 鵝毛大雪 / 千里送鵝毛，禮輕情意重。

8鵡(鹉) 鵡 鵡 鵡 鵡 鵡 鵡 鵡

[wǔ ㄨˇ 粵 mou5 武]

鸚鵡。見“鸚”字，509頁。

8鵲(鹊) 鵲 鵲 鵲 鵲 鵲 鵲 鵲

[què ㄑㄩㄝˋ 粵 tzœk8 綽]

喜鵲：背部黑褐色，頸、肚為白色，尾巴較長，常聚集在民屋周圍樹上喳喳叫，民間習俗認為是喜兆 ◆ 鵲喜。

喜鵲

8 鵪 (鹌)

鵪 鵪 鵪 鵪 鵪 鵪 鵪

[ān ㄢ ⓐ ɐm¹/ŋɐm¹ 庵]

鵪鶉：樣子像小雞的鳥，羽毛灰褐色，有黑色斑點，雄的好鬥，蛋的營養價值高。

8 鵬 (鹏)

鵬 鵬 鵬 鵬 鵬 鵬 鵬

[péng ㄆㄥˊ ⓐ paŋ⁴ 彭]

傳說中的大鳥，能飛得很高很遠 ◆ 鵬程萬里。

8 鶉 (鹑)

鶉 鶉 鶉 鶉 鶉 鶉 鶉

[chún ㄔㄨㄣˊ ⓐ sœn⁴ 純]

鵪鶉。見“鵪”字，本頁。

9 鶿 (鹚)

鶿 鶿 鶿 鶿 鶿 鶿 鶿

[cí ㄘˊ ⓐ tsi⁴ 池]

鸕鶿。見“鸕”字，508 頁。

10 鷂 (鹞)

鷂 鷂 鷂 鷂 鷂 鷂 鷂

[yào ㄧㄠˋ ⓐ jiu⁴ 搖 /jiu⁶ 耀]

鷂子：兇猛的鳥，樣子像鷹而比較小，捕食小鳥，經馴養能幫助打獵。也叫鷂鷹。

10 鷄

“雞”的異體字，見479頁。

10 鶯 (莺)

鶯 鶯 鶯 鶯 鶯 鶯 鶯

[yīng ㄧㄥ ⓐ ɐŋ¹/ŋɐŋ¹ 罌]

益鳥，背部灰黃色，腹部灰白色，尾黑色，叫聲清脆好聽。常見的有黃鶯、柳鶯等。也叫黃鸝 ◆ 鶯歌燕舞。

黃鶯

10 鶴 (鹤)

鶴 鶴 鶴 鶴 鶴 鶴 鶴

[hè ㄏㄜˋ ⓐ hɔk⁹ 學]

鳥名，頸、腿細長，翅膀大，善飛。種類很多，常見的有白鶴、灰鶴、丹頂鶴等，是國家的保護動物。俗稱仙鶴 ◆ 鶴立雞羣 / 風聲鶴唳。

丹頂鶴

11 鷗 (鸥)

鷗 鷗 鷗 鷗 鷗 鷗 鷗

[ōu ㄡ ⓐ ɐu¹/ŋɐu¹ 歐]

水鳥，翅寬尾巴短，羽毛多灰、白色，生活在湖海邊，捕食魚蝦等。常見的有海鷗、燕鷗等。

鷗

11 鷓 (鹧)

[zhè ㄓㄜˋ ⓨ dzɛ³ 借]

鷓鴣：鳥名，樣子像雞而比較小，胸部有白色圓點，頭頂紫紅色，吃穀粒、昆蟲等。

鷓鴣

12 鷸 (鹬)

[yù ㄩˋ ⓨ jyt⁹ 月]

鳥名，嘴、頸、腿都比較長，翅膀短，常在水邊或田野捕食小魚、貝類、昆蟲等 ◆ 鷸蚌相爭，漁人得利。

鷸

13 鷺 (鹭)

[lù ㄌㄨˋ ⓨ lou⁶ 路]

鷺鷥：鳥名，頸長腿長，翅膀大尾巴短，羽毛多為白色。生活在水邊，捕食小魚、貝類等，常見的有白鷺、蒼鷺等。

大白鷺

13 鷹 (鹰)

[yīng ㄧㄥ ⓨ jiŋ¹ 英]

兇猛的鳥，嘴像彎鉤，腳趾有鉤爪，翅膀大。常在空中盤旋飛行，捕食小禽獸。俗稱老鷹 ◆ 鷹揚虎視。

白頭鷹

金鷹

貓頭鷹

16 鸕 (鸬)

[lú ㄌㄨˊ ⓨ lou⁴ 盧]

鸕鷀：水鳥，樣子像烏鴉而比較大，羽毛黑色，頸部羽毛白色，嘴長，能潛水捕魚。經馴養能幫助漁民捕魚。也叫魚鷹、水老鴉。

魚 鳥 鹵 鹿 麥 麻

鸕鶿

17 鸚 (鹦)

[yīng ㄧㄥ ㊊ jiŋ[1] 英]

鸚鵡：鳥名，羽毛美麗，頭圓，嘴短而大，上嘴為鈎狀。經訓練能模仿人説話 ◆ 鸚鵡學舌。

鸚鵡

18 鸛 (鹳)

[guàn ㄍㄨㄢˋ ㊊ gun[3] 貫]

鳥名，樣子像鶴，嘴長，腿長，羽毛有灰色、白色和黑色的，常生活在水邊，吃魚、蝦和貝類。

白鸛

19 鸝 (鹂)

[lí ㄌㄧˊ ㊊ lei[4] 離]

黃鸝：鳥名，羽毛黃色，叫聲婉轉動聽。也叫黃鶯 ◆ 兩個黃鸝鳴翠柳，一行白鷺上青天。

金黃鸝

鹵部

0 鹵 (卤)

[lǔ ㄌㄨˇ ㊊ lou[5] 老]

❶ 製鹽時剩下的味苦有毒的黑色液體，可用來製豆腐。❷ 鹵素：化學中氟、氯、溴、碘、砹等五種元素的統稱。

9 鹹 (咸)

[xián ㄒㄧㄢˊ ㊊ ham[4] 函]

鹽的味道；含鹽過多；跟“淡”相對 ◆ 鹹菜 / 鹹魚 / 鹹肉 / 這湯太鹹了。

13 鹽 (盐)

[yán ㄧㄢˊ ㊊ jim[4] 炎]

食鹽：有鹹味，主要調味品之一。有海鹽、井鹽等 ◆ 開門七件事，柴米油鹽醬醋茶。

13 鹼（硷）

鹼 鹼 鹼 鹼 鹼 鹼 鹼

[jiǎn ㄐㄧㄢˇ (粵) gan^{2} 簡]
一種化合物，純鹼可以用來洗衣服，去油漬；燒鹼是工業原料。

鹿部

0 鹿

鹿 鹿 鹿 鹿 鹿 鹿 鹿

[lù ㄌㄨˋ (粵) luk^{9} 綠]
哺乳動物。腿細長，毛黃褐色，有白斑，雄鹿頭上有樹枝樣的角，是貴重藥材。常見的有梅花鹿、長頸鹿等 ◆ 鹿茸／指鹿為馬。

見古文字插頁 10。

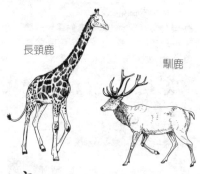

長頸鹿

馴鹿

3 塵 見土部，92頁。

8 麒

麒 麒 麒 麒 麒 麒 麒

[qí ㄑㄧˊ (粵) kei^{4} 其]
麒麟：古代傳說中的動物，樣子像鹿，頭上有角，身上有鱗甲。古人用它象徵吉祥 ◆ 玉麒麟。

麒麟

8 麓

麓 麓 麓 麓 麓 麓 麓

[lù ㄌㄨˋ (粵) luk^{9} 綠]
山腳 ◆ 山麓。

圖見 123 頁。

8 麗（丽）

麗 麗 麗 麗 麗 麗 麗

〈一〉[lì ㄌㄧˋ (粵) lɐi^{6} 例]
❶美；好看 ◆ 美麗／秀麗／華麗／豔麗／風和日麗。

〈二〉[lí ㄌㄧˊ (粵) lei^{4} 離]
❷麗水：地名，在浙江省。

8 鏖 見金部，467頁。

10 麝

麝 麝 麝 麝 麝 麝 麝

[shè ㄕㄜˋ (粵) sɛ^{6} 射]
獸名。形狀像鹿，沒有角，毛棕色或灰褐色，有斑紋。雄麝臍部有香腺，能分泌麝香，是貴重的香料，可做藥材。

魚 鳥 鹵 鹿 麥 麻

12 **麟** 麟 麟 麟 麟 麟 麟 麟

[lín ㄌㄧㄣˊ 粵 lœn^4 鄰]

麒麟。見“麒”字，510頁。

麥部

0 **麥**（麦） 麥 麥 麥 麥 麥 麥 麥

[mài ㄇㄞˋ 粵 mɐk^9 脈]

重要的糧食作物，有大麥、小麥、黑麥、燕麥等多種。小麥去殼磨成粉就是麪粉。

見古文字插頁10。

大麥
小麥

4 **麩**（麸） 麩 麩 麩 麩 麩 麩 麩

[fū ㄈㄨ 粵 fu^1 夫]

小麥磨成麪粉時篩剩下的皮屑，可做飼料。也叫麩皮 ◆ 麥麩。

4 **麪**（面） 麪 麪 麪 麪 麪 麪 麪

[miàn ㄇㄧㄢˋ 粵 min^6 面]

❶**麥子或其他糧食磨成的粉；泛指其他東西的粉末** ◆ 麪粉／玉米麪／胡椒麪。❷**麪食的通稱** ◆ 麪包／湯麪／炒麪／掛麪／蝦子麪。

6 **麯** **“麴”的異體字，見本頁。**

8 **麴**（曲） 麴 麴 麴 麴 麴 麴 麴

[qū ㄑㄩ 粵 kuk^7 曲]

釀酒或做醬時用來引起發酵的塊狀物，用黴菌和大麥、大豆等製成 ◆ 酒麴／麴酒／瀘州大麴。

9 **麵** **“麪”的異體字，見本頁。**

麻部

0 **麻** 麻 麻 麻 麻 麻 麻 麻

[má ㄇㄚˊ 粵 ma^4 痲]

❶**草本植物，種類很多，有大麻、黃麻、亞麻等。麻的莖皮纖維可做紡織原料** ◆ 麻袋／麻布／麻繩。❷**指芝麻** ◆ 麻油／麻醬。❸**身體局部感覺發木** ◆ 麻木／腿發麻。❹**用藥物使全身或局部失去知覺** ◆ 麻藥／麻醉。

3 **麼**（么） 麼 麼 麼 麼 麼 麼 麼

[me ·ㄇㄜ 粵 mɔ^5 魔^5／mɔ^1 魔（語）]

❶**詞尾** ◆ 甚麼／怎麼／這麼／多麼／那麼。

魚 鳥 鹵 鹿 麥 麻

❷助詞，表示含蓄的語氣，用在前半句末了◆不讓你去麼，你又要去。

4 麾

麾麾麾麾麾麾 麾

[huī ㄏㄨㄟ (粵) fɐi^1 輝]

❶古代用來指揮軍事行動的旗幟。❷指揮◆麾軍北上。

4 摩

見手部，183頁。

5 磨

見石部，314頁。

6 糜

見米部，338頁。

8 靡

見非部，483頁。

10 魔

見鬼部，501頁。

黃部

0 黃(黄)

黃黃黃黃黃黃 黃

[huáng ㄏㄨㄤˊ (粵) wɔŋ^4 皇]

❶像金子、蛋黃那樣的顏色◆黃色／杏黃／黃金／黃澄澄的梨。❷色情的；淫穢的◆掃黃。❸黃河的簡稱◆治黃／黃泛區／引黃工程。❹黃帝軒轅氏的簡稱◆炎黃子孫。❺事情辦不成◆買賣黃了。

黍部

0 黍

黍黍黍黍黍黍 黍

[shǔ ㄕㄨˇ (粵) sy^2 鼠]

一種糧食作物，去殼後叫黃米，有黏性。也叫黍子。

3 黎

黎黎黎黎黎黎 黎

[lí ㄌㄧˊ (粵) lɐi^4 犁]

❶眾多◆黎民百姓。❷黎明：天剛亮的時候◆黎明即起。

5 黏

黏黏黏黏黏黏 黏

〈一〉[nián ㄋㄧㄢˊ (粵) nim^1 念^1]

❶具有膠水或漿糊那樣的性質◆黏性／黏土／黏液／黏合／這膠水很黏。

〈二〉[zhān ㄓㄢ (粵) nim^1 念^1]

❷黏性的東西附着在別的物體上或相互連結起來◆這種糖很黏牙／腸黏連。

〈三〉[zhān ㄓㄢ (粵) nim^4 念^4]

❸用黏性的東西使物件連結起來◆黏貼郵票。

〈二〉〈三〉也作“粘”。

黑部

0 黑

[hēi ㄏㄟ ㊥ hɐk⁷ 刻]

❶ **像煤或墨的顏色；跟"白"相對** ◆ 黑板 / 頭髮烏黑 / 黑白分明 / 近朱者赤，近墨者黑。❷ **暗；缺少光亮** ◆ 黑夜 / 天黑了 / 屋裏漆黑一片。❸ **隱祕的；不正當的；非法的** ◆ 黑市 / 黑話 / 黑社會組織。❹ **邪惡的；狠毒的** ◆ 黑心。

見古文字插頁 10。

3 墨

見土部，93頁。

4 默

[mò ㄇㄛˋ ㊥ mɐk⁹ 墨]

❶ **不説話；不出聲** ◆ 默哀 / 默讀 / 靜默 / 默許 / 沈默寡言。❷ **憑記憶把書本上的字句寫出來** ◆ 默寫 / 默生字。

4 黔

[qián ㄑㄧㄢˊ ㊥ kim⁴ 鉗]

❶ **黑色。**❷ **貴州省的別稱。**

5 點 (点)

[diǎn ㄉㄧㄢˇ ㊥ dim² 店²]

❶ **小的水滴；像水滴樣的斑痕** ◆ 雨點 / 斑點 / 麻點。❷ **漢字筆畫之一"、"；數學符號之一"·"** ◆ 三點水 / 小數點。❸ **用筆加點** ◆ 點評 / 畫龍點睛。❹ **表示一落一起的動作** ◆ 點頭 / 蜻蜓點水。❺ **把液體滴進去** ◆ 點眼藥水。❻ **逐一查對** ◆ 點名 / 點數 / 清點 / 盤點。❼ **挑選；指定** ◆ 點菜 / 點歌。❽ **啟發；指明** ◆ 指點 / 點題 / 一點就懂。❾ **引着火** ◆ 點燈 / 點火。❿ **裝飾** ◆ 點綴 / 裝點。⓫ **時間單位；小時；時間** ◆ 鐘點 / 十二點鐘 / 誤點。⓬ **一定的處所或限度** ◆ 終點 / 起點 / 沸點 / 熔點。⓭ **事物的方面或部分** ◆ 重點 / 要點 / 優點 / 缺點。⓮ **食品** ◆ 糕點 / 茶點 / 早點。⓯ **量詞，表示少量** ◆ 兩點建議 / 一點事也沒有。

5 黛

[dài ㄉㄞˋ ㊥ dɔi⁶ 代]

青黑色的顏料，古代用來畫眉 ◆ 黛綠 / 粉黛。

5 黜

[chù ㄔㄨˋ ㊥ dzœt⁷ 卒 /tsœt⁷ 出]

貶職；罷免 ◆ 黜職 / 黜免 / 廢黜王位。

5 黝

[yǒu ㄧㄡˇ ㊥ jɐu² 憂²]

淡黑色 ◆ 黝黑 / 黑黝黝。

8 黨 (党)

[dǎng ㄉㄤˇ ㊥ dɔŋ² 擋]

❶ **政治團體；政黨。**❷ **小集團** ◆ 結黨營私。

焦點易錯字 墨 | 默　墨汁　墨守成規　沈默　默不作聲

8 **黧** 黧黧黧黧黧黧 黧

[lí ㄌㄧˊ ㊥ lei⁴ 黎]
黑裏帶黃的顏色 ◆ 面目黧黑。

9 **黯** 黯黯黯黯黯黯 黯

[àn ㄢˋ ㊥ ɐm²/ŋɐm² 庵²]
❶陰暗 ◆ 黯淡。**❷黯然：沮喪的樣子** ◆ 黯然銷魂 / 黯然淚下。

11 **黴**（霉） 黴黴黴黴黴黴 黴

[méi ㄇㄟˊ ㊥ mei⁴ 微]
黴菌，生長在食物或衣物表面，呈細絲狀。種類很多，有白黴、青黴、黑黴等。工業上可用來製造抗菌素，如用青黴製造青黴素。

黽部

11 **鼇**（鰲） 鼇鼇鼇鼇鼇鼇 鼇

[áo ㄠˊ ㊥ ŋou⁴ 遨]
傳說中海裏的大龜 ◆ 獨佔鼇頭。

12 **鼈**（鱉） 鼈鼈鼈鼈鼈鼈 鼈

[biē ㄅㄧㄝ ㊥ bit⁸ 憋]
生活在淡水裏的爬行動物，樣子像烏龜。肉有豐富的營養，背殼可做藥材。也叫甲魚、團魚 ◆ 龜鼈丸 / 甕中捉鼈。

鼎部

0 **鼎** 鼎鼎鼎鼎鼎鼎 鼎

[dǐng ㄉㄧㄥˇ ㊥ diŋ² 頂]
❶古代煮東西的器物，有三足兩耳。❷比喻三方面對立 ◆ 鼎立 / 鼎足而三。**❸正當** ◆ 鼎盛時期。**❹大** ◆ 鼎力相助 / 大名鼎鼎。
見古文字插頁 10。

鼓部

0 **鼓** 鼓鼓鼓鼓鼓鼓 鼓

[gǔ ㄍㄨˇ ㊥ gu² 古]
❶在圓筒兩頭蒙上皮革，敲起來鼕鼕作響的打擊樂器 ◆ 腰鼓 / 手鼓 / 長鼓 / 鑼鼓喧天 / 鼓聲陣陣。**❷拍；敲** ◆ 鼓掌 / 鼓琴。**❸發動；激勵** ◆ 鼓動 / 鼓勵 / 鼓舞。**❹凸起；漲大** ◆ 鼓着嘴 / 書包裝得鼓鼓的。
見古文字插頁 10。

5 **鼕**（冬） 鼕鼕鼕鼕鼕鼕 鼕

[dōng ㄉㄨㄥ ㊥ duŋ¹ 東]
象聲詞。形容敲鼓或敲門等聲音◆鼓聲鼕鼕。

鼠部

0 **鼠** 鼠鼠鼠鼠鼠鼠 鼠

[shǔ ㄕㄨˇ ㊥ sy² 暑]

老鼠：哺乳動物，尾巴長，門齒發達，喜啃東西，常損壞衣物或農作物，會傳播疾病 ◆ 鼠疫／鼠目寸光／膽小如鼠／抱頭鼠竄。

見古文字插頁 10。

5 **竄** 見穴部，326頁。

9 **鼴** 鼴鼴鼴鼴鼴鼴 鼴

[yǎn ㄧㄢˇ ㊥ jin² 演]

鼴鼠：一種哺乳動物，毛黑褐色，頭尖，眼、耳都很小，前肢發達，有利爪，善掘土，捕食昆蟲，也吃植物的根，對農作物有害。

鼻部

0 **鼻** 鼻鼻鼻鼻鼻鼻 鼻

[bí ㄅㄧˊ ㊥ bei⁶ 備]

❶ **鼻子：呼吸和嗅覺器官** ◆ 鼻梁／鼻孔／鼻音／不是一番寒徹骨，怎得梅花撲鼻香。❷ **器物上帶孔的部分** ◆ 針鼻。❸ **開創** ◆ 鼻祖。

3 **鼾** 鼾鼾鼾鼾鼾鼾 鼾

[hān ㄏㄢ ㊥ hɔn⁴ 寒]

睡熟時口鼻發出的粗重的呼吸聲，俗稱打呼 ◆ 打鼾／鼾睡／鼾聲如雷。

齊部

0 **齊**（齐） 齊齊齊齊齊齊 齊

[qí ㄑㄧˊ ㊥ tsɐi⁴ 妻⁴]

❶ **整齊；長短、高矮、大小等相差不多** ◆ 參差不齊／長短不齊。❷ **完備；全** ◆ 齊備／齊全／人都到齊了。❸ **同時；一起** ◆ 齊唱／百花齊放／並駕齊驅／一齊去參觀。❹ **同樣；一致** ◆ 齊名／齊心協力。❺ **達到某一高度** ◆ 河水有齊腰深。

見古文字插頁 10。

3 **齋**（斋） 齋齋齋齋齋齋 齋

[zhāi ㄓㄞ ㊥ dzai¹ 債¹]

❶ **古人在祭祀前清心潔身，表示虔敬** ◆ 齋戒。❷ **某些信仰宗教的人吃的素食** ◆ 吃齋。❸ **文人的書房或某些商店的名稱** ◆ 書齋／榮寶齋。

齒部

⁰齒（齿） [齒]

[chǐ ㄔˇ [粵] tsi² 始]

❶ **牙齒：咀嚼食物的器官** ◆ 唇齒相依 / 咬牙切齒 / 明眸皓齒。❷ **像牙齒的東西** ◆ 鋸齒 / 齒輪。❸ **指年齡** ◆ 年齒 / 序齒。❹ **説到；提到** ◆ 不足掛齒 / 難以啟齒。

見古文字插頁 10。

⁵齡（龄） [齡]

[líng ㄌㄧㄥˊ [粵] liŋ⁴ 零]

❶ **歲數** ◆ 年齡 / 同齡 / 九十高齡。❷ **年限** ◆ 工齡 / 教齡。

⁵齣（出） [齣]

[chū ㄔㄨ [粵] tsœt⁷ 出]

戲劇的一個獨立劇目或一個段落 ◆ 三齣戲。

⁶齧（啮） [齧]

[niè ㄋㄧㄝˋ [粵] jit⁹ 熱 / jit⁸ 謁（語）]

咬 ◆ 蟲咬鼠齧。

⁶齜（龇） [齜]

[zī ㄗ [粵] dzi¹ 枝]

張開嘴露出牙齒 ◆ 齜着牙 / 齜牙咧嘴。

⁶齦（龈） [齦]

[yín ㄧㄣˊ [粵] ŋɐn⁴ 銀]

牙齦，包住牙根的肉。也叫“牙牀” ◆ 牙齦出血。

⁷齪（龊） [齪]

[chuò ㄔㄨㄛˋ [粵] tsuk⁷ 畜]

齷齪。見“齷”字，本頁。

⁹齲（龋） [齲]

[qǔ ㄑㄩˇ [粵] gœy² 舉]

牙齒被腐蝕而形成空洞或殘損 ◆ 齲牙 / 齲齒。

⁹齷（龌） [齷]

[wò ㄨㄛˋ [粵] ak⁷ 握]

齷齪：（1）骯髒；不乾淨 ◆ 牆角堆滿垃圾，太齷齪了。**（2）比喻人品惡劣、無恥** ◆ 他是個卑鄙齷齪的小人。

龍部

⁰龍（龙） [龍]

[lóng ㄌㄨㄥˊ [粵] luŋ⁴ 隆]

❶ **古代傳説中的神奇動物，像蛇而有鱗有足，能興雲降雨** ◆ 畫龍點睛 / 龍鳳呈祥。❷ **古生物學上指一些巨大的爬行動物** ◆ 恐

龍。❸古代用龍比喻皇帝 ◆ 龍袍/龍牀/龍顏。❹比喻有特殊本領的人 ◆ 卧虎藏龍。

見古文字插頁 10。

龍

3 **壟** 見土部，94頁。

3 **龐** 見广部，138頁。

3 **寵** 見宀部，117頁。

6 **聾** 見耳部，358頁。

6 **龔**（龚）　龔 龔 龔 龔 龔 龔 龔

[gōng ㄍㄨㄥ 粵 guŋ1 公]

姓。

龠部

0 **龠**　龠 龠 龠 龠 龠 龠 龠

[yuè ㄩㄝˋ 粵 jœk9 若]

❶古代的容量單位，是合的二分之一。❷古代管樂器名，形狀像籥。

見古文字插頁 11。

龜部

0 **龜**（龟）　龜 龜 龜 龜 龜 龜 龜

[guī ㄍㄨㄟ 粵 gwɐi1 歸]

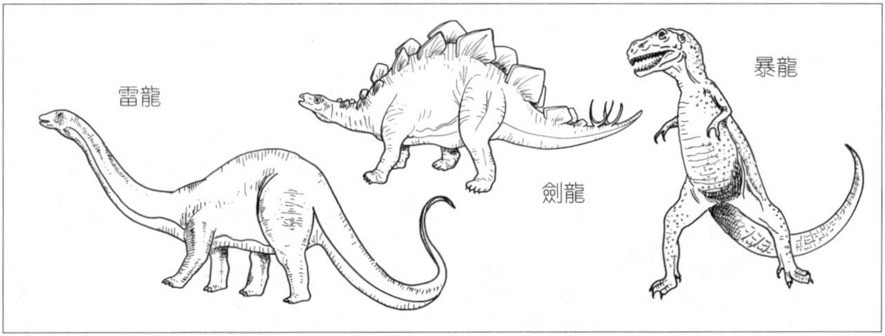
雷龍
劍龍
暴龍

烏龜：爬行動物，身體扁圓，背、腹都有堅硬的甲殼，頭、尾、四肢都能縮進甲殼內。行動緩慢，壽命很長。甲可以做藥材

◆ 龜兔賽跑 / 龜年鶴壽。

見古文字插頁 11 。

龜

附錄一

漢語拼音方案

（附國語注音字母）

一、字母表

字母 名稱	Aɑ ㄚ	Bb ㄅㄝ	Cc ㄘㄝ	Dd ㄉㄝ	Ee ㄜ	Ff ㄝㄈ	Gg ㄍㄝ
	Hh ㄏㄚ	Ii ㄧ	Jj ㄐㄧㄝ	Kk ㄎㄝ	Ll ㄝㄌ	Mm ㄝㄇ	Nn ㄋㄝ
	Oo ㄛ	Pp ㄆㄝ	Qq ㄑㄧㄡ	Rr ㄚㄦ	Ss ㄝㄙ	Tt ㄊㄝ	Uu ㄨ
	Vv ㄪㄝ	Ww ㄨㄚ	Xx ㄒㄧ	Yy ㄧㄚ	Zz ㄗㄝ		

v只用來拼寫外來語、少數民族語言和方言。
字母的手寫體依照拉丁字母的一般書寫習慣。

二、聲母表

b ㄅ玻	p ㄆ坡	m ㄇ摸	f ㄈ佛	d ㄉ得	t ㄊ特	n ㄋ訥	l ㄌ勒
g ㄍ哥	k ㄎ科	h ㄏ喝		j ㄐ基	q ㄑ欺	x ㄒ希	
zh ㄓ知	ch ㄔ蚩	sh ㄕ詩	r ㄖ日	z ㄗ資	c ㄘ雌	s ㄙ思	

在給漢字注音的時候，為了使拼式簡短，zh ch sh 可以省作 ẑ ĉ ŝ。

三、韻母表

	i ㄧ 衣	u ㄨ 烏	ü ㄩ 迂
a ㄚ 啊	ia ㄧㄚ 呀	ua ㄨㄚ 蛙	
o ㄛ 喔		uo ㄨㄛ 窩	
e ㄜ 鵝	ie ㄧㄝ 耶		üe ㄩㄝ 約
ai ㄞ 哀		uai ㄨㄞ 歪	
ei ㄟ 欸		uei ㄨㄟ 威	
ao ㄠ 熬	iao ㄧㄠ 腰		
ou ㄡ 歐	iou ㄧㄡ 憂		
an ㄢ 安	ian ㄧㄢ 煙	uan ㄨㄢ 彎	üan ㄩㄢ 冤
en ㄣ 恩	in ㄧㄣ 因	uen ㄨㄣ 温	ün ㄩㄣ 暈
ang ㄤ 昂	iang ㄧㄤ 央	uang ㄨㄤ 汪	
eng ㄥ 亨的韻母	ing ㄧㄥ 英	ueng ㄨㄥ 翁	
ong (ㄨㄥ) 轟的韻母	iong ㄩㄥ 雍		

(1) “知、蚩、詩、日、資、雌、思”等七個音節的韻母用i，即：知、蚩、詩、日、資、雌、思等字拼作zhi，chi，shi，ri，zi，ci，si。

(2) 韻母ㄦ寫成er，用做韻尾的時候寫成r。例如：“兒童”拼作ertong，“花兒”拼作huar。

(3) 韻母ㄝ單用的時候寫成ê。

(4) i行韻母，前面沒有聲母時，寫成：yi（衣），ya（呀），ye（耶），yao（腰），you（憂），yan（煙），yin（因），yang（央），ying（英），yong（雍）。

u行韻母，前面沒有聲母時，寫成：wu（烏），wa（蛙），wo（窩），wai（歪），wei（威），wan（彎），wen（温），wang（汪），weng（翁）。

ü行韻母，前面沒有聲母時，寫成：yu（迂），yue（約），yuan（冤），yun（暈）；ü上兩點省略。

ü行韻母，跟聲母j，q，x拼時，寫成：ju（居），qu（區），xu（虛），ü上面兩點也省略；但跟聲母n，l拼時，仍然寫成：nü（女），lü（呂）。

(5) iou，uei，uen前面加聲母時，寫成：iu，ui，un，例如niu（牛），gui（歸），lun（論）。

(6) 在給漢字注音時，為了使拼式簡短，ng可以省作ŋ。

四、聲調符號

陰平	陽平	上聲	去聲
ˉ	ˊ	ˇ	ˋ

聲調符號標在音節的主要母音上，輕聲不標。例如：

媽 mā	麻 má	馬 mǎ	罵 mà	嗎 ma
（陰平）	（陽平）	（上聲）	（去聲）	（輕聲）

五、隔音符號

a, o, e開頭的音節連接在其他音節後面的時候，如果音節的界限發生混淆，用隔音符號（'）隔開，例如：pi'ao（皮襖）。

附錄二

廣州話注音：國際音標

一、聲母表					
聲母	例字	拼寫	聲母	例字	拼寫
b	巴	ba^{1}	l	啦	la^{1}
d	打	da^{2}	m	媽	ma^{1}
dz	渣	dza^{1}	n	拿	na^{4}
f	花	fa^{1}	ŋ	牙	ŋa^{4}
g	家	ga^{1}	p	扒	pa^{4}
gw	瓜	gwa^{1}	s	沙	sa^{1}
h	蝦	ha^{1}	t	他	ta^{1}
j	也	ja^{5}	ts	茶	tsa^{4}
k	卡	ka^{1}	w	蛙	wa^{1}
kw	誇	kwa^{1}			

二、韻母表					
韻母	例字	拼寫	韻母	例字	拼寫
a	巴	ba^{1}	aŋ	坑	haŋ^{1}
ai	佳	gai^{1}	ap	鴨	ap^{8}/ŋap^{8}
au	交	gau^{1}	at	壓	at^{8}/ŋat^{8}
am	函	ham^{4}	ak	百	bak^{8}
an	晏	an^{3}/ŋan^{3}	ɐi	溪	kɐi^{1}
ɐu	收	sɐu^{1}	ɔn	岸	ŋɔn^{6}
ɐm	金	gɐm^{1}	ɔŋ	方	fɔŋ^{1}
ɐn	根	gɐn^{1}	ɔt	割	gɔt^{8}
ɐŋ	耿	gɐŋ^{2}	ɔk	擴	kwɔk^{8}
ɐp	汁	dzɐp^{1}	œ	靴	hœ^{1}

二、韻母表

韻母	例字	拼寫	韻母	例字	拼寫
ɐt	疾	dzɐt⁹	œy	女	nœy⁵
ɐk	得	dɐk¹	œn	倫	lœn⁴
ei	戲	hei³	œŋ	強	kœŋ⁴
ɛ	借	dzɛ³	œt	律	lœt⁹
ɛŋ	鏡	gɛŋ³	œk	約	jœk⁸
ɛk	隻	dzɛk⁸	u	烏	wu¹
i	似	tsi⁵	ui	灰	fui¹
iu	耀	jiu⁶	un	援	wun⁴
im	點	dim²	uŋ	夢	muŋ⁶
in	年	nin⁴	ut	潑	put⁷
iŋ	炯	gwiŋ²	uk	曲	kuk¹
ip	貼	tip⁸	y	書	sy¹
it	列	lit⁹	yn	村	tsyn¹
ik	力	lik⁹	yt	月	jyt⁹
ou	母	mou⁵	m	唔	m⁴(輔音元音化)
ɔ	破	pɔ³	ŋ	五	ŋ⁵(輔音元音化)
ɔi	開	hɔi¹			

三、聲調表

聲調	符號	例字	拼寫
陰平	1	詩	si¹
陰上	2	史	si²
陰去	3	試	si³
陽平	4	時	si⁴
陽上	5	市	si⁵
陽去	6	事	si⁶
陰入	7	色	sik⁷
中入	8	錫	sɛk⁸
陽入	9	食	sik⁹

附錄三
漢字書寫筆順規則表

	規　則	例　字
基本規則	1. 先橫後豎	一 十｜二 干
	2. 先撇後捺	丿 人｜才 木
	3. 從上到下	一 二 三｜一 𠮛 ⿱𠮛丷 豆
	4. 從左到右	亻 仁｜王 ⿰王丿 班
	5. 先外後裏	⺆ 月｜門 問
	6. 先外後裏再封口	丨 冂 日｜冂 ⿵冂十 田
	7. 先中間後兩旁	亅 小｜手 承
補充規則	1. 帶點的字	
	(1) 點在左上先寫點	⺀ 斗｜丶 為
	(2) 點在右上後寫點	戈 戈｜⿰手戈 我
	(3) 點在裏面後寫點	瓦 瓦｜又 叉
	2. 兩面包圍的字	
	(1) 右上包圍結構，先外後裏	勹 句｜𠃌 司
	(2) 左上包圍結構，先外後裏	厂 原｜户 房
	(3) 左下包圍結構，先裏後外	斤 近｜聿 建
	3. 三面包圍結構的字	
	(1) 缺口朝上的，先裏後外	㐅 凶｜氶 函
	(2) 缺口朝下的，先外後裏	⺆ 向｜⺆ 周
	(3) 缺口朝右的，先上後裏再右下	一 王 匡｜一 兀 匹

附錄四

漢字合體字結構類型表

結構	例字
1. 上下結構	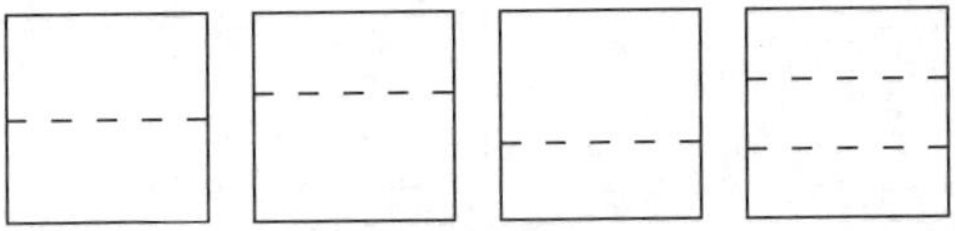 音　奇　恩　意
2. 左右結構	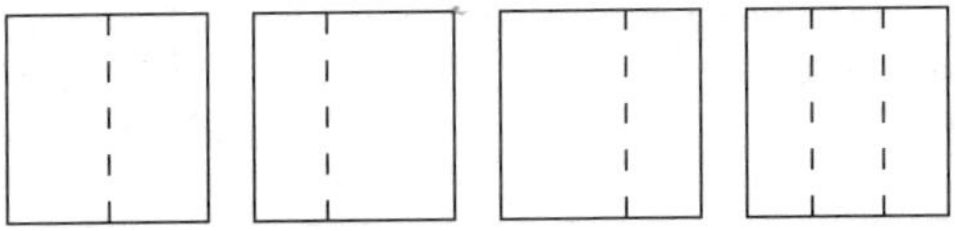 羽　梧　部　謝
3. 左上右包圍結構	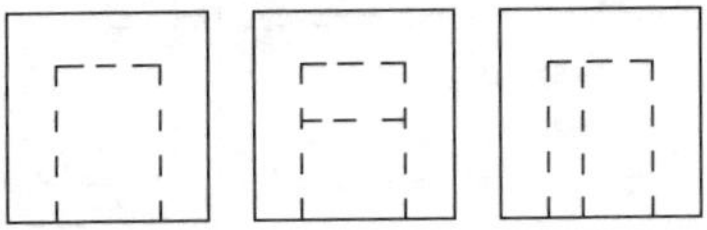 風　周　閥
4. 左下右包圍結構	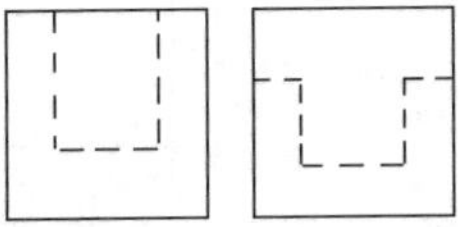 凶　函

結構	例字
5. 左下包圍結構	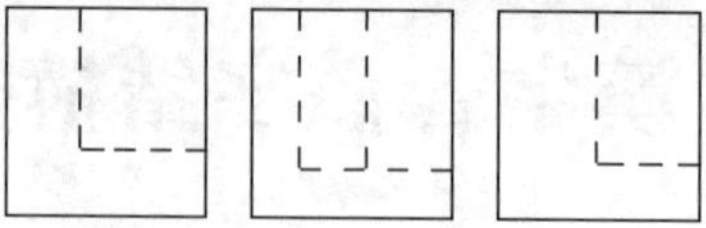 廷 避 起
6. 上左下包圍結構	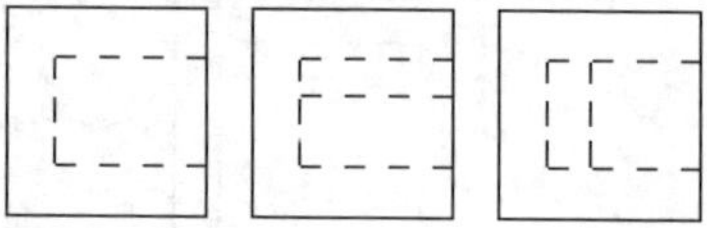 匠 匿 匯
7. 上左包圍結構	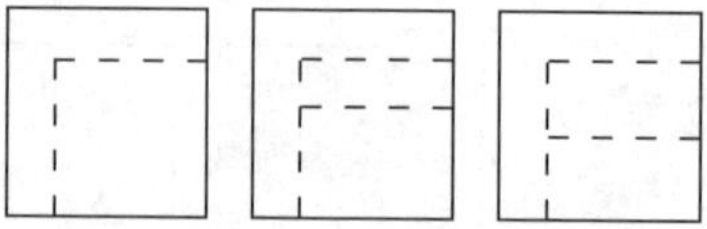 庫 厚 盧
8. 上右包圍結構	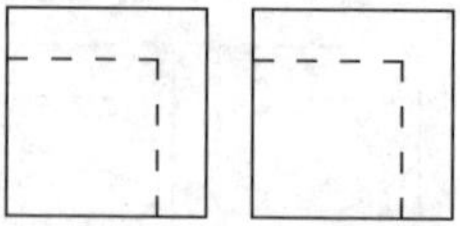 句 司
9. 全包圍結構	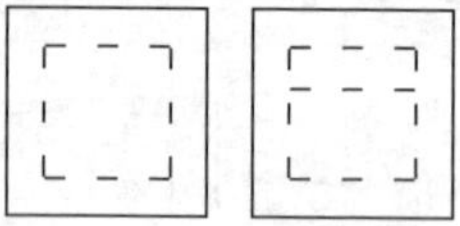 因 圓

附錄五
漢字偏旁名稱表

偏旁	名稱	例字
乙	乙字旁	九 乾
人 亻	人字頭 單人旁 單立人	介 倍
儿	儿字底	兄 光
入	入字旁 入字頭	全 內
八	八字頭 八字底	公 兵
冖	禿寶蓋	冠 冤
冫	兩點水	冰 冬
几	几字旁	凡 凱
凵	山字底	凶 出
刀 刂	刀字旁 立刀旁	初 刻
力	力字旁 力字底	功 勞
勹	包字頭 包字框	勻 匈
匕	匕字旁	化 匙
匚	三框欄 匠字框	匠 匯
匸	區字框	匹 區
十	十字頭 十字旁	南 協
卜	卜字頭 卜字旁	占 卦
卩	單耳旁 單耳刀	印 卻

偏旁	名稱	例字
厂	廠字頭 雁字頭	厚 原
厶	私字頭	去 參
又	又字旁 又字底	取 受
口	口字旁 口字底	叫 否
囗	大口框 四框欄	困 國
土 ⼟	提土旁 土字底	坡 塞
士	士字頭	壺 壽
夊	夏字底	夏
夕	夕字旁 夕字頭 夕字底	外 多
大	大字頭 大字底	奇 契
女	女字旁 女字底	好 婆
子 孑	子字旁 子字底	孔 學
宀	寶蓋頭	守 家
寸	寸字旁 寸字底	寺 封
小	小字旁	少 尚
尢	尤字旁	尤 就
尸	尸字頭	尾 居
山	山字頭 山字旁 山字底	岩 峻 巒

偏旁	名稱	例字
巛	川字頭	巢
工	工字旁 工字底	攻 差
己	己字旁	己 巴
巾	巾字旁 巾字底	帆 帶
广	廣字旁 廣字頭	店 座
廴	建字底	延 建
廾	弄字底	弄 弊
弓	弓字旁	引 強
ヨ	尋字頭	彗 彙
彡	三撇兒	形 彩
彳	雙人旁 雙立人	往 徐
心 忄 㣺	心字底 豎心旁 豎心底	思 悔 恭
戈	戈字旁	成 戲
户	户字頭	房 扇
手 扌	提手旁 手字底	提 拿
攴 攵	反文旁	收 放
文	文字旁	斌 斑
斗	斗字旁	料 斜
斤	斤字旁	欣 斷
日	日字頭 日字旁 日字底	早 明 昏
曰	曰字頭 曰字底	最 書
月	月字旁	服 朗
木	木字旁 木字底	材 棠

偏旁	名稱	例字
欠	欠字旁	欺 歌
止	止字頭 止字旁 止字底	歲 此 歷
歹	歹字旁	殃 殘
殳	殳字旁	段 毀
毛	毛字底 毛字旁	毫 毽
气	氣字旁	氧 氛
水 氵	三點水 水字底	江 漿
火 灬	火字旁 火字底 四點底	炊 焚 煎
爪 爫	爪字旁 爪字頭	爬 爭
父	父字頭	爸 爺
爻	雙叉兒	爽 爾
爿	將字旁	壯 牆
片	片字旁	版 牌
牛 牜	牛字旁 牛字底	牲 犀
犬 犭	犬字旁 反犬旁	獻 狗
玉 王	玉字底 玉字旁 斜王旁	璧 珍
瓜	瓜字旁	瓢 瓣
瓦	瓦字旁 瓦字底	瓶 瓷
甘	甘字旁 甘字頭	甜 甚
生	生字旁 生字底	甥 產
田	田字頭 田字旁	男 畔
疋	疋字旁	疏 疑
疒	病字頭 病字旁	疾 疲

偏旁	名稱	例字
癶	登字頭	登 發
白	白字頭 白字旁	皂 的
皿	皿字底 皿墩底	益 盒
目	目字旁 目字底	眼 督
矛	矛字旁	矜
矢	矢字旁	知 矮
石	石字頭 石字旁 石字底	泵 破 磐
示 礻	示字旁	社 祭
禸	禹字旁	禹 禽
禾	禾木旁	稻 秋
穴	穴寶蓋	空 突
立 立	立字頭 立字旁	章 站
竹 ⺮	竹字頭	笑 笛
米	米字旁 米字底	粒 粟
糸 糹	絞絲旁 亂絞絲 絲字底	級 素
缶	缶字旁 缶字底	缸 罄
网 四	四字頭	羅 罪
羊 ⺶ ⺷	羊字頭 羊字旁 斜羊旁	羨 羚
羽	羽字頭 羽字旁 羽字底	習 翅 翁
老	老字頭	考 者
而	而字頭 而字旁	耍 耐
耒	耒字旁	耕 耗
耳	耳字旁 耳字底	聆 聲
聿	聿字旁 聿字底	肆 肇
肉 月	肉字旁 肉月兒 肉月底	肥 胃
臣	臣字旁	臥 臨
自	自字頭	臭
至	至字旁 至字底	致 臺
臼	臼字頭 臼字底	舅 舊
舌	舌字旁	舍 舒
舟	舟字旁	船 航
艮	艮字底 艮字旁	良 艱
艸 艹	草字頭	花 英
虍	虎字頭	虛 處
虫	蟲字旁 蟲字底	蚊 蜜
血	血字旁	衊
行	行字框	街 衛
衣 衤	衣字旁 衣字框 衣字底	衫 裹 袋
襾 西	西字頭	要 覆
見	見字旁 見字底	視 覺
角	角字旁	觸 解
言	言字旁	許 說
豆	豆字旁 豆字底	豌 豐
豕	豕字旁 豕字底	豬 豪
豸	豸字旁	豹 貓
貝	貝字旁 貝字底	財 貴

偏旁	名稱	例字
走	走字旁	起 超
足 ⻊	足字旁 足字底	踏 蹵
身	身字旁	躬 軀
車	車字旁	輪 轉
辰	辰字頭 辰字底	辱 農
辛	辛字旁	辣 辦
辵 ⻌	走之底	迎 返
邑 阝(右)	右耳旁	都 郊
酉	酉字旁 酉字底	醉 醬
金	金字旁 金字底	鐵 鑒
門	門字框	閉 開
阜 阝(左)	左耳旁	降 陽
隹	隹字頭 隹字旁	集 雄
雨	雨字頭	雲 雪
青	青字旁	靖 靜
革	革字旁	鞋 靴
韋	韋字旁	韌 韓
音	音字旁 音字底	韻 響
頁	頁字旁	頂 頭

偏旁	名稱	例字
風	風字旁	颱 飄
食 飠	食字旁 食字底	飲 餐
馬	馬字旁 馬字底	馳 駕
骨	骨字旁	骼 體
髟	髟字頭	髮 鬍
鬥	鬥字框	鬧 鬩
鬼	鬼字旁	魂 魏
魚	魚字旁	鮮 鱗
鳥	鳥字旁 鳥字底	鴿 鷺
鹵	鹵字旁	鹹 鹼
鹿	鹿字旁 鹿字底	麟 麗
麥	麥字旁	麪 麩
麻	麻字頭	麼
黍	黍字旁	黏 黎
黑	黑字頭 黑字旁 黑字底	墨 默 黛
鼠	鼠字旁	鼬
齊	齊字頭	齊 齋
齒	齒字旁	齡 齣

附錄六
部首讀音表

部首	普通話	廣州話	
一畫			
一	yī	jɐt^{7}	壹
丨	gǔn	gwɐn^{2}	滾
丶	zhǔ	dzy^{2}	主
丿	piě	pit^{8}	撇
乙	yǐ	jyt^{8}	
亅	jué	gyt^{8}	
二畫			
二	èr	ji^{6}	異
亠	tóu	tɐu^{4}	頭
人	rén	jɐn^{4}	仁
儿	ér	jɐn^{4}	人
入	rù	jɐp^{9}	邑^{9}
八	bā	bat^{8}	
冂	jiǒng	gwiŋ^{2}	迥
冖	mì	mik^{9}	覓
冫	bīng	biŋ^{1}	冰
几	jī	gei^{1}	機

部首	普通話	廣州話	
凵	kǎn	hɐm^{2}	砍
刀	dāo	dou^{1}	都
力	lì	lik^{9}	曆
勹	bāo	bau^{1}	包
匕	bǐ	bei^{2}	比
匚	fāng	fɔŋ^{1}	方
匸	xì	hɐi^{5}	奚^{5}
十	shí	sɐp^{9}	拾
卜	bǔ	buk^{7}	
卩	jié	dzit^{8}	節
厂	chǎng	hɔn^{3}	漢
厶	sī	si^{1}	私
又	yòu	jɐu^{6}	右
三畫			
口	kǒu	hɐu^{2}	
囗	wéi	wɐi^{4}	圍
土	tǔ	tou^{2}	討
士	shì	si^{6}	是

部首	普通話	廣州話	
夊	sūi	sœy^1	衰
夕	xī	dzik^9	直
大	dà	dai^6	
女	nǚ	nœy^5	餒
子	zǐ	dzi^2	紫
宀	mián	min^4	棉
寸	cùn	tsyn^3	串
小	xiǎo	siu^2	消[2]
尢	wāng	wɔŋ^1	汪
（兀）			
尸	shī	si^1	施
屮	chè	tsit^8	徹
山	shān	san^1	珊
巛	chuān	tsyn^1	穿
工	gōng	guŋ^1	公
己	jǐ	gei^2	紀
巾	jīn	gɐn^1	斤
干	gān	gɔn^1	肝
幺	yāo	jiu^1	腰
广	yǎn	yim^5	染
廴	yǐn	jɐn^5	引
廾	gǒng	guŋ^2	拱
弋	yì	jik^9	亦

部首	普通話	廣州話	
弓	gōng	guŋ^1	公
彐	jì	gɐi^3	計
彡	shān	sam^1	衫
彳	chì	tsik^7	斥
四畫			
心	xīn	sɐm^1	深
（忄）			
戈	gē	gwɔ^1	
（户）	hù	wu^6	互
手	shǒu	sɐu^2	首
支	zhī	dzi^1	知
攴	pū	pɔk^8	撲
（攵）			
文	wén	mɐn^4	聞
斗	dǒu	dɐu^2	兜[2]
斤	jīn	gɐn^1	巾
方	fāng	fɔŋ^1	荒
无	wú	mou^4	毛
日	rì	jɐt^9	逸
曰	yuē	jœk^9	若
月	yuè	jyt^9	粵
木	mù	muk^9	目
欠	qiàn	him^3	謙[3]

部首	普通話	廣州話	
止	zhǐ	dzi^{2}	子
歹	è	at^{8}	壓
殳	shū	sy^{4}	殊
毋	wú	mou^{4}	無
比	bǐ	bei^{2}	彼
毛	máo	mou^{4}	無
氏	shì	si^{6}	是
气	qì	hei^{3}	氣
水	shuǐ	sœy^{2}	雖^{2}
(氵)			
(氺)			
火	huǒ	fɔ^{2}	夥
(灬)			
爪	zhǎo	dzau^{2}	找
(爫)			
父	fù	fu^{6}	付
爻	yáo	ŋau^{4}	肴
爿	pán	tsœŋ^{4}	牆
片	piàn	pin^{3}	騙
牙	yá	ŋa^{4}	芽
牛	niú	ŋau^{4}	
犬	quǎn	hyn^{2}	圈^{2}

部首	普通話	廣州話	
五畫			
玄	xuán	jyn^{4}	元
玉	yù	juk^{9}	肉
(王)			
瓜	guā	gwa^{1}	
瓦	wǎ	ŋa^{5}	雅
甘	gān	gɐm^{1}	金
生	shēng	sɐŋ^{1}	牲
用	yòng	juŋ^{6}	容^{6}
田	tián	tin^{4}	填
疋	shū	sɔ^{1}	疏
(⺪)			
疒	nì	nik^{9}	溺
癶	bō	but^{9}	撥
白	bái	bak^{9}	百^{9}
皮	pí	pei^{4}	脾
皿	mǐn	miŋ^{5}	茗
目	mù	muk^{9}	木
(罒)			
矛	máo	mau^{4}	茅
矢	shǐ	tsi^{2}	始
石	shí	sɛk^{9}	碩
示	shì	si^{6}	是

部首	普通話	廣州話	
禸	róu	jɐu^4	由
禾	hé	wɔ^4	和
穴	xué	jyt^9	月
立	lì	lap^9	蠟
六畫			
竹	zhú	dzuk^7	足
米	mǐ	mɐi^5	迷^5
糸	mì	mik^9	覓
缶	fǒu	fɐu^2	否
网	wǎng	mɔŋ^5	網
（罒）			
（㓁）			
羊	yáng	jœŋ^4	揚
羽	yǔ	jy^5	雨
老	lǎo	lou^5	魯
而	ér	ji^4	兒
耒	lěi	lɔi^6	淚
耳	ěr	ji^5	已
聿	yù	wɐt^9	屈^9
肉	ròu	juk^9	玉
（月）			
臣	chén	sɐn^4	神
自	zì	dzi^6	字

部首	普通話	廣州話	
至	zhì	dzi^3	志
臼	jiù	kɐu^3	扣
舌	shé	sit^9	
舛	chuǎn	tsyn^2	喘
舟	zhōu	dzɐu^1	周
艮	gèn	gɐn^3	根^3
色	sè	sik^7	式
艸	cǎo	tsou^2	草
（艹）			
虍	hū	fu^1	呼
虫	huǐ	wɐi^2	毀
血	xuè	hyt^8	
行	xíng	hɐŋ^4	恆
衣	yī	ji^1	醫
（衤）			
襾	xià	a^3	亞
七畫			
見	jiàn	gin^3	建
角	jiǎo	gɔk^8	各
言	yán	jin^4	然
谷	gǔ	guk^7	菊
豆	dòu	dɐu^6	鬥^6
豕	shǐ	tsi^2	始

部首	普通話	廣州話	
豸	zhì	dzi^{6}	治
貝	bèi	bui^{3}	背
赤	chì	tsik^{8}	斥^{8}
走	zǒu	dzɐu^{2}	酒
足	zú	dzuk^{7}	竹
身	shēn	sɐn^{1}	申
車	chē	tsɛ^{1}	奢
辛	xīn	sɐn^{1}	身
辰	chén	sɐn^{4}	臣
辵	chuò	tsœk^{8}	卓
（辶）			
邑	yì	jɐp^{7}	泣
（右阝）			
酉	yǒu	jɐu^{5}	有
釆	biàn	bin^{6}	辨
里	lǐ	lei^{5}	李
八畫			
金	jīn	gɐm^{1}	今
長	cháng	tsœŋ^{4}	祥
門	mén	mun^{4}	瞞
阜	fù	fɐu^{6}	埠
（左阝）			
隶	dài	dɔi^{6}	代

部首	普通話	廣州話	
隹	zhuī	dzœy^{1}	追
雨	yǔ	jy^{5}	語
青	qīng	tsiŋ^{1}	清
非	fēi	fei^{1}	飛
九畫			
面	miàn	min^{6}	麪
革	gé	gak^{8}	隔
韋	wéi	wɐi^{4}	圍
韭	jiǔ	gɐu^{2}	狗
音	yīn	jɐm^{1}	陰
頁	yè	jip^{9}	葉
風	fēng	fuŋ^{1}	封
飛	fēi	fei^{1}	非
食	shí	sik^{9}	蝕
首	shǒu	sɐu^{2}	手
香	xiāng	hœŋ^{1}	鄉
十畫			
馬	mǎ	ma^{5}	碼
骨	gǔ	gwɐt^{7}	
高	gāo	gou^{1}	糕
髟	biāo	biu^{1}	標
鬥	dòu	dɐu^{3}	斗^{3}
鬯	chàng	tsœŋ^{3}	唱

部首	普通話	廣州話	
鬲	lì	lik^8	力
鬼	guǐ	$gwɐi^2$	軌
十一畫			
魚	yú	jy^4	余
鳥	niǎo	niu^5	
鹵	lǔ	lou^5	老
鹿	lù	luk^9	綠
麥	mài	$mɐk^9$	脈
麻	má	ma^4	
十二畫			
黃	huáng	$wɔŋ^4$	王
黍	shǔ	sy^2	暑
黑	hēi	$hɐk^7$	刻
黹	zhǐ	dzi^2	子
十三畫			
黽	mǐn	$mɐŋ^5$	盟 5

部首	普通話	廣州話	
鼎	dǐng	$diŋ^2$	頂
鼓	gǔ	gu^2	古
鼠	shǔ	sy^2	暑
十四畫			
鼻	bí	bei^6	備
齊	qí	$tsɐi^4$	
十五畫			
齒	chǐ	tsi^2	恥
十六畫			
龍	lóng	$luŋ^4$	隆
十七畫			
龠	yuè	$jœk^8$	若
十八畫			
龜	guī	$gwɐi^1$	歸

附錄七
常用標點符號表

名稱	符號	作用	例子
句號	。	表示一句話完了之後的停頓	人生最可敬的精神是奮進。
逗號	，	表示一句話中的停頓	我們看到的星星，大部分是恆星。
問號	？	用在問句之後	你最喜歡哪個科目？
感歎號	！	(1) 表示強烈的感情 (2) 用在語氣強烈的祈使句之後	看今天的月色多美！ 你給我滾出去！
頓號	、	表示句中並列詞語之間的停頓	我們日常所見、所聞、所接觸的事物裏，都有很多的道理。
分號	；	表示複句中並列分句之間的停頓	燕子去了，有再來的時候；楊柳枯了，有再青的時候；桃花謝了，有再開的時候。
冒號	：	用來提起下文	俗語說："種瓜得瓜，種豆得豆。"

名稱	符號	作用	例子
引號	「 」 ‘ ’	(1) 表示文中引用的部分	愛因斯坦說："想像力比知識更重要。"
	『 』 “ ”	(2) 表示特定的稱謂或需要着重論述的對象	此後我就留心這八隻腳的"諸葛亮"怎樣捉飛將，並且看出，它有各種各樣捉拿的方法。
		(3) 表示諷刺或否定的意思	這樣對待我，你還敢說是我的"朋友"？
		※引號裏面還要用引號時，外面一層用雙引號，裏面用單引號。	他站起來問老師："老師，'始終不渝'的'渝'是甚麼意思？"
括號	( ) 〔 〕	表示文中註釋的部分	除了詩(因為詩是最難翻譯的)，雨果的重要作品(小說和劇本)大都有了中文的譯本。
破折號	——	(1) 表示底下是解釋、說明，有括號的作用	我這題目——學問之趣味，並不是要說學問是如何的有趣味，只是要說如何便會嘗得着學問的趣味。
		(2) 表示意思的轉折或說話的中斷	好悅耳的歌聲——看到伴奏的人嗎？
		(3) 表示聲音的延長	"嗚——"火車開動了！
省略號	……	(1) 表示文中省略的部分	茶有很多種，普洱、龍井、鐵觀音……，你到底想買哪一種？
		(2) 表示說話斷斷續續	"我……對不起……大家，我……沒有……完成……任務。"

名稱	符號	作用	例子
連接號	—	(1) 表示時間、地點、數目等起止 (2) 表示相關的人或事物的聯繫	戰國時代(公元前475年—公元前221年) "香港—廣州"直通車。
着重號	•	表示文中需要強調的部分	以上四題選答三題。
間隔號	·	(1) 表示書名和篇名的分界 (2) 表示外國人或某些少數民族人名中的音界	《三國志·蜀志·諸葛亮傳》 差利·卓別靈｜愛新覺羅·溥儀
書名號	《 》 〈 〉 ﹏﹏	表示書名、文件、報刊、文章等名稱 ※書名號內還要用書名號時，外面一層用雙書名號，裏面用單書名號。	《紅樓夢》｜《荷塘月色》 《〈體壇日刊〉發刊號》終於發表了。
專名號	——	表示人名、地名、朝代名等	魯迅，原名周樹人，浙江 紹興人，生於清 光緒七年(公元1881年)，卒於民國25年(公元1936年)。

附錄八
量詞名詞配搭表

此表以常用名詞為條目，在每個名詞後列出可跟它配合使用的量詞。共收名詞400條，按筆畫數由少至多排列。

名詞	量詞
二畫	
人	個｜幫｜伙
人家	個｜户
刀	把
力量	股
三畫	
上衣	件
勺子	把｜個
口袋	個
口號	個｜句
土	把｜撮｜層｜堆
子彈	粒｜顆｜發
小説	篇｜本｜部
山	座
山脈	條｜道

名詞	量詞
工人	個｜名
工作	件｜項｜個
工序	道｜個｜項
工具	件｜樣
工資	份
工廠	個｜家｜座
弓	張
四畫	
井	眼｜口｜個
尺	把
心	顆｜個｜條
心意	(一)片｜(一)番
手巾	塊｜條
手套	副｜雙｜隻
手榴彈	顆｜個

名詞	量詞
手銬	隻｜個
手鐲	個｜隻｜對｜副
文件	個｜份｜疊
文章	篇｜段
日記	篇｜段｜本
月餅	個｜塊
木頭	塊｜根
比賽	場｜項
毛線	根｜團｜股
水	滴｜汪｜灘
水泵	台
水庫	個｜座
水桶	個｜隻｜副
水閘	道｜座
火	團｜把
火車	列｜節
火柴	根｜盒｜包
火箭	支｜枚
牙膏	支｜管
牙齒	顆｜個｜排｜口
牛	頭｜隻
五畫	
主張	項｜個

名詞	量詞
功課	門｜項
台階	級｜個
布	塊｜幅｜匹
瓜	個
瓜子(兒)	顆｜粒
瓦	塊｜片｜壟
甘蔗	根｜節
田	塊
皮	塊｜張｜層
矛盾	個｜對
石頭	塊
六畫	
交易	筆｜宗
任務	項｜個
企業	個｜家
光	道
兇器	件｜把
冰	塊｜層
名勝	處
地	塊｜片
地雷	顆｜個
地圖	張｜幅｜本｜冊
字	個｜行｜筆｜段

名 詞	量 詞
成績	分｜項
收入	筆｜項｜份
收音機	台｜個
汗	滴
汗珠	顆｜滴
江	條
灰	把｜撮｜層
竹子	根｜棵
米	粒
羊	隻｜頭
老虎	隻｜個
老鼠	隻｜個
耳朵	個｜隻｜對｜雙
耳環	個｜隻｜對｜副
肉	塊｜片
舌頭	條｜個
血	滴｜灘｜片
行李	件｜捆
衣服	件｜套
西瓜	個｜塊
七 畫	
佈告	張｜個
佈景	堂｜套｜台

名 詞	量 詞
尿	泡
尾巴	條｜根
技術	門｜項
災荒	場｜次
角	個｜隻｜對
豆腐	塊
車	輛
車站	個｜座
車廂	節｜個
八 畫	
兔子	隻
刷子	把｜個
制度	條｜項｜個
味兒	股｜縷
命	條
命令	道｜個｜條
垃圾	堆
坦克	輛
弦	根
房子	所｜間｜棟｜幢
房間	個
拖拉機	台
斧子	把

名詞	量詞
枕頭	個｜對
東西	件｜樣
板	塊
武器	件｜批
泥	塊｜灘｜把
河	條
炕	鋪｜個
牀	張｜個
狗	條｜隻
狐狸	隻｜個
肥皂	塊｜條
肩膀	個｜雙
花生	粒｜顆
花兒	朵｜枝｜瓣｜束｜簇
表格	張｜個｜份
門	扇｜個｜道
雨	陣｜場｜滴
青蛙	隻｜個
九畫	
信	封
信箱	個｜隻
勁兒	把｜股

名詞	量詞
城	座
城市	座｜個
客人	位｜個
屎	泡
屍體	個｜具
屋子	間
政策	項｜個｜條
故事	個｜段｜篇
星	顆｜個
柱子	根
炸彈	顆｜個
炮	門｜尊
炮艇	艘｜隻
牲口	頭
玻璃	塊
相片	張｜幀｜幅
眉毛	道｜雙｜對
砂子	粒｜把｜撮
缸	口｜個
虹	條｜道
計劃	個｜項
軍隊	支
軍艦	艘｜隻

名詞	量詞	名詞	量詞
革命	場｜次	珠子	粒｜顆｜串
風	場｜陣｜股	病	場
風景	處	神經	根｜條
飛機	架	秤	杆｜台
香煙	支｜根｜盒｜包｜條｜筒	秧苗	根｜棵｜方
香腸	根｜條	笑容	(一)絲｜(一)副
香蕉	根｜個｜把｜條	笑臉	(一)副｜(一)張
原則	個｜項｜條	紙	張｜片｜刀
十畫		翅膀	隻｜個｜對｜雙
宮殿	座	胳臂	條｜隻｜個｜雙
島	個｜座	草	棵｜株｜根｜叢｜片
席子	領｜張｜卷	蚊子	隻｜個
扇子	把	蚊帳	頂｜個
旅館	家｜個｜座	釘子	個｜顆｜枚
書	本｜冊｜部｜卷｜套	針	根｜個｜枚
書店	家｜個	閃電	道
梳子	把	馬	匹
桌子	張｜個	骨頭	根｜節｜塊
氣	股｜團｜縷	**十一畫**	
消息	個｜條｜則	剪子	把
狼	隻｜條｜個	商店	個｜家
		商品	個｜件｜批

名詞	量詞
唱片	張｜套
掃帚	把
教室	間｜個
梯子	個｜架
犁	張
理由	個｜條｜點
眼淚	滴｜串｜行
眼睛	隻｜個｜雙｜對
眼鏡	副
票	張
笛子	支｜枝｜管
船	條｜隻｜艘｜個
蛇	條
被子	張｜牀
被單	張｜牀
貨物	件｜批
雪	場｜片
魚	條｜尾
魚網	個｜副｜張
鳥	隻｜個
麥子	棵｜株
麻	株｜縷
麻袋	條｜個

名詞	量詞
十二畫	
傢具	件｜樣｜套｜堂
傘	把
喇叭	個｜支
唾沫	口
圍巾	條
報紙	張｜份
帽子	頂｜個
棺材	口｜個｜具
椅子	把｜個
森林	個｜處｜片
棋	副｜盤
棉花	株｜棵｜團
毯子	條
牌	副｜張
琵琶	面｜個
琴	把｜個｜架
畫	張｜幅｜軸｜套
硯台	塊｜個｜方
窗户	扇｜個
窗簾	塊
筆	枝｜管
筐	個｜副

名詞	量詞
筋	根｜條
絲	根｜縷
菜	棵
街	條｜道
象	頭
郵票	張｜枚｜套
鈔票	張｜疊
隊伍	支｜路
雁	隻｜行
雲	朵｜塊｜片｜團
飯	頓｜餐｜份｜桌｜口
飯店	家｜個
黃瓜	條
十三畫	
債務	筆
傷疤	塊｜條｜道
嗩吶	個｜支
嗓子	副｜個
塑像	個｜座｜尊
塔	座
意見	個｜條｜點
溝	條｜道

名詞	量詞
煙	股｜縷
痰	口
碗	個
碑	塊｜個｜座
筷子	根｜雙｜把
腰帶	條
腳	隻｜雙
葉子	片
葡萄	粒｜顆｜串｜架｜棵
裙子	條
詩	首｜句｜行
話	句｜段｜(一)席｜(一)番
路	條
路線	條｜個
雷	個｜聲
電影	個｜場｜部
電線	條｜段｜截｜卷
鼓	個｜面
十四畫	
凳子	張｜個｜條(長形)
圖章	個｜顆｜方

名詞	量詞
旗	面｜杆
槍	支｜條
歌	首｜支｜個
種子	顆｜粒
管子	根｜段｜截
算盤	把｜個
膏藥	張｜塊｜貼
腿	條｜隻｜雙
蒜	頭｜瓣
蒼蠅	隻｜個
蜜蜂	隻｜個
蜻蜓	隻｜個
銀行	個｜所｜家
餅乾	塊｜包｜盒
鼻子	個｜隻
鼻涕	條｜(一)把
十五畫	
儀式	項
儀器	台｜架｜件
劇院	家｜座
劍	口｜把
嘴	張｜個

名詞	量詞
墳	座｜個
影子	條｜個
影片	部｜個
標語	條｜個
樓	層
樓房	座｜棟｜所｜幢
樂曲	首｜支｜段
樂器	件
碼頭	個｜座
稻草	根
箭	枝｜支
箱子	個｜口
線	條｜根｜股｜軸｜團
葱	棵｜根
蝴蝶	隻｜個｜對
蝦	隻｜個
課	堂｜節｜門
課程	門
豬	口｜頭
賬	本｜筆
輪子	隻｜個
鋤頭	把

名詞	量詞
鞋	隻｜雙
十六畫	
學校	所｜個
學問	門
戰爭	場｜次
戰鬥	場｜次
戰線	條
樹枝	根｜枝
橋	座｜個
機槍	挺
機器	台
橘子	個
燒餅	個｜塊
燈	盞｜個
燈管	根｜支
磨	盤｜個｜眼
磚	塊
糖果	塊｜顆
螃蟹	隻｜個
褲子	條
親戚	個｜門｜家｜處
貓	隻
蹄子	個｜隻

名詞	量詞
辦法	個｜套
鋸	把
錢	筆
錐子	把
隧道	個｜孔｜條
頭巾	塊｜條
頭髮	根｜撮
駱駝	匹｜峯｜個
鴨子	隻
鴛鴦	對｜隻
十七畫	
戲	齣｜台｜個｜場
牆	堵｜垛｜道
縫紉機	台｜架
鍋	口｜個
鍬	把
霜	場
霞	片｜朵
點心	塊｜盒｜匣
禮物	件｜份
禮堂	個｜座
十八畫	
職業	項

名詞	量詞
蟲	條(長形)｜個(非長形)｜隻
醫院	所｜家｜個｜座
鎖	把
雜誌	本｜份｜期｜種
雞	隻
鞭子	條｜根
鞭炮	個｜掛｜串
十九畫	
簫	支
簾子	個
繩子	條｜根
藕	節｜根
藥	副｜服｜劑｜味｜片｜粒
轎子	頂｜乘｜抬
鏡子	面

名詞	量詞
關口	道
饅頭	個
鬍子	撇｜撮｜把
二十畫或以上	
籃子	隻｜個
蠟燭	支｜根
鐵絲	根｜段｜條｜截｜卷
露水	滴｜顆
騾子	匹｜頭
蠶	條
籬笆	道
鑰匙	把
驢	頭｜條
鑼	面｜個

附錄九
親屬關係表

表一：國梁的家庭
（男方稱呼）

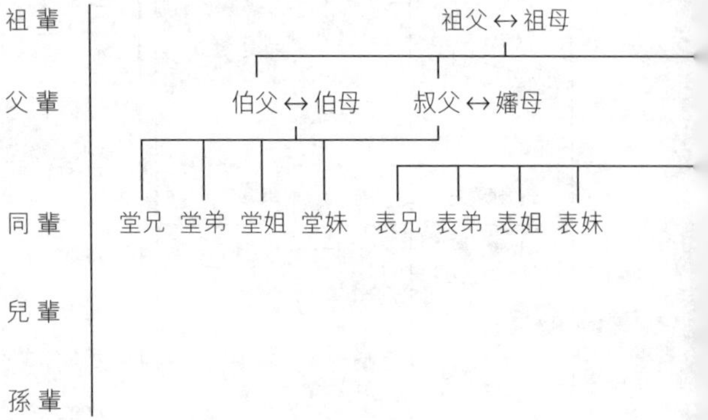

祖 輩
父 輩
同 輩
兒 輩
孫 輩
祖父 ↔ 祖母
伯父 ↔ 伯母
叔父 ↔ 嬸母
堂兄 堂弟 堂姐 堂妹
表兄 表弟 表姐 表妹

表二：淑芬的家庭
（女方稱呼）

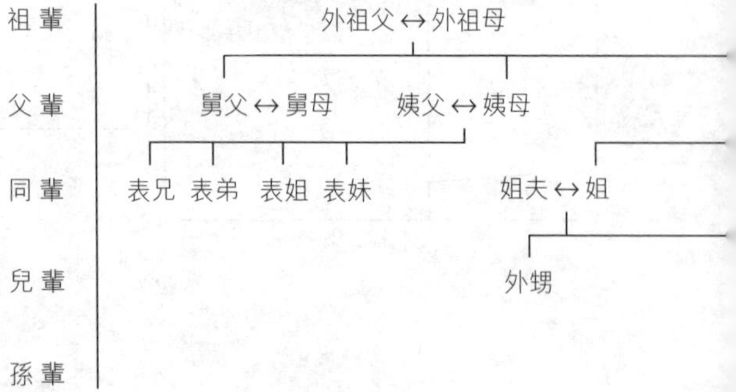

祖 輩
父 輩
同 輩
兒 輩
孫 輩
外祖父 ↔ 外祖母
舅父 ↔ 舅母
姨父 ↔ 姨母
表兄 表弟 表姐 表妹
姐夫 ↔ 姐
外甥

※ (↔) 代表夫妻關係

❶ 國梁母親的父母及兄弟姐妹之稱呼，同表二。
❷ 國梁姐妹的丈夫及孩子之稱呼，同表二。
❸ 國梁女兒的丈夫及孩子之稱呼，同表二。
❹ 淑芬父親的父母及兄弟姐妹之稱呼，同表一。
❺ 淑芬兄弟的妻子及孩子之稱呼，同表一。
❻ 淑芬兒子的妻子及孩子之稱呼，同表一。

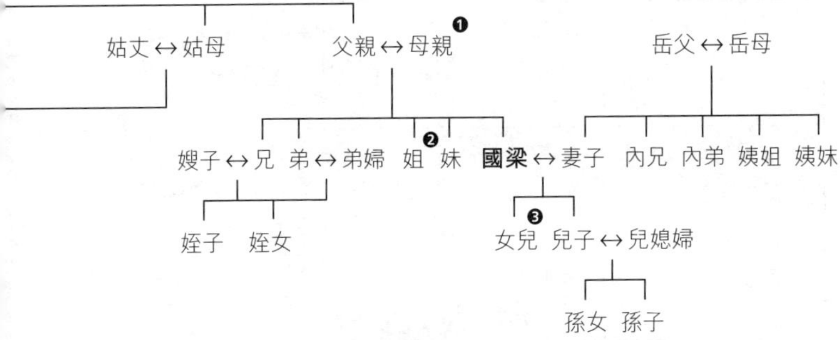
姑丈↔姑母
父親↔母親 ❶
岳父↔岳母
嫂子↔兄
弟↔弟婦
❷ 姐
妹
國梁↔妻子
內兄
內弟
姨姐
姨妹
姪子
姪女
❸ 女兒
兒子↔兒媳婦
孫女
孫子

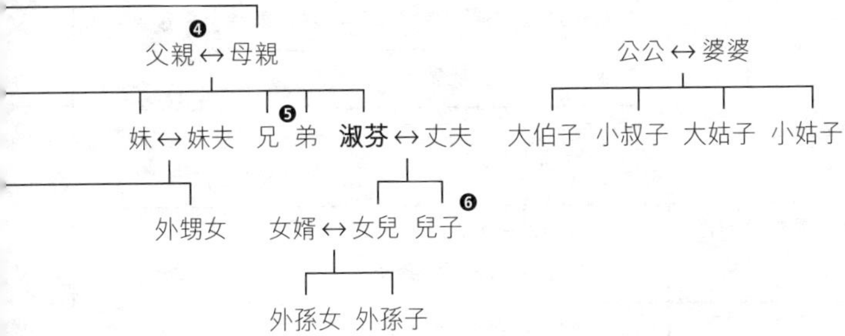
❹ 父親↔母親
公公↔婆婆
妹↔妹夫
❺ 兄
弟
淑芬↔丈夫
大伯子
小叔子
大姑子
小姑子
外甥女
女婿↔女兒
兒子 ❻
外孫女
外孫子

附錄十

中外重要節日簡表

節名	時 間	説 明
元旦	公曆1月1日	原在農曆正月的第一天。中華人民共和國成立後改以公元紀年，便以公曆1月1日為“元旦”，農曆正月初一為“春節”。
春節	農曆正月初一	又名“農曆新年”，是中國最主要的傳統節日。有拜年的習俗，長輩會給孩子紅封包。又有舞獅、放爆竹、貼門神及揮春等活動，以示驅邪求福。
元宵節	農曆正月十五	也叫“元夜”、“元夕”、“上元”、“燈節”，俗稱“中國情人節”。
情人節	公曆2月14日	原流行於歐洲。
國際婦女節	公曆3月8日	也叫“三八節”、“婦女節”。1910年8月在丹麥召開的第二次國際社會主義婦女代表會上確定。
愚人節	公曆4月1日	主要流行於西方國家。
兒童節	公曆4月4日	國際兒童節在公曆6月1日，是1949年11月國際民主婦女聯合會莫斯科會議上決定的。
清明節	公曆4月5日前後	廿四節氣之一。有插柳及掃墓的風俗。人們在這日對死去的親人表示思念及尊敬。
復活節	公曆3月21日至4月25日之間	基督教紀念耶穌復活的節日。公元325年在尼西亞會議上決定。
國際勞動節	公曆5月1日	也叫“勞動節”。1889年7月在巴黎召開的第二國際成立大會上決定。

節名	時　間	説　明
母親節	公曆 5 月的第二個星期日	原為美國的節日。
端午節	農曆五月初五	也叫“端陽節”。相傳為記念愛國詩人屈原投身殉國。有賽龍舟及吃糉子的習俗。
父親節	公曆 6 月的第三個星期日	原為美國的節日。
七巧節	農曆七月初七	也叫“乞巧節”、“七夕”、“女兒節”。相傳是牛郎織女鵲橋相會之期。
中元節	農曆七月十五日	也叫“鬼節”、“蘭盆節”，是祀祖日。
中秋節	農曆八月十五日	也叫“八月半”。這夜月圓如鏡，象徵團圓。有吃月餅、玩燈籠和賞月的習俗。民間亦流傳不少有關嫦娥的神話故事。
重陽節	農曆九月初九	也叫“重九節”、“菊花節”。相傳古人桓景於當日帶同家人登山避難。古人有登高、插茱萸、賞菊及飲菊酒的習俗，其中登高仍保留至今。
國慶節	公曆 10 月 1 日	1949年10月1日毛澤東代表中央政府宣佈中華人民共和國成立。現為開國紀念日。
感恩節	公曆 11 月的第 4 個星期四	由華盛頓、林肯法定的美國全國性民俗節日，主要為豐收而感謝上帝恩惠。
聖誕節	今多定於公曆 12 月 25 日	也叫“主降生節”。基督教紀念耶穌為世人而誕生的日子。今已流傳為世界性民俗節日。
除夕	農曆年的最後一天	也叫“除夜”、“年夜”、“大年夜”、“年三十晚”。全家人會在此日慶團圓，一同吃年夜飯。長輩給孩子壓歲錢，並有逛花市等習俗。

附錄十一
中國歷史朝代公元對照表

朝代／時代			年代
夏			約前21世紀 — 約前16世紀
商			約前16世紀 — 約前1066
周	西周		約前1066 — 前771
	東周		前770 — 前256
	春秋時代		前770 — 前476
	戰國時代[1]		前475 — 前221
秦			前221 — 前206
漢	西漢[2]		前206 — 公元23
	東漢		25 — 220
三國	魏		220 — 265
	蜀		221 — 263
	吳		222 — 280
西晉			265 — 316
東晉十六國	東晉		317 — 420
	十六國[3]		304 — 439
南北朝	南朝	宋	420 — 479
		齊	479 — 502
		梁	502 — 557
		陳	557 — 589

朝代／時代			年　代
南北朝	北朝	北魏	386 — 534
		東魏	534 — 550
		北齊	550 — 577
		西魏	535 — 557
		北周	557 — 581
隋			581 — 618
唐			618 — 907
五代十國	後梁		907 — 923
	後唐		923 — 936
	後晉		936 — 946
	後漢		947 — 950
	後周		951 — 960
	十國❹		902 — 979
宋	北宋		960 — 1127
	南宋		1127 — 1279
遼			907 — 1125
西夏			1032 — 1227
金			1115 — 1234
元			1279 — 1368
明			1368 — 1644
清			1644 — 1911
中華民國			1912 — 1949

附註： ❶ 這時期，主要有秦、魏、韓、趙、楚、燕、齊等國。

❷ 包括王莽建立的"新"王朝（公元9年—23年）。王莽時期，爆發大規模的農民起義，建立了農民政權。公元23年，新莽王朝滅亡。公元25年，東漢王朝建立。

❸ 這時期，在中國北方，先後存在過一些封建政權，其中有：漢（前趙）、成（成漢）、前涼、後趙（魏）、前燕、前秦、後燕、後秦、西秦、後涼、南涼、北涼、南燕、西涼、北燕、夏等國，歷史上叫做"十六國"。

❹ 這時期，除後梁、後唐、後晉、後漢、後周外，還先後存在過一些封建政權，其中有：吳、前蜀、吳越、楚、閩、南漢、荊南(南平)、後蜀、南唐、北漢等國，歷史上叫做"十國"。

附錄十二
簡化字簡化規則表

簡化字是中華人民共和國政府整個文字改革計劃的一部分。1956年，國務院公佈《漢字簡化方案》，把簡化字的地位從民間的實用文字提升為全國的規範用字。簡化字的規範標準可以參考1986年出版的《簡化字總表》。

簡化方法基本上有三種：省略、改形和代替。有個別的漢字可以歸入不同的分類方法，或同時並用多種方法。

(一) 省略

有些簡化字由原字省略而成，不另外改造形體。省略方法包括：

省略方法	說　明	例　字
1. 省一邊	把漢字一邊的部件省略	省左邊——录（錄）｜夸（誇） 省右邊——号（號）｜类（類） 省上邊——云（雲）｜么（麼） 省下邊——丽（麗）｜御（禦）
2. 省兩邊	把漢字兩邊的部件省略	省上下——里（裏） 省左右——术（術） 省下右——声（聲）
3. 省一角	把漢字的一角省略	省右上角——际（際） 省右下角——阳（陽） 省左上角——恳（懇）

省略方法	説 明	例 字
4. 省內外	把漢字裏面、外面或中間的部件省略	省裏面—— 广（廣）｜ 厂（廠） 省外面—— 开（開）｜ 回（迴） 省中間—— 奋（奮）｜ 寻（尋）
5. 其他省略法	其他難以分類的省略方法都可歸入此類別	丰（豐）｜ 汇（匯）｜ 卤（鹵）｜ 茧（繭）

（二）改形

指改變繁體字的部分形體或全部形體。改形方法包括：

改形方法	説 明	例 字
1. 改形聲字	換形旁——把形旁換成筆畫比較簡單的部件。 換聲旁——把聲旁換成筆畫比較簡單的部件。 換兩旁——把形旁和聲旁都簡化。	肮（骯） 洁（潔）｜ 胶（膠） 惊（驚）｜ 护（護）
2. 改會意字	所有部件的意義加起來能讓人們聯想到整個字的意義。	体（體）〔人之本為體〕｜ 尘（塵）〔小土為塵〕
3. 輪廓化和象徵化（大都來自草書簡化）	整體輪廓化——簡省整個字的筆畫，只保留原字的輪廓。 部份輪廓化——簡省部件的筆畫，只保留它的輪廓。	齐（齊）｜ 尔（爾） 簡化上部—— 变（變） 簡化下部—— 当（當） 簡化左部—— 报（報） 簡化右部—— 弥（彌） 簡化中間—— 团（團）

改形方法	説　明	例　字
	象徵符號——用某幾個簡單的象徵符號代替繁複的部件。	丶— 办（辦）｜协（協） 㐅— 区（區）｜赵（趙） 又— 汉（漢）｜劝（勸） 刂— 师（師）｜归（歸） ⺍— 学（學）｜誉（譽）
	重文符號——把重複部分用重文符號或“又”來代替。	⺀— 枣（棗）｜轰（轟）

（三）代替

利用原有筆畫簡單的字代替一個或幾個同音或發音相近的繁體字。其中有的簡化字仍保留原義，例如“几”的原義是“茶几”，同時代替“幾”；有的已經失去原義，例如“只”的原義是“語已詞也”（《説文》），原義已失，現代替“衹”、“隻”。

學習簡化字的捷徑

《簡化字總表》共收2235個簡化字，要快速地學會這二千多個簡化字，可從簡化偏旁類推法入手。

所謂簡化偏旁，是指一些簡化後的漢字和部件可以當作偏旁使用。簡化偏旁共有146個，可以獨立成字的有132個，如 万（萬）、云（雲）等；不可以獨立成字的有14個，如 讠（言）、収（臤）、圣（巠）等。

只要記住簡化偏旁，使用類推法，便能認識許多有簡化偏旁的簡化字了。例如：马（馬）—— 妈（媽）、骑（騎）、驾（駕）；亦（䜌）—— 变（變）、弯（彎）、恋（戀）。

要留意可作類推的只限簡化偏旁，其餘簡化字或簡化部件只可逐個記憶，不可使用類推法。